迟朴集

李旭◎著

上册

新华出版社

图书在版编目（CIP）数据

迟朴集 / 李旭著. -- 北京 : 新华出版社, 2022.9
ISBN 978-7-5166-6379-0

Ⅰ. ①迟… Ⅱ. ①李… Ⅲ. ①中国文学－当代文学－作品综合集
Ⅳ. ①I217.2

中国版本图书馆CIP数据核字（2022）第148808号

迟朴集

作　　者： 李　旭

责任编辑： 徐文贤　　**封面设计：** 刘宝龙
特约校对： 许晓徐

出版发行： 新华出版社
地　　址： 北京石景山区京原路8号　　**邮　　编：** 100040
网　　址： http://www.xinhuapub.com
经　　销： 新华书店、新华出版社天猫旗舰店、京东旗舰店及各大网店
购书热线： 010－63077122　　**中国新闻书店购书热线：** 010－63072012

照　　排： 六合方圆
印　　刷： 天津雅泽印刷有限公司

成品尺寸： 148mm×210mm　1/32
印　　张： 32.5　　**字　　数：** 750千字
版　　次： 2022年9月第一版　　**印　　次：** 2022年9月第一次印刷

书　　号： ISBN 978-7-5166-6379-0
定　　价： 96.00元（上下册）

序一

迓风原朴野　旭色最高华

与李旭先生之缘，要从二十一世纪初的一次全国性高层文化论坛说起。论坛上相遇挚友李森，他自豪地说起胞弟李旭有文学专著出版，让喜爱文字的我甚是渴仰。

会后不久，几本李旭先生的专辑，就快递到我手里。有散文集《阅读故土》、有研学专著《〈红楼梦〉中的张家口方言》等。从书中得知，他祖籍河北省张家口市万全区郭磊庄乡何家屯村。恰与我的出生地河北省张家口市万全区安家堡乡第七屯村近在咫尺，心里自然多了亲切与亲近。读过先生的专著，更进一步确信，他不仅是一名油田骄子，还是颇具才华的文化学士。

直到2020年8月11日，我带队到康保进行文化采风，第一次见到归乡省亲的李旭先生。寒暄之际，竟是两个熟悉之人的首次谋面。他谦逊的姿态，如草原上依依的红柳，透着羞涩；他憨厚的微笑，像草原捧出的绿地，洋溢着真诚。尤其是他明亮的眼眸，契合着他笔下明晰的文字，犹如康巴诺尔清澈的湖水。

采风活动安排得丰富而饱满，除了几句问候，未及促膝深谈，深感遗憾。回来翻看先生的新作，一篇四五千字“沙漠并不寂寞”的纪实散文写得真情感人。故事中所记载蒙汉兄弟两代人、子一辈父一辈所表现之人性的善，就像太阳的炙热，融化打动着我。我即兴写下千字读后感。同声好相应，同气自相求。灵魂相近的人，总有共情。

随后的2021年3月22日，先生散文“莜面情”，欣获“首届老张莜面杯”全国书画诗文大奖赛一等奖。颁奖会上与先生再度重逢，他乡遇故知，喜悦满满。他依然是那么腼腆，那么“讷于言”。就是那一次，他只领了一等奖的证书，却不好意思去领几千元的奖品。可见他真的是“迟朴”之人。

2021 年年末的一天，著名诗人荆秀清告诉我一个不好的消息，说李旭先生患了癌症。他们是康保县照阳河的同乡加同学，消息该是确切的。而我，却怎么也不愿意相信，更找不出合适的话语安慰先生……

也就是之后一周左右，先生竟发来他完成的厚厚一叠《迟朴集（上）·文苑漫步》《迟朴集（下）·书海钩沉》文稿，让我着实惊叹。以身罹重疾之人，握一寸毛锥，仍如此淡泊淡定，乃奇人也。

是什么力量给了他这个不是专业作家却记录时代、担当道义，不是文化专家却著书立说、正古探幽的力量的呢？

揣摩良久，我得出结论，是故乡。

先生有两个故乡，一个是生于斯长于斯的坝上草原，一个是工作了几十年的任丘华北油田。

他的草原故土，有碧海云天下的风吹草低见牛羊，也有一年刮两次一次刮半年，甚至能把人刮到十几里之外的风；有重达三千克的大蘑菇、长达两米多的蟒蛇，还有母亲心心念念的红芽芽甜苣菜。他的童年正处在物资贫乏的年代，海拔一千五百米的荒原广种薄收甚至绝收。然而，山高皇帝远的坝上苦寒之地、无霜期只有三四个月的恶劣气候环境，没有泯灭他对星芒的追求。许是应了“粗粝能甘，必是有为之士；纷华不染，方称杰出之人”。先生所记录的草原故乡，真的是不染纤尘，静默于时间深处，绽放于世人之心。让读者备受人生启迪的同时，牢牢记下了坐标北纬 42°2.52′、东经 114°33.43′，1939 年建村，2020 年消失的康保县照阳河镇闫连山村。

他的油田第二故乡，有初遇好心人的引领，有美好爱情的萌发，有称心子孙的繁衍，有牢固友情的升华，有由一名普通油田工人成长为油田管理者的事业所系与心路历程。据先生的挚友原华北油田宣传部长胡建国介绍，先生是有酒量、更有心量的西北汉子。工作兢兢业业，两袖清风。他原生在草原，草原坦荡无垠的寥廓塑造着他的性格。经历过风的抚摩、风的锤炼、风的泽被，他从骨子里渗透着豁达与坚强的草原基因。在炊烟袅升的缭绕中阅读故土，在一望无际的草原上文苑漫步，在灿若云锦的蓝天下书海钩沉。他内行孝悌，外奉忠义。他平凡着、淡定着、拙朴着，总是不声不响，亦如哺育他成长的不声不响的草原，却在栉风沐雨中积淀着大象无形、承载万物的厚度。

也就是说，他所有的文字，都是故乡莽原的迟风朴野、故乡固化的岁月沧桑、故乡拙朴的集体人格所呈现的基因图谱的描绘。也许看起来琐碎与平常，对于读者而言，能将自然流逝的时间于朴实无华的文字中沉淀下来，甚至能够不断成长、不断延续、不断滋养健康的人格，成为更多人坚强生命的坚硬内核。而这个内核，正是作者所能德泽于世最为核心、最为根本、最为珍贵的东西。这种东西是生命的芯片，能够永生的芯片。

先生的小说，逻辑分明，构思精巧，张弛有度，收放自如。细细品咂，兜兜转转也离不开故乡沃土的源头活水。所表所现的防疫、脱贫、村庄搬迁等各个时期历史节点的民众生相。

先生的诗词，吟风咏月，托物言志，韵律工整，足见功底。诗词虽有遍览九州怡情山水之笔，但归根到底，着墨最多的还是故乡。我最喜欢的一首是《莜面情》：长风碧荡走高原 / 五月飞霜种大田 / 尊父荷锄饥日午 / 家慈推案待身闲 / 一笼淡泊蒸淳朴 / 百倍慈怜顾苦寒 / 游子别离千万里 / 犹思故里有甘餐。诗中有云风碧浪，有晨霜迎日，有父母的影子，有游子的萦怀。莜面，这养育了无数坝上人的吃食，经得起三生三熟的锤炼，更是坝上人耿介豪放也洞明练达的真实写照。

我十分欣赏先生的散文随笔，遒健朴茂，简洁俊切，字字句句自真淳的心脾流淌而来，有纤细，有磅礴，统统带着泥土的芬芳。

先生行文的纤细，不是一般的咀嚼与品咂，而是深入肌理的抽丝剥茧。比如他对“万全釜肉”中的“釜”误写为“腐”的考证。他在一遍遍捧读举世名著《红楼梦》中，凭着文化人的文化敏感，嗅到了乡音的味道。仅在前80回，就摘录了600余条张家口方言。接下来，他又凭着文化人的文化自觉，将《红楼梦》中的张家口方言，整理成籍。

先生行文的磅礴，在于他博览群书，治学严谨。诸如涉猎古希腊哲学家苏格拉底的《死亡的境界》，涉猎中华历史瑰宝的《“四大名著”与“四大名注”》，涉猎地理文化的《威风神气的“康保”》，涉猎诗韵学的《诗韵偶像》。至于赵匡胤、康熙、王旦、寇准、屈原、白居易、苏东坡、欧阳修、李煜、陈子昂、沈括等才子佳人、帝王将相，更是跃然纸上，吞吐胸臆，包罗万象。近年，在他的《百川先生，回家吧！》一文中，旁征博引，全面总结了近一个世纪以来李百川身世的研究成果，介绍了清代长篇小说《绿野仙踪》作者李百川，是河北省张家口市蔚县人，是清朝吏部左侍郎李旭升的孙子，刑部员外郎李光枚的儿子。这一推介，一石激起千层浪，使张家口历史上出现过著名小说家的史实，清楚地展现在了张家口人民的眼前。

似先生这般，苦心钻研踏踏实实做学问的人，已属罕见。更多的人或“抖”或“微”，在吸食“手机鸦片”带来的碎片化残羹中浪掷时光。茅盾文学奖获得者梁晓声曾万分痛心道：“这个时代太喧嚣，喧嚣到让我们无处可逃。”李旭先生在喧嚣的时代，用耐得住寂寞才能焕发出的磅礴之力，让灵魂在书写中享受着独处的安宁。

这种纤细与磅礴最突出的表现，还在于先生对人性与人情的真挚感恩。基辛格在他的《论中国》中写道：我欣赏中国人，以及中国人的耐性、敏锐、家庭感以及他们代表的文化。对于李旭先生，父母传统而宽厚的家风传承始终是他“亮堂堂”活着的信仰明灯；姐姐将自己心爱的“的确良”花布给他换了书本费的无私，是他对姐姐一辈子的歉疚；妻子贤良惠美、相濡以沫的付出，更是他走到今天的动力。还有《沙漠并不寂寞》中半个世纪两代莫逆的敖伦淖兄弟、《探望建华》中三十多年的师徒；《茶中往事》峨眉山上寒烟浓雾中的普通茶农，以及他家楼下菜地里的菜农、路边的蜂农和每天早出晚归的清洁女工……他所描写的每个人，都带着时代的烙印、矛盾、冲突与美感。每个人物都是真实的、立体的、鲜活的、有血有肉的，甚至是充满纠结和带着缺憾的。也正是对这些再普通不过人物的白描写实，更能让读者获得直接认同与情感共鸣。

高人不惜地，自种无边春。

在我看来，李旭先生并不“迟”，只是讷于言，却在内心蕴含着云气千峰、银山天浪、开窗放入大江来的万丈豪情。

在我看来，李旭先生也并不愚“朴”，他一直在学而思、敏于行中，与人生最高级的修行即孤独，“签订一份体面的合同（马尔克斯）。”

尘陌喧嚣，灵魂却喜欢独处。只有独处，才能用水将心上的雾气淘洗干净，荣光才会照亮最初的梦想。李旭先生在他的人生“合同”中，始终是清醒的。追求而不强求，得到而不占有，失去而不愧疚。有着乡村归来者的自我表白，有着油田奋斗者的自我反刍，有着孤独灵魂者的自我剖析，有着精神高贵者的返璞归真。可贵的是，李旭先生将这种孤独中的清醒，付梓真淳而丰盈的《迟朴集》中，既是人生的谱写，更是心灵的慰藉。让人洞悉人间烟火，顿悟“未来百年，去不孤独”的人世真谛。

正当我读过《迟朴集》上、下两卷60万字叠稿，掩卷沉思之际，收到李旭先生留言，体内肿瘤在治疗中缩小并有望手术切除。好人一生平安，这无疑是一个绝好的消息，先生又能“久不得寐复披衣”，“再挑灯火看文章”了。

生命是一粒微尘，却能在文字中永恒生长。

能为《迟朴集》这部高蹈着草原海拔与旭色光华的佳作引序，咏华实感荣幸。但因学浅才疏，难免挂一漏万。只有真正读了《迟朴集》，你才会和我一样，遇到李旭先生这位真君子。

是为序。

韩咏华

2022年3月30日于张家口

序二

满园春色涌华章

我与李旭先生的第一次相遇，是在2018年初夏。那时他在行业世界领先企业华油荣盛公司工作，是一个主管多方面的领导，初次见面觉得他语言朴实，待人真诚亲切。我天生就是一个喜欢和厚道人打交道的人，觉得那样的人才有安全感，因此，和他的心理距离就拉近了。此后，我们多次交往，对他的人品经历有了较多的了解，真切地感受到他是一个有情有义的君子，一个能文能武的智者。

2021年11月中旬，李旭将他的60万字的五卷书稿交给我，嘱托我为这五卷书的出版作一个总序。我素知他在华油在任丘是一个直谅多闻、人情练达、文章锦绣的名士，唯恐绠短汲深，学识浅薄，有负雅望。但我一向倾慕他的为人，也想借此机会进一步拜谒他的学识风采，更觉得朋友之谊不可违，故钝枪瘦马，不揣简陋，惶然命笔，想来有“筚路蓝缕”的味道。

他的书稿，包含五个方面的内容，洋洋洒洒，每一卷都凝聚着他多年的心血。一切作家，都是在写别人或自己透视在自己心灵上的影像，驰骋积淀的思想，他亦是如此，我细细品读，由衷地感到震撼。其博大精深的内容呈现，精巧绝逸的艺术构思，灼灼其华的锦辞妙句，洞见深长的思想表达，纵横驰越的魂魄，展示出一幅多姿多彩、蕴藉丰富的历史文化图景，使我领略了他广博深厚的文化功底，更体验到了或洋溢于外或深藏于内的浓厚情怀。

情怀，一以贯之地飘浮在他的书卷里，回荡在他讲的故事里，起伏跌宕，迤递连接，延绵不绝。这样的情怀归结到几个字，就是对父母、对朋友、对故土的真诚的感恩和热爱。我感觉他不仅仅是在用心思写字，更是以情感化成的泪水凝聚流诸笔端，仿佛每一幅书写的页面上，都浸渍着泪水的痕迹，浮动着一个深情赤子的身影。

他的家乡，处于农耕文化与草原文化的结合部，蜿蜒曲折的长城，将他的家乡甩在了长城之外，似乎试图用力将这片土地推得更远。历史上的历代统治者，多把这里视为借力缓冲之地，他们热衷于在马背上书写征服的“史诗”，无人关心刀光剑影中的哀号涂炭。而这里处于高寒之地，无霜期的短暂，土地的贫瘠，干旱的肆虐，注定了这里物资的匮乏，食不果腹成为人们生存的常态。于是，“苦寒之地”就成为人们描述这块土地的典型语言。

李旭就是在这样的生存空间里出生长大的。父母抵御生活艰辛的情景，是他刻骨铭心的记忆。他记得父亲带着他到山坡上打柴、把秋收时生产队里分得的一碗羊肉端到他被窝里、蹲在供销社门口卖韭菜时用满怀期望的眼睛瞅着每一个过往行人的情景，记得母亲到二姥爷家“无言借粮”、春天挖甜苣菜充饥、养两只母鸡下蛋维持他几年学业的情景。他还记得父亲在乡间的小路上说过的那句话：等你长大了，带你到大城市张家口去看看，见见世面，他知道那是父亲望子成龙的极度渴望，是父亲为他幻想的发展空间。寒门出孝子，他就在这样的环境里，养成了对于父母的感恩之情。他工作以后，从一个普通的钳工开始，一步一个脚印地走向公司的核心领导层，这是他付出艰辛劳动的结果。同时，他不断学习、自我加压也是少见的，他在异常忙碌中刻苦学习的精神和事例，在我们这些人之间传为佳话。这是因为，他的骨子里，存续着不忘记父母养育之情的强烈情感，他把这样的努力上进、建功立业作为对父母养育之恩的回报。工作数年后他把父母亲接到身边，精心伺候着父母度过了晚年。文章中所写父母亲颐养天年的情景，再也没有苦寒之地生活窘迫的影子，有的是欢乐和从容。

父亲去世后，他写出了第一部散文集《阅读故土》，那是希冀将父亲和故土融合，永远留下父亲的魂魄。出版时，他向主编提出一定要把第三页做成一个专页，单独印上一句话“谨以此书献给已逝的父亲”，并将闫连山村的全景黑白照配在下端，同时把扉页用糯米纸制作，用其保护和衬托这个专页。这样的精心设计，是他骨子里对父亲的一种祭祀、一种难以割舍的怀念。母亲去世后，他的报恩情感再次爆发，在深入研究的基础上，他选择用古诗词表达自己对父母的无限哀思，并继续把这样的哀思洒落在自己的散文之中。因此，我们见到了他那些泪水斑斑的文学作品，其中流淌着他对父母之恩不知所以为报的惶恐和对父母绵绵不尽的终极思念。孝道是家国情怀的根基，是一个永恒的道德话题。李旭的孝道，流淌在李旭的血液里，是李旭人格魅力的充分彰显，是李旭何以成为李旭的人格保证。

“卿虽乘车我戴笠，后日相逢下车揖；我步行，君乘马，他日相逢君当下。”一首简单的民谣，两千年的时光流转，寄托着中国人对于朋友交往的期望。他深刻地理解这句话的含义，这是那片土地给他的强烈心理暗示，这是他融化在血液里的品性。昔日，在故乡这块生活异常艰难的土地上，出入相友、患难相恤，是人们的生活习惯。在相互帮助的点点滴滴中，他与那些小伙伴们结下了深厚友谊，为他的少年时期留下了虽然带着苦涩却不乏快乐美好的回忆。所以，还原那段幸福的时光，寻找失去的童年少年，感恩那些曾经的伙伴，就成了他的梦想。四十多年来，他经常去看望本村从小一起长大的伙伴们，与他们对床夜雨，春树暮云。李旭儿童时曾在浑善达克沙地的腹地走亲逗留，体验过瀚海阑干、愁云惨淡的凄凉肃杀。四十多年后，他依然穿越沙漠，踏着流沙漫无边际地去那里追踪少年时期的伙伴。也是四十多年后，他去看望那个初中毕业时“我用这二斤鸡蛋中的一斤和老赵、老宋一起照了张相”的特困村蒙古旗杆村的老宋。故友情深，他一直生活在朴素的信念里，魂牵梦绕着旧日的真挚情感。当他站立在蓝天之下，脚踩流沙蔓草，吮吸故土清风，走进贫寒故友的世界里的时候，他感觉到前所未有的轻松，感觉自己的精神得到了升华，释放了自己精神的空落和多年的牵挂。这样的身影，在那一刻，弥补了贫穷对于富贵的失望，疏散了艰难生活的惆怅和哀伤。无疑，这是他心绪起伏颇感幸福的时刻。他把这些经历和情感，融入他的作品里，那些见面后反应或热烈或稍显木讷的伙伴们，就成了他作品里的情感丰富的人物，成了他寄托在文字中的美好人间。

桑梓之情，故土之爱，从《诗经》的优美诗篇里汩汩流出，穿越历史的繁华与荒凉，与那些敦厚朴实有着家国情怀的人融为一体，风雨激荡，休戚与共，谱写了人性的华美乐章。李旭的故土之情，也体现在对村庄、对老宅、对故乡山水的热爱与眷恋。闫连山村，这个在贫穷无奈中起步的村子，是一个在荒原上落脚的传奇所在。老屋，拼却父母半条性命建立起来的老屋，凝结着父母大半生心血，几十年来为李家遮风挡雨，避暑御寒。在这里，他从一个每日食粗粝之食、穿着随意落拓、喜欢玩耍嬉戏的孩子，走向社会，走向自己的人生高峰。曾经，他经常站在“高峰”上瞭望，却只能看到平芜尽处的青山隐隐，看不到山外的故乡。闫连山村拆迁，对于他来说，是一个灵魂凄惶不安的时刻。他千里迢迢赶到老村老宅，伫立西风，沉思良久，思绪联翩，“故宫黍离”的情感涌上心头，幻想中甚至害怕村东那座带着儿童记忆的脑包山也会消亡。为了清晰地把这块土地镌刻在记忆深处，他用专门的测量工具，将闫连山的经纬度准确地测量出来，于是，地理坐标北纬 42°2.52′，东经 114°33.43′，就成为这个老村的记忆密码。他把自己的难舍不安化作泪水，化作一缕缕情思，融进到了自己的文字之中，奢望着他的老宅老村，在他的笔下涅槃，存在于人们的心里，存在于千百年后的传说中，依然像现在这样清晰可见，温情脉脉，这样衣冠简朴古风存。他把老村老宅视为自己的精神家园，心灵归宿，只有对家乡有着深厚情感且经历过如此生死惊魂的人才会有这种刻骨铭心的感受和不同寻常的凝望。放眼书卷，先生游走在家乡土地上乃至全国各地的带着浓厚情感的作品，无一不是家园情感的延伸，他在心底里倾慕、在笔端上讴歌家乡和祖国的山河壮美、人文灿烂。这样的情怀，是正人君子家国意识的接续奔流，是温暖人间的大情大爱。特别值得一提的是，《〈红楼梦〉名词小释》是先生带着家乡情怀的特殊选择。他把自己对这块故土的热爱之情，以家乡方言的形式，融入到了《红楼梦》的广阔空间里，在人才济济的红学研究大家庭里，以“踏我青鞋第一痕”的勇气，写下了独树一帜的新篇章。

读书未到康成处，安敢高谈论汉儒。李旭酷爱文史，在先贤大家事例的领悟中，感受到了自我砥砺的力量，先贤的伟业成为他不断仰望的星空。翻开他的书卷，一个饱读诗书、学识渊博、栉风沐雨、负重前行的学者形象，跃然纸上，徐徐走来。

在红学风云起伏、葛藤纠结的历史万象中，方言的研究处于偏隅的位置，红学研究在人们的犹豫中，失掉了一块丰腴的土地。李旭的目光，就落在了这块土地上。他在研究中，引经据典，钩沉探奥，钻冰求酥，创作研究一路披荆斩棘，创获了实属难得的红学研究佳作。在《〈红楼梦〉名词小释》卷中，他提取了《红楼梦》中的 113 个名词，皆与家乡所在地区方言有关；查阅文献 70 多种，内容涉及文、史、哲以及自然科学的诸多方面。其中对于家乡片区方言、晋语方言、北京话、冀鲁官话音韵的研究，令人印象深刻。他的研究，更有着丰富的家乡生活体悟的反哺，见解独到，因为体悟深刻而使研究具有更加鲜明的特色，因为见解独到而穿破了以往的雾雨蒙蒙。放眼学界，还没有人像他一样系统地以张家口、大同一带的方言为基础进行如此全面地与《红楼梦》内容融会贯通深入浅出地进行考证，始于拓荒挟持，终于补天杰作。

悠悠古风，沉沉古意，穿越世道人心，历经沧桑坎坷，在他的笔下纷纷褪去风尘，露出真性。在历史随笔之中，面对着浩如烟海的史料，他对“二十四史”及历史上有名的才子书，诸如《世说新语》《小窗幽记》《容斋随笔》《智囊》等书籍进行了大量翻检阅读，披沙简金，勾陈提要，撮其精华，为我所用。他所提选的事例，都具有生动鲜活的个性，在意趣丛生中让人自觉地敞开心扉，容纳历史的精彩瞬间，于细微处看真历史、真性情。他延伸笔墨，挥洒意象，在文史的瀚海里纵横捭阖，常得思想精妙之论，使古代的文化精华与时代的突出矛盾在碰撞中消弭罅隙，使微历史折射出时代发展的光辉。

字字珠玑，步步莲花，这是古诗词风情万种的华衣丽裳。他的诗词作品，许多词语不管深奥浅白，秾丽素雅，都看似金雕玉琢，难以撼拔，是因为这些词语都是引经据典、经过历史反复考验的“阳春白雪”。因为引用词语来源广博、注释清晰而使读者眼界开阔，兴致盎然，这是他多年深耕细作的才思凝结。李旭挟家乡晋语方言的优势，以汉语音韵学的熟练掌握，将研究的触角伸向古诗词之中，对常用词牌进行了格律研究，深得词谱游戏三昧。对于早已消失的入声字能够得心应手地应用，打破了古今隔膜，让古典诗词的原汁原味得到真切体现。

散文小说，是意象飞扬的园地，是在情感的激流中展示出人间万象。即使在李旭的散文小说里，知识的广博也时常闪耀着亮点。对于清代张家口文学大师李百川原籍、“康保”含义、张库大道、二胡发源地等选题的考证研究，独辟蹊径，证据充分，逻辑严密，充分显示了他旁征博引、层层剥茧的功力。旧时的许多生活细节包括语言、动作、着装、用具等，今天在人们意象中已渐行渐远，但在他的笔下依然清晰可辨，栩栩如生。这些文化考证和还原，使其文学作品显得历史文化色彩浓厚，成为值得反复咀嚼回味悠长的优秀作品。

赵宋文化，造极于历史。《庚溪诗话》载宋神宗赵顼曾问臣僚：“历史上哪位文人可以与苏轼相比？”臣曰“李白”。宋仁宗道：“李白虽有苏轼之才，却无苏轼之学。”一语道破两人的差别。作为一个涉足书海的学人，我深知多学科涉猎且深入研读是多么困难的事情，对许多人来说，这只是一个梦想。所以，当我打开先生的作品，看到他大踏步地跨越学科苦心孤诣写出的一篇篇精彩文章的时候，我的心思便飘到了天际，我想，他的功力，属于飘然不群的一类，属于我的“高山仰止”。

我比较了解李旭的学习状态，大概是印象所致，眼前经常浮现他灯下苦读的身影。我知道他身居重要工作岗位，异常忙碌，却穷日落月，勤奋读书，笔耕不辍。我们许多朋友都知道他在厕所里读书、守着医病的侄儿在病榻旁读书属文、多次自费进修不惜重金购书的故事，不一而足，这是他的文章读来感觉底蕴深厚、令人手不释卷的重要原因。作为文化的追求者，我时常茫然四顾，名缰利锁，红尘滚滚，似乎正以傲慢和偏见冷落着文化复兴的热度，因此常常感到一丝寒意。他的执着追求，在我们这样容易被名利羁绊因而视文化为边缘、为虚幻的基层，实在是稀少的事情。就其社会意义而言，这是一簇特别值得赞美的文化风景。

对于文学作品而言，每个人都有每个人的视角，每部作品都有每部作品的世界。视角讲究新奇独特，世界追求风情独揽。打开李旭的作品，大气磅礴、雄浑深沉的一面迎面扑来，擘肌分理、一叶问秋的功力也是尽情展现。

诗词是文学灵动的眼睛，是人间情感最抽象的凝结与释放。在源远流长的文化长河里，诗词是文化精英的舟楫，边塞诗人、豪放派词人，勇立潮头，引领风骚。他们的诗词之所以被后人推崇，是因为这些诗词改变了诗词发展中的某些柔弱绮靡的性格特征，与所在时代中的民族集体性格相呼应，催发了那个时代特别需要的积极进取、蓬勃向上的民族意识。李旭作品的大气磅礴、雄浑深沉，主要体现在他的诗词之中。

李旭出生在塞北地区的康保县，那里广袤的草原、苍凉的山野、质朴醇厚的民风，以及在他青少年时期经历的贫困艰难，塑造了他质朴宽厚、豁达豪放的性格，成为凝聚于他心中的文化基因。他的诗词，体现出视野宽阔、大气磅礴、波澜老成、超然象外的特点，读来感觉有一种雄健纵横的魂魄流荡其中，犹如彤云飞过山雨欲来，潮水激流惊涛拍岸。这些特点，正是其家乡文化特质的体现。如律诗《花甲初识紫荆关》："太行锁钥出奇峰，拒马横流浪逝东。史梦古魂惊北雁，残垣断堞哭西风。关雄道漫紫荆艳，霞卷云舒河水红。铁马南山饲嫩草，男儿不再弄长弓。"以简约宏阔之笔，勾勒了紫荆关的雄奇险峻之势，呈现了铁马金戈、关河萧索的历史沧桑，读来荡气回肠，回味悠远。又如词作《高阳台·故乡七月》："鬼洁苍穹，神修大地，天蓝地绿风清。百草丰饶，登高极目遥程。村稀野阔天低树，暮色间、烟缕轻萦。看农夫、肩挎棉衣，背手归耕。/雷霆不在云间鸣，在凌空就地，就地惊听！覆雨翻云，倏忽冷暖阴晴。斜阳隙照升新艳，一时间、虹映娉婷。怎那堪，走遍山川，难忘乡情。"虽然写的是祥和的景象，但是抓住了彰显宏大气象的具象——苍穹、大地、百草、斜阳、山川、映虹等，把家乡草原的壮美风情一览无余地铺展刻画出来，把对故乡的热爱强烈地表达出来。虽未身临其境，却能沉醉其中，心旷神怡，喧杂为之涤荡，情感随之飞扬。其他作品如律诗《黄山颂》《过剑门关》等，词作《高阳台·思念》《桂枝香·冬临青虚山》等，都有这样的气韵内涵。我推崇一种激昂大气深沉的存在，有一种隐隐的担心，可能有人看多了风花雪月，看惯了傅粉何郎，在潜移默化中，不觉得六朝粉气对于一个民族是一个潜在的忧伤。民族精神的硬朗需要社会全方位的补位，而诗词作为文学构成的精锐，这样的风格引领不可或缺，攸关民族精神的未来。从这个意义上说，李旭的诗词非常值得肯定，有着强硬筋骨、润泽世风的社会意义。

李旭的作品，还有着细腻的一面，这些细腻是他的作品打动人心因而具有强烈的艺术感染力的另一种路径。广阔丰茂的草原，由纤细的小草搭伙结伴而成，因而才有蔓延天际之势；北方呼啸的山野之风，摧不败遍布山野柔情似水、鲜艳夺目的桑格花。生长在草原边缘之地的他，处在艰难生活的环境之中，必然要学会，如何利用逼仄的生存空间、有限的生活条件，去渡过那艰难窘迫的生活，填充孤寂落寞的精神世界。在草原文化和农耕文化的影响下，在人间烟火的熏陶中，他的性格有细致入微的一面，他的作品里自然流动着细腻的艺术风格。这样的风格，使我们在读他的作品的时候，分明感到，他的作品的细腻和粗犷豪放一样，同样推动形成了动人心弦的情感气流和撼人心魄的画面。特别是，于细腻中很善于选择鲜活的事例，使得作品的表现力、感染力非常突出，使人如身临其境，风情万种，与之俯仰。散文《坐标》中，那个老村拆迁时由他亲自测量的地理坐标，犹如高山上的雪莲，孤寂地飘浮在远方，在以后离开故土失魂落魄的日子里，成为人们可望而不可即却常常追思的梦想。散文《回忆二姥爷》中二姥爷“总是喜欢用右手的拇指和食指从上至下地捋来捋去，心田的沉静就会被捋了出来”。这样细致的描写，把一个六七十年代留着旧时装扮遗风带着沉稳和善气质的老人的形象逼真地刻画出来，为母亲能“无言借粮”做了充分的铺垫。其他如散文和小说中父亲打火镰笼火、事隔十几年沙漠里的居民对问路者记忆犹新、二嫂持刀发疯似的跳进羊圈捕杀圈羊、郑家老爷子郑万隆依恋故土不愿搬迁反复拍打门口大树哭喊等细小事例，都是生活影像的精彩捕捉。无论是面对现实生活，还是神游在虚构的空间，他的文笔和情思都能一如既往地细腻鲜活生动，创造了令人肃然起敬、悠然神往的艺术效果。

李旭的五卷书稿，代表了他读书的广度和深度，思想的高度，透露着他值得称道的处事方法和处世哲学。在李旭的生命里，至少有两个李旭存在于他的意识里，相互竞争，纠缠不止：一个是甘于平庸谢绝读书的李旭，一个是读书并且要经世致用的李旭。有幸的是，李旭选择了后者。在万丈红尘中，坚守读书的阵地极其不容易，埋头苦读常使人感到不堪疲惫，外界的诱惑会让人倍感慌张。在四十多年的风雨磨砺中，李旭丢掉读书的理由能找到千百个。但是李旭仍然顽强地坚持下来。商界精英王强有一本书叫作《读书毁了我》，读书帮助王强走向灵魂的涅槃。同样，读书让李旭遇到了伟大的灵魂，读书重塑了李旭的生命，读书幻化为李旭的品格和智慧。李旭是单位公认的处理问题的高手，他能够走上这样的位置，本身就是能力的说明。他能够在错综复杂的环境里，游刃有余地处理各种问题，并且口碑甚佳，没有真才实学是绝对不可想象的。所以，对于那些在书海边持怀疑态度的人来说，对于那些有着本领恐慌的人来说，甚至对于那些自以为很不简单不读书也可以风流世界的人来说，李旭的读书故事，可以说是一个激动人心、振聋发聩的故事，是一个特别值得拥有的人生坐标。

李旭的60万字书稿，博古通今，闳中肆外，文辞赡富，洋洋大观，之于我，得其意旨并非易事。虽反复阅读，对其理解犹显浅薄，自思序文有粗疏浅漏之处，深感力道不济，有负重托。诸君要想了解他的渊博学识和醇厚情怀，领略他文章的风采，或者想知晓他走向成功的奥秘，还是到他的书稿之中去吧，那里有他倾心打造的“风景这边独好”，那是他精心培植的“满园春色”。

是为序。

张子敬

2022年5月1日于任丘

序三

醉心于张家口文化的石油人

春节刚过，李旭就把他厚厚的《迟朴集（上、下卷）》书稿发给我，让我写几句话，我欣然应允。李旭是我的同事，是我的朋友，也是我的老乡。20世纪70年代后期，我们先后从张家口坝上草原的康保县来到华北油田，一晃四十多年过去了。这四十多年里，长于历史文化的共同兴趣，把我们拉成了朝夕相处、形影不离的好兄弟。在我的眼里，他善于学习，学什么像什么，且都有所建树，是一个有思想、有学识、有内涵、有影响的企业界学者；他与不同年龄的人都有话题，且话题不断，是一个性格开朗、不知疲倦、善于思考、勇于探索的学者型企业管理者。李旭不仅学问做得好，工作干得好，人也做得好。他有着坝上草原汉子的淳朴、质厚和热情，善于帮助别人，无论是谁找他办事，他都先答应着，然后不论犯多大难也要千方百计帮助解决，尤其是对年轻人的帮助更是这样，所以年轻的朋友很容易走近他，去寻求帮助，去讨教学问。

虽然说我自认为对他很了解、很熟悉，但读着这部书稿，却还是让我震撼，有一个需要重新认识和审视他的感觉。李旭伏案写下的这六十多万字，是生活经历的获得，是人生感悟的倾述，是回归文学梦想的表达，是追求文化真谛的感悟，可以说，李旭践行了他的初心，实现了他的梦想。

记得一位学者说过这样一段话：“‘文化’是悠久岁月的积淀，是群众智慧的结晶，要‘获得’文化，需要用心学习，需要领悟和升华，真正理解文化的含义。‘自信’是一种深刻而坚韧的信念，不管遇到怎样强劲的阻挠，内心都有一股劲儿，向着自己的梦想和目标勇敢前行。”概括这一段话的核心意思，就是文化要自信，自信出文化。李旭的《迟朴集（上、下卷）》，就是文化自信、自信文化的智慧结晶、追梦写照。

李旭的学识、学问，源自广袤的坝上草原、源自康保人的灶前炕头，来自激情奉献的华北油田、来自企业管理的岗位实践，是根植于生活的沃土之上，是成长于书斋的求索之中。李旭虽然工作在华北油田，但他的心始终牵挂着坝上草原，他的情始终游弋在坝上草原。从某种意义上讲，他一直默默地扮演着康保形象大使的角色，是张家口的文化使臣。康保东路二人台、涿鹿三祖文化、阳原泥河湾文化、蔚县剪纸文化、张北元中都文化、张库大道文化等都有他的牵挂。他将这些乡土文化、民俗文化、传统文化、历史文化变成了区域文化成果，变成了传承张家口文化、坝上草原文化的鸿篇著作，在琳琅满目的中华民族文化园地里，打上了一枚张家口文化、坝上草原文化的标签。

李旭讲过这样一个观点：“学习和热爱历史文化、地域文化、民俗文化的人，都是有使命感、责任心的人。”李旭不仅仅是这样认为的，也是这样做的。他读《红楼梦》，读出了浓浓的张家口方言；他听康保二人台，听出了蒙元文化的深厚韵律；他讲张家口的民间故事，讲出了晋察冀蒙民俗交融的文化高地。《迟朴集》虽然是上、下两册，但编排实为五卷。第一、第二卷是散文和小说，是对张家口历史文化的挖掘，是对坝上草原风情风景的介绍，灌注着故乡的满怀深情，一腔热爱。第三卷是诗词，是对故乡康保、第二故乡任丘和工作单位华北油田、荣盛机械制造公司的情真意切。第四卷《读史随笔》，是对一些历史事件、人物的个体认识，且具有广泛的认同。第五卷《〈红楼梦〉文辞小释》，是对《红楼梦》语言文字方面的研究成果，挖掘出了红言红语里张家口方言的重大线索，提出了前人没有给出的新的方言语义。

人有人格，文有文品。巴金先生主张“在生活中做的和在作品中写的要一致，要表现自己的人格，不要隐瞒自己的内心”。我想，李旭无疑做到了这点。坝上草原天开地阔，张家口文化纯朴憨实，油田队伍五湖四海，企业管理实践锻造，形成了李旭求“真”求“实”的品性、人格与特质。如果你去细读书中的每一行文字，都会发现李旭对坝上文化的理解和认识不是来源于书本，而是来源于民间，来源于社会，来源于阅历，来源于内心。这一部书，是对坝上草原文化的一种痴情，是对张家口文化的一片热忱，是对这片土地的爱，是对历史发展的沉思。我们透过纸背可以看到，李旭在磨砺之后的幸福微笑。

能够不加掩饰地真实地回忆过去是幸福的，能够不知疲倦地追求自己的初心是幸福的。这种幸福，凝聚着真实的近乎于原始力量，聚集着真实的不可遏制的自发情感，又衍生出一种无穷无尽的强大的追求力量。我不知道，是这些“真”与“实”的力量，给了李旭坦然面对生活的微笑，还是坦荡地面对人生的美好心境，带给了李旭无限的幸福？一切都不言而喻。圣人孔子说：“勇者无惧，智者无忧，行者无疆。”在人生之路上，一个大智大勇的行者，一个不断进取的探索者，胸中总是天高海阔。好人一生平安，大福之人必有大贵。

之所以这样写，我是有着亲身感受的。接手李旭给我《迟朴集》书稿之时，是在他人生最低潮、近乎绝望的时候，几个医院均诊断他为癌症且属于晚期，北京知名专家告诉可能手术的机会都没有。但他在度过了三个化疗期后，肿瘤奇迹般缩小了三分之二。之后，他顺利地接受了手术。这中间，由于疫情的原因，求医的过程虽然总是磕磕绊绊、曲曲折折，但结果非常圆满，手术极为成功，大夫告诉他完全治愈。我想，这就是真实、探索、追求、豁达带给李旭的内心平安；反之，李旭的内在平安也印证了真实、探索、追求、豁达的力量是无界的、无限的。

胡建国

2022 年 6 月 16 日于北京

序四

平民的境界

两个多月前，有乡友告诉我，李旭好像得了肺癌，情况很严重，目前在北京治疗。闻此消息，我一时目瞪口呆，惊诧不已。我难以想象这个开朗活泼、真诚厚道，且朝夕相处几十年的好友会是肺癌晚期，但现实就是如此残酷。我的心骤然紧了起来，不知李旭现在的心境如何，还能否坚定、理性、从容地战胜面临的劫难。20年前，他因工作劳累过度，突发哮喘，昏迷不醒。医院两下病危通知，十多个小时的抢救，他竟奇迹般地活了过来。可这次是癌症啊，面对如此人生遭际，李旭还能挺得住吗?

我赶紧给他打电话，希望病情没有那样严重。现在癌症多发，很多患者正规治疗后都恢复了正常生活，我多么希望，李旭也是这种情况。

电话里李旭异常平静。一个恶性肿瘤，长在要害的肺门上，包裹了血管，并且转移到了纵膈淋巴。分期上属于肺癌Ⅲ期，也就是晚期。目前根本无法手术，需要进行化疗，依据效果才能确定下步治疗方案。

这些年我探望过很多病人，也遇见过各种情况。但李旭像介绍别人的病情一样，很专业、很平静的说着自己，我不由肃然起敬，仔细倾听着他坦然的叙述。因为我知道，面对一个癌症病人，任何深思熟虑的安慰，都可能触碰到病人的敏感神经，或多或少地影响病人的情绪，甚至治疗效果。

李旭似乎从我小心谨慎的语气里读懂了我的心声，他反过来改用张家口家乡话开导起了我。“老天的眷恋，让我得了肺癌，天还没有塌下来！现在正在进行化疗，效果还不错。”他的声音没有惊恐状态下的激动，甚至听不出一点焦虑：“开始几天确实压力巨大，但确诊以后压力反而减小了。我现在也过60了，父母都孝顺走了，孩子成家立业，孙子今年上学，后继有人，心里没有什么太多的顾虑了。少了那些挂碍和恐怖，心里自然淡定了许多。要说还有点小牵挂就是担心老伴以后的生活，同时也惦记着那本书。”

一个人，一本书，这是李旭病重期间最重要的牵挂！“老哥放心，我现在是能吃能喝能睡，积极配合治疗，争取最好的疗效，同时尽快把手头这本书稿修改完成。”

李旭的话有安排后事的意思，但更多的则是对生活的严谨、热爱和认真，我似乎忘记了他是一个癌症晚期的病人，又看到了那个生龙活虎、孜孜不倦的李旭。

晚上，李旭给我发来一首诗《深冬吟》：

冬至已来临，春分不再远。窗外雪关枝，杨柳晒冬暖。

百枯待来春，舒姿对新盼。冷冽有情牵，寒鹊迎风站。

悍风摇树冠，叶落根难撼。

诗中充满了对严冬的无奈，对春天的期盼，以及对战胜疾病的信心。冬春之交“雪关枝”的景色，风摇树冠后的“根难撼”的情境，都让我体味到了李旭病中的心境。在化疗的巨大副作用的干扰下，他能静心填制出如此规范、优雅且饱含忧伤的古风，这足以令我非常欣慰。面对病情的突然袭击，李旭显然超越了常人的理性高度，坦然面对现实，平静接受这个难以接受的事实。良好的心态，是战胜癌症至为重要的条件，李旭创造了这个条件，他一定会胜利的。

作为一个农民的儿子，李旭一直刻苦学习，努力拼搏，脚踏实地追逐着时代的步伐。退休前，他当过老师，搞过宣传，当过警察，做过管理。以坚忍不拔的毅力考取了律师、高级政工师、经济师等职业资格证书以及执业证书。他是河北省作家协会会员、沧州外贸管理协会的副会长、任丘市连续两届的政协常委。到现在还是河北华友律师事务所律师和华北油田作协副主席。不管干什么，他都干的风生水起。搞法律时，作为副主编和主撰稿人出版了《石油职工法律读本》，成为中国石油系统的职工的法律培训教材。做管理时，出版了管理专著《品味管理》，集20年企业一线管理经验，在国内第一次指出了“工时定额管理的不科学性”，实际上是否定了工时定额管理的科学性，在管理学界引起了不小的震动。至于他的散文集《阅读故土》，更是被家乡人誉为“康保的名片”，被北京、上海、河北的一些大图书馆和著名高等院校所收藏。

所以，在重病缠身之时，李旭依旧牵挂着一本书，就是他要完成的新作《迟朴集》，我就毫不奇怪了。如果他完全沉浸到了病情之中，放弃了该完成还没有完成的任务，那他就不是李旭，我太了解这个朋友了。

关于《迟朴集》的出版谋划其实已经有几年了，他也不止一次地征求过我的意见。不少文章和诗作都曾经发给我让我提意见。其实对李旭的作品，我已很难提什么修改建议，往往是一字不动地推介到一些刊物或新媒体平台上。令我欣慰的是，每一篇都有非常不错的反响。十分巧合的是，就在李旭到北京住院的当天，新华出版社审稿会上，编审们一致同意将《迟朴集》列入出版计划。从那时开始，他就一边认真修改校对60万字的《迟朴集》，一边顽强地与疾病抗争，他面向黑暗与光明并存的生活，无视黑暗的存在而努力追求光明，这就是草根李旭的生活观。

我相信李旭的坚强，他一定会战胜疾病，重新活跃在朋友群中，给大家不断地带来新的作品。

我相信《迟朴集》的厚重，她不仅是作者个人的牵挂，更是众多喜欢他的读者的期待。

海明

2022年3月9日于华北油田

目 录 CONTENTS

第一卷 散文

第二卷 小说

第三卷 诗词

第四卷 读史随笔

第五卷 《红楼梦》文辞小释

第一卷

散文

沙漠并不寂寞

（一）

和建民第一次见面是1971年冬天，我10岁，他8岁。最后一次见面是1978年夏天，我17岁，他15岁。每次见面都是在他的出生地锡林郭勒盟正镶白旗乌兰察布苏木敖伦淖嘎喳的高勒温多尔。这里只有两家人家，一家是建民家，一家是我的叔叔家，两家一共6个人。

高勒温多尔地处中国第三大沙地浑善达克沙地的腹地，这是一个沙丘连绵，灌木横生，大片的黄沙和小片的绿洲共存，天上的飞云和地下的扬沙相拥，冬天的风雪和夏天的旱雷互虐的地方；这是一个牲畜和野兽比人要多，蔬菜水果比蘑菇沙葱要少的地方。这里的人烟稀少，不单住在城里的人们，即使住在农村的人们，也是很难想象的。在这里，十天八天甚至一个月两个月见不到一个人，都是一种常态。我的父亲曾经讲过这样一个故事：有一年他徒步进入这块儿沙地，在无际的沙地草原上碰到了一位四十多岁的蒙古族牧人，父亲向他打听一下行进的方向，未曾想，刚交流了两句，这位牧人就用生硬的汉语，准确地说出了父亲的名字、是哪里人、要到哪里去！父亲十分惊奇，问他怎么这样清楚自己的底细，那牧人笑着说："十二年前的一个夏天，你到我家问过路，我还给你烧了奶茶喝，你还嫌我的奶茶太咸！"这毕竟是12年前的事了，父亲的记忆已经模糊，他对记不起曾经帮助过自己的人感到内疚，由衷地羡慕和赞叹牧人朋友的记忆力。没想到那牧人又说："不是我的记忆力好，从我记事到现在，只有你一个生人到过我家，所以我是不会忘记的！"李颀有诗句"野云万里无城郭，雨雪纷纷连大漠"，《楚辞》里也有"野寂漠其无人"的名句，这些何尝不是对高勒温多尔这个地方的描述呢！

第一次来这里，我和建民玩了整整一个寒假，还在这里过了一个春节。建民那时虽在孩童之际，但已是家里的重要劳力了，记得那时什么样的牧活他都干，并且都会干，骑马骑驼是牧民的基本生活能力，也是基本生产能力，建民在马背上和驼背上的潇洒姿态，至今不能忘怀。那匹褐色的马，飞奔起来肚子几乎贴在了沙地上，建民小巧的身子，就像长在马背上一样，一转眼，就会在这个沙丘消失，在远处的另一个沙丘上出现。那时的建民整天笑呵呵的，手头的活一干完，就来找我，领着我或是在沙丘上出溜沙子，或是在灌木丛里套兔子，或是在草地上夹喜鹊。建民最不喜欢喜鹊，他说喜鹊最坏，最爱偷吃别的鸟的蛋，还偷吃别的鸟的小鸟，不仅它自己吃，还用别的小鸟喂它自己的小鸟，他用耗夹子挂上一点肉，来引诱喜鹊，几乎没有失手的时候。

就是在那一个月的时间里，建民不仅教会了我骑马、骑骆驼，还教了我不少的蒙语。记得我逮住第一只野兔时，他笑着对我喊："赛诺（好）！赛诺（好）！别让它咬住了，兔子咬人可厉害！"那是我第一次知道兔子是咬人的，而且很厉害。

最后一次见面是在一个秋假，我已经高中毕业，但建民只上完了小学就辍学了。我曾劝他继续上学，建民一脸茫然，一脸的无奈。在这无际的大草原上，当时小学要到 40 多里地的公社去上，中学则要到近 200 里外的旗里去上，学杂费不说，就是来回一趟趟的交通问题就难以解决，再加上建民在家里是老大，即便是有上学的条件，家里也会终止他上学，回家顶门立户比上学更加重要，字认出头朝上下就可以了，但牧人的本事是一点都不能含糊的。

记得 15 岁的建民比我这个 17 岁的哥哥成熟多了，他俨然是个大人，父母也开始为他的婚事操心。黝黑的脸膛，黑糁糁的头发，洁白的牙齿，特别是他不苟言笑的神情，和第一次见到的他判若两人，他也似乎不像第一次见面那样亲热，早上独自赶着一群羊出去，太阳落山后又独自回来，我知道在这一天里，这一群羊是没有一点寂寞的，不但有建民给他们寻找到的肥美的青草、水灵灵的各种野花，还有羊与羊之间的爱情。但我不知道建民一个人这一天是怎么过的，呼唤戈壁，放歌蓝天，还是盘算未来？总之是不会有回忆的，因为在我看来，他年复一年日复一日，一个人和一群羊在一起，去何处寻找回忆呢？

晚上回来也不再来找我玩耍，只是礼节性地来看看我，一脸大人的神色："四哥步行来的？三天走了200多里沙地，脚上打泡了吧？这两天好好歇歇。明儿黑了，过那面儿请四哥吃顿油炸糕。""明儿黑了"，指的是明天晚上，"那面儿"，指的是他的家。他已经有了自作主张在家里请客的资格，过去这种决定是要他父母做出的。相约了我之后，再约我的叔叔说："大爷也一起去。"说完就出去开始忙着饮羊去了。

在草原深处，吃油炸糕要比吃肉讲究多了。第二天的晚饭是由建民主陪的，不仅吃了油炸糕，两个人还喝了一瓶酒。

吃完油炸糕的第二天我就返回了，因为建民放羊走得早，离开时也没见到他，这一别就是44年！

（二）

后来相互就没有了音信，建民依旧在敖伦淖，还是离开了，身体如何，家庭如何，都不得而知。有几次我试图去找他，但都因迷路而半途而废，因为到现在建民住地的通信信号都不好，不用说导航，连收音机都断断续续。大概是2018年冬天的春节过后，我再次来到他所在的乌兰察布苏木，终于从一个喝醉了酒的牧人嘴里知道建民还在原地居住，孩子已经有了工作，但因大雪封闭了苏木通往嘎喳的道路，又没有见到。

今年夏天，从一个到草地收购牛羊的朋友处得知，草原已经实现了"村村通"工程，基本上每个牧民定居点都通了公路，这消息再次点燃了我拜访建民的热情。我携妻子经过三个多小时的驰行，再次来到了乌兰察布苏木，在路边的一户牧民家，很容易地打听到了去往敖伦淖的水泥路，不过牧民告诉我，敖伦淖村大约有近 300 平方公里，十几个牧民定居点，建民住在哪个定居点，只有再去打听了。

沿着牧民指引的方向驶出大约 30 公里后，估计离敖伦淖不远的道边出现了一处牧民居住点，我决定下来再问问道，大草原上虽然有了逼逼仄仄的水泥路，但没有导航，依旧盲人骑瞎马，我本是被迷路迷怕了的，问问路心里会踏实很多。

这个居住点只有两间住房、一处羊圈，孤零零地矗立在沙地草原中，我走到了房子前，第一个感觉就是这里不可能有人居住，因为整个房前屋后没有一点生活的痕迹，更没有一点生产的痕迹，连房门前低矮的台阶上的砖缝里都长满了野草。我敲了敲门，问了声："有人吗？"

屋门"呼"的一下打了开来，我断定不可能有人的屋子里，走出来一个年过半百的牧民，他的脸上几乎没有任何表情，也不说话，只是用眼睛盯着我，似乎在用眼睛回答我的问话："有人！你要干什么？"

我问道："我是个过路的，麻烦问一下，这里是敖伦淖吗？"

"是！"蹦出了一个字之后又没话了，眼睛依旧盯着我，等待我的下一句问话。

"请问一下，有个叫建民的住在哪里呀？"

他看了我十来秒钟，脸上还是看不出什么表情，反问了一句："找他有事？你是谁？"

听着他的问话，我的心率顿时快了起来，这就是 44 年前的建民无疑了！我终于找到了他，终于再次和他相逢了！再仔细端详他，头发还黑，但稀疏了许多；身体还是偏瘦，但不再灵活；皱纹虽然不多，但每条都饱含沧桑；唯有牙齿，没有什么变化，依旧洁白整齐。

当我说出了我的名字后，他又上下打量了我一下，挪开了挡在门里的身子，十分平静地说道："你是康保的四哥呀，快！进家！"脸上依然没有什么表情。

我在路上设想了很多种我们相隔44年后重逢的情景：惊讶，激动，甚至流泪；握手，拥抱，甚至相互捶打，但这都没有出现，建民的平静也让我平静了下来，平静后便感到了一种陌生，一种隔阂，毕竟44年了，时间不仅可以增加思念，也可以增加冷漠，不仅能够增加信任，更能够产生怀疑。如果是我，突然面对一个孩童时的玩伴儿来访的时候，能够激发出惊喜，还是能够激发出冷静呢？

（三）

这是两间红砖红瓦的，耳房罩了彩钢顶的房子，特别像建筑工地上的简易工棚，每间大约20平方米，里间一分为二，隔成了两个卧室，外间是厨房餐厅，也兼客厅功能，显得拥挤且杂乱。进门后我和妻子就坐在紧靠门边的一个油漆已经脱落殆尽、桌面油渍渍的两屜小桌的旁边。建民端上了一盘煮好的牛骨头、两碗热气腾腾的奶茶，对我说道："四哥四嫂先喝点茶，吃点肉，我先给她喂喂饭。"说完端着一碗奶茶泡馒头走进了里屋。

正当我疑惑建民是在给什么人喂饭的时候，建民出来了，像是在对我述说，更像是在自言自语：

"我们家的这个，植物人，十二年了。因为抑郁症，自杀抢救过来就这样了。没办法，只有我陪着她，陪着她好好活下去，为了这个家，不管什么时候，都得让孩子们看着他妈活得很好，才能让孩子们在外地上班更放心，虽然她不会动、不会说，但还有口气，我也好歹就有个伴儿。

"她是一个特别要强的人，家里的一根顶梁柱，忽然得了腰椎间盘突出，不能再干力气活了，不想连累我和孩子们，傻乎乎的想不开，就寻了短见，离医院又远，稍微近一点都不会这样子……医生说再提前半个小时就没问题，半个小时，半个小时，哭都哭不来的半个小时……”

建民还是那么平静，说到最后，竟然还冲着我笑了笑，这是我见到他之后的第一次笑。

我向建民问起这几十年的生活历程，他的叙述依然平静：

“三十年前，你叔叔搬走了，我的老人也陆续去世，后来弟弟妹妹们长大成家也搬走了，这里就只剩我一家了。再后来家里的就病了，我就天天守着她，这一展眼人就老了。现在好了，孩子有了工作，不再像我这样，一辈子连锡林郭勒都没去过几次，政府把路修到了家门口，还架来了高压电，生活比原来强了一百倍，唯一的盼头就是老伴儿的病情不要恶化，厮守着好好生活下去。”

只是在他把一口烟深深地吸进肺里的那一刹那，我意识到了他的艰辛和坚强以及他对未来生活的憧憬和如释重负。

（四）

建民的这个定居点已经发生了翻天覆地的变化，没有给我留下童年少年时的一点影子。曹丕说：“节同时异，物是人非，我劳如何？”李清照吟：“物是人非事事休，欲语泪先流。”44年后再踏上这片土地，我惊诧地有了“人是物非时时休，欲问话先无”的感慨。原来房子前面是一个几千亩大小的淖泊子，冬天是一个天然的滑冰场，夏天则是水鸟的天堂，蓑羽鹤、斑头鸭、鸿雁、鸳鸯等珍稀水鸟都是这里的常客。现在这里没有一点淖泊子的痕迹，说不上是哪一年，已经被沙源整个覆盖，上面长满了一年生或者多年生的野草；原来房背后是几十丈高的沙丘，连绵十几里，现在则成了一个沙梁，反而原来西边的沙梁却变成了高耸的沙丘；原来东边是一片红柳林子，当年我和建民套兔子就是在这片林子里，现在这里是平展展的沙地……

看着我发愣，建民说：“四十多年了，沙疙瘩年年移动，再加上连年干旱，这里变化的甚也不像甚了。”他用手向前指了指：“那就是你叔叔原来的房子，早就埋在沙子下面了，连我也说不好具体位置，等以后有人来考古吧。”

44年了，这里发生了沧海桑田般的变化，但建民的坚守没变，建民的孤寂没有变，建民的爱情没有变，这不仅让我感慨这片沙漠的广袤，更让我深思建民的胸襟……

2020年9月15日

康保甜苣菜

每到仲夏时节，母亲就会念叨起坝上老家的甜苣菜，“让家里人挖点红芽芽甜苣来，也不知能不能邮寄？”这时候总能看出母亲对这红芽芽甜苣菜的期待。

在老家有一个评判是否孝顺老人的标准，虽然这标准不是唯一的，也不是主要的，但却称量着儿孙们对老人的情感斤两，那就是老人想要吃一样东西的时候，儿孙们是否能够满足。大约四十年前，我的一位表姑夫去世，我去磕头的时候，就听表哥对父亲说：“我爹走得很安详，没有什么落后悔的了。死的前十几天，和我说想吃一口怀安老家的豆腐皮，我马上就给老家的表哥拍了个电报，十来天就给寄来了。呵，我爹那天可没少吃，足足有小半张。”打电报给远在二百多里外的表哥求寄一点豆腐皮来，以满足病危父亲的希望，这在当时贫困的乡下是一件很了不起的行为，足见表哥的孝顺。记得当时父亲还说了一句大意如下的话：“好！你们这几个孩子都是好孩子，你爹在天有灵的话，也能闭眼了。”当舅舅的在隆重、庄严、肃穆的丧事现场能说出这样一句话，那是对孝男孝女们的最大褒奖。

母亲每次念叨红芽芽甜苣菜，我都会想法去满足，因为这并非是一件难事。华北大平原也是甜苣菜的盛产之地，每到野菜上市的时候，每个菜市场都有售卖，我总是挑选一些最嫩的买来，以飨母亲对甜苣菜的渴望。但每次母亲吃后都会流露出一种遗憾的神情，有时还会来一句：“这里的甜苣菜奶子太少，叶子太大，不像咱老家的红芽芽甜苣菜。”我没有理解这种遗憾的蕴意，反而认为这是母亲记忆上的错觉。

母亲所说的甜苣菜，学名称作“苣荬菜”，华北平原地区的人称作为苦菜或苦苣，就其特性来说，称作苦菜是很贴切的，因为这菜的苦味不亚于苦瓜，坝上人则反其意而称之，将苦字改为了甜字，可能包含了坝上人以苦为甜，以苦作乐的幽默、豁达的精神境界吧。

今年的五一节，与母亲一起包饺子，母亲望着窗外鹅黄的绿篱、摇曳的翠柳，又提起了坝上老家的红芽芽甜苣菜："记得我年轻的时候，一入夏，你姥姥就领着我和你大姨去挖甜苣菜，每年要腌上一大瓮，用新鲜的甜苣菜包饺子，啊——啊！那甜苣菜，只有两片小小的红叶子，剩下的是一拃长的白生生的根子，那个嫩呀……"母亲的记忆回到了七十年前。

听老人的话就是在读老人的心，多少年了，我一直没有认真读过母亲心中的这棵"红芽芽甜苣菜"，这次我似乎读懂了，母亲表达的重点是"红芽芽"这个定语，这三个字，把坝上的甜苣菜与华北大平原上的苦菜彻底地区别开来。听着母亲涓涓细流般的回忆，同时我也明白，这几年给母亲买的苦菜根本就不是母亲心里的期待。

我虽在坝上长大，每年也都要去挖野菜，但对这红芽芽甜苣菜的记忆却十分模糊了，但我坚信母亲记忆的精准和所蕴含的深沉的乡情。

我给姐姐打电话，姐姐说，特意让姐夫去挖了一天，没想到的是挖菜的人比菜都多，市场上 20 元一斤都难以买到，姐夫挖了一天，收获不到半斤，姐姐说，明天早早到市场等着去，买上一点一起给娘寄去吧。

这时，我才终于明白母亲的期盼所在了。红芽芽甜苣菜，不仅是母亲一人的惦记，而是整个坝上人的惦记，虽然我对这菜没有了记忆，但这实苦似甜的野菜已经根植在了整个坝上人的心中。我离开坝上的时间太长了，竟然不能领会"红芽芽"的真谛，我感到了一种忘却故乡的自责和痛苦。

生活中充满了巧合，有时的巧合是一种悲哀或遗憾，有时的巧合则是一种喜悦或幸福。刚听母亲念叨过红芽芽甜苣菜，就接到了老家好友涛兄的电话：

“好不容易搞到了一些红芽芽苦菜，给你寄去了，让老母亲尝个鲜吧。老家也没有什么好东西，就这个红芽芽苦菜还算有点名气。”

涛兄把老家统称的甜苣菜称作苦菜，这是为了适应我在外多年的普通话语境。他说“老家也没个什么好东西，就这红芽芽苦菜还算有点名气”，使我越发震动，“坝上三宗宝——山药、莜面、大皮袄”，但这“三宝”在涛兄的眼里竟然算不上什么“好东西”了，有点名气的却是这红芽芽甜苣菜，这使我进一步明白了母亲惦念红芽芽甜苣菜的深层原因所在。

第二天，涛兄和姐姐邮寄的红芽芽甜苣菜包裹同时收到。打开纸箱的一刹那，母亲的眼睛似乎亮了许多，她伸出曾经为了生存而挖过红芽芽甜苣菜的那双饱经风霜的老手，捧起了一把，仔细地端详着：“哎呀呀，看这根儿，这么粗、这么长；看这奶汁，这么白、这么多；看看这芽芽，这么红、这么小，几十年了，没见着这么好的甜苣菜了……这才叫甜苣菜呀！”

我也一下子发现了坝上甜苣菜与华北大平原上甜苣菜的差别，坝上的甜苣菜，红芽玉茎如少女娉婷，甘苦同根共释道相依，故乡啊，不论离开多久，总能随时随处找到乡情的归宿。

之后的一段时间，每顿饭母亲都会拌上一小碟，就着热腾腾的黄酒，就着八十多年的记忆，品味着苦中的甜以及甜中的苦，母亲像一个得到了心爱玩具的小孩儿一样，不再念叨红芽芽甜苣菜了。

2015 年 7 月

异样的年氛

已经到了腊月二十六了，过年的东西还一点都没有准备，甚至连如何过都没有认真地考虑一下。晚上吃完饭，我便征求母亲的意见，如何过年的决定，每年都是要由母亲做出的，这是我们家中母权的重要体现。未料到的是母亲的态度异常淡定，她只说了句“怎么过都行”，就把注意力转到了电视剧《好大一个家》的剧情上来了。86岁的老人，应该对过年有着比儿孙们更多的关注，但现在她更关注电视剧中的哪个老师的婚姻前途。

20世纪六七十年代，过年是一家人最重要也是最虔诚的大事件。未进腊月，父母就开始了年的筹划。吃的、穿的、耍的，走亲的、待客的，无一不周到缜密。

孩子们每人的年衣是父母首要考虑的。所谓的年衣，其实就是一件棉衣和一条棉裤，当时农村的孩子们与现在的孩子们相比，生活上有着天壤之别，我的记忆中，上中学以前，冬天的衣服就是一身光板儿的棉衣，是没有外罩的。唯一的内衣，是一件母亲手工缝制的类似于无袖夹袄一样的被称为“腰子”的东西。年衣的质量要根据当年的年景和家中当年的经济条件来统一平衡决定。当时家里有三个孩子，最讲究的新面子、新里子、新棉花的“三面新”棉衣棉裤不是每个孩子都能得到的，那是要按年轮换的。一般情况下，是做新面子的衣服，里子是经过洗涤和缝补过的原来的旧面子，棉花则是用过的已经有些板结的旧棉花，不过需要再加工，用手撕开，尽量恢复棉花应有的柔软和弹性，这件工作还有一个特定的词汇，叫“撕棉花”，后来人们把旧棉花交给毡匠，用弹毛弓把棉花弹开，弹开的棉花除了颜色外，基本和新的一样，这叫“弹棉花”。把衣服的面子做成新的，不仅仅是为了实用，更重要的是关系着父母的脸面，因此，再困难母亲都要全力以赴，有时不得不提前半年就着手准备了。

就是这样的一身新衣，也会给每个孩子带来一年的期待，穿新衣、放鞭炮、拜大年便成了孩子们心中过年的代名词。至今还记得除夕起五更时穿新衣的感觉，那厚而柔软的棉裤，坐着穿上，便很难站立起来，往往是弟兄几个在一片笑声中相互帮扶着站起，开始的一两天，走路时腿很难打弯儿，很有点现在电视里机器人走路的姿态。穿新棉袄时，最困难的要算扣扣子了，母亲亲手用器眼儿带子（鞋带）编制的桃疙瘩扣子，开始的几天很难扣上，有时不得不用筷子将扣鼻撑大。

无论母亲是否关注年的过法，年还是要过的，在老人面前不能表现出丝毫的懈怠。当谈到年衣时，母亲从剧情中暂时又回到了现实："千万不要再给我买衣服了，好几件一次都没有穿过。"妻子说："不买衣服也罢，那就买条蚕丝被吧。"母亲笑了，但依然关注着剧情。

在当年，不论日子如何艰难，年货总是要备办的，而这些年货就成了全家人特别是孩子们一年的惦记，也成了父母对"贫困"二字最艺术的诠释——困难条件下，年货如何备办的更丰富、更喜庆、更实用、更符合传统习俗……

就现在的生活水平来看，当年的年货是那样的廉价、单调而又弥足珍贵。每样都不会超过两斤的红枣、黑枣、柿饼子、黑糖蛋子，一斤散白酒，一板小鞭炮，几支二踢脚，一张红纸，几张钱垛（冥币），这就是我的记忆中动用现金购买的全部年货了，总费用也就十来块钱。就是这点东西，也需要提前几个月分批置办。记得每年母亲从买第一样年货开始，都会避开所有孩子的注意，把年货悄悄地藏到红柜子里，并且还要给这柜子加上一把锁。即便如此防范，到除夕用的时候，母亲会忽然发现东西少了许多，她会生气地骂道："这两个水蛋客，像防贼一样也没防住，还是叫他们偷吃了。"她知道，这贼肯定就是我和弟弟了。除夕晚上包完饺子，母亲便开始收拾年货，她自豪地从贴身口袋里取出钥匙，打开柜子，像变戏法一样，变出一碟碟好吃的来。印象深刻的是，这些好吃的，父母总是象征性地吃上一点，他们最大的慰藉是看着孩子们享用……

之后哥哥和嫂子参加了工作，每年的年货都是他们备办了，即使哥哥和嫂子不回家，也要把年货邮寄回来，哥嫂的年货要丰盛得多，我第一次见到花生米，就是哥哥从黑龙江寄回来的。每当收到哥嫂寄来的邮包，家中的年味顿时就会浓烈起来，不论离过年还有多长时间。后来我才知道，哥嫂当时也很困难，给家中置办年货不比母亲省心省力多少，但带给家里的欢乐和欣慰却是无限的。

其他的年货是要靠自己亲手制作的。炸麻花、轧粉条、推黄米、磨豆腐这是每年不可或缺的营生。一副用于轧粉条的饸饹床子，一进腊月，便在各家轮流着吱呀吱呀地叫了起来。村南村北两个碾道（碾房）昼夜不停地响着毛驴拉碾子的踢踏声，散发着糕面特有的清香。会做豆腐的几户人家每天都热气腾腾，一块块香喷喷的豆腐贮存到了家家户户。炸麻花是父亲的擅长，每天生产队收工后，父亲都会被请去炸麻花，回来后，他就会和母亲总结一番炸麻花的用料和火候。

电视剧播完一集是例常的广告时间，“古法老白干，喝出男人味儿”，一句广告词提醒了母亲，母亲指着电视说：“上个月你们买的这个酒太辣，喝的时候还得加糖，以后我不喝白酒了，有红酒就行了。你们从老家带来的黄酒，原来是张家口出的，味道还可以就是有点甜。”但她仍然没有关注我们正在和她商量过年这样的大事情。

准备肉食，是过年的一大任务。坝上半耕半牧，有一定的草原文化背景，因此，坝上人对肉情有独尊。无论怎么困难，过年都是要准备一些肉的，虽然多少不等。当时每逢重要节日，生产队都要杀几只羊分给社员，春节是必杀的。每到杀羊的这一天，社员们会倾巢出动，来到生产队的饲养院里，等待分肉时刻的到来并感觉年的气氛。分到的羊肉是有限的，有时候会到公社供销社买几斤猪肉。分来和买来的肉会存放到闲房里，三十和初一用一些，其余的要留着招待客人。

为了补充肉的不足，遇到下雪天，人们就会带上杀板到野地里捕杀鸟雀。所谓杀板，是用马尾搓成一个个套子，然后均匀栽到一块木板上做成的，对鸟的捕杀效率非常高，捕杀来的小鸟往往成为年桌上的一道佳肴。为此人们还创编了一句歇后语，“雀头炒盘子——都是嘴”，来表示人多嘴杂。

电视剧结束了，母亲才想起了过年的事，她说：“今年你们不要再买花炮了，电视里演了，今年要保护环境，不准放炮，那么大、那么响的炮也真是危险，还是买张福字贴贴算了。”这是母亲对今年的年如何过的全部指示了。

过年的气氛渐渐发生了变化，不知是观念变了，还是社会发展了？也不知是进步了，还是倒退了？过年，仍然让人惦记，却越来越不被重视了。

2015 年 3 月 4 日

时间记忆

我臆想，不论什么样的人物，或伟大或渺小，或富贵或贫穷，或渊博或肤浅，总会有感到寂寞和孤独的时候，而寂寞孤独的背后则是精神和物质辉煌的失落，以及痛恨没有过任何辉煌的淡淡的悲哀。不论这种感觉缘于什么意境，持续多长时间，总会是有的。我也有的。

当寂寞和孤独袭来的时候，我总会想起童年，想起历经的或长或短，或波澜壮阔或碌碌无为的人生路，便开始自责，也有欣慰，当然也缺不了悲哀和“如果能重新开始一次……”的自悔。

重新开始自然是不可能的，自己很清楚这本体的现实性，除非堕入宗教的理性，而往往又感到宗教的理性与自己的距离，的的确确的是可望而不可即。

于是，便痛恨起了时间！这说快也快、说慢也慢的东西！

时间究竟是个什么东西？庆幸的是至今尚无一人能说得清楚，这就是神圣和深邃。虽然说不清楚，好在时间的自由，飘忽不定，存于每个人的心间，又让每个人都说不出样子来，有时就有，无时就无，拥有了那是天赐的应该，失去时也不会比被人偷了两块钱而心疼。神圣和深邃还在于不被注意时，是那样的平淡无奇，一旦给予一点点重视，就会让重视者得到心灵的震颤，得到一次重新开始的振奋。

五十年前。

五十年，不算长，也不算短，历史的长河中，五十年，只是白驹过隙，但于人的一生，那是一个知天命的漫长积累过程。

那年我三岁，姥姥去世，这是我最早的记忆。结束生命时，亲人们的伤痛欲绝和呼天号地是最能印在记忆深处的，如果不是死亡，最早的记忆可能会推迟一段时间，原来时间是会被事件调整改变的，经常发生的时间与事件的错位可能就源于此吧。

父母接到姥姥病重的电报后，便带着我前去探望。姥姥家离我家只有 140 华里，当年却整整走了两天，先是坐了 60 里的马车，从家里赶到县城住下，第二天一早坐上唯一的一班汽车跑了 50 里到了姥姥家所在的公社，剩余的 30 里地是父亲背着我步行走的。去年我开车重走了当年走过的这条路，只用了不到一个小时。

50 年前两天的路，现在不到一个小时就到了，时间是会受速度支配的。速度等于距离除以时间，不仅仅是一个物理公式，原来其中包含着深刻的哲理，由此我对中国改革开放的重要探索者之一袁庚，在改革开放初期提出的“时间就是金钱，效率就是生命”有了更深刻的体会。

当我们来到姥姥家的时候已近黄昏，血红的残阳通过狭小的窗户眼儿照在姥姥的脸上，整个皱纹纵横的脸像涂了油彩，72 年的人生路已经走到了尽头，但姥姥依然安详豁达，后来母亲告诉我，那一夜，姥姥几乎没睡觉，她不时地摸着这个第一次见到但已三岁的外孙的头，祷告般地为我祈福：“这孩子，虎头虎脑，唇阔鼻正，一定是个有福的，你们两口子也会得他的济的。”姥姥的话一语成谶，后来我果然比父母以前的所有族辈们都幸福，没有逃过兵祸，没有跑过反，接受了良好的教育，并且有了不但能够自食其力，还能够养老赡小，一干就是 40 年的一份安定的工作，这让我对时间有了新的感悟，时间是物质的，时间会随着时间的变化而丰富起来，把握好时间，前辈的每一句祝福都会变成谶语。

除了血红的残阳和姥姥油彩般的脸，还有一个深刻的记忆，就是插在白瓷大碗中摆在窗台上的那一炷香。香是土黄色的，有绿豆般粗细，香烟袅袅，像从房梁上垂下的一根绳子，从香头直达黑乎乎的房顶，遇到房梁后便四下散开来，钻到覆盖在房顶的苇箔中藏了起来。这就是人们说的“通天香”了，据说香烟的形状预示即将离世的老人在阴间的地位。无穷无尽的时间，漫漫的人生之路，尽在这一炷香、一缕烟之中啊。母亲和大姨倒并不在意这香烟的形状，而更关注香的长短，每当一根香烧完的时候，两人就会服侍着姥姥喝上一碗汤药，然后再续上一根，后来我知道，这香火是用来计时的。

姥姥是在我熟睡的时候咽气的，我是被母亲和大姨撕心裂肺般的哭声惊醒的，我不知道为什么她们会对着“睡着了”的姥姥大哭，惊恐地看着这场景，这场景也就不可删除地永久保留在了我的脑海里。

姥姥去世的具体时间永远无法确认了。母亲说是在鸡叫头遍之后去世的，大姨说是死了之后鸡才叫的，总之，死的时间是在鸡叫时分，鸡叫鬼散，小鬼一定是在鸡叫前，急急忙忙把姥姥押送到阴间地府的。这香火可以告诉什么时候姥姥需要吃药，但告诉不了姥姥的死亡时间；这鸡叫告诉了姥姥大概的死亡时间，却不能告诉姥姥何时需要服药。

今天再不用为这些事纠结了，需要纠结的是现在的时间为什么一天比一天快？

2016 年 3 月 23 日

“万全釜肉”小考

出张家口顺张怀大道西行60里，便是我的祖籍万全县郭磊庄何家屯了，虽然我没有在这里生活过，但父母却生于斯长于斯，熟悉万全的点点滴滴。他们那一口纯正的万全话，是我乡情的归宿，他们挂在嘴边子上的万全的香瓜儿、玉蜀黍、麻豆腐、油煮糕、绿豆粉都是我终身的记忆。特别是“万全釜肉”，更是我童年时逢年过节的期盼。

我的父亲熟稔万全家常菜的制作，很有几个拿得出手的万全家常菜，以豆腐皮、大豆瓣、粉条、干豆角等为食材的家常小炒、小炖自不待说，可以支撑乡下大席面的，比如扒肉条、麻豆腐、芥末菜、蒸丸子、熏肉、釜肉等也备受乡里人的青睐。到康保定居后，便成了全村乃至邻村婚丧嫁娶慕聘的“厨子”，20世纪60年代，还被聘为公社食堂的大师傅，干了六七年后，因编制原因被解雇回家。虽然被解雇了，到我村下乡的公社干部，还是要点名到我家吃一顿父亲做的饭，以至于后来我家就成了接待上级干部的定点户。

扒肉条和釜肉都是以肉为主要食材的，表面上看，扒肉条要比釜肉难做，因为比釜肉的工艺复杂。扒肉条要经过“三遍”，即一煮，将大块的猪肉放在加好调料的大锅中煮一遍；二熏，把煮好的肉用柏木屑、小米、茶叶的混合烟火熏一遍；三蒸，熏好的肉切片，码放在盘子或碗中，加入适当调料后上锅蒸一遍三道工序。而釜肉只需“煮”这一道工序。虽然只有一道工序，但其中所包含的菜肴哲理和凝聚的乡里精神，一点也不比扒肉条少，从我的父亲对这两道菜的态度上就可以看出，他对釜肉一直存有一种敬畏的心理，不敢轻易将釜肉飨人。

所谓釜肉，就是把大块儿的牛马驼驴等大牲畜肉放在大锅里用大火煮，直至酥烂入味，直白一点说，釜肉，就是大锅炖肉，但确实是一种极其讲究的大锅炖肉。

锅灶、火候和汤料是釜肉制作的诀窍所在，决定着釜肉的成色和味道。

釜肉的锅以大铁锅为佳，大铁锅底子厚，容量大，无杂味，蓄热效果好，收味功能强，有经验的厨子在品尝釜肉时，能够品出煮肉锅的材质和薄厚。

火候要文武相间，一味地用文火会烂而不筋，当地人叫作“烂和是烂和了，就是没劲儿”；一味地用武火会筋而寡味，当地人叫作“味道寡球气”。只有文武相间，才能熟烂筋滑，香绵隽永，当地人叫作“乃可好吃的了”。

釜肉的烧柴最好用山柴疙瘩，也就是野生灌木的老根，火大，耐烧，味奇，拉起风箱是武火，停了风箱是文火，文武转换过程平滑，给热均匀，入味匀称。

汤料的调制是釜肉的关键环节，万全釜肉一般用老汤煮，在明清时期，万全有“一锅老汤，赛过三间瓦房”之说，足可见这釜肉老汤的金贵。老汤里到底有哪些调料佐料，这都是各家的商业秘密，但听我的父亲讲，万全釜肉老汤中有“三皮”是不可缺少的，这就是桂皮、橙皮和五加皮。

万全釜肉的历史最晚可以上溯到明朝。明初，万全卫城是朝廷的一座重要军事城堡，和左卫城一起，堪称京畿重地北大门的两根门柱子。据《万全县志》，明初万全卫城的在册官军是 3800 多名，军马数额是 3700 多匹，马的寿命一般 30 岁左右，役龄一般在 15—20 年，所以，每年都有约 250 多匹军马退役，退役的军马一部分成了军人的副食，一部分进入了当地的市场，无论何种去向，最终都会成为万全当地的马肉供应资源。加上供应军马的马场，买卖马匹的市场，万全及其周边地区的 “战马经济”规模是相当可观的。由此，食用马肉和研究马肉的食用方法也就应运而生了，釜肉就是其中的一种食用方法。

万全釜肉，最初时应该专指釜马肉，之后随着时间的推移，釜肉的种类也越来越多样。

釜，从仰韶、满城和西安出土的文物来看，在古代有两种用途：一是储存器具。现有战国时的禾子釜和陈纯釜，都作坛形，小口大腹，有两耳 ，如釜钟，其实就是现在的坛坛罐罐。二是蒸煮器具，或者叫炊具。圆底而无足，安置在炉灶之上或是以其他物体支撑煮物，釜口也是圆形，可以直接用来煮、炖、煎、炒等，《现代汉语词典》注为“古代的炊事用具，相当于现代的锅”。其实就是现在锅的前身。仰韶文化时期，便出现与陶灶相配合的陶釜，秦汉以来陶砖制造的进步，促成炉灶的普及，釜直接置于炉上烹煮食品，比起三足鼎、鬲更为集中火力，可以节省时间和燃料，加上冶铁业的发展，铁制釜的耐火、导热性能更好，而逐渐取代鼎、鬲成为主要炊具。曹植的七步诗：“煮豆燃豆萁，豆在釜中泣”，便佐证了魏晋时代釜的普遍使用。（见“百度百科”）

在万全，用大锅炖煮的食物多叫作釜，一种名词动用的语法，如“锁门子”“镢莲针”“耙地”“筛粮食”等，锁、镢、耙、筛都是器具，与釜肉是同一种用法。关于釜，万全一带还有“釜大豆”“釜山药”等家常菜。大豆即蚕豆，山药即土豆，“釜山药”，是将山药一破四六瓣，用油炝锅，加入花椒、大料、葱、姜等调料，大火炖至绵软且汤干而成，贫困时期，不少人家当主食食用。

查阅了一些资料，一般都把“万全釜肉”写作“万全腐肉”，我想这是有误区的。首先，腐与食品相连，一般与该食品的发酵制作工艺有关，如腐乳。如不存在发酵环节，将腐与一种新鲜食品相连极其罕见，很容易使人联想到腐烂、腐臭、发霉变质上来。民间将小吃的命名与其制作工具相连倒是习以为常，如保定的小碗肉、沧州的大锅熬、浙江的小笼包、东北的铁锅鱼等。万全釜肉，就是用锅炖出来的肉，不经过任何发酵的程序，食材也必须是新鲜上好的大牲畜肉，无论如何也是和“腐”字沾不上边的。

其次，张家口方言中有着沿用古语的文化传承，并且较好地保留着古入声的声调。如日常用语中的打叠、折变、营生、端详、添换等，都是文言词的沿用。宋·刘昌诗《芦蒲笔记·打字》：“收拾为打叠，又曰打迸（一作并）”； 王安石《乞制置三司条制》：“又忧年计之不足，则多为支移折变，以取之民，纳租税数至或倍其本数”；晋·葛洪《抱朴子·崇教》：“贫贱者汲汲于营生，富贵者沉沦于逸乐”；唐·司空图《障车文》：“儿郎伟且子细思量，内外端相，事事相称，头头相当”；唐·封演《封氏闻见记·惭悚》：“进士周逖改次《千字文》，更撰《天宝应道〈千字文〉》。将进之，请颁行天下。先呈宰执，右相陈公迎问之曰：‘有添换乎？’逖曰：‘翻破旧文，一无添换。’”釜肉，也应当是古语的沿用。

再次，釜在张家口地区有着悠久的使用历史，涿鹿南北各有一山，因形状像锅，直到现在都叫釜山，中华民族的黄帝祖先“合符釜山”，更是人人皆知的历史史实，所以说，釜肉而非腐肉，“万全腐肉”的腐，该寿终正寝了。

探望建华

下午抽了点时间再去探望患了喉癌的建华，他在天津肿瘤医院和天津人民医院治疗了十一个月后，回家休养了几天，昨天他给我发来短信，告诉我住进了华北油田总医院肿瘤科。

他住的是27床，房间里有四个床位，住着三个病人，两男一女，都是处于放化疗阶段的恶性肿瘤病人。

建华已经十分消瘦了，盖着医院里特配的白色被子，如果不是他那骨骼棱棱、白发苍苍的头颅，几乎看不出被子下面还有着一个人，并且是一个才六十过一点的并不老的老人。

还没等我开口，他就先说话了："挺忙的，不要跑了，有事我会找你的。"

他的脸看不出一点红润来，带着明显的沉思和回忆的表情，不由得会让人想起米开朗琪罗的雕塑《暮》。

我询问他的病情，他说："就这样吧，半死不活的，放疗化疗虽然都有点效果，但都不明显，耗着吧。"说这话的时候，脸上没有一点表情，只有依然明亮有神的眸子里闪过一丝无奈和希冀奇迹出现的光亮。

他的声音带着嘶哑，说罢是一阵咳嗽，喉咙里似乎有清不掉的痰液，但总咳不出来。

停顿了一下他又说："挺忙的，不要跑了，有事我会找你的。"

我和建华兼有上下级和朋友的情谊，所以三十多年来，我一直以师傅相称，这是企业里约定俗成的尊称。随着时间的推移，上下级的情谊越来越淡漠，朋友情谊却日见浓厚，以至于从个人之谊发展到了通家之好。在他检验出肿瘤的前两天，还在他的家中，享受他特意从锡林浩特买来，且亲自炖制的手把羊肉和醇烈的草原白，听他高谈草原饮食文化。内蒙古大草原四年多的上山下乡生活，赋予了他评论草原文化的资格和水平。

我询问他的饮食状况，他说“昨天晚上喝了两口小米粥，今早吃了两勺鸡蛋羹”，他艰难地咳嗽了几声接着说：“别的也吃不进去，疼，医院的条件也不行，在家想吃口什么的可以做，这儿做不了。送来的吧，怎么也不是那个味儿。”又是咳嗽，憋着的那口痰总是咳不出来。

他已经很长时间不能正常进食了，靠输营养液维持体能。每次探望他，我都不知如何安慰他，在师傅的面前，什么样的安慰和开导都是苍白无力甚至是多余的，因为他对人生的理解以及对社会与自然的认识，总是比徒弟要深刻透彻得多。

“你想吃什么我来给你做吧，这几年我的厨艺不比你差多少了。”我出生在大草原的边上，从小接受草原文化的熏陶，经常和建华一起切磋草原饮食，我知道他的口味和饮食爱好。

他笑了，虽然是倏忽间的一笑，但我感受到了，他对我们过去在一起舞刀弄勺生活的美好追忆。如果是原来，他总会调侃我几句：“虽说是青出于蓝，但猫师傅总是要对虎徒弟留一手的。”但今天没有，只说道：“好，我想起来给你打电话。”

20世纪80年代初期，我和建华在一个办公室里共同工作了四年。那时正是华北油田会战的早期，整个战区都被会战的热潮所裹挟，处处战歌嘹亮，个个斗志昂扬，特别是共青团工作，更是风生水起，忘我奉献，团员青年们高唱着“再过二十年，我们来相会，那时的山噢，那时的水，那时祖国一定很美。但愿到那时，我们再相会，那时的春噢，那时的秋，那时硕果令人心醉”，谱写出了那个年代青年人为石油、为祖国贡献青春的辉煌篇章。

当时建华是我们厂的团委书记，我是团委干事，我俩也是唱着这首歌一起工作的。他和政工系统的同事们一起创立的“三点三台”（早来一点、晚走一点、少休息一点；点将台、练兵台、问答台）青工职业培训法，很好地解决了在生产现场和生产过程中，青工培训的理论和实践相结合的问题，受到了石油部、团中央领导的好评，并在全国石油系统进行了推广。1983 年，团中央书记处书记胡锦涛亲临我厂视察了这一活动的开展情况。1984 年，时任石油部副部长的赵宗鼐为我厂团委亲自颁发了“石油部五四青年突击队”的奖状和奖品。

建华的头发一点都没有少，这在长期进行放化疗的病人里是很少见的，还是那么密，还是那么硬，还是那么直！完美地保留着他的性格的基本内涵。这性格的生命力比癌的生命力一点都不差，终身伴随着他，成为他传承后继的珍贵财富。

建华简略地问了一下我的工作和生活近况，之后像对我，又像自言自语一样地说道：“人这一辈子啊，穷富倒没什么，关键是顺，我说的是顺不顺的顺啊……”

我正在考虑如何回对他的这个“顺”字，他又开口了：“挺忙的，不要跑了，有事我会找你的。”他有点累了。

顺，我肯定，这是建华病床上考虑的最多的一个字，也是他对人生的最为精辟、深刻、平淡而奇伟的总结。“国顺民安，企顺员康”，反之亦然“民顺则国安，员顺则企康”，推及一个人，生活中是多么需要一个顺啊！

总医院新建了一栋住院楼，其他科室都搬进了新楼，整个一栋老楼就剩下了一个肿瘤科。楼梯、厕所、水房，特别是那条长长的南北向的楼道，一眼望不到头，空空荡荡，偶或有一两个人走过，清晰沉闷的脚步回声就会敲击到每个人的心房。

曾几何时，这栋楼是最给患者和患者家属希望的一栋楼，是整个油田平均人流密度最大的一栋楼。有多少次陪着建华到这里探望病人，已经记不清了，但他轻快有力的步姿、惦记和关爱病人的言行，始终记忆犹新。1982 年秋天的一个傍晚，厂里的一位老师傅突发胃出血，急需O型血浆，可刚建立起来的医院，血浆储备还不充足，希望厂里协助献血。建华连夜组织了一百多名青年来到医院，就是在这栋楼一楼的急诊室排队筛查，最终有四名O型血的青年，献出了1600cc血浆，挽救了这位老师傅的生命。事后，这四名青年都成了建华的好朋友，其中有三名先后走上了政工工作岗位。

总医院新楼落成后，老楼正在走出人们的记忆，唯有这肿瘤科依然和老楼厮守在一起，陪伴着肿瘤患者及其亲朋好友的喜怒哀乐，说真的，还是这老楼够意思！

建华，明天再来看您，我为您祈祷，祈祷奇迹在您身上的发生……

2017年3月29日

不再浪费旅游

不记得从哪一年开始就惦记上了旅游，断断续续地走了一些地方，有的是专程，有的是顺便，多是走马观花，极少有追根溯源的时候。到头来一回忆，看是走得不少，留下印象的却不多。旅游，就那么回事，到过了就行，无非是“吃顿饭，睡一觉，照张相，撒泡尿”的事，到过了，就是见了世面，和别一个吹起来既可以彰显实力，又能寻找共同点，还能卖弄一下见识——华山有多么险，拉萨有多么高，漠河有多么北，西沙有多么南，由此喝酒的时候就越发的不寂寞，越发的意气风发。旅游谈资，真正的佐酒好菜，一点不亚于一盘子东坡肉。

后来看了两本书，一本是郦道元的《水经注》，一本是徐霞客的《徐霞客游记》，一个北魏人，一个明朝人，当然都是古人行列。这才知道，原来旅游是这么玩儿的。那会儿没有机动车辆，也没有柏油公路，郦道元的交通工具是一匹马，这也沾了他是一名高级干部的光，因为郦道元担任过尚书郎、书侍御史和河南尹。靠着一匹马两条腿，郦道元留下了 30 万字的《水经注》，记述了 1252 条河流。苏东坡对郦道元的评价：“嗟我乐何深，水经也常读”，一代大文豪，却要经常读郦道元的《水经注》，郦道元业余时间游历出了如此水平，着实让我们这些贪玩者汗颜。史书没有记载郦道元的生年，他是公元 527 年在平定萧宝夤叛乱时被杀害的，估计年龄不会超过 50 岁，他英年早逝，但《水经注》则成了他枉死乱军之后的最好寄托，最好的灵魂延续。

徐霞客则常常和一头驴为伴，这头驴与其说是交通工具，还不如说是载物工具，因为这驴主要是驮载行李的，大多数情况下，人和牲口并辔而行，更艰辛的是，不是每次外出都会有驴子相伴，更多的则是靠两条腿。因为走路太多，五十多岁的时候，徐霞客便“两足俱废，心力交瘁”，唉，年纪不大就残废了，56岁就离开了人世，但他留下的60多万字的《徐霞客游记》，至今还健康地活在中国人的心里。

生逢旅游盛世，旅游者不但众多，而且形形色色。当然不能都像郦道元和徐霞客，毕竟几百年来中国只出了这么两个，但像自己这样常常忘记了去过的地方，也确实不应该，这便是极大的浪费。挣点钱不容易，拿着钱买了几项旅游产品，却没有享受到产品的功能，不是浪费又是什么！

我的一个朋友，曾经在新疆工作，休息休假期间便与妻子偕伴游历新疆的大好河山，不但写游记，还拍了不少照片，最后出了一本图文并茂的书，当然不能与《水经注》《徐霞客游记》相提并论，但当刮风下雨的时候，夫妻俩依偎在沙发的一角，捧着作品，回忆拍照当时的晨阳晓月的时候，额头的皱纹便会舒展不少，更不用说给那些是朋友和不是朋友的读者带来的畅想、知识和愉悦，仅夫妻俩以及儿女的欣慰就足够了，这也是收获，也是对心灵的慰藉，更是对旅游的尊重。

类似的朋友还不少，有摄影的，有写诗的，也有写散文的，社会贡献有多大不论，但就这份性情就足可以自慰的了。

当然不是都要去写游记，都要出书。我的另一个朋友是不属于诗诗文文之类的，他对旅游的态度是在旅游中升华自己。他享受旅游给心灵带来的静谧感、慰藉感，带来的包容心、无量心，那是不亚于立此存照的感觉的。每当生活中有了烦恼的时候，他都会独自出去几天，在大自然中吐故纳新，去收获一份可以释累的精神良方，这更是修为，更是对心灵的净化。

我也应该开始批判浪费，去追求收获了，将旅游从忘却中唤醒，从游山玩水中解脱，走向探查自然，追寻古迹；走向开阔视野，陶冶心灵；走向认识生命，思考宇宙；走向修为自我，净化心灵……

2019年12月12日

老院子的葬礼

论起这老院子的年纪，应该和共和国是同龄的，家中五个孩子，除了七十多岁的长兄外，都诞生在这老院子的老屋里。

这是一处具有典型坝上风格的农家小院，小院前后分成了两个部分，北半部是建筑部分，主要建筑是高度不足一丈的低矮的四间正房和更低矮的一间小西房。正房有两间卧房，一间厨房，一间堂地，也就是北京人说的穿堂或过堂，这是这所院子最主要、最宏伟的建筑。

这小西房是没有窗户的，只有一个需弯着腰才能出入的小门，因为实在够小，所以家里人都亲切地称它为小房房，但对外则很庄重地称它为西房。当时当地的一户农家，有正房，还有西房或东房一类的偏房，那是一种生活条件的象征，甚至是一种勤劳和富裕的象征。西房是专门用来存储农具和杂物的，每到春节的时候，父母都会将提前置办的年货放在西房里，母亲会用家里最大的锁头把西房门锁起来，并把钥匙放在自己的贴身口袋里，严密提防着钥匙落在我们小哥儿几个的手里。

正房和西房的中间是一个山药窖，为了防水，父亲给这山药窖盖了个比小西房还要矮一截儿的永久性的窖棚子，和西房连为了一体，也就成了这渺小而又庄严的建筑群里的组成部分。这窖棚子不但起着防水的作用，还是家里人上下正房和西房的阶梯和跳板，具有无以替代的实实在在的作用。从这个窖棚子上下房屋，不仅便捷，而且十分安全。至于这个山药窖，则是家中不可或缺的设施，窖子里不仅储存着第二年的山药籽，以及秋收之后到次年夏秋交季期间所用的土豆、萝卜和疙瘩白，还储存着全家将近一年的生活希望和生存营养。

西房的南面，是一顶脑圪包，这是一个兼具草原文化和农耕文化特色的建筑。脑圪包，原本是蒙语敖包的汉译音，久而久之，靠近内蒙古的汉族地区，就把像敖包一样的建筑叫作了脑圪包。这种建筑，外形酷似窝头，用圆弧形的土坯碹成，不用其他任何材料，既经济又实用，是贮存粮食或牛羊粪的理想场所。

院子的中间是鸡窝和猪窝，以此为界，将小院分成了南北两半。南半部则是一个当地称作圐圙的场所。夏天种菜时，就叫菜圐圙，冬天存放烧柴时，便改叫柴圐圙。

别看这菜圐圙不大，只有不到二分地，但在坝上农家有着举足轻重的作用，在贫困的坝上地区，从初夏到秋后，全家的菜蔬都靠这一小片土地产出了，而这一小片土地也确实能够担当。至今还记得父母带着我们安瓜点豆、倒栽疙瘩白的情景，也忘不了父亲将吃不完的韭菜卖掉后的喜悦。虽然这收入只有一两块钱，甚至是几毛钱，但在六毛钱就可以买一斤肉、一块五毛钱就可以交够一个学期学费的当时，块儿八毛就是一笔不小的收入了。

这就是农民和市民的区别吧。纵观历史，只要吃住安定，有一块土地可以刨食，哪怕只是租来的一块土地，农民就会安定。什么时候农民闹起了反，折腾起了事，这个时候一定是土地兼并最激烈的时候。

从新中国成立到建家，就在这个小院里，父母带着种姓传承的责任，带着农民与生俱有的劳碌，带着养家糊口的艰辛，带着贫穷而安定的快乐，一年一年地经营着自己的这个家，这个家里有房屋、有土地、有儿女，还有父母将近一辈子劳动价值的凝结，更有父母人生的寄托和爱！

20 世纪 80 年代，父母随孩子到城里生活，十来年后，父亲忽然做出了回老家的决定，这决定的坚决，没有任何人可以改变，后来我明白了，父亲是要落叶归根，他虽然离开了这个小院十来年，但他的心一直没有离开，年过耄耋后，他要回到他一手经营起来的这个院子，完成他最终的涅槃。

2020 年 7 月

我不知道的“园丁”

我出生在贫困偏僻的坝上农村，灾难深重的20世纪三年自然灾害时期，出生于此，出生于斯，这种叠加的境遇是非常难得的，只有全国的特困县里，才能有如此的幸运者。

我的小孙子已经四岁多了，除了白米饭其他任何吃食基本上不动，他对几乎所有的肉类和水果都持摇头的态度，我不仅为他的不吃东西而着急，同时也感到一种怅然若失，爷爷和孙子的童年终将是殊途同归的，那时的爷爷是什么也吃不上，而现在的孙子也还是什么也吃不上。当我专门为孙子买一些自认为非常好的吃食，看着他捂着嘴跑开的时候，我的心就会战栗，不知这是穷困之过还是富裕之过。

在这个贫困的地方，我没离开公社这块贫寒的热土就一口气上了九年学，包括初中时因病的一次蹲班。这九年学最大的两个特点：一是没花几个钱，母亲养活的两只母鸡所生的蛋，足够维持我的学业，其中还包含每年六一那天带到运动会上的两个煮鸡蛋；二是没学什么东西，高中毕业后还没太搞清楚四则混合运算，直到今天，两位数的加减法还必须付诸十个手指头。这样算下来是非常符合投资规律的，投入和产出永远是成正比的。

1977年，恢复高考的第一年，我以优异的成绩高中毕业，这“优异”二字绝非自己的文过饰非，是以母校的一摞奖状和在校生参加高考的资格为证的。

高考那天，阴云密布，大雪纷飞，国家给了这一代人平等的高考机会，但这老天爷依然在和农民、穷人为难。至今清晰地记着，我骑着一辆自行车，吃完了父亲几乎一夜没有睡做出的莜面窝窝，带着母亲准备的两个白面烙饼、五个煮鸡蛋和一块咸菜，早上四点就向设在另一个叫作满德堂公社的考点出发了。路上积雪一尺多厚，自行车不但无法骑行，还成了一种累赘。三十里的路程，走了四个多小时，到达考场时，皮袄和狗皮帽子的外面以及眉毛上积满了冰溜和呵雪，衣服的里面却是汗流浃背，当脱掉皮袄、摘掉皮帽子的时候，我的头上冒着腾腾的热气，像是蒸馒头的开锅。现在还记得监考老师，一位长得特别好看的女老师，看到这幅景象时，把皮帽子的两个耳子亲自绾了起来，又把皮帽子戴到我的头上："小同学，别着急，帽子先戴着，千万别着凉。"她叫我小同学是一点不错的，因为当时我只有16岁，比今天的高考生还要小。下午考试的时候，题还没有作完，我竟然睡着了，那是一种疲累，难以拒绝的疲累。还是那位女老师轻轻地摇醒了我，鼓励我说："答得不错，坚持一下，不管会不会，一定把题做完！"如果是今天的考场，无论如何是不会听到这种声音的。

出了考场的门，寒风一吹，我就不再瞌睡，也知道自己辜负了父亲的莜面窝窝和母亲的鸡蛋，而且是五个鸡蛋，但没有太多的自责和悔恨。唯一有点懊恼的是交了白卷的作文。在所有的课程里，语文是我的最强项，我本来是计划用语文拉分，实现考上希望的，但我却栽在了自己的强项上。

作文题目是《园丁赞歌》，一看到这"园丁"二字我就惊呆了，因为我根本不知道这"园丁"是什么东西。我的父亲是生产队种菜园子的菜农，我的老师从小学到高中也有十几个，但没有一个人告诉过我这"园丁"的含义。高考结束后，班主任老师指着我写的贴在班里黑板旁边，题目是《难忘的二三事——记我的老师》的范文，手颤抖着，竟然没有说出一句话来。

当时农村已经有了关于孩子的职业生涯规划——首先是务农，接下来是盖房子娶媳妇儿，再生几个农民，由此传承下去，不叫祖坟断了香火。其实在极端贫困的情形下，祖宗香火并不重要，重要的是以后的日子怎么才能过下去，致使连蒙带骗娶来的媳妇儿不至于离婚，或者根本不离婚就跟了别人。

其次是学一门手艺。这需要条件，是极少数农民才能够选择的。因为这拜师学艺，要有一个同意收徒的师傅；家里要有拜师的经济条件，交得起“束脩”，放弃孩子对家庭的劳动贡献；孩子还要灵光，是一块学徒的料。

大学成了寒冷冬天的梦，但坝上的春天也就跟着来了，虽然每天大黄风遮天蔽日，飞沙走石，但送粪、备种、掏井、开犁这些春活是一刻也不能耽搁的，之所谓“人误春一时，春误人一年”。这些农活对每一个刚刚高中毕业的孩子来说都是一种考验，高中毕业的那天，就正式列入了生产队社员的编制，有了正式的工作，是不能随便缺勤的，有事必须和队长请假，干活也必须和其他社员一样，干出整劳力的成果，否则是不能挣到满工分的，并且还会被人看不起。

知子莫若父，干了两天活，父亲就看出我不是干农活的料，满手的血泡，并且没有忍耐的毅力和勇气，回到家里就会倒在炕上，像得了大病一般。这个结论的得出对父亲是一种沉重的打击。在农村，把不能干农活，又没有其他本事的人叫作“二狗油”，一旦摊上这么一个名声，这一辈子就毁掉了。在别人还没有识辨出我的“二狗油”本性的时候，父亲必须为他的儿子把这本性扼杀掉。在当时扼杀“二狗油”本性的唯一办法就是让我学一门手艺。

镇上有两家铁匠炉，姓刘的一家和父亲交好，父亲提出来学徒请求后，刘师傅说：“我这里没问题，看孩子愿不愿意，要愿意就来吧。”至于其他条件是不用谈的，铁匠有收徒的定例，按定例办就是了。

来到铁匠炉厂房，看到的是炉火、煤炭、铁砧、大锤、淬火池，以及黑的和煤炭一样的墙壁和房顶。院子里拴着等待钉掌的马，师傅、二师父和一个徒弟忙碌着，每个人都汗流浃背。初来乍到的我首先学的是生炉子和拉风箱。铁匠炉的风箱大而沉重，安装的又很高，我的个头需要抬起胳膊才能够着。拉风箱的时候需要听着打铁的声音，大小两个锤子有节奏的声音就是风箱速度的指挥，节奏快，风箱要慢，等到节奏慢下来的时候风箱要快，这样才能达到既节约煤炭，又能不失火候的目的。就这样我不停地拉着风箱，不停地挨着二师傅的责骂，因为我总是跟不上那锤声的节奏。最后二师傅竟然把铁锤砸向了炉膛，溅起了一片火红的炭花儿，有两颗掉在了头发上，顿时头上冒出了青烟。

干了一天我就不干了，不是因为累，而是因为被侮辱。刘师傅笑呵呵地对父亲说："这孩子不是学徒的材料，文质彬彬的，像个教书先生，带回去让他考大学吧。"

不是务农的料，又不是学徒的料，我的"二狗油"本性却在逐渐显露，每天泡在知青点上，和几个从张家口城里来的被称为"二狗油"的知青混在一起，用他们的香胰子洗脸洗手，搽他们的雪花膏，那清淡的香味和他们的高考复习资料一样沁人心脾。

如果我能在第一次高考前认识这些"二狗油"，可能就不会有父亲的担忧了。这些人每天不出工，却在看高考复习资料，对一个高中毕业不久的孩子来说，这些资料见所未见、闻所未闻，翻看一下，似是而非，很多东西我原来都没学过，更重要的是对考大学的态度，当时村里的人们包括我自己，对考大学只是一种看不见摸不着的梦想，没有一个家庭，也没有一个孩子把考大学作为目标，而这些城里来的人则把考大学看作首要人生目标。就这一点认识和观念差异的背后，隐藏了多少公平和不公平的有奈和无奈啊！之后，每每听到或见到有人谈论公平、公正的时候，我总有一种无聊的感觉，人间是没有公平、公正的，即便有，也和小儿麻痹症患者一样，是瘫痪和麻木的。

至今还记得大韩，比我大五六岁，1978 年考上了河北大学，临走时把他的两本复习资料作为礼物送给了我，告诉我："一定要考大学，一年不行就两年，两年不行就三年，课本上《范进中举》里的那个范进，他家也是贫困农村的，一口气考了二十多回，终于考上了，最后做到了教育厅长。咱考个五年六年的有什么不行，考上后咱不当厅长，就当个公立老师也能改变你的人生的。”

后来凭着这两本复习资料，在恢复高考后的第三年考上了一个中专。在报到的时候，我第一次见到了冰棍儿，第一次见到了红砖盖起来带房顶的厕所，第一次见到了红绿灯，第一次见到了公共汽车，第一次见到了火车，第一次见到了女人穿裙子……

这时我已经成人，足足 18 岁！

2020 年 12 月 16 日

茶中往事

二十年前的一个春夏之交，我去峨眉山，那天一早起来天气就阴沉沉的，一副要下雨的架势。整个峨眉山山峰都被云雾遮掩了起来，强烈地领略峨眉山全景的愿望全部消失在了云层之中。当来到山脚下的时候，阴天转成了茫茫大雾，脖子上脸上感到了重重的潮气，天气也冷了许多。好在陪我一起上山的一个当地朋友告诉说，这种天气在这个时候是一种常态，一般情况不到中午大雾就会退去，运气好的话，还可以在金顶领略峨眉云海，甚至能瞻仰难得一露真容的佛光，否则我会考虑取消这次游览的。

在从雷洞坪步行至接引殿的半路上，雾更浓重了一些，能见度只有十几米。依稀记得，当走到一个似乎是石桥桥头的地方，地上蹲着一个卖茶叶的老农，打着一把竹子制成的黄色油布伞，旁边放着一个背篓，背篓里装着两个白布袋子，其中一个袋子的口敞开着，露出了绿绿的茶叶，旁边戳着一杆没有秤盘的杆秤。他的年龄看上去在六七十岁，头上包着黑色的包头，破旧的白衬衣外面披着一件泥渍渍的黑色夹袄，大概是因为蹲在那里的原因吧，黑色裤子的裤腿吊起了不少，整个脚脖子都露了出来。他的背后有几只猴子，窜来窜去，其中一只体形硕大，眼睛来回在游客身上巡视，它的爪子里尽然拿着一瓶可乐。老人不时地回头冲猴子低沉地喊上一声，似乎在向猴子发出警告，猴子听见老人的喊声，就会向后跳上几步，不过转眼又向老人身边集中。当我走到老人身边的时候，他抬起头来，一脸希望地望着我，操着浓浓的四川口音说："同志，刚下来的明前，地道正宗的竹叶青，捎上点子哈。"

我本来就有一个出门买茶叶的习惯，每次出门回去都要买点茶叶，因为我的母亲喜欢喝茶。今天买茶的念头更是格外的强烈，已经不仅仅是因为习惯了，更有卖茶老人的那种眼神。在这云雾缭绕的峨眉山麓，老人雕刻般的皱纹、诚恳的眼神，撩拨起了我对20世纪七八十年代，蹲在公社供销社门口卖韭菜的父亲的回忆。

那时的父亲就是用这种满怀希望的眼睛瞅着每一个过往的人，每看到有人表现出哪怕一点点的购买意思，父亲都会说："买点吧，自己圐圙种的头茬韭菜，五分钱一斤，用鸡蛋换也可以，一个鸡蛋换一斤"……回到家后，父亲会在等待吃饭的间隙，讲述一下一天来卖韭菜的经历，特别要对本来不想买但却买了的人给予背后的感谢和赞赏："最后还剩三斤多，看着是一个干部模样的，连价也没问，一下子就全包圆儿了，还说了句：'天要下了，快回家吧，别浇了雨'，我本来想给他便宜一点，但人家不但没叫便宜，四分钱的找零硬是没要，天下还是好心人多呀！"

正在我向老人询价的时候，朋友提出了建议，现在不要买，如果想买，等下山的时候再说。我觉得朋友的提示并非没有道理，游览佛教圣地，手中提着一袋子茶叶，无论从哪个角度考虑，都是不够方便的。老人更清楚朋友建议的内涵，不仅仅是为了游览方便，更是放弃购买的绝好由头。老人脸上淡淡地现出了一种失望的表情，但倏忽而逝，然后对我说："要的，要的！提着东西转悠，要不安逸地，你们先去要着哈，回头再买不晚，这一段路小心嗄，这些野猴子会抢东西的，手里不要拿食物和水，提防着让他袭击到，野猴儿凶得很唻！"这时我才知道，他背后的猴子并非家养，而是传说中的经常劫掠游客的峨眉山野猴，但在这老人的身边，却是那样地温驯和可爱，尽然能够服从老人的训教。

朋友没有也不会感觉到老人倏忽而过的那种失望的表情，我的心里却生发出了爱悯老农生活的情愫，一种已经饱含了父爱的情愫。于是，我买下了老人的二斤竹叶青。

我是很不懂茶叶的，就这竹叶青而言，我第一次知道，在庞大的茶叶家族中，尽然还有一种和酒名字相同的竹叶青，也不知道是酒借了茶的名，还是茶借了酒的名，抑或二者一起借了毒蛇的名。至于这茶的品级、在茶界的地位等，更是一无所知。

回到家里，我先给母亲沏了一杯，并像当年父亲讲述卖韭菜的经历一样，对母亲讲述着买茶叶的经历，母亲一边听我讲，一边观看着杯中的茶叶，片刻，她说道：“这可是点好茶！你看看，茶叶一根根地直立在杯子里，就像是春起天韭菜畦子里的嫩苗苗，不像你买的那龙井，一泡到杯子里，一片一片的，都四平八稳地躺在那里，好像谁欠了他几吊钱似的。这茶，味道我闻着也好，不像龙井有一股豆腥味儿，端起杯子就叫人想起豆腐坊！”

母亲的话逗得我笑了起来，我知道，这茶真好假好不但我说不上来，母亲也是说不上来的，母亲对茶的好恶全凭着自己对茶的直感，犹如他做坝上的莜面一样，自己说好，那一定就是好的了。

不过茶的好坏其实并不重要，重要的是母亲的认可和开心。

这件事已经过去二十多年了，峨眉山的风景本来就被云雾遮拦的没看到多少，加之时间的磨蚀，已经淡漠的几乎没有了，但这买茶的经历却一直清清楚楚地记在心中，并且经久地保留着与朋友分享的内心冲动。

2020 年 12 月 3 日

“借钱”与“诫命”

前些天和几个朋友小聚，席间一个朋友讲述了一个故事，虽然平淡，但却引起了我的深思。

他说他的一个同学住在农村，母亲得了白血病，每次住院虽有新农合报销，但都会产生一大笔自费费用，两年下来，把家里的积蓄打扫了个精光。为了维持母亲的生命，他决定和亲朋好友告借一部分医药费，第一个想到的就是在县城搞房地产开发的亲表哥，这是他母亲的亲外甥，小时候母亲没少背过这个表哥。未承想，这个表哥一口拒绝了他。拒绝的理由确实很充足，代表着今天不少人对社会、对亲朋、对出借、对癌症的观念：

第一个理由是，他虽然有一个房地产公司，银行账户也确实存有大笔资金，但这是公司的，他个人无权动用其中的一分钱，这一层意思是说他没有钱外借；

第二个理由是，你母亲是白血病，那是死症，你花了个倾家荡产，再借上一屁股饥荒，你一个刨土吃食的村里人，用什么偿还呢？这一切，只是让你母亲多活上个三年两年的，值吗？我要是你老婆，非和你离婚不可！这一层意思是说，我即便是有钱也不能借给你这样既还不起又去做治疗不治之症这种没有意义事情的人。

这个同学向表哥没有借上钱，还受了表哥一顿教育，很是悔恨。但他不甘心放弃母亲的治疗，决定继续找人借借看。经过反复权衡，他想到了他的战友，这个战友转业后一直在县城里以做豆腐卖豆腐为生，据说有点积蓄，但转业后各忙各的，来往不多，向他突然提出借钱的事，会不会又像表哥那样被他教育一顿呢。他没敢轻易造访，而是装作买豆腐的客户接连几天骑着自行车从村里赶到县城来买战友的豆腐。开始时战友并没在意，后来战友悟出了其中的蹊跷，他再来买豆腐的时候，对他说：“有什么事直说，一起扛过枪的人，还至于绕出这么大的圈子！”这个同学说出了借钱的苦衷。没想到这个战友张口就骂了起来：“看你这副德行！为了老娘，命都可以不要，你还在乎你这副脸面？我的钱刚在你表哥那里交了首付，想买套房子，现在手头确实没有多少，先给你凑上五万，这么大的病，五万也顶不了几天，有个战友搞水滴筹，我让他也想想办法。”后来这个同学才知道，借给他的五万元是战友和别人借来的。

其实，这个故事让我深思的原因我却非常朦胧，因为我说不清楚，也不敢去说清楚其中的意义和价值。

我忽然想到了法院对一个见义勇为者的判决，见义勇为者必须承担“人道主义”义务，让他们拿出自己的积蓄来为自己马路上扶起了一个被撞倒的老人付出代价。这时，我就从心里赞赏他表哥的言行。连政府、法律都站到了这样高的人性和道德普世高度，他表哥的言行自然是十分高大上的，是新资本主义者的缩影，也是社会所推崇的人际交往准则。一个为了挽救母亲终究不能挽回的生命，却要在没有任何抵押的前提下，让表哥付出金钱，这实在是对表哥的极大不公平，说白了是对表哥的抢劫！这不是对孝的践行，而是以自己的“慨”而劫掠表哥的“慷”。

我也想到了《水浒传》，梁山泊一百单八将里，从天罡第一星天魁星呼保义宋江，到地煞最后一星地狗星金毛犬段景住，不论是在大宋朝，还是在今天，绝大多数都是刑事犯，在这些刑事犯中，又大多是死刑犯。试想，杀了老婆的宋江、杨雄，抢劫了财物的吴用、刘唐，放走了犯人的朱仝、雷横，不用说是故意，就是过失，不论在哪个朝代，也都是重刑犯。但这些人却一直被当作英雄流传在民间，而这部书也没有任何朝代禁止阅读过。我确实不清楚，宋朝的法律有了问题，还是宋朝后各代的法律有了问题，要不就是中国老百姓的世界观或者是中国的文化有了问题。但不论是谁有问题，在一代代百姓的心目中，“忠孝仁义”四字，不管是“愚忠”“愚孝”“愚仁”还是“愚义”，其地位一直比各种说教牢固，特别是“孝”字，是没有人可以动摇的。

写到这里，我似乎有点清楚。总觉得朋友同学的故事里包含着今天的人际关系观念，甚至可能还有什么世界观、价值观一类的东西，而这些东西，说到底是社会价值倾向所引导的。在一个以资本、金钱为核心的社会，凭什么用别人的钱救你妈的命！

《世说新语·识鉴》有一则关于王含王应父子被杀的故事，《晋书》也有记载：“及敦败，王含父子俱奔舒，舒遣军逆之，并沉于江。进都督荆州、平西将军、假节”，证明了《世说新语》所讲的这个故事的真实性。

故事说的是官至宰相、大将军的东晋权臣王敦发动叛乱的时候，他的弟弟王含和儿子王应（也是王敦的螟蛉子）都曾参加了叛乱。王敦在第二次叛乱进攻都城建康的时候忽然病死，叛军顿时陷入群龙无首的局面。王含父子也准备投靠有实力的地方豪强，以躲避朝廷的责任追究。

当时王含的两个堂哥荆州刺史王舒和江州刺史王彬都有能力庇护他们，于是，在投奔谁的问题上，爷俩发生了争执。儿子王应想去投奔王彬，父亲王含想去投奔王舒。王含对儿子说：“大将军王敦平时和王彬的关系非常不好，大将军起兵的时候，王彬虽与大将军是兄弟，但他拒不参加，而且公开反对，还率兵与大将军对垒，你我当时都是跟随了大将军的，你现在却想去投靠他，他怎么会庇护我们呢！”王应回答父亲说：“这才正是应该去投奔王彬叔叔的原因。他在王敦强大的时候，能够坚持不同意见，不与强大者同流合污，始终保持做臣子的本分，这不是普通人所能做到的。这样的人在看到了别人衰败、危急的时候，就一定会表示出同情和侠义来。而荆州刺史王含一向道貌岸然，表现出一副循规蹈矩的样子，这样的人心里只有自己，是不会有亲情和侠义的，更不会按意料之外的做法办事！”最终王含没有采纳儿子的告诫，王应也不能违背父亲的决定，于是两人便一起投奔王舒。果然与王应判断的一样，爷俩还未登岸，王舒就派部队将他们抓了起来，立即将二人沉入长江，结果了二人的性命，并向朝廷汇报了他的大义灭亲的壮举。鉴于王舒的这一功绩，朝廷进封王舒为“都督荆州、平西将军、假节”。而江州刺史王彬听说王应爷俩要投奔他来，便进行了各方面的迎接准备，并派船每天到码头秘密等候，后来听说他们没有投奔自己来，而是投奔了王舒并被王舒杀掉了，王彬深感遗憾。

记起了这个故事，也是因为对这个故事有过深思而且也是说不清的缘由。这个故事列在《世说新语》的“识鉴”卷里，似乎是在明确地告诉读者，王应虽然是儿子，没有其父的阅历、资历和社会经验，但比他父亲王含更具有认识和鉴别人性、人品的能力。但是，如果我们从王舒和王彬这两个人对待王含父子的态度和行为去看待这一故事，原来很多事情都有历史的传承性和思想根脉，有什么样的社会大环境，就会有什么样的社会形色，层级和欲望不同，行事的作风和目的就不同，这是一点也不假的。

2020 年 12 月 1 日

百川先生，“回家吧”

10月7日，我在一个微信群里发了一个帖子，询问群友有关清朝小说家李百川是张家口人的依据。很快就受到了资深编辑美华大姐和张家口采风学会咏华会长的重视，她们以朋友的热情、文学的情怀和对家乡文化的责任，很快搜集了一批资料发给了我，令我十分感动。特别是咏华会长发来的许隽超先生《〈绿野仙踪〉作者李百川生平家世考实》一文，不仅令我惊喜，而且让我激动不已，“李百川身世”这个中国近代文学史之谜终于被破解了，流浪在外一个多世纪的李百川的文魂终于可以回家了，李百川这个当年“羞回故里”游走他乡的孤魂野鬼也可以荣归故里了。百川先生如果地下有知，得知这么多张家口乡亲在记着他，这么多的中国文人在研究着他，使他的历史名望甚至高出了父辈，先生也可瞑目了。

我国著名的文学家、考古学家郑振铎先生曾把《绿野仙踪》和《红楼梦》《儒林外史》一起并列为清代中叶的三大小说，足可见这部小说的历史地位。在读完这本小说后，我就总感到作者的孤寂、忧郁、愤懑和一种伤感的自责。也许这些感觉主要是被作者李百川的“自序”引导的结果，短短的835个字的自序，充斥着无尽的无奈和忧伤，而这些东西则又幻化成了小说主人公冷于冰的仙幻空想和温如玉的荒唐苦难经历。由此也能够想象得出，一个失意而又倍遭生活打击的官宦世家子弟流浪在外的勇气和艰辛，更让人感慨不尽的是，就是这样一个流浪汉，尽然顽强地用笔在书写着人生，“冬十一月，就医扬州，旅邸萧瑟，颇愁长夜，于是草创三十回，名曰《绿野仙踪》……”“以穷愁潦倒之人，握一寸毛锥。特辟幽踪，则祢衡之骂，势必笔代三挝，不唯取怨于人，也且损德于己……”

每每读到自序中的这些文字，我都会潸然泪下，我曾想，是不是伟大的著作都需作者付出常人付不出也付不起的心血和代价？百川先生，您真是受罪了，您也实实在在地为家乡的后人们，特别是家乡的文人们做出了表率，树起了如何为文的旗帜！

87年前的1932年，时任清华大学图书馆管理员的吴晗（字辰伯）在《清华周刊》第三十六卷第十一期上发表了一篇论文，将他的研究成果——“《绿野仙踪》的作者李百川是江南江浙两省人”公之于世。吴晗先生这个结果的主要依据就是李百川835个字的自序。随后得到了诸多名家的首肯，“李百川是江南人”，也就成了近一个世纪来大学教科书的定论。当时的吴晗先生还是一个没有出道的青年，他的论文之所以引起学界的重视，一是因为当时有关《绿野仙踪》的资料太少，唯一的百回本抄本是吴晗先生从几万斤清华大学的史料中发现的；其次有当时清华大学校长翁文灏、文学院院长冯友兰和历史学系主任蒋廷黻的支持和推荐。

从此，李百川的故乡亲情彻底被斩断了，甚至连当时的蔚州，今天的蔚县的一些文化学者都把他排斥在了故乡之外。

其实这也难怪，如果仅吴晗先生的影响力还不够大的话，再加上孙楷第、谭正璧、柳存仁、侯忠义这些专家教授的认同认可，把李百川的老家人为地定在江南就不足为奇了，因为这些人哪一个在中国文学界、文学史界都是跺一下脚就会引发地震的人，这些大师们一起说“李百川是江南人”，谁还敢说不是呢？虽然有人还专门去蔚县看过《李氏家谱》，但只能对“字百川”三个字视而不见。

不过也有人表达过不同意见，当时的北大教授郑振铎先生，在1933年《谈〈金瓶梅〉词话》一文中就指出李百川是山东人，但没有任何考证，当然，即便是去组织考证，也绝不会考证出结果来，因为李百川本来就不是山东人。

三年前的2017年，吉林文史出版社再版了《绿野仙踪》，主编孙建军先生不但在该书中收录了李百川的“自序”，还收录了一篇研究李百川和《绿野仙踪》的无名论文，这篇论文没有题目，是以书的“引言”出现的，我个人认为，这应该是孙建军先生本人的研究成果。

这篇“引言”篇幅很长，约有两万字，详细论述了《绿野仙踪》的作者、版本和批注三个问题。在论述作者部分的最后写道：

“对于李百川的生平经历……我仍抱有希望，即认为李百川是北方人，清时的北方五省，据他的自序所言，可以排除山西、陕西、河南三省，说他是北直隶（河北）或山东人。而他的同祖弟李说严，则仍是寻找李百川生平的重要线索。如有人不惮烦劳，翻遍河北、山东二省的志书，总会找到某个李姓进士在乾隆二十一年及第以后，曾任辽州知州的，这样就能进而把李百川的面纱揭开了。连类旁及，我以为李百川的生平事迹或许不久就会大白于小说研究界的。”

“引言”的这个预测，非常幸运地被言中，哈尔滨出生的黑龙江大学文学院教授，中国古典文献专业博士生导师许隽超先生，依据《光绪·蔚州志·李霖传》《绿野仙踪·自序》《蔚州李氏家谱·卷二》《乾隆二十一年李霖考语》《雍正朝李光枚履历》、李予望《陶庵七兄招饮挹翠亭》诗以及光绪《会稽陶氏族谱》等相关历史资料，经多角度研究，终于得出结论，揭开了李百川的面纱：李百川是河北省张家口蔚县人，清朝吏部左侍郎李旭升的孙子，刑部员外郎李光枚的儿子。百川“自序”中的其祖弟李说严，实际叫作李说岩，也赫然列于《李氏家谱》中。

许隽超先生在他的论文《〈绿野仙踪〉作者李百川生平家世考实》一文中指出：

“今检蔚州《李氏家谱》（李源纂修，乾隆四十年刻本，下简称《家谱》），将卷二《世系录》中相关文字移录如下：

“（李）旭升三子光枚，字汝良，号卜园，恩荫生。累官刑部贵州司员外郎，诰授奉政大夫……子一，洪，后改名鋐。

“光枚子鋐，原名洪，字百川，号星盘，太学生。生于康熙五十三年（1714年）八月初九日……

“细检《家谱》可知，蔚州李氏始迁祖让，山西汾州府孝义县南曹村人，明代永乐间隶蔚州卫军籍，遂卜居蔚之蔡家庄。李百川为蔚州李氏第十三世，其二世至十二世祖之名讳，依次为云道、仓、景通、凤、祝、湜、化权、云华、振藻、旭升、光枚。高祖李云华长于治生，乐善好施，是家族兴起的关键人物。”

我曾经托一位张家口蔚县的地方学专家查阅蔚州《李氏家谱》，他回信告诉我，家谱他已查阅，在李云华之下，其中没有李百川这个人，李百川不可能是蔚县人。原来问题出在百川不是名而是字。

我的激动也正在于此，李百川是张家口蔚县人，这就填补了张家口历史上没有著名小说家的空白，对张家口的文化建设无疑会有促进作用。李百川年轻时流浪在外，曾经“携家存旧物，远货扬州”，这对张家口的商业史无疑是很有价值的补充。

最重要的还是李百川对小说语言的贡献。细读《绿野仙踪》我们会发现很多张家口蔚县、阳原、怀安、万全和山西灵丘、天镇、浑源一带的方言，并且保留着很多这一带的语式特点。比如“达知（告知）”“作合（介绍引导）”“左近（附近）”“反乱（嚷嚷）”“惊神道怪（大惊小怪）”“骨窍（秘密）”“结记（惦记）”等等，都是很典型的当地方言。众多的方言词汇进入小说，不能不说是对张家口方言的保存和推广，也为后来的张家口籍文人学习和使用故乡方言提供了借鉴。

2020年10月9日

散论“张库大道”

这是一篇既不像散文，也不像论文的不伦不类的东西，所以定名叫“散论”。

我村的西边不足100米有一条南北公路，原本是条铺了一层碎石子的土公路，坑洼不平，每到雨雪天车辆就不能通行了。清晰地记着公路上过汽车的情景，望着天边卷起了黄风，我们就知道有汽车开来了，便会从村里跑到公路边上等着看汽车，一会儿，汽车在黄沙的裹挟下就开了过来，从我们的身边略过，我们就会高喊：“一挂敞车！”“一挂篷子车！”“敞车”是对所有卡车的统称，“篷子车”则一般是对大客车的称呼。

大约是十几年前吧，政府投资，在原来的砂石路面上铺了一层沥青，这路就变成了柏油路，虽然是一条县级的质量也不是很好的柏油路，但对于这条公路来说，是具有里程碑意义的。

之所以这样说，是因为我从小就听父辈们相传，这条寒酸偏僻的，当地人叫作“白旗大道”的公路就是“张库大道”！抱着这条路一直向南，就到了张家口、北京，一直向北，走出了沙漠就到了“大圐圙”，“大圐圙”就是现在的乌兰巴托。

我一直自豪于村边上的这条可以下北京上蒙古的公路，不少场合和朋友介绍这条路。但后来却有些失望，也让我内疚，因为能看到的资料上，以及一些专家学者的文章讲话上，“张库大道”原来和我的故乡康保没有太大关系。

那么，“张库大道”和我家门前的这条道到底有没有关系呢？

“张库大道”是一条仅次于“丝绸之路”的国际贸易通道。据“张库大道博物馆”的专家介绍，鼎盛时期，通过这条路的年进出口总额有 1.5 亿两白银，折合成现在的人民币估计有 60 亿元。另据梁勇《近代张库大道上的商帮》一文，从张家口出口到乌兰巴托的茶叶，一年就有 48 万箱，每箱是 54 千克，也就是 2.59 万吨！

不用说是在清朝，就是放在今天，60 亿进出口额，近 2.6 万吨出口茶叶也不是一个小数，可见这条路的重要和繁忙。如此重要繁忙的一条路，一定在沿路会有相对应的设施，如同今天的高速公路，服务区之类是不能少的。据《清稗类钞·蒙古台站运输军队》：“盖蒙地广漠无垠，且有数百里无人烟之处，若无台站，官员军队经过，往往数日不得饮食也。康熙壬申……自张家口至四子部落置台五，自张家口至归化城置台六……乾隆己丑，又有增设……张家口路四子部落尽处起，置台十六……”

从张家口出发，经张北、化德、商都、四子王旗、苏尼特右旗到二连浩特进入蒙古，经扎门乌德北上到达乌兰巴托。相对人烟稠密的张家口到四子部落有五个台站，人烟稀少的四子部落到乌兰巴托设有十六个台站。《河北省公路史志资料》载：“张库大道历史悠久，早在元代，便辟为驿路，明清两代又辟为官马大道。当时运送物资所走路线，多依驿站。这运输物资的驿站，官马大道就是后来的张库大道。”

这是官方的定论，现在看，这条路和北京到乌兰巴托的铁路平行，不论是从驿站的配置，还是铁路的勘察选址，还是一些驿站遗迹，都应该就是历史上的“张库大道”，由此看来，“张库大道”和我的故乡康保县确实没有关系，这条道在康保的西面。

但据专家研究，历史上的“张库大道”不止这一条，这一条坎坷不平的道路是以军队和政府贸易使用为主的，也承载不了 1.5 亿两白银的贸易量。从张家口到乌兰巴托至少还有两条道：一是从张家口出发，经张北、宝昌，穿越浑善达克沙漠，经锡林浩特进入乌兰巴托，这一条路现在和张家口到锡林浩特市的 207 国道并行。二是从张家口出发，经沽源、多伦，穿越浑善达克沙漠，进入乌兰巴托。这两条路的繁忙程度不亚于西边的那一条，但这两条都在康保的东边，也和康保没有关系。

专家学者们研究的这三条路，都没有提到我的家乡康保，但到康保的民间来，只要有通向草地的道路，他们都会说这就是去“大圐圙”的路，就是“张库大道”。康保人李殿光《康保地名溯源》记载：“昔日，张库商道穿越（康保县）察汗车罗村（现村南有约一公里长的遗迹）……因该村紧邻张库商道，民国年间曾住有护路队和保商团为过往商人保镖。”李殿光是康保地名专家，熟稔康保的村村营营，他的记载是有根据和可信的，由此看，康保也是“张库大道”的路经地。这也让我回忆起童年时和“张库大道”有关的故事。

小的时候，家中有一位每年都要来一两次的常客，父亲让我们喊他做叔叔，但因为他的谨慎、不苟言笑，以及满口的有时候还听不太懂的蔚县话，我们就对他少了些许尊重，背地里都直呼他李军。夏天的时候，他赶着牛车，冬天的时候则骑着骆驼。不管是牛车还是骆驼，来回都装满了东西，特别是从内蒙古下来的时候，装满了皮货、干肉、奶豆腐甚至还有马奶酒。

记得一年的冬天，下着大雪，我们刚吃完下午饭，就见一个人牵着一峰驮满了东西的骆驼进到了院子里。那人穿着没膝的里外发烧老羊皮袄，围着狐狸皮围领子，白茬子老羊皮裤，几乎到了膝盖的高筒毡疙瘩暖靴，大长绒毛的黑狗皮帽子，蓝色布面羊羔皮的手巴掌，浑身上下像从雪里滚出来一样。迎进屋子脱去了皮袄皮帽才看出来是李军。这身装束，是冬天跑草地的人的基本衣装配置，否则是抵御不了零下三十度以下的严寒的。

因大雪所阻，这次他在我家住了三天，骆驼驮来的东西卸在了我家的小西房里，奇怪的是父亲给小西房上了锁之后，却把钥匙交给了李军，而李军也几乎没有太多的客气就接了钥匙，似乎这个小西房成了他家的闲房一样，二人的言行在我的眼里很有鬼鬼祟祟的可疑。

我出来工作以后，有一次和父亲闲聊，父亲才告诉我，李军一直在跑大圐圙，“跑大圐圙”，这是当地人的方言语义，是说李军一直在做着乌兰巴托的买卖。当时这是犯罪的行为，罪名叫“投机倒把罪”，涉及出国，又成了“走私罪”，都是可以处以重刑的大罪，被判死刑的不乏其人，所以才有了“鬼鬼祟祟”的可疑。

据父亲说，李军的祖籍是张家口蔚县，爷爷和父亲都是“跑大圐圙”的，李军从小就随着父亲来往于张家口、乌兰巴托之间，不仅熟悉这条道路的一草一木，还熟悉新中国成立前后中蒙贸易的官方规则，更熟悉民间买卖，实际就是走私的套路。加之不少亲戚最后都滞留在了蒙古成了华侨，内外都给他提供了其他人不可得的买卖条件，所以就是在那特别的岁月里，李军都没有间断他的买卖。

李军之所以在我家打尖落脚，首先是因为他和我的父亲认识几十年，都是从口里出口外的，相互可以信任，更重要的是，我家住在他从乌兰巴托到张家口的必经之道上，也就是说，我家是在张家口通往乌兰巴托的道路旁，南距康保 30 公里，北距内蒙古不到 10 公里。

我想，李军祖孙三代走过的路也应该是“张库大道”，李殿光和康保民间的传说是有依据的。

如果说李军走了一生的“白旗大道”也属于“张库大道”的范畴，那么“张库大道”就有了好几条。我想，这“好几条张库大道”才是真正的张库大道。我们把这些道路凝缩到地图上可以看出，这些路起止点相同，途径几乎是重叠的，他们本是一条路。

从张家口出发到乌兰巴托，本没有什么像样的道路，即便是设了站台的官道也是坑洼不平，十分难走，《清稗类钞·蒙古台占运输军队》记载：这条商道“道路不平，沙石相间，故乘车者盘坐车中，必用一木杆夹住两腿，谓之曰‘加杆儿车’，以防因震动踣于车外，且恐木杆不坚，须以带围住车前。所携之盘碗，又以挖有大小各孔之革囊，盛各物于中，系之车顶……”可见即便是在无路的草滩上行走也比这种路上行走平稳一些。再加上还要跨越沙漠，在当时，一旦进入浑善达克沙地，前车之印便就是路，大风吹过，路没有了，沿着北斗星的方向向前，就又给后者留下了一条路。

所以我说，“张库大道”本没有路，只是一个方向，一个打开闭关锁国大门的方向；是一个区域，一片敞开对外交流大门的区域。凡是从张家口出发去往乌兰巴托的，不论走哪条路，都是“张库大道”。

2020 年 12 月 17 日

后脱贫时代

我的老家原本是一个全国的贫困县，2020年年底，这个自建县以来就没离开贫困县行列的贫困县终于一举脱贫，这绝不是一件小事，贫富的界限虽然很难分清，也没有人可以分清，但有一点足可以成为不再贫困的证明，这就是家家吃得饱，人人穿得暖，户户有房住，不少人家还有了小汽车。唉，其实人活着就是个“衣食住行”，这四个字的问题解决了，就怎么也不能再叫作贫困了。

去年初，一个高中同学的女儿结婚，给我打来电话：“老李，孩子结婚，一定回来，我把同学们都邀请了，不为别的，分别四十年了，借女儿的喜事，老同学们一起聚聚。”同学的诚恳感动了我的决定，一定回去！

虽然都邀请了，但那天来的不到五分之一，来不了的原因无非远的太远，近的又太忙。不少同学还都在打工，要不就是在哄孙子，这是不来的硬道理，我们这一代大多数是独生子，孩子从娘肚子里坐胎的一刹那，就开始了被溺爱，老家把这叫作“惯”，惯得不像样了，等到孩子有孩子了，交给父母，让爷爷奶奶、姥姥姥爷接着“惯”，一旦惯成了，便再难改变。

据说村里有一个媳妇儿就骂她的婆婆：“看你扎侈的敢不给爷看（孩子），看不好一点点，爷都饶不了你这个水蛋壳！爷叫谁日鬼一下生不出个孩子来，嫁给你家要车没车、要楼没楼的穷逼蛋！你想叫你儿子打光棍，你就别给爷看！”这里的“扎侈”，有着“娇惯”和“要威风”的双重意思，不论哪层意思，在这媳妇儿嘴里都运用得相当精准。“水蛋壳”，相当于普通话的“王八蛋”，“日鬼”就不好深解释了。至于那个“爷”字绝不是“爷爷”“大爷”之意，而是“我”

的方言。这段骂，已经超出了针对看孩子的范畴，就这婆婆的家庭地位，不由得不使人想起斯托夫人笔下的奴隶汤姆大叔和伊莉莎。这大概就是“惯”的结果。

不过《红楼梦》里王熙凤骂贾蓉、鸳鸯骂哥哥也都是这样骂的，看来这种骂在民间一点也不足为奇。贾政、贾雨村是不会这样骂的，比如贾政骂儿子贾宝玉作“孽障”，其实就是个“牲口”“畜生”的意思。

越有钱，官越大，就越有教养，即便是想把你杀掉，但出口必须含蓄，并且要带着慈祥的笑意，虽然也有这农村媳妇儿一样的口恶，但不到万不得已、死到临头的时候，是不会露出来的。

穷人和乡下泼妇则不然，肚子里没有那么多的词来转化，爹娘怎么骂，他就怎么骂，代代相传的骂法，骂完还得下地干活或去打工，晚上还得开开心心地让穷丈夫搂着睡觉，而穷丈夫则更是开开心心，能把晚上的这一刻留存住一辈子，你别说骂老娘，骂祖宗也是伟大的骂！穷地方的礼法如是而已。脱贫之后，大家都慢慢富裕起来，特别是搬迁到县城居住之后，礼法就会改变，骂街也会和官员、富人一样，逐渐文明起来。

一桌老同学的盘桓，就是一桌满满的回忆。年近花甲的同学，记忆最清晰的竟然是当年搞对象的事，而不是学习和考大学的事，所以当时的同学除了一两个因为实在娶不起媳妇儿打了光棍儿的以外（我村里就有两个同学，今已六十，依然鳏居），其余的都结了婚，但考上学的却寥寥无几，我想，这和记忆的动力有关系吧。

酒酣耳热之际，从高中谈对象开始，自然就过渡到了结婚生孩子，虽然当时所谈的对象几乎都没成为对象，但并不影响有关结婚生子的话题。至此，立即形成了两个阵营，生儿子的骄傲，生女儿的失落；再继续聊下去，逐渐变得生女儿的开心快乐，生儿子的却是满腔沮丧。

开始时我是没有什么感觉的，听着听着，我不再没有感觉，无论如何，在农村，特别是原本戴着贫困帽子的农村，这生儿生女是不一样的。同学们的调侃实在没有轻松可笑的地方，而是一个沉甸甸的农村生活话题。

听着大家话中的意思，现在农村男孩子找对象，没有100万元是无法把媳妇儿接进家门的。娶媳妇儿要在县级以上城市有一套房子，这就是房地产持续火爆的原因之一吧，只要农村的孩子们还想传宗接代，还想有健康而道德的性生活，房产公司就不会萧条；还要有一辆车，所以中国的汽车制造厂一时半会儿倒闭不了。之后至少需要20万元以上的彩礼，名曰“万紫千红一片绿”（指1万张5元钞票，加1000张百元钞票，一片50元的钞票。）或“三斤三两”（百元现金的重量）。这个出卖姑娘的价格，一般掌握在姑娘父母的手里，由姑娘父母根据姑娘的质量来决定。

由此可见，现在的农村老家，姑娘的使用价值没有变，价值却今非昔比了。所谓“价值”，指的是“体现在商品里的社会必要劳动”，价值量的大小决定于生产这一商品所需的社会必要劳动时间。农村姑娘彩礼一天比一天贵，是符合经济学原理的，原因至少有两个：一是父母投入太多。我上高中的时候，每学期的学费书费最多不超过二十元，也就是说，当时我的女同学的父母，家里养两只母鸡，生产的鸡蛋就可以满足孩子的上学费用，今天，至少需要养两头牛，这还需要孩子有出息，学习好，如果要是分数不够去买学籍，至少需要十头牛。二是物价上涨。我上初中的时候，一斤猪肉是六毛钱，还是正宗的土猪肉，今天的公司化猪肉是25元一斤，老家正儿八经的土猪肉最少50元一斤，并且根本买不上。姑娘们当时最时髦的翻毛皮鞋一双是6元，现在一双时髦皮鞋600元买不上好的。生产成本越来越高，自然就推动了产品价格的上升。

100万！在农村，对于一个农民，这无异于是一个天文数字，一辈子能否挣到这个数先不说，就是挣到这个数，娶完媳妇儿后，就会一切归零，老两口 60 岁以后的日子不知如何过才好。

那天吃完饭出来，一个同学多喝了几杯，他拉着我的手先是说他在内蒙古一个煤矿上打工，现在也管着好几个人，邀请我一定要去，他那里有手把肉、有闷倒驴，说着说着他竟然痛哭了起来。临告别的时候，他说："谁知道上辈子造了什么孽了，这辈子养活了个儿子！"

后来我才知道，他是为了偿还儿子结婚的欠债到锡林浩特打工的，老两口租住了一间不到十平方米的房间，白天捡破烂，晚上下夜，日子十分清减，未承想渐趋老态的他骑着自行车撞了别人的小孙子，承担了几万元的赔偿责任，他实在不能承受这种压力，最后终于在老肝病的折磨下离开了人世，死的时候刚满 60 岁，正是富人退休后享受生活的年龄。

他为了还债离开故乡，还是为了还债，客死在了异乡。他从一生下儿子那天起，就开始为儿子积攒娶媳妇儿的钱，媳妇儿的价格却是一天天的看涨，一辈子都没有积攒够，老同学们都为他的死惋惜和悲痛，我则不然，我觉得他死了比活着心宽些。

脱贫的成就在于解决了"衣贫、食贫、住贫、行贫"的问题，农村人道德范围内的"色贫"问题还要慢慢解决，这不是胡说，孟子曰"食色，性也"，没吃没穿是贫困，娶不上媳妇儿更是贫困。"当是时也，内无怨女，外无旷夫"，也应该是富裕的重要组成部分，不过脱贫是需要时间的，要让每个小伙子娶得起媳妇儿，让每个姑娘的父母都不再收受彩礼，让每一个姑娘都回归爱情，不是一件容易的事情。物质生活的脱贫用了 70 年的时间方才完成，精神上的脱贫连外国都说需要五代人的时间，可见难度实在是很大的了，但只要努力，一定会有希望的。

2020 年 12 月 23 日

也说“新名词”

《清类稗钞·讥讽类》有一则《新名词入诗》，原文是：

“自日本移译之新名词流入中土，年少自喜者辄以之相夸，开口便是，下笔即来，实文章之革命军也。某曾赋诗四首以嘲之。一云：‘处处皆团体，人人有脑筋。保全真目的，思想好精神。势力圈诚大，中心点最深。出门呼以太，何处定方针。’二云：‘短衣随彼得，扁帽学卢梭。想设欢迎会，先开预备科。舞台新政府，学界老虔婆。乱拍维新掌，齐听进步歌。’三云：‘欧风兼美雨，过渡到东方。脑蒂渐开化，眼帘初改良。个人宁腐败，团体要横强。料理支那事，酣眠大剧场。’四云：‘阳历初三日，同胞上酒楼。一张民主脸，几颗野蛮头。细崽皆膨胀，姑娘尽自由，未须言直接，间接也风流。’”

其中，团体、脑筋、思想、精神、势力圈、中心点、以太、方针、彼得、卢梭、欢迎会、预备科、舞台、学界、维新、进步、欧风、美雨、过渡、脑蒂、开化、改良、眼帘、个人、团体、料理、大剧场、民主、野蛮、膨胀、自由、直接、间接、风流等都是当时的新词，阅此不得不为之惊叹。

《清类稗钞》是清末民初的徐珂编撰而成的，成书时间大约已是民国年间了，其中的《新名词入诗》一条载明“某曾赋诗四首以嘲之”，这个“某”有两种意思，一是指另外的某一个人，二是指的徐珂本人，从内容和叙述上来看，这四首嘲讽诗应该是徐珂本人所作。反映了民国初年新词的大量出现，以及传统文化对新词的排斥。

说民国初年新词大量出现，是因为这四首打油诗，几乎全部用新词组成，就是网络新词大量涌现的今天，全部用新词写出四首诗都不是一件容易的事，可见当时新词的数量。这种新词大量出现的原因作者已经指明是因为“自日本移译之新名词流入中土”，这说明当时中国的文化深受日本文化影响，这和孙中山、周恩来、鲁迅、秋瑾、汪精卫等一大批志士仁人留学日本，很多中国的革命团体诞生于日本不无关系。众多的新名词也反映了当时国家的政治以及社会状况。

说传统文化对新词的排斥，是因为作者开诚布公地指出，这四首诗是为了“嘲之”而作。“嘲之”当然是嘲讽这些新词了。在当时，徐珂可不是个一般的人物，他是光绪年间的举人，袁世凯在天津小站时的幕僚。后来担任过商务印书馆、《外交报》《东方杂志》的编辑，编撰过《清稗类钞》《历代白话诗选》《古今词选集评》等多部文学著作。他的名头一点不比今天人们熟知的张元济、蔡元培、康有为、胡适、梁启超这些人小，当时在过上海或到过上海的社会名流，都是徐珂家的座上客。试想，这样一个人所嘲讽的对象，在当时会是一种什么状况，其嘲讽效果又会是什么样子？这是一种实力雄厚的社会文化代表，是一种阻碍新词，或者说阻碍新文化传播的重要力量。

由这则距今一百多年的故事，我们可以映鉴今天的新词现象。“之乎者也”最后还是和这些新词和平共处，有的还喜结了连理，当年被视为新词的这些词，现在都是词族的大佬甚至是掌门，当年嘲讽这些新词的人，让我们今天的人感慨。但历史的滚滚车轮，往往压在同一条车辙里，看看今天的新词，也受到了不少人的嘲讽，不过对今天的嘲讽，年青一代的回答是“呵呵”。如果徐珂地下有知，面对今天的“年轮、拍砖、狂顶、MM、粉丝、有料、PP、酷、包子、DBC”等词一定会“抓狂”发疯的，还不知会写出怎样的“嘲之”诗。

顺便和老同志们解释一下，今天网络上的“呵呵”，可不是年轻人在和你笑，而是“嘲讽”的意思啊！

2020 年 2 月 28 日

不能忘却的大铁锅

村庄拆迁的前夕，人们已经陆续搬离，只剩下最后几户，抑或东西多一些，抑或留恋在揪掣，总之是准备动，但还没动。虽然还有几户没走，但村子已经没有了人气，就是在白天，也和一片坟墓一样静寂凄凉，周边村子的一些村民便开着三轮车，来到已经搬走的农家，寻找一点他们的希望——遗留的破盆烂碗、生锈的镢头铁锹之类，后来干脆把房上的瓦片、出了头的椽子一并收留了去。

老房里的东西是家人早就清理过的，我心里惦记的是那口铁锅，那是一口直径一米多，从我记事的时候就使用着的铁锅，年纪只比我大不比我小。因为都搬进了县城的楼房，做饭用上了电或煤气，这口铁锅便再没有为家人服务的机会了，因此哥哥姐姐们便把它列在了最后收拾物件的范围。我却另有一种留作纪念的想头，觉得老房子里的东西唯有这口铁锅更具承担想头的资格，但这个想头却成了我终身的遗憾。当我特意回到村子进到老院子里才发现，不仅门锁被撬掉了，房门和那口锅也已被人先我一步搬走了，给我留下的是锅台上的一个黑黢黢的圆洞。很难想见，这就是安放我童年乐趣的地方；更难想见，周边邻村的人们尽然把我心中的惦记也公然收留了去。

猿人被改称人的时候，其中的一个理由就是人是能够使用锅来做饭的。那时的锅不叫锅而叫釜。从仰韶、满城以及离我们这个村子不足 3000 米的石疙瘩沟出土的文物来看，釜就是蒸煮器具，也就是现代文明人们所说的炊具。曹植的七步诗：“煮豆燃豆萁，豆在釜中泣”，说的就是锅中的豆的眼泪。

想着这些，是因为我的脑子里一直抹不去那口大铁锅的影子。

小时候家里人多，六口人用这唯一的一口锅做饭，每天早晨，父亲的第一件事就是往锅里添水，准备一家人的洗涮用水，之后便是母亲的莜面，那时我们弟兄几个正是长身体的时候，饭量大，母亲的莜面总是一笼一屉，无有如此的大铁锅是怎么也不足以承担如此重任的。这口大铁锅，蒸出的何尝是莜面，更有家族的希望和延续，家人的幸福和未来。

农民是承继祖先生活方式最完全的一个群体，集体族居，刀耕火种，鸡犬同饲，大锅做饭以及最大限度地自给自足。其中的大锅做饭，应该是最具实质意义的承继，它反映的不仅仅是生产方式的传承，更在于农耕文化的扬弃。烩菜、釜肉离不开大锅自不待说，扎猪菜、炒莜麦、焖土豆、淘粮食……也没有一天可以离开。大铁锅，不单单是炊事用具，同时也是农民家庭的生产用具，在我的记忆里，这口锅一直没有清闲过，即使是 1958 年，村里设立了集体食堂吃“大锅饭”的时候，这口锅也承担着全家的重要生产、生活职能，说这口锅劳苦功高一点也不夸张。

现在，这口大铁锅随着村子的消逝，也消逝了，并且落了个不知去向的结局，我没有及时收留起来以瞻仰其天年，实在是对给了我活命的这口锅的不敬啊！

2020 年 7 月 9 日

菜农为邻

我家的楼房和一片田野为邻，只中间隔着一堵围墙，但站在七楼的后阳台上，这围墙便失却了作用，北面的农田和菜地都能尽收眼底。

我每天都会站在后阳台上瞭望这片农田和菜园子，从春天艳丽的繁花，到夏天金黄的小麦，再到秋天泛绿的玉米，直至冬天茫茫的雪野，年年都会在我的眼里过上一遍，当然也会从心里过上一遍，这一过，已经有十几年了。

最能吸引我每天站到阳台上来的不是稍微远一点的小麦地和玉米地，而是近在咫尺的蔬菜大棚及其之外的菜地。这是四个大棚和一片菜地，自从我搬来，就是这样，现在依旧这样。

种菜的是一男一女，都年近花甲，我不熟悉他们的家庭情况，不知道他们姓甚名谁，也不知道他们是临近蒋家庄村的，还是季家铺村的，抑或郝家铺村的，但我熟悉他们自己不熟悉的东西，比如说他们种菜时的肢体语言，我就比他们自己熟悉得多。

今年的第一茬夏菜收获后，他们开始平整土地，施撒底肥，倒栽新的菜苗。整整两天时间，整整齐齐、平平展展的土地被打理了出来；又整整两天，新菜苗一棵棵被倒栽了进去。由于距离的原因，看不清楚是什么菜，但淡淡的绿意像画出来的一样，远远望去，是那么的清新。一切都干完后，男的把铁锹戳在土地里，双手交叉垫在铁锹把头上，下巴放在双手上，似乎是在休息，又似乎在欣赏终于完成的劳动成果。女的也把铁锹戳在土地里，只不过是单手扶着，像拿着红缨枪站岗的女兵一样，另一只手不停地用搭在脖子上的毛巾擦着汗水，显然是要把这几天来没有来得及擦干净的汗水都一下子擦干净。就这样两个人一东一西，足足站了十来分钟，我也就在阳台上站了十来分钟，直到女的扛起铁锹独自离开，我断定，这个时间，她一定是回家先把猪呀鸡呀的喂饱，然后在夜色的笼罩下，去把晚饭做好……

半夜时分，几声沉雷把我吵醒，风裹着雨掀翻了窗帘，风雨的整个身子挤进了屋里，我赶紧起来关闭窗户，疾风骤雨中，天气骤然凉快了许多，正是睡觉的好时候，我躺在床上，很快就睡去了，睡得舒坦到连个梦都没有做。

早上起来，雨还没停，不过不再是疾风暴雨，而是转成了霏霏细雨，天气也比昨晚更凉，我站在阳台上，透着飘满了雨水的窗户向下望的一刹那，就愣在了那里，只见昨天刚倒栽的菜苗不见了，菜地里一片汪洋，水面上漂着一缕缕绿色。种菜的一男一女也和我一样愣在那里，不过他们愣着的地方是在菜地的田埂上，并且在雨地里，雨水浸到了小腿，没有雨伞，好像是穿着一件臃肿的短雨衣。男的两手叉着腰，一动不动，女的一只手垂着，另一只手不停地擦着脸，也不知是在擦雨水，还是在擦眼泪，总之，都望着这一片汪洋，我看不到他们的表情，远望他们的身体，倒像两个在5A级旅游景点看风景的人。

他们不得不花去几天时间，付出沉重的劳动去排水，排完水后重新平整土地，重新施肥，不过这次没有倒栽菜苗，而是撒下了菜籽。男的迈一步，停下来撒一把菜籽，再迈一步，停下来再撒一把菜籽，每一步幅度的相等程度，扬手撒籽动作的一致性，不亚于天安门国旗护卫队的动作，我知道这都是种菜撒籽规范所要求的，是一个菜农必备的基本功。女的则跟在男的身后，拿着钉耙，一耙一耙地耙着地，把男的撒下的种子掩埋在土地里，那未来蔬菜的新的生命就这样再次孕育了出来……

阳台上放着一把白菜，一嘟噜菜花儿，还有几个土豆，白菜已经蔫儿了，菜花儿不再洁白，腐烂出了不少斑点，我心里默道："今天不能再买新菜了，一定把白菜和菜花儿吃掉！否则又要扔掉了。"

2020年10月2日

传说中的“闫连山元年”

中国有文字的纪年起始于公元前 841 年西周召穆公、周定公共同执政的一段共和时期，前 841 年就被称为“共和元年”，距今已经 2861 年了。西汉前以天干地支纪年，到刘邦登基，开始了皇帝年号纪年法，公元前 202 年这一年就被称为“汉高祖元年”，之后每个皇帝登基的那一年都被称为元年，比如“贞观元年”“万历元年”“乾隆元年”等，就连做了 83 天皇帝的袁世凯也没有放弃这个机会，把 1916 年称为“洪宪元年”。“元”字的本义指的是人头，头在人体的最高处，处于元首位置，因此引申表示为首要的、第一的，也引申为元乃天地万物的本源，是天地万物的根本。用皇帝年号纪年，以元为首，体现了皇权的至高无上，正所谓“普天之下，莫非王土；率土之滨，莫非王臣”。

《康保县志》载：“闫连山：位于乡驻地南偏东 1.9 公里处。137 户，447 人，耕地 3900 亩。1939 年（怀安人闫连山来此）建村。”

闫连山村从建立那天开始就注定多灾多难，翻开这一年的历史我们可以看到，这一年日本人扶植的颇有政治野心的“泛蒙古主义者”德穆楚克栋鲁普亲王，改“蒙疆联合委员会”为“蒙疆联合自治政府”，正式建立了察哈尔伪政权，辖闫连山村所在的康保县，并改纪元为成吉思汗纪元。所以，闫连山村建立的这一年，纪年就乱了许多，恐怕在中国的大地上，再没有一个村庄会像闫连山村一样，在建立的初年遇见如此混乱不堪的纪年。这一年，延安的共产党实行公元纪年，称公元 1939 年；重庆的国民党实行民国纪年，称民国二十八年；张家口的伪蒙则实行成吉思汗纪年，称为成吉思汗七百三十四年；还有遍地的日本鬼子则称为昭和十四年。1939、28、734、14，这些八竿子打不到一处的数字，却都成了当时康保的纪年，也和闫连山有了源数，从怀安来此建村的闫连山骂道：“管球你是蒙古人的年还是日本人的年，是共产党的年还是国民党的年，这一亩三分地上就是爷的年，爷就把今年叫作‘闫连山元年’了！”这又是一个万万没有想到，一个只上过私塾、一心想发财致富的中年人，却给自己落脚的地方确定了一个元年！需要注释的是“爷”是怀安方言，就是“我”的意思，在今天的张家口地区仍然流行。

当然这只是村民们的传说，还有我父亲的絮叨。我父亲第一次来闫连山村的时候，闫连山这个人才离开四五年，记忆的准确和清晰可想而知，这传说，还是有坚实的基础的。但有一点是没问题的，就是闫连山建村是 1939 年，在这个村里，将这一年叫作“闫连山元年”也属事出有据。更重要的是，我今天把这段历史写进了这篇文章，将这个元年固化了下来，他就是一定存在过的了。

德王本是一位蒙古族的英雄，是当年包括我们汉人在内草原人心中的英雄！那是草原上的巴特尔，草原上的雄鹰！德王试图恢复“大蒙古帝国”，重开成吉思汗，至少是忽必烈的版图，但采取投靠日本鬼子侵略者的策略却造成了事实上的卖国，不但失去了英雄的桂冠，还蜕变成了实实在在的蒙汉奸。他的改元本身就是一场政治闹剧，不但共产党、国民党不理他这一套，连其主子日本人也视其为儿戏。但德王的闹剧却给了闫连山定居立村的机会，即使是在当时，也不是随便就可以建立村庄的，也要履行一整套审批手续，好在生逢乱世，政权如同纪年一样变幻莫测，审批的时候可钻的空子多，也就顺利得多，不方便的是在填写登记表的年、月、日时，需要看看是哪个纪年的人管着事。

但不管世道有多乱，枪杆子里面出政权，最终还是日本人说了算。这一年日本人第二次进驻康保，再次占领了被吉鸿昌收复了的康保县。令人深思的是，日本鬼子留下 6 名日本人就把康保统治了，在县级行政区域内，创造了较为典型的“以华制华”范例。一直到1945年8月14日，苏蒙红军占领康保和张北，消灭了盘踞在野狐岭上的日本人，才终结了日本人的殖民统治。

当年的这6名日本鬼子留下以后，根本不顾百姓死活，伙同伪蒙康保县县长冯静山合伙上演的第一幕民政闹剧是绵羊人工授精（见《康保县志·大事记》），因为他们要将康保县这块美丽的大草原，尽快变成畜牧生产基地，以满足日本侵略士兵在中国土地上杀人放火后的肉类需求，实现“以战养战”的目的。要知道，当年的康保县有多少男儿处于饥寒交迫的境地，是无力娶妻生子的。康保籍作家王常顺，诗人周贵亮、荆秀清，女作家李淑珍等，都在其作品中抒发过对康保这段历史的情感，他们的文学艺术沉思，给康保历史越发增加了凝重感。李淑珍的长篇小说《莲花落》更是形象地再现了这一时期康保人民的悲惨生活，书中没有浪漫，有的只是沉甸甸的历史现实。

从1939年“闫连山元年”算起，到2019年“闫连山八十年”，闫连山村整体拆迁止，这个村整整存在了80年，比德王所想复辟的大元帝国时间短不了几年，闫连山和他建立的村子如果地下有知，也该欣然了。

2020年7月16日

喋血流泪的诗

诗和人不一样，人死了就不能复活了，但诗死了以后还可以复活，有时复活了的诗，比死前更强大，更具生命力。

有一首世人皆知的小诗，一段时间已经死了，很快就又复活了，这就是匈牙利诗人裴多菲的《自由与爱情》：

生命诚可贵，爱情价更高。

若为自由故，两者皆可抛。

短短的二十个字，阐述了生命、爱情和自由相对于人生的关系，也反映了诗人的人生价值观：爱情重于生命，自由重于爱情。这份情怀让无数青年为之热血澎湃，近二百年来，尽管这诗有过一次次短暂的死亡，但在全世界不同肤色的有志青年的呼唤下，又一次次复活。

这首诗世人皆知，恐怕她的作者裴多菲的经历，知道的人就不太多了。

其实裴多菲不仅是一个外国人，还应该算是一位古人。裴多菲·山陀尔，1823 年 1 月 1 日出生在匈牙利，如果还活着，已经是 197 岁的老人了。他出生时，是中国清朝道光三年，这一年的 2 月 15 日，中国的李鸿章诞生，李鸿章可以算是高寿，1901 年去世，享年 78 岁。李鸿章和战争结缘很深，清朝后期对外的一些仗几乎都是他打的，但赢得不多，签订的不平等条约不少，像著名的《越南条约》《马关条约》《中法简明条约》《辛丑条约》等都是李鸿章签订的。但李鸿章打的仗都和“革命”二字牵不上边。

裴多菲是匈牙利伟大的革命诗人，匈牙利民族文学的奠基人，民主主义革命战士。1848 年春，奥地利统治下的匈牙利民族矛盾与阶级矛盾异常尖锐，裴多菲目睹人民所遭受的侵略和奴役，大声疾呼：“不做奴隶，为自由和平等而奋斗！”他勇敢地参加了推翻奥地利殖民统治的战斗，并写下一系列语言凝练具有战斗性的小诗，成为鼓舞人们走向民族民主革命的号角。

1848 年 3 月 15 日，匈牙利举行了著名的以废除封建制度和推翻奥地利统治为目标的“佩斯三月起义”，其中的领导者之一就是当时匈牙利著名诗人裴多菲。这次起义推动了匈牙利的资产阶级革命进程，起义宣布废除了农奴制，并将土地、牧场平分给贫苦农民，是一次匈牙利式的土地革命。

1849 年 7 月 31 日，匈牙利革命军在奥地利和俄国联军的反击下，终因寡不敌众，战斗到了最后一刻而失败，战场上瘦弱的裴多菲力不能支，被两名哥萨克骑兵围困，在被马刀砍伤后，又被长矛刺穿了胸膛，诗人牺牲时，年仅 26 岁。实现了他“若为自由故，两者皆可抛”的铮铮誓言。

裴多菲牺牲后的第 17 年，奥地利帝国被迫同匈牙利签订协定，同意匈牙利建立二元化的联合国家政体，实现了匈牙利的基本独立，1918 年匈牙利实现了完全独立。

无独有偶，中国也有一位裴多菲式的英雄，这个人就是无产阶级革命家、革命烈士夏明翰。

1900 年出生的夏明翰，是毛泽东、何叔衡联袂介绍入党的，1925 年出任长沙地委书记，之后先后担任过湖南省省委组织部长、全国农民协会秘书长、武汉中央农民运动讲习所秘书等省委和中央的重要职务，是毛泽东的得力助手，并在八七会议后，协助毛泽东组织发动了秋收起义。

1928 年 3 月 18 日，夏明翰从谢觉哉处得知交通员宋若林有可能叛变的消息，立即返回所住旅社准备转移，但还是晚了一步，终被叛徒宋若林出卖。在受尽酷刑折磨，依旧坚贞不屈的情况下，3 月 20 日清晨，被敌人押送到汉口余记里刑场执行死刑，在刑场上，他向敌人要来纸笔，大义凛然，一挥而就，用生命写下了一首《就义诗》：

砍头不要紧，

只要主义真。

杀了夏明翰，

还有后来人。

《就义诗》作成后，夏明翰慷慨引颈，为中国人民的革命事业献出了生命，牺牲时年仅28岁，比裴多菲只大两岁。在这首诗里，夏明翰用生命和热血诠释了生命和主义的关系，激励了整整一代人。

夏明翰牺牲后的第21年，中华人民共和国建立，中国步入了社会主义建设时期，中国人民彻底摆脱了帝国主义、封建主义、官僚资本主义三座大山的压迫。

不过这首诗也有死过的时候，但终究还是复活了。

看来人活着，不能只爱钱，只顾命，还需要顾及一点主义、自由、尊严以及道义。主义、自由、尊严和道义的高尚，金钱和生命是永远不能比拟的。战争年代如此，和平年代更是如此。这就是喋血流泪诗中所蕴藏的骨气吧。

2020年2月19日

归去来兮

整整一年了，对母亲的离开仍然不能释怀，吃饭的时候看到母亲喜欢的吃食，心头就会战栗一下；睡觉的时候，听见一点动静，就会以为是母亲在起夜。母亲的音容笑貌镌刻在了我的骨头里，融化在了我的灵魂之中。自从母亲去世后，我就失去了对死亡的恐惧，一个人一旦没有了父母，生死都是一件极其平常的事，是一种有所谓但更无所谓的事情。父亲活了 82 岁，离开了我们；母亲活了 92 岁，也离开了我们。空空的给儿孙们留下了一抔黄土，留下了一腔思念。90 多岁了，临死竟然还给年届“知天命”的儿子，解开了天命之锁，丰富了老年儿子对人生的感知，这是在我没有一点心理准备的前提下所继承的最丰厚的遗产。

可以欣慰的是母亲 2019 年在老家逝世，儿孙们没费多少事就实现了老人家的临终遗愿：在老院子里发送，和父亲一起殡葬在她生活了 70 年的阎连山村。如果母亲晚去世一年，就会赶上新冠大疫，阎连山村拆迁后也会被夷为平地，儿孙们无论如何都实现不了老人的遗愿了。不是我这个做儿子的不孝，这文字写到这里，似乎在“欣慰”和母亲早离别了一年，但对母亲来说，能够安睡在老院子里，能够享受到她老人家能够想得到的整套丧葬风俗和礼仪，并且直接与父亲并肩安息，这比央榜上 92 岁变成 93 岁重要得多！母亲在阎连山这个地图上根本找不到的小村子里，养育了五个孩子，送别了 80 多岁的丈夫，这个村子，这座老院子，有过她的多少喜怒哀乐、悲欢离合啊！如果不在这个包含了老人家全部情愫的小村子里了结老人家的人生余事，对母亲、对儿孙们来说，都会是一件天大的憾事。

坝上的 5 月中旬，实在可以说成夏寒料峭、东方吐白和夕阳残红的时候，都需一件薄棉衣裹身，偶尔还会在雷声中骤然撒下一股雪粒子，虽然落地就化，但那种刺骨的凉意是南方人不能理解的。

这次回来是专程给母亲过祭日的，在坟茔上拜祭完毕，我还是不由自主地顺着那条刚修通不到两年的“村村通”小道进到了村庄，虽然有着充分的思想准备，但还是让我大吃了一惊！近处看去，原本熙熙攘攘的一个小村庄，变成了一个填埋场地，原有建筑，一物无存，民房院落拆除后，又从山里拉来了新土，把村庄遗址全部覆盖；站在村南的小山上望去，新填的黄土黄秃秃一片，似乎是新起的一个大坟茔。各家院子里种过的各种树木，也全被挖掉了，整个村庄旧址上连根草都很难发现。据说是要种草，以恢复坝上的草原植被。我试图找到我家老宅子的位置，但是左邻右舍和各种树木这些参照物失去后，尽然无法找到一点点印痕，我自己住了几十年的老屋，刚刚推平，就找不到了位置，考古学家门却能把几千年甚至上万年前的各种遗址找到，还要发掘出来，这时我才懂了他们的伟大。

我是很想在老院子的地基上再站上一会儿，这里毕竟是我叫了60年、父母生活了70年的“我家”，但因为今年拆迁的时候，父母都已去世，农村宅基地又不能继承，“我家”的宅基地属于无主地，理当由村委会收回，但阎连山村的行政编制也取消了，至于现在这块地到底归了谁，应该由谁来享有所有权、经营权和使用权，很多人都不清楚了。我曾经问过一名现在还挂着虚衔的村干部，他的回答：“我也说不大清楚，上头叫怎么办就怎么办。”偏僻山村的一个村干部，没有上过什么学，每天跟着微信跑，他的回答原本也在情理之中，是能够令人满意的。

母亲率领我们生活了一辈子的这个村子——阎连山是在两年前动议搬迁的，至于为什么要搬迁，有多种说法，有的说是为了脱贫，但把贫困农民集中到县城居住就能脱贫，这是谁也不会相信的，因为这样会大大增加农民的生活成本，不但脱不了贫，而且只能使这些离开土地、离开庭院经济支撑的贫农更加贫困。还有一种说法是为了复草复林，恢复植被，从根本上改善华北环境，是建设京津冀环境圈的重要环节。这就是非常有战略意义的拆迁根据了。坝上地区生态环境十分脆弱，真的需要让人给草、给树、给野生动植物腾开生存空间，否则环境不会有实质性的改变，年年春夏期间，北京周边黄沙蔽日的景象就是坝上生态环境脆弱的表现。如果是这样，这个村里的人以及已经死去了的母亲都应该释然了，要奋斗就会有牺牲，把这村子牺牲掉，能换来青山绿水，也就值了，青山绿水，总有一天会变成金山银山的。

真正拆除是今年年初，就在疫情最严重的时候，铲除这个村庄的机器声也没有停止过，不少村民从远在 30 公里以外的县城安置点赶回来和村庄告别，没有人不流下眼泪。这个村庄虽小，虽偏僻，人口也只有几百人，但她是一村人的生存之基、文化之根、传承之脉和寄托之源，流泪是真正的情理所现。

这个村子是 1939 年建村的，到今年也是 82 岁，和父亲的享年一样大，就这样也离开了我们……我记下了这个村子的坐标：北纬 42°2.52′，东经 114°33.43′，权为纪念吧。

想念母亲，也想念这个村子。想念的同时，我还是欣慰母亲早去世了一年，如果母亲不是在去年离开，今天在这像似一个大坟头的闫连山村遗址上，找不到自家准确的位置，他一定会窒息的，真要这样，“不孝之子”的罪名就永远洗不掉了。就此还需感谢这“晚拆了一年”。

我已经不再有家，也不知将来会是一个怎样的下葬方法，有什么样的下葬仪式，这个进化的眼花缭乱的社会还会保留怎样的丧葬文化。不过下次回来上坟我肯定还会不由自主地拐进这个曾经有过的村子，不过那时不再会有感慨，也许会为已经繁殖出的一片绿洲而欣慰？

2020 年 6 月 8 日

回忆二姥爷

二姥爷是母亲的二表舅舅，和我的关系已交五服了，家住高家营子，离我们村 7 里地，小时候母亲经常带我去，我也十分愿意去，一听说要去高家营子，立即就会欢呼雀跃起来，和要过年差不多。不单单是到二姥爷家能够吃一顿二姥姥做的羊肉汤汤蘸莜面，也或油炸糕、油炸饼这些美食，更重要的是我幼小的心灵，总能得到二姥爷的无声抚慰，那是一种慈祥中尽含至善真义的抚慰，是一种虚静中深蕴仁爱天性的抚慰。

二姥爷慈眉善目，常年戴一顶瓜皮毡帽，灰色的“丁”字形胡子，修剪得整整齐齐，特别是唇下的那一小绺，飘然脱俗，闲下来的时候，二姥爷总是喜欢用右手的拇指和食指从上至下地捋来捋去，心田的沉静就会被捋了出来。

二姥爷寡言罕语，不喜言谈，但喜欢听别人说话，两人对坐，他会点燃烟锅子，不吭一声地听别一个说上一两个时辰，期间如对方不问，他极少插话。那时村里的大队部是人们在天阴下雨、达黑早晚经常聚集的地方，二姥爷也经常来，进到屋来，找一个不显眼儿的地方一坐，一边吃烟，一边听村民天南海北，张长李短的聊大天，村民们很难听到他说一句话。

有一年的夏天，母亲带我来到二姥爷家，中午大人们都去歇晌，我打开街门到街上去耍，没有关好街门，把二姥姥养的一头猪放了出来。那头猪晃悠着出了村，跑到邻居家的自留地里拱了几棵山药。二姥爷找到猪之后，从家里拿了五颗鸡蛋，要到邻居家道歉赔偿，那时，乡亲们经常以鸡蛋代替货币，进行支付和交换。我拉着二姥爷的衣角说：“二姥爷，不用去的，谁也没看见，没人知道是咱们家的猪拱的。”

现在依然清晰地记着二姥爷的动作和话语，他轻轻地抚摩着我的头，然后意味深长地对我说：“楸小子，人没看见，那山药蔓子可是看见了，那山药蔓子这会子还躺在那里哭呢。”“楸”，在家乡就是“傻”，二姥爷把我逃避责任的“聪明”的想法，叫作是“楸”，我一直没有弄明白其中的含义，也不明白这山药蔓子是怎么看见的，又是怎么痛哭的，只是崇拜二姥爷的能耐，回到村里和同伴们还多次提起，我二姥爷能够听懂山药蔓子说话，就像公冶长能听懂百灵鸟说话一样。

那个年代，靠天吃饭的坝上地区十分贫困，往往十年九旱，辛苦一年，颗粒无收是一种常态，绝大多数家庭依靠政府的救济粮生活。粮食是当时每一个家庭视若生命和幸福的生活寄托。我们家人多劳力少，贫困程度自然严重得多，每到春荒时节，就会陷入“揭不开锅”的窘境，向亲朋告借，是当时可以想出的为数不多的渡过饥荒的办法。“各人自顾自，莫管他人事”，这是贫困条件下农耕文化的人际关系写照，处在同一块贫困的房檐之下，不少亲朋是不愿意将这“生命”和“幸福”出借给另一个亲朋的。

实在到了非借不可的时候，母亲第一个就会想到二姥爷。不是因为二姥爷家富裕，有多少存粮，而是因为向二姥爷告借，即使借不到粮食，也会把安慰和战胜饥荒的勇气借回来，绝不至于空手而归。要知道，在那个年头，借不着粮食，却借到了委屈甚至羞愧，是经常的事情。

母亲和二姥爷借粮食，从来不提“借”字，来到二姥爷家，和二姥姥、二姥爷说一会儿话，告别的时候，二姥爷就会把准备好的米面交给母亲带走。我当时感到很奇怪，不知二姥爷是如何知道母亲是来借粮食的，更奇怪的是，二姥爷和母亲还都不提斤秤的事，二姥爷默不作声地把米或面袋子交给母亲，母亲背起来就走，一切都在无言中进行。有时候二姥爷家里也没有现成的米面，二姥爷就会说：“你们先回去吧，过两天我去你们村有事，办完事看你们去。”

过几天二姥爷就会以办事为名，把米面送到我家，其实我们村是没有他要办的事的。

在我的童年里，在那最艰苦的年月里，我们一家饱尝了二姥爷和二姥姥施与的恩惠，这恩惠不仅仅是物质的，更多的是心灵的，一个人能在幼年充分感受人性的至善至美，那当是多么大的幸福。历经五十多年后的今天，每每回忆，仍然是满满的甜意。

2020 年 4 月 25 日

敬恭桑梓

几年前，曾经和一位在省里工作的朋友谈论康保，他虽不是康保人，但对康保很熟悉，与康保人有过不少的交际。他调侃我说：“你们康保人淳朴、好客、重义、好爽，但也有两个不敢为人赞赏的特点，一是康保人不爱康保；二是康保的老乡都比较懒。”对他的说法我很不以为然，但因为是朋友，又是对包括我在内的康保人的善意评说，我只能点头，并表示他说的不无一定的道理。但内心深处是不赞同他的观点的，并且有一种这是“领导对康保人的偏见”的感觉。康保人的故乡观念与其他地方的人相比，实在是有过之而无不及，在当地一直流传着一句话：康保人“只要走得望不见自家的烟洞（烟囱）就会掉泪”，这很形象地说出了康保人的恋家情结，恋家，就是热爱故乡。再看看全国各地的康保人的老乡观念，更是康保人热爱家乡的具体写照，外地的康保人认老乡，不分大小，不分职业，不分男女，不分贫富，只要是老乡，就会在莜面桌上，喝尽康保老窖，说尽康保方言，那种老乡情谊是一种何等的激昂与慷慨！而这种慷慨和激昂完全是以热爱故乡为基础的。至于康保老乡的懒，倒是经常有人提起，不仅仅说的是康保，也包括坝上甚至整个张家口地区，典型的说法就是当地人经常不干活，群聚在街上晒太阳，聊大天儿。他乡之人哪里清楚，当地人大街上晒太阳也是大自然造就的迫不得已，这里一年的无霜期不过一百一二十天，其余的三分之二都属于农闲时节，农闲，就是没有活可干，晒晒太阳就成了苍天赐予当地人的一种权利。

这次回到康保住的时间略长，不仅充分领略了康保有史以来的巨大变迁，也趁机咀嚼和品味了朋友的善意评说。

环境和行为的关系是在二者的反差中体现的，同样一个农民，当他在田里种地的时候，他可以随意地吐口痰，甚至撒泡尿，不但没有不卫生、不应该的自责和他责，而且还有“肥水不流外人田”的心安理得和淡淡的自我满足。但当他进到一个五星酒店，面对一尘不染的地毯和金碧辉煌的设施的时候，他是万万不敢吐上一口痰的，甚至连呼吸都会放慢。这种反差其实都包含着爱，把尿撒在自家田里，是对自家土地的热爱，不敢把痰吐在一尘不染的五星酒店里，那是对酒店的爱，反之则就有不爱的嫌疑了。

康保这两年的变化实在是太大了，我也算是个老康保了，这次回来却常常走错了回家的路，一条条崭新的宽阔的街道和马路，虽然都有命名，但根本记不住，多走一个红绿灯和少走一个红绿灯就成了常态。还有那个著名的康保淖儿，记得四十年前我离开的时候，湖面已经开始缩小，后来甚至有过垃圾遍地臭气冲天的历史，有一年回来，就亲眼看见了淖中浮起一层白花花小鱼的惨状。

现在不同了，水面不仅大了许多、清澈了许多，更兴旺了许多，鱼类和水鸟相互和应，一派生机勃发！似乎当年毛泽东主席“鹰击长空，鱼翔浅底，万类霜天竞自由”的诗句就是专门为今天的康保淖儿而写，只不过需要把“鹰”字改为“鸥”。偌大的南海公园里随处可见的野鸡、鹌鹑、半翅、沙鸡、百灵、八姑、画眉、黄鹂令人叹为观止！足不出户，就能听到这些野禽美妙的歌声。康保，已经成了天然的高原野生禽类的乐园。至于那让世界瞩目、为中国人津津乐道的遗鸥，以及上百种的水鸟，更是康保人的骄傲和自豪。如此种类繁多的水鸟，得益于淖中丰富的鱼类资源，康保人善待了康保淖儿，康保淖儿就生发出了鱼类，有了鱼类，就有了水鸟的栖息和繁殖，有了水鸟就有了经济名片，使康保的名头得以传播，康保的知名度高了，就有了发展经济的条件，经济发展了，康保人的生活自然就会好起来，如此的天道轮回，上合天意，下定民心，这是一幅什么样的生存图画呀！绿水青山就是金山银山，飞禽走兽何尝不是康保人的绵长福寿呢！

但在这个美丽的野鸟乐园里，也会经常看到成群结队虎视眈眈的捕鱼人疯狂捕捞的情景，这些人不仅不在乎禁止捕捞的告示，似乎连警察都不怕，警车来了，便一哄而散；警车一走，便又各就各位，他们不仅使用鱼竿，还使用撒网，每个捕鱼人都是一副恨不得将淖中的鱼类一网打尽，全部弄回自己家中的贪婪神态。

回到康保，同乡同学，知心朋友亲爱者，都会接接风，叙叙故乡情谊，吃着家乡特产，喝着家乡土酒，偶或还会喊几声二人台。喝得酒酣耳热之际，就会听到一些有关家乡野味的招摇，山鸡、半翅和沙鸡依然是一些家乡人的秘密美食，据说有一些当地人苦练弹弓绝技，专门捕杀野鸟，每每听到这些，我的心就像挨了一弹弓一样，紧缩且异常疼痛。

《诗经·小雅·小弁》有“维桑与梓，必恭敬止”的诗句，西汉之后这句话演变成了成语“敬恭桑梓”，指的是人们要热爱故乡，尊敬故乡。两千年前，古人就懂得要从热爱故乡的一草一木入手来热爱尊敬故乡，因为先人们懂得天人合一，天道不可欺的道理，损坏故乡草木的行为会被天谴的，更何况对生命的无辜杀戮。唉，写到这里，我不能不说一句话，康保的大多数人是热爱故乡的，但朋友的评说也非空穴来风，其实我多么希望这是空穴来风啊！

2020 年 5 月 7 日

老人、老屋和老院子

我和庆有出生在一个村子里，从小一起长大，记得我比他大一两岁，但按街坊辈分论，他是叫我“四伯伯”的，在我们老家，“伯伯”是叔叔的意思。这是因为庆有的父母是张家口怀安人，一直叫我父亲“伯伯”，因为他们是在20世纪50年代初，前后来到闫连山这个村子落户定居的，加上有万全怀安、近在咫尺的口里老乡情结，也就有了叔侄般的街坊情谊。我也因此沾了父亲的光，长出了庆有一辈儿，其实我们一直是按兄弟相待的。

庆有的父母和我的父母一样，自从来到了这个闫连山村便再也没有离开过，一过就是近70年。他的一生，以及他的五个子女的一生，便都和闫连山这个小村庄结了缘。今年5月，村子拆迁到了尾声的时候，病重住院的庆有的父亲执意要离开医院，回到他的老院子去，他不愿意魂飘他乡，他迫切希望魂归故里。要魂归故里，最好的办法就是让这魂灵不离开故里，省的去世后给儿孙们增加一道招魂回乡的麻烦程序。子孙们希望老人住在医院的任何劝说都是苍白无力的，商量后决定满足老人的最后愿望。但村子正在拆除，让老人回到他住了60多年的老院子，已经不是家人说了就算的，需要和拆迁部门协商。经过和有关部门多次交涉，主管拆迁的部门同意这处老院子晚拆几天，以满足老人的最后愿望，但前提是时间不能太长。就这样在有关部门的关照下，庆有的父亲连同胳膊上的输液瓶子一起被送回了老屋，欣慰的是，老人回到老屋没几天，就带着对老院子被拆除的无奈和遗憾，安详地去世了，满足了有关部门“时间不能太长”的要求。

之后的事情就简单了，在埋葬老人的同时，出殡后的老院子连同老房子一起，就被轰隆隆的大铲车推成了平地。老人没能与这个村子同时诞生，最后尽然和这个村子同时消逝，他是唯一和这个村子一起逝去的村民，这在人类的历史上都是少有的，这也是老人生前所万万没有想到的。

老人的无奈和遗憾不是临去世前才有的，他一直和热烈拥护村庄拆迁的年轻人持反对意见。反对拆迁，不仅仅是舍去不了60多年来对这个村、对这个老院子的深情，更多的是对未来的担忧，老人说："农民离开土地，就和工人离开了工厂一样，到时候我们吃什么，喝什么？农民的本事是种地，现在跑到城里和市民们去争食，你争得过人家吗？这就和当年城里人上山下乡一样，他们从城里跑到乡下和农民争食，饿不死他们就不错了！"

庆有当过兵，转业回来还当过村干部，后来他又把自己的儿子送到了部队，是这个村里为数不多的两代军属家庭，有着极强的党性和爱国情怀。但在上级号召集体拆迁村庄这件事上，他是极赞同父亲的意见的。赞成的原因倒不是因为他是孝子，从小到大没有违拗过父亲，更可能的是因为他也上了年纪，害怕新生活的缘故。他说："只要站在楼上往下看，就会头昏眼花，蹲在马桶上就解不出手，呼吸不到带有羊粪味道的空气就睡不着觉。农民自有农民的情怀，自有农民所适应的环境，半路改变是会影响我们农民个人的生活环境的。"这话没有深刻的哲理，但每个字都实实在在，听了庆有的这段话，我又做了一点补充："也许还会影响整个社会的生活环境的。"

去年七月我回来了一次，那时村子还没有拆，正在履行最后的手续。在庆有的院子里我见到了他，小院不算太大，大约有三四分地，圆白菜、水萝卜、豆角、黄瓜……各种蔬菜郁郁葱葱，羊圈里的几只羊吃饱了在倒嚼，院子里十来只鸡在四处觅食，这情景，不由得就会想起陶渊明"孟夏草木长，绕屋树扶疏。众鸟欣有托，吾亦爱吾庐。既耕亦已种，时还读我书。穷巷隔深辙，颇回故人车。欢言酌春酒，摘我园中蔬。微雨从东来，好风与之俱。泛览周王传，流观山海图。

俯仰终宇宙，不乐复何如”的诗句，唉，这诗情画意进到城里就永远不会再有了。我向庆有赞赏他能有这样一个小院子，他却说：“我想改名了，不叫庆有，叫庆无的更好。”

这个院子里留下过老人的多少脚印和汗水！20世纪50年代，庆有的父亲来到这个村子的时候，正是人生中最风华正茂的年月，来到这个村，先是借住在一个亲戚家，之后就开始筹备盖自己的房子，农民生命中最重要的东西，除了土地外恐怕就是房屋了，房屋有时比土地则更具现实意义，有了房子，有了自己的院子，再养上一头猪，就有了家，这可能也是仓颉造字时的感悟吧。

自己的房子盖起来之后，还清自己盖房子欠下的饥荒不久，孩子们便一个个逐渐长大，老人马不停蹄地开始给大儿子积攒盖房子的钱，之后是老二，再之后是老三庆有。给大儿子盖房子的时候，老人生龙活虎，是绝对的施工总指挥。等到给二儿子盖房子的时候，老人已经动嘴多动手少了，即便是动嘴，听他的人已经不多了，这时帮工的亲朋只围着大儿子转了。等到给老三庆有盖房子的时候，老人不再动手了，所动的嘴也成了可有可无的建议，更多的时候是在阴凉畔看着大家干，老大的总指挥位置也被老二取代。等这最后一处房子盖起来之后，老人说：“不盖了，盖不动了……”他的背开始佝偻，眼睛也见不得一点风，见一点风就流泪不止，腰腿疼的毛病也找寻到了老人的身上，常常是坐下起不来，起来又坐不下。来到这个村近70年，先后盖起了四处房子，拥有了四处院子。每15年老人就要盖起一处房子，并在这房子里娶进一房儿媳妇。作为一个农民，老人曾经自豪过，也曾经有过无限的欣慰，是啊，有什么更比这家族的兴旺发达能让一个农民开心的呢！

四座房子，四处院子都推成了平地，这是老人近70年的心血和希冀，凤凰涅槃后才能浴火重生，这个村子的涅槃、老人的涅槃何尝不是在昭示着重生呢！

文章写完了，一定要发给庆有看看的，征求他的意见和看法，这是应有的尊重和规矩。可是，庆有一直没有回信。几经周转才间接联系上他，年届花甲的庆有离开了老家，到中蒙边界去打工了，否则，他无法支付天天都要支付的水电费、物业费，还有菜市场的蔬菜费……

2020 年 7 月 1 日

老人和狗的眷恋

我的出生地张家口市康保县闫连山村，在她拆迁消失之后，我一下子有了比以往任何时候都强烈的怀念和追忆，究其原因，可能因为我也老了，正在成为爱唠叨、爱忆旧、爱感慨的老一族的一员。这种情感我曾经有过两次，一次是父亲去世后，一次是母亲去世后。想起来，父亲去世以后，这种情感第一次爆发，最是不能抑制，一边上着班，一边没断笔地写出了我的第一部散文集《阅读故土》，那是希冀于将父亲和故土融合，让故土来包容亲情，父亲老去了，这片故土、这个村庄永远不会老去，将会把我的思情恋意永远留住。出版时，我和主编提出一定要把第三页做成一个专页，单独印上一句话：“谨以此书献给已逝的父亲”，并将闫连山村的全景黑白照配在下端，同时把扉页用糯米纸制作，用其保护和衬托这个专页，这是我骨子里对父亲的一种祭祀、一种难以割舍的怀念。

母亲去世后，这种情感不但丝毫未减，比之父亲去世时有过之而无不及，我真正尝到了“没娘的孩子”的滋味。人不论年龄多大多小，只要母亲还在，就是孩子，一旦母亲离去，即便在襁褓之中，你也要承担大人的责任，这话真是一点也不假的，老家康保流传着一句俗语“宁死当官的老子，不死叫街的娘”，应该是有历史的感情基础的。有人说抒发情感的载体随着感情的强烈与否，依次是小说、散文、诗，最后到达音乐的高峰。母亲去世后已经不能用散文来悲缓地表达这种情感，只好尝试着用诗词了，不到一年，我写了近百首怀念母亲的诗词，其中的一首词牌为《雪梅香》的词写道：

“数忧怅，冬风路过抚清窗。送离愁音信，归来别绪思长。漫卷飞云向何处，雪花空去问朝阳。已无叹，冷暖长歌，情地凄凉。

娘啊，雪依旧，白色蒙蒙，宙宇苍茫。冷涩丝竹，越墙乱我心房。苦欲清虚静方好，但求沉睡慰悲伤。风将过，日月无踪，儿命恓惶。”

还有一首《御街行》：

“清辉傲色飞云冷，雾叠处、霜声静。殊音虚震寸心间，飘忽周天浮影。情风扣户，思光空照，长梦谁与醒？

冬来未雪难成咏，断草过，空伤景。扶邀寒柳醉情怀，杯释离思遗境。回头不再，步趋声碎，途路无人应……”

这两首词牌虽不同，但都以《思念》为名，说是吟词，其实已经是哭词了，每每读起来，眼泪都会夺眶。

万万没有想到的是，故土最主要的承载体，父母最终的归宿地，生我养我的这个村子也去世了，无法以诗词抒其惆怅，唯有屈子的金铄之声来对天招魂：

“魂兮归来！去君之恒干，何为四方些？舍君之乐处，而离彼不祥些。魂兮归来！东方不可以托些。长人千仞，唯魂是索些。十日代出，流金铄石些。彼皆习之，魂往必释些。归来兮！不可以托些……”

闫连山村东的那个叫作脑包山的小山还在，他没有去世，还是那样荒秃秃的，几亿年前从大地深处喷发而凝固了的花岗岩已经被风蚀的发酥，一层岩苔呈现出淡红、浅绿、青白的颜色来，已经没有了花岗岩的本相，这里曾经是闫连山村民们祭祀神仙的地方，小的时候不知有多少次，趴在父亲的背上，到这里来求医叩神，甚至会听到父亲“让我替孩子害病”的祈祷。又有多少次我站在这个山顶上，俯瞰闫连山村，指点着谁家的树、谁家的窑、谁家的新房，乃或谁家的烟囱冒出了青烟。指点完之后，便背着猪菜筐向自家的院落里彳亍。

我不知道，也不敢知道，这座被闫连山村家家户户都跪拜过的脑包山，忽然有一天也会去世？也许我被“去世”惊吓得太厉害了吧。

现在房子、院子以及树，都没有了，站在山顶再望去，便是一片的空旷，恍惚间就是电影的蒙太奇，不知道这个村子是拆掉了，还是原本就没有存在过，根本上就是我意识中的黄粱一梦，我也根本没有存在过，只不过是秋天里脑包山顶上的那只蝴蝶的一场梦。于是，怀念和追忆之情也就油然而生。

这是我曾经落草的一片土地，我玩耍过童年的土地，父亲揍过我屁股的土地，土地还是那片土地，但历史的车轮轰然而过，大家共同追求的未来的以及已经到手的幸福生活，使得这片土地上的所有物事荡然无存，留下的唯有老人和狗对这片土地的眷恋。

闫连山村处于草原文化和农耕文化的结合部，自建村开始就有养狗的习惯。扶贫拆迁工程实施后，人搬走了，但那些大型的土狗，无论如何是进不得城，上不得楼的，大多数狗都成了村民告别村庄最后晚宴上的美味。但也有不忍心下手的，我的一个同学，是把狗送给了邻村的亲戚家，但这条狗倔强的一直不向新主人低头屈服，后来他逃离了新主人家，白天在周边村庄流浪，晚上便坚持回到原来狗窝的废墟上过夜，再后来就失去了音信，也许这条狗也去做梦去了。

2020 年 7 月 15 日

老宋的笑脸

老同学老赵问我："还记得老宋吗？想不想见他一面？"

离开家乡四十年了，初、高中的大多数同学的形象和言行都在淡化，有的只记着原始的长相，有的还记着一两件事，大多是什么也记不起来了。但有几个却是记忆的十分清晰，记忆十分清晰的大约有两种情况，一种是当年一起胡作非为过的铁杆儿朋友，一种属于中间有过故事的朋友。

老宋，就是属于有过故事的这一类。

45年前高中毕业时，学校从县照相馆请来了照相师傅拍毕业照，集体照拍完后，便是同学们的自由结合，那场面至今记忆犹新，同学们欢跳着、拥抱着，一对对、一伙伙地拍着合影。

但今天的人们是怎么也不可想象这些欢乐背后所蕴含的心酸。当时家庭都十分贫穷的孩子们，虽然渴望照相，但背后的经济条件总是让他们更加渴望。面带饥黄的父母们，虽也渴望让拿到了高中毕业证的孩子不留下遗憾，但往往只能自己留下遗憾。当时一张二寸黑白照片到学校的打折价是六角钱，正好是一斤鸡蛋的价格。我的家当时不算是最贫困的家庭，父母咬着牙给了我二斤鸡蛋，这已经是很理想的了。有的同学的父母是不会拿出一个鸡蛋让孩子干这种和生存毫无意义的事情，老宋的父母就是其中之一，那一斤鸡蛋是一个月的咸盐钱，墙上可以不摆孩子的照片，但饭菜里是不能缺盐的。

那天，我用这二斤鸡蛋中的一斤和老赵、老宋一起照了张相。

前十来年我回到老家，见到了老赵，提起了老宋，老赵告诉我："还在蒙古旗杆村，毕业回村后，家里增加了他这么个壮劳力，日子本来可以了，但一结婚，一盖房子，又生了两个孩子，日子比他父母那会儿好不了多少。”我提议去看看他，老赵说：“别去了，去了连顿饭也管不起，反而闹得他不好看。”日子到了“连顿饭也管不起”的地步，其贫困程度可想而知，当时我的心情特别沉重，同情、无奈，一种苦辣酸甜的情感滋味在心里翻腾。

老宋所在的康保县照阳河镇蒙古旗杆村，在河北省的最北部，村里的土地就与内蒙古正镶白旗接壤。属于特困村的范围。

今天老赵提出看老宋，我的眼睛就亮了起来，我提议买点东西带上，老赵笑着说他已经安排好了，说走就走，开着车直奔老宋家。

原来去老宋家要翻山涉水，一条沙土路，非晴天不能通行，现在先是宽阔的柏油路，之后是水泥路，从县城到蒙古旗杆 70 多公里，只用了不到 40 分钟。

老赵在老宋家门口停了车，说“到了”，我怎么也不敢把这房子的主人和一个“连顿饭也管不起”的贫困农民相联系。一个有 300 多平方米的红砖小院，三间崭新的砖瓦房，一个既可以上厕所又可以洗澡的冲水卫生间。屋内瓷砖铺地，轻钢龙骨石膏板吊顶，四壁洁白，一尘不染。

堂屋的正墙上贴着一张毛主席的标准画像，下面还摆着一个香炉，插着三根未燃烧完的香，右侧墙上贴着一张大幅的习近平总书记和夫人的宣传画像，与毛主席的标准像左右呼应。左右两间卧室，宽敞明亮。见我们到来了，老宋拉着我的手不放，像端详照片一样“嘿嘿”笑个不停，“你没球多大变化，就是头发少了些。你俩来看我，也不跟爷说一声，早说咱杀一只羊啊，这吃球什么呀，村子里连球个饭馆也没有。”老赵笑着说：“就怕你杀羊，所以不告诉你，有球甚就吃点甚，只要有酒就行球了。”老赵也和他开玩笑。

要么杀只羊，要么下饭馆，不管哪一样，都是一个连城里人都需要掂量一番的不菲开销。最终我们还是上了老宋的炕头，吃起了久违的农家饭，酒酣耳热之际，我终于弄明白了这变化的来龙去脉。

全县脱贫攻坚战开始后，蒙古旗杆村采取就地产业扶贫的方式，政府出资，帮老宋进行了危房改造，个人仅出资5000元就建起了这样一个别墅式的庭院，同时在村外还建了一个羊舍。老宋夫妇把省下来盖房的钱买了牛羊，开始了养殖专业户的经营生活。现在羊的存栏70多只，牛的存栏十来只，一年净收入3万余元，政府还安排老两口上了镇里的公益岗，一年又有1万多元的进项。

老宋说："怎么样？现在没什么花项了，连得了病政府都给包治，一年倒有四五万的进项，不是吹，你们城里人多少钱能买我这样一个院子！看看这康保老窖，一百多一瓶，过去过大年也舍不得喝，现在随便，可惜，我不会喝，哈哈……"

那天不会喝酒的老宋有了一点醉意，临上车我还听他说："你不用惦记我了，我现在有习主席惦记着，还有毛主席他老人家保佑着，这日子你和我换我都不换，下次来一定提前打招呼，现在杀只羊不算球事，我是真心想让你们吃顿手把肉……"

车子开出很远了，老宋的笑脸还依然清晰……

2020年6月1日

清朝逃婚的后果

《塞上风云记》，一部实名道姓书写故乡张家口的电视剧，开始时我真是激动不已，每天都等在电视机前，甚至推掉了一切应酬，看完前十集的时候，我说了声“好”！并且开始向朋友推荐，但没多久，发现其内容越来越不可思议了，失望之情油然而生。

1951 年新中国第一部法律《中华人民共和国婚姻法》颁布后，中国的婚姻制度实实在在地步入了一个划时代的里程，法律、道德、人伦、天性，方方面面体现的都比较到位，是中国历史上现实生活中最健康的婚姻制度时期之一。改革开放后，婚姻制度从法律层面看，没有实质性变化，经过几次修改，应该比 1951 年的法律更加完善和进步，但在现实生活中，中国传统的婚姻观念窗户随着改革开放也被打开，西方婚姻观念进入，与中国的婚姻观念杂交后，形成了现在婚姻现实与婚姻法律、婚姻道德严重脱节的不伦不类的婚姻现状。一些人更是赋予了婚姻新的社会特点，这就是：随意性、违法性、无耻性、功利性。这些特点每个人都能够诠释出其应有的含义来。而这些特点或多或少地也影响了文学作品的创作。

电视剧《塞上风云记》中设计了一个孙绮云逃婚的剧情，孙良玉的闺女孙绮云与常三爷儿子常锡盛自由恋爱，已到了谈婚论嫁的时候，但翰林院蒋翰林看上了孙绮云，贪图富贵的父亲便做主将孙绮云许配给了蒋翰林，并且下了定礼、确定了迎娶时间，蒋翰林更是向包括直隶总督在内的达官显贵发出了请帖，由此可见双方完成了当时法律规定的全部程序，只等举行婚礼了，并且声势很大，不但惊动了张家口城、察哈尔省，甚至还惊动了朝廷。孙绮云反对包办婚姻，于是逃了出来，结果恋人常锡盛迫于父亲压力，没敢收留她，这个小女子便在深夜不仅独自闯进了高墙大院的吕俊杰家，甚至还直入吕俊杰卧房，于是有了一出英雄救美的好戏，后来这个女人尽然自己弄了个花轿，把自己嫁到了吕家，开创了亘古未闻的婚姻奇迹。故事情节起伏跌宕，引人入胜，让现在本来就把婚姻趋向“随意性、违法性、无耻性、功利性”的一些人看了以后，更是大呼“过瘾”。

清朝的婚姻制度是十分完备的，比今天的婚姻制度还要具体，我们今天所要打倒和破除的封建婚姻制度，其实就是针对清朝婚姻制度的。根据《大清律集解附例》和《大清会典》的规定，我们可以知道当时结婚的法定要件：

一是结婚年龄实行早婚制，规定男十六岁、女十四岁为法定结婚年龄。

二是主婚权完全归属父母，也就是所谓的“父母之命”。《大清律例·户律·婚姻》规定：“嫁娶皆由祖父母、父母主婚；祖父母、父母俱无者，从余亲主婚。其夫亡携女适人者，其女从母主婚。”对于诸如嫁娶违律、隐瞒残疾、老幼、庶出、过房、乞养等情况，主婚人要承担相应的法律责任。而法律责任不仅是民事的，还包括刑事的。清以前家长的主婚权在事实上已经存在，但只有到了清朝之时，家长主婚权才得以在法律上明确规定下来。家长主婚权实际上就是父母的包办婚姻权。到清朝时，不论在法律条文上，还是在社会实际方面，都达到了登峰造极的地步，充分表现了封建社会后期家族本位主义的进一步泛滥。

三是婚约、婚书与聘财是婚姻成立的必备条件。婚约一经成就，男女无论任何一方均不得反悔。《清史稿·礼八》记载：“品官士庶婚礼：凡品官论婚，先使媒妁通书，迺诹吉纳采。至公侯伯讫九品官，仪物以官品为降杀。”《大清律例·户律·婚姻》规定：“若许嫁女已报婚书及有私约而辄悔者，笞五十……若再许他人，未成婚者，杖七十，已成婚者，杖八十……男家悔者，罪亦如之，不追财礼。”“笞”

与“杖”，都是当时刑罚的种类，杖七十、八十，是很重的刑罚，行刑时如果不买通刽子手，当场会被击毙杖下。

婚约主要内容之一就是嫁娶日期，期约约定的日子不到，男家不得强娶；日子到了，女家不得拖延。若男家强娶或女家故意拖延，主婚人笞四十。婚约是不能毁约的，除非“……其未成婚男女有犯奸盗者，不用此律”，也就是男女间有一方或双方都犯罪被追究了法律责任的才可以毁约。

四是聘财是清朝婚姻成就的关键要件，《清史稿·通礼》对一至九品官员的婚娶聘礼作了具体规定：“一品至四品，币表里各八两，容饰合八事，食品十器。五品至七品，币表里各六两，容饰合六事，食品八器。八、九品及有顶戴者，币表里各四两，容饰合四事，食品六器。”平民百姓婚姻同样有聘财要求，根据民族习俗的不同，聘财的表现形式也不同。如《钦定理藩院则例》规定的蒙古地区蒙人的聘财：“蒙古两姓结亲，俱系平人聘礼，应用马两匹、牛两只、羊三十只，不得多给，违者，将多给之牲畜罚取入官，少给者，勿禁。”

五是同姓不得为婚。《大清律例·户律·婚姻》强调：“同姓者重在同宗，如非同宗，当援情定罪，不必拘文。”娶同宗五服亲者杖一百；娶缌麻以上亲，各以奸论，处徒至绞甚至斩刑。

六是良贱不得为婚。清代婚姻注重门当户对，《浙江通志》载当时的杭州一带，“婚礼，士大夫以门第相尚”。《大清律例·户律·婚姻》规定：“凡家长与奴娶良人为妻者，杖八十”；“其奴自娶者，罪亦如之。”“奴仆若娶良人为妻，将妻入籍为婢者，杖一百。若妄以奴婢为良人而与良人为夫妻者，杖九十。各离异，改正。”

试想，在如此严格的法律面前，作为当时在张家口小有声望的孙家，面对着做翰林的未来女婿，怎么能发生悔婚逃婚事件呢？即使发生了，也不会如此儿戏化的结局，结果一定是悲剧。

当时不仅在法律上有严格的规定，以社会舆论为主要载体的伦理道德层面也对悔婚、逃婚有着无以反抗的约束。像吕俊杰这样一个正直向上的人，不论是从守法的角度，还是恪守道德规范的角度，还是保持自己人生名誉的角度，都不会收留一个未婚的犯罪的年轻女子在家中，除非他是个土匪一类的流氓，不顾及当时法律的威慑，不顾及当时道德的谴责。那么，像当时逃婚的孙绮云到底结局如何，应该只有两个，一是隐姓埋名，流落他乡；二就是死了！

我们不反对艺术虚构，但虚构一定要以历史为基础，否则就成了闹剧。

2020 年 6 月 29 日

清末民初张家口的工商业

中央电视台正在热播的电视剧《塞上风云记》反映的是清末民初张家口工商业界的故事，引起了广大收视者的反响，不仅是国人，即使是张家口当地人，也为这部电视剧所反映的张家口以及张库大道的历史所惊叹，特别是当年的那些企业家动辄十倍二十倍的利润，更是让人们惊羡，似乎张家口到处都是利润，只要胆子够大，跑上几回草地，冬天去上一次大圐圙（又写作大囫囵，即剧中的库伦，今天蒙古人民共和国首都乌兰巴托），一辈子也就够用了，其实这是电视剧艺术的渲染。查阅有关历史资料，当年中、蒙、俄的商贸之路在中国的起点并不在张家口，而是在北京的外馆，今天北京的外馆斜街。之所以叫外馆，就是当年朝廷为蒙古和俄国商人设立的专门的贸易和生活的区域，至今在外馆斜街的十字路口还建有三座雕塑，反映这段历史风貌，《北京市志稿·建置志》中也有详细记载。从库伦、恰克图运到张家口的货物，靠张家口一个小城市是不可能消化掉的，绝大部分都运到了北京的外馆，外馆既是中、蒙、俄丝绸之路的起点，又是全国进出口货物的集散地，所以也就成了贸易利润的实现地。当年张家口商户的平均利润很低，远不及北京的外馆斜街。据《万全县志（民国）》记载，民国十八年张家口市共有 2800 家注册商户，工商业营业总收入是五千四百八十一万八千八百七十元（54818870 元）。“至利润计算，向例全年均以十分之二平均之，则为一千零九十六万三千七百四十四元（10963744 元），平均每家约为三千九百一十五元（3915 元）余。”当时白银和银圆的兑价，由于社会动荡，处于不断变化之中，有时一比一，有时一比二，甚至有一比三的时候，也就是说，这个平均数即使是按一比一计算，当时商家的利润也不大。按照“二八定律”计算一下占 80% 财富的 20% 的“大财主”们，年平均利润每家也只有 15841 元，也就是 15841 两白银。所以剧中动辄几万几十万银子的说法不过是一种电视剧语言罢了。

2020 年 6 月 29 日

戒烟日记

2016年，我以极大的毅力开始戒烟，并以《戒烟日记》的形式，记述了戒烟的详细过程，发表在了《沧州晚报》上。成功戒烟两年后的2018年患上了肺炎；2019年肺炎复发，并伴有轻度阻塞性肺功能障碍；五年后的2021年，我被查出肺癌晚期。天地造化使然，这样的结果，让我欲哭无泪。

戒烟与肺炎、肺癌，没有必然的联系，但也不能说没有一点联系，毕竟抽烟是通过肺来完成烟碱、烟油以及尼古丁之类与人体的交换，经过了肺的交换，才作用于神经，使人有了抑制疲劳、减少忧烦的满足感。

有满足感不见得有益，抽烟，不论对个体还是对他人，绝对是有害而无益的，这已经是近些年来天下人的共识。在毛泽东主席和小平时代，人们，包括科学，还没有到了把抽烟与健康、人品甚至道德、法律联系在一起的地步。毛泽东主席就曾经给外国的国家元首及其夫人们递过烟，也接受过外国领导人们的点烟礼节。小平也曾在人民大会堂国家级的大会上不止一次地抽过烟。试想，如果那时就有了抽烟健康和道德问题，这种现象是绝对不会出现的，因为领袖们的保健大夫以及外交礼仪、职业素养和公众形象这些关口他们就过不了，所以说，对抽烟危害性的深刻认识是近些年的事情。

不管怎么说，抽烟是有害的，我们不能因为抽烟有过辉煌的历史就为抽烟的危害性而开脱。但是，抽烟和戒烟却是两个概念，抽烟是有害的，由此而不能直接推断出戒烟就是有益的结论，当然也不能推断出戒烟也有害的结论。

我们不能知道一个长期抽烟的人戒烟后身体的变化，特别是免疫系统的变化。专家、教授和学者以及懂得很专业的那一些民众们，关注的是是否戒烟，以及如何在劝诫上发出振聋发聩的声音，至于戒烟以后的事就不会再有人关心了，也没必要关心了，这种现象以及这种现象的类似，人世间实在是太多了。

戒烟之后到过很多的医院，每年还要做一次体检。几乎每一个医院的医生在就诊前和体检后都有一番病情咨询或健康调查，烟酒史、遗传史、过敏史几乎是所有医院的必查必问项目，但没有一个医生、一份调查表问及过戒烟之后的状况，因为在这些医院、医生的脑子里，戒烟应该是和“金榜题名”“洞房花烛”一样可喜可贺，开心不已的事情。我曾经多少次主动和医生提起戒烟之后的问题，从社区卫生所到北京的三甲医院，没有一个医生能够听下去，无一不是很礼貌地用面部表情来表示出不屑一听的轻视。

戒烟，对人的身体是有重大影响的，这是不争的事实。至于影响的程度则因人而异，吸烟的烟龄、吸烟的多少、吸烟的习惯、吸烟的环境、吸烟的时间的不同，戒烟后对人体的身心健康的影响也不同，但大多数人都会有影响，所以戒烟者，特别是高烟龄和高烟量的戒烟者，应当特别注意。

1. 2016 年 3 月 17 日　星期四　中霾

早上起来，照例是几声剧烈的咳嗽，吐出几口褐黄色的浓痰后，呼吸顺畅了很多，但咳嗽的冲动丝毫未减，嗓子依然是干辣辣的，四十年了，这都成了习惯，如果没有咳嗽，或嗓子没有干辣辣的感觉，对我来说，才叫不正常。

推开窗户向外望去，今天又是霾天，虽然不像前几天厉害，但并不太远的高楼却已模糊的只可辨其轮廓了，看着这灰蒙蒙的天气，嗓子里条件反射地又痒了起来，并且是从胸肺部痒起的，于是又猛烈地咳嗽了起来。

吃完饭后，肺部、咽部的不舒服一下子就会减轻许多，这已是规律了，于是便精神抖擞地和每天一样，踏着点出门上班去。当打开电梯门时，一股浓烈的烟味向我扑来，不由得我又咳嗽了起来，已在电梯里的楼上的邻居对我的咳嗽给予了十分的同情，她说：“出门要戴口罩的，现在是老天爷没素质，天天闹雾霾，人更没素质，电梯里也抽烟！”她是带着三四岁的孙子去幼儿园的，奶奶刚说完，孩子便问道：“奶奶，电梯里抽烟的人是坏人吧？”奶奶抚了抚孩子的帽子说：“反正好不了哪儿去！”

闻着这烟味，听着一老一少的对话，我的脸红了起来，虽然我从不在公共场所抽烟，但我却是地地道道的抽烟一族，邻居是肯定知道我抽烟的，但邻居肯定不知道我是不在公共场合抽烟的，再看看邻居花色大口罩上面的那双犀利的眼睛，似乎是在告诫我：“你们这些抽烟的，讲点公德吧！”

每天到办公室收拾完卫生后，总是要先抽上一根烟，但今天我没有抽，这办公室虽然只有我一个人，但也属于公共场合的范畴，邻居祖孙俩的对话和眼神不断地在我眼前晃动，为了抽烟，让人在背后指责，这是何苦呢！

今天一天没有抽烟。

2. 2016 年 3 月 18 日　星期五　晴

早上起来，照例是几声剧烈的咳嗽，吐出几口褐黄色的浓痰后，呼吸顺畅了很多，但咳嗽的冲动丝毫未减，嗓子依然是干辣辣的，四十年了，这都成了习惯，如果没有咳嗽，或嗓子没有干辣辣的感觉，对我来说，才叫不正常。

“整整二十四个小时没抽烟了，和抽烟的感觉没有什么区别。”我心里想。

昨天晚上确实有点难受，说真的，不是有点，是太难受了。以往吃完晚饭后，我会点着一根烟看新闻的，昨天没有抽烟，新闻里说了点什么，几乎没有什么印象，几次拿起香烟，几次又都放了下来。看着我魂不守舍的样子，妻子问：“你转来转去的，今天是怎么了？”我答：“没什么！”未承想，没一会儿，妻子又问：“你今天是不是有什么事呀？看着怪怪的有点不对劲儿。”且明显感到了她有审讯我的意味，这是原来没有过的。于是我的不耐烦也随之而来：“我能有什么事？你说！你说我能有什么事？”“又在哪里吃了炮药了！”她起身回到卧室玩微信去了。

我不愿意告诉任何一个人我在尝试着戒烟，万一戒不掉，那会让人说我说话不算话，或者说我没毅力。

以往我都是在十一点半左右睡觉，整个一个晚上大约要抽十几颗烟，平均一天在一盒半。昨天晚上我想早睡一会儿，睡着了肯定就不会想烟抽了，未承想根本就睡不着。一直到三四点钟的时候才迷迷糊糊睡了过去。就这一会儿的睡眠还做了好几个梦。先是梦到和已经去世多年的父亲在一起，爷儿俩拼命地拉着一辆陷在泥坑里的手推车，怎么也拉不出来……一会儿又梦见我可以在天上飞翔了，胳膊一张就飞了起来……一会儿又梦见在与人打架……

今天白天开了一天会，会议室里，睡意不断地向我袭来，我不停地喝水，不停地掐自己的大腿，好歹算是没有睡着。如果要睡过去，再让人录个像发到网上，还不知道是怎么冤枉死的呢！

哎呀，戒烟就这么难？

3. 2016 年 3 月 19 日　星期六　晴

今天早上起来，咳嗽得似乎比昨天厉害，吐出几口黑色的浓痰后，呼吸也没有顺畅多少，咳嗽的冲动丝毫未减，嗓子依然是干辣辣的，和以往不同的是还感觉有点气短，好像是感冒的前兆。

“整整四十八个小时没抽烟了，不但没感觉到舒服多少，反而感到难受了许多，他妈的！这是怎么回事呀？”我心里想。也不知道，这少有的“他妈的”究竟是针对谁？

谁要说戒烟容易，那是他没有真正抽过烟！晚上吃完饭，脑子里只有一句话“饭后一支烟，赛过活神仙”，但还是克制了。怎么样才能消除痛痛快快抽一根烟的冲动，是我一直在考虑的一个问题，但终究没有好办法。今天忽然鬼使神差地有了一个新颖的想法：应该感冒一场，那样，会剧烈咳嗽，会胸闷心疼，便不会有抽烟的欲望。“这次如果能感冒，绝不去治疗，看看还想抽不想抽？”我甚至这样想。

我想出了感冒的办法——洗个凉水澡！

真的洗了！浑身冻得打哆嗦，确实有了快要感冒的感觉，不到八点就睡下了，并且盖了厚被子。

我热醒了！满身是汗！我没有感冒！看看表，凌晨一点三十五，奇怪的是，今天没有想起抽烟来，之后便又进入了梦乡。

4. 2016 年 3 月 20 日 星期日 晴

毅力，简单的两个字，真不是闹着玩儿的。

今天是第四天了！这是需要毅力的四天。如果说前两天没有抽烟是因为被动的刺激所致，那么今天的决定可是主动的自觉表现。一旦有了这样的决定，我才发现了毅力的重要。这毅力到底是个什么东西，我真的说不清楚，今天我似乎对这毅力有了一点感觉，就现在来说，十二分地想抽烟，物质上烟火齐备，法律道德上无有禁止义务，日常生活中家人没有反对，朋友们也不鄙视，但自己就是不抽，虽然十二分地想抽，就是不抽，自己和自己过不去，这就是毅力吧？

和前两天一样，晚上还是睡不着。原来睡不着就干脆不睡了，抱上一本书，叼上一支烟，那才叫惬意，两三支后就会有了睡意。但今天我强制着不去抽烟，满腔一种缺少什么的空落落的感觉。我在抽烟上有一个特点，自己谓之“三不抽”：开会不抽，坐车不抽，走路不抽，多少年来，烟瘾虽大，这一点坚持的极好。于是，我想到了转移注意力的方法，到楼下遛弯去。

已是夜半时分，小区一片寂静，围着楼刚转了一圈，就碰到了隔壁单元的一个邻居手里夹着一支烟，也在慢悠悠地围着楼转，看到我后，他热情地同我打着招呼：“家里有了小外孙，只能下来抽烟了，怎么，你也不能在家抽了吧？”

我真的有点慨叹，邻居半夜出来是为抽烟的，我半夜出来是为了不抽烟的，同一个行动，却有着截然不同的目的。我又想到了这抽烟，抽与不抽，孰好孰坏？难道抽烟就没有一点好处？如果没有一点好处，从古到今，历千年而抽烟不衰，这会是偶然？毛泽东、邓小平、爱因斯坦这些伟人们都在抽烟，这是没素质？

这是对毅力的考验！没毅力的人，总是要找出点客观理由来为其非真理性、非正义性的行为辩解，无论怎么想，抽烟确实是百害而无一利的，明天抽点时间要学学这方面的知识。

5. 2016 年 3 月 21 日 星期一 晴

今天研究了一下抽烟的利弊以及为什么能够成瘾且难于戒掉。

烟瘾是尼古丁造成的。人们对尼古丁的研究发现，0.5 毫克的尼古丁，就会使一个成年人上瘾。现在市场上销售的香烟，一般每支的尼古丁含量是 0.1—0.4 毫克，当一个人长期吸烟，使尼古丁在体内的含量达到 0.5 毫克的时候，就会上瘾了。尼古丁进入体内会刺激脑部视觉神经产生振奋，这就是俗称“爽”的感觉，一种抽烟的快感。在长期的刺激与振奋的情况下，如停止吸入尼古丁，就会感到萎靡不振、全身软弱，甚至打哈欠、流眼泪，生理和心理都会变得非常难受。因此需要吸更多的烟，有更多的尼古丁来刺激，才能过瘾。有研究显示，尼古丁成瘾者比吸食鸦片（不是可卡因）成瘾者更难矫正。

尼古丁在刺激视觉神经的同时，也在刺激肾上腺素，使人产生意志集中及精神振奋的感觉，这就是抽烟可以提神的原因，以及烟友们点赞抽烟有利的原因。其实这些都是短暂的，并且需要不断的尼古丁补充才能维持，尼古丁对人体的长期作用是收缩血管、加速心跳，最终导致心脑血管病变，如脑溢血、中风、休克等突发性病变甚至猝死。据统计，吸烟者成为心脑血管病患者的比率比不吸烟者多10倍，说尼古丁是第一号杀手，毫不为过。

看来戒烟戒的不是烟，而是要戒烟瘾。要戒烟瘾，就是要改变身体对尼古丁的依赖性。要做到这一点，唯一的办法就是延长切断尼古丁供给的时间。研究发现，因吸烟时间、吸食方法的不同，烟瘾的消退需要15—60天，也就是说，一个烟民如果60天没有吸烟，从病理上就可以说他戒烟成功了。

今天我是第五天了，离60天还早呢！

6. 2016年3月22日　星期二　阴

下午，到总医院去探望病人，在住院部二楼病区的小厅里，有两人正在抽烟，其中一人就站在“禁止吸烟”的牌子下。整个小厅的地面上布满了密集的烟蒂烫出的黄褐色的瘢痕，似乎这里就是一个吸烟区。

闻着这再熟悉不过的“云烟”牌香烟的味道，看着角落里顺手丢弃的烟蒂，瞅着两位吞云吐雾的架势，我这个老烟民的心中忽然感到了一种震颤。原来自己置身其中时，是没有过这样的震颤的，这几天自己在全力戒烟，思想上竟然发生了如此的变化。原来那些不抽烟的对我们这些烟民、烟鬼们的无言无语且不露表情的责怪、轻视、反对甚至是鄙视，都是有一定道理的，并且潜藏着深沉的道德力量。就眼前的这种情况，抽烟，不就是对在这里住院寻求健康的那些公众们的侵害和犯罪吗？

我走到二位的跟前对他们说：“医院里就别抽了，对病人不好。”

两位忙向我道歉："对不起，对不起！"立即掐灭了还剩半截儿的香烟。

如果我不是在戒烟的过程中，我可能不会去劝阻他们，因为一个烟民本身就缺乏劝说另一个烟民不要抽烟的勇气；如果我不是在戒烟的过程中，也许我自己就根本感觉不到这是一种过错，更不会感觉到这是一种违法的行为，因为我被自己的潜意识禁锢了，已经不能及时地去区分正误，严格意义来说，抽烟成瘾是一种当事人不认为是疾病的疾病。

从医院出来，我对做出戒烟的这个决定，对勇敢地上前制止在医院抽烟的行为，忽然有了一种莫名的自豪感。戒烟，不仅仅是自身健康的问题，更是一个尊重他人享受健康权利、参与国民整体素质提升的大问题——这是我在戒烟认识上的一次飞跃！

另外我想说的，但绝不是为烟民们辩护，当抽烟成为一种生活习惯后，烟民的抽烟行为会成为一种下意识的行为，说他们素质低、修养不够，对大多数烟民来说是不公平的，世界伟人中的铁杆儿烟民不乏其人，毛主席在7000人大会上、邓小平在全国人民代表大会上如此隆重的公共场合都抽过烟，但他们永远不失伟大的赞誉！将抽烟的危害性完全归罪于烟民是不公平的，烟草的历史性、科学的普及性、社会的功利性、舆论的麻木性、经济的利润性、道德的容让性、法律的滞后性等，对抽烟的泛滥现象都有深刻的影响，这些因素是不能忽略的。

烟民也需要关爱！

7. 2016年3月23日 星期三 晴

今天早上的天气特别好，晴空万里，空气和煦，喜鹊欢枝，蛙鸣塘池。小区里的杏花、迎春花黄白交映，溢香绽放；碧桃、紫薇花敛面怀羞，含苞欲放。在这个小区已经住了五六年了，从来没有感觉到这小区原来有如此的风姿。

今天是戒烟的第七天，虽然仍然有抽烟的冲动，但与前几天比，这冲动小了不少，特别是今早起来咳嗽明显减轻，胸部感觉也舒服了很多，心理上增加了一种由衷的欣慰，我想，这是巩固戒烟成果的不可或缺的内在动力。

来到办公室，端起了那个洗得干干净净的烟灰缸闻了闻，没有一丝烟味儿，仔细看了看，没有一丝烟垢，显得洁净可爱。我记不清用过多少个烟灰缸了，这个是我用得最长的一个，那是为了迎接新世纪的曙光我特意买的，至今已经整整十五个年头了，十五年来，这只烟灰缸里不知盛过我抽过的多少烟蒂，平均每天十支算，就有 5.4 万支！每支的长度是 8 厘米，总长是 4380 米！如此长的一根烟，用我的嘴，通过我的气管和肺，就这样让我吸完了，呼出去的烟雾，便一缕缕地飘向了天空，融入了蓝天，细算起来，细想起来，既惊人又令人可怕。

今天的天气真的太好了，我想，这样的好天气一定和我这几天没抽烟有关。

8. 2016 年 3 月 24 日　星期四　晴

同是抽烟人，抽烟特点各不相同。就吸食方法看至少有三种情况：大部分吸到肺里，小部分吐出来；小部分吸到肺里，大部分吐出来；不吸到肺里，全部吐出来。至于全部吸到肺里，一点也不吐出来的情况是没有的。由于吸食方法不同，吸入肺里烟量的差异，造成了烟民烟瘾轻重的不同，有的烟瘾大，有的则不大，有的虽然抽烟，其实是没有烟瘾的，这也就形成成了戒烟难易的巨大差异。我是属于“大部分吸到肺里，小部分吐出来”这一类的，因此戒烟的难度相对就要大一些，这也正是对自己毅力的考验。

从吸食时间看也有三种情况：十年以上的老烟民；五年以上十年以下的烟民；五年以下的新烟民。时间越长，对烟的依赖程度就越大，戒烟的难度就越大，我又是属于老烟民一族，这就更是考验了。

从烟种来看，有旱烟、香烟和雪茄之分。旱烟，就是未经深度加工的烟叶，用烟锅吸食或自己用纸卷着吸食，包括东北的关东烟、新疆的莫合烟以及水烟、皮丝、净丝、黄条、青条等。香烟也叫纸烟、烟卷儿，有烤烟型、混合型、雪茄型和外香型。雪茄是用烟叶直接卷制的粗烟卷，和雪茄型香烟是两个概念。我是以香烟为主的，这是烟类中添加剂最多的一类烟，也是最有害的一类。

这几天我想对烟的知识有更多的一些了解，这样可以增加戒烟的理性，也会使这件事做得更科学、更自觉。

9. 2016 年 3 月 25 日 星期五 晴

我的姐夫原来是抽烟的，后来姐姐反对，说这抽烟既费钱又伤身，为什么偏偏要抽？姐夫给姐姐讲了一个故事，至今我记忆犹新。

说有一个男的抽烟，妻子反对，屡劝不改，于是妻子开始准备劝丈夫戒烟的证据。每次丈夫买一盒烟，妻子就把相等的一盒烟钱收藏起来。到了年底，妻子拿出了收藏的钱给丈夫看："你看看吧，这一年你抽掉了多少钱呀！"丈夫一看，大吃一惊，相对于家庭总收入来说，这笔开支确实太大了！丈夫一狠心，把烟戒掉了。

第二年年底，夫妻俩一起再算账的时候，奇怪地发现，丈夫戒了一年的烟，家庭收入不但没有增加，连妻子积攒的那份烟钱也没有了。丈夫对妻子说："我抽烟的时候你还能攒几个钱，我把烟忌了，你却一分钱也攒不下了。"

这就是广泛流传在烟民中间的一个家庭经济管理的悖论。

说实际的，每一个烟民在选择品牌时都会有些纠结，区别仅仅在于这纠结的程度不同而已。抽好牌子的嫌贵，抽差牌子吧又觉得失身份。好歹烟友们都有一块遮羞布——"我习惯这个牌子"，的确，这是又能省钱又不失身份的表白。我周围的大多数烟友们，都选择批发价 220 元一条的"云烟"，十几年的经验来看，这是一个价格和身份兼得的比较恰到好处的选择。就是这样一个选择，平均每天按一盒计算，一年需要8030元。十五年则是120450元！虽然现在工资高了，这也是一笔不菲的开支。我敢肯定，妻子要早算过这笔账的话，早就像我的姐姐唠叨姐夫一样，逼迫我戒烟了。反过来我又埋怨，如果妻子和传说中的女子一样，我买一盒烟，她就收藏相等的一盒烟钱，现在不就能攒出一辆中等水平的轿车了吗？唉，老婆子还是有点眼光短浅（这几句最好别让她看见）。

为了抽烟，还要面对开支和面子的纠结，这是抽烟人比不抽烟的人又一个无谓的负担，“戒了，戒了，一了百了”，这样一想，戒烟不仅可以节省一笔开支，还可以获得一种情面的了脱，看来我是戒对了。

10. 2016年3月26日 星期六 晴

连续的晴天，使得今年的春天有点旱，仲春季节，本该有一场透雨的，但苍天没有一丝雨意。该下雨不下雨，自然界毫不为奇的一点小别扭，就让人们感到不适应了。农民忙着灌溉麦子，园丁急着喷洒花卉，人虽然没有像植物那样感到渴望，但轮流着的感冒则让不少家庭感到了痛苦。

生活就是这样，有称心的时候，也就会有不如意的时候，本来这很正常，但对一个戒烟者来说，最怕的就是在戒烟期间遇上不如意的事情。

在烟民中流传着抽烟的三大好处：“解困，解闷，解心烦”，其中的“闷”和“心烦”都属于“不如意”之列，所以，戒烟期间遇上不如意的事情，最容易摧毁戒烟者的意志，使戒烟功亏一篑。

不如意的事是在上午遇见的，上午到办公室刚打开电脑，便来了两个不认识的小伙子，他们是来向我质询事情的。

这是一件预料之中而无预案的事，是一件有解而不能去解的事，是一件让我同情但又不能伸手相援的事，是一件令我愤怒但又无处呐喊的事。总之一句话，是一件令人憋气而又无法发泄的事。两个小伙子离开后，我的情绪久久不能平静，手不可抑制地在颤抖，我知道，这是我神经性震颤的老毛病犯了，这时候，我多么需要一支烟啊！哪怕就吸上一口，不，半口也行，只要有半口，我就能缓解一下这种情绪，半口烟，半口烟……干旱的春小麦渴望甘霖一定就是这种感觉。

我手里攥着的一盒烟，慢慢地扭曲了，变形了，慢慢地又被我放回了原处。烟，还是要继续戒下去，憋着的情绪用酒来平复吧，我拿起了一瓶“草原白”，一口喝下了半瓶，倒在办公室的沙发上睡了过去……

11. 2016 年 3 月 27 日　星期日　晴

昨天的酒喝得有点太猛，也有点太闷，以至于中午也没吃饭，一天感到昏昏沉沉的，这倒好了，微微的恶心感，使烟瘾得到了最好的抑制。但也后悔不迭，终究是遇事沉不住气，胆汁质的性格，怎么也不能自己把自己灌趴了吧。自责吧，真是没出息！

今天把戒烟日记发到了名为“知识平台，快乐家园”的微信群里，一是想给自己戒烟增加点压力，严谨一点说是动力；二是想为这个自己时刻关注着的，也时刻关注着自己的微信群，添块砖加块瓦，丰富一下这个群的内容；三是想呼吁群里的烟友们一起把烟戒掉，扩大戒烟者的队伍。

发出不久，海明、梅花、国华、显英等群友们就给予了真诚的鼓励，看着回复上的那一个个小拳头、大拇指，真的令人感动。戒烟，虽然是我的个人行为，却得到了大家的同情、勉励、关心和支持！有如此之爱，有如此之信，有如此之和，有如此之诚，还有什么艰难困苦是不可以克服的呢？

烟是不抽了，真的想和大家一起喝顿酒！

12. 2016 年 3 月 28 日 星期一 晴

上午给海明打了个电话，他关切地询问我戒烟的情况，我告诉海明，坚持得还好，但面临着口腔溃疡这个更大、更艰难的考验。海明鼓励我："一定要坚持下去，挺过这几天就会脱胎换骨。"

海明把我的戒烟和脱胎换骨相提并论，并非夸大其词，因为他了解我的吸烟史，知道我曾经尝试过的戒烟历程。

我曾经戒过两次烟，1995 年 1 月因打赌第一次戒烟，9 个月后，北京世界妇女大会举行期间主动恢复了吸食。2003 年元月因病开始第二次戒烟，2004 年元旦前夕，戒了近一年后，再一次主动恢复了吸食。

令烟火死灰复燃的原因，两次都是口腔溃疡。

每次戒烟后口腔便发生溃疡，溃疡的深度、面积、持续的时间都是常人所不能想象的。深度上，我的口腔里在那时遗留下了两块因溃疡面大、溃烂深度深造成的伤疤，一块有半厘米长短，至今硬硬的没有丝毫感觉，医生说，非外伤导致的口腔伤疤是极其罕见的。面积上，从嗓子到嘴唇的外部，交替溃疡，整个口腔内没有没破过的地方。时间上，在戒烟期间没有一天不溃疡的。溃疡期间，热的辣的、酸的麻的，硬的脆的，都不能吃，每顿饭都是一次巨大的折磨，最痛苦的时候，常常有跳楼自杀的念头。

我去过京津冀多个知名的口腔医院和中西医院，前后因不能进食而四次住院治疗，用过国内能找到的所有治疗口腔溃疡的外用药和内服药，吃过北京中医药大学知名教授、中央领导的保健医生裴永清先生四个疗程共计两个月的中药，但都没有治愈。奇怪的是，只要抽烟，3—5 天溃疡面便会愈合。从此，所有反对我抽烟的家人不再反对，所有的晚辈逢年过节送给我的礼物清一色的都是香烟。

昨天开始右腮部、舌尖中部和下唇部都出现了溃疡点，庆幸的是溃疡面都在小米粒大小，都可以忽略不计，但愿不再继续发展。

13. 2016 年 3 月 29 日　星期二 晴

夜深了，熟睡了。梦境断断续续，总和抽烟有关：梦见的情景竟然是和去世已久的父亲在一起，他拿着一杆长长的旱烟锅子，烟锅头是铜制的，在父亲多年的摩挲下，像抛过光一样，金黄铮亮，烟嘴儿是和田玉的，晶莹剔透。这杆烟锅子我明明记得，母亲已把他送给了我的姑夫，为此父亲还责备过母亲，未经他的同意，就把他最心爱的东西送了人，记得母亲的回答是：送给了你姐夫，也没送给我姐夫。之后父亲就换了一杆铁头铜嘴儿的烟锅。这已是好多年前的事情了，不知今天为什么又到了父亲的手里。父亲坐在炕上，不住地抽着烟，那是自己种植的旱烟，味道特别香，我好久没有闻到这么香的烟味了。我说："这烟的味道真好，我也抽一锅儿。"父亲没有说话，把烟锅递给了我，我接过来，迫不及待地把烟嘴塞进了嘴里，用牙咬住了烟嘴。

我大喊一声，从梦中疼醒了，我咬的不是父亲递来的烟锅子，而是咬住了自己的嘴唇。整个嘴里咸浸浸、腥呼呼的，我知道出血了，来到卫生间一看，确实是血，满口的鲜血，我两手撑在盥洗盆上，任口腔里的血密集地滴落，嘴唇已不是太疼，但明显地感到了肿胀，这是戒烟付出的又一代价……

14. 2016 年 3 月 30 日　星期三 晴

最担心的是戒烟后的口腔溃疡，今天再次变成了现实。昨天梦中咬破的嘴唇今天形成了一大块儿溃疡面，舌尖和舌根的小溃疡点今天也变大，整个口腔火辣辣的，说话、喝水、吃饭都变得困难起来。上午到社区医院来看医生，当我叙述了病情之后，大夫表现了极大的同情，她的眉头紧皱，嘴里还发出了"啧啧啧啧啧"的声音，她说："口腔溃疡，看不是什么病，但疼起来真是受不了，我前几天只破了一小块，就把我疼坏了，看看你，这儿，这儿，这儿，还有这儿，啧啧啧啧，回去养养吧，这可能是缺维生素，也可能是其他原因，别吃辣的、热的、咸的，别喝酒，别抽烟，我给你再开点药……之后你到三甲医院，一定要做个全面检查，看看血液，看看免疫力，这么大面积的溃疡一定是有原因的。”我说：“是有原因的，就是因为戒烟，只要一抽烟，两天就会好。”她没有正面回答只是摇着头笑了一下，便开起了药。

今天开的药是，内服维生素 B_2 和维生素 C、外喷口腔炎喷雾剂，生理盐水漱口。

15. 2016 年 4 月 3 日　星期日 晴

对戒烟后的口腔溃疡我是早有心理准备的，在这次下决心戒烟前，我曾设想过克服这一几次没有克服了的困难的办法。除了要积极寻求治疗外，我自己认为，前两次之所以没有挺过去，主要原因还在于自己的主观意识上，因为前两次从内心深处来讲自己就没想戒烟！前两次生病后，不论是医生还是家人，不论是朋友还是同事，一致呼吁我把烟戒掉，在这样一种不可抗拒的压力下，自己戒烟了，但复抽的愿望从未中断一刻。大家不让抽，我自己要抽，于是口腔溃疡正好成了复抽的借口。这次是我自己主动戒烟的，这就有了截然不同的戒烟的思想基础，有了产生于内心的精神动力。我想，不论是唯物主义还是唯心主义，都在强调精神的作用，这就是信仰和主观能动性，只要有了精神作用，戒烟一定会成功。

想归想，但这口腔溃疡的折磨是现实的，我不停地吸溜着嘴，尽量减少一点烧灼般的疼痛，在想：“难道真的挺不过去了吗？”

16. 2016 年 4 月 4 日　星期一 晴

今天是清明节，上午给三哥打了个电话，告诉他不能回去给父亲上坟了，一切都由三哥代劳了，我特别嘱咐三哥，“上坟时告诉爹一声，我把烟忌了。”

父亲是一个地地道道的农民，抽了四十年烟，七十岁的时候，父亲忽然宣布不再抽烟了，一直到八十多岁去世，没再抽过一口。

父亲的烟瘾也够大。在20世纪70年代初，家中十分困难，父亲舍不得抽几毛钱一斤的纯烟叶，总是在烟叶中掺和一半当地人称作“红绒草”的野草花，在太阳暴晒的田埂上，在秋虫鸣叫的月光下，默默注视着自己刚刚锄过的土地，或刚刚收获的庄稼，惬意地吞吐着辛辣的烟与草，缓解着剧烈劳动后的疲劳……

我曾经为父亲的毅然戒烟而高兴，父亲戒烟的那年，我已经从一个农民的儿子阴差阳错地蜕变成了一名石油企业的管理干部了，这对我家来说，几乎可以与“祖坟冒出了青烟”相提并论，当然更是对父亲心灵的慰藉。但我忽略了父亲戒烟的原因和感受，这一点成了我终身的内疚和遗憾，特别是在今天我戒烟的时候。

父亲戒烟的真正原因，是母亲在父亲去世后告诉我的。1985年，我们兄弟几个租了一套鸳鸯楼，便将父母从农村接了出来，也是从这个时候开始，哥几个便把父亲的旱烟袋换成了香烟。也是从这时候开始，父亲的心中产生了莫大的纠结：抽旱烟吧，怕给儿孙们丢脸；抽香烟吧，又怕增加儿孙们的负担，于是，父亲以抽烟咳嗽为借口，把烟戒掉了。

母亲说，父亲戒烟和每一个戒烟者一样，同样经历了一番痛苦的考验，那年他已经七十岁了，是一个有着四十年烟龄的老人！但他没有在孩子们面前流露出一点难受，周边的人没有任何感觉，儿孙们也没有任何关注，父亲平静地就把烟戒了。

父亲能把烟戒掉，我为什么戒不掉呢？更何况，我的戒烟和父亲的戒烟已不能同日而语，父亲的戒烟行为包含着的是对“父亲伟大”的诠释，而我的戒烟行为只是为了摆脱一种恶俗！

爹爹放心吧，我会坚持！

17. 2016年4月5日　星期二　晴

今天上午，社区医院的一个朋友给出了一种新药“康复新液”，这种药的功能是“通利血脉，养阴生肌”，可内服，也可外用，朋友说：“先在嘴里含一两分钟，然后咽下，应该有点效果。”

这药的味道实在不咋的，一股腥臭味，含在嘴里的感觉如同含着一口加了糖的清洗过臭带鱼的水。腥臭没有关系，只要有疗效就好。

维生素 B_2 和维生素 C 一直在用，因为不少人都说这病和缺少维生素有关。

18. 2016 年 4 月 6 日　星期三　晴

用了两天康复新液，见到了效果，嘴唇和腮帮子上最大的两块的疼痛在减轻，吃饭时也没有那种刺骨的痛感了，溃疡面也由白变红，我给朋友打电话，告诉了他这个好消息，真的可能找到了口腔溃疡的克星，我的心中有一种莫名的快感。

下午在网上看到新华社 3 月 31 日发的一则消息《吸烟改变口腔菌群平衡》。

我隐隐感到，这可能是一部分戒烟者戒烟后口腔溃疡的真正原因所在。

19. 2016 年 4 月 7 日　星期四　晴

服用“康复新液”使溃疡渐愈的快感还没有充分享受，中午吃饭时，刚吃第一口菜，自己就把腮部咬出了一个紫色的血泡。我清楚，这是因为口腔内肌肉肿胀导致的，咀嚼得稍微快一点，就会咬出血泡来，有时还会咬破。在妻子的帮助下，给这个血泡进行了穿刺，看着吐出的浓血，不知是因为疼痛还是因为郁闷，我竟然当着妻子的面流出了眼泪，我清楚地知道，明天，这个紫泡部位就会是一块新的溃疡面，“康复新液”并没有真正起作用。

看着我痛苦的神态，妻子冒出了一句话：“还是抽吧，别折磨自己了，小心再闹出一点别的毛病，就更得不偿失了。”

我没有说话，但心里在想：再坚持几天看！

20. 2016 年 4 月 10 日　星期日　晴

旧的溃疡好了，新的又生了出来，与前些时相比，点数增加了，面积扩大了，疼痛加剧了，更严重的是今天开始伴有心悸、心慌的症状。

请假后我来到了总医院口腔科，看病的是一位四十多岁的大夫，他一边给一位患者洗牙，一边问我：“怎么啦？”我说：“口腔溃疡，满嘴都烂了。”他说：“这可一点办法也没有，口腔溃疡和癌症一样，全世界都治不了，谁要能治好口腔溃疡，立马就成了亿万，不是人民币，是美元，亿万美元富翁，你回去多锻炼身体，提高身体素质，可能还管点事。”

他的话让我绝望，我解释说：“我是因为戒烟，一戒烟，口腔就溃疡，只要一抽烟，两三天就会好。”

大夫回答：“溃疡不管你吃不吃药，抽不抽烟，七天自己就好了，我听说过因为抽烟闹溃疡的，还没听说过因为戒烟闹溃疡的，千万别抽了，抽烟没有一点好处，只会越抽嘴越烂。”我继续向他解释：“真的，戒烟就溃疡……”还没等我说完，他就顶了回来：“你抽抽看，明天就能好？鬼才信！我告你，那是自然好的，回去多锻炼是正事儿。”

他的回答让我愤怒！（口腔溃疡本身就会让人焦虑和急躁）我回答了一句；“无知！”扭头离开了口腔科。

回到家里，心里烦闷不已，看过多少口腔科了，大夫的态度虽然有好有坏，但观点基本一致，溃疡和戒烟无关，我自言自语起来，“他妈的，真是纳了闷儿了，明明是戒烟引起的，这些大夫怎么就不承认呢？是我有了毛病，还是他们有了毛病？”

晚上给几个朋友发了条微信“嘴烂的难受死了，我真想哭上一顿”。一个朋友回复：“坚持！再坚持！！”第二个朋友回复：“李大哥，想哭就哭吧！一定要挺过去！”第三个不抽烟的朋友回复：“兄弟，我这里有烟，要不给你送几条？”

21. 2016 年 4 月 12 日　星期二　晴

口腔溃疡不仅折磨我的生理，也在折磨我的心理，镜子里看着自己的面部，明显变形，整个嘴都抽到了左边，脸部表情也发生了重大变化，整个人的性格似乎都发生了扭曲。更重要的还有香烟的强烈诱惑，在我的大脑里，两个我在进行着一场你死我活的“抽与戒”的较量，主张抽的那个我对另一个我叫嚣着：“赶快抽，再不抽我烂死你，疼死你！”主张戒的那个我却冷静地反击道：“老子还怕你的这点折磨？咱们就看看谁先死吧！”

生活总是丰富多彩的，有磨难，自然会有幸福，今天我几乎没有感觉到多么痛苦，反而有着一种持续的、无法抑制的喜悦，今天我做了爷爷。

爷爷，意味着传承，意味着表率，意味着耳顺，意味着衰老，更意味着旧时代的结束和新时代的开始。看着这个刚刚来到世间就发出生活呼号的小家伙，我顿时体会到了爷爷对于传承的责任，爷爷应当从孙子一出生时起，就要全力传承一种高尚的精神，传承一种和谐的氛围，这其中就包含着无烟家庭的建设。

22. 2016 年 4 月 15 日　星期五　晴

嘴疼得不能正常说话，也不能正常吃饭，并且嗓子也哑了，这让我有点担心。昨天再次请了病假，到医院看病。先到免疫科，大夫看了口腔后，给开了两张检验单，一个是自身免疫抗体检验，一个是胸部 CT 检查，今天出了结果，一切正常。之后转到了五官科，李主任听了我的叙述，给开出了喉镜的检查单，结果也是正常。李主任说：“这是戒烟引起的，戒烟后，体内各项功能失调，导致了口腔溃疡，没有什么好的药物，时间长了，体内功能达到了新的平衡，自然就好了。用金喉健止疼，再服上一周的一清片，慢慢调理吧。”李主任还说：“既然戒掉了，就不要抽了，抽烟是百害而无一利，戒烟后的这种不适应一般不会引起其他大的病变，一定要坚持！”

李主任的话让我心中为之一振，这是我第一次从医生嘴里听到的，关于戒烟后口腔溃疡的原因，更加坚定了我戒烟的信心。

23. 2016 年 5 月 4 日 星期五 晴

李主任看完后已经过去了二十多天，除了嗓子不再嘶哑外，溃疡依然如旧。今天是五四青年节，上午公司里有一个座谈会，本来安排我有个发言，但因为不能很好发音而被迫取消了。年近九旬的母亲看着儿子的痛苦，今天忽然对我说：“一个多月了，不能这么扛着，还是抽吧，少抽点，再这么下去要闹别的毛病的，你爹那会儿戒烟就是闹失眠，一夜一夜地睡不着觉，但人家嘴不疼，你这也不知道是咋的了。”很多朋友都打电话、发短信表示问候，有的还开出了诸如“一顿二斤猕猴桃”“地塞米松外敷”“白糖外敷”等偏方，我真正地感受到了什么叫得病乱投医了，这些办法都用了，但都不起作用。

扛着，等到李主任说的体内功能平衡的那一天的到来！

24. 2016 年 5 月 6 日 星期五 晴

妻子的白细胞一直偏低，多方检查治疗也没有见好，后经朋友介绍，找到了天津中医药大学附属医院国医堂的汤毅先生，吃了三个月的中药，白细胞恢复到了 3500，由此，妻子对汤先生尊崇有加，推荐了不少亲朋好友前去看病。今天妻子就是要带一个朋友去找汤先生看病的，她对我说：“你也一起去看看吧，汤先生的医术还是很高的，说不定能把你的病调理过来。”

汤毅，天津中医药大学附属医院国医堂膏方科主任医师，每周三、五上午，分别在天津中医药大学附属医院北、南院坐诊。他看了我的舌苔和溃疡面，问了发病经过，号了脉象后说道："这是戒烟综合征，调理一段时间就会好的。"汤先生说的很淡定，也很自信，之后就开出了药方：

黄连 20 克，竹叶 15 克，生石膏 20 克，生地 30 克，生草 30 克，怀牛膝 10 克，升麻 20 克，通草 10 克，盐知母 10 克，当归 10 克，茅根 30 克，麦门冬 30 克。

下午回来开始服中药。

25. 2016 年 5 月 10 日　星期二　晴

今早起来发现，整个口腔中的溃疡面开始由白变红，病史经验告诉我，这是康复的重要征兆，难道汤先生的中药如此神奇？今天才是第四天呀！

26. 2016 年 6 月 16 日　星期四　晴

在服完了汤先生的七服中药后，口腔溃疡全部愈合，到今天，戒烟正好三个月，服用汤先生的中药也过去了一个多月，口腔溃疡没再复发，我可以向我的亲朋好友们正式宣布：我戒烟成功了！

27. 2016 年 8 月 17 日　星期三　阴

今天戒烟整整 5 个月了。五个月来，得到了许多朋友的支持、鼓励和关爱。《沧州晚报》还把我的《戒烟日记》刊登了出来，这不仅是关爱，更是一种信任，这让我由衷地感谢《沧州晚报》。

不得不承认戒烟的艰难，要有毅力，还要有动力，同时还不能缺少压力。虽然已经戒了 5 个月了，但在一些特殊的场合和环境中，有时仍然有抽一支烟的冲动，烟瘾就像一个休眠了的魔鬼，不知什么时候就冒出来骚扰一下戒烟的决心。

今天的活儿很多，忙了一天也没了利索，下班回到家里感到有点累，便忽然想起了烟，甚至闻到了烟草的香味，我知道，这是那个“隐魔”在作怪了，于是我打开电脑，进入到了《戒烟日记》界面，读起了最艰难的那段时间写的这些东西。这已经不是第一次了，每次我都会在这些文字中找到动力。

2016 年 3 月 23 日的日记有这样一段文字，“来到办公室，端起了那个洗得干干净净的烟灰缸闻了闻，没有一丝烟味儿；仔细看了看，没有一丝烟垢，显得洁净可爱。我记不清用过多少个烟灰缸了，这个是我用的时间最长的一个，那是为了迎接新世纪的曙光我特意买的，至今已经整整十五个年头了，十五年来，这只烟灰缸里不知盛过我抽过的多少烟蒂，平均每天十支算，就有 5.4 万支！每支的长度是 8 厘米，总长是 4320 米！这么长的一支烟，用我的嘴，通过我的气管和肺，就这样让我吸完了，呼出去的烟雾，便一缕缕地飘向了天空，融入了蓝天，细算起来，细想起来，既惊人又令人可怕。”这一段我读过不止一次，每次都让我感到惊叹！“我这一辈子抽了多少烟了，可是不能再抽了！”

石疙瘩沟遐想

我一直认为，生我养我的那个康保县是一个没有文化底蕴的县，1925年建县，还不如“瑞蚨祥”“张小泉”“同仁堂”这些近代品牌的时间长，整个县域荒山草岭，茫茫荡荡，放眼望去，见不得一处有点价值的人文景观，更可怜的是，1990年才有了自己的第一本县志，就这两点，就会让她的子民们对其文化唏嘘不已了。

如果一个地区的文化底蕴是能够让人用眼睛一看就看出来的话，大致上这底蕴也不会十分的丰厚，诸如元谋、良渚，再比如兵马俑、甲骨文等，哪一个不是发掘了十年二十年以后才基本将其底蕴展现在了世人面前，给了世人以无限的惊叹！所以说凭着自己生于斯长于斯的这点资本，就妄言故乡“没有文化底蕴”，这实在连井底之蛙都不如啊！

出康保县城北去三十公里，是康保最北的一个乡镇照阳河镇，这就是我的故乡。故乡坐落在内蒙古大草原南缘，阴山的东部，有草而不茂，有山而不峻，是一个叫河而无河的所在，虽然无河，但山沟不少，什么孔独沟、二郝记沟、营盘沟、杨同年沟等。就连所谓的照阳河，也是一条由南向北的沟。沟其实就是川，说这里是“康保山川”并不为过，只不过小了一点罢了。察哈尔都统高维岳在张家口大境门上书写“大好河山”的时候，何尝不包括康保大地照阳河两岸的这些沟沟坎坎呢！

照阳河东去六公里也有一条山沟，叫作石疙瘩沟，20世纪80年代前，在山沟的敞口处还有一个七八户人家的自然村，随沟而名，就叫石疙瘩村。村子实在太小，无法组织自己的政权机构，只好划归兴隆村管理。由于深处山沟，生活有诸多不便，就说当年隔三岔五地会议，就让这几户人家吃尽了苦头，常常是地里下工回来，饭还没吃饱，就要到大队开会，来回十几里路，等到会议结束回到家里，已是半夜时分。因此后来就陆续搬迁了，这里逐渐成了一片废墟，站在山顶望下去，这片废墟就变成了沧桑的记忆，在风里、雨里、雪里、沙尘里，慢慢地淡去，后来便连记忆也被尘封了起来……

小的时候每到冬闲时节，父亲便会带着我到这石疙瘩沟两侧的山头上砍山柴，以补家中冬季烧柴的不足。早上吃完饭，父亲和我都穿上羊皮袄、毡疙瘩，戴上狗皮帽子、羊皮手巴子，扛上镢头，步行来到山上，一边砍柴，一边听父亲倒古。父亲的肚子里装满了故事，大都来自戏园子和说书场，现在还清晰地记着父亲讲到岳飞时的激动，讲到潘仁美时的鄙夷，讲到刘备时的崇敬，讲到姜太公时的虔诚。

中午在山上还要吃顿饭，所谓的饭就是火烤窝头。有时我会带几个山药，考完窝头后，便把山药埋在火堆里，往往要到下山回家的时候，山药才会烧熟。

记忆深刻的是笼火，父亲从来不用火柴，更谈不上打火机，而是人工取火，并且毫不费力。父亲总是随身携带着一个布包，里边包着一块儿玛瑙红色的火石，一块刃面银白的火镰，还有一团自己采集晾晒制成的绒革。他把绒革放在火石上，左手捏紧，右手举起火镰，“咔咔”几下，火绒就会起烟，轻轻一吹，就会升腾起火焰来。

那时我和父亲万万想不到，就在我们砍柴笼火的这条山沟里，8000 年前，就已经有另一个父亲带着儿子在这里砍山柴的经历了……

《中国考古》2019 年 12 月 12 日发表文章《学术课题引导下的田野工作——河北坝上地区史前考古项目的策划、进展与初步成果》一文中谈道：“2016—2017 年，项目先后在坝上地区西北部和西南部进行了区域系统调查。其中西北部的调查区域选择了赛疙瘩沟遗址所在的康保县照阳河镇区域，区域地形为丘陵低山。”“区域调查情况说明，兴隆村东南的赛疙瘩沟正是西北部遗址最为密集的区域，长约 3 公里的山谷中，即分布有遗址7处。”这里说的“赛疙瘩沟”就是《康保县志》上记载的石疙瘩沟，不知什么缘故，考古学者们把“石”改成了“赛”。

考古学术的东西太专业，也太深奥，我感到惊讶的是“即分布有遗址7处”这句话。这说明8000年前新旧石器时期交替的时候，这里就有了比较完整的村庄，就发掘面积和发掘发现来看，这个村庄比8000年后的石疙瘩沟村要大得多。

父亲给我讲故事的时候没有讲过康保的历史，更没有讲过照阳河的历史，因为在父亲的脑子里，最远的历史也就是姜太公和他那没有鱼钩的钓具了，他现在生活的这片土地，去哪里闹历史去！这里是没有历史的！唉，哪里是没有历史，是历史埋葬得太深、太久了。这么深，这么久，让我的农民父亲怎么知道呀。

知道了我曾经打过柴的石疙瘩沟村生活过祖先级别的人类，我就常常想，当时的那爷俩在打柴的时候，一定也穿着皮袄，或者说是裹着兽皮，因为那时他们只能利用兽皮来御寒遮羞。

他们的吃食应该也是烧烤，不过他们更多的是烤肉，坝上草原自古就是游牧狩猎的地方，这生活习惯一定是从他们开始的。他们用三块石头将土陶器皿架起来就成了锅灶，和我与父亲搭起的“锅灶”一模一样，不知是我们学他们的，还是他们穿越后学的我们。

烧烤必须有火，他们如何取火我是清楚的，初中课本上山顶洞人的绘图中画过，钻木取火。唉，这些人是实在太笨了，钻木取火，我也曾干过，我和同学们到生产队的豌豆地里偷上一抱还未收场的豌豆，没有火柴，我们就用两根干木棍摩擦取火，几个人轮流干也得一两个小时才行，那有父亲的火镰轻松，“咔咔”两下解决问题。

我更感兴趣的是他们的语言，在康保的土地上繁衍生息，一定说的是康保话:“嗨！看你那股臭烂相，连个东南西北也闹不机迷。”“圪蹴下不要动，小心他日绝你！”谁再说康保没有自身方言，康保话都是外来语言杂交的结果，就让他听听 8000 年前康保人是怎么说话的。

石疙瘩沟留下了一处处遗址后就消失了，他们搬迁到了涿鹿的釜山，还是阳原的泥河湾，抑或向北搬到了赤峰的红山……总之是走了，也不知他们为什么要搬走，也许他们也有着 8000 年后石疙瘩村村民们生活不便，外出开会太多的苦衷吧。

同样都消失了，区别是 8000 年前的石疙瘩沟留下了丰富的遗存，让 8000 年后的人们还能够揭开他们尘封的面纱，见到他们艰辛的身影，而 8000 年后的石疙瘩村却一无所留，整个村庄都飘向了宇宙，飘向了冥冥之中。

我的父亲如果还活着，他给我的孙子讲故事的时候，一定会增加一个“石疙瘩沟村”的故事……

2020 年 3 月 31 日

缅怀英雄

从小就向往孟良崮这个英雄的地方，电影《南征北战》中国民党军李军长“张军长，拉兄弟一把”的台词都曾经模仿得惟妙惟肖，连做梦都想去看看，解放军是在一个什么样的地方把李军长打得如此狼狈不堪。但一直没有如愿，今天终于了却了我这50多年的心愿。

当站到了粟裕将军的墓前，回首两边近3000座无名烈士的墓葬时，我忽然明白，我为什么会对这个地方向往50多年，不站在这里，所有的想象都是无根之木、无源之水，都是虚妄的，是一种浅显的向往。当站在这里的时候，语言、歌声、诗词等一切赞美，都是多余的。只有那颗跳动的心脏是澎湃的，因为这跳动的心脏是对墓中2859颗已经停止跳动心脏的呼应；还有那颗寂静的心灵是沉重的，因为这寂静是对墓中2859颗寂静心灵的感慰和承继。我也似乎明白了，粟裕将军一生打过大大小小无数次仗，中国大地的每一块土地上都有他和他的战友们的汗水、鲜血和生命，每一块土地都愿意成为他最后的归宿，但这位叱咤风云的将军，最后选择的归宿是孟良崮！

我去的那天是10月14日，祖国和人民在国庆节时献给每个墓葬前的那枝白菊花还在，仅仅十几天就被风吹雨淋日晒的近于干枯，但那冷峻的黑色大理石墓盖和墓盖上庄严的汉白玉五星，却不惧任何大自然施与的外力，依旧体现着无畏的气概，放射着不朽的光芒。

当我看到所有的墓碑上都镌刻着“无名烈士墓”五个字的时候，我的眼圈有点湿润，心率也快了不少，英雄的名字哪里去了？

名字被镌刻在了英烈亭中的英烈碑上，虽然这个亭子建在墓群的中间，但是英雄们的身体和名字永远是分离的。我们知道他们的名字，但永远不知道他们人在何处；我们知道墓中埋着英雄，但同样的，我们永远不知道他是谁！面对着整齐划一、像接受检阅队列的墓群，我终于懂得了，我们从小就天天喊“共产党万岁”，但我们不知道共产党是谁，因为共产党不是某一个人，而是那一群永远不惧牺牲的英雄群体！只有凝聚了这样英雄群体的精神，这个党才能在其百岁华诞的时候，依然朝气蓬勃，昂然向上！

孟良崮，注定就是一个出英雄的地方。这个只有536米高，1.5平方公里大的小山岗，却是沂蒙山七十二崮之一，再加上宋朝抗辽名将孟良在此练兵抗辽的历史传说，历史上就成了一个令人敬畏的地方，从他的名字也能体会到这种敬畏。

站在孟良崮脚下，本来觉得不算高大的孟良崮一下子变得高大了起来，远望主峰，“孟良崮战役纪念碑”隐隐约约，直指霄汉，近看山道两侧，沟壑纵横，怪石嶙峋。顺着柏油路向前行进，坡度越来越大，还没有开始正式爬山，已是气喘吁吁、大汗淋漓了。当爬到了张灵甫指挥部遗址时，足足用了一个半小时！真不知道，当年的解放军战士们在没有任何道路的情况下，是怎样冒着枪林弹雨向着陡峭的山峰冲锋的！

站在张灵甫指挥部山洞的门口向下望去，虽然灌木丛生，乱石穿空，但山坡的陡峭还是尽在眼前，坡度足足在五十度以上！指挥部的两侧各设一个机枪掩体，轻重机枪直指山下，掩体下面是直上直下的悬崖，指挥部周围的岩石上遗留着清晰的枪弹痕迹，有一块岩石因上面布满了深浅不一的弹坑，因而被后人命名为“子弹石”。

俯瞰着这片已成为历史的战场，我的思绪进入到了1947年的5月14日，那一天，张灵甫七十四师最后剩余的1.3万名官兵被解放军的四个纵队圈到了孟良崮主峰，让人不可理解的是，在这样的阵地上打防御战，1.3万名国民党军，一人搬起一块石头推下山去，每一块滚落的石头都能横扫千军，但是，国民党军在不要命的解放军战士的攻击下，尽然束手无策。李兴杰在他的《血火洗礼的山崮——王牌七十四师覆灭记》一书中写道：“七十四师把守的阵地大片大片地崩溃，官兵抱头鼠窜，几千匹无人管顾的战马漫山冲撞，不仅冲乱了部队，还使许多跑不脱的受伤官兵遭到践踏。同时，炮弹不停地在人群中炸开，枪子儿像流线般地飞，孟良崮上炸了营……”在莱芜战役中，解放军一役歼灭李仙洲部6.5万，俘虏4万，当时国民党中将王耀武指责调侃李仙洲：“就是六万头猪放出去，一时半会儿也抓不完，六万名荷枪实弹的士兵不到三天就被共军抓完了。”兵败如山倒，这时的孟良崮上，再次上演了莱芜战役的情景，成千上万荷枪实弹守在山顶的士兵被山下冲上来的士兵击毙或活捉，当然，这和在野地里追着捉猪是不能相提并论的，这是要以鲜血和生命为代价的。

小说《红日》有一段解放军排长杨军率领战士最后攻克孟良崮主峰的描写，他们搭起人梯攀缘悬崖，上面的战士冲上去了，最下面的战士的锁骨被踩断了，但却毅然坚守着人梯的责任……

这时，我的眼泪再也不能抑制，还是流了出来，我似乎看到了端着枪向上攀爬冲锋的战士，一个个地倒下去，有的倒下后顺着山坡滚了下去，有的则摔落在深深的悬崖之下……胜利之后他们又重新站队集结，永远长眠在了这座山的山脚下。

从张灵甫指挥部出来，再到张灵甫被击毙（或自杀）的山洞，虽然都修了台阶，但爬起来依然十分困难，我很难想象当时张灵甫从这个山洞仓皇逃向另一个山洞的情景。据《血火洗礼的山崮——王牌七十四师覆灭记》，这时的张灵甫即便有投降的想法也不能够实现了，因为解放军战士都杀红了眼，不少战士都脱离了建制，形成了以班为作战单元，甚至以人为作战单元的进攻模式，上级指挥员的指令已经很难传达到士兵耳里，他们也不需要听到命令，向前冲锋，占领主峰就是命令。张灵甫的参谋曾背着张灵甫派人举起白旗表示要投降，但白旗举起的地方往往成为解放军枪炮火力重点覆盖的地方，因为在此之前，守山的国民党兵多次以假投降为诱饵，诱杀进攻的解放军战士，解放军战士根本不再相信用白衬衣做成的白旗，他们只有一个信念，什么时候捉住张灵甫，战斗什么时候才会结束。当时各部队政治部门提出的战场口号就是：“打上孟良崮，活捉张灵甫”，试想，漫山遍野的尸体和鲜血，漫山遍野的枪炮声，漫山遍野的“打上孟良崮，活捉张灵甫”的吼声，饶是张灵甫再有大将风度，也会战栗的，更何况，在这种绝望的境地，他的脑子里还曾闪烁出了为什么要中国人打中国人的念头，作为抗日名将的张灵甫，在日本鬼子面前，也曾经有过“中国人不打中国人”的思想和行动，但现在他却从南向北一路追来，目的非常简单明确，那就是把这些被称为“共军”的同胞杀掉！这时的他对生命的担忧是次要的，对战争行为的目的性的深思，以及对自己的王牌部队不如共产党普通部队的战斗力的深思恐怕才是最主要的，也是最能让他彻底崩溃的。

国共两党的士兵都是中国人，有的还是同学、同乡甚至是从前的战友。《红日》里的解放军战士张德来和国民党士兵孙福三就是江苏阜宁的同村老乡，最后孙福三在孟良崮战役中成了张德来的俘虏。不论是同乡还是同学，在这场生死决战中，他们都旗帜鲜明，立场坚定。不论是历史资料还是纪实文学，都曾提到，在进行战前动员的时候，国民党总是会把整筐整筐的银圆由督战队抬到战场，前进的发给大洋，后退的发给枪子儿。而共产党的政委、教导员、指导员们仅仅一句口号就会让战士们血脉贲张，这口号就是：“誓死保卫胜利果实！”这胜利果实主要指的是土改运动中农民分得的土地，不动产的魅力，在以农业为立国之本的时代，永远是老百姓梦寐以求的幸福源泉所在。而能让普通老百姓享受到如此胜利果实的，古今中外也只有中国共产党！享受了共产党给予的胜利果实的老百姓，又有什么理由不爱戴和拥护这个党呢！

我仰望着 30 米高、形似“山”字的花岗石“孟良崮战役纪念碑”，看到的不仅仅是当时解放军官兵们保卫胜利果实的决心，还有党所信仰的人民利益至上的魅力！

2020 年 12 月 5 日

张家口名伶“十三旦”

电视剧《塞上风云记》中，塑造了一个具有宫廷背景的名伶艺人十三旦的形象，他曾帮助吕俊山走通了军机处的路子，使得朝廷最终批准其建立张家口到库伦的商台。张库大道上是否建有商台,《清史稿》以及地方史书，比如《万全县志》《口北三厅志》等，都只有军台和驿站的记录，没有一点关于商台的影子，当地居民和实际考古工作也没听到过有商台一说。但“十三旦”倒是确有其人，并且是中国近代响当当的戏剧表演艺术家，是河北梆子当之无愧的主要创始人之一。

“十三旦”本名侯俊山，又名达，字喜麟，原籍山西洪洞县。其祖上应该是在明洪武年间，从山西洪洞迁移至张家口万全的。侯俊山1854年出生于万全县孔家庄镇东红庙村，两岁时母亲病故，由于家境贫寒，无力抚养，父亲便把他寄养在怀安县两旗屯村的姥姥家中由姥姥家抚养。两旗屯秧歌剧盛兴，每逢过年过节，都要唱戏闹社火。鲁迅先生有小说《社火》，是以浙江绍兴地区为背景的，其实当年北方的社火一点不逊色于江浙，而北方社火的代表地区之一就是今天张家口的坝下地区。社火艺术中的戏曲，在侯俊山的幼小心灵中播下了种子，对他产生了终生影响。侯俊山看戏如痴如醉，舅舅看他是个唱戏的苗子，8岁时，就让他拜村里的秧歌艺人二俅为师，主要学习山西梆子，也就是晋剧。9岁时，又把他送进了张家口的山西北路梆子戏班，学旦角。在当时进戏班子学艺的孩子都是社会最底层的孩子。

侯俊山天资聪颖，戏曲天赋极高，技艺提高很快，10岁便开始登台演出。13岁时，侯俊山出科，博得了“十三旦”的艺名，在张家口初创出了名气。

同治九年（1870年），到北京全胜和班，在庆和园首演《打金枝》，轰动整个北京城。在北京连演 5 年，票券经久不衰。十三年（1874 年）12 月，19 岁的同治皇帝去世，侯俊山也因国殇停演。

光绪元年（1875 年）在福寿堂演出《回荆州》，饰孔尚香，声名大振，继之演出《辛安驿》《英杰》等看家戏，被誉为京伶八杰之一。

成名之后，侯俊山返回张家口，在翠峰园组建戏班，自任班主，开园演戏。期间，不忘故乡深情，经常回到东红庙村、两旗屯村献技演出，报答故乡养育之恩。

光绪十八年（1892 年）农历十二月初四，被诏令入宫，入升平署。升平署是清代掌管宫廷戏曲演出活动的机构，称南府，始于康熙年间。南府隶属内务府，曾收罗民间艺人，以为宫廷应承演出。乾隆时，南府规模较前扩大。道光七年（1827 年），将十番学并入中和乐内，增设档案房，改南府为升平署，仍主持宫内演出事务。直到宣统三年（1911 年）清亡，历时 162 年。当时能进入升平署的艺人，都是造诣最高的艺人，相当于今天国字头的艺术家。

光绪十九年（1893 年）五月十五日，在驿安殿演出《辛安驿》，并为梆子名伶田际云反串《珍珠烈火旗》中的小生，备受宫廷赞赏。在连续八年的“内廷供奉”生涯中，深得恩宠。慈禧曾赐予黄马褂、戏装，并赐六品顶戴。这在当时，是艺人的最高荣誉。更能反映侯俊山当时艺术地位的是慈禧认侯俊山为“御儿”，赐字“喜麟”。我们看公案小说《三侠五义》，其中的展昭被赐“御猫”，那是文学虚构，侯俊山的“御儿”可是历史的存在，但从这个赐名中，我们也可以看出当时艺人的社会地位，艺术水平再高，也只能处于“儿”字辈。

光绪二十六年（1900 年），慈禧、光绪西逃，侯俊山扈从西安，能够随皇后、皇帝西逃，在恶劣的政治环境下还能够伴随在最高统治者身边，供皇后、皇帝驱使，只此一点，前无古人，后无来者，也足见侯俊山的艺术造诣。

到达西安之后，侯俊山不满时弊，留须罢戏，回到张家口寓度晚年。

光绪二十八年（1902年）慈禧、光绪回京，筹办庆祝，侯俊山再次被召剃须入宫。民国11年（1922年）退位皇帝举行婚礼，侯最后一次被召进京供奉演出，此时虽已年近七旬，而演技不减当年，被鲁迅称赞道："老十三旦七十岁了，一登台，满座还是喝彩。"

侯俊山曾到上海、天津演出，使两地观众为之倾倒，上海百代公司曾为他录制了唱片，这是当时能够享受录制唱片待遇的为数极少的艺术家之一。

在艺术上，侯俊山把山西梆子的精华融进了河北梆子，开创了唱腔风格独具的京梆子，深受欢迎，他自然地成为河北梆子的创始人之一。他还将京剧、河北梆子的精华带回张家口，融进山西梆子，对山西梆子的发展与改革做出了杰出贡献。

民国年间，保定、张家口一带屡遭灾荒，侯与张家口名伶"十七生"筱金蝉数次登台义演，救济灾民，凡义演活动，他都积极参加，所有义演收入全部捐献，曾有过一次捐献白银500两的纪录。500两白银相当于清朝末期民国初期万全县县长十五年的法定收入，当代为抗美援朝捐献过飞机的新凤霞可以与之媲美。

清末民初，北京演艺界梆子腔鼎盛，名伶辈出。其中最引人注目的当推"十三旦"侯俊山。时人对他的评价很高，清大学士徐桐麟曾赞誉其："状元三年一个，十三旦盖世无双。"

侯俊山与梅巧玲、程长庚、徐小香等京剧大师过往甚密，王瑶卿、梅兰芳、荀慧生、程砚秋、谭鑫培、杨韵谱等都对他称道有加，视之为先生。

慈禧、光绪从西安返回北京后，察哈尔都统在张家口行宫巷为侯俊山建造了一所宅院，以示对他的褒奖。自此，侯俊山深居简出，直到1935逝世，享年81岁。

2020年6月30日

坐　标

《现代汉语词典》说：“能够确定一个点在空间的位置的一个或一组数，叫作这个点的坐标。通常由这个点到垂直相交的若干条固定的直线的距离来表示。这些直线叫作坐标轴。坐标轴的数目在平面上为 2，在空间里为 3。”

再没有其他解释了。其实坐标轴不仅有 2 条和 3 条，还有 4 条、5 条甚至 6 条，这要取决于坐标主体，比如说“人生坐标”，2 条、3 条线是无论如何满足不了的。

闫连山是一个人名，也是一个村名。

作为人名的闫连山，祖祖辈辈生活在河北省怀安县，家境虽不富裕，但经过几代人的努力，到他父亲一代，居然有了 10 亩水浇地和 5 间房的家产。拥有 10 亩水浇地，在抗日战争期间的怀安县可不是一件小事，据《怀安县志》记载，民国初年，怀安县县长的法定年薪也不过 30 大洋，不吃不喝，也只能买到 3 亩水浇地。一个农民要积攒起 100 大洋购买 10 亩水浇地，其奋斗历程可想而知。依靠着这块土地，闫氏一家开启了自耕农的小康日子。

他父亲去世后，闫连山继承了这份家业，并在自家的 10 亩地的地头埋葬了父亲，从此闫连山有了自家的祖坟。这祖坟对闫连山来说至关重要，能把父母埋在自家的土地里，并且自己死后也有了茔地，这不啻是闫家多少代人的梦想。这坟茔不仅是闫连山的地理坐标，更是闫连山的人生坐标和精神坐标，时间、空间、物质、精神还有对子孙后代的希冀，一条条坐标轴交汇在这里，形成了闫连山的人生坐标。有 10 亩土地，有一座祖坟，这与“二亩地一头牛，老婆孩子热炕头”的最底层农民生活相比，无疑有着天壤之别，这已经是平民的超越了，更何况，是秦始皇到孙中山之间漫长的岁月里，每个中国农民梦想的超越！

但是在闫连山的人生坐标上，谁也料不到会有这样一个点：一年的秋天，庄稼眼看就要成熟，却在一个雨夜后的清晨，闫连山家的玉米地里发现了一具尸体，而这尸体偏偏是当时张家口地区最大财主霍家的使女。

一场人命官司的骤然降临，令闫连山猝不及防，好在霍家宽宏大量，帮着闫连山在官府走动说和，闫连山总算是免除了牢狱之苦，但诉讼费、赔偿费、人情费、打点费整整花了上百大洋，巧合的是，正好和他们家的这 10 亩水浇地的价值相当。无奈的闫连山只得将土地典当给了当时唯一有能力接受典当的霍家，自己重新回到了人生的原始坐标点。

这一年是 1938 年。

1939 年春夏之交，在怀安无法生存的闫连山，听说新成立的日本傀儡伪政府“蒙疆联合自治政府”，在坝上地区开放草原，招纳移民，便赶着一辆牛车，拉着全部家当和老婆孩子向北迁移，准备寻找一个能够生存的人生新坐标。

一家人出张家口大境门，沿着张（张家口）库（库伦，今蒙古乌兰巴托）大道向西北一路行来，翻过野狐岭，闯过狼窝沟，便进入到了坝上高原的腹地。闫连山一边前行，一边留心观察地理地貌，盘算着寻求一块可以安身立命，又能开基立业的土地。因为他的心里一直深潜着一种怨愤，一路北来的动力，全在于心灵深处对恢复家业、对重新拥有一片土地的渴望。当他来到康保县城南保平车马大店打尖的时候，店伙计告诉他，再往北走百十里，就是当年康熙纯悫公主的胭脂地，那里依然有着公主和策棱驸马的余威，依然是个三不管的地界儿，在大草原上随便开几亩土地，就够吃够喝了，说不定还能发财。

闫连山听从了店伙计的建言，赶着牛车又向北行去。当时的交通不像现在一些电视剧里渲染的那样，半天就能从张家口到张北打个来回，当时两头不见太阳，牛车一天的路程最多是50里，也就是今天的25公里，从张家口到张北是90里，大约需要两天的时间，还不能遇上雨雪天气，一旦遇有雨雪，那就寸步难行了。

当闫连山走到康保县城北60里、镶黄旗南70里这个属于当年察哈尔属界的地方时，他停下了，这地方周匝一圈丘陵山脉，高低错落有致，一条清澈的小河，由南向北蜿蜒流淌，小河两岸芨芨草、披碱草、联针、马莲郁郁葱葱，河潭中天鹅野鸭戏水，天空中雄鹰百灵飞翔，间或一两只黄羊、狍子疾驰而过，极目远望，碧绿的草场像天然大地毯一样平铺在这块大地上。在坝下地区生活惯了的闫连山何曾见过如此的草原景观，顿时就被这样的自然环境所折服，人与自然的缘分，便在这里交叉出了闫连山的又一个人生坐标，闫连山把这里选择成了他的终身居住地。

他把目前还只有他一家人居住的地方命名为闫连山村，又叫闫连山营子；把那条潺潺流水、在阳光下波光粼粼的小河按照旁边的一个村名（今天的照阳河镇），命名为照阳河，把东面一座形似敖包的山称作脑包山，旁边一座像铅锤一样的山叫尖尖山，东南远望像心脏一样的山叫心嘴山，南面有鹰群盘旋的山叫鹰盘沟山，从此他开始了一种全新的生活，闫连山村也就此诞生了。

几年后的1947年，闫连山居然拥有了这个村周围4顷的土地，每顷地是100亩，整整是400亩！“四倾地”也由此成了这片土地的名称，一直保留到了今天。闫连山梦想成真，成了他亲手缔造的闫连山村当之无愧的地主。怀安和万全两县的乡亲们，听说闫连山在后草地站住了脚，不断相约迁居来此投奔他，并成了他的佃户。

但很快，闫连山就走到了他的又一个人生新坐标。1948年土改，闫连山的土地全被没收，分给了村里的无地农民。闫连山也从此一蹶不振，在长叹中很快结束了一生。闫连山临死也没有弄明白，他和土地到底是一种什么样的缘分，为什么会两次得而复失，为什么第一次是霍家一家得到了他的土地，第二次却是全村人家家户户都得到了他的土地！这万恶的土地，到底和这个闫连山有何过节，竟如此戏弄他，并且是戏弄了他一辈子！

作者与父母、姐姐、弟弟合影·1972 年

作者已消失的故乡——闫连山全景

新中国成立后，闫连山村迅速扩大，我的父亲在 1950 年也迁居到了这个村子。可惜，这时的闫连山已经去世，其子女在他去世后，不愿意再见到闫连山村的这副尊荣，作为地主的后裔，又向北迁移，散落进入到了浑善达克沙地，成了真正的草地子民。父亲无缘与闫连山相见，但后来和他居住在沙漠深处的一个侄子闫世文成了好朋友。1971 年，我曾随父亲深入沙窝子（浑善达克沙地）去探亲，并顺路拜访了他，至今还记得，闫世伯一口标准的怀安口音，和父亲端着酒盅子，慢悠悠地诉说着给他定成富农的委屈，他说他并没有多少地，当年他的叔叔闫连山在口外混出了名堂后，执意要回到怀安再买 10 亩水浇地，并把这 10 亩地交给了侄子经营，未承想却给侄子带来了富农的际遇。闫世伯的左眼患有严重的白内障，记得他曾指着自己的病眼说："看看，这都是叫那 10 亩地气的！"是呀，当时的富农成分，那是属于人民民主专政的对象，政治权利、人身权利都是受到限制的。

1954 年，闫连山村成立农业合作社，土地全部入社，被分掉的闫连山的土地重新合并，土地集体所有制正式形成。1961 年，我诞生在了这个小村子，亲历了这个村的熙熙攘攘。我的骨子里把这个村当作我的故乡，但我从没想过，这个村子后来的归宿竟然是一片人为的废墟。

27 年后的 1981 年，集体土地再次分给农民，联产承包责任制下获得土地的农民，并没有像夺得了闫连山的土地时那样激动。当年的大队书记是一个在乌兰夫老家土默特左旗当了 7 年兵的转业军人，我回家探亲和他一起喝酒，他和我说："党什么时候收回土地，我第一个坚决响应！"

2019 年，闫连山村实行搬迁新政，整个村庄的年轻村民成建制搬迁到了康保县城，老年村民则搬迁到了照阳河镇的养老院，村行政编制撤销，整个村庄也被夷为平地，恢复到了闫连山初来时的地貌。中国的大地上再也没有了闫连山村这个贫困村的编制了。

1939—2019 年，历时 80 年，闫连山建立的闫连山村终于寿终正寝。闫连山走过的人生坐标已经无法再现，但是，这个村子的地理坐标我和我的下一代做了测绘：北纬 42°2.52′，东经 114°33.43′。

2020 年 6 月 25 日

冰窗花

每天早上起来，我都会站在后阳台上向西北方瞭望一会儿，映入眼帘的，近处是一片菜地，早早地就有菜农在劳作，当蔬菜大棚上的苇箔随着电机的滚动卷起来，初升的太阳照进大棚的一刹那起，新一天的生活就开始了。

再往前看是一片高楼，如果有雾，高楼就会在雾中忽隐忽现，多少给人一些虚幻的感觉，那就是华北最著名的石油城任丘了。

再往前看，20 世纪 70 年代末是可以看到太行山脉的，犬牙交错的山峰阴影清晰可见，我也曾无数次穿越这条山脉，储存了不少这山的记忆。

再往前看，穿透太行山脉，就看到了我的故乡，坝上高原阴山脚下的那个小村庄，以及这里的乡亲，更欣慰的是还能看到父母的坟茔——当然这已经不是用眼睛看了，而是用那颗“怦怦”跳动的心。

今天是 2020 年的农历十一月二十五，早上起来我依旧先来到了后阳台上，还没等向外看就发现整个玻璃都结满了霜雪和冰花儿，虽不厚重，但也千姿百态，这实在是久违的冰窗花儿了，说不清楚有多少年了，至少二十年没见着恐怕是有的。

今年的冬天越发的冷，华北大平原上白天的温度竟然到了零下 20 摄氏度！如此冷的天结出冰窗花是一点也不意外的，虽不意外，但我依然很感激这冰花儿的出现，我弯下腰细细品味这花姿，纤纤处如雾凇临窗，朦胧处似寂寥飞雪，这曾经是多么熟悉的东西！

坝上的冬天零下 20 摄氏度是极平常的，超过 40 度也非罕见，前几天孩子们就发来了零下 35 度的截图。20 世纪六七十年代，家里的窗户很小，下半部镶着一块大玻璃，上半部则是用麻纸糊就的，风一吹，

“呼嗒呼嗒”直响，为了防寒，除了屋里挂单窗帘外，外面还要挂上棉的或者皮的窗帘。就这样，整个窗户上还是会在一夜间结满霜雪，这种结在窗户上的霜雪坝上人给了它一个特有的名字——呵雪。

每天早上起来，第一件事是扫窗户，如果不扫，随着太阳的升起和室内温度的提高，窗户上的呵雪就会化出涓涓细流，并流到炕上。小的时候这扫窗户的差事几乎都是我们小孩子的，左手端着簸箕，右手拿着笤帚，先把上边的轻轻地扫掉，然后是下边，下边的冻得厚而结实，尽量要扫的彻底，所以经常动用火铲子来铲。

我扫窗户的时候，母亲早就在做饭了，沉重的风箱声，噼啪的柴火燃烧声，还有母亲的咳嗽声，偶尔一两声鸡鸣掺杂其中。挑水是父亲每天清晨的第一要务，一天两担水，滋育着全家人还有家畜家禽的生活，是万万不能缺少的。实在大雪封门无法挑水的时候，就会把院子里的积雪用面盆端来，在锅中化开后再舀到水缸里。

父亲穿戴齐整后，便开始这一天最重要也是不可或缺的挑水工作。水井离家有一里多路，整个井台都积满了厚厚的冰，谁担水来得早，谁就负责用铁钎子将井口的冰戳掉，以扩大井口，使得水桶能够顺利下到井中。父亲是这个村里戳井口最多的几个人之一，用现在的话说，常常受到乡亲们的点赞。站在光滑如镜的井口，戴着厚厚的羊皮手套作业，不仅难度大，危险系数也高，但父亲乐此不疲。戳掉的冰就会掉到井里，并被人们挑回家中。

冬天挑水是一件极危险的营生，大人们是绝不会让小孩子去做的。当我还跪着清扫窗户上的呵雪的时候，就会听到父亲稳重、坚定、有节奏的脚步声，配着扁担“吱呀吱呀”的和声，由远而近，我就迅速地用嘴里的热气，把呵雪一口气呵开手指头肚子大的一小片，顿时，父亲荷担弓腰的高大身躯，以及曙光下的长长的影子就会出现在我的眼前，并渐渐向我靠近，虽然朦胧模糊，但却是实实在在，这情景至今记忆犹新，因为这是我童年的心灵寄托所在。父亲的影子从我呵开的小洞洞一消失，就会听到母亲碎步前来的撩门帘的声音，父亲在强烈寒气的陪伴下就进到了屋里，接着就是两只水桶的落地声以及父亲将水倒入水缸的声音。

两担水下来，父亲的皮帽子上、眉毛上和窗户一样，已经结满了呵雪，而胡子上已经不是呵雪，而是细细的冰溜了……每到最后一担水挑完，母亲就会脱下父亲的皮帽子赶快用笤帚把呵雪扫掉，以免雪化后把帽子湿掉。

端着一簸箕呵雪的我就会暗暗下定决心：长大后一定不能再让父亲挑水了！可惜的是，这个决心随着我的背井离乡没能实现过，倒是我的三哥和姐夫接下了父亲肩头的扁担，现在想来，这个家里论及孝悌，我是远远不及他们的。

冰窗花是美丽的，那是一种冰冷的美，这美虽然不与阳光同在，但也能冻结出柔情、冻结出记忆，细细品味，未尝冻结不出人生……

2021 年 1 月 8 日

青砖茶记忆

至今还保留着20世纪80年代前，坝上农村生活既贫困却又温馨的记忆。记忆的深刻不是因为自己的记忆力有多么好，而是因为生活的简单和枯燥，从心理学的角度看，简单行为重复的次数多了，不但可以加深记忆，还可以形成难以纠正的习惯。

父亲那时的作息是不分春夏秋冬的，早上起来吃了母亲做的饭下地干活，太阳落山后拖着疲惫的脚步回家吃母亲做的饭，一年四季几乎天天如此。至于母亲，给人做三顿饭，给猪喂三次食，紧紧张张的一天也就过去了，所以一年下来，没有什么好记忆的。

但就是这些单调和枯燥，却形成了一个整体的记忆，甚至连细节都记忆的那么清晰。

比如说喝茶。

那时的坝上农村，喝茶是一件既奢侈又廉价的事情。说其奢侈，因为平常百姓家是见不到甚至没听说过还有观音、龙井、大红袍的，公社的供销社乃至县城的百货商场里，也见不到之类的茶叶。说其廉价，是因为几乎家家户户都会备一块青砖茶，用于招待客人和逢年过节之需。

坝上的冬夜是漫长的，每到冬天，人们就会更改作息时间，将三顿饭改作两顿饭，下午的饭吃完之后，便进入了十几个小时的无聊期，偌大的村子里一片寂静，除了间或的几声狗叫以及西北风的呼啸，就不会再有别的声音了。

再寒冷寂静，人们也是要追求精神生活的，而且要尽量地使这种生活自我感觉到丰富。当时的大队部是乡亲们聚会的主要场所，人们来到这里，有的蹲在地下，有的横在炕上，每个人都抽着辛辣的旱烟，天南海北地聊着大天儿，侃着大山，等到吃饭的时候方才一哄而散。来大队部打发时光最大的好处是消息灵通，公社、县里有什么指示、有什么动静，都是通过大队部那唯一的一台手摇电话机传达到村里的，于是在这里的人也就能够第一时间掌握本来应该是大队书记先掌握的情况的。有了这第一手资料，时过境迁后，再说起这件事的时候，他就会说："哼哼，那天接电话的时候我就在跟前，公社好书记在电话里的声音都听得真真儿的！"到这里来煤炉子上大铁壶里的开水随便喝，但不会有茶水的。

我家当时也是人们在冬闲时常来的地方，那是因为每到冬闲时节，父亲就会找寻一本小说来，给大家念着听，每天念一回或两回，有乡亲戏称为"听书"。不过和听专业说书大不一样，倒有点像当时生产队召开的政治学习会，因为那小说是几个识字的轮流念的。有时候遇到了生字，大家相互问一遍，谁也不认识，有人就会提议："念偏旁，总没错！"至于含义，读书的会根据上下文的内容，给出一个大概的解释，大家就会齐声说："对的，就是这么个意思。往下念，往下念……"我上初中的时候还充当过这读书的角色，记得比较清楚，读的是一本精装的淡黄色封面的《铁道游击队》。

来我家聚会的另一个好处是有茶喝。吃完饭后的掌灯时分，父亲就会熬一锅青砖茶，并准备好一摞喝茶的大瓷碗。来的人只要想喝，就会自己舀一碗，时间长了，还有的带茶叶来，进门后会对父亲说："不能天天喝大爷的茶，今天喝我的！"

现在这种场景彻底灭绝了，一伙人围在一起听别人念小说，已经成了不可想象的事情，电视也渐渐懒得看了，手机微信成了首选，至于青砖茶，也已开始淡出了人们的视线，只有老一点的，还能够一边喝着绿茶或红茶，一边回忆一下青砖茶的滋味……

2021 年 1 月 23 日

下午时分

一觉醒来已是下午时分，说时间过得快是一点也不假的，再有三四个小时就又进入黄昏，接着是漫长的黑夜。

太阳不像上午那样光彩夺目，懒洋洋地斜挂在西边的楼顶上，也不再侧目云雾，更不过多顾及人间的寒冷冬色，这也不是太阳之过，他已经把最辉煌、最夺丽献给了上午，把最温暖、最热烈献给了中午，他已经疲惫了，具有了“懒”的资本，相反，我们还应当感谢她，他虽然疲累了，现出了懒态，但她没有放松一刻，依然在全力地为大地提供着热量。

每天下午起来都要喝上一杯茶，一杯无所事事的茶。一边喝茶，一边听着老伴儿呜呜呀呀地学吹葫芦丝，她已经学了两年了，主要是在下午学，她是不会轻易把上午的时间浪费在学吹葫芦丝上来的，上午要拖地买菜，这才是老伴儿的第一要务。两年，就有了七百多个下午，吹得确实有了不少长进，我想，她心里一定有一个愿望：有一天的晚上，在某一个晚会上，也登台晚吹一次。

白居易有一首《慵不能》的五言古体：

架上非无书，眼慵不能看。

匣中亦有琴，手慵不能弹。

腰慵不能带，头慵不能冠。

午后恣情寝，午时随事餐。

一餐终日饱，一餐至夜安。

饥寒亦闲事，况乃不饥寒。

我想这诗也一定是下午写的，否则他就不会说“午后恣情寝”了。每次捧着茶杯读这首诗的时候，我就会开心地笑出来，太阳在下午可以“懒”，白居易在下午可以“慵”，平头百姓的下午，就更应该“懒”，更应该“慵”了。

上午商量好下午去野外拍几张照片，小区的围墙外就是农田，农田里一片蔬菜大棚，还有一处不大的已经冻了冰的水塘，像镶嵌在农田里的一颗珍珠。每每望去，都有上去打打冰出溜的少年冲动，现在冰出溜是不敢打了，但总想用镜头把这镜子一般的冰面固定留存下来，好等到夏天的时候拿出来欣赏。还有那些蔬菜大棚，卷起苇帘盖子，里边是一棚的绿意，和外边的荒凉形成了鲜明的对照。那绿意，是冬天里生命的真正体现，都是值得固定留存的，这对别人可能没什么意义，但对一年四季看着这片农田不断变化的自己，还是有意义的，这意义尽在下午，在下午喝茶的时候，看看这些亲手拍的，虽无艺术性，但满满现实感的照片，多少都是一点慰藉。

还没等出门，就接到了拿快递的电话，拿快递返回上楼的时候，又发现楼道暖气接口滴水，等到都处理完了，老伴儿问：“晚上吃什么？”抬头一看，昏暗已经笼罩了阳台，屋里也暗淡了许多，太阳虽然还没有落下去，但已经沉坠在天际一抹厚重的云层里，和落下去相差无几了。

那杯还没喝完的茶已经冰凉了……

2021 年 1 月 11 日

榛子的记忆

有史料记载，康熙皇帝经常用榛子作为赏品赐给大臣。康熙四十八年春节前，康熙就赐给苏州织造李煦一包榛子，使李煦“恩降于天，感激无地”。清朝皇帝在春节前赐榛子于大臣，应该不是率性而为，其中当包含着深厚的文化含义。

榛子的主产地是东北林区以及河北承德一带，前者是满族的发祥地，后者则享有清朝陪都的特殊地位，对清朝皇族来说，这两处地方，都有皇家生活的烙印，都承载着浓郁的满族文化。用这里的榛子作为赏品，不但有着东北山参、貂皮不能比拟的大众化和经济性，而且也具有民族文化特征，皇帝老家的东西，与其他地区的东西自然不同，其中的故乡情怀是不言而喻的，更重要的还能够彰显满族人的统治意识。

我国北方有在除夕夜“熬年年”，也就是守岁的习俗。入夜之后，一家人厮守在一起，包着饺子，吃着干果点心，喝着茶水，听着长辈唯有过年时才有的和谐、幸福、快乐的春节故事，春节团圆相聚的亲情便在此一时，体现得淋漓尽致。人们都要回家过年，其实过得主要是这一夜。

在守岁的这一夜，北方人有“剥穷皮”的讲究，就是在这一晚上，要吃诸如瓜子、花生等带皮、带壳儿的干果，其中寄予的是一种来年脱贫的希冀。当时东北和河北北部不产花生，除夕夜“剥穷皮”则以吃瓜子、榛子、蚕豆和松子为主，这习俗绵绵相沿，一直保留到今天。

皇帝和他的大臣们自然不需要为了家庭来年脱贫而“剥穷皮”了，但对国家、对地区来说，“剥穷皮”永远是皇上和大臣们的要务。康熙春节前赐榛子于大臣，何尝不是督促经济发展的帝心远虑呢！

至于民间百姓家里，这种讲究除了脱贫希望外，更重要的是年节下的一次食品体验，平时舍不得吃的东西，过年的时候就可以以年货的身份走到桌面上来。我的老家张家口既不生产花生也不生产榛子和松子儿，当时供销社有时也卖，但相比较瓜子，还是贵了许多，所以一般农家很少买得起，我小的时候，就没有吃过榛子、松子儿一类的东西，过年“剥穷皮”则主要以自家大铁锅炒的蚕豆为主。

1969 年春节前夕，家里接到哥哥从黑龙江的来信，说他已经请好假，今年回家过年。从毕业分配到现在已经两年多没有回家了，家里的人都非常想念这个唯一在外的亲人，父母的惦记尤以为甚。因为那时正是中苏关系最为紧张的时候，战争阴云笼罩着中苏边境，战事大有一触即发之势，父母对这个离边境不远工作的儿子就更多了一份担心。

父母开始掰着手指计算哥哥的行程，什么时候上火车，什么时候到哈尔滨，什么时候到北京，什么时候到张家口，什么时候就可回到县里，到了县里又该选择什么样的交通工具完成最后 30 公里的土路回到家里。

人算不如天算，哥哥的人没等回来，却等来了一纸电报，电报一共五个字：“速返 101”，后来知道，101 是黑龙江境内一个飞机场的代号。紧接着就接到了哥哥从县里打来的电话，他从县里直接返回单位，回不了家了，给家里带了点年货，存到了邮局，家里派人去取。原来他回来请假的时候，领导就与他约定了一路的联系方式，如果要他紧急返回，单位会给家里和他换车地的每一个邮局同时发出电报。

父亲取回了哥哥留在邮局的年货，几听罐头、几斤糖块，还有一大包榛子。这是我第一次近距离接触榛子。哥哥不远千里背一包榛子回来，对这个正在煞费苦心筹办年货的家庭来说，一点不亚于康熙对大臣们的所赐，家人不仅能够在年下享受到美味，增加节日的气氛，更重要的是增加了“剥穷皮”的种类和信心。

除夕夜里，母亲把哥哥带回的年货放在几个碗里，摆放在了炕桌上，看着父母冷峻的面容，我们几个兄弟没有一个去动碗里的东西，母亲甚至还有几声抽泣：“几千里地都走过来了，到了家门口了，就进不了家门，这是出了什么大事了，真和苏修打起来了？”父亲毕竟是父亲，他说：“别难受，好好过年，儿子这是忙上国家大事了，我们应该高兴才是！”

那天我第一次尝到了榛子的滋味，有东北的倔强，不用点劲儿难以体味榛仁儿的滋味；有北方的诚实，个个敦实厚重，饱含真情；但也有见不到那个穿着飞行员服装的大哥哥的苦涩。

果然，那年元宵节还没到，珍宝岛自卫反击战的枪声就打响了。

去年夏天回到故乡，接到好友李书立的电话，邀请我到他任职的承德市围场县牌楼乡牌楼村去看看，这是一个贫困村，六年前书立被省委组织部委派到这里担任第一书记，主要任务是剥掉牌楼村的穷皮。

几年没见，书立的头发明显稀疏，皱纹也清晰了不少，虽然依旧潇洒，但浑身上下生发出了一种农民的气质，我从小在农村长大，对这种气质实在是太熟悉了。

这个牌楼乡就是当年康熙皇帝木兰秋狝的地方，那时，康熙大帝每年的夏秋季都要来这里围猎练兵，围场的名字也由此而来。书立在这里一住就是六年，六年里，他带领乡亲们家家盖起了新房，还在村里建起了永久性蔬菜大棚、菌类养殖基地、马铃薯储存大窖，全面发展起了农村合作化经济，取得了实实在在的成绩，乡亲们不称呼他书记，而是叫他“老李”或者“老李头”。书立对我说：“他在省里当了十几年的处长，不如在牌楼乡的六年村书记有成就感，看着乡亲们的新房、鼓起的钱袋子以及他们灿烂的笑脸，从心里感到舒坦。”

书立拿出了他们村人工种植的榛子招待我，令我眼前一亮。牌楼乡本来就盛产山榛子，我想，当年康熙皇帝赐予大臣们的榛子，应该有不少是他木兰秋狝结束后，从围场带回京城的吧。如果当年康熙自己研究栽培的不是南方的水稻，而是围场的榛子，没准儿人工栽培榛子的历史会提前三百多年。这里种植的榛子，比野生榛子大了许多，产量自然就高出许多倍，但很好地保留了野生榛子的野味，实在是当今干果家族的珍品。

康熙皇帝通过赐榛子所希望剥掉的国家穷皮，父母通过吃榛子所希望剥掉的家庭穷皮，都没有剥掉，书立带领乡亲们通过种植榛子的手段，却把牌楼村的穷皮剥掉了，看来要想剥掉穷皮，光说光吃是不行的，还要实实在在地干下去。

2021 年 1 月 22 日

心中的故乡方言

前些天，石家庄的一位朋友发来了张家口相声艺术家朱凤祥先生的一段相声《方言漫谈》，看上去是朱先生现挂的一个段子，但遮不住朱先生的艺术功底，字字珍珠落玉盘般的张家口方言土语，凝聚了相声艺术的芳华后，竟是那么的清新且让人耳目一新。也许是家乡方言基因传承力量所致吧，听朱先生的这段相声，一点也不逊色天津567 波段相声台那些名家的作品。

相声有“贯口活”和“怯口活”之讲究，“贯口”是观众熟悉的相声术语，“切口活”或“怯口”说白了就是在北京话中增加了方言元素的相声。所以，熟练掌握“怯口活”，需要深厚的方言艺术功底。至今还清晰地记着侯宝林先生的名段《戏剧与方言》，连我这个一句上海话都不懂的张家口人，都能被他的“上海话”感染并与之发生共鸣，实在是艺术的享受，这大概就是“怯口活”的魅力吧。

“怯口”不是会说几句方言就能说好的，而是要对方言的语境内涵有深刻的认识和把握，需要方言的形、音、义和相声的矛盾冲突有机且艺术地结合到一起。比如朱凤祥先生在《方言漫谈》这段相声中，就掏掘了张家口方言中，一个具有典型意义的字——“圪”，并命名为“圪字头”方言。确实，张家口方言里以“圪”开头的词特别多，如“圪蹴”“圪触”“圪堆”“圪垄”“圪产”“圪混”“圪眊”“圪瞭”“圪窝”“圪瘤”“圪弯”等，张家口地区的“圪字头”方言是为数最多的方言词汇。就其形来看，如果有人问这“圪字头”里的“圪”字到底怎么写，估计没人能够准确地告诉你，这就叫“方言无定字”。在张家口地区，有人写作“圪”，有人写作“疙”，有人写作“肐”，甚至还有人写作“戈”或“格”，但无论怎么写，都不会影响人们对词意的理解。就其义来看，“圪字头”方言中的“圪”字，一部分是对后字的修饰，没有多少实际意义，一部分则必须和后字结合才有意义，自己本身没有意义。也就是说这个字的本身在方言中没有意义。

重点是这个字的音。“圪”字普通话里是个一声字，小学生唱到“一声平，二声扬，三声拐弯，四声降”里的那个“一声平”。如果我们把张家口方言里的这个字读成一声，其所组成的词也就不成其为词了。现在张家口方言里的“圪”字是发入声音的，也就是古音“平上去入”四声中的入声，是一个古音字，也是目前汉语中保存最好的入声字，在《词林正韵》中列在入声第十八部。有专家说张家口所保留的入声字是中国文字的活化石，应该是有一定道理的。

朱先生的《张家口方言漫谈》能够引起观众的强烈共鸣也正在于此，他把普通话和方言中读音不同的一个字作为代表，使其音义上都形成了强烈的反差，从而造成了相声艺术的矛盾冲突。

张家口方言中的入声字在唐诗宋词上也有着明显的体现。这是柳永的以入声字为韵的《雨霖铃》（加灰字为韵脚）：

寒蝉凄切，对长亭晚，骤雨初歇。都门帐饮无绪，留恋处，兰舟催发。执手相看泪眼，竟无语凝噎。念去去，千里烟波，暮霭沉沉楚天阔。

多情自古伤离别，更那堪，冷落清秋节！今宵酒醒何处？杨柳岸，晓风残月。此去经年，应是良辰好景虚设。便纵有千种风情，更与何人说？

我们用普通话来读，“歇、发、噎、别、节、说”六个字，都会被读成平声，和入声的发音完全不同，这就和词牌规定的仄声韵相违背了，朗诵起来感觉到不伦不类，不能够表达作者的心情，也影响了全词意境的展现，一首凄切、惆怅、满腹忧郁的词的情与境大打折扣，如果柳永活着，用普通话读他的词，他一定认为是在说相声。

如果我们改用张家口语音来读，韵意就会完整地体现出来。如果不信，会张家口方言的试试看？

2021年1月2日

找书

胡适在《跋〈《红楼梦》考证〉》一书中写道："我那时在各处搜求敦诚的《四松堂集》，因为我知道《四松堂集》里一定有关于曹雪芹的材料……不料上海、北京两处大索的结果，竟使我大失望。到了今年，我对于《四松堂集》，已是绝望了。有一天，一家书店的伙计跑来说：'《四松堂诗集》找着了！'我非常高兴，但是打开书来一看，原来是一部《四松草堂诗集》，不是《四松堂集》。又一天，陈肖庄先生告诉我说，他在一家书店里看见一部《四松堂集》。我说：'恐怕又是四松草堂罢？'陈先生回去一看，果然又错了。"

这是1921年的事，胡适担任北大的教授，当年和他一起共事的教授还有鲁迅、郁达夫、李大钊、陈独秀、林语堂等人，校长是蔡元培。这一所学校，这一帮学者，哪一个都是当代中国的著名学者，占据着中国当时绝对的文化资源优势，只要胡适开口，哪一个都是他找书的力量。但就是这样一个人，为了一本《四松堂集》，不仅在北京、上海"大索"，而且到了"大失望"以致"绝望"的境地，可见这本书有多么的稀缺和珍贵。

后来终于历尽千辛万苦找到了这本书，见到书后，胡适写道："我自己几乎不信我的眼力了，连忙拿来打开一看，原来真是一部《四松堂集》的写本！这部写本确是天地间的孤本……我这时候的高兴，比我前年寻着吴敬梓的《文木山房集》时的高兴，还要加好几倍了！"书找到了，而且找到的还是付梓前的"写本"，也就是手稿，难怪胡适会欣喜若狂呢！

让胡适倾注如此心血的《四松堂集》到底是一部什么书呢？

《四松堂集》为清代宗室诗人爱新觉罗·敦诚的诗文集。敦诚（1734—1791年），字敬亭，号松堂，努尔哈赤第十二子阿济格之五世孙，敦敏的亲弟弟，正宗的黄带子爷。他从小聪敏过人，宗学学业始终列于优等，但就是养尊处优不愿意工作。二十四岁在父亲的逼迫下，到基层管理税务，没两年，因父罢官就失业了，这正中下怀，回到北京过起了闲云野鹤的闲居生活，成了北京城里吟风弄月的八旗子弟中的一员。他在一首诗中写道："射兔君如王武俊，爱鹰我亦似支公。南原昔日经行地，落日秋风野烧空。"后面缀了个补注："乙未初冬，与弟暨嬴斋，呼鹰于沙陇之天宫苑，余不能猎，但心喜逐后而已。"这是说与弟弟和朋友，带着训练有素的雄鹰，到京城南郊的天宫苑猎杀野兔，他虽不会，但也欣喜万分，回家之后还要以诗记事。可见他的心性，是个不怕不会玩儿，只要有玩儿就行的主。

他没了父亲，每天在外浪游，没有个正业，他的母亲很为他着急，于是，八年后又在母亲的逼迫下，凭着皇室宗亲的地位，到管理皇室事务的宗人府当了一个"笔帖式"，相当于现在国务院机关事务局的文书，后来晋升为主管太庙祭祀的"太庙献爵"，可见他是有能力的。几年后母亲去世，开始丁母忧，无人管束了，他又任性起来，乘机不再上班，以诗酒自娱，直到五十八岁去世。

这本《四松堂集》就是敦诚的诗文集，一共五卷，第一、第二卷收录诗 281 首；第三、第四卷收录文章 53 篇；第五卷是 81 则《鹪鹩庵笔尘》。

在清朝乾隆年间，这本书是极平常的一本书，甚至都没有登上过大雅之堂，和现在一本本的诗文集一样，出版了也没人当回事，更不会在社会上引起反响，过几年除了自己还保存几本，以备子孙传家外，其余的早都烟消云散了，所以，到了 130 年后的 1921 年，连胡适也大索不到了。

如果没有曹雪芹，没有曹雪芹写的《红楼梦》，《四松堂集》也就永远湮没了。胡适热衷于《四松堂集》，不是因为这书写得好，是因为书中含有有关曹雪芹的重要信息，在当时，这本书几乎成了打开曹雪芹身世密码的唯一钥匙。比如曹雪芹在南京江宁织造随父居住过，就是这本书提供的。

《四松堂集》中还有一首题为《佩刀质酒歌》的古体诗："我闻贺鉴湖，不惜金龟掷酒垆。又闻阮遥集，直卸金貂作鲸吸。嗟余本非二子狂，腰间更无黄金珰，秋气酿寒风雨恶，满园榆柳飞苍黄……曹子大笑称快哉，击石作歌声琅琅。知君诗胆昔如铁，堪与刀颖交寒光。我有古剑尚在匣，一条秋水苍波凉。君才抑塞倘欲拔，不妨斫地歌王郎。"

诗前的自序写道："秋晓遇雪芹于槐园，风雨淋涔，朝寒袭袂，时主人未出，雪芹酒渴如狂，余因解佩刀沽酒而饮之，雪芹欢甚，作长歌以谢余，余亦作此答之。"

敦诚在槐园遇到了想喝酒又穷困潦倒的曹雪芹，自己又没带银子，便用随身的宝刀换了酒。可以用宝刀为曹雪芹换一顿酒喝的朋友，绝对有着极深的交情，不论古今，都可传为美谈，这样朋友书中记载的东西，当然有着不可比拟的可信性。这也正是胡适苦苦追寻的原因。

如此一本书，我也确实想见到，看看热闹非凡的红学界到底是哪个专家的意见更接近于历史。动起了找书的念头，就又犹豫不决起来，胡适都难以找到的书我怎么能找到呢？又有谁会出卖这样的书呢？即便是有卖的，那价格也不会是平常价，能买得起吗？一想到这些，找书的念头也就打掉了，甚至好几年都没再想这个事情。

前几天浏览当当网，下意识地输进了"四松堂集"几个字，未曾想得到了一系列的回应，新的旧的，大量的《四松堂集》在网上出手，我的惊讶不亚于当年胡适的惊讶，难道这书就如此容易找到吗？

答案不言而喻，只花了140元就买了一套影印本《四松堂集》。

翻着这套书我有点思绪万千，是书刊技术进步了，还是书刊政策放宽了？是信息传播便捷了，还是社会文化发达了？这个答案却一直没有得出来。

2021年1月10日

任丘之“鬼”

小的时候，村中有一位六十多岁的老太太，按照街坊朋情辈分，我叫老人家二姥姥。记得二姥姥好像是张家口怀安人，抑或万全人，有着这一带的浓浓的口音。她是中国最后一批裹脚人，她的脚尖尖的小小的，不穿袜子，总是用一条长长的白布裹着，裹脚的手法和电影中军人裹腿的手法一样，既美观又结实，从四五岁开始被强迫裹起了脚，就再也没有松开过。由于脚的畸形，走起路来很慢，很吃力，她家离我家很近，我走这段路也就五分钟时间，她却需要十几二十分钟。

农村在冬闲的时候都有串门子的习俗，妇女们带上针线，去到亲朋家里，一边做针线，一边聊天儿，以打发漫长而百无聊赖的冬日。当时二姥姥就经常到我家来串门子，但二姥姥不是带着针线活儿来，而是带着一肚子的故事。

二姥姥大字不识，但讲起妖魔鬼怪的故事来却是有板有眼，总是让我们听不够，所以，我们最欢迎二姥姥的到来，如果有段时间不来，我们还会到他家里把她请来，以满足听故事的渴望。

后来读了《聊斋志异》《太平广记》《笑林广记》《幽明录》等书后才发现，二姥姥当年讲的故事，没有一个是老人家杜撰的，都有出处！一个不识字的老人，能够扮演民族文化传承人的角色，实在令人钦佩。这也是中国封建社会时期教育程度虽然不高，民族文化却历久不衰的原因之一吧。

记得二姥姥曾经讲过一个鬼故事：说有一个鬼把女人的血变成茶水，在夜间卖给过往的行人，喝完之后，如果不给钱，鬼会一直追到家里来，每次她讲完这个故事，母亲都要给我们总结强调一下：“听见了吗？天一黑，你们就都回家来，不能在外面，特别是不能到野地里野去，要碰上卖血茶的，没准儿把你的血也卖掉了。”于是在黑夜独自走路的时候，总是担心有人后面追来。

这个故事就是纪晓岚《阅微草堂笔记》中记载的一个发生在任丘的鬼故事。我第一次在《阅微草堂笔记》中看到这个故事的时候，一下子就想起了二姥姥，不知道二姥姥是如何完整地记忆这则故事的细节的。

这则故事是纪晓岚的侄子纪虞惇讲给纪晓岚的，纪虞惇则是听任丘人刘宗万讲述的,最后被纪晓岚加工整理,收到了《阅微草堂笔记·槐西杂志卷一》中。大致意思：

有一个旗人到任丘催租，晚上碰上村里演剧，到二鼓天的时候戏才散。返回旅店的时候，因喝酒过多，口渴难受，见树旁有个茶馆儿，把马拴在拴马桩上就进去了，卖茶的对他说，火已熄了，只有冷茶，便进到里屋，挺长时间才捧出半杯茶来，颜色殷红而黏稠，微微的还有点腥气。喝完之后，还想喝，卖茶的说：“茶瓶里已经没有了，看看还有剩茶没有，你稍等一会儿，不要偷看。”进去后又是很长时间不见出来，旗人便从门缝儿朝里一看，就见里边吊着一个赤身裸体的女子，肚子已经剖开，用木棍支撑着，卖茶的正拿着一个杯子刮取女子腹腔里的血。旗人惊慌至极，乘马急奔，听得后面有人追来，和他索要茶钱，要钱的声音一路都没有停下来。等到了旅店后，惊吓的昏迷坠地，旅店的人听到马声，出来把他扶了进去，第二天才苏醒过来，向人们叙述了始末。大家一起到那个茶馆儿探究痕迹，拴马的地方是一片坟地，到处是荒草老树，一棵干树枝上吊着一条蛇，肚子从中间拉开，用一节树枝支撑着。

和二姥姥讲述的差别在于结尾，讲到这里，二姥姥的故事就结束了，但纪晓岚却提出了一个问题：“此与裴硎传奇载卢涵遇盟器婢子杀蛇为酒事相类，然婢子留宾，意在求偶，此鬼鬻茶胡为耶？鬼所需者冥镪，又向人索钱何为耶？”

也就是问：“此鬼卖茶的目的是什么？鬼使用的是冥币，追着和活人要阳间的钱又是为什么呢？”

这个问题恐怕连这个故事的始作俑者，纪晓岚的侄子纪虞惇也不太清楚。纪虞惇是纪晓岚叔伯哥哥纪懋园的儿子，做过县里的教谕，相当于现在的教育局长，在沧州崔尔庄有庄园，曾经跟随纪晓岚参与《四库全书》的编撰，负责校勘文渊阁的书籍，也是一个文人，《河间县志》应该有详细记载。纪虞惇是纪晓岚最喜欢和亲近的孩子之一，随在纪晓岚身边，经常给纪晓岚讲故事，在《阅微草堂笔记》中，纪晓岚至少有六个故事是从这个侄子那里听来的。纪虞惇知道叔父喜欢这类故事，便尽量去为叔父收集，一片孝心可鉴。至于鬼为什么追索阳间的钱，还需今天的读者给个答案。

2021 年 1 月 26 日

饲　燕

小的时候，我家的房檐下住着一窝燕子，春来秋去，一直住了好几年。每到产卵的时候，这窝燕子就成了我首要关心的目标，我会跟踪燕子孵化的过程，直到小燕子出窝。给我留下最深印象的是大燕子喂小燕子的情景，听到大燕子回归的动静，几只小燕子立即就会爬到窝口，稚叫着排起整齐的一排，把头伸向窝外，张启了黄丫丫的小嘴，等待母亲的饲喂。我真担心他们相互拥挤着掉了下来，一旦遇到这样的情景，我就会站在房檐下，看着大燕子喂完离去，我才会松一口气。

一窝燕子是由两只大燕子共同饲养的，从小燕子出壳儿，到小燕子离窝，大概二十多天，两只大燕子需要不停地捕捉昆虫，不停地飞翔劳作，不停地穿梭于田野和燕窝之间。我真的不知道，这大燕子自己的饭是怎么解决的。为了减轻大燕子的劳作，我曾到地里挖回小虫子，想喂给小燕子，可惜这尝试失败了，不论我怎么引逗，小燕子龟缩着就是不张嘴，并且还会引起大燕子的惊慌，现在想来，这想法实在幼稚，是有悖于燕道的。

小燕子可以飞的时候，就到了凉意袭人的深秋，两只大燕子会自豪且幸福地带着小燕子飞回南方。第二年再来的时候，我就弄不清楚到底是大燕子回来了，还是小燕子带着心爱的伴侣回来了。

燕子离去的时候，正是坝上人收秋打场的时候。生产队的场面很大，麦子、莜麦、胡麻、糜黍，堆得像小山一样，全队的劳动力都会集中到这里，不分昼夜地完成一年最终的收获。之所以如此紧张，是因为怕下雨，一旦遇到雨水，打场的生活就得停下来，如果遇到稍大的雨水，庄稼就有可能发霉，使一年的辛劳化为乌有。

因为是收获的日子，加上打场的劳动强度又大，在最紧张的几天，生产队每天都会在半夜的时候给社员们加一顿夜餐，除了逢年过节才会有的油条和炸糕外，还会宰一两只羊，每一位参加劳动的社员都会分上一碗肉和几根油条，有了这顿夜餐，社员们劳动的辛苦一下子就会飞到九霄云外。

当我睡得迷迷糊糊的时候，就会听到父亲的呼唤“醒醒，醒来吃肉”！睁开惺忪的睡眼，就闻到了扑鼻的羊肉香味，父亲分得的一碗羊肉冒着腾腾的热气，我和弟弟还没有坐起来，父亲已经把羊肉递到了手里。

故乡康保的羊肉有独特的香味，因为坝上草原的草地里长有野韭菜、蒲公英、麻黄、黄芪等植物，又盛产盐碱和硝，明清两代直到民国时期，出口俄罗斯乃至欧洲的“口碱”“口硝”“口盐”都产在这里。这里生产的羊从小就吃着这些东西，自然是其他地区的羊无法比拟的，至今我还能回味父亲递来的羊肉那独特的滋味。

当我们吃肉的时候，父亲就坐在地下的小板凳上，点起一锅子旱烟，有滋有味地抽了起来，打场掉在头发上的麦芒子，粘在脖领子上的草棍子都没来得及清理掉，我知道，父亲是累的懒得去清理。

我们的肉吃完了，父亲的烟也抽完了，他站起来，把烟袋插在腰带上，打开门，背起手，又走进了沉沉的夜色。开门的一刹那，轰鸣的脱谷机声便清晰地传进了我的耳朵。我抹掉了嘴上的油脂，挠了挠大腿上的痒痒，又呼呼地睡了过去……

2021 年 1 月 28 日

穿凿花的际遇

网上早已见到了明朝人陈继儒的《小窗幽记》，多是和《鬼谷子》《韩非子》并列，所以就想买一本，买来一看，不是和鬼韩并列的，而是和清代张潮的《幽梦影》、朱锡绶的《幽梦续影》并列一起的，并在出版说明中将这三本书的合集称作“三幽”，还真是恰如其分。再看内容，这三本书不仅书名中都有一个“幽”字，其体例也极其近似，用朱锡绶的学生潘祖荫的话说是：“大率皆阅世观物、涉笔排闷之语……虽绮语小言，而时多名理。”编辑能把这三本书凑合在一起，苦心可鉴。

“饱暖思淫欲，饥寒起盗心”，四十年前这书是不被大众所关注的，贫穷使大众没有物力、精力，也没有心情顾及这“排闷之语”，更无心顾及其中多次谈及的梅兰竹菊。书中的“韵”“幽”“奇”“素”“情”“倩”，都不会被一个一心想成为“万元户”的人去追求和接纳。今天则不然了，社会的主要矛盾发生了变化，过去被批判的“小资情调”，在今天成了时尚，这书就有了大众化的意义。

比如其中关于“花”的论述，就会让今天喜欢养花、赏花、谈花、吟花的人们进一步体悟花的精神。

《小窗幽记》中说：“养花，瓶亦须精良，譬如玉环、飞燕不可置之茅茨，嵇阮贺李不可请之店中。”《幽梦影》中也说：“养花胆瓶，其式之高低大小须与花相称，而色之浅深浓淡，又须与花相反。”这是说花瓶要讲究，须要“精良”，颜色要和花相匹配。《小窗幽记》又说：“插花着瓶中，令俯仰高下，斜正疏密，皆存意态，得画家写生之趣，方佳。”这显然说的是怎么样摆花，摆花也要有讲究，摆到可以让画家对着写生的时候才算好。

养花需要付出的不仅是劳动，更重要的是心性和对花的深情厚谊。这就是《幽梦影》所说的：“以爱花之心爱美人，则领略自饶别趣；以爱美人之心爱花，则护惜倍有深情”的道理。这是因为花都是有性格的，她们会给人以不同的感受，“梅令人高，兰令人幽，菊令人野，莲令人淡，春海棠令人艳，牡丹令人豪，蕉与竹令人韵，秋海棠令人媚，松令人逸，桐令人清，柳令人感！”可见，养花以随性为宜，人要与花有着默契的依恋才好。

当人花境界达到了融合的时候，人对花的付出就有了怜爱般的耐心，正如《幽梦续影》所述的：“壅以补之，水以润之，露以和之，摘以宣之，火以泄之，日以涩之，雨以滑之，风以燥之，祛蠹以养之，纱笼纸帐以护之。”这花才养出了幽情韵绪。

种花养花，最终是为了赏花，每个养花人都有第一眼看到花开时的兴奋和激动，其实这兴奋激动中包含的正是人对花的情愫。

《幽梦续影》说：“腱字不能尽梅，淡字不能尽梨，韵字不能尽水仙，艳字不能尽海棠。”这是涉及花性的高论，是很辩证的认识，赏花不可一概而论，要分地域，犹如橘在江南为橘，到了江北就变成了枳。需要天时、地利、人情、心境相融合，诸如“雪后寻梅，霜前访菊，雨季护兰，风外听竹”，才能达到赏花的臻境界。

赏花还需有联想，需要把花放到更广阔的大自然、大社会背景下去欣赏。《幽梦续影》就把杜甫的诗比作春兰，李白的诗比作绿萼梅，王维的诗比作秋菊，温庭筠的诗比作曼陀罗……这就给花增添了诗性，使花的风采更加光彩照人。

陆羽写过一本《茶经》，从茶之源、茶之器，一直写到了茶之图，这三本书中所涉及的“花”，与陆羽的《茶经》相比，似乎有点《花经》的味道。

2021年1月30日

年 愁

据医学专家介绍，近些年新增了一种病，叫“年关焦虑症”，患者以中年人为主，每临春节，他们的心态就莫名其妙地变得焦虑起来。失眠、心慌，整日情绪低落、坐卧不宁，脾气也急躁了许多，有的则情绪抑郁，甚至内分泌紊乱。

不仅仅是中年人，除了还没有成家立业的孩子们，在等待压岁钱和额外的疼爱以外，其他大多数人对春节也都有一种莫名的无奈，春节的幸福感越来越淡漠了。年过四十的女人，在畏惧徐娘的步伐；退休的老人，则在饱尝步步衰老的无奈，更有多少独生子女家庭的老人，在伤感不能与儿孙们的团聚。他们不敢有痛恨春节的表现，这毕竟是祖传下来的，包裹了深厚民族文化元素外衣和规矩的节日，但他们的心里并不欢迎这个节日的到来。

看来举国同庆的春节，并不像春晚那样，到处都充满着欢乐幸福，焦虑忧伤、孤独寂寞，似乎就隐藏在欢乐幸福的背后。

其实不仅仅是今天，就是在古代，忧国忧民、忧家忧情，也是春节大多数人心情的主旋律。春节，怎堪一个“忧”字了得！

欧阳詹，是唐朝中期的国子监四门助教，相当于现在中科院的教授，是当时著名的文学家和诗人。他在《除夜长安客舍》一诗中，写尽了对春节的心境：“十上书仍寝，如流岁又迁。望家思献寿，算甲恨长年。虚牖传寒柝，孤灯照绝编。谁应问穷辙，泣尽更潸然。”尽忠吧，建议书没人理，尽孝吧，客处他乡父母见不到，只能心里想着给父母献献寿，虽然是春节，但只有流泪的份儿。一句“泣尽更潸然”，令人心酸不已。

做过唐德宗监察御史的刘禹锡，除夕的时候，作过一首题为《岁夜咏怀》的诗:“弥年不得意,新岁又如何。念昔同游者,而今有几多。以闲为自在,将寿补蹉跎。春色无情故,幽居亦见过。”一句“新岁又如何”就让人唏嘘不已了,更何况在春节这样喜庆的节日里,却是“春色无情”呢!

同样官至唐朝监察御史的刘长卿,过年的时候作了一首《新年作》,一上来就哭了起来:“乡心新岁切,天畔独潸然。”哭罢之后,才告知人们他在过年时的悲苦:“老至居人下,春归在客先。岭猿同旦暮,江柳共风烟。已似长沙傅,从今又几年。”在人屋檐下不说,还天天与猿猴同处,唉,这年过的,不提更好一点吧。

南宋民族英雄文天祥曾有诗《过零丁洋》,其中的“人生自古谁无死,留取丹心照汗青”,为每个中国人熟知,但很少有人知道他1281年,在元人的监狱里过春节时作的一首诗《除夜》:“乾坤空落落,岁月去堂堂;末路惊风雨,穷边饱雪霜。命随年欲尽,身与世俱忘;无复屠苏梦,挑灯夜未央”,这诗让人欲哭无泪,实实在在是对春节的控诉了。

北宋的陈师道,是当时赫赫有名的政治家、文学家曾巩、曾南丰的学生,后官至三司盐铁副使加户部侍郎衔,相当于今天财政部的副部长,掌管全国的矿冶、茶、盐、商税、河渠和军器等事务。他一生秉持中庸,在王安石和苏轼的政治斗争中,他虽然与王安石政见不同,但也不站在苏轼一边去公开反对王安石。苏轼任颍州太守的时候,想收他为学生,陈师道用诗回答道:“向来一瓣香,敬为曾南丰”,也就是说“我这辈子把敬师的香只烧给曾巩曾南丰一个人了”,以此婉言推辞。所以他的一生比较平顺,不像苏轼,起起落落,一生坎坷。就是这样一位人物,他在《除夜对酒赠少章》一诗中却也写尽了苍凉:“岁晚身何托,灯前客未空。半生忧患里,一梦有无中。发短愁催白,颜衰酒借红。我歌君起舞,潦倒略相同。”不用解释,仅从“忧患、有无、愁、潦倒”这些字眼儿中就能清晰地感受到陈师道对春节的态度了。

至于苏轼，比陈师道坎坷了许多，当然也就不会比陈师道对春节的态度好到哪里去。他 26 岁任陕西凤翔府签书判官的时候，应该说是刚出道，意气风发的时候，在过年的时候“余官于岐下，岁暮思归而不可得”，便给他弟弟苏辙写了三首诗，其中有“明年岂无年，心事恐蹉跎。努力尽今夕，少年犹可夸”的句子，可见满篇的年轻人的奋发向上，但也有“亦欲举乡风，独唱无人和……且为一日欢，慰此穷年悲”的离情别恨。到了宋熙宁年间，苏轼除夕夜在关满了囚犯的都厅值夜班，看着不能回家的自己，想想不能回家的囚徒，他竟然在都厅的墙壁上提了一首诗：“除日当早归，官事乃见留。执笔对之泣，哀此系中囚。小人营糇粮，堕网不知羞。我亦恋薄禄，因循失归休。不须论贤愚，均是为食谋。谁能暂纵遣，闵默愧前修。”我与囚徒都是人，囚徒为了吃饱肚子而堕落为犯人，我则贪图薄薄的俸禄而管理犯人，在过年的时候，我哀怜你们，只能为你们流泪了……这时的苏轼，哪里是在过年，分明是在为民呼号！

宋朝才子吴文英，一生填了很多首关于春节的词，大多是寄情怀旧，郁郁寡欢之作，每一首都饱含淡淡的忧伤。他在《思佳客》一词中写道：“自唱新词送岁华。鬓丝添得老生涯。十年旧梦无寻处，几度新春不在家。衣懒换，酒难赊。可怜此夕看梅花。隔年昨夜青灯在，无限妆楼尽醉哗。”如此之年，实在是不过的好。

才女李清照对春节的愁恨就更不用说了，特别是她晚年所填制的《永遇乐》一词，令人回肠荡气，悲不堪言：“落日熔金，暮云合璧，人在何处。染柳烟浓，吹梅笛怨，春意知几许。元宵佳节，融和天气，次第岂无风雨。来相召、香车宝马，谢他酒朋诗侣。

中州盛日，闺门多暇，记得偏重三五。铺翠冠儿，捻金雪柳，簇带争济楚。如今憔悴，风鬟霜鬓，怕见夜间出去。不如向、帘儿底下，听人笑语。”

落日的余晖像熔化了的金子，傍晚的云彩像围合着的明月，如今人在什么地方呢？柳色如烟，笛子吹着《梅花落》的怨曲哀声，还有多少春意？元宵佳节，天气虽好，转眼就会有风雨了。什么宴会、应酬，都是虚妄的。想起在汴京繁盛的那段日子，年轻的妇人们经常一起游戏，特别是正月十五那天，都打扮得漂漂亮亮的。看看现在，形象容貌十分憔悴，青丝斑白，连夜间都怕出去见人了，只好偷偷地守在自家的帘子底下，听听外面的欢声笑语罢了。

看到这里，体味她过年的心境，千年之后的老爷们儿都快掉泪了。

当然也有像戴复古的《除夜》：“扫除茅舍涤尘嚣，一炷清香拜九霄。万物迎春送残腊，一年结局在今宵。生盆火烈轰鸣竹，守岁筵开听颂椒。野客预知农事好，三冬瑞雪未全消。”王安石的《元日》“爆竹声中一岁除，春风送暖入屠苏。千门万户曈曈日，总把新桃换旧符”，这也绝非歌颂，而只是一种寄托罢了。

2021年2月5日

除夕餐桌上的猪头肉

过年吃猪头，是北方人的习俗，特别是我的老家张家口一带，这大概与春节的祭祀有关吧。

春节祭祀包含着敬天地诸神和敬祖先的双重含义，旧的一年结束了，新的一年开始了，每个家庭都要向天地和祖先汇报一下家庭状况，并祈求天地祖先赐福于全家。汇报的时候不能干汇报，需要有实实在在的一桌宴席，把祖先请回来，好酒好菜的招待上，活着的儿孙们便跪在死去的祖先们的牌位面前，一边伺候着酒肉，一边磕着头作着揖，诉说着衷肠，这便是家庭的祭祀了。至于这桌宴席的档次，则以“三牲”为最，《孝经》说：“虽日用三牲之养，犹不为孝也。”就是说“虽然每天都用三牲来供养父母也不为过”，北宋学者邢昺解释说：“三牲，牛、羊、豕也”，这里的豕就是猪。但对一个家庭来说，整牛、整羊、整猪地用来祭祀，不仅祭祀场地、劳力等条件不容许，祭祀费用也承担不起，所以就用牛、羊、猪的头来代替了。三牲中尤以猪头容易购买和取得，渐渐的，人们便仅以猪头来代表三牲，再之后便用一小盘猪头肉代表了。

之于我来说，过年吃猪头则是一种刻骨的印象，是一种父爱如山的刻骨印象。

北方人把年底将近春节的一段时间就叫作“年关”，到了年关，欠租、负债的人必须清偿债务，过年就像过关一样艰难，这也就是“年关”的来由。我的父亲曾经讲过一个他亲身经历过的故事，大意是说，民国年间，我的一位本家的爷爷，在除夕的那天买了一颗猪头回家，这是他藏掖了一年攒下的一点私房钱，目的就是要在除夕夜用这颗猪头尽力向先人表一回孝心，诚惶诚恐地祭拜祭拜祖先，然后再让全家人吃一顿肉。果然，爷爷把猪头拿回家里后，全家人异常兴奋，这是他们做梦都想不到的最好、最珍贵的除夕礼物。就在奶奶把猪头煮的快出锅的时候，家里忽然来了两位讨债的，爷爷向他们解释，家里实在没有钱还债，过了年后，天气好转，出去打短工挣上钱后一定还上。未承想，讨债的说："没有钱还债，怎么有钱买猪头吃？"不容分说，尽然把猪头捞出来带走抵了债。

父亲每次讲到这里都会唏嘘不已，并且会对那个时代发出诅咒："唉！那是多么没天理的时代！"

20 世纪 70 年代，虽然不再有年关逼债的事情，但人们的生活依旧不富裕。平时很少能吃到肉，春节是一年中少有的可以吃到肉的节日之一。除了生产队要分一些羊肉外，父母总要买一点猪肉，但更多的情况下是买一颗猪头，这时买猪头已经没有祭祀的意义，主要是因为猪头相对于猪肉来说，更便宜实惠一点。

那时不像现在，卖家把猪头收拾得干干净净之后才出卖，当时出卖的猪头都是带毛的，都要自己收拾。这收拾猪头就与打扫家、贴春联、炸麻花、压粉条和磨豆腐一起，成了农家春节的重要生活内容。至今清楚地记得父亲收拾猪头的情景：先用开水烫，再用一块叫作"杀石"的，专门用来煺猪毛的黑色火山石把猪毛去掉，登时，一个黑乎乎的猪头就变得白渗渗起来。然后再把炉钩子烧红，一点点把残余的猪毛烫掉，顿时，整个院子里就飘出了煮肉焦煳的香味，这香味顺着风会飘遍半个村子，引得邻居们窃窃议论："嘿！这又是谁家燎猪头了……"

父亲有一手釜肉的绝活，当年三乡五里不少人家的红白事都是请父亲去做大师傅，每次都会得到主家的赞扬。每年家里炖猪头的任务自然也就落到了父亲的身上。父亲炖猪头非常认真，连烧柴都有讲究，什么时间烧劈柴，什么时间烧牛粪，什么时间改用煤火煨，都有他自己的定例，不过有时候也有抱怨："要是有点茴香籽就更好了。"那时坝上的人们不仅没见到过茴香籽，听说过的都很少，我是其中很少听说过茴香籽是一种调料的孩子。

20世纪80年代，我把父母接到了身边，住进了楼房，开始了城里人的生活，每年过春节我都会买一颗猪头，这成了我心中的一种传承。在父母的眼前收拾这颗猪头，是一件很开心快乐的事情，猪毛怎么烧燎干净，上下牙骨如何分开，煮的时候又需要放哪些佐料，我都学着父亲的办法，旁边的父亲也会不断地纠正这方案的错误。以前我自认为和父亲学得差不多了，但在实际动手时，原来还是有很大差异的。我常常想，炖一颗猪头的手艺传承都这么难，更何况家风、家德的传承呢！

有一次父亲对我说："以后不要再买猪头了，锅太小，炖不下，炖下了也炖不出老家大铁锅的味道来。"我能体味到，父亲惦记家里的大铁锅了，那口锅已经很长时间没有烟火了。我也很惆怅，在家的时候煮猪头缺少茴香籽，现在调料不缺了，却缺少了父亲用了一辈子的那口大铁锅。

现在父母都已离开了我们，我还是在春节的时候有买猪头的习惯，在收拾的时候，父亲依旧就在身边一样，仍然能够听到他的声音："放花椒、大料、桂皮、肉蔻、香叶、茴香籽、葱姜蒜，把调料包在纱布里，千万别忘了放点料酒……"

2012年2月7日

诗韵偶想

关于诗的分类，实在是不知如何说了，因为说的人太多，观点也太多，给出的类别就更多了。据不完全的统计，涉及诗的分类的论文，网上可以查到的就有1万余篇，可见仁者见仁，智者见智，但也说明这诗的分类的复杂和意见的高度不和。

但不论怎么分，“押韵的诗”和“不押韵的诗”是尽在其中的。

浙江省林方亮针对现代诗无韵化的状况，于2009年提出了一个“韵诗”的概念，他把“既强调格律和押韵，又允许自由发挥的新诗体”称作“韵诗”，其规则概括为“句内格律，句子押韵，诗句对称，诗长不限”。不论如何概括，实质上还是针对韵来的，主张现代诗歌要有韵，真是很有见地和责任的。

我想，韵诗是一种在尊重现代诗歌提倡的形式自由、格律不论、意象朦胧的前提下，保留了中国古体诗和近体诗的基本元素，或者说是形式要件，那就是诗要有规律性的押韵，这样就使中国的（我这里特别强调是中国的）现代诗歌在追求自由、豪放、通俗和大众化的同时，又继承古诗歌韵律千古流芳的诗魂诗脉，更加强调追求诗的音韵美，为诗歌的创新和发展注入了传统的艺术活力，最大限度地避免了其倒向现代诗歌自由散漫和无章法可循的口语化写作，避免了中国诗歌本来应有但却被抛弃了的，刻意与外国翻译诗歌一致的尴尬，让诗歌创作有章可依，有律可循，从而使现代诗歌的创作更加规范地发展和成长，并以更加良性、更加持久的姿态坚忍不拔地在文学道路上永久生存下去。

我总有一种感觉，读韵诗，那是一种享受，是一种既调动感性思维细胞，又调动理性思维细胞的享受。即便是掩卷之后，字词已经消退了，但韵还在神经和血脉间震荡，这可能就是诗魂诗魄吧。如果诗没了韵，就和读哲学专著或散文通讯之类的没什么区别了。

臧克家老先生著名的《有的人》是一首脍炙人口的饱含人性的诗。

这是一首28行的诗，每四行一段，押两韵，每段一变韵，前四行为“波”韵，5—8行为“麻”韵，9—12行为“豪”韵，13—16行回归“波”韵，17—20行回归“麻”韵，后8行两段回到“豪”韵。整首诗立意严肃，诗韵规整，每读一次，都能有一次新的思考，其韵律都会在脑子里铮铮作响，敲击着你的灵魂。这大概就是诗韵的作用吧。

这种变韵诗古已有之，典型的是唐朝张若虚的古体诗《春江花月夜》，这是一首被称作“孤篇盖全唐”的伟大之作，虽然没有近体诗对格律的那些严格讲究，但就押韵来看，堪称古体诗的模范。

同样也是四行两韵且四行一变韵。读这种韵律十足的诗，能够使人坠入音乐的殿堂，让人充分感受到中国诗的魅力。从中我们不难品味到诗的灵动和悠扬，并从这灵动和悠扬中倾听到作者跳动的情感脉搏。

我并不否认无韵诗，既然有存在，当然就有存在的土壤和价值，其最大的价值就在于“诗的大众化”，把诗又拉回到了“断竹，续竹；飞土，逐肉”；“土反其宅，水归其壑，昆虫毋作，草木归其泽！”的《弹歌》《蜡辞》时代。当年陈独秀、胡适、鲁迅等发起白话文运动，并开始提倡白话诗的时候，可以肯定，他们谁也没有想到，中国的诗歌会发展到今天这样大众和通俗。

但我个人总认为，中国的诗就是中国的，中国的诗就该有基本的韵脚，我是说“基本的”，而且是“韵脚”，没有也不赞成去追求严格的格律。胡适提倡白话诗，1917年2月，他在《新青年》发表了8首白话诗，无一首没有韵脚。

特别是《老鸦》，句句押韵且一韵到底。格律诗都没有句句押韵的要求，胡适的白话诗却句句押韵，可见韵在这些白话文鼻祖心中的地位。至于陈独秀，在唐宝林近100万字的《陈独秀全传》中，引用了他的30余篇诗，全是古体诗或近体诗，没有一首白话诗。

其实，外国的诗也是有韵脚的，很多外国诗人也是极讲究诗韵的。只不过由于翻译的技术水平埋没了那本应有的韵律，而看到了这种被埋没了韵律的中国人，特别是那些大多数不懂外语的中国人，就以为诗本就应该无韵的，而并未把这当作偏颇。我国著名苏联文学专家戈宝权先生是这样翻译普希金的《歌者》的：

你可曾听见在小树林后面那夜间的歌声，
一个歌者在歌唱自己的爱情和悲哀不幸？
黎明时田野里寂静无声，
芦笛又响起了凄切而朴素的哀音，
你可曾听见？
你可曾在荒凉的树林的黑暗中遇见那个人，
一个歌者在歌唱自己的爱情和悲哀不幸？
你可曾注意到他的泪痕、微笑，
还有那充满了忧愁的平静的视线？
你可曾遇见？
你可曾叹息，当你听到那轻轻的歌声，
一个歌者在歌唱自己的爱情和悲哀不幸？
当你在树林里见到那个年轻人，
看见他那双暗然无光的眼睛，
你可曾叹息？

我们不难看到戈先生在翻译外国诗时，是如何娴熟地使用“庚、青”韵的。其实这就是一种讲究，就是一种学问。

张智中先生在《英诗韵式与汉诗英译》一文中指出：“尾韵、诗行内韵、头韵、谐韵，是英语诗歌押韵的最为常见的韵式。尾韵亦为汉诗中最为常见，但却罕见或不见诗行内韵、头韵、谐韵。”可见，英国人对韵的讲究不次于中国人，他们不仅讲究尾韵，还讲究诗行内韵、头韵和谐韵，这几乎赶得上中国的唐宋格律诗词了，但这一点中国人宣传的很少。

郑恩波先生在《译诗感悟——从翻译阿果里诗选〈母亲阿尔巴尼亚〉谈起》一文中指出：

“在各种形式的文学作品中，诗最难译。我觉得译诗的人理应也是诗人，若不是，至少也应当懂得写诗作歌的要领和章法，正如高莽先生在为《母亲阿尔巴尼亚》所写的序言中说：‘文学翻译不易，诗歌翻译尤其难。它要求译者要具备较高的汉语与被译语种的语言文学修养，最好自己是个诗人。如果不是诗人，但起码也要懂得写诗作歌的常识，其中诗歌的音乐感尤为重要。诗歌，诗歌，凡是诗皆能歌。我国的古典诗词是这样，各种地方戏的唱词更是如此，无韵无律的唱词是难以吟咏的，难以引起听者共鸣的。’我国古典诗词，无论是纪元前的诗经、南北朝乐府，还是诗艺鼎盛的唐诗、宋词，都能够吟咏歌唱，至于后来千姿百态、争妍媲美的元杂剧和各种戏曲的唱词，更是无一不能吟唱。要能吟唱，就必须合辙押韵，否则是唱不出口的。诗词、戏曲吟唱的特质，决定了它们具有一种朗朗上口、悦耳动听的音乐性……阿尔巴尼亚古典诗歌和绝大多数现代诗歌，也很讲究押韵，读起来铿锵悦耳、起伏流畅，犹如唱歌一样。出色地继承并发扬阿尔巴尼亚诗歌优秀传统的阿果里诗作，无一首不押韵，于是我便根据他每首诗的内容选择不同的‘宽韵’和‘窄韵’进行翻译，短诗每首一韵到底，长诗每一节或几节一韵，诗人的成名作，也是代表作之一长诗《德沃利，德沃利》充满圣洁、奔放的恋土爱国的情感，因此，我选用了‘人辰’宽韵，而且一韵到底，使全诗从头到尾音调高亢、情绪激昂，具有雄壮豪迈的气势。其他几首长诗，我也都是运用了‘江阳’‘中东’‘发花’等宽韵，与这些诗健康向上、积极奋进的基调相吻合。‘灰堆’‘一七’‘姑苏’等闭口窄韵有利于表现深沉悲愤的感情，在本诗集中我也力争稳妥、得体地加以运用。”

看来，英国、俄国、阿尔巴尼亚的母体诗都是要求押韵的，我们看到的大部分无韵的外国诗，大部分都是因为翻译不当造成的，并不是外国诗没有韵。

诗之所以是诗，而不是散文、不是小说、不是政论，也不是散文诗，仅仅靠可否分行来区别是不科学的，重要的形式界限之一，就在于是否有基本的韵脚，有了基本的韵脚才能成为诗。

我不知道下面这一段能否叫作诗?

我梦见自己在冰山间奔驰。

这是高大的冰山，

上接冰天，

天上冻云弥漫，

片片如鱼鳞模样。

山麓有冰树林，

枝叶都如松杉。

一切冰冷，

一切青白。

但我忽然坠在冰谷中。

上下四旁无不冰冷、青白。

而一切青白冰上，

却有红影无数，

纠结如珊瑚网。

我俯瞰脚下，

有火焰在。

肯定有赞成者，但也不乏反对者。但鲁迅先生说，这不叫诗，充其量就是个散文诗，或者就是散文。因为这就是鲁迅先生的散文《死火》中的第一段，只不过我给他分了一下行。

《我爱你的寂寞如同你爱我的孤独》这首“诗”是很被当今的一些诗人推崇过的，全文是：

一个是我侄子，

七岁半；

一个是我外甥，

五岁，

现在他们两个出去玩了。

不少诗评人为这首诗点赞，其中的一段评语：“先来看诗的内容，本诗表面上写了两个孩子。其实写的是三个人，两个孩子以及作者自己。两个孩子是正面描写，作者自己隐在幕后。正文写道：两个孩子，结伴出去玩了。然后呢，然后没了。不，然后诗才开始。两个孩子出去玩了，剩下了孤单的作者，在旁边看着。所以诗的标题才会是：我爱你的寂寞如同你爱我的孤独。因为，孩子的世界和大人的世界，是完全不同的两个世界，相互之间无法进入。孩子寂寞或者不寂寞，大人孤独或者不孤独，都是对方无法真正理解的。但是，依然会有爱，作为孩子和大人之间的纽带。”

无论这首诗的蕴意和哲理被分析研究的有多深邃、高雅，缺少了韵，就显得干巴巴的，就缺少了生气，就会被诟病。

试看我回答我朋友关于家庭情况的问答：“女的是我妻子，四十岁了；小孩是我儿子，十二岁了，现在她俩去买菜去了……”这是不是也能算“你的寂寞”和“我的孤独”？

一个好奶奶，

世间哪里有？

左边一只鸡，

右边一瓶酒。

只怕苍蝇来，

插上一枝柳。

这是明朝吴兰描写《观音大士像》的几句大白话，被冠以“打油诗”的头衔后，至今450多年了，依然广为流传。后人也有一段评价：“用通俗的语言、生动的形象、诙谐的情调，将‘观音大士’刻画得栩栩如生，全诗没有一句是板起脸孔来教育人，但却句句‘中的’。”

如果我们把这首诗的韵去掉，改成：

一个好奶奶，

世间哪里找？

左边一枝花，

右边一盘果。

只怕苍蝇叮，

插上一枝柳。

供佛是不用酒肉的，按常规应以花和果为供，吴兰既供着鸡又供着酒，是有悖佛礼的，所以我们将其改为花和果，这样既在内容上回归了生活，又去掉了韵。但这样修改后，明显地缺少了诗的意境和效果，不知老百姓还会不会将这东西叫作诗，虽然以“打油”为定语，还会不会口口相传？我想答案应该不难得出的。

而吴兰为什么用了鸡和酒两个字？作为一个进士，朝廷礼部的主事，一个专门研究礼、主管礼的官，是不应该不明白礼佛常识的。我想他一是追求打油诗的调侃效果，第二主要的还是在追求诗韵，一旦有了韵，连菩萨都会承认他的诙谐，原谅他的唐突，并保佑他的诗和他一起流芳了450多年，并将继续流芳下去。

《我爱你的寂寞如同你爱我的孤独》也能流芳几百年？

韵，当然是诗的形式了，读诗赏诗只有形式是不够的，还要看内容。袁枚在《随园诗话》中强调了诗人必须具备的三方面要素：真情、个性、诗才。其中的真情乃诗人创作的首要条件：“诗人者，不失其赤子之心也”，“赤子之心”即性灵、真情。他还说：“自《三百篇》至今日，凡诗之传者，都是性灵，不关堆垛”，“圣人称：‘诗可以兴’，以其最易感人也”。这说明，诗的内容方面，重在性灵，也就是情感。

无韵诗能够在当今横行天下，大有吞并韵诗的气概，除了不要韵之后，更多的人可以在不付出太大的辛苦的前提下，就可以涉足诗界，租赁一顶诗人的帽子戴，从而迅猛扩大了诗人的阵营这一原因外，另一个重要原因还在于付出了极大辛苦的那些少数诗人所生产的无韵诗的艺术境界，也就是其中的“性灵”和“真情”这样一种艺术核心，是这种核心给了读者接受无韵诗的勇气和宽宏。

但无韵的“性灵”又何以与有韵的“性灵”比肩呢！

2017 年 9 月

三星正南的时候

我的家乡以坝上高原的形式，藏在河北省的最北端，像河北省的一截儿卯榫一样，嵌在了内蒙古的腹部，于是，北、东、西三面就都被内蒙古包围了起来。横亘的阴山山脉横穿这块土地，又似一把插销一样，把内蒙古和河北紧紧贯穿在了一起，使得这个卯榫再也不怕脱榫。坐落在我们村东的那座蒙汉文化合璧的脑包山，就成了我们村著名而伟大的地理标志，从小，我就是以这座小山为指引，来辨别我所住村庄的方位，我知道，只要看到脑包山，我就不怕迷失方向，就会顺利回到母亲的怀抱，而这迷失当然包括幼稚心智的迷失。

我小的时候，全村一百多户，五百多人，都没有表，也就无法准确掌握时间。不过那时家家户户都装有有线广播，俗称为“小广播”，比现在的宽带毫不逊色，每天晚上都会在七点定时传送中央人民广播电台的“新闻和报纸摘要”节目，七点的报时，就成了村民们唯一一次把握准确时间的机会，除此之外，把握时间就全靠天象了。

一进到腊月，人们就开始以三星为计时标准。天黑定的时候，三星便会从脑包山顶上露出头来，走到正南的时候，就到了午夜。之后，三星便会一天早于一天地升起，到了春节的时候，晚上八点左右，三星就已经到了正南，闪动着明澈的眼睛，俯瞰着大地上民众们欢度春节的欢乐光景，特别是鞭炮爆竹的清脆和绚丽，往往让三星眉开眼笑，所以也就有了“三星高照，大年来到”的民谚。

当时坝上学校的假期是根据坝上的农时安排的，分为秋假和冬假，把假期放在已开始落霜的秋天，而非最热的夏天，是因为秋收的重要，一年唯一的收获季节，对坝上人至关重要，人们所有的生活都要围绕秋收展开来，学校的假期自然不例外，当然，坝上的夏天本来也不热，正是不冷不热上课的好时节，不放暑假，实在是很有见地的决策。为什么要放寒假，我自己的想法，不纯粹是为了春节，也有“避冬”的缘由吧，坝上的冬天实在太冷，师生们都需要回家避避冬，这和南方人夏天需要避暑是一个道理。

寒假是孩子们最自由开心的假期，不仅没有任何农活可干，借着春节的光，还可以敞开了心思，痛痛快快玩儿个够。虽然可以痛痛快快地玩儿，但父母也会给出一个晚上回家的时间底线，比如春节前后的这几天，出门之前，父亲就会告诉我：“三星偏南就回来，不能太迟了啊！”这大概就是晚上的11点左右吧。所以，我每次出去玩罢回家的时候，都要瞅瞅三星的位置，一旦还没有到达父亲要求的位置时，就会和玩伴提出“天还早，再玩儿一会儿”的要求，而这种要求几乎每次都会得到同伴的响应。

天文学上，这三颗星星属于猎户座的主星，叫作参宿三星。因为这三颗星仅在春节所在的冬季最为明亮，也就与中国人的春节文化生活最为同步了，黄昏升起，黎明落下，从而建立起了星辰与人的不浅的缘分，也由此被百姓赋予了崇高的精神内涵，分封他们以“福、禄、寿”三神的至高爵位，并且得到了人们长久而虔诚的祭祀。这份饱享人间烟火的待遇，是天上所有星星所不能比拟的，三星与民同步的情怀，远远超过了号称“紫薇帝君”的不离星宫半步的北极星的胸襟。

用三星作为计时的标准，不是坝上人的发明。早在西周的时候，人们就开始以三星计时了，《诗经》里有一首《绸缪》，反映一对年轻夫妇新婚之夜的生活，原文一共三段：

绸缪束薪，三星在天，今夕何夕，见此良人，子兮子兮，如此良人何；

绸缪束刍，三星在隅，今夕何夕，见此邂逅，子兮子兮，如此邂逅何；

绸缪束楚，三星在户，今夕何夕，见此粲者，子兮子兮，如此粲者何。

其中的“三星在天”指的是天刚黑，三星刚刚升起，两人急不可耐地入了洞房；“三星在隅”中的“隅”是东南，指的是三星升到了东南，夜已经很深了，夫妻俩依然在“邂逅”着；“三星在户”指的是三星从窗户里就可以看到了，三星到了正南，已是午夜时分，夫妻俩还没有睡。根据三星的位置来推断，这对夫妇的婚礼大概在现在农历的十一月底前后，从天刚黑一直进行到了半夜子时时分。

而这一段时间，也正是寒假里我和我的玩伴们玩得热火朝天的时候。

2021 年 2 月 15 日

民间艺人“车瞎子”

二胡和盲人有着不解之缘。每提起二胡，人们就会想起盲人华彦钧——阿炳，一曲《二泉映月》，催落了多少人的眼泪，如果把这些眼泪回收起来倾入太湖，恐怕太湖都会决堤，把阿炳的故乡无锡淹没。人们也会想起中国另一个盲人二胡泰斗，浙江绍兴的孙文明，他虽然只活了34岁，但留下了《弹六》《流波曲》《四方曲》《人静安心》等一大批二胡曲目，是中国二胡界和阿炳齐名的里程碑式的人物，中国十大二胡名曲，这两位盲人就占了四席。现在有多少二胡演奏家，虽然已经成“家”，但很难超越这两位盲人，究其原因，我想是因为用眼看世界和用心看世界永远不在一个层面。

我小的时候，在故乡也接触过一位失明的二胡民间艺人，不知他叫什么名字，上了年纪的老人叫他老车，一般人们都叫他车瞎子，活跃在坝上高原一带。他和孙文明一样，很小就双目失明了，但不知和谁学了一手拉胡胡、吹笛子，当地人叫哨枚的绝活儿。有人说他的师傅是大庙里的喇嘛，但我亲眼见到过他对这种说法的否定，他自己的说法是：“我没有师傅。”他无家无业，四季衣衫褴褛，一把二胡，一把四胡和两支笛子装在一条白布袋子里，一根麻绳捆绑起来，斜背在肩膀上，这就是他的全部家当。这家当在他心中，比他的命值钱得多，每当演出间隙休息的时候，他都会像母亲哺乳一样，把这个袋子搂在胸前，人们可以摸他的头，甚至扭他的屁股，他都会付之一笑，说一声：“嘿嘿，别跟看不见的耍笑。”但如果有人要摸摸这个乐器袋子，他会毫不留情地翻脸，愤怒时能够看到他那没有了黑眼球眼中红色的泪水。

他的二胡拉得有多好，没有人给过评价，我们村有一位在县剧团当过二胡主位琴师的康老师，是全县一流的音乐人才，后来因编制问题回到村里当了民办老师，主教音乐。康老师一直叫老车“车师傅”，每遇到老车来村里，他都会把车师傅请到家里吃顿莜面，有时还会和车师傅喝上二两。他曾经有过一个愿望：“我的二胡什么时候拉到了车师傅的水平，这辈子就不白活了。”

记忆最深刻的是老车的演出，一旦他来到村里，村里就犹如来了放电影的一样，全村人都会围绕着他的演出动起来，打扫场地的，准备柴油火把的，还有挨家挨户起米起面作为演出酬劳的。夜幕降下，两个火把燃烧起来，随着吱呀吱呀调弦声的结束，二胡崩天裂石般的声音便骤然响起，与老车清脆嘹亮的二人台歌声一起，顿时就会在全村飘荡。他走了之后的几天，田头街巷还总是能听到人们哼哼老车刚唱罢的曲子：“叫一声同志们来注意听，我来给大家唱上几声，同志们要问我来唱个甚，唱一唱娶进门的女人不孝敬……”

老车手中的二胡拉出的不仅有曲子，还有各种声音，牛羊叫，百灵叫，母鸡炸窝，公鸡打鸣，包括刮风下雨，一点不比现在中央电视台里的口技演员逊色，特别是他能够拉出人物对话，在演出《走西口》时，他就是用二胡作为道白，来辅助他的唱腔，常常引出“再来一遍！我多出二斤莜面”的轰鸣般的喝彩。

后来他被内蒙古化德县二人台剧团聘请为琴师，但没过多长时间就解聘了，据说是没人愿意为这个盲人解除演出时大、小便的后顾之忧。

我离开家乡后，就再没有看到过老车的演出。有一年回家，偶尔谈起了他，家人说他已经死了，死在一条山沟里，是风雪天冻死的。死的时候，怀中还抱着装着二胡、四胡和笛子的白口袋……

2021 年 2 月 19 日

张家口，二胡的故乡

前几天写了一篇题目为《民间艺人车瞎子》的短文，回忆小时候所熟悉的民间二胡艺人，盲人车师傅。这篇短文不是基于一时的灵感，而是因为脑子里一直保留着车师傅的窘迫、寒酸和穷困潦倒的艺人形象，这种保留足足的有50年。当时的不少人是待他当作要饭的而不是民间艺人看待的，因为大多数人脑子里就从来没有过艺术的概念，只知道车师傅的演唱好听、好看，是不知道为什么好的。因此也就不能体会艺术的存在。车师傅的死，是让人唏嘘不已的，但为了给读者留下美好的艺术形象，更不愿去惊动逝者，便没有再具体开掘，其实车师傅死的很不体面。他还收过一个浑蛋小徒弟，因为浑蛋，所以也只字未提。

不少朋友看完后给我发来了留言："高手在民间！""可惜了，如果放在今天，一定会成为网红。"还有一位老乡说："咱张家口还有这样的二胡奇人呀，张家口和二胡有缘呀！"

确实，张家口和二胡有着很深的渊源。在故乡张家口，二胡也被叫作"胡弦儿""胡胡""二股子"，是一种广被民间喜爱的乐器。到了张家口，随便找一个村庄，就能找到几个二胡爱好者，有的是有过学校学习培训经历或经过一定专业训练的，更多的爱好者则不但不懂乐理，连基本的简谱都不识，本事在于只要听过的，信手就拉起来，是不会有跑音走调一说的，这一点连专业人士也会刮目相看。

故乡人对二胡的青睐还在于制作土二胡上。20世纪的六七十年代，人们虽然喜欢二胡，但很少有人舍得买一把，不少人玩儿自己制作的土二胡：用一节胳膊粗的竹节，或者用一个铁质罐头盒，蒙上一块羊皮，装上立柱和手柄，到生产队的马圈里拽一绺马尾拴在竹条上，找两根弦，上一点松香，一把二胡就做成了。拉起"二人台"里的《挂红灯》

《走西口》，一样有滋有味。这种带有普遍性的草根乐器，在其他地区恐怕是很少见到的。

一方水土养一方人，一方水土也养一方音乐，这一方音乐反过来就会滋润这一方人的文化心灵。就像京剧离不开京胡一样，张家口的地方剧种二人台也从来不离开二胡。故乡的文化土壤中能够滋生出二胡以及大量的二胡艺人，不仅仅是因为这种乐器有着在当地普遍流行的历史，更重要的是这里的人们骨子里就留存着对二胡音乐图腾般的崇拜和敬畏。因为二胡就诞生在这块土地上。这是我这次为了写好《民间艺人车瞎子》这篇短文在查阅资料时意外得到的收获。

在中国，文艺作品凡是和“胡”字沾边的，一般情况下就会关联到北方少数民族。唐诗宋词中的“但使龙城飞将在，不教胡马度阴山”，“胡雁哀鸣夜夜飞，胡儿眼泪双双落”“壮志饥餐胡虏肉，笑谈渴饮匈奴血”自不待说，音乐和“胡”字的关系概率就更大了。汉朝时，蔡文姬就创作过《胡笳十八拍》，汉词配着胡乐，凄楚难耐，“胡笳”就是匈奴胡人的乐器。

到了唐宋，胡人的称谓更加普遍，“胡乐”的概念也逐渐被官方和上层认同，《资治通鉴》中就已经当作官方专业术语使用了，宋朝末年胡三省给《资治通鉴》中的“胡乐”作的注释：“胡乐者，龟兹、疏勒、高昌、天竺诸部乐也”，再后来就把北方所有少数民族的音乐都归入了胡乐的范畴。

二胡带了“胡”字，自然也和少数民族有关，不过这个少数民族不像匈奴、契丹那样有名，这个民族叫“奚族”。

宋朝的陈旸，中国音乐理论的开山鼻祖，在其所著的《乐书·卷一二八》中记载：“胡琴本胡乐也，出于弦鼗而形亦类焉，奚部所好之乐也。盖其制两弦间以竹片轧之。至今民间用焉，非用夏变夷之意也。”“鼗”读音为“桃”，就是今天小孩玩的拨浪鼓，“弦鼗”，指的是今天三弦一类的乐器。由此可见，胡琴源于胡乐，是由中原的三弦变化发展来的，样子和三弦类似，是奚族人喜欢的乐器。

所以胡琴又叫“奚琴”“奚胡”，就是今天二胡的前身。北京的中国乐器博物馆里保存着一件63厘米长的奚琴，外行看去，就是今天的二胡。

奚族在南北朝时称库真奚，一度曾经是和契丹齐名的民族，在唐朝中期的时候，和契丹并列为“两番”。《新唐书·列传一百四十四》载：太和四年后，“契丹方强，奚不敢亢，而举部役属。虏政苛，奚怨之，其酋去诸引别部内附，保妫州北山，遂为东、西奚。”也就是说唐朝后期，奚族内部发生了分化，部分奚人在酋长去诸的率领下向西迁徙再次归附唐朝，来到太行山北麓，桑干河下游的妫水河畔，在当时的妫州（今张家口市怀来县）北山定居下来，史称“西奚”。留在原住地承德市北部、内蒙古赤峰市宁城县一带的奚人被称为“东奚”，至此，奚人有了“东奚”和“西奚”之分。虽有东西之分，但离得并不远，东、西奚的生活范围大约在今天张家口、承德以及赤峰东南部一带。

据陈旸所考，胡琴就是西奚人创造发明的一种乐器。也就是说，二胡发源于张家口市的怀来县一带。当然，一件乐器的产生，一定会有一个历史过程。与陈旸同时代的欧阳修，有一首《试院闻奚琴作》的诗，其中两句：“奚琴本出胡人乐，奚奴弹之双泪落”，可见奚琴是弹奏的。这也说明了奚琴从弹弦到弹拉弦再到拉弦的变化。有变化就需要有时间，因为任何变化都有一个从量变到质变的过程。根据西奚人的迁居历史看，在西奚人西迁之前奚琴就应该存在了，西奚人迁居怀来一带之后，逐渐定型，并最终成了二胡。后来从奚琴演化发展来的民族乐器基本都带了“胡”字，诸如四胡、板胡、京胡、高胡、革胡、坠胡、椰胡等，当然也包括今天蒙古族的马头琴、马尾琴。

一片为二胡发展定型提供了广阔天地和民俗风情的土地，一定会保留二胡的音乐基因。我也为有二胡这样一个“老乡”感到骄傲呢！

2021年2月19日

“老糊涂”杂感

故乡坝上的五月还是春寒料峭的时候，华北油田的五月已是繁花似锦，万物争荣了。1980年的5月，是我来华北油田所度过的第一个5月，这个5月很是让我兴奋，老家的耕牛还在雪地里彷徨，这里已经有了老家仲夏般的温度，穿着夹袄夹裤，一到中午就汗流浃背了。我慨叹，活了20岁了，终于知道什么才叫春天，看来离开那个“没有春和夏，只有秋和冬”的穷乡僻壤实在是一次明智之举。

更让我兴奋的是这一年的5月，《中国青年》杂志社发起的“潘晓大讨论”。潘晓提出的“主观为自己，客观为别人”的伦理命题以及“人生的路呵，怎么越走越窄……”的感叹，让成千上万的青年人激奋，“人为什么要活着”，成了整个一代人的提问。

当年23岁的潘晓，能够引发一场如此的大讨论，是需要超于常人的才气、勇气以及运气的。开头她就讲：“我今年23岁，应该说才刚刚走向生活，可人生的一切奥秘和吸引力对我已不复存在，我似乎已走到了它的尽头。”最后讲：“人生的路呵，怎么越走越窄，可我一个人已经很累了呀，仿佛只要松出一口气，就意味着彻底灭亡。真的，我偷偷地去看过天主教堂的礼拜，我曾冒出过削发为尼的念头，甚至，我想到过死……心里真是乱极了，矛盾极了……”

潘晓“人生的路呵，怎么越走越窄”，犹如有人在老家生产队的麦垛上放了一把火一样，火着起来了，一村子的人却束手无策，震怒、惊叹、刺激、沮丧、兴奋、心疼……不同的情感胶着在一起，眼看着一年的劳作化为灰烬，然后，人们把这草木灰重新当作最好的肥料，再次拉到农田，等待下一个丰收的到来，并祈祷下一年不再有人放火，否则，大家发誓，要把他碎尸万段。

热血方刚的我，自然也不知道这样问题讨论的真正意义和目的。不懂往往是最高认识的起端，也是可以胡说的资本，于是我也跃跃欲试，写了一篇讨论稿，寄到了《华北石油报》。

没几天，我竟然接到了报社寄来的一份报纸，我写的那篇不足千字的小文，被删节的只剩下了四五百字，连同我的名字一起，赫然印在报纸上，并且还用红毛笔圈了起来，提醒我“这是你的文章”。随报纸还有一封姓安的老师的回信，比我的稿子还长，除了鼓励我多为报社投稿外，更多的是肯定了这篇小文的内容和主题思想，那就是作为青年要为建设祖国、建设油田不怕牺牲，而努力奋斗！

那篇文章的题目已经忘记了，观点也甚为模糊，只记得其中引用了两段话，一段出自《钢铁是怎样炼成的》保尔·柯察金口中：“人最宝贵的是生命。生命对于我们只有一次。人的一生应当这样度过：当回忆往事的时候，他不会因为虚度年华而悔恨，也不会因为碌碌无为而羞愧；在临死的时候，他能够说：‘我的整个生命和全部精力，都已经献给了世界上最壮丽的事业——为人类的解放而斗争。’”这段话的后面还有一句：“人应当赶紧地、充分地生活，因为意外的疾病或悲惨的事故随时都可以突然结束他的生命。”当时是被编辑删掉了。

另一段出自鲁迅的《故乡》：“其实地上本没有路，走的人多了，也便成了路。”这一段的前面也还有一句：“我在朦胧中，眼前展开一片海边碧绿的沙地来，上面深蓝的天空中挂着一轮金黄的圆月。我想：希望是本无所谓有，无所谓无的。这正如地上的路”，也被编辑删掉了。

毋庸多言，就这两段引用，也就可以完全复原短文的全部内容了，这也是为什么能够刊登出来的原因。

当年的“潘晓大讨论”还有另一个提法，叫作“人为什么活着”大讨论，不过最后没有人回答潘晓的提问。其实是不用回答的，也没人能够回答，人类不到灭绝的时候，是诞生不出能够回答这样问题的伟大人物的，因为自从人类有了文字记载以来，回答这个问题的人就不断地被否定，有的甚至还付出了生命的代价，同时，占人类比例极少的高人们的回答和占人类比例极大的草根们的回答永远格格不入。喜马拉雅山和墨西哥湾永远不在一个层面上。

现在退休了，感冒了几天，躺在床上，忽然想起了这件往事，自己问自己，自从1980年参加潘晓大讨论起，到今天已经足足40年了，这也正好是我奋斗的40年，但奋斗过后，对潘晓的“人为什么活着”依然没有闹明白。不过对40年前自己的“为建设祖国、建设油田不怕牺牲，而努力奋斗”的认识还是有了实质性的领悟，人活着，除了要奋斗外，还有一个重要目标：为死亡而生存。

2021年3月2日

“3·15”的记忆

1979年的夏天，我独自背着一条羊毛毡子裹就的行李卷，离开了养育我18年的土地，离开了康保这块穷乡僻壤，投入到了华北油田的开发会战，这一晃就是整整的43年。我陪伴着华北油田从中国的“油老三”一气走到了衰暮之年，我也从朝气蓬勃的青年走到了花甲之年。今年的3月15日，是我的法定退休日，我思虑再三，做出了一个决定：回老家康保过退休日，这样，我一生中最重要的几个节点——出生、工作以及退休就都在故乡了，何尝不是一种老来需要的有意义的纪念呢！

虽然退出工作岗位已经三年了，但到了正式退休的这一天心里还是泛起了许多感慨的涟漪，最深刻的是法定劳动权利的终止，从这一天开始，我将不再有工作单位。单位，这个人生的“羁绊”，终于被解脱，人生牢笼的铁门随之打开，我扇动着一双不再有力的老翅膀，飞向了自由。

一大早起来，先给好朋友徐永军写了一封长信，之所以写这封信，不仅仅是因为小徐对我退休的问候和真挚的关爱，我需要向能够听我诉说情怀的挚友诉说心境，而不会被当作无病呻吟和虚情假意，同时也是要让朋友知道我的感受，知道我下一步的生活安排，一点也不比上班时的工作内容逊色的安排，这毕竟是人生的一个里程碑。

1979年临参加工作出发的时候，也写过一封信，也是一封长信，也是给朋友的，叙述了一大堆的志向。我想在退休的这一天再写上一封长信，一定会和参加工作时的那封信相呼应了，因为我一直秉承做事要善始善终的理念。不过，43年前的信是写给一位少年朋友的，今天这封信是写给一位年近半百的老朋友的，虽然我把他唤作“小徐”，唉，时间造就的差别，不论什么性质，都是可以归结为“老少”二字的。

写完信，撑着酸痛的腰站了起来，推开窗户，看到了远处黄蒙蒙的一片天地，年轻时的经验告诉我，北方或者西北方今天又起沙尘暴了，否则这天不会这么黄，不过这沙尘暴是不会太大的，康保是我和沙尘暴的共同故乡，沙尘暴不离不弃地陪伴我度过了整整18年，我和沙尘暴太亲近也太熟悉了，如果这沙尘暴要大的话，康保是应该进入黑暗期的，大白天黑的伸手不见五指，家家户户都会点起灯，风沙会把窗户纸打得像筛子一样。二十年前，我出差到二连，返回到康保境内时碰到了一次，沙尘暴把一辆红色的213吉普在不到五分钟的时间里，打得遍体鳞伤，回到厂里后不得不专门向惊奇的同事们做出解释。

本来想好好庆贺一下自己的退休节的，没想到这天气如此朦胧，比我的心情还要朦胧，庆贺的心劲儿一下减少了不小。

北京南边，雄安新区腹地的华北油田这时已渐次进入繁花期，楼下的迎春花、碧桃、紫薇、海棠都在争着开放，和我43年前走向工作岗位一样，生怕落后或者迟到。但故乡康保的天还冷，今天的最低气温零下11度，春天的冷到底是春天的冷，冷中都带着温馨，墙角的白雪融化时罩上了黑色，大气的空气湿度将近30%，嗓子里有了湿润感，这是我离开家乡的时候经年未有的感觉。这些直接的感受，把天边的黄蒙蒙的压抑又驱散了不少，退休节的丰盛宴席还是按时开始了。

故乡的亲人都到齐了，这不能不说我回故乡来退休的正确，回故乡来退休，是我和妻子的立意，并没有告诉亲人们，也就少了宴席上许多由退休引发的繁文缛节，大家尽情欢乐，为今年的春节画上了一个虽然晚但很圆的句号。

席间，以孩子们为主的亲人们最多的话题是今天的沙尘暴：这是百年不遇的沙尘暴，蒙古国不仅刮跑了上百人，还刮死了好几个；北京也遭遇了二十年未有的强沙尘暴天气，能见度不足50米；华北油田也遭到了不逊于北京的沙尘暴袭击；韩国、日本也未能幸免……

其实我也关注到了这样的信息，但我以为是网友们的小题大做，甚至是恶作剧。因为“3·15”这天我就在故乡康保，康保就在北京和蒙古国的中间，中国的第三大沙漠浑善达克沙地的一小部分就在康保境内，沙尘暴从蒙古国启程，南下北京，不论从天上走还是从地下走，都必须经过康保，这样规模的沙尘暴，康保一定在劫难逃！白天“黑暗”的天象是说什么也逃不掉的！

但我的判读是完全错误的，这是我退休后的第一个重大误判，康保确实没有飞沙走石，更没有出现白天黑暗的天象，晚宴结束后，康保黄蒙蒙的天已经晴朗，高原上的繁星比华北油田含苞待放的梨花毫不逊色，洁白明亮，甚至还有点淘气，依稀好像在年轻时哪一位姑娘的眼里见过……

年轻时我离开故乡去为华北油田做贡献，但我没有想到，我离开的那天开始，我的故乡康保就开始为北京做起了贡献。20万康保乡亲，甘居贫困之苦，退耕还林换草，家家户户几乎都成了失地农民，但没有一个康保人发过一句怨言。整整一代人，在没有土地耕种的情况下，苦守着没有任何产出的林地和草地生活着，向往着不再有白天的“黑暗”，向往着北京不再有沙尘暴，这一代人中当然包括我的父母，父亲1996年去世前的留言：“把我埋在猪槽洼我种的那片树林边上。”农民死后不是要埋在农田里，而是要埋在林子边，这是多少康保老人的朴素胸怀呀！如果没有康保人、坝上人、张家口人这五十多年的“一退双还”历程，今天的这场沙尘暴的灾难一点也不会小于蒙古国，北京的景象也不会是二十年来少见，恐怕说百年不遇都不会过分！

“3·15”，今天还是“消费者权益保护日”，我为故乡为保护国家权益所做的努力而自豪，也为我选择回到故乡退休而欣慰！

2021年3月15日

清明祭

人是不可以忘本的，这本，首排于祖，次于恩，再次于情，大约还应有爱。

在清明节的时候，给逝去的亲人烧上一叠纸，跪在亲人的坟茔或牌位前叩上四个响头，亲人们在另外的世界是否能得到，花得了，用得上，其实并不重要，那是不需要活着的人操心的事体，重要的是这种民族认同的仪式感，提醒自己不能忘本的仪式感，以及别人看着你也没有忘本的仪式感。仪式感的不断重复，便会植入活着的人的心灵深处，仪式就变成了信仰和寄托，就成了文化，继而变作了精神力量，就成了足可以影响个人生活行为甚至社会生活行为的力量。

每年的清明都要为逝去的父母上坟，一种由仪式感演化而来的个人心灵慰藉，如果失去这机会，一年心里都不能宁静。五年前的清明，回老家上坟，车到坝头野狐岭的时候，遭遇了大雪，滚动的车轮不但不能前行，而且还向后滑行，多亏风雪中赶来救援的警察，靠人力把车推上了坝，但一尺多厚积雪还是把车困在了张北县，第二天不得不原路返回。一后备厢的祭奠用品，只能都拉了回来，在夜深人静的时候，焚烧在了一个十字路口。没有亲临父亲坟前上坟的遗憾，整整折磨了一年。

今年是提前回去的，上完坟回到家里，总觉得还有没了结的心事，但又不知道这是一种什么样的心事，甚至不知道是否有过这样一种心事。看着手机微信里亲友们对清明节的各种议论，忽然有所萌动，清明节，人们都在祭祖，但没有人去祭奠一下这节日本身。也许是因为这节日是不会死的缘故吧，不会死，自然无须于祭了。

古人怎么过清明，今天的人都没有见过，但可以肯定，一定比今天过得要复杂。据文献记载，晋代以前，古人是把清明节和上巳节合在一起过的，非常热闹，当时的诗人陆机就用诗记录过节日场景：“迟迟暮春日，天气柔且嘉。元吉隆初巳，濯秽游黄河”，到唐代，上巳节的内容逐渐从清明节剥离，唐代诗人王维说：“少年分日作遨游，不用清明兼上巳”，到了宋代，上巳节逐渐销声匿迹，不再见于文献记载，上巳节死掉了，也或说清明节死掉了一半。

我的老家在张家口坝上高原的康保县，是一个很偏僻的名不见经传的小县，这个县一直是游牧民族的游牧草场，直到 1925 年才走上了农业立县的路程，可以说，是一个汉文化积淀很浅的县份。就是这样一个县份，原来的清明文化氛围比今天也要浓厚得多。小的时候在老家过清明节，清明节的前几天，不论有多忙，母亲都要亲手为每个不满十岁的孩子缝制一串“清明坨坨”，佩戴在孩子的胸前，到清明节这一天的早上，由孩子亲手摘下来，扔到院子的排水口处，以此来寄寓孩子的健康平安。也就是说，清明节不仅牵挂着亡人，还要牵挂未成年的孩子。“清明坨坨”的样式年届七十的大姐还清晰地记着：各种颜色的布剪成直径 1.5 厘米大小的圆片，蓝色布片为天，在最上方，白色的布片为地，在最下方，中间按年龄每岁一片，用五色布剪成，布片之间间隔一两厘米，然后用一根线串起来，戴在胸前，像一串花一样，鲜艳夺目。有趣的是，这“清明坨坨”最早还和孩子是否出过天花相关，出过的则用五色布，没有出过的则全部用红色。到牛痘疫苗发明之后，人们便将这“清明坨坨”和是否接种过牛痘疫苗挂上了钩，接种过牛痘疫苗的用五色布，没有接种过的，则全用红色布。因此，从孩子佩戴“清明坨坨”的颜色上，就可以准确分辨孩子是否接种过疫苗。由此我们可以深刻感知清明节的人文情怀。

“清明坨坨”，连同其中的人文情怀，不知什么时候已经死去了，现在不少年轻人甚至连听都没有听说过，更不用说描述其形状了，这“清明坨坨”，那是多么长的一段历史啊，最终终结在了我们这一代人手里，何尝不该祭奠呢！

今天的清明，除了烧纸，几乎已经没有其他内容了，而烧纸也在绝大部分地区被禁绝了，祭奠的仪式，除了站在孤零零的墓碑或牌位前叩头外，已经没有其他的仪式，就是这叩头的仪式也正在被责难和呼吁废除。随着中华民族孝道意识的逐步西化，感恩意识的逐步拜金，情谊交往的逐步势利，清明节的死亡也是迟早的事，对这个陪伴了人们几千年的节日，在她活着的时候祭奠一番，总比在她死后祭奠更好一些。

这可能正是我上坟回来杞人忧天般的不了心结吧。

2021 年 4 月 3 日

死亡的境界

苏格拉底，和中国的孔子、老子同时代著名的古希腊哲学家，西方哲学的奠基人。公元前 399 年，被以安奴托斯和米利托斯为代表的雅典民主派贵族，以引进新神、藐视传统宗教、腐化青年和反对民主等罪名处以死刑，距今已有近 2500 年了。

2500 年，在以光年纪年的宇宙界，只是眨眼工夫，但在人类的历史上，就是一段很长很长的时间了。当时的社会状况，虽然已有了文字记录，也有了考古文物的佐证，但毕竟时间太长了，档案资料管理意识不强，科学技术水平不高，语言文字功能还不全面，因此，今天很难还原当时的社会生活状况，不像现在，丰富的音像资料，足以解答生活中的一切。

思想家和哲学家的名头不是靠有多少著作，而是靠有多少思想深入人心，有多少人的迷途灵魂被解脱出来。而解脱的方法除了说教、启蒙外，还有悲壮和生命——思想家和哲学家自己的悲壮和生命，而不是装腔作势般地对民众的悲壮和生命的同情、怜悯、义愤和慷慨激昂！

苏格拉底就是用悲壮和生命唤醒民众灵魂的人，换句话说，他用语言和生命，将其思想基因植入了后人的灵魂之中，他虽然没有留下自己的专著，但他留下了一座人类思想的永恒的丰碑。

苏格拉底死的悲壮、伟大而又淡定，这样的死法本身就是哲学，就是思想，就是对人类灵魂的震撼！

应该说，苏格拉底是为维护自己的哲学思想和信仰，从容选择了死亡的。在生命与思想相伴，同时遇到危险的时候，思想家把生命让给了思想，哲学家把生命让给了哲学，而更多的人则是让一切为生命让路，让思想和哲学死亡。

在苏格拉底被逮捕入狱后，根据当时雅典的法律规定，是可以用赎金来代替刑罚的。而他的学生和朋友克利托是当时雅典的巨富，交赎金根本就不算任何负担，相当于组织了一场斗牛。克利托在苏格拉底受审时，就多次向他的老师提出，缴纳赎金，免除老师的死刑。但是苏格拉底执意不同意，苏格拉底认为缴纳赎金，实际上是承认自己有罪，是苟且偷生！苏格拉底对克利托说："我不能用金钱来换取他们对我的赎免，我不能听从你们的劝告，请原谅我，我不能逃避。他们可以杀掉我，但不能让我低下追求真理的头颅！"

根据当时雅典法律规定，执行死刑是服用毒酒，在执行死刑前的一个月中，监狱允许亲友探监并陪伴在身边，这和当时最初始的民主追求有关。当时有许多人天天去监狱探望和陪伴苏格拉底，克利托就是其中的一位。克利托在用赎金解救老师的生命被老师拒绝后，问苏格拉底有什么遗言，苏格拉底说："我没有更多要说的，只有我平时对你们说过的那些话，请你们要牢记在心。你们务必保持操守，按我说的那样去生活。如果违背了对我许下的诺言，我的亡灵将无法得到安慰。"

公元前 399 年夏天，在苏格拉底即将被处死的那天晚上，他穿着破烂不堪的囚衣，披散着头发，光着脚，面容坚毅安详。他让自己的妻子和女儿离开房间后，像在课堂上一样，同他的学生和朋友谈论灵魂永生的问题。

不久，狱卒进来对他说："我对很多人执行过死刑，每当我依法要求犯人服毒酒时，他们都会怨恨和诅咒我，似乎是我判处了他们死刑，其实我是在执行命令。但我从您的身上看到了神的影子，你是这里所有犯人中最高尚的人，你没有恨我，反而给了我安慰，你可怜的是那些要处死你的人，爱的是我这种无奈的人。我现在执行杀死您的命令，真挚地祝愿您少受些痛苦。别了，我的朋友。"狱卒一边说一边哭，颤抖着身体离开了牢房。

苏格拉底望着狱卒的背影说:“别了,朋友,我将按你说的去做。”然后他掉转头来,和蔼地对克利托和守护在身旁的人们说:“这个狱卒可真是个好人,从我入狱以来,他天天来看望我(按:唉,狱卒之职责),有时还跟我谈话,态度亲切。现在他又为我流泪,多善良的人呀!克利托,你过来,如果毒酒已准备好,就马上叫人去取来,否则请快点去调配。”

克利托对老师,也是他的总角朋友说:“几乎所有的犯人听到要处决时,总是会千方百计地拖延时间,为的是可以享受一顿丰盛的晚餐。老师您别急,我们还有时间,他们的丰盛晚餐还没有送来!”克利托多想和老师多相处一段时间。

苏格拉底和颜悦色地对克利托说:“克利托,你说得很对,缓解死亡时间的人,这样做是无可非议的,蝼蚁尚且贪生啊,因为在他们看来,延迟服毒酒就获得了某些东西,甚至可能获得被解救或赦免不死的奇迹。但对我来说,推迟服毒酒的时间并不能获得什么,相反可能还会失去更有价值的东西,况且,为吝惜生命而获得一顿美餐的行为,在我看来应当受到鄙视!去!把酒拿来,请尊重老师和朋友的最后请求。”

听到老师讲课提问一般的嘱咐,克利托用坚定的目光暗示在旁等候吩咐的小童,那个小童便走到外面去,一会儿,领着一个刽子手走了进来。刽子手手里端着一只杯子,里面盛着一种叫鸩的毒药。没等刽子手开口,苏格拉底便问道:“请您告诉我,我该怎样做才符合法律有关服毒的规定?”那个人说:“你喝下这杯毒药以后,可以不停地在这间房子里走动,如果感到两脚沉重的难以走动了,就躺下来,这就说明毒药已经生效了。”苏格拉底淡然一笑,把装有毒酒的杯子举到胸口,像平时在宴席上同朋友干杯一样举了举,平静地说:“分手的时候到了,我将要死去了,和我观念不同,判决我死刑的人将继续活下来,究竟是谁的选择更好,上天很清楚,历史会有个答案。”

说完，便将毒酒像干杯一样，一饮而尽。

在场的人无不为这位老师和好友而悲泣。苏格拉底看到大家的神态，显出了失望的表情，他对在场的朋友和学生们说："你们怎么可以这样呢？我就是为了避免这种场面，才把我的妻子和孩子们提前打发了出去，不让他们看到我服毒死亡的最后时刻。把你们留在身边，是因为你们不至于婆婆妈妈，能够和我一如既往地探讨一些灵魂的问题。常言道：临危不惧，视死如归，我的志同道合的朋友们，坚强起来！"

苏格拉底接着按照狱卒的要求，在室内踱了一会儿，感到自己两腿发麻了，便像晚上上床睡觉一样躺了下来，最后吃力地对他的学生克利托说："克利托，我欠了阿斯克勒斯一只鸡，记得替我还上这笔债。"

阿斯克勒斯是希腊的药神，当时人们经常用鸡来祭奠这位药神。苏格拉底临终惦记的事情是祭奠这位药神。之所以惦记这样一件事，其实是他想缓解朋友、学生和家人们对他死亡的悲痛感，一种具有哲学智慧和饱含人性关怀的死亡幽默，这种关怀为本的死亡幽默，之后很少再出现过。说完，他合上了眼，安静地睡了过去。送酒的人走过来摸了摸他的身体，觉得已没有热气了，便宣布："苏格拉底死亡了！"

苏格拉底的哲学是同他的生命融为一体的，他个人的命运同雅典的命运是不可分的，也和之后的世界文化不可分。他为了祖国和人类追求真理以及灵魂真谛，而他的祖国则用毒酒和死刑报答了他的贡献和满腔热忱，并最终成全了他的哲学，应验了"祖国啊母亲"的永恒情怀！苏格拉底没有丝毫的责备、懊恼或是悲哀，而是用他的生命和幽默，真诚地奉劝着社会和世界应当秉承的真善美。他虽然有生命未完成的事业，但他选择以死亡为自己事业和理想的结局，上天和历史证明，苏格拉底是值得平头百姓阅读的历史画卷。

2021 年 4 月 8 日

词与律诗的“道歉”

近体诗和词都有着严格的格律要求和限制，如果标注了“七绝”“七律”或注明了词牌的词，其中所用的字不合词谱或诗谱的规定，就会被人笑话了，甚至会被人不屑一顾。但有时候我们在学习研究近体诗和词的时候，会发现不少名家诗词并没有严格遵循诗词谱，但并没有人去笑话，更不会不屑一顾，反而依旧赞歌不断，这就是近体诗和词的“救拗”了。

王力先生在他的《诗词格律》一书中讲道：“凡平仄不依常格的句子，叫作拗句……它在律诗中也是相当常见的，但是前面一字用拗，后面还必须用‘救’。所谓‘救’，就是补偿。一般说来，前面该用平声的地方用了仄声，后面必须在适当的位置上补偿一个平声。”同时强调：“律诗中如果多用拗句，就变成了古风式的律诗”，意思是拗句和救拗不能多，一首诗词里有一两字就足够了，用多了就不是近体诗而是古体诗了。

通俗地讲，在律诗或词中，为了诗词意境的烘托，有时是可以不按诗词谱规定的平仄格调用字的，但是，如果前面的字改变了平仄，后面必须在合适的位置上给予补救，我把这种情况称之为“词与律诗的道歉”。

所谓道歉，指的是“为不适当的言行承认过错并表达对不起的真诚情感”。作为具有很高艺术水准要求的近体诗和词，严格意义上是不能违背格律要求的，否则就不能冠以近体诗或词的名头，但现在没按要求用字，这就叫“出格”，“出格”就是错误，有了错误怎么办？通过道歉的方式加以消弭、加以补救，这就是“救拗”。

我们看白居易的“离离原上草，一岁一枯荣。野火烧不尽，春风吹又生。远芳侵古道，晴翠接荒城。又送王孙去，萋萋满别情”。第三句第四字的位置本来应该是个平声字，但却用了“不”这个仄声字，这就是“拗句”；但第四句第三字本该用仄声字，但改用了“吹”这个平声字，这就是“救拗”。通俗地讲，“不”字出了格，犯了“错”，后面让“吹”字来道歉，进行补救。

古诗词的艺术魅力就在于此吧，即便是在枯燥的格律形式上，也包含着深层次的中华民族的礼仪精髓，至于“对”“粘”“典”“孤”等要求，就更值得我们细细玩味了。

2021年5月27日

律诗的“睦邻友好”

律诗不仅本身是中国传统文化的组成部分，其中又包含着更深邃的传统文化要义，其中“孤平”的讲究，就是“睦邻友好”关系在律诗中的体现。

《王立诗词格律》一书中有一节专门讲解“孤平”，名为《孤平的避忌》：“孤平是律诗（包括长律、律绝）的大忌，所以诗人们在写律诗的时候，注意避免孤平。在词曲中用到同类句子的时候，也注意避免孤平……在唐人的律诗中，绝对没有孤平的句子，毛主席的诗词也从来没有孤平的句子。”

律诗的格律是由“平仄”调组成的，一般情况下都是平仄相互交叉，比如“仄仄平平仄仄平，平平仄仄仄平平”，音调高低起伏、抑扬顿挫，使文字中具有了音乐的元素和意境，形成了一种音韵美。这种音韵美体现的是一种相邻关系，平仄声调的相互照应和包容。如果仄声不顾及邻里关系，不考虑平声的处境，两个仄声字把一个平声字夹在中间，使平声字孤立起来，这就叫“孤平”，就会激发读者为这个孤平“鸣不平”的情绪，是律诗绝不允许的。比如“仄仄平平仄仄平”，变成了“仄仄仄平仄仄平”，中间的这个“平”就被孤立了，就成了“孤平”。“孤平”有“大孤平”和“小孤平”的区别，“大孤平”指的是一句诗七个字，只有一个平声字，“小孤平”指的是一句诗中虽然有两个以上平声字，但其中一个被两个仄声字夹在了中间，这都是不允许的。

“睦邻友好”是一种自然生存的法则，《道德经》说：“挫其锐，解其纷，和其光，同其尘，是谓玄同”，这就是成语“和光同尘”的出处，也是“睦邻友好”的文化根源，也是和“中庸”之道一脉相承的，不论生物学、植物学还是社会学，都不能违背。再有能耐，也不能锋芒毕露，不能邻里相欺，否则就是不道德的。

律诗之所以历久弥新，长盛不衰，和其内在包含的丰富传统文化元素是密不可分的，律诗“不得犯孤平”的规则，就是对锋芒毕露的限制，是对诗韵美的一种保护，是“睦邻友好”关系在律诗形式上的体现，也是中华文明在传统文化上的社会生活反映。

2021 年 5 月 28 日

姐夫的名字叫“郑溢”

前几天又收到了姐夫发来的几张相片，是他和姐姐在康保县城的康巴诺尔湿地公园游玩的留影。相片上的老两口虽然都显得有点衰老，毕竟都是七十多的人了，但看起来精神很是健旺，一点不像是两个在农村劳作了一辈子的农民，让姐姐携带的那只小泰迪再一陪衬，真有城里退休老工人的神态和义度，看着这照片，就会有一丝甜意袭上心头。

每年的夏天都要回老家康保住上几天，陪姐姐说说话，陪姐夫遛遛弯儿，陪三哥三嫂吃顿莜面，和朋友们相聚喝点小酒，人老了的生活乐趣就都包含在这“说、遛、吃、喝”之中了。这种包含退回二十年是说什么也不敢想象的。

姐夫 1949 年出生在万全县的德胜堡村，这个村还有个名字叫“干庄子”，干，在张家口的方言里是瘦的意思，也有穷的含义，“干”字往往和“穷”字合着使用，每说到“干穷干穷的”，那就到了赤贫的地步，和上无片瓦下无立足之地可以相提并论了。姐夫出生在寒冬腊月的冬天，他出生的时候，离毛主席在北京天门城楼上喊出“中华人民共和国中央人民政府成立”还不到三个月，姐夫的父亲祈盼着改朝换代，期盼着共产党早点把蒋介石国民党和欺负他的那些土匪恶霸打翻在地，再踏上一只脚，叫他们永世不得翻身，只有这样，像他这样干穷干穷的人才能过上好日子，但是，新中国刚成立，社会依然在动荡，张家口虽然早就解放了，但小股土匪还是出没无常，富人依旧耀武扬威，穷人还是干穷干穷的，没有办法，他养活不了这个孩子，咬咬牙，下狠心把孩子送了人。

养父母对这个孩子很疼爱，给他起了一个寓意深长的名字——郑溢，一个带有方言意味的名字，郑者挣也，溢者冒也，他希望这个孩子挣的钱财能够冒出来，也就是富得流油的那种。但姐夫的命在小的时候显得比较硬，还不到十二岁，养父就去世了，他和养母的生活再次陷入困境，后来在亲朋好友的帮助下，在北京庆祝完中华人民共和国成立十周年之后，养母带着他来到了坝上康保的照阳河乡闫连山村，从此在这里扎下了根。

康保县原本是一片大草原，一点不逊色现在的锡林郭勒大草原，清朝年间一直是康熙纯悫公主的胭脂地，康熙能把这块草原赐给他宠爱的十格格，本身就是对这块草原质量的肯定。但到姐夫来的时候，这里已经以农为主了，大片的草原被开垦成了农田，人们靠天吃饭，年年和干旱抗争，村里在西南角建起了不到两米高的一个土坯砌成的小庙，里边供起了龙王，每遇到干旱人们都会去祭奠龙王，记得有一次队里为了祭龙王还杀了一只羊，祭完之后，村干部们便把羊肉拿回了队部，买了几瓶酒下了酒。那天我正好和姐夫从地里干活回来，走到龙王庙跟前，没想到姐夫进到庙里，冲着龙王撒了一泡尿。现在还记得龙王那湿漉漉的脑袋，我很害怕，害怕这不敬给姐夫带来灾难，没想到姐夫说："有尿没有，你也去尿一泡，龙王喝了童子尿才会下雨。"因为他说的一本正经，我也就一本正经地对着龙王的脑袋撒了一泡。

大约是1969年的时候，村里买回一台八马力的卧式柴油机，红色的，买回来后没人会使用，村里的人都来看稀罕，也只是指点指点议论议论而已。没想到姐夫翻了翻说明书，拿起摇把，摁下减压开关，一下就把柴油机摇着了。大队书记现场拍板："郑溢，柴油机手就是你了。"一直到十一届三中全会包产到户以后，姐夫再也没有离开柴油机手这个岗位。

出了口外，不管是物质生活，还是精神生活，都和干庄子有了天壤之别，生活好的不是一星半点，但是他一直没有挣得富起来，在三间土坯房里生下了三个姑娘，还是在这三间土坯房里又把三个姑娘都嫁了出去，剩下几只羊陪着渐渐衰老的姐姐姐夫。地里的活一天天干不动了，家里喂头猪都感到吃力。

“五十知天命，六十耳顺”，60 岁的姐夫耳是顺了，但之后的归宿却成了他面临的心病。家里没有多少积蓄，大病小病倒是随着年纪纷至沓来，挣得不但没溢出来，反而越来越少，养老这个现实的问题摆在了老两口面前，竟然把姐夫愁出了心脏大病。

后来的事是姐姐姐夫做梦也没有想到的，60 岁生日过了不久，他就加入了新农合，解决了医疗大事，说来也奇怪，没有医保的时候年年到张家口附属医院看病，年年都要成千上万地花，自从加入了新农合，心脏病反而减轻了，开心的姐姐“抱怨”他：“那可是个一辈子都没出息的，公家不报销他天天闹病，现在公家给报销了，他的病倒转成慢性病了！”

再之后又有了养老金，每月八九百，还告别了三间土坯房，搬到了县城居住。吃完饭老两口就到公园遛弯儿，姐夫拿着手机，不时地和村里的老相好微上几句，回忆一下在村里一起割地，一起藏在麦码子垛里避雨的旧事。上次回去和姐姐姐夫一起到康保的天际线旅游，他站在高高的山顶上和我说：“你们在外面的人，可要跟着共产党好好干呢，活了七十多了，谁知道一个老农民还能过上和你们城里人一样的日子，要不是共产党，谁敢想呀！”

2021 年 9 月 29 日

威风神气的“康保”

关于河北省康保县名称的含义，有几种说法，一是1989年5月出版的《康保县地名志·自然地名》“康巴诺尔”条的叙述：“康巴诺尔又名康保淖、南大淖。‘康保’一名由此而来。康巴诺尔蒙语意为碱淖。”这里将康保的含义认定为“碱淖”。二是一年后的1991年2月出版的《康保县志·地理编·建置沿革》“康保县名来历考”的叙述：“康保县以自然地理实体命名，因城南有一水淖，蒙语‘康巴诺尔’，意即美丽的湖泊，康保一名取‘康巴’之谐音，县名即由此而得。”这里将康保的含义认定为“美丽的湖泊”。

《康保县志》和《康保县地名志》都是权威的官方文献，对康保县名来历的叙述显然不相同。一般情况下，后出版的《康保县志》的说法应该是对前出版的《康保县地名志》说法的修正和补充。所以，一度康保县在对外宣传中，都把康保解释为“美丽的湖泊”。

但“美丽的湖泊”没几年，就出现了地方文史学者的第三种说法，认为官方的两种说法都是错误的，康巴诺尔中的“康巴”是蒙语从藏语借用来的，意为“边地”，“诺尔”是“湖泊”，整个意思是“处于边远地带的湖泊”。1925年康保建县时，首任县长查贵奇等人，将“康巴诺尔”套在了《尚书·周书·康诰》中的“别求闻由古先哲王用康保民”句中，取“用康保民”中的“康保”二字作为“康巴”二字的转音，遂取名为康保县。这一说法以李殿光著《康保地名溯源》为代表，这是迄今为止，有关康保名称含义的宣传中被普遍认可的说法。

通过以上资料可以看出，对康保名称来源的解析多以推论为主，其中存有很多疑点：

一是“康巴”作为藏语，通过蒙古人转用过来，那么，“康巴”

也应该是一个蒙语词汇，但在康保北部的正镶白旗、镶黄旗、正蓝旗的蒙古族人，他们并不知道有“康巴”这个词汇。也就是说，蒙古语里没有这个词，那么当时给康保定名的时候，也就不会为了一个小小的淖儿而专门去藏人那里转用一个词。

二是康保作为一个城池，建于民国11年（1922年），东西宽148丈，南北长156丈，高一丈六尺，厚三尺。城外有护城水沟，一丈宽，五尺深。康保淖儿就在南门外不足百米处。《口北三厅志》记载，同一年，“由张北、商都两县析置康保招垦设治局”，这时康保名称已经在使用，比建县的1925年早了三年。建县时查贵奇只不过沿用了原名称，如果说和“用康保民”有关，也只是一种巧合，不可能是有意而为之，另外“用康保民”中的康保也不构成一个词语。

三是蒙语中的湖泊，翻译成汉语时，东北的蒙古族和中西部的蒙古族有不同的习惯。直到今天，内蒙古仍有“东蒙”“中蒙”和“西蒙”之分，就像汉人有南方人、中原人和北方人之分一样，他们不仅生活习惯、风俗人情不同，语言差异也很大。1980年内蒙古自治区人民政府批准转发了“八省区蒙古语文工作协作小组”《关于确立蒙古语基础方言、标准音和试行蒙古语音标的请示报告》，决定“以中部方言为我国蒙古语的基础方言，以锡林郭勒盟的正蓝旗为代表的察哈尔土语为标准音”。也就是说，蒙语的普通话就源自离康保只有160公里的正蓝旗。在民国时期，康保就属于察哈尔，就蒙语范围看，康保属于以锡林浩特为中心的“中蒙”地区。“中蒙”地区一般都把湖泊翻译成“淖儿”（儿化音）“卜”或“圪洞”“霍洞”。“东蒙”则多翻译成“诺尔”。翻开地图我们可以看到，锡林浩特地区几乎找不到带“诺尔”的地名，都叫“淖”，而“东蒙”就不同了，叫“诺尔”的很多，比如巴林左旗的诺尔镇、呼伦贝尔的呼和诺尔镇等，叫“淖”的反而很少。由此可以看到，在康保这一地区，以“诺尔”命名湖泊的可能性不大。

四是据《康保县志》记载，在康保县域内，“全县共有大小水淖81个，其中达到1000亩的有小盐淖、南大淖、八大股淖、王子坟淖、五百顷淖5个，超过2000亩的有大盐淖、白淖、西土城淖、奔红淖等4个。”其中的南大淖，即康巴诺尔是千亩以上湖泊中面积最小的一个，位置也不是最靠南的，如果说“康巴诺尔”是藏语“边地的湖泊”，不论从哪个角度看，都轮不上这个湖。

那么，康保名称的含义，一定还有另外的可能性。

从官方回到民间。民间对这个小湖的称谓随着地域的不同而不同，当地乡下人一般把他叫作“康保淖儿”，县城的人一般把他叫“南淖儿”“小南淖儿”或者“南大淖儿”。今天八十岁以上的老人几乎没人称呼“康巴诺尔”，因为他们的脑子里就没有“诺尔”这样的概念。改革开放后，才开始有了“南海子”或者“康巴诺尔”的叫法。“南海子”没有叫起来，“康巴诺尔”却是越叫越响亮，“康保淖儿”“南大淖儿”原本的老名字反而在三四十年间淡出了人们的视线。现在的媒体以及外地人，则只认“康巴诺尔”了。事实上，将南大淖称作“康巴诺尔”确实有一种超凡脱俗的意境，诺尔，更具国际风范。改得虽然有风范，但这毕竟是近些年的事情，这“诺尔”两字，原本和“南大淖儿”没有任何关系。

康保人对湖、池一类的水域的叫法借用的是蒙语，这是大家公认的。准确一点说是借用中部蒙古族的叫法，有如下几种称谓：一是“淖儿”，“淖”字发儿化音；二是“水泊子”，“泊”读bà，在书写时，则写作“卜”；三是“圪洞”“霍洞”或“胡洞”等。

在康保县，以淖命名的地名很多，如西淖、淖卜子、小淖、大盐淖、前大盐淖、小盐淖、前淖卜子、丹木淖、西骨头淖、东骨头淖、后淖等（《康保地名志》）。而所有以淖命名的村庄，都和当地的湖泊有关，区别只在湖泊的大小。比如小淖，就是面积很小的淖，大盐淖，则是康保最大的产盐的咸水湖。有的常年蓄水，有的是涝季蓄水，旱季干淖，还有的只存遗迹了。在读音上，涉及地名的淖字，全部是儿化音，如丹木淖儿、骨头淖儿等。

“水泊子”的“泊”，多写作“卜”。在当地，“卜”“泊”二字发音相同，都读 bà，所以，在书写时，往往交互使用。在《词林正韵》中也能找到卜与泊的亲属关系，两个字都是入声，一个列在第十五部，一个列在第十六部，不但同为入声，而且还是近邻韵。可见至少在唐朝，这两个字的读音是很接近的，只是到了清代之后，这两个字发音的区别才越来越大。需要指出的是，“卜”字在当地是个多音字，当用于植物名称时，“卜”则读 bèi，如康保有两个村庄分别叫大萝卜、小萝卜就是。

以“卜”命名的村庄也不少，比如：二号卜、白土卜、后卜子、小后卜子、兰家卜、三顷卜等。也有把淖和卜放到一起命名的，如淖卜子、前淖卜子。（《康保地名志》）

另外有大圪洞、勿乱胡洞等村庄。

值得注意的是，所有康保的村名、地名中，唯独没有以诺、尔或诺尔命名的。这也证明，康保地名和内蒙古中部蒙语的亲密关系。

清末开始在康保开垦草原种地以前，康保是蒙古族的游牧草场，清朝康熙朝之后，南部一直是纯悫公主的胭脂地，北部则是镶黄旗的属地。游牧的前提条件是逐水而居，所以，当时凡是有水的地方就都有人居住放牧，不少游牧草场定居点都会以水为名。

由此可见，康保县的名称来源于康保的“南大淖”应该是可信的。

关于“康巴”，称其为藏语转用是不能够太使人信服的，也不是碱淖或美丽湖泊的意思，那么一定还有新的解释。通过多方咨询正镶白旗、镶黄旗、锡林市一些熟悉蒙语的朋友，他们认为“康巴”不是一个蒙语词汇，而是一个蒙语句子。“巴”就是“泊”“卜”，都读 bà，也叫“巴子”，是水坑或者湖的意思，指的就是南大淖。“康”在中部蒙语里是“威风、神气”的意思，某种语境下，也与汉语的“牛气”意思相同。把南大淖叫作“康巴”，意思是“威风神气的湖泊”，用当地牧民的话说是一个“特别牛气的水圪洞”。南大淖威风神气的原因在于湖中常年有泉眼出水，是介于咸水湖和淡水湖之间的一种湖泊类型，特别适宜牲畜饮用，是游牧者可遇不可求的水源地，和其他季节性河流尾闾形成的死水湖大不相同。有泉水的湖泊，在内蒙中部地区并不多见，因此，在信奉长生天的蒙古民族看来，那确实是够威风、够神气的。

康保，由康卜谐音转意过来，意思是“威风神气的湖泊”。

2021 年 3 月 9 日

“三天”与“四季”之悟

昨天，我们常常以梦为伴，梦见明天的霸气、明天的权财，那是一种未知并渺茫的希冀。

今天，我们以拼搏为生，拼搏收获，拼搏乐趣，那是一种成功又现实的收藏。

明天，我们将追逐回忆，回忆昨天的辉煌、昨天的童趣，那是一种无奈而惬意的陶醉。

我曾经见过很多临终弥留的老人，有的慈祥而幸福地与生活诀别，有的惊恐而绝望地撒手人寰，有的愤怒而痛恨地告别人间，有的担忧而疑惑地死不瞑目。

春天，新季初萌，万物复苏，天暖了，花开了，冬眠的动物打着哈欠又重新回到了生活中来，但病毒细菌也跟了来，春天，孕育生命的季节，但也给冬天摧残生命创造了条件。春天，该讴歌，也该遗憾。

夏天，是让万物成长的季节，让万物蓄能的季节。夏天，为万物提供阳光、提供雨露、提供养分，只要倾心珍惜并施以仁惠，就能创造抵抗冬天狂风暴雪进攻的条件。

秋天，产出与奉献，人类制定了人类的法律，以此，人们掠夺万物的子孙，将秋天的成果瓜分，美曰收获。但秋天无怨无悔，你们夺走了今一个秋天，我再将明一个给你准备好。

冬天，凌风削空，万物黯然，天冷了，花谢了，冬眠的动物钻进了黑暗，但病毒细菌也被消灭。冬天，终止了人们对万物的劫掠，冬天，该遗憾，也该讴歌。

人的昨天、今天和明天，天的春天、夏天、秋天和冬天。人在想什么，在做什么？天在做什么，在想什么？

天知道，但人不知道！

2007 年 1 月 2 日

第二卷

小说

故乡

（一）

姐姐打来电话，一定让我尽快回老家一趟。姐姐说："抓紧时间回来看看吧，再迟几天就什么也没了，你小时候住的房子已经推倒了，姐姐的房子也快了，没了，什么都没了，连个念想都没留，把手头的生活放一放，生活迟早都能做，这村子拆了，永远就看不见了，能回来就回来看看吧……"

这条道我小的时候是常走的，那时多数是跟着父亲，或帮他放牛，或帮他在种地的时候打打磙子。总是父亲在前，我在后。走的时候不能太快，稍微一快，牛蹄子就会扬起尘灰，吸到嗓子里，干辣干辣的，偶尔还会有一点牛尿的臊味。父亲经常和我说，顺着这条路一直向前，就是永安县城，县城很大，有四个城门，当年我家就住在东城门下头。再往前，赶皮车走三天就到了坝头的狼窝沟，下坝走上一整天，就到了张家口。提到张家口，父亲的表情一下子会严肃起来，似乎刚才提到的大县城永安，那就相当于我们住的元宝山村之于永安了，实在微不足道。

"张家口，"父亲向那头不太听话，总想吃一口路边庄稼的牛甩了一鞭子，"张家口那可大了，有火车的，从张家口坐火车到咱们老家大西口，50里地，用不了一个时辰，那个快，坐在上面看外面的树，噗嗒噗嗒的，就像向后倒的一样。茶食桌子上放一杯水，晃都不晃……""呔！我把你个畜生！好好走！"父亲骂了一句又要偷吃庄稼的牛接着说："张家口那个大楼，高的有四五层，最高的玉皇阁，站在上面，一眼能够望见清水河的边子，还有文昌阁、关公庙、大戏台，啧啧，有钱的人家也多，霍家、刘家、吕家，家家没有几百顷土地是下不来的，布行、茶行、点心行，那铺面，一个挨一个……”

父亲的赞叹并不是羡慕，而是对我没见过世面的遗憾和内疚，做父亲的，把儿子拉扯到十几岁了，竟然没有让儿子去过一次张家口，甚至没有让儿子在永安县城耍上一天，只能用这讲故事的办法，让儿子领略一下大地方的风情。所以，讲到关键时，父亲就发出一声粗重的叹息声，最后总忘不了许一个愿：“过两年手头松快一点，爹带你去见见火车，也坐球他一回！”

跟母亲也经常走这条道，母亲不像父亲有故事讲，她很少和我说话，不过总是自言自语：“记得去年这时候的甜苣和苗吊已经长得挺大了，今年怎么一根也没有？旱得厉害了。”“辰辰，去西头水卜子旁看看，有没有野菜！”母亲和我说话，一定是有了支使。

所以，这条向南一直通往大地方的土路，就这样深深地刻在了我的记忆里，每次回家，一踏上这条路，就会想起小时候的风尘、泥泞、干旱以及大地方的样子，更多的则是父母的背影。

这次回来不一样了，这条路竟然变成了柏油路，黑漆漆、平展展的，专门到县城接我回家的二哥说：“这是‘村村通’工程，咱们村是贫困村，地理位置偏僻，终于还是赶上了这项民心工程的最后一班车。要想富，修公路，不过像咱们村，除了养几只羊、几只牛外，也没有什么好向外拉的，也没有人来旅游，对发展经济没有多大影响，好就好在阴天下雨好出进了。”

他停顿了下来，打开车窗，望着迅速后撤的草原、山峦和农田，叹了口气又说道：“不过也用不了几天了，村子马上就都拆掉了，刚修的这条公路也就白瞎了。”他接着又补充一句：“不过我们二岔沟村不拆，以后你就把二岔沟当老家吧，反正也不远。”

听了二哥的话我的心里很不是滋味，二哥本来也是元宝山村的，后来才搬到二岔沟村，我是怎么也不能把二岔沟当老家的，虽然不远，但毕竟是两个县！

姐姐家还住在她已经住了快50年的老院子里，大门的西边有三棵榆树，每棵都一围合不住，挺拔繁茂，苍翠劲秀，这是姐姐家的象征，因为这三棵榆树，姐姐家在这一带有“榆树郑家”的美誉。

这个院子里是我和小伙伴们玩耍藏猫猫经常藏匿的地方。姐姐家存放烧柴的东房里曾经挖过地道，但那时姐夫偷懒，挖了个一米多深的坑以便应付检查，就没再朝下挖，之后也没填埋，这个土坑就成了我藏猫猫的最佳藏身之地，只要我藏在这里，上面用破席子一盖，别说是小孩子，就是当年的日本鬼子也找不见，这也是看了《地道战》后给我的启示。记得有一天晚上，月亮特别亮，轮到我藏起来后，同伴们知道找不到，便都回了家，我一个人蹲在这个坑里竟然睡了过去。半夜后父亲还不见我回家，开始到处找我，去问一起玩耍的同伴们，未经商量的孩子们居然都说我是耍藏猫猫结束后，和他们一起回家了，没有一个孩子敢于告诉父亲真相。父亲很是着急，便来叫姐夫一起寻找我，院子里的吵闹才把我惊醒。我自然被父亲踹了两脚，但不是太疼。第二天，同伴们都来告诉我，说他们没有一个是叛徒！当年我们这些小孩子的心目中，叛徒是最可耻的，谁要把小群体间的秘密透漏出去，他就永远被排除到了群体之外，并且会受到今天人们难以想象的歧视。

姐姐家的这个院子在村里算中等大小的院子，约有半亩大，是姐夫的爷爷在刚刚解放不久盖起来的，最初只有两间房，也比较低矮，麻雀住在房檐下，一米六以上个头儿的人，伸手就可以掏出来。

后来家里有了点积蓄，姐夫的父亲进行了彻底翻盖，两间扩成了三间，一明两暗，房子也高了不少，不够一米八个头儿的人是掏不出房檐下的小鸟了。这次翻盖，为姐姐姐夫结婚打下了基础，姐姐姐夫就是在这次翻新房子不久结的婚。

包产到户的前一年，家里又有了一点积蓄，姐夫又翻盖了一次，在东西各增出了一间，实现了他爷爷“一定盖出五间正房”的人生愿望。

这次翻新又增高了一截儿，房檐下的小鸟不登梯子是无人能够着了。五间房子全部打了仰层，抹了水泥地面，家里第一次将扫帚换成了拖布。

不过房子一直是土坯的，房顶也是泥房顶，每年都需要抹房一次，一年不抹，阴雨天就会外头大下，里头小下，家里大大小小的盆子都会成为接水的工具。土坯泥房，虽然冬暖夏凉，但维修劳动量太大。抹房不是一个人的营生，需要好几个人协调配合，有拉土担水的，有撒苒和泥的，有向房顶扬泥的，房顶上还要有一个抹泥的。姐夫家的五间房子，人多需要一天，人少就需要两天。抹完房后，还要好好地请帮工的喝顿酒吃顿饭，山药丝丝拌凉粉，那是不可缺少的一道菜。所以，每年抹房就成了姐姐最惦记的营生之一，什么时候抹完，才能松口气。所以姐姐在完成五间房生活目标后，就是要攒钱给房子扣上瓦。终于在 20 世纪结束的时候，一溜五间房全部扣上了瓦。站在北边邻村庞家营子的村边，都能望见这红彤彤的一片。这红彤彤，不仅仅是鲜艳的颜色，更是红红火火的小日子呀！

扣上瓦以后姐夫瞅了半天，说了一句话："扣上瓦就是比不扣瓦好看！"

最开心的还是姐姐，她的欣慰不仅仅是给他儿子准备好了婚房，而且还有在乡亲们中间的那份自豪，因为她是除了村支书和村主任家以外的第三家给房子扣了瓦的人家。

之后，这个院子就再没有动过大的泥工了。一直保持着五间正房的建制。最东边的柴房，用来储存怕着水的烧柴，诸如牛粪羊砖子之类。中间是堂屋，连着东西两间卧室，分别叫东厢房和西厢房。最西头是厨房，和西厢房连在一起，生活起来非常方便。

院子的西边从北向南分别是两间储藏农具、杂物的西房和一间洗澡间，再往南是羊圈、鸡窝和猪圈。前几年还建了一排兔窝，后来因为食品公司塌了台，归给了个人经营，就没人来有组织地收兔毛、兔绒和兔肉了，兔窝也就失去了作用，不过姐姐一直没有拆除，里边还养着几只长毛兔，但不再卖了，成了自己逢年过节的一道菜，也是姐姐八月十五和大年下走亲戚的主要礼物。羊圈里养着三四只羊，不再生息，都留着自己吃。

上次回来还是五年前，记得当时姐姐的头发稍微有点灰，这次却已经半白了，身体看上去就像每次电话里说的一样，挺是健朗，但精神似乎有点萎靡，眼睛有点不像我记忆里那样光彩照人，偶或还现出一种淡淡的失落，还有一点点水肿，似乎在不久前大哭过一场。

记得父母去世后，好长时间，姐姐的眼睛就是这个样子。我是姐姐从小抱大的，对姐姐的表情语言和肢体语言实在是太了解了，有时候她打电话，我能从是她先和我说话，还是我和她先说话的不同次序，以及她说话的语速，就能知道姐姐要和我说些什么事情。

姐姐在围裙子上来回擦着手，依然叫着我的小名："辰辰，辰辰！"她拉住了我的手，上下瞅着我："也显老了，胖了点又"，瞅着瞅着，眼圈就发红了："看看你这两步走，越老越活脱脱的像爹了……"

姐姐先把我领到了坐在大榆树下歇凉的姐夫的父亲郑虎老人跟前，对他说道："爹，您老还认识他吗？这是我的三兄弟辰辰。"

老人抬起了眼看了我一眼，挥了挥手对我说："辰辰回来了，认得认得的"，老人抬起了瘦骨嶙峋的手，指了指头顶的大榆树树冠："小的时候，爬上这棵树捋榆钱儿，见我回来，一下就跳了下来，那会儿孩子们都怕我，摔着胳膊腿的我可就造孽了呀，不能跳的，我不会骂你的，呵呵！"老人用一块洁白的小毛巾擦了一下嘴角的口水，"快进屋，你姐早就做好饭等你了，好小子，你娘没了，懂得回来看看姐姐，进去吧，进去吧。"

为了我的回来，姐姐可算是大费周章了，一定没少花费。家里和过年一样，姐姐不但把闺女叫了回来，还把住在邻村的二哥一家也请了来。不过姐姐的儿子向东没见到人影。姐姐亲自端来一盆热水让我洗了手和脸，然后就把我推到了炕头上，她一边指挥着干活，一边对我说："今天咱们人多，炕上安一桌，大人们坐；地下安一桌，小一辈儿的坐。"

"怎么不见东东呀？"我问姐夫，姐夫看了姐姐一眼，姐姐接了话："东东出门子了，过两天就回来。"

饭菜的丰盛我是没有想到的，怀安柴沟堡的熏肉，万全孔家庄的豆腐皮子，水萝卜、小葱、黄瓜、青椒切成的"大丰收"，还有一小盆家人俗称为甜苣的苦菜。热菜都是我小时候盼着过大年才能吃到的——鸡肉熬山药、红烧兔肉、爆炒羊杂、清蒸口蘑。

"辰辰吃啊，别和你二哥和姐夫紧着喝酒！"他又对姐夫说："看看你这个人，叫你陪着喝个酒吧，一口下去就成了猴屁股，不会喝，你就经由着他们多吃点，光顾着自己！"姐夫吸溜了一下鼻涕，没有什么表情地说："都五十多的人了，还用经由？辰辰，看着那啥可口就吃啥，你多吃点，你姐就欢喜，她可有好长时间没这么开心了，每天都阴着脸，我也不知道该说什么好，你今天回来了，吃罢饭，好好和你姐唠唠，要不然真快憋出病了。"

"不说是不说，一说就收不住，辰辰刚回来，尽提一些个心烦事，辰辰，不听他的，吃！"姐姐立即抢过了话头。

"你们少喝点，给晚上留个肚子，晚上给你们吃咱坝上正宗的莜面，山药糕和莜面窝窝都准备了一些，知道你们都喜欢！"姐姐又嘱咐我们。

"姐姐，这得花多少钱，我回来，就想姐姐的莜面窝窝，可不能再花钱了。"我心疼姐姐为我花钱，我知道，姐姐的每一分钱都凝聚了姐姐姐夫的血汗，每一分都来之不易。

"花钱？下一回回来想不花都不行了，什么都得花钱买了，这次还不用花几个钱！"姐姐脸上掠过了一丝不易察觉的无奈和遗憾，冲着底下的外甥女儿说道："贞方，把鸡肉熬山药再铲一碗来，你三舅就喜欢这大块儿的山药，这个有点凉了。"然后指着一桌子菜介绍说：

“这熏肉和豆腐皮是万全老家他大爷的那个大闺女寄来的；这个鸡和兔子都是姐姐今天早上才杀的，姐姐自己在院子里养的；甜苣是姐姐夜来才在后洼挑回来的，剩下的素菜都是圐圙子里自己种的，吃完饭你看看去。这个蘑菇，”她给姐夫一块鸡胸脯，“是你姐夫的功劳，前年个去租银地看他大姑，碰见个蘑菇盘，摘了蘑菇不算，你姐夫俏息息地还把蘑菇盘的土拉回两麻袋，在圐圙里开了个畦子，把拉回来的土都埋了进去。去年一个也没见着，都以为白瞎了，今年在上面种了山药，没想到今年长上来了，一下雨就长一片，活了70岁呀，头一回见到这稀罕，蘑菇也能倒栽活。”姐夫有慢性鼻炎，一吃饭就吸溜鼻子。一顿饭没说几句话的姐夫又用劲吸溜了一下鼻子，慢吞吞地说：“去年浇水太多，这家伙，别看下了雨才长，但要人工浇水就不长了。再说和今年种山药有关，镇里的李技术员说，山药在生长的时候产生一种什么磷，还是什么根瘤菌来着，正是蘑菇需要的。”姐姐接过了话头：“甭管他什么磷，你要不把那两麻袋土拉回来，就是有几片龙鳞种了那里，也长不出蘑菇来！”

（二）

坝上地区的院墙都不高，基本都在一米多点，超过两米的院墙很少。院墙一般是土坯垒成，有的用石头打一两尺的根基，个别也有全用石头砌起来的，用石头垒院墙的人家，一般都是山根下的住户。

姐姐家的院墙一米八高，全部用红砖垒成，墙的顶部插满了碎玻璃，太阳一照，一闪一闪的，因为碎玻璃插得比较密实，有时在太阳的照射下还会发出彩色的光芒。

姐姐指着院墙和一圐圙蔬菜告诉我：“这是前几年上级推广庭院经济模式，给补助了5000块，专款专用，用这个钱垒了院墙，”又指了一下装有压水机的水井，“还给打了一口80米深的水井，配了台压水机。”姐姐的脸上现出了满满的喜悦。

“要说那个政府，真是又操心又花钱，就咱这一个村就补了十几万，稍微大一点的圐圙都给了补贴。”姐姐忽然收敛了笑容“不过，有的人家也不给政府争气，二赖他们家，用补贴买回来四只还是五只母羊，蹲点的工作组前脚走，他后脚就杀了一只，两年不到就都杀完了，要是好好经由，现在也过得挺好了。还有咱们接边子二忽眼这一家”，姐姐压着手势向东边的邻居指了指，“为了贪图人家的补贴，在圐圙里撒了一把莜麦，当韭菜应付检查。说起来也挺失笑的，来检查的是一个小伙子、一个小闺女，人家告诉他是韭菜，那闺女还揪了一根，鼻子闻了闻，放到嘴里嚼了嚼，问：‘怎么没有韭菜味？’二忽眼告诉他‘这是新品种，刚长上来只有一股青草味，长大了韭菜味也不大，但产量高，比普通韭菜能多收一半出来’，那两个就真相信了，还把二忽眼表扬了一顿，说二忽眼能用新品种、新技术种圐圙，发展庭院经济，给全镇农民带了个好头。后来还上过电视，你还甭说，散撒的莜麦苗子，电视里一放，真他娘的分不出是韭菜还是莜麦。唉，过去说那些知识青年，肩不能挑担，手不能提篮，红根绿叶儿，是什么东西儿，一点也不假，这些孩子要当了大官，不知道会把国家糟蹋成什么样子呢！”

今年的圐圙里种着土豆、茴子白、水萝卜、韭菜、豆角、葫芦、甜瓜之类，正是最旺盛的时候，绿油油的煞是袭人。还有两棵果树，树上结满了疙疙瘩瘩的小果子，果子之多，甚至要盖过树叶，也说不清是棵什么品种，姐姐叫它沙果树，我也就叫他沙果树。

“不用化肥吗？”看着郁郁葱葱的菜地，我想起城里人所祈盼的那种绿色食品，便问道。

姐夫蔫蔫地接了话头：“种的少不用可以，种的面积大了不用就不行了，只不过用得少。大田里一亩地用基肥四五十斤，后来还要上尿素、二胺之类的，也得几十斤，咱这圐圙大概是二分地，基肥全用农家肥代替，后期用点二胺就行。”

“农药就不用了吗？”我又问。

姐姐笑了笑说：“有人卖菜说绿色食品，不用农药，那是胡说呢，还不记得你小时候，咱爹给生产队种菜园子，嘴上围着手巾，裤口和胳膊口都捆绑得结结实实的，还戴着个风镜，满园子里撒‘六六六’粉，咱们那会儿叫虱子药，一季儿最少撒两次，不撒几天就叫虫子吃完了。有时候用敌敌畏，没有虱子药呛，但毒性更大。”她揉了揉眼睛，似乎有“六六六”吹了进去，接着说：“现在虱子药、敌敌畏早就淘汰不用了，现在用，用……”姐姐忽然转向了姐夫：“嗨！看你愣楚楚的，问你呢，现在用的是什么来着？”

姐夫嘿嘿一笑，冲着姐姐道：“说呀，看把你能耐的，也有不知道的时候。”

姐夫收了笑容，揉了揉鼻子，转过来向我介绍道：“现在用的我们老百姓统称叫杀虫剂，包括杀菌剂和除草剂，咱们家就用点氯虫苯甲酰胺，主要控制一下幼虫。要不用杀虫剂，一个是菜蔓子就长不好，再就是长出的菜都是歪瓜裂枣，不用说卖，自己都不想吃。再说了，不用杀虫剂种出来的菜，样子不好，没人愿意看不说，上面残留的病虫害本身带来的病毒、细菌一点不比残留的农药危害小，再说产量也会大幅降低。”

这是我第一次听说，不用杀虫剂的菜，上面寄生的细菌、病毒危害也是很大的。

姐姐带我来到了井边，对我说：“这口井可是好水头，水就没个用完的时候。来打井的师傅说，他们是根据一个解放军的团长留下的资料打出来的。”

姐夫又接了话头：“李国安，北京军区给水团的团长，是他留下的水文资料。”

姐姐拍了一下自己的脑门儿：“对，看我这记性，叫李国安，是个团长，可是个大好人。有一年带着勘探队来过咱们村，那会儿咱也不知道他是谁，是个干啥的，要知道他是给咱们老百姓找水的，说什么也拉他进家喝口水。”

“你说也奇怪，这个村里打过多少口井，一打一个黑窟窿，一打一个黑窟窿，你说按人家李国安发明的那个什么资料，就打出了这么好的水头。”

我压了几下压水机的手柄，明显感到了井水的压力，只压了两下，水就哗哗地流了出来。

姐姐摘了一把嫩豌豆角递给姐夫：“快去冲一下，给辰辰吃，小时候就喜欢吃这嫩豌豆角子，记得忘了，有一次晚上下学回来，碰上队长老婆偷队里的豌豆，你要学刘什么来着？”姐姐把脑袋偏向了姐夫。

姐夫接着道：“刘文学，那是小学课本上的小英雄，为了抓偷玉米的地主，叫地主掐死了。”

“对，你要学刘文学，要抓人家，结果告到了大队，大队治保主任叫来副队长一问，人家说是他派的工，给下乡的送礼的，明明是偷东西，却说是出工的，半夜三更出哪门子工！贼没抓成，还叫记工员给人家记了四分儿……唉——”姐姐现出了一脸的无奈。

五年没有和姐姐见面了，一见了面就有说不完的话。在这个園圃里，姐姐的话题一刻也没离开这个菜园子。

“辰辰，还没跟你细倒看呢，这个園圃可有兴头的了，刚建起来的时候，县里、镇里的领导没少带人来参观学习，每次来人都带着照相师，照了院子照房子，照了園圃照家里，有两次让你姐夫假装着锄地，让我戴着个烂草帽站在井边假装浇地，哎呀，至那时我才知道，原来那电视上演的都是摆出来的，假装的不像都不行，一遍一遍地叫你重来，什么时候人家那大拇指二拇指举成个圈圈，喊一声外国话，才算成了。没几天县里的电视台就播了，谁知道，又过了两天，河北电视台也播了，电视里一看，姐姐和你姐夫原来是那个样子，让咱演个农民，一准儿比那些大明星演得像！”

姐姐又把我领到了一片开着小白花的作物旁问我：“这东西你还能认出来吗？”虽然有几十年没见这东西了，我还是脱口叫了声“马奶奶”！“看看这记性，几十年了还能认的，就是马奶奶，也是你姐夫倒栽的野生的，以为活不了呢，后来才知道，挺好活，这就叫实践出真知，你不倒腾一下，永远不知道咋回事。再晚回来半个月，就结果子了。”

我正要问倒栽这东西有什么用，姐夫似乎看出了我的疑虑，不紧不慢地说：“这东西学名叫地梢瓜，是一种中药，也是一种蒙药，果子、茎叶都能做药，内蒙古有收的，价格还挺高，还能当水果吃。我想试试，要能人工种植，估计能挣两个好钱。现在就要搬迁了，这东西也用不上了。”说着，姐夫连根拔起了一把，扔向了旁边的黄瓜架上。

姐夫没上过多少学，但心灵手巧，挺能琢磨事，一直是村里的农机手，也是这一带小有名气的农业土技术员。

姐姐说：“原本想用这个院子好好发展一下经济，也闹他个大院经济专业户当当，再上他几回电视，最好上上那个中央一台，让赵忠祥给咱播一播，好好光荣一把，攒一点后半辈子的养老钱，看着看着有点门儿了，唉，他娘的，一夜间就变成灶火坑里的青烟了……”

我看到了姐姐脸上的无奈和深深的不甘心……

（三）

姐姐门口的大榆树是三棵有故事的大榆树。

姐夫的奶奶在生姐夫的父亲郑虎的时候，因难产死亡了。爷爷郑万隆便承担起了父母的双重职责，既当爹又当娘，含辛茹苦把儿子郑虎拉扯成人，并且还给孩子娶过了媳妇儿。本来想安安稳稳地过日子了，未承想祸从天降，逼迫着一家人只能背井离乡。

郑万隆一家住在万全县与怀安县交界的翠屏山脚下的大西口村。

这里的土地基本都是霍大财主家的，郑万隆一家在河渠边有二亩河滩地，一家三口依靠着这二亩地和给霍家打短工为生，未承想连续几年雨水泛滥，家里的二亩地连续遭水灾，地中间还冲出了一条丈余宽、四五尺深的沟。使得郑家的生活越来越艰难。正好迁移到永安县安了家的郑万隆的表哥张国青，给他来了信，说口外的生活比口里要容易些，希望表弟带着表侄子小两口出口外来谋生。郑万隆左右权衡，着实委决不下。地虽然冲掉了，如果一两年内雨水减小，他还可以慢慢复垦，加上还有房子院子，一旦离开，到了上无片瓦下无立锥之地的荒毛野草地，虽然说口外比口里好谋生，但白手起家又谈何容易，好出门不如赖在家，大西口再不好，总是个家呀！

人算不如天算。一天上午，村子里忽然开进一支部队，保长带着三个穿着灰色军装，帽子上镶着青天白日徽章的军人来到了他家。其中两个背着大枪，刺刀在太阳下一闪一闪的。一个戴着大檐帽，跨盒子炮，一看就是个当官的。当官的扔给郑万隆五块大洋，让他们三天内搬家，说房子被军队长期征用了！郑万隆犹如当头一棒，请求把房子留下来，当官的还算讲理，向他解释说："我们是傅作义司令官的部队，傅长官爱民如子，征用你的房子还给你钱，给的还不是法币，而是现大洋，再添个十块八块的，去哪里买不了几间破房？你就知足吧！"在此巨大变故面前，郑万隆不得不做出背井离乡的决定。

这是 1947 年的事，姐夫的父亲郑虎只有 18 岁，母亲才 15 岁，那时姐夫还没有出生。

搬家的时候正是春天，坝下虽然有了春天的气息，坝上却依旧春寒料峭，时不时地还刮一阵子风雪，起一片沙尘暴。郑万隆在收拾东西出发的时候，有点依依不舍，表哥说得虽好，毕竟他没有亲眼见着，这远在草原深处，号称租银地的永安县到底怎么样，他有点不托底，每每想来，就有点忐忑。他在出口外，还是留在万全二者之间拿捏不准。

他最后征求儿子的意见，郑虎说："出口外吧。国青大爷是不会骗咱们的，再说了，留在万全，到处是兵，日子也没法过呀！”其实郑虎还有一个不能和父亲说的心思。那天那个戴大檐帽的当官的，虽然是和郑万隆在客客气气地说话，但郑虎注意到了他的一双眼睛，不时地瞟向自己的媳妇儿，那种眼神郑虎何尝不害怕，他太清楚其中的含义了。

儿子的态度坚定了郑万隆出口外的决心。好歹家当不多，一辆牛车，就把全部家当拉了个干干净净，收拾好之后就出发了。临走时，他从村里挖了三棵榆树苗，带着泥土，包好放到了车上，对儿子说：“不管走到哪里，盖房子的时候就把这三根树苗种在院子里，看见这三根树，就当看见咱老家了，谁知道这一走是福还是祸呢？”

大西口离万全县城有40多里。从大西口到永安，万全县城是必经之路。那天太阳快要落山的时候，他们赶着的牛车来到了万全县的南门，门口两个穿灰色军装的兵在站岗，帽子上带着青天白日徽章，一看就知道和征房子的那几个当兵的是一伙的，都是傅作义的部队，两个当兵的问了问从哪儿来，到哪儿去，一听是当地口音，车上的东西也没查，就放他们进了城。进城后郑万隆对儿子说：“北关的三合义车马大店，便宜实惠，刘掌柜也是咱们大西口的，和爹还磕过头，今天就住那里。”

北关的这家大店是三个朋友合伙开的，所以叫“三合义”，由刘掌柜主事。“三合义”占地有十来亩，分三进大院：前院是办公、接待、掌柜和伙计住宿以及娱乐的区域，设有伙房、赌房、说书房等；二进院子是客人居住区，设有“甲乙丙丁有己庚辛壬神”十个包房，把“戊”改成“有”，“癸”改成“神”，是店家对不吉利字眼儿的回避。还有两大间能容纳十几个人睡觉的大通铺，称为“福字号大通铺”和“禄字号大通铺”。后院是喂牲口的，不仅有暖圈，还有两口盖有井棚装了辘轳的水井，每个水井都安有两个两丈多长的水石槽，专门饮牲口用。西北是草料囫圇，放着四五把铡草刀，供客人喂牲口铡草用。东北角上，是一个小型的铁匠炉，主要为客人钉马掌。

“三合义”不仅设施齐全，而且从掌柜子到店伙计都热情好客，伺候周到，价钱也便宜，因此，生意一直不错，在张库大道上，算最大、最有名气和信誉，也是经营最好的车马大店。

牛车赶进了大门，立即就有个店伙计迎了上来：“唉呀呀，这不是咱家的老客来了吗！这个日头来，一定是住店了，今天福字号通铺还有两个位置，我先给您老把牛喂上，您进房间先歇歇，吃什么饭咱们一会儿再说。”

郑万隆老人笑了笑：“小伙计，才来的吧？看着咱这破板牛车就认定咱要住大通铺了对吧？去，把你们刘掌柜叫来，就说他郑大哥来了！”

店伙计伸了伸舌头：“看您老这话说的，一看您就是见过大世面的，要么刚才我们刘掌柜还说，一大早喜鹊就叫个不停，今天一定有戚人来，等了一天也没见个影，原来是应在您老身上了。您老稍候，我就喊我们掌柜子去！”说完一溜烟儿跑走了。

刘掌柜见到了好几年不见的结拜大哥，自是高兴，他把大哥爷三个直接安排在了自己的卧房，招呼伙计卸车喂牲口，炒菜烫酒，忙了个不亦乐乎。小伙计看到掌柜子把来客直接安排到了自己的卧房，就知道这不是一般的客人了，伺候起来更是小心谨慎，周到细致。一切安排就绪，刘掌柜才坐下来陪郑万隆一边喝酒，一边叙述上次离别后各自的情况。

当刘掌柜听说郑大哥是要举家北迁，到后草地永安县落脚定居的时候，他停止了喝酒，对郑万隆说：“我这店里来往的客商不少，消息也比较灵通，前先时候有两挂永安下来的运粮食的大车，押车的也是咱万全人，他说现在永安兵荒马乱的厉害，国民党和共产党的部队天天像拉锯一样打过来打过去，曹凯、小五点的土匪也是忽东忽西，这个时候你们奔永安，恐怕不是时候。”

这也是郑万隆最担心的事情，他看了看儿子，又看了看刘掌柜，像自言自语，又像是征求他俩的意见，“朝回返是不行了，怎么也得上去看看，碰碰运气。”郑虎也说道：“不能返回去了，大爷来信不是说了吗，咱们虽说是去的永安县，但去的这个地方离永安还有上百里地，是草原上的三不管地方，相对还是僻静的，再说了，大西口这个地方已经被军占了，咱就是回去，又住哪里呀！”

看到爷俩意见虽然统一，但还是疑虑重重，刘掌柜忽然像有了主意似的，他把酒杯一放，一拍大腿：“嗨！我怎么把他忘了！”

“谁？”

刘掌柜压低了声音说：“袁先生，袁真人今天住在咱们店的壬字号包房。我去找他，叫他给你起一卦。”

郑万隆眼睛一亮：“你是说给傅作义、冯玉祥起过卦的那个袁真人住在这里？”随即眼睛又暗淡了下来：“他的卦咱起不起呀……”

“他是咱们店的老客了，白给起一卦不敢说，打个三折四折的面子还是有的。”刘掌柜说。

郑万隆横着心掏出了一块大洋，对刘掌柜说：“兄弟，大哥只能出得起这一块钱，给起就起，不给起就算了。”

“大哥，先别说钱的事，咱现在就去看他，我这里还有一瓶龙潭老窖，给他带上，至于卦金，到时候看他怎么要。”

三人出门后来到二进院，看到壬字号房间还亮着灯，刘掌柜轻轻地敲了敲门，声音很低地向里问道：“袁先生，休息了吗？我是刘掌柜呀。”

听得房里一个浑厚的声音答道：“刘掌柜呀，您稍后，我就来开门。”

开门的袁先生五十多岁，红光满面，一看就是一个善于保养、长于保养的人。只见他披了一件洁白的“瑞蚨祥”白府绸夹袄，趿拉着“内联升”白底黑冲服尼面布鞋，手里拿着一本《易经注疏大全纂》，他很客气地把三人让进了门，给嘎石灯里加了点水，灯头火苗登时向上蹿了起来，屋里也一下明亮了许多。“刘掌柜，这么晚来一定是有事吧？”

刘掌柜说：“什么事也瞒不了您袁先生，这位是我的义弟郑先生，这是他儿子，义弟遇上了难于决断的塌天大事了，也是天意，正好就赶上您老人家住在了小店，我带他是来请您指点迷津，恳请袁先生帮着我这个义弟走出迷途困境。”

“哦，我知道刘掌柜的来意了。”袁先生打量了郑万隆爷俩一番，然后说：“刘掌柜您是知道的，我一个月内只起10卦，多一卦也不起的，这是我家主师爷手里定下的规矩，徒子徒孙们谁也不得破了这规矩。”

刘掌柜一听知道这是袁先生的婉辞之意，正要寒暄告退，袁先生又开口了：“这个月我还剩最后一卦，就送你义弟吧！”

“哎呀呀，那可有劳袁先生了，您看这卦金……”

袁先生摆了摆手：“刘掌柜，我可说的是送呀！这么多年了，坝上坝下来来回回，我也没少麻烦你们，你明知我是干这个的，但从来没向我为了你自己的事开过口，今天你能为义弟来求我帮忙，足见你义薄云天。我是姓道的，你可谓是姓义的，今天咱是道义相合，我怎么能提卦金呢！”

袁先生吩咐打来一盆热水小心翼翼地净了手，一边点香一边说：“我这卦讲究‘六爻判今古，三课定乾坤’，也就是一问需要三卦来回答。说说要问什么事吧。”

刘掌柜介绍了郑万隆的情况，郑万隆又作了一些补充，就见袁先生从一个牛皮包中取出了一个青铜卦盘，恭恭敬敬地摆在小香炉前，然后又取出三枚唐朝开元通宝，双手攥在手里，对着香摇了六次，然后把通宝撒在了卦盘中，如此三次，每次仔细查看后，都要用一支派克金笔，在一个厚厚的本子上记录下查看的结果。足足有一个多小时，才捧着本子对三人说道：“这个卦象来看，还算是顺卦。郑家举家北迁，上不着天，下不着田，但没有什么风险，目前一家人阳刚被阴柔包围，处境困迫，但没有失掉亨通，原因是有阳光居于中位。”

刘掌柜接了话：“袁先生，我们都是粗人，您就把结果告诉我们就行了。”

袁先生说：“哦，那也好。三卦合起来判断，北迁比不迁好，越向北走越对这个家庭有利。路上也顺利，没有大的风险，不过遇到井的时候要十分注意。

“到达你们要去的地方以后的日子怎么样，卦象上反映的模模糊糊，似乎有凶险隐伏其中……”

郑万隆三人一下又紧张了起来。虽然能够平平安安地到达永安，但以后的日子有凶险，这和不搬家又有什么区别呢？

“啊呀！这凶险有解吗？”刘掌柜问道。

“卦象上没有解，但可以预测。”

“怎么预测？”

“到达你们要去的地方后在院门口种上三棵榆树，三棵树如果都活了，那就平安无事，家境顺利，如果一棵也活不了，就要立即搬迁他处，否则便会有血光之灾。”

“那要活一棵两棵呢？”

“住下来没有大的凶险，可以居住落脚，但家境不会太好。”

郑万隆把儿子拉到身边，一起给袁先生鞠了个躬，说道：“袁先生，今天能在这店里和您碰面，本来就是我家的造化，您又说要在门前栽三棵树，不瞒您说，昨天打叠行程的时候，我们正好就从村里挖了三棵榆树苗，就是想带出口外种上留个念想的，您说这不是天意是什么？”

“哦，有如此事体？我说这第三卦象这么滑，就是因为应验了你们带树苗的缘故，世间一切关系，都脱不了一个‘缘’字。大胆北上吧，无咎，无咎！”

在三人告辞出门的时候，袁先生拍了拍郑虎的肩膀说道：“小伙子好自为之吧，阳光中位应该应在你的身上，这一辈子没有大富大贵，但博得个与老树同春的长寿是有望的。”郑虎连忙又给袁先生鞠躬。

就这样，三棵树苗被袁先生赋予了承载了郑家动荡与否的重任。一路上一家三口对这三棵树苗呵护有加，儿媳妇就差把树苗抱在怀里了。住店打尖，她都会把这树苗抱到屋里，还要在树根上浇点水。

一家三口出万全城，迤逦北上，上坝后，有一天走到了一个叫三面井的小镇，郑虎看到媳妇儿有点疲惫，想要歇在这里。郑万隆忽然想起了袁先生的“不过遇到井的时候要十分注意”的卦嘱，便对儿子说：“袁先生说的井，可能是水井，咱这一路过来都小心谨慎了，没有大碍，这个镇子叫三面井，也是井，还是三面，咱们还是绕开，朝前走走再歇吧。”他们又超前走了十几里，宿到了另一个村子。第二天一早起来，村里的人就传开了，昨天晚上，小五点的土匪洗劫了三面井，大大小小死了四十多口，三面井唯一的一家小客店，店主和店客十几个人无一幸免，财物被抢劫一空。听到此消息，一家三口惊了个目瞪口呆，他们庆幸昨天没有宿在三面井，更敬佩袁先生开卦的惊人应验！上了大路后，郑万隆停下了脚步，让儿子儿媳妇一起和他跪在路边，向南叩头拜谢了一回袁先生。

当他们来到永安的时候，郑万隆的表哥张国青已经在南门外等了他们三天了，哥俩碰了头，没有寒暄、没有客套，便直奔离永安还有一百多里的元宝山村。

到了元宝山村之后，张国青帮着表弟很快盖起了两间小房子，用石头圈了个院墙，就算成家了。盖房子动工的那天，郑万隆带着儿子儿媳在院门口挖了三个树坑，点了三炷香，摆了三个白面馍馍，诚惶诚恐地拜了三拜，是拜那棵树郁郁葱葱、茂茂盛盛，也是拜袁先生指点迷津，解救困厄。从此，这三棵树就成了郑家一家人的寄托，他们用石头给树垒了围墙，生怕人或动物糟蹋了，一年四季，坚持十天一大浇水，三天一小浇水，虽然这水都得到一里多地以外的水井上去挑，但一家人从未间断，这样整整坚持了20年，直到郑万隆老人去世后，三棵树也长成了材地，才停止了定期浇水，由郑虎改成了随父亲的烧纸日子给三棵树浇水，一直坚持到现在，这三棵树已经成了郑家的重要家庭成员，也成了永安地面上标志性的植物。

（四）

我回来的第二天接到了外甥向东的电话：

“三舅，我是向东。”报了个名字就没声音了，我以为是电话的信号不好，就不断挪动着地方，呼叫东东的名字。一声“唏嘘”声从电话里传了过来，我才意识到，向东正在电话的另一头抽泣。

“东东，怎么了？出什么事了？”我焦急地问道。

“没什么，三舅。昨天就知道您回来了，我爹和我娘也没告诉我，还是我姐悄悄告诉我的。本来想回去看您，但我，我……”向东又抽泣了起来。

“东东，不哭，有什么事和三舅说。”我极尽安慰的语气。

“三舅，电话里不说了，我现在在县里，您明天返回来吧，我请您吃个饭，再好好和您念叨念叨，还得三舅替我拿个主意。这事您先不要告诉我爹娘，更不要让我爷爷知道。”

我稍微犹豫了一下，立即就答应了向东，和姐姐说永安有点事，办完了再回来，第二天一早我便返到了永安县城。

向东就住在扶贫搬迁的移民点。一个很大的小区，大约有近百栋高楼，远远望去，鳞次栉比，十分壮观，自从盖起这片楼群，小小的永安县城一下子显得更加阔气了起来，这片小区也一下子成了永安的地理性标志，被称作了“移民小区”。

永安地处阴山北麓，本来就是一个移民的县城，清朝光绪朝之前，这里是蒙古王公的夏营盘，属于策棱家族的封地，是一片一望无际，“跑马一天，见不到人烟”的大草原。曾有“出了三道边，没人尽牲口”的说法。三道边指的是金长城遗址，就从永安南沿通过。南北朝时期流传着一首至今为人们依旧咏诵的民歌叫《敕勒歌》：“敕勒川，阴山下。天似穹庐，笼盖四野。天苍苍，野茫茫。风吹草低见牛羊。”这首民歌署名佚名，据永安当地历史学家考证，这首民歌应该就是永安这一带牧民们创作的。

光绪年间，蒙古王公自动开放牧地，放荒招垦，蒙古牧民不断北迁，南来的汉族移民逐渐增多，这里才有了人气。随着农业的逐渐发展，移民逐渐增多，蒙古王公和当地乡绅联手，为了抵御土匪袭扰才建起了一个土城堡子，有了永安县城的雏形。

后来伪德王政府为了增加赋税收入，将放荒招垦法律化，永安移民迅速多了起来。从河北万全、阳原、河间、任丘，山西天镇、灵丘等内地拖家带口来到草原上，聚合起了一个个以农耕为主业、牛羊养殖为副业的小村庄，草原文化不断被颠覆，形成了一条农牧文化相结合的过渡带。但因为城池太小，又在无边无际的大草原，一会儿归这个县，一会儿归那个旗，一会儿国民党管，一会儿共产党民主政府管，一会儿又归了伪蒙政府，就连永安周边地区的人都不知道归谁管，更不知道父母官是谁，常常被人称为“三不管”地界。直到解放战争后期，永安解放，才正式定名为永安县。

永安移民虽多，但哪一次移民都比不上这次的规模！成千上万的农民在同一个时期，集中移入县城，集体脱贫致富，这壮举会成为下一本《永安县志》浓墨重彩的一个章节。

搬迁装修已经接近尾声，全县几万口农民，一夜之间都住进了这一片高楼，变成了永安市民，顿时给原本显得萧条和寒酸的这个偏远小县增添了不少活力。小区虽大，但人来人往，车水马龙，看上去还有点拥挤。每个楼头都有一伙人，和在村里的大街上一样，有的在歇凉聊天儿，有的在下棋打牌，有的则三个一群两个一伙地围着大楼不停地转圈圈，在一块小广场上还自发地形成了一个小市场，蔬菜水果、螺母螺丝、针头线脑、裤衩背心，市场不大，但也琳琅满目，花样繁多。

小区留出了大块的绿化带和绿地，种上了白蜡、侧柏、丁香、榆叶梅、紫荆以及格桑花等树木花卉，但不少地方长出了菜籽、荞麦、葵花、小白菜、大葱甚至土豆，正是农作物开花的时候，小区里显得郁郁葱葱，斑斓多姿。小区里农村大街上的景色和一栋栋高楼相映成趣，别有一番情调。

我进到小区后，向东两口子早就等在了楼下，我刚下车，向东就叫着"三舅"过来招呼我，我还没和向东打招呼，就听得背后有个声音："向东，叫谁三舅呢？是你三舅回来了吗？这可是个稀罕人，啊呀呀，有几十年没见了，是你三舅吗？"

我扭头看去，就见一个脸膛晒得黢黑黢黑，头发斑白稀疏，敞着怀穿着一件红色背心，外披一件脏兮兮的黑色夹克衫，下身穿一条黑色的裤子，裤脚湿了一截儿，显然是刚在露水地里行走过。两个膝盖顶出了两个大大的鼓包，本来挺直的两条腿显得十分罗圈儿。脚上趿拉着一双塑料绿色拖鞋，脚指头上还留有淡淡的泥痕。老人的背有点佝偻，眼睛倒显得挺有精神，不花也不近视。他边向我走边冲我说话："啊呀，不是向东喊三舅，我这可是一点也认不出来了，真的是孟辰呀！"

我赶忙说："是我呀，你这身子骨可好？"

"哎呀呀，还真是你呀，你问我身子骨好不好，你先说，你还认得我吗？"他又转向向东，"你可不能告诉他！"

我努力回忆他的形象，看样子他比我大不少岁，不可能是我的同学，又这么熟悉我，那就应该是一个村的，但我怎么也找不到一个年轻的影子与之相匹配，只好尴尬地说道："真是对不起。我真认不出来了，您老是……"

"唉，还'您老'了，用劲儿想，想想看！走了这么多年了，还没跟我谝侉子，还有点人味。唉，当官发财了，那还会认识小时候一起尿尿和泥耍的伙伴呀，你想不起我了，还记得你给队里放牛，牛抛了坡摔死在望崖沟，还是我和我大大说的情放了你一马，没让你家赔偿。哈哈，哈哈……”

向东看着我一脸尴尬，赶快说道：“这是吴荣德呀，是三舅的同学，他爹是吴大拿，您在村里的时候是咱们大队的大队长。”

“吴荣德？”我怎么也不敢把眼前的这个老者和我高中时的同学吴荣德——吴呼扇联系到一起，那时他是那么的意气风发、风流倜傥，穿着白色的确良上衣，海军蓝的的确良裤子，小风一吹，身上的衣服像是大盐淖轻轻涌动的湖水一样。村里的小闺女们都是他的崇拜者，一到放露天电影的时候，他的周围就挤满了小闺女。有时到外村看电影，外村的女同学会早早地为他准备好两把凳子。

“我说，这回认出来了吧？你们这些当官的——”我没等他说下去，赶快接过了他的话头：“嗨，老吴，别这么说，我可不是当官的呀……”

“一看你白白胖胖的脸面，白白净净的衬衣，白白嫩嫩的胳膊，肥圪囔囔的啤酒肚子，那官还能小的了？现在的官儿都你这副尊容，人前甜言蜜语，背后毒辣心肠！”

向东看吴荣德越说越离谱，便说道：“吴叔，看你的袄脏的，快回去洗一洗，人家看了不说你不卫生，倒要说你的孩子们不孝顺了。”

未承想，老吴忽然暴跳了起来：“洗衣裳？洗个球毛！老子在元宝山的时候，什么时候不是干干净净的，到了这么个滥球地方，洗个衣裳还要花钱！甭说洗衣裳，在他妈自己家里上个茅厕也得花钱，老子又没处挣，又不能偷不能抢，又不会舔，可不就得少洗涮，少在家里上茅厕么！

“哼！哪像那些当官的，发财的！

“哼！你向东不是孝顺吗？我儿子不是不孝顺吗？我一时半会儿还死不了，我倒等着看你，到底怎么在这个鸽子窝里孝顺你爹你娘，对了，还有你爷爷！”

吴荣德说完，没再理会我的惊诧，扭头扬长而去了。

时隔40年后的今天，在这个移民小区与吴荣德相见，本来应该相互叙述一下乡情、同学情和离别情，甚至出去喝上一杯，没想到是这么一幅场景，我的心头涌起了一种说不清道不明的感觉，懊恼、愤怒、凄凉、失落，还有一种愁怨？……

吴荣德从头发到脚面，烙满了农民的烙印，和我的父辈、姐姐哥哥乃至所有农民是一样的，这种形象、这种情感我是熟悉的，但又感到陌生。我的心猛地一揪，骤然间感到了我的幸运，如果我当年没有考上学，今天我一定会和吴荣德一样，在这个小区，披着一件脏兮兮的夹袄，一起遛弯儿，并且互相指责对方小时候的不够意思。

向东的房子位于小区最南头一栋楼的十八层顶层，前后通透，如果不是阴天，屋里全天都可见到阳光。站在阳台上向南一望，永安县城尽收眼底，比站在元宝山村的大南山上还看得远。按照规定，向东三口只能分到75平方米的一个小房子，但他把父母的指标一并使用后，就有了125平方米的面积。

房子装修的价格不贵，125平方米，只花了不到10万元，但性价比比大城市里要高得多，艺术吊灯，电视墙，家用电器齐全不说，还在客厅与餐厅的中间打造了一个小酒吧。小酒吧上倒吊着几只高脚杯，竟然还摆了一瓶五粮液和两支拉菲干红。

向东看我打量房间，便对我说：“我领着三舅看看，三室两厅，卧室还不算小，光我和秀波两口子住，加上个孩子，两室一厅就够了。但考虑到我爹、我娘和我爷爷来，就要了个三室两厅。”

向东推开了所有的们，一一指给我看：“永安装修也不像你们南面，还是比较便宜。”

看我走到了小酒吧旁边，向东不好意思地笑了：“嘿嘿，五粮液是假的，上次请镇长吃饭，咬着牙买了一瓶五粮液，酒喝了，事儿也没办成，喝完后酒瓶子和包装盒都没舍得扔，带回来装了一瓶永安老窖摆在这儿了。两瓶拉菲是网上买的，25 块一瓶，也不知真假，反正也没人喝它，买回来当个摆设，装装门面。”

永安地区，招待客人最好的吃食是牛羊肉了。向东和他媳妇儿秀波专门炖了牛排来招待我。

秀波的家也是当地农村的，是高中时向东的同学，家里还有一个妹妹，到温州打工，后来就和一个四川到温州打工的孩子结了婚，在当地买了房子，由于路途遥远，房贷压力大，已经有六七年没有回过家了。秀波的父亲中风卧床，常年需要有人照料，基本上失去了家庭收入，只靠政府每月几百块钱的特困户补助过日子。好在政府实行了医疗合作保险，秀波父亲的医药费基本都可报销，否则日子是无法过下去的。

刚喝了一杯酒，向东忽然抽泣了起来，秀波也抹起了眼泪。

我没有追问他们哭的原因，静等他们的叙述。果然，抽泣了几声，向东“扑哧”一下苦笑了起来：“看我这没出息的，好几年没见三舅了，见了面倒哭上了。三舅尝尝这个牛排，今早上刚杀的，买回来还冒着热气呢，秀波炖了一上午。”

小两口端着酒杯站了起来：“三舅，我俩敬您一杯吧，好几年没敬三舅了。”

喝了两杯，向东叹了口气，眼圈有点发红，不知是酒的作用，还是情绪伤感：“三舅，我，我，我爹和我娘不要我俩了，我爷爷也不让我俩回家了，说只要东东这个小王八蛋敢登老郑家的家门，爷爷就一头撞死在大榆树上！”

秀波擦了一下眼角，把一盘儿腌白萝卜向我跟前挪了挪：“三舅吃点这个，是我从咱们家里的园圃里挽来的，自己腌的，加了点花椒，味儿挺好的。”

“这是为什么呀？”看着向东的伤心劲儿，我的眼也有点红。

“嗨！还不是因为这个扶贫拆迁吗！”

扶贫搬迁的前提是村民自愿，镇里确定了拆迁的村庄后，便要求村干部回村做群众的工作，召开村民大会，要求每家每户都要签字，签字率达不到80%，村庄不得拆迁。

元宝山村接到通知后，村民很快形成了两派，以年轻人、富裕户和村干部为主的多数派和以老年人、困难户为主的少数派。在动员签字的时候，最后只差一票不能通过。村支书和镇里的拆迁工作组组长找到了向东，请向东以党员的身份做他父母的工作，一定要签字，以圆满完成上级交给的任务。于是，向东没有和父母商量，就代表父母签了字。

“为什么不和你爹娘商量一下就签字？到底拆迁好还是不好呀？”我问道。

秀波夹了一小块牛排放到了我的碗里说：“三舅，您吃点，您一边喝着，一边听向东慢慢给您倒习。”

向东一扬脖子干了一杯酒，唉了一声说道：

“这话说起来复杂，其实也不复杂。搬迁多少人，拆多少个村子，是都算好的，县城盖了将近100栋大楼，据说把各个部门上上下下的领导们忙得连睡觉的工夫都没有。有一个什么土建局的局长，”秀波接口道：“哪里是土建局，你倒会给人家瞎编，是建设局。”“对对，建设局，”向东继续说：“为了盖这片楼活活地累死在了工地上，死的时候才四十多岁。他老婆哭得上气不接下气，硬是把小区的围墙给推倒了二十多米，人们说这相当于孟姜女了，后来大家就给她起了个孟姜女的外号。”

向东不好意思地苦笑了一下：“看我，说着说着就跑偏了。这一百多栋楼房必须都要住满，指标下到乡镇，乡镇就必须完成任务。咱又是党员，还是支委，他们找我谈话的时候，说得很清楚，村子必须搬迁，但还要体现村民自愿原则，怎么体现，就看村干部的水平了。

其实，说句心里话，从我和秀波的内心一开始是赞成搬迁的。你想啊，咱们那个穷村子，年轻人都出去了，村里现在只留下了六七十个老弱病残，我爹娘都快七十的人了，在村里还算年轻的。宅基地不叫卖不说，就是叫你卖，也卖不出几个钱，一处院子带三间砖瓦房，顶多卖到一万块。现在的人们都在县城买房子，有的还在张家口甚至北京、天津买了房。就说我姐吧，她在县城分过一套福利房，前两年为了两个孩子在张家口上学，又在张家口买了房子，虽说都不太大，八十多平方米，也够住了。咱在县里没房子，别说同龄人，连老汉都看不起你。”

向东撕了一块卫生纸擦了一下鼻子，咳嗽了几声，接着说：“这还不是主要的问题，最让我俩着急的是孩子的上学问题。现在不用说村里，镇里也没几个学生了，人们困难的什么钱都舍不得花，唯有孩子上学的钱，就是天天去卖血，也得凑，也得花。”

喝了几口酒的向东一拍桌子，“嗨！他妈的！”竟在我这个舅爷子面前爆起了粗口：“当今这个社会，什么都好，就是这个孩子上学，就能把你逼成一个穷疯子。全镇现在就剩一所小学，两个老师还都是‘文革’时候毕业的老高中生，还每天喝的一个烂圪蛋，一个星期至少有五天是醉里麻呼的。要上初中、高中，都得到县里上，虽然全县90% 股级以上领导的孩子都不在本县上学了，人家都有条件，也有那个经济实力，都闹到张家口上去了，不少的人家还把孩子送到了衡水、石家庄那些好学校。可咱是全国最贫困县里最底层的农民，能把孩子闹到县里上个初、高中，我这个当爹的，就是死了，也能面对我儿子烧纸时磕的那个头了！谁叫他出生在咱这个家里，没出生在个有钱有势的人家……”

说到这里，就听得秀波“唔”的一声哭出了声，赶紧捂着嘴冲进了厕所。

“哭！哭！号丧似的，也不怕三舅笑话，看看熬菜好了没有，小心干了锅。”向东没有安慰秀波，反而训斥了起来。

向东继续说："开始我和秀波商量着，也想在县里买套房子，把孩子的上学问题解决了。我俩还年轻，我出去打个工，秀波照顾孩子，万一将来孩子能考上个大学，我们这一辈子也就歇心了。但是，我两攒了六年，孩子也从小学到了初中，好不容易攒够首付了，想把房子买了，陪孩子来县城上学，没想到房价从两千来块，噌噌噌就涨到了四千多。要想交够首付，还得出去打六年工。本来想和三舅开口呢，但知道你的负担也不轻，家里老老少少没有您照顾不到的，我们还年轻，不能在勒措老一辈了……三舅你怎么也想不到这房价是怎么涨起来的。原来房子还便宜，后来县里从北京一个大学十几万高价请来了一个姓茅的教授，说是美国回来的，深圳的经济发展就是他设计的，来到县里做报告，说啥要打造宜居县城，提升永安知名度，只有先把房价搞上去，让大城市里有钱的都来永安买房子避暑消夏，才能他妈的有效带动永安的发展。他还给算了一笔账，在永安 1000 公里范围内有中等城市近 100 座，每座城市有 100 人来买房子，不算他们的带动效应就是 1 万套房子，永安不发展都不行。但你的房价却和你们的土豆白菜一个价，那谁还来买呀，现在的社会是买贵不买贱的。老百姓不掏钱的真话没人听，这老小子高价鬼话却真有人听。自从这老小子走后，永安开发的小区就都闹成洋名字了，什么维多利亚花园、法兰西草原新城、康斯坦丁森林湖畔、波茨坦公馆……房价也翻了一番。大城市的没来几个，上去的房价下不来了，实实在在地把当地老百姓坑了一把，我辛辛苦苦的六年工就这样白打了！要想凑够首付，还得出去打六年工。不过六年后孩子就该考大学了，买不买房子都无球所谓了。"向东反复强调"要想凑够首付，还得出去打六年工"这句话。

我回老家很少，平时各忙各的，偶尔打个电话也都是问候式的，很少涉及家里生活的深层次问题。我的脸在酒精的刺激下越发红了许多。我拿起了酒瓶，给向东倒了一杯，又给秀波倒了一杯："三舅有亏哇，不知道你们的日子是这样过的，都说已经脱贫了，看病不花钱了，公家给盖房子了，人均收入翻了好几番了，哪里知道你们还面临这么多的生活困难。”我把那杯白酒，仰脖吞了下去，十几块钱一瓶的永安老窖，对向东来说，已经是很高档了，但我喝着这高档酒，却没有一点酒香，满嘴满肠道的辛辣和苦涩。

向东继续向我诉说：“正在我为房子发愁的时候，扶贫搬迁政策下来了。我们一家三口人，每人给25平方米，三口就有75平方米的楼房了。4000块一平方米，这就是30万！三舅，这可是30万呀！我恐怕一辈子都挣不了这么多，所以我俩毫不犹豫地就签字同意了，我实在经不起这个诱惑。我签完字后还差一票就达到80%了，可就这一票给卡住了。”

“所以，你没有征求你爹和娘的意见就代你爹娘签了字，使村民同意票达到了80%。”我理解了向东的苦衷，虽然他没有征求父母的意见，但我听到和看到了这么多的硬道理后，我如何责怪这个孩子呢！

向东点了点头，接着说道：“镇里还给了我爹和娘1万元的补贴，算是对我的奖励和对我爹娘的经济补偿，这不，到现在钱还在我的卡上，没敢给我娘打过去呢！

“其实，当时村干部和工作组长是做了好几套预案的，如果我不代我爹娘签字，就去做大愣他爹的工作，准备多给两万的补偿。再不行，就给在县政府办公室上班的小刘放长假，让他回去做他爷爷的工作，什么时候做通什么时候回去上班。说白了吧，一旦村子被确定了是拆迁村，那就必须拆掉，至于村民的签字，那有的是法子，可惜我爹娘，特别是我爷爷，以为只要我不签字，村子就不会拆，我是村子被拆迁的大叛徒，实在是冤枉我了。”

向东无奈地双手托起酒杯，向我敬了敬，又把一杯酒喝了下去。

秀波端上了一盘子油炸糕，对向东说：“少喝两口吧，别把三舅给灌醉了。三舅吃个糕，这是我自己种的黄米，可筋道了，就剩一点了，还能吃个一两顿，搬到县里，离村子好几十里，地也种不成了，再想吃就得买了，三舅，趁热吃一个，里边包的红糖，小心烫着。”

扶贫搬迁涉及了我的亲人，也直接涉及我本人，因为父母的老院子一直由我和同村的姐姐照管，我是当作父母的遗产对待的，虽然不住人，我每年都给姐姐汇点钱，用于修缮老院子，老院子的园圃也一直种着，特别是院里的两棵果子树，每年都结几百斤果子，开花和结果的时候，会吸引每个路人的驻足观赏。但这次搬迁政策规定，老人去世后，宅基地不得继承，依法应当由村里收回，拆迁时一并拆毁，不再给予经济补偿，也不再享受楼房置换政策。所以，我对拆迁后人们的生活很是关注。看到向东的新房，听了向东的介绍，我有了一点认识，但总感到还有哪里没有了解透，或者是理解上有失偏颇，于是，我一边吃着秀波递过来的炸糕，一边问道：“搬迁后的生活到底怎么样呢？”

向东把酒杯超前推了推，做出了不再喝的姿势，然后说：“我们到底是年轻，只算了经济账，没有算生活账。现在我爹娘和爷爷还在村里撑着，通知是三天之内让他们搬出来，也就是后天搬完，大后天不管搬不搬，拆迁人员都会把房子推平的。我原来是想把他们都接过来，就在县里养老算了，也叫他们一步登天，就像宣传的那样‘一黑夜就进入了楼上楼下的社会主义，赶上了城里人的现代化生活’，可这一搬到县里才知道，在城里住和在村里住大不一样。住进城里，动一动就是钱，上厕所、看电视，就连扔垃圾都得掏钱。三舅刚才是开车进来的，你到这个小区的周边看看，到处都是大、小便，都是人们大早起来屙尿的，就是为了省下一水箱水。政府虽然设立了公益岗，但那是给建档立卡户，也就是特困户设立的，我们家是贫困户，但不是建档立卡户，我俩就没有上公益岗的资格，那个公益岗特别的清闲，一个星期上半天班，一个月给 500 元，等于政府白给，其实也是白给，把开支渠道绕个弯子吧。一个县城有好几万这样的岗，大家走马灯似的轮流打扫卫生。但这点钱连取暖费、水电费和物业费都不够，再加上村里住的时候菜蔬基本不花钱、鸡蛋不花钱、米面不花钱，现在都要花钱。我们没资格领这个钱的，开销就更大了。在村里住的时候，一个月还舍得炖锅肉吃，搬到了县城，房子是新了，但不逢年过节或者来个戚人，肉也不舍得吃了。”

向东又给我夹了一块牛排，自己夹了一块土豆放进了嘴里，土豆本来就容易噎嗓子，口又大了点，向东伸了两下脖子，才把一口土豆咽下去。接着话头继续说：“如果要是不搬家，像我二舅村里一样，就在村里住，政府把盖楼的钱给翻新一下房子，再给解决点生产设施，月月再给点补贴，那还真是脱贫了，日子一点不比城里差，保管让城里人艳羡得不得了，但现在，唉……再说了，建档立卡户的补助救济也总得有个头吧，村子搬迁后就算脱贫了，人们也不能总赖在国家的身上，依靠国家养活，花着这种不劳而获的钱，心里也有愧，国家也贴巴不起，迟早要取消，取消了又怎么办呢？像我们这样的，生活比不搬迁就更困难了。上次有个专家来考察，要找农民了解情况，先是村里的领导教我们怎么说，叫我们按他们教的说，并且说出来还要像不是教的一样。镇里的领导不放心，又把我们集中起来培训了半天。他妈的不培训点生产技能，却培训如何说假话，三舅你想想，这能闹球好？我就没听他们的，第二天实事求是地向那个专家说了实话，那个专家说，搬迁增加了老百姓的生活成本了，不利于脱贫，我觉得那个专家说得对。因为我和专家说了真话，后来并村的时候，就把我的支委给拿掉了，其实等于给了我一个处分。”

看我们都吃好了，秀波说：“家里也没个好吃的，三舅就凑合着吃两口吧。向东，你就别在背后说人家镇领导的坏话了，这领导都是听上面的，也是没办法。你那天倒是过了嘴瘾了，跟那个专家瞎咧咧了一气，专家一走，县长就把镇上的王书记给骂了一顿，听说还要收拾他呢。你不等于先叫人家收拾了一顿吗？本来请镇长吃饭，想承包几百亩荒地，镇长也答应给跑着办办，一顿瞎咧咧，咧咧的泡汤了。

你快陪三舅沙发上坐，我给你们沏点水，你还是问问三舅家里的事怎么办吧！”

说起家里的事了，我便问道：“你爹你娘这么撑着，有个什么打算呀？昨天也没顾得上说。”

向东说：“我爹娘知道不搬迁是不行的，早就做了搬家的准备了，但他俩死活不和我们住在一起，我娘说，她这个老奶奶（婆婆）和儿媳妇住在一起，出不了三五年我和秀波就得离婚，把我爹这个当老爷爷（公公）的也拉到一起住，出不了一两年，我和秀波就得离婚，要是再把我爷爷搬来一起住，就不是离婚的事了，非出人命不可。”

125 平方米的房子，对一个刚从农村住进城里的农民来说，确实不算小。但是，我的脑子里立即出现了四代六口人同居在 125 平方米楼房里的场景：

——孩子的读书声，老人的咳嗽声，男人的小便声，女人的洗衣声；早上排队上厕所，排队洗涮；煤气灶上一锅蒸不出够六个人吃的莜面馒头，一顿饭要蒸两锅锅，第二锅还没熟，孩子的上课时间到了，大人上班的时间也到了……姐姐的担心多余吗？

“现在有什么打算？”我问。

“我娘在镇里租了一个农家院，准备先搬过去。”向东说。

“多少钱一年？”

“镇里现在也都是空房，租房的人也很少，三间房，一个院子，一年 1000 块。唉，自己的房子推倒了，去租别人的房子住，想想就想哭。”向东吸溜了一下鼻子，接着说：“现在我愁的是我爷爷，他一听说要拆房子就流泪，谁都不敢告诉他搬迁的具体时间。这段时间他也感觉到房子快拆了，每天一早起来，披一件薄棉袄，在老榆树下一坐就是一天。有时还‘树儿呀，树儿呀’地吆唤。”

我忽然想起来，昨天中午吃饭的时候，老人也没有进家，是姐姐把饭送到大榆树下的。我当时还以为是老人怕闹腾，未承想是老人不愿离开大榆树。

“那你们想让三舅做点什么？”

“三舅，现在头等大事，是你劝劝我爹娘，别让他们生我俩的气了，我这儿子没本事，够不孝顺的了，再让他们生气，我连死的心都有了……”说着向东又抽泣了起来。秀波递给他一块毛巾，他擦了一把：“我和秀波也想好了，不管怎么说县城咱也有房子了，我爹娘不愿来，暂时就别来，镇上租房子的钱，今年的我和秀波已经交了，以后的再困难也不能让我爹娘掏了。他们不愿离开农村也行，反正镇里离我家的承包地也不远，租的院子里也有个园圃，就让他们守着地过。如果想来县城住，又不愿意和我们住在一起，我和秀波就换着和他们住。只要他们开心就行。三舅你得好好劝劝他们。最让我没主意的是我爷爷，爷爷听说是我签字同意搬迁的，就不认我这个孙子了。我知道爷爷对这个院子，对这个村子的感情，特别是那三棵树，就是他的命根子，现在要让他离开，不知道会发生什么事呢！”

对郑老人我确实也没有什么好办法。姐姐姐夫的工作我是能够做好，实在不行，再在镇里买一处院子也未尝不可。再说姐姐不理向东，只不过是对儿子儿媳的一个警告，而这种警告，更多的不是为了拆迁签字，也不是为了到镇里租房子的费用，主要是警告儿子儿媳要懂得尊重长辈。姐姐常说，对于孩子，不管多大，可以惯着吃、惯着喝，但绝不能惯着不懂事。姐姐是把向东擅自代他们签字的行为看作不懂事，只要说开了，甚至不用说什么，过两天就恢复如初了。

老人的问题怎么解决？

（五）

姐姐的女儿贞方的家也在县城，她是今天跟着我一起返回县城的，因为中午有个朋友的孩子结婚，所以没有来陪我，约好晚上请我吃饭。

贞方高中毕业就当了民办教员，在学校结识了他的爱人窦无忌，结婚的第二年赶上了民办教员下岗，贞方挺着个大肚子回到了村里，年底生下了一对双胞胎女儿，便在家做起了专职太太。

窦无忌是师范毕业后分配到学校教书的，贞方下岗的那年，本来就觉得教书没有前途，正好赶上县委办公室招聘秘书，他报名参加了考试，说来也巧，主考官竟然是在县委办公室当副主任的高中语文老师。他本来文字功底就挺厚，在当时的乡里上初中的时候，就在《河北日报》发表过文章了，他在学校的作文就被油印成小册子，在全县的中学发放过。考上大学后又是学中文的，再加上老师的提携和关照，十来个人中脱颖而出就是预料之中的事情了。

进了县委办公室没几年，就提成了副科，回到乡里当上了副乡长，两年后撤乡设镇，被提升为镇长。不到一年又调回县委办任正科级副主任，第二年被任命为主管工业的副县长，成了永安县最年轻的副县级领导。

也许是仕途过于顺利的原因，难于体现人生的波澜曲折，接任副县长的当年，永安县化工厂发生了大爆炸，近百人伤亡，窦无忌因此受到了降级的处分，在过了五个月的副县长官瘾后，被下放到了文广电局当局长并兼任文联主席。就此仕途一天天平淡了下来，再没有过升迁，也没有了升迁的希望。窦无忌也歇了升迁的念头，一头扎在了文字堆里，搞起了创作。现在在省里已是小有名气的作家了。

晚上的饭安排在了白孔雀酒店，这是永安最大也是唯一的星级酒店，十二层楼，集住宿、餐饮、娱乐为一体，永安人接待有头有脸的人物都安排在这里。贞方和窦无忌两口子除了叫来弟弟向东和弟妹秀波作陪外，还请来了两位永安文化界的名人，和窦无忌都是同龄人。窦无忌介绍说，这两位都是他的好朋友，上班是同事，下班是哥儿们的关系。一位叫贾中石，是县扶贫办公室的副主任，但他的书法名头要比他的职务大得多，是张家口市书法协会的副主席，永安县书法协会主席，以草书为长，常临张旭、米芾的帖子，随同他的老师在东亚、东南亚等不少国家办过书法展；一位叫曾贯中，是诗人和民间文化专家，出版过《白云与绿草的情愫》《雄鹰与骏马的韵律》《沙尘与暴雪的朋啸》等诗集，还出版过《品味永安》等近百万字的永安历史文化专著，特别是他的《口北三厅志注疏》，在学界有着广泛的影响。但永安的老百姓们很少知道他的诗人学者身份，一提永安县发改委曾主任，那就无人不知、无人不晓了。

窦无忌安排好座位，正要点菜，向东先说话了："姐夫，今天可是招待老舅爷子，别价球毛鬼胎的舍不得出血，点几个硬菜。"

我看了一眼向东，他的脸上露出了一抹坏笑，张家口地区小舅子戏逗姐夫是一大风俗，向东是不会放弃今天这样的机会的。

曾贯中先笑了："无忌的小气原来在家里也出名啊，我以为就会和我们寒酸呢。"他眼睛转向了我："三舅您可能不知道，你这个外甥女婿请客可有故事，也算是文人风雅吧。无忌你先点菜，我给三舅介绍一下你的风雅逸事。"

贾中石给我倒了杯茶，抢过了曾贯中的话茬说道："窦主席请客是'看人下稿费'。"

我没明白这"看人下菜碟"怎么就变成了"看人下稿费"了？向曾贯中望去。曾贯中没有吭声，脸上露出了一丝淡淡的笑容，似乎在等待贾中石搭话。果然，贾中石把茶壶一放，笑着对我说："窦主席请客是分档次的，比如请我们这些狐朋狗友，他点的菜不超过 200 块，只是他一篇短篇小说的稿费。如果请编辑老师吃饭，他能点出 400 块的菜，是他一篇中篇小说的稿费；如果请著名作家吃饭，他能点出上千元的菜，相当于两个中篇的稿费。如果要请贞方吃饭，他就把长篇的稿费都拿出来，直接就给了贞方了。所以我们就开玩笑送了他个'看人下稿费'的美誉。"

我听着这"看人下稿费"的掌故，倒也新鲜，不禁也笑了起来。

就听向东在旁边插了一句："姐夫，不知道今天咱三舅值个短篇，还是值个中篇？"

大家轰然笑了起来。

贞方笑着对贾中石说道："中石的嘴里吐不出象牙来，一见面就欺负我们家无忌，小心遭了报应。快开酒去吧，没看到服务员忙不过来吗？"

中石做了个鬼脸，说了声："遵嫂夫人命！"起身开酒去了。

无忌安排得还是很丰盛的，两个中篇的稿费还是有的。无忌说："三舅好几年没有回来了，我和贞方也没有好好请三舅吃过一顿像样的饭，今天聊补一点我们的心意。我喝酒不行，陪不住三舅，今天让贯中和中石陪三舅多喝几杯。"

酒过三巡之后，无忌又对贾中石和曾贯中说道："其实今天请你俩来陪我舅喝酒，不纯粹是因为你俩酒量好，还因为你俩都是咱永安县的名人名家，和我三舅能说到一起。你们都知道我三舅是个律师，可能不知道他也是个文人呢，赋个诗、填个词、写个字的没有你俩水平高，但至少也算个行家，特别是填的词，还真有点宋人遗风呢！"

曾贯中、贾中石的眼光一下都投向了我，几乎是异口同声："啊？真的呀，三舅可是前辈了，失敬得很了。"

无忌又说："昨天晚上回到村里，看了拆得七零八落的村子，三舅感慨得厉害，站在他小时候担水的那口井边，好长时间才离开，上午他就给我发了一首词，我转发给你们，你们也看看。"

我赶忙说："无忌，你就别丢我的丑了，让贯中和中石见笑。"

"没事的，三舅，这两位都是君子，不会也不敢笑话你，别看贯中发改委主任的位置比我文广电局长的位置重要，但在文联，他和中石可都是我的副手。所以他们官面上都叫我主席，不叫局长，要敢笑话您，我让他们半年喝不上酒，一次也不安排他们外出采风。"无忌笑着给他俩转发了我刚填的一首词。中石刚打开就读出了声：

“《醉花阴·老井》：瘦月残霞星渐醒，屋破炊烟冷。岁月难回头，兴废无期，老井归天命。人生独步留残景，老树摇孤影。旧事不堪怜，一夜无家，鸡犬无相应……”

就听向东长长地“唉”了一声说道：“真是一夜无家，鸡犬没相应了！”

酒桌上一下沉寂了起来，我赶忙说：“昨天吃完饭，喝了点酒，看到生活了十几年的村子一下子没了，不禁有些感伤，这也是人老情多吧，可别扫了咱们喝酒的雅兴，来，大家能喝的干一个！”

贾中石吃了口菜说道：“姜还是老的辣，三舅这词，如果不身临其境，这种情景交融的感伤是没人能写出来的，‘岁月难回头，兴废无期，老井归天命’，我都想掉眼泪了……”

曾贯中接着说道：“三舅的感慨应景而发，饱含浓情，这不是一个诗人就能写出来的，只有有过经历，心中装着悲天悯人情怀的诗人才能写得出来。这次扶贫搬迁不管最后结果如何，现在看，争议还是有的。我们在做规划的时候其实就已经有了争议，有的村子到处托人走后门，要求搬迁，”他笑了笑，看了看无忌，“你们村子就属于这一类。有的村呢又到处上访，就是不同意搬迁。比如向东你们村子。”

中石接过了话头：“不过最后经过工作，确定的搬迁村都同意搬迁了。但似乎还是有些问题，这得过几年看了，有些矛盾一两年是暴露不出来的。”

“主要矛盾表现在哪里呢？”我问了一句。

“现在整个工作正在收尾，还没有安排总结，估计也快了，脱贫验收完了，也该总结了。不过我是一直参与这项工作的，有点直感，似乎是富裕家庭希望搬迁的多，贫困户希望不搬迁的多。”贾中石“嘿嘿”笑了一下，向无忌、贞方、向东和秀波扫了一眼：“其实，你们一家就能说明问题。”

贯中接了话：“搬迁基本结束了，好与坏都留给历史评说吧。说实在，如此巨大的工程，决策权不但不在县里，也不在市里。我们执行者能做的，就是为老百姓尽量想得周全一点，尽量减少一些遗留问题，尽量多的为老百姓争取点实惠。无忌你们一家也说明不了什么问题，说大一点，这是个时代潮流问题，说小一点是个脱贫理念问题。好在没有一刀切，三舅要能逗留几天，到其他村也看看。”贯中的话已经有了领导的口吻。

贯中和中石两人的话我已经听出了弦外之音。这次搬迁，无忌他们的村子也在搬迁之列，无忌和贞方就是希望搬迁的那一部分。无忌住的房子还是二十多年前分的福利房，不仅面积小，而且年久失修。农村原来有一套房子，但是已经多年不住了，基本上坍塌完了，院子里长着齐腰深的荒草。如果能拆迁，贞方和两个孩子的户口都在村里，一下就可以分到 75 平方米的搬迁房，按政策每户可以申请增加 25 平方米的面积，只须支付 5 万元的成本费，也就是说，贞方和无忌只需出 5 万元，就能得到 100 平方米的一套房子。

送我回住处的路上，无忌对我说：“为了这次搬迁，向东两口子可是没少受委屈，现在虽然搬过来了，以后的生活还是个问题。我正在托关系解决他俩的工作问题，要是能有个稳定的工作，不用五险一金，就只给上个三险，以后的日子也就不会错了。”

其实这也正是我想对无忌说的话，听了无忌的话，我很佩服无忌缜密的心思以及对岳父母家里的责任感，这孩子有情有义有担当，他没能在副县长的位置上工作下去，实在是遗憾之至。

我拍了拍贞方的肩膀，对她说：“贞方，你可真有福气呀！”

贞方笑了一下，拧了无忌一把：“哼！算你还有良心！”

（六）

早上起来刚刚洗漱完，二哥就打来了电话，说他正在家里杀羊，中午到他家吃手把肉，让我把向东一家也带回去。

二哥家和姐姐家只有十来里的路程，中间却隔着一道山梁，因为分属两个县，所以两个村还没有通公路，只有一条砂石路，且坑洼不平。小车很难通行，如果走公路，就要绕道县城，多走60多公里。

二哥之所以离开元宝山村来到了德昌县的二岔沟这个小村子居住，还有一段至今仍被村里人经常提起的故事。

元宝山村和二岔沟村虽然只隔着一道山梁，却分属两个县，元宝山归永安县，二道沟就归了德昌县，但却是邻村。20世纪七八十年代，村里放露天电影是十分重要的文化活动，年轻人们往往成群结队地到邻村去看电影，每当二岔沟放电影，二哥都要去看，一开始家里还不知二哥为什么热衷于到二岔沟看电影，后来才知道，二哥那时就看上了二岔沟的女赤脚医生秀珠了，正在一门心思地向这个闺女献殷勤。

男大当婚，女大当嫁，父母知道二哥在找对象，又是邻村的赤脚医生，自然喜之不尽，要知道，那个年月，元宝山村非常贫困，好多小伙子找不上对象，终身打着光棍儿，所以给儿子找对象，就成了每个父母一生最大的任务。

知道二哥在和邻村的秀珠搞对象，父母立即托了三贵娘去二岔沟提亲。结果秀珠的父母给返回的信息是，亲事可以答应，彩礼也可以不收，但有一个条件，女婿必须倒插门，还得改成他家的姓氏，因为二嫂家就她一个孩子，二嫂的父母需要一个倒插门女婿来顶门立户，养老送终。

父亲一听到这个消息就恼了，他对二哥说："老子再没本事，也不能让你当了倒插门女婿，家里砸锅卖铁也能给你娶一房媳妇儿！"

这时的二哥二嫂已经到了"非你不娶，非他不嫁"的地步，每天早上，二哥都会到东山梁上拾牛粪，二嫂则会到西山梁上割猪菜，为的就是见上一面。夜幕降临的时候，两个人还会故伎重演，不过就不仅仅是为了见面了，而是为了一个拥抱，甚至一个吻……

二嫂的父母虽然扬言非倒插门不嫁女儿，但毕竟就这么一个宝贝女儿，不忍心让女儿太过委屈，又担心生米煮成熟饭，丢了人现了眼。

父母也知道这对小鸳鸯恐怕是难以分开了，也不得不做出让步，同意二哥落户二岔沟，但不能改姓。三贵娘来回跑了几个回合，双方各让一步，这对有情人终成眷属。

二嫂的父亲王磊一直是生产队的羊倌，积累了丰富的养羊经验和兽医知识，生产队解散后，王磊便开始自己养羊，二哥来到二岔沟后，增加了一个壮劳力，一家走上了养羊致富的道路。没几年就和村民们拉开了贫富距离，到王磊去世的时候，羊的存栏数已达到了两百多只。二岔沟虽然也是国家级贫困村，但二哥一家的日子过得却是红红火火。那些年我回来，每次二哥都给我杀只羊吃，他还和我开玩笑："你在城里工作有什么好，看看我这个羊司令，天天指挥着一个连的羊东跑西颠，哪个不听话拉出去就宰了它！你是管人的，连骂一句都不行吧？"

天有不测风云，人有旦夕祸福，是屡试不爽的真理。1999—2001年，德昌县连续三年大旱，不仅寸草无生，连大马群山上的石头都晒成了红色，从天空中望下，整个大地赤色连绵。饲草的价格猛涨，一般的养殖户已经不能承担，二哥的两百多只羊，顿临绝境，一只只皮包骨头。不少散养户把目光投向了内蒙古浑善达克沙地的深处，甚至中蒙边境一带，希望以"有偿代养"的办法渡过这一关口。"有偿代养"就是把羊寄养在草坡比较好的牧人家里，按期给牧民一定的收益，其代价是很高的，那一年"有偿代养"的行市是当年产出的全部羊羔。虽然"有偿代养"的代价很高，但总比全军覆没好。但要找一位合作的代养人也不是易事，需要慢慢打听，还需要有机会。

正在二哥一家为难的时候，二嫂的一个多年不走行的姨表哥来了，说他在内蒙古承包了两万多亩的草场，今年的旱情还不算严重，不如先把羊拉到他那里，解解燃眉之急。当说到代养费的时候，那个表哥说："咱们是亲亲的表兄妹，我们家当年有困难的时候，大姨大姨夫可是没少帮忙，现在我能帮你们一点忙算个啥呀！明年缓过劲儿来，你给我留下个三个五个小羔子就行了！"

二哥二嫂没有一点含糊，好酒好菜陪着表哥吃了一天，第二天就把二百多只羊留下了五六只，剩余的悉数拉到了表哥的草场。

二哥回来后没几天，就打电话给表哥，询问羊的情况，表哥说很好，就有一只在拉稀，他已经喂了土霉素，估计问题不会太大，还拍了一张病羊的照片。

又过了半个多月，二哥再给表哥打电话，电话便一直处于占线状态。二哥预感不好，便来到了表哥承包的草场，一位蒙古族老牧人，操着半生不熟的汉语告诉二哥："你说那个拉羊来的吗？好人的，好人！他借用我的草场，十个羊的临走留给了我。其余的嘛，前些日子，他的统统拉走了！"

二哥犹如当头挨了一棒，顿时天旋地转，内蒙古草原这么大，去哪里找他呢！二哥预感到这是被骗了，便立即赶到镶黄旗公安局报案，未曾料到，公安局告诉二哥，这个表哥是公安局已经通缉了两年的毒贩子，公安局做了详细登记和询问后，便让二哥回家等消息。临出门时，一位年轻的警察说："别抱多大希望了，你的羊估计都让他换了毒品了，这已是他诈骗的第三群羊了，还骗过二十多头牛呢。我们在内蒙古发过 A 级通缉令的，给你们河北的周边县市也去过协查函，可能你们没有看到。"

我是很佩服二哥的刚毅和二嫂的坚强的。回到家里，二哥把这惊天的坏消息告诉了二嫂，二嫂一时间也惊住了，如果这时有人进来见到这两口子的样子，总会认为这是两具模拟真人的雕塑。

就这样待了有十几分钟，二嫂忽然说了一句："这都怪我呀，我怎么摊上了这么一门亲戚！"二哥见二嫂开了口，也说了话："这不是亲戚的事，是我太相信人了，送去的时候也没和那个蒙古老人打听一下，是我太粗心大意了。"

忽然，二嫂抄起了一把切菜刀闯出了门，二哥紧随其后："秀珠，你要干什么！？"

二嫂说：“你别管了！我王秀珠不会因为这200只羊去寻短见的，也不会做出对不起你的事，更他妈的不会对不起自己！”听着二嫂的声音里已经充满了哭腔，二哥心头确实有点吃惊。就见二嫂跳进羊圈，抓住一只羊的羊腿，不知道从哪里来的那么大的劲儿，一下子把羊摔倒在地下，左腿一蹁骑在了羊身上，右手的菜刀已经划向了羊脖子，等二哥进到羊圈，那只羊的眼还睁着，耳朵和四肢正在抽搐，已经不能大动了。二哥不愧是二嫂相中的心上人，立即就明白了二嫂的意思，她这不是杀羊，是在杀人啊！为了让二嫂尽快平静下来，二哥说道：“就是，省得被人骗了，还不如自己吃了呢！可惜，早说一句我拿个盆子把羊血接上！”二嫂菜刀一扔，坐在了死羊的旁边。

黄昏来临的时候，西边的山尖尖上飘起了漫天的晚霞，比大旱以后山上的石头要红得多，但比那只羊的血要淡，二岔沟不一会儿也被彩霞所笼罩，但整个村庄没有一点绿意，这美丽的晚霞是年轻时二哥二嫂最希望见到的，也是一个在东山坡、一个在西山坡上长久等候过的，那时他们需要彩霞的沐浴，需要彩霞点燃爱情的欲火，但今天不一样了，他们看到了晚霞，就知道明天依然晴天，干旱依旧会持续！这就是老天爷，使你在美丽的、真实的梦幻中失去方向，导引你走向生活的绝壁。

夫妻俩煮了一锅肉，谁也没有好好吃，二嫂说了句：“我估摸着，养牛比养羊要省草料。”二哥说了句：“养羊是咱的老本行，万万丢不得，可是……唉……”

二嫂说：“唉……本钱在哪里？……”

二哥二嫂“辛辛苦苦二十年，一夜回到解放前”成了德昌县一带的一大警示，也是一大教训。镇党委书记魏高山包点后，第一家访问的就是二哥家，坐在二哥家的炕上，整整和二哥二嫂聊了一个上午，从天相到地貌，从种植到养殖，从危房到楼房，从资金到盈利，农家生活、生产的一些事基本都聊了个遍。

魏书记征求二哥的意见说："你们到县里住楼房不好吗？你这小院子，二里地就闻见了羊粪味，冬天上个厕所两只脚得不停地挪动，一会儿不挪就把脚冻住了，一年四季洗不了个澡。住在楼里，敞敞亮亮的多好，这些困难问题一下就全解决了。"

二哥说："住县城，住楼房敢情好，村里的人都想到城里买楼呢。可是，有到县城买楼的钱，在村里可以生活两辈子了。那就不是贫困户，是富裕户了。"

魏书记又问："用你的房基地置换，哦，也就是换，我用县里的楼房换你的这一处房基地你换吗？"

二哥说："书记开玩笑，这个烂院子，别说换一处楼房了，就是换县城的一个车库也合算呀。我县城里的大外甥女，听说她家的车库就值 7 万元呢，咱这个院子连房子也卖不了一万元。"

魏书记说："那你是欢迎搬迁移民了。"

二哥说："到了县城里有放羊的地方吗？"

魏书记笑了："到了县城就是市民了，没有草坡了，去哪里放羊？"

二哥说："我们两口子一辈子就会放羊，不会干别的，就像你们领导只会做官不会放羊一样，离开了草坡草滩我们怎么活呀？"

魏书记又笑了："老孟你这个比喻，比喻得好。那你自己说，咱们让政府干点什么，你就能脱贫？不再要政府的救济和补贴，甚至还能为国家做点贡献。"

二哥挠了挠头，"嘿嘿"笑了两声："魏书记，我呢就是个庄稼汉，活了六十多了，最远的南边去过个张家口，北边去过个锡林浩特，那都是大城市了，你要问个放羊的问题，在咱德昌县不敢说数第一，第二把交椅是坐得上的。但你问这百姓扶贫，这可就是大事，我，嘿嘿，嘿嘿。"二哥摇起了头。

魏书记说："没关系，你怎么想的就怎么说，不管别人的事，说你自己的。"

“说我自己的？那好！”二哥的脸一下庄重了起来，“魏书记，我原来并不是贫困户，我是一个养殖专业户，后来被骗了，才落得了一个这样的地步。去年我就和我媳妇儿商量过，我们还是要以养殖为主，兼养牛羊，但被骗了以后，手头就没钱了，拿不出钱买母牛母羊，更没有钱增加和修理圈舍。再加上我这土坯房也有三十来年了，椽檩都沤了，再挤出盖房子的钱，恐怕我这一辈子也脱不了贫。像我这样的人家，政府要能给个几万块钱的启动资金，或者能有个不是高利贷的贷款途径，那脱贫就有门了。”

魏书记问：“给你多少钱的启动资金你就能启动起来？”

“当然是越多越好，我翻修房子大约 10 万，修盖一下圈舍 5 万，买一些启动牛羊最少 10 来万，嘿嘿……”二哥笑了，他知道这都是梦话，扶贫政策年年都有，都是雷声大雨点小，真正脱了贫的除了村干部还有几个？他这样对魏书记说，大约有个望梅止渴的意思，也有个难为领导的意思。他在这个村里生活了快五十年了，除了村组长外，连大队书记也没有登过他的门。

“25 万元！”魏书记似乎在算着什么，“除了资金支持还需要什么支持，也就是还需要政府做点什么？”

二哥说：“其实扶贫嘛，贫就是缺钱，有了钱就富了，也就扶贫了。”

一直在旁边站着的二嫂，用手指头点了一下二哥的脑袋，接着说了话：“看你这记吃不记打的记性，咱们家是怎么走到今天这一步的，还不是被骗的。要说扶贫，政府把这农村的治安也要好好整治整治，骗我们家的那个骗子，内蒙古公安局本来给咱们发来了协查通报，但都压在你们领导桌子上了，要是能发到我们村里，贴在政务公开栏上，他只要不烧成骨灰，我就能认出他来，我家的羊指定让他骗不走。扶贫，除了资金支持，还要有政策支持，多为老百姓提供老百姓不能自己解决的生产、生活服务才行！”

没想到魏书记笑着鼓起了掌，还开玩笑说：“孟大嫂伶牙俐齿，能说会道，还有政策水平，你要再年轻几岁，我非让你当这个村的主任不可！”

这都是前两年的事了。

我来到二岔沟的时候刚近中午，我还依稀记得二哥家的路，和我一起来的向东却说：“二岔沟已经今非昔比了，右面那一片是老村子，北山坡上虎头石下面那个院子原来就是二舅的，左边这一片新房子是新村，真是太阔气了，二舅住在最南边靠马路这一排的中间一家。”

车上我浏览了一下这个新村，一排三栋，每栋三户，大约有十几排崭新的砖瓦平房，红彤彤的在阳光下反射着光彩，街道全部水泥路硬化，每户一个近百平方米的小院，每户门前都装有路灯，其实就是家里的院灯。正面的院墙下留有一米多宽的绿化带，估计是村委会的统一安排，全部种上了扫帚梅，现在叫了洋名格桑花，格桑花正在怒放，一排排整齐笔直、绚丽斑斓。村南建起了一个小广场，排列了不少健身器材，可能是中午的原因吧，只有几个小孩在荡秋千。每条街道都起了一个吉祥的名字，在街道的两侧立着街牌，二哥因为住在村南，前面就是环村公路，背后的那条街叫幸福街。街道靠近院墙的一侧和村子周围都种了树，一片郁郁葱葱，村东的绿化带大约有几十米，把老村和新村隔离开来，我看到这个新村的第一印象是，来到了一个在坝上高原地区开发的消夏避暑别墅区！令我十分惊讶！

车还没有停稳，二嫂就叫起来了：“有几年没见了，辰子看看变成什么样子了，嘿！没咋变，就是头上的毛越来越少了。”二嫂从和二哥谈对象的时候起，就一直和我开玩笑，我也笑着回敬她：“二嫂又黑了，咋整的，白天鹅快变成黑老鸦了。”

“看看，还是一句也不让我。你是戚人，今天就让你占点便宜吧。”她又转向了向东：“唉，东东你说说，你姥姥家的这几个孩子，小的时候最数你这个三舅没出息，鼻涕忽出的不说，天天拖了个大裆裤，秃噜秃噜的，甚的营生也不会干，背了个粪筐子还背书呢，后来可倒好，就数他有出息了，看看这人模狗样的，二舅母都觉得自豪！”我不知道二嫂这张嘴还会在小字辈们面前说出什么来，对着她的耳朵说：“再说我就把二嫂让我给二哥送手绢的事说了！”

这一招很厉害，二嫂一下转了话头：“辰子，别打卦遛嘴的了，今天天气好，阳婆太毒，快进屋。”

院子里支着三根椽子架起的三脚架，上面吊着一只剥了皮的羊，两个邻居正在开肠破肚。二嫂向我介绍：“压着钟点杀的羊，就是为了让你尝尝真正的坝上的手把肉是什么味道。羊要现宰，不能粘泥土，不能落地，也不能用水洗，杀出羊肉带着热气下锅，一把盐，一棵葱，别的任何调料不放，文火煮起，油脂全部煮出来，代替了水，逐渐加大火候，不见血丝就可出锅上桌子了。”

“不用水煮吗？我在内蒙古吃手把肉都是用水煮呀，记得小时候也是用水煮。”我问道。

二嫂说：“那是几十年前的事了，现在咱们德昌县这一带的手把肉都不用水煮，味道比水煮的好多了，一吃你就知道了。”二嫂说完又对向东和秀波说：“你两个还杵在这里干啥？你娘在屋里呢，快进去吧。”

向东问：“我爹没来呀？”

“你爹不得伺候你爷爷？等会儿让你娘带两块骨头回去。我可告诉你俩，机会给你们创造了，今天之后你娘要还生你俩的气，以后我的门你们也别登了！”

向东和秀波唯唯诺诺地向屋里走去。

二嫂拉了我一把，“咱们先别进去，让姐姐好好收拾一下这两个小兔崽子。我给您看看我家的新院子和新房子。”

这是三间正房、两间小西房的院落。三间正房一明两暗，每间有20平方米大小。小西房每间有十来平方米，放置闲杂物件。院子的东南角种着一棵杏树，青果羞涩可爱，二嫂说，不为吃杏，只为看花。引人注目的是院子的西南角放着一个有 2.5 米高，1.5 米见方的不锈钢铁皮房子，我问二嫂“这是干什么的，像个大型配电柜”。二嫂满脸都是笑，伸手拉开了门，我的眼前不禁一亮，原来是个卫生间！

二嫂说：“又能上厕所，又能洗澡，一房两用，方便多了，你说说，我这小院子，这房子，比你们城里人怎么样？”

二哥的日子过得怎么样我不是太清楚的，有时候打个电话也是道个平安，问个健康，去年他说想买几头奶牛，加入蒙牛奶业合作社，还向我借了 10 万元，今年怎么就有钱盖起了这么大一座院子？

看到我脸色有点迷茫，二嫂说：“这都托共产党的福，托镇里来了个好书记魏高山，我们都叫他魏青天呢！”

我忽然明白了，“这是政府资助盖的！”

二嫂拍了一下腿：“什么资助的，这个新村完全是政府出资建立的，解决我们这些贫困户住房难的问题。不光是房子，老村子那边还给每家盖了一大间牲畜棚，解决了我们这些家庭冬天没有暖圈的大问题。魏书记他们想得可周到了，说把村子分成居住区和养殖区，有利于健康和卫生，可不是，东头的羊粪味这里一点也闻不见。盖房子、盖暖圈都不用花钱了，省下来的钱就都买了羊了，现在我们又发展到一百多头羊、十来只牛了！用不了几天借你的钱也能还上了。”二嫂用手一指：“看，你二哥回来了，他是饮牛羊去了，一天三顿，一顿少不得，现在连井上都给装了个小水泵，一摁电开关，水就流到石槽子里了，方便多了！”

二哥拍打了一下身上的灰尘，对二嫂说：“那头花�牛有点不愿意喝水，晚上注意点看倒嚼正常不正常。”说完才转向我：“刚来？”没等我回答，他向杀羊的邻居说：“铁蛋，灌血肠的时候少加点咸盐，南方人现在都吃的甜，剩下一半儿，灌点肉肠，你的肉肠手艺可没的说。”

二哥手缠着我的腰，让我进了堂屋，就见正墙上贴着一张毛泽东主席的标准像，下面摆着一张仿古的红松供桌，供桌上摆着一个瓷香炉，香炉里还插着没有燃烧完的香，香炉两边一边摆着一盘塑料水果，一边摆着一盘塑料点心，二哥见我端看毛主席像，就对我说："这村里家家都供着毛主席，要不是毛主席共产党，像我这样的早就讨吃去了。"

正说着，姐姐出来了，我一看她的脸色就知道消气了，姐姐瞟了屋外一眼，压低声音说："哼！都是一个中国，毛主席他也偏心眼儿，就只会保佑你们德昌县天遂人愿，怎么就不懂得保护保护我们永安县呢！看着我们离村别户也不动动恻隐之心！和咱爹娘当年差不了多少，保佑你们男孩儿都上学，就把我们女孩儿留在家里做家务！"

二嫂在旁边说了话："姐姐，快进屋上炕吧，什么事都有个先来后到，保佑完了我们，自然翻过山去保佑姐姐一家的！"

大家都笑了起来。

就在大家准备入席的时候，向东的手机忽然响了起来，向东拿起了手机刚"喂——"了一声，就见他呆立不动了，再问一句："现在怎么样？""啪！"的一声手机掉在了地上，蹲在地上"哇——"的一声哭了出来，抽泣了半天才说道："我爷爷没了……"

（七）

姐夫的父亲郑老人依我们当地的风俗，我是应该叫"姨夫"的。老人已经走过了近一个世纪的人生路程，这其中的七十多年，是在这个院子里，在三棵老榆树的陪伴下度过的。

搬迁移民扶贫的消息传来，他就感觉到了风向不对，孩子们虽然不向他透露真情，但老人耳不聋眼不花，神志清醒，其实是瞒不过他的。看着周边的房屋都拆了，就只剩下五六户没动，他就知道这房子是怎么也保不住了，房子保不住了，这三棵大树能不能保住呢？如果这三棵树能保住，那就意味着郑家还会繁荣昌盛下去，他死也瞑目了。但这三棵树要倒了，郑氏家族就会有血光之灾，这可是袁先生讲的，袁真人，那是给傅作义、冯玉祥起过课的人！

老人现在的担心不是自己，也不是搬迁好还是不好，老人担心的就是这三棵树。

有一天晚上吃完饭，老人提着马扎，意外地喊着姐夫和姐姐来到三棵树下，眼睛望着远处渐渐黯淡了的山影，对姐夫和姐姐说："你爷爷和我出口外的时候那是四七年，还没有你们，万全城北关的三合义大店的掌柜子，是你的一个干爷爷，姓刘，和你爷爷情深义重，那天也是有缘，正好碰上了袁真人……"

老人重复了这段历史，姐夫姐姐也记不起这是第几次听了，但每次他们都会凛凛肃然，并对这三棵大树敬而生畏。

老人停顿了一下，指了指北斗星："几十年前有首歌叫《望北斗》，我一听就像是说我和你爷爷出口外的事的，还能记个一两句，"老人忽然低沉地唱了起来，"夜沉沉，路茫茫，受苦人盼呀盼天光……望不见北斗，在何方？……遍地是罗网，到处有活阎王，怒满腔泪满眶，望不见北斗，在何方？"

老人又停顿了一会儿，像是在回忆，又像在整理思路："来到了这个村子后，虽然生活困难些，但日子一天比一天好，甚叫个好？安稳，歇心，不受欺负，没有兵祸，不用跑反，吃不好但没饿着，这才知道，电影里的人为什么要找北斗星了，袁真人说过，地上有来头的人物都对应着天上的一颗星宿，太白星，那就是李太白呀，为什么叫李白，就是太白金星的化身。那毛主席，就是北极星呀！"

老人像雕塑一样凝视着天空："北斗星也是地下人物的化身，只不过不是一个，是七个，是一伙，那就是共产党，看看，他们都围着毛主席……"

老人不理会姐姐姐夫是否理解他的意思，继续说道：

"依靠国家救济脱贫，不是我们这些穷人的根本保障。自古以来，脱贫致富都是自己挣出来的。汉朝文景年间国家富裕了，老百姓不愁吃不愁喝，但没几年就出现了遍地是白骨，到处是哭声的惨状。中国立国几千年了，历朝历代都是百姓养国，还没听说国家养百姓的。当朝共产党领导天下，心疼百姓，处处叫老百姓休养生息，但也有个国库困难的时候，我们老百姓不能总想着吃社保，还是要自己挣！唉！狗吃饱了还会看个门子，人吃饱了怎能不想着一点国家呢！百姓一时有苦有难，可以要求国家扶助救济，但不能把一辈子的生活都依靠国家。你们也不用瞒着我，什么我都知道。向东偷悄悄地签了字，在县里分了房子，你们别再责怪他，就这么一个儿子，郑家的根苗，能在县里立住脚，将来后代都成了市里人，看病呀、上学呀不就挺好了吗？你爷爷和我就没有眼界，那会儿要留在张家口混口饭，现在也熬成老市民了，那会儿口上又不讲究户口，听了袁先生的，越往北走越好，走到了这荒毛野草地。唉！不过袁先生算得是真准，说遇见井要小心，那是真应验呀，也许来这里是对的。”

老人看了看天色，西方只有一丝红线般的残霞，他掏出一块洁白的小毛巾，擦了一下鼻子，接着说：“没什么事，就是和你们说说这事。四七年那次搬家是傅作义的部队逼着，不搬不行，搬哪里他是不管的。这次搬家是政府组织的，剩下你一家不搬也不行。好歹政府做了安排。爹是想和你们说，家是要搬的，但和镇里的干部说说，能不能把这三棵树留下来。村子拆迁后要退耕还林，这么好的树不留下来就可惜了，实在不行你们去送点礼，这礼钱我这里有点积攒，一直没有露给你们，都是孩子们逢年过节孝顺的。”说着从怀里掏出一个白布包，向姐夫递来，“大概也有个一两千块吧。”

姐夫一下子跪到了老人面前，带着哽咽说：“爹，您老放心，我去找领导，一定会把这三棵树留下来的……”

姐姐赶忙上来缠起了老人，流着泪说：“爹，我们和您老的心思是一样一样的，一定要留下这三棵树，外头凉了，咱们进屋……”

昨天姐夫找到了镇里主管拆迁的副镇长，向他叙述了老人的愿望，并讲了这三棵树的故事，副镇长特别感慨，当面答应：“没问题，这三棵树绝不能伐掉，反正你们村推平后规划的是草地，草地里有三棵大树，不论对植被还是景观都是绝对有好处的。”

姐夫吃了定心丸回到了村里把这个喜讯告诉了父亲，老人只说了一句话:“我就说嘛，共产党就像北斗一样，从不错乱方向，仁义着呢！”

今天上午，姐姐到二岔沟，姐夫看到父亲多少天来没有睡过这么香甜，知道老人了却了大树可以留下的心愿，想让父亲睡个好觉，自己则抽出一点空，开着个破三码，把零七碎八的东西从元宝山送到镇里新租的院子，准备明天就彻底搬完了。

未曾预料的是，副镇长晚上陪着脱贫验收工作组的人喝多了酒，忘了把元宝村的三棵大榆树不能砍伐的通知传达下去，早上又没起来。又赶上挖掘机没有到，先来的两个民工没事干，围着大榆树指指点点地议论说，要在过去，这三棵树就能盖起三间房来。包工头临时起意，与其让两个民工闲着，还不如让他们把树伐倒，于是便指挥民工先伐大树，等到姐夫赶回来的时候，三棵大树已经躺倒了，并且树枝也被截成了椽子，树干截成了柁梁，树叶撒满了一条街……

姐夫这一惊非同小可，还没有问明白是怎么回事，郑老人颤颤巍巍地出来了，他用手指了指大树的位置，一句话没说，便倒了下去，等到姐夫开着三码把老人送到镇卫生院的时候，老人已经归天了……

（八）

安葬完老人后，我告别了姐姐、二哥和小辈们，向着北京的方向返回自己的家。自己出生的元宝山村，还有自己出生的院子，特别是姐姐家门前的三棵大榆树，一直萦绕在眼前……郑老人的慈祥一直萦绕在眼前……这一次的离开，有着前所未有的孤独和寂寞，我在想，那三棵大榆树如果不被伐掉，还会遇到什么样的经历？

2020 年 12 月 23 日

第三卷

诗词

一、绝律诗

（以王力《诗词格律十讲》中所载诗谱为准，极少拗句除外。）

结婚纪念日为之领特制

那年那月风姿绰，风华正茂入素门。
夜里众鼠惊美梦，黎明满楼漫烟尘。
一钱傍守分寒暑，两碗偎依度月旬。
荏苒时光今亦老，无情岁月有情人。

2021 年 10 月 23 日

注：

素门：指寒素门第。南朝任昉《为范尚书让吏部封侯第一表》：“臣素门凡流，轮翮无取。”

夜里众鼠惊美梦，黎明满楼漫烟尘：1985 年初婚时，住单位单身楼，楼里老鼠时常出没，楼道摆满液化气炉具，每到做饭时，整个楼层烟雾弥漫。

玉兰吟

一树妖娆天育成，生来傲气不识荆。
香来起去游人织，艳去空留败叶横。
零落不知思后嗣，萧然只懂恋前生。
陶翁躬耕山田里，不种虚荣种晚荣。

2021 年 2 月 21 日

莜面情

散文《莜面情》获张家口采风学会“老张莜面杯”全国散文比赛

金奖，慨而同题咏之。

长风碧荡走高原，五月飞霜种大田。
尊父荷锄饥日午，家慈推案待身闲。
一笼淡泊蒸淳朴，百倍慈怜顾苦寒。
游子别离千万里，犹思故里有甘餐。

2021 年 3 月 20 日

注：

推案：指做莜面的方法。做莜面可以搓鱼鱼、推窝窝，都在案板上操作。

甘餐：美味食品，这里指莜面。陆游《即事》：“老来百事似婴儿，美睡甘餐只自知。”

清洁工的早晨

紫薇凝澹约黎明，霜白寒浓映五更。
我在梦中听呓语，他离暖屋送繁星。
华灯碎影随风舞，马路真情向月横。
犹记诗王悲卖碳，世间灿烂数苍生。

2021 年 2 月 1 日

注：

紫薇：北极星。

诗王：白居易，号香山居士，著有现实主义诗作《卖炭翁》。

黄山颂

会当绝顶抚空濛，云海虬龙唱大风。
松柏无情情不老，青春有爱爱难穷。
雄岩峭壁舒雄秀，丽室鲜台看懦庸。
壑谷涛声神鬼泣，欲观国色上高峰。

2021 年 3 月 4 日

注：

虬龙：指黄山松树。

合欢吟

又见合欢向晓霞，粉妆嫩抹抚轻纱。
舒姿浅笑惊星月，回首深眸退百花。
润雨慕名招锦绣，和风携手舞飞纱。
娇然增色心田里，可寄相思到我家。

2021 年 3 月 16 日

高烧

冷热尘床梦里寒，亦真亦幻出心关。
柴门虚掩人声杳，土院无声野草闲。
魂去故乡犹岁小，身居病榻不心宽。
黄昏半醒窗前黑，轻语喁喁起枕边。

2021 年 3 月 1 日

张家口怀感

一门通衢锁华京，威矗三边显峥嵘。
泥河湾头存旧事，野狐岭上戍狼兵。
将军百战求荣福，黎庶千饥避死生。
自古兴亡多少卷，张垣一页使人惊。

2016 年 9 月于张家口

注：

一门：大境门，张家口城西北，上书察哈尔都统高维岳“大好河山”四字。

三边：张家口境内长城的俗称。头道边燕长城，环张家口城西北，大境门系其一门；二道边明长城，现为万全张北界线，野狐岭为其一塞；三道边金长城，在康保境内。

泥河湾：泥河湾文化旧址，在阳原境内。

张垣：张家口旧称。

梦回康保

梦归故里望阴山，绿海无垠苍穹蓝。
点赞天路风景好，不及康保看草原。

2016 年 8 月 22 日

注：

天路：张北县至崇礼县的一条盘山公路，张家口境内著名旅游区。因景色秀丽，被称为“天路”。

坝上初秋

寒意归来风雨送，梦中一夜草飞黄。
落英心语谁人应，茉莉初开室满香。

2019 年 8 月 23 日

碧桃吟

天工巧夺裁新画，簇簇芳菲竞风流。
玉立婷婷掩翠面，清风习习抚娇羞。
老枝无奈时阴短，新叶有情岁月稠。
最念春红无结果，香泥零落有谁收？

2021 年 3 月 30 日

坝上仲春

春来塞外步迟微，日照青山白雪飞。
凉意随风蓬草舞，清寒就劲牧羊归。

紫葳存心京南梦，白桦许身坝上泥。

俯瞰苍鹰千里目，莽原剔透尽朝晖。

2013 年 3 月 21 日

醉吟

夜黑繁星淡，清风在后头。

尽情不住盏，扶醉月遮羞。

心畔乾坤大，杯中岁月稠。

此生犹一梦，越老越怀愁。

2021 年 2 月 26 日

思念母亲

五月十七日（农历四月十三，星期五），母亲去世，今已整整半年了……

一别半年肠痛断，唯将浊酒压思情。

常常声魇惊虚汗，梦里伤悲送大行。

2019 年 11 月 18 日

白洋淀之春

淼渺烟波入滢渟，霞湖翠岛出胜形。

归舟渔女皆如画，碧水祥和绘景明。

2020 年 3 月 12 日

冬日回厂偶见

一院碧涛春日种，冬来依旧显葱茏。

霜风飞雪摧松柏，相伴黄杨笑寒冬。

2020 年 1 月 20 日（大寒）

注：

厂：指华北油田荣盛公司。

九月九日忆岳母

一别经年过，音容记忆深，
仁慈怀大义，责己显灵心。
妇品知高洁，松涛动地吟。
人间何所贵，最是老娘亲。

2021 年重阳节

注：

九月初九是岳母的生日。

无题

情到农家院，花鸡满怨离。
举杯邀友爱，天晓再无啼。

2021 年 3 月 14 日

注：

怨离：伤别。唐彦谦《寄怀》诗：“有客伤春复怨离，夕阳亭畔草青时。”

寒冬随感

野草应无怜，寒松秀雪原。
孺儿当早起，暮老不迟眠。

2021 年 1 月 17 日

家宴以明、建华、茂岭、刘静诸好友

春风迎客到，类聚共情怀。
玉爵斟佳酿，清言叙雅斋。

相交多少事，契友入心台。
别后多相望，相揖待再来。

2021 年 2 月 15 日

注：

以明：张以明，四川绵阳人。

建华：白建华，北京延庆人。

茂岭：孙茂岭，沧州沧县人。

刘静：沧州沧县人。

春

春意牵春色，春魂走春原。
春龄迎春信，春情越春关。

2021 年除夕

读布莱森《万物简史》

时空汇一卷，无限相循环。
时间造历史，未来隐空间。
两仪显高下，三生示长宽。
收卷昏夜至，卷开现晴天。

2017 年 3 月 15 日

草原迎好友瑞平、姗姗

霞色周天映，徐风掠草原。
千花争巧艳，万卉竞浓繁。
羊肉清香溢，逢情兴致欢。
家中高客到，陋室尽欣然。

2019 年 7 月 23 日

注：

瑞平：闫瑞平，天津人。

姗姗：武姗姗，陕西西安人。瑞平的夫人。

读《李广传》

盘弓月夜矢风劲，箭透花岗载汗青。

今思老李勇何在？错把孤石作虎精。

2015 年 5 月 6 日

人际

世界本虚拟，聚散皆缘期。

天天相逢者，未必知是谁。

2017 年 7 月

默祷美贞心脏手术成功

人生苦难多，岁月似长河。

病患虽凶险，贞坚看俊娥。

高医施圣手，情绪要平和。

痊愈归家日，亲人唱凯歌。

2019 年 5 月 10 日

注：

美贞：郑美贞，乳名俊娥，大外甥女。

高医：指北京阜外医院王水云教授。

辛丑年正月与挚友张田、旭峰、建新、吉荣、忠年酒后

当年多少事，倏忽化浮云。

今岁临花甲，思来血脉贲。

情投相聚谊，把酒四十春。

此辈无虚度，吟诗告子孙。

2021 年 2 月 15 日

注：

张田：张新田，河北任丘人。

旭峰：吕旭峰，河北任丘人。

建新：李建新，河北沧州人。

吉荣：蔺吉荣，陕西宝鸡人。

忠年：田忠年，河北新城人。

寄孙儿昀泽

在北京治疗已近三月，颇思孙儿昀泽，姥姥每天让他和爷爷奶奶视频一次，以慰远居京城之心。

寒风送病上京城，问药求医济再生。

隔辈亲深连骨脉，离时念重诉天情。

留诗寄语修真性，蓄志攀峰去浪名。

待到春来花绽日，绿原与尔放风筝。

2022 年 1 月 5 日

病中孤吟

入夜难眠生隐虑，悬思此病可无恙。

晨来暗叹朝餐美，暮去明知爱妻忙。

家室萧然忧患苦，亲朋怅惋断行藏。

人临绝境才参悟，生死胸怀识浩茫。

2022 年 3 月 28 日

残花诵

艳过芬凋知爱少，夕阳晚照叶枝凉。
细雨有意怜红玉，凉风无心惜暗香。
褪去春华藏淡抹，收来秋实卸浓妆。
白云俯拾山川韵，四季虔心系百芳。

2021 年 10 月 15 日

致姐夫

雨润初离别，明阳绘彩虹。
闲牛吟近树，勤鸟唱遥峰。

2021 年 6 月 7 日于康保

注：

姐夫：郑溢，1949 年生，属牛，康保农民。

出游

4 月 13 日，与之领自驾出游，以叠龄 120 之数，历时 15 天，行程万里，纵横冀、豫、鄂、湘、桂、黔、川、渝、陕、晋九省一市，历经华北平原、河南山地、江汉平原、江南丘陵、喀斯特山地、云贵高原、秦岭山脉、黄土高原、吕梁山脉和太行山脉，跨越滹沱河、黄河、淮河、长江、湘江、左右江、乌江、嘉陵江、赤水、汉江、延河、汾河等大江大河，完成了一次时间最长、旅途最远、区域最大的旅行。

万里征程事若何，晚途岁月未蹉跎。
暮心斗室难关住，涧水孤车唱大歌。
峻岭翠妆腾大地，长河碧浪涌洪波。
心存霞客无声志，何憾时光去日多。

2021 年 4 月 28 日

注：

霞客：徐霞客，明代地理学家。

登泰山

辛丑九月十四，携之领入住泰安汉庭，居于泰岳之脚。昏游泰安西湖，感登山之灵。九月十五晨，天阴雾淡，默默登临泰山玉皇顶，终了四十余年拜谒独尊之夙愿。

高山峻岭论沉浮，一岳风光镇九州。
汉武秦皇千里路，渊源史海万年舟。
独尊华北峰峦小，雄峙天东庙宇幽。
大帝屈尊挟孔孟，临天祭禅化恩仇。

2021 年 10 月 20 日

瞻仰韶山

4 月 15 日，到达韶山，拜谒毛主席旧居以及滴水洞，实现了少年寄存之夙愿。

少小胸中有志行，韶山躬履拜紫庭。
陋躯花甲怀追慕，夙愿遥途见寸情。
王气晨来抚玉宇，霞光夕照定青暝。
炎黄英杰千年遇，吾辈欣逢大救星。

2021 年 4 月 30 日

注：

紫庭：指神仙居住的地方。宋·王禹偁《李太白真赞》：“仙之来兮峨眉扃，曳素衣兮游紫庭。”

青暝：指青天。李白《梦游天姥吟留别》：“青冥浩荡不见底，日月照耀金银台。”

游许昌曹丞相府感怀

社稷匡扶乱世长，横刀立马慨而慷。
安邦老笔书青史，定国长枪断寸肠。
神似蛟龙藏碧水，行如猛虎步高冈。
开天辟地三家事，唯有曹公不做王。

2021 年 5 月 1 日

注：

神似蛟龙藏碧水，行如猛兽步高冈：曹操诗《却东西门行》有“神龙藏深泉，猛兽步高冈”之句，由此化来。

岳阳楼泣

岳阳楼，三国鲁肃始建时称“阅军楼”，西晋时称“巴陵城楼”。唐时初称“南楼”，后称“岳阳城楼”。后李白作诗《与夏十二登岳阳楼》：“楼观岳阳尽，川迥洞庭开。雁引愁心去，山衔好月来。云间连下榻，天上接行杯。醉后凉风起，吹人舞袖回”，由此定名“岳阳楼”至今。更因范仲淹《岳阳楼记》而驰名，为世人所熟知。东晋之后，岳阳楼曾 7 次被大火烧毁，2 次被天雷击毁，1 次被大水冲毁，多次被战火摧毁。但代代被毁代代重建，和南昌滕王阁一样，体现了中国人锲而不舍重建楼阁之情怀。至今园区内还建有晋、唐、宋、元、明、清六代楼模，成为园区一景。

多灾多难岳阳楼，水火无情代代修。
云梦城头听碧水，客乡梦里睡虚舟。
洞庭澎湃龙王乐，湘水汹然百姓愁。
自古亭台楼阁事，权豪才俊数风流。

2021 年 5 月 1 日

注：

云梦：洞庭湖古称“云梦泽”，这里也指梦一般的城楼。

过君山

君山，原名洞庭山，湖水四绕，与岳阳楼隔水相望，遂成“洞府之庭”。《拾遗记·洞庭山》载：“洞庭山浮于水上，其下有金堂数百间，玉女居之。四时闻金石丝竹之声，彻于山顶。楚怀王之时，举群才赋诗于水湄，故云潇湘洞庭之乐，听者令人难老，虽咸池、九韶，不得比焉。”因舜帝娥皇、女英二妃即湘妃葬于此，屈原《九歌》称之为湘君，故以君山为名。

洞庭湖水碧连天，异卉奇花不等闲。
曲径通幽三五里，修竹繁茂两三川。
湘妃心寄斑竹泪，柳毅身托玉井源。
浪涌孤山听诉说，凡心尘虑去无船。

2021 年 5 月 1 日

注：

柳毅：唐代李朝威《柳毅传》中塑造的文学人物，叙述柳毅传书搭救洞庭龙王之女，并与龙女结为夫妻的故事。后“柳毅传书”也成为中国成语。

玉井：指柳毅井，现为君山一景，相传柳毅通过此井进入龙宫。

名仕园传说

广西大新县名仕园乡间，山水碧色，修竹森森，步步为画，妙物天成，世外桃源名实所归之秀地，刘三姐生于斯，长于斯，不足为奇矣。

小船轻桨摇诗境，少女春歌唱适闲。
两岸柔情关不住，一江秀色供心餐。
奇峰热恋千回水，玉竹相依十万山。
此处天成多景致，依依不舍待明天。

2021 年 5 月 5 日

注：

十万山：指十万大山，为广西最南端的山脉。“十万”为壮语，意为“顶天”，“十万大山”即“顶天大山”。名仕园山水即处于十万大山西南余脉中。

敬礼，英雄老兵！

4月19日，在广西大新县德天景区，偶遇五名身着当年草绿色四兜军装、年过六旬的解放军老兵，他们是结伴重游当年战场故地的老战友，其中一位只有一只臂膀……

往事难回首，恩仇若比邻。

残年寻断梦，无悔弄忠魂。

2021年4月19日夜

归春河之畔

归春河，中越界河，源于广西百色鹅泉，南向周游越南，复转体大新县回归中国，于硕龙镇跌落成大瀑布，中方一侧称德天瀑布，越方一侧称板约瀑布，合向东流注入左江。归春河流域为典型喀斯特地貌，山水清幽跌宕，修竹峥嵘繁盛，花木灿烂，云淡风轻，诸多艺术盛景皆源于此，盖有“人间世外桃源”之雅称。

一河清澈分双界，心地无忧独自流。

浅浪横波争迭荡，高峰低谷看沉浮。

南枝越鸟鸣深处，北岸渔姑唱近头。

远望潺然来碧水，山间残客意幽悠。

2021年5月6日

注：

越鸟：南方的鸟称为“越鸟”。《古诗十九首·行行重行行》“胡马依北风，越鸟朝南枝”。

残客：剩余的客人。陆游《贫中自戏》诗：“门冷并无残客迹，家贫常读绝编书。”这里指流连忘返的游客。

夜宿赤水大瀑布

赤水大瀑布，又名十丈洞大瀑布。位于贵州省赤水市南，赤水河支流风溪河上游的丹霞地貌区。明代太监谢安奉旨采集御用楠木，进入风溪河谷时首次发现。谢安因木材无法外运，不能向皇帝复命而隐居此处二十余年。清代直隶厅同知，贵州仁怀县人陈熙晋偶进十丈洞，惊叹大瀑布的雄奇壮观，有感于太监谢安的遭遇，吟诗“洞深十丈锁云烟，谢监栖迟二五年。采木使臣归未得，山中开青已成田”，成了咏诗赤水大瀑布的第一人。瀑水深藏幽谷，从近百米的悬崖绝壁上倾泻而下，似万马奔腾，气势磅礴，数里之外声如雷鸣，数百米内水雾弥漫，大有天地包容之势。2021 年 4 月 22 日，幸宿于瀑顶百米处“赤水源”农家客栈，领略了赤水大瀑布的夜间风采。

幽深碧荡风溪暗，竹影轻摇岭色凝。
理翅家鸡犹梦语，侧头土狗似聆听。
昏灯冷暖飞虫舞，暮夜清寒碎月宁。
万马奔腾天尽处，雷鸣瀑水客人惊。

2021 年 5 月 10 日

登临燕子岩

燕子岩景区，位于贵州赤水市赤水河支流风溪河西岸，与赤水大瀑布相邻。区域内森林、瀑布和丹霞地貌浑然一体，竹翠、瀑秀、谷幽、崖奇、桫椤绝，非人力而天成。赤红色的燕子岩悬崖高近百米，中间呈巨大拱弧形，成群的燕子在这里筑巢栖息。燕子岩瀑布飞流直下，吼涛声碎，令人心潮澎湃。

涧水清音绝谷幽，红崖瀑练挂峰头。
桫椤并竹含情韵，贞燕横涛戏自由。
润雨空濛滋百草，丹青锦绣绘千秋。

江阴霞客留遗憾，盛景天成惜未游。

2021 年 5 月 11 日

注：

江阴霞客：《徐霞客游记》的作者，明代地理学家徐霞客，江苏江阴人。2011 年 3 月 30 日，国务院常务会议通过决议，自 2011 年起，每年 5 月 19 日为“中国旅游日”。1613 年 5 月 19 日（明万历四十一年三月三十日），即为《徐霞客游记》首篇《游天台山日记》的开篇之日。据史料记载，徐霞客与赤水河大瀑布、燕子岩失之交臂，在《徐霞客游记》中只记载了黄果树瀑布。

花甲初识紫荆关

紫荆关，又名蒲阴陉，东汉时名为五阮关，宋时名金陂关，清时名白皮关，后因山多紫荆树而改名紫荆关。为“内三关”之第二关，“太行八陉”之第七陉，“天下九塞”之第四塞。位于河北易县西北紫荆岭上，居庸关和倒马关之间。历史上紫荆关发生战事 140 余次，元成吉思汗灭金、明瓦剌进攻北京、狼牙山五壮士抗日、阿部规秀丧命黄土岭等都发生在这里。古人称其为：“南阻盘道之峻，北负拒马之渊，近似浮屠为门户，远以宣大为藩篱。一关雄踞于中，群险疵于外，规模壮丽，屹然为畿辅保障。”素有“畿南第一雄关”之称。

太行锁钥出奇峰，拒马横流浪逝东。
史梦古魂惊北雁，残垣断堞哭西风。
关雄道漫紫荆艳，霞卷云舒河水红。
铁马南山饲嫩草，男儿不再弄长弓。

2021 年 5 月 13 日

过剑门关

剑门关，位于四川省剑阁县城南，为川陕要道。剑门山在此处临空中断，遂成绝崖离断，剑门锁喉之势。更因李白《蜀道难》中“剑阁峥嵘而崔嵬，一夫当关，万夫莫开”而闻名于世。史载，诸葛亮任蜀国丞相时，在此筑剑阁关，以为据守巴蜀，争夺中原之屏障，唐朝后，改称剑门关。

孔明一去两千年，此处空余剑门关。
侧首横崖飞鸟尽，回眸深涧胆魄寒。
钩沉史海狼烟谷，笔探青峰雾霁川。
黔首相安兵事少，无由闲旅阅青峦。

2021 年 5 月 14 日

西安看望雪梅

剑门吃早点，午饭赶西安。
急急行千里，梅梅在挂牵。
真亲连隔辈，惦念夜无眠。
见面婀姿貌，心波绽笑颜。

2021 年 4 月 26 日

注：

梅梅：外孙女儿，大学毕业后就职于西安某公司。

壶口咆哮

辛丑季春，四临壶口瀑布，遥望河势，近闻涛吼，感惊天动地之势，思十数日而成诵。

天际河来百丈宽，悠悠静逸似媄娴。
遥闻万马千军到，俯瞰千滔入九渊。
断石巉崖岩骨硬，娇流柔水剑锋寒。
炎黄善水根何在，壶口回首啸傲间。

2021 年 5 月 20 日

注:

九渊:《列子·黄帝》中记载的九个极深的神渊。

阆中概念

大巴山为父，四川盆地为母，嘉陵江水为精血，上下三千年，孕诞阆中古城。集天地之道，山水之势，物象之丰，人民之和，遂有“廉泉让水，文川武乡”之真实。读阆中古城，犹读华夏心境。

廉泉让水情灵地，武镇文乡访旧踪。
白塔空来迎细浪，清流远去送朦胧。
巴山蜀水城池老，汉阁秦楼气度雍。
方客不来游此处，归乡别说到川中。

注:

廉泉让水、文川武乡：汉语成语，出自《南史·胡谐之传》，比喻风土习俗淳美和文臣武将众多。阆中武有张飞，文有“状元之乡”“举人之乡”之誉。

白塔：指阆中白塔山上的白塔，登临可俯瞰阆中全景，白塔山号称“天下第一江山”。

清流：指阆中嘉陵江乾坤湾。

拜谒张飞墓

涿水桃花盟死义，横刀立马定乾坤。
喟然蜀汉英雄传，长叹嘉陵烈义魂。
自古王侯生有祭，历朝小卒死无坟。
江河水墨书青史，阅读山川望白云。

2021 年 5 月 17 日

注:

张飞墓：即汉桓侯祠，位于四川阆中古城的嘉陵江边。

读《心经》感怀

默然般若照无眠，欲罢今生寄静缘。
顿悟空明依慧业，长修摄性靠玄渊。
屠刀立地难成佛，莲锷归心易涅槃。
天地清风翻岁月，当知岁月本无边。

2022 年 1 月 2 日于北京

答李清

辛丑年二月廿七日晚，契友志明设宴聚友，酒酣情畅，酬至交李清之嘱，一抒诚敬之意。

相知四十二年前，伤别青春忆流年。
慨叹春秋人易老，怅然霜鬓步阑珊。
一杯浊酒邀明月，两亩心田种巧缘。
感慰生来逢盛世，酬和应答享清闲。

2021 年 4 月 10 日

注：

李清：河北涞源人。

志明：邓志明，河北黄骅人。

谒关羽像

未见盐池闻味重，遥途远路谒关公。
中华重义传青史，故里虔诚敬圣雄。
一人怀德惊宇内，万众尚义震河东。
人生路短何其走，缮性修仁建史功。

2021 年 9 月 15 日

注：

盐池：运城盐池。

关羽像：坐落于山西省运城市西南，南依中条山，北望盐湖。圣像高80米，为世界最高的关公雕像。

河东：关羽故里运城古称河东。

花、蜜蜂及蜂农

出小区北行，一片空地，连续两年，两户蜂农随春逐花劳作于此，一户竟然是张家口蔚县人，乃同乡，两次拜会，感佩蜂农生活，作诗以记。

万紫千红春意闹，芳菲雅聚敞情怀。
蜂农憧憬繁花艳，蜜卉舒姿笑靥开。
逐月追星风雨去，拈花惹草苦甘来。
远山阻断家中事，床冷身孤正自哀。

2021年5月9日

黄栌吟

黄栌，俗名红叶。叶片秋季变红，鲜艳夺目，遂成景观，广为世人所熟知，香山红叶尤为著名。更有胜者，乃春天花后遗留之花梗，呈粉红色羽毛状，在枝头可形成似云、似雾、似霓、似霞的奇景，令人神思遐想，挥之不去。

雾幻迷离弄倩妆，云林半醉意微茫。
清风无意裁丰韵，春色有心送暗香。
不与他红争紫艳，只依自翠论青芳。
黄栌红叶同根脉，异卉奇枝共沐阳。

2021年5月25日

季秋荷塘重游

仲夏闲情过碧池，双蛙戏水鸣相依。

清波替荡飞娇色，绿彩层涛出逸姿。
玉藕初寒调雅韵，池莲渐冷化新词。
怀揣旧梦临残水，左目秋殇右目萎。

2021 年 10 月 28 日

六十诞辰感怀

爱侄汀舟未届五旬，癌变堪忧，医住运城东郭镇，今备行李、炊具、粮油等物，明日出发前往伴护。适逢自己六十华诞，老兄嘘疼，老姐问爱，妻子挚情，儿孙孝诚，生日如戏，福祸双至，慨而叹吟。

暑来伏至微风暖，不寐惊雷闪电忙。
花甲无心谈寿日，晨昏有意侄儿康。
亲缘际会人生短，物念天成岁月长。
冷梦虚途多憾事，封存欢乐不含伤。

辛丑年六月初四

与好友之亮、子敬、长军、清扬登临怀来县样边长城感怀

边民血汗霸王鞭，横断高墙国未安。
枯骨万千图社稷，民心不守居庸关。

2020 年 9 月 24 日

注：

之亮：河北任丘人。

子敬：张子敬，河北任丘人。

长军：张长军，山东烟台人。

清扬：高山城，河北任丘人。

样边长城：河北怀来县境内明长城。史载，明开国大将徐达奉命修筑居庸关等处长城时，为保证建筑质量，在怀来境内修筑示范工程，并以此为明代长城的修建标准，故称为“样边长城”。

深冬晨望京城山水有感

猎猎京风啸九州，峰峦逶迤固金瓯。
东西南北山河美，雪雨风霜景色稠。
华日升腾天念暖，银光洒落地通幽。
神州自古多遗范，儒道磅礴主沉浮。

2021 年 12 月 26 日于北京

为窗外双鹊吟

租家北京马家堡西路馨泰园小区 2 号楼七层，临窗视去，一棵钻天杨近在咫尺。每天清晨，鹊声啾啾，如歌如乐。更喜见其筑巢全程，令人思绪万千，不由得感而慨之。

曙光初照树梢头，互对心音动玉喉。
共享风霜迎冷暖，相依雨雪度艰愁。
一飞南北因心念，百啄高低为物酬。
最慕比肩无别虑，来来去去送春秋。

2022 年 1 月 27 日于北京

致秀波相问候

四月田园尽翠蕤，翩然秀燕啄春泥。
繁花绽放心蕊嫩，碧树空灵景色稀。
点点真情依雅韵，款款心意化芳菲。
多年不见遥相问，心友康安日月辉！

2021 年 4 月 16 日

注：

秀波：高中同学。

悼盖老春来先生

人生舞台九十秋，阅尽沧桑数风流。
群英落泪忆春色，松柏泣颜哭九州。
高山凝笑不留客，大地悲歌难回眸。
秋风萧瑟今又是，且为忠魂送清讴。

2020 年 9 月 9 日

注：

盖春来：（1928 年 7 月 11 日—2020 年 9 月 8 日），出生于北京，著名京剧女武生，戏曲教育家，曾任康保县二人台剧团团长、张家口市文化局群艺馆导演、河北省艺术学校副校长。2020 年 9 月 8 日因病在石家庄逝世，享年 93 岁。

好友高家林之母亲。

示昀泽

4 月 12 日，孙儿昀泽 5 岁生日，初识尘世，聪颖可爱，足慰退休天伦之情。感上苍相赐，诗以记之。

岁岁年年四月春，嫣红姹紫育微心。
麦原碧浪涌千里，燕鹊新巢念大亲。
厚土有情怀大任，高天无欲抚同尘。
齐家效国行天下，夙愿初生寄硕勋。

注：

同尘：比喻与万物一体。《老子》：“和其光，同其尘，湛兮似或存。”

2021 年 4 月 12 日

送别 2021

遥空轻叹苍穹暗，星月清辉照不眠。
天上苍茫情意重，人间萧索赤心寒。

通床浅睡断残梦，满屋深思送旧年。
云散霞飞迎锦绣，东升旭日换新元。

2021 年 12 月 30 日于北京

病中秋色

临窗远望多萎色，寂寞天园遇嫩凉。
落叶飞黄惊困鹊，寒云走日抱霞光。
朔风初至身心冷，残花谢尽籽实香。
最怕此时阴雨著，那堪面对雪加霜。

2021 年 10 月 17 日

爱

冷暖苍生事，艰危见伪真。
关情相慰藉，必是近亲人。

2021 年 12 月 19 日

退休日谢新生、文静、川川赠花送别

人生风雨数机缘，同厂相依度世年。
秉笔群思书管理，举杯共饮论诤言。
逢君合谊亲无间，别绪离情泪不干。
一束鲜花含万语，几分酸楚几分甜。

2018 年 3 月 15 日

注：

新生：徐新生。
文静：张文静。
川川：宋川川。

老乡把酒抒怀

王彬每到任丘，或被邀，或相邀老乡小聚，次次酒甘情真，遂仗酣意而作……

虽说相居远，乡音一线牵。
举杯无政治，乡语有真言。
孤苦离家后，乡依几十年。
历经风雨过，乡谊越弥坚。

2020 年 7 月 16 日

注：

王彬：河北张北人。

与锡路仁兄简酌

昨天刚梦见，今日接邀函。
雅谊灵犀至，知深几十年。
瑶杯斟桂酒，礼重若名贤。
一醉悬情笔，抒怀在客边。

2020 年 11 月 23 日

注：

锡路：及锡路，任丘人，曾任任丘市市委副书记、政协主席。

名贤：名著贤达之士。陆机《辩亡论》：“宾礼名贤，而张昭为之雄；交御豪俊，而周瑜为之杰。”杜甫《过南岳入洞庭湖》诗：“才淑随厮养，名贤隐锻炉。”

客边：作客之中。明·戴冠《题姚少师画竹》诗：“客边偶写龙孙谱，忘却江南有此君。”

午夜惊雷

昨天傍晚，蓝天如洗，夕阳无限，至午夜，突然惊雷滚滚，骤雨如注，旋即又进入夜的安谧……

蓝天碧洗黄昏早，午夜惊雷雨打窗。
无序风云少感佩，有情山水多忧伤。
人生自古虚生苦，世道延今欲利忙。
半梦醒来难再睡，蛙鸣鸮应两茫茫。

2021 年 6 月 23 日

携之领拜谒泰山迎旭门

一线天台盘尽致，几碑老帖秀峰头。
清心东望云浮日，明旭西照雾掩楼。
拱北遥揖听玉宇，司南意定指金瓯。
闲情逸致今方好，山水交灵岁月稠。

2021 年 10 月 23 日于任丘

注：

拱北：指泰山玉皇顶上的拱北石，也作探海石。

迎旭门：泰山玉皇顶上的“迎旭门”，过此门即可饱览“旭日东升”盛景。

金瓯：指稳如泰山的国家疆土。

中秋来临于运城遥寄孙儿昀泽

浩浩盐池起彩涛，中条山下奉轩尧。
初秋晓月平湖水，浓露繁星碧树梢。
客去他乡心怯怯，梦回故里路迢迢。
屏中昀泽轻回首，未到中秋目已潮。

2021 年 9 月 13 日于运城

注：

彩涛：运城盐湖为彩色的，又名七彩盐湖。

轩尧：传说后来被尊为神祇的轩辕和尧帝都在运城居住过。

中秋吟

何年何月中秋事，代代相传始到今。
清月娇晖怀恋念，秋风萧瑟抱情亲。
悠悠细竹吹杨柳，缕缕银光拨瑟琴。
游子客乡愁雨色，不知故里是晴阴？

辛丑中秋于山西运城

病中自述

几经周折，多方检查，最后确诊为肺癌，感之慨之，惊之叹之，静而思之……

初闻癌变梦魂囚，怜见亲朋涕泪流。
疾患无非头点地，谦君何故意生愁。
人生遇变非天意，途路遭疾乃己修。
化吉驱凶依睿圣，高帆轻桨上医舟。

2021 年 12 月于北京

注：

睿圣：医术高明的医生。这里指北京肿瘤医院胸外科高禹舜教授、内科刘雨桃教授和广安门中医院吴洁教授。

医舟：指中国医学科学院北京肿瘤医院。

病中致姐姐

重患床前飞乱绪，悬思姐弟血相凝。
愿心陪伴终其老，难道苍天夺我情？

2022 年 1 月 3 日于北京

壬寅年除夕遥寄林、广兄弟

童年共睡条山炕，接踵摩肩汗味香。

历历缘情亲切切，浓浓血统意茫茫。
感今思昔穷荒日，鉴往知来富贵乡。
地雨天风悲白发，年关难聚想爹娘。

壬寅年除夕于北京

注：

林：李林，余之三哥。

广：李广，余之小弟。

感今思昔：对当前的事物有所感触而怀念过去的人、事物或景物。宋·刘珙《满江红·遥寿仲固叔谊》：“叹离多聚少，感今思昔。”

鉴往知来：审视过去，展示未来。《三国志·杨阜传》：“愿陛下动则三思，虑而后行，重慎出入，以往鉴来。”

宋江与李逵

形影相随弄潮头，岁寒岁暖战九州。
忠义堂前谈天地，蓼儿洼里诉忧愁。
莽夫恕悌爱君子，君子亲仁杀莽夫。
阴里相遇曹中事，携手一哭泯恩仇。

2021 年 12 月 27 日

燕巢私语

并肩秀燕别春户，舍下空巢待冬初。
沐浴清风经夏雨，梳妆丽羽唱秋收。
繁星灿烂听天地，皓月明辉偎裳袭。
梦里相依说后事，来年可否居老屋？

2017 年 4 月 16 日

病榻迎友

花鹊枝头上，相言客到家。
病途谁探问，音至是文霞。

2022 年 1 月 2 日于北京

注：

文霞：张文霞，河北大城人。

桃花吟

寒送清明日，花开谷雨时。
含苞新叶嫩，香瓣染蟠枝。
莫道春红短，无言秀色萋。
相经风雨后，满树尽仙姿。

2021 年 4 月 7 日

秋分

平分秋色日，间或一声雷。
树木无遮蔽，斑鸠不待飞。
风凉寒意渐，血热暖流归。
潦倒蜂犹作，无花叶也稀。

2021 年 9 月 23 日

游太行全胜峡

绝顶挂飞瀑，峭壁成天门。
桑田沧海事，尽在石头中。

2017 年 10 月 6 日

晚秋行

北顾临天际，晨霞树鹊歌。
凝情镶命历，岁月涌澜波。
重露门前径，微霜壁上萝。
寒衣程路远，风过送轻歌。

2021 年 10 月 17 日

辛丑重阳寄思

九天张漫雾，碧野隐松杨。
思绪随情去，心田觉露凉。
前生多警悟，后岁少忧惶。
又见寒天势，秋原绿麦乡。

2021 年重阳日

医院冷暖

来此求医者，多为重患身。
白衣常见事，生死不施仁。
情暖乔松碧，心寒寸草根。
危艰寻佛道，不敢恋红尘。

2022 年 1 月 3 日于北京

注：

乔松：达官贵人。

寸草：老百姓。

北京看病住所晨色

寒色斜阳里，霜枝映碧空。
清风难识面，无影乱青丛。

寸草谁人理，来春也葱茏。
人微无病志，马瘦毛难丰。

2022 年 1 月 11 日于北京

致少年好友

梦里思年少，相携度力耕。
时时飞笑语，处处起歌声。
爱意无虚处，纯心有逸情。
分离天地远，欲见路难行。

2021 年 10 月 22 日

元旦之晨

丽日驱寒色，浮云秀幻形。
朝霜呈溢彩，露木向黎明。
送别年时乱，乾元岁月清。
平心迎异变，静气得幽馨。

2022 年元旦于北京

注：

露木：指经受着风霜露雪考验的树木。贯休《和杨使君游赤松山》：“乳猿剧黠挂险树，露木翠脆生诸峰。”

幽馨：喻清高的情操。袁可立《睢阳人物志序》：“其有蘖若冰贞幽馨素侠，方且荡为冷风烟云。”

致贤妻

南北何其远，红娘一线牵。
相行无厉色，举案到残年。
染病成依靠，心头抱不安。

来生还结对，月下叙前缘。

2021年12月28日于北京

望鹊巢

站在窗前望出去，除了远处的高楼，近处还有几棵挺拔的穿天杨，有两只喜鹊在其中的一枝上叽叽喳喳地商量筑巢事宜，目睹这雍雍穆穆的劳作过程，便给了我无限的希望，我也给予这对“鹊夫妻”真挚的心灵问候。

少年时节盖新房，倾尽家财父母忙。
翠鹊悬巢依渺喙，碧杨飞翅托云乡。
一枝一叶关情处，百语千言慕意旁。
寒色相携知冷暖，霞风摇爱沐春光。

2022年1月15日于北京

梦

一梦对明幽，孤眠梦里愁。
醒来还是梦，似梦驾虚舟。
梦影随心舞，身源傍梦游。
人生原是梦，梦笔写沉浮。

2022年1月16日于北京

雪的复活

一落脱浮云，空来入露尘。
未知天下事，再度作烟津。

2022年1月20日于北京

大寒日忆友携手白洋淀事

瑞雪寒天里，犹思淀上行。
冰床虽寡陋，相载尽真情。

2022 年大寒日于北京

春节诗复建国、旭峰、志明、永军谆问

年冬洁雪意深沉，增色春波化浅吟。
慨忆来途情未了，叹思去路谊难寻。
一山贞柏同姿趣，九域飞流共啸音。
此节金樽难再举，清茶半盏慰君心。

2022 年 1 月 21 日于北京

注：

建国：胡建国，河北康保人。

旭峰：吕旭峰。

志明：邓志明。

徐永军：河北乐亭人。

慨忆：慨叹挂念。南朝·简文帝《答湘东王书》：“分别已来，每增慨忆。叹因月积，想逐时旋。”

叹思：赞叹思念。王充《论衡》：“夫叹思其人与喜称万岁，岂可空为哉？”

壬寅年春节致王老师

校园四十二年前，正茂风华筑教坛。
笔粉尘飞夫子貌，书香理尽圣人言。
萌花桃李馨方溢，育茧春蚕力已干。
梦里音容犹可慰，临窗北望祝师安。

2022 年 1 月 31 日

注：

王老师：王振天老师，作者初、高中时期的语文老师、班主任。

答友人咏华问候

夏日花乡故里行，初闻罹患内心惊。
人生际遇多关坷，疾病因缘未悟惺。
碧草逢寒晨露重，青春遇老夕烟轻。
高情雅谊遥相问，病榻孤凉送温馨。

2022 年 2 月 11 日于北京

注：

咏华：韩咏华，作家诗人，中国作协会员。

先农坛怀古

一粟一糜关社稷，帝王稼穑重农时。
官员逐级方田秀，治下饥年未足奇。

2022 年 2 月 15 日

康保冬色

日冷青峦碧，寒光映素原。
平林含淡墨，诺尔可穷天。
旷野飞流雪，无云起紫烟。
乡思多别梦，晓月照清眠。

2022 年 1 月 21 日

注：

诺尔：康保县城南有湖，名康保淖儿，又作康巴诺尔。

春节

爆竹无声息，新春寂寞多。
初元红日早，懒睡尽蹉跎。
节味因钱淡，怀情落白窠。
年风成旧事，难再动心波。

2022 年 2 月 1 日于北京

致建民

大漠孤情野，沙湖碧草稀。
翅高云际暗，不见老鹰啼。

2021 年 3 月 14 日于康保

注：

建民：冯建民，锡林郭勒盟正镶白旗乌兰察布苏木敖伦淖嘎喳牧民，余之少年好友。

与之领白洋淀赏荷

雾色湖塘碧，芙蓉望小舟。
群芳争紫艳，只见睡莲羞。

2021 年 7 月 2 日

迎春

冬雪成流水，春枝发早芽。
心田耕福地，孝顺出良家。

2022 年 2 月 25 日于北京

世面

百合山间野，孤芳百草羞。
牡丹遮半面，千卉不抬头。

2021 年 6 月 7 日于康保

坝上

坝上无春念，繁花孟夏开。
匆匆秋色早，瑞雪告冬来。

2021 年 3 月 3 日于康保

嘱江舟

浩浩东逝水，间或向西归。
人生多曲折，气馁阻凌飞。

2022 年 3 月 1 日于北京

注：

江舟：爱子李沙白，1986 年 10 月 31 日出生。其小名江舟系爷爷在其出生后第二天所赐。

读《心经》

一世情堪了，清修放下心。
何为心放下，示寂享歆歆。

2022 年 3 月 5 日于北京

化疗感吟

白日床头卧，难知病愈期。
夜来多冷梦，无奈泪沾衣。

2022 年 3 月 7 日于北京

春日答海明

青杨弱柳争春色，街上行人乱着衣。
本是随心寻翠日，奈何遣欲待诊时。
清风入户舒亲故，乡客牵情慰楚凄。
五谷人生难免病，笑谈疾痛对心扉。

2022 年 3 月 12 日

注：

海明：段海明，张北人，作家。

遣欲：排除欲念。元·耶律楚材《再用张敏之韵》：“遣欲绝形累，无贪不行妨。”

二、词

（填制于2017—2022年，以龙榆生《唐宋词格律》所载词谱为主，并参照《钦定词谱》而制。词谱即词牌说明附后。）

锦堂春慢·元旦

烟曙微微，晨光淡淡，彤云又送金年。
喜鹊登枝，时欲展翅蓝天。
几只白鸽飞过，带去无限尘牵。
一望无碧意，大地怀春，希冀无边！

亦知轻风无奈，诉霜情雪谊，劝慰严寒。
终是新年依旧，岁月依然。
去去来来去去，别所见、难见从前。
晚饭夕阳落下，苍暮霞红，抱梦同眠。

御街行·坝上草原山色

萋萋旷野边无际，百草动、清波翠。
朝阳珠露起雯华，诸朵闲云飘逸。
群蜂戏夏，雁鸣声脆，无酒人先醉。

千丘百壑腾逶迤，举眼处、层峰递。
虽然无路有通途，只要不言轻弃。
怀情远望，遥程当步，山过心相系。

注：

坝上草原：河北省张家口市康保、张北、沽源、尚义四县，地理上称为坝上草原。

观夏（范仲淹格）

淅淅细雨声声碎。
鸟背湿、孵巢敝。
还当年幼享温馨，雏鸟雷中堪慰。
浓云散去，彩虹东映，需是真情对。

斜阳雨过乡园里。
柳叶舞，轻风会。
开荣芳馥爱随行，招惹蜂蝶疲惫。
佳期如梦，凋如朝露，花以时为贵。

注：

开荣：指草木开花。隋·杨素《赠薛播州》诗：“植林虽各树，开荣岂异春。”

观秋

微霜重肃征残草，
晚叶舞、春心老。
回思娇绿映蓝天，堪顾今天潦倒。
无根起处，抚摩秋色，遥见冬将到。

凋花哭罢嘉实笑，
昨日去、今方好。
层云红透酿霞情，最是秋收妖娆。
飘香小麦，飘香油菜，还有黄金稻。

注：

嘉实：佳美的果实。南朝·丘迟《芳树诗》：“芳叶已漠漠，嘉实复离离。”

萧辰：指秋天。唐代·岑参《暮秋山行》诗："千念集暮节，万籁悲萧辰。"

冬来思念父亲

清辉傲色飞云冷，
雾叠处、霜声静。
慈音回荡寸心间，飘忽高堂虚影。
情风扣户，思光空照，长梦谁与醒？

冬来未雪难成咏，
忆往昔，空伤景。
终年悲心诉情怀，难释相思遗境。
回头不再，步趋声碎，途路无人应……

注：

遗境：忘却周围一切。唐·韦应物《端居感怀》："悟澹将遣虑，学空庶遗境。"

满庭芳·新年瑞雪吟

梦断时分，倚窗远望，漫野无际苍茫。
雾楼虚立，杨柳挽琼芳。
冰卉蹁跹起舞，舞不尽、素裹银装。
新年景，无边碎玉，此兆育安康。

红檐托缟洁，田园婉静，大地流光。
看莺鹂追欢，难见愁伤。
最是丰年瑞雪，方不负、百姓炎凉。
今相寄，来年春幸，万物着新装。

祭嫂

七旬老嫂大面积脑梗撒手人寰，悲痛至切。心间固有"老嫂为母"

之情，哭词以祭之。

万丈霞光，猝然暗淡，暖春飘过奇寒。
众鸦空起，振翅哭凄酸。
仰望穹霄碧汉，流星闪、挥泪苍天。
倏忽处，悲风送雨，恨打大平原。

潸潸，心碎裂，人生短暂，终向长眠。
叹天地无常，生事多难。
本是阴阳诡互，当明晓、死易生艰。
情相祭，空灵岁月，安逸在那边。

双双燕·燕子、蝙蝠之于我

燕子说清晨是一日之始，蝙蝠说黄昏是一日之始，我调和说……

看家燕事，送残日归山，旧巢双憩。
屋檐共用，爱梦北南天易。
河汉幽邃露夜，月色里、深拥浅睡。
蓝天不易生活，嫩翅飞干心泪。

晨起，临空叠坠。
叹灿烂阳光，蝠将晴睡……
何为天道，各自随性归位！
阴暗皆在心里，不测事、人心向背！
翔兽日始黄昏，不愧雅称夜壁。

南楼令·腊月思母

霜雪压田园，朔风弄碧烟。
小溪寒、不再潺潺。

冬季六节都过尽，没几日，又新年。

哪院贴春联，谁家蒸肉丸？
懒操持、好饭谁餐。
遥望程途千万里，回梦屋，诉思言。

谁偷了坝上的春天

初夏降清寒，胡风起牧田。
看荒凉、依旧无边。
一点丁香争早艳，虽小满，绿难全。

云影略村原，飘蓬随处眠。
六月头，才见春颜。
谁把春天偷了去，没人怨，没人怜。

蛙、蜜蜂与其他

霭云奔逸，遥目舒天际。
蛙诉说，塘中事。
欢欣翻碧水，愁寂依蒲苇。
春不待，夏秋更著新芳蕊。

烂漫蜂振翅，青翠迷蝶醉。
花卉茂，周田蔚。
蜜甜劳作苦，少许难归己。
秋老矣，相随记忆逐希冀。

康保淖儿礼赞

并非炫异争奇，莽原叠翠边无际。
千年一水，清华懋毓，鳞波诡丽。
百鸟蹁跹，鱼翔浅底，白云倒坠。
叹春秋冬夏，旱来涝去，波光秀、无枯溢。

山水相依为命，道非常、协和为继。
寂寞长生，无求无欲，重天尊地。
性尚淳良，承先劭德，古风难易。
念空灵谧静，天成于此，朔方犹慰。

注：

康保淖儿：又名康巴诺尔，高原内陆咸水湖泊，位于阴山余脉桦山脚下的河北康保县城南侧，成湖历史悠久，为康保县名之渊源，内蒙古高原野生动物，特别是候鸟的重要补水和栖息繁殖基地之一。现为国家湿地保护区。

道非常：《道德经》“道可道，非常道，名可名，非常名”。

大风车

坝上草原风电林立，路网纵横，风车声骤，景色无际……
丘壑拜蓝天，风卷云旋。
峰峦翠野景无边。
三片钢叶摇日月，惊杀关山。

塔高镇峰巅，万物无眠。
蚰蜒天路破青川。
巍巍风车依大地，难说悲欢。

怀念毛主席

往事过云烟，已越多年。
今朝才懂老诗篇——
“一片汪洋都不见，知向谁边？”

冬至百花残，万木霜天。
“百年魔怪舞翩跹”。
一季严寒终是短，冷暖心间。

注：

“一片汪洋都不见，知向谁边？”转引自《浪淘沙·北戴河》。

“百年魔怪舞翩跹”：转引自《浣溪沙·和柳亚子先生》。

忆杨柳

小区院中，有几十棵近三十年树龄的老柳，沧桑而绿意恒生，婆娑而鹊鹂相依。炎夏时分，更是因其阴意而倍受居民青睐。但因春天产有飞絮，一日间被砍伐殆尽……

风雨送流年，杨柳巍蟠。
伤哉一夜断头冠。
飞絮不知尘道事，恨你深焉。

老树别含冤，也别声咽，
今朝决策遇能贤。
欲问原因何处在，请勿多言。

注：

巍蟠：高大而盘曲。

少年游·今天生日

暖流依旧走伏天，思念以心迁。
家严抚志，高堂育命，慈血灌亲田。

届临花甲归疏梦，回首孝难全。
今日生辰，碗中长面，北望慰乾元。

注：

疏梦：空虚的梦境。孟郊《秋怀》：“疏梦不复远，弱心良易归。”

乾元：《易·乾》：“大哉乾元，万物资始，乃统天。”朱熹本义：“乾元，天德之大始。”后以“乾元”形容天子之大德。这里借指父母之恩德。

仲秋

初寒杨柳又揪心，不日孟冬临。
蝉声渐绝，伴花谢尽，黄叶落深深。

霜风吹的清波皱，黄苇断蛙音。
鹊立空巢，燕离白户，月下仲秋吟。

注：

白户：旧指平民户。陈去病《丁未八月海上藏书楼夜坐杂感》诗：“相忆故人相望远，羡他白户胜封侯。”

中秋飞雨

2019年中秋，是第一个没有母亲的中秋，又遇阴雨，节日寡欢，特以《少年游》为题填制。

淅淅细雨洗中秋，雾霭弄沉浮。
南归霜雁，别声空唳，无影越雄州。

思情穿云邀明月，明月不回头。
记忆堪怜，心音相济，杯酒酹亲愁。

清明故乡祭祖

西风声咽乱云低，偶见鸟孤飞。
雪原无际，蓬蒿素舞，零落纸钱灰。

含悲风木身已罪，肃谒叩魂碑！
阳道苍苍，冥途漫漫，生死两相依。

注：

风木：比喻父母亡故，不及奉养。出自《韩诗外传》：“树欲静而风不止，子欲养而亲不待也。”刘宰《分韵送王非之官山险得再字》诗：“桃李春正华，风木养不待。”

康保葵花

金轮绝艳慰初秋，百卉失风流。
朝霞清露，娇迎旭日，晚照待回眸。

花心向背情何处，草木使人羞。
迫近寒霜，落英为母，大地获勤酬。

别康保（另格）

草原葱郁，农田如画，杨柳染峰青。
鸥翔湖畔，鹰盘峭壁，枝鹊唱心灵。

欲别故园添惆怅，伤感是离情。
草木山川多牵挂，回头泪、又将行。

鹧鸪天·盆蔬吟

绿意青青泛秀波，倾心呵护也非禾。
遥瞻寒隽阳台月，近享温馨燕榭歌。

朝怨少，暮愁多，一生岁月尽蹉跎。
盆中希冀难成景，唯有虔诚伴碧萝。

注：

遥瞻：向远方看；凝目远视。张籍《小院春望宫池柳色》：“遥瞻万条柳，回出九重城。”

燕榭：供人游宴的台榭。范成大《次韵甄云卿晚登浮丘亭》：“宾筵旧压三千客，燕榭新高十二城。”

采油

寂寞春秋岁月间，繁华远去未邀欢。
原油滚滚心随去，信念昭昭愿渐宽。

输绚丽，采斑斓，朝花夕拾数嘉年。
来生若是能抉择，再携芳华回油田。

谢给石油英雄王进喜

热血丹心铸国魂，言行践诺誓成仁。
石油胸襟多奇志，祖国情怀建硕勋。

生重业，死轻身，舍生忘死动妖神。
可歌可泣英雄事，义感忠驱主义真！

注：

义感忠驱：即忠驱义感，指为忠心所驱使，为正义所感召。唐代吕温《题阳人城》：“忠驱义感即风雷，谁道南方乏武才？天下起兵诛董卓，长沙子弟最先来。”

钻井

旭日明辉送月归，莽原沙海看人稀。
横空铁塔竞英韵，就地机声撼磊嵬

天浩荡，地崔巍，仰天一啸鬼神卑。
世间敢问英雄事，钻井工人未足奇！

注：

磊嵬：高险、高大貌。韩愈《记梦》诗：“隆楼杰阁磊嵬高，天风飘飘吹我过。”

翻砂

自古翻砂鬼见愁，英男倩女见人羞。
手中一把艰辛在，心里千回憧憬悠。

时代变，岁华优，精模仁德铸风流。
散沙一气凝天韵，制造行中看冕旒。

炼钢

炉火熊熊映碧天，沸腾澎湃炼尘缘。
今天送走前天累，明日虚怀今日闲。

人若苦，物维艰，一膛焚化作紫烟。
虔心近看炼钢者，摇撼钢滔卷巨澜！

物探

万里江山尽玉颜，神州物探扣心关。
山川修阻攀高垒，河汉无极涉大渊。

拥酷暑，抱严寒，炮声声碎对甘眠。

相扶幽邈原油脉，共舞油龙须尽欢。

注：

物探：指地球物理勘探。

抽油机

碧野鸿原唱大风，朝辛夕苦叩苍穹。

探身万丈当亲历，背负千钧犹自躬！

云雨过，彩虹浓，婷婷秀立百花丛。

采油仙子翩然到，一款丹衣别样红。

注：

丹衣：中国石油公司员工工服为鲜红色。

抽油机：从地层中采集原油的设备，俗称“磕头机”。

地宫

历史茫茫寻本源，自然亘古问瑶天。

岩心记忆奥陶事，地质抒怀寒武年。

人有志，夜无眠，唯知艰险肯登攀。

幽幽地下深邃事，一纸新图诚释然。

注：

地宫：即地质馆，也称地质博物馆，油田业界内称地宫。

奥陶：指奥陶纪，地质年代名称，古生代的第二个纪，开始于4.8亿年前，结束于4.4亿年前。

寒武：指寒武纪，地质年代名称，开始于5.4亿年前，结束于4.8亿年前。后一个纪就是奥陶纪。

车床

近代风云卷巨澜，波翻浪涌史无前。
空来汽笛鸣新世，旋转机床创纪元。

心慕远，路思艰，工人昼夜战犹酣。
车刀削去忧愁事，汗水浇开幸福园。

记十一月二日与建国相聚事

雅室金樽论琼浆，阑珊中酒意茫茫。
轻歌洞晓诗文事，漫舞情凝鸾凤章。

归路短，去途长。痴云遮月露衣凉。
清风不待心房闭，送走离思回故乡。

注：

建国：胡建国。

中酒：饮酒半酣时。出自《汉书·樊哙传》：“项羽既飨军士，中酒，亚父谋欲杀沛公。”颜师古注：“饮酒之中也。不醉不醒，故谓之中。”

鸾凤章：指华丽的诗文辞赋。唐·权德舆《从事淮南府过亡友杨校书旧厅感念愀然》：“炯如冰玉姿，粲若鸾凤章。”

痴云：停滞不动的云。陆游《芒种后经旬无日不雨偶得长句》：“痴云不散常遮塔，野水无声自入池。”

金人捧露盘·风筝

雪无痕，风有信，雁来鸣。
草未醒、乡土沉冥。
春来序曲，奏盎然笙瑟谱欣荣。
水流声碎，看小溪、尚有冰凌。

周天碧，轻云淡，牵际遇，望娉婷。
影渐小、追逐虚明。
高天大度，让纸鸢横空任孤行。
一丝牵挂，也担心，顿作飞萍。

注:

沉冥：隐逸，泯然无迹。谢灵运《登石门最高顶》诗：“沉冥岂别理，守道自不携。”

前片一二句对偶，所以首句未韵。

汉宫春·春

河汉周天，引昼长夜短，万物争苏。
干枝吐蕊，不再记忆冬枯。
春华气息，渐生发、又见游凫。
寒去远、萌芽虞寡，克当身卷心舒。

嫩绿蓬勃南北，任松涛怒吼，万木惊呼！
荒凉必将野莽，景色犹殊。
萧条死矣，祭田园、不再虚无。
清夜静、繁花浪月，山川凝视天枢。

注:

虞寡：即寡虞。是谓忧虑少。《文选·陆机〈辩亡论〉下》：“贤人之谋，岂欺我哉？自是烽燧罕警，封域寡虞。”李善注：“言少有虞度之事也。”

天枢：《天象列星图》记载，天枢为北斗七星之一，“北斗七星，近紫薇宫南，在太微北。是谓帝车，以主号令，运乎中央，而临制四方，建四时，均五行，移节度，定诸纪，皆系于北斗。”

桂枝香·夏

乾坤运日，度冷热交关，阴阳消逸。
万物谁知前景，只争朝夕。
想来天地人间事，几天天、尽然皆释。
仰天长问，众生何处，对天兢惕。

夏静秀、清风热溢。
看繁花招蝶，金麦收籴。
大地东西碧透，绿荫无敌。
鸟儿一季忙新筑，此生辛劳见忧责。
岁华如是，物华如似，道华今昔。

注：

兢惕：戒惧。《南史·王融传》：“悚怍之情，夙宵兢惕。”唐·白居易《为宰相贺雨表》：“臣等位忝钧衡，职乖燮理；仰阴阳而增惧，顾霖雨而怀惭。无任兢惕之至！”

忧责：意思为负责，担负重任。《后汉书·张酺传》：“朝廷望公思维得失，与国同心，而托病自絜，求去重任，谁当与吾同忧责者？”晋·葛洪《抱朴子·博喻》：“金玉崇而寇盗至，名位高而忧责集。”

道华：谓纷华盛丽的意念。《文心雕龙·养气》：“夫三皇辞质，心绝于道华。”

与好友志明、可尚、秋玲、素云、文霞冬临青虚山

临高谒索，看万木雄浑，游意犹迫。
飞雪匆匆步履，走阡行陌。
空山冷峭苍茫处，俯身来、灿然峰魄。
一径弯路，青砖黄瓦，庙堂端默。

清风起、声声哨笛。

正漫步巍途，步无痕迹。
层壑舒姿冬逝，欲临春色。
已知春色多新意，一川情思对闲刻。
月移星替，峦波跌宕，好幅青墨。

注：

青虚山：又名葛洪山，位于河北省唐县，四时之气清而煦，界入虚无，超然物外，是著名的道教圣地。

志明：邓志明。

可尚：胡可赏，天津大港人。

秋玲：田秋玲，河北霸州人。

素云：张素云，河北徐水人。

文霞：张文霞。

卜算子·仲春飞雪

昨日雪花肥，今日韶阳照。
嫩绿酷霜秀翠枝，冷凝娇春貌。

玉色可周天，景致难思料。
寒暑常程造异奇，不叫人知道。

咏柳

春雨发新芽，老干拥新翠。
待到残年独善身，空被年轮累。

冬夏品炎凉，冷热千重味。
一树光阴恋土深，自是心无际。

女清洁工

断梦醒黎明，未语离床畔。
冷月清街弊帚挥，帚到除微贱。

星淡瞰尘埃，霞色听虚喘。
待到扶桑日出时，挥手揩香汗。

菜农

稀月映荷锄，一累歇阴柳。
水满田畦日未出，劳作不回首。

昼夜种生活，绿色将糊口。
野鹤闲人慕静园，不见农夫手。

与旭峰酒后别离

把酒叙离情，相对觉时短。
凝视斑鬓忆往初，高杯无虚叹。

天暗近黄昏，霞锦披晴晚。
所欲随心慰去途，过后多相见。

注：

旭峰：吕旭峰。

送小稀赴美国

君去越经年，执手无言对。
轻叹时光太绝情，杯大无相醉。
风雨卷苍云，再会难知岁。

有道无声胜有声，不叫相思累。

注：

小稀：周小稀，江苏海门人。

感雾

昨日雾朦胧，今日朦胧雾。
窗外高杨不见形，影隐无形处。

画就好风光，虚缈仙人步。
最是抒情叙意时，让雾听倾诉。

归故乡（一）

2019年，老屋和故乡一起被夷为平地，八十年的香火，在我的见证下成为历史……

风起野茫茫，云卷苍天乱。
飞雪扬花送暮春，万木抒冬怨。

冷落立田头，执怨依丘畔。
遍踏荒芜觅老情，情在家难见。

归故乡（二）

惆怅望浮云，细雨袭烦恼。
远处青山秀色无，偶或孤鸦叫。

思绪欲飘零，怎奈疾风到。
静虑卑躬问苦因，需待初心告。

卜算子·致小徐

清晨窗外两只喜鹊鸣叫不息，睁眼看表，3 月 15 日 6 点 30 分。去年 3 月 15 日，在康保和小徐通信，追述前事，畅叙退休时光。短短一年，生发诸多变幻，时序如常，人生无常……

窗外鹊声声，帘隙清晖照。
一觉残余意未消，梦想难颠倒。

淡绿柳梢头，四季春龄少。
慨叹蹉跎岁月时，忘却人将老。

注：

小徐：徐永军。

暗香·别春

锦云霁日，更皓空万里，徐风微习。
翠柳浪情，雨燕窗前秀心迹。
思绪空灵剔透，关不住、痴魂飘逸。
怎解得、岁月如梭，转首似鸣镝。

清澈，更静谧。
有几字赋声，几拍横笛。
一支颓笔，书尽春缘夏初识。
需顾花心冷暖，凋谢去、桃梨丰实。
望远处、多少景，待谁赏觌。

注：

霁日：晴日，唐·刘禹锡《琴曲歌辞·飞鸢操》：“长空悠悠霁日悬，六翮不动凝风烟。”

锦云：彩云，《海内十洲记·聚窟洲》：“紫翠丹房，锦云烛日。”

点绛唇·冰山梁抒怀

风塔层林，长城逶迤抒今古，
乱石横竖，欲上苍天路。

高处冰寒，冷在多情处。
天地语，白云飞度，山下朦胧雾。

注：

冰山梁：位于河北省赤城县与沽源县两县交界处，主峰海拔 2211 米，为坝上第一峰。

梨花

信步轻匀，花娇蕊嫩羞相见。
翠枝垂眷，百媚春风恋。

转瞬时分，虚影成真幻。
留不住，人间尘怨，郁郁香魂断。

注：

轻匀：轻盈匀称。清·吴伟业《又题董君画扇》诗：“湘君浥泪染琅玕，骨细轻匀二八年。”

雁南来

空啖悠扬，闻听征雁声声慢，
层云舒卷，倩影难相见。

鸟瞰河川，残雪山阴畔，
天渐暖，嫩寒温浅，来日新巢恋。

卜月

凝望清辉，华光冷艳容依旧，
银装如昼，只在夕阳后。

心在踟蹰，问月如何走，
知虚谬，难知休咎，谁要知非否？

白洋淀迎夏

雨后飞凉，春归夏至芦花瘦
绿新红旧，前路舟相候。

鱼翔船头，鸥逐层涛后。
推蒲牖，岸扬轻柳，迎客芙蓉酒。

田野之夜

犬吠孤云，星高月淡风声细。
山雉骤起，惊兔荆间逝。

一盏孤灯，书伴心灵睡。
人生事，境随心易，与夜说遭际。

林间夜色

绿叶婆娑，林间淡静乡间道，
暗香来报，已是幽兰到。

月下无眠，夜色先知到。
心微杳，露抚芳草，云在风中笑。

注：

微杳：微妙深远。宋代叶适《〈周南仲文集〉后序》："南仲遂欲探入微杳，语极世人之不到，身衣腾举，两眼尽赤。"

冬雾

天色沉朦，不知寒雾生何处。
路人来去，相遇无相顾。

紧闭窗扉，孤自寻清悟。
思绪处，暗临门户，未夜天垂暮。

往事

空逝流年，不堪回首多相负。
物朝人暮，几处杨朱路。

行色苍茫，遥历今如故。
生来苦，路途难驭，多少伤情处。

注：

杨朱路：即成语"杨朱泣歧"。

定西番·庚子仲春牵思

又是仲春天色，
霜不见，露涟涟，雁声咽。

断雾迷离将息，清辉出碧天。
好借南风送北，草无眠。

多丽·故乡五月

走荒原，苍凉塞外风咽。
望山峦、苍头白发，磐石瑟缩余寒。
朔风吹、相拥枯雪，临空起、化作轻烟。
小雀攀枝，踌躇四顾，不知新绿发何年。
倦阳照、一湖清透，冰下有潺言。
空巢里、燕无踪迹，岁月蹒跚。

看鸥飞、柔姿踏雪，为爱呼唤前缘。
叹时光、冬长夏短，冷与暖、都在其间。
朝雾轻浮，夜霜厚重，乾坤无际未穷观。
问大地、萧然一季，时路共维艰。
清明过、已临初夏，才见春欢。

注：

枯雪：冬末初春的雪。清·周亮工《杂诗》：“白骨附良肉，枯雪煦温风。”

穷观：大观。汉·傅毅《舞赋》：“材人之穷观，天下之至妙。”这里指全面领略。

萧然：空寂；萧条。范仲淹《岳阳楼记》：“满目萧然，感极而悲者矣。”

粉蝶儿·记忆深处的那把炒豆

少小撑腮目凝母亲炒豆，
灶烟飘、喷香清透。
一颗颗、品不尽、愿心仁厚。
历甘甜、回首昨天残旧。

流年恬淡思念那口炒豆。
此中情、始终难负。

燃沧桑、烧岁月、炒成相候。
是何因，原味不能成就？

高阳台·思念

清明届致，与父悲别23年后，母亲又去，泣血锥心，时常梦里相见于二老，竟皆儿时记忆并父母慈容，午夜骤醒，脑际均老逝之时光，令人唏嘘不已。

碧野深沉，青杨节峻，棒槌梁上风清。
夏雨冬霜，相扶冷暖同行。
莽原孤寂分南北，尽苍凉、过雁无声。
片云飞、俯瞰东西，南北阴晴。

思情化作梨花梦，尽村中犬吠，村外无耕。
日落炊烟，心头一缕安宁。
人生一似东流水，变幻间、昼夜浑冥。
看离欢、生死空空，一场虚惊。

注：

棒槌梁：父母亲坟茔所在地。

浑冥：昏暗幽深。《晋书·潘尼传》：“泰则翔乎寥廓之宇，否则沦乎浑冥之泉。”

故乡七月

鬼洁苍穹，神修大地，天蓝地绿风清。
百草丰饶，登高极目遥程。
村稀野阔天低树，暮色间、烟缕轻萦。
看农夫、肩挎棉衣，背手归耕。

雷霆不在云间鸣，在凌空就地，就地惊听！
覆雨翻云，倏忽冷暖阴晴。
斜阳隙照升新艳，一时间、虹映娉婷。
怎那堪，走遍山川，难忘乡情。

浣溪沙·立春

昨夜清霜映瑞年，娥眉娇弱照无眠。
嫩风无力送严寒。

天道循环成四季，物和共聚送时年。
情怀大地育芝兰。

注：

娥眉：指蛾眉月，即玄月。

芝兰：喻德行的高尚或友情、环境的美好等。《荀子》：“其民之亲我欢若父母，好我芳若芝兰。”

孟冬任丘郊原行

云里斜阳照旧巢，天风起处卷蓬蒿，
群鸦并舞唱寒郊。

一树华年凋亚岁，几枝芳意赴花朝。
春来萧瑟胜冬娇。

注：

任丘：河北省任丘市，华北油田总部所在地。

亚岁：冬至的别称。这里指冬天。

花朝：指花朝节，相传农历二月十二日为百花生日，所以把这天叫花朝。这里指春天。

仲冬雪雨

数九寒天冷雨稠，申酉未近昼先收。
可怜瑞雪枉含羞。

无论阴晴天沐爱，也知明暗意温柔。
同根雨雪水东流……

注：

申酉：指下午。

忆少年・思念母亲

今做鲫鱼汤，忽然想起这是母亲最喜欢的食物，转眼和母亲已诀别七个月了……

霜天饭晚，鱼汤一味，飘然香溢。
佳肴未曾咽，已悠悠追昔……

孤对杯盘徒缅忆，此中情、绞心惭惕。
思亲恨难见，只潸潸泪滴……

更漏子・香青兰吟

漫步康保地埂田头，香青兰信手可拈，花姿虽艳，但身纤枝细，不为瞩目，春生秋灭，冬来时，遗体便随风飘去……

秀枝娇，柔叶嫩。
百草园中流韵。
神雅淡，情嫣然，逸姿未斗妍。

朝露吻，山香润，
修身不问爱恨。
花期过，清风起，随风上九天。

注：

香青兰：一年生草本植物，生于干燥山地、草原，喜阳光，耐干旱，我国坝上草原是其主要生长地区。香青兰既是名贵香料，可用于糖果、化妆品等，又是重要的中药，具有清热燥湿、凉肝止血的功效。

河渎神·冬谒南天门普慈寺

凌冽此山间，孤庙临川肃然。
雪崖翠鹊瞰冰泉，疾风飞过门关。

叠岭高寒峰谷健，松柏禅心修善。
欲入素门途渐，问缘缘在持念。

注：

南天门：位于河北省康保县境内，清朝康熙朝期间曾于此修筑阿不盖庙，后毁弃。20世纪90年代复建普慈寺。

凌冽：寒冷。刘基《愁鬼言》：“风雨飒洒，无以为居庐；霜雪凌冽，无以为衣裳。”

夏谒南天门普慈寺

溪水绕东流，红院飞檐藏幽。
法缘淡淡使钟愁，两山相对空修。

碧野闲情皈大地，临寺羔羊听罪。
漫野碎花旖旎，一川尘事酣睡。

江南春·收获

秋色秀，穗披金。
清风拥麦海，花鹊唱乡音。

苍天慷慨酬劳作，无际丰收扬赤心。

示昀泽

天寂静，夜正祥。

繁星依北斗，嫡脉续明堂。

相思今日舒眠断，心默承传论大常。

注：

昀泽：李昀泽，小名嘟嘟。余之长孙。

大常：本性；常道。《文子·上礼》："屏流言之迹，塞朋党之门，消智能，循大常，隳肢体，黜聪明，大通混冥，万物各复归其根。"

卖花声·白洋淀行

绿野起夕烟，空水瀛天。白洋淀里打鱼船。

打尽古今甘与苦，水上人间。

回首别秋莲，苇色无边。寒鸭晚照弄清渊。

欸乃一声舟已去，思绪阑珊。

高原寒色

野廓鸟高飞，天暗云低。轻烟袅袅绕寒枝。

萧瑟尘风欺乱草，物色疏稀。

老树待鸦归，也算相依。风中不再感心疲。

不以浮生求物喜，己又何悲？

注：

物喜：范仲淹《岳阳楼记》："不以物喜，不以己悲"，意即不因外物的好坏和自己的得失而感到欢愉和沮丧。

南歌子·送别荣盛

送别无多日，相逢未有期。

花开花谢数离时，尽在秋风梦里展心扉。

注：

荣盛：河北华北石油荣盛机械制造有限公司。2018 年 3 月 15 日，余退休于此。

康保格桑花（双调）

雨过高原冷，风来秀色寒。

枝娇叶嫩戍边关，残露充饥朝暮付红颜。

晓月明方好，秋英更绝怜。

百花芳艳竞缠绵，香冽丛中侧畔向她眠。

注：

绝怜：极其喜爱。杨万里《暮寒》诗：“绝怜晴色好，无奈暮寒何。”

人月圆·草原初秋

百花将老思春韵，却待再开时。

寒陪早晚，霜随日月，情沐秋曦。

来宾鸿雁，几声呼唤，不舍归离。

清风黄叶，薄云细雨，杨柳相依。

注：

来宾鸿雁：《礼记·月令》“季秋之月，鸿雁来宾”，白露前后，鸿雁开始飞离栖息地塞北草原，跋涉千里南下越冬。

寿楼春·村亡情寒

《康保县志》：“阎连山：位于乡驻地南偏东 1.9 公里处。137

户、447人，耕地3900亩，1939年建村。”2019年行政编制撤销，村庄复草。

登青山高岗，望田间毓秀，闾里苍凉。
瑞鸟欢枝依旧，未知忧伤。
云翳过，天茫茫。问路人、乡关何方？
叹老迈临身，斜阳晚照，独想旧时光。

村庄灭，乡情亡。笑穷虚记忆，凄淡离殇。
土地泥香如故，不再耕忙。
生死事，临村庄，问故乡、飘遥何方？
算饥馑时节，谁将绝地嘘短长。

霜天晓角·望月（平韵）

河汉无愁，静怀天地幽。
几片飞云略过，星隐约、斗明眸。

悠悠，舒婉柔，透空心自休。
此月寡情无义，中夜去，不回头。

注:

中夜：指半夜。曹植《美女行》：“盛年处房室，中夜起长叹。”这里描写的是半夜就沉落的上弦月。

尘路

青峰极目碧霄寒，何物化云烟。
一条尘路坷坎，知欲度心关。

人渐远，步缠绵，意难禅。

空思空想，愁去愁来，痴梦难眠。

谨奉洪钟兄爱子成婚

艰行半世顾榆桑，喜泣两茫茫。
春花夏果秋获，嗣胤续绵长。

松柏舞，彩云翔，凤俦凰。
春晖慷慨，琴瑟相调，诸世其昌。

注：

洪钟：刘洪钟，河北任丘名士。

榆桑：即桑榆。这里比喻晚年。曹植《赠白马王彪》：“年在桑榆间，影响不能追。”

琴瑟相调：出自《小雅·棠棣》“妻子好合，如鼓琴瑟”，比喻夫妇情笃和好。

墨兰咏

花开犹谢未争强，香暗绕雕梁。
夜阑人静时候，越是显芬芳。

真妩媚，素修妆，慧心藏。
百花千卉，相自争容，墨兰天妆。

谒卧佛寺

穷心格物悟禅纲，幽径释风凉。
青杨闭目思过，古柏诵灵章。

来路远，去途长，道茫茫。
青灯佛照，自在心观，隔世时光。

注：

卧佛寺：即十方普觉寺，北京西山植物园内。

游康保南海公园

余晖晚照在闲亭，池水映梭莺。
一园秋色将近，山菊竞争荣。

蹊径暗，白云轻，月空明。
百花思绪，千树幽怀，万草含情。

踏莎行·康保秋色（一）

初露寒天，夕霜冻地，粗心不见花憔悴。
不知何故惹秋风？不摧松柏摧娇蕊！

云白霞红，风清天霁，憔悴含尽丰收泪。
芳菲百化万千家，秋风不应施凌厉。

康保秋色（二）

云淡天高，风柔月近，漫山碧翠争苍润。
葵黄麦白育丰收，蜂蝶秀翅逐花信。

玉露情连，幽花爱隐，此中真谛谁相问。
康保秋色好题诗，闲庭信步成天韵。

孟冬岁月

凛冽临门，寒威遮牖。厉风猎猎折杨柳。
朱门酒肉臭依然，穷乡僻壤泪照旧。

白雪纷飞，清风竞走。有情不怕无情负。

苍凉萧瑟待春晖，倔松强柏冰中秀。

春节

门户祥和，昊天料峭，熙熙攘攘纷纷闹。
轻松一响去无踪，爆竹声碎催人老。

旧去新来，寒离暖到，芸芸物众萌芽早。
一朝一夕一轮回，南雁又把春来报。

归故乡

景过时迁，情存物易，天涯游子谁曾记。
归家小道满蓬蒿，心思空越走天际。

拾起乡音，奉留孝祀，四十年后归桑梓。
这方水土育传承，别时伤感相逢泪。

与建国游柳荫公园随记

叶绿花红，霞明玉映，池边翠柳摇荷影。
稚童耆叟戏暖鸭，紫亭京韵随闲兴。

老树浓荫，新桥旧景，紫薇相问兰相应。
黄昏不舍送余霞，夜来新恋谈幽境。

注：

建国：胡建国。

柳荫公园：北京公园之一，位于外馆斜街。

词嘱江舟生日

寒士齐书，剑侠治斗，词文酣畅江山秀。
圣贤有别众苍生，情容天地心怀阜。

纨绔熬鹰，不贤走狗，古来败家子孙咎。

平民传衍积庆余，书香欣德出其幼。

注：

江舟：爱子李沙白。

与孝武凭吊梳妆楼

天地苍茫，山河逶迤，谁家孤塚荒原立？

大辽萧后有英名，民间错作梳妆地。

闪电河头，沽源乡里，金戈铁马蹄声碎。

前朝往事已尘封，碧川唯见东流水。

注：

孝武：杨孝武，康保城关小学的老师。

梳妆楼：位于河北省沽源县。民间传说此楼为辽朝摄政太后萧绰的寝宫，因此一直被称为“梳妆楼”。1999 年考古勘察初步认定为一座元代古墓，其墓主为元世祖忽必烈的外孙阔里吉思。

冬天的冷峻

雾霰飘零，彤云乱度，朔风尽断行人路。

太阳不欲照山河，匆来匆去天垂暮。

寒鹊缝巢，霜花蔽树，乾坤冷暖谁相顾。

苍茫雪野觅无食，苍鹰飞瞰谋寒兔。

天仙子·秋花吟（单调）

萧瑟秋风今又是，落英凄楚芳心闭。

飘零乱叶卷残身，

晴不已、雨声碎，野葬堪怜无别泪。

注:

别泪：伤别之泪。杜甫《奉寄高常侍》诗：“天涯春色催迟暮，别泪遥添锦水波。”

康保之冬

百木潇森藏碧翠，北疆雪景边无际。
鹰旋兔跃舞苍茫，霜旖旎，绽冰蕊，
一泊玉辉镶大地。

四季一年劳作事，赏心悦目冬天里。
田间雪被盖春秋，邀雅谊，酒相对，
昼短夜长来叙醉。

注:

潇森：清幽阴冷。金·张宇《感怀》诗：“羲经读罢无人会，庭竹潇森夜月寒。”

一泊玉辉：指康保淖儿。又名大南淖儿、康巴诺尔，康保城南内陆湖，以繁育遗鸥著称于世。

雅谊：高雅的友谊。明·文徵明《病中承次河携樽过访》诗：“高轩恰似清风到，雅谊还同夏日长。”

天香·疲顿

日上高楼，舒身倦起，清茶驱去秋困。
鹊语窗前，相呼园游，信步田头排闷。
市声嚣闹，难抑制，景色疲顿。
极目秋原尽处，闲思伴云飘遁。

抬头仰空默问，是何时、青春凋尽？
还未翻阅幸福、又临混沌。

空见人生一瞬。
不回首、前头有新韵。
耳顺时分，悲欢不论。

望江东·天路车祸有感

2019年7月19日，驾车行至崇礼至张北11公里处，忽然被山东济南一商姓年轻人碰撞，致使车辆损毁，好在同车亲人无恙。

生死时分再回溯，泪何处、情何处？
骤然临变忆亲故，快乐否、安康否？

随心所欲千条路，一条误，条条误。
人生苦短慎朝暮，事当悟、心当悟。

读《陈独秀传》

呼号苍生动天道，暗夜去、天将晓。
头颅相寄鬼悲啸，万众醒、儿归庙。

撼天利剑青峰倒，社稷变、龙声号。
孤花一朵对空笑，难独秀、群芳俏。

雪梅香·思念母亲

正月初四，母亲生日，年年绕膝承欢，今再不能……

数忧怅，冬风路过抚清窗。
送离愁别绪，依然想断心肠。
漫卷飞云向何处，雪花空去问朝阳。
已无叹，冷暖长歌，情地凄凉。

唏嘘，雪依旧，白色朦朦，宙宇苍茫。
冷涩寂夜，醒来乱我心房。
欲见身音梦方好，但求长梦慰悲伤。
云将散，日月长明，离别哀徨。

老路相遇童年

煦风起，斜阳覆照洒朝晖。
又驰思遐想，乡间路上相随。
清露微心润幽草，素笺无字付怀归。
恰年少，正茂风华，吞贯虹霓。

吁兮，莫回首，一梦人生，世事如棋。
往事烟消，慎独护佑心扉。
流水年华届时别，峻峰青黛永崔嵬。
云飞过，有雨慈恩，无雨慈悲。

燕归梁·四十年后来相会

天命相逢已陌生，别离尚年青。
杯盘尴尬酒虚擎，老同学、叫何名？

乡音未改，稀疏白发，年道尽峥嵘。
风华飘逝寄芳馨，余年路、数闲行。

注：

闲行：指漫步，唐·张籍《与贾岛闲游》诗：“城中车马应无数，能解闲行有几人。”

寒暑燕子

南燕春来到北方，旧巢理新装。
耕耘春夏走沧桑，问收获，贮心房。

纤纤素体，寒来暑往，谁处诉衷肠。
年年如是燕归梁，家中事，不彷徨。

最高楼·冬月送忘年友李丰回京别赋

高楼里，金碧映辉煌，碧玉秀轻妆。
千杯万盏心难醉，几回执手诉离殇。
莫缠绵，君不见，路还长。

论世事、大江东逝水，走坎坷、路途多不易。
情戚戚，慨而慷，
春风未几吹寒暑，届时再次叙衷肠。
菜更新，人约旧，酒还香。

注：

李丰：河北吴桥人。

与心扉对酌

难回首，长路漫尘泥，心历久徘徊。
窗前老树周天雨，黄昏客酒对残杯。
问刘伶，多少次，醉无归？

忆往昔、乘风追世幻，度岁月，暖云归觉岸。
悲若喜，喜含悲。

匆忙一晃春秋过，闲来正是种花时。

景绵绵，山淡淡，水依依。

注：

世幻：尘世的虚幻。五代齐己《静坐》诗：“天真自得生难舍，世幻谁惊死不回。”

临江仙·独斟自饮

杨柳清风寒夜静，碟中蚕豆温馨。

夜来一梦少年情，

蓦然回首，白发笑偷生。

晓月焉知人世路，无空无色无明。

盘中蚕豆更温馨，

一壶浊酒，远梦点心灯。

注：

远梦：即《心经》“远离颠倒梦想”句。

黄叶村吊古

一处青房居寂寞，房边老井恓惶。

西山无力送夕阳，

荆棘小路，爱恨向远方。

风过林涛声啸咽，云遮古刹红墙。

孤灯浊酒梦情乡。

人间正道，多少是沧桑。

注：

黄叶村：曹雪芹晚年移居北京西山黄叶村（今北京植物园内），在这里开始了他的《红楼梦》创作生涯。这是一组低矮院墙环绕的青砖灰瓦建筑院落。

院后存有古井一口，传为曹雪芹曾用。古井西北是唐朝贞观年间建立的十方普觉寺，再后有一条小径，通西山深处，传为曹雪芹游山所形成。

清明祭

雨打伤悲杨柳泣，心田笼罩春寒。
思情遥祭在坟边。
阳间沽老酒，跪敬在冥间。

一度清明分冷暖，百花孕育艰难。
春晖一报待今天，
膝前呈快慰，心坎奉承欢。

祭小收

马小收，三十余年之朋友，2017年12月21日，因癌症辞世，终年57岁……

罹乱一生归寂静，洒却满腹忧烦。
匆匆来去履心渊。
人生多少事，挥手化云烟。

白发根根知冷暖，谁知冷暖人间。
离情别绪向谁叹。
词长悲恕道，诗短慰长眠。

沙漠依旧

八月八日，邀老友登海、占海、志明、张俊四家深入浑善达克沙地腹地正镶白旗葫芦斯台苏木德崩图嘎喳闲游，浩瀚戈壁，沧桑凄凉，无岸沙海，寂寞无穷……

此去遥途无旧路，莽原红柳沙丘。

骄阳瀚海骆驼愁。
枝鸦嘹唳，枯柳伴闲牛。

一缕炊烟隔栅后，几声犬吠空幽。
倚门额吉望云浮。
孤家为继，寂寞诉春秋。

注：

登海：刘登海。
占海：李占海。
志明：邓志明。

和袁飞先生《临江仙·新年抒怀》

一去经年悲白发，不知风雨张狂。
闲来默默诵枯肠。
人间多少事，不再驻心房。

昨夜西风霜又重，一缕幽绪轻扬。
寒松愈壮愈怀香。
今朝辞旧岁，明日和新章。

附：

临江仙·新年抒怀

袁飞

莫叹时光催白发，新年乐得疏狂。
闲亭漫步动诗肠。
良师勤勉励，寄语暖心房。

逐梦方舟凝雅气，骚坛兴趣飞扬。
老来有志沁其香。
同言天下事，联袂赋华章。

注：

袁飞：康保籍诗人，尤工格律诗。

菩萨蛮·桃花季节

四月中旬始，保定顺平桃花节开，遍山漫野，犹如纹霞覆地，蔚为壮观，美不胜收。

层林染尽流霞醉，连天娇色羞无际。
遍野起丹扉，谁家蜂不归。

玉姑帮授粉，多少心思隐。
香韵浸春柔，秋来心被偷。

风雨后凭吊榆叶梅

花团锦簇枝头闹，一时风雨知多少。
红瓣没尘泥，芬芳空自悲。

香魂归故里，再等春天至。
携色示园丁，冬来居暖庭。

绕佛阁·懒春

白深绿浅，天淡水碧，何处归燕。
纵目流眄，远方寂寞空巢待新恋。
惠风步慢，难见素韵，犹觉慵懒。
相约柔婉，一船等待春情化期盼。

嫩蕊逼春到，默问春归谁做伴。
空叹夏忙冬闲春不见。
看弱柳春风，轻抚春晚，手牵春岸。
岁月不留春，难诉春怨。
送春离、未知春倦。

注：

素韵：指高雅的气韵。《南史·齐衡阳王钧传》：“（张融）谓从兄绪曰：‘衡阳王飘飘有凌云气，其风情素韵，弥足可怀，融与之游，不知老之将至。’”

哨遍·敬畏法律

遍地众生，唯利似仁，善恶居其类。
多少人，唯我独无亏。
不知慈心怀羞畏，
更不知，江河怒潮奔放，高天莫测风雷悖。
随欲走人间，轻狂万物，偏生多少乖戾。
委屈人生要义精微，
克害孝忠仁悌清辉。
维系和谐，惩处邪行，法悬正义。

兮，
天序何维，国家机器岂容戏。
监狱如圈舍，阳光呼吸封闭。
警察弄刀枪，一无爱恨，唯将法律心头祭。
军队铁蹄声，疆垣遍踏，横刀纵马无际。
更有官吏牧守建麾，世论道德相伴成规。
是非前、法无贫贵。

生途多有坷坎，不可留追悔。

牧民官法钢炉炼就，法律诚当敬畏。

毕生风雨路岖崎，顾来程、栗栗而已。

注:

建麾：古代建大麾以封藩国，后因以“建麾”指出任地方长官。沈括《梦溪笔谈·辩证二》：“今人守郡谓之建麾。”

惜红衣·兴隆行

2018年孟冬，与红梅、满昌约游承德兴隆，寒而情浓，常思其景其人，复记而吟之。

亘古山川，松波别浪，澈流寒谧。

万木层朋，亭阁远峰立。

天渊巧合，云雾处、谁家仙迹。

孤驿。窗外微风，尽吹来诗律。

深深夜色，瑶岸幽怀，星河断交密。

云牵冷月静逸，夜虚寂。

万物累心丢去，独记这边游历。

别远山归去，回首再无今昔。

注:

兴隆：河北承德市兴隆县。

红梅、满昌：邓红梅、张满昌，同学。

澈流：指澈河，兴隆境内河流。

层朋：重叠并立。明·徐弘祖《徐霞客游记·楚游日记》：“其中怪石层朋，采艳夺眺。”这里指树木像朋友一样倚肩并立。

瑶岸：天河河岸。传说钦邳神被玉帝诛杀之处。阮籍《清思赋》：“邓林殪于大泽兮，钦邳悲于瑶岸。”

宴山亭·中秋慨吟

记忆悠悠，遥远少年，只盼中秋圆月。
无有所图，一点黄糕，还有一星羊骨。
月亮依然，白依旧、淡如银窟。
转眼，月是但人非，多少圆缺。

头发垂白稀疏，驻足望星空，云图盈歇。
生来一倏，再倏来生，中秋再无饕餮。
不忆陈陶，田园里、钓溪吟月。
晨晓，沿小径、寒江瑞雪。

注：

一星：一点点。故乡方言有“一星半点”。

盈歇：犹盛衰。南宋鲍照《代陆平原〈君子有所思行〉》：“年貌不可还，身意会盈歇。”

陈陶：字嵩伯，唐朝著名诗人。屡举进士不第，遂隐居江西洪州西山不仕，自称三教布衣，现有《陈嵩伯诗集》一卷遗世。

钓溪吟月：唐代诗人方千《哭江西处士陈陶》诗：“寿尽天年命不通，钓溪吟月便成翁。”

扬州慢·阎连山挽歌

昨夜又梦阎连山，伤感已为无根之宗，漂泊之鬼，魂牵魄绕，不能自已，依《扬州慢》伤曲填词以记之。

雄宕阴山，草原青漫，白云静秀蓝天。
望长城内外，见故土篱垣。
自从小、生生息息，土言乡语，难忘炊烟。
老村庄、多少皈依，多少悲欢。

记年似水，向心流、流出辛酸。
看地覆天翻，人离屋葬，何处从前？
野鬼遍寻闾里，凄风过、一片荒滩。
叹沧桑人世，今天难料明天。

注：

阎连山：河北省康保县照阳河镇所属村庄。1923 年阎连山从河北省怀来县搬迁至此立村，以人名为村名，历经 96 年，2019 年因脱贫攻坚而拆迁。

记年：编年记事。《韩非子·大体》："豪杰不著名于图书，不录功于盘盂，记年之牒空虚。"

忆江南·睡冬

天正冷，拥被懒翻身。
今夜飘魂悲世苦，翌晨残梦叹心贫。
不醒待归真。

仲夏小憩野山坡（双调）

山花艳，点缀野山坡。
云里层峰雕碧翠，林间众鸟舞婆娑。
涧水荡清波。

游人炽，争渡忘忧河。
深谷峰回终梦幻，高岩巉峻起巍峨。
天地有回歌。

注：

野山坡：河北省涞水县野山坡镇境内旅游景点。属太行山脉向燕山山脉的过渡地带。

醉花阴·早春

乍暖还寒春已到，逐日晨霜少。
新柳待萋萋，老柳沉沉，双鹊青枝闹。

白云俯问轻风好，雁过风姿俏。
春姐送暄妍，新度韶华，又见欣荣貌。

归故乡

浪迹天涯归故土，游子相思苦。
耳里尽乡音，到处生疏，不识村与户。

空樽对月何人叙，酒敬房前树。
老鹊唱枝头，多少孤独，再踏风尘路。

骤雨打春花

春雨恃寒袭嫩蕊，一夜花憔悴。
黄鹂闹枝头，散落红英，叶拭凋谢泪。

明天但愿云消退，丽日和风会。
红艳绿熠熠，妩媚婀娜，再叫馨香醉。

老井失业

坝上村庄拆迁后，村中饮水井均废弃，空留井台、水槽、孤柳残杨和老迈的记忆……

瘦月残星霞渐醒，屋破炊烟冷。
井畔忆欢歌，兴废同槽，兴替终归命。

离村别户出新景，老树心中影。

旧事不堪怜，一夜无家，鸡犬无相应。

康保怀古

公主坟边楼榭起，纯悫香魂泣。
碧野忆当年，婚嫁风光，康保胭脂地。

前朝宫阙歌声碎，历史难沉睡。
今日看纷华，康保依然，清朝成回忆。

注：

纯悫公主（1685—1710年），康熙第十女，1706年受封为和硕纯悫公主。出嫁时，康熙将今天康保县境内的70万亩草地，作为嫁妆赐给了女儿，史称这块草地为“胭脂地”。纯悫公主只活了25岁，死后葬于北京西郊，今天北京公主坟即以纯悫公主的坟墓命名。

深秋

晓月淡然风自静，斜影随人行。
离燕弃空巢，新露浓寒，未雪霜关应。

蟀吟凄切尘泥冷，路断无归径。
天事地相和，别意绸缪，秋色难苏醒。

天路惊歌

2019年7月19日（己亥年六月十七日），陪友人游天路，桦皮岭西行19公里500米（小阎片山村附近）处遭遇车祸，致左第八肋骨骨折，爱车损毁。父母庇佑，同车四人幸无大碍。感好友建国、梅花、素鹏、任涛、家林携家人危情显义，亲情相系，倾力相救，刻骨以铭之。

天道无常飞碧雾，断壁藏危怖。
风过起惊涛，沟壑森森，花海勾魂处。

山亲水恨知甘苦，格物明心路。
行步弄艰险，莫拜真公，相与亲情诉。

注：

梅花：沈梅花，张家口人。
素鹏：王素鹏，石家庄人。
家林：高家林，康保人，书法家。
任涛：康保人。
建国：胡建国。

破阵子·咏霞

日落周天似火，云飞百岭氤氲。
水墨丹青谁孕育，云是嫔妃日是君。
凌空生艳根。

有赞夕阳无限，又悲已近黄昏。
一霎辉煌存晚照，犹似枯心梦里魂，
虚中不见真。

注：

志明：邓志明。
文霞：张文霞。
海滨：李海滨，荣盛公司员工。
咏霞：张咏霞，河北省柔力球运动员。

临冬

冷梦凭窗眺望，霜魂临树冰妆。
但见浮云捎信到，不料心思未起床。
寒情起故乡。

日夜乾坤世纪，人生岁月文章。
一树临冬听白雪，风过睡枝逢沁凉，
来春在远方。

景山游

历史谁来细看，今朝难议从前。
不怪甲申存罪树，怨在饥寒二百年。
崇祯未补天。

眺看春亭景好，孤思信步阑珊。
斑驳青碑评自缢，家国兴亡问九天。
还需百姓安！

注：

甲申：1644 年。

罪树：明末崇祯皇帝自缢之树，史称其为“罪树”。

再读《悯农》

梦里身疲心累，瞑瞑相遇公垂。
尚记群饥争饭否？一碗糠粥甘似饴，
忆来仍含悲。

旧日时光已去，魂惊再度回归。
黄土骄阳忧便易，玉菜金粮汗浸衣，
苍天患物稀。

注：

公垂：李绅，字公垂，唐朝诗人，《悯农》诗“锄禾日当午，汗滴禾下土，谁知盘中餐，粒粒皆辛苦”的作者。

莺啼序·退休心语

春光未得把味，已红凋绿老。
仅留下、残絮飞扬，尽显轻率浮躁。
更惆怅、凄风冷雨，相约寂寞袭烦恼。
别春寒，温暖归来，草随风笑。

耳顺时节，已是老昧，但愁思不少。
倚窗望、夕日红霞，老枝新叶均照。
听心音、铿锵阵阵，看行径、难言潦倒。
未来时，难测阴晴，年老心少。

残冬已去，麦绿田间，老农虑旱涝。
忆旧事、力耕陇亩，戴月披星，背负艰辛，苦知多少?
当年刻骨，油灯希冀，今朝相叹多遗忘，拾华年、梦里说迟早。
回归记忆，回归袅袅炊烟，醴醪一杯高庙。

清晨尚小，晌午年轻，到晚间已老。
看大地、年年如此，日日年年，不违天道。
心存敬畏，无誉无咎，清茶粗饭书一卷，读虚实、风月书中找。
清音歌就时光，送别春华，砚喟笔啸。

渔家傲·听蛙

去岁蛙声嘹碧草，轻歌难掩池中笑。
一季时光情未了，
春易老，涟漪波涌清塘照。

今岁蛙声重又闹，伴行暮色乡间道。
一缕闲风摇蕴藻，
不知道，明年何处此蛙叫？

燕山问古

曦色流光寻静翠，群峰如黛腾逶迤。
高雁横空霞色里，
云唤起，长城不再雄关闭。

朝代兴亡犹逝水，幽燕风雨听京畿。
多少帝王多少泪，
山为史，十三陵畔谁人祭？

莜麦礼赞

夏绿凝华情满地，秋实飞白乡田醉。
碧野风来抚秀穗。
犹自励，高寒原野生忠粹。

为世空来身济岁，淡然冷暖心无异。
唯有清香皈苦际。
莜麦美，高天厚土存仁义。

附：《莜麦下凡》

过去，坝上地区人烟稀少，牲畜成群，水草丰茂，到处是一派“天苍苍，野茫茫，风吹草低见牛羊”的景象。起初，生活在这里的人们以畜牧为生，不懂得种地，也没有粮食，每餐吃的五谷杂粮，都要到很远的地方去买，路途遥远，交通不便，老百姓受了许多苦。

于是，就有人向神农氏祈祷，希望他能派一些农作物到坝上，免去人们跋山涉水之苦，神农氏听了很感动，对生活在这里的老百姓产生了深深的同情。

神农氏把五谷杂粮众神仙召集起来，对他们说："在人间，有一个地方叫'坝上'，那里非常寒冷，到了冬天，经常是寒风呼啸，大雪纷飞，交通阻断，百姓常常断粮，为使百姓不忍饥挨饿，你们谁愿意去那里安家落户，周济百姓呢？"

稻子首先发话了："听说那个地方既干旱又寒冷，去那儿渴不死也得冻死，我适合生长在温暖的水乡，我去恐怕是不行吧！"说着弯腰向后退了几步。站在一旁的谷子低着头说："我本来是想去周济百姓的，只是听说那个地方还经常刮大风，你们看我娇小的身躯，纤细的腰，面黄肌瘦，要是在成熟季节来一阵大风，百姓就会颗粒无收。"接着，高粱也涨红着脸说："我虽然长得高大，身体也挺结实，也比较耐旱，但我怕冷……"

一阵沉默之后，莜麦勇敢地站了出来，自告奋勇地说："我愿意去那里试一试！"说着挺了挺腰杆儿，环视了一下他的四周，希望能够得到其他同胞的响应，可惜没有人吭声。这时，神农氏赞许地点了点头，其余的五谷杂粮都向莜麦投去了钦佩的目光。

当时，正值春分之后，立夏之前，坝上还下着大雪，莜麦无法前行，神农氏急坏了，直流汗。于是跑到玉帝那儿去禀报。玉帝捋了捋胡子说："此事不难，蟠桃园新酿了一种好酒，一口入肚，百年暖身，你带一缸去，给他喝了，他就不会被冻坏了。"神农氏用这种酒为莜麦饯行，莜麦接过仙酒，端起碗来喝了个精光，喝完立即下凡来到了人间。

他首先到达的地方是康巴诺尔草原，开始在这片土地扎根生长。经过长途跋涉后，虽然他身子暖和了，但耳朵却冻得生疼，得时不时用手捂捂冻得发木的耳朵。到了秋天，由于他有冻伤，这一年基本没有收成。

又是一个春播季节，神农氏还挂念着坝上的百姓，挂牵着莜麦，他来到康巴诺尔大地，见到了莜麦，看到他冻得发红的耳朵，心中百感交集，于是，用羊毛织了一副耳套戴在他的耳朵上。这一年秋收的时候，莜麦粒粒饱满，老百姓喜笑颜开。从那儿以后，坝上人吃上了莜面，有了自己的特色主食，莜面也成为坝上的“三宝”之一。

现在，莜麦颗粒的周边还长着细细的小绒毛，据说，那就是当年神农氏赐予莜麦的耳套。至今，坝上人种莜麦仍用酒来拌种，收莜麦时用毛巾围住脖子，提防莜麦毛子顺着衣领钻进肉里。

（摘自《康保县志》）

解佩令·游趣

江河旖旎，山川秀丽，
纳空灵、得消心累。
岁入天年，看景色、更多通慧。
启心扉、舍升不坠。

芸芸四季，红娇绿翠，
意绵绵、花欢枝慰。
大地怀春，孕育出、千秋功罪。
尚高呼、自然万岁！

收夏

清风游逸，轻抚万粒，
麦飞黄、田家人急。
稻黍年丰，祭大地、虔心归籴。
告苍天、惜农不易。

人生瞬息，唯依食色，

食之殇、哀魂空国。
众性芸芸，举社稷、粮为头策。
匹夫忧、几多刈获？

水调歌头·参加华北油田会战四十年记

滱水向东去，亘古不回头。
时光埋葬潜山，历史述春秋。
油气垂青大地，那代英雄功就，会战数风流。
一部奋发史，彪炳在任丘。

大丈夫，四方志，意方遒。
青春无憾，出征军里一兜鍪。
雨雪风霜无畏，春夏秋冬共度，白尽少年头。
岁月无情老，难以再回首。

注：

滱水：古水名。即今唐河，《汉书·地理志》《水经注》载，故道东南流经今安国县南，折东北经高阳县西，又北流经安州镇西，东北流在今任丘市境北与易水合，又称下易水。任丘市为华北石油总部所在地。

康保马莲花

草小心胸大，从不闭心扉。
柔姿素淡纤体，志在共葳蕤。
天霁风和日丽，地暗疾风暴雨，以笑待朝晖。
叶育秀株茂，根蓄碧原萋。

万物情，天地事，众相依。
风来雨去，彩虹相映共云溪。

叶绿花兰柔静，霜重露浓寒苦，草芥有真归。

命里浮生看，小卉尽芳菲。

注：

云溪：云雾缭绕的溪谷。杜甫《行次盐亭县聊题四韵》：“云溪花淡淡，春郭水泠泠。”

声声慢·步履

沉沉欲醒，一梦如真，相邀过去重逢。

闭目声情，镜览一副从容。

晨夕静居素位，淡然心、不再匆匆。

叹简约，旧照尘封事，一世空空。

暮日残辉晚照，野舍起炊烟，附赖清风。

漫步前头，肃淡伴侍孤翁。

悬杯自斟老酒，喝心平、不负时雍。

一路上，所欲随心去，不问吉凶。

注：

时雍：时世和熙太平。元·贡师泰《拟古》诗：“一鸣垂衣裳，再鸣致时雍。”

娘，儿子想您……

五月十七日上午九点十分，母亲离开了我们……万箭锥骨，泣血悲心……

苍冥雪卷，万木心寒，山山水水潸潸……

苦雨唏嘘悲泣，祭云飞乱。

空遗旧物旧事，路默然、肃雍庭院。

守供奉，望炊烟、想起母亲烧饭……

痛绝无声呼唤，天地大，难容罪儿心愿。
冷酷天堂，谁再问娘冷暖？
斑衣未及戏彩，到此时、欲哭泪断。
好后悔！梦里跪责补缺憾……

六州歌头·“五一”劳动节遐想

倚窗望断，无尽好河山。
高楼立，园林碧，小溪弯，水潺潺。
遥想当年事，学文化，严纪律，有理想，酬壮志，战艰难。
不论高低，不论名和利，不论金钱。
慨康家国志，赤胆对苍天。
怀旧无言，守心田。

白驹驰隙，光阴迫，人生短，几多年。
山依旧，峰如是，力无攀，夜无眠。
静坐思遗憾，天难老，岁蹒跚。
独吟叹，情切切，气咽咽。
老骥唯能伏枥，再图志、不再从前。
地势无往复，天道在循环，不负明天。

采桑子·脑包山下忆村烟

脑包山上斜阳里，暮色村烟。
多少甘酸，尽在时光逝水间。

谁来相问沧桑事，必定垂年。
岁月无前，有限人生须养安。

注：

脑包山：老家闫连山村东一座小山，即蒙语敖包山音译。山顶原有石头敖包一座，是周边村民祭神求仙之地。儿时曾多次被父亲背着去祭神，以求治愈感冒。

养安：养体安身，指培育和营造平安逸豫的生活环境。《史记·礼书》："孰知夫恭敬辞让之所以养安。"

雨后

西边日仄东边雨，重彩虹妆，
风舞霓裳，灿烂飞云景未长。

碧原草味身心醉，大地追凉。
云卷云舒，雷电声声去远方。

生日

少时岁岁思今日，严父身忙，
慈母周章，一碗亲情寿面长。

今天父母他乡去，早起悲凉，
夜晚凄凉，一碗相思奉爹娘。

地稍瓜礼赞

枝纤叶细丛中隐，娇嫩幽微。
碧果甘饴，当与君妃比荔枝。

淡然淳朴生瘠土，不论芳菲。
子草孤遗，一点蓬勃弱也奇。

注：

地稍瓜：俗称马奶奶、地瓜瓜。旱生草本多年生植物，草原上多与杂草丛生。地稍瓜药食两用，主治体虚、通乳，外用去瘊。口感甘饴，营养全面，生长旺盛，病虫害较少，被视作绿色食品和营养蔬菜。坝上草原是地稍瓜的主要生长区。

风入松·花期

春花艳过待来秋，无客再回眸。
无声细雨施滋润，听清风、邈邈通幽。
果实虚怀希冀，丰收尽显天柔。

人生漫道起歌讴，甘苦共相酬。
朝霞晚彩晴方好，阴沉时、难免伤忧。
曲步渺茫行径，前途笑度虚舟。

注：

虚舟：无人驾驶的船只，这里比喻胸怀恬淡旷达。白居易《赠吴丹》：“宦途似风水，君心如虚舟。”

孤夜

夜深人静睡无眠，被絮几多翻。
飞鸦一声寻归路，路就在、灯火人间。
窗外晴明怀冷，心音远去无边。

淡云碧雾舞翩跹，月影共婵娟。
一望原野无穷尽，唱一曲、流水高山。
不问时光何在，相依相守心关。

蝶恋花·与王彪、家林、任涛、建国及诸嫂康保相会

吟翠唱青山水笑，
雅酒高杯，一醉形骸俏。
故土依然情未了，清风掠过童年道。

四十年前年尚小，
对月邀樽，笃志今生好。
荏苒时光斑鬓貌，余晖霞影长天照。

注：

王彪：康保人，居锡林浩特市。
家林：高家林。
任涛：康保的任涛。
建国：胡建国。

醉酒

相约黄昏深叙酒，
肴醴期期，唯见风摇柳。
一碗怅惘空自受，繁星扶醉无情后。

来日黄昏独自酒，
邂逅情怀，性义难相负。
酣至擎樽思故旧，月明影乱随伤走。

谒河间纪晓岚故里

人鬼千年情未了，
异史凿凿，狐妹仙姿俏。
萧瑟香风湖水淼，夜阑玉女推窗眺。

独坐孤亭冷月照。

冷暖恩仇，一卷残书笑。

草木凝神天喻晓，愁缘残恨人间道。

注：

异史，蒲松龄自称“异史氏”，这里指不入正史的异闻传说。

杨修罪主

史去经年存惨苦。

傲物恃才，领死方知悟。

门阔绢黄非建树，杨修身死因才误。

格物致知修度恕。

谨慎先贤，正道存昭著。

江水东流成正序，人生西去归劫数。

注：

杨修：字德祖，三国时期文学家，后被曹操处死。

门阔绢黄：传说曹操从曹娥碑下路过，杨修随行。曹见碑的背面写着“黄绢幼妇，外孙齑臼”，就问杨修：“你知道是什么意思吗？”杨修答：“知道。”曹操说：“你先不要说出来，让我想一想。”走了三十里路，曹操才说：“我已经想出来了。”他叫杨修把自己的理解写下来，杨修写道：“黄绢，是有颜色的丝，色丝合成一个‘绝’字；幼妇，是少女的意思，少女合成一个‘妙’字；外孙，是女儿的儿子，女子合成一个‘好’字；臼，是承受辛苦的事。受辛苦合成一个‘辞’（辤）字：这就是‘绝妙好辞’。”曹操于是感叹地说：“我的才力赶不上你，竟然多想了三十里。”

身死因才误：《三国演义》作者罗贯中在诗中评价杨修：“身死因才误，非关欲退兵。”

格物致知：《礼记·大学》：“致知在格物，物格而后知至。”王阳明心学的核心观点之一。《现代汉语词典》将“格物致知”解释为：“推究事物的原理，从而获得知识。”

度恕：反省自身而宽厚待人。《管子·版法解》：“取人以己者，度恕而行也。度恕者，度之于己也，己之所不安，勿施于人。”

正序：指五行相生的顺序。

劫数：佛教及印度教时间单位，指漫长的时间，具体数目有各种说法。后亦指命中注定的厄运、大难、大限。

庚子康保仲冬

老树干巢飞鹊叫，
漫漫乡关，原上飞寒草。
茫野风烟舒广浩，青杨期待春来早。

自古这边风景好，
素裹银妆，雪拌风声笑。
似水流年冬不老，空凉岁月心知道。

注：

空凉：指寂静清凉。唐朝韩愈喜用。《和崔舍人咏月》：“清洁云间路，空凉水上亭。”《陪杜侍御游湘西两寺独宿有题因献杨常侍》：“客堂喜空凉，华榻有清簟。”

蓦山溪·己亥康保孟夏

春离夏到，刚见郊阡草。
寒水映凫鸭，展翅起、间闻一噪。
朔风依旧，凉意浸荒原，天料峭。
雪缥缈，虽夏犹春早。

温暖未到，遍地难寻找。

芽幼土中眠，骤然间、相拥晨晓。
太多冲动，泥土裹芳香，心在跳，情在笑。
有向往真好。

夜飞鹊·小草

惊蛰送雷隐，觉醒浓繁。芽蘖不再愁眠。
乾坤一顾小生命，力微恩报苍天。
随风吅滋育，集倾囊新绿，志在无言。
清心绝欲，度今朝，来世依然。

春去夏来秋煞，生死一春秋，肩负承传。
生来相依相偎，荒原绿遍，情洒人间。
万花劲放，无陪衬、未有嫣妍。
看英松雄柏，形姿伟岸，草在身边！

张家口堡子里谒怀

明清已多久？难再回眸，成败世事难留。
虔诚肃立堡子里，方知前代春秋。
相和起商肆，兴文昌天庙，玉帝凝旒。
张垣将相，固长城、威震胡酋。

峰骨沐泽清水，魂脉汇云泉，青史奔流。
房草残垣凄切，亲仇冷暖，镌刻城头。
夜来昼往，越经年、断壁空愁。
愿途通今古，武城北峻，文市星稠。

注：

堡子里：张家口堡的俗称。始建于明宣德四年（1429 年），初建时为屯兵军堡，是明代长城防御体系的重要组成部分。与流经张家口市区的清水河并称为张家口的“根脉”。

文昌：堡子里的文昌阁建于明万历四十六年（1618年），兼具钟鼓楼作用。

玉帝：玉皇大帝。明万历九年（1581年），在堡子里北城墙上建成玉皇阁，供奉玉皇大帝，兼具瞭望边情作用。留下了孙中山、詹天佑、冯玉祥、冰心等众多社会名流贤达的足迹。

凝旒：冕旒静止不动。形容帝王态度肃穆专注。韦庄《和郑拾遗秋日感事》：“负扆劳天眷，凝旒念国章。”玉帝凝旒，标示着社会安定昌和。

清水：指清水河，永定河水系上游洋河的支流。发源于河北省崇礼县桦皮岭南麓，流经张家口市大境门外与元宝山西沟汇合，穿越张家口市区和宣化，注入洋河。张家口的母亲河。

云泉：指云泉寺。位于张家口西山赐儿山上，建于明洪武二十六年（1393年），由“白云深处有清泉”之意而取名。这里借指赐儿山。

武城：张家口有武城之称。清末民初张家口的商业中心即以“武城街”命名，是一条闻名国内外的商业街肆。

文市：文人荟萃的地方。

好事近·周末与好友郑军游太行西胜沟

又入太行山，松碧路蜒石出。
朋酒险峰相约，酌青云高岌。

心观飞瀑问金樽，乱处觅恬谧。
花甲不知川岳，待他途求索。

注：

郑军：同学，冀中公安局派出所所长。

朋酒：毛传：“两樽曰朋。”《诗·豳风·七月》：“九月肃霜，十月涤场；朋酒斯飨，曰杀羔羊。”又，亲友聚饮谓朋酒。《晋书·隐逸传·陶潜》：“性不解音，而畜素琴一张，弦徽不具，每朋酒之会，则抚而和之，曰：‘但识琴中趣，何劳弦上声！’”

高岌：高耸貌。《楚辞·离骚》：“高余冠之岌岌兮。”

洛水河畔拜牡丹

万卉妒娇娆，馨逸绮靡冰洁。

不是浪得虚誉，叫百花淹灭。

含惆咏叹望尘浮，雍雅出羞月。

缘巧情归河洛，叹天香风骨。

注：

馨逸：形容香气喷溢，郦道元《水经注·河水四》：“兰薰麝越，自成馨逸。”

绮靡：美好艳丽，浮艳柔弱。唐杜牧《感怀诗》：“至于贞元末，风流恣绮靡。”

柳梢青·开封清明上河园记

农院深深，船行桥立，酒肆琳琳。

官宦狰狞，乡民避道，纸店森森。

宋朝数运飞沉，社稷灭、河图到今。

盛世无言，危图谏画，正道心音。

注：

纸店：清明上河园中卖纸扎的店铺。

飞沉：飞升和沉落。李商隐《摇落》：“水亭吟断续，月幌梦飞沉。”

河图：指《清明上河图》，又指中国古代流传下来的《河图》。“河图”之“河”，指的是“星河”。

正道：张择端，字正道，北宋画家，《清明上河图》的作者。这里同时暗指张择端在画中揭示的事物的正确运行规律。

满江红·锡林郭勒感悟

旷野苍穹，山逶迤、莽原漫漫。

曾记否、元疆开拓，亚欧两岸。

西去鞑靼刀剑举，东来扈特旌旗偃。
忆往昔、岁月数峥嵘，千秋叹！

锦花秀，芳草艳。
腾格里，敖包愿。
翳云飞大漠，绛临天幔。
五彩哈达斟烈酒，一声呼麦冲霄汉。
骏马奔、鹰雁戏长空，祥云见。

注：

西去鞑靼刀剑举：1219 年的成吉思汗西征以及 1221 年速不台和哲别的西征，后一次征伐到达了欧洲。

东来扈特旌旗偃：1771 年，蒙古族土尔扈特部首领渥巴锡为摆脱沙俄压迫，率领部众冲破沙俄重重截击，历经千辛万苦，胜利返回祖国。

腾格里：蒙古之神，即长生天。

敖包：蒙古族祭神的载体，有“垒石为山，视之为神”的说法。

绛：指草原彩虹。

哈达：蒙古族表示敬意和祝贺用的长条丝巾或纱巾，有蓝、白、黄等不同颜色。

呼麦：蒙语意为咽喉。这里指蒙古族特有的以咽喉发音的一种音乐唱法。

坝上乡民

日落黄昏，风渐杳、青山将息。
人困顿、倦身归户，晓乾夕惕。
旷野一条尘世路，朝来暮去通今昔。
月淡漠、炕头有温馨，心田寂。

田地苦，唯自力。
何所欲，天慈恤。

夙期金樽满，醉乡寻觅。
午到两杯添劲势，晚来三碗豪情袭。
待明朝、頳眼瞅朝霞，田间立。

如梦令·念故乡

其一

心绪盘桓无路，思慕历新如故。
倚梦念乡音，情隐草原深处。
回顾，回顾，濡笔嵌词相诉。

其二

梦里倚床思故，不记老屋门户。
借问近乡亲，误我失迷投宿。
“无处，无处，请你快点赶路。”

十六字令·寄根乐退岗

其一

官，鞠躬尽瘁汗未干，
倏回首，已是五十三。

其二

官，夕惕朝乾有些年，
得闲日，后院二分田。

其三

官，弃位归来事无牵，
一杯酒，惬意伴身边。

注：

根乐：郝根乐，河北任丘人。

已是五十三：当时政策规定，法院副院长53岁退出领导岗位，俗称退岗。

遐方怨·坝上五月飞雪

风起处，冷云低。
凛冽天成，碧色凝滞寒意弛。
五月原上暖云稀，百花争紫艳，雪纷飞。

洗车女工

秀弱体，克柔心。
洗净前尘，送车离去轻抚皴。
一双纤手托艰辛，灿然回首笑，汗沾巾。

注：

克柔：指和顺。晋代夏侯湛《东方朔画赞》：“无滓伊河，高明克柔。”
皴：手上的皴伤。

云霭雨霏（另格）

云霭霭，雨霏霏，
畅饮桑榆事，童心尚未归。
雨停云散子规啼，碧天云雨化明晖。

途渐近，路迷离，
蝉唱心间躁，蛙鸣静夜凄。
付诸慷慨少年时，黎明梦醒对晨悲。

一剪梅·立秋

一树橙黄送绿归，色彩斑斓，新觉暄萎。
周天风过报冬来，无叶牵心，何惧霜摧。

碧野苍茫秋景飞，凋了蜂花，绽了冬梅。

不知四季出谁家？季季萧条，季季芳菲。

仰望悬空寺

万仞嶙嶒望要津。晨浴朝霞，暮裹氤氲。
飞楼半挂步惊心，天下奇观，释道乾坤。

寺观无根空度人。九曜脱灾，五蕴离尘。
青山依旧叹人间，生也艰辛，死也艰辛。

注：

释道乾坤：悬空寺正殿中并列供奉着佛、道二教。

九曜：也称“九执”。指道教中主宰人间吉凶祸福的“金、木、水、火、土、太阳（羲和）、太阴（望舒）、计都和罗睺”“九曜星君”。

五蕴：指佛教中的“色蕴、受蕴、想蕴、行蕴、识蕴”。

望星空

粒粒珍珠缀碧天，灿烂其中，熠耀无边。
悠悠灵性越时空，白日归隐，夜里斑斓。

慨叹天星宿世间。尽享牺牲，惑乱江山。
邪魔妖孽走年华，白日为忠，夜里成奸。

读李清照《一剪梅·红藕香残玉簟秋》

清照孤吟玉簟秋，秀胆兰心，爱圄情囚。
宋亡千载史悠悠，不忆徽宗，独唱西楼。

盛世熙熙乱世愁，文韵天成，幽愫人谋。
星繁月丽日遨游，家事无常，人事沉浮。

注:

玉簟秋：指李词中“红藕香残玉簟秋”句。

西楼：指词中“雁字回时，月满西楼”句。

幽愫：隐秘的真情。元代马臻《题湘灵鼓瑟》：“为弹宝瑟传幽愫，一点柔红泻香露。”

虞美人·词牌思解

晓风过处纤枝袅，也等春来俏。
比肩姐妹惹思愆，不见相亲相爱泪潸潸。

唱和垓下吉时到，弱女乌江笑。
奈何项羽颤声咽，但见花开花谢土中眠。

注:

姐妹：虞美人与罂粟是姊妹花，属于同科植物。

奈何：项羽《垓下歌》：“力拔山兮气盖世，时不利兮骓不逝，骓不逝兮可奈何，虞兮虞兮奈若何？”

垓下：项羽、虞姬自杀之地。

弱女：虞姬。

孟夏思乡（另格）

惠风不度阴山岭，雨润难憧憬。
阡陌孤柳望枯荣，卧牛田埂哞苍生，岁无争。

夜来具寂繁星冷，霜月听宁静。
偶闻蟋蟀两三声，默言鸡犬待天明，太阳升。

行香子·谒赵州柏林寺

门绿墙红，松柏龙钟。

宝塔穆、铁马玲珑。
四方徒壁，八面皆空。
看心之动、心之静、心之聪。

步履恬淡，踪迹匆匆。
回头来、诸事朦胧。
灵鹫山陡，皈路途通。
悟人之欲、人之色、人之空。

注：

首片“四”“八”二句，为一谜语，谜底为“圐圙”二字。“圐圙”，囚物之所。人生即是“苦圐圙”。

那盆孤独的仙人球

万刺缠身，笑对情贫，
无依赖、独自成春。
饱含清露，积淀甘醇，
待迎芳辰，聚芳泽，散芳芬。

寂然朝暮，昼夜凝魂，
远嚣杂、相伴浮尘。
孤芳难喻，厉色缤纷，
叹刚含弱，冷含暖，恨含恩。

渔歌子·怎一个“老”字了得

老马孤茕伏枥边，老牛刀死泪长潸。
天有爱，地无怜，情殇冷暖看人间。

注：

孤茕：孤独，无依无靠。曹丕《短歌行》："我独孤茕，怀此百离。"

长相思·思

心思飞，情思飞，
空诉愁思别梦稀，遐思寄紫微。

有思期，无思期，
百念相思喜也悲，遥思何所归。

注：

紫微：星宿，这里指遥远的寄托。

归乡

情依稀，景依稀，
冷月凄然照叙离，乡风陌上飞。

人未归，心已归，
日梦炊烟绕旧时，旧时已过时。

雨霖铃·读宋词

词坛凄切，地悲天悯，女泣男咽。
情华付给疏月，晨悲暮喜、身甘心冽。
不论江山社稷，只抒望情曲。
墨客泪、辛辣酸甜，汇入江河唤风物。

长歌一曲时光歇，唱春秋、六月能飞雪。
青杨老柳无虑，根死去、情芽难灭。

爱恨情仇，装入缠绵悱恻金爵。
莽荡荡、无际心田，笔墨来开掘。

别秋

昨天依热，一宵凉至，四季倏讫。
花衰叶败蚕弱，蟾蜍气短、蜂蝶诀别。
肃杀清风渐至，百虫亦当灭。
草去乞、天地依然，试看来年更灵洁。

秋乏夜里心难悦，又闻听、犬吠声低切。
苍凉窘境多少，独渺虑、暂时孤绝。
睡过秋冬，春到寒枝一夜新叶。
雨水至、何止莹华，遍地情浓烈。

白露

蛙声低咽，向西风处，蟋蟀将灭。
翩翩饱食鸿雁，无留恋意，扬歌相别。
落叶难知世事，怎穷理格物。
冷夜过、珠露无颜，不予阳光共相悦。

丹霞晚照迎霜月，望田间、大地无闲歇。
秋实历尽春夏，冬毕至、养羞当切。
几只忠鸦，难割亲乡爱土情结。
白露去、转眼秋分，节气从头越。

注：

养羞：意思指储藏食物。《礼记·月令》：“群鸟养羞。”郑玄注：“《夏小正》曰：‘九月丹鸟羞白鸟。’说曰：‘……养也者，不尽食也。’”

清平乐·中秋吟

一年一度，时序依如故。
遥对深邃伤玉兔，难测嫦娥孤苦。

云飞欲过东川，月斜清照西山。
圆缺阴晴难度，天上地下心间。

潇湘神·相会

相见难，离别难，籁音笑靥貌依然。
非是冥中空际遇，休惊遗梦会瑶天。

俗气花开

俗气花，即蜀葵，也作一丈红，耐旱忌涝，甘于贫瘠和干旱，艳而不媚，娇而不贵，广植坝上农家庭院，是夏季坝上农家的文化食源之一。

人弄姿，花弄姿，牡丹风流作花魁。
俗气朴实亲百姓，当封俗气作花妃！

归自谣·胸中山水情

——读家骏先生《太行山水》

风烈烈，
漫道征程凌志越，
千山万水修人杰。

胸中丘壑连天结。
丹青阙，
画中景色心头血。

注：

家骏：高家骏，字宣德，河北省安新县人。

遗鸥自述

每入春夏之交，康保淖儿遗鸥岛上便会有大批遗鸥在此孵化繁殖。由于地狭鸥多、食物贫乏、干扰太多，遗鸥生存环境极其维艰。

心滴泪，
天大何方容我寐？
一巢只占巴掌地。

鸟微身弱无争意，
求求你，
相安无扰和为贵！

捣练子·再探老屋

门户掩，院墙坍，
故去时光不复还。
犹记父亲荷水背，
草民希冀负双肩。

钗头凤·重逢

与老同学赵昇、宋勇四十年再相聚于康保县照阳河镇蒙古旗杆村，醉而抒怀。

温馨语，轻相诉，一杯新酒凝莹目。
春华尽，秋霜峻，参差徙履，青春无恨，
信、信、信。

山依序，川如赋，老鸦残翅归今处。

心相问，人思忖，一腔欣慰，一生情悯。

顺、顺、顺！

注:

赵昇：同学，河北易县人。

宋勇：同学，康保县照阳河镇人。

莹目：使眼睛明亮。隋代江总《摄山栖霞寺碑》：“莲花莹目，石镜沉晖。”

忆旧游·闲梦

忆春秋轶事，史记凝华，自与他言。
月下湖边路，弄朦胧夜色，浩瀚星天。
秀波碧荡何处，潺水溯泉源。
判冷寂心扉，轻舒爱恨，债种来年。

云间，看飞度，乃变幻风姿，缥缈虚延。
试看穹霄事，问甘霖寒雪，飘向谁边？
遥途远去坎坷，还待度心关。
共厚土苍天，山情水欲在人间。

闲游

走天南海北，莫顾风尘，寻遍流年。
大地多难测，望风云诡幻，尽在其间。
不能理喻常道，何况察名渊！
笑往事今生，浮云一抹，好自潇闲。

悠然，举余力，看浪漫春秋，潇洒山川。
浩浩东流水，更青峰天耸，森木辽原。
人情世故形色，游历见人间。

用短暂时光，灵魂送到明月边。

注：

潇闲：潇洒悠闲；唐朝顾况《山居即事》：“下泊降茅仙，萧闲隐洞天。”

常道、名渊：对常道都不懂，又怎能探索名的渊源呢！《道德经》：“道可道，非常道；名可名，非常名”。

江城子·读《西游记》随笔

师徒禅虑皈双乘，悟痴醒，叹空灵。

千难万险，踏岸见无明。

持戒欲离成正果，生在性，死无争。

注：

欲离：即离欲，远离贪欲、淫欲。《涅槃经》：“诸欲皆无常，故我不贪著，离欲善思唯，而证于真实。”

昭君怨·吊昭君墓

枯草朔风青冢，孤守荒原哀宠。

旷野荡香魂，目含颦。

独立花年殒命，丽质换来和政，

巾帼傲须眉，死无悲。

注：

昭君墓：又称“青冢”，坐落于呼和浩特市大黑河南岸。

念奴娇·登高读史

登峰远眺，览群山极目，江山如画。

锦绣河川翻巨浪，追叙飞思难罢。

远望巍巍，近临仰止，峰柱擎天下。

巉岩绝路，遍山崖堑松坝。

史海破浪沉钩，苍天桑海，重器轮流把。
朝室兴亡多少事，尽在后人闲话。
皇上轮流，时长代短，百姓悲酸洒。
幸福何至，喜逢今日华夏。

注：

崖堑：陡崖深壑，也喻高傲。陆游《别后寄季长》：“我非作崖堑，汝自不可亲。”

醉太平·日月同辉

日落之时，现日月同辉天象，东西相映，各自成景，感而成词。

遥遥浩空，西方日茕，
夕阳沾恋冰轮，竟阴阳和融。

遥遥浩空，东方月隆，
清辉淡素柔明，携余霞共穹。

烛影摇红·交春

夜色空濛，寂静间，冷意舒，霜还重。
无忧双鹊闹黎明，惊乱幽宵梦。

新暖还寒与共，送流年、心旌悸动。
惠风临界，玉露慈和，春情相奉。

坝上秋色

近暮云垂，雨漠然，晚境寒、雷声断。
相思青绛在何方，毫尺天涯远。

难见斜阳灿烂，景潇疏、微凉映遍。
叶黄消绿，燕子南归，空余庭院。

注：

青绛：青色虹霓。南朝刘敬叔《异苑·美人虹》："古者，有夫妻荒年菜食而死，俱化成青绛，故俗呼美人虹。"这里指坝上彩虹。

玉蝴蝶·早春游南海公园

乡郊闲步登高，寒意尚逍遥。
旋草舞风飘，双鸦唱树梢。

春来生绿晚，冬去雪将消。
新鹊筑新巢，旧巢归寂寥。

注：

南海公园：康保县城南湿地公园。

酷相思·读曹雪芹

秀弱情魂为笔困，梦中梦、人间恨。
看孤月亲卿一夜殡。
情在吼、心相问。心在吼、情相问。

梦阮悲愁真事隐。万般爱、存方寸。
叹绝世情怀藏怨愤。
笔苦涩、言难尽。人苦涩、心难尽。

注：

梦阮：曹雪芹字梦阮。

巫山一段云·曹雪芹北京西山黄叶村故居游

忧忿颦儿死，含悲宝玉疯。
苍天心裂叹离悰，酷暑冷如冬。

古庙钟声杳，白狐闹乱蓬。
红楼坍塌没行踪，青史在高峰。

注：

颦儿：林黛玉。

离悰：惜别的心情。陆游“画阁无人昼漏稀，离悰病思两依依”。

古庙：曹雪芹居住地周围的卧佛寺、五华寺、广泉寺等寺庙。

雷阵雨

云黑风头劲，惊雷动纵横。
白杨青柳似心惊，闪电亦狰狞。

大地晴方好，无声胜有声。
虹飞雨后虽娉婷，不过是虚荣。

闪电河源抒怀

极目青山远，迂曲碧水来。
百花千卉次第开，不问是谁栽。

河畔凝情韵，江山覆绿苔。
当年萧后秀天涯，此处抒胸怀。

注：

闪电河：滦河源头，发源于河北沽源和丰宁两县交界的冰凉山，经内蒙古蓝旗、多伦入承德武烈河注入渤海。

萧后：即萧太后，契丹族，辽景宗时立为皇后。

西江月·知春

垂柳梳妆扑粉，和风携暖掀裙。
缝中小草已知春，蛰睡昆虫尚困。

寒岁难冷苍柏，暖流易热香芹。
晨来朝气化氤氲，还有莺歌声韵。

南乡子·雨天

细雨馨柔，相约老友探春楼。
二月龙腾须纵酒，知否，醉里春妆才讲究。

芒种采杏（另格）

黄杏熟，挂枝头，
年年芒种采丰收。
难忘园丁晨昏苦，
恋尘土，岁老天难情不负。

仲秋飞雪（双调）

九月二十九日，梁军等众好友相邀小宴，因归乡未至，适于故乡逢临早雪，不为任丘所见，故以“雪”为题而复之。

昨晚碧天高，今早寒云起九霄。
青色静空飘玉雪，秋凋，坝上高原景正飙。

素裹百枝梢，万木霜天映社郊。
不为寒来愁暖处，逍遥，大地清明旷野娇。

注：

梁军：河北雄安人。

画堂春·种心田

笔耕思绪种心田，须将血壤深翻。
圣播仁义五千年，沦落今天。

野火春风大地，夕剔收获乾乾。
焚琴煮鹤事多端，待看明天。

又一年

夜来村犬吠黎明，谁知来日阴晴。
淡霞一缕送残星，岁月峥嵘。

一去经年风雨，无心歌舞升平
一盅老酒祭心灵，还有行程。

雪月交光·忆童年坝上冬夜行

昨天临梦，长途跋涉于故乡的脑包山麓，雪月交光，无边无际，醒后所忆，历历在目，遂唤起童年雪地时光……

踏乡间故道，桂魄高悬，籁无声息。
冷树萧萧，隐青山虚立。
恋兔回家，朔风疲惫，令百禽归寂。
凛冽穹霄，芸芸翼轸，韵光流溢。

素裹银妆，皎然清影，旷野寒空，莽原无迹。
天幕低垂，尽流星飞逸。
夜色清辉，碎玉铺地，撒坝乡南北。
雪月交光，空灵心寂，抚今追昔！

注：

桂魄：月亮。苏轼《念奴娇》：“桂魄飞来光射处，冷浸一天秋碧。”

翼轸：南方七宿之二，丙为翼，巳为轸。此处借指星星。王勃《滕王阁序》：“星分翼轸，地接衡庐 。”

醉桃源·种春

残冬寒尽惠风仁，虔心种早春。
一田柔绿待清音，荒原起彩雯。

瓜叶嫩，韭芽新，倾情铺绿茵。
桃花源里论红尘，烂柯修采真。

注：

烂柯：柯，指斧头的木柄。梁·任昉《述异记》卷上：“信安郡石室山，晋时王质伐木，至，见童子数人，棋而歌，质因听之。童子以一物与质，如枣核，质含之，不觉饥。俄顷，童子谓曰：‘何不去？’质起，视斧柯烂尽，既归，无复时人。”后将岁月流逝，人事变迁称作“烂柯”。

采真：《庄子·天运》：“古之至人，假道于仁，托宿于义，以游逍遥之虚，食于苟简之田，立于不贷之圃。逍遥，无为也；苟简，易养也；不贷，无出也。古者谓是采真之游。”郭象注：“游而任之，斯真采也。真采则色不伪矣。”后人以“采真”比喻“顺乎天性，放任自然”，有时也指求仙修道。

相见欢·尘封的记忆

故乡记忆风干，晾尘寰。
弱冠别离今越四十年。

田陌路，村头树，见炊烟。
更有月辉清照玉颜寒。

太常引·踏春

晨来朝旭生飞霞，馨意走春涯。
遍地出新芽，蛰声碎、轻烟霭纱。

清新碧野，娉婷翠柳，万物尽纷葩。
年里数嘉华，问原野、欣荣九遐。

草原闲韵

白云务志在凌空，阔野育葱茏。
旭日照青峰，百草秀、蓬勃劲松。

梦中记忆，草香味道，尽在寸心中。
冬夏不相逢，问情境、炎凉不容。

生查子·谢读

解甲事萧条，弥日习辞藻。
聊以度时光，书蠹痴其稿。

文陋自无颜，不惧亲朋笑。
顿首谢关情，兹作春晖报。

六丑·固守族魂

看庄周孔孟，创礼道、族魂传立，
至尊帝王，须卑躬屈膝，日与推析。
秉地承天事，古来今往，又众民所执。
清华更应凝心力，礼义廉耻，朝乾夕惕，
谁人敢于丢佚？

论家和国盛，魂魄承袭！

芸芸生息，现千姿百色，
灭祖欺师辈，成说客，哥奴庆父恭默。
谓精英俊杰，祸民殃国。良心灭，尽殇天责。
妆敏慧、纲常礼义损弃，为谁兴革！
祖宗处、脸面难觍。
梦欲圆、秉正豪杰志，征无不克！

注：

哥奴：即李林甫，唐朝权臣，玄宗时任礼部尚书兼中书令。他有“口有蜜、腹有剑”之称。

庆父：春秋时期鲁国贵族，鲁庄公的弟弟。他惯于挑拨离间，先后杀了两个国君，后来自缢身亡。成语“庆父不死，鲁难未已”，就源于此。

伤春怨·酒后望南山

好酒知心事，惬意邀君相对。
半醉论乾坤，醉里乾坤真美。

嫩芽张春翅，老柏怀冬翠。
远黛景朦胧，我已醒、山还睡。

雪

寂夜长云起，嫩雪临窗相会。
欲待起相迎，已是无形寒气。

年老夜难寐，反侧黎明至。
翠雀冷无声，素野旷、平原蔽。

忆秦娥·清明祭

风云异，他乡望阙潸然泪。

潸然泪，心尘凄楚，月前相祭。

小冈枯树哀鸦立，顿足点首声凄厉。

声凄厉，长眠富寿，短生残岁。

注：

残岁：指余年。唐代方干《送饶州王司法之任兼寄朱处士》：“留醉悲残岁，含情寄远书。”

富寿：《孔子家语·贤君》：“政之急者，莫大乎使民富且寿也。”后以“富寿”谓富裕而长寿。

秋霞

风未静，飞黄片片朝霞冷。

朝霞冷，飘零岁月，漫天孤行。

春夏径历皆虚影，婆娑零乱叠相映。

叠相映，深秋过去，酷寒雄劲。

注：

径历：即经过。《汉书·五行志》：“径历三公之府，太常宗正典宗庙骨肉之官，然后入宫。”

长白山红叶

与之领、秋玲、文霞游吉林长白山观群山枫叶有感。

千重叶，秋霜白露群山血。

群山血，金晖斜照，彩峰层叠。

荣枯一度知风节，落花何惧西风烈。

西风烈，晚红凋尽，再迎寒雪。

注：

之领：河北肃宁人，余妻。

秋玲：田秋玲。

文霞：张文霞。

谒金门·花蕊笑春寒

春寒到，天肃地凝风啸。

一夜潇疏花蕾少，幼芽惧料峭。

春夏秋冬难老，日月星辰常曜。

嫩蕊玉心怀冷傲，野姿招手笑！

注：

潇疏：寥落、凄凉。唐朝皮日休《赤门堰白莲花》：“潇疏今若此，争不尽余尊。”

野姿：自然朴素的姿容。唐代李贺《河南府试十二月乐词·正月》：“薄薄淡霭弄野姿，寒绿幽风生短丝。”

鹊桥仙·夜游白洋淀

夕阳西下，落霞映水，远处几声鸥鹭。

蒹葭涌浪自横浮，看渔女、轻舟慢橹。

喧嚣沉淀，心融静谧，不愿寻回归路。

多情晓月送渔风，此情景、孰能留住。

唐多令·与之领江苏溧阳游茶园感茶事

茶海舞轻盈，莺歌唱早晴。

玉笋挥、香溢竹篇。

桃面清纯抒野逸，纤纤体、若华英。

壶水起惊泓，霭青绕瑟筝。
点首间、神淡心宁。
茶事和颜多悦志，去嗔怪，育香凝。

注：

篇：装茶的竹篓。

玉笋：指采茶美女的手臂。苏轼："玉笋纤纤揭绣帘，一心偷看绿萝尖。"

野逸：指纯朴闲适。杜甫《寄李十二白二十韵》："剧谈怜野逸，嗜酒见天真。"

风儿

飞叶舞晴空，神飙动劲松。
揽九州、轻抚横纵。
道是无形形却在，不见面，总相逢。

无翼越苍穹，殷盈故若冲。
看胸衿、澎湃无穷。
天地人间多少事，卷将起，属清风。

注：

殷盈故若冲：最充盈的东西，好似是空虚一样。出自《道德经》："大盈若冲，其用不穷。"

雪打元宵节

残雪罩平原，雾岚锁大田。
待春来、天地依寒。
一望茫茫原野暗，云中月，已归眠。

灯火尽阑珊，花天最养闲。

看明朝、不再星残。
万物相关皆定数，有否泰，有悲欢。

归故乡

飞草沐轻风，莽原走碱蓬。
夕阳斜、山色绯红。
树下犍牛闲自在，好时代，不司农。

杨柳断垣中，寂声院落空。
故村庄、仁恕安穷。
孤妪柴门惊客到，老黑狗，别嗡嗡。

荷叶杯·我喝酒月亮醉

对影三人皆醉，
人寐，月徘徊。

寸心安葬月光里，
云碎，我无词。

淡黄柳·无题

仁风抚柳，明月慈相顾。
几卷残书添百苦。
麦地蛙声颤颤，寥落孤星夜无诉。

问翘楚，牵心在何处？
岁将老，日将暮。怕空遗悔恨生相负。
孺子忧思，耄耋愁绪，刀笔难撑信步。

注：

翘楚：原指高出杂树丛的荆树，后用来比喻杰出的人才或事物。

上行杯·风雨翠鸟未归巢

屋檐下住一对翠鸟，阴雨连绵，几天未归。

几日无声无息，难道是、意外缠身？
风雨连绵千鸟绝，何巢宿歇？
看阴云，难散尽，有运？无运？
心在明晨……

永遇乐·慨读倪端《聘庞图》

岘首崔巍，山泉潺浸，石青松翠。
一处茅屋，潜修静谷，隐士荷锄耒。
士元潇洒，孔明伟傲，难拒主公游说。
看德公、经纶满腹，不瞥刘表斗米。

朝中假隐，乡间真隐，隐逸谈何容易。
寂寞空川，狐鸣枭噪，林涛惊山魅。
一钵溪水，两把野菜，风雨诗书伴睡。
偶回首、心程历历，解析大地。

注：

《聘庞图》：倪端《聘庞图》取材于《后汉书》中的一个典故，再现了后汉荆州刺史刘表亲至山林聘请隐士庞德公的情景。庞德公聪明过人，才华横溢。因为战乱，庞德公一家隐居岘山（今属湖北襄阳），与诸葛亮、司马徽、徐庶等名士交谊笃厚。当时，群雄割据，刘表的封地荆州成为兵家必争之地。刘表渴望有才能的人前来辅佐自己。他多次派人拜访庞德公，诚心相请，但都被庞德公拒绝。于是，他决定亲往岘山聘请庞德公。他到达时，庞德公正在田间耕作。刘表走上前，先是一番寒暄，然后向庞德公表达了自己求贤若渴的心情，希望庞德公能够出山辅佐自己。庞德公并没有因刘表的亲临而动容，结果还是拒绝了他。

岘首，即岘首山，又叫岘山，湖北襄阳境内，庞德公隐居地。

德公，即庞德公。《襄阳记》记载，庞德公，襄阳人。居岘山之南沔水上，未尝入城府。躬耕田里，夫妻相待如宾，休止则正巾端坐，琴书自娱，睹其貌者肃如也。

贺新郎·《洛神赋图》追思

子建扶纲宪，亦横刀、东临沧海，北出沙瀚。
《白马》《七哀》《登台赋》，八斗奇才纳罕。
转抑郁、贤哲难辨。
横溢才华东流水，鬼神悲三代存歧见。
失重器，酒德浅。

堪怜抱负飞星汉，泻情怀，轻云蔽月、流风翻卷。
回首才知人间醉，一醉虚无涣散。
空寄意、飘然河畔。
相诉宓妃无济事，玉佩潜渊更增愁怨。
梦逝去，泣声断。

注：

《洛神赋图》：东晋顾恺之依据曹植《洛神赋》所作的画卷，描绘了曹植与洛神在洛河梦中相会的故事。

子建：即曹植，字子建，曹操的儿子，曹丕的弟弟。

八斗奇才：谢灵运有“天下才有一石，曹子建独占八斗”的评价，因此后人称曹植为“八斗奇才”。

三代：曹植的父亲曹操、哥哥曹丕、侄子曹叡，均对曹植防范有加。

酒德浅：曹植之所以未被立为太子，酗酒失德误事是主要原因之一。

河畔：洛河河畔，曹植梦中与洛神相会之地。
宓妃：即洛神。

被拆迁的秋天（张元干格）

风弄青山树，望凌霄、乱云如画，景随心悟。
虹断长空知风雨，地绪天情难度。
看落叶、积微致著。
听见小溪东流水，但难听大地雷声怒。
日渐冷，月将暮。

清秋一别何方去？又星移、晓寒慢重，雪来霜舞。
松柏劲心思春梦，不愿冬眠长住。
时序过、东风款步。
万物景和争自由，更哪堪岁月无栖处。
天不老，地无语。

忆馀杭·与薛燕、小徐赴白洋淀好友根乐宴

芦荡苍茫，碧水行舟听晚唱。
鸬鹚引颈望余晖，又见苇花飞。

蟹虾肥美渔人喜，古道热肠会人意。
小荷醪醴敬宾朋，酩酊月扶行。

注：

根乐：郝根乐。
薛燕：陕西富县人。
小徐：徐永军。

秋波媚·回肃宁东泽成

初热徐徐回娘家，又见绿年华。
轻风摇柳，蔷薇香溢，枝绕黄花。

种植疲累收希冀，暮霭似朝霞。
阴凉庭院，一杯清酒，一截儿黄瓜。

注：

东泽成：肃宁县城关镇东泽成村，岳父故乡。

喜迁莺·告别被拆迁的老屋

小院废，乱蓬飞，荒草别萋萋。
柳悲榆泣看衰微，鸦鹊绕枝啼。

人渐老，心渐小，又忆爨烟缭绕。
双亲遗旧渐成灰，深埋在心扉。

注：

爨烟：即炊烟。唐·李商隐《行次西郊作一百韵》：“山东望河北，爨烟犹相联。”

喝火令·鸡冠山览望

少小常遥望，余年始近观，
目极群岭见波澜。
惊叹世间丘壑，神笔绘天关。

草木层林秀，风霜季节寒，
跳峦叠嶂显巍然。
品味山愁，品味水艰难，品味手牵情处，空岭度情缘。

注：

鸡冠山：张家口万全区和张北县接壤处。海拔1617米，是草原天路西线著名景点。

青玉案·冬夜缅怀母亲

年关慈母手中线，夜半静、油灯倦，
冷雪寒霜洒满院。
鸡鸣声碎，不眠之恋，了却心头愿。

苍天恨处时光短，一去空余断肠叹，
早鹊声咽人不见。
那边空寂，谁来做饭，谁践生前愿。

离亭燕·对话正山湾巨石

亘古青峰空立，无际莽原安谧。
餐饮霜风经冷暖，电闪雷鸣难毕。
往事历轩辕，不屑人间殊绩。

过隙人生悲泣，难懂峻岩今昔。
尘粒不知云嶂事，缈缈虚无飘逸。
岁月去何方，巨石缝中寻觅。

注：

正山湾：河北省康保县境内。属阴山余系，以巨石嶙峋著称。

殊绩：特出的政绩或功绩。白居易《除李逊京兆尹制》：“赏其殊绩，擢在大藩。”

云嶂：高耸入云的山峰。张九龄《郡江南上别孙侍御》：“云嶂天涯尽，川途海县穷。”

晨吟康保淖儿

一泊长生泓水，天赐翠微福地。
霞映霁波红烂漫，更有翔鸥多媚。
岸畔舞繁花，少女少男心醉。

湖色多情瑰丽，恬静婉柔端慧。
慨叹草原豪放处，孕育烟姿山水。
故土伴余生，此辈此生足矣。

祝英台近·坝上秋逝

越深秋，天骤变，怨蝶别轻舞。
理翅寒鸦，依旧唱霜树。
朔风脚步匆匆，相携凛冽，走旷野、山川修阻。

事时短，已无蝶恋枝头，秋蝉归故土。
暮暮晨晨，长短一生路。
寒冬过去春来，周天翻覆，冷与暖、在心灵处。

朝中措·孟冬月季花艳

将近深冬，园中几枝月季开得正旺，感而抒之。

一园萧瑟断蓬飘，梅弱菊零凋。
月季孤形争艳，古今谁赞风骚。

临炎竞秀，恃寒柔惠，此物妖娆。
暗夜倚风共度，朝来不事尊高。

木兰花·家骏先生山水画获奖有感

一淡一浓铺大地，沟壑纵横舒笔臆。
山叠嶂，水空飞，万里太行收寸碧。

绘就襟怀谁与语，心际墨花藏时序。
丹青热血写承平，慷慨放歌书国誉。

注：

家骏：高家骏。

八声甘州·望乡

欲归乡揖拜继传承，也或固飘萍。
渐双鬓斑白，聊无成事，浪迹浮生。
唯有归思余念，寄寓别离情。
晓梦无虚影，空叙心声。

犹记柴门炊户，二尺石板路，一院温馨。
更村头巷尾，父老共谈耕。
逝流年、东风依旧，看今朝、老屋已孤茕。
时光去、留残存在，谁与纷争。

雨中花慢·野百合礼赞

野百合，即山丹丹花，因其花色鲜红，耐干旱、耐寒冷，生命力极强而受到人们的喜爱。张家口坝上高原是野百合的盛产地之一，在家乡康保的仲夏孟秋时节，随处可见野百合柔姿。

茫野峰峦无际，碧翠高原，景秀河山。
万绿一红摇曳，尽显娇妍。
纤体蓬勃，柔姿斗艳，不示矜怜。

苦境秀傲骨，芳心灿烂，仰笑蓝天。

千花百卉，人间争胜，逗引墨客诗篇。
谁记取、慎独孤立，弱命情坚。
天势风遥雨荡，浮云逐流随迁。
淡然相对，百合酷郁，野在人间！

八六子·归乡

望乡原，翠微苍远，森林片片如烟。
叹瑞霭低垂大地，洁云高就明空，碧蓝浩乾。

清风吹月无眠，寂静夜穹深邃，繁星灿烂空前。
论故土、光阴自然遥逝，物华依旧，本心无叛，
当知日月昭彰宙宇，山川达练清泉。
欲归闲，翔鸥奋飞在天。

注：

本心，也作本情，即指天性、天良。《孟子·告子上》：“乡为身死而不受，今为宫室之美为之……此之谓失其本心。”

洞仙歌·“乞巧节”感怀

银河横亘，断稠星残月，
朵朵浮云诉伤别。
梦虚迷、难度仙幻情缘，
翻惆怅、仙界心灵难阅。

清风摇碧树，碎影翩跹，点点斑驳似铺雪。
夜半起钟声，惨淡清光，空照见、心灵城阙。
看晨露含真待朝阳，叹化雾成风，影消魂绝。

关门山红叶

神差巧匠，绘铺天长卷，
七彩奇峰引缭乱。
步苍山、灿烂翻越心田，
抚秋色、画意奔腾清涧。

蜂蝶依旧在，难觅花香，枯叶红妆夺秋恋。
数日重霜来，落叶成泥，真风景、时乖命蹇。
问一季潇潇又如何，看默默明年，万山红遍。

注：

七彩奇峰：指深秋的本溪关门山。

苍山：覆盖着苍翠茂盛树木的山岭。杜甫《九成宫》：“苍山入百里，崖断如杵臼。”

法曲献仙音·葬故乡

“扶贫搬迁”，使一个个百年村庄渐次消失，村民虽列入了脱贫的行列，但故土永远不再……

村犬无声，栅门虚闭，一院秋风凉意。
断壁残垣，老枝鸦聚，残云几片披靡。
叹乱草添萧瑟，迁愁裹凋敝。

故乡废，故乡人、梦中皆泪。
怀土恋、原是小人心地。
欲往见亲僚，祖坟孤、遥胄难祭。
望眼高楼，赞辉煌、苦笑不悔。
问城隍宗庙，别后何为生计？

注：

怀土：《论语》：“君子怀德，小人怀土”，后引申为成语“安土重迁”，指在一个地方住习惯了，不愿轻易搬迁，形容留恋故乡。

遥胄：指后世子孙。明·吴承恩《述寿赋》：“衍余庆于遥胄，启华腴于世传。”

秋霁·白洋淀老秋

杨柳飞黄，倚岸卷西风，绿去红坠。
淀水苍茫，鸪丁掠过，蒹葭岁熟无际。
游思不至，秋鸦斗水寒为继。
数境意，轻叹、一湖姿色锦心闭。

残荷瑟瑟，藕出潜泥，几舟渔夫，雾里联袂。
水粼粼、风吹虚色，鹈鹕岸上待空喙。
谁叫妙华将欲逝！
必将冬至，遥望碧野寒冰，视界清凉，老秋当退。

黄莺儿·盼春

寒凉无奈天归暖。
碧草萋萋，丰壤萌发，韶华蓬勃，绿淹田畈。
听紫燕语同巢，旅雁呼飞伴。
白云淘气横空，俯瞰苍穹崇峻浮幻。

缠绻，漫野起欣荣，大地泛青岸。
燕携新韵，鹂舞村歌，繁花尽流香汗。
观锦绣约缠绵，烂漫牵华婉。
浅梦怎阻良宵，真是春时短。

剑器近·醉思

夜孤醉，又感慨、人间情碎。
寂寥冷星高缀，也无寐。

清心在，意念断、神思凋敝。
离群雁声嘹唳，也没睡。

空逝，一觉回梦里。
沧桑世事，叹老矣、尚为酒樽累。
丝丝凉意幻情飞，问它多少回，幻情何等含义？
影孤形晦，老气横秋，已是无言面对。
夕阳落下霞为美。

小重山·敬竹

好友家林兄，素喜画竹，多年来笔耕不辍，颇有意趣，特嘱余作竹词，以拓创竹之胸臆，但久而未得。适到江苏溧阳境，观竹海幽韵，感慨而抒。

晚夏江南岭色青，清澈溪涧水、泛澄泓。
竹引清风杜鹃鸣，曲栏处，倚翠看娉婷。

悬笔意奔腾，墨情承节志、势纵横。
几枝寒玉指间成，心意到，画里映淡宁。

注：

家林：高家林。

寒玉：竹子。张九成：“落雪鸣寒玉，啼螿泣古篑。”

淡宁：恬淡寡欲，宁静自持。

长亭怨慢·庚子冬至

遇冬至、寒浓霜缀，
高处层云，深藏风谊。
空色朦胧，半分天下、唯亚岁。
冷情成笔，雕朔气、霜花媚。
云退见朝阳，数来日、冬和景丽。

凛冽，欲冬来夏忆，忆尽热寒交替。
山温水暖，到处是、繁花锦卉。
论岁月、岁月难新，叹飞雪、春来成水。
看淡淡人生，伤以多思为最。

附：常用词牌简介

以下词牌，对应上列词作，参考《钦定词谱》《龙榆生唐宋词格律》《钦定词谱考证》《白香词谱》以及《百度百科》等资料编辑整理。

（一）《锦堂春慢》

1. 词牌简介：

《钦定词谱》记载："《锦堂春慢》，调见《青箱杂记》，《梅苑》词名《锦堂春》。"因始见于《青箱杂记》所载司马光作，所以以司马光《锦堂春慢·红日迟迟》为正体。双调一百〇一字，前后片各十句，四平韵。另有一体也是双调一百〇一字，前后片各十句、四平韵，区别是前后片第七、第八句字数不同。《唐宋词格律》还有双调九十九字，前后片各十句等变体。代表作品有王沂孙《锦堂春·中秋》等。

《钦定词谱》，为清康熙朝陈廷敬、王奕清等根据康熙帝的旨意编撰的词谱，因该书为康熙所钦定，故名《钦定词谱》。全书共收录826词牌，2306体。《四库全书总目》誉之为"分刌节度，穷极窃眇，倚声家可永守法程"。

《青箱杂记》成书于北宋元佑二年，作者吴处厚，为北宋中后期重要的笔记体著作之一，多记录五代至北宋年间朝野杂事，尤以诗词为重，其中蕴含丰富的词学、文学思想，具有重要的词学理论和词学文献价值，在中国词学史上占有重要位置，经常被后人所引用。其辩证分析人品与文品、词品的关系，提出"正人端士亦皆有艳丽之词"和"尤物能移人，情荡则难反"等论断，对宋朝正统文人多有艳词出手给与了支持。也是对北宋时期流行的"艳词损德"社会舆论的反驳，为文人写作艳词找了一条理论依据。其心态虽不够健康，但具有一定的历史进步性，某种程度上起到了解放当时文人思想的作用。书中还把“气象”等词引进词学批评的理论范围，将之作为品评词人精神风貌的标尺，这是难能可贵的。

2. 词牌格律：

平仄平平，平平仄仄，平平仄仄平平（韵）。
仄仄平平，平仄仄仄平平（韵）。
仄仄仄平平仄，仄仄平仄平平（韵）。
仄仄平仄仄，仄仄平平，平仄平平（韵）。

仄平平平平仄，仄平平仄仄，仄仄平平（韵）。
平仄平平平仄，仄仄平平（韵）。
仄仄平平仄仄，仄仄仄、平仄平平（韵）。
仄仄平平仄仄，平仄平平，仄仄平平（韵）。

（二）《御街行》

1. 词牌简介：

京城中皇帝巡行的街道叫御街，也称天街。宋人孟元老《东京梦华录》卷二：“坊巷御街，自宣德楼一直南去，约阔二百余步。两边乃御廊，旧许市人买卖于其间，自政和间官司禁止，各安立黑漆叉子。路心又安朱漆叉子两行，中心御道，不得人马行往。行人皆在廊下朱叉子之外。”

《御街行》的调名本意即咏京城天街上皇帝及其仪仗队御驾的出入巡行，以柳永《乐章集》所收为首创。《古今词话》无名氏词有“听孤雁声嘹唳”，因名《孤雁儿》。《唐宋词格律》以范仲淹词为正体，双调七十八字，前后片各四仄韵。《钦定词谱》以柳永《御街行·燔柴烟断星河曙》为正体，双调七十六字，前后片各七句、四仄韵。另有双调七十七字，前后片各七句、四仄韵；双调七十八字，前后片各七句、四仄韵等变体。

《乐章集》——北宋柳永的词集。柳永深谙音律，能自度曲。宋室南渡后，乐部散失严重，所以有人认为："永之乐章集于保留旧谱，又有功也。"《乐章集》，不分卷，依宫调、词牌序列，所收约有一百九十首柳永的词。

《东京梦华录》——宋代孟元老创作于宋钦宗靖康二年的笔记体著作，记述了北宋宋徽宗崇宁到宣和（1102—1125 年）年间开封的风俗人情，是研究北宋社会生活、经济文化的一部重要的历史文献。

2. 词牌格律：

平平仄仄平平仄（韵）。

仄仄仄、平平仄（韵）。

平平平仄仄平平，平仄平平平仄（韵）。

平平中仄，中平平仄，平仄平平仄（韵）。

平平仄仄平平仄（韵）。

仄仄仄、平平仄（韵）。

平平平仄仄平平，平仄平平平仄（韵）。

平平中仄，中平平仄，平仄平平仄（韵）。

（三）《满庭芳》

1. 词牌简介：

《满庭芳》，周邦彦词名《锁阳台》，葛立方词有"要看黄昏庭院，横斜映霜月朦胧"句，名《满庭霜》，晁补之词有"堪与潇湘暮雨，图上画扁舟"句，名《潇湘夜雨》，韩淲词"甘棠遗爱，留与话桐乡"句，名《话桐乡》，张野词《满庭花》等。从牌名就可以看出，这是一曲变格很多，为词人喜爱的词牌。《清真集》入“中吕调”。九十五字，前片四平韵，后片五平韵。后片第四句是上一、下四句法，亦作“仄中平平仄”。过片二字，也可不叶韵连成一句五言。

代表作品有苏轼《满庭芳·蜗角虚名》、秦观《满庭芳·山抹微云》等。

《清真集》——宋朝周邦彦所撰的词集，共一卷，补遗一卷，收词一百八十余首。

“中吕调”——《新唐书·礼乐志十二》记载，“唐朝音乐教坊的曲调分为宫、商、角、羽四声，每声七调，共二十八调。其中羽声中包括中吕调、正平调、高平调、仙吕调、黄钟羽、般涉调、高般涉调，被称为七羽。”中吕调便是羽声七调中的第一调。词牌的属调便是以此而来的。

2. 词牌格律：

中仄平平，中平中仄，仄中平仄平平（韵）。
仄平平仄，平仄仄平平（韵）。
中仄平平仄仄，中中仄、中仄平平（韵）。
平平仄，中平中仄，中仄仄平平（韵）。

平平（韵），平仄仄，平平仄仄，中仄平平（韵）。
仄平仄平平，中仄平平（韵）。
中仄中平仄仄，中中仄、中仄平平（韵）。
平平仄，中平中仄，中仄仄平平（韵）。

（四）《双双燕》

1. 词牌简介：

中国古代诗词中有以鸳鸯、双燕比喻爱情的传统，如梁·简文帝的“日移孤影动，羞睹燕双飞。”李白的“双燕复双燕，双飞令人美”等。宋代的史达祖则将这一传统题材引入了词牌，自度成曲。此调始见于《梅溪集》，因咏双燕，即以此为名。九十八字，前片五仄韵，后片七仄韵。首句句式是一二一句式，中间两字相连，相当于辛弃疾《水龙吟》结句之“揾英雄泪”的句式。前片第二句、后片第三句为领格字，一般宜用去声。另有一体双调九十八字，前段四仄韵，后段七仄韵，以吴文英《双双燕·小桃榭后》为代表。

《梅溪集》——南宋王十朋（号梅溪）编撰的诗文汇集，纪晓岚家的藏本有五十四卷，也有三十七卷本。内容包含廷试策并奏议五卷，诗文前集二十卷，诗文后集二十九卷，附录一卷。

2. 词牌格律：

仄平仄仄，仄平仄平平，仄平平仄（韵）。
平平仄仄，仄仄仄平平仄（韵）。
平仄平平仄仄（韵），仄仄仄、平平仄仄（韵）。
平平仄仄平平，仄仄平平平仄（韵）。

平仄（韵），平平仄仄（韵）。
仄仄仄平平，仄平平仄（韵）。
平平平仄，仄仄仄平平仄（韵）。
平仄平平仄仄（韵），仄仄仄、平平平仄（韵）。
平仄仄仄平平，仄仄仄平仄仄（韵）。

（五）《南楼令》

1. 词牌简介：

《南楼令》，因张翥有“花下钿箜篌”句，名《箜篌曲》。还有一名《唐多令》，《钦定词谱》中就以《唐多令》为正名。宋代时很少有人使用，留下的名作也不多。自刘过以该词牌填写了“芦叶满汀州”一词后，使用该调的词家才多了起来。周密因刘词中有一句“二十年、重过南楼”，随将《唐多令》更名为《南楼令》。双调，六十字，前后片各四平韵。亦有前片第三句加一衬字的。

上下片第三句，多为“上三下四”句法。唯南宋刘辰翁《须溪词》中用的是“上四下三”句法。

《须溪词》：宋朝刘辰翁的词集。刘辰翁（1232—1297 年），字会孟，别号须溪，又自号须溪居士、须溪农、小耐，后人多称须溪先生。庐陵灌溪（今江西省吉安市吉安县梅塘乡小灌村）人。南宋末年词人。他一生致力于文学创作和文学批评活动，作词数量仅次于辛弃疾、苏轼，位居宋朝第三。

2. 词牌格律：

平仄仄平平（韵），中平中仄平（韵）。
仄中平、中仄平平（韵）。
中仄中平平仄仄，中中仄，仄平平（韵）。

平仄仄平平（韵），中平中仄平（韵）。
仄中平、中仄平平（韵）。
中仄中平平仄仄，中中仄，仄平平（韵）。

（六）《望海潮》

1. 词牌简介：

《望海潮》，始见柳永的《乐章集》。柳永的《望海潮》一词的创制还有一段故事：据杨棣《古今词话》载，柳永与孙何（也作孙沔）在孙没有入仕的时候就交往认识了。孙何做了杭州知府，门禁甚严，柳永想见见这个布衣交却进不了孙府的门。于是，柳永想了个主意，作了一首《望海潮》词，找到了当时经常到孙府唱曲的名妓楚楚，和楚楚说：我想见见孙相，但由于没有人引见，连大门都进不去。如果孙府再找你唱府会，你把我写的《望海潮》唱给他听。如果他问谁作的词，你就说柳七。到中秋节的时候，果然孙府招楚楚进府去唱中秋府会，楚楚就把这首词抑扬顿挫地唱了出来，震动了在场的所有人。当孙何知道歌词是柳永所作时，立即命家人请刘永来家作客。可见这首词本是柳永欲用来打动旧知的，没想到却轰动了当时的词坛。

《望海潮》原本是柳永对观潮时的感受。柳永之后，这一词牌的作者多未沿用柳永的本意，这在词史上亦是一种规律，即词牌名在产生之时，往往词作的内容会与之相联系，但是在词的逐渐发展过程中，便逐渐与词作内容相别离。柳永之后宋代的《望海潮》词作内容可分为歌颂升平、酬和朝寿、吟咏江南风物、伤春归思、写男女艳情、抒怀泄愤这几类，与柳永初创所咏已是大相径庭了。

《望海潮》，双调一百〇七字，前片十一句五平韵，后片十一句六平韵。亦有于过片二字增一韵者。前后片第四五句均为对偶句，后片第二句第一字为领格字。

另有前片第八句作“仄仄平仄仄”为上一下四句式，后片结尾作“平仄平平，仄平平仄仄平平”的。还有前片第四句作“平平仄仄”，后片首二字增一韵的。

《钦定词谱》列柳永《望海潮·东南形胜》、秦观《望海潮·梅英疏淡》和邓千江《望海潮·云雷天堑》三体。

2. 词牌格律：

平平平仄，平平中仄，平平仄仄平平（韵）。

平仄仄平，平平仄仄，平平仄仄平平（韵）。

平仄仄平平（韵）。

仄平仄平仄，平仄平平（韵）。

仄仄平平，仄平平仄仄平平（韵）。

平平仄仄平平（韵）。
仄平平仄仄，中仄平平（韵）。
平仄仄平，平平仄仄，平平仄仄平平（韵）。
平仄仄平平（韵）。
仄仄平中仄，平仄平平（韵）。
中仄平平仄仄，平仄仄平平（韵）。

（七）《千秋岁》

1. 词牌简介：

《千秋岁》，又名《千秋节》，据《百度百科》，这一词牌始于唐代，盛于宋。千秋本义为长寿，唐代将玄宗诞辰定为千秋节，《唐会要》卷二十九“节日”项下记载：“开元十七年（729年）八月五日，左丞相源乾曜、右丞相张说等，上表请以是日为千秋节。著之甲令，布于天下，咸令休假。”《唐六典》载：“凡千秋节，皇帝御楼，设九部之乐，百官裤褶陪位，上公称觞献寿。”唐教坊为此专门创作了一部大曲《千秋乐》，见载于《教坊记》。晚唐时，《千秋乐》已成为曲子词的词调之一。

到宋元代，成为词人使用的定格词牌。虽然定格，但也不尽相同，如《淮海居士长短句》《张子野词》所列该调就不在一个调里。这里引用的格律以《淮海居士长短句》为准。七十一字，前后片各八句五仄韵，是宋元词人的常用体。

另有《千秋岁引》一变调，八十二字，前片四仄韵，后片五仄韵。

另，宋朝词人游文仲有一首《念奴娇》格调的词，但词牌名称为《千秋岁》，和本体是不同的两个词牌。

《淮海居士长短句》——北宋婉约派词宗秦观，字少游，因其别号淮海居士，所以其编著的词集名《淮海居士长短句》，共三卷。“长短句”其实就是词的另一个称呼。

《张子野词》——北宋时期著名的词人，乌程（今浙江湖州吴兴）人张先（字子野）所著。全书2卷、补遗2卷。存词180多首。

2. 词牌格律：

仄平平仄（韵），平仄平平仄（韵）。
平仄仄，平平仄（韵）。
平平平仄仄，平仄平平仄（韵）。
平仄仄，仄平仄仄平平仄（韵）。

仄仄平平仄（韵），平仄平平仄（韵）。
平仄仄，平平仄（韵）。
仄平平仄仄，仄仄平平仄（韵）。
平仄仄，仄平仄仄平平仄（韵）。

（八）《水龙吟》

1. 词牌简介：

据《北齐书》卷二十九《郑述祖传》：“述祖能鼓琴，自造《龙吟十弄》，云尝梦人弹琴，寤而写得。当时以为绝妙。”据此可见，“水龙吟”最早在南北朝时就是一首古琴曲了，同时，汉·马融《长笛赋》云：“近世羌笛从羌起，羌人伐竹未及已。龙吟水中不见已，截竹吹之声相似。”所以后人也以龙吟比喻笛声，如南朝刘孝先《咏竹诗》：“谁能制长笛，当为吐龙吟。”南北朝诗人庾信《对酒诗》：“唯有龙吟笛，桓伊能独吹。”

到了唐代，君王出行有仪仗鼓吹，所奏乐曲有《龙吟声》。据《新唐书》卷二十三下“仪卫下”载：“大驾卤簿鼓吹，分前后二部。凡鼓吹五部……扛鼓十曲……长鸣一曲三声：一《龙吟声》，二《彪吼声》，三《河声》。”

宋人开始以其为词牌，不过各家格式出入颇多，名称也多有不同，除《水龙吟》外，还有吕渭老词名《鼓笛慢》、曾觌词名《丰年瑞》、方味道词名《庄椿岁》、杨樵云词名《小楼连苑》以及《水龙吟令》《水龙吟慢》《海天阔处》《龙吟曲》等名称。

《钦定词谱》以苏轼《水龙吟·霜寒烟冷蒹葭老》为正体，一百二字，前段十一句四仄韵，后段十一句五仄韵。

龙榆生先生推崇苏轼《水龙吟·小舟横截春江》和辛弃疾《水龙吟·听兮清佩琼瑶些》两首，一百〇二字，前后片各四仄韵，第九句第一字是领格，宜用去声。结句宜用上一、下三句法，语调上较二、二句式收结得更加有力，但遣词造句的难度要大。

2. 词牌格律：

仄平中仄平平，中平中仄平平仄（韵）。
中平仄仄，中平中仄，中平中仄（韵）。
中仄平平，中平中仄，中平平仄（韵）。
仄中平中仄，中平中仄，中平仄，平平仄（韵）。

中仄中平中仄，仄平平、中平平仄（韵）。
中平中仄，中平平仄，中平平仄（韵）。
中仄平平，中平中仄，中平平仄（韵）。
仄平平仄仄，中平中仄，仄平平仄（韵）。

（九）《浪淘沙》

1. 词牌简介：

唐朝的刘禹锡、白居易依小调《浪淘沙》唱和而首创乐府歌辞《浪淘沙》，属唐教坊曲。初时刘禹锡创制了九首，白居易创制了六首，都是七言绝句体，格律上和七绝诗完全相同，不过白词体都是七绝拗体。五代时始流行长短句双调小令，五十四字，前后片各四平韵，又名《卖花声》。

柳永《乐章集》所收录的这一词牌名为《浪淘沙令》，前后片首句各少一字。后又转换为长调慢曲，共一百三十四字，分三片，第一、第二片各四仄韵，第三片两仄韵，均为入声韵。周邦彦《清真集》所收录的又有所不同，韵位增加，句豆亦与《乐章集》多有不同，共一百三十三字，第一片六仄韵，第二、第三片各五仄韵，也为入声韵。

《钦定词谱》收录的是皇甫松七绝体“蛮歌豆蔻北人愁”。

《浪淘沙》词牌使用十分广泛，不但受古代词人青睐，也为当代词人所赏识。毛泽东主席曾以此牌填制《北戴河》，历久传诵而不衰。

2. 词牌格律：

格一：（七言绝句式，此用仄起式。亦有用平起者，与七绝平起式全同。）

中仄平平中仄平（韵），中平中仄仄平平（韵）。

中平中仄中平仄，中仄平平仄仄平（韵）。

格二：（双调小令）

中仄仄平平（韵），中仄平平（韵）。

中平中仄仄平平（韵）。

中仄中平平仄仄，中仄平平（韵）。

中仄仄平平（韵），中仄平平（韵）。

中平中仄仄平平（韵）。

中仄中平平仄仄，中仄平平（韵）。

格三：（商调慢曲）

词中领格字，除第二片第五句第一字用平声领下边的四言二句（五六句）外，其余如第一片第六句第一字、第一片倒数第二句第一字、第二片第三句第一字三字都须用去声。整首词必须选用入声韵部。所有拗句与领格字，不但要遵守平仄，更得注意四声，方能符合曲体。这是要求很高的词牌，因此后人很少使用。

仄平仄，平平仄仄，仄仄平仄。
平仄平平仄仄。
平平仄仄仄仄。
仄仄仄平平平仄仄。
仄平仄、仄仄平仄。
仄仄仄平平仄平仄，平平仄平仄。

平仄。
仄平仄仄平仄。
仄仄仄平平平平仄，仄仄平仄仄。
平仄仄平平，平仄平仄。
仄平仄仄。
平仄平、平仄平平平仄。

平仄平平平平仄。
平平仄、仄平仄仄。
仄平仄、平平平仄仄。
仄平仄、仄仄平平，仄仄仄，平平仄仄平平仄。

（十）《少年游》

1. 词牌简介：

《少年游》，因韩淲词有“明窗玉蜡梅枝好”句，又名《玉蜡梅枝》，萨都剌词名《小阑干》。关于词牌渊源说法各不相同。六朝乐府《杂曲歌辞》里就有《少年行》，但与宋词中的《少年行》还不相同。近人梁启勋在他的《词学·调名》里认为，该调名源自鲍照的《行乐诗》："春风太多情，村村花柳好。少年宜游春，莫使颜色槁。"还有人认为北宋柳永词为创调之作。因词中有"贪迷恋、少年游，似恁疏狂"句，取"少年游"三字为词调名。再有一说为北宋晏殊《珠玉集》中有"长似少年时"一句，是为创调之作。《钦定词谱》认为："此调最为参差，今分七体，其源皆出于晏词。或添一字，摊破前后段起句，作四字两句者；或减一字，摊破前后段第三、第四句，作七字一句者；或于前后段第二句添一字者；或于两结句，添字、减字者。悉为类列，以便按谱查填。"不论哪一说，调名本意即咏怀少年游乐的。

一般以晏殊《少年游·芙蓉花发去年枝》为正体，另有双调五十字，前后片各五句、两平韵等十四个变体。代表词作有苏轼的《少年游·润州作代人寄远》、姜夔的《少年游·戏平甫》等。由于变格多，所以各家句读亦多不同，这里以柳永词为定格。五十字，前片三平韵，后片两平韵。第一片三四句以对偶为宜。

《珠玉集》——又名《珠玉词》，北宋晏殊的词集，共一卷，收录晏殊的词 131 首。作者承南唐冯延巳余风，词风婉丽，在中国词坛有一定影响。

2. 词牌格律：

中平中仄仄平平（韵），中仄仄平平（韵）。
中平中仄，中平中仄，中仄仄平平（韵）。

中平中仄平平仄，中仄仄平平（韵）。
中仄平平，中平中仄，中仄仄平平（韵）。

（十一）《鹧鸪天》

1. 词牌简介：

鹧鸪，鸟名，状如母鸡，头似鹌鹑，人们经常把其叫声形象地比喻为“行不得哥哥”。此调为北宋初年所创，据说最早为夏竦所作。从现存词作来看，这是一个词人们喜欢用的词牌，又是一个绝大多数词人都使用过的词牌，所以传世佳作很多。仅晏几道一人就有19首传世。由于使用人数多，格律的控制上就会越来越松懈，在这种情况下，格律中可平可仄的字就比较多，几乎每句里都有两个可平可仄的字，反过来又吸引更多的人去填制。

此词牌李元膺词名《思佳客》；赵令畤词名《思越人》；贺铸词有“翦刻朝霞饤露盘”句，名《剪朝霞》；韩淲有词“只唱骊歌一叠休”，名《骊歌一叠》；卢祖皋有词“人醉梅花卧未醒”句，名《醉梅花》。另外还有《半死梧》等。五十五字，前后片各三平韵，前片第三、第四句与过片三言两句多作对偶。

据蔡国强考证，此词牌还有另一体，为刘辰翁《须溪词》中的“迎春”词，双调五十五字，前片四句两平韵，后片五句三平韵。前片首句不入韵。

2. 词牌格律：

中仄平平中仄平（韵），中平中仄仄平平（韵）。
中平中仄平平仄，中仄平平中仄平（韵）。

平仄仄，仄平平（韵）。
中平中仄仄平平（韵）。
中平中仄平平仄，中仄平平中仄平（韵）。

（十二）《金人捧露盘》

1. 词牌简介：

《金人捧露盘》，又名《铜人捧露盘引》，程垓词名《上平西》，刘昂词名《上平南》，张元干词名《上西平》，又名《西平曲》。唐·李贺有《金铜仙人辞汉歌》，并序云："魏明帝青龙元年八月，诏宫官牵车西取汉孝武捧露盘仙人，欲立置前殿，宫官既折盘，仙人临载，乃潸然泪下。"乐家取以制曲，故多苍凉凄楚之音。填词时应当注意，尽量避免用来反映明快欢乐的主题思想。

此调变体很多，《钦定词谱》以高观国的《金人捧露盘·念瑶姬》为正体。双调七十九字，前片八句五平韵，后片九句四平韵。有人以贺铸的《金人捧露盘·控沧江》为正体。

这里收录采用的是贺铸《东山寓声乐府》中《金人捧露盘·控沧江》的词牌，八十一字，前片五平韵，后片四平韵。前六、后七两句，都是以一去声字领下七言句，有人在第三字后逗句是错误的。第一、第二句如果用对偶，首句可不叶韵，贺铸的代表作中，虽然一二句为对偶句，但词里的第三字"江"依然叶韵，可能有两种解释，一是为偶合，二是既对偶又叶韵也是允许的。

2. 词牌格律：

仄平平（韵），平仄仄，仄平平（韵）。
仄仄仄、中仄平平（韵）。
平平仄仄，仄中平平仄仄平平（韵）。
仄平平仄，仄中平、中仄平平（韵）。

平平仄，平平仄，平仄仄，仄平平（韵）。
仄仄仄、中仄平平（韵）。

平平仄仄，仄中平平仄仄平平（韵）。

仄平平仄，仄中平、中仄平平（韵）。

（十三）《凤凰台上忆吹箫》

1. 词牌简介：

《凤凰台上忆吹箫》词牌，以传说中萧史与弄玉吹箫引凤故事为名。汉朝刘向《列仙传·卷上·萧史》中记载：“萧史善吹箫，作凤鸣。秦穆公以女弄玉妻之，作凤楼，教弄玉吹箫，感凤来集，弄玉乘凤、萧史乘龙，夫妇同仙去。”《东周列国志》第四十七回“弄玉吹箫双跨凤，赵盾背秦立灵公”也记述了萧史弄玉成仙的故事。《钦定词谱》在论述《凤凰台上忆吹箫》时，引用的也是这个故事。金童玉女和音乐成仙结合起来，影响自然会非常大，从故事的细节中，更能体会这种魅力。战国时期秦穆公有个小女儿，因自幼爱玉，故名弄玉。弄玉不仅姿容绝代、聪慧超群，于音律上更是精通。她尤其擅长吹笙，技艺精湛，国内无人能出其右。弄玉及笄后，穆公要为其婚配，无奈公主坚持若不是懂音律、善吹笙的高手，宁可不嫁。穆公珍爱女儿，只得依从她。一夜，弄玉一边赏月一边在月光下吹笙，仿佛间闻听有仙乐隐隐与自己玉笙相和，一连几夜都是如此。弄玉把此事禀明了父王，穆公于是派孟明按公主所说的方向寻找，一直寻到华山，才听见樵夫们说：“有个青年隐士，名叫萧史，在华山中峰明星崖隐居。这位青年人喜欢吹箫，箫声可以传出几百里。”孟明来到明星崖，找到了萧史，把他带回秦宫与弄玉成亲。之后弄玉乘凤，萧史乘龙，白日升天而去。“凤凰台上忆吹箫”词牌即由此而来。

《高丽史·乐志》名为《忆吹箫》，宋词始见于《晁氏琴趣外篇》，晁补之词《凤凰台上忆吹箫·才短官慵》为创调之作。《钦定词谱》中收录了六体，以晁补之《凤凰台上忆吹箫·千里相思》词为正体，双调九十七字，前片十句四平韵，后片九句四平韵。晁补之的词虽为正体，但影响远没有李清照的大，所以这里以李清照《漱玉词》中《凤凰台上忆吹箫·冷香金猊》为准。九十五字，前片四平韵，后片五平韵。

2. 词牌格律：

平仄平平，仄平平仄，仄平平仄平平（韵）。
仄仄平平仄，仄仄平平（韵）。
平仄平平仄仄，平仄仄、仄仄平平（韵）。
平平仄，平平仄仄，仄仄平平（韵）。

平平（韵），仄平仄仄，平仄仄平平，仄仄平平（韵）。
仄仄平平仄，平仄平平（韵）。
平仄平平平仄，平仄仄、平仄平平（韵）。
平平仄，平平仄平，仄仄平平（韵）。

（十四）《汉宫春》

1. 词牌简介：

汉宫，顾名思义，即汉朝宫殿，借指古代封建王朝的宫殿。元朝盛如梓《庶斋老学丛谈》记载：“武昌濒江有吕公矶，上有黄鹤楼。一日有题《汉宫春》于其上云……不知为何人作，或言洞宾语也。后三十年己未，元兵渡江。”东晋有人撰写过《汉宫春色》，写西汉惠帝皇后张嫣轶事，其调名可能就源于此。有人以张先《汉宫春·蜡梅》词为正体，也有人以辛弃疾词《立春》为正体，看法自古不一。

《高丽史·乐志》又名《汉宫春慢》。各家句读多有出入，调也不尽相同。《钦定词谱》以晁冲之《汉宫春·黯黯离怀》为正体，因辛弃疾的《汉宫春·立春》最为有名，这里以《稼轩长短句》中的《汉宫春》为准。九十六字，前后片各四平韵。上下片第二句首字为领格字，以去声字为宜。

此调还有仄韵体，是为别体。

《稼轩长短句》——又称《稼轩词》，南宋辛弃疾的作品集。因辛弃疾号稼轩，是以《稼轩长短句》为词集名。共收辛词六百二十余首，是宋代收词最多的词集。

《梦窗词集》——即《梦窗词》，是宋代吴文英的词作集。也是因为他号梦窗，故名。共收词三百四十首，在词的数量上仅次于《稼轩词》。

2. 词牌格律：

中仄平平，仄中平中仄，中仄平平（韵）。
中平中仄，仄中中仄平平（韵）。
平平仄仄，仄平平、中仄平平（韵）。
平仄仄、平平中仄，中平中仄平平（韵）。

中仄中平平仄，仄平平仄仄，中仄平平（韵）。
平平仄平仄仄，中仄平平（韵）。
平平仄仄，仄平平、中仄平平（韵）。
平仄仄、平平中仄，中平中仄平平（韵）。

（十五）《沁园春》

1. 词牌简介：

《沁园春》词牌经考证最早当出现于晚唐。现在传世的最早《沁园春》词应该是张先的《沁园春·寄都城赵阅道》词。但张先的词与苏轼的《沁园春·孤馆灯青》词相比，字词镶嵌尚欠精工，意境也有差异，所以后人填制《沁园春》，多以苏轼为正体。《钦定词谱》也是以苏轼《沁园春·孤馆灯青》为正体。

《沁园春》因张辑有“号我东仙”句，又名《东仙》，李昴英和刘过词名都是《寿星明》，秦观词名《洞庭春色》。平声韵，格局开张，宜抒壮阔豪迈情感。毛泽东主席的《沁园春·雪》堪为代表作之一。宋代时苏轼、辛弃疾、陆游等多用此调，填制了不少脍炙人口的佳作。

全词一百十四字，前片四平韵，后片五平韵，也有在过片处增一暗韵者。前片第四句与后片第三句皆以一字领下四言四句，而且为对偶句。前后片结尾并以一字领下四言二句，宜用去声字。

此词过片第一句第二字也可设为暗韵，即韵字不在句尾，而是夹在句中。填制时应当留意。

2. 词牌格律：

中仄平平，仄仄平平，仄仄仄平（韵）。
仄中平中仄，中平中仄，中平中仄，中仄平平（韵）。
中仄平平，中平中仄，中仄平平中仄平（韵）。
平平仄，仄中平中仄，中仄平平（韵）。

平平（暗韵）中仄平平（韵），仄中仄平平中仄平（韵）。
仄中平中仄，中平中仄，中平中仄，中仄平平（韵）。
中仄平平，中平中仄，中仄平平中仄平（韵）。
平平仄，仄中平中仄，中仄平平（韵）。

（十六）《桂枝香》

1. 词牌简介

桂枝，顾名思义就是桂树，引申为名贵的树木。《晋书》卷五十二《郄诜传》载，郄诜举贤良对策为天下第一，自称“犹桂林之一枝，昆山之片玉”。后世因此称进士及第为折桂，进士自喻为桂枝。唐·裴思谦《及第后宿平康里》诗有“夜来新惹桂枝香”的句子，袁浩及第后所作的《寄岳阳严使君》诗中也有“桂枝香蕙蕊枝香”的句子，本词牌名当出于此。

《桂枝香》，张辑词有“疏帘淡月”句，所以名《疏帘淡月》。一百〇一字。前后片各十句，五仄韵，宜用入声部韵。前后片第二句第一字是领格，宜用去声。

另有双调一百〇一字，前后片各十句、六仄韵；双调一百〇一字，前片十一句五仄韵，后片九句五仄韵等变体。代表作有刘辰翁《桂枝香·吹箫人去》等。这里以王安石《桂枝香·登临送目》为准。

2. 词牌格律：

平平仄仄（韵），仄仄仄中平，中中平仄（韵）。
中仄平平中仄，仄平平仄（韵）。
中平中仄平平仄，仄平平、中平平仄（韵）。
仄平平仄，中平中仄，仄平平仄（韵）。

仄中中、平平仄仄（韵）。
仄中中平中，中中平仄（韵）。
中仄平平中仄，仄平平仄（韵）。
中平中仄平平仄，仄平平中仄平仄（韵）。
仄平平仄，中平中仄，仄平平仄（韵）。

（十七）《卜算子》

1. 词牌简介

《卜算子》，北宋时盛行此曲。苏轼有“缺月挂疏桐”词句，所以又名《缺月挂疏桐》，秦湛有“极目烟中百尺楼”词句，因又名《百尺楼》，另有《楚天遥》《眉峰碧》等名。一般以苏轼词为正体。此词牌名多、词多，首创之词已不可考，万树《词律》认为取义于“卖卜算命之人”，是为一说。双调，四十四字，前后片各两仄韵。前后片最后一句也可酌增衬字，化五言句为六言句，在第三字后读开。宋教坊复演为慢曲，名《卜算子慢》。八十九字，前片四仄韵，后片五仄韵，已和本词完全不同了，《钦定词谱》中也是分别论述的。

2. 词牌格律：

（仄）仄仄平平，（仄）仄平平仄（韵）。
（仄）仄平平仄仄平，（仄）仄平平仄（韵）。

（仄）仄仄平平，（仄）仄平平仄（韵）。
（仄）仄平平仄仄平，（仄）仄平平仄（韵）。

（十八）《暗香》

1. 词牌简介：

《暗香》，又名《红香》《晚香》，词咏梅花，因林逋《山园小梅》诗“暗香浮动月黄昏”句，取为调名。张炎用以咏荷花、荷叶，更名《红情》《绿意》。

此词为姜夔自度“仙吕宫”曲。其小序云：“辛亥之冬，予载雪诣石湖，止既月，授简索句，且征新声，作此两曲。石湖把玩不已，使工妓隶习之，音节谐婉，乃名之曰《暗香》《疏影》。”（见《白石道人歌曲》卷四）

此曲九十七字，前片五仄韵，后片七仄韵，例用入声韵部。前片第五字，后片第六字，皆领格字，宜用去声。

2. 词牌格律：

仄平仄仄（韵），仄仄平仄仄，平平平仄（韵）。
仄仄仄平，仄仄平平仄平仄（韵）。

平仄平平仄仄，平仄仄、平平平仄（韵）。
仄仄仄、仄仄平平，平仄仄平仄（韵）。

平仄（韵），仄仄仄（韵）。
仄仄仄仄平，仄仄平仄（韵）。
仄平仄仄（韵），平仄平平仄平仄（韵）。
平仄平平仄仄，平仄仄、平平平仄（韵）。
仄仄仄、平仄仄，仄平仄仄（韵）。

（十九）《点绛唇》

1. 词牌简介：

有人认为词牌名取于南朝江淹《咏美人春游》诗："江南二月春，东风转绿蘋。不知谁家子，看花桃李津。白雪凝琼貌，明珠点绛唇。行人成息驾，争拟洛川神。"宋·王禹称词名《点樱桃》，王十朋词名为《十八香》，张辑词有"邀月过南浦"句，又得名《南浦月》，又有"遥隔沙头雨"句，又名《沙头雨》。韩淲词有"更约寻瑶草"句，因名《寻瑶草》。

此调冯延巳《点绛唇·荫绿围红》为创调之作，其他唐五代词人不用此调。宋人用此调者极多，苏轼使用该词牌有藏韵、韩淲使用该词牌有添字，可视为变格。

《点绛唇》全词四十一字，前片三仄韵，后片四仄韵。前片第八字，也有增一韵者。因该词为小令双调，易于把握，又三四五七字句杂夬，音调顿挫有致，所以很受初学者青睐。

2. 词牌格律：

中仄平平，中平中仄平平仄（韵）。
仄平平仄（韵），中仄平平仄（韵）。

中仄平平，中仄平平仄（韵）。

平中仄（韵），仄平平仄（韵），中仄平平仄（韵）。

（二十）《定西番》

1. 词牌简介：

调名始见今人任半塘《敦煌歌辞总编》所辑唐无名氏词。词题云：“曲子一首，寄在《定西番》。”词中有“为布我皇纶绰，定西番”句，取“定西番”三字为词调名。因此，调名本意即咏庆贺中央政权平定西北各部族的战功。

《定西番》属于唐教坊曲，《金奁集》入“高平调”。三十五字，前后片四平韵为主，三仄韵错叶。前片四句一仄韵、两平韵，后片四句两仄韵、两平韵。另有双调三十五字，前片四句两平韵，后片四句两仄韵、两平韵；还有双调四十一字，前片五句两平韵，后片四句两平韵等变体。代表作品有孙光宪《定西番·帝子枕前秋夜》、温庭筠《定西番·汉使昔年离别》等。

此牌为平仄错韵，即“一五七”三句叶仄声或入声韵，“三四六八”四句叶平声韵。谓之平仄错韵。由于平仄韵交替出现，在填制时把握的难度相对要大一些，因此现在很少有人填制。

2. 词牌格律：

中仄中平中仄（仄韵），平仄仄，仄平平（转平韵），仄平平（叶平韵）。

中仄中平平仄（仄韵），中平中仄平（转平韵）。

中仄中平中仄（叶仄韵），仄平平（叶平韵）。

（二十一）《渡江云》

1. 词牌简介：

唐教坊曲有《度春江》曲名，与此调稍有差异。杜牧《江楼》诗中有："谁惊一行雁，冲断过江云""过江云"的句子，与"渡江云"相近，有学者认为其调名源于此诗。《钦定词谱》卷二十八："周密词名《三犯渡江云》。此调后片第四句例用仄韵，亦是三声叶，乃一定之格，宋元人俱如此填，惟唯陈允平有全叶平韵、全叶仄韵二体。"

一般认为，该词以北宋周邦彦《渡江云·晴岚低楚甸》所首创。《清真集》入"小石调"。双调一百字，前后片各四平韵，后片第四句为上一、下四之句法，必须叶一同部仄韵。

2. 词牌格律：

中平平仄仄，仄平仄仄，中仄仄平平（韵）。
仄平平仄仄，仄仄平平，仄仄仄平平（韵）。
平平仄仄，仄中中、中仄平平（韵）。
平仄中、中平平仄，中仄仄平平（韵）。

平平（韵），平平中仄，仄仄平平，仄平平中仄（同步仄韵）。
平仄中、平平中仄，中仄平平（韵）。
平平仄仄平平仄，仄仄中、平仄平平（韵）。
平仄仄，平平仄仄平平（韵）。

（二十二）《多丽》

1. 词牌简介：

《多丽》词名渊源有三种说法：

一为妓女说。《填词名解》卷三载："《多丽》，张均妓，名多丽，善琵琶，词采以名。一名《多丽曲》，一名《绿头鸭》。然《绿头鸭》是唐教坊曲名。今词本亦有分属者，以平韵者为《绿头鸭》，仄韵者为《多丽》。卓人月曰：‘多丽，张均妓名善琵琶者也。’”由此可见，多丽本为妓女的名字。所以，调名的本意也是咏歌妓的。

二为杜甫诗说。杜甫《丽人行》诗中有“三月三日天气新，长安水边多丽人”的句子，有人说，“多丽”一词，就出自这里，从句意和诗意中不难看出，这一说法很是牵强。

三为唐教坊说。《多丽》原本是唐教坊曲名，传入北宋，用为词牌。《历代诗馀·复斋漫录》：“蔡君谟时知泉州，寄良定公书云新传《多丽》词，述宴游之娱，使病夫举首增叹耳！又近者有客至自京师言，诸公春日多会于元伯园池，因念昔游辄形篇咏，‘绿渠春水走潺湲，画阁峰峦映碧鲜。酒令已行多盏侧，乐声初以翠裙圆。清游胜事传都下，《多丽》新词到海边。曾是尊前沉醉客，天涯回首重依然。’”

《钦定词谱》卷三十七，曰：“一名《鸭头绿》，周格非词名《陇头泉》。此调有平韵、仄韵两体。”牛道淳（真人）有词作，同调异名为《跨金鸾》。

龙榆生《唐宋词格律》所载《多丽》以晁端礼《多丽·晚云收》为正体，一百三十九字，前片六平韵，后片五平韵。

于首句起韵者为变格，改用入声韵。

2. 词牌格律：

仄平平，中平中仄平平（韵）。

仄平平、平平仄仄，中中中仄平平（韵）。

仄平平、中平中仄，中中仄、中仄平平（韵）。

中仄平平，平平仄仄，仄平平仄仄平平（韵）。

仄中仄、中平平仄，中仄仄平平（韵）。

平平仄、中平中仄，中仄平平（韵）。

仄平平、平平仄仄，仄中平仄平平（韵）。

仄平平、仄平仄仄，中中中、平仄平平（韵）。

中仄平平，中平仄仄，中平平仄仄平平（韵）。

仄中仄、中平中仄，平仄仄平平（韵）。

平平仄、中平中仄，中仄平平（韵）。

（二十三）《粉蝶儿》

1. 词牌简介：

从字义看，粉蝶是蝴蝶的一种，因蝶身带粉，所以叫“粉蝶”。唐·韩偓《蜻蜓》诗：“碧玉眼睛云母翅，轻于粉蝶瘦于蜂。”可见调名本意是咏带粉的蝴蝶的。

《钦定词谱》载，此调名始见北宋毛滂《东堂词》，词中有“粉蝶儿，这回共花同活”句，取其意为词调名，并以毛滂《粉蝶儿·雪遍梅花》为正体，七十二字，前后片各四仄韵。可平可仄字甚多，填词择字难度小，易于体现词情词境。

龙榆生《唐宋词格律》以《稼轩长短句》为准。七十二字，前后片各四仄韵。前后片首句皆为十字句，以两字词组合为宜。全词平仄要求严格，无可平可仄字，填词难度比较高。

2. 词牌格律：

毛滂格：

中仄平平，中中中中中仄（韵），仄平平、仄平平仄（韵）。

仄平平、中仄仄、中平平仄（韵）。

仄平平、平平仄平平仄（韵）。

中中中中，中中仄中平仄（韵）。

仄平平、仄平中仄（韵）。

仄平平、平仄仄、中平中仄（韵）。

仄中平、中中仄平平仄（韵）。

稼轩格：

仄仄平平仄平仄平仄仄（韵），仄平平、仄平平仄（韵）。

仄平平、仄仄仄、仄平平仄（韵）。

仄平平、平仄仄平平仄（韵）。

平平平仄平仄仄仄平仄（韵）。

仄平平、仄平平仄（韵）。

仄平平、平仄仄、仄平平仄（韵）。

仄平平、平仄仄平平仄（韵）。

（二十四）《高阳台》

1. 词牌简介：

高阳台，调名取自战国宋玉《高唐赋》。楚怀王游高唐，大白天突然疲倦而睡，睡梦巫山神女前来，与其同床共枕。神女临行时，对怀王说："妾在巫山之阳，高丘之阻，旦为朝云，暮为行雨，朝朝暮暮，阳台之下。"此调名即咏楚王与巫山神女相会之地。

这一说法的依据是《填词名解》，《填词名解》记载：《高阳台》："取宋玉赋神女事，又汉习郁于岘南作养鱼池，中筑钓台，是燕游名处。山简为荆州，每临此池，辄大醉，曰：'此吾高阳池也。'"

《高阳台》，王沂孙词名《庆春宫》，刘镇词名《庆春泽慢》，流行于南宋后期，《钦定词谱》以刘镇《庆春泽·丙子元夕》为正体，双调一百字，前后片各四平韵。另有双调一百字，前片十句四平韵，后片十句五平韵；双调一百字，前后片各十句、五平韵变体。代表作有张炎《高阳台·西湖春感》等。

龙榆生《唐宋词格律》以吴文英《修竹凝妆》为例，一百字，前后片各五平韵，在下片首句增加一韵。前片一二句例用对偶，后片二三句例以一字领一对偶句。

2. 词牌格律：

吴文英体：

中仄平平，平平仄仄，中平中仄平平（韵）。
中仄平平，中平中仄平平（韵）。
中平中仄平平仄，仄中平、中仄平平（韵）。
仄平平（韵）、中仄平平，中仄平平（韵）。

平平仄仄平平仄，仄平平中仄，中仄平平（韵）。
中仄平平，中平中仄平平（韵）。
中平中仄平平仄，仄中平、中仄平平（韵）。
仄平平（韵）、中仄平平，中仄平平（韵）。

刘镇体：

中仄平平，中平仄仄，中平中仄平平（韵）。
中仄平平，中平中仄平平（韵）。
中平中仄平平仄，仄中平、中仄平平（韵）。
仄平平、中仄平平，中仄平平（韵）。

中平中仄平平仄，仄中平中仄，中仄平平（韵）。
中仄平平，中平中仄平平（韵）。
中平中仄平平仄，仄中平、中仄平平（韵）。
仄平平、中仄平平，中仄平平（韵）。

（二十五）《浣溪沙》

1. 词牌简介：

据南朝宋孔灵符《会稽记》载：“勾践索美女以献吴王，得诸暨罗山卖薪女西施、郑旦，先教习于土城山。山边有石，云是西施浣纱石。”今浙江诸暨市南郊的苎萝山下浣纱溪畔有一块儿石头，上有相传为东晋王羲之所书的“浣纱”二字，传说这里就是春秋时越国美女西施洗纱处。但有一点可以确定，调名“浣溪纱”，今名“浣溪沙”，本意即咏春秋越国美女西施洗纱的。

唐教坊曲原有《浣溪沙》调，四十二字，前片三平韵，后片两平韵，过片二句多用对偶，但也有不用对偶的，如韦庄《浣溪沙·清晓妆成寒食天》中，就未使用对偶。另有《摊破浣溪沙》，又名《山花子》，前后片各增三字，韵全同。《钦定词谱》收有《浣溪沙慢》，双调九十三字，前后片各五仄韵，以周邦彦《浣溪沙慢·水竹旧院落》为正体。这里以韦庄词为正体。

2. 词牌格律：

中仄中平中仄平（韵），
中平中仄仄平平（韵），
中平中仄仄平平（韵）。

中仄中平平仄仄，中平中仄仄平平（韵）。
中平中仄仄平平（韵）。

（二十六）《忆少年》

1. 词牌简介：

《忆少年》，万俟詠有“上陇首、凝眸天四阔”词句，名《龙首山》，朱敦儒名之《十二时》，元·刘秉忠有“恨桃花流水”句，又名《桃花曲》。有考证为晁补之创调，见北宋晁补之《晁氏琴趣外编》，题注“别历下”，说明是词人谪贬应天府，告别历下时所作。调名本意即为抒发青春已去、年华易逝的感喟。少年指年轻的男子，喻男子青春时期。早在唐朝时，顾况《登楼望水》诗就有“鸟啼花发柳含烟，掷却风光忆少年”的诗句，可见“忆少年”是一个恒久的文学主题。

《忆少年》，四十六字，前片两仄韵，后片三仄韵，以入声部为宜，入声字发音短而促，能够更好地适应词调慷慨激越的抒情需要。

前后片最后一句皆上一、下四句法。亦有于过片处增一领格字者。

2. 词牌格律：

平平中仄，平平仄仄，平平平仄（韵）。

平平仄中仄，仄平平平仄（韵）。

仄仄平平平仄仄（韵），仄平平、仄平平仄（韵）。

平平仄平仄，仄平平中仄（韵）。

（二十七）《更漏子》

1. 词牌简介：

唐人称夜间为“更漏”，唐人诗歌中屡见“更漏”，杜甫《江边新乐诗》：“余光隐更漏，况乃露华浓。”许浑《韶州驿楼》：“主人不醉下楼去，月在南轩更漏长。”

《苕溪渔隐丛话》记载：“庭筠工于造语，极为绮靡，《花间集》可见矣；《更漏子》一词尤佳。其词云：‘玉炉香，红蜡泪。’”《填词名解》记述：“唐·温庭筠作《秋思词》中咏‘更漏’，后以名词。”可见作为词牌名的《更漏子》，应该是始于晚唐温庭筠，温庭筠擅其词，用此调咏更漏，故而得名。

该调四十六字，为平仄韵转换格。前片两仄韵，两平韵，后片三仄韵，两平韵。亦有过片不用韵者，平仄与前片全同。（过片不用韵，读诵时更有跌宕效果）。

该词平仄要求宽泛，便于择字造句，但又因平仄韵转换，音调把握难度相对增加，属于填制难度较大的一类。

另有杜安世创作的一体，见于《尊前集》，一百四字，但没有他人再用过。

这里以温庭筠《更漏子·柳丝长》为正体。

《苕溪渔隐丛话》——南宋时期胡仔编撰的一部诗话总集。前集六十卷，后集四十卷。共一百卷，五十余万字。

2. 词牌格律：

仄平平，平仄仄（韵）。
中仄中平中仄（韵）。
中仄仄，仄平平（韵），中平中仄平（韵）。

平中仄（韵，也可不叶），中平仄（韵），中仄中平中仄（韵）。
中中仄，仄平平（韵），中平中仄平（韵）。

（二十八）《河渎神》

1. 词牌简介：

南宋黄昇《花庵词选》云："《河渎神》则咏祠庙。"《花庵词选》云："唐词多缘题所赋，《河渎神》则咏祠庙，亦其一也。"根据字义看，应该是咏供奉河神的神庙的。"渎"字本义指的就是河流。《尔雅·释水》有"江、淮、河、济为四渎"的注释。中国古代祭祀河神既是一种定制又是民间习俗，《西门豹治邺》就是记述祭祀河神的。有祭祀，就须有声乐辞赋，河渎神乐调也由此产生。

龙榆生先生以孙光宪为创调之人，并以孙体为正体。四十九字，平仄韵转换格。前片四平韵，后片四仄韵。《钦定词谱》以温庭筠《河渎神·河上望丛祠》为正体，二体字韵相同，唯《钦定词谱》比龙榆生所录平仄要宽泛得多，有大量可平可仄之字，更易于填制并抒发感情。

2. 词牌格律：

龙榆生体：

平仄仄平平（韵），平仄平平仄平（韵）。

仄平仄仄仄平平（韵），仄平平仄平平（韵）。

仄仄平平平仄仄（韵），平仄平平平仄（韵）。

仄仄仄平平仄（韵），仄平平仄平仄（韵）。

《钦定词谱》体：

中仄仄平平（韵），中中平中中平（韵）。

中平中仄仄平平（韵），中中中中中平（韵）。

中中中中平中仄（韵），中中平中中仄（韵）。

中仄中平中仄（韵），中平平仄平仄（韵）。

（二十九）《江南春》

1. 词牌简介：

《钦定词谱》未收录《江南春》，而有《江南春慢》，注为“吴文英自度曲”，据蔡国强考，《江南春慢》有词本就叫《江南春》，双调一百九字，前片五仄韵，后片六仄韵。

龙榆生先生《唐宋词牌格律》所收《江南春》为单调小令，以寇准“波渺渺，柳依依。孤村芳草远，斜日杏花飞。江南春尽离肠断，苹满汀洲人未归”为准。三十字，三平韵。三四两句以对偶为宜。

不知何原因，该词牌后人很少填制，流传的名作更是少见。倒是以“江南春”为题的绝句和律诗不少，如唐代杜牧的《江南春》：“千里莺啼绿映红，水村山郭酒旗风。南朝四百八十寺，多少楼台烟雨中。”唐代张籍的《江南春》“江南杨柳春，日暖地无尘。渡口过新雨，夜来生白萍。晴沙鸣乳燕，芳树醉游人。向晚青山下，谁家祭水神”等。

2. 词牌格律：

平仄仄，仄平平（韵）。

平平平仄仄，平仄仄平平（韵）。

平平平仄平平仄，平仄平平平仄平（韵）。

（三十）《卖花声》

1. 词牌简介：

《卖花声》，词牌名，即《浪淘沙令》，据蔡国强考，其实就是《浪淘沙》。贺铸词名《曲入冥》，李清照词名《卖花声》，史达祖词名《过龙门》，马钰词名《炼丹砂》。

唐人《浪淘沙》本是七言断句，至南唐李煜，开始填制两段令词，虽每段尚存七言诗两句，但已经属于另创新声了。杜安世词于前片起句减一字，柳永词于前后片起句各减一字，均为令词，句读都相同。至柳永、周邦彦又变格为慢词，调长拍缓，已经变作长调。

龙榆生的《唐宋词格律》中在《浪淘沙》中一并讲述，未单列专节。《钦定词谱》列两个章节，一与《浪淘沙》并列，一与《谢春池》并列。

此处收录的词牌五十四字，前后片字句完全相同。第一句五字，与《忆江南》次句同。第二句四字，为仄仄平平，第一字平仄不拘。第三句即平起平收之七言句。第四句为仄起仄收之七言句。第五句则与第二句同。此调后半片又同前半片，为初学填词者最易模拟之词调。

2. 词牌格律：

中仄仄平平（韵），中仄平平（韵）。

中平中仄仄平平（韵）。

中仄中平平仄仄，中仄平平（韵）。

中仄仄平平（韵），中仄平平（韵）。

中平中仄仄平平（韵）。

中仄中平平仄仄，中仄平平（韵）。

（三十一）《南歌子》

1. 词牌简介：

《南歌子》，又名《南柯子》《怕春归》《春宵曲》《碧窗梦》《风蝶令》等。有单调和双调两体，单调以温庭筠《南歌子·手里金鹦鹉》为正体，二十三字，五句三平韵。另有单调二十六字，五句三平韵；双调有五十二、五十三、五十四等多体，苏轼、周邦彦、石孝友、张泌、毛熙震、辛弃疾、李清照等都有名篇传世。

这里以单调二十三、二十六字体和双调五十二字体为准，起句例用对偶。最后一句为九字句，多用“二二二一二”句式，也有将其分作六字和三字两句的。

2. 词牌格律

体一：

仄仄平平仄，平平仄仄平（韵）。

平仄仄平平（韵），仄平平仄仄，仄平平（韵）。

体二：

仄仄平平仄，平平仄仄平（韵）。

中平中仄仄平平（韵），中仄中平中仄仄平平（韵）。

仄仄平平仄，平平仄仄平（韵）。

中平中仄仄平平（韵），中仄中平中仄仄平平（韵）。

体三：

仄仄平平仄，平平仄仄平（韵）。

中平中仄仄平平（韵），中仄中平中仄仄平平（韵）。

（三十二）《人月圆》

1. 词牌简介：

《人月圆》，以王诜《人月圆·元夜》为正体。王诜是北宋英宗的驸马，此调是王诜所创词。词中有“华灯竞处，人月圆时”，之句，调名本意含元宵夜月圆人团圆的意蕴，故名“人月圆”。又因吴激词中有“青衫泪湿”句，所以又名《青衫湿》等。

此牌《钦定词谱》收三体，均为双调四十八字，只是句韵不同。一体前片五句两平韵，后片六句两平韵。二体前后片各五句两平韵。三体前片五句三仄韵，后片五句两仄韵。第一体有 15 个可平可仄字，二三体则无一字可平可仄。

2. 词牌格律：

体一：

中平中仄平平仄，中仄仄平平（韵）。

中平中仄，平平中仄，中仄平平（韵）。

中平中仄，中平中仄，中仄平平（韵）。

中平中仄，平平中仄，中仄平平（韵）。

体二：

平平仄仄平平仄，仄仄仄平平（韵）。

平平仄仄，平平仄仄，仄仄平平（韵）。

仄平仄仄，平平平仄，仄仄平平（韵）。
仄平仄平平（韵）。

体三：

仄平平仄平平仄（韵），平仄平平仄（韵）。
仄平平仄，平平仄仄，平平平仄（韵）。

仄平平仄，平平仄仄，平平平仄（韵）。
仄平平仄仄平仄，仄平平平仄（韵）。

（三十三）《寿楼春》

1. 词牌简介：

《寿楼春》，《钦定词谱》曰：“调见《梅溪集》，盖自度曲也。”史达祖《梅溪词》，题为“寻春服感念”，是悼亡之作。一百一字，前后片各六平韵。中多拗句，尤多连用平声之句，起句五字句就全用平声，声情低抑，全词音凄。

所谓拗句，指的是律、绝诗或词，每句平仄都有规定，不合规定谓之“失粘”。不依常格而加以变换者为“拗体”。所谓“拗”，除有时变换第二、第四、第六字外，着重在五言的第三字和七言的第五字。两联都拗的称“拗句格”，通首全拗的称为“拗律”。诗人中有故意为之者，如清·王轩《声调谱序》：“韩（愈）、孟（郊）崛起，力仿李（白）、杜（甫）拗体，以矫当代圆熟之弊。”

凡“拗”须用“救”，有拗有救，才不为病。一句中前面该平处用仄，后面该仄处用平，是谓本句自救；上句该平的用仄，下句则该仄的用平，是谓对句相救。如此平拗仄救，仄拗平救，以调节音调，使其和谐，称为“拗救”。

此牌为长调，格律要求严格，“拗救”繁杂，又限于悼词类，后人很少填制。

前片第一、第二句首字，后片第三、第十一句首字皆为领格字。

2. 词牌格律：

平平平平平（韵）。
仄平平仄仄，平仄平平（韵）。
仄仄平平平仄，仄平平平（韵）。
平仄仄，平平平（韵）。
仄仄平、平平平平（韵）。
仄仄仄平平，平平仄仄，平仄仄平平（韵）。

平平仄，平平平（韵）。
仄平平仄仄，平仄平平（韵）。
仄仄平平平仄，仄平平平（韵）。
平仄仄，平平平（韵）。
仄仄平、平平平平（韵）。
仄平仄平平，平平仄仄平仄平（韵）。

（三十四）《霜天晓角》

1. 词牌简介：

《霜天晓月》这个词牌最早见于林逋词，有学者认为此词牌就是林逋所创制的。词名是根据林逋词的前片词意所取。《填词名解》载有一段传说：“宋淳熙初，行都角妓陶师儿，与荡子王生狎甚，为姥所间。一日，王生拉师儿游西湖，迤逦更阑，舟人俱倦寝。舟泊净慈寺藕花深处，王生、师儿相抱入水俱死。都人作《长桥月》《短桥月》歌之。二调今不传。”《钦定词谱》卷四载：“张辑词有‘一片月、当窗白’句，得名《月当窗》，程垓词有‘须共踏、夜深月’句，名《踏月》；吴礼之词有‘长桥月’句，名《长桥月》。”另韩玉词名《霜天晓月》。张可久词名《霜角》。

《霜天晓角》为双调，元高拭词注“越调”。其有四十三字或四十四字等格式，有仄韵和平韵两种押韵格式。《霜天晓角》格式很多，这里以辛弃疾《稼轩长短句》所载为准。四十三字，前后片各三仄韵。

2. 词牌格律：

中平中仄（韵），中仄平平仄（韵）。
平仄仄平平仄，中中仄、平平仄（韵）。

中平平仄仄（韵），中平平仄仄（韵）。
平仄仄平平仄，中中仄、平平仄（韵）。

（三十五）《诉衷情》

1. 词牌简介：

《诉衷情》，唐教坊曲，毛文锡词有：“桃花流水漾纵横”句，又名《桃花水》。还有《诉衷情令》《渔父家风》等名。有人认为是唐代温庭筠创制。随多以温庭筠《诉衷情·莺语》为正体，该词为单调三十三字，十一句五仄韵六平韵，句句叶韵。

另有三十三字九句六平韵两仄韵；三十七字九句六平韵两仄韵；四十一字前片五句四平韵，后片四句四平韵；四十一字前片五句四平韵，后片四句三平韵以及双调四十四字，前后片各三平韵的变体。

这里列有两格，温庭筠的《诉衷情·莺语》错韵格和晏殊的《诉衷情·芙蓉金菊斗馨香》平韵格。

龙榆生《唐宋词格律》仅收平仄韵错韵格，双调平韵格未收。平韵格流传较广，易于填制，也宜定位为正体。

2. 词牌格律

错韵格：

平仄（仄韵），平仄（叶仄），平仄仄（叶仄）。

仄平平（平韵）。

平仄仄（换仄韵），平仄（叶仄）。

仄平平（叶平）。中仄仄平平（叶平），平平（叶平）。中平平仄平（叶平），仄平平（叶平）。

平韵格：

中平中仄仄平平（韵），中仄仄平平（韵）。

中平中仄平仄，中仄仄平平（韵）。

平仄仄，仄平平（韵），仄平平（韵）。

中平平仄，中仄平平，中仄平平（韵）。

（三十六）《踏莎行》

1. 词牌简介：

唐代陈羽《过栎阳山溪》诗有“众草穿沙芳色齐，踏莎行草过春溪”句，有人认为《踏莎行》词牌源于此。北宋文莹《湘山野录》记载：“莱公（即寇准）因早春宴客，自撰乐府词，俾工歌之。”认为调名创自北宋寇准。

“莎”：莎草，是一种常见的野草，生长在中国的大部分区域，其块茎入药，叫“香附”，夏季开花。踏草是唐宋时期广为流行的活动，又叫踏青，北方一般在清明时节前后。所以，“踏莎行”调名本意即咏古代民间盛行的春天踏青活动，相当于歌咏今天的春游活动。

《踏莎行》，双调小令，五十八字，前后片各三仄韵。四言双起，例用对偶。又有《转调踏莎行》，六十六字，前后片各四仄韵，以曾觌词为正体。

2. 词牌格律：

中仄平平，中平中仄，中平中仄平平仄。
中平中仄仄平平，中平中仄平平仄。

中仄平平，中平中仄，中平中仄平平仄。
中平中仄仄平平，中平中仄平平仄。

（三十七）《天仙子》

1. 词牌简介：

《钦定词谱》载：“《天仙子》，本名《万斯年》，李德裕进，属龟兹部舞曲。因皇甫松有‘懊恼天仙应有以’词句，取以为名。”段安在节录的《乐府杂录》中也有同样记载：“龟兹部，《万斯年》曲，是朱崖李太尉进。此曲名即《天仙子》是也。”可见该曲是由太尉李德裕从西域的龟兹引入唐朝的。《金奁集》中收入韦庄的词有 47 首，其中的 5 首为此牌名，都是平韵或仄韵转平韵体。《花间集》收皇甫松二首，皆仄韵单调小令，三十四字，五仄韵。《张子野词》兼入“中吕”“仙吕”两调，并重叠一片为之。

一般以皇甫松《天仙子·晴野鹭鸶飞一只》为正体，单调三十四字，六句五仄韵。

另有单调三十四字，六句四仄韵；单调三十四字，六句五平韵；双调六十八字，前后片各六句、五仄韵等变体。代表作品有张先《天仙子·水调数声持酒听》等。

2. 词牌格律：

中仄中平平仄仄（韵），仄平平仄平平仄（韵）。平平中仄仄平平，平仄仄（韵），仄平仄（韵），仄仄中平平仄仄（韵）。

（三十八）《天香》

1. 词牌简介：

《天香》，又名《天香慢》《伴云来》《楼下柳》。天香，祭神、礼佛的香。南宋吴自牧《梦粱录》记载："元旦侵晨，禁中景阳钟罢，主上精虔炷天香，为苍生祈百谷于上穹。"唐·沈佺期《乐城白鹤寺》诗："潮声迎法鼓，雨气湿天香。"调名本意即咏祭祀上苍天神的香。《钦定词谱》载："《法苑珠林》云：天童子天香甚香，调名本此。"《填词名解》卷三："《天香》，采宋之问词'天香云外飘'。"贺铸词有"幽恨无人晤语，赖明月、曾知旧游处。好伴云来，还将梦去"句，这是《伴云来》名称的出处；贺铸又有"楼下会看细柳，正摇落清霜拂画檐"句，又名《楼下柳》。此调以贺铸《东山乐府》为准。九十六字，前片四仄韵，后片六仄韵。

2. 词牌格律：

中仄平平，平平仄仄，仄仄平平平仄（韵）。
仄仄平平，平平中仄，仄仄平平平仄（韵）。
仄平平仄，平仄仄、仄平平仄（韵）。
平仄平平仄仄，平平仄平平仄（韵）。

平平仄平仄仄（韵）。
仄平平、仄平平仄（韵）。
平仄平平仄仄，仄平平仄（韵）。
平仄平平仄仄（韵）。
仄平仄、平平仄平仄（韵）。
仄仄平平，平平仄仄（韵）。

（三十九）《望江东》

1. 词牌简介：

《望江东》，仅见《山谷琴趣外篇》，因词有“望不见，江东路”句，取以为名。五十二字，前后片各四仄韵。

《山谷琴趣外篇》：即《山谷集》，共三卷，收黄庭坚词作90首。

2. 词牌格律：

平仄平平仄平仄（韵），仄中仄、平平仄（韵）。
中平中仄仄平仄（韵），仄仄仄、平平仄（韵）。

平平仄仄平平仄（韵），仄中仄、平平仄（韵）。
中平中仄仄平仄（韵），仄中仄、平平仄（韵）。

（四十）《雪梅香》

1. 词牌简介：

雪梅，多指雪中开放的梅花，卢梅坡有《雪梅二首》：“梅雪争春未肯降，骚人搁笔费评章。梅须逊雪三分白，雪却输梅一段香”；“有梅无雪不精神，有雪无诗俗了人。日暮诗成天又雪，与梅并作十分春”。《元遗山志·卷四》于诗题下有小注：“定襄神山梅房作。”可见是在雪际梅开时所作。也有人认为雪梅指的是白梅。

此调传统词作多见于抒情、感怀，多为抒发男女恋情。如柳永《景萧索》、无名氏的《梅苑》等。今天的词意和词牌的关系越来越疏远，基本不再以词牌论内容了。

《雪梅香》，《乐章集》入“正宫”。九十四字，前片四平韵，后片五平韵。前片第五句，后片第七句，例作拗体，前片第三句是上一、下四句法。

2. 词牌格律：

仄平仄，平平仄仄仄平平（韵）。

仄平平平仄，平平仄仄平平（韵）。

中仄平平仄平仄，仄平平仄仄平平（韵）。

仄平仄，仄仄平平，平仄平平（韵）。

平平，仄平仄，仄仄平平，仄仄平平（韵）。

仄仄平平，仄平仄仄平平（韵）。

中仄平平仄平仄，仄平平仄仄平平（韵）。

平平仄，仄仄平平，平仄平平（韵）。

（四十一）《燕归梁》

1. 词牌简介：

《燕归梁》，以北宋晏殊词《珠玉词》为正体，因词中有“双燕归飞绕画堂，似留恋虹梁”之句，取其句意为《燕归梁》。调名本意即咏春燕飞回室内梁上。双片五十一字，前片二十五字四句四平韵，后片二十六字五句三平韵。此牌或摊破句法，或添字，或减字，变格颇多。前片第二句作上一下四句法，但也有异者，如张先“河汉净无云”，就是二三句法。

另一词牌《喜迁莺》，也有人将其叫作《燕归梁》，和此《燕归梁》不同，此调为《燕归梁》本调。

《珠玉词》，北宋晏殊作。作者承南唐冯延巳余风，令词居多，虽内容单调，但词风特为婉丽，对宋初词坛有一定影响。

摊破句法：词牌名中有加“摊破”二字的，意思是将某一个曲调，摊破一二句，增字衍声，变成另外一个新的曲调，但仍用原有调名，加“摊破”二字，用以明示。“摊破”是兼文字和音乐而言，如果单从文字方面说，“摊破”就是“添字”。

2. 词牌格律：

平仄平平仄仄平（韵），仄平仄平平（韵）。

平平平仄仄平平（韵），仄平仄、仄平平（韵）。

平平仄仄，平平仄仄，平仄仄平平（韵）。

平平平仄仄平平（韵），平平仄、仄平平（韵）。

（四十二）《最高楼》

1. 词牌简介：

《最高楼》，押平声韵，或押仄声韵，但宋金元词押平韵者居多。此牌变体甚多，八十字、八十一字、八十二字、八十三字、八十四字、八十五字不等，《钦定词谱》共收录十一体，这里以《稼轩长短句》为准。八十一字，前片四平韵，后片三平韵，过片错叶二仄韵。体势轻松优美，龙榆生称之为“渐开元人散曲先河”。

《稼轩长短句》是南宋词人辛弃疾的作品集。稼轩是辛弃疾的号，辛弃疾艺术上与苏轼风格近似，文学史上将二人并称为“苏辛”。《稼轩长短句》共收辛弃疾的词六百二十余首。其词笔势纵横、雄健豪放，继承了苏东坡豪放派的词风，并在内容和艺术上进一步开拓了词的境界。

2. 词牌格律：

平平仄，平仄仄平平（韵），中仄仄平平（韵）。

中平中仄平平仄，中平中仄仄平平（韵）。

仄平平，平仄仄，仄平平（韵）。

仄仄仄、仄平平仄仄（韵），仄仄仄、仄平平仄仄（韵）。

平仄仄，仄平平（韵）。

中平中仄平平仄，中平中仄仄平平（韵）。

仄平平，平仄仄，仄平平（韵）。

（四十三）《临江仙》

1. 词牌简介：

《临江仙》原为唐代教坊曲名。《花庵词选》云：唐词多缘题所赋，《临江仙》之言水仙，也其一也。别名很多，李煜词名《谢新恩》；贺铸有“人归落雁后”句，名《雁后归》；韩淲有“罗帐画屏新梦悄”句，词名《画屏春》；李清照有“庭院深深深几许”句，名《庭院深深》。格律俱为平韵格，双调小令，字数有五十二字、五十四字、五十八字、五十九字、六十字、六十二字六种。常见者全词分两片，前后片各五句，三平韵。此调音节跌宕，声情沉稳。代表作有苏轼《临江仙·夜饮东坡醒复醉》、李清照《临江仙·庭院深深深几许》。杨慎《临江仙·滚滚长江东逝水》因被《三国演义》开篇所引用，尤为流传。

2. 词牌格律

体一：

中仄中平平仄仄，中平中仄平平（韵）。
中平中仄仄平平（韵）。
中平中仄，中仄仄平平（韵）。

中仄中平平仄仄，中平中仄平平（韵）。
中平中仄仄平平（韵）。
中平中仄，中仄仄平平（韵）。
首句亦可作“中平中仄平平仄”，后片换韵。

体二：

中仄中平平仄，中平中仄平平（韵）。
中平中仄仄平平（韵）。

中平平仄仄，中仄仄平平（韵）。

中仄中平平仄，中平中仄平平（韵）。
中平中仄仄平平（韵）。
中平平仄仄，中仄仄平平（韵）。
体三：
中仄中平平仄仄，中平中仄平平（韵）。
中平中仄仄平平（韵）。
中平平仄仄，中仄仄平平（韵）。

中仄中平平仄仄，中平中仄平平（韵）。
中平中仄仄平平（韵）。
中平平仄仄，中仄仄平平（韵）。

（四十四）《菩萨蛮》

1. 词牌简介：

《菩萨蛮》，《宋史·乐志》记载：“女弟子舞队名。”《尊前集》注为中吕宫。唐·苏鹗《杜阳杂编》：“大中初，女蛮国入贡，危髻金冠，璎珞被体，号‘菩萨蛮队’。当时倡优遂制《菩萨蛮曲》，文士亦往往声其词。”由此可见，其调原出外来舞曲。孙光宪《北梦琐言》载：“唐宣宗爱唱《菩萨蛮》词，令狐绹命温庭筠新撰进之。”此牌别名也多，李煜词名《子夜歌》，韩淲词名《花间意》《梅花句》《花溪碧》以及《晚云烘日》。

此调为双调小令，以五七言组成，四十四字。用韵两句一换，凡四易韵，平仄递转，以繁音促节表现深沉而起伏的情感，历来名作极多。前后片平仄韵递转时，可以同叶平韵和仄韵，也可不同叶。如李白的《菩萨蛮·平林漠漠烟如织》一词，前后片仄韵的“织碧立急”均为

第十七部入声韵，平韵则有了变化，前片的“楼愁”为第十二部平声十一尤（独用）韵，后片的“程亭”变为了第十一部平声八庚九青十蒸韵。

《尊前集》是唐五代词选集。1卷，无编选人名。宋人提到此书，多称《唐尊前集》，实际应为北宋人所编。此书自南宋以后，极少流传。直到明万历十年（1582年），始有嘉兴顾梧芳刻本。序文说：“联其所制，为上下二卷，名曰《尊前集》，梓传同好。”

此书选录唐五代39家词261首，以供宴席歌唱，故集名“尊前”。所录词，时代、地域较《花间集》为广，但无一首与《花间集》重复，可知编者曾见到《花间集》，而《花间集》所未收的许多词作，亦赖此集得以保存。

《花间集》是中国五代十国时期编纂的一部词集，也是文学史上的第一部文人词选集，由后蜀人赵崇祚编辑。该书收录了温庭筠、韦庄等18位花间词派诗人的经典作品，集中而典型地反映了早期词史上文人词创作的主体取向、审美情趣、体貌风格和艺术成就。

《金奁集》是宋时坊间本。书编纂分宫调，为其他词集及词谱所未有。所录温庭筠词63首，韦庄词47首，张泌词1首，欧阳炯词16首。朱祖谋跋云：“盖宋人杂取《花间集》中温、韦诸家词，各分宫调，以供歌唱，其意欲为《尊前》之续。”

2. 词牌格律：

中平中仄平平仄（韵），中平中仄平平仄（韵）。
中仄仄平平（韵），中平平仄平（韵）。

中平平仄仄（韵），中仄平平仄（韵）。
中仄仄平平（韵），中平平仄平（韵）。

（四十五）《绕佛阁》

1. 词牌简介：

《钦定词谱》载："调见《清真乐府》。"《绕佛阁》，为北宋周邦彦创调。周邦彦精通音律，晚年被宋徽宗任命为国家最高音乐机关——大晟府提举官。他同当时任大晟府协律郎的晁端礼、撰制万俟咏一起，讨论古音，制定古调，增演漫词，创制了许多新曲。《绕佛阁》，就是其中的一种。他的词集，后人称为《清真集》或《清真乐府》。

周邦彦的词格律精细，用字上不仅辨别清浊阴阳，而且讲究四声配搭。夏承焘《唐宋词字声之变》载："《绕佛阁》之双拽头，目四声多合……此十句五十字中，敛上去通读，'池''动''迴'阳上去，'出'清入作上，四声无一字不合；此开后来方千里、吴梦全依四声之例；《乐章集》中，未尝有也。"

宋词长中调中，第一段与第二段句数和字数相同谓之"双拽头"。在《绕佛阁》中，上片由四个四字句、一个九字句相同的两段构成，此即为"双拽头"。

绕佛，即绕佛三匝，佛礼方式之一。佛的弟子见佛都是顶礼三拜，右绕三匝；旋三匝者也表敬三尊：佛、法、僧；亦念灭三毒：贪、嗔、痴。佛阁：即佛教建筑中供奉佛陀的楼阁。故调名本意即咏佛教的礼佛活动中绕佛三匝的敬礼仪式。

《绕佛阁》，一百字，前片八仄韵，后片六仄韵。

2. 词牌格律：

仄平仄仄（韵），平仄仄仄，平仄平仄（韵）。

平仄平仄（韵），仄平仄仄平平仄平仄（韵）。

仄平仄仄（韵），平仄仄仄，平仄平仄（韵）。

平仄平仄（韵）。

仄平仄仄平平仄平仄（韵）。

仄仄仄平仄，仄仄平平平仄仄（韵）。
平仄仄平平平平仄仄（韵）。
仄仄仄平平，平仄平仄（韵）。
仄平平仄（韵）。
仄仄仄平平，平仄平仄（韵）。
仄平平、仄平平仄（韵）。

（四十六）《哨遍》

1. 词牌简介：

《哨遍》，一作《稍遍》，始见《东坡词》。其小序云："陶渊明赋《归去来》，有其词而无其声。余既治东坡，筑雪堂于上，人人俱笑其陋，独鄱阳董毅夫过而悦之，有卜邻之意。乃取《归去来辞》，稍加隐括，使就声律，以遗毅夫。使家僮歌之，时相从于东坡，释耒而和之，扣牛角而为之节，不亦乐乎？"明代毛晋汲古阁的刻本（也称毛本）《东坡词》，于《稍遍》后附小注："其词盖世所谓'般赡'之《稍遍》也。'般赡'，龟兹语也，华言为五声，盖羽声也，于五音之次为第五。今世作'般涉'，误矣。《稍遍》三叠，每叠加促字，当为'稍'，读去声。世作'哨'，或作'涉'，皆非是。"明曼山馆本《东坡先生诗馀》注同。元刊《东坡乐府》及《稼轩长短句》则皆作《哨遍》。

《哨遍》为长调，字数超过了200字，达203字。《钦定词谱》称《哨遍》"其体颇近散文"是有一定道理的。历史上各词人句读平仄，出入都很大，这是因为"每叠加促字"所造成的伸缩余地太大的缘故。这里以苏轼的《哨遍·为米折腰》词为准。前片五仄韵，四平韵，后片五平韵，八仄韵，同部平仄错叶。苏轼另有《哨遍·睡起画堂》一首，双调二百三字，前片五仄韵两平韵，后片九仄韵两平韵。

填制时，当把握好平仄韵的转换，平仄韵还应当是同部韵。

2. 词牌格律：

仄仄仄平，平仄仄平，仄仄平平仄（仄韵）。

平仄平，平仄仄平平（平韵）。

仄平平平平平仄（叶仄）。

仄仄平（叶平），平平仄平平仄，平平仄仄平平仄（叶仄）。

平仄仄平平，平平仄仄，平平平仄平仄（叶仄）。

仄仄平平仄仄平平（叶平）。

仄仄仄平平仄平平（叶平）。

平仄平平，仄仄平平，仄平仄仄（叶仄）。

平（叶平），平仄平平（叶平），仄平平仄平平仄（叶仄）。

平仄平仄仄，平平平仄平仄（叶仄）。

仄仄仄平平，仄平仄仄，平平仄仄平平仄（叶仄）。

平仄仄平平，平平仄仄，平平平仄平仄（叶仄）。

仄仄平仄仄仄仄平（叶平）。

仄仄仄平平仄平平（叶平）。

仄平平、仄平平仄（叶仄）。

平平平仄平仄，仄仄平平仄（叶仄）。

仄平平仄平平仄仄，仄仄平平仄仄（叶仄）。

仄平平仄仄平平（叶平）。

仄平平、仄仄平仄（叶仄）。

（四十七）《西吴曲》

1. 词牌简介：

《西吴曲》，《钦定词谱》云：“调见《龙洲集》。”又云：

“此调仅见此词，无他作可校。”可见是刘过自度的曲子。《龙洲集》，宋代刘过的词集，共十四卷，另有《附录》二卷，今所传《龙洲词》无《附录》。该谱音节苍凉缓彻，适宜于意境低沉凄楚之情调。一百〇五字，前片五仄韵，后片四仄韵。第一片第二句首字当为领格字。

2. 词牌格律：

仄平平仄仄平仄（韵），仄平平仄仄仄平仄（韵）。
仄平平仄仄，平平平仄平仄（韵）。
仄仄平平，平仄仄平平平仄（韵）。
仄仄仄平仄平平，仄仄仄仄平平仄（韵）。

仄平平仄，平仄仄平平，平平仄平仄仄（韵）。
仄仄仄（韵）。
仄平平仄平平，平平平仄，仄仄平平仄仄（韵）。
平平平仄，仄仄仄仄平平，平仄仄平平，平仄仄平仄（韵）。

（四十八）《惜红衣》

1. 词牌简介：

《惜红衣》，《钦定词谱》注云：“姜夔自度曲，属无射宫，取词内‘红衣半狼藉’句为名。”是《白石道人歌曲》所载“自度曲”之一。其序云：“吴兴号水晶宫，荷花盛丽。陈简斋与义云：‘今年何以报君恩？一路荷花相送到青墩。’亦可见矣。丁未之夏，予游千岩，数往来红香中，自度此曲，以无射宫歌之。”龙榆生认为该词八十八字，前片五仄韵，后片六仄韵，宜用入声韵。前片结句与后片倒数第二句皆上一、下四句法。

《钦定词谱》载该词八十八字，前后片均六仄韵。多出的一韵在前片第二句。

另有双调八十八字，前片十句六仄韵，后片九句六仄韵；双调八十九字，前片十句六仄韵，后片九句六仄韵；双调八十八字，前片九句四仄韵，后片九句五仄韵等变体。

《白石道人歌曲》又称《白石词》，是宋代姜夔（白石道人）所作的古代词曲谱集，共7卷。书中收有祀神曲《越九歌》10首，词调令等17首，琴曲《古怨》1首。其中《越九歌》旁缀律吕字谱，已标明不同音高；词调17首中，《醉吟商小品》和《霓裳中序第一》是传统大曲的摘篇，《玉梅令》是范成大的作品，其余皆是姜夔自度曲。

2. 词牌格律：

仄仄平平，平平仄仄，仄平平仄（韵）。

仄仄平平，平平仄平仄（韵）。

平平仄仄，平仄仄、平平平仄（韵）。

平仄（韵）。

平仄仄平，仄平平平仄（韵）。

平平仄仄（韵），平仄平平，平平仄平仄（韵）。

平平仄仄仄仄（韵），仄平仄（韵）。

仄仄仄平平仄，仄仄仄平平仄（韵）。

仄仄平平仄，平仄仄平平仄（韵）。

（四十九）《宴山亭》

1. 词牌简介：

宴山即燕山，指燕山府。北宋宣和四年（1122年），宋徽宗赵佶置燕山府路，治所在燕山府。亭，指驿亭，即驿站，供来往公务人员及行人休息的地方。

调见唐圭璋先生《全宋词》所辑北宋赵佶词。题注："北行见杏花。"公元1126年靖康之难，北宋徽、钦二帝被金兵从汴京掳往五国城，北行经过燕山府。徽宗赵佶不仅看到自己亲自批准设置不久的燕山府已落入金兵手中，而且自己也身陷囹圄，睹物思情，不胜悲哀。又见杏花凋落，不由得感叹自己和国家横遭摧残的命运，遂作此词。故调名本意即咏途经燕山府路驿亭时的感慨。

所以《宴山亭》也作《燕山亭》。一般以曾觌《燕山亭·中秋诸王席上作》为定格。九十九字，前后片各五仄韵。这里以赵佶词为代表作，从词中可见这位皇帝"帝不帝，民不民，主不主，客不客"的"愁苦"和"凄凉"。

2. 词牌格律：

中仄平平，平仄仄平，仄仄平平平仄（韵）。
平仄仄平，仄仄平平，中仄仄平平仄（韵）。
仄仄平平，仄平仄、中平平仄（韵）。
平仄（韵），仄仄仄平平，仄平平仄（韵）。

平仄平仄平平，仄中仄平平，仄平平仄（韵）。
平平仄仄，仄仄平平，平平仄平平仄（韵）。
仄仄平平，中中仄、中平平仄（韵）。
平仄（韵），平仄仄、平平仄仄（韵）。

（五十）《扬州慢》

1. 词牌简介：

《扬州慢》，此姜夔自度中吕宫曲，见其《白石道人歌曲》。其序云："淳熙丙申至日，予过维扬。夜雪初霁，荠麦弥望。入其城则四顾萧条，寒水自碧，暮色渐起，戍角悲吟。予怀怆然，感慨今昔，因自度此曲。

千岩老人以为有《黍离》之悲也。”九十八字，前后片各四平韵，前片第四、第五句及后片第三、第八句皆为上一、下四句法。

另有以吴元可《扬州慢·初秋》为代表的双调九十八字，前片十句四平韵，后片九句四平韵；双调九十八字，前片十句四平韵，后片九句四平韵的变体格。

2. 词牌格律：

平仄平平，仄平平仄，仄平仄仄平平（韵）。
仄平平仄仄，仄仄仄平平（韵）。
仄平仄、平平仄仄，仄平平仄，平仄平平（韵）。
仄平平、平仄平平，平仄平平（韵）。

仄平仄仄，仄平平、平仄平平（韵）。
仄仄仄平平，平平仄仄，平仄平平（韵）。
仄仄仄平平仄，平平仄、仄仄平平（韵）。
仄平平平仄，平平平仄平平（韵）。

（五十一）《忆江南》

1. 词牌简介：

《钦定词谱》云：“宋·王灼《碧鸡漫志》：此曲自唐至今，皆南吕宫，字句皆同，止是今曲两段，盖近世曲子，无单遍者。”唐·段安节《乐府杂录》：“此词乃李德裕为谢秋娘作，故名《谢秋娘》，因白居易词改今名，又名《江南好》。又因刘禹锡词有‘春去也，多谢洛城人’句，名《春去也》。温庭筠词有‘梳洗罢，独倚望江楼’句，名《望江南》。皇甫松词有‘闲梦江南梅熟日’句，名《梦江南》，又名《梦江口》。李煜词名《望江梅》。此皆单调。至宋词始为双调。王安中词有‘安阳好，曲水似山阴’句，名《安阳好》。张滋词有’

飞梦去，闲到玉京游’句，名《梦仙游》。蔡真人词有‘铿铁板，闲引步虚声’句，名《步虚声》。宋自逊词名《壶山好》，邱长春词名《望蓬莱》。《太平乐府》名《归塞北》。”蔡国强考证“仲殊词十首，每首俱以‘南徐好’起句，故调名又作《南徐好》。此已为一种模式，后人多有写‘某某好’者，常即以‘某某好’为调名，填者不妨拟之。”

廿七字，三平韵。中间七言两句，以对偶为宜，宋人多用双调。也有在第二句第二字后加一衬字的，如下代表作三所列敦煌无名氏一词中的“似”字即为衬字。

《乐府杂录》：是唐代段安节所著的音乐史料论著。《乐府杂录》自序云：“尝见《教坊记》亦未周详，以耳目所接，编成《乐府杂录》一卷。”其中乐部九条、歌舞俳优三条、乐器十四条、乐曲十三条，最后是《别识五音轮二十八调图》，但有说无图，可能旧本已佚。此书在音乐史料方面具有重要价值。

2. 词牌格律一（小令）：

平中仄，中仄仄平平（韵）。

中仄中平平仄仄，中平中仄仄平平（韵）。

中仄仄平平（韵）。

3. 词牌格律二（小令双调）：

平中仄，中仄仄平平（韵）。

中仄中平平仄仄，中平中仄仄平平（韵）。

中仄仄平平（韵）。

平中仄，中仄仄平平（韵）。

中仄中平平仄仄，中平中仄仄平平（韵）。

中仄仄平平（韵）。

（五十二）《醉花阴》

1. 词牌简介：

此调首见于北宋毛滂词："檀板一声莺起速。山影穿疏木。人在翠阴中，欲觅残春，春在屏风曲。劝君对客杯须覆。灯照瀛洲绿。西去玉堂深，魄冷魂清，独引金莲烛"句，取其句意为词调名。调名本意即咏醉酒于花丛树荫下。此调为重头曲，前后片相同，每段有三个五字句，配以七字句与四字句，音节颇为流畅，因用仄韵并以五字句为主，故调势又较平稳。

《醉花阴》又名《醉春风》《醉花去》，以毛滂《醉花阴·孙守席上次会宗韵》为正体，双调五十二字，前后片各五句、三仄韵。无变体。兹以《漱玉词》为准。后片第二句是上一、下四句法。如改用上二、下三句法，则第一字可用平声。

《漱玉词》是后人编撰的李清照的词集。由济南李清照故居前的漱玉泉得名。

2. 词牌格律：

中仄中平平仄仄，中仄平平仄。

中仄仄平平，中仄平平，中仄平平仄。

中平中仄平平仄，仄仄平平仄。

中仄仄平平，中仄平平，中仄平平仄。

（五十三）《破阵子》

1. 词牌简介：

《破阵子》，唐教坊曲，一名《十拍子》。陈旸《乐书》曾记载，唐代贞观七年（633 年）秦王制破阵乐，此曲包括三大段、十二阵、五十二遍，以“歌颂唐太宗讨叛”为主题。为唐代大型乐舞，用两千人，皆画衣甲，执旗旆，外藩镇春衣犒军设乐，亦舞此曲，兼马军引入场，尤壮观也。

《破阵乐》之词有五言四句、七言四句、六言八句三体。唐将哥舒翰一体为六言八句：“西戎最沐恩深。犬羊违背生心。神将驱兵出塞，横行海畔生擒。石堡岩高万丈，鹏窠霞外千寻。一喝尽属唐国，将知应合天心！”颇能表达原曲之意境。

宋人《破阵子》乃是唐代大曲之一段，其体与《破阵乐》长调已经完全不同，仅此一体，辛弃疾两词为代表作。

此调为平韵，重头曲，双调小令，六十二字，前后片皆三平韵。每段由两个六字句、两个七字句、一个五字句组成。第一、第二两个六字句多为对偶，第三、第四、第五句为奇句，故音节较为响亮，调势亦平稳，意境以激壮为好。《钦定词谱》以晏殊《破阵子·海上蟠桃易熟》为正体。

2. 词牌格律：

仄仄平平中仄，中平中仄平平（韵）。
中仄中平平仄仄，中仄平平中仄平（韵）。
中平中仄平（韵）。

仄仄平平中仄，中平中仄平平（韵）。
中仄中平平仄仄，中仄平平中仄平（韵）。
中平中仄平（韵）。

（五十四）《莺啼序》

1. 词牌简介：

《莺啼序》，《梦窗乙稿》中名《丰乐楼》。以吴文英《莺啼序·残寒正欺病酒》为正体，四片二百四十字，每片四仄韵。另有四片二百四十字，十八仄韵；四片二百三十六字，二十韵等变体。《钦定词谱》所录为四段二百四十字十七仄韵，最后一段为五仄韵。

《莺啼序》应为南宋中期创制，有人认为始于高似孙所作，其词序云："屈原《九歌·东皇太一》，春之神也。其词倭婉，含意无穷。略采其意，以度春曲。"词调中凡称"序"者，都是从唐宋大曲中摘出来的，"序"即为大曲的起始部分。《碧鸡漫志》卷三云："凡大曲有散序。"白居易《和元微之霓裳羽衣曲歌》自注云："散序六遍无拍，故不舞，中序始有拍，亦名拍序。"

《莺啼序》，始见《梦窗词集》及赵闻礼《阳春白雪》所载徐鼎之词，但徐鼎之词影响甚微，虽为始创，但不为正体，词界均以梦窗词为准，是最长的词牌，似有散文特点。但因其每片四韵，共有十六韵，且不得换韵，属于字多韵也多的词牌，所以填制时不论择韵还是立意布局，都相对不易。

本调有六个领格字，一般以去声字为宜，填写时应加以注意。

《碧鸡漫志》——南宋王灼所著的词曲评论笔记，共五卷。论词推崇豪放，也不排斥婉约派词作，但特别批评李清照和柳永，体现了儒家礼教的词学观念。

《梦窗词集》——南宋词人吴文英（约1200—约1260年），字君特，号梦窗，晚年又号觉翁。《梦窗词集》又称《梦窗词》，是吴文英编著的词作集。因其号梦窗，故名。

2. 词牌格律：

平平仄平仄仄，仄（领格）平平仄仄（韵）。

仄平仄、平仄平平，仄仄平仄平仄（韵）。

仄平仄、平平仄仄，平平仄仄平平仄（韵）。

仄（领格）平平，平仄平平，仄平平仄（韵）。

仄仄平平，仄仄仄仄，仄（领格）平平仄仄（韵）。

仄平仄、平仄平平，仄平平仄平仄（韵）。

仄平平、平平仄仄，仄平仄、平平平仄（韵）。

仄平平，平仄平平，仄平平仄（韵）。

平平仄仄，仄仄平平，仄平仄仄仄（韵）。

仄仄仄、仄平平仄，仄仄平平，仄仄平平，仄平平仄（韵）。

平平仄仄，平平平仄，平平平仄平平仄，仄（领格）平平、仄仄平平仄（韵）。

平平仄仄，平平仄仄平平，仄平仄仄平仄（韵）。

平平仄仄，仄仄平平，仄（领格）仄平仄仄（韵）。

仄仄仄、平平平仄，仄仄平平，仄仄平平，仄平平仄（韵）。

平平仄仄，平平平仄，平平平仄平仄仄，仄（领格）平平、平仄平平仄（韵）。

平平平仄平平，仄仄平平，仄平仄仄（韵）。

（五十五）《渔家傲》

1. 词牌简介：

《渔家傲》作为曲调，原是用于佛曲、道曲的。蔡国强认为此调始自晏殊，因其词有“神仙一曲渔家傲”句，取以为名。也有人认为《渔家傲》词牌创调者当为北宋的范仲淹。唐宋词人，多有《渔家乐》之作，其为描写渔人生活之词。至范仲淹乃有本调之创，其题义与《渔家乐》基本一致。《东轩笔录》云：“范文正守边日，作‘渔家傲’乐歌数曲，皆以‘塞下秋来’为首句，颇述边镇之劳苦。欧阳公尝呼为‘穷塞王’之词。”

《渔家傲》又名《渔歌子》《渔父词》等。以晏殊词《渔家傲·画鼓声中昏又晓》为正体，双调六十二字，前后片各五句，五仄韵。

另有六十二字四仄韵一叠韵、六十二字两平韵三仄韵、六十六字五仄韵等变体。范仲淹《渔家傲·秋思》为词牌代表作。

2. 词牌格律：

中仄中平平仄仄，中平中仄平平仄。
中仄中平平仄仄。
平中仄，中平中仄平平仄。

中仄中平平仄仄，中平中仄平平仄。
中仄中平平仄仄。
平中仄，中平中仄平平仄。

（五十六）《解佩令》

1. 词牌简介：

《钦定词谱》载："调见《小山乐府》。"蔡国强先生注："《楚辞》：'捐予佩兮沣浦。'《韩诗外传》：郑交甫汉皋神女解佩。调名取此。"可见《解佩令》始于晏几道的《小山乐府》，调名取义于郑交甫遇汉皋神女解佩的故事。汉·刘向《列仙传》有一个"江妃二女"的故事："江妃二女者，不知何所人也。出游于江汉之湄。逢郑交甫，见而悦之，不知其神人也。谓其仆曰：'我欲下请其佩。'二女遂手解佩与交甫。交甫悦，受而怀之中当心。趋去数十步，视佩，空怀无佩。顾二女忽然不见。"后世常以"解佩"为男女定情之词。调名源于取此而缀以"令"字，表示曲类的调别，"令"，就是小令。

该调也非一格，最早见于晏几道所制，也以其《解佩令·玉阶秋感》为正体，双调六十六字，前片六句四仄韵，后片六句三仄韵。另有双调六十六字，前后片各六句、四仄韵等三种变体。

这里以史达祖的《解佩令·人行花坞》为代表作。双调，六十六字，前后片各五仄韵。第一、第二句亦有不用韵者。

2. 词牌格律：

平平中仄（韵），平平中仄（韵），
仄平平、平平平仄（韵）。
仄仄平平，仄仄中、中平平仄（韵）。
仄平平、仄平仄仄（韵）。

平平中仄（韵），平平中仄（韵），
仄平平、平平平仄（韵）。
仄仄平平，仄仄中、中平平仄（韵）。
仄平平、仄平仄仄（韵）。

（五十七）《水调歌头》

1. 词牌简介：

《水调歌头》，毛滂词名《元会曲》，张榘词名《凯歌》，另有《台城游》《水调歌》《花犯念奴》《花犯》等名称。唐朝大曲有《水调歌》，据《隋唐嘉话》，为隋炀帝凿汴河时所作。凡大曲都有“歌头”，《水调歌头》就是裁截大曲的首段而创制的。《钦定词谱》载《水调歌》，共十一叠（段），九段七言，二段五言，共二百九十二字，三十一韵。

一般以毛滂《元会曲·九金增宋重》为正体，双调九十五字，前片九句四平韵，后片十句四平韵。另有双调九十五字，前片九句四平韵、两仄韵，后片十句四平韵、两仄韵；双调九十五字，前片九句四平韵、五叶韵，后片十句四平韵、五叶韵等变体。

代表作品有苏舜钦《水调歌头·潇洒太湖岸》、苏轼《水调歌头·明月几时有》、陈亮《水调歌头·送章德茂大卿使虏》、毛泽东《水调歌头·游泳》等。

2. 词牌格律：

中仄仄平仄，中仄仄平平（韵）。
中平中仄平中，中仄仄平平（韵）。
中仄平平中仄，中仄平平中仄，中仄仄平平（韵）。
中仄仄平仄，中仄仄平平（韵）。

中中中，中中仄，仄平平（韵）。
中平中仄，平中平仄仄平平（韵）。
中仄平平中仄，中仄平平中仄，中仄仄平平（韵）。
中仄中平仄，中仄仄平平（韵）。

（五十八）《声声慢》

1. 词牌简介：

《声声慢》最早见于北宋晁补之笔下，词名《胜胜慢》，其题序云“家妓荣奴既出有感”，说明是为他的家妓荣奴离去所作的曲词。

慢，就是慢词，大部分是长调，在唐代已经广泛出现。《钦定词谱》卷十介绍，“柳永、周邦彦作慢词，又与令词截然不同，盖调长拍缓，即古曼声之意。”“慢”是延长引申的意思，歌声延长，就唱得迟缓，音节慢了，字数就会增加，字数增加，篇幅就长，这就产生了长调。毛先舒《填词名解》卷三：“词以慢名者，慢曲也。拖音袅娜，不欲辄尽”说的就是这个意思。

因吴文英词有：“人在小楼”句，又名《人在楼上》，另有《寒松叹》《风求凰》等名称。古人多用入声，有平韵、仄韵两体。平韵格律有双调九十九字八平韵、双调九十七字八平韵等多种变体。仄韵有双调九十七字八仄韵、双调九十九字八仄韵等多种变体。此调风格缓慢哽咽，如泣如诉，多写愁苦忧思题材，代表作品有李清照《声声慢·寻寻觅觅》等。《钦定词谱》载："平韵者以晁补之、吴文英、王沂孙词为正体，仄韵者以高观国词为正体。"

《声声慢》，历来作者多用平韵格，而《漱玉词》中李清照所用仄韵格最为世所传诵，因此，这里以李清照词为准。九十七字，前后片各五仄韵，例用入声部韵。

在格律中，有时强调用入声部韵，这是词格特点所要求的。入声字读音短促，一发即收。南宋陈元靓在其《事林广记》一书中称："平声者哀而妄，上声者厉而举，去声者清而远，入声者直而促。"入声发音直而短促，保留着唐宋时代的发音规律，特别适合表达激昂、悲叹、忧愤、愁闷的情感。著名的岳飞的《满江红·怒发冲冠》、柳永的《雨霖铃·寒蝉凄切》、苏轼的《念奴娇·赤壁怀古》都用的是入声韵。

但今天使用入声韵就会出现一个问题，入声字被并入"平上去"三声后，字音发生了变化，用普通话吟诵入声韵诗词，往往不能合仄押韵，听起来就会失去应有的味道。如果能用现在仍然保留入声发音的方言吟诵，韵味就会很好地表达出来，比如用温州方言或者张家口方言。

2. 词牌格律

仄韵格：

平平仄仄（韵），仄仄平平，平平仄仄仄仄（韵）。

仄仄平平平仄，仄平平仄（韵）。

平平仄仄仄仄，仄仄平、仄平平仄（韵）。

仄仄仄，仄平平、仄仄仄平平仄（韵）。

仄仄平平平仄（韵），平仄仄、平平仄平平仄（韵）。

仄仄平平，仄仄仄平仄仄（韵）。

平平仄平仄仄，仄平平、仄仄仄仄（韵）。
仄仄仄，仄仄仄平仄仄仄（韵）。

平韵格：

平平仄仄，仄仄平平，平平仄仄平平（韵）。
仄仄平平，仄仄仄仄平平（韵）。
平平仄平仄仄，仄平平、仄仄平平（韵）。
仄仄仄，仄仄平平仄、仄仄平平（韵）。

仄仄平平仄仄，仄仄仄平平、仄仄平平（韵）。
仄仄平平，仄仄仄仄平平（韵）。
平平仄平仄仄，仄平平、仄仄平平（韵）。
仄仄仄，仄仄平平仄、仄仄平平（韵）。

（五十九）《六州歌头》

1. 词牌格律：

《钦定词谱》：“程大昌《演繁露》：‘《六州歌头》，本鼓吹曲也。近世好事者倚其声为吊古词，音调悲壮，又以古兴亡事实文之。闻其歌，使人慷慨，良不与艳词同科，诚可喜也。’”古代的“鼓吹曲”指的是军队所用的乐曲，如《破阵子》就属于此类。

《钦定词谱》以贺铸词《六州歌头·少年侠气》为正体，双调一百四十三字，前片十九句八平韵八叶韵，后片二十句八平韵十叶韵。还有于平韵外兼叶仄韵，或同部平仄互叶的，或平韵同部、仄韵随时变换的，都属变体，不过这些变体都以平韵为主，仄韵为副，这种韵法更能增强激壮声情，但也会增加填制难度。

为简化初学填制难度，这里以张孝祥《六州歌头·长淮望断》为准，双调一百四十三字，前后片各八平韵。相对其他格，这一体只押平韵，填制难度较小。

2. 词牌格律：

平平中仄，中仄仄平平（韵）。

平中仄，平平仄，仄平平（韵）。

仄平平（韵）。

中仄中平仄，中平仄，平中仄，中中仄，平中仄，仄平平（韵）。

中仄中平，中仄平平仄，中仄平平（韵）。

仄中平中仄，中仄仄平平（韵）。

中仄平平（韵），

仄平平（韵）。

仄平平仄，中平仄，平中仄，仄平平（韵）。

中中仄，平中仄，仄平平（韵）。

仄平平（韵）。

中仄平平仄，中中仄，仄平平（韵）。

平中仄，平中仄，仄平平（韵）。

中仄中平中仄，中平仄、中仄平平（韵）。

仄中平中仄，中仄仄平平（韵）。

中仄平平（韵）。

（六十）《采桑子》

1. 词牌简介：

《钦定词谱》载，《采桑子》，南唐李煜词名《丑奴儿令》，冯延巳词名《罗敷媚歌》，贺铸词名《丑奴儿》，陈师道词名《罗敷媚》。因唐代教坊曲有《杨下采桑》，《采桑子》的调名就来至于此。汉代乐府诗《陌上桑》："秦氏有好女，自名为罗敷。罗敷喜蚕桑，采桑城南隅。"可见在乐府诗中就有了采桑的名头。一般以唐代和凝的词《采桑子·蝤蛴领上诃梨子》为创调之作。

这里以后人熟知的冯延巳词为准，四十四字，前后片各三平韵。另载李清照的添字格，两结句各添二字，由七字增为九字，句式由一句变为了两句，前后片各两平韵一叠韵。

2. 词牌格律：

冯延巳格：

中平中仄平平仄，中仄平平（韵）。

中仄平平（韵），中仄平平中仄平（韵）。

中平中仄平平仄，中仄平平（韵）。

中仄平平（韵），中仄平平中仄平（韵）。

李清照格：

中平中仄平平仄，中仄平平（韵）。

〖中仄平平（韵）〗，中仄平平，中仄仄平平（韵）。

中平中仄平平仄，中仄平平（韵）。

〖中仄平平（韵）〗，中仄平平，中仄仄平平（韵）。

（六十一）《风入松》

1. 词牌简介：

《风入松》，古琴曲有《风入松》，传为晋·嵇康所作。又名《销夏》《风入松慢》等。韩淲有“小楼春映远山横”句，名《远山横》。该词牌有七十四、七十二、七十三、七十六字多体，字数虽不同，但都是上下片各四平韵。分别以晏几道《风入松·柳阴庭院杏梢墙》、赵彦端《风入松·传闻天上有星榆》、康与之《风入松·一宵风雨送春归》和吴文英《风入松·画船帘密不藏香》为代表作。这里录双调七十四字、双调七十六字两体，两体的变化在于增减字的变化。

2. 词牌格律：

七十六字格：

中平中仄仄平平（韵），中仄仄平平（韵）。

中平中仄平平仄，中平中、中仄平平（韵）。

中仄平平平仄，中平中仄平平（韵）。

中平中仄仄平平（韵），中仄仄平平（韵）。

中平中仄平平仄，中平中、中仄平平（韵）。

中仄平平平仄，中平中仄平平（韵）。

七十四字格：

中平中仄仄平平（韵）。中仄平平（韵）。

中平中仄平平仄，中中中、中仄平平（韵）。

中仄中平中仄，中平中仄平平（韵）。

中平平仄仄平平（韵）。仄仄平平（韵）。

中平中仄平平仄，中平中、中仄平平（韵）。

中仄中平中仄，中平仄仄平平（韵）。

（六十二）《蝶恋花》

1. 词牌简介：

《蝶恋花》，原名《鹊踏枝》，《钦定词谱》认为是宋·晏殊词改名为《蝶恋花》。冯延巳有“杨柳风轻，展尽黄金缕”句，名《黄金缕》。赵令畤有“不卷珠帘，人在深深院”句，名《卷珠帘》。司马槱有“夜凉明月生南浦”，名《明月生南浦》。韩淲有“细雨吹池沼”句，名《细雨吹池沼》。贺铸词名《凤栖梧》；李石词名《一箩金》；衷元吉词名《鱼水同欢》；沈会宗词名《转调蝶恋花》，可见调名很多，源于此词牌被词人广泛喜爱。对其出处和调体也是众说不一，但大多认为属于唐教坊曲。由于填制词人比较多，平仄格调也多有出入。平韵、仄韵、平仄错韵都有流传。这里以冯延巳《鹊踏枝·谁道闲情抛掷久》格为准，双调六十字，前后片各四仄韵。适宜于缠绵悱恻的情感表达。当代代表词作为毛泽东主席《蝶恋花·答李淑一》。

2. 词牌格律：

中仄中平平仄仄（韵）。
中仄平平，中仄平平仄（韵）。
中仄中平平仄仄（韵），中平中仄平平仄（韵）。
中仄中平平仄仄（韵）。
中仄平平，中仄平平仄（韵）。
中仄中平平仄仄（韵），中平中仄平平仄（韵）。

（六十三）《蓦山溪》

1. 词牌简介：

《蓦山溪》，又名《上阳春》，变格甚多，《钦定词谱》共列十二体，这里列八十二字，前片六仄韵，后片四仄韵和八十二字前片四仄韵，后片三仄韵两体。

蔡国强先生指出，本调各体变化繁多，其主要变化不在句式而在韵脚，各种押韵方式变化无穷，其灵活处填家自可体会而活用也无须拘于一格。

又有一说，该调以程垓《蓦山溪·老来风味》为正题，双调八十二字，前后片各九句、三仄韵。九句三韵，显然属于稀韵一类，某种程度上放宽了择韵的条件，但又要意境清晰、词句流畅，这就有了散文的特点。因韵稀，且用仄声韵，声韵低沉，音节散缓，有了和其他词调不同的特色。因该调适应题材广泛，可用于抒情、写景，也可咏物、祝颂，所以填制者甚多。总之，《蓦山溪》是一款韵稀且宽的词牌，更有利于填者抒发情怀。

2. 词牌格律一：

平平中仄（韵），中仄平平仄（韵）。
中仄仄平平，仄中中、平平中仄（韵）。
仄平平仄，中仄仄平平，平仄仄（韵）。
平仄仄（韵），中仄平平仄（韵）。

平平中仄，中仄平平仄（韵）。
中仄仄平平，仄中中、平平中仄（韵）。
仄平平仄，中仄仄平平，平仄仄，平仄仄（韵）。
中仄平平仄（韵）。

3. 词牌格律二：

中平中仄（韵），仄仄平平仄（韵）。
仄仄仄平平，仄平仄、平平仄仄（韵）。
仄平中仄，平仄仄平平，平仄仄，
仄平平，中仄平平仄（韵）。

中平中仄，仄仄平平仄（韵）。
仄仄仄平平，仄平仄、平平仄仄（韵）。
仄平中仄，平仄仄平平，平仄仄，
仄平平，中仄平平仄（韵）。

（六十四）《夜飞鹊》

1. 词牌简介：

《夜飞鹊》，又名《夜飞鹊慢》，始见周邦彦《清真集》（也作《片玉集》），入“道宫”。吴文英《梦窗词》集入“黄钟商”。一百六字，前片五平韵，后片四平韵，以周邦彦《夜飞鹊·河桥送人处》为正体。调内领格两字，并宜去声。

另有一体也是一百六字，前片五平韵，后片四平韵，但后结改作三四六句式，以赵以夫《夜飞鹊·凝云拂斜月》为代表。

2. 词牌格律：

平平仄平仄，平仄平平（韵）。
平仄仄仄平平（韵）。
平平仄仄仄平仄，中平平仄平平（韵）。
平平仄平仄，仄（领）平平平仄，仄仄平平（韵）。
平平仄仄，仄平平、中仄平平（韵）。

平仄仄平平仄，平仄仄平平，平仄平平（韵）。
平仄平平平仄，平平仄仄，平仄平平（韵）。
仄平仄仄，仄平平、仄仄平平（韵）。
仄（领）平平平仄，平平仄仄，中仄平平（韵）。

（六十五）《好事近》

1. 词牌简介：

《好事近》，《钦定词谱》载，张辑词有“谁谓百年心事，恰钓船横笛”句，因名《钓船笛》，韩淲有“吟到翠圆枝上”句，又名《翠圆枝》。“好事”，唐宋时，指喜欢多事。如先秦《孟子·万章上》：“好事者为之也。”“近”，是唐宋杂曲的一种体制，又称“近拍”，是音乐中表示长度、节奏的述语。在词中，它是于令词和慢词之间的中调，体制与“引”相近。调名本意即以“近拍”的曲调形式，歌咏讽刺好事的人。

这里以郑獬的《好事近·江上探春回》为代表作，四十五字，前后片各两仄韵，两结句皆上一、下四句法，以入声韵为宜。但也有不用入声韵的，如陆游的《好事近·客路苦思归》。

2. 词牌格律：

中仄仄平平，中仄仄平平仄（韵）。

中仄仄平平仄，仄中平平仄（韵）。

中平中仄仄平平，中中仄平仄（韵）。

中仄仄平平仄，仄中平平仄（韵）。

（六十六）《柳梢青》

1. 词牌简介：

《柳梢青》，有平仄两韵体。平韵体中，韩滮有“云淡秋空”句，名《云淡秋空》，有“雨洗元宵”句，又名《雨洗元宵》，还有“玉水明沙”句，又名《玉水明沙》。仄韵体中，《古今词话》无名氏词有“陇头残月”句，名《陇头月》。一般以秦观词《柳梢青·吴中》为正体，双调四十九字，前后片各三平韵，后片第十二字宜用去声。

另有四十九字前片六句两平韵、后片五句三平韵、五十字前片六句两仄韵、后片五句两仄韵等变体。代表作有蔡伸《柳梢青·数声鶗鴂》等。别有一种改用入声韵，前片三仄韵，后片两仄韵，平仄略异。

2. 词牌格律：

中仄平平（韵），中平中仄，仄仄平平（韵）。

中仄平平，中平中仄，中仄平平（韵）。

中平中仄平平（韵），仄中仄、平平仄平（韵）。

中仄平平，中平中仄，中仄平平（韵）。

（六十七）《满江红》

1. 词牌简介：

《满江红》调名来源说法不一。一说调名咏水草。满江红是一种水藻，秋冬时节，呈现一片红色，所以叫作满江红。一说调名咏江景，白居易《忆江南》词有“日出江花红胜火”之句，描绘太阳出来光照江水的美丽景象。一说调名咏曲名。《填词名解》等书记载，唐·朱庆余志怪小说《冥音录》中载有“上江虹”曲名，后演变为《满江红》调名。

《满江红》格体甚多，《钦定词谱》共收录十四体，并指出：“此调有仄韵、平韵两体。仄韵词宋人填者最多，其体不一。今以柳词为正体。”因此，宋以来作者多以柳永词为准。九十三字，前片四仄韵，后片五仄韵，一般例用入声韵。声情激越，宜抒豪壮情感和恢张襟抱。亦可酌增衬字。

姜夔也曾改作过平韵，但情调发生了变化，后人填制者很少。

2. 词牌格律：

中仄平平，平中仄、中平中仄（韵）。

平仄仄、仄平平仄，仄平中仄（韵）。

中仄中平平仄仄，中平中仄平平仄（韵）。

中中中、中仄仄平平，平平仄（韵）。

中中仄，平仄仄（韵）。

平仄仄，平平仄（韵）。

仄平平中仄，仄平平仄（韵）。

中仄中平平仄仄，中平中仄平平仄（韵）。

中中中、中仄仄平平，平平仄（韵）。

（六十八）《如梦令》

1. 词牌简介：

《如梦令》，原名《忆仙姿》。苏轼词注说，是五代后唐庄宗李存勖创调，词存《尊前集》，因嫌其名不雅，故改名《如梦令》。周邦彦又以此词首句“曾宴桃源深洞”改名《宴桃源》。沈会宗词有“不见不见”叠句，又名《不见》。另外还有《比梅》《古记》《无梦令》《如意令》等名称。苏轼用此调时改名《如梦令》，其词序云：“元丰七年十二月十八日，浴泗州雍熙塔下，戏作《如梦令》两片。”

全词三十三字，五仄韵，一叠韵。也有将前片重复一次变作双调的。

《尊前集》——编者未详，宋人王灼《碧鸡漫志》及胡仔《苕溪渔隐丛话》等称述该书，可知北宋时已有此集。书中收录词家三十六人，二百六十首。

2. 词牌格律：

中仄中平平仄，中仄中平平仄。

中仄仄平平，中仄仄平平仄。

平仄，〖平仄〗，中仄仄平平仄。

（六十九）《十六字令》

1. 词牌简介：

《十六字令》，因全词仅十六字而得名。蔡伸词名《苍梧谣》、袁去华词名《归字谣》。此调只见两体，均为单调四句十六字，属于宋词中最短的词。正体三平韵，第一、第二、第四句押韵，均用平声韵，一般以张孝祥归字起首词为正体。变体两平韵，第二、四句押韵。

2. 词牌格律：

平。中仄平平仄仄平。

平平仄，中仄仄平平。

（七十）《遐方怨》

1. 词牌简介：

“遐方”，指边远偏僻的地区。西汉扬雄《长杨赋》：“是以遐方疏俗，殊邻绝党之域。”“怨”，即怨情。调名本意即咏来自僻远边疆的怨情。

《遐方怨》原为唐教坊曲，有两体。单调以温庭筠词《遐方怨·凭绣槛》为定格，三十二字，七句四平韵。双调以孙光宪词《遐方怨·红绶带》为定格，六十字，前后片各六句、四平韵。

2. 词牌格律一：

平仄仄，仄平平（韵）。

仄仄平平，仄平平中平仄平（韵）。

仄平平仄仄平平（韵）。仄平平仄仄，仄平平（韵）。

3. 词牌格律二：

平仄仄，仄平平（韵），

仄中平中仄，中平中仄平（韵）。

仄平中仄仄平平（韵）。仄平平仄仄平平（韵）。

中中仄，仄平平（韵），

中仄平平仄，中平中仄平（韵）。

仄平平仄仄平平（韵）。中平平仄仄平平（韵）。

（七十一）《一剪梅》

1. 词牌简介：

《一剪梅》，亦称《蜡梅香》。双调小令六十字，前后片各六句三平韵，且每句都用平收，从而显得声情低抑，这在平韵格的词中较为少见。其中的八个四字句一般用对仗，但多有不工对的作品。

另有一格，句句叶韵，一韵到底。

2. 词牌格律：

中仄平平中仄平（韵）。

中仄平平，中仄平平（韵）。

中平中仄仄平平，中仄平平，中仄平平（韵）。

中仄平平中仄平（韵）。

中仄平平，中仄平平（韵）。

中平中仄仄平平，中仄平平，中仄平平（韵）。

（七十二）《虞美人》

1. 词牌简介：

关于“虞美人”名称的来源，是有多种说法的。除了“虞姬”说外，还有草名名，“虞美人”别称丽春花、锦被花，有多种颜色，传说此花闻《虞美人》曲便花枝舞动。王灼《碧鸡漫志》卷四：“《虞美人》，《脞说》称起于项籍‘虞兮’之歌。予谓后世以此命名可也，曲起于唐时，非也。曾子宣夫人魏氏作《虞美人草行》有云：‘三军散尽旌旗倒，玉帐佳人坐中老。香魂夜作剑光飞，青血化为原上草。芳菲寂寞寄寒枝，旧曲闻来似敛眉。’又云：‘当时遗事久成空，慷慨尊前为起舞……然旧曲三，其一属中吕调，其一中吕宫，近世转入黄钟宫。”不论哪一说，都能够在词调中找到影子，不论是人，还是草，都使得此词牌具有缠绵慨叹的特性。

一般认为，该词牌有两个正体，均为双调，一为五十六字，前后片各四句，两仄韵、两平韵。以李煜《虞美人·风回小院庭芜绿》为代表。一为五十八字，前后片各五句，两仄韵，三平韵，这里以顾敻《虞美人·宝檀金缕鸳鸯枕》为代表。

2. 词牌格律一：

中平中仄平平仄（韵），中仄平平仄（韵）。
中平中仄仄平平（韵），中仄中平平仄仄平平（韵）。

中平中仄平平仄（韵），中仄平平仄（韵）。
中平中仄仄平平（韵），中仄中平平仄仄平平（韵）。

3. 词牌格律二：

仄平仄仄平平仄（韵），仄仄平平仄（韵）。
仄平平仄仄平平（韵），仄平平仄仄平平（韵），仄平平（韵）。

仄平仄仄平平仄（韵），仄仄平平仄（韵）。
仄平平仄仄平平（韵），仄平平仄仄平平（韵），仄平平（韵）。

（七十三）《行香子》

1. 词牌简介：

《行香子》又名《热心香》《读书引》，记载宋朝前及宋朝杂事的《程氏演繁录》说：“行香即释教之谓行道烧香也。行道者，主斋之人亲自周行道场之中；烧香者，爇之于炉也。”张籍《送令狐尚书赴东都留守》：“行香暂出天桥上，巡礼常过禁殿中。”调名本意是歌咏拜佛仪式中的绕行上香的。后来词人也用来咏物写景，感叹人生，也就使其摆脱了咏佛行香的本意。

此调为双调小令，六十六字，前片五平韵，后片四平韵。亦有略加衬字的。

需要注意的是，前后片的结尾句，都是以一个去声字领下面的三个三字句。另外，后片第二句如果与前片第二句平仄相同，那么就需要押韵，如果最后一字变成仄调，则可不押韵。

2. 词牌格律：

中仄平平（韵），中仄平平（韵）。
中平中、中仄平平（韵）。
中平中仄，中仄平平（韵）。
仄中平中，中平仄，中平平（韵）。

中平中仄，中仄平平（韵）。
中平中、中仄平平（韵）。
中平中仄，中仄平平（韵）。
仄中平中，中平仄，仄平平（韵）。

（七十四）《渔歌子》

1. 词牌简介：

据《唐书·张志和传》记载，唐代诗人张志和在湖州城西的西塞山隐居的时候，自称“江波钓徒”，垂钓的时候虽然不像姜太公一样不用直钩，但也不用鱼饵，他不是像姜太公那样等待明主求贤，而是为了躲避唐肃宗和宪宗的寻访启用。在此期间，撰写和创制了《渔歌》，后成为词牌名。

《渔歌子》，又名《渔歌曲》《渔父》《渔父乐》《渔夫辞》，二十七字，四平韵。中间三言两句为对偶句。也有将前片重复一次，使其变作双调的。

此格第二句的第二字，第三句的一二字，有人也作可平可仄。

2. 词牌格律：

中仄平平仄仄平（韵），中平平仄仄平平（韵）。

平仄仄，仄平平（韵），平平仄仄仄平平（韵）。

（七十五）《长相思》

1. 词牌简介：

《长相思》，《乐府雅词》名《长相思令》《相思令》。调名出自《古诗十九首》：“客从远方来，遗我一端绮。相去万余里，故人心尚尔。文彩双鸳鸯，裁为合欢被。著以长相思，缘以结不解。以胶投漆中，谁能别离此。”根据后人所填词句，又有《吴山青》《山渐青》以及《双红豆》等别名。

《长相思》为双调小令。三十六字，前后片各三平韵，一叠韵。因每句用韵，且又有一叠韵，所以，音节响亮，所表达的词景由热烈而渐趋和婉，虽为小令，但不乏名作。

2. 词牌格律：

中中平，〖中中平〗。

中仄平平中仄平，中平中仄平。

中中平，〖中中平〗。

中仄平平中仄平，中平中仄平。

（七十六）《雨霖铃》

1. 词牌简介：

马嵬兵变后，杨贵妃缢死，在平定叛乱之后，玄宗北还，一路凄雨霏霏，帝心戚戚，玄宗因悼念杨贵妃而作此曲。宋代乐史所著《杨太真外传》记载："明皇既幸蜀，西南行，初入斜谷，霖雨弥旬，于栈道雨中闻铃，音与山相应。上既悼念贵妃，采其声为《雨霖铃曲》以寄恨焉。时梨园弟子唯张野狐一人，善筚篥，因吹之，遂传于世。"这也就是词牌《雨霖铃》的来历。

《雨霖铃》，也写作《雨淋铃》，双调一百零三字。该词牌要求字字守规，一字平仄不可更换。前后片各五仄韵，且常用入声韵。因格律要求严格，所以又多用拗句，填制难度很大，柳永《雨霖铃·寒蝉凄切》为传世之作。

2. 词牌格律：

平平平仄（韵），
仄平平仄，仄仄平仄（韵）。
平平仄仄平仄，平平仄仄、平平平仄（韵）。
仄仄平平仄仄，仄平仄平仄（韵）。
仄仄仄、平仄平平，仄仄平平仄平仄（韵）。

平平仄仄平平仄（韵）。
仄平平、仄仄平平仄（韵）。
平平仄仄平仄，平仄仄、仄平平仄（韵）。
仄仄平平，平仄、平平仄仄平仄（韵）。
仄仄仄、平仄平平，仄仄平平仄（韵）。

（七十七）《清平乐》

1. 词牌简介：

一般认为《清平乐》调名取用汉乐府“清乐”“平乐”两个乐调。因李白有应唐明皇宣制《清平调》三首传世，故后人也把《清平调》与《清平乐》合而承继。《碧鸡漫志》记载：“开元中，禁中初重木芍药，得四本，红、紫、浅红、通白繁开。上乘照夜白，太真妃以步辇从。李龟年手捧檀板，押众乐前，将欲歌之。上曰：‘焉用旧词为。’命龟年宣翰林学士李白立进《清平调》词三章。白承诏赋词，龟年以进，上命梨园弟子约格调，抚丝竹，促龟年歌，太真妃笑领歌意甚厚。”可见，将《清平调》与《清平乐》相提并论也是有根据的。

《清平乐》，亦称《忆萝月》《清平乐令》《醉东风》，一般以李煜的《别来春半》为正体，双调四十六字，前片四仄韵，后片三平韵，因此也称“平仄韵转换格”。该格首字均为可平可仄。第三字除前片的第二句外，其他也均可平可仄，嵌词造句的余地较大。因有平仄韵转换的要求，虽然增加了依韵的难度，但使得音节变化明显，抑扬顿挫有致，更增添了韵律美，因此，这一格成为被广泛使用的词牌。当代毛泽东主席曾有《清平乐·会昌》和《清平乐·六盘山》传世。

2. 词牌格律：

中平中仄（韵），中仄平平仄（叶仄）。
中仄中平平仄仄（叶仄），中仄中平中仄（叶仄）。

中平中仄平平（换平韵），中平中仄平平。（叶平）
中仄中平中仄，中平中仄平平（叶平）。

（七十八）《潇湘神》

1. 词牌简介：

湖南潇、湘江一带，流传着祭祀娥皇、女英的习俗，娥皇、女英是舜的两个妃子。西汉刘向的《列女传》和西晋张华的《博物志》小说都有这个故事的叙述。舜南巡途中死于湖南的九嶷山，娥皇、女英痛不欲生，泪洒竹上成斑，变成了今天的“斑竹”也或“湘妃竹”，二女投江而死，葬于岳阳洞庭湖君山，现在的岳阳市君山存有娥皇、女英墓，二妃遂成为湘水女神。该调名本意就是歌咏湘水女神的。调见《刘梦得文集》卷八刘禹锡词《潇湘神》，又名《潇湘曲》。单调二十七字，三平韵，一叠韵。

另词牌《捣练子》有别名，也作《潇湘神》，两者不同调，属于重名。

2. 词牌格律：

平仄平（韵），平仄平（叠韵）。

仄平中仄仄平平（韵）。

中仄仄平平仄仄，平平平仄仄平平（韵）。

（七十九）《归自谣》

1. 词牌简介：

《归自谣》，又名《风光子》《思佳客》。据马令《南唐书》卷二十一所引改为《归国谣》。据《填词名解》又名《归国遥》。双调三十四字，前后片各三句三仄韵。代表作品为冯延巳《归自谣·寒山碧》《归自谣·何处笛》《归自谣·春艳艳》，三首皆广为流传，为此牌经典。

2. 词牌格律：

平仄仄（韵），

中仄中平平仄仄（韵），
中平中仄平平仄（韵）。

平平中仄平中仄（韵）。
平平仄（韵），
中平中仄平平仄（韵）。

（八十）《捣练子》

1. 词牌简介：

“练”指的是白绢，把生丝煮熟，使它柔软洁白也称为“练”，使其柔软的办法，古代用的就是“捣”，“捣练”则就成为古代妇女的重要劳动。“子”有小的意思，是词调的一种名称。唐代崔令钦《教坊记》搜集曲名二百七十八个，其中六十五调是以“子”命名的。《捣练子》词牌就是以咏捣练而得名的，为妇女捣练时所唱歌曲，多作妻子怀念征夫之辞。此调是在平起式七言绝句的基础上，破首句为两个三字句——平仄仄，仄平平，因而声韵发生了变化，形成了一种变异的格律。

《捣练子》，又名《深院月》。《太和正音谱》入“双调”。二十七字，三平韵，一二句宜对仗。

《捣练子》也有人称之为《潇湘神》，因为其与《潇湘神》字数句数以及句型完全相同。但是，平仄韵律完全不同，《捣练子》是追思的韵味，《潇湘神》是祭祀的韵味，平仄变化带来了意境的变化，这也正是词的魅力所在。

《教坊记》——《教坊记》唐代崔令钦编著唐代歌舞百戏论著，具有较高的史料价值，主要记述了开元年间教坊制度、有关轶事及乐曲的内容和起源。

《太和正音谱》——明代朱权编撰的北曲曲谱。全书共分《乐府体式》《古今英贤乐府格势》《杂剧十二科》《群英所编杂剧》《善歌之士》《音律宫调》《词林须知》《乐府》8章。前3章为戏曲文学理论。

2. 词牌格律：

平仄仄，仄平平（韵），仄仄平平仄仄平（韵）。

中仄仄平平仄仄，仄平平仄仄平平（韵）。

（八十一）《钗头凤》

1. 词牌简介：

钗为古代妇女的常用首饰，如果钗头作凤形，则称之为凤钗。马缟《中华古今注》记述：“钗子，盖古笄之遗象也……始皇又以金银作凤头，以玳瑁为脚，号日凤钗。”

作为词牌的《钗头凤》，本名《撷芳词》。北宋宫中有撷芳园，在今河南开封市区西北隅。宋·梅尧臣有《九日撷芳园会呈宴相公》诗，该词牌即源于此建筑。《古今词话》记载：“政和间，京都妓之姥曾嫁伶官，常入内教舞，传禁中《撷芳词》以教其妓……人皆爱其声，又爱其词，类唐人所作也。张尚书帅成都，蜀中传此词竟唱之。”《撷芳词》词中有“可怜孤似钗头凤”，因此陆游将词牌更名《钗头凤》，并曾以此题作词，后人便以此调。

《钗头凤》，又名《折红英》，六十字，前后片各七仄韵，两叠韵，声情凄紧。该词有八个三字句，以对仗为宜（但多有不工对者），且要求两部仄韵递换，格律中只有前后片第六句第一字两个字可平可仄，其余不可易，择字嵌词难度很大，关键还在于在两部仄韵递换中，营造出凄紧的词情意境，填制难度就更大了。

《古今词话》——是清初沈雄的一部著作，其中划分的“词话、词品、词辩、词评”词学四大门类，影响了后世词学研究体系的形成，其对词学特定专题、范畴的揭示，在继承前人的基础上颇多创新，启发了后世词学的理论研究。

2. 词牌格律：

平平仄（韵），平平仄（叶仄），
仄平平仄平平仄（叶仄）。
平平仄（换仄），平平仄（叶二仄），
中平平仄，仄平平仄（叶二仄）。
仄（叶二仄），仄（叠），仄（叠）。

平平仄（叶首仄），平平仄（叶首仄），
仄平平仄平平仄（叶首仄）。
平平仄（叶二仄），平平仄（叶二仄），
中平平仄，仄平平仄（叶二仄）。
仄（叶二仄），仄（叠），仄（叠）。

（八十二）《忆旧游》

1. 词牌简介：

据《填词名解》，此调取自顾况《洛阳早春》的“何地避春愁，终年忆旧游”句，一说取自李白《忆襄阳旧游赠马少府巨》的“此地别夫子，今来思旧游”句。关于词牌出处一直有争议。但其中的“旧游”指昔日的友人是没有问题的。此调的风格恰如词牌名，多缅怀故友深情之作，词风于激昂之中尽含缠绵。

全词二十二句，一百〇二字，通篇平仄一字不可易。前片十一句，四平韵，后片十一句五平韵。过片二字亦可不叶。此调有六领格字，如代表作一词中的“忆”“弄”“判”“乃”“问”“共”，并宜用去声。

亦有开端不用领格字，改上一、下四句法为上二、下三，改二、三句为八言一句，过片二字减去一韵者。有前片第四句改五言为上三、下四的七言句式，而将第五句之领格字减去，又于过片五字改作“仄平平仄仄”的上一、下四句式，并于结尾倒数第二句增叶一韵者。

2. 词牌格律：

仄（领）平平仄仄，仄仄平平，平仄平平（韵）（可作八言）。
仄仄平平仄，仄（领）平平仄仄，仄仄平平（韵）。
仄平仄仄平仄，平仄仄平平（韵）。
仄（领）仄仄平平，平平仄仄，仄仄平平（韵）。

平平（韵），仄平仄，仄（领）仄仄平平，平仄平平（韵）。
仄仄平平仄，仄（领）平平平仄，平仄平平（韵）。
仄平仄仄平仄，平仄仄平平（韵）。
仄（领）仄仄平平，平平仄仄平仄平（韵）。

（八十三）《江城子》

1. 词牌简介：

《江城子》，一作《江神子》。《金奁集》入“双调”。三十五字，五平韵。结有增一字，变三言两句作七言一句者。也有第一句作“仄仄平平仄仄平”，第四句作“仄仄平平”的。宋人多依原曲重增一片，以苏轼最为经典。

2. 词牌格律：

中平中仄仄平平（韵）。
仄平平（韵），仄平平（韵）。
中平中仄，中仄仄平平（韵）。

中仄中平平仄仄，平仄仄，仄平平（韵）。

（八十四）《昭君怨》

1. 词牌简介：

王昭君，（约公元前54—公元前19年），名嫱，字昭君，乳名皓月，西汉南郡秭归人，汉元帝宫人。竟宁元年（前33年），南匈奴呼韩邪单于入京朝贡，汉元帝对其实行和亲政策，遂将宫女王嫱赐之。王嫱长得漂亮，后代以“沉鱼落雁”“画工弃市”来形容她的美丽。

此曲起始于北宋民间，后用为词调。此调以六字句为主，前后片各有一个五字句与三字句，而且四换韵，故声情颇富变化，但因结句用三字句承接上一五字句，增加了词意过渡的难度，容易凝涩词意。

《昭君怨》又名《洛妃怨》《宴西园》《一痕沙》。四十字，全阕四换韵，两仄两平递转，前后片同。四十字中，可平可仄的字十四个，占35%，加之平仄韵的两次转换，相对减少了择字嵌词的难度。

2. 词牌格律：

中仄中平中仄（仄韵），中仄中平中仄（叶仄）。
中仄仄平平（转平韵），仄平平（叶平）。

中仄中平中仄（仄韵），中仄中平中仄（叶仄）。
中仄仄平平（转平韵），仄平平（叶平）。

（八十五）《念奴娇》

1. 词牌简介：

《念奴娇》，又名《百字令》《酹江月》《大江东去》《壶中天》《湘月》等。元稹《连昌宫词》自注：“念奴，天宝中名倡，善歌。每岁楼下酺宴，累日之后，万众喧隘，严安之、韦黄裳辈辟易不能禁，众乐为之罢奏。

玄宗遣高力士大呼于楼上曰：‘欲遣念奴唱歌，邠二十五郎吹小管逐，看人能听否？’未尝不悄然奉诏。”王灼《碧鸡漫志》卷五又引《开元天宝遗事》：“念奴每执板当席，声出朝霞之上。”曲名就来源于此。此调音节高亢，英雄豪杰之士多喜用之。俞文豹《吹剑录》称：“（苏）学士词，须关西大汉，铜琵琶，铁绰板，唱《大江东去》。”可见该调音节的响亮。

这里以《东坡乐府》为准，“凭高远眺”一阕为定格，“大江东去”为变格。一百字，前后片各四仄韵。因多用以抒写豪壮感情，所以宜用入声韵部。

另有平韵一格，以叶梦得“洞庭波冷”为代表。

《连昌宫词》——唐代诗人元稹创作的长篇叙事诗。

《东坡乐府》——北宋苏轼的词集。该集于一九五七年由古典文学出版社影印出版。一九七九年，复旦大学中文系陈允吉用影印元刊本作底本，并参考《宋六十名家词》《四印斋所刻词》《彊村丛书》等词集中苏轼词校点整理，由上海古籍出版社出版。

2. 词牌格律一：

中平中仄，仄平中中仄，中平平仄（韵）。
中仄中平平仄仄，中仄中平平仄（韵）。
中仄平平，中平中仄，中仄平平仄（韵）。
中平中仄，仄平平仄中仄（韵）。

中仄中仄平平，中平中仄，中仄平平仄（韵）。
中仄中平平仄仄，中仄中平平仄（韵）。
中仄平平，中平中仄，中仄平平仄（韵）。
中平平仄，仄平平仄平仄（韵）。

3. 词牌格律二：

仄平平仄，仄平仄、平仄平平平仄（韵）。
仄仄平平，平仄仄、平仄平平仄仄（韵）。
仄仄平平，平平仄仄，中仄平平仄（韵）。
平平平仄，仄中平仄平仄（韵）。

中仄中仄平平，仄平平仄仄，平平平仄（韵）。
仄仄平平，平仄仄、中仄平平平仄（韵）。
仄仄平平，中平中仄仄，仄平平仄（韵）。
中平平仄，仄平平仄平仄（韵）。

（八十六）《醉太平》

1. 词牌简介：

《醉太平》，意即沉湎于太平盛世。温庭筠《长安春晚》诗：“四方无事太平年，万象鲜明禁火前。”调名本意即咏太平盛世的，不少文人墨客用于歌颂圣德，粉饰太平。《钦定词谱》将此调名归于南宋刘过名下。

《醉太平》又名《凌波曲》《醉思凡》《四字令》，双调小令，三十八字，前后片各四平韵，即句句叶韵。按照沈伯时《乐府指迷》的说法，第一、第二句第三字，第四句第一及第四字，善于用字者则用去声为要，方可将调激起。结句是上一、下四句法。这种说法后被大多数词学家和词人所遵循。

另外还有曲牌名《醉太平》。有多种格体。北曲正体为八句四十四字，每句入韵，平仄混押；首二句对偶，五、六、七句“鼎足对”。格律为“平平仄平，平去平平。平平平仄仄平平。仄平仄平；仄平平仄平平仄，仄平平仄平平仄。平平仄仄仄平平，平平仄平”。不列入词牌体中。

（鼎足对，也称“三枪对”“三句对”“燕逐飞花”联。三句一组，互为对仗，如鼎之三足并立，故以鼎足对名之。特点是三句，一句可对二句，二句可对三句，一句也可以超越二句对三句。）

《乐府指迷》——共一卷，宋沈义父所撰的词论。因篇幅很短只有二十八条，所以没有单行本。常见于其他词论集中。

2. 词牌格律：

平平仄平（韵），平平仄平（韵），
中平中仄平平（韵），仄平平仄平（韵）。

平平仄平（韵），平平仄平（韵），
中平中仄平平（韵），仄平平仄平（韵）。

（八十七）《烛影摇红》

1. 词牌简介：

《能改斋漫录》卷十六记载，王诜做都尉的时候，作过一首忆故人的词，宋徽宗非常喜欢其词意，但认为词不够丰容婉转，于是诏令音乐管理官员进行修改新创，依诏令，周邦彦在王词的基础上，创制出了新的词曲，并以王词首句为名，定词牌为《烛影摇红》。王词原为小令，五十字，前片二仄韵，后片三仄韵。后周邦彦改作慢曲，九十六字，前后片各五仄韵。

《能改斋漫录》——南宋吴曾撰写的笔记集。

2. 词牌格律一

仄仄平平，仄仄平，仄仄平、平平仄（韵）。
平平平仄仄平平，平仄平平仄（韵）。

平仄平平仄仄（韵）。仄平平、平平仄仄（韵）。
仄平平仄，仄仄平平，平平平仄（韵）。

3. 词牌格律二（慢曲）：
平仄平平，仄平仄仄平平仄（韵）。
平平平仄仄平平，平仄平平仄（韵）。
仄仄平平仄仄（韵）。仄平平、平平仄仄（韵）。
仄平平仄，仄仄平平，平平仄仄（韵）。

仄仄平平，仄平仄仄平平仄（韵）。
平平平仄仄平平，平仄平平仄（韵）。
平仄平平仄仄（韵），仄平平、平平仄仄（韵）。
仄平平仄，仄仄平平，平平平仄（韵）。

（八十八）《玉蝴蝶》

1. 词牌简介：

玉蝴蝶，一指玉制的蝴蝶，又指花名"簇蝶"。唐代温庭筠有该调名词体。当时为令词，宋代演变为慢词。清·毛先舒《填词名解》记载："《玉蝴蝶》，名始于唐·孙光宪咏蝶词"，看来是有出入的。但《玉蝴蝶》未唐曲是没有问题的。

《玉蝴蝶》双调小令全词四十一字，前片四平韵，后片三平韵。慢曲全词九十九字，前片五平韵，后片六平韵。

2. 词牌格律一：
平平平仄平平（韵），平仄仄平平（韵）。
仄仄仄平平（韵），平平仄仄平（韵）。

平平平仄仄，平仄仄平平（韵）。
平仄仄平平（韵），仄平平仄平（韵）。

3. 词牌格律二（慢调）：
仄仄仄平平仄，中平中仄，中仄平平（韵）。
仄仄平平，平仄仄仄平平（韵）。
仄平中、中平中仄，中仄中、中仄平平（韵）。
仄平平（韵），仄平平仄，中仄平平（韵）。

平平（韵），平平仄仄，仄平平仄，仄仄平平（韵）。
仄仄平平，仄平平仄仄平平（韵）。
仄平中、中平中仄，中仄中、中仄平平（韵）。
仄平平，仄平平仄，中仄平平（韵）。

（八十九）《酷相思》

1. 词牌简介：

《酷相思》为南宋程垓所创，见于程垓的《书舟词》。清·叶申芗《本事词》云："眉山程垓，与苏轼为中表，与锦江某妓甚笃，别时赠以《酷相思》。"

酷是很的意思，酷相思，意即非常思念，多指男女彼此思慕。相思入词入诗是非常普遍的，比如唐朝王维"愿君多采撷，此物最相思"；李白"相思相见知何日？此时此夜难为情""入我相思门，知我相思苦，长相思兮长相忆，短相思兮无穷极"；李商隐"直道相思了无益，未妨惆怅是清狂"；张仲素"相思一夜情多少，地角天涯未是长"等。《长相思》与《极相思》调名本意相同，一般都是歌咏情人间离别后的极度相思之情的。

《酷相思》为双调，六十六字，前后片各四仄韵，前后片结句为一叠韵。其八言句是以一去声字领下七言。

《书舟词》——宋代程垓的词集。

《本事词》——清代叶申芗著，分上、下两卷，辑录唐、五代、北宋、南宋、辽、金、元等几代词人的感遇及有关词作轶事，是研究词史的重要文献。

2. 词牌格律：

仄仄平平平仄仄（韵）。

仄中仄、平平仄（韵）。

仄平仄平平平仄仄（韵）。

中仄仄、平平仄（韵）。〖中仄仄、平平仄（叠）〗。

仄仄平平平仄仄（韵）。

仄中仄、平平仄（韵）。

仄平仄平平平仄仄（韵）。

中仄仄、平平仄（韵）。〖中仄仄、平平仄（叠）〗。

（九十）《巫山一段云》

1. 词牌简介：

据传说，楚国先王游览高唐地区的时候，十分疲倦，在白天竟然睡着了，在梦中看见一个仙女说："我是天帝的小女儿，听说你来游览此地，愿意给你当枕席"，先王便临幸了她。临别时仙女又说："妾在巫山之阳，高丘之阻。旦为朝云，暮为行雨，朝朝暮暮，阳台之下。"战国的宋玉便将这段故事和仙女之言写进了他的《高唐赋序》："妾在巫山之阳，高丘之阻。旦为朝云，暮为行雨，朝朝暮暮，阳台之下。"宋玉不仅写了《高唐赋》，还写了一个《神女赋》，将这个故事重新演绎安在了楚先王的后代楚襄王的头上，同时把自己也编排了进去，称是他与楚襄王一起游于云梦泽的水边，梦见了巫山神女。可见此调名本意即咏君王与神女相会之事的。

乐府旧题有一首《巫山高》，唐人吴兢说：“其词大略言江淮水深，无梁可度，临水远望，思归而已。若齐王融‘想象巫山高’、梁范云‘巫山高不极’，杂以阳台神女之事，无复远望思归之意也。”

《巫山一段云》又名“巫山一片云”“金鼎一溪云”，双调小令，四十四字，前后片各三平韵。

也有以唐昭宗李晔《巫山一段云·蝶舞梨园雪》为正体的，双调四十六字，前片四句三平韵，后片四句两仄韵、两平韵，也为不误。柳永的《乐章集》中也采用的是这一格。

2. 词牌格律：

中仄平平仄，平平中仄平（韵）。
中平中仄仄平平（韵），中仄仄平平（韵）。

中仄平平仄，平平中仄平（韵）。
中平中仄仄平平（韵），中仄仄平平（韵）。

（九十一）《西江月》

1. 词牌简介：

《西江月》又名《步虚词》《白苹香》《江月令》。敦煌发现的唐朝琵琶谱中就有此调，可惜只有谱没有词。有学者推测，其调名有可能取自李白《苏台览古》的诗句“只今唯有西江月，曾照吴王宫里人”。

《西江月》词牌声调起伏跌宕，每句至少六字，易于择词组句，所以是词人喜欢的词牌之一，填制的人多，也就增加了变化的概率，形成了多种变格。

龙榆生的《唐宋词格律》以柳永词为准。五十字，前后片各两平韵，结句各叶一仄韵，前片一二句宜用对偶。需要注意的是，在填制时结句平转仄的变化。这个牌子叫作“平仄韵通叶格”，第二句起平韵，第三句押平韵，第四句必须押同部仄韵。如平韵押“东”字，仄声韵须押“董”字、“冻”字方可。

2. 词牌格律：

中仄中平平仄，中平中仄平平（韵）。
中平中仄仄平平（韵），中仄平平中仄（韵）。

中仄中平平仄，中平中仄平平（韵）。
中平中仄仄平平（韵），中仄平平中仄（韵）。

（九十二）《南乡子》

1. 词牌简介：

《南乡子》唐教坊曲。《金奁集》入“黄钟宫”。二十七字，两平韵，三仄韵。五代人词略有增减字数者，兹举两式。南唐改作平韵体，《张子野词》入“中吕宫”，重填一片，五十六字，前后片各四平韵。宋以后多遵用之。

2. 词牌格律一：

仄仄平平（平韵），中平中仄仄平平（叶平）。
仄仄平平平仄仄（换仄韵），平仄（叶仄），仄仄平平平仄仄（叶仄）。

3. 词牌格律二：

平仄仄，仄平平（平韵），中平中仄仄平平（叶平）。

中仄中平平仄仄（换仄韵），中平仄（叶仄），中仄中平平仄仄（叶仄）。

4. 词牌格律三（双调平韵）：

中仄仄平平（韵），中仄平平仄仄平（韵）。
中仄中平平仄仄，平平（韵），中仄平平中仄平（韵）。

中仄仄平平（韵），中仄平平仄仄平（韵）。
中仄中平平仄仄，平平（韵），中仄平平中仄平（韵）。

（九十三）《画堂春》

1. 词牌简介：

《画堂春》，最初见于《淮海居士长短句》。有人认为是因为秦观词中多有“画屏”二字出现，如“漠漠轻寒上小楼，晓阴无赖似穷秋，淡烟流水画屏幽”；“宝篆烟销龙凤，画屏云锁潇湘”等，所以就有了画堂春这样的词牌。画堂和画屏不论形、音、义，都相去甚远，该词牌出自秦观词终显牵强。古代豪门雕梁画栋、富丽堂皇的厅堂都叫画堂，《汉书·成帝纪》就有画堂的记载：“孝成皇帝，元帝太子也。母曰王皇后，元帝在太子宫生甲观画堂，为世嫡皇孙。”唐代张泌《南歌子》词中也曾咏过“画堂开处远风凉”。所以该曲调的名称可能来源当时的文献和民间流传。

《画堂春》，又名《万峰攒翠》《画堂春令》等，最初见《淮海居士长短句》。四十七字，前片四平韵，后片三平韵。《山谷琴趣外篇》于两结句各添一字。此调变格很多，有四十六、四十七、四十八、四十九等字数词体。

《淮海集》——秦观创作的诗文集，共四十九卷，包括《淮海集》四十卷、《长短句》三卷、《后集》六卷。

《山谷琴趣外篇》——宋代黄庭坚的著作，三卷。宋刻本收词九十首，朱孝臧先生据明刻本《豫章黄先生词》校补，补入八十九首，并附朱氏所撰校记。龙榆生有校点本。

2. 词牌格律：

中平中仄仄平平，中平中仄平平。
中平中仄仄平平，中仄平平。

中仄中平中仄，中平中仄平平。
中平中仄仄平平，中仄平平。

（九十四）《雪月交光》

1. 词牌简介：

宋・陈师道《后山诗话》记载，柳永游览开封南、北二巷时，作新乐府。雅俗共赏，流行于全国，并传到了仁宗皇帝耳里，仁宗非常喜欢，遇有宴会，都要歌唱。柳永听说后，又作宫词，起名《醉蓬莱》，因宦官将其抄入后宫，引起后宫的索求听说影响到了后宫，警惕了起来，下令不许在歌吟柳永的词。杨湜《古今词话》也有“柳耆卿（柳永）祝仁宗皇帝圣寿，作《醉蓬莱》一曲。此词一传，天下皆称妙绝”的记载，由此可见，此调为柳永首创无疑。

赵磻老有“壁月流光，雪消寒峭”的词句，由此得名《雪月交光》；韩滤有“玉作山前，冰为水际，几多风月”的词句，又得名《冰玉风月》。全调九十七字，前后片各四仄韵。前片第一、第五、第八三句，后片第六、第九两句，皆上一、下四句法。

2. 词牌格律：

仄平平仄仄（一四），仄仄平平，仄平平仄（韵）。

仄仄平平，仄平平平仄（韵一四）。
仄仄平平，仄平平仄，仄仄平平仄（韵一四）。
仄仄平平，平平仄仄，仄平平仄（韵）。

仄仄平平，仄平平仄，仄仄平平，仄平平仄（韵）。
平仄平平，仄仄平平仄（韵一四）。
仄仄平平，仄仄平仄，仄仄平平仄（韵一四）。
仄仄平平，平平平仄，仄平平仄（韵）。

（九十五）《夜游宫》

1. 词牌简介：

《夜游宫》，又名《新念别》，《清真集》入“般涉调”。五十七字，前后片各四仄韵。

2. 词牌格律：

仄仄平平仄仄（韵），仄中仄、中平平仄（韵）。
中仄平平仄中仄（韵）。
仄平平，仄平平，平仄仄（韵）。

仄仄平平仄（韵），仄中仄、中平平仄（韵）。
中仄平平仄中仄（韵）。
仄平平，仄平平，平仄仄（韵）。

（九十六）《醉桃源》

1. 词牌简介：

《醉桃源》，又名《阮郎归》《碧桃春》。刘义庆《幽明录》记载，东汉永平年间，会稽郡剡县刘晨、阮肇共入天台山采药，遇两位仙女，将二人邀至家中，食胡麻饭，睡前行夫妇之礼，半年后二人思归甚苦，即返家，则乡邑零落，子孙已经过了好几代。后重返天台山寻访仙女，行迹渺然。后人常借指与丽人结缘之男子。本曲名即由此而来，属凄音之调。东晋陶渊明的《桃花源记》也或受此故事及此题目的影响。

词牌四十七字，前后片各四平韵。

2. 词牌格律：

中平平仄仄平平，平平中仄平。
仄平平仄仄平平，中平中仄平。

平仄仄，仄平平，中平中仄平。
中平中仄仄平平，中平中仄平。

（九十七）《相见欢》

1. 词牌简介：

《南唐二主词》有李煜的“无言独上西楼”一首，题目作《乌夜啼》，薛昭蕴正式改名《相见欢》，与李词格律完全相同。

此调每句用韵，后片与前片句式略异。词体凡前后片句式格律相同者为重头曲，后片起句即相异者为过变曲。此调声韵极富变化，音节响亮，而又流畅优美，音乐性很强，既可以写愁又可以言欢，是词人们喜欢常用的牌子之一。

《相见欢》，又名《秋夜月》《上西楼》。三十六字，前片三平韵，后片两平韵，过片处错叶两仄韵。两结句为九言，以“二七”句式，即第二字后略逗为宜，也有将这两个九字句分作六言、三言两句的，但使用者较少。

2. 词牌格律：

中平中仄平平（平韵），仄平平（叶平）。

中仄中平平仄仄平平（叶平）。

中中仄（仄韵），中平仄（叶仄），仄平平（叶平）。

中仄中平平仄仄平平（叶平）。

（九十八）《太常引》

1. 词牌简介：

太常，是古代的一个官名，西汉景帝时开始设置，职掌宗庙礼仪及选试博士，为九卿之一，属于祭祀礼乐的官置，清朝末年废除。《填词名解》记载："《太常引》，汉周泽为太常，坚持斋戒，其妻窥内问之，泽大怒，以为干扰其斋戒，收送监狱。故有'居世不谐，为太常妻'之谚。后人取其事以名词。或曰：太常，导引之曲也。"

开始时，该词调有四十八字、四十九字、五十字及平韵、仄韵等多种格式。宋代以后，大多填四十九字体，以辛弃疾《太常引·一轮秋影转金波》《太常引·仙机似欲织纤罗》为正体。四十九字，前片四平韵，后片三平韵。需注意的是，两结句倒数第二字定要去声。

2. 词牌格律：

中平中仄仄平平（韵），中仄仄平平（韵）。

中仄仄平平（韵），仄中仄、平平去平（韵）。

中平中仄，中平中仄，中仄仄平平（韵）。

中仄仄平平（韵），仄中仄、平平去平（韵）。

（九十九）《生查子》

1. 词牌简介：

《生查子》，又名《相和柳》《梅溪渡》《陌上郎》《愁风月》《梅和柳》《遇仙楂》《绿罗裙》《楚云深》《晴色入青山》等。双调四十字，前后片各两仄韵。各家平仄颇有出入，这一词牌与仄韵五言绝句诗很相近，但平仄限制比五绝要严，多用来抒发怨抑之情。

2. 词牌格律一：

中仄仄平平，中仄平平仄（韵）。
中仄仄平平，中仄平平仄（韵）。

中仄仄平平，中仄平平仄（韵）。
中仄仄平平，中仄平平仄（韵）。

3. 词牌格律二：

中平中仄平，中仄平平仄（韵）。
中仄仄平平，中仄平平仄（韵）。

中平中仄平，中仄平平仄（韵）。
中仄仄平平，中仄平平仄（韵）。

4. 词牌格律三：

平仄平，仄平仄，平仄平平仄（韵）。
平仄仄平平，平仄平平仄（韵）。

平仄平，平仄仄，平仄平平仄（韵）。
仄仄仄平平，平仄平平仄（韵）。

（一〇〇）《六丑》

1. 词牌简介：

《六丑》，这是周邦彦创作的曲子。据《浩然斋雅谈》，邦彦曾对宋徽宗云："此犯六调，皆声之美者，然绝难歌。昔高阳氏有子六人，才而丑，故以比之。"一百四十字，前片八仄韵，后片九仄韵。例用入声部韵，其中三个领格字和两个上一下四句法首字宜用去声，可以激发声调的激昂特性。此词牌在明朝杨慎的《升庵长短句》中，更名为《个侬》。据《填词名解》："隋炀帝嘲宫婢罗罗诗，个侬无赖是横波，帝自达广陵，宫中多效，吴言自称个侬。""个侬"的意思大概是"这个人"或"那个人"。

《浩然斋雅谈》——南宋周密编撰，是一部内容丰富、颇具文献价值的笔记，四库馆臣称此书"多识旧人旧事，故其所记佚篇断阕，什九为他书所不载"。

《升庵长短句》——明代文人杨慎谪贬云南以后的词集。杨慎，字升庵，明代词人，他诗文并蓄，尤以诗词著称。《升庵长短句》共有七卷，附录若干则，收录杨慎创作的各类辞章 330 多首阕，这些词作问世以后，即被传抄传诵，一再编印刊刻，在当时民间和文坛上产生很大影响。

2. 词牌格律：

仄平平仄仄，仄仄仄、平平平仄。

仄平仄平，平平平仄仄。

仄仄平仄。

仄仄平平仄，仄平平仄，去—仄平平仄。

平平仄仄平平仄。

仄仄平平，平平仄仄。

平平仄平平仄。

仄平平仄仄，平仄平仄。

平平平仄。

去—平平仄仄。

仄仄平平仄，平仄仄。

平平仄仄平仄。

仄平平仄仄，仄平平仄。

平平仄、仄平平仄。

平仄仄、仄仄平平仄仄，仄平平仄。

平平仄、仄仄平仄。

仄仄平、仄仄平平仄，平平仄仄。

（一〇一）《伤春怨》

1. 词牌格律：

《伤春怨》是一个独特的词牌，据吴曾《能改斋漫录》所述，此为王安石梦中所作，当然这是一种虚托。王安石当时贵为宰相，大刀阔斧地进行改革，但遭到了苏轼等官僚贵族们的强烈反对，双方一度你死我活，王安石的政治心情和生活心情都很差，因此自撰了这么一个伤虑的词牌，并且此牌只有王安石的一首。全词四十三字，前后片各三仄韵。

《能改斋漫录》——南宋吴曾的笔记集。该集共18卷，分事始、辨误、辨证诗文典故，解析名物制度等13门，资料丰富，援引广泛，且保存了不少已佚文献，因而为后世文史研究者所重视。

2. 词牌格律：

仄仄平平仄。仄仄平平平仄。

仄仄仄平平，仄仄平平平仄。

仄平平平仄。仄仄平平仄。

仄仄仄平平，仄仄仄、平平仄。

（一〇二）《忆秦娥》

1. 词牌简介：

《忆秦娥》词牌最早见于李白的《忆秦娥·箫声咽》词（也有人认为是五代词人所作，后被误归于李白名下），因词中有“秦娥梦断秦楼月”句，故名《忆秦娥》。“秦娥”本指的是古代秦国的女子弄玉。传说她是秦穆公嬴任好的女儿，爱吹箫，后嫁给仙人萧史。词牌《凤凰台上忆吹箫》也是根据这一故事而来。

《忆秦娥》，有仄韵和平韵两格，均为四十六字，前后片各三韵，一叠韵。仄韵格以入声部为宜。

2. 词牌格律一：

平中仄（韵），中平中仄平平仄（韵）。

〖平平仄〗（叠），中平中仄，仄平平仄（韵）。

中平中仄平平仄（韵），中平中仄平平仄（韵）。

〖平平仄〗（叠），中平中仄，仄平平仄（韵）。

3. 词牌格律二（平韵格）：

中平平，中平中仄平平平。

〖平平平〗，中平中仄，仄仄平平。

仄平平仄平平平，中平中仄平平平。

〖平平平〗，中平中仄，仄仄平平。

（一〇三）《谒金门》

1. 词牌格律：

西汉武帝以西域大宛马铜像立于鲁班门外，因称鲁班门为金马门。西汉官员拜谒皇帝，需在金马门等候待诏，未做官的学士做官前也要在这里等待诏命，比如东方朔、公孙弘学士等皆曾待诏金马门。后以待诏金马门代指在朝中做官。因此，官员等待召见，就叫“金门待诏”。“谒”是拜见的意思，可见这个调名的本意是咏朝官等待君王召见的。

《谒金门》，又名《空相忆》，又名《花自落》《垂杨碧》《出塞》《东风吹酒面》《不怕醉》《醉花春》《春早湖山》等，名称多，别体也多，字数也不相同。一般以韦庄《谒金门·空相忆》为正体，双调，四十五字，八句，前后片各四仄韵，实际是句句押韵，音调低沉忧郁，多表达思情别绪。

2. 词牌格律：

平中仄，平仄仄平平仄。

中仄中平平仄仄，仄平平仄仄。

中仄中平中仄，中仄中平平仄。

中仄中平平仄仄，仄平平仄仄。

（一〇四）《鹊桥仙》

1. 词牌简介：

古时有关于牛郎织女“鹊桥相会”的神话，并在诗词赋中广泛运用，如古诗中就有“迢迢牵牛星，皎皎河汉女”的描写。汉末应劭的《风俗通义》中记载：“织女七夕渡河，使鹊为桥。”《鹊桥仙》曲名应由此而来，以歌咏牛郎织女相会的爱情故事。

该词牌又名《鹊桥仙令》《金风玉露相逢曲》《广寒秋》等。一般以欧阳修《鹊桥仙·月波清霁》为正体，以秦观《鹊桥仙·纤云弄巧》为代表作，双调五十六字，前后片各两仄韵。

另有双调五十六字，前后片各三仄韵；双调五十八字，前后片各两仄韵等变体。亦有前后片第一、第二句入韵，整词变为前后片各四仄韵者。

《淮海词》——宋朝秦观创作的诗词文集。包括《淮海集》四十卷、《长短句》三卷、《后集》六卷，共四十九卷，七百二十篇。秦观的词和散文成就都很高，在中国文学史上具有一定的地位。

《风俗通义》——（汉唐人多引作《风俗通》），东汉应劭辑录的民俗著作。原书三十卷、附录一卷，今仅存十卷。

2. 词牌格律：

中平中仄，中平中仄，中仄中平中仄（韵）。
中平中仄仄平平，仄中仄、平平中仄（韵）。

中平中仄，中平中仄，中仄中平中仄（韵）。
中平中仄仄平平，仄中仄、平平中仄（韵）。

（一〇五）《唐多令》

1. 词牌简介：

《唐多令》，又名《糖多令》《箜篌曲》《南楼令》等。双调重头曲，一般以刘过词为正体，六十字，前后片各四平韵。前后片第三句为上三下四句法，第五句为三字读之六字句，由此形成此调流畅又略为停顿的特点。刘过此词乃即兴应歌之作，于轻快之情调中又流露感伤。亦有前片第三句加一衬字者。

另有双调六十一字，前后片各五句、四平韵；双调六十二字，前后片各五句、四平韵等变体。代表作品有纳兰性德《唐多令·雨夜》等。

2. 词牌格律：

平仄仄平平（韵），中平中仄平（韵）。
仄中平、中仄平平（韵）。
中仄中平平仄仄，中中仄、仄平平（韵）。

平仄仄平平（韵），中平中仄平（韵）。
仄中平、中仄平平（韵）。
中仄中平平仄仄，中中仄、仄平平（韵）。

（一〇六）《荷叶杯》

1. 词牌简介：

据《尧山堂外纪》载："韦庄，字端己，著《秦妇吟》，称为'秦妇吟秀才'。举乾宁进士，以才名寓蜀，蜀主王建羁留之。庄有宠人，姿质艳丽，善词翰。建闻之，托以教内人为词，强夺去。庄追念悒怏，作《荷叶杯》《小重山》词，情意凄怨，人相传播，盛行于时。官姬闻之，不食死。"也有人认为，隋·殷英童《采莲曲》有"莲叶捧成杯"句，或者说苏轼《中山松醪》诗自注："唐人以荷叶为酒杯，谓之碧筒酒"，都可能是调名的源处。

《荷叶杯》原为单调小令，二十三字，韦庄重填一片成为双调，并每片增两字。另有单调二十六字，六句两仄韵、三平韵、一叠韵；双调五十字，前后片各五句，两仄韵、三平韵等变体。

此调用韵极复杂，每句用韵，平韵与仄韵互换。单调两换仄韵；第三句平韵，与结句叶韵，其间包孕两仄韵。双调每段两仄韵，两平韵；前后片凡四换韵。单调有六字句、二字句、三字句、七字句；双调有六字句、二字句、五字句、七字句。故此调句式复杂，极富变化，奇句与偶句相间，尤其二字句使此调特色突出。由于用韵与句式的复杂，使此调音节曲折变化，宜于表现片时苦涩的沉郁的复杂的情感。此调格律严密、形式精巧，初学者不宜填作。宋人仅许棐作有双调一首，可见此调在宋代已不流行。

这里以温庭筠《荷叶杯·一点露珠凝冷》为正体，单调二十三字，六句四仄韵、两平韵。此调三换韵，以平韵为主，两仄韵间于平韵之内。

2. 词牌格律：

中仄中平平仄（仄韵），平仄（叶仄），仄平平（平韵）。

仄平平仄仄平仄（换仄韵），平仄（叶仄），仄平平（叶平）。

（一〇七）《淡黄柳》

1. 词牌简介：

《白石道人歌曲》载此词时，有自序："客居合肥南城赤阑桥之西，巷陌凄凉，与江左异，唯柳色夹道，依依可怜。因度此阕，以纾客怀。"传说这里所纾的"客怀"是姜夔亲历的一段故事：姜夔在合肥有两个红颜知己名燕燕和莺莺，十年后他再到合肥，燕莺已去，他很想念她们，于是写了这首词。调名本意即以秋天由绿变黄的萧瑟柳色来反映自己落寞孤独的思念心境。今天传下来的姜夔的《白石道人歌曲》，在这首词的右旁，还注有燕燕所作的半字乐谱，现代音乐家已译为今谱，可以歌唱，这是宋词今存的完整歌谱。此曲声韵裂石、高亢优美，不失为古乐佳作。此调用仄韵，姜词及王沂孙、张炎之作皆用入声韵，故以入声韵为准。

这里以姜夔自度曲为代表作，全词重头六十五字，前片三仄韵，后片五仄韵，以用入声韵为宜。后片八字句第一字为领字。

《白石道人歌曲》即《白石词》。

2. 词牌格律：

平平仄仄，平仄平平仄（韵）。

仄仄平平平仄仄（韵）。

仄仄平平仄仄，平仄平平仄平仄（韵）。

仄平仄（韵），平平仄平仄（韵）。

仄平仄，仄平仄（韵）。仄平平仄仄平平仄（韵）。

仄仄平平，仄平平仄，平仄平平仄仄（韵）。

（一〇八）《上行杯》

1. 词牌简介：

《上行杯》是唐教坊曲，三十八字，依孙光宪体，以两平韵为主，五仄韵两部错叶。《词律》云："当合为单调"，但也有双调。这个词牌流行不广，和其字少韵多且平仄韵还要错叶有关，特别是第三句平韵出现后，直到最后一句才将平韵收起，中间都是仄韵而且是两部仄韵，所以填制难度非常大，不适合于初学者使用。

《词律》——清·万树撰二十卷词谱，《四库全书》著录，编于康熙二十六年（1687 年）。收唐、宋、元词 660 调，1180 余体。

2. 词牌格律：

仄仄平平平仄，平仄仄、仄仄平平（平韵）。

平仄平平平仄仄（仄韵），平平仄仄（叶仄）。

仄平平，平仄仄（换仄韵），仄仄（叶仄），平仄（叶仄），平仄平平（叶平）。

（一〇九）《永遇乐》

1. 词牌简介：

《永遇乐》词调始见宋柳永《乐章集》,《钦定词谱》卷三十二:“‘永遇乐’有平韵、仄韵两体。”毛先舒《填词名解》讲述了一个故事：唐朝有一个被称为杜秘书的人，精通于小令，邻家有一个女孩儿，叫酥香，非常有才华，当时才子们的歌曲都能背诵和歌唱，因为住在隔壁,所以酥香特别喜欢杜秘书的词。时间长了,两人便结成了逾墙之好。不幸的是被一个家仆告到了官府，杜秘书被判流放河朔。他在临行的时候，作了首《永遇乐》的词，一酥香诀别。酥香拿着词稿连唱了三遍后自杀身亡。毛先舒推断这个词牌的名称也可能由此而来。这个杜秘书到底是谁，颇有争议，有的说是杜与，有的说是杜牧。

周密在《天基圣节排当乐次》中讲道：“正月五日，乐奏夹钟宫，觱篥起《万寿永无疆》，引子。上寿。第一盏，笛起《帝寿昌慢》……第五盏，觱篥起《永遇乐慢》。”宫中设宴称为排当。可见“永遇乐慢”原是用于祝寿宴会等喜庆场合的宫廷音乐，可能很早就传入民间，北宋时已被文人用为词调。

此牌一般以苏轼、辛弃疾词为准。一百〇四字，前后片各四仄韵。

2. 词牌格律：

平仄平平，中平平仄，平仄平仄（韵）。
仄仄平平，平平仄仄，仄仄平平仄（韵）。
中平中仄，平平仄仄，中仄仄平平仄（韵）。
仄平平、平平中仄，仄平中中平仄（韵）。

平平仄仄，平平平仄，中仄中平中仄（韵）。
仄仄平平，中平平仄，平仄平平仄（韵）。

仄平平仄，中平中仄，中仄中平中仄（韵）。

中平仄、平平仄仄，仄平仄仄（韵）。

（一一〇）《贺新郎》

1. 词牌简介：

《贺新郎》由北宋苏轼首次填写，是宋代使用频率较高的词调。元朝后使用者渐少，新中国成立后，毛泽东主席曾经使用。

对于《贺新郎》词调的来源问题，众说纷纭，至今无确切结论，别名有《金缕曲》《乳燕飞》《貂裘换酒》等。传作以《东坡乐府》所收为最早，但格律与其他词人的《贺新郎》多不一致。一般以《稼轩长短句》为准。一百十六字，前后片各六仄韵。

在用韵时，用入声部韵可更好地烘托激壮的词情意境，如果用上、去声部韵，词情则变得比较凄郁，这也正是这个词牌的独特性所在。

2. 词牌格律：

中仄平平仄（韵）。

仄平平、中平中仄，仄平平仄（韵）。

中仄中平平中仄，中仄平平中仄（韵）。

中仄仄、平平中仄（韵）。

中仄中平平中仄，仄中平中仄平平仄（韵）。

中仄仄，仄平仄（韵）。

中平中仄平平仄（韵）。

仄平平、中平中仄，仄平平仄（韵）。

中仄中平平中仄，中仄平平中仄（韵）。

中仄仄、平平中仄（韵）。

中仄中平平中仄，仄中平中仄平平仄（韵）。

中仄仄，仄平仄（韵）。

（一一一）《忆馀杭》

1. 词牌简介：

《唐宋词鉴赏辞典》没有收录《忆馀杭》，但收录了潘阆的《酒泉子·其五》和《酒泉子·其十》，在介绍潘阆时只说“有《逍遥词》，今仅存《酒泉子》十首”。龙榆生《唐宋词格律》没有收录潘阆的《酒泉子》，仅收录潘阆的一首《忆馀杭》，并指出“《忆馀杭》见《逍遥词》，宋初潘阆所作。因忆西湖诸胜，故名《忆馀杭》。四十九字，前片两平韵，后片两仄韵，两平韵”。其实这就是潘阆十首《酒泉子》中的第一首。应该说《酒泉子》和《忆馀杭》是同一个词牌的两个不同的名称。

另外还有一个称作《酒泉子》的词牌，又名《杏花风》《春雨打窗》，都以温庭筠《酒泉子·花映柳条》为正体，双调四十字，前片两平韵、两仄韵，后片三仄韵、一平韵。还有几个变体，但没有四十九字格式的。

需要注意，此牌前片一二句没有设韵，这在诗词中是极其罕见的。

2. 词牌格律：

平仄平平，中仄平平平仄仄，

平平仄仄仄平平（平韵），中仄仄平平（叶平）。

仄平平仄平平仄（仄韵），仄仄仄平仄平仄（叶仄）。

仄平平仄仄平平（换平韵），仄仄仄平平（叶平）。

（一一二）《秋波媚》

1. 词牌简介：

纪晓岚在《阅微草堂笔记》中提到，《秋波媚》就是《眼儿媚》。

李煜《菩萨蛮》词中有“眼儿暗相钩，秋波横欲流”的句子，同时涉及了“眼儿”和“秋波”，形容美女柔媚调情的目光，应该是此调名的出处，本意是用来咏美女眉目传情的，有着慨叹美女暗送秋波的意思。

创调之词应该是北宋中期的阮阅所作《眼儿媚》。四十八字，前片三平韵，后片两平韵。首句前四字，也有作“中平中仄”的。

这个格律韵脚设置与五七言“平起平收”格律相近，适合状景抒情等不同情景，很适合初学者填制。

2. 词牌格律：

平仄平平仄平平（韵），中仄仄平平（韵）。

中平中仄，中平中仄，中仄平平（韵）。

中平中仄平平仄，中仄仄平平（韵）。

中平中仄，中平中仄，中仄平平（韵）。

（一一三）《喜迁莺》

1. 词牌简介：

在古代，常以黄莺迁徙为升官或新迁之颂词。白居易《东都冬日会诸同年宴郑家林亭》：“桂折应同树，莺迁各异年。”《填词名解》记述：“《喜迁莺》一名寉冲天，皆取唐韦庄词中语也。”韦庄的创调之作：“街鼓动，禁城开。天上探人回。凤衔金榜出云来。平地一声雷。莺已迁，龙已化。一夜满城车马。家家楼上簇神仙。争看鹤冲天。”就是歌颂士人进士及第的，后人把其后片的首句和结句各取三字，成了《喜迁莺》和《鹤冲天》词牌名。词调又叫《万年枝》《喜迁莺令》《燕归来》，都和升迁、搬迁有关。

全词四十七字，前片四平韵，后片三仄韵，两平韵。属于平仄转韵格。

2. 词牌格律：

中仄仄，仄平平（韵），平仄仄平平（韵）。

仄平平仄仄平平（韵），平仄仄平平（韵）。

平中仄（韵），平中仄（韵），仄仄仄平平仄（韵）。

中平平仄仄平平（韵），平仄仄平平（韵）。

（一一四）《喝火令》

1. 词牌简介：

《喝火令》，始见《山谷词》。双调六十五字，前片五句三平韵，后片七句四平韵。有人主张全篇无可平可仄之字，但也有学者认为上阕最后两句的首字和下阕最后一句的首字可平可仄。

关于《喝火令》的填制，民间认为应有“二仗、三枪、一应”的写作要求，即前后片起句必须对仗是为“两仗”；下阕叠句是由一个四言、一个五言、一个六言组成的一组递进句，谓之“三枪”；上下阕终句对应，谓之“一应”，复杂者还有“一破、一衬”之说。现存古代作品看，一般没有如此要求。比如在平仄上，龙榆生就赞同有些字可平可仄，古典作品中也确有可平可仄之作品。

《山谷词》——黄庭坚，字鲁直，号山谷道人、涪翁，洪州分宁（江西省九江市修水县）人，北宋诗人黄庶之子，黄相之父，北宋著名文学家、书法家。其诗词集名《三谷词》。

2. 词牌格律：

仄仄平平仄，平平仄仄平。

仄平平仄仄平平。

中仄仄平平仄，中仄仄平平。

仄仄平平仄，平平仄仄平。
仄平平仄仄平平。
仄仄平平，仄仄仄平平。
仄仄仄平平仄，中仄仄平平。

（一一五）《青玉案》

1. 词牌简介：

《说文解字》对“案”的解释：“案，几属。”《现代汉语词典》的解释：“‘古’用于端饭的木盘。”“青玉”就是黑玉，“青玉案”就是用黑玉制成的端饭用的盘子。其调名源自东汉末年张衡的《四愁诗》：“美人赠我锦绣缎，何以报之青玉案。”一句。张衡是以情诗的形式，寄托自己的政治抱负，表达的是一种忧国忧民的词情。这个词牌所表达的情感以缠绵、温婉、愁郁为主，比如贺铸的《青玉案·凌波不过横塘路》，全词六十七字，前后片各五仄韵。亦有第五句不用韵者。

2. 词牌格律：

中平中仄平平仄（韵），仄中仄、平平仄（韵）。
仄仄平平平仄仄（韵）。
中平平仄，中平中仄（韵），中仄平平仄（韵）。

中平中仄平平仄（韵），中仄平平仄平仄（韵）。
仄仄平平平仄仄（韵）。
中平平仄，中平中仄（韵），中仄平平仄（韵）。

（一一六）《离亭燕》

1. 词牌简介：

《离亭燕》，又名《离亭宴》。此词牌始于宋人张先，因其词有“随处是离亭别宴”句，取以为调名。此调虽始自张先，但宋人多以张昪“一带江山如画”填作，张先《离亭宴》词七十七字，张昪作七十二字，前后片各四仄韵。

黄庭坚去世后，晁补之作《离亭燕·次韵吊豫章黄鲁直》：“丹府黄香堪笑。章台坠鞭年少。细雨春风花落处，醉里中人传诏。却上五湖船，悲歌楚狂同调。青草荆江波渺。香炉紫霄簪小。人在江山长依旧，幼妇空传辞妙。洒泪作招魂，枫林子规啼晓。”此调六字句共八句，占全调三分之二，而且用韵处均为六字句，形成稳重严整的特色，兼用仄声韵，故有抑郁之声情。所以后人常用此牌抒发怀古、感世、悼亡等严肃题材。

2. 词牌格律：

中仄中平平仄（韵），平仄仄平平仄（韵）。

中仄仄平平仄仄，仄仄中平平仄（韵）。

仄仄仄平平，中仄中平平仄（韵）。

中仄中平平仄（韵），平仄仄平平仄（韵）。

中仄仄平平仄仄，仄仄中平平仄（韵）。

仄仄仄平平，中仄中平平仄（韵）。

（一一七）《祝英台近》

1. 词牌简介：

清·雍正《宁波府志》记载：“东晋，越有梁山伯、祝英台尝同学，祝先归，梁后访之，乃知祝为女，欲娶之，然祝已先许马氏之子。梁怅怅成疾，后为鄞令，且死，遗言葬清道山下。明年，祝适马氏，过其地而风涛大作，舟不能进。祝乃造冢，哭之哀恸。其地忽裂，祝投而死之。今吴中有花蝴蝶，盖橘蠹所化，童儿亦呼梁山伯、祝英台云。”

这就是民间传说的梁山伯与祝英台的故事。

近：唐宋杂曲的一种体制，又称为“近拍”，是将旧有的曲调，另翻新腔，其长短、字数介于小令与慢词之间。

此调本意是歌咏祝英台凄美的爱情故事的，其调婉转凄切、缠绵忧郁，犹可想见旧曲遗音。七十七字，前片三仄韵，后片四仄韵。龙榆生特别提示，该调忌用入声部韵，这在词牌中也是少见的。因为入声部韵激烈昂扬，不易表达这种爱情悲剧的意境。

2. 诗词格律：

仄平平，平仄仄，平仄仄平仄（韵）。

中仄平平，中仄仄平仄（韵）。

中平中仄平平，中平中仄，仄中仄、中平平仄（韵）。

仄平仄（韵），中中平仄平平，中平仄平仄（韵）。

中仄平平，中中仄平仄（韵）。

中平中仄平平，中平中仄，仄中仄、中平平仄（韵）。

（一一八）《朝中措》

1. 词牌简介：

朝中，即皇帝处理政务和生活起居的地方，也用作朝廷的代称。措，本意是安排筹划的意思，这里是“措辞”的意思，即写词。也就是朝中写的词。北宋嘉祐元年（1056 年），刘敞被任命为扬州太守，临行送别的时候，同朝为官的欧阳修为他作了一首词，命名为《朝中措》。

此调又名《梅月圆》《照江梅》《芙蓉曲》等，双调四十八字，前片三平韵，后片两平韵，前片流畅，后片稳重，声韵平和，宜于表达较严肃之主题。

2. 词牌格律：

中平中仄仄平平（韵），中仄仄平平（韵）。
中仄中平中仄，中平中仄平平（韵）。

中平中仄，中平中仄，中仄平平（韵）。
中仄中平中仄，中平中仄平平（韵）。

（一一九）《木兰花》

1. 词牌简介：

木兰花，即紫玉兰，该调本意是以木兰花为歌咏主题的。宋代之后各词集收集的《木兰花》词牌，词格、字数与平仄各不相同。《尊前集》所收录的《木兰花》皆为五十六字体，前后片各三仄韵，平仄句式与《玉楼春》全同；《花间集》所录的本身就各不相同，其韦庄的为五十五字，前后片各三仄韵，最大特点是不同部换韵。宋代后多以韦庄体为正体。

另外还有《减字木兰花》，四十四字，平仄韵互换，每片两仄韵、两平韵。《偷声木兰花》，五十字，平仄韵互换，每片两仄韵、两平韵。《木兰花慢》，一百〇一字，前片五平韵，后片七平韵等格式。

2. 词牌格律一：

中平中仄平平仄（韵），中仄中平平仄仄（韵）。
中平中仄仄平平，中仄中平平仄仄（韵）。

中平中仄平平仄（韵），中仄中平平仄仄（韵）。
中平中仄仄平平，中仄中平平仄仄（韵）。

3. 词牌格律二（仄韵换韵格）：

仄仄仄平平仄仄（韵），平仄仄平平仄仄（韵）。

平仄仄，仄平平，仄仄仄平平仄仄（韵）。

仄仄仄平平仄仄（换韵），平仄仄平平仄仄（韵）。

平平仄仄仄平平，平仄仄平平仄仄（韵）。

（一二〇）《八声甘州》

1. 词牌简介：

甘州，即今天的甘肃省张掖市。是中国古代历代必争的塞外名城重镇。先后有羌、西戎、狄等少数民族在此建立政权或居住。汉武帝时建张掖郡，在西魏废帝年间改为甘州，因城内甘泉遍地，泉水清冽甘甜而得名。八声，古曲中，一韵为一声，此曲共有八韵，所以称“八声”。这是一个典型的边塞曲，应该成曲于唐代。

《八声甘州》，简称《甘州》。据王灼《碧鸡漫志》记载：“《甘州》世不见，今‘仙吕调’有曲破，有八声慢，有令，而‘中吕调’有《象八声甘州》，他宫调不见也。凡大曲就本宫调制引、序、慢、近、令，盖度曲者常态。若《象八声甘州》，即是用其法于‘中吕调’。”今所传《八声甘州》，九十七字，前后片各四平韵。亦有首句增一韵者。

结尾倒数第二句是特殊句法，中间两字相连，组成一个词组，不可填作“二二”句式。各领格字宜用去声。前片一、二句也有作上五、下八句式的，也有首句不用领格字，于第三字逗开，这样结尾倒数第二句可不用特殊句法。

2. 词牌格律：

仄中平仄仄仄平平，中中仄平平（韵）。

仄平平中仄，中平中仄，中仄平平（韵）。

中仄平平中仄，中仄仄平平（韵）。
中仄平平仄，中仄平平（韵）。

中仄中平中仄，仄中平中仄，中仄平平（韵）。
仄平平中仄，中仄仄平平（韵）。
仄平平、中平平仄，仄中平、中仄仄平平（韵）。
平平仄、仄平平仄，中仄平平（韵）。

（一二一）《雨中花慢》

1. 词牌简介：

《雨中花慢》，雨中花：指雨中被摧残的花朵，慢，唐宋杂曲中的一种体制。它本指调长拍缓、节奏舒缓的乐曲，是“慢曲子”的简称。调名本意即以慢曲形式咏唱被风雨摧残的花朵。

正体一，双调九十八字，前片十一句四平韵，后片十句四平韵。以苏轼的《雨中花慢·今岁花时深院》为代表。

正体二，双调九十八字，前后片各十句、四仄韵。以秦观的《雨中花慢·指点虚无征路》为代表。另有十几种变体，可见此调的杂乱。

2. 词牌格律一：

平仄平平平仄，仄仄平平，仄仄平平。
仄仄仄平平仄，仄仄平平。
平仄平平，平平仄仄，仄仄平平。
仄仄仄仄仄，平平仄仄，仄仄平平。

平平仄仄，平平平仄，仄仄仄仄平平。
平仄仄、仄平平仄，仄仄平平。
平仄平平仄仄，平平仄仄平平。

仄平平仄，仄平平仄，仄仄平平。

3. 词牌格律二：

仄仄中平平仄，仄中平平，仄中平仄。
仄平平平仄，仄中平仄。
仄仄平平平仄，平仄仄平平仄。
仄仄平平仄，中中平中，仄中平仄。

平平中仄，中中中中，中仄仄平平仄。
平中仄、平平中仄，仄平平仄。
仄仄中平中仄，中平中仄平仄。
仄平平仄仄，中平平仄，仄中平仄。

（一二二）《八六子》

1. 词牌简介：

宋·洪迈《容斋随笔》："少游《八六子》词云：'片片飞花弄晚，濛濛残雨笼晴，正销凝，黄鹂又啼数声'，语句清峭，为名流推激。予家旧有建本《兰畹曲集》，载杜牧之《八六子》一词，但记其末句云：'正销魂，梧桐又移翠阴'，秦公盖效之，似差不及也。"根据洪迈的记载，唐代杜牧就作过《八六子·洞房深》，清人杜文澜指出："八六子调始于杜樊川，宋人效之"，证实了此调确实为唐·杜牧所创。

关于为什么叫《八六子》，清人杜文澜推测："其调后半至三十一字始协韵，初疑有误，历考宋词，始知定格如是。此三十一字中，上十七字以一字领调，以十六字作四偶句。下十四字以二字领调，以十二字作偶联。疑调名八六子，或即因此两偶联也。"关于杜文澜的这一推论，龙榆生说"前片第四句以一去声字领六言两对句，后片第四句以三仄声字领六言一句、四言两对句，第七句以两平声字领六言两对句。前后两结最末四字并宜用‘去平去平’，方能发调”。这种说法和杜文澜的说法又不相同。

这里以《淮海词》为准，八十八字，前片三平韵，后片五平韵。本词结构特殊，全词八十八字，上片三十字，下片五十八字，词牌中较为少见；领字格包含一字领格、二字领格和三字领格（自习新作中的“叹”“当知”“论故土”）也少见；三个对句集于一词，这也少见。本词所有六字句均宜为二二二句式，节奏均衡。

2. 词牌格律：

仄平平（韵），仄平平仄，平平仄仄平平（韵）。

仄仄仄平平仄仄，仄平平仄平平，仄平仄平（韵）。

平平平仄平平（韵），仄仄仄平平仄，平平仄仄平平（韵）。

仄仄仄平平仄平平仄，仄平平仄，仄平平仄，

平平仄仄平平仄仄，平平平仄平平（韵）。

仄平平（韵），平平去平去平（韵）。

（一二三）《洞仙歌》

1. 词牌简介：

洞仙：指居住在洞里的仙人，名川大山里几乎都有仙人修炼过的洞，比如庐山的仙人洞。引申为成了仙的人。《太平广记》一书中有不少关于仙人的记载。这个调名本意就是歌咏洞中仙人自在生活的。《敦煌曲子词集》中已有此调，虽与宋人所作此词体式有所不同，但证明该词牌名在唐代晚期就开始存在了。

此调又名《洞仙歌令》《洞仙歌慢》《洞仙词》《洞中仙》《洞玄歌》《羽仙歌》。一般以《东坡乐府》之《洞仙歌令》为准。音节舒徐，极骀宕摇曳之致。八十三字，前后片各三仄韵。前片第二句是上一、

下四句法，后片收尾八言句是以一去声字领下七言，紧接又以一去声字领下四言两句作结。前片第二句亦有用上二、下三句法，并于全阕增一二衬字，句读平仄略异者。

2. 词牌格律：

中平中仄，仄中平平仄。
中仄平平仄平仄。
仄平平、中仄平仄平平，平中仄、中仄平平中仄。

中平平仄仄，中仄平平，中仄平平仄平仄。
仄仄仄平平，仄仄平平，平中仄、中平中仄。
仄中仄平平仄平平，仄仄仄平平，仄平平仄。

（一二四）《法曲献仙音》

1. 词牌简介：

法曲源于南朝梁武帝时的法乐，起于隋而盛于唐，为唐代主要乐种之一。唐法曲以清乐为本，又含道曲和佛曲，同时掺杂少部分外族音乐，特别是西域的音乐。唐明皇李隆基酷爱法曲。据唐·张读《宣室志·十仙子》记载："唐玄宗常梦仙子十余辈，御卿云而下，列于庭，各执乐器而奏之。其度曲清越，真仙府之音也。及乐阕，有一仙人前而言曰：'陛下知此乐乎此神仙《紫云曲》也。今愿传授陛下，为圣唐正始音，与夫《咸池》《大夏》固不同矣。'玄宗喜甚，即传受焉。俄而寤，其余响犹若在听。玄宗遽命玉笛吹而习之，尽得其节奏，然嘿不泄。及晓，听政于紫宸殿，宰臣姚崇、宋璟入，奏事于御前，玄宗俛若不闻。二相惧，又奏之。玄宗即起，卒不顾二相。二相益恐，趋出。时高力士侍于玄宗，即奏曰：'宰相请事，陛下宜面决可否。向者崇、璟所言，皆军国大政，而陛下卒不顾，岂二相有罪乎？'玄宗笑曰：‘我昨夕梦仙人奏乐曰《紫云曲》，因以授我，我失其节奏，由是嘿而习之，故不暇听二相奏事。’即于衣中出玉笛，以示力士。是日，力士至中书，以事语于二相。二相惧少解。曲后传于乐府。”这个故事后被演绎成词牌，称《法曲献仙音》，调名本意即以法曲的形式演奏仙人所奉献的美妙音乐。陈旸《乐书》：“法曲兴于唐，其声始出清商部，比正律差四律，有铙、钹、钟、磬之音。《献仙音》其一也。”

这里以姜夔“虚阁笼寒”为准。九十二字，前片三仄韵，后片六仄韵。前片结尾是以一去声字领下五言两句，后片结尾是以一去声字领下四言一句、六言一句。姜夔词前原有小序：“张彦功官舍在铁冶岭上，即昔之教坊使宅。高宅下瞰湖色，光景奇绝。予数过之，为赋此。”词中“计”字是韵。

姜夔的词第三、第四部韵往往通用，龙榆生研究认为姜夔是江西人，《正韵》中的三四部韵在江西方言中有些字韵是相同的，如姜夔《长亭怨慢·渐吹尽》中的“矣”“此”三部韵，就与“絮”“户”“许”“树”“暮”“数”“付”“主”“缕”等四部韵字同押。也就是说，姜夔开创了方言入韵的先例。但后人很少模仿。

2. 词牌格律：

平仄平平，仄平平仄，仄仄平平平仄（韵）。
仄仄平平，仄平平仄，平平仄仄平仄（韵）。
仄仄仄平平仄，平平仄平仄（韵）。

仄平仄（韵），仄平平、仄平平仄（韵）。
平仄仄、平仄仄平平仄（韵）。
仄仄仄平平，仄平平、平仄平仄（韵）。
仄仄平平，仄平平、仄仄仄仄（韵）。

仄平平平仄，仄仄平平平仄（韵）。

（一二五）《秋霁》

1. 词牌简介：

《秋霁》，又名《春霁》《平湖秋月》。霁，本意为“晴”，“秋霁”即为秋天的晴天。调名本意即咏秋晴。《填词名解》记载：“《秋霁》之调，创自李后主，至宋胡浩然用此调作春晴词，遂名《春霁》，又作秋晴词，亦名《秋霁》，盖是一调。”实际上李煜并没有作过《秋霁》。《钦定词谱》称此调始自胡浩然，赋春晴时，名为《春霁》，赋秋晴时，名即为《秋霁》，可见胡浩然是该调的首创人。一般以史达祖《秋霁·江水苍苍》为正体，双调一百〇五字，前片十句六仄韵，后片十一句四仄韵。另有双调一百〇五字，前片十一句六仄韵，后片十一句五仄韵等变体。

2. 词牌格律一：

中仄平平，仄仄仄平平，仄仄平仄（韵）。
中仄平平，中平中仄，中平仄中平仄（韵）。
中平仄仄（韵）。
仄平中仄平平仄（韵）。
仄仄仄（韵）。
平仄、仄平平仄仄平仄（韵）。

平中仄仄，仄仄平平，仄中平平，中中平仄（韵）。
仄平中、平平中仄，平平中仄仄平仄（韵）。
中仄仄平平仄仄（韵）。
仄中平仄，中中仄仄平平，仄中平中，仄平平仄（韵）。

3. 词牌格律二：

仄仄平平，仄仄仄平平，仄仄平仄。

平仄平平，仄平平仄，仄平仄平平仄。

仄平仄仄。仄平仄仄平平仄。

仄仄仄。平仄仄平，平仄仄平仄。

平仄仄仄，仄仄平平，仄平平平，平仄平仄。

仄平平、平平仄仄。平平平仄仄平仄。

仄仄仄平平仄仄。

仄仄平仄，仄平仄仄平平，仄平平仄，仄平仄仄。

（一二六）《黄莺儿》

1. 词牌简介：

黄莺即黑枕黄鹂鸟，以叫声悦耳被人青睐。北宋邵雍《春尽后园闲步》诗：“绿树成荫日，黄莺对语时”就是说的这种鸟。调名本意就是咏黄鹂鸟的，后缀“儿”字，非是儿化读音，是一种表示亲切、温柔的语义。柳永曾作咏黄莺的《黄莺儿·园林晴昼春谁主》一首，由此而得名，见其《乐章集》。

此调又名《黄莺儿令》《黄婴儿》《水云游》，九十六字，前片四仄韵，后片五仄韵。前后片各以一平声字领五言对句。一般领格字都为仄声，且要求去声为多，本调以平声字为领格字，词中较少见。

2. 词牌格律：

平平平仄平平仄（韵）。

仄仄平平，平仄平平，平平平平，仄平平仄（韵）。

平仄仄仄平平，仄仄平平仄（韵）。

仄平平仄平平，仄仄平平平仄平仄（韵）。

平仄（韵），仄仄仄平平，仄仄平平仄（韵）。
仄平平仄，仄仄平平，平平仄平平仄（韵）。
平仄仄仄平平，仄仄平平仄（韵）。
仄仄仄仄平平，平仄平平仄（韵）。

（一二七）《剑器近》

1. 词牌简介：

杜甫有《观公孙大娘舞剑器行》，“剑器”二字应出于此。“近”为宋教坊曲体中介于“令”和“慢”之间的一种曲调，如《祝英台近》。袁去华是周邦彦之后，姜夔之前的一位词人，和姜夔、柳永一样，喜欢自度新曲，现传世的袁去华的《剑器近·夜来雨》就是他的创新之作，后被人们尊为正体。《宋史·乐志》：“教坊奏《剑器曲》，一属‘中吕宫’，一属‘黄钟宫’。”此当是截取《剑器曲》中之一段独立成词。全词九十六字，分三片，第一、第二两片字句声韵完全相同，词界把这种体式称为“双拽头”。前片四仄韵，中片四仄韵，后片七仄韵。音节极低回掩抑。

2. 词牌格律：

仄平仄（韵），仄仄仄、平平平仄（韵）。
仄平仄平平仄（韵），仄平仄（韵）。

仄平仄（韵），仄仄仄、平平仄仄（韵）。
平平仄平平仄（韵），仄平仄（韵）。

平仄（韵），仄平平仄仄（韵）。
平平仄仄，仄仄仄、仄仄平平仄（韵）。

平平平仄仄平平，仄平平仄平，仄平平仄平仄（韵）。
仄平平仄（韵），仄仄平平，仄仄平平仄仄（韵）。
仄平仄仄平平仄（韵）。

（一二八）《酒泉子》

1. 词牌简介：

《填词名解》：“汉武帝置酒泉郡，城下有泉，味甘如酒。郭弘好饮，尝曰：‘得封酒泉郡，实出望外。’词名取此，曰‘酒泉子’。”东汉应劭《地理风俗记》：“酒泉郡，其水若酒，故日酒泉。”此为以地名作词调名。调名本意即为咏酒泉地名的小曲。“子”为缀字，北方语式特点，在名词后多缀“子”字，且发入声韵，如“水泊子”“酒坛子”“山梁子”等。在词牌中，带“子”字的也很多，但用在名词后边和用在动词后边的意思是不同的。用在名词后面的没有实际意义。

《酒泉子》，又名《杏花风》《春雨打窗》，一般认为《酒泉子》原是唐教坊曲，后用作词调名。兹依温庭筠体，四十一字，全阕以四平韵为主，四仄韵两部错叶，填制难度较大。该词牌变体有二十余种，为变体最多的词牌之一。

2. 词牌格律：

平仄仄平（韵），平仄仄平平仄（韵）。
仄平平，平仄仄（韵），仄平平（韵）。

仄平平仄仄平平（韵），平仄仄平平仄（韵）。
仄平平，平仄仄（韵）。仄平平（韵）。

（一二九）《小重山》

1. 词牌简介：

《小重山》，又名《小重山令》《小冲山》《柳色新》《群玉轩》《壁月堂》《玉京山》。相传这个词牌是韦庄所创。据说韦庄有一个侍妾，貌美如花且精通词韵，韦庄视若掌上明珠，却被前蜀开国皇帝王建夺去了。但韦庄丝毫没有办法，只能压抑自己的感情和思念，并作了一阕《小重山》来抒发自己的郁闷悲愤心情。曲调一经唱出，凄婉异常，侍妾听后，竟抑郁而终。因此，唐人多用其写宫怨，词调也以抒发悲情为主。到宋代发生了转变，《宋史·乐志》录宋太宗赵匡义新制乐曲亦有《小重山》，是在原曲的基础上创作的新曲。全词五十八字，双调，前后片个四平韵，一般以李清照“春到长门春草青”为正体。

2. 词牌格律：

中仄平平中仄平（韵）。中平平仄仄、仄平平（韵）。
中平中仄仄平平（韵）。中中仄、中仄仄平平（韵）。

中仄仄平平（韵）。中平平仄仄、仄平平（韵）。
中平中仄仄平平（韵）。中中仄、中仄仄平平（韵）。

（一三〇）《长亭怨慢》

1. 词牌简介：

《长亭怨慢》，姜夔自度“中吕宫”曲。其小序云：“予颇喜自制曲，初率意为长短句，然后协以律，故前后阕多不同。桓大司马温云：‘昔年种柳，依依汉南。今看摇落，凄怆江潭。树犹如此，人何以堪！’此语予深爱之。”全阕九十七字，前片六仄韵，后片五仄韵。

其中上片第一句、第七句首字，下片第二句、第九句、第十一句首字皆为领格字，必须用去声。

上片五六句为对偶，用第七句三个字紧缩。

2. 词牌格律：

去平仄、平平平仄（韵）。
仄仄平平，仄平平仄（韵）。
仄仄平平，仄平平仄，去平仄（韵）。
仄平平仄（韵），平仄仄、平平仄（韵）。
仄仄仄平平，仄仄仄、平平平仄（韵）。

仄仄（韵），去平平仄仄，仄仄仄平平仄（韵）。
平平仄仄，仄仄仄、仄平平仄（韵）。
仄仄仄、仄仄平平，去平仄、平平平仄（韵）。
去仄仄平平，平仄平平平仄（韵）。

（一三一）《桂枝香》

1. 词牌简介：

《桂枝香》，又名《疏帘淡月》《桂枝香慢》，据《填词名解》："唐裴思谦状元及第，作红笺名纸十数，诣平康里宿，诘旦赋诗曰：'银釭斜背解鸣珰，小语低声贺玉郎。从此不知兰麝贵，夜来新惹桂枝香。'又咸通中，袁浩登第，悦妓蕊珠诗有'桂枝香惹蕊珠香'句，词名《桂枝香》略出于此。宋·张宗瑞赋此调，有'疏帘淡月，照人无寐'语，又名《疏帘淡月》。"一般以王安石《桂枝香·金陵怀古》为正体，双调一百一字，前后段各十句、五仄韵。此调常抒激烈感慨胸怀，深沉忧郁，所以宜用入声部韵。前后片第二句第一字是领格，一般用去声。另有多种变体。

2. 词牌格律：

平平仄仄（韵），领仄仄中平，中中平仄（韵）。

中仄平平中仄，仄平平仄（韵）。

中平中仄平平仄，仄平平、中平平仄（韵）。

仄平平仄，中平中仄，仄平平仄（韵）。

仄中中、平平仄仄（韵）。

领中中平中，中中平仄（韵）。

中仄平平中仄，仄平平仄（韵）。

中平中仄平平仄，仄平平中仄平仄（韵）。

仄平平仄，中平中仄，仄平平仄（韵）。

迟朴集

李旭◎著

下册

新华出版社

第四卷

读史随笔

酒与周顗之死

东晋有一位大臣叫周顗，字伯仁。少年时便有声誉，《晋书·周顗传》记载，周顗“少有重名，神采秀彻，虽时辈亲狎，莫能媟也”。也就是说他长得帅气，小的时候就很出名了，同龄的孩子一起玩耍，都不敢和他乱开玩笑。20岁的时候，袭封武城侯，进入政界，曾在镇军将军司马毗属下为长史，相当于参谋长一类。后出任宁远将军、荆州刺史、护南蛮校尉、吏部尚书，最后官至尚书左仆射，相当于副丞相。是名副其实的朝廷重臣。可见，周顗不仅长得帅气威风，人品才学能力在当时都是一流的。但周顗的死却颇具戏剧性，在中国的历史上，像他这样赴死的过程，恐怕是独一无二的。

永昌元年（公元322年）正月，东晋开国元勋、大将军王敦，以“清君侧”讨伐奸臣刘隗的名义，在武昌（今湖北鄂州）起兵，向东一路攻入都城建康后，便将周顗逮捕处死了。

按说周顗和王敦的叔伯哥哥、当时的辅政大臣、太保王导是好朋友，和王敦的关系也不错，王敦和王导哥俩杀谁都不该杀周顗。《世说新语》中多次记录他们之间的友好关系：

《赏誉第八》记载，晋元帝时，周顗被任命为宁远将军、荆州刺史，运气不好，刚到任，就遇到了叛军，被叛军打了个一败涂地。不论古今，打了败仗的将军都会受到严厉的处罚，甚至丢掉性命。这时，身为宰相的王导出面为周顗说话了：“周顗是个有大才的人，怎么能够抛弃不用呢！”不但不处罚周顗，还要继续重用，几年后还把他从荆州刺史提拔成了吏部尚书，可见二人的政治关系。

《排调第二十五》记载了一个“空洞无物”的故事，也就是今天“空洞无物”这一成语的出处。说的就是这二位。王导、周顗二人一起喝酒，酒意阑珊之际，丞相王导把吏部尚书周顗的大腿当枕头，睡在他的腿上，并指着周顗的肚子说："这里装着什么东西？"周顗说："我这肚子里什么都没有（空洞无物），但要装你这样的人，百八十个是没问题的。"这做派很有侯宝林相声的韵味，放在今天，不要说是总理枕着部长的大腿喝酒睡觉，就连乡长也不会枕着副乡长的腿喝酒睡觉，这足可见二人的私交。

这么好的关系，怎么最后变成了仇杀呢？

《晋书·周顗传》记载，王敦起兵后，刘隗就劝皇帝把王氏一族全部杀掉，司空（丞相）王导便率领几十名家人跪在宫门外诣阙请罪，正好碰上周顗要进宫陪皇帝喝酒去，王导便恳求周顗："伯仁，请你在皇帝面前求求情啊，我们家几百口子的性命就托付给你了！"声音凄惨真诚，没有料到周顗看都没看他一眼就进去了。

周顗进到宫里见到了皇帝，和皇帝说："王导和王敦不同，王导可是个忠臣，是国家的栋梁之材，千万不能杀他。"周顗言辞诚恳，申救之情非常真切，皇帝被周顗所说服，便采纳了周顗不杀王导一族的建言。可以说，周顗进门虽然没有理会王导的恳求，但在见了皇帝后，却是极尽能事，全力以赴地完成了王导的托付。

等到周顗从皇宫里出来的时候，王导一族还在宫门外跪着，王导见周顗出来了，又呼唤他，没想到周顗不但再次没有理会王导，还对左右人员说："今年把这帮反贼都杀掉，获取一颗斗大的金印挂在胳膊肘上。"说完就扬长而去了。王导看到这种情形，听到这种言辞，真是心如刀绞。

周顗回到家中，怕光靠口谏的力度不够，又给皇帝写了一份书面请求，言辞非常恳切，进一步坚定了皇帝不杀王导一族的决心。

王导只看到、听到了周顗的表面言行，不知道周顗已经救了他们一家，对周顗便怀恨在心。后来王敦打进了建康，便征求哥哥王导的意见，应该给周顗个什么官做，因为王敦只知道王家的人和周顗关系不错，不知道王导已经对周顗存下了杀人的念头，再加上王敦很钦佩周顗，早些的时候，他见到周顗都不敢正眼看，总是用扇子遮着半个脸。他问哥哥王导："周顗在国内的声望很高，应该进入三司的最高层任职是没有问题的吧？"王导没有吱声。他又问："如果不让他进入三司这样的核心层，就让他在重要部门担任个重要职务？"王导还是没有吱声。王敦见哥哥两次都不发表意见，便说："那就干脆把他杀掉？"王导还是没有吭声。于是，王敦就把周顗杀掉了。

杀周顗的时候，路过太庙，周顗大声喊道："天地先帝之灵，贼臣王敦倾覆社稷，枉杀忠臣，陵虐天下，神祇有灵，当速杀（王）敦，无令纵毒，以倾王室。"话音未落，左右差役便用戟戳他的脸和嘴，顿时血流满地，但周顗面不改色、神情自若，这一年，他只有54岁。

王敦之乱平定后，王导浏览以前的宫中奏折，看到了周顗营救自己的折子，其中言辞恳切，殷勤备至。王导拿着这封奏折，痛哭流涕，悲不自胜。回来之后他对儿子们说："吾虽不杀伯仁，伯仁由我而死。幽冥之中，负此良友！"（《晋书·王导传》）

两位好朋友之间最后落了这么一个交际的结局，后人多有唏嘘，也更多深思。其实这个悲剧是不可以避免的。我自己认为，周顗之死，和他嗜酒如命，常常酒后妄判形势，胡言乱语，甚至酒后失德有关。《世说新语·任诞第二十三》记载，周顗虽然风德雅重，能够为国家赴汤蹈火，匡正社稷，但是东晋成立后的若干年里，长期饮酒不止，不但经常一醉好几天，而且一个月只有几天是清醒的，由此在全国获得了一个"三日仆射"，也就是"每月只上三天班的仆射"的外号，这不是一般喝酒的人能够得到的，唯有"滥晋"这一朝，换了任何一个朝代都不会重用如此醉鬼的。

史载，周顗不但好酒，而且酒量也大。《晋书·周顗传》说，周顗在西晋时，就能一顿喝一石酒。到了东晋的时候，虽然天天醉，但号称"天下无敌手"。有一次一个朋友从北方来，周顗特别开心，准备了二石酒和朋友豪饮，二人都酩酊大醉。等到周顗醒来后，发现朋友已经喝死了。一顿能喝一石酒，天天醉，并且还有把朋友喝死的污点记录，这就是周顗。当时的一石酒有多少呢？有专家研究，大概相当于今天的40斤，不过当时是米酒一类，即便如此，40斤也是能把人喝死的。因此，唐朝宰相房玄龄说他："顗招时论，尤其酒德"，意思是他酒德不好；明朝刑部尚书王世贞说他："既居九列，参密议而纵饮沉湎，狂僻废礼"，也是说他没有酒德。

就是这次进宫陪皇帝喝酒前，周顗已经醉得差不多了，可以想见，他没有理会王导的求救，已经是在醉态之中了，可能他自己都不知道该怎么回答王导的恳托。进到宫里后，又陪着皇帝喝了起来，《晋书·周顗传》的记录是："顗喜饮酒，致醉而出"，也就是说，那天他属于"一天两顿"的主儿，出来的时候几乎什么都不知道了，才狂悖地喊出了"今年杀诸贼奴，当取金印如斗大系肘后"，最终导致了杀身之祸。

回顾这段历史，问题虽然主要出自周顗本身，但和当时的社会氛围不无关系，晋朝的时候崇尚"玄虚"和"清谈"，士大夫们普遍以"荒诞"为时尚，酒就成了"荒诞"的最好载体。晋朝大诗人张华有一首《轻薄篇》的诗，写尽了当时的"轻薄"之态，其中几句这样写道："苍梧竹叶清，宜城九酝醝。浮醪随觞转，素蚁自跳波……盘案互交错，坐席咸喧哗。簪珥或堕落，冠冕皆倾斜。酣饮终日夜，明灯继朝霞。绝缨尚不尤，安能复顾他？留连弥信宿，此欢难可过。"一座城市到处都是酿酒的，到处都是喝酒的，到处都是衣履不整、歪七扭八的酒鬼，川流不息，昼夜不止，整个社会，上至皇帝，下至庶民，不以此为丑，反以此为荣，周顗本来就好酒，再遇上这样的社会环境，可谓生逢其时了，不因酒出事反而不够正常了。

其实就是现代社会，有时候也有复古的时候，1992年之后，2012年之前的中国，何尝不是这样呢！

2020年7月23日

“四大名著”与“四大名注”

“四大名著”是人们所熟知的，施耐庵和罗贯中的《水浒传》、罗贯中的《三国演义》、吴承恩的《西游记》以及曹雪芹的《红楼梦》。四大名著中，施耐庵、罗贯中师徒二人占据一半之席，在中国小说史上堪称美谈。

“四大名著”的叫法是现代的事情，改革开放以前是没有“四大名著”一说的，那时也不叫“四大名著”，而叫“四大奇书”。清代初年，李渔在芥子园醉耕堂本《四大奇书第一种》的序中写道：“昔弇州先生（按明代学者王世贞）有宇宙四大奇书之目，曰《史记》也，《南华》也，《水浒》与《西厢》也。冯梦龙亦有四大奇书之目，曰《三国》也，《水浒》也，《西游》与《金瓶梅》也。两人之论各异。愚谓书之奇当从其类。《水浒》在小说家，与经史不类；《西厢》系词曲，与小说又不类。今将从其类以配其奇，则冯说为近是。”查《中国古籍善本目录》，《四大奇书第一种》其实就是《三国演义》，原藏北京大学图书馆，现藏国家图书馆。《四大奇书第一种》共六十卷一百二十回，罗贯中著，清·毛宗岗、杭永年评定。李渔在金陵的私宅名叫芥子园，他曾经在这里经营过芥子园书铺，大名鼎鼎的《芥子园画谱》就出自这里。这本《四大奇书第一种》就是李渔组织刊刻的第一本长篇小说，可见“四大奇书”的说法是从李渔开始的。但那时还没有《红楼梦》的位置，因为《红楼梦》在当时还没有出世，《红楼梦》出世后，读者们很快就让其取代了《金瓶梅》的位置，进入了“四大”行列。《红楼梦》取代《金瓶梅》，也不完全因为是清朝廷、北洋政府、中华民国政府等对《金瓶梅》的打压，《金瓶梅》淫言浪行的确实有点过，一度到了父母像防流氓一样，防其靠近儿孙的地步。

现代像贾平凹这样的知名作家写性，以“此处省略256个字”来含蓄，而《金瓶梅》则是章章细致，字字淋漓，这就不能怪读者们的排斥了。《红楼梦》的艺术水准、思想水准以及社会责任心都明显比《金瓶梅》要高出一筹来，中国的小说读者是很刁的，好坏优劣是不会逃过他们的眼睛的，让《红楼梦》取代《金瓶梅》也是中国大多数小说读者文学欣赏能力的反映。

“四大奇书”改成了“四大名著”，大功当归于今天某些唯利是图的出版社，人民文学出版社一套《红楼梦》的售价是59.7元人民币，还是上、下两册。某大报社出版社将《水浒传》《三国演义》《西游记》和《红楼梦》四合一，冠以“四大名著”的头衔后，四册售价就飙成了1280元人民币！这种没有抢劫名声的抢劫，比土匪劫道要讲究多了。有了这种“价格决定价值”“价格决定人格”的讲究，“四大名著”不火不行，不响也不行了。

相比之下，“四大名注”就可怜多了。说其可怜，是因为很少有读者把“四大名注”挂在嘴边，更没有出版社为这种鸡肋式出版行为去鼓与呼，更不用说炒作了。

“注”指的是注释体例文体。明朝文学家钟惺编著过一本《三注钞》，收录了三本书，即南朝宋裴松之的《〈三国志〉注》八卷，南朝梁刘孝标的《〈世说新语〉注》二卷，北魏郦道元的《水经注》六卷。这便是中国“三大名注”的开始。之后，人们又把体例相似的唐代李善对《文选》的注释包含了进来，这就形成了中国文献史上的“四大名注”。后经中国近现代历史学家钱穆在其《中国史学名著》一书中的推崇，“四大名注”便得到了普遍的认可。

陈寿撰写的《三国志》有些地方过于简略，有些地方甚至有错误。裴松之收集了大量的史料予以纠偏补正，最可贵的是他并没有武断地进行取舍，而是把存疑、矛盾的地方“并皆抄纳，以备异闻”，填补了不少三国历史的空白。

同样，刘孝标在注《世说新语》时，也补充了很多翔实的历史背景资料，使得《世说新语》更全面准确，更具正史价值。

郦道元对《水经》的贡献就更大了，秦、汉《水经》，记述都极为简略，而且以水文地理为主。而郦注中则涉及了更为广泛的学科，例如土壤矿藏、农业水利、地理变迁、历史故事、碑刻题记等，已经远远超越了“水”的范畴，通过郦道元的注，这本书已经成为历史百科全书。

李善在注《文选》时引用了大量古籍，李善的《文选注》不仅丰富了文选的内容，更重要的是他所引用的典籍的内容或名称得以在《文选注》中得以保存，无意之中做了一件保存其他古籍文献资料的伟大工作，其贡献是历史性的。

中国传统文化十分丰富，是一座取之不尽，用之不竭的宝藏，我们在青睐于“四大名著”的时候，不妨抽时间关注一下“四大名注”。

2021 年 7 月 19 日

苏东坡的亲民之举

在北宋，和商品流通相关的税收没有像现在这么复杂，分为流转税、所得税、财产税、资源税等，那时只分“过税”与“住税”。《宋史·食货志》记载：“行者赍货，谓之‘过税’，每千钱算二十；居者市鬻，谓之‘住税’，每千钱算三十，大约如此。然无定制，其名物各随地宜而不一焉。”也就是说百姓携带货物不论是馈赠，还是自用，都要交税，名叫“过税”，税率是2%。如果用于经营，发生了买卖行为，则称之为“住税”，税率就变成了3%。为了征收货物“过税”，官府在官道、航道以及渡口、城门等处设置了诸多税场，也就是收税的关卡，并设立税吏进行管理，杜甫《卖炭翁》中的“黄衣使者白衫儿”大概就是这类官吏。于是就出现了前边征完后边征的现象，“一物而征之至十数次者，谓之回税”，重复征税，不但允许，而且还有名头叫“回税”，也就是回头税了。路途如果遥远，所携带的货物需要拿出一多半来缴纳“过税”。不仅严重阻碍了货物流通，而且严重增加了百姓的税负，使得百姓苦不堪言。

面对如此沉重的税负，连有些官员都无颜于百姓了，苏轼就是其中的一位。北宋之后，历朝历代的人们都给予苏轼以很高评价，其实不仅仅是因为他的诗词的登峰造极，有着“明月几时有，把酒问青天。不知天上宫阙，今夕是何年”（《水调歌头》）的浪漫情怀，更有着“今年粳稻熟苦迟，庶见霜风来几时。汗流肩赪载入市，价贱乞与如糠粞！”（《吴中田妇叹》）的对百姓疾苦的同情和关心。正是因为有这种亲民心境，苏轼在从杭州知州的任上被召回朝廷后，立即给皇上上了一个《乞免五谷力胜税钱札子》，也就是“免税报告”，请求皇上将水运五谷的“过税”全部免除，理由是“近岁法令，始有五谷力胜税钱，使商贾不行，农末皆病”，说这个“过税”，不仅影响了商品流通，而且还使农民苦不堪言。结果皇上没有理会。第二年，苏轼再次上书，又一次明确提出“宜令今后不问有无旧例，并不得收五谷力胜税钱，仍于课内除豁此一项”，说白了，还是要求皇上免税，没想到皇上这次不但没理睬他，而且再次把他贬到了地方，从杭州换到了颍州。

苏轼请求为老百姓免税的报告皇上虽然没有批准，那么“过税”就要照常征收，为了少交税，老百姓便想着法子偷税漏税，遇到偷漏税的，苏轼的处理也有别于其他官吏，以至于成为老百姓的美谈而历久弥新。

北宋元祐四年（1089 年），苏东坡以龙图阁学士的身份出任杭州知府。刚到任不久，主管“过税”征收的官吏就抓到了一个逃税的乡贡进士，而且是以苏东坡的名义逃税的。这个人叫吴味道，南剑州人。原来吴味道考中乡贡进士后，同乡凑了十万钱作为赠礼，资助他到京城科考。他就买了二百端建阳产的上好的丝绸想带到京师。因为当时税太重，二百端要缴纳一百端的税，为了逃税，吴味道将丝绸密封了起来，冒充是苏东坡送给弟弟苏辙的礼物，因为当时官吏的私物是免税的。更重要的是吴味道考虑，当时苏轼、苏辙哥俩名满天下，不但爱护读书人，而且反对横征暴敛，就算是事情败露了，苏氏哥俩也能原谅他，所以才冒用了苏东坡的名义。

没想到正赶上苏东坡来到他从福州到京城的必由之路的杭州上任，此人便落到了苏东坡的手里。苏东坡了解情况后，叫管文书的家仆把丝绸上的旧封条除去，附上“送至东京（京师）竹竿巷苏辙收”的字条，又亲手写了一封给弟弟苏辙的信交给吴味道，说：“你这回即使拿到天上去也无妨了。”第二年吴味道考中进士，还特地答谢了苏东坡。

苏东坡不仅放走了逃税的吴味道，而且还给予了保护，这无疑是违背朝廷税法的，用今天的话说叫执法犯法，一个知州，不惜以身试法，去帮助和关爱一个素不相识的平民百姓，即使是今天，也是需要一点勇气和爱心的。

2021 年 7 月 30 日

王旦与寇准

做过宋朝丞相的“寇天官”——寇准，在中国可是一个家喻户晓的人物，寇准之所以有这样的历史人气，一是寇准的官品声誉确实不错，在位时为国家做出过贡献，受到了老百姓的嘉许，另一个是文人们的编排和宣传，诸如《寇准》《提寇准》《寇准探地穴》《寇准罢宴》《寇准背靴》《潘杨讼》《告御状》《调寇》《审御案》……这些剧目，寇准在其中都占据着举足轻重的地位。老百姓们不把《宋史》当回事，但都热衷于大戏，忠红奸白，一目了然，他们可以不知道寇准的领导是大宋皇帝赵光义，但知道寇准是谁，八贤王赵德芳是谁。

其实和寇准同时代还有一代名相，其官绩、官品、官评一点不比寇准差，就现有史料来看，各方面的代表人物对他的评价比寇准可能还要高。但因为他原本低调，没有更多地引起文学家和戏曲家们的关注，以至于民间很少有关于他的戏剧和评书，也很少知道他曾经是个比寇准更优秀的角色。这个人就是王旦。

王旦出生于957年，因其生于凌晨，故取名旦，字子明。王旦长得丑陋，异于常人，从小就沉默寡言，好学不倦，颇有文才。知子莫若父，他的父亲王祜在他小的时候就预言：“我这个孩子将来会做到公卿宰相的。”果然，王旦登进士第从政之后，一直做到了宋真宗的宰相，北宋著名的“澶渊之盟”就有他的一份功劳。1017年61岁去世后获得的荣誉尤为可观，不但获赠太师、尚书令兼中书令、魏国公这些头衔，获得了“文正”的谥号，还配享真宗庙庭。宋仁宗赵祯对王旦的盖棺定论是：“事我文考真宗，协德一心，克终厥位，有始有卒，其可谓全德元老矣。”于是，亲自为王旦的碑首题词“全德元老”。到宋理宗一朝时，又将其列为昭勋阁二十四功臣之一，这种待遇，不用说寇准，就是有宋一朝直到清末，也很少有人企及。

寇准的性格决定了他的结局，刚勇有余，包容不足，最后被贬客死在了雷州半岛。虽然十年后得到了平反，但遗留给人们的评价却不如王旦，其个人遭遇更是让人唏嘘不已。天圣元年（1023 年），寇准在雷州任所忧病交加，快要离世的时候作了一首《病中诗》：“多病将经年，逢迎故不能。书唯看药录，客只待医僧。壮志销如雪，幽怀冷似冰。郡斋风雨后，无睡对青灯。”就是现在，品味起这首诗来，足可以使人泪眼滂沱。

王旦一个掌权 18 年、为相 12 年的政治人物，能够善始善终，得到三朝皇帝的先后青睐，中国历史上实在为数寥寥。历史上的不少政治家、思想家都对王旦和寇准进行过评价，从他们的评价可以领略北宋这两位贤相的不同之处：

宋真宗赵恒评价王旦：“为朕致太平者，必斯人也。”评价寇准是：“准刚忿如昔。”说王旦能给他带来太平，说寇准刚正不阿一如往昔。

主编《宋史》的元朝政治家脱脱评价王旦：“王旦当国最久，事至不胶，有谤不校，荐贤而不市恩，救罪辄宥而不费辞。”评价寇准：“然挽衣留谏，面诋同列，虽有直言之风，而少包荒之量。”一个是朝中大事管理有方，不计怨恨，荐贤不图回报，宽宥他人没有多余的话说。一个是虽然有刚正直言的风范，但还是缺少一点包容异己的雅量。

做过宋朝副丞相、写过《岳阳楼记》的范仲淹评价王旦：“王文正公旦为相二十年，人莫见其爱恶之迹，天下谓之大雅。”评价寇准：“寇莱公澶渊之役，而能左右天子，不动如山，天下谓之大忠。”一个被全面衡量为“大雅”，一个则就事论事被评价为“大忠”。

清代思想家汤鹏评价二人：“王旦老成，则为寇准所短是也。”“寇准不读《霍光传》，其功不终，短其术而陋者也。”这就更不用解释了。

王旦和寇准同朝为臣，又平起平坐，同为阁老，都受到了皇上的赏识，但人生的结局却大相径庭，我想主要还是胸襟和情怀不同吧。

沈括《梦溪笔谈》有一篇《王文正局量宽厚》的文章，讲的就是王旦的故事：王旦太尉为人宽厚有度量，从未见他发脾气。饮食有不太干净的，他也只是不吃而已。家人想试试他的度量，以少许黑灰放到肉汤中，他就只吃米饭而已。问他为何不喝汤，他说："我今天不太想吃肉。"再在他的米饭里弄点灰，他看到后就说："我今天不想吃米饭，想喝点粥。"从来不因此要性子发脾气。孩子们曾向他诉说："厨房的肉叫厨子给私占了，肉吃不饱，请惩治厨子。"王公说："你们每人一天肉的定量是多少？"孩子们说："一斤。现在只能吃到半斤，另外半斤让厨子给贪污了。"王公说："你们有一斤肉就可以了吗？"孩子们说："可以。"王公曰："今后按每人一天一斤半的定量拨给厨子。"遇到别人的过失，他都是这样不愿揭发。他家宅子的大门坏了，管家拆除门房新修，暂时从门廊下开了一个侧门出入。王公至侧门，门太低，就在马鞍上伏下身子进出，什么都不问。大门修好了，再从正门走，他也还是什么都不问。他的马夫是个当兵的，服役期满向王公辞行，王公问："你牵马多长时间了？"马卒说："五年了。"王公说："我怎么不记得有你？"在马卒转身离去的时候，王公又把他叫了回来，说："你是某某吧？"于是赠送他不少财物。原来是马卒每日牵马，王公只看见他的背，不曾看过他的脸，当马卒离去时又看到他的背，这才认出来是自己的马卒。

这样的胸襟和气度一般人是难以修炼成功的。再看寇准，北宋大儒朱熹等辑录的《宋名臣言行录·前集》对寇准的记录是："（寇）公性忠朴，喜直言，无顾避。时人语曰：'寇准上殿，百僚股栗。'"一个让人人见了都打哆嗦的宰相，可见有多么霸道和蛮横，这样的人再正直，都是会遭人嫉恨的，所以，在寇准在位的时候，朝廷内外到处都是明里暗里打黑拳的人，所以才有了两次遭贬，最终客死异乡的悲惨结局。

2021 年 9 月 10 日

王戎的李子许衡的梨

《世说新语》和《智囊》两本书都记载了一个“王戎辨李”的故事，后来引申为一个成语“道旁苦李”。在《智囊》一书中，这个故事排在《司马光砸缸》的后面，但因为《司马光砸缸》在《三字经》里出现过，再加上新中国成立后，几次小学课本都收录了《司马光砸缸》，所以司马光的故事就比王戎的故事知名多了。实际上王戎的故事一点不比司马光的故事逊色，据说，2020年的小学语文教材第七册，就收录了“王戎不取道旁李”的故事，再一次和司马光的故事站在了同一讲台上，引起了国人的关注。

“道旁苦李”讲的是：王戎七岁的时候，有一次和小朋友们一起出去游玩，看见路边有一棵李子树挂满了李子，把树枝都压弯了，小孩儿们都跑到李子树下摘李子，只有王戎站着不动。有人问他为什么不去摘李子，他回答说：“路边的李树上还有这么多李子，这李子一定是苦的。”拿来一尝，果然是苦的。

一个七岁的小孩子，竟能够对事物发展过程有如此仔细的观察，并做出如此准确的判断，不是一般的孩子可以做到的，除了天赋外，一定不能缺少家人的引导和栽培。

冯梦龙在这个故事后面，根据《元史·许衡传》的记载，还补充了一则“许衡不食梨”的故事：

元代大儒许衡，曾经做过中书左丞、集贤大学士兼国子祭酒，在他年少的时候，有一年夏天和大人们一起去河阳的路上，道旁有结满了梨子的树，大家争着摘下来解渴消暑，唯独许衡自若无视地端坐在树下不动。有人问他为什么不去摘梨，他回答说：“不是我所有的东西是不可以要的。”那人又说：“这种乱世，人都逃亡了，这是无主的梨树了。”许衡回答说：“梨树无主了，但我的心能够无主吗？别人所遗留的东西，拿一丝一毫都是不道义，是不能接受的。即便是庭院里有果子，熟烂的掉到了地上，儿童过来的时候瞅都不应该去瞅一眼，我家里就是这样的家教家规。”冯梦龙慨叹道：“王戎的才智，许衡的品德都是神童的表现呀！”果然，两个人后来都成了国家的栋梁之材。

少年的机智和诚实是多么的难能可贵呀！

2021 年 8 月 11 日

注：

《世说新语》和《智囊》两书中的“王戎不取道旁李”的故事梗概完全相同，只不过在文字上略有差异。录此存照，以备对比。

《世说新语・王戎》：

王戎七岁，尝与诸小儿游，看道边李树多子折枝，诸儿竞走取之，唯戎不动。人问之，答曰：“树在道边而多子，此必苦李。”取之，信然。

《智囊・王戎》

王戎年七岁时，尝与诸小儿游，瞩见道旁李树，有子扳折，诸小儿竞走之，唯戎不动。人问之，答曰：“树在道旁而多子，此必苦李。”试之果然。

王戎的两面性

“王戎不取道旁李”的故事，能够替代“司马光砸缸”进入小学教材不是偶然的。在历史上，王戎的名头也是非常大的，根据他的故事演变出来的成语之多，中国历史人物超过王戎的恐怕没有几个，比如“道旁苦李”“卖李贪财”“王戎死孝”“卿卿我我”“识鉴过人”“邈若山河”“璞玉浑金”“二王当国”“瑶林琼树”等，在一个人的身上能够传承出这么多成语，可见中国文化对他的喜欢程度，所以，进入小学教材，也就不足为奇了。

王戎还有一个尽人皆知的历史头衔，那就是“竹林七贤”之一。现有资料看，除了阮咸生卒年月不详外，王戎是七贤中年龄最小的，他比最大的山涛小整整 30 岁，比阮籍小 20 岁。如此年龄差异的人，能玩到一起，年龄小的没有点过人之处恐怕是不行的。

《晋书·列传第十三》记载：阮籍与王戎的父亲王浑是朋友，实际上是王戎的叔叔辈。王戎十五岁的时候随着父亲生活，阮籍每次来看望老朋友王浑的时候，和王浑待上一会儿就跑到王戎那里去了，一去就待很长时间。出来对王浑说：“你儿子王戎聪敏伶俐，比你强，和你讨论问题，不如和你儿子讨论。”王戎加入“竹林七贤”这个圈子，就是阮籍推荐的，最终，王戎和山涛、阮籍等人从叔侄关系变成了哥们儿关系，天天在一起吃喝玩乐。最后，还是因为年龄差异，相互间存在代沟的原因吧，王戎和七贤分道扬镳了，但七贤的美谈却再也没有分开过。

历史上王戎是一个颇有争议的人物，他的身上常常体现出让人难于理解的两面性格。到现在，还不断引起人们的研究和评判。

王戎脱离“竹林七贤”这个圈子，主要还是因为他的政治立场发生了变化，从反对西晋司马政权转到了拥护，这就有了叛徒的嫌疑。所以后人说他不仗义，七贤之一的嵇康被朝廷杀头之时，却是王戎到朝廷做官之日，无论如何都显得不够义气。所以，王戎的性格里既有“忠”的一面，也有“义”的一面，但“义”的一面显得苍白了许多，不像关云长封金挂印，“义”无反顾，更能体现“义”文化的精髓。

《世说新语》引《晋书》记载：王戎的父亲王浑死在了凉州，当时在凉州任凉州刺史，是当地最高的军政长官。王刺史去世后，他的门生故吏、上司下级，相赠的赙金，也就是今天的礼金，高达百万之巨，这在当时都是合情合理又合法的一笔巨大收入，但是王戎全部婉言谢绝，他的拒绝收受礼金的举动在当时轰动全国，王戎也由此成了名人。

但是，王戎却又是历史上有名的吝啬鬼，其吝啬程度一点不比莫里哀的《吝啬鬼》中的阿巴贡逊色。《晋书·列传第十三》记载，他的女儿嫁给了裴頠，这个女婿可不是个一般人物，裴頠是河东闻喜（今山西运城）人，做过西晋的散骑常侍，国子祭酒、尚书左仆射，也就是宰相一级的官位，职位一点不比老丈人王戎低，学问也不次于老丈人，《崇有论》这本书就是裴頠写的，《晋书》中全文载入，其学术价值可见一斑。女儿和裴頠结婚的时候，王戎没舍得给陪嫁，而是借给女儿几万钱。后来很长时间女儿也没有还，女儿回娘家的时候，王戎就吊着脸子不高兴，有一天女儿来把钱还上了，王戎一下子就高兴起来了。他的侄子快要结婚的时候，王戎送给侄子一件单衣，结婚之后，他又跑到侄子那里硬是把这件单衣给要了回来。他们家的李树特别好，结的果子又多又大又甜，李子熟了之后，他常常要把李子卖掉，但怕别人得到种子，种出好李子抢了他的生意，便在卖李子之前，一个一个地先把李子的核钻出来，因此，常常被世人所耻笑。

对这种矛盾的性格，也有人说，吝啬是啬于内，拒收礼金则是德于外，也许这正是中华民族伟大的、当不断传承的美德。

古今中外没有一个十全十美的人，正是因为没有十全十美，才有了丰富多彩的人生，如果真有了一个十全十美的人，那这个人一定是个异类。

2021 年 8 月 12 日

韦孝宽的里程碑

韦孝宽，名宽，一名叔裕，字孝宽，京兆杜陵（西安市）人，曾做过大司空、上柱国，是南北朝时期杰出的军事家、政治家，封郧国公。南北朝时期，天下很乱，杰出人物就像演戏一样，你唱罢，他登场，国家建立和皇帝更换，就像戏台上换布景一样频繁。所以，韦孝宽也就不得不随着剧情和布景的不断变换而变换着自己的角色，以至于后来的人写史介绍他的时候，不得不用“南北朝时期北魏、西魏、北周杰出的军事家、战略家”这样的称谓。韦孝宽先在北魏立功升迁，后为西魏宇文泰所重用，派他镇守东西魏交界的军事要地玉璧，在这里韦孝宽打败了东魏的实际掌控人高欢亲自率领的东魏军，一举成名。宇文泰的儿子宇文觉建立北周称帝后，韦孝宽又服务于北周。

就在韦孝宽被宇文泰任命为雍州刺史的时候，他以改制里程碑设置，做了一件具有里程碑意义的事情，从而使其名留青史。

南北朝的时候，中国就已经有了里程碑。不过那时的里程碑不仅不像今天高速公路上的里程碑如此豪华气派，也没有今天普通公路上的水泥里程碑结实醒目。那时的里程碑叫堠。《现代汉语词典》对“堠”字的解释有两说：一是“古代瞭望敌情的土堡”，一是“古代记里数的土堆”；《康熙字典》的解释是：“封土为坛，以记里也。五里只堠，十里双堠”，这是清朝时期的里程碑距离。可以想到，在当时赶路的时候，从一个堠走到另一个堠是五里，从两个堠走到另两个堠就是十里。这样的里程碑虽然简陋，但也比较实用，特别是行军打仗的时候，就更有现实意义了，比如哨兵报告敌人的距离，如果说“敌人离我们还要走一顿饭的工夫”，就不如报告“敌人离我们还有双堠之地”精准多了。

但这样的里程碑存在一个缺陷，经不住风吹雨打，这就需要不断地征调民力加以维修，不仅劳民伤财，还经常影响使用。冯梦龙的《智囊》里就记载了韦孝宽改制里程碑，解决风雨无毁的故事。原文是：

“韦孝宽为雍州刺史，先是路侧一里置一土堠，经雨辄毁。孝宽临州，勒部内当堠处但植槐树，既免修复，又便行旅。宇文泰后见之，叹曰：‘岂得一州独尔！’于是令诸州皆计里种树。”

可见南北朝的时候，堠与堠的距离不是五里，而是一里，韦孝宽的办法是让部下在堠堆处种植槐树，以槐树为里程碑，一可绿化道路，二可为行人遮阳歇息，三可免除修复之累，四可一劳永逸，可谓一举多得，是件利国利民的大好事，所以他的主管领导宇文泰见到后大加赞叹，立即宣布并在全国予以推广。

里程碑由“死土堆”变成了“活槐树”，不能不说是韦孝宽的一大贡献。

2021 年 8 月 9 日

心血写就的孝悌

冯梦龙说："智者，术所以生也；术者，智所以转也。"意思是聪明才智是办法产生的根本，而办法则是聪明才智得以实现的桥梁。说的是做事没有聪明才智不行，有了聪明才智没有具体办法也是不行的。但是，做事还应当注重情分，不同的事灌注着不同的情分，如果没有情分融入期间，即使是既有智慧又有策略，事情也做不成，至少是做不好的。

《后汉书·循吏列传第六十六》记载，东汉的时候，阳羡（今江苏宜兴）有个叫许武的人，父亲死得早，留下许晏、许普两个未成年的弟弟，许武便承担起了长兄为父的角色。许武每天下地耕田的时候，就把两个弟弟带上，让他们站在田埂旁边观看，以此教育弟弟为世务农的生活艰辛。到了晚上许武就教两个弟弟读书。有时候弟弟不听他的教诲，他就到家庙里跪着向祖宗告罪。由于许武的爱心，他后来举了孝廉，孝廉是古代做官的途径，有名望的人才有资格被选举。许武举了孝廉之后，官至长乐少府。长乐少府在当时是很大的官，主管皇宫的行政事务，套个品级，应该是三品，至少相当于现在的副部级，因此非常显赫。但是他的两个弟弟却因没有名望，一直待在乡下，选不上孝廉。

许武做了高官后，回到家里，强行要求两个弟弟和他分家析产，他把家产分作了三份，自己取了最肥沃的田地，最宽敞、最好的房屋以及健壮的奴婢，剩余破破烂烂的家产才分给了弟弟，两个弟弟没有争辩，而是默默地接受了大哥的分配。这样一来社会上的人都赞许两个弟弟孝悌忠厚和仁义，鄙视许武为长不恤、为官不慈的品性，一度许武在社会上臭名远扬，承受着巨大的心理压力。

没多久两个弟弟因为孝悌兄长、爱护家誉，也都被乡里举为了孝廉，进入到了当时的官宦阶层。这时，许武请来了宗族的亲戚们，哭着说明当时多占要家产的目的，是为了给两个弟弟提供显名扬声的机会，从而创造举孝廉的条件，并且把所有的家产都让给了两个弟弟。

冯梦龙在他的《智囊·术智部》里引用了这个故事，并且作了“让财尚算容易，让名就非常困难了”的评价。可见在冯梦龙眼里，更看重许武为了两个弟弟的前程，甘愿自毁声誉的孝悌之举。

这个故事后来演变成了一个成语“许武教弟”，和另一个成语“薛包侍亲”经常一起出现在史书文集之中，一起彰显着中华民族特点的兄弟亲睦文化传统。

薛包和许武是东汉同时代人，薛包年少时母亲去世，父娶后妻，继母不愿抚养薛包，把他赶出家门，薛包流着泪不忍远离。在后母的挑唆下，父亲对他经常打骂，不得已薛包只好在街门口睡觉，早上一醒来就到院子里洒扫院落。父母依旧嫌恨他，连街门口都不准他住，他只好到远处的巷子里居住，但依旧尊重父母，晨昏定省，父母逐渐感到惭愧，让他回家同住。后来父母相继去世，几个弟弟要求分家析产，薛包无法阻止，便将家财按股照分，唯自己情愿认亏，把弟弟们不愿要的瘠田敝器老奴婢，都留给了自己。后来几个弟弟屡次破产，薛包都用自己的钱给予周济，因此人人称他孝友。后来汉安帝刘祜得知此事，升任他为侍中，也就是皇帝的生活秘书，薛包誓死不肯就职，安帝只好同意他回到乡里，最后在家里寿终正寝。

许武多分家产，薛包少分家产，行为上二人截然相反，但疼爱弟弟的良苦用心和拳拳兄弟之情却是一致的。所以说，体现兄弟情义，不在于形式如何，主要还是看心。心中存留有兄弟之情，不论行为在表象上对与错，情分就都应该被彰显。

2021 年 8 月 15 日

印章的权威

今天的《刑法》中有一个“伪造、变造、买卖国家机关公文、证件、印章罪”，规定伪造、变造、买卖或者盗窃、抢夺、毁灭国家机关的公文、证件、印章的，处三年以下有期徒刑、拘役、管制或剥夺政治权利，并处罚金；情节严重的，处三年以上十年以下有期徒刑，并处罚金。

因为伪造、变造、买卖国家机关公文、证件、印章，侵犯了国家机关的正常管理活动和信誉，影响了国家机关的管理活动，并且损害国家机关名誉，严重破坏社会管理秩序，所以，古今中外，无不对这种行为给以严厉惩处。

唐朝的《唐律疏议》和宋朝的《宋刑统》对此也有相同的规定：“印者，信也。谓印文书施行，通达上下，所在信受，故曰‘官文书印’。盗此印者，徒二年。‘余印，杖一百’，余印谓给诸州封函及畜产之印，在令、式，印应官给。”也就是说，盗窃官印文书的，判处两年有期徒刑，盗用正印以外的副印，即余印的，判处一百脊杖。这是仅指偷盗印信而没有使用的情况，如果偷盗了印信还进行了使用，还会加重处罚：“若将行用，即从‘伪造’‘伪写’‘封用规避’之罪科之”。“伪造”“伪写”根据情节的轻重可以判处“流三千里”直至“绞”刑，比今天的刑罚要重得多。

在中国的社会生活中，一旦遇到了“官”字，事情就会变得庄重、严肃、严厉了起来，所以盗窃、伪造、变造“官文书印”不但要入罪，还要加重处罚。那么，如果是盗窃、伪造、变造“私文书印”怎么办呢？如果盗窃对象本身的价值没有达到盗窃罪的立案标准，现在的法律便将其列入了民法调整范畴。但在唐宋时期，同样是要负刑事责任的：“但非官文书之印，盗者皆杖一百。”偷盗了私人的文书之印，一律处以脊杖一百的刑罚。

2021 年 4 月 6 日

洪迈对周亚夫的偏见

洪迈在《容斋续笔·卷六·周亚夫》一文中谈到汉朝名将周亚夫时认为：

汉景帝即位三年后，以吴王刘濞为首的七个分封国联合发动叛乱，刘濞自称东帝，天下为之震动。汉景帝命周亚夫率兵平叛，仅用三个月就取得了胜利，割下了叛王刘濞的人头，周亚夫这项功劳可不小啊，但后来，周亚夫却无罪被汉景帝杀掉了。景帝虽然不是什么仁君，但也不是喜欢杀害卿大夫的皇帝，为什么就对周亚夫这个大功臣忍心下杀手呢？

洪迈的看法是：周亚夫的为人，班固、司马迁虽然没有明言，但这个人脾气不好，行事耿直，不懂变通。汉文帝派他到细柳屯兵，细柳离长安才几十里路，又不是远出到了边塞，与敌人开始交兵，有瞬息万变、机不可测的紧急军情。汉文帝来到军中劳军，周亚夫居然不让皇上进来，等到皇上派出使者拿着诏书来，才把门打开。皇帝来了，还不让他的随员在营地驱驰，见了皇帝也不下跪，站着行了个所谓的军礼，自己说什么穿着盔甲的军人可以不拜皇上。天子虽然称谢，但脸色很不好看。皇帝是整个国家军队的最高统帅，却要听命于将帅，这是做人臣的礼节吗？

紧接着，洪迈又作了一番更深刻的分析，并且得出了结论：

周亚夫傲睨皇帝的尊严，已经成了习惯，所以后来文帝的儿子景帝赐食给周亚夫，却不给他筷子，这是心中不平，为他的父亲有意警告周亚夫的。汉景帝看出了周亚夫的桀骜不驯，不可能成为将来他儿子的辅佐之臣，语气行事都已表露出来，周亚夫就是因为这些丢掉了性命，真是太可惜！

可见，洪迈对周亚夫以戎装在身，不便拜谒皇帝是有很大的看法的，虽未说明，其实是说周亚夫有“不敬”之罪，这个罪名不论古今，都是一个足够杀头的罪名。

为了证明这一点，洪迈又举了一个例子：

前秦大将王猛讨伐燕国，包围邺城（今河北邯郸临漳县）的时候，皇帝苻坚从长安（今西安）来到前线，刚到安阳（今河南安阳），王猛就带着兵来拜谒皇帝了，皇帝问王猛：“汉朝的周亚夫不在兵营迎接汉文帝，今天王将军面临大敌，扔下军队不管来迎接我，这是什么道理？”王猛回答：“周亚夫不忠不臣，不拜谒迎接人主（皇帝），那他是在沽名钓誉，这种事我干不出来。”洪迈说：“看来王猛考虑问题，和周亚夫是有区别的。”显然，洪迈是在无原则地赞赏王猛的马屁精行为。

从这段叙述来看，洪迈把周亚夫的死和汉文帝细柳阅兵联系了起来，结合其他史料看，这种联系似乎有点牵强，明显表现出了洪迈对周亚夫的偏见。

司马迁在《史记卷·绛侯周勃世家》记载，汉文帝细柳阅兵后，对周亚夫有极高的评价：“天子为动，改容式车。使人称谢：‘皇帝敬劳将军。’成礼而去。”“既出军门，群臣皆惊。文帝曰：‘此真将军矣！’月余，乃拜亚夫为中尉。”这次阅兵后，汉文帝不仅高度评价了周亚夫是个“真将军”，而且过了一个多月，就把周亚夫从河内（今河南沁阳地区）太守提拔到了更重要的中尉岗位，汉代的中尉相当于现在的首都卫戍区司令，直接负责皇帝的安危，可见汉文帝对周亚夫的信任，而这种信任正是以细柳阅兵为基础的。

更能体现汉文帝对周亚夫的信任是在文帝快要去世的时候，留言嘱咐太子，也就是后来杀害周亚夫的汉景帝说：“国家遇有紧急情况，可以让周亚夫将兵。”这已经不是一般的信任了，而是委与周亚夫托孤的重任。文帝去世后，即位的汉景帝也没有违背父命，再次提升周亚夫为车骑将军，这个职位已经进入了国家军队的核心层，和现在的总参谋长差不多了。试想，假如景帝有了些许要收拾周亚夫的动机，是绝不会把这么重要的岗位交给他的。

所以，洪迈在《容斋续笔》中对周亚夫的分析和评价主观成分太多了，有点“小人之心度君子之腹”，即用老百姓的思维来解释帝王的思想，如果周亚夫的死是细柳阅兵埋下的祸根，在封建集权的皇帝时代，在动不动就用大臣开刀的汉文帝时期，文帝是不会把周亚夫留给他儿子景帝使用的。

周亚夫是一个标准的官二代，他是汉朝开国元勋、位列三公的周勃的儿子，聪明有魄力，但性格孤傲耿直，一副藐视群雄的姿态。他的死应该说和他的性格有关，也和过多地参与了太子的废立有关。汉景帝本想立刘荣为太子，就是周亚夫极力反对而作罢，改立了刘彻，刘彻就是毛主席所称“秦皇汉武”中的汉武帝。功劳再大，一旦参与起皇家事务来，结果总是不会太好的。“清官难断家务事”，其实不是家务事难断，而是家务事不能断。就是今天普通百姓中间，不论是什么关系，过多参与别人的家事，都是不受人欢迎的。

周亚夫在做河内（今河南沁阳一带）太守的时候，当地有个老妇人叫许负，给他相过一面，说他命相尊贵，三年后封侯，八年后做丞相，九年后因饥饿而死。周亚夫听了根本不信，但周亚夫的前景一如许负所相，最后因被汉景帝拘禁无食而饿死在了监狱。死后葬在他最初的封地蓨（今河北衡水景县），坟垣至今保护完好，常有游人瞻谒。许负相面，也成了今天那些弄神弄鬼人们的口碑，岂不知这纯粹是后人的假托。

2021 年 8 月 23 日

欧阳修革新“魏晋遗风”

恃才傲物、任诞使气，本是两个贬义词，但在两晋前后，可是整个社会予以推崇的时代风尚，后人还专门为之起了个名字叫“魏晋风度”，当时知识分子在社会上的知名度是和恃才傲物、任诞使气的程度成正比的。《世说新语》就记载了不少这样的故事，比如刘伶光着屁股满街乱跑，郝隆太阳下光着肚皮晒书，高官王猛一边在身上捉虱子一边与人谈话，等等。

大书法家王羲之有个儿子叫王徽之，字子猷，书法成就不如他老子，但在恃才傲物、任诞使气上在当时也确实算得上一号，为当时世人所推崇。刘义庆编辑《世说新语》时，收录他的故事比他父亲王羲之的还要多。王徽之到底有多任性，《世说新语》记载：他去拜访雍州刺史郗恢，郗恢还在里屋，王徽之看见客厅地上铺着一块很漂亮的地毯，就说：“这个家伙从哪里弄到这样的好东西！”便叫随从卷起来送回了自己家里。郗恢出来寻找毛毯，王徽之说：“刚才有个人背跑了。”弄得郗恢一副无奈表情。且不说他与郗恢的关系如何，就是再要好的朋友，也不能不经主人同意而强行索要别人喜欢且正在使用的东西，不论孔子“君子不夺人所爱”的道德规范，就是放在今天，恐怕也会被人所不耻。

还有一次傍晚天下大雪，他醒来打开房门一看，便叫人拿酒来喝。一边喝，一边朗诵左思的《招隐》诗。忽然想起了一个叫戴安道的熟人，当时戴安道住在剡县，离他住的山阴县有一夜的水路。他立即连夜坐小船到戴家去，家人划着小船整整行了一夜，天亮的时候终于来到了戴家门口，但他一下又不想见这个人了，没有进屋去，就原路返回了。摇船的问他为什么来了不进屋就朝回返？王徽之说：“我本是趁着一时兴致去的，兴致没有了就回来，为什么一定要见他呢！”活脱脱地体现了一副自命不凡的自私相。

魏晋的这种社会风气在“名士风流”的引导推崇之下，被后来的历史学家们冠以“文化转型”“思想革命”的头衔而加以赞赏，由此也波及了当时的文风，“越名教而任自然”的清谈风尚，以及狂放不羁、玄妙空洞、辞藻华丽、言之无物的作文风格，也就成了当时文风的主流。

到了宋朝，欧阳修成为文坛领袖，他着力革除魏晋时期的点缀升平、贫乏空虚、脱离社会的浮靡文风，成功地领导了“北宋诗文革新运动”，再一次把古代文学特别是散文以及文论的发展推进了一步。

沈括的《梦溪笔谈》就记载了一则题为《主考官判卷》的欧阳修革新魏晋文风的故事。

宋·嘉祐年间，有个叫刘几的人，多次在国子监考试中得第一名。他的文章大有魏晋遗风，经常写一些诡谲险怪的华辞丽句，有不少士人学子，纷纷跟着仿效，一时形成了风气。欧阳修非常憎恶这种文风。恰逢由欧阳修来主持考试，于是便下决心要狠狠惩治一番，凡是写这种艰涩险怪文章的考生一概不取。在阅卷的时候，有个举人在文章中写道：“天地轧，万物茁，圣人发（天地初分时，万物始生长，伟人方问世）。”欧阳修说：“这种辞藻华丽、空洞无物的句子一定就是那个刘几写的。”于是戏谑地在其后续写道：“秀才刺，试官刷（你这个秀才身上的文刺，我这个考官给你拔掉）。”还用大红笔把文章勾了一道，称作“红勒帛”，加批“大纰缪”三个大字张榜公布。后来发现这个人果然就是刘几。

过了几年，欧阳修再次担任廷试考官，发现这个刘几又来参加考试了。欧阳修说：“清除邪恶一定要彻底，今天一定要狠狠斥责这些个轻浮学子，以便铲除文坛祸患。”判卷的时候发现有一份试卷中写道：“主上收精藏明于冕旒之下（皇上将精明强干的人都收到了皇冠之下）。”欧阳修说：“只有刘几一类的人才能写出如此浮躁浅薄的句子！”于是就把这个人刷掉了不予录取，事后知道，这次欧阳修判断错了，这个人不是刘几。当时的考题是《尧舜性仁赋》，有一个考生写道：“故得静而延年，独高五帝之寿；动而有勇，形为四罪之诛（所以宁静才能够延年，可以比五帝还高寿；易冲动而莽撞，就会受到意想不到的惩罚）。”欧阳修对此大加赞赏，将这个考生定为第一名。等到公布姓名时，发现这个考生叫刘辉，有认识刘辉的人告诉欧阳修：“他就是刘几，改名字了。”欧阳修很吃惊，但也很欣慰，他终于将刘几的文风改变过来了。于是欧阳修也就有了成全刘几名声的想法，以彰显诗文革新运动的成果。刘几原赋中有“内积安行之德，盖禀于天”的句子，欧阳修认为这当中的“积”字有类似于“学”的意思，就将它改为“蕴”字，直到今天，没有人不称赞欧阳修驾驭语言文字的能力和水平，都认为这个字改得确实好。刘几还拜欧阳修为师，成了欧阳修的得意门生。

2021 年 9 月 11 日

“貂蝉”词辨

《梦溪笔谈·杂志》有一篇文章，其中的前半部分是：

“余姻家，朝散郎王九龄常言：其祖贻永侍中，有女子嫁诸司使夏偕，因病危甚，服医朱严药，遂差。貂蝉喜甚，置酒庆之。女子于坐间求为朱严奏官，貂蝉难之……”

这其中涉及“貂蝉”一词，初读不能识其意，从文义上看，这个“貂蝉”指的就是王贻永。沈括的亲家叫王九龄，王九龄的祖父叫王贻永，是宋太宗的驸马，兼任宋太宗的侍中，所以叫“贻永侍中”，王贻永有个女儿嫁给了夏偕，得了病吃了朱严的药好了，貂蝉非常高兴……可见，这个貂蝉指的就是王贻永，女儿得了大病好了，自然应该高兴，并摆酒祝贺。

在当时，侍中相当于皇帝的贴身秘书，权力和地位都很大，后来王贻永还做了宋仁宗的宰相，这么一个伟丈夫，怎么也和“貂蝉”二字扯不上关系。因为在我的脑子里，“貂蝉”就是三国里吕布戏的那个“貂蝉”，就是王允的干女儿，就是中国美女的代称。于是开始查阅资料，想弄清楚“貂蝉”和宰相王贻永到底是什么关系。

《古代汉语词典》“貂蝉”条下的第一项解释是这样记录的：“貂蝉：貂尾蝉羽，古代皇帝侍从官员帽上的装饰物，也借指达官贵人。《汉书·刘向传》：‘今王氏一姓，乘朱轮华毂者二十三人，青紫貂蝉，充盈幄内，鱼鳞左右。’白居易《新乐府·涧底松》：‘貂蝉与牛衣，高下虽有殊，高者未必贤，下者未必愚。’”

在《古代汉语词典》中，“貂蝉”还有一个同义词作“貂珰”：“本为汉代中常侍帽上的饰物，后借指宦官。《后汉书·朱穆传》：‘案汉故事，中常侍参选士人。建武以后，乃悉用宦者。自延平以来，浸益贵盛，假貂珰之饰，处常伯之任。’（常伯：侍中。）梅尧臣《和谢希深会圣宫》：‘龟组恭来诣，貂珰肃奉承。’”也就是说，到了东汉，“貂蝉”开始被称作“貂珰”了，貂珰，也是中常侍帽子上的装饰，不过在开始的时候只被当作宦官的代称，到了东汉延平（汉殇帝刘隆年号，公元106年启用）年后，也开始成了侍中的代称，就和“貂蝉”同义了。

为什么把侍中、宦官帽子上的这种饰物叫作“貂蝉”或“貂珰”呢？《后汉书·舆服志》记载：“侍中中常侍黄金珰，附蝉为文，貂尾为饰。”《古今注》：“貂者，取其有文采而不炳焕。蝉，取其清虚识变也。”说白了，“貂蝉”“貂珰”就是用黄金打造成的蝉形的头饰，再续一截儿貂尾，既贵重又轻巧，容易让人一眼就识辨出佩戴者的身份，后来到了晋朝，戴这种帽子的人太多了，貂尾供不应求，只好用狗尾来代替，这就有了成语“狗尾续貂”。

看完这条注释，自己为自己的孤陋寡闻感到羞愧，其实“貂蝉”一词是一个很平常的词汇，原本指的是皇帝身边侍从或宦官帽子上的装饰物，后来指达官贵人。王九龄的祖父王贻永既是大皇帝宋太宗身边的侍中，又是小皇帝宋仁宗身边的宰相，不论是“貂蝉”一词的本义还是引申义，沈括用“貂蝉”一词来称呼他是再恰当不过了。现在人们把“貂蝉”一般都作美女来对待，实在是对不起这个词的基本含义了，把“处长”“司长”……们叫作“貂蝉”才是最贴切的称谓。

《古代汉语词典》中引用的《汉书》，是东汉的班固编著的中国第一部断代史，是《二十四史》的第二部，在这个时候，班固就开始使用“貂蝉”一词了，这比罗贯中著述《三国演义》可要早上1300年了。白居易使用这个词的时候也要比罗贯中早600多年，就是宋朝的沈括，也要比罗贯中早300多年。史学家、诗人、科学家们赋予“貂蝉”一词的历史地位，伟大文学家罗贯中应该非常清楚，所以，罗贯中把一位巾帼英雄起名叫“貂蝉”，其实是对董卓、吕布、王允乃至曹操的暗讽。

“貂蝉”让罗贯中在《三国演义》中捧红了，也让罗贯中将官员的名称变成了美女的名称，以至于现在，谁要说“貂蝉”指的是官员，这个人有可能就会被看作变态。罗贯中将“权色”巧妙而顺乎人性地结合在了一起，创造出一个文学人物，竟然颠覆了一个词语的含义，这就不得不肯定罗贯中艺术上的卓越成就了。

2021 年 10 月 11 日

“快刀斩乱麻”之后

中国有句成语“快刀斩乱麻”，出自《北齐书》，后来经冯梦龙《智囊·胆智部》的转述，就更为人们所熟知了。南北朝时期的北齐开国皇帝高洋内心十分聪明，但表面上深藏不露还显得木讷。众人都不了解他，都认为他一副窝窝囊囊的样子，没有多大出息，只有他的父亲，东魏的实际掌控人高欢认为他这个儿子与众不同，说他：“我这个儿子才智思虑都在我之上。”一次高欢想测试儿子们观察问题和解决问题的能力，让他们分别将一团乱丝麻整理好了。就在其他兄弟抠掐乱丝麻不得要领的时候，只见高洋用刀一刀斩断了乱丝麻，并对父亲说：“乱了的就要斩断！”这就是成语“快刀斩乱麻”的出处。可见，表面木讷的人，并不见得缺乏决断力。

唐朝李百药在撰写《北齐书》的时候，对高阳的评价是：高洋年少的时候就有帝王风度，表现沉着且机敏过人，外柔内刚，果敢能断。褒扬归褒扬，李百药还是没有忘记史官的责任，在《北齐书》中如实记录了高洋的残暴，和他的表面木讷形成了鲜明的对照，也为“快刀斩乱麻”故事作了一个精彩的注脚。

《北齐书》记载：高洋非常宠幸一个姓薛的嫔妃，有一次高洋喝得酩酊大醉，忽然想到薛嫔与他的堂叔高岳的关系暧昧，酒劲加着醋劲一起发作，便把薛嫔的头砍了下来，藏在了怀中，到东山继续赴宴，劝酒应酬一如既往。正在吃喝着，他忽然把薛嫔的头掏了出来，扔在了盘子上，像吃羊头一样，用刀子把头上的肉剐掉，将头骨当琵琶玩了起来，一座人无不惊恐失色，落魄丧胆。玩了一会儿，高洋把头骨收了起来，对着头骨哭道：“佳人很难再得到了，真是可惜了。”

天保十年（559 年），太史官报告说：“今年当除旧布新。”高洋便找来他的姐夫、大臣元韶问道："东汉光武帝刘秀为何能够中兴汉室呢？"软弱怯懦又无知的元韶没有站在治理国家和朝代兴亡规律的高度回答，却回答了一个令人吃惊的原因："因为王莽没有把姓刘的皇族杀干净。"高洋认为元韶讲得很对。高洋是取代北魏元氏王朝建立的北齐，和王莽取代西汉刘氏王朝的性质是一样的。于是高洋下诏将前朝元氏皇室成员全部杀死。前后杀害 721 人，连婴儿也没有放过，士兵用长矛将婴儿挑起，扔向空中作乐。元氏尸体全部扔进漳河，结果漳河两岸捕鱼的人剖鱼的时候常常发现鱼腹中残留着指甲，渔民很久都不敢吃鱼肉。更具戏剧性的是，进言"为诛诸刘不尽"的元韶，虽然是高洋的姐夫，但也没有逃脱被杀的灾难，因为他也是元氏的后人，只不过没有当即砍头，而是将其拘禁后让其自尽了，这也算元韶的报应了。

近代历史学家蔡东藩在《南北史演义》中评价高洋说："沉湎酒色，兴役土木，任意淫烝，逞情杀戮，儗以桀纣，诚有过之无不及者。"

夏桀、商纣分别是夏朝和商朝的末代君王，中国历史上最荒淫无度、暴虐无道的国君，这个高洋竟然比桀、纣还要荒淫暴虐。和桀、纣一样，再"志识沉敏，外柔内刚，果敢能断"都不会有好下场的。不过高洋不像夏桀国破后被流放而死，也不像商纣国破后自焚而亡，他是在诛灭元氏皇族不久，国还未破就忽然暴病身亡了，死时年仅 34 岁。

不论是君王还是平民，为人为事不可逆了人道，更不能逆了天道。权者，不能泯灭本性，视民如草；民者，不可以势欺人，以钱侮人。谁以恶作乐，不但天道放不过他，他自己都不会放过自己。

2021 年 8 月 14 日

“船坞之父”——黄怀信

明朝冯梦龙在《智囊·捷智部·应卒》中有一篇《修龙船腹》的文章，大意是在北宋建国之初，两浙（今江浙）向朝廷进贡了一艘大龙船，长二十多丈，船由多层楼构成，每层都建有宫室，宫室里设置有皇上的御榻，以备皇上巡幸出游时使用。时间长了之后，常年泡在水中的龙船船底腐蚀严重，损坏得不能再用，想要修理，在水中又无法施工。宋神宗赵顼熙宁年间（1068—1077 年），宦官黄怀信想了一个办法，在金明池（今开封龙亭区）北开凿了一个容得下龙船的人工港湾，在港湾的下部立上大木柱，在大木柱上架横梁。再把金明池的湖水引入港湾中，把龙船顺水牵引到横梁的位置，吊在横梁上，之后封塞港湾入口，再把港湾里的水用水车车到港湾外，船就被吊在空中。把船修理好以后，再将湖水引回港湾，使龙船浮起，然后撤去梁柱，在港湾上方又建了一个大棚，这样港湾就成了藏船的船库，免除了龙船保养不善的担忧。

后来偶读《梦溪笔谈》，发现冯梦龙的这篇文章原来来源于此书。北宋沈括在《梦溪笔谈·补笔谈卷二》里有一篇名为《龙船坞》的文章，原文是：

“国初，两浙献龙船，长二十余丈，上为宫室层楼，设御榻，以备游幸。岁久腹败，欲修治，而水中不可施工。熙宁中，宦官黄怀信献计，于金明池北凿大澳，可容龙船，其下置柱，以大木梁其上。乃决水入澳，引船当梁上，即车尽澳中水，船乃笐于空中。完补讫，复以水浮船，撤去梁柱，以大屋蒙之，遂为藏船之室，永无暴露之患。”

在这篇文章里，第一次出现了“船坞”一词，并且是出现在题目里。

冯梦龙的《修龙船腹》和沈括的《龙船坞》几乎一字不差。

比较这两篇文章是想说明，从北宋熙宁年间（1068—1077年）沈括撰写《龙船坞》到明朝天启六年（1626年）冯梦龙将这篇文章辑录到《智囊》一书中止，历史跨度550年，对宦官黄怀信建造龙船坞的看法一直没有变。

需要注意的是，黄怀信和沈括是同时代人。据南宋王应麟撰写的《玉海》第一百四十六卷《治平万全车》一文记载："治平三年六月十八日，黄怀信造战车，一名为'万全车'，诏以小样进入。"这是说在北宋宋英宗赵曙治平三年，即1066年6月18日，宦官黄怀信设计出了一种叫作"万全车"的战车，宋英宗得知后，命令制作一个模型给他看。《玉海》的记载说明，这个黄怀信是英宗朝的一个宦官，并具有机械设计和制造的技能。

这一判断还有一个证据，据《宋史》第九十二卷记载，这个黄怀信和当时一个叫李公义的人，在王安石的领导下，还设计制造过一种清理黄河淤泥的机械，先叫"铁龙爪"，后改名"浚川耙"。这个"浚川耙"虽然使用效果不佳，但在当时，围绕他的使用和效果，发生的可是震动朝野的大事，一度成为司马光和王安石政治斗争的主要事件。

2010年中华书局出版的王耀祖、张敏译注的《智囊》，在对黄怀信作注时说："黄怀信，生平事迹不详。据王应麟《玉海》载，他于治平三年造战车一辆，名为万全车，再参照本文，推测其为宋英宗、神宗时期的太监。"再结合《宋史》九十六卷的记载，这一推测应当是正确的。

《梦溪笔谈》的作者沈括出身于仕宦之家，进士及第后，特别受王安石器重，是王安石变法的主要干将之一，他一直在朝廷任职，当过主管编纂史籍的高官"史馆检讨"，又是宋朝著名的科学家。现有资料看，黄怀信、沈括、王安石当年同朝为官，又都热爱科学技术，热爱发明创造，虽然没有史料明确记录，三人应该是朋友，因此，沈括在当时记载发生在当时朋友身上的事件，是不应该有误的。

由此可见，黄怀信发明了船坞是可信的，黄怀信，应当是“世界船坞之父”，沈括是世界上为“船坞”命名的第一人。

现在有一种说法，称船坞的最早发明人是山东青州临朐人张平。唯一的依据是《宋史·张平列传》中的一段话：“旧官造船既成，以河流湍悍，备其漂失，凡一舟调三户守之，岁役户数千”，这段话的意思是：原来在渭河边上造船，船造好后，由于渭河水流湍急，很容易把船冲走，只好每艘船派三户守护，一年征调民工数千户，需要消耗大量民力。于是张平想了一个办法，“遂穿池引水，系舟其中，不复调民”。意思是在河边挖一个水池，引水入内，把船拴在这个水池内，这样船就被河水冲不走了，也就不用民力再看护了。显然，张平挖的这个水池实际上是一个可以防范河流冲击的避风港，不具有修船造船的功能。如果真是船坞，同时代的沈括就不会把这样的重大发明而在皇帝和群臣的眼皮子底下而张冠李戴。

看来，张平出生虽然比黄怀信早，但要取代黄怀信“世界船坞之父”的地位，还需要发掘更多的历史证明才行。

2021 年 9 月 6 日

“双胞胎”谁是哥哥?

生下双胞胎之后，谁是老大，谁是老二，现在看来这根本不是问题，谁先生出来，谁自然是老大，因为按照常理，谁先来到这个世上，谁就应该排名在前，我想，中国的论资排辈大概就是基于这样一种认识确立的社会隐形规范。

就现在社会形态来看，一般情况下，老大、老二的社会地位并没有差别，因为现在的法律，不论是民法还是商法，对二者的保护都是平等的，比如与老大、老二关系最密切的继承法，没有因为是老大就有任何的优先，也没有因为是老二，就会丧失部分权利。

但这个问题在古代可是个大问题，常常引起人们的争论，而这种争论，则又和老大、老二的未来地位密切相关，与老大、老二未来各自社会圈子的群体利益密切相关。不仅仅涉及了宗法门第，甚至还涉及宗庙社稷，这样就成了一个重大的社会问题，能够引起上至皇亲国戚，下至普通百姓，特别是那些耆老名宿、大儒鸿学的热心关注也就不足为奇了。

《容斋续笔·卷一》有一则《双生子》，就是专门探讨这一问题的，原文是：

“今时人家双生男女，或以后生者为长，谓受胎在前；或以先生者为长，谓先后当有序。然固有经一日或亥、子时生，则弟乃先兄一日矣。辰时为弟，巳时为兄，则弟乃先兄一时矣。”

大意是：今天人们生下双胞胎，有的把后出生的作为老大，理由是后出生的坐胎在前；有的把先出生的作为老大，理由是按照出生前后的顺序来确定。如果是按照前一种理由，那么就有了头天 23 点出生的孩子和第二天 1 点出生的孩子，弟弟比哥哥早了一天，早上 1 点出生的孩子和早上两点出生的孩子，弟弟比哥哥大一个时辰的现象。

读过这篇文章才知道，在古代有的朝代，有的人家，生了双胞胎后，会把后出生的定为哥哥，理由是后出生的先受胎，至于古人依据什么判定哪个先受胎，哪个后受胎，则没有明确的记载。不过就是现代科技，也不好确定先后，古人的说法也是当时那些专家学者们想当然而已。

《春秋公羊传》说："立适以长不以贤，立子以贵不以长"，是历史上一般认可的礼法，正因为有了这样的礼法，才使得双胞胎老大、老二的确定颇费周折，使得双胞胎的孩子谁为"长"成了个问题，因为《春秋公羊传》没有明确双胞胎到底谁是老大。礼法上没有明确的事，就给后人留下了研究争论、相互清谈的噱头。

后来到了东汉出了一个大学问家叫何休，他出来说了一句话："其双生也，质家据见立先生，文家据本意立后生。"这是一个脚踩两只船的说法，具体到实际操作中，更多的则取决于父母的偏心和爱好，比如，大多数古代生龙凤胎的人家，不论出生早晚，一般都把男孩定为老大。至于出生时没有确定，需要经过一定程序才能确定的，诸如王公贵族家庭，那就要看实力了，不论"质家"还是"文家"，实力大的才是赢家。有时会认为两个婴儿，还没有社会影响，立谁为长都不会有实际意义，但是，和孩子关系不大，和谁主张立的关系就大了。

好歹中国历史上有句"天无二日，民无二主"的俗言，似乎这俗言就决定了皇家的长子，娘肚子里就不能有"二"，应验这句俗言的结果是从尧舜虞汤到宣统溥仪，不论是皇后还是嫔妃，头台还都没有双胞胎。据说南宋宁宗的时候，一个嫔妃一肚生过两个男孩赵坰、赵圻，史书上把这两个孩子排名第五和第六，不论怎么排，两个都与"长"无关，再加上两个都早夭，所以，这两个到底是依据什么礼法排列的，史书上没有记载，也没有引起后人的关注。

2021 年 8 月 26 日

“天问”与“天醉”

屈原曾创作过一首长诗《天问》，全诗373句，1560字，从天地自然、社会历史，一直到神话传说乃至自己的初心，一口气提出了173个问题。独具特色的内容和超凡脱俗的艺术形式，体现了作者的政治情怀和卓越的学识及惊人的艺术才华，清代学者刘献庭在《离骚经讲录》中赞其为“千古万古至奇之作”。郭沫若称：“其实《天问》这篇要算空前绝后的第一等奇文字。”

《天问》虽然最后成了中国文学史的重要里程碑，也被历代学界所赞扬和肯定，但终其内容看，从思想上主要还是反映了屈原的愤懑和迷惘，反映了屈原“知其不知，不知其知”的矛盾心态，也能体味到他维护楚王个人和楚国小国利益，而忽视以周王朝为代表的华夏一统大利益的时代局限性，他没有看到统一的必然性，这一点和较他之前的孔子，以及和他同时代的秦始皇就不能相提并论了。因为孔子追求“克己复礼”，就是要维护祖国一统局面，不能分割。秦始皇征伐天下，就是要统一华夏。从《天问》的第一句和最后一句也能隐约看到这种心境，第一句“遂古之初，谁传道之？”意思是“远古开始的时候，是谁创设和引导了历史？”后一句“何试上自予，忠名弥彰？”意思是“为何我要不遗余力地谏议和警告君主，是为了忠义之名更加传播于天下吗？”写《天问》，明显有着屈原彰显文人气节的小心眼儿，这一点对后代文人影响颇大，几乎成了中华传统文化的组成部分。所谓“文死谏，武死战”，就是从这里起始的。

在秦始皇统一中国的时候，不仅屈原弄不清楚怎么回事，就连天也不知道人间发生了什么事情，所以屈原的天问其实等于没有问。

冯梦龙在他的《智囊》一书中记载了有关商纣王的叔叔，被孔子称为“殷末三仁”的商朝太师，商末周初著名政治家箕子的两个故事。一个是说，在商纣王刚登基的时候，他就开始使用起了用象牙做的筷子，箕子叹道：“用了象牙筷子，就不会再用陶器制品了，一定会改用玉杯、玉盘、玉碗。有了玉器杯盘，就不会再盛粗茶淡饭，再穿布衣，也就不会再住茅屋，到了锦衣九重、高台广室的时候，天下物品就不够他用了！奢侈贪婪就从此开始了，所以我担心他没有好结果呀！”果然没有多长时间，商纣王就开始建造鹿台，琼室玉门，狗马奇物充其中，酒池肉林，还在宫中设立了集市，结果是百姓反叛，国破家亡，最终被周武王灭掉了。

可见，箕子对商纣王和商朝命运的认识一点也不比屈原对楚国和楚王的认识浅薄，而且还更深刻一些，因为箕子一开始通过商纣王的一些生活细节，就准确地预测到了这个纣王没有好下场，这是屈原无法比拟的。

面对这种情况，箕子也不像屈原为了表达忠义而屡进建言，最终落了个投江自尽的下场，当进谏的时候进，不当进的时候则一言不发。《智囊》里箕子的第二个故事就更令人深思了。

纣王经常不计白天晚上地在宫中恣意淫乐，尽然忘掉了日期，问跟随在左右的侍人，他们也不知道。便派人去问箕子，箕子和他的学生说：“纣王作为天下之主，尽然弄得一国人都不知道了时日，国家到了危亡关头了！一国的人都不知道，而唯独我知道，我就处在危险的境地了！”他让学生告诉纣王派来的使者说，箕子也是天天醉得一塌糊涂，也不知道现在是几月几日了。

冯梦龙说：“凡无道之世，名为天醉。天都醉了，箕子何必独醒？看看箕子的智慧，我们就能看到屈原的愚蠢了。”冯梦龙，是我听说过的唯一一个评价屈原愚蠢的历史学家。

屈原投江死了，箕子则在商纣王快要灭亡的时候，毅然离开了商朝，带着一帮人坐船出海，东渡到了朝鲜，并在那里成功地建立了朝鲜王朝。这不是《水浒后传》李俊到暹罗国当了国王的小说演义，而是记录在《高丽史》《朝鲜通史》中的真实历史，朝鲜历史学家安鼎福编著的《东史纲目》也有记载。周武王知道箕子在朝鲜建国，便派人到朝鲜封箕子做朝鲜的国君，以上国的身份明确了箕子朝鲜国王的地位，并邀请箕子回到中原探亲访友。箕子 52 岁的时候，从朝鲜回到周朝国都镐京（今西安）朝见了周天子姬发。在途经商朝都城朝歌遗址（今河南安阳）时，看到残破不堪的宫室，心里伤感至极，欲哭无泪，亡国之痛，涌上心头，遂作一首《麦秀歌》以抒悲痛之怀："麦秀渐渐兮，禾黍油油。彼狡童兮，不与我好兮！"诗中的"狡童"指的就是"成事不足败事有余的小儿"商纣王，大意是：雄伟的宫殿现在都成了荒草地和庄稼地，纣王你那时不听我劝，如今落得这般下场。这首诗在朝歌一带广为流传，商朝的遗民每每唱起，都会动容流涕。

天醉不比人醉更明白多少，问醉天犹如问醉鬼，又何意之有呢？这也正是屈原不如箕子的地方，也是诗人和政治家的根本区别。

2021 年 8 月 11 日

“天意”的喜怒无常

当人们遇到难以解决无力回天，或者难以预防无法挽回的事件后，往往以天意论之，遇到“天意如此”的时候，人们就会使心态平衡，聊以解除心中的遗憾、内疚、后悔甚至是亏欠，有时还会以“天意如此”来推卸责任，甚至嫁祸于人。其实天意这个东西并非客观存在，而完全是自己或他人的一种主观意念，他会随着人的心境，以不同的角色，出现在不同的时序里，然后再给人以爱抚或打击。

《史记·宋微子世家第八》记载，宋景公在位时期，荧惑星侵入星宿。依照星相学，这是战争灾祸要降临宋国的征兆，宋景公忧心忡忡。负责星相的官员子韦说：“我有法子将这祸患转移给宰相承受。”宋景公说：“宰相是辅佐国家的大臣，好比我的股肱，怎么可以使他遭受灾难呢？”子韦说：“那就转移给老百姓吧。”宋景公说：“作为一国之君，应该爱护百姓，怎么能让百姓承受灾患呢？”子韦又说：“可以转移到今年的收成上。”宋景公说：“百姓靠收成生活，如果收成不好，百姓就会困苦，那我将依靠谁来做国君呢？”子韦说：“天虽然高但能听到地上人所说的话。您的这三句话，堪为仁君的名言，火星应该有所移动。”再观察星象，荧惑星果然移动了三度，离开星宿的范围，宋国在这一年里，也没有刀兵灾难。《史记》的作者司马迁用了八个字评价这件事：“景公谦德，荧惑退行”，意思是宋景公美好的道德品行，使荧惑星都能退避三舍。

如果有天意的话，这时的天意正在高兴的时候，听到了宋景公的话便起了恻隐之心，并对宋景公大加赞赏，迅速地把即将要施给宋景公的灾难解除掉了。

但要遇到天意不高兴的时候，或者喝多了酒忘事的时候，即便是听到了与宋景公相同的声音，也会无动于衷的。楚昭王和邾文公就遇到了这样的天意。

毛泽东主席一生青睐、爱不释手的宋朝洪迈的《容斋随笔》，记载了邾文公和楚昭王应对天意的故事：

周朝的时候在今天山东邹城一带有一个邾国，经常遭到鲁国等大国的骚扰，老百姓一致呼吁把国都从邾（今山东曲阜南限村）迁到绎（今山东邹县纪王城），邾文公拿不定主意，就咨询史官，问其吉凶如何。史官回答说："迁都有利于老百姓，可是对国君您却不利。"邾文公听后说："作为国君，我活着就是为了养育百姓，使他们过上好日子，我活的时间长短，那是天意所决定的，只要对老百姓有利，就没有比这更大的吉利了。"于是迁到了绎，可惜，不久史官的回答就应验了，邾文公真的就死去了。邾文公死后，有人说，"邾文公是了解天意的"。

还有一个楚昭王。楚昭王在末年（前 489 年）得了病，正好有块红云彩像红色的鸟一样，连续三天围绕太阳飞来飞去。主管天文历法和祭祀的太史说："红云出现在太阳旁边挡住了太阳，就是挡住了国王，于国王的健康不利。需要搞一次祭典仪式，祷告上天，上天就会把灾难降到令尹和司马这些下属身上。"楚昭王说："把肚子里和心里的疾病移到胳膊腿上能有什么益处呢？假如我没有过错，上天何必让我得病？如果我有了罪应当受到惩罚，又何必移给别人呢？"所以不批准举行祭典。不久，楚昭王就去世了。对于这件事孔子评价说：'楚昭王是知道大道理的，他是不应该丢下国家就这么死去的。"这意思是在责怪上天："这么好的国君，你这么就忍心让他死呢？"

我们经常讲"天人合一"，既然天、人可以合一，那么说明天、人是有合一的条件的，就像输血一样，有相同的血型，否则就会相互排斥，不但合不到一起，还会两败俱伤。由此推及，人有喜怒哀乐，天意怎么能没有呢？所以在考虑天意的时候，一定要考虑天意的情绪。

2021 年 8 月 13 日

“为人民”和“怨官吏”

历朝历代，当官员和老百姓离心离德，官员把老百姓当作统治和奴役对象的时候，老百姓就会对官吏产生怨恨，而这些怨恨一旦爆发，就会发生暴力革命，老百姓将用官员们的生命来发泄积怨。

《容斋随笔》有一篇《盗贼怨官吏》的文章，不太长，181个字：“陈胜初起兵，诸郡县苦秦吏暴，争杀其长吏以应胜。晋安帝时，孙恩乱东土，所至醢诸县令以食其妻子，不肯食者辄支解之。隋大业末，群盗蜂起，得隋官及士族子弟皆杀之。黄巢陷京师，其徒各出大掠，杀人满街，巢不能禁，尤憎官吏，得者皆杀之。宣和中，方腊为乱，陷数州，凡得官吏，必断脔支体探其肺肠，或熬以膏油，丛镝成射，备尽楚毒，以偿怨心。杭卒陈通为逆，每获一命官，亦即枭斩。岂非贪残者为吏，倚势虐民，比屋抱恨，思一有所出久矣，故乘时肆志，人自为怒乎？”

这篇文章说的并非空穴来风，都有各代正史记载。

《史记·陈胜世家》记载：秦朝末年，陈胜说：“天下苦秦久矣！”之后便和吴广在大泽乡揭竿而起，从镇压地方官吏入手，举起了农民大起义的旗帜。各个郡县的百姓都痛恨秦朝官吏欺压百姓，不顾百姓死活的残酷统治，看到陈胜起来反抗了，便群起而效之，争先恐后地杀死地方上的各级官员，以此来响应陈胜的起义。

《晋书·列传第七十》记载，晋安帝时，有个人叫孙恩，公元399年，与其妹夫卢循起兵反叛东晋，史称“孙恩卢循之乱”或“孙恩卢循起义”。孙恩起兵后，从陆地打到海上，又从海上打回陆地，席卷了今天的几乎江浙全境。孙恩也成为“中原海寇之始”，为后世海盗活动提供了不少经验。孙恩及其之后归顺他的部下，在攻城略地的过程中，先后攻占了上虞、会稽等多个县城，他把东晋大小官员视为异己，并宣令诛杀，郡县官员除了弃郡逃亡的，全部被杀，连婴幼儿也不放过。更为残忍的是，抓住县令一级的官员，往往是杀死以后再剁成碎末，让县令的妻儿老小吃掉，如果不吃，便将其劈成几块，其状惨不忍睹。

隋朝大业末年，农民起义风起云涌，尤以河南李密的瓦岗军、河北的窦建德军和江淮的杜伏威军为盛。同样，这些义军在占领县城之后，“得隋官及士族子弟皆杀之”，不但要把官僚们杀掉，把豪门大户家的人也不放过。

《新唐书·逆臣下》记载，唐朝末年，做过几天大齐皇帝的黄巢攻陷京师长安，他的部队到处抢掠，杀人满街，黄巢也不能禁止。这些兵丁们尤其憎恨官吏，只要抓住的，一个不留，全部杀掉。

北宋的方腊，在《水浒传》里是被宋江剿灭的，那是小说的演绎。《宋史·列传第二百二十七》记载，方腊是被童贯剿灭的，方腊起义后，先后攻占青溪、睦州、歙州、衢州，横扫新城、桐庐、富阳各县，一度占领杭州。只要抓住官吏，或凌迟处死，或取其肠肺，或将人肉炼油，什么样的杀人手法都有，以此来消解心中对官吏的怨心。

老百姓与这些官吏到底有多么大的血海深仇呢，为什么会出现这种血腥四溢的情况呢？因为这些官吏们太贪了，倚仗权势欺压百姓，公开和大肆侵占老百姓的利益，老百姓家家户户都痛恨他们，天天琢磨着怎么收拾他们，一旦有了机会，便会乘时实现自己的泄恨想法。

自有文字记载以来，官、民之间就是一对不可调和的社会矛盾，中国历史上诸多圣人贤哲关注过这个问题，多少帝王将相试图解决过这个问题，但都没有解决，直到有了中国共产党，有了毛泽东主席，有了“为人民服务”的执政理念后，这一矛盾才从根本上得到了解决。

2021 年 8 月

感悟《满江红》之变

我们最熟悉的《满江红》大概是岳飞的“怒发冲冠”了：

怒发冲冠，凭栏处、潇潇雨歇。

抬望眼，仰天长啸，壮怀激烈。

三十功名尘与土，八千里路云和月。

莫等闲、白了少年头，空悲切。

靖康耻，犹未雪。

臣子恨，何时灭。

驾长车，踏破贺兰山缺。

壮志饥餐胡虏肉，笑谈渴饮匈奴血。

待从头、收拾旧山河，朝天阙。

这是一首“何等气概！何等志向！千载下读之，凛凛有生气焉”。的词，整首词作“忠愤可见，其不欲等闲白了少年头，可以明其心事”。是一首政治性、文学性和艺术性结合完美的词作，其“胆量、意见、文章悉无今古”。《满江红》这一词牌也因之而更广为人知。

但岳飞的这首《满江红》在词界却并非正体，是岳飞进行过变格的一首词。说岳飞的《满江红》不是正体，将其与下面柳永的词对照可以发现，岳飞的词下半阕第五、第六句和柳永的下半阕第五、第六句字数结构安排上的差异。

《满江红》这个词牌名，又名《上江虹》《满江红慢》《念良游》《烟波玉》《伤春曲》《怅怅词》等。据龙榆生先生的研究，在《乐章集》《清真集》是归入“仙吕调”的。宋以来的作者大多以柳永的“暮雨初收”词为准，也是今天人们所公认的《满江红》正体：

暮雨初收，长川静、征帆夜落。

临岛屿、蓼烟疏淡，苇风萧索。

几许渔人飞短艇，尽载灯火归村落。

遣行客、当此念回程，伤漂泊。

桐江好，烟漠漠。

波似染，山如削。

绕严陵滩畔，鹭飞鱼跃。

游宦区区成底事？平生况有云泉约。

归去来、一曲仲宣吟，从军乐。

全词双调，九十三字，上半阕四仄韵，下半阕五仄韵，一般都使用入声韵。入声韵的特点就是声情激越，适宜抒发豪放情怀和激越悲壮之情，岳飞的《满江红》可以说是与词牌最贴切的创制，因而也被广为传颂。

古人填词有时并不拘泥于词牌的约束，《满江红》同样也是。就柳永后，先是有人酌增衬字，如苏轼的“江西汉来”：

江汉西来，高楼下，葡萄深碧。

犹自带，岷峨雪浪，锦江春色。

君是南山遗爱守，我为剑外思归客。

对此间、风物岂无情，殷勤说：

江表传，君休读；

狂处士，真堪惜。

空洲对鹦鹉，苇花萧瑟。

不独笑书生争底事，曹公黄祖俱飘忽。

愿使君、还赋谪仙诗，追黄鹤。

这首词不仅将后片“空洲对鹦鹉”改作“平平仄平仄”，还将第七句增加了一个“不”字，将“独笑书生争底事”改为了“不独笑书生争底事”，这就是变格。

更有甚者，再后来的姜夔干脆将仄韵改为了平韵，这就不是增加衬字的小改小革了，而是声调的大变革，除了字数未变外，整首词的情调也发生了重大变化。我们看：

仙姥来时，正一望千顷翠澜。

旌旗共乱云俱下，依约前山。

命驾群龙金作轭，相从诸娣玉为冠。

向夜深风定悄无人，闻佩环。

神奇处，君试看。

奠淮右，阻江南。

遣六丁雷电，别守东关。

却笑英雄无好手，一篙春水走曹瞒。

又怎知人在小红楼，帘影间？

从韵的改变我们可以明显地感到，如果说岳飞的仄韵《满江红》是疾风暴雨，那么姜夔的平韵《满江红》则显得阴云连绵了。

今天学习填词的难度可能也在于此，苏轼、姜夔不仅是现在，就是在当时都是名头极大的头牌词人，当他们认为柳永的词格约束了他们的抒情，他们则可根据自己的需要进行变革，字数上或增或减，音调上或急或缓，这就大大摆脱了规矩的约束，使得词更能够反映和抒发自己的情感，词的意境也就会骤然升华。而我们今天学习填词，则不能轻越雷池，可变与不可变，这也正是今人难于超越古人的原因之一吧。

2019 年 9 月 5 日

不争王位的王子们

一提到王位，人们自然就会和“血淋淋”三个字联系到一起，中国的历史上几乎没有一个朝代没发生过争夺王位的宫廷斗争，南朝宋的刘劭杀死父亲刘义隆夺得了王位，唐朝李世民杀死哥哥和兄弟坐上了宝座，明朝朱棣烧死侄子建文帝号令天下，武则天废黜诛杀李氏宗亲称起了女皇，西太后逼死了东太后掌管起了天下……为了得到王位，父子相残，兄弟杀戮，母子绝情，姐妹反目比比皆是，在争夺王位的过程中，中华民族的所谓“忠恕孝悌、礼义廉耻”显得是那么的虚伪和不值一文。不管用什么办法，只要得到王位，就是正统，就是英雄，就被以“纪”的形式载入史册，否则只能待在“传”里。

至于改朝换代时皇家的更旗易帜，那就不是死几十甚至几百个人的事了，成百上千万的死亡不足为奇。清军几次入关，在进入北京之前直接战死的明军就达 30 万之多，到清军基本平定全国，稳定了王位，加上百姓如嘉定屠城、大同屠城中的死亡，为这次改朝换代付出的生命最不完全的统计也在 1000 万！这是个最小公约数，秦皇汉武、唐宗宋祖，忽必烈皇太极，那一个开国皇帝为了王位献祭的生命都不会低于这个数。不论正义非正义，不管屠杀多少百姓，胜利者就会指点龙庭，弹尘宝座，将死去的一笔勾销，就像他们从来没有来到这个世上一样，从新计算丁户，以为保护王位的工具，供养王位的役力。

这就是老百姓热爱和平，向往和平，反对动荡，反对战争的原因所在。中外历史上的政治家们热衷于王位、军事家门热衷于战争，如同商人热衷于金钱、农民热衷于土地、吸客热衷于大烟、嫖客热衷于妓女一样，具有私有制社会的天然属性，也是人性的政治反映。

但是，中国的历史上也确实有不喜爱王位，不愿意做大王的王子们，因为这样的王子在历史上实属罕见，所以尤应值得百姓尊重，他们的谦恭承让，给百姓带来了安定和祥和。

《史记·楚世家第十》记载，楚平王十三年，楚平王去世。因为太子轸年龄太小，将军大臣们商量一致，欲改立楚平王的弟弟子西为王。但子西不同意，他对大臣将军们说："我们的国家有法可依，改立君主会给国家带来祸乱，甚至要招致杀戮。"于是仍立太子轸为王，这就是著名的楚昭王。

子西以大局为重，以百姓为重，不去争夺王位，扶持侄子楚昭王治理国家，最终有了"楚国中兴"的局面。子西的胸怀格局不能不令人佩服。

更让人佩服的是，楚昭王带兵到城父（今安徽亳州城父镇）打仗的时候病倒在了军中，临终之际，再次要叔叔子西继位，子西和上次一样，坚决不同意。楚昭王又让哥哥子期继承王位，子期也坚决不同意。昭王又让另一个哥哥子闾（公子启）继位为王，子闾也坚持不受，一度到了楚昭王难以传位的地步。于是昭王向子闾连续说了五次，子闾连辞了五次。最后子闾见事态如此，为了安慰即将去世的昭王，便答应继承王位。安排完继位大事，昭王就去世了。子闾与子西、子期在军中商量决定派出军队封锁消息、封锁道路，秘密派精干的心腹使者回到都城郢都（今湖北江陵），迎接昭王的儿子熊章到城父，立之为王，这就是楚惠王。一直等到楚惠王继统大位，楚国军队才班师回国，下葬楚昭王。这和后来的赵高、李斯伪造遗命，诛杀太子扶苏，立胡亥为二世，形成了鲜明的对照。秦朝命短，和这种逆天道，灭伦理的夺位勾当不能没有一点关系吧。

王位和单位的一把手多少有点相似之处，今天各单位在选聘和任用一把手的时候，那些有资格、够资格的继任者，如果有一半具有子西、子期和子闾的胸襟情怀以及做派，这个社会的行政环境会是一个怎样的局面呢？

2021 年 8 月 14 日

范蠡的大智慧

（一）

范蠡，字少伯，春秋战国时期楚国人，是中国历史上少有的具有大智慧的人。范蠡一生中只做了三件事，件件惊天动地，为历代后人所景仰。一件是和好朋友文种一起充当越王勾践的谋臣，出任越王勾践的相国，扶助越王勾践兴越灭吴，恢复了越国的霸主地位。“卧薪尝胆”这条成语就是他、文种和勾践一起给后人留下的。第二件是隐居后但没闲着，和朋友猗顿一起开始做买卖，并且做得风生水起，二人都成为当时乃至中国历史上著名的商人，直到现在，范蠡还被人们尊奉为商人的祖师爷，称他为“商圣”。“陶猗之富”或作“陶猗之术”这条成语就是说范蠡和猗顿经商的。第三件是写了一本书，书名为《范蠡》，也有人称作《范蠡兵法》，可惜没有流传下来。

范蠡的大智慧在于他的远见。他的远见一般的平民百姓看不出来，他的老婆孩子看不出来，就连和他同朝为官的好朋友文种，和他一起经商的猗顿也看不出来，只有最后事态发展的结果才能证明范蠡的智慧，证明范蠡的正确，证明范蠡的才华。如果没有结果证明，不管是文种、猗顿，还是他的老婆孩子，都会认为范蠡只不过会吹毛求疵、虚张声势罢了。

司马迁《史记·越王勾践世家》记载：范蠡和文种扶持辅助越王勾践，高瞻远瞩，尽心竭力，用二十多年的时间，灭亡了吴国，复兴了越国，并号令中原，成了诸侯国霸主。大功告成之后，范蠡被封为相国、上将军，成为一人之下，万人之上的权臣、贵臣，但范蠡并没有在功成名就后居功自傲、妄自尊崇，而是前瞻性地看到了潜藏的危机。他认为这种荣誉和官位是难以持久的，因为他从勾践的长相和为人处世上看到，勾践是一个可以共苦不可以同甘的人，便决心急流勇退，辞官卸甲，去过隐居的生活。于是他向勾践请求说："我听说君主忧虑臣子就要操劳，君主受到屈辱臣子就罪该万死。从前我们越国被吴国打败，您在都城会稽被吴王夫差侮辱的时候，我这个做臣子的就该死了，我之所以没去死，就是为了要替您报仇雪耻。现在目的已经实现，我请求您还是把我处死吧。"勾践说："你是我的功臣，我怎么能杀你呢？不但不杀你，我还打算把国家一分为二和你一起来治理。你如果不答应，就把你处死。"范蠡说："您这是从国家制度法令来说的，而我说的确实是自己的心里话和愿望啊！"勾践看到范蠡决意离任，就同意了。于是范蠡便离开了权力和名誉，回到了平民生活。在齐国（今山东）的定陶找了个不起眼儿的地方隐居了。

平心而论，范蠡告别越王，显示的是他的智慧，并不标榜他的伟大，他其实是很愿意做官的，特别是相国和上将军这样的高官，怎舍得轻易丢掉呢？否则一开始他就不去追逐功名利禄了。之所以辞职，主要是在"做官"和"掉脑袋"二者之间需要他做出正确的抉择。就是今天的官吏，不论什么级别，在"要么辞职""要么坐牢"二者面前，一定都会选择辞职，更别说是死亡了。但有一点，今天官吏们辞职的选择，一般是被逼无奈或迫不得已，是在拿得起，放不下的心态下做出的。说范蠡智慧，正是他在这种选择面前是自愿的、前瞻的，是在死亡尚无一点迹象的时候，并且还是在上级"平分效益"的诱惑下，这才是拿得起，放得下。

他到了齐国后，没有忘记自己的好朋友文种，并且预料到文种会有杀身之祸，于是便给文种写了一封信，原文是："蜚（飞）鸟尽，良弓藏；狡兔死，走狗烹。越王为人长颈鸟喙，可与共患难，不可与共乐。子何不去？"意思是飞鸟没有了，弓箭就会被收藏起来；兔子死了，用来撵兔子的狗就会被煮着吃掉。越王勾践脖子长，嘴巴骨高，只可与其共患难，不可与去共安乐。你为什么还不离开他呢？可以说，没有大智慧、没有真情意的人是写不出也不敢写出这样的信的。但是文种见到信后，并没有离开，他说什么也不相信勾践会为难他这样的功臣。果然不久，文种就被勾践杀掉了。临死的时候文种慨叹：“我要听了范蠡的话，不留恋这套富贵就好了！”

范蠡的“蜚鸟尽，良弓藏；狡兔死，走狗烹”对后世吃政治饭的人影响非常大，即使是现在，县团级以上的干部们几乎没人不知道这句话的出处，但是没有几个能够真正领会其中的含义，如同文种一样，追名逐利不到山穷水尽的时候是绝不会放手的。后来西汉的淮阴侯韩信，在被刘邦第一次逮捕时也说过：“果若人言：‘狡兔死，良狗烹；高鸟尽，良弓藏；敌国破，谋臣亡。’天下已定，我固当烹！”这话讲得比范蠡还要深刻，但就是没有像范蠡一样有所“放得下”的行动，最后在不停地咀嚼着这句话的含义中，被刘邦和吕后杀死了，可见不是谁都能像范蠡一样拿得起，放得下，往往是拿得起，但丢了命也舍不得放下。

（二）

说范蠡有大智慧，还有一个故事可以佐证。

冯梦龙《智囊》一书记载，范蠡隐居定陶后便开始做买卖，遂成大富翁，自命为陶朱公。他有三个儿子，都已成人。一年二儿子在楚国杀了人被抓了起来，范蠡于是准备了千两黄金，要派小儿子前往斡旋。但大儿子不干，我是家中大儿子，这么大的事情让三弟去办，我这个老大还有何面目立足于世呢？还以自杀相威胁，加上妻子和大儿子看法相同，在大儿子和妻子的压力下，范蠡不得已，只好派大儿子带信去楚国找他的老朋友庄生，并再三嘱咐大儿子：“到了以后，就把我的信和黄金送给庄生，随他处置，不论救得救不得你快点回来就行了。”

大儿子去到楚国找到庄生，先是照父亲的话做了，把黄金交给了庄生。庄生说：“你赶快离开，不要停留，即使令弟被放出来，也不要问为什么。”但大儿子既没有听父亲的也没有听庄生的，而是背着庄生假装离去，在楚国的一个贵人家里住了下来，随时打听着弟弟的情况。

庄生很穷，自尊心很强，是个十分重义气又很廉洁的人，深受楚国人的尊重，楚王以下的人都以老师的礼数来对待他，老朋友范蠡送的金子，他本来就无意接受，只是要等着事成后再归还以表诚信。而范蠡的大儿子不了解庄生，又缺乏见识，胸无格局，以为庄生也没什么了不起，也不过平常人而已。

庄生受托付之后，找了个不引起楚王任何疑心的机会，入宫见楚王，和楚王说，天上有一颗星宿不利，若楚国能够为善修德，则可以消除这种不利。楚王向来信任庄生，立刻派人封闭府库，准备大赦天下。消息传出来后，大儿子住在那家的主人惊奇地告诉他说：“楚王将要大赦了，因为每次大赦一定先封闭府库，现在正在封库。”大儿子认为遇到大赦，弟弟理所当然就可出狱，一千两黄金就白花了。于是又去见庄生。庄生惊讶地说：“你怎么没有回去呀？”大儿子说：“是啊，还没有回去。我弟弟很幸运碰上楚王大赦，所以我来和你告辞。”庄生知道他的意思，便叫他自己进屋里去将黄金取走了。

对此，庄生产生了被这个小伙子侮辱了的感觉，就入宫见楚王说：“大王想修德除灾，但外头老百姓传言陶朱公的儿子杀了人，囚禁在楚国，他的家人拿了很多钱来贿赂大王左右的人，所以大王这次大赦，并非真正怜恤楚国的民众，只是为了开释陶朱公儿子而已。”楚王很生气，立即下令先把范蠡的二儿子杀掉，之后才大赦天下。

范蠡的大儿子最后只好带着弟弟的尸体回家，他的母亲悲痛欲绝，哀伤不已，也后悔不迭。但范蠡却笑着说：“我本来就知道他一定会害死自己的弟弟。他并不是不爱弟弟，只是从小和我在一起，见惯了生活的艰苦，所以特别重视身外之财，怎么舍得一千两黄金呢。至于小儿子，生下来见到的就是富贵，过惯了富裕的生活，根本就不把钱财看在眼里。我派小儿子去，只因为他能丢得开财物，而大儿子做不到，最后害死弟弟，是很正常的，一点不值得奇怪，我本来就等着他带着尸体回来呢！”

看到这里，大家都会佩服范蠡的远见，用料事如神来形容是一点错都没有的。但我感慨的则是如此大智慧的人，也不能不以儿子的生命为代价，来屈服于另外一个儿子和自己老婆无知的压力。如果当时范蠡不顾一切非三儿子不派，当然二儿子会被救回来，但老婆和大儿子会说，谁去都能救回来，由此一家的和睦就再也没有了。

冯梦龙录完这个故事后发表了几句评论：“朱公既有灼见，不宜移于妇言，所以改遣者，惧杀大儿子故也。‘听其所为，勿与争事’，已明明道破，大儿子自不奉教耳。”翻译成现代汉语的意思是：范蠡具有真知灼见，不会因为妇人之言而改变决定，所以改变，主要是因为大儿子寻死觅活的原因，事情任其自然发展，不去为了派谁去这件事闹得鸡犬不宁，这不正是陶朱公的智慧吗？最后没有办成，纯粹是大儿子不听话的过。

智慧与无知的这种对话，能给我们今天的人以启示吗？

（三）

范蠡扶助勾践灭吴兴越，登上霸主宝座之后，没有留恋荣华富贵，而是急流勇退，到乡下隐居了起来。怎么隐居的？有很多传说，一是说范蠡带着西施到处游山玩水去了，一说是乘船出海了，一说是到齐国找了一个不起眼儿的地方做起了买卖。总之是辞退了相国和上将军的高官厚禄，回到了平民生活。

对于范蠡来说，辞去越国的相国和上将军，虽然保住了性命，但实在于心不甘。自己的人生价值还没有发挥殆尽，蛰居起来就会黯然失色。于是他选择了经商，计划在商场上继续实现自己的人生价值。

按照司马迁《史记·越王勾践世家》的记载，范蠡的经商之道充满了传奇色彩："范蠡浮海出齐，变姓名，自谓鸱夷子皮，耕于海畔，苦身勠力，父子治产。居无几何，致产数十万。齐人闻其贤，以为相。范蠡喟然叹曰：'居家则致千金，居官则至卿相，此布衣之极也。久受尊名，不祥。'乃归相印，尽散其财，以分与知友乡党，而怀其重宝，间行以去，止于陶，以为此天下之中，交易有无之路通，为生可以致富矣。于是自谓陶朱公。复约要父子耕畜，废居，候时转物，逐什一之利。居无何，则致赀累巨万。天下称陶朱公。"这里记录了范蠡两次发家的经过，或"父子耕畜"，或"苦身勠力"，或"什一之利"，总之是父子辛辛苦苦挣来的，为此后人还总结了一套范蠡经商的理论，甚至在今天大学的讲堂上还在口口相传。

但从客观的角度，用历史唯物主义的观点分析一下，司马迁的记载不敢说完全虚构，至少是有失偏颇。范蠡时代，全国总人口不过三千万，运输工具不外乎马拉、牛驮、人背，工业品甚少，市场贸易产品主要是生活用品和达官贵人的奢侈品，几年时间，范蠡再智慧、再勤奋，也不会赚出如此巨资，而且是三散家财。应该说，范蠡的发家致富，确实是其智慧的结晶，但历史文献和今天的大学讲堂都没有揭示出范蠡经商智慧的关键。

从《史记》的记载看，范蠡离开越国，第一次发财后，便到齐国做了相国，说明范蠡对做官这件事还是割舍不下，但很快又辞职了。辞职的原因虽然史料没有记载，但不难推断，范蠡本来是依仗自己的智慧帮着勾践灭掉了吴国的，怕勾践杀头才辞职的。现在抛弃了勾践，在齐王手下当起了相国，勾践一定会有"范蠡会不会帮着齐国回头把我越国灭掉"的顾虑。再说齐王一旦从范蠡身上得到了自己想借助的智慧，又会怎样对待范蠡？这些，范蠡十分清楚，再次辞职，专心买卖，专心富家翁的日子，这才是智慧的选择，范蠡这样选择了。

怎么把业务做大，使得利润最高，商业价值最大化，做过两国相国的范蠡自然清楚，当然是“一本万利”的买卖利润最高，“垄断市场”的商业价值最大。而“一本万利”和“垄断市场”的实现是以权力转移为基础的。范蠡充分利用了做过霸主国相国的独特资源，依他的智慧，巧妙地将原有的权力转化成了利润。

即使是一本万利也是要有本的，但齐国没有实现范蠡预期价值的本，他在好朋友、当时全国著名的经济学家计然的帮助下，把眼光转向了西部的魏国，那里有座面积 130 多平方公里的天然盐池，盛产的盐不仅数量大，基本可满足全国人食用，而且质量好，直接可以下锅。他和另一个朋友猗顿一起来到了魏国的河东，也就是今天山西的运城，像今天山西的煤老板一样，依靠霸主国相国的人脉和对河东盐池的垄断经营，摇身一变做起了盐老板，这才有了之后救儿子一掷千金的阔绰。

运城之名，就是“盐运之城”，这个名字的诞生也和范蠡、猗顿息息相关，是范蠡、猗顿的盐业经营声誉，进一步成就了运城的名声，现在到了运城，仍然处处可以感受到范蠡文化的气息，比如陶朱公大街、临猗县、陶朱公墓、范蠡及猗顿塑像……

2021 年 8 月 4 日

“方士”的泛滥与下场

方士，一般指历史上从事医、卜、星、相类职业的人。这些人有一个共同的特点，混迹于老百姓中间的时候，多被百姓所推崇，百姓也愿意倾其资财，以其得到他们的禳关度煞。如果遇见名士就会深藏不露，故作深沉，不敢轻易出手，惧怕原形毕露。一旦遇到较真劲儿的权贵，往往下场悲惨。所以真正有学问、讲科学的术士从不卖弄，更不去糊弄老百姓，并且尽量避免与权贵为伍。

郭璞（276—324 年），字景纯。河东郡闻喜县（今山西运城闻喜县）人。两晋时期著名的风水学家、方术士，传说他擅长预卜先知和诸多奇异的方术。《晋书·列传第四十二》有传，《宋史》和《元史》也都有相应记载。公元 324 年，让当时起兵造反的东晋大臣王敦杀害，被杀时年仅 48 岁。

但在郭璞死后百年，南朝刘义庆编著《世说新语》时，却对郭璞的方术士的地位予以否定。

《世说新语》记载：郭璞南渡后，住在暨阳（今江苏江阴市东），他亲自为其母亲选的墓地离江边还不到一百步，当时人们都认为离水太近。郭璞说：‘不久就会变成陆地的。’果然几年后河水冲积的泥沙不断上涨，离墓地几十里都变成了陆地。因此，当时的人都说郭璞能未卜先知。他写的《锦囊葬经》一书，也成了人们看坟地选宅基地的经典。《世说新语》叙述完这个故事后发问：“然郭能知水之为陆，独不能卜吉以免其非命乎？厕上衔刀之见浅矣。”意思是说，郭璞能预料到江水会变成陆地，却预料不到自己有一天会被王敦杀害，只会在厕所里赤身披发，嘴里含着刀来祭酒以求免死，未免也太浅薄了吧！这些评价几近于奚落，是对郭璞装神弄鬼面目的否定。不论多么有方术，连自己死亡如此大事都算不出来，往往以“天意”去推搪，本身也确实滑稽。

“厕上衔刀之见”，说的是郭璞平素和桓彝关系很好，桓彝每次来做客，都不用通禀，有一次郭璞对他说：“你来我这里，别的房间都可随意出入，但千万不要到厕中。”一次桓彝醉后来找郭璞，趁着酒劲儿闯到了厕中，想揭开不让进厕所的谜团，进去一看，见郭璞赤身裸体，披头散发，口衔宝剑正在设祭。其实是郭璞故意以好奇引诱桓彝看他装神弄鬼的。可见，方士的功底源泉也不过如此。

《二十四史》中记载了不少方术之士，大多如同今天的魔术和判断推理，糊弄糊弄老百姓而已，一旦遇上真才名士或帝王将相一类的权贵，就会原形立现，郭璞就是如此。

《三国志·孙破虏讨逆传第一》中记载了一个孙策杀于吉的故事，于吉和郭璞相似，为当时名重一时的道学家、方术士，同样没有预见到自己的死期，自己还在人群中装神弄鬼普洒甘霖的时候，却祸从天降，被孙策砍了头，临死都不知道孙策为什么要砍他的脑袋。

汉武帝也曾经杀过类似的术士。当时有个叫李少翁的，吹嘘自己可以看到鬼神，当时正好武帝宠幸的李夫人去世了。武帝听说少翁有这个能耐就把他招进宫中。李少翁焚香作法，嘴里念念有词，不一会儿，武帝竟然真的在帷幄后面看到李夫人的影像了——今天魔术一类的东西吧，武帝对此大为赞赏。于是就把李少翁封为文成将军。后来汉武帝让李少翁帮助他拜见神仙，李少翁使尽各种办法，总是看不到神仙，为了蒙混过关，他把自己事先写好的帛书放到牛肚子里，然后跑去跟武帝说牛肚子里有封天书，是上天赐予的。武帝派人杀牛，肚子里真有帛书，拿来一看，武帝认出是李少翁自己的笔迹，于是把李少翁杀掉了。

还有个叫栾大的人，自称有“黄金可成，河决可塞，不死之药可得，仙人可致”的仙术，武帝封他为五利将军，让他把神仙招来。他在自己家的院子里搭了个台子，每天晚上去作法，但神仙总是不到，后来他跑到海边去求仙，武帝派人暗中跟着，发现纯属装神弄鬼，于是把栾大腰斩了。

现在历史研究的结论，秦始皇“焚书坑儒”的“儒”，根本不是知识分子，都是这些欺世盗名的术方士。秦始皇时期医学科学极其落后，骗子们便以“术士”为名，炼一些丹，采一些草，给老百姓治病疗疾，骗取老百姓钱财。看到老百姓如此好糊弄，便得寸进尺，胆子大一点的，便骗到了秦始皇头上，号称有让秦始皇长生不老法术，最终都被秦始皇识破了，并处以极刑。所以梁启超说：“坑儒之事，所坑者咸阳四百余人耳。且祸实肇自方士，则所坑者什九皆当如汉时文成（李少翁）、五利（栾大）之徒，左道欺罔，邪谄以易富贵，在法宜诛也……始皇一坑正可以扫涤恶氛，惩创民蠹，功逾于罪也。”旁门左道永远难登大雅之堂，狗肉是上不了大席面的。

新中国成立后，随着破除迷信，解放思想教育运动的深入，随着辩证唯物主义和历史唯物主义常识的普及以及科学知识的推广，这些牛鬼蛇神一度绝迹了，社会呈现出了公正公允天人合一的盛世景象，老百姓也不再对这些邪门歪道心存忌惮，也不再去干破财免灾的无望之事了，但好景不长，现在又沉渣泛起，甚至连伟大的中医也披上了装神弄鬼的外装，现出了一副神鬼本相来。更要命的是有了“儒、佛、道同流合污，官、士、巫沆瀣一气”的趋势，老百姓腰间的血汗钱又有多少要孝敬这些骗子了，更重要的还有健康和生命的耽搁。

2021 年 8 月 9 日

冯梦龙误评韩琦

冯梦龙在他的《智囊》一书里记录了一则故事，大意是秦桧在南宋朝做宰相当权的时候，有一个书生伪造了一份秦桧的推荐信，去拜见扬州太守，请求扬州太守给他安排工作。秦桧当时一人之下，万人之上，权倾朝野，他推荐来的人，不但扬州太守，即使是六部的尚书也不能不给面子。也许是因为来头太大的缘故吧，这个太守对这件事非常慎重，仔细认真查看了推荐信并询问了来人后，觉得这封信是伪造的，于是太守将推荐信收缴后，派人将这个书生押回了临安，交给秦桧去处理。秦桧听完汇报，又亲自接见了书生，做出了一个他人没有想到的决定，他给了这个书生一笔路费，真的写了一封推荐信，推荐书生到下面做了小官。有人问他为什么要这么处理，秦桧说："有胆量冒充我秦桧推荐的人，一定不是一个寻常的人。如果不以一个官位来约束他，一定会投靠北面的胡人或者南面的越人，那我们就多了一个对手。"

写完这个故事，冯梦龙意犹未尽，对秦桧智荐伪造书信人这件事加了个评论说："奸桧此举，却胜韩、范远甚，所谓'下下人有上上智'。"也就是说，秦桧人品虽然不怎么样，但才智还是有过人之处的，远远超过了北宋时的韩琦和范仲淹。

冯梦龙这样评价是有原因的，在同一本书里，他就记载了一则韩琦、范仲淹用人失误的故事。

北宋年间西夏用兵时，有一个姓张的书生，年轻时"以侠自任"，"负气倜傥，有纵横才"，可惜在北宋科举时却屡试不第。为了施展才华，他相约了姓李的好友，欲向当时的陕西经略安抚使韩琦和招讨副使范仲淹进献防御和攻击西夏的计策，但耻于无人推荐，便在石碑上刻了一首诗，雇人拖拽着在安抚使衙门口来回走动，以引起韩琦和范仲淹的注意。韩、范二公虽然注意到了，但没有给与足够重视，弃而未用。后来这人自视才能难以施展，遂决心叛宋投夏，便跑到了西夏，改名张元，继续以题诗的办法吸引西夏高层的注意。果然，西夏国王李元昊听说这件事后感到很奇怪，便招他到皇宫谈话，听完他对夏、宋关系形式的分析后大为高兴，当即聘请他为西夏国的军师，奉为谋主，使得北宋在边关上连连失利，给北宋造成了极大的边患。特别是1041年北宋和西夏的好水川战役中，张元辅助元昊大败宋军，宋军仅阵亡就高达一万多人，望着好水川内漫山遍野的宋军尸体，张元在界上寺墙壁上题诗一首："夏竦何曾耸，韩琦未足奇。满川龙虎辇，犹自说兵机"，对韩琦对他的轻视泄尽了怨气，也对韩琦的军事才能极尽贬损之意。

就此来看，冯梦龙说在用人的智能上，秦桧远胜于韩琦和范仲淹是没有问题的，但是，冯梦龙忽略了韩琦的另一则故事。

有了张元叛逃西夏国这"一堑"，韩琦也就长了"一智"。后来有人假造韩琦的信去拜见韩琦的下属蔡君谟。蔡君谟虽然有疑心，但觉得这人豪爽大气，又担心真是韩琦所荐，便给了他三千钱，写了封回信，配上礼物托他带给韩琦，又派了四个士兵"护送"他。这人没有办法，只好硬着头皮去见韩琦。

韩琦见到这个人后，不再像对待张元那样置之不理，而是对这个伪造文书的人说："你想做官，去找君谟就错了。他处事谨慎，不能遂你心愿。夏太尉在长安，你可以去找他试试。"说完，韩琦写了封给夏太尉的信，推荐他做官去了。他的仆人认为不责罚此人已经够宽容了，为啥还要给他写推荐信呢？韩琦说："这个人能模仿好我的信，又能说动君谟，才气必定不凡。"这个故事同样记录在冯梦龙的《智囊》一书中

试看，韩琦在北宋时就说过的这几句话，不就是几十年后秦桧在

南宋说的吗？可见秦桧之举与韩琦之举如出一辙，秦桧完全在步韩琦的后尘，是在向韩琦学习，怎么也说不上他的智能比韩琦高。

显然，冯梦龙对秦桧的评价不仅偏高，而且还有失偏颇和公允，他只注意到了韩琦没有重用张元的过失，却没有注意到韩琦还有推荐伪造私信者的智举。只注意到了秦桧的机敏达变，却没有注意这机敏达变的源头。所以，多少年来，人们每每评价秦桧，就会翻出冯梦龙的老账，认为秦桧虽奸，但在智谋上还是很有过人之处的，是冯梦龙把人们引入了历史的误区。

2021 年 7 月 22 日

夫差与文种

《史记·吴太伯世家第一》记载：春秋末期战国初期，吴王夫差执政的第二年，派出精兵讨伐越国，在夫椒（今无锡）打败了越王勾践，勾践派大臣文种带着金银财宝和美女西施、郑旦向吴王夫差请降，吴王打算同意越王的请降，这时，吴王夫差的大臣伍子胥对夫差说：从前有过氏灭掉夏朝的帝相，没有斩草除根，让帝相的妻子生下了少康，后来少康和母亲流落到了虞国，虞国国君把两个女儿嫁给少康并封给他方圆不到十里的土地和五百部下。到少康发展壮大后，就向有过氏报仇雪恨，彻底消灭了有过氏，恢复了夏禹的业绩。现在吴国不如当年有过氏那么强大，而勾践的实力却远远大于当年的少康。现在不借此机会杀掉勾践，彻底消灭越国力量，不是给以后的吴国找麻烦吗？而且勾践有坚忍不拔的性格、吃苦耐劳的精神，现在不杀他，以后后悔就来不及了。夫差不听伍子胥的建议，答应了越国的请降，把军队撤回了吴国，几年后又把俘虏的勾践放了回去。

之后的卧薪尝胆的故事就尽人皆知了，到了公元前476年夫差执政的第二十年，越王勾践开始伐吴，公元前473年十一月丁卯日，勾践用了不到三年的时间，就消灭了吴国，俘虏了夫差。抓住夫差之后，勾践可没有夫差的怜悯心了，打算把夫差流放到大海上，让他永远回不了大陆，夫差也已经看到了自己的归宿，他对勾践说："我老了，不能伺候您了。我后悔当初没有听伍子胥的话，以至于落了今天这样的下场。"说完就自己割断了脖子，自杀了。

但是，夫差的后悔实在太晚了，代价也太大，不仅自己丢掉了性命，还把国家的命运赔了进去，据说夫差自杀后一直睁着眼睛，后悔之情充盈于最后的眼神。这一故事也为司马迁的《史记》增色不少，成了历代帝王必读的经典。

在相同的时期，吃后悔药的不仅仅是夫差，还有一个越王勾践手下的一号谋臣文种，就是一开始代表勾践给夫差送金银财宝和美女的那个文种。

当时文种和范蠡同朝为官，均为勾践的相国，可谓是越王勾践的左膀右臂，越王勾践卧薪尝胆期间对夫差使出的“美人计”“苦肉计”等都是文种和范蠡策划出来的，就现在的史料看，没有文种和范蠡，勾践是实现不了“灭吴兴越”的春秋大梦的。

夫差自杀之后，聪明的范蠡没有留恋荣华富贵，而是告别了勾践，据说带着从夫差那里重新夺过来的西施，隐居到了齐国的定陶，一边做着买卖，发着大财，一边和西施过起了富家翁的小日子。

范蠡到了齐国后，没有忘记自己的好朋友文种，并且预料到文种会有杀身之祸，于是便给文种写了一封信，原文是：“蜚鸟尽，良弓藏；狡兔死，走狗烹。越王为人长颈鸟喙，可与共患难，不可与共乐。子何不去？”意思是飞鸟没有了，弓箭就会被收藏起来；兔子死了，用来撵兔子的狗就会被煮着吃掉。越王勾践脖子长，嘴巴骨高，只可与其共患难，不可与去共安乐。你为什么还不离开他呢？

但是文种见到这封信后，并没有离开，他说什么也不相信勾践会为难他这样的功臣。果然不久，越王勾践赐给文种一把剑，并对他说：“你教给寡人九套计谋，寡人用了三套就把吴国打败了，还有六套在你的手里，你替我到我死去的爸爸那里把这六套用一用吧。”从这段话中，我们能够刻骨地感受到越王勾践的残忍和胸襟。文种没有办法，只得自杀了。临死的时候，文种流着眼泪和鼻涕说道：“我要听了范蠡的话，不留恋这套富贵就好了！”

据说文种死后也是一直睁着眼睛，后悔之情充盈于最后的眼神。

2021 年 8 月 24 日

高母的见识

高颎，渤海蓨人，也就是今天衡水景县人，是隋朝杰出的政治家、战略家、军事家，著名的宰相和军事谋臣。《隋书·列传第六·高颎》记载，高颎小的时候，他家的院子里有一棵大柳树，一百多尺高，亭亭如盖。乡里的老人说他们家应当出一个贵人。乡里的老人如此说，不仅是因为家里有棵大柳树，可能更重要的原因在于看重这孩子的聪慧，《高颎传》还记载："颎少明敏，有器局，略涉书史，尤善词令。"一个聪慧异常、器局广博、爱好学习、善于语言表达的孩子怎不被乡里的耆老士绅看重呢？更何况高颎本来就不是一般家庭的孩子，他的父亲高宾是北周上柱国独孤信的僚佐，官至刺史，相当于现在的省长级别，因特别受到独孤信的信任，还被赐予了独孤姓。

果然，高颎在17岁的时候就被当时还没有当皇帝的北周大丞相杨坚所看重，任命他为相府司录，相当于丞相办公厅秘书。十七岁，现在还需要父母爷爷奶奶每天接送的。之后便跟随着杨坚一路走了下来，杨坚当了隋朝皇帝后，就任命高颎做了仆射，也就是一人之下，万人之上的丞相。

高颎被拜为仆射后，他的母亲并不开心，对他说："汝富贵已极，但有一斫头尔！"也就是说：你的富贵已经达到了顶点，之后的前途唯有被砍头这一条路了。高颎听了母亲的话，深知母亲洞悉世事，便经常担心祸变的到来。

之后，杨坚因废立太子，在独孤皇后的枕边挑唆下，开始渐渐疏远高颎，最后终于因王世积案被连坐免官，仅以公爵身份遣回到自己的府第，旋即又遭免职。

高颎被罢免为民后，非常高兴，没有一点恨色，因为他知道，已经死去的母亲，黄泉之下再也不用为他的脑袋担忧了。但是人算不如天算，仁寿四年（604 年），隋文帝去世，杨广即位，是为隋炀帝，上任后便重新启用高颎为太常。三年后，有人向隋炀帝进谗言说高颎诽谤宫廷，妄议朝政，杨广即以“诽谤朝政”的罪名将高颎以及他的朋友贺若弼、宇文弼等全部杀死，高颎的几个孩子也全部发配到了边疆。高颎最终还是没有躲过被砍头的祸变。

洪迈在《容斋随笔》中记载这件事的时候，题目用的是《贤父兄子弟》，记录了历史上十几个大贤的父母和兄弟。其中高颎的母亲就是其中的一贤。之所以贤，是因为她堪透了儿子的前途和命运，并能够不干涉且引导儿子去做“有道”的事情，也就是走以“忠恕为道”的人生道路，从这个意义上讲，这已不是一个“贤”字可概括得了，实在是一种伟大。

我们都说孟子的母亲是伟大的，“孟母三迁”家喻户晓，孟母也成为教育孩子成才的典范，不过孟母对孟子的教育始终没有离开孔子“学而优则仕”的窠臼，如何成为人上人、如何当官做老爷罢了，教育的只是人生的“进”，远远不能和高母教育的人生的“退”而相提并论。高颎最后虽然被杀，似乎高母教育失败了，其实不然，唐太宗李世民对高颎有过两段评价，一段是：“朕比见隋代遗老，咸称高颎善为相者，遂观其本传，可谓公平正直，尤识治体。隋时安危，系其存殁，炀帝无道，枉见诛夷。何尝不想见其人，废书歔叹。”一段是：“高颎有经国大才，为隋文帝赞成霸业，知国政者一十馀载，天下赖以康宁。文帝唯妇言是听，特令摈斥，及为炀帝所杀，刑政由是衰坏。”如果高颎母亲看到唐朝皇帝对儿子的评价后，不仅会为有一个“公平、正直”乃至“天下赖以康宁”的儿子而自豪，也一定会为有一个必遭杀害的儿子而无奈。

2021 年 6 月 22 日

“籍田礼”

每年的植树节，都会有单位领导到指定的植树区域去植树。植树现场不仅彩旗飘扬，有的还悬挂巨幅大红标语，书写着有关植树的口号。领导们穿着黑色的夹克，戴着雪白的手套，拿着崭新的铁锹，提着夺目的彩色塑料水桶，在当地新闻单位记者的镜头下，完成“培土、扶苗、浇水”三个姿势，之后，主要领导还要对着镜头和陪同人员讲几句话，强调植树对当地生态保护和经济发展的意义，并发出一定要把大地绿化好的号召。领导们来植树的地方，也就作为“领导林”“部门林”保护了下来，由当地居民来管理维护，最终都成了栋梁之材。

这种做法并不是今天领导们的新创，而是中华民族的一项历史悠久的政治制度，或者说是中国农耕社会管理体系的重要组成部分，包含着对民众的鼓励、引导、教化和行为约束。这项制度就是“籍田礼”。

籍田，又叫公田，指的是所有权归天子诸侯（所谓的“公”），征用百姓无偿耕种，收获归天子诸侯的田地。在每年春耕前，一般是立春节气的前后，天子率诸侯到籍田里举行开耕仪式，这个仪式就叫“籍田礼”。

从现有史籍看，籍田礼至少在周代就有了，《图经》记载，周天子示民以“先知稼穑之艰难”，便规定了亲耕籍田的礼仪制度，并将这一制度列入国家基本礼仪制度。《通典·礼六》：“天子孟春之月，乃择元辰，亲载耒耜，置之车佑，帅公卿诸侯大夫，躬耕籍田千亩于南郊。冕而朱红，躬秉耒，天子三推，以事天地山川社稷先古。”孔子提出“克己复礼”，其中就包括对“籍田礼”的继承和发扬光大。

可见当时“籍田礼”的隆重，孟春开耕之日，周天子斋戒沐浴后，率领文武百官以及庶民代表，到他的籍田里举行盛大的开耕仪式，先由天子以农具翻一下土，然后公三下，卿九下，大夫二十七下，最后“庶民终于千亩”，将籍田全都耕完。“籍田礼”的意义很丰富，一是表示天子对农业的重视，二是鼓励农民努力劳动，三是敦促官吏重视农业生产，四是教化国民知道收获的不易，但最终目的还是要达到“财用不乏，民用和同”的国家治理目的。

周代之后，除了以牧业为立国之本的元朝，其他各个朝代诸如隋、唐、宋、明、清等，都沿袭了“籍田礼”制度，贞观三年（公元629年），唐太宗李世民还特地颁布过《籍田诏》，并设立祭坛定名为“籍田坛”，武则天执政年间改名为“先农坛”。大概就从这时候开始，“籍田礼”制度就更加规范，皇帝的动作由“拨一下”，改为了“推三下”，还增加了“赐宴”环节，再次成为秦朝之后各朝代的一种礼制，先农坛也就成了皇帝亲行籍田礼的专门场所。

现在的北京先农坛就是明、清两代的“籍田礼”场地。明成祖朱棣永乐四年（1406年）动工，永乐十八年（至1420年）竣工，最早叫“山川坛”，后改名为“先农坛”。每年立春，皇帝都要来这里举行籍田礼大典。先农坛有一座“观耕台”，观耕台前开垦有一亩三分土地，这就是皇帝“三推”，敬告上天，昭示天下，勉农耕种，完成规范性籍田礼动作的场地，也是后来汉语日常用语“一亩三分地”的出处。

乾隆年间，先农坛除了京城设置外，全国各地都开始普遍设立，形成了不同层级和不同规模的“籍田礼”祭祀活动。

古代皇帝亲行籍田礼，是国家政治生活的大事，为天下人所关注，也为众多文人墨客为之歌功颂德。明代的吴宽有首题为《观耕籍田》的七律：

春郊风动彩旗新，快睹黄衣是圣人。
盛礼肇行非自汉，古诗犹在宛如豳。
朝臣共助三推止，野乐全胜九奏频。
稼穑先知端可贺，粢盛不独备明禋。

明代乔宇的七律《籍田礼成恭纪》是这样写的：

东郊法驾劝春耕，右列三公左九卿。

王业有基开地力，圣躬无逸鉴天行。

功先耒耜三推数，乐备钧韶九奏声。

盛礼既成还赐宴，共将丰稔颂升平。

这些“颂圣诗”虽然没有一点诗意，通篇的献媚味道和马屁味道，但却真实记录了“籍田礼”的一些现场氛围：

籍田现场彩旗飘扬，皇帝穿着崭新的黄色衣服，在三公九卿的簇拥下，在雄浑的音乐声中，推起绑着红绸子绾结成大红花的崭新犁杖，摆出推三下的姿势。仪式结束后，赏赐百官美酒佳肴，提前庆贺来年的丰收。皇帝的重农思想，通过这种隆重、庄严、宏大的仪式，传遍全国各地，激励百姓不惧艰辛，深耕细作，为朝廷提供更多的粮食，使得朝廷官有帑币，兵有饷银，物阜民熙，世代强盛。

2021 年 8 月 28 日

老人推恩

《孟子·梁惠王》中记录有一段孟子和齐宣王的对话，其中的“老吾老，以及人之老；幼吾幼，以及人之幼，天下可运于掌”一句，为后人所广泛引用，更为后来的帝王将相们奉为圭臬。这句话的意思是，“敬爱自己的长辈，要能够推及至也敬爱别人的长辈；爱抚自己的孩子，要能够推及至也爱抚别人的孩子。这样天下就能够治理好了。”这就是成语“尊老爱幼”的最早出处。

1990年《康保县志·人物·表三》列出了13名康保县有统计数据以来到1987年的90岁以上老人名单。这在康保来说是第一次，彰显了政府对老人的尊重，凡被列入名单家庭的后人，都将其视为家族中的最高声誉，由此也激发了后人孝道的传承。这也正是康保县政府对“老吾老，以及人之老；幼吾幼，以及人之幼”传统文化的践行。

据《容斋随笔·卷九》《老人推恩》一章记载，唐代赦免罪人宽宥过失以及对老人施及的恩惠都非常优厚。唐玄宗李隆基时期的开元二十三年（735年），皇帝还为此亲行籍田礼，也就是到郊外祭天，祈祷五谷丰登，民康物阜，老人长寿。当时朝廷规定：侍奉老人百岁以上的，封给上州刺史的头衔，也就是谁把老人赡养到百岁以上，谁就能够得到相当于现在省长一级的头衔，有了头衔，就有了待遇，比如豁免钱粮徭役，打官司可以不跪着，红白喜事可以使用相应的仪仗，家门前可以立牌坊，等等。九十岁以上的，封中州刺史。八十岁以上的，封上州司马，也就是副省长一级的待遇，这些待遇都是非常高的。

到了开元二十七年（739年），赦免天下。百岁以上的老人，封下州刺史，百岁以上的妇女，封为郡君；九十岁以上的老人，封上州司马，妇女封为县君；八十岁以上的，封县令，妇女封乡君。这里增加了对老妇人的封典。

到唐朝天宝七年（748年），京城里七十岁以上的老人，依照县令的待遇；六十岁以上的，按县丞对待；京城外全国侍奉老人安排官衔跟开元年间一样。这时的待遇级别好像低了，但范围更大，七十岁可以封到正县级，六十岁可以封到副县级的头衔，对老百姓来说，更能感受到政府对老人的恩惠。

到了宋朝，百岁的人才能得到初品官的封衔，也就是现在的科级，待遇就低了不少，跟唐代相去甚远了。到了南宋淳熙三年（1176年），因为太上皇帝庆寿的缘故，施加恩惠稍为优厚，于是就发生了虚加岁数、谎报籍贯来冒领荣誉和待遇的人。之后，这种待遇就渐渐没有了。

清朝康熙年间开始举办老人宴，史称“千叟宴”，但不再有头衔赏赐。清朝昭梿的《啸亭杂录·续录》记录了康熙、乾隆时期千叟宴的盛况：“康熙癸巳，仁皇帝六旬，开千叟宴于乾清宫，预宴者凡一千九百余人；乾隆乙巳，纯皇帝以五十年开千叟宴于乾清宫，预宴者凡三千九百余人，各赐鸠杖。丙辰春，圣寿跻登九旬，适逢内禅礼成，开千叟宴于皇极殿，六十以上预宴者凡五千九百余人，百岁老民至以十数计，皆赐酒联句。”

康乾时期的千叟宴，在社会上影响颇大，中华民族的孝行文化得到了很好的光大。

中华民族的尊老爱幼，永远都是实实在在的。

2021年8月19日

美僧计

据说，越王勾践和大臣文种、范蠡就如何消灭吴国，活捉吴王夫差可谓费尽心机，他们不仅卧薪尝胆，还施出了美人计，把美女西施献给了夫差，磨灭夫差的上进心，最后终于打败了吴国，活捉了夫差，实现了兴越灭吴的战略目标。

西施是不是让范蠡送给了夫差，起没起到兴越灭吴的作用，没有查阅到历史资料的记载，很有可能历史上还真没有这么一回事。但美人计，确是有大量史料记录的。《六韬·文伐》："养其乱臣以迷之，进美女淫声以惑之"，就是美人计的出处之一，意思是，培养乱臣贼子扰乱损害敌方将帅，进献美女来迷惑引诱敌方将帅，以达到动摇敌方思想意志，使其内部丧失战斗力的目的。《三十六计·败战计》第一计就是"美人计"："兵强者，攻其将。将智者，伐其情。"兵力强大的，就攻打他的将帅。将帅聪明的，就用色情来打击他。美色是诱惑和削弱敌人意志的最锐利武器。三国时，周瑜就给刘备来过这么一手，一击即中，要不是诸葛亮有充分的准备，刘备说什么都逃不过这一劫。

中国历史上的各个历史环节，都有不少成功的美人计案例，推动着良心、正义、善良，特别是人性、人欲的发展步伐。特别是当下，美人计更是被影视剧导演和明星们演绎得淋漓尽致，现在的美人计不但是剧情的需要，更是吸引观众眼球和降低拍摄成本的需要，据说，剧情中有无美人计情节，是确定演员片酬多少以及拷贝价格的主要依据。

美人计能够成为"三十六计"之一，能够成为兵法的重要组成部分，能够成为中华"谋略"宝库中的明珠，当然包含了深刻、深厚的文化内涵和哲学智慧，所以，不少政治家、军事家们，就能够从美人计而举一反三,演化出更多的计谋来,比如“美男计”“干爹计”“师徒计”“官亲计”“官商计”“大仙计”等。大宋朝的开国皇帝赵匡胤就曾受“美人计”的启发，成功地实施了一次“美僧计”。

《容斋随笔·忠臣名不传》记载，五代十国时期的南唐后主李煜特别迷信佛法，迷恋到了不听任何人劝说的地步：“南唐后主，淫于浮图氏，二人继踵而谏，一获徒，一获流。”把劝说他人都判处了徒刑。

冯梦龙在《智囊·谬数·宋祖》中记载：宋太祖赵匡胤听说唐后主李煜酷爱佛法，就选了两个能说善辩的年轻貌美的和尚，到后唐去拜见李煜，和李煜谈论佛法。果然唐主李煜极其推崇和喜欢这两个小和尚，说这两个和尚是“一佛出世”，于是，成天沉浸在佛法当中，不把治国守边当回事，笃行佛祖会保佑其江山永固。没想到没多久就被赵匡胤消灭掉了，最后，在两个小和尚的超度声中，被赵匡胤用毒药毒死了。

曾经在明末崇祯年间镇守过葫芦岛觉华岛的明代军事学家、历史学家茅元仪，在评价赵匡胤对李煜的“美僧计”时说：“与越之西子何异，天下岂独色能惑人哉！”大意是这两个小和尚与西施没有什么区别，天下人谁敢说只有女色才能迷惑人，和尚一样可以迷惑人！茅元仪的评价可谓一语中的。

2021 年 8 月 22 日

农妇与高僧

在张家口康保县一带，一直流传着这样一个故事：很久很久以前，一个不识字的农村妇女在昏暗的油灯下，一边做着针线，一边给她的儿子讲鬼故事，儿子忽然问："人死了变成什么了？"答道："人死了变成了鬼呀。"儿子又问："鬼死了变成什么了？"又答："鬼死了变成了'鬼怪鬼'。"儿子又问："'鬼怪鬼'死了变成什么了？"又答："一堆灰。"儿子再问："一堆灰死了变成了什么？"这个妇女停下手中的针线，想了半天，忽然笑着编了一段瞎话："'一堆灰'死了变成什么？娘是不能告诉你的，这东西不能到处宣说，特别是不能跟小孩子宣说，但娘知道，'一堆灰'死了就会变成一阵儿旋风，刮到了谁也不知道的地方，就变成了'不是鬼'，谁也看不见，谁也捉不住。"孩子说："我知道了，旋风就是'一堆灰'的魂灵儿，就是'不是鬼'。"

还有另外一个版本，当儿子问道"一堆灰死了变成了什么"的时候，妇女被儿子问住了，一走神儿，手中的针扎在了手上，她甩掉了手中的针线，愤怒地对儿子喊道："变！变！变成什么了？"

康保县民间流传着的这则农妇与儿子的鬼故事，很容易使人联想起另外两则出自历史名著的故事。

《列子》一书中记载了一段商朝大王商汤和他的老师夏革在3600多年前的一堆篝火旁的一段对话，翻译成现代汉语的意思大概是："商汤问夏革：'上下八方有穷尽吗？'夏革说：'不知道。'商汤坚持要问，夏革回答说：'无就是无边界，有就是有穷尽，我怎么能知道有无边界和穷尽呢？不过，在无边界以外，还是没有边界；无尽头之内还是没有尽头，如此往复循环不已而已，所以我知道上下四方是无边界无尽头的，而不知到哪里是它的边界，哪里是他的尽头，谁能知道天地之外，没有比天地更大的去处呢？’”这对话即便放到今天也是很高深的哲学命题，没有高深道学文化底蕴和现代时空观的人是不易理解的。

《容斋随笔》引佛教《大集经》中一对高僧大约在1500年前的一段对话：问："风住在什么地方？"答："风住在虚空那里。"又问："虚空又住在哪里？"答："虚空住在'能够住在的地方'。"又问："'能够住在的地方'又住在哪里？"答："这地方在什么地方，是不可到处宣说的，为什么呢？因为这个地方远离一切处所，一切处所都不能靠近它，数量和质量都不能度量和称量它，所以说'能够住在的地方'其实就是没有地方。"这更是高深的禅学，不用说普通人，就是今天一些有点修为的和尚喇嘛也不见得知道风的住处。

2021年7月22日

“朋友之义”何在?

洪迈的《容斋随笔》一书中有一篇《朋友之义》的随笔，大意是：

朋友间的情义很重要，社会上的道义规范有五类：君臣之道，父子之道，兄弟之道，夫妇之道，还有就是朋友之道。所以从天子到庶民，没有不需要朋友而成事的。《诗经》里讲：“天下出现了情义淡薄的习俗，那么朋友之道就断绝了”；《中庸》和《孟子》都谈到，“不被朋友信任，就不能获得主上的恩遇”；孔子的交友观点是“相信自己的朋友”；子路的交友观点是“我的车驾、马匹、衣裳、皮裘，都可以和朋友共享”；曾子交友的观点是“与朋友交往必须守信用”。《周礼》总结了“孝、友、睦、姻、任、恤”六种道德行为规范，第五种“任”，指的就是对朋友的信任。汉唐以来，尚且有范式和张劭、陈重和雷义、元稹和白居易、刘禹锡和柳宗元这些人，始终友情不变，不因为死生贵贱而改变相互间对朋友的信任。本朝建立的前一百多年间，这种好风气还存在。唉，现在丧失了。

从文中我们不难看出，这篇文章的文魂在结尾，作者在感叹当时社会的信任危机：“汉、唐以来，犹有范张、陈雷、元白、刘柳之徒，始终相与，不以死生贵贱易其心。本朝百年间，此风尚存。呜呼，今亡矣！”再深入把握文义，能够进一步发现，与其说是感叹社会的信任危机，毋宁说是在控诉社会的道德操守的堕落。因为个人友谊的社会基础是社会信任，总体上说，只有信任的社会，才会产生信任的私谊。

洪迈著述《容斋随笔》的时候，正是宋、金、蒙（元）三方大会战之时，南宋两位皇帝被虏，社会动荡，战争频仍，民不聊生。朝廷内部则以万俟卨、秦桧、史弥远、丁大全、贾似道等一大批奸臣“前赴后继”，误国误民。岳飞、文天祥一类的忠臣良将则横遭诬陷，冤无精忠报国之门。思想上朱熹的“灭天理，存人欲”思想在全国流行，传统道德观念受到极大的冲击，天理没有灭掉，人欲反而更甚，由此带来的思想动乱达到了空前绝后的地步，这个社会可用一个字概括，那就是一个“乱”字。这种乱带来的直接后果就是南宋朝廷的覆没，1279 年 3 月 19 日，南宋最后一位皇帝赵昺，在元朝军队的追击下，和赵宋皇族八百余人集体跳海自尽，给赵氏王朝画上了句号。如此情况下，君臣、父子大义都横遭践踏，失去了存在的基础，更何况朋友之义呢！

社会动乱以思想动乱为重。战争、瘟疫、灾变等带来的动乱是可控的，也是有时间限度的，但思想领域一旦发生动乱，其危害则难以穷尽，会祸及子孙，甚至祸及民族。思想动乱在改朝换代的时候是推动社会进步的动力，可以称为思想解放，但在和平建设时期则就会成为惑乱社会的根源，并促使社会加剧动荡，快速走向没落。

南宋有朝一代，史书极少见朋友之义的记载，民间也很少此类传说，尔虞我诈、欺良霸善、口蜜腹剑、欺君枉法、明哲保身、自私自利的记载倒是随史可览，所以，洪迈会发出“呜呼！今亡矣！”的长叹。

2021 年 7 月 28 日

注：

1. 范式和张劭

东汉的范式，字巨卿，是山阳郡金乡县人，又名汜（泛的通假），他和汝南郡的张劭交了朋友。张劭，字元伯，两人曾一起在京城里的太学学习。后来范式请假回家时，对张劭说：“两年后我回来，一定来拜访你的双亲，看看你的孩子。”两人就共同约定了日期。后来，约定的日期就要到了，张劭就把这事全告诉了母亲，请她准备饭菜来迎接范式。他母亲说：“两年的离别，相隔千里的诺言，你怎么会相信得这样认真呢？”张劭说：“巨卿是个重信用的人，一定不会违背的。”母亲说：“如果是这样，应该为你们酿酒了。”到了约定的日期，范式果然来了。他登堂拜见了张劭的父母，就一起饮酒，极尽了欢乐后才和张劭告别。后来张劭卧病不起，病情很重，同郡的郅君章、殷子征从早到晚照料看护他。张劭临死时，叹息道：“遗憾的是还没能见一下我那生死与共的朋友。”殷子征说：“我与郅君章对您尽心竭力，我们如果不是你生死与共的朋友，那么你再想找谁来与你相见呢？”张劭说，“像你们这两个人，只是我活着时的朋友罢了，山阳郡的范巨卿，才是我所说的生死与共的朋友。”一会儿张劭便死了。范式忽然梦见张劭穿着黑祭服，帽子也没系好，垂挂着帽带，拖着鞋子叫道：“巨卿，我在某日死了，该在某日下葬，永远回到地下去了，您如果没有忘记我，是否能再见我一面？”范式清清楚楚地醒过来，悲痛地叹息着，禁不住哭泣起来，眼泪直往下掉，于是他就穿上了给朋友服丧时穿的衣服，按照张劭的安葬日期，赶马前去奔丧。范式还没有赶到而灵车已经启行了。一会儿灵车就到了墓穴，马上要把棺材下葬到墓穴中去了，而棺材却不肯朝前了。他母亲抚摩着棺材说：“元伯，你是否还有什么指望呢？”于是就把棺材停下。过了一会儿，便看见白车白马，有人痛哭着奔来。张劭的母亲望着那车马说：“这一定是范巨卿了。”一会儿范式就到了，他磕头吊唁，说道：“走吧元伯，死者和生者走不同的路，从此我们永远分别了。”参加葬礼的上千人，都为他们的别离而淌眼泪。范式便握着牵引棺材的绳索向前拉，棺材这才向前移动了。范式就留在坟边，给张劭垒了坟，种了树，然后才离去。成语一诺千金、鸡黍之交、坟地送友这些成语就出自二人的故事。

2. 陈重与雷义

陈重和雷义，是东汉年间豫章郡（今江西南昌）两位品德高尚、舍己为人的君子。两人为至交密友，当时人们称颂道：“胶漆自谓坚，不如雷与陈。”事见《后汉书·独行列传》。成语“胶漆相投”或“胶漆之交”就出自二人的故事。

陈重，字景公，豫章宜春人。雷义，字仲公，豫章鄱阳人。雷义任尚书侍郎时，有一同僚因犯事，当受处罚，雷义为他分担责任，向上司上书申辩，愿意自己独担罪责。陈重闻知，弃职进京自陈曲衷，请求为雷义赎罪。后顺帝下诏，两人皆免官，并免予刑事处分。雷义回乡又被举荐为秀才，雷义要把这功名让给陈重，刺史不批准。雷义就假装发狂，披头散发在街上替陈重奔走呼吁，而不去应命就职。因此遍乡里传颂他们两人的事迹，说道：胶和漆自认为融为一体，坚不可摧，还不如陈重与雷义，荣辱与共，生死相依。后来三府同时征召两人，雷义被任命为灌谒太守，让他持节督察诸郡国的风俗教化，他设席讲学，太守令长各级官员来听讲的有70多人。不久雷义官拜侍御史，授南顿令，卒于任上。

世人赞道：陈雷胶漆，肝胆相照；为官为民，政声载道。

3. 元稹和白居易

白居易与元稹都是唐朝伟大的诗人，二人志同道合，惺惺相惜，诗词唱和三十余年，往来诗篇近千首，友情终其一生，如此情深谊笃的挚友，堪称交友的历史佳话。

公元803年，24岁的元稹与31岁的白居易，一起考了功名，同到秘书省当校书郎，从此开始了二人一生的友谊，无论荣辱贵贱，始终不离不弃。

元稹母亲病逝后，墓志铭是白居易亲笔写的；白居易的母亲病逝后，墓志铭便是元稹亲笔写就。当时元稹被贬江陵，无法亲自吊丧，委派侄子专程前往代表自己吊祭。他知道白居易丁忧期间经济拮据，曾三次寄钱资助白居易，总计有二十万。白居易在给元稹的诗中写道："三寄衣食资，数盈二十万。岂是贪衣食？感君心缱绻。"二十万大约是元稹半年的俸禄。

元和四年，白居易回京做了左拾遗，元稹是监察御史，监察御史经常出门到外地。一次，在元稹外出期间，白居易和弟弟白行简以及好友李十一一起游慈恩寺，席间，白居易看到缺少好友元稹，心中十分惆怅，便即兴赋诗一首《同李十一醉忆元九》："花时同醉破春愁，醉折花枝作酒筹。忽忆故人天际去，计程今日到梁州。"意思是说忽然想好朋友元稹去了远方，如果计算一下路程的话，应该到了梁州了吧。这一天，元稹确实是到了梁州，而且在晚上做了一个梦，梦见和白居易到慈恩寺游玩，第二天，元稹也作了一首诗《使东川·梁州梦》："梦君同绕曲江头，也向慈恩院院游。亭吏呼人排去马，所惊身在古梁州。"后人调侃，元白的感情一点不比新婚夫妇差。

公元831年，元稹病逝于武昌，消息传来，白居易哭了。"今在岂有相逢日，未死应无暂忘时。从此三篇收泪后，终身无复更吟诗。"始以诗交，终以诗诀，白居易为他最好的朋友元稹写下祭文，“死生契阔者三十载，歌诗唱和者九百章，播于人间，今不复叙。”

4. 刘禹锡和柳宗元

刘禹锡是唐朝浪漫主义诗人，与白居易并称“刘白”，其人其诗都豪放刚劲；柳宗元是唐朝山水田园派诗人，诗文成就俱高，在诗坛，与王维、孟浩然、韦应物并称“王孟韦柳”，在散文领域，与韩愈并称“韩柳”，位列“唐宋散文八家”。刘、柳二人不但文学成就不分伯仲，其个人友谊不下于管仲与鲍叔牙以及俞伯牙与钟子期。

元和十年，唐宪宗将柳宗元贬至柳州（广西柳州），将刘禹锡贬至了播州（贵州遵义），听闻消息后，柳宗元放声大哭，其亲人问其痛哭原因，他说：“播州非常艰苦，而梦得（刘禹锡）的老母亲还在，我不忍好朋友把要去如此偏僻艰苦地方的消息告诉母亲，但又没有母子一起前往被贬之地的道理。”于是，柳宗元像唐宪宗请求与刘禹锡交换了贬谪之地。在衡阳的一艘船上，二人分别时，柳宗元曾作诗一首，名为《重别梦得》：“二十年来万事同，今朝歧路忽西东。皇恩若许归田去，晚岁当为邻舍翁。”晚岁没有成为邻居，柳宗元就客死他乡了。刘禹锡感念其恩，用尽毕生心血整理了柳宗元的遗作，出钱刊印了柳宗元的《河东先生集》，为我们保留了一份珍贵的文化遗产。柳宗元死后，刘禹锡还收养了柳宗元的一个儿子，并将毕生所学传授给了柳宗元的儿子。

清明祭

人是不可以忘本的，这本，首排于祖，次于恩，再次于情，大约还应有爱。

在清明节的时候，给逝去的亲人烧上一叠纸，跪在亲人的坟茔或牌位前叩上四个响头，亲人们在另外的世界是否能知得到，花得了，用得上，其实并不重要，那是不需要活着的人操心的事体，重要的是这种民族认同的仪式感，提醒自己不能忘本的仪式感，以及别人看着你也没有忘本的仪式感。仪式感的不断重复，便会植入活着的人的心灵深处，仪式就变成了信仰和寄托，就成了文化，继而变作了精神力量，就成了足可以影响个人生活行为甚至社会生活行为的力量。

每年的清明都要为逝去的父母上坟，一种由仪式感演化而来的个人心灵慰藉，如果失去这机会，一年心里都不能宁静。五年前的清明，回老家上坟，车到坝头野狐岭的时候，遭遇了大雪，滚动的车轮不但不能前行，而且还向后滑行，多亏风雪中赶来救援的警察，靠人力把车推上了坝，但一尺多厚积雪还是把车困在了张北县，第二天不得不原路返回。一后备厢的祭奠用品，只能都拉了回来，在夜深人静的时候，焚烧在了一个十字路口。没有亲临父亲坟前上坟的遗憾，整整折磨了一年。

今年是提前回去的，上完坟回到家里，总觉得还有没了结的心事，但又不知道这是一种什么样的心事，甚至不知道是否有过这样一种心事。看着手机微信里亲友们对清明节的各种议论，忽然有所萌动，清明节，人们都在祭祖，但没有人去祭奠一下这节日本身。也许是因为这节日是不会死的缘故吧，不会死，自然无须于祭了。

古人怎么过清明，今天的人都没有见过，但可以肯定，一定比今天过得要复杂。据文献记载，晋代以前，古人是把清明节和上巳节合在一起过的，非常热闹，当时的诗人陆机就用诗记录过节日场景：“迟迟暮春日，天气柔且嘉。元吉隆初巳，濯秽游黄河”，到唐代，上巳节的内容逐渐从清明节剥离，唐代诗人王维说：“少年分日作遨游，不用清明兼上巳”，到了宋代，上巳节逐渐销声匿迹，不再见于文献记载，上巳节死掉了，也或说清明节死掉了一半。

我的老家在张家口坝上高原的康保县，是一个很偏僻的名不见经传的小县，这个县一直是游牧民族的游牧草场，直到1925年才走上了农业立县的路程，可以说，是一个汉文化积淀很浅的县份。就是这样一个县份，原来的清明文化氛围比今天也要浓厚得多。小的时候在老家过清明节，清明节的前几天，不论有多忙，母亲都要亲手为每个不满十岁的孩子缝制一串“清明坨坨”，佩戴在孩子的胸前，到清明节这一天的早上，由孩子亲手摘下来，扔到院子的排水口处，以此来寄寓孩子的健康平安。也就是说，清明节不仅牵挂着亡人，还要牵挂未成年的孩子。“清明坨坨”的样式年届七十的大姐还清晰地记着：各种颜色的布剪成直径1.5厘米大小的圆片，蓝色布片为天，在最上方，白色的布片为地，在最下方，中间按年龄每岁一片，用五色布剪成，布片之间间隔一两厘米，然后用一根线串起来，戴在胸前，像一串花一样，鲜艳夺目。有趣的是，这“清明坨坨”最早还和孩子是否出过天花相关，出过的则用五色布，没有出过的则全部用红色。到牛痘疫苗发明之后，人们便将这“清明坨坨”和是否接种过牛痘疫苗挂上了钩，接种过牛痘疫苗的用五色布，没有接种过的，则全用红色布。因此，从孩子佩戴“清明坨坨”的颜色上，就可以准确分辨孩子是否接种过疫苗。由此我们可以深刻感知清明节的人文情怀。

“清明坨坨”，连同其中的人文情怀，不知什么时候已经死去了，现在不少年轻人甚至连听都没有听说过，更不用说描述其形状了，这“清明坨坨”，那是多么长的一段历史啊，最终终结在了我们这一代人手里，何尝不该祭奠呢！

今天的清明，除了烧纸，几乎已经没有其他内容了，而烧纸也在绝大部分地区被禁绝了，祭奠的仪式，除了站在孤零零的墓碑或牌位前叩头外，已经没有其他的议程，就是这叩头的议程也正在被责难和呼吁废除。随着中华民族孝道意识的逐步西化，感恩意识的逐步拜金，情谊交往的逐步势利，清明节的死亡也是迟早的事，对这个陪伴了人们几千年的节日，在她活着的时候祭奠一番，总比在她死后祭奠更好一些。

这可能正是我上坟回来杞人忧天般的不了心结吧！

2021 年 4 月 3 日

失败者是不受赞扬的

师哲在他的《陪同毛主席访苏》一文中提到，斯大林见到毛主席后非常激动，“对毛主席赞不绝口，说：‘伟大，真伟大！你对中国人民的贡献很大，你是中国人民的好儿子！我们祝愿你健康！’毛主席回答说：‘我是长期受打击排挤的人，有话无处说’，毛主席言犹未尽，斯大林却把话接了过去：‘胜利者是不受谴责的，不能谴责胜利者，这是一般的公理。’然后开始了会谈。”斯大林的“胜利者是不受谴责的”，也就成了名言，并成了公理。如果把这句话反过来，就变成“失败者是不受赞扬的”，因为它与“胜利者是不受谴责的”互为奇偶，当然这句话也是公理。

“冰肌玉骨清无汗，水殿风来暗香满。绣帘一点月窥人，倚枕钗横云鬓乱。起来琼户启无声，时见疏星渡河汉。屈指西风几时来，只恐流年暗中换。”这首流传千古、脍炙人口的《玉楼春》，是五代十国后蜀的末代皇帝孟昶所作，孟昶的《玉楼春》写得确实好，一点不亚于另一个末代皇帝唐后主李煜的《虞美人·春花秋月何时了》，因为写得确实好，后来的苏东坡在相同词境的感悟下，也想填一首词，但由于有孟昶的词，他实在立不出新意，只好换了个《洞仙歌》的词牌，把孟昶的这首词翻新了一下。说翻新是好听，以今天的标准，特别是填词的标准，其实就是抄袭，虽然在抄袭的基础上有所创新，受到了后人的很多推崇，但根子上的抄袭痕迹是难以抹平的。看看，“冰肌玉骨，自清凉无汗。水殿风来暗香满。绣帘开，一点明月窥人，人未寝，欹枕钗横鬓乱。起来携素手，庭户无声，时见疏星渡河汉。试问夜如何？夜已三更，金波淡，玉绳低转。但屈指西风几时来，又不道流年暗中偷换。”从开头到结尾，没有一处不是抄袭的，放在今天，苏东坡恐怕早就让孟昶告到北京中级人民法院知识产权庭了。

是否抄袭，抄袭水平如何并不重要，重要的是苏轼这个一流大词人的作品，竟然套用了孟昶词的意境，足可见孟昶这首《玉楼春》的精彩。

从政绩来看，历朝历代的末代皇帝，不论个人的水平能力有多高，都是一副窝囊相，其实这不是皇上本身的窝囊，是他那个王朝的窝囊，天意国运到了如此，把那些开国皇帝从陵寝里重新弄活，搬出来放到金銮殿的宝座上，依旧是一副窝囊相。元朝最后一个皇帝元顺帝，明朝最后一个皇帝崇祯帝，清朝后期的光绪帝，都曾经有过一番励精图治的雷霆举措，或者推行新政，或者刷新吏治，或者深化改革，有的还确实创造出了奇迹，比如元顺帝的“至正新政”。但再奇，也不过是一个朝代临死前的回光返照，靠皇帝个人的能力已经是无力回天了。“打江山容易坐江山难”，是一点也不假的，特别是江山将倾，摇摇欲坠的时候，能坐上去已经是奇迹了，谁还能够坐稳呢！“胜者王侯败者寇”，这话虽然是事实，但语义并不科学，其中包含了很多的无奈和不公平，不论“胜者王侯”与否，单说这“败者寇”的“寇”，新中国之后都被叫作“起义领袖”，这才是历史唯物主义。

孟昶这个末代皇帝其实不像阿斗刘禅，也是一个挺有抱负且有治国思路的人，就从这首《玉楼春》的最后两句：“屈指西风几时来，只恐流年暗中换”就可以看出，他对他自己和他的王朝，认识的是多么清楚，这两句的真实意思是：“掰着手指头算一算，大宋赵匡胤这股西风迟早也是要刮到蜀中的，只是不能确定具体的时间，恐怕我的天下用不了多久就换成别人坐了。”把江山社稷用“流年”两个字代替，只有孟昶能想出来，就是皇帝词人李煜也不一定想得出来。

说孟昶有抱负、有思路，是有历史文献依据的。孟昶在位 31 年，前二十年历史对他的评价是很高的，《新五代史·后蜀世家第四》记载，孟昶在整顿吏治、劝农兴教、尊儒重教方面都有不少建树。就是在他亡国投降大宋后，评价依然不低。《蜀梼杌校笺·卷四·后蜀后主》记载："昶之行，万民拥道，哭声动地，昶以袂掩面而哭。自二江至眉州，沿路百姓恸绝者数百人。"说的是孟昶降国后，从成都押送去北宋京师汴梁（今河南开封）的途中，成都有数万老百姓冒着生命危险为他送行，其中哭晕昏倒的就有数百人，老百姓一直从成都送到犍为县，达数百公里。这种万人送别的场景，比起那些贪官污吏的"万民伞"应该是真实、真情得多。要说这样的皇帝不是一个好皇帝，是很难说得过去的。在五代十国，后蜀经济文化的发展，一直处于领先地位，仅这一点，就可见孟昶的能力和水平，也就可以解释老百姓为什么对他那么留恋。

我们今天到各个府衙、县衙博物馆去参观，都能看到在最醒目的地方刻有一块《戒石铭》，保定直隶总督衙门，更是为《戒石铭》专门立了个牌坊，金装细雕着书法大家黄庭坚书写的《戒石铭》，可见这《戒石铭》对后世各朝代干部管理的影响。这个《戒石铭》就是孟昶在整顿吏治的时候亲自撰写颁发的。

《容斋随笔·卷一》专门叙述《戒石铭》，全文是："'尔俸尔禄，民膏民脂。下民易虐，上天难欺。'太宗皇帝书此以赐郡国，立于听事之南，谓之戒石铭。案，成都人景焕，有《野人闲话》一书，乾德三年所作，其首篇《颁令箴》，载蜀王孟昶为文颁诸邑云：'朕念赤子，旰食宵衣。言之令长，抚养惠绥。政存三异，道在七丝。驱鸡为理，留犊为规。宽猛得所，风俗可移。无令侵削，无使疮痍。下民易虐，上天难欺。赋舆是切，军国是资。朕之赏罚，固不逾时。尔俸尔禄，民膏民脂。为民父母，莫不仁慈。勉尔为戒，体朕深思。'凡二十四句。昶区区爱民之心，在五季诸僭伪之君为可称也。但语言皆不工，唯经表出者，词简理尽，遂成王言，盖诗家所谓夺胎换骨法也。"

可见，赵匡胤的弟弟赵光义继承大统之后，在吏治上做的一篇大文章就是颁布《戒石铭》，而他的这项法令就是从孟昶的《颁令箴》

中精选的四句话。也就是说，宋太宗赵光义教育官吏最想嘱咐的话，被他灭亡了的后蜀末代皇帝孟昶早就说过了，甚至说到了赵光义无一字可改的程度，可见孟昶的学识和远见。

有人说孟昶在统治后期“奢侈淫靡”“昏聩无道”，终于把后蜀葬送了，这评价就多少有了“失败者是不受赞扬的”公理的味道。

2021 年 8 月 18 日

死亡的境界

苏格拉底，和中国的孔子、老子同时代著名的古希腊哲学家，西方哲学的奠基人。公元前399年，被以安奴托斯和米利托斯为代表的雅典民主派贵族，以引进新神、藐视传统宗教、腐化青年和反对民主等罪名处以死刑，距今已有近2500年了。

2500年，在以光年纪年的宇宙界，只是眨眼工夫，但在人类的历史上，就是一段很长很长的时间了。当时的社会状况，虽然已有了文字记录，也有了考古文物的佐证，但毕竟时间太长了，档案资料管理意识不强，科学技术水平不高，语言文字功能还不全面，因此，今天很难还原当时的社会生活状况，不像现在，丰富的音像资料，足以解答生活中的一切。

思想家和哲学家的名头不是靠有多少著作，而是靠有多少思想深入人心，有多少人的迷途灵魂被解脱出来。而解脱的方法除了说教、启蒙外，还有悲壮和生命——思想家和哲学家自己的悲壮和生命，而不是装腔作势般的对民众的悲壮和生命的同情、怜悯、义愤和慷慨激昂！

苏格拉底就是用悲壮和生命唤醒民众灵魂的人，换句话说，他用语言和生命，将其思想基因植入了后人的灵魂之中，他虽然没有留下自己的专著，但他留下了一座人类思想的永恒的丰碑。

苏格拉底死的悲壮、伟大而又淡定，这样的死法本身就是哲学，就是思想，就是对人类灵魂的震撼！

应该说，苏格拉底是为维护自己的哲学思想和信仰，从容选择了死亡的。在生命与思想相伴，同时遇到危险的时候，思想家把生命让给了思想，哲学家把生命让给了哲学，而更多的人则是让一切为生命让路，让思想和哲学死亡。

在苏格拉底被逮捕入狱后，根据当时雅典的法律规定，是可以用赎金来代替刑罚的。而他的学生和朋友克利托是当时雅典的巨富，交赎金根本就不算任何负担，相当于组织了一场斗牛。克利托在苏格拉底受审时，就多次向他的老师提出，缴纳赎金，免除老师的死刑。但是苏格拉底执意不同意，苏格拉底认为交纳赎金，实际上是承认自己有罪，是苟且偷生！苏格拉底对克利托说："我不能用金钱来换取他们对我的赎免，我不能听从你们的劝告，请原谅我，我不能逃避。他们可以杀掉我，但不能让我低下追求真理的头颅！"

根据当时雅典法律规定，执行死刑是服用毒酒，在执行死刑前的一个月中，监狱允许亲友探监并陪伴在身边，这和当时最初始的民主追求有关。当时有许多人天天去监狱探望和陪伴苏格拉底，克利托就是其中的一位。克利托在用赎金解救老师的生命被老师拒绝后，问苏格拉底有什么遗言，苏格拉底说："我没有更多要说的，只有我平时对你们说过的那些话，请你们要牢记在心。你们务必保持操守，按我说的那样去生活。如果违背了对我许下的诺言，我的亡灵将无法得到安慰。"

公元前 399 年夏天，在苏格拉底即将被处死的那天晚上，他穿着破烂不堪的囚衣，披散着头发，光着脚，面容坚毅、安详。他让自己的妻子和女儿离开房间后，像在课堂上一样，同他的学生和朋友谈论灵魂永生的问题。

不久，狱卒进来对他说："我对很多人执行过死刑，每当我依法要求犯人服毒酒时，他们都会怨恨和诅咒我，似乎是我判处了他们死刑，其实我是在执行命令。但我从您的身上看到了神的影子，你是这里所有犯人中最高尚的人，你没有恨我，反而给了我安慰，你可怜的是那些要处死你的人，爱的是我这种无奈的人。我现在执行杀死您的命令，真挚地祝愿您少受些痛苦。别了，我的朋友。"狱卒一边说一边哭，颤抖着身体离开了牢房。

苏格拉底望着狱卒的背影说："别了，朋友，我将按你说的去做。"然后他掉转头来，和蔼地对克利托和守护在身旁的人们说："这个狱卒可真是个好人，从我入狱以来，他天天来看望我（按：唉，狱卒之职责），有时还跟我谈话，态度亲切。现在他又为我流泪，多善良的人呀！克利托，你过来，如果毒酒已准备好，就马上叫人去取来，否则请快点去调配。"

克利托对老师，也是他的总角朋友说："几乎所有的犯人听到要处决时，总是会千方百计地拖延时间，为的是可以享受一顿丰盛的晚餐。老师您别急，我们还有时间，他们的丰盛晚餐还没有送来！"克利托多想和老师多相处一段时间。

苏格拉底和颜悦色地对克利托说："克利托，你说得很对，缓解死亡时间的人，这样做是无可非议的，蝼蚁尚且贪生啊，因为在他们看来，延迟服毒酒就获得了某些东西，甚至可能获得被解救或赦免不死的奇迹。但对我来说，推迟服毒酒的时间并不能获得什么，相反可能还会失去更有价值的东西，况且，为吝惜生命而获得一顿美餐的行为，在我看来应当受到鄙视！去！把酒拿来，请尊重老师和朋友的最后请求。"

听到老师讲课提问一般的嘱咐，克利托用坚定的目光暗示在旁等候吩咐的小童，那个小童便走到外面去，一会儿，领着一个刽子手走了进来。刽子手手里端着一只杯子，里面盛着一种叫鸩的毒药。没等刽子手开口，苏格拉底便问道："请您告诉我，我该怎样做才符合法律有关服毒的规定？"那个人说："你喝下这杯毒药以后，可以不停地在这间房子里走动，如果感到两脚沉重的难以走动了，就躺下来，这就说明毒药已经生效了。"苏格拉底淡然一笑，把装有毒酒的杯子举到胸口，像平时在宴席上同朋友干杯一样举了举，平静地说："分手的时候到了，我将要死去了，和我观念不同，判决我死刑的人将继续活下来，究竟是谁的选择更好，上天很清楚，历史会有个答案。"

说完，便将毒酒像干杯一样，一饮而尽。

在场的人无不为这位老师和好友而悲泣。苏格拉底看到大家的神态，显出了失望的表情，他对在场的朋友和学生们说："你们怎么可以这样呢？我就是为了避免这种场面，才把我的妻子和孩子们提前打发了出去，不让他们看到我服毒死亡的最后时刻。把你们留在身边，是因为你们不至于婆婆妈妈，能够和我一如既往地探讨一些灵魂的问题。常言道：临危不惧，视死如归，我的志同道合的朋友们，坚强起来！"

苏格拉底接着按照狱卒的要求，在室内踱了一会儿，感到自己两腿发麻了，便像晚上上床睡觉一样躺了下来，最后吃力地对他的学生克利托说："克利托，我欠了阿斯克勒斯一只鸡，记得替我还上这笔债。"

阿斯克勒斯是希腊的药神，当时人们经常用鸡来祭奠这位药神。苏格拉底临终惦记的事情是祭奠这位药神。之所以惦记这样一件事，其实是他想缓解朋友、学生和家人们对他死亡的悲痛感，一种具有哲学智慧和饱含人性关怀的死亡幽默，这种关怀为本的死亡幽默，之后很少再出现过。说完，他合上了眼，安静地睡了过去。送酒的人走过来摸了摸他的身体，觉得已没有热气了，便宣布："苏格拉底死亡了！"

苏格拉底的哲学是同他的生命融为一体的，他个人的命运同雅典的命运是不可分的，也和之后的世界文化不可分。他为了祖国和人类追求真理以及灵魂真谛，而他的祖国则用毒酒和死刑报答了他的贡献和满腔热忱，并最终成全了他的哲学，应验了"祖国啊母亲"的永恒情怀！苏格拉底没有丝毫的责备、懊恼或是悲哀，而是用他的生命和幽默，真诚地奉劝着社会和世界应当秉承的真、善、美。他虽然有生命未完成的事业，但他选择以死亡为自己事业和理想的结局，上天和历史证明，苏格拉底是值得平头百姓阅读的历史画卷。

2021 年 4 月 8 日

“副使”的算计

白居易《江州赴忠州至江陵已来舟中示舍弟五十韵》有诗句：“虎尾忧危切，鸿毛性命轻。烛蛾谁救护，蚕茧自缠萦。”后来陆游在《书叹》一诗中，引用白句，化出了“人生如春蚕，作茧自缠裹，一朝眉羽成，钻破亦在我”的名句，因而，中国的成语王国中，就有了“作茧自缚”的一席之地。

与之相近的成语是“作法自毙”，《史记·商君列传》记载：“商君亡至关下，欲舍客舍，客人不知其是商君也，曰：‘商君之法，舍人无验者，坐之。’商君喟然叹曰：‘嗟乎！为法之敝一至此哉！’”说的是商鞅在秦国实行变法，规定旅店接待顾客必须实名登记，这就是中国住宿要实名登记的始作俑者，否则将会被处以监禁的刑罚。秦孝公去世后，商鞅在秦国便失去了靠山，新王惠文王上台后就准备逮捕商鞅，商鞅听到消息后，知道被惠文王拿住必死无疑，因此连夜逃跑到了外地。当他跑到关下这个地方准备出关的时候，把门的兵士说：“商鞅君有令，晚上不得出关。”他只好去投店，店老板说：“商鞅君的规定，需要你实名登记，要不我们是要被官府处罚的。”商鞅既不能出关又不敢实名登记，进退两难，自己长叹道：“我这是作法自毙呀！”后来他终究没有跑掉，被惠文王车裂而死，这也就是俗语“五马分尸”的由来。

《梦溪笔谈》有一篇《李士衡不重财物》的真实故事，对这两个成语作了恰如其分的诠释。

李士衡（959—1032年），字天均，秦州成纪（今甘肃天水）人。在北宋真宗时曾官至尚书左丞。中国法制史上有一个著名的“荒年免死罪”案例，就是李士衡创造的，至今对立法和执法都有着一定的影响。

北宋年间，李士衡在做“知天雄军”（今河北大名地区的最高军政长官）时，有人偷瓜打伤了瓜主，依法本当判处死刑，李士衡因为年景饥荒上奏赦免了人犯，从此著为定例，是为“荒年免死”。（《李士衡墓志铭》）

李士衡在朝廷的昭文馆担任编校职务的时候，奉命出使高丽（今朝鲜），一武人为副使。访问期间，高丽赠送给他们很多贵重高档的礼品，士衡都不在意，一切都让副使去打理。当时船底有些渗水，副使在装船的时候就把送给士衡的垫在船底，把送给自己的放在上面，以防备自己的东西被浸湿。返回途中，忽遇大风，船将要倾覆，船长要求把船上所载的物品全部弃掉以减轻重量，保证安全。副使没有办法，只好指挥着船员和随行将船中的财物自上而下投进海里。投了一半，海上又风平浪静了，随即点检所投，发现副使的物品全部扔到了海中，士衡的礼物则一无所失。

对副使来说，这是典型的作茧自缚、作法自毙，由此后人们针对这件事，就演绎了很多的因果报应的理义来，或者是苍天有眼的天意来。其实，财物湿不湿、扔不扔、报应不报应、苍天有没有眼，在士衡心中都无所谓，这就是“空”，是对欲望的人性否定，扔掉了也无所谓，留存下来也无所谓，这些礼品，本不是“我”的，何必去追求于“我”呢，这才是李士衡的得失观。只有像副使这样的人才对得失具有异常的敏感性，才能为后人演绎出一篇活生生的“因果”含义来，殊不知一个有名有姓的、能够担任访问团副团长的高官，却连个名字都没有在记载中留下，落得一个连“臭名远扬”的机会都没有的下场，这难道不是一种悲哀吗？

2021 年 9 月 12 日

御史放火

《智囊·捷智部·应卒》中有一篇《奇计》，大意是：

有位御史处罚了一位县令，这位县令便怀恨在心，蓄谋报复。县令秘密派自己的一个贴心侍女去服侍御史，并受到了御史的宠爱，这个侍女就趁机偷走了放在印匣中的官印交给了县令。丢失官印在当时是大罪，不仅要丢官，还会被判刑。御史发现官印丢了，怀疑是县令干的，但又不敢声张，暂时以生病为由不敢去上班。听到御史生病了，当地的教谕（主管教育的官吏）便来探望上级，御史听说这位教谕很有才华，趁他前来探病的时候，把他叫到床头述说了这件事。教谕给御史出了个主意，叫他到夜里在厨房放把火，御史依计而行。到了夜里，衙门的后院火光冲天，郡县官吏都赶来救火。忙乱中，御史分配各个官员各负责一摊，协同灭火，顺手把印匣子交给县令，让他保护好官印。等到大火扑灭后，县令呈上印匣，官印已在里面了。有人说这个教谕就是海瑞，但不见史料记载。

写完这个故事，冯梦龙做了一个惊天地，泣鬼神般的评价：在山穷水尽之际，忽然看到天台山、雁荡山、洞庭湖、彭蠡湖就在眼前，像教谕这样的人物，想来他的胸中就像有万斛珍珠在滚动啊！这样的评价在整部《智囊》中都不多见。“万斛珍珠滚动”，那是说教谕的肚子里除了智慧，就是计谋，取之不尽，用之不竭。

御史放了一把火，而且是一把需要合城官员都来救火的大火，目的是让县令把有可能偷走的官印不动声色地还回来，如果不是这位县令偷走的，也活该他倒霉，大火灭掉后，交给他的官印匣中没有了官印，不是县令偷的也是县令偷的了！这样，御史不但不会丢掉乌纱，而且还能把不听话的县令收拾掉，进而增强自己的官威。至于教谕，一下子就成了御史的心腹，御史不想提拔他都很难了。被烧掉的衙门，御史自然会派人查明原因，或晴空的雷电，或旋风刮来的走火，总有能够不了了之的解释办法。

纵火和失火，在中国的历朝历代都是重罪，宋朝对火灾管理也是十分严格的，《宋史·五行志·火》记载，宋代的火灾比较多，而以大城市东京城的火灾最多，有记载的大火就有44次。每次火灾，都会造成严重的损失。如“（宋仁宗）天圣七年六月丁未，玉清昭应宫火，凡二千六百一十楹，一夜而尽”。因此，北宋在刑律《宋刑统》，南宋在刑律《庆元条法事类》当中，对放火和失火都规定了严厉的处罚条款：“有故烧人屋舍、蚕蔟及五穀财物积聚者，首处死，随从者决脊杖二十。”而且“不在自首之例”，即自首也不减轻惩治。更严厉的是“放火罪”同“谋逆”“谋反”“谋大逆”“谋叛”“内乱”等十恶重罪放在了一起，属于“内乱罪”的一种。是“遇赦不赦”之罪，轻者“徒流”，重者不但砍头，还会株连家族。就御史和教谕二人的行为，都可在“处死”之列。

就是在如此法律环境下，这位御史和教谕竟敢为了个人一己私利，合谋放火，把御史衙门给烧成白地，可见这官威、官利、官势、官途对两个人具有多么大的吸引力！更令老百姓惊异的是，文人墨客竟然对这种做法大加赞赏，以“奇计”为名，使其流传百世，宋朝之后近千年来，又有多少“御史们”以此为师，在人间放出了多少把类似的邪火啊！

还是在宋代，陆游的《老学庵笔记》记载：北宋时，有个州太守叫田登，非常霸道，因为他名“登”，所以不许州内的百姓在谈话时说到与“登”字同音的字。元宵节到来的时候，州城里放三天焰火，点三天花灯，衙门要提前贴出观灯告示，但要避讳官讳，不能用“灯”字，只好把“灯”字改成“火”字。这样，告示上就写成了“本州照例放火三日”，于是就有了“只许州官放火，不许百姓点灯”的民谚。

反观冯梦龙笔下的《奇计》，“只许州官放火，不许百姓点灯”，显然不是一种文字调侃游戏，其中凝聚着多少百姓虔诚的善良和……

2021 年 9 月 12 日

“祸福吉凶”念在心中

《智囊》引《汉书·卷七十四·魏相丙吉传》讲了一个“驭吏吐茵”的故事：

汉朝的丙吉在当丞相的时候，有一次车夫酒醉后呕吐在他出行的车上。西曹（相府大管家）请求丞相将这个无礼的车夫开除掉。丙吉阻止他说：“因为酒醉这样的小过失，我这个做丞相的就把一个人开除掉，此后他还在社会上怎么容身呢？管家你的姿态高一点吧，他没有大的过错，只不过污染了我车上的垫子而已。”

这个车夫是边塞人，熟悉边塞军事紧急文书到京城的传递流程和规定。有一次外出，正好看见拿着红、白二色的袋子传递军书的人，红、白二色袋子是当时规定的特急文书专用的传递袋，他便知道边塞的郡县有紧急事情发生了。车夫就跟着传书的人到官署，打探得知匈奴人攻入云中郡（今内蒙古托克托）和代郡（今河北蔚县），于是立刻回府向丙吉丞相报告了这件事，还建议说：“云中郡和代郡有不少年老多病、没有办法打仗的官员，大人是不是先了解一下有关的资料，考虑一个应对的办法，这些人要被匈奴掳去或杀掉，影响就大了。”

丙吉非常赞成他的建议，立刻召见东曹（军事秘书），安排他查询边郡官吏的档案，分条记录他们的年纪和经历并立即向他汇报。事情还没有完全办好，汉宣帝刘询下诏召见丞相和御史大夫（副丞相），询问有关云中郡、代郡两郡及其被匈奴袭扰相关区域官吏的情况。御史大夫仓促间无法说得详细具体，遭到了皇帝责备。丙吉却回答得详细具体，并且还有应对的建议，受到了皇上的高度赞扬，称赞他关心边塞、尽忠职守，但汉宣帝怎么也想不到丙吉其实是依靠了车夫的帮助。事后丙吉感叹说：“下属没有不可容的，能力各有长处。假如我不是先听到驾车人的话，怎么会有被皇帝奖励的可能呢？”

后来“驭吏吐茵”便作为一个成语流传了下来。南宋诗人范成大在《次韵太守出郊》一诗中写道：“晓装缇骑踏芳辰，江为安澜露浥尘。棨戟前驱留住月，笙箫后备带行春。鱼龙水面金杯满，鸾鹤山头彩笔新。闻道将军宽礼数，不辞酩酊吐车茵。”对丙吉不辞车吏的胸襟给予了高度评价，并希望官员们要向丙吉学习。

《三国志·张飞传》载：“羽善待卒伍而骄於士大夫，飞爱敬君子而不恤小人。先主常戒之曰：‘卿刑杀既过差，又日鞭挝健儿，而令在左右，此取祸之道也。’飞犹不悛。先主伐吴，飞当率兵万人，自阆中会江州。临发，其帐下将张达、范强杀飞，持其首，顺流而奔孙权。飞营都督表报先主，先主闻飞都督之有表也，曰：‘噫！飞死矣。’”张达、范强为什么要杀张飞，正史记录甚少，《三国演义》作了补充，原来刘备决定讨伐孙权，命张飞率兵自阆中出发到江州会合，张飞命张达与范强三日内制办白旗白甲，以备三军挂孝伐吴。因期限太短不能完成任务，二将请求延期，张飞怒，把二人绑在树上，各鞭背五十。鞭毕，以手指之曰：“来日俱要完备！若违了限，即杀汝二人示众！”打得二人满口出血。二人无法完成任务，自知必死无疑，于是铤而走险，在当日夜里将张飞杀死，提着张飞的脑袋投奔了孙权。

祸福吉凶往往就存在于人的胸间，而能够使祸福吉凶从胸间表露出来的就叫作“胸襟”，胸襟的大小和格局，便决定祸福吉凶的相互转化。裴松之在给《三国志》作注评价张飞时说道：“飞暴而无恩，以短取败，理数之长也”，可谓一针见血。褚少孙在补《史记》中评价丙吉：“以读书好法令至御史大夫……明于事，有大智，后世称之”，可见史笔情缘。

我们现在把上述两个故事颠倒一下，丙吉把呕吐到他车上的车夫绑在树上，鞭背五十，然后说：“再犯错误一定杀掉你！”而张飞得知张达、范强实在无法完成任务时，则安慰二人不要着急，重新另想办法，并表扬二人实事求是的工作态度，结果会发生怎样的转变呢？很有可能，丙吉会成为第二个陈胜，被自己的车夫杀掉，而张飞则有可能再立新功，帮助刘备完成恢复汉朝基业的大任。

2021 年 10 月 6 日

卜者不自卜

像袁天罡、管辂这样能把自己寿数算清楚的大师实在太少了，更多的算命大师都是只算别人而算不得自己，像历史上很多入了史的著名算命大师就没有算明白自己的福寿吉凶，比如西晋的郭璞、三国的于吉。也很少听说有自己给自己看病的医生，得阑尾炎了，自己打开腹腔，把烂肠子取了出来是肯定没有的，即便是中医，一旦得了大病，也都会请另一个中医来看，或者去西医就诊，该开刀的毫不含糊地开刀，该输液的毫不含糊地输液，没有在自己手里耗到了没有生命体征。

《梦溪笔谈·谬误》讲述了一个成功的占卜师的故事：京师有一个算卦卖卜的人，为了能够多挣钱，专门在科举考试前为下场的举子们占卜得失。他针对不同的对象采取不同的方法，对那些求问当下得失的举子们，回答都是“得”！举子们乐得满足这虚拟的欲望，就连明知得不到的人也争着去找他算卦；对那些求问以后能否中举的，都回答“不得”。科考结束后，70% 的都考不上，所以这些人都说他卦术精湛，并且敢于直言。以后来找他算卦的人越来越多，这个卦师也因此出了名，成为依靠这一招发家致富的人。

这个算卦的只用“得”和“不得”三个字，就维持了一辈子生计，而且客户还都是高级知识分子，沈括把这个故事归结到《谬误》篇中，可见这位科学家对这些趋之若鹜的举子们的鄙视。

在对待卦师这个问题上，古时候的高级知识分子们还不如强盗明白事理，之所以这样说，是因为有冯梦龙在《智囊》中提供的证据。

《智囊·杂智部》有一篇题为《朱化凡》的故事：吴江（今苏州吴县）有个瞎子叫朱化凡，很会算卦，前去求卦问卜的人很多，他依靠算卦收入不菲，家境很富裕。有一天下午，来了两位穿黑衣的人，说是奉了主人的命令，来请朱化凡去算卦。朱化凡听音辨声，觉得不太对劲，就推迟说暂时无法离开，明天一早再去。但来人不同意，说：“我家主人性情急躁，所问卜事很紧急，不能拖延。”最后朱化凡被两人架着仓促而去。走了许久才来到一艘位置很偏僻的船上，船上的人很多，有人招呼朱化凡坐下，就对他说：“我们都是打家劫舍的，并不是请你来算命的，今晚我们计划抢一家大户，想请你假扮我们的首领。”

朱化凡一听大为害怕，连忙表明自己是个瞎子，恐怕对他们没有什么用处。对方说：“不用你做别的，只要你坐在大户人家的厅堂中，用木板拍击桌子，并大声喊叫‘快取宝物来’就可以了。我们抢了财物后，会分给你一份。如果你不答应，就将你砍成几段，丢到河里喂鱼。”朱化凡为了保全性命，迫不得已，只好答应。

到了半夜，朱化凡又被两个人架着来到一座厅堂，他就按强盗头子的安排，又拍桌子又大声吼叫。那群强盗将这家财物搜刮一空后扬长而去，而朱化凡依旧又拍又叫。屋中的女主人，最初以为盗匪还没离去，不敢走出房间，过了一会儿，从门缝偷看，发觉只剩一名盗匪，而这名盗匪说话的声音，好像很熟悉，于是上前绑住这名盗匪，点燃烛火一看，竟然是自己的丈夫。原来，盗匪要抢的就是朱化凡的家，家人问明原委后，才知道盗匪的狡诈。

为别人算了一辈子休咎得失，也从那些善男信女处搜刮了不少钱财，却一点也没有预见到自己的休咎，可谓悲哀。倒是这伙强盗足够聪明狡黠，把一个算计了别人一辈子的人，一会儿就给算计了，真可谓“英雄欺人，盗亦有道”。

2021 年 9 月 29 日

不能把“晚节”不当回事

《古诗十九首》里的诗都是无名氏之作，但哪一首都在中国的文学史上占有一席之地，能够被萧统收入《文选》，一直流传至今，也就不足为奇了。可见，名人大家有出次品的时候，无名小卒也有出精品的时候。年轻的时候总觉得《庭中有奇树》《迢迢牵牛星》那是写得真好，朴素而又情真意切，不需要都背下来，只要能背出其中的两句，就能让长得比较好的女同学多看上两眼；能背出四句，就能招引女班长的青睐；要是装着不经意的样子全能背下来，那一定会引来才貌双全又对男同学不屑一顾的学生会女主席的刮目相看。可惜，这种对诗的功能的认识实在是太晚了，等到现在有了一点认识了，却已经觉得这些诗对自己不合时宜了，细细品来，也不再心旌摇荡，只能体味到其中似春天微风中的彩色丝缎，斑斓而轻盈，轻拂在面颊，一触即离，在眼前，永远虚幻又扑朔迷离，和假的似的，这就是诗的魅力吧。

最近忽然被原来没有注意过的，《古诗十九首》中的另一首《回车驾言迈》吸引住了，这首诗也没有题目，取首句为题；也是无名氏之作，没有作者姓名；也不算长，只有12句，60字：“回车驾言迈，悠悠涉长道。四顾何茫茫，东风摇百草。所遇无故物，焉得不速老。盛衰各有时，立身苦不早。人生非金石，岂能长寿考？奄忽随物化，荣名以为宝。”

被其吸引的原因不是因为读了这首诗，而是因为读了《世说新语》中的一个小故事：“王孝伯在京，行散至其弟王睹户前，问古诗中何句为最，睹思未答。孝伯咏‘所遇无故物，焉得不速老！’此句为佳。”查阅这两句的出处，才知道是《古诗十九首》中的名句。

于是就起了好奇心。王孝伯，就是东晋的王恭，小的时候就有做宰相的志向，长大后官至建威将军、中书令、太子詹事，是东晋一朝著名的大臣，他有一句名言："名士不必须奇才，但使常得无事，痛饮酒，熟读《离骚》，便可称名士。"可见这人不仅官大、有才，还豪爽不羁，不是池中之物可比，所以《世说新语》中收录了大量的关于他的故事，他也因频频出现在这本名著中而为后人广泛熟知。

这样一个著名的人物，为什么只对这两句诗赞许有加呢?

于是,翻出了原文,读完后,自己为之长叹了一声:"王恭就是王恭，真是评得不错，这两句确实好。"

曹操有"老骥伏枥，志在千里；烈士暮年，壮心不已"的诗句，为多少老人们所推崇，但这只能是"大王"级别人的豪放，平民百姓来说，不论你有多么"烈"，就算"烈"到了王恭那样，一到"暮"年，就会"暮气不已"了，这是人生的规律，也是"王"们和"JQK"的区别。连"JQK"都"壮心不已"了，整个社会就会像喝醉了酒一样失去理智和控制，"王"们在内心深处也不见得对这种"壮心"感兴趣。

"所遇无故物，焉得不速老"，这才是人生无奈的真实写照。《回车驾言迈》，虽然是无名氏所写，但从诗中可以看出，作者也曾经是个有抱负的人，也有过一定的地位，地位可能还不低，官场上摸爬滚打了几十年，小有成就之际，刚刚摸着点人生的门道来，就到了养老的时候了，唉，何苦不早"立身"呢，既然没有"立身"，那就只有"安命"了。"安身立命"变成了"立身安命"，这就是规律。如何才能"安身"？

——"荣名以为宝"，保持晚节吧！

2021 年 9 月 18 日

程昱的“空城计”

“我正在城楼观那山景，耳听得城外乱纷纷，旌旗招展空翻影，原来是司马发来的兵……”诸葛亮对付司马懿的空城计，随着小说和戏曲的广泛传播，可谓家喻户晓，诸葛亮也因此被誉为空城计的设计者。严格意义来看，“空城计”的重心不在“空城”，而是在“疑兵”，是一种“虚而示虚”的疑兵之计。假如诸葛亮在当年确实使用过空城计，也不足为奇，因为一是在当时就有理论支持，《孙子兵法·始计篇》说：“兵者，诡道也，故能而示之不能，用而示之不用，近而示之远，远而示之近”，空城计则是“不能示之不能”，是“能而示之不能”的反用。《孙子兵法·虚实篇》又说：“故形兵之极，至于无形。无形，则深间不能窥，智者不能谋。”空城计是一种没有定式的“无形”兵势，理论依据也在于此。二是在诸葛亮之前，和他同时代的程昱就成功实施过空城计，在当时情况下，以研究兵法为己任的诸葛亮不可能对程昱的空城计案例没有关注。

冯梦龙引《三国志》的故事，在《智囊》一书中记载：建安五年（200年），程昱被曹操任命为振威将军。当时袁绍在黎阳（今河南浚县）准备率领大军南下，去攻打曹操。而程昱却只带领着七百兵守着黎阳南的鄄城（今山东鄄城县），曹操知道危急，命人告诉程昱，计划派出两千兵前往鄄城助守。但程昱没有同意，程昱说：“袁绍拥兵十万之众，自以为所向无前。他如果知道鄄城守兵很少，他就不会兴师动众地来攻打一座空城，但如果增加了兵力，就会吸引他前来攻打，曹操要来进攻鄄城，打不下来绝不会收兵，因此只会两败俱伤。请曹公不要怀疑我的分析判断和我能够守住鄄城的信心。”曹操听从了程昱的建议。袁绍听说鄄城只有几百守军，果然没有进攻鄄城。事后曹操向贾诩说：“程昱的勇气和胆识，比起古代勇士孟贲和夏育来，真是有过之而无不及啊！”

程昱扼守鄄城抵御袁绍，才是三国历史上第一出真正的“空城计”。并且程昱的空城计是敌人“知虚不攻”，而非诸葛亮的“疑虚不攻”，这需要对敌人的主将有更清晰、更准确、更有把握的判断，差之毫厘，就会招来灭顶之灾，所以程昱才被曹操誉为勇于孟贲、夏育的英雄。

诸葛亮的《空城计》不见正史记载，小说戏剧都是根据西晋郭冲所著的《条亮五事》的记录改编的，《条亮五事》记录的空城计发生在建兴六年（228 年）的蜀魏阳平之战，就是马谡失街亭的那一战，比程昱的空城计晚了 8 年。并且《条亮五事》记载的空城计一直以来不被史学家认可，给《三国志》作注的裴松之就说是“举引皆虚”，认为诸葛亮的空城计完全是后人为了侮辱司马懿而胡编乱造的。

那么问题来了，历史和民间为什么会把空城计和诸葛亮联系在一起，而不是和程昱联系在一起呢？历史没有真相，只有认知。历史上立了大功而功劳因种种原因被别人占有的例子实在是太多太多了。战国时期赵国有一位比廉颇还要有建树的大将叫赵奢，他的成名之战就是与秦国的阏与之战。在这次战争中，赵奢创造了以少胜多的不朽业绩，成功地打败了不可一世的秦国军队，赵奢也因此而成名。但是阏与之战的“厚集其阵以待之”，“先据北山上者胜”这两条关键性战术，则是一个叫许历的军士冒着被赵奢砍头的危险提出的，但后来人们只知有赵奢，不知有许历。只有东汉末年的诗人王粲的两句诗赞道：“许历为完士，一言犹败秦”，算是给了许历这个大功臣些微的安慰。

至于我们今天平民百姓的生活中，被上级、下级、同事甚至素不相识者剥夺功劳冒领成绩的更是比比皆是，功劳成绩被剥夺了，还要让你无怨无悔、心甘情愿，装出一副笨拙、无能、莽撞的样子来，否则，就会成为争名夺利之徒，这样看来，程昱和许历之辈已经算十分幸运的了。

2021 年 9 月 22 日

从虱子说开去

记得小时候，家在农村，村子非常贫困，缺衣少食一点也不夸张。村里绝大多数人没有穿过内裤，至于内衣，名曰“腰子”，其实就是一件偏襟的开口单坎肩，贴肉穿着，以抵御风寒，不要伤到脾胃。每人的衣着标配都是一单两棉，两棉即厚棉衣和薄棉衣。夏天穿单，春秋穿薄，冬天换厚。有的人家实在困难，配不起薄厚两棉，就只好到冬天在薄棉衣里加一层棉花使其变成厚棉衣，等到开春时，再抽掉一层棉花重新变回薄棉衣。不管单薄，穿在身上就是一季，只有等到换季更换衣服的时候，才脱掉拆洗一番，收藏起来，等到下一个季节的来临。就是这少的不能再少的两棉一单，也不都是新衣，大多数都是补丁摞补丁，“新三年旧三年，缝缝补补又三年”，“老大穿小老二穿，老二穿小给老三”，就是当时穿衣生活的真实写照。

如此衣裳，一个季节才换洗一次，再加上因为缺水，人们没有洗澡的习惯，这就给虱子、跳蚤的寄生，创造了极好的条件，特别是那些缝缝补补的线缝里，更是虱子们特享的皇宫别墅。所以每个人身上都寄生着虱子就不足为奇了。人人身上都有，如果有一个身上没虱子的人，才会使人们感到奇怪，会成为人们关注和议论的对象：“皇帝身上还有两个御虱呢，他身上怎么会没有虱子？真是奇了怪了！”

在塞北高原的村庄里，夏天可以见到聚集在一起歇凉凉的村民，冬天则可看到聚集在一起晒暖暖的村民，仔细观察，不论男女，他们都会不时地把手伸进衣服深处，一边挠着痒痒，一边搜寻着虱子的下落。有的干脆就袒胸露背，翻着衣服，捉起了虱子，边捉还会边骂：“操，我看你还咬不咬我！”挤死的虱子的血，就把两个拇指的指甲染得彤红。

虱子这种东西可能是为数不多的嫌富爱贫、嫌净爱脏的活物，其志趣是人性无法解释的。现在人们提到虱子，不论见过没见过的，都会流露出恶心鄙视的神态，由虱子就会推及到人，身上长了虱子的人，还能叫人吗?

其实，就是今天，虱子在穷人和偏远农村的村民身上依然不是什么稀罕东西，身上带着虱子生活的依然不在少数，只不过虚浮的社会里，没人再去关注虱子的存在，更没有人去炫耀这种贫穷的象征，因为现在笑贫不笑娼、笑贫不笑盗、笑贫不笑贪、笑贫不笑骗，因富而长了痔疮的，会有人去为之吮吸，而因贫长了虱子的人会被人当猪狗驱赶。

在古代，虱子和狗肉一样，时不时地就会登上大雅之堂，即便是达官贵人，对虱子也抱着宽容的态度，往往以君子之礼相待。

《晋书·卷一百十四》就记载了一个有关虱子的故事：

王猛胸怀辅佐帝王创业的大志，桓温入关的时候，王猛穿着粗布衣服去拜见他，谈论天下的大事，一边谈论一边在自己的身上捉着虱子，一副旁若无人的样子。桓温听着他的见解，觉得他是个社稷之材，便赏赐给王猛车马，授予督护，相当于现在的大军区司令员这样的官职，请他和自己一起到南方去。但王猛拒绝了桓温的任命。王猛没有去做官，但却给后人留下了一条成语“扪虱而谈”。

《世说新语》也有一篇关于虱子的文章，并且是放在《雅量》一卷中：

顾和担任扬州府从事的时候，月初的早上去上早朝，还没有进宫，暂时都在门外停车等待，这时，武城侯周顗从顾和的车子旁边经过，顾和正在捉虱子，安闲自在，没有理他。周顗走过去后又对这个大庭广众之下捉虱子的小伙子起了兴趣，便又折回来，指着顾和的胸口问道：“这里面装些什么？”顾和一边继续捉着虱子，慢吞吞地回答说：“这里面装着最难捉摸的东西。”周顗进府后，告诉丞相王导说：“你的下属里有一个可做尚书令或仆射的人才。”王导也这么认为，后来在王导的提携下，顾和官至吏部尚书。

一个在皇宫门口、大庭广众下捉虱子的小吏，不但没有被鄙视，竟然被推荐为高官，这在今天是无论如何也不敢想象的。

2021 年 9 月 30 日

古人造就的文章官司

北宋沈括的《梦溪笔谈》无人不晓，名头很大，不仅在中国文学史上占有重要地位，在科技史上也有重要地位。因为这本书的文学和科学价值所在，所以，从他刊印那一天起，就受到了广泛的推崇。以后的不少书籍都大量摘抄引用书中的内容，一直到现在，在教材中依然保留着他的一席之地，这在汗牛充栋的历史文献中是不多见的。

在《梦溪笔谈·艺文·卷二》里有一篇评价鹳雀楼诗的文章，原文是：

“河中府鹳雀楼三层，前瞻中条，下瞰大河，唐人留诗者甚多，唯李益、王文奂、畅诸三篇能状其景。李益诗曰：‘鹳雀楼西百尺墙，汀洲云树共茫茫。汉家箫鼓随流水，魏国山河半夕阳。事去千年犹恨速，愁来一日即知长。风烟并在思归处，远目非春亦自伤。’王文奂诗曰：‘白日依山尽，黄河入海流。欲穷千里目，更上一层楼。’畅诸诗曰：‘迥临飞鸟上，高出世尘间。天势围平野，河流入断山。’”

现在看来，沈括对这三首诗的评价是非常中肯，也是经受住了历史考验的，《梦溪笔谈》刊印后，只要有人谈起这三首诗，就必然引用沈括的评论，这在诗词史上也是罕见的，足以说明沈括对这三首诗认识的深刻。

北宋时期有个叫彭乘的人，筠州高安人，生卒年均不详，史书无传，大约是宋朝第七位皇帝哲宗到第八位皇帝徽宗时期的人。当过几任小官，是个诗人，和黄庭坚关系不错，经常在一起喝酒吟诗。彭乘（尚有争议）写过一部笔记叫《墨客挥犀》，墨客就是文人，挥犀就是清谈，也可以翻译成“文人侃大山”，一共十卷。根据书中有关宋徽宗的内容来看，可以推断这本书大约成书于宋徽宗时期，也就是沈括去世之后。

《墨客挥犀》一书中一共抄录了《梦溪笔谈》中的51则故事，占到了全书的近四分之一。可见《梦溪笔谈》在当时的影响力。其中就有《梦溪笔谈》中介绍鹳雀楼诗的那一篇，彭乘给加了个题目叫《鹳雀楼三咏》。但这篇文章虽然是抄录《梦溪笔谈》的，但里边改动了三个字，一个字是楼层由“三”层变成了“五”层，一个是王文奂的“文奂”二字变成了“之涣”，其他一字不易。

其实在古代类似这样的抄录成书的是很多的，比如冯梦龙的《智囊》就抄录了《世说新语》和《容斋随笔》中的不少故事，当然也有《梦溪笔谈》中的，如《修龙船腹》。因为在古代，不少文人都在辑录前人文章而成书，相当于现在的文摘。由此可见，古代文人之间相互引用、借用文章片段甚至整篇文章的情况是很多的，那时大家还没有著作权的概念，因为古代没有稿费一说，附着在著作权上的经济利益微乎其微，而文章的流传渠道和载体又极其单一，如果有人帮着传布，不仅不是侵权，而且还是一件求之不得的事情。

但是，类似彭乘一类的抄录，虽然能够使诗文得以更广泛地传播，但也带来了另一个问题，文章谬误的产生和真伪的混淆。有时会对原作者产生误会，甚至损害原作者的形象，从这一点来说，古人的抄录也包含有侵权的意思在内，特别是对原文进行增删修改的抄录者，不仅损害原作者，还会给后人带来不少校勘研究方面的麻烦，使后人对历史产生误解，如果误解者是一位手握生杀大权者，那危害性就更大了。虽然这种校勘工作可以为后人提供成为辨伪专家的机会，但实在得不偿失。

比如这两篇文章，虽然只差了三个字，但相应的就带来了两宗历史文案。

一是鹳雀楼到底是三层还是五层？今天复建的鹳雀楼在山西省运城市永济市蒲州镇的黄河边上，虽然不是在原址上，但离原址也不太远。我曾专门到鹳雀楼游览过，现在重修的鹳雀楼是一座仿古设计，外观三层四檐，内里是六层，内里还安装了轻易不向游人开放的垂直电梯。外观三层是仿古要求，内里的六层设计是为了提升使用效果，是一种重建创新。既然是仿古，三层外观设计，应该是有古代设计依据的，起码见过这座楼的沈括就说是三层，说明当时的鹳雀楼，作为瞭望敌情的戍楼，应该是三层。彭乘说五层是有出入的，很有可能，彭乘根本没有去过鹳雀楼。沈括作为一个科学家，对建筑本来就有着深刻的研究，做延安知州的时候，经常来往于鹳雀楼下的蒲津渡（今天的蒲州镇），对鹳雀楼是非常熟悉的，不会连几层都记错。这说明彭乘抄错了。

二是“白日依山尽”的作者是“王文奂”还是“王之涣”？抑或“王之奂”？金良年点校《梦溪笔谈》在“王之奂”条下勘记：“‘王之奂’之‘之’字，原作‘文’，从胡校据《挥犀》卷二《类苑》卷三八引改。”这是说最初的《梦溪笔谈》写的是“王文奂”，彭乘在采编《墨客挥犀》一书时，不但把“文”字改成了“之”字，还把“奂”字改成了“涣”字，胡道静在勘校《梦溪笔谈》时，沿用了《墨客挥犀》的“之”字，把“涣”又改回了“奂”，使得王之奂成了“白日依山尽”一诗的作者。我们不能知道这种抄录过程中变化的原因和目的，或笔误，或纠偏，或故意，或迎合无奈的需求，但这个变化的事实却是在这种无根据的改动当中造成了。

清康熙四十四年（1705年）三月，彭定求等十人奉康熙圣旨编校《全唐诗》，“得诗四万八千九百余首，凡二千二百余人”，共计900卷，康熙四十五年（1706年）十月，全书编成奏上。这个时候距沈括刊印《梦溪笔谈》已经过去600多年了，书中收录王之涣诗六首，第一首就是《登鹳雀楼》，又依据唐朝芮挺章编撰的《国秀集》，在题目旁注明“一作朱斌诗”。看来康熙手下十大才子，也没有弄明白“白日依山尽”这首诗是谁作的。没明白的原因，先是沈括改变了芮挺章的说法，彭乘又改变了沈括的说法，《全唐诗》则采取了脚踩两只船的办法，疑案就这样产生了。

我们不探讨“白日依山尽”到底是谁写的，是王之奂、王之涣，还是王文奂，或者像《全唐诗》所言是朱斌，我们应当注重，在抄录和引用时的准确性。《墨客挥犀》本来在当时就是一个名不见经传的人东抄抄西抄抄凑合成的一本书，在当时根本不具备权威性和认可性，但就这样一本书，经过后来的所谓专家学者的引用，其所犯的抄录错误，却让后人产生了如此的认识偏差，几乎颠覆了人们对历史的认识。看来，不管是大人物还是小人物，引用他人的东西必须准确无误。

2021 年 9 月 26 日

皇帝的苏合香酒

二月河在他的《康熙大帝》一书中，多次描写康熙帝将一种叫作“苏合香酒”的饮料赐给部下，康熙自己也是每遇身心欠佳或怒不可及的时候就要喝上一杯，其意境足可以和金庸武侠小说中起死回生的神药堪比美。

读到于此，就觉得苏合香酒的神奇，康熙皇上，集天下为一生，“率土之滨，莫非王臣；普天之下，莫非王土”，偌大天下，奇珍异物不可胜数，苏合香酒竟然成了皇上笼络部下的物品，这东西肯定不同凡响。

二月河并非杜撰，历史上确实有过皇上把苏合香酒作为珍品赏赐臣工的记载。

宋·沈括在《梦溪笔谈·人事一》中就有详细的记录。

王文正（王旦）做太尉的时候，患有呼吸困难一类的病，书中没有记录到底是什么病，只说“气羸多病”，现在看来就是心肺一类的病，或哮喘，或早搏之类。宋真宗赵恒当面赐给他药酒一瓶，让他空腹喝下，说这种药酒可以“和气血，辟外邪”。王旦喝了以后，大觉安健，非常见效，便专门向皇上表示感谢，宋真宗告诉他：“这种酒叫苏合香酒。做法是一斗酒，加苏合香丸一两同煮，具有调五脏，消除腹中各种疾病的功能，遇到着凉受寒就喝一杯，效果立显。”宋真宗把这种叫“苏合香酒”的东西不仅赏赐给王旦，还赏赐给了其他亲近的大臣。皇上御用的东西，效果又确实好，因此从官吏到百姓都来仿制，苏合香丸盛行一时。

“苏合香酒”这个药方最早出现在《广济方》一书中，《广济方》是唐玄宗李隆基亲自组织编撰的，“唐玄宗曾亲制广济方颁示天下，敕县长官从中选取药方公布于村坊要路口”，其中有一个叫作“白术丸”的药方就是“苏合香丸”。后来又被人编入《千金》《外台》两本医书中，治疗疾病有特殊疗效，北宋有个文学家叫钱惟演，曾考证苏合香酒的出处认为苏合香丸“本出禁中，祥符中尝赐近臣”。“祥符”正是宋真宗的年号，这说明沈括的记录是真实的。

现在的苏合香丸已经和沈括记录的大相径庭了，《中华人民共和国药典》载：苏合香丸的成分为“苏合香、安息香、冰片、水牛角浓缩粉、人工麝香、檀香、沉香、丁香、香附、木香、乳香（制）、荜茇、白术、诃子肉、朱砂”。功能为“芳香开窍，行气止痛。用于痰迷心窍所致的痰厥昏迷、中风偏瘫、肢体不利，以及中暑、心胃气痛”。

从唐朝李隆基到宋朝赵恒，再到清朝玄烨，这些皇帝们视为灵丹妙药的珍品，其实就是现在的一种治标不治本的急救类药物，诸如“速效救心丸”之类，以如此药物为治病救人的最好手段，古人普遍短寿也就在情理之中了。

2021 年 10 月 8 日

假话的代价

一个人如果存了故意说假话的念头，并且说了假话，最终是会被识破的，只不过是个时间长短问题。有的可能到死都没被识破，其实那只是自己的感觉，到死还没被识破，只能有两种可能：一种是被识破了没有被点破，另一种是死后才被识破。

崇祯三年（1630年）八月，袁崇焕被凌迟处死，家人被流徙三千里，并抄没家产。一直以来，人们都把袁崇焕当作抗清英雄看待，仔细阅读《明史·袁崇焕传》，可以发现，袁崇焕被杀，并非崇祯冤枉他，其抗清功罪我们不去评说，历史学家们早已把这段历史翻滥了，只说袁崇焕不坦诚相见，故意说假话这一点，他的死就不冤枉。

《明史·袁崇焕传》有一段是这样写的："七月，崇焕入都，先奏陈兵事，帝召见平台，慰劳甚至，咨以方略。对曰：'方略已具疏中。臣受陛下特眷，愿假以便宜，计五年，全辽可复。'帝曰：'复辽，朕不吝封侯赏。卿努力解天下倒悬，卿子孙亦受其福。'崇焕顿首谢。帝退少憩，给事中许誉卿叩以五年之略。崇焕言：'圣心焦劳，聊以是相慰耳。'誉卿曰：'上英明，安可漫对。异日按期责效，奈何？'崇焕怃然自失。顷之，帝出，即奏言：'东事本不易竣。陛下既委臣，臣安敢辞难。但五年内，户部转军饷，工部给器械，吏部用人，兵部调兵选将，须中外事事相应，方克有济。'帝为饬四部臣，如其言。"

看看袁崇焕有多大的胆子，在皇上面前，他吹牛五年就可以把努尔哈赤打败，收复辽地，连小秘书许誉都看出他在吹牛，问他："用什办法在五年内收复辽地呢？"他竟毫不遮掩地回答："说着让皇帝高兴高兴而已！"许誉实在有点不敢相信，这么大的国家大事，怎么能够如此儿戏，便又提醒他："皇上如此英明，以后知道你吹牛怎么办？”未承想袁崇焕不仅没有纠正自己的错误，反而变本加厉地向皇上开出了条件，将户工吏兵四个部委的权力都要到了自己手里，想以此优势资源的掌握，来促成他的假话成真。袁崇焕到了不仅说假话，而且为假话办假事的地步。许誉能看出来的，崇祯皇帝一定也看出来了，不过皇帝自有皇帝的心机：事成了，不惜王侯将相的奖赏；要不成，崇祯一定在肚子里发出了毛骨悚然的“哼哼”冷笑。

一句假话就要十句假话去掩盖，面对皇上，就不是掩盖的事了，而要看结果，辽地是否平定了。在这场战争中，袁崇焕确实竭尽全力了，但面对满人的铁骑，他真是有点力不从心，没办法，只有再次欺瞒皇帝，偷偷地和满人皇太极进行了停战谈判。明朝与满人进行和谈的第一人不是吴三桂，而是袁崇焕。《明史·袁崇焕传》是这样记载的：“八月中，我太祖高皇帝晏驾，崇焕遣使吊，且以觇虚实。我太宗文皇帝遣使报之，崇焕欲议和，以书附使者还报。”即天启六年（1626年）八月，努尔哈赤病死，袁崇焕派遣使者前往吊唁，以刺探虚实，皇太极遣使回报。袁崇焕想要和后金议和，于是写了一封信给皇太极，再次派遣使者前往。结果是：“我大清兵将讨朝鲜，欲因此阻其兵，得一意南下。七年正月，再遣使答之，遂大兴兵渡鸭绿江南讨。”此时皇太极想攻打朝鲜，正苦于腾不开手，袁崇焕的和谈提议无疑是一个困倦了的人所需要的枕头，于是皇太极便顺势同意了袁崇焕的停战议和请求，同意撤走部队，全力以赴去打朝鲜了。但还没等崇祯皇帝缓气，清兵就又铺天盖地地杀来了。如果一开始崇祯还寄希望袁崇焕假话成真，但这个时候就不能不对这种假话连篇的人处以极刑了。判处他死刑的最重要的罪状就是“私通敌人”，没有请示就和敌人议和，不论哪个朝代、哪个政治集团，都是重罪，这一点并没有冤枉袁崇焕。据说，袁崇焕被凌迟处死的当天，市民们疯狂地购买从他身上割下的肉，可见，老百姓们对那些以国家利益为代价，说假话、办假事的人也是深恶痛绝的。

2021年9月20日

假作真时真亦假

据说现在不少的贪官家中都收藏有一定的文物，这些文物的来路肯定不是自己花钱买来的，大多数都是别人送的，或者和别人要的。据说河北有一位厅官，出事后在其家中搜出了大量的名人字画，他都当宝贝一样收藏着，但在办案鉴定真伪时才发现，竟然没有一件是真迹。

古代的名人字画，自古就是宝贝，每一幅都价值连城，到了谁的手里不遇见价值更大的需求，是绝不会轻易出手的，即使出手，能得到如此价值物品的人也不会是等闲之辈。不是等闲之辈的人，不仅自己才华横溢，不会被轻易欺瞒，而且还占有更多的可支配和可利用的社会资源，比如专业人才资源和专业机构资源的无偿使用等，按道理说一般是不会收到赝品的，如果他发现如此价值的东西竟然是赝品，那送礼的可就够喝一壶了。所以这也成了送礼的心思，当官的是不会想到有人会如此大胆敢送给他赝品，并让他办理真品价值的大事。另一方面，贪官收到如此物品，也藏着一副做贼的心理，不敢将赃物轻易示人，即便找个专家掌掌眼，现在二五眼的专家也实在太多，给领导的东西掌眼，看出假来，也要像算命的瞎子一样，说一番模棱两可的话来，好为自己留下“万一”的退路，更何况就根本辨别不出真假来。

《梦溪补笔谈·卷二》有一篇《真迹与孤寒》的文章，讲的就是发生在北宋时期“送赝品，收赝品，鉴定赝品”的一个完整故事：

北宋年间有一个主管书籍校订、编撰的学士叫李世衡，酷爱藏书。他有一幅晋代大书法家的墨迹，一直放在他儿子李绪那里。李绪和一个姓石的做小秘书的长安人交好，石秘书听说李绪有一幅晋人真迹，就从李绪那里借来，偷偷临摹了一本，把它送给了当时的宰相文彦博。文彦博不仅是宰相，而且还是文学家、书法家，但由于身居高位，一胸腔满满的自信，看到石秘书送来的以假乱真的作品便认为是真迹。当时的官员收受礼品是一件很正常的事，不会被课以刑法，因此，不像现在，收了好东西不敢给人看。有一天文彦博会客，便向客人展示了这幅作品，那天李世衡恰好也在座，一见这幅作品，就吃惊地说："这帖子是我家的藏品，怎么忽然到了这里？"急忙叫人回家将真迹取来对证，不比不知道，一比吓一跳，真假一对照，见多识广的文彦博立即就明白，自己收到的确实是摹本。李世衡也把石秘书临摹作品的来龙去脉告诉了文彦博。

到此真相大白，故事本来可以收结了，没曾想到，一起被邀请来的有头有脸又有学问的一帮客人一窝蜂围上来，挤的像人墙一样，观赏和评判这两幅真假作品，并且一致认为文彦博收藏的是真迹，李世衡拿来的那幅是赝品。李世衡于是感叹道："他们人多势众，我孤家寡人，还怎么能向他们说清楚？今天我才知道身份的孤寒。"

其实这已经远远不是"身份孤寒"的问题了，而是人们对社会现象乃至社会制度的随顺，是中国礼仪文化的变态反映。

指鹿为马的故事尽人皆知，《史记·秦始皇本纪》载："赵高欲为乱，恐群臣不听，乃先设验，持鹿献于二世，曰：'马也。'二世笑曰：'丞相误邪，谓鹿为马。'问左右，左右或默，或言马以阿顺赵高。或言鹿者，高因阴中诸言鹿者以法，后群臣皆畏高。"这是以一人之意志强加于群体，能够强加的后盾是政权支撑的暴力威胁。

现在一帮人要在宰相和一个学士之中做出"真假"抉择，这样的抉择虽然没有赵高那样的暴力威胁，但有着传统"礼仪"文化观念的支撑，犹如鲁迅说的，生了孩子只能说这孩子长命百岁，不能说这孩子总有一天会死是一样的。所以，孰轻孰重这些人心中是有数的。他们硬可在文彦博面前说假话，和那件赝品一起也变成一件赝品，也不能以真话去博得一个小小的学士的尊敬。因为受小人尊敬是不值钱的，受大人物的奚落也比受小人尊敬值钱得多。就这样，一群人的"自发"

意志强加到了个体头上，终于把真变成了假，除了李学士发发牢骚，受点窝囊气外，不管是主还是客，不管是高官还是小吏，都皆大欢喜，这才是“以真为假”的核心所在。

2021 年 9 月 22 日

戒　酒

《搜神记》，从书名就可看出，这是一本神鬼故事方面的书，是一部宣扬道家文化的书。其中的故事虽然都以神鬼为主人公，但包含着深刻的哲学和人文科学理念，如同《聊斋志异》《阅微草堂笔记》一样，具有丰富的社会学内涵。《搜神记·卷一九》讲了一个《玄石醉酒》的故事，极其辛辣地讽刺了醉鬼的荒诞，并为酒鬼们预测了酗酒的前程。故事的大概意思是：

中山国有个叫狄希的，能造一种喝了之后醉一千日的酒，名叫“千日醉”。当时有个叫刘玄石的，喜欢喝酒，便找他要酒喝。狄希说：“我的酒还没有发好，不敢给你喝。”玄石说：“没好也没事，就喝一杯可以吗？”狄希就给了他一杯。喝完还要，并说：“好喝！再给一杯。”狄希说：“你且回去。找个别的日子再来。就这一杯，你就得睡上一千天了。”于是玄石告别狄希，红着脸回家了。到了家里，就醉死了。家人没有朝别的方面想，哭着把他安葬了。

过了三年，狄希说：“玄石应该酒醒了，该去问询一下。”就来到玄石家，问：“玄石在家吗？”家人都嗔怪他问这样无聊的话，告诉他：“玄石早死了三年了，孝服都除掉了。”狄希吃惊地说：“我的酒好，能够使人醉眠千日，今该醒来了呀！”就让家人刨开坟墓，打开棺材看一看。打开一看，就见玄石睁开眼睛，张口说道：“醉得我好舒服呀！”又问狄希：“你造的什么东西？叫我一杯大醉，今天才醒，太阳多高了？”来到墓上的人都笑了起来。被他口中吐出的酒气冲入鼻中，也都睡了三个月。

《搜神记》里的这个故事把刘玄石编派的死去活来，使读者享受到了醉酒后神仙般的滋味，但文章深处隐藏的却是对酒鬼们未来酗酒道路的预测：不把酒戒掉，迟早都会被活埋掉的。这种埋葬，已经不是死亡的埋葬，而是社会对酗酒者的埋葬。

到了中国命相大师明朝的刘伯温手里，刘玄石的结果就没有这么美好了，他不会再死而复活，而是死定了。

刘伯温在《郁离子·卷七》中也提到了这个刘玄石，题目叫《玄石戒酒》。《搜神记》中讲的是“醉酒”，这里讲的是“戒酒”。说这个刘玄石好酒，有一次喝醉了，感到五脏像着了火，肌骨像蒸煮一样，什么药都治不了这种醉酒后的难受，过了三天才好了起来。于是刘玄石和朋友说：“我知道这酒是可以把人喝死的，我要戒酒了。”不到一个月，有酒友带着酒来找他喝酒，劝他说：“试着尝尝。”开始先尝了三杯就不喝了，第二天喝了五杯，第三天喝了十杯，后来就又换成大杯喝了，他已经忘了难受得死去活来的原因，最后终于喝死了！

命相大师刘伯温把这个刘玄石安排了一个喝死的结局，这样的结果比《搜神记》里的死而复活真实科学得多了，也是这位算命大师给酗酒者们集体算出的“酒命”。

《梦溪笔谈·人事》也有一篇题为《戒酒》的文章，这篇文章不是虚构，而是真实的。

北宋仁宗朝的秘阁校理（图书馆副馆长）、诗人，欧阳修的好朋友石延年，字曼卿，嗜酒而喜欢豪饮，酒量也大，虽豪饮而不醉。延年在海州（今江苏连云港）做通判（州长）时，平民好友刘潜曾去拜访他，他到石闼堰迎接，遂与刘潜痛饮。喝到半夜，酒快要喝光了，他见船中有一斗醋，就倒入酒中，一并饮了起来，一直喝到第二天，酒和醋都喝了个精光。还有一次，还是和这个刘潜，到王氏酒楼对饮，二人只管喝酒，一天不说一句话。王氏担心他俩喝多，赠送给他们好酒和水果，二人吃喝自若，从早喝到晚，不见醉意，相互作着揖客客气气地道别后回家了。第二天，到处传说王氏酒楼来了两位神仙喝酒，说的就是石、刘二人。

石延年发明了很多喝酒的喝法，自戴一个枷锁喝酒，叫“囚饮”；爬到树梢上喝酒，叫“巢饮”；用禾秸把身子捆起来，伸出头喝酒，喝完一杯再把头缩回去，称之为“鳖饮”。其豪放好酒到了这样的程度。他的官署后面有个小庙，他常喝完酒躺在那里一边睡觉，一边在身上摸索着捉虱子，因而名之为“扪虱庵”。皇帝宋仁宗爱惜他的才能，曾对辅政大臣说，希望延年戒酒。石延年听到皇帝的口信后深感警悟，就下决心把酒戒掉了，未曾料到竟因为戒酒得了病不治而亡，去世的时候才 47 岁。

延年戒酒后死掉了，是因为他天性喜酒，身体里需要这种东西。《宋史》记载：“延年虽酣放，若不可撄以世务，然与人论天下事，是非无不当。”能喝，不醉，不耽误事。一旦戒酒，身体内部缺少了酒这种东西不行不说，多年来养成的行为习性也彻底改变了，“人若改常，不病则亡”，所以延年戒酒而死也就在情理之中了。反观刘玄石就不同了，酒量不大，一喝就醉，醉了难受的哭爹喊娘，就耍酒疯，闹得死去活来，家无宁日，要不就是一醉三年不醒，醒来连上、下午都不记得，这已经是典型的酒精依赖了，喝死也是迟早的事情。

2021 年 9 月 30 日

李顺之死

北宋沈括在《梦溪笔谈·杂志》中，非常明确地记载了宋太宗淳化年间（995年）四川农民起义领袖李顺被朝廷杀害的经过：

李顺攻陷四川，朝野震动，朝廷为之忧虑。后官军打败李顺这个反寇，杀李顺枭首示众，收复了四川，并记功行赏，大力表彰有功之臣，上下兴高采烈，朝廷内外没有人怀疑李顺已死这样的结论。

到了景祐年间，忽然有人告发说李顺没死，尚在广州。广州巡检使（主管地方治安的最高长官）陈文琏根据告发，捕获其人，果然真是李顺！当时李顺已七十多岁，审讯清楚以后，陈文琏用囚车将李顺押赴京师汴梁（今开封），复核再审，终于查清事皆属实。由于朝廷已经对平定李顺的将士进行过高规格的奖赏，全国上下无人不晓，因而就没有公开此事，只是悄悄地把这个真李顺杀掉了，同时给有功之臣陈文琏加官两级，升迁陈文琏为閤门祗候（相当于皇上办公室秘书长）。文琏是泉州人，康定年间辞职回泉州，他的家里一直保存着李顺一案的审讯案卷，详细记录了此案的前后始末。

沈括和陈文琏也很熟悉，沈括记录完事情经过，还对发生这种情况的原因进行了分析，沈括认为：

李顺本是王小波的妻弟，起初王小波在蜀中起兵造反，不能得到部众的拥戴，王小波战死后，其部众便共推李顺为首领。李顺初为首领，即召集乡里的所有富人大姓，下令具报其家中全部财产和粮食，除了按他们的家庭人口留下够用的之外，其余一切都调发征集，大力救济贫苦农民。很有点土地革命的味道，只不过只分浮财，没有涉及土地，革命性显然很不彻底。李顺号令严明，所到之处一无所犯。其时两川正遭遇严重的饥荒，十多天时间，归附李顺的就达到数万人，其兵锋所向，州县官吏都开门迎接，讨伐檄文传布之地，没有不被攻破的城池。到他失败之后，人们还怀念他，并都愿意帮助他，所以李顺得以逃脱远走广州，直到三十多年后才再次被捕遭到杀害。

《宋史》中有关于这一历史事件的比较详细的记录。北宋开国皇帝赵匡胤去世后，弟弟赵光义即位大统，是为宋太宗。太宗帝的龙椅还没有坐热，四川的王小波就发动了农民起义。这次起义在中国的历史上影响很大，中学历史课本中一直保留着一席之地。《宋史·卷五·本纪第五》记载：淳化四年二月初一，“日有食之……永康军青城县民王小波聚徒为寇，杀眉州彭山县令齐元振。”头天日食，第二天龙抬头，王小波选择这么一个时间起事，也算费了一番脑筋。他还提出了“吾疾贫富不均，今为汝均之”的口号，这就是至今还在影响中国人心理的著名的“均贫富”思想。但王小波没有使贫富得以均分，他的头终于也没有抬起来，《宋史》接着记载：“十二月，西川都巡检使张玘与王小波战江原县，死之。小波中流矢死，众推其党李顺为帅。”两人都战死了，义军只好另推李顺为帅。

李顺是王小波的小舅子，本来在义军中就比姐夫有威望，王小波战死后，李顺接过义军领袖的大旗是情理之中的事情。淳化四年十二月李顺接旗，一个月后，淳化五年一月，李顺率军攻占成都，就在成都做起了“大蜀王”，并改元“应运”。李顺虽然做了皇帝，也改了纪元，但连半年都没有坚持到，《宋史》记载：“淳化五年五月丁巳，西川行营破贼十万众，斩首三万级，复成都，获贼李顺……丙子，磔李顺党八人于凤翔县。”李顺当了五个月皇帝后，他的十万大军就被朝廷消灭，成都也被攻克，义军被杀死的就有三万多人，李顺也被俘虏，19 天后，李顺和他的七名将帅在凤翔县被杀。

《宋史》是元朝的大臣蔑里乞·脱脱和阿尔拉·阿鲁图在元朝至正年间约 1345 年编成的，距离李顺成都失败已经 350 年了，宋朝那一代的史书，作为撰写《宋史》的历史学家脱脱来说一定不会错过，特别是像《梦溪笔谈》这样在当时影响特别巨大的科学历史著作。按道理脱脱在叙述如此重大的历史事件是不应该把陈文琏这样的功臣忽略的，但《宋史》特意把李顺脱逃、将帅虚报战绩欺瞒宋太宗、宋仁宗赵祯查明真相又无可奈何的史实掩盖了起来，想来也是脱脱的一份良苦的别有用心。

李顺不仅在赵氏王朝的眼里是反寇，在元朝大臣脱脱及元朝皇帝眼里也是反寇，就是在历朝历代的统治者眼里，他也永远是反寇。如此反寇却让他平安脱逃，死而复活，还活到了七十多岁，这无异于给了统治者们一记响亮的耳光，不论是宋朝、元朝、明朝还是清朝，任何一个统治者都不愿看到朝廷如此的荒唐，反寇如此的机智英勇。因为这已经不是李顺一个人的生死问题了，这已经是统治者和被统治者之间的政治问题了，统治者所需要的序统是一样的，所以，脱脱必须控制这段历史的真相，至少是不能让他进入正史。

《梦溪笔谈》不是正史，但保存了比正史更真实、更难能可贵的历史真相，仅此一点，沈括，就是一个伟大的人！

2021 年 10 月 10 日

千古义婚

“刘廷式不负婚约”的故事，非常出名，可惜，如此震撼民族和民心的历史故事，却没有成为一个成语，还真是不解。那些钱、权、财共于一体的难于启齿的故事，却是成语中的佼佼者，诸如“数典忘祖”“忘恩负义”“以怨报德”“背槽抛粪”这些词。我想，这些词都是传承者的喜爱，而非使用者的选择，传承者在痛斥中彰显痛斥者的情怀，就可以传承了。我曾经在给单位讲课的时候也运用过，但后来长大后就不敢再用了。

我有个朋友叫子敬，是一个叫之亮的朋友介绍的，之亮在当地，不论名望还是望归，都是一等一的，之亮的父亲是县中的校长，一点不比明清的教谕差。血亲间有堂、伯、表之讲究，但朋友就没有“叔伯朋友”一说，之亮和我说：“都老了，子敬山东大学学考古的，以后我们的古，就靠子敬考了。”子敬说：“嘿嘿……”

《梦溪笔谈·人事》一篇文章讲：朝廷命官刘廷式是一个农村的孩子，当年邻居家和他家一样贫穷，邻居家老伯伯有一女儿，两家穷人的孩子相依为命，老伯伯就与他定了娃娃亲，这是老伯伯看得起刘廷式，才把女儿与之定亲。后离别多年，刘廷式考中了进士，回乡里寻访邻家老人，可惜老人已去世，其女儿也因病双目失明，家中极为困苦饥荒。廷式托人到老伯伯家重申以前的婚约，而女子的家人以女子得了双目失明的疾病而推辞。推辞的真正原因是自己家里还是农民，不敢与当官的再通婚姻了。

这一点，我真的为盲女而歌了，中华民族的美德，尽在这个瞎女孩子的胸怀中了。当官的怎么都可以，而作为盲女能拒绝这份婚姻，那才是人性的伟大。

但廷式坚持不退婚，先前已有婚约，怎么能因为老人去世、女儿有疾病就违背婚约呢？在刘廷式的坚持下，最终喜结良缘。这就让我更喜爱这个当了官的刘廷式了，契约书写爱情，比现在的“随便”不知庄重了多少倍。比现在西方的契约思想不知伟大了多少倍！

婚后夫妻关系极为和睦，两人生了几个孩子。刘廷式曾因违反朝廷制度而应当被追究责任，但上级因赞赏他的美德，便宽免了他的过错，这是刘廷式死活都没有想到的。什么叫报应，其实就是自己的所作所为。后来刘廷式管理江州的太平宫，没有在妻子身边，但妻子去世了，他非常悲痛，在当时妻妾盛行的时代，刘廷式再也没有续娶。苏轼欣赏他的行义，曾专门撰文给以表彰他的行为。苏轼文章的名称是《书刘廷式事》。

写完这个故事已是深夜，但还是及时发给了子敬，发完后又有点后悔，这么晚了，会打扰子敬休息的，但已经撤不回来了，没想到一早起来就看到了子敬的回复，子敬的回复所站的高度比我高了确实不少，令我无法舍弃，我的个人的眼光被他的社会胸怀所提升，于是把子敬的回复作为本文的结尾，这篇文章就更完美了。

子敬说：“君子成德，离不开‘志’，所谓‘德弗志不成’。刘廷式之德在于义，盲女之德亦在于义，此义正来源于心志。在地位发生明显变化、切身利益遇到道德挑战的时候，二人的心志具有超乎世俗的定力，不约而同地选择了‘义’字，实属难得。在历史的长河中，有着文明的高扬，也有着利益的卑鄙。抛开利益的纷扰，在人生的歧路之上，将‘义’作为选择的第一要素的人，不管他是高官显贵还是阡陌草民，他们的身上都彰显着历史赋予的人性之美。人心溃败往往是滚滚红尘的牺牲品，在经济利益在某些人看来已然成为天地之间衡量万物价值的今天，如果还有一些良知，这样的故事，或可以挽救一批暗淡的灵魂。”

2021 年 10 月 12 日

人和人的区别

《梦溪笔谈·人事》有一篇向敏中被任命为宰相的文章，大意是：

宋真宗赵恒皇帝任命向敏中做右仆射，也就是宰相。任命书下达之日，翰林学士李昌武正好向真宗奏对工作。真宗对他说："朕当皇帝以来，还没有任命过宰相这么重要的职位。今天任命敏中为宰相是很不寻常的，敏中应该会很高兴的。"李昌武说："臣今天从一大早就等候面见皇上，也不知道今天要宣布对敏中的任命，不知敏中现在知道不知道。"皇上说："敏中门下，今天祝贺的客人一定不少。您去看看，明天再来告诉我，不要说是朕的意思。"于是，李昌武按照皇上的要求，去向敏中家里去探听虚实。到了向府，家里静悄悄的，没有一个外人。李昌武与向敏中私交很好，便径直入府中见他，并向向敏中表示祝贺说："听说皇上拜你为丞相了，官员们都很欢喜欣慰，向你表示祝贺呢！"向敏中脸上没有任何表情，只是唯唯诺诺地点点头。李昌武又说："自皇上即位以来，还未尝拜过相，这可是不同寻常的任命。不是你功勋大德望高，皇上又怎能这样眷顾你呢！"向敏中还是不置可否地点点头，算是回答。李昌武揣摩不透他的心情，便又讲述以前当过宰相的人是如何勋劳德业之盛、礼遇受命之重，向敏中仍然唯唯诺诺点点头不作声，最终也没有说一句反映他心情的话，李昌武只好告辞。出来以后，他觉得还是不能向皇帝汇报清楚，又让人到向家的厨房里，问今天有没有安排宴席，结果厨房里也寂静无声，连个厨子都没有。

第二天李昌武便去向真宗汇报，真宗问："昨天见到敏中了吗？"李昌武回答说："见到了。"真宗又问："敏中的心情怎样？"李昌武就详细地回答了他所听到和见到的情况。真宗笑着说："向敏中是最胜任宰相职位的人。”

这就是宰相胸襟和天子心机吧。《论语》曾经评论：“子文几次做楚国宰相，没有显出高兴的样子：几次被免职，也没有显出怨恨的样了。他每一次被免职一定把自己的一切政事全部告诉给来接任的新宰相”，这就是被孔子赞誉为“忠”的宰相能够达到的境界。所以说，不是任何一个人都能够有这样的气度与胸怀的。

《儒林外史》有个范进中举的故事，那是吴敬梓编出来的故事，沈括在《梦溪笔谈·杂志》中却记录了一个真实的故事：

宋朝宋太宗赵光义的驸马王贻永有个女儿，嫁给了夏偕，没想到这个女儿得了很重的病，服用了医生朱严的药后就好了。驸马贻永很高兴，备办了酒席来庆贺女儿痊愈。女儿在宴席间请求父亲为自己的救命恩人朱严谋求一个官职，父亲很为难地对女儿说：“今年皇上给我的官职恩例指标，已许给了家里的医生刘公才了，朱严的事情只能等明年再说。”女儿见父亲不同意，便要起了小姐脾气，哭着跑了出去，回到屋子不再出来。驸马贻永没办法，只好把刘公才叫来，告诉他女儿的意思，最后还是把这个官职给了朱严。没想到，朝廷任命书下来的那天，朱严竟然暴病身亡，怎么死的没有记载，反正是在大喜的日子猝死了。看到朱严死了，刘公才便找到驸马贻永说：“朱严死了，按照规定还可以把我再申请上去。”驸马贻永当然同意了，再次将这个官职为刘公才做了申请，很快就批复了。等到任命书下达的那天，刘公才到尉氏县去办事，没有在家，驸马便派人去叫他回来任职。刘公才在尉氏县正在和朋友饮酒，听说当官了，大喜过望，当时就高兴死了。其实这个官职的名称叫“四门助教”，品级是九品，相当于今天的小学老师，但是属于吃国家俸禄的官吏，有国家干部的身份，就是现在的公务员系列。就这么一个小官，就把两个医生都给欢喜死了。沈括写完故事慨叹道：“一官不可妄得，况其大者乎。”这样的人如果像向敏中那样听说当了宰相，那高兴死的恐怕就不是自己一个人了，整个家族的生命和健康都会遭遇麻烦了。

看看，人和人怎么能没有区别呢！

2021 年 10 月 8 日

“三王”论酒

东晋孝武帝、晋安帝年间，有三个高官的后代，王恭、王忱、王荟，都很有才华，也都有个性，在当时都是风流倜傥的人物，在全国都相当知名。三个人名气不分伯仲，但志向大相径庭。

王恭，字孝伯，太原晋阳人，爷爷王濛、父亲王蕴都是朝廷重臣，妹妹还是皇后。自己的才华加上祖上的官荫，王恭一直做到了建威将军、中书令，领太子詹事。王恭从小热衷于政治，《晋书·王恭传》说他“少有美誉，清操过人，心怀宰辅之志”。是一个从小就想做大官的人，当了将军之后，大权在握，看不惯晋安帝的弟弟司马道子欺负皇帝的样子，便起兵勤王，讨伐司马道子，兵败被俘，被司马道子满门抄斩。

王忱，字元达，又字佛大，后人多称“王佛大”，也是太原晋阳人，和王恭是老乡还是同宗，是王恭的远房叔叔。东晋大臣，中书令王坦子的儿子。凭借门荫入仕，官至建武将军、荆州刺史，是当时杀害王恭的司马道子的心腹，但王忱是典型的官二代中的纨绔子弟，不思进取，花天酒地，他自己给自己起过个外号叫“上顿”，《文章志》说：“（王）忱嗜酒，醉辄经日，自号上顿。世喭以大饮为上顿，起自忱也。”也就是说，喝酒的人把“感情深一口闷”这种豪饮叫作“上顿”，就是起源于王忱的。他虽然官做到了荆州刺史，但是一个被权臣司马道子宠信的酒鬼，最后喝酒喝死了。

王荟，字敬文，小字小奴，山东临沂人。东晋大臣、丞相王导的儿子，大书法家王羲之的堂兄。王荟怀虚守静，不爱名利，善于行书，是历史上比较有名的书法家。他也是凭借门荫入仕，出任过吴郡太守，以赈济饥民享誉于史，后来担任过尚书、征虏将军、会稽太守，后死在任上，算因公殉职，死后获赠“卫将军”，所以，后人也称他为“王卫军”。

刘义庆在编写《世说新语》的时候，在《任诞》一卷中，硬是把这三个人放到了一起，针对酒，让这三个信仰、性格、人品和人生结局完全不同的人各说了一句话：

王恭：“名士不必须奇才，但使常得无事，通饮酒，熟读《离骚》，便可称名士。”“什么才不才，奇不奇的，人生平安，大碗喝酒，大块吃肉，再能背诵几句《离骚》，那就是名士！”这句话之后成了经典名句，广泛流传在士人的酒桌上，至今历久弥新。

王忱：“三日不饮酒，觉形神不复相亲。”成语“形神相亲”就出自王忱这句话。“三天不喝酒，躯体和灵魂就会分离”，这实在和孔子“子在齐闻韶，三月不知肉味”的说法可有一比。

王荟：“酒正自引人着胜地。”今天人们广泛使用的成语“引人入胜”就源于此，不过很少有人把这个成语和喝酒联系起来。“酒才是真正可以把人引入美妙境地的东西。”

围绕酒，三人各有故事，王恭就曾经和王忱因喝酒打过一架。《世说新语·忿狷》记载，一次丹阳尹（丹阳地区最高行政长官）王恭与荆州刺史（荆州地区最高行政长官）王忱这两位正部级领导一同到仆射（副宰相）何澄家里作客，王忱劝王恭饮酒，王恭不喝，二人便撕扯了起来，王恭的随从见打起来了，便跑回府中，召集了近千人来到何澄家，准备打群架，而王忱虽然随从少但毫不畏惧，一副拼命的架势。副丞相何澄急中生智，坐在两人之间才把二人分开。历史上有记载的高官因喝酒打群架，恐怕仅此一例。但是，不喝归不喝，打架归打架，酒后二人关系依旧。《晋书·王恭传》记载，一次王忱去看望王恭，见他坐着一块很雅致的竹席上，于是请求王恭送他一块。王恭揭起竹席就送给了王忱，王忱说：“我以为你有多余的，才向你要的。”王恭回答：“我为人身无长物。”“身无长物”作为成语就这样流传了下来。

王忱的酒风在当时一点也不亚于光着屁股满街跑的刘伶，也不次于光着肚皮谓之晒书的郝隆，相比之下，王忱还是要略胜刘伶和郝隆一筹。王忱的老岳父去世了，他竟然光着屁股一丝不挂围着老岳父的棺材绕了三圈就算是吊孝了，这恐怕是古今中外前无古人，后无来者的祭奠岳父礼仪了。

三人中王荟喜酒但最为淡然，与世俗无争，细品王荟传世的《疖踵帖》《翁尊体》两幅书法，淡然无争跃然纸上，引人入胜，毫无虚夸，些许飞白处，隐约飘有酒香。

纵观中国历史，魏晋一代的士人特点也是独一无二、绝无仅有的，酒文化的浸透力也同样独树一帜，从皇帝到大臣，再到士子、草民，无不以酒为雅，以酒为生。可以说，东晋，就是一个“清谈+酒”的朝代，正是因为有这样的社会土壤，才酝酿出“三王”如此经典的酒论。而王恭对酒的“利用”、王忱对酒的“依赖”、王荟对酒的“享受”，也说明了在那个酒朝代，人们爱酒的不同动机。

2021 年 9 月 16 日

沈括与石油的交契

北宋科学家沈括著的《梦溪笔谈·杂志一》中，有一篇《鄜延境内有石油》的文章，全文翻译后的意思大概是：

“鄜、延境内有一种石油，《汉书》中记载的‘高奴县出产脂水’就是指这种东西。石油产生在水边，与沙石和泉水相混杂，慢慢地溢出来，当地人用野鸡羽毛蘸着将其收集到瓦罐里。这种油很像纯漆，烧起来像麻秆，不过烟很浓，在帐篷里烧石油，帐篷都会变黑。我估计这种烟可以利用，就试着把烟灰收集起来用来做书写毛笔字的墨，还真的实验成功了。用石油烟灰做出的墨光泽像黑漆，质量比松墨要好。我于是就大量制造这种墨，并在墨上刻上了‘延川石液’的名称和标识。我自豪地说：‘我发明的这种墨，以后一定会广泛流行于世的。’因为石油特别多，产生在地下，无穷无尽，不像松木到一定时候就用完了。现在山东一带的松林已经采完，就连太行山、京西、江南一带有松树的山，现在大多也都光秃秃的了。制墨的人还都不知道石油燃烧时产生的油烟可以制出优质的墨来。为此，我还开心地作了一首《延州》诗：‘二郎山下雪纷纷，旋卓穹庐学塞人。化尽素衣冬未老，石烟多似洛阳尘。’”

《宋史·列传第九十》记载，北宋元丰三年（1080年），科学家沈括被任命为延州（今延安）知州，并兼任鄜延路（今延安富县、宜川地区）经略安抚使，主要任务不是牧民，而是抵御西夏。元丰五年（1082年）十月十七日，因在抵御西夏的战争中打了败仗，随被贬为筠州团练副使，结束了沈括在延安近三年的工作和生活。

沈括到了延安后，一边备战备荒，用朝廷赏赐给他自己的钱奖赏训练士卒，抵御西夏；一边进行社会调查，为他之后的科学著作《梦溪笔谈》搜集准备资料。这篇《鄜延境内有石油》的文章，就是他在延安实地考察得出的结论。

这篇文章虽短，但在中国石油史上却占有重要的地位，创下了几个石油史之最。

一是第一次将可以燃烧的肥汁一样的东西命名为“石油”。《汉书》中记载“高奴有洧水可燃”，高奴在陕西延长附近，洧水是延河的支流，这里只说洧水河的水可以燃烧，但没有说明燃烧的是一种什么东西。到了北魏，郦道元在《水经注》中进一步作了叙述：“水上有肥，可接取用之”，郦道元把这种可以燃烧的东西命名为“肥”。西晋《博物志》记载：“水有肥，如肉汁，取著器中，始黄后黑，如凝膏，燃极明，与膏无异，膏与水碓缸甚佳，彼方人谓之石漆。”这里把北魏人叫作“肥”的东西，引用当地人的土语改叫“石漆”。到了唐朝，段成武的《酉阳杂俎》说：“高奴县石脂水，水腻浮水上，如漆，采以燃灯，极明”，又把这种东西称作了“石脂水”。直到沈括，第一次将古人称作“肥”“石脂水”或“石漆”的东西正式命名为“石油”，一直沿用至今。“石油”的名称不是舶来品，其“名称权”应归属于中国古代科学家沈括。

二是沈括是世界上第一个以石油为原料生产工业产品的人。沈括之前，不论是欧洲、中亚还是中国，石油的唯一用途是取火。将石油点然后，或用于战斗，或用于取暖，或用于炊事，总之都是一种原始利用，而没有衍生利用。沈括通过实地考察，发现石油会产生比松木、动植物油类燃烧更多的烟灰，于是他亲自动手，以这种烟灰为原料制作书写用的“墨”，并且实验成功，生产出了较之“松烟墨”和“油烟墨”质量更好的“石油烟墨”，并进行了批量生产。如果放到今天，沈括的“石油制墨法”完全可以申请一项实用新型专利权。据说沈括曾把他制造的“石油烟墨”送给制墨高手苏东坡使用，备受苏东坡青睐，称赞这种墨是“墨中上品”。

三是沈括是世界上第一个提出利用石油保护环境的科学家。沈括的“石油制墨法”，从一开始就具有明确的环境保护意识。他在文章中不惜文字，叙述了石油取代松木制墨的环保意义，“盖石油至多，生于地中无穷，不若松木有时而竭。今齐鲁间松林尽矣，渐至太行、京西、江南，松山大半皆童矣。造煤人盖未知石烟之利也。”减少松树的采伐，维持森林覆盖率，这在一千多年前的宋代，不能不说是一个具有划时代战略眼光的环保思想，充分彰显了中国人“天人合一”思想的环境保护理念，即使在今天，对环保政策的制定依然具有一定的指导意义。

四是沈括是世界上第一个为石油产品制定设计产品标识的科学家。沈括制墨实验成功开始批量生产后，在墨上刻了“延川石液”四个字，“延川”是产品产地，“石液”是产品成分，如果今天我们在收藏市场见到刻有“延川石液”的墨，那一定是沈括亲自发明制造的。在一个农业国度，在一千多年前就有了产品标识设计和使用理念，这在国际上也是鲜见的，充分显示了中国古代科学家的经营管理智慧。

五是沈括是世界上第一个石油诗人。他的《延州》诗翻译过来大意是：“塞外的七郎山、八郎山两座山下下起了飞飞扬扬的大雪。为了躲避风雪，学着塞外游牧牧民的做法，现在旷野雪地搭起了毡帐。为了取暖在帐篷里点燃了石油，但这石油燃烧起来烟太大了，把衣服都熏黑了，但寒冷并没有减少多少。这石油燃烧的烟尘灰比洛阳街上的尘土都多呀！”这首诗虽然没有多少意境，不够太专业，沈括自己也说“余戏为《延州》云”，但是，诗中真实记录了大雪中在帐篷里燃烧石油取暖，被浓烟熏得黑不溜秋、狼狈不堪的情景，也表达了沈括看到能烧出如此丰富的制墨原料的喜悦心情。从《宋史》和《世说新语》等历史文献的记载来看，这首诗所描述的情景，应该是沈括率兵坚守阵地，抵御西夏进攻的真实写照。

2021 年 9 月 18 日

石崇死不足惜

西晋的时候有一个叫石崇的大臣，是渤海南皮（今河北省南皮县）人。《晋书·卷三十三·列传第三》记载："崇颖悟有才气，而任侠无行检。在荆州，劫远使商客，致富不赀。"也就是说他聪明有才，但品行不正，在荆州当刺史（最高军政长官）依靠打劫过往客商而致富。就这么一个土匪式的人物，却成了晋武帝的肱股之臣，西晋夭年短命，朝政昏暗，民不聊生也就不足为奇了。

《世说新语》第三十卷名为《汰侈》，汰侈就是"骄奢淫逸"的意思，这一卷几乎都是关于这个石崇的故事，就是在今天读起来，只要尚存一点人性的人，都会感到是不可想象的，因为这些来源于正史的故事，会让人毛骨悚然。

"石崇厕，常有十余婢侍列，皆丽服藻饰，置甲煎粉，沉香汁之属，无不毕备。又与新衣著令出，客多羞不能如厕。王大将军往，脱故衣，著新衣，神色傲然。群婢相谓曰：'此客必能作贼！'"

这是石崇家的厕所，十几个美女排着队伺候上厕所，有端盆的，有拿纸的，有捧巾绩的，有解腰带的，有脱裤子的。出来的时候还要把穿进去的衣服扔掉，更换成新衣服。这样的如厕阵仗，使得很多宾客在这些美女的注目下都害羞的不好意思上厕所，好意思上厕所的都是像后来谋反被杀的王敦王大将军那样的乱臣贼子。

石崇和王恺斗富的故事尽人皆知，但石崇用他人生命为代价来劝酒的故事，知道的人可能不太多。

石崇家不仅财宝多，美女也多，石崇每次招待重要的客人吃饭，必须有美人来行酒。如果有客人喝不干净杯中的酒或者不喝，便让家丁把行酒的美人杀掉！丞相王导与大将军王敦有一次一起来石崇家，王导不能喝酒，但又怕石崇杀人，便勉强喝下，一会儿就喝沉醉了。那个好意思上石崇家厕所的大将军王敦，酒量很大，但就是坚持不喝，以此来看石崇怎么办。石崇便连杀三名美女。但王敦脸不变色心不跳，依然不肯喝酒。丞相王导便劝他喝下，以制止石崇再杀人，王敦说："他杀自家的人，管我什么事！"

晋朝的文臣武将们就是这样生活的。不论是人还是物，一旦贴上了"私有"的标签，他的属性和功能就会随之改变。因为不论是谁，都可以任意支配属于自己的东西，而这种支配是受法律保护的。比如"王石斗富"，晋武帝的舅舅王恺请石崇吃饭，搬出了一支二尺多高从外甥皇帝那里借来的珊瑚在石崇面前显摆，因为在1700年前的西晋，二尺高的彩色珊瑚树，那就是国宝了。没想到石崇一如意就把这件国宝砸了个粉碎。石崇杀他家的美女可以，但砸碎了别人家的物品就不行了，必须赔偿，于是，他从家里搬来更好的珊瑚让王恺挑选一支，以为赔偿之废。

西晋在这一帮乱臣贼子的折腾下很快就灭亡了，而这帮乱臣贼子大多也没得善终。

永康元年（300年），赵王司马伦发动政变，石崇免官。石崇有一个爱妾叫绿珠，司马伦的部下孙秀慕其美丽而派使者去索要绿珠，石崇将自己的数十个婢妾都引出来让使者挑选，使者非绿珠不可，石崇唯绿珠不放。为此孙秀假称皇帝诏命将石崇逮捕。当时石崇正在楼上宴饮，甲士到了门前，石崇对绿珠说："今天我为了你惹出了大祸。"绿珠哭着说："我当以死来报答你。"说完便跳楼身亡，和被石崇杀死的那些行酒美女做伴去了。石崇说："你们能把我怎么样，顶多把我流放到交趾、广州罢了。"等到被囚车拉到砍头的东市，他才叹息道："这些家伙是想霸占我的家产啊！"押他的人问他："知道是家产害了你，为什么还要敛财斗富呢？"石崇无法回答。他的母亲、哥哥、妻妾、儿女不论老少，共计十五口一起被斩于东市，算是名副其实的满门抄斩。劫道抢夺来的家产悉数归于孙秀和司马伦，死时，石崇年仅五十二岁，还没有到今天的退休年龄。

3000年前的《尚书·太甲》就说“天作孽，犹可违；自作孽，不可逭”。后来人们干脆就把这句话叫作“天作孽，犹可活；自作孽，不可活”，这似乎是对石崇人生的最好总结了。

2021年10月12日

书画鉴赏四境界

“乱世藏金，盛世藏玉”，说的是世道乱的时候，家里要存点钱，金银一类的硬通货最好。如果是太平盛世的时候，如果有余钱，不妨收藏一点文玩字画之类的艺术品，既可以保值增值，又可以陶冶情操。当今天下可谓有史以来少见的太平盛世，所以，文玩字画的买卖和收藏，便异于任何历史朝代的繁荣昌盛。也就产生了不少的文玩爱好者和专家，如何鉴赏作品便成了一个重要的环节。

沈括在他的《梦溪笔谈·书画》中，就记叙和论述了一些书画收藏的知识，我将之归纳为“耳鉴”“揣骨听声”“善求心意”和“神会”四境界，读来令初学者警悟，也能感受到书画艺术和收藏交易的莫测高深。

一般情况下，收藏书画的，大多都是收藏的空名，不少人就收藏有“竹林七贤”“唐宋八大家”“清朝四王”甚至钟繇、王羲之等古代名家的书画，其实这些人的书画在他们死后不久，市面上就很难见到了。但不论真假，一提名人作品，上百万、千万，便竞相追逐，这就是古人说的“耳鉴”，属于鉴赏的第一境界。“耳鉴”者，盲目追风也。据说河北有一个姓李的大贪官，从他家里抄出的名人字画没有一件是真迹，这就是“耳鉴”的例子。

比“耳鉴”高一个层次的叫作“揣骨听声”，是鉴赏的第二境界。盲人看不见，但能给人“看”骨相，其实不是看，是摸。摸完你的脸，再摸你的手，如果是给女性看骨相，还要摸摸胸和臀部。之后再听你的声音和言辞，从而断定吉凶。鉴赏书画也有类似的手段，称为“隐指”，就是用手摸画上的颜料，是否有凹凸感，看似平滑，摸而有异，即为真品。可见，这也是故弄玄虚。但总比一听名人字画就上手要高明，至少摸到了实物。这一类现在也占据大部分，不少人就是依靠这一摸、一瞅定优劣、定真伪的，向别一个介绍起来，还会说“隐指感非常好，近代的原料和画技达不到这水平”。话中带出了“隐指”一词，另一个立马就会五体投地。

第三境界叫“善求心意”。北宋欧阳修收藏了一幅古画《牡丹丛》，画中除了牡丹，还有一只猫，欧阳修评判不出好坏，让他的亲家吴育来掌眼。吴育看了一会儿说：“这是正中午的牡丹。为什么这么说呢？因为花全部开放了，花瓣儿也散开了，色泽上又显得干燥，只有中午的牡丹才会开成这样。再看这只猫，猫眼黑睛如线，也是中午的猫眼。假如是早上带露的花，那就应该花冠收拢、色泽鲜亮。猫的瞳孔早上和傍晚是圆的，时间越接近中午就越狭长，到正午时分就细得像一条线了。”结论是：这是一幅好画。吴育能够把握、揣摩古人作画的笔意，进而能够了解古人作画的心意，这就不简单了，不论这画出自谁手，都是精品，就值得收藏。

第四种境界叫作“神会”，谓之“书画之妙，当以神会”。书画应当从意境上用心去体悟，不能仅从形似性上判断优劣。一般观赏绘画作品的人，多是品评画中的事物形象、结构、色彩运用以及绘画技法，看是否有瑕疵，能够达到在冥冥之中领会画作的意境和哲理的就很少了。比如唐代王维画景物，多不问四时节令，他能够将不同季节开花的桃、杏、芙蓉、莲花等画在同一张画上。沈括收藏了一幅王维的《袁安卧雪图》，竟然把芭蕉和雪画在了一起，一般人看来这一定是个初学作画的人乱画的，但这正是王维这样高手的得心应手之作。意趣到处便可成画，所以能够达理传神，深得天机本性。这种境界是难以与普通人沟通的。欧阳修和梅尧臣的《盘车图诗》吟到：“古画画意不画形，梅诗咏物无隐情。忘形得意知者寡，不若见诗如见画。”这首诗的大意是：古人绘画注重意境，不注重形似，梅尧臣的诗则强调写实，咏物直露而不含蓄；对于绘画上的“忘形得意”，懂得的人不多，作诗也要讲“忘形得意”，以意境为主，使人读一首诗如同看一幅画。这些才都是真正懂得绘画奥妙之所在的言论。

可以说，沈括的书画鉴赏四境界，确实入木三分。

2021 年 9 月 20 日

洪迈和曹雪芹思想的碰撞

《容斋随笔·卷十四》有一篇《士之处世》的文章，翻译过来的意思是：

读书人对待人生，对待富贵利禄，应当像演员在戏台上扮演八面威风的大将军一样，在戏台上的案几前四平八稳、端端正正地一坐，吆三喝四一番，扮演下级的演员便都会垂首听命，等到散了戏，这种做派也就散了。见到纷华盛丽的生活和光彩夺目的物品，应当像老人抚摸摩逢年过节孩子们给送来的节日礼品一样，抚摩抚摩也就过去了，不以物喜，也不以己悲。以元宵、清明两个节日来说，年轻的时候，昼夜出游，还怕时间不够用，到了灯收花暮节日过完，还余兴未尽，好多天不能忘。老人则不然，没有把兴奋或忧伤放在心里。看到金银珠宝，都堆放在自己面前，面上虽然也流露出喜悦的神色，但转身离去后，一点也没有恋想。遇到不顺心的事，甚至别人的侮辱构陷，也会像喝醉酒后受人辱骂一样，耳无所闻，目无所见，酒醒之后，什么也不记得了，依然故我，身心自若，怎么能损害到他呢？

《容斋随笔》的作者洪迈，寿考 79 岁，不仅有学问，是著名的文学家、影响后世的历史学家，宋朝之后的帝王将相们都把他的书当作教材来读，而且洪迈还是个大官，做过宋朝的资政大夫、宰执，相当于宰相。“福禄寿”被洪迈都占全了，但最后他站在“官”的高位，对“士子”们的告诫是“人生就像一场戏”，人活着要像喝醉酒一样，不时地醉，不时地醒，醒来后就把醉之前的事情全忘干净。

《红楼梦》第一回《甄士隐梦幻识灵通　贾雨村风尘怀闺秀》有一段甄士隐对癞和尚“好了歌”的解悟：

“陋室空堂，当年笏满床；衰草枯杨，曾为歌舞场。蛛丝儿结满雕梁，绿纱今又糊在蓬窗上。说什么脂正浓，粉正香，如何两鬓又成霜？昨日黄土陇头送白骨，今宵红灯帐底卧鸳鸯。金满箱，银满箱，转眼乞丐人皆谤。正叹他人命不长，哪知自己归来丧！训有方，保不定日后做强梁。择膏粱，谁承望流落在烟花巷！因嫌纱帽小，致使锁枷扛；昨怜破袄寒，今嫌紫蟒长；乱烘烘你方唱罢我登场，反认他乡是故乡。甚荒唐。到头来，都是为他人作嫁衣裳。”说得也是人生就像一场戏，你唱罢我上来，循环往复，忙忙碌碌。

《红楼梦》第五回《游幻境指迷十二钗　饮仙醪曲演红楼梦》中的《“红楼梦”十二支》，最后的收尾曲叫《飞鸟各投林》，歌词是：“为官的，家业凋零；富贵的，金银散尽；有恩的，死里逃生；无情的，分明报应。欠命的，命已还；欠泪的，泪已尽。冤冤相报实非轻，分离聚合皆前定。欲知命短问前生，老来富贵也真侥幸。看破的，遁入空门；痴迷的，枉送了性命。好一似食尽鸟投林，落了片白茫茫大地真干净！”

这两段应该都有偈语的用意，其中包含的人生哲理也是相当深刻的。《红楼梦》的作者曹雪芹，是一介草民，贫困潦倒，只活了48岁，可谓“福禄寿”一样没占，最后，他站在平民百姓的位置给平民百姓的告诫是“乱烘烘你方唱罢我登场，反认他乡是故乡”以及“好一似食尽鸟投林，落了片白茫茫大地真干净”！说白了，也是一场戏！

这难道是人生角色截然不同的两位文学大师对人生态度的巧合吗？不用再发什么评论和感慨，这些论述和人生际遇摆到这里，不就是评论和感慨吗？

2021年10月3日

宋朝皇帝看到的“天相”

在古代，天相与国家命运、百姓命运、皇朝命运乃至个人命运都息息相关，所以，皇帝和朝臣们就对天相十分重视。每个皇帝、每个大臣，都把天相学作为自己的必修课，研究和把握天相的要义，以预测前途，趋吉避凶。由于天相学的重要，所以各个朝代都设有专门的机构和专职人员来主管天相事宜，名称多有不同，秦朝时叫太史令，唐朝叫太史局，宋朝叫司天监，清朝则叫钦天监。

据沈括《梦溪笔谈》记载，北宋时期，认为仅有一个司天监不足以正确、准确地了解和把握天相的要义，于是，在皇宫里又建立了一个叫天文院的机构，这个机构的资产配置和人员配置以及管理职责，和设在皇宫外的司天监完全一样，也设置了漏刻、观天台、铜制浑天仪等，负责每天观测和向皇帝报告天相。目的就是为了用来与司天监的观测报告互相校核验证，从而得到更加准确的天相观测结果。朝廷规定，皇宫院里的天文院每天在皇城开门前，把当晚观测到的星象变异、云彩的颜色、吉凶的征兆、行星的位置等观测结果形成报告，上报到宫中。皇宫外司天监的观测报告，则在皇城开门后送达宫中。皇帝将两份奏状进行比较，用以防止弄虚作假和天相观测纰漏的发生。如果两份报告有了出入，皇帝则要调查原因，并追究责任。

后来这两个机构为了避免被皇帝追责，便联手弄虚作假，干脆，除了日食、月食、虹绛、日月晕等直观天相外，连观测也不观测了，双方暗地里预先通报有关数据和情况，所以写出来的报告基本吻合，因为没有实际观测记录，他们所陈述的日、月、星辰运行的位置，都是按照民间历法所计算的结果。时间长了，他们对这样的做法也就习以为常了。宫廷内外的人虽然都知道，却也都不以为奇，认为这是很正常的，反而主张认真观测的人倒成了另类，不为同事们所容纳。这些机构的官员们占着官职，领着俸禄，但不干一点工作。

宋神宗赵顼熙宁五年（1072 年）八月，沈括被任命为钦天监监正，工作认真负责，又对天文学术有专攻的这位科学家，一方面改进仪器设备，在原来的浑天仪基础上，重新进行了设计，不但观测效果更好，还更便于操作；一方面严格规章制度，提高工作质量，严肃处理脱岗、离岗、伪造、涂改观测记录的官吏和岗位人员，对弄虚作假的六名官员给予了罚俸和开处的行政处分，但没想到，没多久，还没等沈括调离，两个机构又联手恢复了弄虚作假，糊弄皇帝的原状，雄心勃勃的沈括也只能听之任之，随波逐流了，因为他也说不清楚两个机构观测不一致的原因，更担待不起两个机构观测结果不一致的责任。

之后就一直这样下去了，宋朝的皇帝们看到的天相观测报告大多数都是两个机构的官员们联手伪造的。一直到了元朝，将两个机构合并，才解决了联手造假的弊政。

2021 年 9 月 21 日

严养斋德感“钉子户”

“钉子户”，一个被《现代汉语词典》收录了的新词汇，被注释为：“指由于某种原因在征用的土地上不肯迁走的住户或单位，也泛指因赔偿或置换出现争议，拒绝配合某项工作而成为障碍的单位或个人。”《现代汉语词典》对“钉子户”的解释显然不具有官方性，也欠缺科学性和公平性。根据现行国家法律和法规，用于公用事业的政府拆迁行为，是不产生所谓“钉子户”的，这种状况下的拒绝搬迁或拒绝交付征用的行为都是违法的，政府可以通过强制措施手段予以解决。现在所谓的“钉子户”，都是不知为什么，忽然一觉醒来就让你丧失了权利的单位或个人，并且剥夺他们权利的绝不是政府，而是大大小小有名头、有来头的私有业主和老板们，这些私有业主和老板们大多挂着“投资开发”的招牌，打着政府全力支持的雨伞。所以，真正的“钉子户”应该这样表述——

“私有资本借助政府力量或利用暴力，无偿或廉价兼并土地，剥夺土地所有权、使用权以及地上附着物时所产生的自身权益维护方”。

“钉子户”不是当代中国特有的产物，由于利益的驱动，资源占有的天然不公平性和自然界的弱肉强食特性，古今中外比比皆是，由于“钉子户”虽然被冠以既有钻劲又有刚性的“钉子”二字，往往被视为是霸道和强硬的化身，其实他们是一方弱者，他们没有任何的依赖和支撑，是一方经常不得不用泪水、鲜血和生命才能收获一点点维权效益的弱者。

对于如何解决围绕“钉子户”产生的矛盾，就现有的资料来看，大概有谈判、暴力和感化三类，可以概括为“软的、硬的和协商的”。

谈判是最常见的形式，以民法的原则为基础，通过双方协商，以契约的形式为载体，较为合理地重新分配双方的权利和义务，也可以称为“合同”的方式。

其次是暴力的方式，这是一种比谈判还要早的解决方式，比如英国十四五世纪的“圈地运动”，清朝顺治年间的“跑马占地运动”等，都是暴力解决“钉子户”的有效手段。暴力的惨无人道使得“钉子”没有“草棍”坚硬，要不“滚开”，要不“去死”，别无选择。这是解决“钉子户”最简便、最有效、最节省成本的办法。比如现今把“钉子户”打到混凝土墙壁里，或铺到操场的三合土垫层下面，使其成为钉在房梁间或操场上的真正钉子，就是暴力的一种。

感化是实践中最少用到的，但也是一种最人性化，最彰显“平等自愿”社会民主自由原则的办法。这种办法不是现在才倡导出来的，而是在封建社会的古代就有的一种解决矛盾的方法，而这种以自愿为原则、以品德感化为手段的矛盾解决办法，以现有资料来看，应该就起源于中国。

《智囊》一书中有一篇《严养斋》的文章，内容大意是：

明朝嘉靖年间，官至武英殿大学士（相当于宰相）的海虞（今江苏常州）人严养斋，准备在老家海虞城中营建一座大宅第，一切准备工作都完成后，唯独有邻居家的一间房子凸出到了规划的院子里错不开，使得宅院无法形成一个完整规范的四合院。邻居家是做酒腐生意的，这栋房子是他们祖上传下来的。严宅工程负责人请求高价买下，被主人严词拒绝，于是他气愤地向严养斋诉说这件事，请示下步怎么做。严养斋说：“没关系，你们先建其他三面。”工程开始后，严养斋让每天所需的酒腐都从此人家购买，并且先付钱。这对夫妻人手较少，每天都供不应求，严养斋又为他们招募助手。随着工程的进展，招募的短工越来越多，夫妻获利也愈益丰厚，积累的米谷、大豆堆满了房间，制造酒腐的工具也增加了好几倍，房屋狭小的开始容纳不下生产、生活用具。再加上感激严养斋的恩德，对当初对抗严家的做法感到惭愧，于是自动立下契据，原意把这间房子献给严养斋。严养斋则用离此不远的一套大房子与他交换，因房屋比原来的还要敞亮，夫妇非常高兴，没几天就搬走了。

冯梦龙评价道：权势无法得到的东西，用恩惠却换取到了。严公没有增加花费，而历史却颂扬他的功德。对严公来说可能是一种权术的运用，但对方却始终没有感到他是在使用权术，这才叫高明。冯梦龙的评价很中肯，且有见地。

严养斋（1511—1584 年），名叫严讷，字敏卿，号养斋，江苏常熟人。明嘉靖二十年（1541 年）进士，做过翰林学士、太常少卿、礼部尚书、吏部尚书，最后官至武英殿大学士，成为一人之下，万人之上的宰辅。做武英殿大学士两年后，他主动辞职，回到老家孝养父母，得使父母以终天年。《明史·卷八十一》记载："讷既归里，父母皆在，晨夕洁餐孝养，人以为荣。"可见是个"行孝"重于"尽忠"的人，因此，能够做出德感"钉子户"的举动来也就不足为奇了。严养斋自己也寿至七十四高寿，在家中寿终正寝，死后获赠少保，谥文靖。严养斋可谓"克己复礼"和"忠孝两全"的典范。

2021 年 9 月 15 日

也说中国最早的报告文学

唐朝文学家蒋防写过一篇短篇小说叫《霍小玉传》，最早描写才子佳人爱情故事的小说，先是进士及第的男主人公李益和女主人公京城名妓霍小玉爱得死去活来、神魂颠倒、海誓山盟，不离不弃。后来李益做了官，衣锦还乡，父母为他另聘高官之女为妻，做了负心郎。霍小玉爱恨情仇命丧黄泉，变成爱鬼报复李益，终于让李益落了个失魂落魄、不得好死的下场。小说一开始便点出了男主人公李益的名字：“大历中，陇西李生名益，年二十，以进士擢第。其明年，拔萃，俟试于天官。夏六月，至长安，舍于新昌里。生门族清华，少有才思，丽词嘉句，时谓无双；先达丈人，翕然推伏。每自矜风调，思得佳偶，博求名妓，久而未谐。”

《梦溪笔谈》有一篇《鹳雀楼诗》，其中写道：“河中府鹳雀楼三层，前瞻中条，下瞰大河，唐人留诗者甚多，唯李益、王之涣、畅诸三篇能状其景。李益诗曰：‘鹳雀楼西百尺墙，汀洲云树共茫茫。汉家箫鼓随流水，魏国山河半夕阳。事去千年犹恨速，愁来一日即知长。风烟并在思归处，远目非春亦自伤。’”

鹳雀楼在今运城市永济市的蒲州镇，中国四大名楼之一，北周兴建鹳雀楼时，本来是座军事设施，瞭望敌情用的，到了唐代，由于地处蒲津渡渡口，交通十分便利，南来北往的蚁聚此地，加上国家统一，边境线推向塞外，瞭望塔无敌可瞭，随渐渐变成了文人墨客、达官贵人的旅游景地。站在楼顶，南可眺望中条山逸风，北可将黄河尽收眼底，于是，有才没才的，官大官小的，都会吟诗作赋，并书写在楼墙上，和今天“到此一游”堪有一比，不过要文雅得多了。这样，从一层到三层，就都题满了诗。沈括在北宋元丰年间出任延安知州的时候，来回经常路过这里，十分注意这些诗，并对这些诗进行过一番研究，得出了“唯李益、王之涣、畅诸三篇能状其景”的结论。

在沈括的眼里，李益的这首诗比王之涣的“白日依山尽，黄河入海流。欲穷千里目，更上一层楼”还要好一点，这体现在了排名上，他把李益的诗放在了王之涣的前面，就是一个证据。李益的这首诗题目叫《同崔邠登鹳雀楼》，崔邠，字处仁，清河武城（今河北故城县）人，也是个才子，进士及第，官至礼部侍郎，显然这是二人到鹳雀楼游览时留下的。初读这首诗，诗情画意，哲理底蕴，确实不输“白日依山尽”，不失为情景交融的上乘之作，但细细品味，则不如“白日依山尽”干净整洁、意境清晰，特别是尾联，多少带有春天的猫意，躁动而感伤。

李益生于746年，死于829年，字君虞，出生在甘肃陇西姑臧（今甘肃武威），大历四年（769年）进士，当过县尉，后官至礼部尚书，他和崔邠应该是礼部正副职的关系，从题目直呼“崔邠”，不称“处仁”来看，他的官衔肯定高过崔邠。

我们回头再看《霍小玉传》的作者蒋防，此人生于792年，死于835年，做过翰林学士和汀州刺史，和李益、崔邠是同时代人，并且一度同朝为官。所以，他在写《霍小玉传》的时候，直接把这个甘肃人李益当成了原型，不但用了真名，还点出了籍贯和考中进士的时间，可见这《霍小玉传》应该不是小说，而是中国最早的报告文学，蒋防，应该是中国报告文学的祖师爷。否则，当时李益官居礼部尚书，如果不是真事，恐怕李益也不会善罢甘休。

唐宋时期狎妓是一种时尚，今天为人们所熟悉和崇尚的诗人、词人，没有一个不好此道，比如李白、苏轼，就连总是一本正经的王安石也不能脱俗。但当狎妓上升到爱情的时候，性质就发生了质变，抛弃爱情，自古至今，都是不道德的行为，李益，如此才华横溢的一个大诗人，就这样被蒋防钉在了《霍小玉传》这根耻辱柱上了，且永无翻案的希望，报告文学的力量，比小说有过之而无不及。

2021年9月25日

英雄气短，儿女情长

北宋开国初年，赵匡胤手下有一员骁将叫郭进（922—979 年），深州博野（今河北博野）人，曾做过山西巡检、邢州（今邢台）刺史，北宋的邢州城就是郭进所建，西北角楼遗址至今尚存。郭进很有才干，为宋朝的建立和稳定做出了巨大贡献，可以称为是北宋的开国功臣，因此，颇受宋太祖赵匡胤的赏识和信赖。《宋史》记载，开宝年间，宋太祖赏赐给郭进一座住宅，要求全部采用筒瓦建造。有关部门提出，按礼制的规定，不是亲王、公主的房屋是不能用这种瓦的。宋太祖说："郭进镇守西山十多年，使我无北顾之忧。我看待郭进岂能不如自己的儿女吗？任何人不要再妄议此事。"可见郭进在皇帝心中的地位。

郭进是个军人，带兵严宽相济，很得兵家真谛，他以治军严格著名，下级违反军令，惩罚也很严重，杀过不少违纪的军官和士兵，所以下级都很惧怕他。但他又能宽怀下级对自己的私仇，《智囊·上智部》记载，郭进担任山西巡检（军事长官）时，有一个军官专门进京控告郭进。赵匡胤接见后，知道他是诬告，就将他遣送回山西，交给郭进去处理。当时正遇贼寇入侵并州（太原），郭进对这个军官说："你敢告我的御状，胆量不小。现在我赦免你，如果你能消灭并州敌寇，我就上书朝廷推荐你；如果失败，自己去跳河，省得我杀你弄脏了我的宝剑。"这个军官奋不顾身，拼死作战，结果大获全胜，郭进当真推荐他升了官。

这个小故事足可见郭进的英雄情怀。

郭进治军有方，功绩昭著，但不能容忍小人的排挤和打击。《宋史·列传第三十二》记载，郭进在镇守石岭关（今山西忻州）时，朝廷派田钦祚为监军，宋朝的监军权力很大，戏文里的潘仁美就当过杨家将的监军，其中的一部分就是以田钦祚陷害郭进为原型的。田钦祚是一个阴险小人："性阴狡，尤不喜儒士，好狎侮同列，人多恶之。"是一个阴险狡诈，喜欢戏弄侮辱同事，大多数人都讨厌的一个人。田钦祚经常在军中走私，对军心的影响很大，但郭进又不能禁止，常常表露出不满情绪，这就更加深了本来就喜欢侮辱同僚的田钦祚对他的忌恨。加上郭进是个武人，性刚烈，战功高，不善于尔虞我诈、钩心斗角，田钦祚便想法造谣生事、无中生有地诬陷他，已经接班做了皇帝的赵光义虽然不来过问，但一辈子受惯了皇帝表彰奖励的郭进心不能甘，受不得小人的窝囊气，竟然一气之下自杀身亡，年五十八岁。

宋太宗赵光义悼惜久之，赠安国军节度，中使护葬。后闻田钦祚造谣诬陷之事，撤掉了田钦祚的朝廷内职职务，下放到房州去做团练使，算是给死去的郭进一个交代。

中国历史上，因同事不合，被同事相侵而自杀的大将极其罕见，可能郭进是唯一的一个，真可谓"英雄气短"啊！

有"英雄气短"，就会伴有"儿女情长"，沈括在《梦溪笔谈·人事一》中有一篇《造宅与卖宅》的文章，讲的就是郭进"儿女情长"的故事。

郭进在担任邢州刺史的时候，在邢州城北盖了一所宅第，竣工后请来族人和朋友庆贺新居落成。安排宴席的时候，他把造房子的泥瓦木工安排在上手的东房，自己的孩子们安排在下手的西房。有人问他："儿子们怎么能和这些苦力们安排到一起出席宴会，并且还让苦力们坐到上手？"郭进指着工人说："这是造宅子的。"又指着儿子们说："这是卖宅子的，所以他们坐在造宅子的下手比较合适。"

这何尝不是做父亲的对儿子们的教育和警示。郭进希望通过这样的安排，激发孩子们积极向上的能力，将来不发生儿子们卖宅子的败家行为，生活和事业比他这个做父亲的都要更有建树，拳拳父母心实在让苍天都可怜。但是，郭进的这份"儿女情长"，没能警醒儿孙们，

《梦溪笔谈》记录：“（郭）进死未几，（宅子）果为他人所有，今资政殿学士陈彦升宅，乃（郭）进旧第东南一隅也。”他死了没几年，儿子们就把房子卖给了陈彦升。这正应了一句话“子若强于我，要钱有何用；子若不如我，留钱有何用”。

2021 年 10 月 3 日

有借无还的《海陵王墓志》

《梦溪笔谈·卷十五·艺文二》记载：庆历年间，沈括在金陵（今南京），看到有一个厨师用一块方形石头压肉，仔细一看好像石头上有镌刻的文字，便取过来用水洗净，发现是南朝宋（应为南朝齐）海陵王的墓志，谢朓撰并书，其字如钟繇，非常可爱。沈括把这块墓志保存了十多年，有一个挂着虚官衔叫夏元昭的人借去把玩欣赏，后来夏元昭说石头掉到了水里找不到了，一直到现在也不知下落。

记述完这块墓志得而复失的经过之后，沈括继续说，这篇墓志在谢朓的文集中都没有收录，非常珍贵，于是沈括一字不落地记录了原文，为人们完整保存了一篇海陵王的墓志，成为后人研究海陵王的第一手历史资料。

在《梦溪笔谈·卷二·故事二》中，沈括再次记录到："古之兼官多是暂时摄领，有长兼者即同正官。予家藏《海陵王墓志》，谢朓文，称'兼中书侍郎'。"可见沈括对这块墓志铭的喜爱，他不但能一字不落地背诵铭文全文，连署名这些细节都记得清清楚楚。

宋朝有一个和沈括同年出生的山东人，叫王辟之，曾经做过忠州（今四川忠州）刺史，和沈括同朝为官，又都是文人，所以很熟悉，王辟之在沈括去世的那一年，辞去了官职，回到山东淄博老家著书立说，颐养天年。在他撰写的《渑水燕谈录》一书中也记载道："庆历中，洪州江岸崩，得谢朓撰并书《宋海陵王墓铭》石。朓文固奇，而书亦有法，类钟繇书。石入沈括家十余年，后为夏元昭匿之。今不知所在。"

这段记载，对沈括自己的叙述提供了两点补充：一是沈括收藏的这块墓志是在洪州（今南昌）赣江江岸崩塌的时候发现的，但没有说谁发现的，怎么又成了厨师的压肉石；二是明确墓志铭是被夏元昭给藏匿起来了。

沈括去世四十多年后，北宋著名文学家、书法家黄伯思，在他的《东观余论》一书中再次记录了这件事“《海陵志》在沈翰林括家。沈庆历中在金陵，厨人以方石镇肉，视之有字刻，乃此志也。后为人借去不还，遂亡所在。此本今世殊难得，然海陵乃齐世，而沈云‘宋海陵王’，非也……此志结字高雅，必朓书也”。这里黄伯思首先赞叹道：“此本今世殊难得”，说明这块墓志，在当时已经就是国宝级的文物了；其次是纠正了沈括的一个错误，沈括说这块墓志是“宋海陵王”，其实应该是“齐海陵王”。中国历史上确实有过一个宋海陵王，和齐海陵王属于同时代，这里很可能是沈括在撰写《梦溪笔谈》时的笔误。第三是再一次给夏元昭的行为定了性，属于“借去不还”，不是他自己说的“掉到水里找不见了”。

看来这个夏元昭确实是个爱财爱宝但缺德不义的人，即便是掉到水里无法打捞了，也该给出一个说法，并且做出一定的精神或物质的补偿，这才是做人应有的姿态。从以上三人的叙述来看，这个姓夏的没有任何表示。

从另一个角度来看，这件事折射的是沈括的品行以及当时的社会形态和民众心态。如果放到今天，这一定会是一件震动社会、令所有花边新闻记者热血沸腾的泼天大案，诸如《家传国宝有借无还》《伟大科学家沈括把夏元昭告上法庭》《无价之宝下落不明》《有借无还考量良心价值》《国宝沉水地点尚待确定》《××机关已介入国宝下落调查》……但是在当时，不论是当事人、旁观者还是朝野舆论，都显得很淡定，没有为沈括失去墓志而不平，也没有为夏元昭隐匿墓志而羞愧。当时的三位名人，特别是当事人沈括，都是针对墓志的去向而记录过程，没有一个人为此而谴责夏元昭的隐匿行为，更没有一个人将这块墓志和经济利益挂起钩来。仅此一点，我们足可见古人的品德胸襟与情怀。

现将沈括精心保存下来的《海陵王墓志》原文作为这篇小文的结尾，以告慰先人们对历史的收藏和记录：

“中枢诞圣，膺历受命。于穆二祖，天临海镜。显允世宗，温文著性。三善有声，四国无竞。嗣德方衰，时唯介弟。景祚云及，多难攸启。载骤軨猎，高辟代邸。庶辟欣欣，威仪济济。亦既负扆，言观帝则。正位恭己，临朝渊嘿。虔思宝缔，负荷非克。敬顺天人，高逊明德。西光已谢，东龟又良。龙纛夕俨，葆挽晨锵。风摇草色，日照松光。春秋非我，晚夜何长。”

2021 年 9 月 27 日

重礼包藏祸心

《左传·曹刿论战》有一句“肉食者鄙，未能远谋”的名言，说的是在历史上世袭罔替的分封时期，国君一类的大官们，不见得就都深谋远虑，他们其中的不少都是酒囊饭袋，是没有本事和远见的。后来有很多事例证明了曹刿断言的正确性。

冯梦龙在《智囊》一书中辑录了一则智伯送礼的故事，大意是：

春秋时期晋国有一位很有抱负的执政大臣叫智伯，他一直都想消灭卫国，扩大自己的领地。为了迷惑卫国国君，使卫君放松边境防卫，他便给卫君送了一份野马四百匹、璧玉一块的厚礼。卫君收到礼品后非常高兴，召开了一个庆祝大会，邀请群臣都来与君同乐。其中有一个叫南文子的家奴却面带忧愁。卫君说：“晋卫两个大国相互通好，这是卫国外交的成功，你为什么忧愁？”南文子说：“没有功劳而得到赏赐，没有尽力而得到礼物，不可不明察。野马四百匹、璧玉一块，这是小国送给大国的礼物，而晋是大国，却用这个礼物来送我们卫国这个小国，为什么呀？君王应仔细考虑一下。”卫君一听很有道理，便将这些话告诉了边境的守军，让边境守军做好防卫的准备。当智伯带兵到达卫国边境后，看到卫国严阵以待，只好退兵。

智伯消灭卫国的计划一直没有束之高阁，强攻不行，智伯又想了一条计策，他突然做出了一个处罚大儿子智颜的决定，并将儿子发配异国他乡。发配的地方须经过卫国，智伯便致信给卫君，儿子有罪，被我发配到他国，路经贵宝地，还得请卫国给予方便。在当时，诸侯国之间相互借道的事是经常有的，成语“假道灭虢”就是以能够借道为前提的，所以卫国国君就同意了。当智氏的车队浩浩荡荡地向卫国开来的时候，又是这个家奴南文子，警觉地发现了问题，他向卫君提出了质疑："智伯的儿子智颜是个好人，并没有什么过错，无缘无故遭驱逐，这事情就蹊跷了，我们不可不防。一个被发配的罪人，随行车辆四五乘就不错了，现在智颜带来的车辆却如此庞大，千万不能放他进来。"卫君再次听从了这个家奴的建议，没有将道路借给智颜通过，一举击败了智伯打算和儿子里应外合消灭卫国的计谋。智伯得知后，认为卫国有贤明的能人在帮助卫君治理国家，从此便打消了消灭卫国的念头。

其实智伯的计谋并不高明，稍微动动脑筋就能被识破，但在重礼的诱惑下，卫君便失去了应有的辨别能力。欲望的大小和贪婪的程度决定明智的程度，这是一点不错的。其实南文子一点不比卫君聪明，只不过他没有欲望、没有贪婪的资格罢了。

《礼记·曲礼》说："太上贵德，其次务施报。礼尚往来，往而不来，非礼也，来而不往，亦非礼也。"成语"礼尚往来"就出自于此。但仔细品味，当初《礼记》提出的"礼尚往来"前提是"贵德"，"德"实在不能"贵"了，才讲究"礼"，讲究钱财之"礼"，并且送礼也要有来有往，否则就是"非礼"——没有礼貌了。"贵德"就是不要轻易去占别人的便宜，无由之礼，一般都包藏祸心，不管是帝王将相还是平头百姓，都要慎之又慎。当年的秦国就是靠送礼给赵国的郭开，齐国的后胜，便打败了赵国和齐国。

由此可见，人们之间的相互送礼，是有标准的，主要的标准就是"礼尚往来"，是一种平等的以"贵德"为目的的交往。一旦送礼的对象、数量或质量超越了这个标准，可能这礼中就存在问题了。

2021年10月5日

自知者难

东晋有个叫孔坦的廷尉，是孔子的第25代后人。东晋虽然偏安一隅，但也是大败过前秦苻坚的一方大国，能够出任主管全国司法的廷尉，其学识和能力都不是一般人可比的。

《世说新语》里记载了孔坦的不少故事，其中有两则给人的印象尤为深刻。

一则说，孔坦病重，皇帝的小舅子，当时任会稽郡内史，后来担任了司空（掌管全国水利、营建）的好朋友庾冰去探望他，十分恳切地问候病情，并为他病重难过地流下了眼泪。探望结束，庾冰告辞离开后，孔坦一副不屑的神情说：“我这个大丈夫快死了，你不问我有什么安邦定国的办法可以留下，却像娘们儿一样来我跟前哭哭啼啼！”庾冰听见了，立即返回向他道歉，请他留下教诲。

其实孔坦完全没必要以此激烈的语言来讥讽庾冰，如果真是大丈夫，就应该把安邦定国的国策交给庾冰，让他上禀于天子，下部达百姓，何必一定要人去讨教，才把快死的善言告诉他人呢？就是民间小人也不会如此对待看望病情的朋友。倒是庾冰，去而复留，不但道了歉，还请教机宜，辱而不怨，确实表现了“大丈夫能屈能伸”的姿态。

第二则故事是说，东晋的“冠军将军”苏峻，在咸和三年（328年），以讨伐庾亮为名，联合其他将领起兵发动叛乱，攻入京城建康，但没有多久，就被以温峤、陶侃为代表的皇家军队打败了，苏峻被诛杀。苏峻发动叛乱后使得丹阳地区生民颠沛流离，家园荒芜弃耕，经济萧条，民不聊生，主政的大臣王导、庾亮等，对这一地区的治理颇感为难，便想到了孔坦，准备让孔坦做丹阳太守，去那里拨乱反正，恢复社会和经济秩序。王导、庾亮找孔坦谈话，没想到孔坦听完他俩的安排，激愤地对他们说："先帝临终的时候，你们都侍奉在御床前，一起受到先帝的关怀赏识，共同接受了先帝的遗诏，出任为先帝的顾命大臣。我才疏学浅，位卑人贱，连接受遗诏的资格都不够。现在国家有困难了，你们缩到了后头，却把我推到前面，我现在就像是砧板上的臭肉，任人细剁细切罢了！"说完就拂袖而去，王导、庾亮等大臣们也就不再提起让孔坦出任丹阳的事情了。

这个故事所包含的意义其实很清楚，"大丈夫"孔坦对自己没有进入顾命大臣的行列而十分不满，并且以激烈直白的言语，断然拒绝了上级的工作安排。三国时期曹操手下有个叫孔融的，就是这个孔坦的祖爷爷，就是因为激烈的言辞抨击曹操的时政，被曹操斩掉了，看来孔家的人都有这种性格。如果王导、庾亮其中有一个具有曹操的韬略，这个孔坦一定会步了先祖的后尘。

真正的大丈夫，应该是上下同欲，受命于危难之际，在国家最需要的时间，出现在国家最需要的地方，而不是去计较皇帝去世的时候，是否站在御床前。

孔坦责备庾冰没有询问他安邦定国的韬略，他在去世前曾经给庾亮写过一封信，史称《与庾亮书》："不谓疾苦，遂至顿弊，自省绵绵，奄忽无日。修短命也，将何所悲！但以身往名没，朝恩不报，所怀未叙，即命多恨耳！足下以伯舅之尊，居方伯之重，抗威顾眄，名震天下，榱椽之佐，常愿下风。使九服式序，四海一统，封京观于中原，反紫极于华壤，是宿昔之味咏，慷慨之本诚矣。今中道而毙，岂不惜哉！若死而有灵，潜听风烈。"

从这封信里，不难看出，孔坦所谓的安邦定国之策，就是几句"封京观于中原，反紫极于华壤"的空话，其实是一策也没有。

反观庾亮的言行，虽然自己没有说过是"大丈夫"，但看看孔坦死后，他对孔坦的评价，确实更有"大丈夫"的风度。庾亮给孔坦的悼词写道：

“廷尉孔君，神游体离，呜呼哀哉！得八月十五日书，知疾患转笃，遂不起济，悲恨伤楚，不能自胜。足下方在中年，素少疾患，虽天命有在，亦祸出不图。且足下才经于世，世常须才，况于今日，倍相痛惜。吾以寡乏，忝当大任，国耻未雪，夙夜忧愤。常欲足下同在外藩，勠力时事。此情未果，来书奄至。申寻往复，不觉涕陨。深明足下慷慨之怀，深痛足下不遂之志。邈然永隔，夫复何言！谨遣报答，并致薄祭，望足下降神飨之。”

你孔坦可以对不起我，但我不能以此来对不起你。孔坦有缺点，但在庾亮的眼里，优点是主要的，是应该让后人记住的，更重要的是，这段话写得情意缠绵、凄痛楚楚，完全发自肺腑，孔坦地下有知，真应当“降神反思”一下了。

老子在《道德经》中讲道：“知人者智，自知者明。”意思是能看到别人的优点才叫作智慧，能知道自己的短处才算聪明。往往这两点，多少人都做不到，自知，实在太难了。

2021 年 10 月 14 日

“说谏”的艺术

《晏子春秋》中有一篇《晏子谏杀烛邹》的文章，记录的是春秋时期齐国晏子为养鸟管理员烛邹说情的事，大意是：

齐景公喜欢用带有绳子的箭来捕鸟，并专门让一个叫烛邹的来管理捕鸟、养鸟、驯鸟这些事情。有一天烛邹不小心，让齐景公辛辛苦苦捕到手的鸟逃跑了，齐景公十分生气，下令让把烛邹杀掉。大臣晏子对景公说：“烛邹有三条罪状，请让我列数他的罪状后按照罪名再杀掉他。”齐景公说：“这样好，也好让他死个明白。”于是晏子命令把烛邹押到齐景公面前，开始列数他的罪行：“烛邹，你是我们君王的养鸟人，却让鸟逃跑了，这是第一条罪行；让我们君王为了一只逃跑的鸟就要杀一个人，这是第二条罪行；让诸侯听到这件事，认为我们的君王看重鸟而轻视官员，这是第三条罪行。烛邹你真是死有余辜啊！现在宣布，处死烛邹。”景公听了晏子的审判，立即改变了决定说：“不用处死烛邹了，我明白晏子的意思了。”

无独有偶，《世说新语·规箴》中也有一篇类似的记载，记录的是东方朔为了汉武帝的乳母说情的事。

汉武帝的乳母曾经在外面犯了死罪，武帝将要按法令处治她，乳母去向东方朔求救，请东方朔到武帝那里为她求求情。东方朔说：“这不是靠唇舌能争得来的事，如果想要皇帝赦免你，在带你向皇帝辞行的时候，你只可频频回头顾望皇帝，千万不要说话。这样也许还有一线希望。”大概“此时无声胜有声”就源于此吧。

乳母进来向武帝辞行时，东方朔也陪侍在皇帝身边，乳母照东方朔所说的，一句话不说，在离开时频频回顾武帝，一副楚楚可怜的样子，东方朔一旁厉声呵斥道：“快走吧！你如此愚钝呀！皇上是一国之君，难道能顾及你喂奶时的恩情吗！”武帝虽然才智杰出、心肠刚硬，看到乳母频频回顾的眼神，听到东方朔的呵斥，便引起了深切的依恋，悲伤怜悯之情顿起，立刻下令赦免了乳母的罪行。

看来这说谏确实是一门大学问，如果改变一种方式，比如晏子直接对景公说：“大王，不能杀烛邹呀，不就跑了只鸟吗？他也不是故意的，你怎么能小题大做呢？”东方朔对汉武帝说：“不能治乳母的罪，乳母没功劳还有苦劳呢，你虽是国君，但也不能无情无义呀！”试想会有什么结果呢？

历史上因为替别人说情而祸及自己的例子实在是太多了，《汉书·李广苏建传》记载：汉武帝天汉二年（前 99 年），武帝派李陵率兵五千偷袭匈奴单于的王庭，李陵行至浚稽山时，遭遇匈奴重兵，粮尽矢绝之后，李陵被迫投降。武帝没有弄清楚李陵投降的原因就愤怒了，群臣也一起声讨李陵的罪过。唯有司马迁替李陵说情道：“李陵侍奉亲人孝敬，对同事朋友也讲求信义，一向具有报国之心。他只领了五千步兵，就吸引了匈奴全部的力量，杀敌一万多，虽然战败降敌，其功可以抵过，我看李陵也并非真心降敌，他是活下来想找机会再回报汉朝的。”且不说李陵投降匈奴和“孝敬亲人”“信义朋友”有无因果关系，就“我看李陵也并非真心降敌”一句臆断，就足可以进一步激发汉武帝的杀心！果然武帝没有听司马迁的谏议，不但将李陵满门抄斩，还将司马迁以“欲沮贰师，为陵游说”的罪名处以了宫刑。“为陵游说”这一罪状一点没有冤枉司马迁，为投降者游说，在当时是违背朝廷对待被俘人员政策的。

同是这个汉武帝，同是对待说谏，结果却大不相同。这当然和事件的性质有关系，但也不能不说和说谏的方式、言辞不当没有关系。

一代伟人太史公司马迁，就这样被皇帝施以重罚，虽然后来证明，司马迁说得不是全无道理，但道理碰上皇权又有什么用呢？司马迁只能忍辱负重地书写历史，创造自己的历史奇迹，而晏子、东方朔也载入了历史史册，看来要创造历史少了晏子和东方朔这样的滑头也不行。

请说事项，有“言说”“情说”和“心说”之分。不论是皇帝大臣之间，还是平民百姓之间，都以“心说”为高，谓之心悦诚服；以“情说”次之，谓之动之以情，最不具成功把握的是“言说”，可谓花言巧语。

2021 年 10 月 18 日

“旬锻月炼”与“神游诗府”

今天一些作者写出的近体诗或古体诗一般人都不愿意赏读了，有一位现代诗人朋友曾对我说：“唐诗宋词，都被古人写绝了，现在的人很难再超过古人。”人们有唐诗宋词读，谁还再看今天作者的近体诗和古体诗。

朋友的话似乎有道理，但仔细品味也存不能立定的因由。古代的近体诗是从唐代开始的，唐代之前，则是古体诗，或者说是古风，还有赋和别致的散文，翻开《文选》，几近瑰丽。现在无韵的现代诗歌，除了断句的讲究外，也不乏可比肩于古风或古赋意境和哲理的经典作品，大诗人也产生了不少，如徐志摩、闻一多、臧克家、余光中……那么今天的近体诗和古体诗为什么就没有震撼之作呢？我的看法倒不在是否词意语境上赶上或超越古人，而重在今天的近体诗和古体诗的填制作者，失却了古代诗词作者的严肃和认真。

我参加了一个北方文学微信群，大概有三百多人，其中有两位几乎天天都有“七律”“七绝”或“五律”“五绝”发表。比如节日诗词，就铺天盖地。现在生活好了，社会进步了，古今中外的各种节日应有尽有，天天过节，只要和节沾边，就有诗词产生，一天能写出好几首来，并且年年这一天都要写，还都是同义词转化来转化去的那几句话，每一首读起来都像咀嚼干柴在嘴里，更不用去吟诵了。如此速度和诗词生产效率，就可以想见这诗词的质量，所以人们对这类的诗词不屑一顾也就在情理之中了。

更有甚者，只要凑够八句56个字，就敢冠以“七律”的名头，以“不能束缚思想”为由头，连起码的对仗、押韵都不要了，更不用说对诗谱、词谱的尊重。如此填就的诗词，不但让人不敢看，也让人看不起，尤其让现代诗家们看不起。

沈括在《梦溪笔谈·艺文》中有一篇谈论崔护《题城南诗》的文章。崔护的这首诗是一首七绝，在《全唐诗》三百一二卷中，题目改成了《题都城南庄》：“去年今日此门中，人面桃花相映红。人面不知何处在，桃花依旧笑春风。”还有一个版本在《本事诗》中保留着，第三句改成了“人面只今何处去”，《全唐诗》也作了标注。

今天看来，第一版本流传甚广，沈括分析流传甚广的原因是因为第二个版本中出现了两个“今”字，一共28个字，两个字相同，确实有失讲究，所以便以第一个版本为正体了。但第一个版本虽然字无重字，但意境欠工，两句各有长短，于是就一并流传了下来。千锤百炼的就是这第三句，两个字“不、只”和“在、去”。

沈括写道：“唐人以诗主人物，故虽小诗，莫不埏蹂极工而后已，所谓‘旬锻月炼’者，信非虚言。”意思是：“唐人以诗歌评价作者，所以诗人写的虽是小诗，莫不反复锤炼以至极为工致才肯罢休，这就叫‘旬锻月炼’，诚然不是虚说。”

由此可见唐代诗人写诗的认真，对待每一个字都要十天一锻，一个月一炼，唐诗宋词精品如珍珠落入玉盘，斗量斛装，是有基础的，这基础就是古人对诗词的忠诚、热爱和责任心。他们的心中只有诗，没有名声、稿费这些功利心。

后蜀何光远在他的《鉴戒录·贾忤旨》中也讲过一个唐朝诗人贾岛的故事：

贾岛曾经作过一首《题李凝幽居》的诗：“闲居少邻并，草径入荒园。鸟宿池边（中）树，僧敲月下门。过桥分野色，移石动云根。暂去还来此，幽期不负言。”有一天骑驴外出，一边信马由缰地走，一边再次琢磨润色这首诗，但在“推”字和“敲”字上炼之未定，于是在驴背上作“推”字手势，又作“敲”字手势。正好京兆尹韩愈的仪仗车队经过，士卒喊了三次让贾岛回避，贾岛都沉浸在“推敲”

二字中没有让路，还在做手势，这在当时可是一种违法犯罪行为。士卒只好把他推下驴，带到韩愈跟前，准备治他的罪，这时贾岛方明白自己闯了祸。韩愈问他为什么闯进自己的仪仗队里，贾岛回答："偶得一联，但有一字未定，神游诗府，才冲撞了您。"

"神游诗府"，看看，这就是唐朝诗人的境界！

韩愈本是个大诗人，一听"神游诗府"也惺惺相惜地来了精神，韩愈问是什么样的联，贾岛便吟出了"鸟宿池边树，僧敲（推）月下门"这两句，韩愈听了之后，在马上沉思良久，对贾岛说："用'敲'字为佳。夜半三更来访，敲门既有礼貌又有声音，敲字发音清脆，音律还上口。"一个字，涉及了意境、内容直至音律，贾岛随用了"敲"字，并由此与韩愈成了朋友，二人不仅流传下了一首极致韵味的古体诗，还给汉语王国增加了一个"推敲"的词汇。

以如此功力和诗心对待诗词，这才是诗词美的源泉所在。唐朝另一个诗人李贺，为诗呕心沥血，和杜甫一样追求"为人性僻耽佳句，语不惊人死不休"的诗词境界。史传李贺每出门，都带一个褡裢，装着笔墨纸砚，一旦感得诗句，就记录下来，然后回去再精雕细琢，长年累月在诗境中苦苦寻觅，孤独跋涉，最终竟把 26 岁年轻的生命也葬在了诗园，如此诗人情怀，怎么会没有好诗传世呢？

再看我们今天，铺天盖地的近体诗、古体诗中，哪一首中包含有崔护、贾岛、韩愈、李贺、杜甫的诗人情怀呢？

2021 年 10 月 15 日

《怀良人》诗作的地域性

《全唐诗》八〇一卷录有葛鸦儿的一首诗，题目是《怀良人》："蓬鬓荆钗世所稀，布裙犹是嫁时衣。胡麻好种无人种，正是归时不见归。"这首诗最早见于韦庄的《又玄集》。但在比韦庄年长的唐朝人孟启编著的《本事诗》中，这首诗却不出自葛鸦儿之手，而是一位无名氏书生所作。《本事诗》中是这样记载的：

唐朝建中三年（782 年），朱滔联合田悦、王武俊、李纳等人发动叛乱，史称"四镇之乱"。朱滔起兵后便开始招兵买马，他的招兵有点抓壮丁的意思，不论身份，也不论强壮，逮住就算，悉令赴军，并且经常自己到校场去检阅新兵。有一次他在检阅新兵时发现有一个很清秀、儒雅的士子也被抓来了，他便问道："你会干什么？"回答："我只会作诗。"他又问："有妻子吗？"答："有。"朱滔就命令这名士子作一首给妻子的诗，这有点曹植作"七步诗"的意思。这个士子确实没有吹牛，援笔立成一首五言："握笔题诗易，荷戈征戍难。惯从鸳被暖，怯向雁门寒。瘦尽宽衣带，啼多渍枕檀。试留青黛着，回日画眉看。"朱滔看这小伙子确有文采，便又命令他代他的妻子也作一首，这名士子又是一会而就："蓬鬓荆钗世所稀，布裙犹是嫁时衣。胡麻好种无人种，合是归时底不归？"朱滔听完两首诗，当即给这位士子发放了路费，放他回去和妻子一起种胡麻去了。

可以做出这样一种设想，朱滔放归的这名士子，就是葛鸦儿的丈夫，回去以后，把前后经过告诉了妻子，妻子感动非常，把诗吟诵给他人听，韦庄编著《又玄集》时，就把这诗的作者写成了妻子。

朱滔是幽州人，就是现在的北京、河北北部一带。他招兵买马一定也在他的辖区之内。从这位士子所作的诗中可以看出，这名士子大概是今天山西大同北部或河北张家口坝上一带的人，也就是原来察哈尔地区的人。因为在这两首诗中，比较明显地体现了这一带的地域特色。

先说一下胡麻这种作物。胡麻原产于地中海地区，汉代张骞出使西域时传入中国，因为其独特的习性，所以无法在热带地区生长。胡麻只适宜在寒冷地区生长，很少为其他地方的人们所熟知。在我国，只有内蒙古高原及黄土高原北部地区种植，即使是张家口和大同南部的几个县市以及北京北部的昌平、延庆、平谷一带的山地都不种植胡麻。胡麻压榨的油叫胡麻油，也叫亚麻籽油，是产地人民主要的食用油。结合诗中提到的雁门我们可以推定，朱滔在幽州北部招兵，去守卫张家口、大同南的雁门关，而这个诗人的故乡盛产胡麻，那么，在这一带能种并且会种胡麻的，一定是山西大同或河北张家口人。

其次是“荷”字。这是一个典型的张家口、大同一带的方言，至今还在广泛普遍地使用着。《现代汉语词典》“荷”字的第一字义是“背、扛”，但在张家口、大同一带，这个字没有“背”和“扛”的意思，只有“拿”的意思，比如：“荷上镰刀割地去”，“把掉在地下的东西荷起来”，等等。在此诗中，士子的“握笔题诗易，荷戈征戍难”，是告诉朱滔：“我只会握着笔写写诗，让我拿着戈去打仗就太难了。”这里的“荷”也是“拿”的意思，因为征战时必须把戈拿在手中，而不能背或扛在肩上。这一方言的使用，进一步说明了这个士子是张家口或大同一带的人。

第三，“合是归时底不归”一句中的“合是”，也是一个比较典型的张家口、大同方言，意思是“应该是”，当地人也作“合算是”。“合是”一词是元曲中常用的一个词，在元代蒙古族统治时期，广泛流行于北京以北地区，直到今天还在民间普遍使用。如元朝白朴的《墙头马上·第二折》：“一见了多才，口儿里念心儿里爱，合是姻缘簿上该。”马致远《汉宫秋·第一折》：“天生下这艳姿，合是我宠幸他。”

所以，这名士子和他的妻子葛鸦儿，都应该是大同或张家口一带的人。

由此可见，在唐诗中，很多词汇都是当时的俚言土语，并且有着明显的地域性，这也就是唐诗接地气的原因吧！

2021 年 10 月 25 日

宋朝日食

现在如果发生日食、月食，人们都会当过节一样，兴致勃勃地等待欣赏，记得有一次为了让孩子能够很好地观看日食，还提前好几天准备了墨镜、废胶卷和绿色的玻璃瓶底子。为了看月食还专门买了一架望远镜。观看日食的时间，也是早就公布了的，连几分几秒都不差。如果等来的是一个阴天，人们都会倍感遗憾，有时还会发生孩子哭闹的“事件”。实地观测不到了，就让孩子看电视，不论晴阴，电视里总有最清晰、最全面、最权威的报道，可以最大限度地弥补因为阴天看不到日、月食的遗憾。

但在古代，日食、月食不仅仅是一件天相大事，一件政治生活上的大事，也是老百姓日常生活中的一件大事。在百姓那里，日食、月食被认为是太阳和月亮被天狗吞噬造成的，所谓“天狗吞日”或“天狗吞月”，发生如此现象，会影响生活安定，或给人们带来各种灾难。到了朝廷那里，就和国家的安定、皇族的福祸以及皇权的稳定挂上了钩，因为人们实在不知道这究竟是怎么回事。

从远古开始，人们就一直没有停止过对日、月食的研究，唐宋以前，中国星相师们就推测，日食发生在四月，月食发生在十月，因为四月是阳月，天气越来越暖，太阳越来越燃烧的旺盛。十月是阴月，天气越来越冷，太阳的火焰越来越小。这是按照日月的阴阳性质推断的，后来发现这种推断是错误的。

从现有资料来看，最晚在唐朝，我国的科学家就能预测日食和月食了，比如李淳风、僧一行都能推算日、月食的时间。《梦溪笔谈·象数》记载，《春秋》一书中一共记载了36次日食，唐朝和尚僧一行就验证了27次，宋朝的科学家卫朴验证了35次，未被验证的那一次还是因为前人记录有误造成的。能验证就能预测，所以在唐宋时期，准确预测日、月食已经不是太难之事了。

《梦溪笔谈·艺文二》记载，熙宁六年（1073年），掌管天文历法的官员就准确地预测到四月初一，皇子生日的那一天将有日食发生。这可是重大事件，对皇帝来说，皇子生日这天发生日食，一点不亚于大金入侵边境的震动。皇帝采取果断措施，全力减少日食给朝廷和皇子带来的影响，为此撤掉了宴席，并且避开正殿，暂停上朝，放假一天。到了四月初一的前一天晚上恰好下起了小雨，第二天也没有晴开，阴云密布，一点也看不到日食的影子。阴云密布，是消弭日食带来灾难的最好的天相，标志着有上天福星相助，将日食压制到了不被人们看见的程度，无疑是大吉大利，于是百官也不管是否放假，全部像过节一样涌入皇宫向皇帝表示庆贺，就像今天春节团拜一样。来祝贺的官员们都吟诗作赋，抒发对如此天相的惊叹感慨之情，歌颂皇帝隆德，皇子福寿。枢密副使蔡挺献上诗一首，前四句是："昨夜薰风入舜韶，君王未御正衙朝。阳辉已得前星助，阴诊潜随夜雨消。"叙述了四月一日暂停上朝、皇子生辰、阴天不见日食的盛景，不论是诗情诗境，都成为后人们推崇的赞美诗。

科学，不仅改变人类的认知，还改变国家的治理理念和治理方式，随着科学技术的迅速发展，不久的将来，人们将会把生活和生命一起交给科学。

2021年10月18日

修心就是克欲

南朝宋的时候，有两个大臣，一个叫刘瑀，字茂琳，做过御史中丞，公元458年去世，谥号“刚子”。另一个叫何偃，字仲弘，做过吏部尚书，458年去世，谥号“靖”。二人虽然同朝为官，但嫌隙很深。

《续世说·忿狷》记载，刘瑀与何偃二人矛盾很深，互相尔虞我诈，有时甚至到了你死我活的地步。刘瑀的官位原本比何偃高，孝武帝时，何偃做了吏部尚书，刘瑀还是个右卫将军，所以刘瑀心中一直耿耿于怀。有一次二人陪着皇帝一起到郊外祭祀，何偃坐着牛拉的车在前，刘瑀赶着马拉的车在后。刘瑀追上何偃问道：“你一辆破牛车赶的这么快干什么？”意思是你这么一副德行，凭什么比我的职位高？何偃说：“我的牛膘肥体壮，赶车的技术又好，不快都不行啊！”何偃反问：“你的车不是马拉的吗，为什么还没有我的牛车快呀？”这意思也很明显，你不是千里马吗，怎么还不如我呀？刘瑀回答：“骏马遭到了瘦牛的阻碍，所以快不起来。”刘瑀把自己比喻成骏马，把何偃比喻为瘦牛。何偃说：“为什么不用鞭子抽，使这牲口变成千里马？”刘瑀回答：“我的这马一跳就能飞上青云，还有必要和你的破牛争路吗？”

两位朝廷重臣，借助行车的前后，各自发泄对对方的不满，不惜承担“不敬”的罪名，在皇帝面前打起了嘴仗，足可见二人的嫌隙有多深。也可见到二人胸中积累的欲望是多么的强大，因为只有欲望，才能使人无所顾忌而怒火中烧。

公元458年，二人同时得了背疽病，就是现在说的背部化脓性蜂窝织炎，老百姓俗称背疮。经过悉心治疗，刘瑀的病治好了一点，何偃却没有治好，不幸因病去世，刘瑀听说何偃死了，高兴地欢呼雀跃起来，竟然因为兴奋过度跟着何偃一起死掉了。

《说岳全传》有一段牛皋笑死的叙述，大意是岳飞死后，牛皋辅佐岳雷征金，屡次助大军逢凶化吉，最后大破乌龙阵，骑在金兀术背上，硬是将金兀术活活气死了，自己也因兴奋过度大笑而亡，回归了天界。小说中称为“虎骑龙背，气死兀术，笑杀牛皋”。想来作者钱彩在虚构这段故事时，是受了刘瑀和何偃故事的启发了。

《宋书·卷五十九》是何偃的传记，其中记载：“孝武帝时，迁吏部尚书。与颜竣有隙，心不自安，遂得悸疾。孝武帝遇之厚，倍加治疗，始得瘥。”说何偃担任吏部尚书后，因为和一个叫颜竣的闹矛盾，身心不安，竟然为此得了房颤或早搏一类的心脏病，后来在皇帝的关照下，多方治疗才好转起来，可见这个何偃虽然有才，但心胸狭窄，不善于团结同事，是一个和同事经常闹摩擦的主。第一次没有被颜竣气死，最后还是被刘瑀气死了，死时只有 46 岁。

《庄子·田子方》记录了一段孔子和老子李聃的对话：

孔子曰：“夫子德配天地，而犹假至言以修心；古之君子，孰能脱焉！”老聃曰：“不然。夫水之于汋也，无为而才自然矣。至人之于德也，不修而物不能离焉，若天之自高，地之自厚，日月之自明，夫何修焉！”

翻译过来的意思是：孔子说：“先生的道德能与天地相匹配，而还借用至言来修养心德；那么古时候的君子，谁能不这样做呢！”老聃说：“不是这样。水自然涌出，无所作为而水质自然纯洁。至人对于道德，不需要修养而万物自来依附，像天本来就高，地本来就厚，日月本来就明亮，哪里用得着修养呢！”

老子的境界很难达到了，但孔子的“德配天地，而犹假至言以修心”这句名言却成了后人修身养性的真言咒语。德配天地不能轻易言及，但每个人都可以“假至言以修心”，这样就不会再蹈被气死或者被高兴死的覆辙了。

2021 年 10 月 15 日

功绩忘记不得

单位当秘书，起草年终总结是一项主要工作职责，不仅要在领导的组织下先把提纲拉好，还要确定选取哪些好人好事。因为一年结束后，单位一把手在总结表彰大会上的讲话中，表扬谁，没表扬谁，是上下都关注的事件。记得有一年全厂评选了三个先进科室，只在总结中提到了两个，没有提到的那个科的科长会后便不依不饶，非要我给个说法，那要说法的场景至今历历在目。

科长并非小题大做，因为在正常情况下，出现这种先进不被表扬的情况，一定会有深层次的原因，有可能会和科室长的升降任免甚至处分有关系，所以，此类事一般都很敏感，为相关人员所格外关注。

具有“官方”性质文章中的表扬和批评，不仅是今天，就是在古代也是一个被人十分看重的事情。东晋朝的时候，有一位大文学家叫袁宏，字彦伯，小字虎，时称袁虎，做过大将军谢尚的参谋，担任过大司马桓温的秘书，还当过几天东阳太守。他的官职都不大，但在当时是著名的文学家和史学家，他编著的《后汉纪》，比范晔的《后汉书》还要早50多年，是《后汉书》的主要资料来源。他的《北征赋》《三国名臣颂》等篇，都是当时社会争相传颂的名篇。由于他是当时权臣桓温的秘书，史学和文学名头又大，所以他的文章就尤为士人注重。他写的文章中称赞了谁，贬抑了谁，都会在高层引起各种人际关系乃至社会关系的联想。

《世说新语》记载：袁宏曾经作过一篇在社会上引起重大反响的《东征赋》，歌颂当时东征苏峻叛乱取得胜利的这件历史大事。在平叛“苏峻之乱”中，大将军陶侃是主将，功不可没，但在袁宏的《东征赋》中却没有提到陶侃的功绩。陶侃似乎对这篇没有提到他的《东征赋》是一副无所谓的态度，但他的儿子陶范（小名胡奴）不干了，陶范把袁宏骗到一间隐秘的小屋子里，拿着明晃晃的刀子问袁宏：“我父亲东征苏峻立下了不朽的功业，你写《东征赋》，为什么把他忽略掉了？”在当时就陶侃父子的地位，一刀杀掉袁宏并非一件大事，就是皇帝也不会因为陶范杀掉一个文人而施刑法于陶家父子，因为在东晋那个动荡的朝代，“刑不上大夫”体现的最是完整和彻底。面对利刃，袁宏确实吓坏了，但袁宏毕竟是才华横溢的文学大家，他急中生智回答道：“谁说我没有称赞令公，我的文章大力称赞了令公，怎么能说没有呢？”袁宏随口吟诵道：“精金百炼，在割能断。功则治人，职思靖乱。长沙之勋，为史所赞。”

《东征赋》没有全部留存下来，就现在能见到的只言片语，主要是其中引用到的三国赤壁之战部分，看不出全篇与陶侃的关系，但仅就袁宏敷衍陶范的这几句也可看出，这绝对不是原文中的应有之义，化解燃眉之急的信口道来应该更符合事实。

这故事本身的真伪并不重要，重要的是故事出在《世说新语》这本历史著作中，也就是说古人对历史的书写比对历史的产生看得还要重要。陶侃发兵东征的时候，并没有十分取胜的把握，但他勇敢地出发了，这时，他已经将生死置之度外。一旦取得了胜利，就在乎历史的书写了。“成者王侯败者寇”，“寇”是没有资格谈论历史的，也没有必要谈论历史。谈论历史的都是“成者”，只有“成者”才有“争名夺利”的资格。

2021 年 10 月 28 日

胸襟与格局的差异

宋朝有个叫盛度的，人们都说他精于相面阅人。他一向简静持重，很少称赞他人。他以尚书右丞的身份任扬州知州的时候，有一个叫夏有章的，自建州司户参军提升为郑州推官，也叫从事，相当于郑州的法院审判员，正七品的官员，路过扬州到郑州上任的时候，被盛度看到了，盛度破天荒地称赏他有才能，并于次日准备请他吃饭。具有尚书右丞头衔的扬州一把手，要请一位素不相识的七品芝麻官吃饭，这的确是一件影响很大的事。有人便对夏有章说："盛公还不曾宴请过过路的客人，他只请极为器重的人吃饭。"

夏有章遭此机遇，自然心花怒放，按照当时的礼节，精心写了一首感谢诗，用信封封好，还在信封上落了个"新圃田从事"的款，这个款有三层含义：一是告诉盛公，"我的老家是河南圃田"；二是表明了自己的官衔儿是个"从事"；三是强调我这个从事是新提拔的。写好后便派人送到了盛度府上。没想到盛度看到信后，没有开封就还给来人，并让来人回话给夏有章说："我盛度衰老无用，承受不起这样的礼节。"

夏有章完全没有料到会是这样的结果，立即去拜见扬州通判刁绎，想弄清楚盛度的态度。刁绎问："盛公性格和常人不同，你的诗中是不是有触犯他的言辞？"有章说："他连封都没开，看也没看，怎么会触犯他呢？"刁绎又说："是不是你的字迹不工整？"有章说："是我亲自书写的，极为工整，没有一笔怠慢。"刁绎说："这样看来，那就一定是奉命给你办事的人惹着了盛公。"

刁绎便去拜见盛度问道："夏有章的诗写的怎么样？"盛度说："不曾看，已还给他了。"刁绎说："您先前对有章甚是看重，还准备请他吃饭，现在却连他献的诗都不看，为什么呢？”盛度说：“开始见他气韵可嘉，似有清操，以为必是有远大抱负的人才。今天见到他的诗封上竟然自称‘新圃田从事’，才做了一个小小的从事这样一个幕官，就如此轻脱、如此志得意满，这人也就这点出息了，不会成为国家的栋梁，你看着吧，他日会有明验的。”

夏有章有个老乡叫贾文元，当时为参知政事，相当于副宰相，因为这层老乡关系，便举荐他为更高一级的官职，皇上也下了旨，等他到任一年后再召试提拔。这时，时任御史的欧阳修上奏章揭发夏有章曾经有过贪腐的行为，遂取消了对他的任命，直到夏有章去世，没有再大的建树。

这个故事记录在沈括的《梦溪笔谈》中，盛度确认夏有章没有多大出息的依据是“轻脱”二字，原文是“得一幕官，遂尔轻脱，君但观之，必止于此官，志已满矣”。“轻脱”，就是轻佻，就是张狂而不持重，轻浮而注重虚名，贪欲而不固本。这个词原本出自《左传·僖公三十三年》：“轻则寡谋，无礼则脱。”试想，一个“寡谋无礼”的人怎么能堪大任呢，又怎能让盛度这样的长者看得上呢？所以盛度推断夏有章“必止于此官”。

盛度把“轻脱”这样一顶大帽子顺手戴在了夏有章的头上，唯一的证据是夏有章在信封上注明了自己新任的官衔，官不大，却为自己所看重，犹如今天人们名片上的各种头衔一样。

夏有章戴上这样一顶帽子也是非常合适的，这顶帽子反映了夏有章的胸襟和格局。没当过官，也没见过当官的，这就像一个溜门撬锁的小偷，去拜见盗窃慈禧大墓的孙殿英一样，递了个名片，尽然注明“小偷”字样，不但不会被孙殿英赏识，而且也说明这小偷不会往大想，也不敢往大想。这种人一旦交给他个大事去做，没等上手就无所适从了，所以只能“止于此官”了。

东晋时期的褚裒，字季野，做过尚书、中书令和征北大将军，是朝廷的重臣，时人就不再称其名姓，皆以褚公称呼他。《世说新语·雅量》记载，当年褚季野从章安县令升任太尉（最高军事长官）郗鉴的记室参军（相当于太尉秘书）的时候，虽然名声不小，权力很大，但官位低，和夏有章一样也是七品，很多人都不认识他。有一次到钱唐亭驿站投宿，正好碰上钱唐县令沈充送客人也来驿站住宿，因为上房住满了人，亭吏为讨好县令，就让褚季野搬出上房，移到牛棚里去住，褚季野二话没说，立即搬到牛棚。

夜晚江水涨潮，沈县令起来在亭外徘徊，看到牛棚里亮着灯有人在读书，就问是什么人，亭吏说："昨天有个北方佬来亭中寄宿，因为您带来了尊贵客人，就让他挪到牛棚了。"县令这时已有几分酒意，便远远地问道："北方佬想吃饼吗？你姓什么？可以出来交谈交谈。"褚季野便对沈县令作着揖，恭恭敬敬地回答道："河南褚季野。"一听是褚季野，县令大为惶恐，立即进到牛棚呈上名片拜谒他，并且另外宰杀牲畜，整治酒食，还当着褚季野的面鞭责亭吏，想用这些做法来道歉，表示愧意。褚季野和县令喝着酒，言谈、脸色没有什么异样表现，好像这一切都没发生过似的。

有对比才能有鉴别。两个初出茅庐的七品官，一个在上级面前自称"新圃田从事"，一个在其下级面前回答是"河南褚季野"，这已经见到了高下。再看事后的言行，夏有章见到退回了诗信，第一反应是托门路走后门，打探缘由，企图弥补不足；而褚季野则是"公与之酌宴，言色无异，状如不觉"。这就是褚季野的胸襟和格局，格局决定结局，夏有章官止七品，褚季野官至中书令，也就不足为奇了。

2021 年 10 月 30 日

血溅“年年岁岁花相似”

唐朝刘希夷有一首古风《代悲白头翁》，其中有两句流传千古的名句：“年年岁岁花相似，岁岁年年人不同。”

《本事诗·征咎》记载，刘希夷在创作这首诗的时候，其中有两联感到不够吉祥，一联是“今年花落颜色改，明年花开复谁在”，另一联就是“年年岁岁花相似，岁岁年年人不同”。这两句一出口，刘希夷忽然踌躇不已，总感到两联诗中的意向已经超脱了他对当时情境的抒怀，有了一种难以名状的不祥预示。

这两句都是极工整的对句，又都饱含“人生易老，物是人非”的哲理，就创作的技巧和遣词造句来看，都是上佳之句，但从所创造的诗境来看，确实蕴含有哀悲之情和冥怨之叹。但作为一个诗人，得此佳句，便顾不得哀悲冥怨了，一并都留在了诗中，再舍不得割舍，这就是我们今天看到的全文。果然，第二年春天刘希夷就去世了，死时才 30 岁。

说来刘希夷的死令历代文人墨客感慨万千，因为他就是死在了自己创作的这两句诗上。在中国诗人的死亡史上，刘希夷的死，前无古人，后无来者。如此美妙，被今天诸多人引用，具有超凡脱俗意境的诗句，竟然是创作者的坟墓，不仅是大众读者，就是今天能够做出漂亮诗词的大家，也会心有忌惮的，不得不为自己的遣词造句能否更加讲究，更加推敲诗境中的潜藏含义而惴惴不安。

据唐朝韦绚《刘宾客嘉话录》记载，刘希夷有个舅舅叫宋之问，就是写过《渡汉江》“岭外音书断，经冬复历春。近乡情更怯，不敢问来人”的那一位。这诗，一直与王之涣的“白日依山尽”相提并论，也是个大诗人，虽然后来被唐玄宗赐死于广西。

宋之问看到了外甥刘希夷“年年岁岁花相似，岁岁年年人不同”的诗句，便以一个诗人的敏锐，觉察到了这两句诗的价值，又听外甥说，这两句诗还没有给别人看，便要外甥把这两句诗送给他，刘希夷自然不同意，宋之问便将外甥骗到一堵断墙边上，将墙壁推倒，压住了外甥，又用泥土袋子砸在上面，就这样把外甥活埋了。外甥死了，两句诗就成了宋之问的“杰作”，但纸里终究包不住火，后来还是被揭露了出来。宋之问抢夺了外甥这两句诗还不到10年，就又物归原主了，他也到地狱伺候外甥去了，下地狱的时候刚到50岁。

为了两句诗就能把自己的亲外甥杀掉，可见宋之问的贪婪和残忍，从后来两句诗的影响，也可见宋之问的诗学和水平。但从另一个方面也能反映唐代诗词的价值。不论什么时候，事物的价值都是和社会的需求成正比的，社会需求又反过来促进事物价值的提升。唐朝的时候，是一个“诗中自有颜如玉，诗中自有黄金屋”的时代，科考要考诗，当官要对诗，喝酒要吟诗，交际要和诗。就是当倡伎（当时的歌唱艺人），也必须和文客一起来起承转合，敷衍于诗律之中。“樊素”“蛮腰”就是这样被白居易赏识的。就是薛涛为什么如此出名，红极一时，主要是因为她的诗作得好。如此社会环境条件下，如果不发生偷诗、抢诗、骗诗的案件，那才叫不正常。

2021年11月1日

陈子昂摔琴

自古以来，文人走红不都依靠作品的出类拔萃，作品好是个基础，但不见得就能被人看到，更不见得会被人推崇。比如袁宏的《后汉纪》和范晔的《后汉书》，都是写东汉历史的，都是编年体断代史，《后汉书》不仅比《后汉纪》晚五十多年，而且还大量地抄袭了《后汉纪》的内容，但范晔要比袁宏出名多了，起码《二十五史》里有范晔而没有袁宏。其实袁宏还算幸运，他和范晔的比拼，还算名人与名人比拼的范畴，若再看看众多的历史“佚名”，就更清楚多了。

所以，文人的作品再好，也不能缺失了推介和宣传环节，特别是古代，媒介和载体唯有口授和书传，非常单一，如何宣传自己和自己的作品就是一件很难、很大的事情。

那会儿主要是朋友之间相互介绍，而朋友之间一般相居遥远，或者聚少离多，相互间通一次信，少则三月五月，多则一年半载，两年三年能够联系上一次的绝不在少数。就是那些有资格使用驿站资源的官员，也需顺路才能方便，不是想把信件带到哪里就能够带到哪里的，所以信件丢失的概率就相当大了，有不少朋友唱和的佳作就这样丢失在了传输过程中。

即便是有朋友介绍，除了文章好，有才华之外，还得有运气，有运气碰上伯乐，如果碰上的是夸夸其谈徒有虚名者，或者嫉贤妒能者，那也只能一辈子怀才不遇。

唐朝有个大文学家、大诗人陈子昂，国人家喻户晓的《登幽州台歌》这首诗就出自他的手笔：“前不见古人，后不见来者。念天地之悠悠，独怆然而涕下。”这首诗也正是陈子昂的人生写照。陈子昂才华横溢，但一生坎坷，更可叹的是未有善终。青年时屡试不第，中年时两次从军，还不到老年就被武则天的侄子武三思害死了，死时只有41岁。如此一生，和才华、性格、命运都不无关系，总之是令后人感慨万端。

陈子昂出生于四川射洪一个富庶的地主富豪家庭，家里有钱，但在政界和文化界没有什么朋友，虽满腹经纶，也得不到朋友的介绍和推介。因为在唐朝的时候，科考前，考生们都会通过各种关系先行把平时写就的诗文送到考试官手里，或者在京城流传起来，以此引起考试部门和主考官员的注意，才有希望考中。

《智囊·权奇》中记录了这样一个故事：有一天，来京城参加科举考试，人生地不熟的陈子昂在大街上碰到一个老头儿，要价百万出卖一把胡琴，如此高价的胡琴，引起了长安城内官商富贾们的注意，都争相传看那把胡琴，但没人看得出这琴的出处和价值。陈子昂突然说："我出一千缗钱买了。"一千缗，就是100万文，折合成银子至少也在千两左右了。大家听了，都非常惊异，陈子昂说："我擅长弹奏胡琴，这是把好琴。"众人请他弹奏一曲，陈子昂说："如各位不嫌弃，明天请到宣阳里（酒店）来，我请客，并为大家演奏。"

第二天众人果然依约前往，陈子昂准备了酒菜，将胡琴放在桌上，酒过三巡后，陈子昂捧着琴说："我是四川陈子昂，写过上百篇的文章，到京城也有时日了，但是始终得不到任何赏识。至于这把胡琴，是低贱的乐工所弹奏的，不值得我花费时间和心力去钻研。"于是举手将胡琴摔了个粉碎，然后将自己所写的文章分赠在场的宾客。一天之内，陈子昂的名声就轰动了整个长安城。

就这样陈子昂通过自我宣传，不但成功地推销了自己，得以高中，踏入了仕途，最重要的是，他的文章一夜之间为整个京城所熟知，文章的魅力也震撼了京城，由此奠定了当时的名人地位。文章好，自己又创造了推介自己的机会，内外条件皆备，不出名都不行了。

冯梦龙记述完这个故事后，发出了一番感慨，大意是：唐朝重视人才，只要有技艺和才能，就很容易得到人们的赞叹和传颂，陈子昂借高价买琴，吸引了人们的注意而获得了名声，果然立刻名震长安。如果事情发生在冯梦龙生活的明朝，冯梦龙断定不要说文章没有人看，就是请人听胡琴弹奏，人们也一定没有兴趣，陈子昂不但出不了名，还会损失一大笔钱，一定会落个赔了夫人又折兵的下场。

这个故事如果发生在今天又会怎么样呢？今天已经不是唐朝，也不是明朝，如果今天的京城有富二代小伙子，百万元买一把二胡在五星酒店召开一场酒会后当众摔碎，他有没有才华，文章写得好不好，人品如何并不会引起多少关注，但这个人在全国一夜走红，拥有批量粉丝那是必然的。

2021 年 11 月 4 日

《又玄集》之境

唐朝田园山水派大诗人韦应物的孙子韦庄也是一位大诗人，他曾经编撰过一本诗集《又玄集》。之所以把诗集叫作《又玄集》，韦庄在《自序》中写道："昔姚合撰《极玄集》一卷，传与当代，已尽精微，今更采其玄者，勒成《又玄集》三卷……"姚合，是中国唐代又一个杰出的大诗人，字大凝，陕州（今河南陕县）人，其诗派称武功体。姚合在当时诗名很盛，与贾岛不但是朋友，诗风也差不多，所以在当时被称为"姚贾"。他所编撰的诗集《极玄集》，收录了唐朝 21 人 100 首诗，在唐诗的传播上功不可没。除《极玄集》外，姚合还有《姚少监诗集》10 卷存世。可见韦庄的《又玄集》是秉承姚合的诗钵的。

《又玄集》分上、中、下三卷，自序中称收录了唐朝 150 人的 300 首诗，但实际上收录了 142 人的 296 首。韦庄大约生于唐文宗开成元年（公元 836 年），去世于公元 910 年，这时唐朝已经灭亡了。所以韦庄是经历过唐朝灭亡的晚唐诗人。《又玄集》成书于唐昭宗光化三年七月，即公元 900 年 7 月，离唐朝亡国已经没几年了。所以，《又玄集》中收录的诗，可以说是韦庄眼中除了《极玄集》外，整个唐代最优秀作者的最优秀作品。首卷前五人分别是杜甫、李白、王维、常建和王昌龄，由此可见这本集子的分量。可惜的是这本诗集在国内一度失传，直到 1957 年才又从日本以影印件的形式流传回国。

中国的诗集数量非常庞大，编撰者的指导思想和艺术取向又各有差异，正是由于有了这种庞大和差异，才得以保存了诗词的精华和斑斓，构建起了宏伟瑰丽的诗词艺术王国。

韦庄的《又玄集》，在众多的诗集中，就另辟了两条蹊径，一条是妇女诗人集，一条是僧人诗人集。这样一种选择，极大地丰富了唐诗的内容，进一步展现了唐朝各行各业人士对诗的喜爱和贡献。

《又玄集》收录了19位女士的诗，这些女士中有官太太，如户部侍郎吉中孚的妻子张夫人；有诗人的爱侣，如鲍照妻子张文姬；有女道士，如鱼玄机；也有农民葛鸦儿、倡伎常浩，可谓不拘一格。唐朝著名女诗人薛涛就是被韦庄第一次抬进这本诗集的，也从此被世人所注目。在这个集子中，薛涛名为薛陶，录诗两首，一为《罚赴边有怀上韦相公》，另一就是世人皆知、世人读之唏嘘的《犬离主》：“出入朱门四五年，为知人意得人怜。近缘咬著亲知客，不得红丝毬上眠。”后来的流传中“毬”字改成了“毯”，虽然少了些生动和古色，但使得这首诗更加通俗和楚楚可怜，也更能拨动大众的心弦。不管薛涛多么才华横溢，也不管她多么的羞花闭月，她的生活性质决定她永远不会有温暖和爱，一直都像狗一样苟延残喘于虚伪的达官贵人和诗情画意之间。

鲍照的妻子张文姬不愧是诗人的伴侣，她的《溪口云》：“一片溪口云，才向溪中吐。不复归溪中，还作溪中雨”，句句写景，但全篇无景而全是情，恐怕鲍照自己也无非就这么高的诗境吧。

女道士元淳的《寄洛中诸娣》：“旧国经年别，关河万里思。题诗凭雁翼，望月想蛾眉。白发愁偏觉，归心梦独知。谁堪离乱处，掩泪向南枝。”满满的离情别绪，满满的哀伤幽怨，品读这首诗，很容易能想到《红楼梦》中的妙玉，女道士，哪一个不是一生饱含惆怅，令人伤感无限呢！

在选择诗人的时候，《又玄集》破天荒地选了一位以种植胡麻为生的农民妻子葛鸦儿的一首诗《怀良人》：“蓬鬓金钗世所稀，布裙犹是嫁时衣。胡麻好种无人种，正是归时君不归。”土地荒废，缺吃少穿，盼夫归而不归，这已经超出了诗的本身意境，实在是编者对农村家庭留守妇女施以的怜悯和同情。

《又玄集》收录了10名和尚的诗，有的悲凉惆怅，有的恬淡闲适，更有禅意醺醺。以诗的形式，反映了和尚这一群体超世脱俗的境界以及他们的空虚和孤独。如和尚清江的《长安卧病》：“身世足堪悲，空房卧病时。卷帘花雨滴，扫室竹阴移。已觉生如梦，那嗟寿不知。未能通法性，讵可见流离。”每一句都道尽了和尚人生的艰难。

和尚惟审《赋得闻晓莺啼》：“卷帘清梦后，芳树引流莺。隔叶传春意，穿花送晓声。未调云路翼，空负桂林情。莫尽关关兴，羁愁正厌生”，尽然道出了和尚的春心不死，韦庄录诗的眼界可谓别具一格了。

诗以“境界”为高，境界又有“心境”“情境”“物境”“世境”“天境”“地境”之别，不管什么境，终在寸心之间，都要由亲临者去体味和布达。

2021 年 11 月 1 日

“专一”歪论

《传习录》中记载，王阳明的学生陆澄问老师：“专一的功夫，比如读书，则一心在读书上；接待客人，就一心在接待客人上。这样做就是专一吗？”王阳明回答他的学生说：“好色就一心在好色上，爱财就一心在财货上，这能叫专一吗？这是所谓的追逐物欲，是不能叫专一的。只有专一于天理圣道才能叫作专一。”

这是讲的信仰和信仰谁的问题。

道，道路，圣人精心研究和实践的自然和社会的运行规律。一切事物非事物自己如此，日月无人点燃而自明，星辰无人排列而自序，禽兽无人制造而自生，风无人扇动而自动，水无人推动而自流，草木无人栽种而自生，动物不呼吸而自呼吸，不心跳而自心跳等，不可尽言皆自己如此。

因一切事物非事物，不约而同，统一遵循某种东西，无有例外。它即变化之本，不生不灭，无形无象，无始无终，无所不包，其大无外，其小无内，过而变之、亘古不变。其始无名，不知谁之子，老子为此命名为“道”。

其实这些东西又和老百姓有何关系呢？《孙子兵法·地篇》说：“若驱群羊，驱而来，驱而往”，也就是说对待士卒要能如驱赶羊群一样，赶过去又赶过来，使他们不知道要到哪里去，这才是真谛。并不是孙武小觑士卒，老百姓在政治这杆秤上，就是一堆平衡秤砣的东西，和羊没有什么区别，所以古时候把地方官叫作州牧或牧守，把管理老百姓叫牧民，牧，就是放养牲口。汉朝的贾谊在《过秦论》里讲：“是以牧民之道，务在安之而已。”就是说统治老百姓的方法，就是要专心致力于使他们安定罢了。老百姓安定了，就是政绩，就可以冠以物阜民熙的桂冠。

由此可见，老百姓的天理圣道其实非常简单，专一于社会安定便是天理圣道，便是专一。

2021年6月23日

赵匡胤欺藐唐后主

五代十国时期，版图最大的国家是南唐，传一帝二主，历时38年。最后一个在位15年的皇帝叫李煜，就是历史上著名的诗词皇帝唐后主。著名的《虞美人》“春花秋月何时了，往事知多少，小楼昨夜又东风，故国不堪回首月明中！雕栏玉砌应犹在，只是朱颜改。问君能有几多愁，恰似一江春水向东流”就出自李煜的手笔。

李煜从当皇帝的那一天起，就没有过过一天舒心日子，“无言独上西楼，月如钩。寂寞梧桐深院，锁清秋。剪不断，理还乱，是离愁。别是一般滋味，在心头。”这首《相见欢》就是他做皇帝的真实内心独白，皇上做到了这个份儿上，确实够他“别是一般滋味在心头”的。

南唐虽在五代十国中是一个大国，但和鹰视狼顾的北宋赵匡胤比起来，就懦弱不堪了。李煜一即位，就感到了北宋的压力，不得不制定了“臣服北宋”的国策。但宋太祖赵匡胤“卧榻之侧，岂容他人鼾睡乎”！不给李煜丝毫称臣的机会。

李煜为了能够得到宋太祖赵匡胤的恩赐，多次派出他最得力、最有学问、最能言善辩的大臣，宰相徐铉到北宋修贡纳好，但都被赵匡胤拒绝了，其中一次，徐铉不但被拒绝，而且还备受侮辱。

冯梦龙《智囊全集》记载着一则《选押伴使》，故事梗概是：

徐铉名著江南，知识渊博而闻名于宋朝。一次，南唐派遣徐铉为使者去宋朝纳贡，按当时的外交惯例，宋朝廷要派一名“押伴使”到边界陪伴徐铉，说是陪伴，其真实目的是监督。在选择押伴使的时候，满朝文武大臣都感到自己的才华不及徐铉，生怕皇帝将这个差事派到自己头上。宰相范质也觉得选“押伴使”的事很难办，就向太祖赵匡胤请示。太祖说：“你暂且退下，朕亲自来选押伴使。”不一会儿，太监传旨给殿前侍卫长，要他报上十名不识字的殿前侍卫名单。太祖看了名单后，用御笔一点说：“此人即可。”满朝文武大臣都大吃一惊，宰相范质也不敢再打扰皇帝，只好催促被点之人立刻动身。这名被御笔点中的不识字的侍卫也不知何故派他做使臣，只好硬着头皮渡江前往迎接徐铉。

徐铉见到宋朝使者来迎接他，便竭尽全力，使出浑身解数来对付这个大宋的外交使者，他慷慨激昂，侃侃而谈，旁观的人都为他的能言善辩、才华横溢而惊讶。而那个侍卫根本听不懂他在说什么，更不用说回答和交谈了，只能不住地点头。开始时徐铉没有察觉，依然喋喋不休地与那个侍卫大声谈论着，几天后，徐铉才发现，这个使者只不过是宋太祖派来侮辱南唐和自己的一介草民，也就沉默不语了。

最后的结果是，公元975年，宋兵攻占南唐都城金陵，李煜奉表出降，南唐政权正式灭亡。太平兴国三年（978年）七月初七日七夕节李煜的生日这天，他被宋太祖赵匡胤赐自尽，死于北宋京师开封，时年四十二整岁，北宋追赠其为太师，追封吴王，葬洛阳北邙山。

对此，南宋著名文学家、岳飞的孙子岳珂曾说：“当时陶谷、窦仪等有名的学者都在宋朝当大官，如果派他们去做使者，难道和徐铉不相匹配吗？实际上太祖认为大国的体统不该如此。这也是一种不战而屈人之兵的上等策略吧！”

弱国无外交，古今中外无不如是。

2021年4月2日

永远不能消除的“委屈”

冯梦龙《智囊·上智部》有一篇《张飞》，原文是：“先主一见马超，以为平西将军，封都亭侯。超见先主，待之厚也，阔略无上下礼，与先主言，常呼字。关羽怒，请杀之，先主不从。张飞曰：‘如是，当示之以礼。’明日大会诸将，羽、飞并挟刃立直。超入顾坐席，不见羽、飞座，见其直也，乃大惊。自后乃尊事先主。”

翻译后的意思更能浅显一点：刘备初见到马超，就任命他为平西将军，封为都亭侯。马超见刘备很尊重他，就有点飘飘然，在与刘备相见时，连上下之礼也不讲究了，和刘备谈话时，还常常直呼其名字。关羽对此很恼怒，请求刘备杀掉马超，刘备没有同意。张飞说道：“既然如此，我们应当给他做个遵守礼法的示范。”第二天，刘备召集部将开会，关羽、张飞带着刀笔直地站立在刘备的身后。马超来到后向两边的座席上看了看，没有关羽、张飞的座席，关、张二人规规矩矩地站在那儿侍卫着刘备，心中大为震惊。从此以后，他才很谦恭地跟随刘备。

冯梦龙写完这个故事后，加了个按语：“释放严颜，教诲马超，都是细心的举止。后世目飞为粗人，大枉。”冯梦龙早就明白，张飞被冤枉了，而且是大冤枉。

张飞义释严颜，是正史《三国志》里记载和描写的，大意是：建安十九年（214年），诸葛亮分兵入蜀支援刘备。张飞率军包围江州（今四川江北），张飞强攻打不下来，就用计诱使严颜出城作战，并活捉了严颜。为了收服益州军心民心，张飞亲自给严颜松绑，并以尊礼相待。严颜非常感动，诚心投降张飞。有了严颜的大力协助，张飞很快就攻占巴西（今四川阆中）、德阳诸城，抵达成都城下。

张飞刚柔并济，先打后劝的策略，在当时的影响是非常大的。罗贯中、施耐庵师徒二人在撰写《水浒传》时，就多次借用了这一故事情节，比如宋江收服的董平、关胜、呼延灼等官兵将领，几乎都是张飞义释严颜的翻版。

民间流传这一句谚语：“张飞纫针——大眼瞪小眼”，还有“张飞纫针——有劲无处使”，都对张飞是一种误解。据明代卓尔昌《画髓元诠》记载，张飞不但会画画儿，喜欢画美人，而且书法造诣也很高。明朝杨慎撰写的《丹铅总录》中记载，涪陵有一刁斗铭，上面的铭文就是张飞所写。张飞所佩带的刀上的字，也都是张飞所铭刻。元代画家吴镇曾作诗对张飞的书法进行了高度评价，说魏国的钟繇、吴国的皇象在书法上的造诣恐怕都难及张飞。据传，张飞还会吟诗作赋，他巡游真多山时，有感而发，写下了《真多山游记》：“王方平采药此山，重子歌玉泸山涧。雪，住宿方行”，意境上看，一点不输刘邦的“大风起兮云飞扬”。

张飞书画诗赋的成就虽有争议，但他具有一定的书画诗赋功底是有依据的，可以说张飞绝不是一个粗人，他是一个文武兼备的大将。从冯梦龙《张飞》篇的记载看，张飞比一味主张打杀的关羽更具战略眼光，更具远见卓识，心思比关羽更加缜密。

但张飞却一直是“粗人”的代表，这就应了中国的一句名言：“人言可畏！”

每个人都会对人言可畏有过切身感受和体验，都有对“三人成虎”这个成语的理解，更不用说大多数人都认为，自己判断力以及“我认为”比调查研究和逻辑判断更为可信。当女儿和女婿针对同一问题，对父母说出了真假不同的话的时候，不论女儿说的是真话还是假话，大多数父母都会相信女儿说的是真话；当一个上级和一个平级或下级针对一个问题说出真假不同的话的时候，听者大多数都会认为上级说了真话。戈培尔说“谎言重复一千遍就成了真理”，其实只要几次就会被信以为真。从众心理和缺乏理性使得谎言更容易变成真理。

孔子的学生曾参住在山东费邑的时候，有一个与他同名同姓的人杀了人。邻居跑到曾子家，对曾子母亲说“曾参杀人了”，曾母听了邻人的话，一边安之若素、有条不紊地织着布，一边头也不抬地对那个邻人说：“我的儿子是不会杀人的。”一会儿，又一个人跑来说：“曾参杀人了。”曾母仍然不慌不忙地织着布。又过了一会儿，第三个报信的人跑来对曾母说：“曾参杀人了！”曾母骤然惊惧起来，急忙扔掉手中的梭子，越墙逃走了。以圣人学生的品行以及母亲对儿子的了解和信任，曾母是不会相信“曾参杀人了”这样的谎言的，但三个人重复一个谎言后，就动摇了慈母对自己贤德的儿子的信任，由此可见人言可畏的可怕。人际交往间，大多数隔阂都源自人言的可谓！

张飞吃的也是这个亏。莽张飞的形象就是从罗贯中编小说，说假话开始的，在他的《三国演义》第二回，张飞一出场就鞭打督邮，和《水浒传》里的鲁智深一出场就拳打镇关西如出一辙。到死时又是因鞭打下级而死，罗贯中完美塑造了一个从生到死的莽撞而又可爱的文学形象，因为历史上真正鞭打过督邮的是刘备，和张飞毫不相干，但因为文学的力量，张飞替大哥刘备背起了永远放不下的黑锅。

人言可畏，众人言、上级言、权威言乃至文学言，一个比一个可怕，人际关系的魅力是多么的精彩呀！

2021 年 3 月 20 日

父子之异

说起东晋的郗愔，专业以外的人知道的不是太多，但说起东晋书法家王羲之来，知道的人恐怕就不会太少了。这个郗愔就是王羲之的小舅子。和他姐夫一样，也善书法，“其法遵于卫氏，尤长于章草”。其成就虽不及姐夫，但也不输于姐夫，南北朝时期的书法评论家王僧虔在书法专著《论书》中称：“郗愔章草，亚于右军。”也就是说，郗愔的草书不比王羲之的草书差。有专家还认为，王羲之早期的书法还不如郗愔。

郗愔有个儿子叫郗超，历史上的名声比他父亲还要大，不仅是他的官做得比父亲大，做过中书侍郎、司徒左长史的高官，他还和桓温一起密谋废黜了皇帝司马奕，这在任何一个朝代都是株连九族的谋逆大罪。《晋书·郗超传》记载：桓温英气高迈，很少有他看得起的人，包括皇上。但与郗超一起谈话，总能感到郗超的深不可测，于是便一心一意地倾意交纳。郗超对桓温的权力也很看重，很想和他结交，把散骑侍郎的职位弄到手。当时散骑侍郎的地位是很高的，有和尚书一样奏事等参政权力，兼掌侍从、讽谏，更重要的是天天陪在皇帝身边。从此两人交往日深。桓温早就觉得自己才华能力出众，想着废掉皇帝，从而享有更大的权势，但几次筹谋都失败了，最后他和郗超合作，重新开始谋划废除司马奕。太和六年（371年），桓温采纳郗超“宫闱重闷，床笫易诬”的妙计后，成功把司马奕废除，司马奕也成为两晋被废的唯一皇帝。成者王侯败者寇，郗超的名声也随之青史增色。

郗愔、郗超虽为父子，但人生观却有着明显的差异。

从仕途观看，父亲有超凡脱俗的风骨，《晋书·郗愔传》说他“无处世意，在郡优游，颇称简默”，不善于交际，深居简出，以稳重修为著称。《世说新语·品藻篇》也说他“渊靖纯素，无执无竞，简私昵，罕交游”。也就是学问渊博，和善，与世无争，很少与人往来。郗愔多次拒绝出仕，在家隐居十多年。儿子郗超则钟情于权力，不断攀龙附凤，谋求高位，以至于做出废黜皇帝的重大政治事件。

从金钱观来看，父亲吝啬贪财，嗜钱如命，儿子则仗义疏财，视钱如土，对父亲敛聚钱财的行为不屑一顾。《世说新语》“俭啬篇”记载一则故事，翻译过来是：父亲郗愔到处聚敛钱财，积攒的钱财有数千万之多。面对父亲的钱财，儿子郗超总是旁敲侧击地谈起，父亲以为儿子想花他的钱，就对儿子说：“你想花我的钱就花点吧，我把钱库打开，你可以随便花上一天。”父亲认为，一天撑死你也就花个几百万。未承想儿子一天之内把积攒的钱财全部分给了亲戚和朋友，老爷子听说之后，惊怪不已，差点儿背过气去。郗超此举，颇有点战国范蠡“散尽家财”的古风呢。

父子间有了如此差异，相处的一定不会太和谐，相互之间都保留着相当的秘密。比如在对待皇帝的立场上，父子便处于对立状态，父亲是铁杆儿的保皇派，儿子则是“舍得一身剐，一定要把皇帝拉下马”的主。所以，儿子全力协助桓温致力于废除皇帝司马奕的行为，就对父亲瞒得密不透风。便有了后来父子间引人深思的“父爱子孝”变成“父恨子孝”的故事。

《晋书·郗超传》记载，父亲郗愔忠心于王室，对儿子郗超与桓温图谋篡晋之举丝毫不知。也许是因为父子的人生观不同，父亲渊靖纯素、恬淡闲适，儿子则野心勃勃、身心俱惫的原因，郗超则死在了父亲的前头，发生了白发人送黑发人的悲剧。郗超虽然和父亲政见不同，但也是个孝子，生怕自己死后，老父亲禁受不起老来丧子的打击，临终前，便将一箱书信交给门生保管，嘱咐道：“我父年事已高，我死之后，如果他悲伤过度，影响到饮食睡眠，可把这个箱子呈交给他。不然的话，你就把它烧掉。”郗超死后，郗愔果然因悲痛患病。门生便将箱子交给他，里面全都是郗超与桓温密谋废掉皇上的书信。郗愔看罢，果然大怒，骂道："这小子早就该死了！"从此再也不为儿子流泪。儿子只活了 42 岁，父亲郗愔在儿子去世后的第六年去世，活了 73 岁，在古代，这算是高龄了，这对父子寿考的差异与其心态一定有很大的关系。

2021 年 3 月 19 日

刮地皮

“刮地皮”是一则出自《新唐书·程日华传》的典故，原意指贪官污吏搜刮民财，形同刮地皮一样，寸草不留。

唐朝建中二年（781年），沧州刺史李固烈叛乱。大将张孝忠派牙将程日华到沧州劝降李固烈，李固烈同意劝降，在离开沧州时把库银席卷一空，激起了士兵的愤怒，士兵骂道：“马瘠士饥死，刺史不弃毫发恤吾急，今刮地以去，吾等何望。”于是发动兵变，把李固烈以及全家老幼全部杀死，并拥立前来劝降的程日华为刺史。后来人们就把“刮地以去”称作“刮地皮”。

《清类稗钞》也记载了一则有关“刮地皮”的故事，但未涉及贪腐，而是反映了当时官场上，上下级之间的一种微妙人际关系。故事的大意是：

李鸿章在直隶总督的位置上坐久了，就养成了傲睨僚属和部下的做派，常有刘邦洗着脚接见高阳酒徒郦食其的风范。《史记·郦生陆贾列传》记载，刘邦在雍丘高阳接见郦食其的时候，正由两个女子为他洗脚，一副倨慢不礼的态度。光绪壬辰（1892年）冬，安徽霍邱的裴伯谦从翰林的位置上擢拔为广东知县。路过天津，便以安徽老乡的名义去拜见李鸿章，因为一般情况下，一个小小的知县，是没有资格拜见直隶总督兼北洋通商大臣的。裴伯谦进到客厅，刚刚坐下，李鸿章便翘着两只脚，嘚瑟着一条腿，高声对裴伯谦说：“你是不是打算到广东刮地皮去呀？”书中没有记载裴伯谦听到这句话的反应和答复，但可以想见，对年轻的刚要赴任的裴伯谦来说，这一句出自当时大清重臣嘴里的问话，一定会使他振聋发聩、汗流浃背，一辈子也不会忘记的。后来故事的发展证明了这一点。

七年后的己亥（1899年）冬，李鸿章出镇广东，裴伯谦由广东知县调任南海知县，又去拜会李鸿章。李鸿章这次郑重地问他：“你调到南海再次担任主官，要把什么政务放到首位呀？”没想到裴伯谦正容回答道：“先刮南海地皮。”李鸿章肯定没有想到这个小小的知县会这样回答他，他长叹一声说道：“十年了，你还没有忘记这句话呀！”裴回答说：“这是您对我的教诲，也是您对我的警戒。”李鸿章笑着说：“你须要把地皮刮干净呀！”当时的安徽人把土匪叫作地皮，南海多土匪，李鸿章镇守广东，剿匪是他的首要任务，将刮地皮的贪污语义转为剿匪之意，足见李鸿章的机警。

裴伯谦一生官衔不大，官威也不高，但在中国的收藏界，可是近代史上无人能出其右的人物，仅他所编写的《壮陶阁书画录》一书中记载收藏的字画，就有王羲之、米芾、钟繇等历代大家的作品715件，这还只是他收藏品中的一小部分。裴伯谦的藏品每一件都价值连城，解放初期，他的后人将一幅王石谷的《黄河流域图》献给国家，就得到了国务院的大力表彰。据说，当时裴伯谦的年俸除了维持简单生活外，全购买了藏品，他当时每月的收入大约折合45两白银，外加20石俸米，一年的收入是540两白银、240石俸米，另外一年有1200—1400两的养廉银，共计年收入在2000两左右。

1903年，以弹劾整治贪官著名，外号“官屠”的岑春煊出任两广总督，立即指控南海知县裴伯谦贪污24万银圆，裴景福逃到澳门避难，后被岑春煊交涉引渡，被判处流刑，发配新疆。

有学者认为，裴伯谦是一个清官，岑春煊整治裴伯谦完全是因为私人恩怨，也是有缘由的，不过这些都是历史了，历史还待历史来答复。

2021年1月31日

康熙责罚“不敬”

康熙四十八年（公元1709年）七月初六日，康熙皇帝安排在江南地区的秘密特务头子、公开身份为苏州织造的李煦，给康熙上了一个“江南提督张云翼病故”的密折，向皇帝报告江南提督张云翼病故的消息。折子的原文是：

“恭请万岁万安。

窃提督江南全省军务臣张云翼，于康熙四十八年六月十八日，病患腰壅，医治不痊，于七月初三日巳时身故，年五十八岁。理合奏闻。

苏州六月晴雨册进呈，伏乞圣鉴。”

今天看来，这份奏折是没有一点问题的，开始时，先向皇帝请安，恭呼皇上万岁，然后向皇上报告，江南提督张云翼何时得病，得的什么病，又在什么时候去世了，死时多大年龄。后面还附了苏州的天气报告。未承想，这份秘密报告却受到了康熙皇帝的严厉斥责。康熙用朱砂红笔在折子上批道：

“请安折子，不该与此事一处混写，甚属不敬。尔之识几个臭字，不知哪去了！”

可见问题出在了“恭请万岁万安”六个字上头。从折子的题目“江南提督张云翼病故折”来看，这实际上是一个向皇帝报丧的折子，加了这六个字，无异于把“报丧”和“请安”混为了一谈，至高无上的皇帝是最忌讳死丧的，这样的写法，相当于把张云翼的“死”与皇帝的“安”相提并论，在皇帝的眼里自然是“不敬”，所以，皇帝也不顾及做派了，直接开骂：“你认识几个臭字就不知天高地厚了！”

更重要的是，清朝的时候“大不敬”是刑法中的重罪，《大清律例·名例律》的第一章是“五刑”，规定的是刑罚的方式，第二章就是“十恶”，

“十恶”中的第七恶就是“大不敬”，犯“十恶”罪的从重不赦。康熙在这里虽然没有直指“大不敬”，但他能给李煦这样的宠臣，扣上“不敬”的帽子，足可见其气愤的程度。

皇帝的一句“甚属不敬”让李煦惊恐万丈，一个月之后的八月十八日，李煦看到了康熙的批复，立即写了一份请罪的折子，原文是：

“窃臣煦家人赍奏折回苏，臣煦叩头开拆，跪读御批，臣煦战栗愧惧，汗流浃背。伏念臣煦包衣下贱，昏庸愚昧，历年以来，每多舛错，蒙万岁大仁大慈，不即谴责。而臣煦近日昏愚愈甚，粗疎忽略，以致罹不敬之大罪，乃又蒙万岁高天厚地之恩，垂慈赦宥，特赐训诲，以励将来。臣何人斯，而得以屡沐天恩，一至于此。臣煦此后唯小心谨慎，黾勉改过，以仰尊圣训，且竭犬马之力，报答隆恩。臣煦恭设香案，望阙叩头，理合具折奏谢，伏乞圣鉴。臣煦不胜感激惭栗之至。”

这份奏折中，李煦除了表达自己“跪读御批，战栗愧惧，汗流浃背、黾勉改过，仰尊圣训，竭犬马之力”等痛改前非的决心外，其实主要是想说明“粗疎忽略”这层意思，当然，康熙也十分清楚这一点，知道李煦是过失而为之，因为以前也有报丧折子，都没有请安的语句，否则是不会把“大不敬”中的“大”省略掉的。当康熙看到这份请罪奏折时，只简单的批了三个字：“知道了！”这时，李煦吊在嗓子眼儿的心才算落了地。

后人常说：“伴君如伴虎”，康熙、李煦君臣间的这则故事是对这句话最好的诠释。李煦这个历史人物，今天的人们可能对其不太熟悉，他是《红楼梦》作者曹雪芹的亲舅爷，也就是曹雪芹父亲的亲舅舅。更重要的，他的母亲还是康熙的奶妈，用民间的话来说，他是康熙的奶弟，或叫乳弟，还做过康熙的侍卫，是康熙一朝最宠信的近臣之一，也是二月河《康熙大帝》一书中魏东亭的原型之一。康熙一生六次南巡，有四次住在他的妹夫曹寅（曹雪芹爷爷）家，而康熙驻跸的策划安排则都是以李煦为主，可见康熙对他的信任。所以，康熙才把秘密监督江南各地的重任，以及专门负责皇宫纺织和采办的苏州织造一职交给了他。但就这样一个人，一旦触到了皇帝的不快，皇帝也绝不给其留情。还有一则康熙给李煦的朱批也能佐证这一点，康熙让李煦搜集江南官民对皇帝的议论，布置完任务后，康熙加了一句："此话断不可叫人知道，若有人知，尔即招祸矣。"想来李煦看到这样的朱批，更会是战战栗栗，一夜一夜地睡不着觉。

康熙去世后，雍正即位，因为李煦拍过雍正政敌八阿哥雍禩的马屁，因此，雍正将其视为雍禩同党，很快就以亏空为由将其治罪，判处流刑，将其流放到了打牲乌拉，不久，就死在了流放地。英名一世，受宠一生，最终还是落了个被"虎"吃掉的下场。

其实在封建王朝时期，不仅是伴君如伴虎，只要是上级都会有虎的政治特性，只不过这虎的种类、大小不同罢了。

2011 年 1 月 19 日

第五卷

《红楼梦》文辞小释

写在前面

一、《红楼梦》部分词汇与张家口—大同地区语式特点的比较

研究文学作品的语言和地方日常用语及方言的关系，仅仅看使用了多少词汇是不够的，因为有些词汇的使用范围非常大，很难确定某一个方言到底属于哪个地区，由于发音上的区别，每个地方都会将其当作本地的方言。比如，张家口地区把“骂人”叫作“卷人”，沧州地区也有“卷人”一说，区别是一个发三声音，一个发四声音，所表达的意思略有差异，因此，“卷人”一词，很难说是张家口方言，还是沧州方言，公认的办法是，既是张家口方言，又是沧州方言。所以，研究文学作品的语言和地方日常用语及方言的关系，还要看语法、句式和用语习惯。在细读《红楼梦》的过程中，我把普通话阅读改变成用张家口话阅读，这一阅读方法的改变，使我得出了又一个初步结论：《红楼梦》中的用语习惯与张家口日常用语习惯十分相似、相近甚至相同。

一是文法相近。

整个前 80 回，从文法上看，多有病句之嫌，按语法要求来细考，确实病句颇多，但放在张家口语境中去衡量，不但不是病句，而且是一种方言土语的艺术再造。比如“丢下”“一会子”（见后）这两个词。

第八回，“如此间错开了来着，岂不天天有人来。”前半句中加了个“着”字，在张家口该字发轻声，比如，张家口人经常使用的一句话是：“爷也不知道咋看你来着！”意思是“我怎么看你也不行”，这句话和“如此间错开了来着”在文法和语气上都是相同的，如果用张家口话读出来，相同性更加明显。

第九回《恋风流情友入家塾 起嫌疑顽童闹学堂》，“打发了人

送了信。”打发后加了个“了”字，同“没人会去拿去罢了”一样，好端端的一句话变成了病句。按理说，这不应该是一个文学大家该犯的错误，但确实犯了，原因就在于曹雪芹对张家口口语文法特点的习惯性把握。

第七十回《林黛玉重建桃花社 史湘云偶填柳絮词》“你瞧宝姑娘那里，出去了一个香菱，就冷清了多少，把个云姑娘落了单”一段，看上去有点前言不搭后语，“多少”一词用的也十分勉强，用“许多”似乎更中规。但这正好都是张家口人的日常用语特点。曹雪芹没有刻意雕琢语法，而是激情盎然，信手拈来，广用方言土语，畅游文字海洋，这种手笔岂止一个“大”字了的！

二是颠倒字序的用词习惯相同。

张家口人讲话把双音词的字序颠倒使用是一种普遍现象，颠倒前通用的词，颠倒后就变成了具有地方性特色的方言或口语词汇。如：均匀叫匀均，挂记叫记挂，借支叫支借，承望叫望承，磕撞叫撞客，戏要叫要戏，保管叫管保，包衣叫衣包，停妥叫妥停等，而这些颠倒字序的词，很多都出现在了《红楼梦》中，并且颠倒之后的词也多有张家口的口语特点。

第五十三回《宁国府除夕祭宗祠 荣国府元宵开夜宴》中有一个词叫“外另”，“正面炕上铺新猩红毡，设着大红彩绣云龙捧寿的靠背引枕，外另有黑狐皮的袱子搭在上面。”其实这个词就是另外，张家口坝下人的说法。《现代汉语词典》“外”字项下列出了168个词，没有“外另”。《古代汉语词典》“外”字项下列出了38个词，也没有“外另”一词。这说明，将“另外”一词改作“外另”，使用范围很小，张家口地区是这很小范围的一部分。我的记忆中，我的父亲都是用外另，从未用过另外。

第二十回《王熙凤正言弹妒意 林黛玉俏语谑娇音》中有一词“要戏”：“同贾母吃毕饭，贾母犹欲同那几个老管家嬷嬷斗牌解闷，宝玉记着袭人，便回至房中，见袭人朦朦睡去。自己要睡，天气尚早。彼时晴雯、绮霰、秋纹、碧痕都寻热闹，找鸳鸯、琥珀等耍戏去了，独见麝月一个人在外间房里灯下抹骨牌。”《现代汉语词典》“耍”字项下未列“耍戏”一词，但在“戏”字项下却有“戏耍”一词，解释为“1. 戏弄：戏弄人。2. 玩耍：终日吃喝玩耍”。也就是说，“戏耍”一词是一个通用的词。宋·罗大经《鹤林玉露》卷十：“〔安子文〕尝自赞云：‘面目皱瘦，行步蕱苴，人言托住半周天，我道一场真戏耍。今日到湖南，又成一话靶。’”《醒世恒言·张廷秀逃生救父》：“不一日，三场已毕，同寓举人候榜，拉去行院中游串，作东戏耍。”清·李渔《巧团圆·梦讯》：“现有一箱，里面所藏之物，都是你做孩子的时节终日戏耍的东西。”可见“戏耍”一词使用的广泛和悠久。而“耍戏”则是地道的张家口口语，使用范围和使用历史都不能和“戏耍”相提并论。

第七十二回《王熙凤恃强羞说病 来旺妇倚势霸成亲》“还有几家红白大礼，至少还得三二千两银子用，一时难去支借”。这里的“支借”就是借支，张家口人也作“告借”，颠倒字序的又一个例子。

第三十四回《情中情因情感妹妹 错里错以错劝哥哥》“晚上敷上，管保就好了”一句中的“管保”也是张家口地区常用的经颠倒字序形成的口语。

需要讨论的是“撞客”一词。第四十二回《蘅芜君兰言解疑癖 潇湘子雅谑补余香》“依我说，给他瞧瞧祟书本子，仔细撞客着了”。这里的“撞客”，是个动词，不是普通话意义上的名词，张家口人读 cháng kà，应该就是普通话中“磕撞”的颠倒用法，词义是完全相同的，就是“磕碰”“碰撞”的意思。客和磕在张家口都读 kà，比如“磕磕碰碰”，张家口民间也写成“客客碰碰”。

我们可以简化这一词的变化：

普通话的“磕撞”，因发音的原因被张家口人改成了“客撞”，又因为有用词颠倒字序的语言习惯，最后变成了“撞客”，标准的

zhuàng kè 发音，也变成了张家口的口语音 cháng kà。类似此类颠倒字序的词还有不少，如第四十二回的“脱滑”，第四十五回的“忖夺”，第五十七回的“损阴”，第五十八回的“记挂”，第六十八回的“承应”等。

三是特殊语义相似。

在读《红楼梦》的时候，有的句子读起来显得很生涩，意思也难于一下子明白，但用张家口语境理解，会豁然开朗。如第十五回《王凤姐弄权铁槛寺　秦鲸卿得趣馒头庵》有一句话：“众小厮听了（凤姐的吩咐），一带辕马，岔出人群。”这“一带辕马”就“岔出人群”，很难理解其真正的含义。在张家口坝上地区，“一带辕马”中的带，是指扯紧辕马左边的缰绳，同时发出“嘚嘚嘚”的吆喝，将马向左指挥，预示要拐左弯，或超车，整个一套动作叫“把辕马朝里手带”。如果是向右，则扯紧右边的缰绳，发出“往往往”的吆喝，整个一套动作叫“把辕马向外手磕”。这句话如果写成“众小厮听了，一磕辕马”，坝上人自然就知道是向右拐了。

曹雪芹时代，出门的主要交通工具是骑马或坐马车，驾驭马车是一件很有技术含量的工作，不同地区有不同的人与马交流的规则和习惯，比如“驾”是让马起步的口令，“吁”是让马站住的口令，各地区区别不太大，但有一些则有显著区别，比如沧州一带，“往往往”是前进的口令，而张家口“往往往”则是右转的口令。从文中可以看出，小厮们得到指令，“一带辕马，岔出人群”是在超车，或是在“超马”，是典型的张家口地区的驭马行为，不熟悉当地驾驭习惯的人，是写不出这种细节的。我们还可以推测，百年之后，随着科技和无人驾驶技术的发展，人们将不会驾驶机动车辆，也不会了解和掌握今天的这些驾驶规则，到那时看今天的作品，如果在一篇关于反映广州生活的小说中出现了“今天是星期二，家中尾号7的车子限行了”的描写，那时的人就不难推断出作者不是北京人就是天津人，虽然写的是广州的事，但也不会把作者判断成是广州人。

第七十五回《开夜宴异兆发悲音 赏中秋新词得佳谶》："贾母道：'这也够了，且别贪力，仔细努伤。'""努"是张家口人常用的一个动词，指憋住气用最大力来完成一项工作。生孩子时，接生婆会说"再努一努，孩子就出来了"。骂人时会说"看你那副揍性，该你说话了，半天也没努出一个屁来"。"仔细"，张家口人常表示节俭和吝啬，"仔细努伤"，不但有"小心伤着身体"的意思，还包含贾母吝啬宝玉费劲使力的意思，整句话在张家口语境下就更加丰富饱满。

第三十二回《诉肺腑心迷活宝玉 含耻辱情烈死金钏》有一句："十停人倒有八停人都说，他近日和令郎相遇甚厚"，停的原意是指总数分份儿后其中的一份叫一停，但张家口人常用"十停……八停"，也作"十停里……八停里"或"十停停……八停停"，指十有八九或十之八九的意思，同"八成"的意思相同，比如说："这东西丢的奇怪，以我看，十停里有八停是出了内鬼了。"

第三十七回《秋爽斋偶结海棠社 蘅芜苑夜拟菊花题》，宝玉对黛玉说："香就完了，只管蹲在那潮地下做什么？"这里的潮地不是指地面不干，虽无水但潮湿的地。而是指不干净，有脏东西的地。把脏叫潮是张家口人的一种普遍的用法。脏衣服叫潮衣服，脏家具叫潮家具，脏地面就叫潮地。这里的潮地不是不干净的实指，而是指地下没有任何铺垫，大户人家的人是不能在没有铺垫的地面上蹭坐的。在第三十八回《林潇湘魁夺菊花诗 薛蘅芜讽和螃蟹咏》，有"山坡桂树底下铺了两条花毡"的描写，可视为此解的佐证。

这些极其相同的语义，如果不熟悉张家口方言土语，是无论如何也写不出来的。

四是字词发音相承。

有的句子用普通话来读就显得别扭，有时甚至认为曹雪芹写出了白字，如第十九回《情切切良宵花解语 意绵绵静日玉生香》有一句："真是人人力倦，各各神疲。"似乎这"各各"应该是"个个"。但是，“各各”替代“个个”，从用字和读音的角度看，都符合张家口人的用字习惯和语音特点。读音上，普通话中“个”“各”同音，都读 gè（四声），在张家口，个读 gè（四声），各读 gà（四声，准确讲是一个标准的入声字）。在用字上，张家口人常把个写作各，如“各人写各人的，不能相互商量”“大家要相互照顾，不能各顾各”等句式中，都是用各而不用个，如果用个，一般都在个字前加一个自字，写作“自个儿”。第六十七回《见土仪颦卿思故里 闻秘事凤姐讯家童》，兴儿在接受凤姐拷问时说道：“昨儿她妹子各人抹了脖子了。”这里的各在张家口也读 ga，脖读 ba，都是四声，是一种张家口语式，意思是自个儿抹脖子自杀了。正常情况下，应该是“昨儿她妹子个人抹了脖子了”，不应该把个写作各。

再如《红楼梦》中的“可”字用的很多，如果用普通话读，有的就不能全面表达词义，但用张家口话读出来，词义就十分清楚了。

可，张家口人有时读 kà（四声），有时读 kě（三声）。如第五十九回《柳叶渚边嗔莺叱燕 绛云轩里召将飞符》：“平姑娘来了，可就不好了”，第六十三回《寿怡红群芳开夜宴 死金丹独艳理亲丧》：“及至天明，袭人睁眼一看，只见天色晶明，忙说：‘可迟了。’”这两句中的“可”都读 ka，是表示加重语气，具有强调的意思。第六十七回：“那老婆子见了袭人，便笑嘻嘻的迎了上来，说道：‘姑娘怎么今日得工夫出来逛逛？’袭人道：‘可不是。我要到琏二奶奶家瞧瞧去。’”这句中的“可”也读 ka，是袭人对“有工夫逛逛”的否定，如果读 ke，就变成了肯定。而读 ke 时，表示的是转折，相当于“可是”“可曾”的简称。如第七十二回：“今凤姐问贾琏，可说了没有，贾琏因说‘我原要说的，打听得他小儿子不大成人，故还不曾说。’”这里的“可”就读 ke，这是张家口语言的一个显著的特点。

第七十二回有林之孝回答贾琏的一段话“彩霞那孩子这几年我虽没见，听得越发出挑的好了，何苦来白糟踢一个人”。校记〔二一〕“‘出挑’各本均作‘出条’，径改”。这一“径改”实在是有违曹雪芹本意的。在张家口地区，挑读一声，相当于原来的平声，条读四声，实际是原来的入声。在当地使用该词，就读音上应该是“出条”而非“出挑”。“出条”在张家口地区还有一句歇后语“锅台上安瓜——不出条”，不出条，指的是没有出息，窝囊、圪缩，就是不好，出条指的就是有出息，就是好。由此引申出的含义就是发展变化得好就是出条。一个孩子，特别是女孩子，出条的好坏很被人看重，当地人经常说的一句话就是“那个家里，出条不出好孩子来”。可见曹雪芹用词用字与张家口方言口语的一致性。把“出条”径改成“出挑”，通俗性倒是增强了，但极大地影响了作品语言一致性和地方性特色。

第三十四回薛蟠骂众人：“谁这样脏派我？我把那囚攮的牙敲了才罢。”其中“脏派”的“派”，在张家口读 pie，在张家口，将“派”读作 pie 的还有“压派”“派打”。脏派，指污蔑、中伤，泼脏水的意思。被人恶语中伤后，当事人会反击：“你就会脏派人，你还会干点甚？”用拼音很难标出“脏派”“压派”“派打”中“派”在张家口的发音。我认为《红楼梦》中这些用“派”组成的词，应该是曹雪芹的独创，这些山西—张家口一带的方言土语，很难找出一个贴切的近于当地发音的字，比较接近的有几个，如“拍”“批”“撇”“迫”等，当然包括“派”。《红楼梦》中有一个人名，叫“单聘仁”，隐意应该是“善骗人”，按照张家口语境，这里的善骗人不是指“善于以欺骗的手段取得某种东西”，而是指的“善于说假话”，此时的骗也发 pie 音，与上述“派”的发音完全相同。同音的发言土语还有“派达干”“派毬说”等。这两处用字，曹雪芹应该是很费周折的，最终选择了“派”和“聘”。

五是方言使用集中。

在《红楼梦》中，有的章节集中使用张家口日常用语，给人的感觉就像是张家口人在倒习家常，如第四十五回《金兰契互剖金兰语 风雨夕闷制风雨词》：李纨笑道：“你们听听，我说了一句，他就疯了，说了两车的无赖泥腿市俗专会打细算盘分斤拨两的话出来。这东西亏他托生在诗书大宦名门之家做小姐，出了嫁又是这样，他还是这么着；若是生在贫寒小户人家，做个小子，还不知怎么下作、贫嘴恶舌的呢！天下人都被你算计了去！昨儿还打平儿呢，亏你伸的出手来！那黄汤难道灌丧了狗肚子里去了？气的我只要给平儿打抱不平。忖夺了半日，好容易'狗长尾巴尖儿'的好日子，又怕老太太心里不受用，因此没来，究竟气还未平。你今儿又招我来了。给平儿拾鞋也不要，你们两个只该换一个过子才是。"说的众人都笑了。凤姐儿忙笑道："竟不是为诗为画来找我，这脸子竟是为平儿来报仇的。竟不承望平儿有你这一位仗腰子的人。早知道，便有鬼拉着我的手打他，我也不打了。平姑娘，过来！我当着大奶奶姑娘们替你赔个不是，担待我酒后无德罢。"说着，众人又都笑起来了。李纨笑问平儿道："如何？我说必定要给你争争气才罢。"平儿笑道："虽如此，奶奶们取笑，我禁（受）不起。"李纨道："什么禁（受）不起，有我呢。快拿了钥匙叫你主子开了楼房找东西去。"一段话中使用了"分斤拨两、托生、贫寒小户、小子、下作、贫嘴恶舌、黄汤、打抱不平、忖夺、受用、招我、拾鞋、过子、脸子、承望、仗腰子、担待、禁（受）"18个张家口方言和口语，就是我这个土生土长的张家口人，读到此都惊诧万分。其中像"忖夺"本应该是"忖度"，但在张家口"忖夺"又叫"夺忖"，"夺"和"度"的读音完全不同，"度"只读 dù，民间无人读 duò，"忖夺"和"夺忖"词中的"夺"，都用"夺"而不用"度"。不熟悉张家口语境的是不可能用"夺"取代"度"的。

又如第七十七回《俏丫鬟抱屈夭风流 美优伶斩情归水月》，"说给你男人，外头所有的账一概赶今年年底下收了进来。"这一句话一共23个字，一连用了"说给"（即"说与"）；"你男人"（又作"你们家里的"，指"丈夫"）；"赶"（"等"的意思）；"年底下"（指腊月下旬）等四个张家口日常用词。且整句话就是一句张家口的日常话。

再看第四十四回《变生不测凤姐泼醋 喜出望外平儿理妆》有关鸳鸯的一段描写："鸳鸯笑道：'真个的，我们是没脸的了，就是我们在太太跟前，太太还赏个脸呢。往常到有些体面，今儿当着这些人，倒拿起主子的款儿来了'"，这段话一共50个字，竟用了"真个的""没脸的""赏个脸""往常""体面""今儿""拿……款"7个张家口方言口语，鸳鸯这段话，活像一个张家口老太太在发牢骚。

类似这种描写叙述在《红楼梦》中俯拾皆是，没有张家口语音功底的人是绝对写不出这样的文字来。

六是方言用词一致。

日阳、穿堂、里外发烧、高桌、风领子、咬舌子、门划子、梯己钱、肩窝子、湃（读 ba）、闹、甚、款款的、客撞、跳蹋……这些词语无一不带有张家口土语方言的痕迹。

第一回《 甄士隐梦幻识通灵 贾雨村风尘怀闺秀》有一段这样的叙述"士隐心中未免悔恨，再兼上年惊唬，急忿怨痛，竟渐渐露出那下世的光景来"。其中的"惊唬"，一般人们都读作 jing hu 或 jing xia。字典中的"唬"字是一个多音字，一读 xia（吓），恐吓的意思；二读 hu（虎），虚张声势、夸大事实来吓人或蒙混人；三读 xiao（萧）指虎吼声；四读 hao（嚎），呼号的意思。

其实该字在张家口还有另外一种读音，读 hua（四声），在当地，与"活"读音相同。"惊唬"在张家口与"惊活"发音相同，这种发音，是该字 hu 和 hao 音的转音，其意思是"惊吓"或"被惊吓"，当地的一个同义方言词是"吓唬"，读 xia huo（吓活）。例如，"孩子叫人惊唬着了，快给他叫叫魂吧。""你们千万别惊唬了那条狗，小心叫他咬了。"

不少人认为惊唬的音义和惊吓是一致的，其实有失偏颇，这两个词含义相似，读音却不同。在目前出版发行的《古代汉语词典》《现代汉语词典》《新华词典》《新华字典》《词源》《辞海》等辞书中，都没有“惊唬”一词。“惊唬”是一个比较典型的张家口方言词汇，在张家口上初中的时候，作文中如写出“惊活”一词，老师总是会改成“惊唬”。古典戏曲小说中，现可查到的，一是元·关汉卿《裴度还带》第二折使用了该词“休惊唬着他”。再就是曹雪芹在这里的运用。关汉卿（1219—1301年），解州人（今山西省运城），是一个地道的山西人，又在北京生活过，关汉卿和曹雪芹能够熟练使用该词，是有深厚的方言基础的。

《红楼梦》中看似错别字的假借字很多，如便宜和便易，顿和动，搓和挫，坨和托等，这和张家口地区古入声字保留多，zh、ch、sh和z、c、s不分，ong和un不分有关。特别是第二十九回《享福人福深还祷福 痴情女情重愈斟情》就把“家里唱顿戏”写成了“家里唱动戏”，把“动”当作“顿”来作量词用，恐怕只有张家口—大同一带了，由此一字也足可见曹雪芹与张家口方言的亲密关系。

“恶赖”一词是张家口人常用的一个名词，读音非常有地方特色，指游手好闲、不谋正业、欺行霸市、媚强凌弱的人。《红楼梦》中多次使用，如第十七回《大观园试才题对额　荣国府归省庆元宵》：“你只知朱楼画栋，恶赖富丽为佳”；第八十回《美香菱屈受贪夫棒　王道士胡诌妒妇方》：“薛姨妈听见金桂句句挟制着儿子，百般恶赖的样子，十分可恨。”

特别一提的是几个人际关系间的称呼。一个是“舅母”，这个称呼在京南一带叫“妗子”，北京天津一带叫舅妈，唯有张家口一带叫舅母或舅娘，这里的母不读三声mu，而读轻声mou。

另一个是“哥儿”，哥的儿化音，一般地区，“哥儿”是对男孩儿的专称，对女孩儿是不称“哥儿”的。但在张家口，“哥儿”是一个爱称或昵称，多见于长者称呼他人或平辈间的尊称，不论对男对女都称“哥儿”，大哥儿、二哥儿、女哥儿、小哥儿。贾母就常称王熙凤为“凤哥儿”，如第三十九回《村姥姥是信口开合　情哥哥偏寻根究底》："贾母又笑道：'我才听见凤哥儿说，你带了好些瓜菜来，叫他快收拾去了。'"第七十五回："贾母接来吃了半碗，便吩咐：'将这粥送给凤哥儿吃去。'"薛姨妈也称王熙凤为"凤哥儿"，第五十七回："薛姨妈用手摩弄着宝钗，叹向黛玉道：'你这姐姐就和凤哥儿在老太太跟前一样，有了正经事，就和她商量，没了事，幸亏她开开我的心。'"

贾母有时候也把凤姐叫作"凤丫头"，第三十九回，"贾母笑道：'凤丫头别拿他取笑儿。他是乡屯里的人，老实，那里搁的住你打趣他。'"将名与丫头连称，也是张家口人对女孩儿的一种爱称，我的一个堂姐叫李贞，家里的长辈们全部以"贞丫头"呼之。

再一个是大娘，第二十四回《醉金刚轻财尚义侠　痴女儿遗帕惹相思》，宝玉对邢夫人说："大娘方才说有话说，不知是什么话？"张家口人把父亲的哥哥称作大爷，大哥叫大爷，二哥叫二大爷，其妻子称大娘，大哥的叫大娘，二哥的叫二大娘；父亲的弟弟则称作伯伯，大弟弟叫大伯伯，二弟弟叫二伯伯，其妻子称婶婶，大婶婶、二婶婶，以此类推。邢夫人是贾赦的妻子，贾政的亲嫂子，因此宝玉称其大娘，同舅母一样，是典型的张家口地区的称谓。

二、对曹雪芹熟练使用张家口方言的考证

《红楼梦》中的方言土语比较多，南北方言都在使用，但以北方方言为多。为什么与张家口的土语方言有如此大的渊源，一直是我想弄清楚的问题，可惜的是自己学识浅薄，多年来只坐在张家口坝上的大眼儿井里观天，得不出一个能够令人信服的结论，只能谈谈自己的一点粗浅认识吧。

第一，曹雪芹家族具有山西大同的旅居生活史

从曹雪芹家族背景来看，曹雪芹家族与山西大同渊源深厚，而张家口方言恰是秦晋方言——山西方言的分支，曹雪芹熟悉，或用曹雪

芹自己的话说，熟惯张家口方言就有了可能。

曹雪芹的高祖叫曹振彦，生年不详，卒于1675年。我推断他应该生于1600年左右，因为大同的地方资料记载，曹振彦在大同屠城升任吉州知州时的年龄为48岁，而这一年正好是1648年。曹振彦是明末清初辽阳人，原为红衣炮队的教官，后转到多尔衮部下随多尔衮入关，1648年，参与平定山西大同姜襄叛乱，指挥了屠戮大同的暴行（见《大同市志》。另姚雪垠在《李自成》一书中也有过艺术的描写），因功升任山西大同属下的吉州知州，1652年改文职升任山西阳和知府，阳和其实就是现在的大同，直至1656年再升两浙转运盐使到南京上任，前后在大同做了8年厅局级的高官。

清朝的官员入关后，疯狂地掠夺占有关内资源，典型的就是跑马圈地，其实圈地不仅仅是占地，同时也把地内的民众置于了奴隶、家人的地位，当时张家口地区以及内蒙古正镶白旗、黄旗、多伦、化德、太仆寺旗等地都是被圈的范围。二月河在《康熙大帝》一书有关鳌拜的描写中，有极精彩的反映，虽说是小说，但有坚实的历史基础。

曹振彦48岁统治大同，正值壮年，入关前戎戈铁马，居无定所，一旦在大同稳定下来，在当时的情形下，一定会像其他满族新贵一样，广占田产，广蓄家奴，“一年清知府，十万雪花银”，何况曹振彦整整干了八年清知府，否则也就不会有后来富可敌国的曹氏家族和南京的曹家豪宅——《红楼梦》大观园的原型。8年间，他家的绝大部分佣人、家丁、婢女，甚至奶妈都会是大同人，也有可能，曹振彦还娶过当地的女子为妾，无意识地推动着这个浸满了满族文化的家族与汉文化的再一次融合。可以想象，当时的曹府上下一片大同土语方言，而这种语境很可能成了曹家之后的家文化基础且历多代而不衰。

赵佃玺先生在《大同城区志·云中旧梦》一文中，对此有过认真的考证，文中写道：

1652年，曹振彦、曹玺（雪芹之曾祖父）父子与其幕友孙有光一起被派往大同任职，因三人征战讨伐、颇有战功，清政府遂在大同赐其宅邸，后曹家被调回北京，而孙家则留在了大同。

在同期间，曹振彦任大同知府，他发现大同各州县征收税银均有贪污现象，遂奏本皇上，请旨免去三年的赋税。他目睹屠城后的惨景后，决心重修大同城，并与新任总督彭有德一起，指挥几万人马，整修城墙，修复马路，浚通了护城河，填平了乱衙门、兰池街、猪家衙门口等八个大坑，重修了鼓楼、太平楼、东门大桥、知府公署等重要建筑。曹振彦还到所属各县筹集粮饷，重修了华严寺、通光北寺等重要古迹，迁民入城，安置分房，为老百姓做了大量有益的事情。这段历史记载于清顺治十三年立下的“重修大同镇城碑”，这块碑现存于下华严寺南禅房中。

顺治十三年（1656 年），曹振彦由大同知府升任为两江盐运使。两年后，时年 58 岁的曹振彦离职回京。曹振彦离职时把曹家巷的豪宅全部赠予了幕友孙有光。后来，孙有光的一位兄弟孙思克进京与曹玺一起做了清宫的宫廷侍卫，其妹妹被选为顺治皇帝的宫廷秀女，继而又做了康熙皇帝的保姆，孙曹两家又为世交，孙氏妹妹便与曹玺成了亲。由于曹玺之妻孙氏曾在宫中给玄烨（康熙帝）当乳娘，依仗着皇族有人，曹家与孙家便成为当时首屈一指的名门望族。

因祖母孙氏是大同人，家中又有些当年从大同携带进京的家生仆婢和奶娘，曹雪芹早在幼年时便曾受其环境影响，耳濡目染，对大同方言非常熟悉。

赵先生的考证是中肯也准确的，因为他依据的都是基本没有争议的精准严实的史料，可惜，赵先生的结论没有引起学界的足够重视。

1656 年，曹振彦南调，在当时是要携儿带女，卷金裹银，驱奴唤仆，举家南迁的，这些大同人连同他们的土语方言、生活习惯等便一同迁往了南京。

曹振彦生于 1600 年，卒于 1675 年；其儿子叫曹玺，生于 1620 年，卒于1684年，享年64岁。曹玺的儿子叫曹寅，生于1658年，卒于1712年，寿祚54岁。曹寅的儿子叫曹颙，生于1692年，卒于1715年，在世23年。曹颙的儿子就是曹雪芹，生于1715年（所以有人说曹雪芹是曹颙的遗腹子。还有另一说，曹雪芹的父亲是曹頫，但不论曹雪芹的父亲是谁，曹家的文化传承没有改变），卒于1763年，比他父亲强点，但也是英年早逝，只活了48岁。从曹玺到曹雪芹，四代人中寿考均不过60岁。也就是说，曹振彦虽是曹雪芹的高祖，但相隔年代并不长，曹振彦死后仅仅40年，曹雪芹就出世了。曹雪芹出世时，当时跟随曹振彦的那些年轻的大同人大部分还健在，犹如《红楼梦》中所刻画的焦大形象，七十来岁，对贾宝玉及其姊妹们，生活形象影响是非常大的。

曹雪芹从小生活在这样一群人中，他熟悉大同方言土语就不难理解了。而大同和张家口在方言文化上，本就是同根同脉，音义都完全相同，《红楼梦》中大量出现张家口方言土语也就不足为怪了。

第二，张家口方言受满清官话影响至深

从张家口与满清王朝的联系以及在清朝的历史地位来看，张家口地方语言受满清官话影响至深，具有较为浓重的东北方言和北京方言的色彩。作为八旗上三旗正白旗的曹雪芹，其族根是在今天的内蒙古正镶白旗一带，其实就是张家口的坝上地区（广义的坝上地区指的是内蒙古高原中部地区），他能够熟练使用张家口地方语言，也是渊源所在。

张家口自北京建都以来，特别是元、明、清三代，一直是京畿重地。到清朝时，张家口既是战略要地，是朝廷的大北门，素有“京北锁钥，塞上名城”之谓；又是经济枢纽，是中俄、中蒙的主要通商贸易口岸，还是朝廷的牲畜饲养基地，坝上地区和内蒙古商都、化德、黄旗、白旗、太仆寺旗等地均是清朝的察哈尔属地（由于察哈尔在清朝一代的重大影响，到民国省建制设立取名时，干脆就把以张家口为省会的大同、集宁、张家口和锡林郭勒这一地区命名为察哈尔省），专司牛马羊驼饲养之职。

察哈尔，翻译成汉语是“家仆”“宫廷卫队”的意思，可见，察哈尔地区与清朝廷的关系，因此，称张家口为清朝中央的直辖地并不为过。这就使得张家口全面、深入地融入了清朝廷社会事务及社会生活的方方面面，这种背景下，语言的融合就成了必然。如“周济”“滚开水”“舁东西”“现成话儿”“嚼裹”“搅过”等，京张两地的发音虽然不同，但字义是完全相同的。（语气助词的不同能够较好地区别两地方言的差别。同一个方言，北京人缀“儿”，张家口人缀“子”，北京人说“脑袋瓜儿”，张家口人则说“脑袋瓜子”，语音上一个婉转细腻，一个刚劲有力。《红楼梦》中的语音更多的是张家口形式。）

第三，曹雪芹的居住地在北京、张家口之间

从曹雪芹最后的居住地西山来看，他应该就在北京通往张家口的路上。曹雪芹回北京后，久居西山茅庐，这是公认的说法，更有敦敏、敦诚遗留的史料以及和张宜泉的诗为证。张宜泉的《和曹雪芹〈西郊信步憩废寺〉原韵》写道：

群诗帝未等闲吟，破刹今游寄兴深。
碑暗定知含雨色，墙墤可见补云阴。
蝉鸣荒径遥相唤，蛩唱空厨近自寻。
寂寞西郊人到罕，有谁曳杖过烟林。

“寂寞西郊人到罕”，说明曹雪芹的西山茅屋离京城已经很远了。

《伤芹溪居士》写道：

谢草池边晓露香，怀人不见泪成行。
北风图冷魂难返，白雪歌残梦正长。
琴里坏囊声漠漠，剑横破匣影鉒鉒。
多情再问藏修地，翠叠空山晚照凉。

“翠叠空山晚照凉”，说明曹雪芹的住处已在山里了。

后面的文辞小释中，对这个问题还有涉及，在此就不赘述了。

不论结论如何，曹雪芹居住的西山，当是京城通往张家口的要道上，最远处，曹雪芹可能到过张家口的蔚县，并在蔚县坐过馆，教过书。京张往来商贾走客很多，曹雪芹茅庐的所在地，应该是京张两地人员和文化的融合区域，现在的六环以西直到山西大同、河北张家口、内蒙古集宁的一片区域内，语言文化基础本来就是相同的。敦城、敦敏多首诗中都描述了他们和曹雪芹在西山小酒馆喝酒的情形，这小酒馆也应该是一个熟悉京张文化和语言的人所开，也有可能本身就是张家口人开的，曹雪芹和朋友们经常沽酒临风的所在，也是曹雪芹汲取丰富语言营养的所在。

第六十九回《弄小巧用借剑杀人 觉大限吞生金自逝》，王熙凤“复又想了一条主意出来，悄命旺儿遣人寻着了他，或说他作贼，和他打官司将他治死，或暗中使人算计，务将张华治死，方剪草除根，保住自己的名誉。旺儿领命出来，回家细想：人已走了完事，何必如此大作，人命关天，非同儿戏，我且哄过他去，再作道理。因此在外躲了几日，回来告诉凤姐，只说张华是有了几两银子在身上，逃去第三日在京口地界五更天已被截路人打闷棍打死了。他老子唬死在店房，在那里验尸掩埋。凤姐听了不信，说：‘你要扯谎，我再使人打听出来敲你的牙！’自此方丢过不究”。曹雪芹这里说的“京口地界”，其实就是北京和张家口的交界地方，现在的六环至张家口一带，当时，这一带经常有强人出没，也经常被文人们写进文艺作品，比如京剧《八大拿》中的《宣化府拿九花娘》。曹雪芹在写这段旺儿编造的谎言时，顺手拈来一个“京口地界”，并且深知这里是强人出没的地界，可见曹雪芹对这一带的熟稔。由此推断，曹雪芹所居处，其社会语言环境也应该是一种京张语言融合的环境，如果他真在蔚县教过书，干脆就有了半个张家口人的身份，加之家庭中大同人的背景，他的作品中不出现张家口方言土语反而倒成了该研究的问题。另一角度看，《红楼梦》中大量使用张家口日常用语，也是对曹雪芹在蔚县坐过馆传说的一个反证。

第四，曹雪芹的朋友精通京张方言

从曹雪芹的朋友来看，大多数都是清朝贵族后裔，有的虽是官吏，也不过是基层官吏而已，有的干脆就是没落贵族其中的一员。这些朋友成天混迹于旗人中间，熟悉没落贵族附庸风雅、社间拿大、架鹰牵犬、走狗斗鸡的生活。他们经常混迹于曹雪芹居住地的小酒馆里，经常来往于承德、张家口一带，对当时京—张—承一带的方言土语也是非常熟悉的。

从现有资料看，曹雪芹有三个公认的好朋友，敦敏、敦诚和张宜泉。

爱新觉罗·敦敏（1729—1796 年），字子明，号懋斋，努尔哈赤第十二子英亲王爱新觉罗·阿济格五世孙，16 岁进右翼宗学读书，27 岁在宗学考试中列为优等。二十八九岁时曾协助父亲在山海关管理税务，在锦州做税务官，不久因父亲罢官回北京长期闲居。37 岁授右翼宗学副管，46 岁升总管。54 岁因病辞官。敦敏家族虽在乾隆朝恢复了皇室宗籍，但一直处于受排斥的地位。

敦诚是敦敏的亲弟弟，5 岁入家塾，11 岁进右翼宗学读书，22 岁在宗学考试中列为优等，以宗人府笔帖式记名。24 岁时曾受父命在喜峰口松亭关管税务。26 岁因父罢官而随父返回北京闲居。33 岁补宗人府笔帖式，旋授太庙献爵。40 岁丁母忧，随即闭门不仕，以诗酒自娱，与宗室诗人如爱新觉罗·永忠等诗酒唱和。

张宜泉（1720—1770 年），清内务府汉军旗。著有《春柳堂诗稿》，现存最早者为光绪年间刊本，由其嫡孙张介卿付梓，对于红学研究价值极大。其“先世曾累受国恩”，后家族败落。张宜泉遭际坎坷，他 13 岁即丧父，后又丧母。他写有《分居叹》，言“嫂兄悯弃弟”，“亡家剩一身”，为兄嫂不容。他自己则是“纵饮原多故，拈毫只苦吟”。他在诗稿自序中感叹：“家门不幸，书剑飘零，三十年来，百无一就。”

他慨叹“亡家剩一身”，“吐气在何年”？终身不得志，晚年靠教私塾维持生计。

二月河在《雍正皇帝》《乾隆皇帝》两部小说中对这三个人与曹雪芹的关系有过多节细致描写，基于二月河对清史研究的造诣，他的描写应该是有历史依据的。

几个饱学没落之士常常一起用卖字卖画的钱临山沽酒，把酒吟诗，敦敏就有《赠芹圃》一首感慨他们的这种生活：

碧水青山曲径遐，薜萝门巷足烟霞。

寻诗人去留僧舍，卖画钱来付酒家。

燕市哭歌悲遇合，秦淮风月忆繁华。

新愁旧恨知多少，一醉毵毶白眼斜。

在他们和诗嵌字之余，免不了的方言土语连篇，这不能不对曹雪芹的《红楼梦》创作产生影响。

周汝昌先生曾对张宜泉的身世进行过考证，希图挖掘出更有价值的红学研究资料，但没有结果，这个人的身世成了一个谜。但有一点可以肯定，张宜泉和曹雪芹身世相同、地位相同，同是才华横溢而怀才不遇。如果说敦敏、敦诚与曹雪芹是上下级兼朋友关系，而张宜泉与曹雪芹是纯粹的哥们儿关系，与敦氏兄弟不同的是，此人一直居于京城，曾在张家口、承德一带逛游，最后死于北京。

曹雪芹有这样一批朋友，会受如何语言影响呢？

第五，现实人物和文学人物重合性很高

从曹雪芹的家人和《红楼梦》人物的关系来看，上述推断当也在情理之中，并且有一定的证据相辅。

曹雪芹的爷爷曹寅 54 岁去世，与其爷爷曹振彦一起生活了 17 年。曹寅去世三年后，23 岁的儿子曹颙去世，孙子曹雪芹出生（只不过曹雪芹在写《红楼梦》时，把父亲曹颙的形象移植在了贾珠——贾宝玉的哥哥身上）。这时，曹雪芹的奶奶李氏应当还健在，估计年龄不超过54岁，甚至更小，因为在一般情况下，这样的贵族家庭所取得儿媳妇的年龄是不会超过儿子的，更不会娶一个童养媳。如果说贾宝玉是曹雪芹的原型，曹雪芹的奶奶，曹寅的妻子李氏就是贾母的原型。

曹雪芹出生时奶奶如果健在，不超过54岁，还是贾母的原型，我们就可以看出这个“贾母”与其公爷爷曹振彦的关系，以及她与大同的关系。曹寅与其爷爷曹振彦一起生活了17年，其妻子一定也与曹振彦一起生活过。

更重要的是，曹雪芹的奶奶，曹寅的妻子李氏是苏州织造李煦的妹妹。其父李士桢，明万历四十七年（1619年）出生于今山东昌邑，崇祯十五年（1642年）清军攻入昌邑，23岁的李士桢被清军掳去。第二年初，清军班师，李士桢随军来到辽东，被正白旗佐领李西泉认为义子，遂由姜氏改姓李氏，并加入旗籍，从此便跟随其义父一直效力于正白旗，最后官至都察院右副都御史。

巧合的是，李士桢也在大同做过官。李士桢的墓志铭记载：“顺治十六年己亥（1659年），擢山西阳和道；顺治十七年庚子（1660年），陞下冀宁道参政；康熙三年甲辰（1664年），补江西湖东道。”这就是说，从1659年至1664年，李士桢也在山西做厅官，工作时间虽不如曹振彦，但也有6年之久，而工作的地点和岗位，先是在阳和（大同）做道台，后至冀宁（冀宁道，辖太原、汾州、潞安、泽州四府及辽、沁、平定三州。治所在太原府）做道台参政。曹振彦离开阳和府台岗位三年后（曹振彦1656年调离山西大同），老亲家李士桢就做了阳和道台，虽然是一府一道，但却是同地的厅级官员，且有极相同的成家立业经历！由此可见，曹雪芹的奶奶本人确实也在山西大同一带生活过，或者说，曹雪芹奶奶的童年是在山西度过的。曹雪芹有这样一位“大同”奶奶，接受大同话的熏陶那就是必然的了。

加之前面已经叙述过的，大同人孙有光在曹家当过幕僚，之后又发展成了姻亲关系，这都对《红楼梦》的语言产生了影响。《红楼梦》

第七十九回《薛文龙悔娶河东狮　贾迎春误嫁中山狼》中有一段叙述："原来贾赦已将迎春许与孙家了。这孙家乃是大同府人氏，祖上系军官出身，乃当日宁荣府中之门生，算来亦系世交。如今孙家只有一人在京，现袭指挥之职，此人名唤孙绍祖，生得相貌魁梧，体格健壮，弓马娴熟，应酬权变，年纪未满三十，且又家资饶富，现在兵部候缺题升。因未有室，贾赦见是世交之孙，且人品家当都相称合，遂青目择为东床娇婿。"大同府人氏孙绍祖，祖上系军官出身，是当年宁、荣府中之门生，与荣、宁府有世交之谊，这正是曹氏家族与大同社会关系的真实写照。这孙绍祖之流及其家族，其实就是孙有光家族在小说中的反映，因为孙家承载着包括大同方言在内的极其丰富的大同文化，曹雪芹受之感染也是必然的。

曹雪芹使用方言时，是根据人物的地位、阅历以及地域性来统一安排的，这是《红楼梦》重要的语言特点之一。不像我们现在的一些作品，种地的农民、炼钢的工人和省长部长、专家教授说话的语法、用词都是一样的，这正是缺失生活的表现，也是创作不出精品的原因。

第六，与后人的评注增删也有关系

第二十五回有一段："凤姐三步两步地上炕去替宝玉收拾着，一面笑道：'老三还是这么慌鸡脚似的，我说你上不得高台盘。'"这"台盘"指场面、地位，张家口人也叫"台盘秤"，"高台盘"指大场面，重要地位。回末校记【三】注："'高台盘'原作'高抬板'，从甲辰本改"。第六十二回有一句："看过这早饭就出去罢"，校记【三】注："'看过'，原作'伺候过'。甲辰本作'看顾完了'，从乙卯、梦稿、戚序本改"。在张家口，准备吃饭叫"看饭"，吃完饭叫"看过饭"。

人民文学出版社出版的《红楼梦》以庚辰本为底本，大约抄成于1761年即乾隆二十六年以后。《甲辰本红楼梦》是中州古籍出版社2007年1月1日出版的图书，这部抄本是1953年在山西发现的，被称为"脂晋本"，因书前有梦觉主人写于"甲辰岁菊月中浣"的序言，所以学界通常把它称作“甲辰本”。甲辰是1784年，比庚辰本晚23年。

庚辰本中的“高抬板”不是张家口方言，甲辰本中的“高台盘”“看顾完饭”，戚序本中的“看过饭”却是地地道道的张家口方言，因此《红楼梦》中张家口方言的使用可能与后人，特别是山西人的评注删改也有关。

三、《红楼梦》前80回与后40回张家口方言使用比较

从前80回和后40回的比较来看，前后用词和造句方式习惯截然不同，后40回的作者明显不如曹雪芹熟悉张家口语境。

首先是在用词上前后差别很大，后40回张家口方言明显减少，普通话增多。如“开水”一词，前八十回都称作“滚水”“热水”，但在第一百二十回中，则叫作“开水”。

第二十九回有一段叙述：“那宝玉又听见他说‘好姻缘’三个字，越发逆了己意，心里干噎，口里说不出话来。”这里的“干噎”是一句张家口口语，读gan yi，指食物没有堵住食管，但有堵住的感觉，“嗓子不知怎么了，总是干噎干噎的。”“心里干噎”，指受了委屈或刺激，有话想说又不能诉说，只能憋在肚子里的一种感觉。第一百零一回也有一段叙述：“凤姐听了，气的干咽，要和他分证，想了一想，又忍住了。”这里使用的是“干咽”读gan yan，指强行吞咽非流体食物，“他把药片干咽了下去。”前后两个词所要表达的意思是完全一样的，都是在表达生气着急状态下的一种生理和心理反应，但用词却不同，前者使用的是一个地道的张家口方言，和人物当时的心理状态也非常的一致，后者则更具当年官话的意味，且用“干咽”来表达当时凤姐的心理状态明显不够到位，而且也不够贴切。不难看出，干噎比干咽既准确又形象，更具文学特色，可以说，这种文学情节的渲染过程中，干咽的使用是一大败笔，绝不会是曹雪芹的手笔。

其次从发音的角度看，句式结构也有较大变化。如第八十三回，“正说着，只见紫鹃从里间掀起帘子望外看，见袭人，点头儿叫他。袭人

轻轻走过来问道：‘姑娘睡着了吗？’紫鹃点点头儿，问道：‘姐姐才听见说了？’袭人也点点头儿。”这段话中一连用了三个“点头儿”，头发儿化音，在张家口方言中是极其少见的，只有“开头”“起头”“领头”等作动宾词组时才发儿化音，并且和“团儿”发音相同。如第六十七回：“袭人道：‘只是你们有年纪的老奶奶们别先领着头儿这么着就好了。’”这里的“领着头儿”，就发“领着团儿”的音，是正宗的张家口语音。而头作头颅、脑袋等名词用时，如“点头”“磕头”“摇头”“杀头”等，如用张家口话发儿化音就变成了“点团儿”“磕团儿”“摇团儿”“杀团儿”，是十分滑稽可笑的，像曹雪芹一样的任何一个熟悉张家口语境的作者都不会这么写。第七十五回：“贾母点头叹道：‘咱们别管人家的事，且商量咱们八月十五赏月是正经’”，这里的点头就不是儿化音，区别可窥见一斑。再如，前80回写作“款款”的地道的张家口方言，在这里改成了“轻轻”，整个一段话都体现着北京语音特点，和曹雪芹的笔法大相径庭。有的章回如第一百一十一、第一百一十二、第一百一十三回，全回没有一句张家口方言。

后40回章法、笔法、句法都与前80回不同，属他人续写是无疑的了。但也有例外。其中的第九十三、第九十七、第一百零一、第一百一十六、第一百一十七五回，用词和写作手法上与前80回比较相近，张家口地方语言特色非常浓厚。我想可能有两种原因：一是这几回有曹雪芹的遗稿或者写作提纲做参考；二是后40回也不是一个人续写的，其中的这五回是一个熟悉张家口方言土语的人所续，比如收藏甲辰本的那个山西人。

后40回的第一回文法上有些特别，整个篇章似有曹雪芹的风格，也使用了不少张家口方言土语，初步摘录了11个（光景、偏偏儿、出门子、估量着、地下、仍旧、拦头、懒待、得济、弹压、倒替），但仔细推敲又不像曹雪芹的笔法。如在正常叙述而不是特意描写特定人物形态性格的前提下，将“凤姐”和“脾气”的读音都发儿化音，这也不是张家口普遍的读音习惯，在张家口，除非老人对晚辈的爱称，（前八十回中贾母有时称王熙凤作凤姐儿），一般情况下，称呼别人为“姐儿”，是对对方的不尊重。同样，“脾气”发儿化音，在张家口具有调侃的意味，正常情况下是不发儿化音的，前80回也是没有的。

特别一提的是，一回中用了七次“光景”，如此高频率地使用同一个词，前80回中绝无仅有，前80回是把光景、情景、行景、情形来交替使用的。也可看出本回作者在追求与前80回风格尽量统一一致情况下，在用词选择上的无奈。因此我推断，这一回是续写作者，在刚开始续写的时候，刻意模仿曹雪芹笔法的结果。

需要提及的是前80回中的第六十三回“寿怡红群芳开夜宴，死金丹独艳理亲丧”和第七十三回“痴丫头误拾绣春囊，懦小姐不问累金凤”，这两回中，虽然也有几处地道的张家口方言土语，如第六十三回“你一天不挨他两句硬话村你，你再过不去”中的“村”，“众人便知他趣白日间湘云醉卧的事”中的“趣白”，第七十三回“这些日子只说不提了，偏又丢生”中的“丢生”等，但从整体笔法来看，这两回遣词造句结构规范、大众通俗、语句顺畅、语法讲究，基本没有曹雪芹的那种形似病句的张家口语言特征。

从第六十三回看，用词更接近现代白话，如“便（bian）易”，这个词与前头的“便（bian）宜”在张家口音义完全相同，前1—62回中都作“便宜”，本章改作“便易”，与“便（pian）宜”有了明显的区别且更加通俗。

再如丫鬟骂人的用语，也不像曹雪芹骂的尖刻刁钻、丰富多彩、雅俗共赏且又饱含张家口方言语气。如第四十六回，鸳鸯有一段骂：“你快夹着屄嘴离了这里，好多着呢，什么‘好话’！宋徽宗的鹰，赵子昂的马，都是好画儿。什么‘喜事’！状元痘儿灌的浆儿——又满是喜事。怪道成日家羡慕人家女儿做了小老婆，一家子都仗着他横行霸道的，一家子都成了小老婆了！看的眼热了，也把我送在火坑里去。我若得脸呢，你们在外头横行霸道，自己就封自己是舅爷了。我若不得脸败了时，你们把忘八脖子一缩，生死由我。”这一段骂，起伏跌宕，雅俗兼容，文白相间，铺叙描陈，尖刻与诙谐并存，说理与责骂同在，令人拍案叫绝。第五十八回，芳官的干娘骂芳官：“不识抬举的东西！怪不得人人说戏子没一个好缠的。凭你甚么好人，入了这一行，都弄坏了。这一点子屄崽子，也挑幺挑六，咸嘴淡舌，咬群的骡子似的。”屄崽子，张家口民间骂人的脏话，和咬群的骡子相配，地方特色更加浓郁，张家口地区当时是朝廷的牲畜饲养基地，大户人家驾辕的骡子基本都出自这里，饲养和使用骡子非常普遍，骡子无生育功能，人们经常用骡子来骂人，暗含断子绝孙的意思，不会说成是“咬群的马”或“咬群的驴”，更不会说成是“咬群的牛”。一段骂，分析与辱骂并重，尖刻与阴损俱在，土味浓郁，逻辑严谨，活脱脱地刻画出了一个张家口乡下泼妇的形象。再如第六十八回，王熙凤骂贾蓉：“天雷劈脑子五鬼分尸的没良心的种子！不知天有多高，地有多厚，成日家调三窝四，干出这些没脸面没王法败家破业的营生。你死了的娘阴灵也不容你，祖宗也不容，还敢来劝我！”这段骂，义正词严，慷慨激昂，愤懑显于胸，礼法表于外，土语运用精准，语气刁钻刻毒，有点文化的张家口妇女气愤填膺的形象跃然纸上。类似这样的骂，还有很多，如贾母的骂，袭人的骂等等，各有风采且又各不相同，曹雪芹可谓骂人的老手。

本回也有一段丫鬟的骂：“知道的说是顽，不知道的人，再遇见那脏心烂肺的爱多管闲事嚼舌头的人，吵嚷的那府里谁不知道，谁不背地里嚼舌说咱们这边混账。”短短一段话，平铺而不是强化使用了两个“嚼舌”，也没有使用张家口的方言土语，用词毫无特色，句式既不文雅也不低俗，平淡无奇，一看就不是曹雪芹的风格。

第六十三回还有一段关于针对贾敬去世后的叙述“且说贾珍闻了此信，即忙告假。礼部因贾珍并贾蓉是有职之员。而且当今隆敦孝弟，不敢自专，具本请旨。原来天子极是仁孝过天的，且更隆重功臣之裔，一见此本，便诏问贾敬何职。礼部代奏：‘系进士出身，祖职已荫其子贾珍。贾敬因年迈多疾，常养静于都城之外玄真观。今因疾殁于寺中，其子珍，其孙蓉，现因国丧随驾在此，故乞假归殓。’天子听了，忙下额外恩旨曰：‘贾敬虽白衣无功于国，念彼祖父之功，追赐五品之职。令其子孙扶柩由北下之门进都，入彼私第殡殓。任子孙尽丧礼毕扶柩回籍外，着光禄寺按上例赐祭。朝中由王公以下准其祭吊。钦此。’此旨一下，不但贾府中人谢恩，连朝中所有大臣皆嵩呼称颂不绝”。这段话不论是遣词造句，还是语法修辞，都中规中矩，与前80回其他章节相比，显得她太过规整，也就失去了应有的风格。

从第七十三回看，本回基本没有张家口方言土语，而南方方言倒出现了不少，如“罕异”（前80回作纳罕、稀罕）、“周接”（前80回作周济、接济）、“填了限”（前80回作填还）、“借一肩”“捞梢”“较口”等，这些词除了“罕异”外，如没有注释，我这个北方人很难理解其含义，可见语言风格完全与曹雪芹的风格不同。看其他回目时，就像听一个张家口老人在倒习家常，看这两回，却像听一个幼儿园老师在讲述童话，所以我认为，这两回虽在前80回范围内，但不是曹雪芹的原著。

四、张家口方言与周边地区方言的关系

方言的分类一直是一个颇有争议的问题，原因在于语言不像地域那样，有着明显的分水岭，如秦岭，一山南北，气候迥异，而整个汉语言是一个整体，如同一道彩虹，虽然能够分出赤橙黄绿青蓝紫来，但很难划出这其中颜色的界限所在，这就是“十里不同音，百里不同乡”的由来。我所出生的河北省康保县照阳河镇闫连山村，最兴隆的时候有100多户人家，400余口人，基本口音都是张家口语音，但村民们还是将一个村的话区分成了“东路话”和“西路话”。“东路话”指的是从张家口万全、怀安一带搬迁来的居民说的话，“西路话”则指

的是从山西大同、内蒙古集宁一带搬迁来的居民所说的话，这和当地的地方戏曲“二人台”分为“东路二人台”和“西路二人台”如出一辙。“东路话”和“西路话”的区别不仅仅是发音上的细微差异，还包括风俗习惯和称谓的不同，“西路话”中的“大、妈、广、大爹、叔叔、夜儿个”，“东路话”中则称“爹、娘、哥、大爷、伯伯、夜来个儿”，这就是整体性的具体反映。

方言的分类在学界虽然五花八门，但老百姓有着自己的最直接、最简单的分发，这就是按大小行政区域来划分，诸如“中国话——河北话——张家口话——康保话——照阳河话——闫连山话”，而每一种话，都是一种长期以来中国汉语的融合，在汉话圈内，没有哪一个地方的话是完全独立的或者说是特有的，都是一种“你中有我，我中有你”的关系，区别在于融合的程度。

张家口在地理位置上与北京，山西大同，内蒙古乌兰察布、锡林浩特，河北保定、承德接壤，从现在较为公认的方言分类看，张家口在方言上是和秦晋方言、北京方言、东北方言和冀鲁方言接壤的。这就形成了张家口的一种兼容性的语言特色，在张家口话中，包含了不少上述地理接壤地区的方言土语。如“待见”“周济”“怪道”“生分”等词，山西、北京、东北、河北都在使用，其实已经属于北方方言的大范畴了。在我所摘录的《红楼梦》中的张家口方言土语中，不少都是这种情况。不论使用范围如何广，关键在于，张家口人一直在使用，在这些词语中，蕴含着深厚的张家口情愫，更何况，即便是相同的词语，在使用的方法和所表达的意境上，区别还是十分明显的。

现在我从所摘录的 700 多个张家口—大同词汇中，选出了 100 多个，进行了词义上的认真分析，想来是一件有益于家乡文化发展的好事情。

《红楼梦》文学人物语言的设定

中国艺术研究院《红楼梦》研究所的专家在《红楼梦》序言中评说《红楼梦》的语言特点时，有这样一段话：“《红楼梦》的语言艺术成就，更代表了我国古典小说语言艺术的高峰。作者往往只需用三言两语，就可以勾画出一个活生生的具有鲜明的个性特征的形象；作者笔下的每一个典型形象的语言，都具有自己独特的个性，从而使读者仅仅凭这些语言就可以判别人物。”这段话可以概括为：曹雪芹写《红楼梦》是“写人说人话，写鬼说鬼话”，所塑造的文学人物到了活灵活现的高峰。

在《红楼梦》中，作者使用了大量的方言土语，并且是针对不同人物而精心设计的。方言土语大部分出自贾母、刘姥姥、王熙凤、李纨和佣人丫鬟口中；贾政一代和诸如贾雨村等当朝官吏几乎没有；贾宝玉及知书识礼的林黛玉、宝钗、妙玉等则比较少。这“人鬼”语言的差别，应该是有生活基础的，我想，这基础就源自人物原型的语言特性。可以推断，曹雪芹在设计《红楼梦》人物形象时，从一开始，就对每一个人物定了位，其中就包括每一个人物的语言特性和赋予其使用何种方言俚语的一致性决定，从而使每一个人物从吃穿住行到情礼言容，都符合一定的社会现状和当时各种人际的群体生活规律，而这种规律中，又包含着鲜明的社会人际关系的层级性。贾赦语言的书气，贾政语言的官气，林黛玉语言的妒气，妙玉语言的仙气，薛蟠语言的流气，宝玉语言的柔气，刘姥姥语言的土气，王熙凤语言的霸气以及贾母语言的大气等，从语言上就能反映鲜明的个性特征。

以骂人的描写为例，可以清晰地看到人物的语言特征。

第四十六回，鸳鸯有一段骂：“你快夹着屄嘴离了这里，好多着呢，什么‘好话’！宋徽宗的鹰，赵子昂的马，都是好画儿。什么‘喜事’！状元痘儿灌的浆儿——又满是喜事。怪道成日家羡慕人家女儿做了小老婆，一家子都仗着他横行霸道的，一家子都成了小老婆了！看的眼热了，也把我送在火坑里去。我若得脸呢，你们在外头横行霸道，自己就封自己是舅爷了。我若不得脸败了时，你们把王八脖子一缩，生死由我。”这一段骂，起伏跌宕，雅俗兼容，文白相间，铺叙描陈，尖刻与诙谐并存，说理与责骂同在，惟妙惟肖地刻画出了大户人家有头脸丫鬟的形象。

第五十八回，芳官的干娘骂芳官：“不识抬举的东西！怪不得人人说戏子没一个好缠的。凭你甚么好人，入了这一行，都弄坏了。这一点子屄崽子，也挑幺挑六，咸嘴淡舌，咬群的骡子似的。”屄崽子和咬群的骡子相配，地方特色浓郁，暗含断子绝孙的意思，这段骂，尖刻与阴损俱在，土味浓郁，逻辑严谨，活脱脱地刻画出了一个乡下泼妇的形象。

第六十八回，王熙凤骂贾蓉：“天雷劈脑子五鬼分尸的没良心的种子！不知天有多高，地有多厚，成日家调三窝四，干出这些没脸面没王法败家破业的营生。你死了的娘阴灵也不容你，祖宗也不容，还敢来劝我！”这段骂，义正词严，慷慨激昂，愤懑显于胸，礼法表于外，土语运用精准，语气刁钻刻毒，王熙凤自尊、自大的强势地位一表无余。

第十七回，贾政两次呵斥宝玉，一次是：“无知的孽障！你能知道几个古人，能记得几首熟诗，也敢在老先生前卖弄。你方才那些胡说的，不过是试你的清浊，取笑而已。你就认真了。”另一次是：“无知的蠢物。你只知朱楼画栋，恶赖富丽为佳，哪里知道这清幽气象。终是不读书之过。”贾政所具有的官僚地位、代表的宗法威严、用词的学究做派都表现得淋漓尽致。

第二十五回，贾母骂赵姨娘：“烂了舌头的混账老婆，谁叫你来多嘴多舌的！你怎么知道他在那世里受罪不安生？怎么见得不中用了？你愿他死了，有什么好处？你别做梦。他死了，我只和你们要命。素日都不是你们调唆着，逼他写字念书，把胆子吓破了，见了他老子，不像个避猫鼠儿！都不是你们这起淫妇调唆的！这会子逼死了，你们遂了心。我饶那一个。”这一段骂，深刻地表现了贾母的家族权威和对孙子的溺爱情感。

第三十四回薛蟠骂众人：“谁这样脏派我？我把那囚攮的牙敲了才罢。”一副纨绔无赖形象。

这些骂，与文学人物的学识、性格、地位相匹配，各有风采且又各不相同，曹雪芹无愧是文学人物语言设计的高手。

曹雪芹在蔚县坐馆教书的可能性

穷困潦倒的曹雪芹在北京久居西山茅庐，这是公认的说法，敦敏、敦诚遗留的史料以及和张宜泉的诗都可为证。张宜泉《伤芹溪居士》有“多情再问藏修地，翠叠空山晚照凉”的诗句，说明曹雪芹的住处是在山里。另一首诗《和曹雪芹〈西郊信步憩废寺〉原韵》中的“寂寞西郊人到罕，有谁曳杖过烟林”。说明曹雪芹的西山茅屋离京城已经很远了。

但西山范围很大，到底在哪一个地点，人们多有争论，至今还未查到文字记载。但民间的传说材料却不少，有红学爱好者进行过调查和考证，大概有这些地方：海淀、兰靛厂、峒峪村附近、镶黄旗北营附近、北沟村、北辛庄、杏石口、北上坡、公主坟、玉皇顶、五华寺、广泉寺等。从这些传说中可以发现，曹雪芹是从近郊到远郊，逐渐地深入西山。而这些地点正好是现在北京通往河北蔚县的 109 国道附近。这也印证了周汝昌先生的考证和预测。

周汝昌先生在《曹雪芹小传》一书的《山村何处（一）》和《山村何处（二）》中写道：曹雪芹“其移居西山脚下，应非一次直接之远路迁徙，固当是逐步流落，愈徙愈远之故，揆其情理，亦必路经海淀一带”；“还有一个传说：曹雪芹一度到京西蔚县教过馆”；“这西郊山村，到底是何处呢？年代既远，遗迹久湮，本已不好确指”；“过分依赖书面材料而轻看民间的口碑，特别是当考察像曹雪芹这样的人物，那可能是不对的”。看来周汝昌先生是倾向于曹雪芹在蔚县教过书的。

曹雪芹在蔚县教过馆的传说，在蔚县当地很流行，特别是大蔡庄一带。指的是李周望聘请曹雪芹到蔚县大蔡庄坐馆教书的故事。李周望（1668—1730 年），字渭湄，号南屏，清直隶蔚州（今张家口蔚县大蔡庄）人，李周望出身于名门望族，曾祖父李云华，祖父李振藻名震朝野。父亲李旭升官至吏部侍郎，加尚书衔致仕。李周望历任翰林院侍讲、国子监祭酒、礼部尚书、户部侍郎等职。（见《蔚县县志》）。李周望与曹雪芹的舅爷爷李煦曾经在康熙末年同朝为官，同一时期分别任职户部左、右侍郎。据说，李周望在朝廷任职期间，为了照顾同朝好友李煦的后代，曾经聘请穷困潦倒的曹雪芹为西席，到自己的家乡蔚县大蔡庄设馆教书。周汝昌先生大概在 20 世纪七八十年代曾经亲自到蔚县考证其真伪，考证的结果就记录在他的《曹雪芹小传》一书中。从周先生“过分依赖书面材料而轻看民间的口碑，特别是当考察像曹雪芹这样的人物，那可能是不对的”这段话来看，周先生对曹雪芹在蔚县教过书也是持肯定态度的。

据民间的传说，曹雪芹不善沟通、性情孤僻，虽然是文学的巨匠，但不是教书的材地，做了教书先生后，经常和学生家长产生矛盾，久而久之和东家的关系也越来越紧张，两三年后便愤而辞馆，返回了北京，继续穷困潦倒的生活和攀登文学巅峰的伟业。

如果曹雪芹真的在大蔡庄教过书，那么，曹雪芹就和清朝另一位文学大师《绿野仙踪》的作者李百川有着很深的渊薮。

据《可爱的张家口》一书记载，《绿野仙踪》的作者李百川是李周望的儿子（或侄子）。李百川生于 1719 年，卒于 1771 年，寿考 52 岁。曹雪芹生于 1715 年，卒于 1763 年，享年 48 岁，曹雪芹比李百川只大四岁，就现有的史料看，曹雪芹创作《红楼梦》的时候，李百川同时在创作《绿野仙踪》。曹雪芹在大蔡庄教书的时候，应该和李百川很熟悉，甚至二人还会是朋友或对头。但无论如何，二人的创作是相互影响的，这从两部书的文法特色和用词的地域性上可窥见一斑。

2019 年 1 月 4 日

“出挑”，还是“出条”？

《红楼梦》第十六回《贾元春才选凤藻宫　秦鲸卿夭逝黄泉路》里贾琏的一段话：“……名叫香菱的，竟与薛大傻子作了房里人，开了脸，越发出挑的标致了。”其中的一个词是“出挑”，指出落、变化、发展。

第七十二回《王熙凤恃强羞说病　来旺妇倚势霸成亲》有林之孝回答贾琏的一段话：“彩霞那孩子这几年我虽没见，听得越发出挑的好了，何苦来白糟蹋一个人。”这一章的校记〔二一〕注：“‘出挑’各本均作‘出条’，径改。”

也就是说，原来的各个版本都是“出条”，1982年人民文学出版社再次出版时，将原本的“出条”改成了现在的“出挑”，这样，原本存在的两个词就在全书中都统一成一个词了。其实“出条”与“出挑”虽然发音是一致的，在戈载（1786—1856年）的《词林正韵》一书中，挑和条都作为平声列在第八部“二箫”中，但其含义还是有所区别的，“出条”较之于“出挑”，所包含的词义更加丰富一些，这一“径改”不但没有多少意义，而且削弱了这种丰富性。

这样说的原因有二：

一是《红楼梦》中类似这种词同字不同的情况不止一处，比如第十一回“在这里不便宜，背地里又不知干什么去了”的“便宜”和第六十三回“寿木已系早年备下寄在此庙的，甚是便易”的“便易”；第十一回“今日这样的日子，再也不肯不扎挣着上来”的“扎挣”和第十三回“拃挣着要蹲身跪下请安道乏”的“拃挣”；第十六回“贾琏听了，将贾蔷打量了打量”和第四十八回“妈就打谅着丢了八百一千银子”的“打谅”（第十六回打量后面还有一个注一四：

“打量了打量”，原作“打谅了”，从甲戌、己卯、甲辰、梦稿本改。）；第十九回“时常说起来都当希罕，恨不能一见”的“希罕”和第八十一回“有什么稀罕处”的“稀罕”。这里的“便易”“拃挣”“打谅”“希罕”，今天已经很少有人用了，甚至在权威的辞书中也很难见到影子，但在当时的北方，特别是在河北、山西北部，内蒙古中部的察哈尔地区，应该是经常有人使用的词汇，因为直到今天这一地区仍然有人在用，尽管有人认定这是错别字。

二是“出挑”是一个通用汉语词汇，元、明、清的小说杂剧中经常可以见到，如西周生的《醒世姻缘传》第十一回：“萧夫人道：‘出挑的比往时越发标致，我就不认的他了。’”

“出条”则是河北北部、山西北部，内蒙古中部这一地区的一个方言词汇，意思是“有出息”“有发展前途”“发展变化的好”。既可以用在人的身上，也可用在事的身上。《红楼梦》中的这两句就是用在人的身上的。这一地区广泛流行着的一句歇后语“锅台上安瓜——不出条”，表述的就是当地的这个方言词的词义。张家口市《康保县志》第六编《社会·熟语·歇后语》中，就将“锅台上安瓜——不出条”作为当地的方言性歇后语收录在内（《康保县志》第994页）。无独有偶，《张北县志》第三十编《民情习俗·歇后语》收录的第一条歇后语也是“锅卜子安瓜——不出条”（《张北县志》第1093页）。需要说明的是，在康保、张北一带，锅台也叫作锅卜子。

“出条”指的就是有出息，就是好。不出条，指的就是没有出息，窝囊、圪缩，就是不好，由此引申出的含义就是发展变化得好就是出条，反之就是不出条。一个孩子，特别是女孩子，出条的好坏很被人看重，当地人经常说的一句话就是“他们那个家里，出条不出好孩子来”。由此可见，“出条”更能表达曹雪芹用词的本义。

2018年12月25日

也说“各别”

《红楼梦》第三回《托内兄如海荐西宾 接外孙贾母惜孤女》中，宝玉第一次见到黛玉，有这样一段描写：“宝玉早已看见多了一个姊妹，便料定是林姑妈之女，忙来作揖。厮见毕归坐，细看形容，与众各别：两弯似蹙非蹙罥烟眉，一双似泣非泣含露目。态生两靥之愁，娇袭一身之病。泪光点点，娇喘微微。闲静似如娇花照水，行动处似弱柳扶风。心较比干多一窍，病如西子胜三分。”

第九回《训劣子李贵承申饬 嗔顽童茗烟闹书房》：“原来这学中虽都是本族人丁与些亲戚家的子弟，俗语说的好：‘一龙生九种，九种各别。’未免人多了，就有龙蛇混杂、下流人物在内。”

第一百二十回《甄士隐详说太虚情 贾雨村归结红楼梦》：“众人道：‘宝二爷果然是下凡的和尚，就不该中举人了。怎么中了才去？’贾政道：‘你们哪里知道？大凡天上星宿，山中老僧，洞里的精灵，他自具一种性情。你看宝玉何尝肯念书？他若略一经心，无有不能的。他那一种脾气也是各别另样。’”

《词源》《辞海》《古代汉语词典》都没有收录“各别”一词。《现代汉语词典》和《新华词典》对“各别”一词的解释基本相同。《现代汉语词典》的解释是：1. 各不相同；有分别：对于本质上不同的事物，应该各别对待，不应该混为一谈。”2.〈方〉别致；新奇：这个台灯式样很各别。3. 特别（含贬义）：这个人真各别，为这点小事生那么大的气。

《红楼梦》中的各别，一处属于引用，“一龙生九种，九种各别”，也有作“龙生九种，种种各别”的，其含义就是各不相同。《西游记》第四十三回《黑河妖孽擒僧去 西洋龙子捉鼍回》：“行者道：‘一夫一妻，如何生这几个杂种？’敖顺道：‘此正谓龙生九种，九种各别。’”也曾使用过这一俗语，并且借龙王之口说出，情境交融，可谓将这俗语使用到了极致。

另外两处都是“特别而与众不同”的意思。而这种特别，和《现代汉语词典》里“含贬义”的“特别”解释是不同的，《红楼梦》第三回、第一百二十回里的“各别”不仅不含有贬义，而且还深蕴褒义。“与众不同”也不是“各不相同”，“与众不同”针对的是个体，一个不同，其他可能是相同；“各不相同”针对的是群体，是每一个都不相同。词意的主体地位和所包含的情感因素都是不一样的。

其实除了《现代汉语词典》里的三种解释外，各别还有另外一解，就是各自分别。明·冯梦龙《东周列国志》第十八回：“管仲即作书缄，就交付宁戚，彼此各别”，就是这个意思。

有趣的是《现代汉语词典》对“各别”的第二种解释标注了〈方〉字符号，说明“各别”当作“别致、新奇”讲的时候，是属于方言范畴的。“各别”一词究竟属于哪个方言区片，我想应该属于晋语片区。此说的依据，一是今天的山西、河北北部，内蒙古中部依然广泛使用该词。各别，在当地是不读 gè-bié 的，而是读 ga-bi，两个都是入声字，发音干脆而有力，除了以上几种解释之外，还有“古怪”的意思；二是元朝李寿卿《伍员吹箫》一剧中，使用了大量的山西方言，其中就包括“各别”。第三折，伍子胥看到勇猛的专诸竟然对浑家服服帖帖，说道：“我不是你这里人，不知此处的乡风，与俺那里全然各别。”李寿卿是山西太原人，使用山西方言自然是得心应手了；三是曹雪芹是非常熟悉山西方言的，在《红楼梦》中多次使用也是不足为奇的。

2019 年 10 月 16 日

“寡妇失业”与“寡妇失业的”

“寡妇失业的”在《红楼梦》里出现了两次，第一次是第四十三回《闲取乐偶攒金庆寿 不了情暂撮土为香》，在描写贾母决定以凑份子的形式为王熙凤筹备生日时写道:“贾母先道:‘我出二十两。’……尤氏、李纨也笑道：‘我们自然又矮一等，每人十二两罢。’贾母忙和李纨道:‘你寡妇失业的，哪里还拉你出这个钱，我替你出了罢。’”

第二次出现在第四十五回《金兰契互剖金兰语 风雨夕闷制风雨词》中，当探春、李纨等请凤姐做诗社的‘监社御史’时，凤姐笑着对李纨说道：“亏了你是个大嫂子呢！……你一个月十两银子的月钱，比我们多两倍银子，老太太、太太还说你寡妇失业的，可怜，不够用……”

可以看出这两次是相互关联的，王熙凤是在重复和强调贾母的话，而对作者来说，则是有意为之，是对“寡妇失业的”这一句式结构的强调，也可看出，作者对这个句式结构非常的熟悉且把握准确又得心应手。

周汝昌先生曾经对《红楼梦》中“寡妇失业的”作过注释：“寡妇失业的，北人俗常习用俗语，甚至可用以比喻孤苦无助之处境。”应该说，周先生的注释是富有见地且很准确的，特别需要我们注意的是，周先生提到的是“寡妇失业的”而不是“寡妇失业”。周先生的注释至少表明了几层意思，一是这个词组是北方俗语；二是可以作孤苦无助之解释；三是还有其本义，既是指寡妇的孤怜情况。对周汝昌先生针对该词做出的解释，有人提出了不同的看法。认为“寡妇失业”是唐山丰润方言，就是指寡妇，与“孤苦无助”也无关联。甚至认为“寡妇失业”是“寡妇是也”的转音，这种看法似乎有些牵强附会了。

“寡妇失业的”和“寡妇失业”是两回事，表达的意思也是大相径庭的。

“寡妇失业的”是一个的字结构。“的”可用来构成五种没有中心词的“的”字结构：一是代替上文所说的人或物：这是他的；二是指某一种人或物：我爱吃甜的；三是表示某种情况、原因：大星期天的，你怎么不出去玩儿玩儿？无缘无故的，你着什么急？四是用和主语相同的人称代词加“的”字做宾语，表示别的事跟这个人无关或这事儿跟别人无关：这里用不着你，你只管睡你的；五是“的”字前后用相同的动词、形容词等，表示有这样的，有那样的：推的推，拉的拉。

《红楼梦》中的“寡妇失业的”正是其中的第三种情况，表示的是一种情况，一种妇女丧夫的孤怜情况。

“寡妇失业的”是北方方言，在东北、华北的大多数地方现在仍然在使用，是一种饱含同情和怜悯，对结过婚而后又失去婚姻的妇女的抚慰性句式结构。

“失业”一词是一个古老的汉语词汇。《词源》和《古代汉语词典》对失业的解释是“失去谋生的常业”和“失去官职”，如《汉书·元帝纪》提到“方田作时，朕忧蒸庶之失业”；《汉书·仲长统传》“徭役并起，农桑失业”；《三国志·蒋钦传》“（蒋）壹无子，弟（蒋）休领兵，后有罪失业”。也就是说，在古代，失业是一个常用的文言词。失业的古汉语词意对于加深理解“寡妇失业的”应该是有帮助的。

郭德纲有一个相声段子调侃过“寡妇失业”，那已经是相声范畴的逗和捧了，但也只能调侃“寡妇失业”，不会调侃“寡妇失业的”。因为只有调侃“寡妇失业”这个主谓词组，才能不再有对寡妇的同情和怜悯，才能产生侮辱性的幽默效果。

2019 年 10 月 24 日

关于《红楼梦》中的“便宜”

便宜有两个读音，一读 pián yi，一读 biàn yí，这里只针对 biàn yí 这一读法做一点简单分析。

不完全的统计，“便宜”一词，《红楼梦》前八十回中前后使用了 17 次（人民文学出版社 1982 年版），其中在第五十四回使用了两次。第六十三回中，“袭人道：‘不用高桌，咱们把那张花梨圆炕桌子放在炕上坐，又宽绰，又便宜’”，页脚加了个注“便宜——此处意为‘方便’”。可见此回中的这一个便宜与其他章回的便宜是有不同含义的。本回后面还有一词“便易”，“寿木已系早年备下寄在此庙的，甚是便易。三日后便开丧破孝。”这一词虽然与便宜有一字之差，但读音和词义都是相同的，加上该词，前八十回中共计约出现了 18 次。

《词源》对便宜的解释是：“（一）应办的事，特指对国家有利的事；（二）因利乘便，见机行事”。《古代汉语词典》对“便宜”的两种解释是“指利于治国、合乎时宜的办法和建议；因利乘便，见机行事”，和《词源》的解释基本是相同的。《现代汉语词典》对便宜的解释也是两种“方便合适、便利”。

两部词典以及《词源》都没有收录“便易”这个词，按照《红楼梦》里多处出现的音义相同而字不同的用字特点（见《〈红楼梦〉中错别字的不错》），我们可以认为这一回里的便宜和便易词义是一样的。

其实，在晋北、冀北以及内蒙古高原的中部方言区里，“便宜”一词的使用更贴近《现代汉语词典》的解释，但词义更加丰富和形象，一般都是“准备好了”“好了”“现成”的代词。比如，在孩子即将出远门的时候，父母会对孩子说：“行李都打叠便宜了，看看你还需要甚东西？”债权人和债务人讨债会说：“欠我的钱还没闹便宜？我可是急等着用钱了啊！”家中来了客人，在做饭时，常见的客人的谦辞是：“甚便宜就吃甚，千万不要体另再做。”

北京有老字号“便宜坊”，现在对店名作了理念上的诠释：“方便人民，宜室宜家”。其实最初的含义就应该是现成的意思，最开始时，便宜坊就是一个街边小店，意思就是不论什么时候来吃饭，都便宜现成。现有资料看，便宜坊曾经经历过南方人和山东人的经营管理，但最初那个起名的小店掌柜子是哪里人、姓甚名谁已无从考起，但就这个店名来看，似乎与山西人有关。

仔细鉴赏《红楼梦》中“便宜”一词的词义，我们会看到作者遣词造句的灵动和对北方方言的熟悉和驾控能力。

第十一回，“凤姐儿说道：‘在这里不便宜，背地里又不知干什么去了。’尤氏笑道：‘哪里都像你这么正经人呢！’”这里的便宜显然是方便的意思。

第四十三回，“茗烟道：‘这可罢了。荒郊野外，哪里有！用这些，何不早说，带了来岂不便宜。’”这回的便宜有便利的意思，但也包含了“现成”“准备好了”的意思。

第十四回，“众人领了去，也都有了投奔，不似先时只拣便宜的做，剩下的苦差没个招揽。各房中也不能趁乱失迷东西。”这里的便宜就比较特别，不具有“方便”“便利”的意思，而是“好的”“现成的”“完成的差不多”的意思，是典型的晋北方言的运用。

附：便宜在《红楼梦》中的出处

第三回， 当下茶果已撤，贾母命两个老嬷嬷带了黛玉去见两个舅舅。时贾赦之妻邢氏忙亦起身，笑回道：“我带了外甥女过去，倒也便宜。”

第四回，薛蟠和母亲商议道：“咱们京中虽有几处房舍，只是这十来年无人进京居住，那看守的人也难定他们不租赁与人，须得先着人去打扫收拾才好。”他母亲道：“何必如此招摇。咱们这一进京，原该先拜亲友，或是在你舅舅家，或在你姨爹家。他两家的房舍极是便宜，咱们先能着住下，再慢慢地着人去收拾，岂不消停些。”

第十一回，凤姐儿说道：“在这里不便宜，背地里又不知干什么去了。”尤氏笑道：“哪里都像你这么正经人呢！”

第十四回，众人领了去，也都有了投奔，不似先时只拣便宜的做，剩下的苦差没个招揽。各房中也不能趁乱失迷东西。

第十五回，原来这铁槛寺原是宁、荣二公当日修造，现今还是有香火地亩布施，以备京中老了人口，在此便宜寄放。

第三十七回，宝钗听他说了半日，皆不妥当，因向他说道：“既开社，便要作东。虽然是个顽意儿，也要瞻前顾后，又要自己便宜，又要不得罪了人，然后方大家有趣。”

第三十八回，宝玉道：“也不用摆，咱们且作诗。把那大团圆桌子放在当中，酒菜都放着，也不必拘定坐位，有爱吃的去吃，大家散坐，岂不便宜。”

第四十二回，凤姐听了，自是欢喜，忙道谢，又笑道：“只保佑他应了你这话就好了。”说着，叫平儿来吩咐道：“明儿咱们有事，恐怕不得闲儿。你这空儿闲着，把送姥姥的东西打点了，他明儿一早就好走的便宜了。”

第四十三回，茗烟道：“这可罢了。荒郊野外，哪里有！用这些，何不早说，带了来岂不便宜。”

第五十一回，正值凤姐和贾母、王夫人商议，说：“天又短了，又冷，不如以后大嫂子带着姑娘们在园子里吃饭一样。等天长暖和了，再来回地跑也不妨。”王夫人笑道：“这也是好主意，刮风下雪倒便宜。吃些东西，受了冷气，也不好；空心走来，一肚子冷风压上些东西，也不好。不如后园门里头的五间大房子，横竖有女人们上夜的，挑两个厨子女人在那里，单给他姊妹们弄饭。新鲜菜蔬是有分例的，在总管房里支去，或要钱，或要东西。那些野鸡、獐、狍各样野味，分些给他们就是了。”

第五十四回，贾母等都说：“你们去罢，他们倒便宜些。”说了，贾珍等方退出。

第五十四回，凤姐儿忙过来笑回道：“今儿晚上他便没孝，那园子里也须得他看着。灯烛花炮最是担险的。这里一唱戏，园子里的人谁不偷来瞧瞧。他还细心，各处照看照看。况且这一散后，宝兄弟回去睡觉，各‘色’都是齐全的。若他再来了，众人又不经心，散了回去，铺盖也是冷的，茶水也不齐备，各‘色’都不便宜。所以我叫他不用来，只看屋子。散了又齐备，我们这里也不担心，又可以全他的礼，岂不三处有益。老祖宗要，叫他来就是了。”

第五十九回，那婆子听如此说，自不舍得出去，便又泪流满面，央告袭人等说：“好容易我进来了。况且我是寡妇，家里没人，正好一心无挂地在里头伏侍姑娘们。姑娘们也便宜，我家里也省些交过。我这一去，又要自己生火过活，将来不免又没了过活。”

第六十一回，莲花儿听了，便红了脸，喊道：“谁天天要你什么来，你说上这两车子话！叫你来，不是为便宜，却为什么！前儿小燕来说，晴雯姐姐要吃芦蒿，你怎么忙的还问肉炒鸡炒？小燕说荤的因不好，才另叫你炒个面筋的，少搁油才好。你忙的倒说自己发昏，赶着洗手炒了，狗颠儿似的亲捧了去。今儿反倒拿我作筏子，说我给众人听。”

第六十二回，薛姨妈说：“我老天拔地，又不合你们的群儿，我倒觉拘的慌，不如我到厅上随便躺躺去倒好。我又吃不下什么去，又不大吃酒，这里让他们倒便宜。”

第六十三回，袭人道：“不用围桌，咱们把那张花梨圆炕桌子放在炕上坐，又宽绰，又便宜。”

第六十三回，寿木已系早年备下，寄在此庙的，甚是便易。

第六十四回，宝玉忙道：“我多早晚给人看来呢！昨日那把扇子，原是我爱那几首白海棠的诗，所以我自己用小楷写了，不过为的是拿在手中看着便宜。我岂不知闺阁中诗词字迹是轻易往外传诵不得的。自从你说了，我总没拿出园子去。”

2019 年 1 月 21 日

关于《红楼梦》中的“潮”字

《红楼梦》第三十三回《秋爽斋偶结海棠社 蘅芜苑夜拟菊花题》一章中，贾宝玉对林黛玉说了一句话：“香就完了，只管蹲在那潮地下做什么？”一般情况下，我们会认为这里的“潮”字是潮湿的意思，“潮地下”，即是“潮湿的地下”，但结合全书内容来仔细思考，似乎这个潮字以“潮湿”是解释不通的。

第三十三回所描写的结社、拟题的发起人是探春，地点就在探春的居住地秋爽斋。根据书中的交代，迎春在选韵的时候，曾让一个小丫头随便说一个字，“那小丫头正倚门立着，便说了一个‘门’字。”这说明她们的活动是在秋爽斋的室内。

书中第四十回《史太君两宴大观园 金鸳鸯三宣牙牌令》是这样描写秋爽斋室内布置的：

“探春素喜阔朗，这三间屋子并不曾隔断。当地放着一张花梨大理石大案，案上磊着各种名人法帖，并数十方宝砚，各色笔筒，笔海内插的笔如树林一般。那一边设着斗大的一个汝窑花囊，插着满满的一囊水晶球儿的白菊。西墙上当中挂着一大幅米襄阳《烟雨图》，左右挂着一副对联，乃是颜鲁公墨迹，其词云：烟霞闲骨格，泉石野生涯。案上设着大鼎。左边紫檀架上放着一个大观窑的大盘，盘内盛着数十个娇黄玲珑大佛手。右边洋漆架上悬着一个白玉比目磬，旁边挂着小锤……东边便设着卧榻，拔步床上悬着葱绿双绣花卉草虫的纱帐。”

这是一位贵族小姐的闺房，其布置豪华而文雅、高贵而庄重、华丽而大方。试想，在如此豪华的房间内，地下哪里来的潮湿之气呢？

《说文解字》没有收录潮字，其他字词典对潮的解释基本一致，以《现代汉语词典》为例，对潮字的解释是潮汐、潮湿——这是潮字的最原本含义；新潮、有涨有落、有起有伏的事物——这是一种引申义；成色低劣、技术不高——潮字的第二本义。

其实，在北京及其西部的河北、山西北部，内蒙古中部，潮字还有另外一种解释，这就是“不清洁”“不干净”“有污渍”，总之，是和“脏”有关系的一些名词或形容词，可视为其第二本义的引申义。特别是张家口—大同一带，把脏、不干净等叫作潮，是民间一种普遍存在的方言口语。比如衣服脏了叫衣服潮了，“看看你的衣服都潮成甚样子了，还不脱下来洗一洗。”家具脏了叫家具潮了，“家具潮的有一尺厚的灰，也不懂擦一擦。”地面脏了，叫地潮了，“西厢房的地潮的不成样子了，快去打扫一下。”把污渍、污点叫作“潮潮”，“看看那个孩子，大人也不管，满脸满身的潮潮。”

所以，《红楼梦》里的这个“潮”字，应该是“不干净”“脏”的意思。

如此高雅豪华的地方怎么可以与“不干净”联系起来呢？其实，这里的潮地不是不干净的实指，而是相对于椅凳床桌而言，在地下没有任何铺垫的情况下，地下总是不干净的。贵族大户人家的人是不能在没有铺垫的地面上蹭坐的，这是讲究，也是一种礼仪，如果要席地而坐的话，必须要有铺垫。第五十三回《宁国府除夕祭宗祠　荣国府元宵开夜宴》，尤氏知道贾母除夕到宁国府祭祖后，要到尤氏房间暂歇，所以有“尤氏上房早已袭地铺满红毡”的叙述，满地铺满红毡，绝不是防潮湿的，而是清洁、干净的一种讲究，是一种对人的尊重。第三十八回《林潇湘魁夺菊花诗　薛蘅芜讽和螃蟹咏》，有“山坡桂树底下铺了两条花毡”的描写，由此可见，地下没有铺垫，在贾府这些少爷小姐眼里，自然是不干净的了。

2018 年 12 月 22 日

《红楼梦》细节中的生活真实

在读《红楼梦》的时候，有的句子读起来显得很生涩，意思也难于一下子明白。但如果精心地去咀嚼其中的细节，会忽然发现所蕴涵的生活含义，生活真实的艺术魅力便会骤袭心头。

第十五回《王凤姐弄权铁槛寺　秦鲸卿得趣馒头庵》有一句话："不一时，只见从那边两骑马压地飞来，离凤姐车不远，一齐蹿下来，扶车回说：'这里有下处，奶奶请歇更衣。'凤姐急命请邢夫人、王夫人的示下。那人回来说：'太太们说不用歇了，叫奶奶自便罢。'凤姐听了，便命歇了再走。众小厮听了，一带辕马，岔出人群。"这"一带辕马"就"岔出人群"，一般情况下是很难理解其真正含义的。如果深入当时的社会情境，就不难理解曹雪芹如此描写所包含的社会生活属性了。

在清朝以前，马是主要的交通运输工具，从官府到民间，无一例外。各朝各代都设有"太仆寺"这样一个主管马政的机构，相当于现在的交通运输部。今天内蒙古锡林浩特太仆寺旗就是清朝饲养训练马匹的基地。可见当时养马、用马的重要性以及马在社会生活中的地位。由于重要，就出现了诸如伯乐、夏侯婴等一些专业技术人员，也就有了一系列与马有关的养马、驯马、驭马等的技术和规范。

"一带辕马"中的带，是指扯紧辕马左边的缰绳，同时发出"嘚嘚嘚"的吆喝，将马向左指挥，预示要拐左弯，或超车，整个一套动作叫"把辕马朝里手带"，在当时，一看就能明白这样写的生活含义。如果是向右，则扯紧右边的缰绳，发出"往往往"的吆喝，整个一套动作叫"把辕马向外手磕"。这句话如果写成"众小厮听了，一磕辕马"，当时的人们自然就知道是向右拐了。

马车时代，驾驭马车是一件很有技术含量的工作，不同地区有不同的人与马交流的规则和习惯，比如“驾”是让马起步的口令，“吁”是让马站住的口令，各地区区别不太大，但有一些则有显著区别，比如沧州一带，“往往往”是前进的口令，而坝上地区“往往往”则是右转的口令。从文中可以看出，小厮们得到指令，“一带辕马，岔出人群”是在超车，或是在“超马”，是典型坝上地区的驭马行为，不熟悉当地驾驭习惯的人，是写不出这种细节的。

我们还可以推测，百年之后，随着科技和无人驾驶技术的发展，人们将不会驾驶机动车辆，也不会了解和掌握今天的这些驾驶规则，到那时看今天的作品，如果在一篇关于反映广州生活的小说中出现了“今天是星期二，家中尾号 7 的车子限行了”的描写，那时的人就不难推断出作者不是北京人就是天津人，虽然写的是广州的事，但也不会把作者判断成广州人。

《红楼梦》中错别字的不错

用现代汉语的标准来审视《红楼梦》中的一些字词，显然是有问题的，定性为错别字未为不可。

第二十九回《享福人福深还祷福 痴情女情重愈斟情》有一段凤姐的话，其中有一句“……家里唱动戏，我又不得舒舒服服地看。”这里“唱动戏”的“动”字是以量词的形式出现的，罕见有这种用法。动字有：1.（事物）改变原来位置或脱离静止状态（跟“静”相对）；2.改变（事物）原来的位置或样子；3.使用，使起作用；4.触动（思想感情）；5.感动；6.吃、喝（多用于否定式）；7.动不动，常常。这七种解释，唯独没有作量词一说。显然这个字应当是量词“顿”的错用。

第四十五回《金兰契互剖金兰语 风雨夕闷制风雨词》中有一段李纨的话：“你们听听，我说了一句，他就疯了……气的我只要给平儿打抱不平。忖夺了半日，好容易‘狗长尾巴尖儿’的好日子，又怕老太太心里不受用，因此没来，究竟气还未平。”其中的“忖夺”，在《康熙字典》《词源》《辞海》以及《中华大字典》《现代汉语词典》《古代汉语词典》中都没有该词，有的是“忖度”。显然，“夺”字是“度”字的错用。

第四十二回《蘅芜君兰言解疑癖 潇湘子雅谑补余音》中刘姥姥有一段话：“小姐儿只怕不大进园子，生地方儿……或是遇见什么神了。依我说，给他瞧瞧祟书本子，仔细撞客着了。”“仔细撞客着了”中的“撞客”在这里是一个动词，也即“相遇”“忽然碰见”的意思，应该是“磕”字的错用。“撞客”作为动词使用，现在能够查到的资料，最早就是出自《红楼梦》。老舍《柳家大院》：“痛快的时候，见神见鬼地闹撞客，”季羡林《我的母亲》中：“我们那里把鬼附人体叫作撞客”也应该是受到了《红楼梦》的启示，且都是作名词用的。

再如第十一回的“便宜”和第六十三回的“便易”应该是同一个词，但字却不同，并且按现在的读音声调都大不相同。

《红楼梦》作为一部史诗性的著作，具有创建词语，丰富汉语词源的资格，其对汉语字词使用的灵活性原则，不啻是一种典范。之所以说《红楼梦》错别字是不错的，也正在于此。上面所举的例子，放到特定的社会语言环境下我们可以发现，“宜”和“易”，“夺”和“度”，“客”和“磕”，“动”和“顿”，发音是完全一样的！这种一致性今天仍然完整地保留在张家口—大同一带的方言中，并且至今在民间仍然通用。可以说，这些字词不是曹雪芹用错了，而是曹雪芹在文艺作品中适用方言俚语的不朽表现！

2018 年 12 月 24 日

《红楼梦》中的“哥儿”词释义

《红楼梦》中，经常把女孩子称作“哥儿”，如第三十九回《村姥姥是信口开合 情哥哥偏寻根究底》：“贾母又笑道：‘我才听见凤哥儿说，你带了好些瓜菜来，叫他快收拾去了。’”第七十五回《开夜宴异兆发悲音 赏中秋新词得佳谶》：“贾母接来吃了半碗，便吩咐：‘将这粥送给凤哥儿吃去。’”薛姨妈也称王熙凤为“凤哥儿”，第五十七回《慧紫鹃情辞试忙玉 慈姨妈爱语慰痴颦》：“薛姨妈用手摩弄着宝钗，叹向黛玉道：‘你这姐姐就和凤哥儿在老太太跟前一样，有了正经事，就和她商量；没了事，幸亏她开开我的心。’”第十五回《王凤姐弄权铁槛寺 秦鲸卿得趣馒头庵》：“他有一个女儿，小名金哥。”第二十六回《蜂腰桥设言传心事 潇湘馆春困发幽情》：“好好的又看上了那个种树的什么云哥儿雨哥儿。”另外贾母还把贾兰叫作“兰哥儿”，贾环叫作“环哥儿”，等等。

一般地区，“哥儿”是对男孩儿的专称，对女孩儿是不称“哥儿”的。但在张家口、大同一带，“哥儿”，也写作“根儿”，是一个爱称或昵称，多见于长者称呼晚辈，偶或平辈间也作尊称，不论对男对女都称“哥”，发音时多为儿化音。一般情况下，把女孩子称作“女哥儿”，男孩子称作“小哥儿”。家中自称时，排行老大叫大哥儿，老二叫二哥儿。有名字的，取名字中的一个字，带俊字的叫“俊哥儿”，带秀字的叫“秀哥儿”等。对更显亲昵的还用复称叫“哥哥儿”，还不够亲昵就称作“亲哥哥儿”。如第四十五回《金兰契互剖金兰语 风雨夕闷制风雨词》赖嬷嬷叹道：“我哪里管他们，由他们去罢。前儿在家里给我磕头，我没好话，我说：哥哥儿，你别说你是官儿了，横行霸道的。”这是赖嬷嬷的孙子外放做官前，赖嬷嬷教育孙子的话，把当官儿的孙子叫作“哥哥儿”，就亲昵多了。

在张家口、大同一带，“哥儿”和现在流行的“宝贝”一词词义基本相同，可谓是“宝贝儿”的古代称谓。

《红楼梦》中的大同情结

《红楼梦》第七十九回《薛文龙悔娶河东狮 贾迎春误嫁中山狼》中有一段叙述：

“原来贾赦已将迎春许与孙家了。这孙家乃是大同府人氏，祖上系军官出身，乃当日宁、荣府中之门生，算来亦系世交。如今孙家只有一人在京，现袭指挥之职，此人名唤孙绍祖，生得相貌魁梧，体格健壮，弓马娴熟，应酬权变，年纪未满三十，且又家资饶富，现在兵部候缺题升。因未有室，贾赦见是世交之孙，且人品家当都相称合，遂青目择为东床娇婿。”

这里记叙的大同府人氏孙绍祖，祖上系军官出身，是当年宁、荣府中之门生，与荣、宁府有世交之谊，正是曹雪芹一脉曹氏家族与大同社会关系的真实写照。这孙氏家族，其原型就是曹雪芹曾祖父曹玺的幕宾孙有光及其家族。

曹雪芹的高祖叫曹振彦，生于 1600 年左右，卒于 1675 年。明末清初辽阳人，原为红衣炮队的教官，后转到多尔衮部下随多尔衮入关，1648 年，参与平定山西大同姜襄叛乱，指挥了屠戮大同的暴行（见《大同市志》），因功升任山西大同属下的吉州知州，1652 年改文职升任山西阳和知府，阳和就是现在的大同。1656 年再升两浙转运盐使到南京上任，前后在大同做了 8 年厅局级的高官。

1652 年，曹振彦升任阳和知府的时候，一同升迁的还有他的儿子曹玺（雪芹之曾祖父）及其幕宾孙有光。顺治十三年（1656 年），曹振彦调任南京时，把朝廷赐予他的在大同曹家巷的豪宅全部赠予了孙有光。可见当时两家的关系。顺治十五年曹玺被调回北京，不久，孙有光的弟弟孙思克也来到北京，与曹玺一起做了清宫的宫廷侍卫，其妹妹还被选为顺治皇帝的宫廷秀女，后来成了康熙皇帝的保姆。由于曹、孙两家世交之故，孙氏妹妹便与曹玺成了亲。也就是说，孙有光的妹妹是曹雪芹的曾祖母。

曹雪芹笔下的孙绍祖和曹雪芹是同龄人，应当是孙有光的曾孙辈。按照《红楼梦》中的描写，这时的孙家也已萧条败落，子孙个个不成材地，因而有了“中山狼”之称。

2012 年 12 月 28 日

《红楼梦》中的前后“光景”

据初步统计，“光景”一词在《红楼梦》一书中前后出现过106次，虽然平均每回不到一个，但也是使用频率非常高的词汇之一。

《现代汉语词典》给出光景的解释是：1. 风光景物：好一派草原～；2. 境况、状况、情景：他家的～还不错。我们俩初次见面的～，我还记得很清楚；3. 表示大约的时间或数量（用在表时间或数量的词语后面）：半夜～起了风。里面有十几个小孩子，大都只有五六岁～；4. 一般的情况：今天太闷热，～是要下雨。

除了这些解释，我们在古文籍中还能见到其他一些引申义，比如作阳光讲，《楚辞·九章·惜往日》：“惭光景之诚信兮，身幽隐而备之”；作希望、苗头讲：《醒世恒言·赫大卿遗恨鸳鸯绦》：“大卿见说请到里面吃茶，料有几分光景，好不欢喜”等。

需要提及的是，在晋语方言片区（包括张家口、集宁一带）中，光景发音为“gang jin”，使用范围很大，是当地主要的方言土语之一。

光景有如此丰富的含义，又具有北方方言特色，频繁出现在《红楼梦》中就不足为怪了。

细究该词在《红楼梦》中的使用，有出现在文学人物口中的，有出自作者叙述描写的，但以作者的叙述和描写居多，也就是说，这个词反映的是作者写作时的自然状态，不是为了刻画人物而刻意的选择。

值得注意的是，“光景”一词在《红楼梦》前80回和后40回的使用上有着明显的差异，前80回使用了约34次，平均每回0.43次；后40回使用了约72次，平均每回1.8次。前80回是把光景、情景、行景、情形来交替使用的，后40回则很少这种交替。因此，后40回中的“光景”就显得更突出、更频繁，当然也就更苍白和更缺乏感染力。

仅此一词之别，也可见高鹗与曹雪芹文字驾驭能力的差异。

特别是第八十一回《占旺相四美钓游鱼 奉严词两番入家塾》，一回中先后使用了 8 次！与前 80 回形成了鲜明的对照。同一个词在一回中如此频繁出现，不仅在《红楼梦》中，就是其他文学作品中也非常少见。这一回是后 40 回的第一回，从中可以看出续写作者在刚开始续写时，追求与前 80 回风格尽量统一一致的努力，以及刻意模仿曹雪芹笔法的痕迹。

2019 年 1 月 6 日

《红楼梦》中“袭人”名字的寓意

袭人是《红楼梦》中的一个主要人物，第三回《贾雨村夤缘复旧职 林黛玉抛父进京都》一章中，作者是这样交代袭人名字之来由的：

“原来这袭人也是贾母之婢，本名珍珠。贾母因溺爱宝玉……遂与了宝玉。宝玉因知他本姓花，又曾见旧人诗句上有花气袭人之句，遂回明贾母，更名袭人。”这里说的旧诗句指的是陆游的《村居喜书》：“红桥梅市晓山横，白塔樊江春水生。花气袭人知骤暖，鹊声穿树喜新晴。坊场酒贱贫犹醉，原野泥深老亦耕。最喜先期官赋足，经年无吏叩柴荆。”这里需要说明的是其中的“骤”字，在《红楼梦》中是作“昼”的。

第二十三回《西厢记妙词通戏语 牡丹亭艳曲警芳心》对这个名字又作了一番交代：

当王夫人和宝玉的闲话中提及“袭人”时，“贾政问道：‘袭人是何人？’王夫人道：‘是个丫头。’贾政道：‘丫头不管叫个什么罢了，是谁这样刁钻，起这样的名字？’王夫人见贾政不自在了，便替宝玉掩饰道：‘是老太太起的。’贾政道：‘老太太如何知道这样的话，一定是宝玉。’宝玉见瞒不过，只得起身回道：‘因素日读书，曾记古人有一句诗云：“花气袭人知昼暖”，因这个丫头姓花，便随口起了这个名字。’王夫人忙又向宝玉道：‘你回去改了罢。老爷也不用为这小事动气。’贾政道：‘究竟也无碍，又何用改。只是可见宝玉不务正，专在这些秾词艳赋上作工夫。’说毕，断喝一声：‘作业的畜生，还不出去！’”

从以上两处的叙述和描写看，一是袭人原本有名字叫珍珠，是宝玉在贾母赏赐他以后给改的，改名的依据是陆游诗句里的两个字，其实后来有一个交代，是贾宝玉瞒天过海后，“回明”贾母改的。二是宝玉的父亲对袭人这个名字是很警惕的，称之为“秾词艳赋”。但从陆游的全诗看来，这是一首现实主义的作品，具有一定的政治含义，反映的是诗人在秀美怡人的山林之间，过着无人打扰的悠然恬淡生活的心境，怎么也是和“秾词艳赋”挂不上钩的。

经过对京畿周围方言的考察，有可能“袭人”一词是作者引用的一句张家口—大同地区的方言。在张家口—大同地区，把“美丽、漂亮、可爱”叫“袭人”。一般用于女性，男性多限于小孩儿。比如：“这个闺女，长得像天仙女儿似的，袭人煞了。”“这孩子，真袭人。”“这么袭人的一个闺女怎么就嫁给了那么一个龌龊鬼！”“有你这么袭人的媳妇儿今天睡明天死都行！”贾宝玉天生怜香惜玉，对“美丽、漂亮、可爱”有着刻骨的感觉和感受，因此才把珍珠改成了袭人，但又不敢在父亲面前道出更名的真实想法，才引了句诗来搪塞父亲。贾政也是情月场的老手，儿子的这点小心眼儿岂能瞒得了他，一眼就被他看穿了，将这个名字定性为“秾词艳赋”，是一点也没有冤枉贾宝玉的。其实这些也正是作者曹雪芹思维程式在作品中的反应，因为曹雪芹非常熟悉张家口－大同方言。

在《红楼梦》中，这种隐喻式的名字还很多，如：贾雨村（假语村言）、甄士隐（真士隐逸）、卜世仁（不是人）、詹光（沾光）、卜固修（不顾羞）、单聘仁（善骗人）等。

2018 年 12 月 21 日

《红楼梦》中的“止”与“抬”

《红楼梦》第四十四回有这样一段叙述：“原来平儿早被李纨拉入大观园去了。平儿哭得哽咽难止。宝钗劝道：‘你是个明白人，素日凤丫头何等待你，今儿不过他多吃一口酒。他可不拿你出气，难道倒拿别人出气不成？别人又笑话他吃醉了。你只管这会子委曲，素日你的好处，岂不都是假的了？’正说着，只见琥珀走来，说了贾母的话。平儿自觉面上有了光辉，方才渐渐地好了，也不往前头来。宝钗等歇息了一回，方来看贾母凤姐。”

1982年3月人民文学出版社第1版《红楼梦》，用的是“哽咽难抬”，2008年7月第3版印刷的《红楼梦》改成了“哽咽难止”，并加了个注：“哽咽难止——各本大都作‘哽咽难抬’，甲辰、程本等改文也多，无可校之资。意者，原文或作‘止’，过录时音误作‘治’，再录时形误作‘抬’，今试作‘哽咽难止’，以待高明指正。”这个注释的担心是正确的。曹雪芹使用的原文应该是“哽咽难抬”，而非“哽咽难止”，更非“哽咽难治”。

“抬”是一个张家口人普遍使用的方言词汇，具有“做”“弄”“办”“闹”等意思，比如：“这事可难抬的了，我可办不了。”“你连个孩子都抬不住，还能干个甚。”“你再来闹闹看，抬不死你！”“孩子哭得贵贱也抬不住，快叫她妈来。”

张家口市《康保县志》第六编《社会·方言》收录的方言中就有“台”，对这个字的解释是“藏、干、弄、做”，这个“台”字应该是“抬”的误笔，因为在“台”字的后面还有一个“会抬”，解释为“会干”。总之，“抬”字是当地普遍使用的方言。

这里的哽咽难抬，可翻译成“哽咽得抬不住”，意思是平儿哽咽得自己难以控制。曹雪芹使用“抬”字，和他熟悉张家口方言密不可分。

“惊唬”小辨

《红楼梦》第一回有一段叙述：“士隐心中未免悔恨，再兼上年惊唬，急忿怨痛，竟渐渐露出那下世的光景来。”

字典中的“唬”字是一个多音字，一读 xià，恐吓的意思；二读 hǔ，虚张声势、夸大事实来吓人或蒙混人；三读 xiāo，指虎吼声；四读 háo，呼号的意思。

其实该字在张家口还有另外一种读音，读 huà，在当地，“唬”“活”“豁”“或”的读音是相同的，都是古入声音的存留字，《词林正韵》中，“或”字列在入声第十七部“十三职”中，“活”和“豁”二字列在入声第十八部“七曷”中。在张家口，单用此字时发 hǔ 音，比如：“你的一句话就能唬住我？”当与其他字组成词时，则读 huà，如“惊唬”“吓唬”在张家口与“惊活”发音就完全相同，这种发音，是该字（hǔ 和 háo）音的转音，其意思是“惊吓”或“被惊吓”。例如，“孩子叫人惊唬着了，快给他叫叫魂吧。”“你们千万别惊唬了那条狗，小心叫他咬了。”

当地的一个同义方言词是“吓唬”，读 xia huo（吓活）。“他胆子小，你们可不要吓唬他。”

不少人认为惊唬的音义和惊吓是一致的，其实有失偏颇，这两个词含义相似，读音却不同。在目前出版发行的《古代汉语词典》《现代汉语词典》《新华词典》《新华字典》《词源》《辞海》等辞书中，都没有“惊唬”一词。“惊唬”是一个比较典型的晋方言——张家口方言词汇，在张家口上初中的时候，作文中如写出“惊活”一词，老师总是会改成“惊唬”。古典戏曲小说中，笔者可查到的，一是元·关汉卿《裴度还带》第二折使用了该词“休惊唬着他”。再就是曹雪芹在这里的运用。关汉卿（1219—1301 年）解州人（今山西省运城），是一个地道的山西人，又在北京生活过，关汉卿和曹雪芹能够熟练使用该词，是有深厚的方言基础的。

“来往”与“往来”

《词源》《辞海》《古代汉语词典》以及《新华词典》四部大型辞书中都没有收录“来往”一词，也没有收录“往来”这个词。可见这个词在“词界”的地位不是很高，没有引起辞书界的关注。没有被关注的原因，可能也比较多，一是这个词太土、太俗，也太平凡、太常见；二是这个词很少在文言文中出现，也很少见于诗词歌赋，却在话本、小说中大量使用，这就很难让他上到辞书这个台盘秤上来。

其实“来往”一词的出生并不平凡，不但不平凡，而且还非常显赫。把“来”和“往”放到一起最早的应该是战国的荀子。荀子祖辈是晋人，也就是山西人，后在山东做过官，是中国历史上堪与孔孟齐名的思想家、文学家、政治家。荀子的《赋篇》中就有“一往一来，结尾以为事。无羽无翼，反复甚极”的记述，这应该是“往来”和“来往”独立成词的开端。

这个词开始受到关注是在《现代汉语词典》中，《现代汉语词典》对“来往”的注释是：

“1. 来和去：大街上来往的人很多；翻修路面，禁止车辆来往；车站上每天都有不少来来往往的旅客。2. 交际往来：两家经常来往。”

对“往来”的注释是：

“1. 来和去：大街上来往的人很多。2. 互相访问；交际：他们两家往来十分密切。我跟他没有什么往来。”

从《现代汉语词典》对“来往”和“往来”的注释来看，这两个词的词意是相同的，没有多少区别。查阅一些主要文学著作，确实都是把这两个词通用的，只不过因为作者的喜好不同，有一些不同的偏爱罢了。比如《水浒传》一书中大约使用了 34 次“来往”、47 次“往来”，看来施耐庵稍微偏爱“往来”一些。而《红楼梦》中，不完全的统计，全书使用“来往”约25次，使用“往来”8次。曹雪芹则更偏爱使用“来往”一些。

但在《红楼梦》中，“来往”除了《现代汉语词典》中注释的词意外，还有另外一种解释，就是和“左右”“上下”一样，作概数来使用。而“往来”则无此含义。

《红楼梦》第二回《贾夫人仙逝扬州城 冷子兴演说荣国府》，冷子兴在向贾雨村介绍贾琏时说道：“若问那赦公，也有二子，长名贾琏，今年二十来往了。”也就是说贾琏大概二十来岁。第八十八回《博庭欢宝玉赞孤儿 正家法贾珍鞭悍仆》中，周瑞接口道：“奴才在这里经管地租庄子，银钱出入每年也有三五十万来往，老爷太太奶奶们从没有说过话的，何况这些零星东西。”这里的“三五十万来往”就是“三五十万左右”。

作概数使用，《红楼梦》之后，文康的《儿女英雄传》第四回：“那女子走到跟前，把那块石头端相了端相，见有二尺多高，径圆也不过一尺来往，约莫也有个二百四五十斤重。”刘鹗的《老残游记》第十四回：“总不到顿把饭的工夫，水头就过去，总不过二尺来往水。”郭沫若的《东平的眉目》：“《七请》本只是三千字来往的文章。”都使用过，是否是受到了《红楼梦》的影响，还当进一步研究。

有趣的是，《水浒传》里“来往”和“往来”一共使用了大约81次，但没有一次是当作“左右”“上下”这样的概数来讲的。也就是说，施耐庵的时候，“来往”还没有“左右、上下”如此的概数含义。

“来往”作概数使用有着明显的地域特色和晋方言特色，直到今天，山西、河北北部，内蒙古中部一带，依然是百姓挂在嘴边子上的词语。这也许与该词的老祖宗荀子是晋人有关，也是施耐庵没有使用、《现代汉语词典》未加收录这一含义的原因之一吧。

2019年10月23日

从“礼数”说开去

《红楼梦》是在中国封建社会末期诞生的，在当时，社会的宗法制度还非常完备，作为宗法制度重要组成部分的礼法还发挥着维系社会纲常的重要作用。第六十四回《幽淑女悲题五美吟 浪荡子情遗九龙佩》就写道：“贾珍贾蓉此时为礼法所拘，不免在灵旁籍草枕块，恨苦居丧”，由此可见，当时人们对礼法的敬畏。所以，在当时，一个不懂礼数、不按礼数行事的人是没有立足之地的，正如孔子所言：“颜渊问仁。子曰：‘克己复礼为仁。一日克己复礼，天下归仁焉！为仁由己，而由人乎哉？’颜渊曰：‘请问其目。’子曰：‘非礼勿视，非礼勿听，非礼勿言，非礼勿动。’颜渊曰：‘回虽不敏，请事斯语矣。’”一切都要从礼出发。

《红楼梦》中，“礼数”一词前后出现了大约6次，如第十三回《秦可卿死封龙禁尉 王熙凤协理宁国府》“只是贾珍虽然此时心意满足，但里面尤氏又犯了旧疾，不能料理事务，唯恐各诰命来往，亏了礼数，怕人笑话，因此心中不自在”。贾珍在筹办儿媳秦可卿丧事的时候，虽然“心意满足”，但只怕“亏了礼数”就不自在起来，不得不听从贾宝玉的建言，降尊纡贵，请王熙凤出任总管一职才真的放心了下来，足可见这“礼数”二字对他的压力。

第五十六回《敏探春兴利除宿弊 贤宝钗小惠全大体》：“贾母也笑道：‘可知你我这样人家的孩子们，凭他们有什么刁钻古怪的毛病儿，见了外人，必是要还出正经礼数来的。若他不还正经礼数，也断不容他刁钻去了……二则见人礼数竟比大人行出来的不错，使人见了可爱可怜……’四人听了，都笑说：‘老太太这话正是。虽然我们宝玉淘气古怪，有时见了人客，规矩礼数更比大人有礼，所以无人见了不爱。’”仅这一段对话中，“礼数”一词前后就出现了 4 次。这一段话堪称是对“礼数”的阐释：

一是家里的孩子，有什么毛病都可以，但就是不能有“缺礼数”的毛病；

二是“礼数”必须是正经的，不能是“歪理”；

三是孩子的礼数要与大人的礼数相一致才是可爱的，大人要承担传承礼数的使命。

第 6 次是在第四十五回，叙述林黛玉的一段话“众人都体谅他病中，且素日形体娇弱，禁不得一些委屈，所以他接待不周，礼数粗忽，也都不苛责”。可见，在当时不仅没有礼数，就是礼数不周，也是要受到苛责的，而不是受到一般的责备。

《现代汉语词典》对“礼数”的解释是：“[名]：礼貌、礼节”。对“礼貌”的解释是：“1.[名] 人与人交往中言语动作谦虚恭敬，符合一定礼仪的表现。2. 形容有礼貌”。看来《红楼梦》中的“礼数”基本都是“人与人交往中言语动作谦虚恭敬，符合一定礼仪的表现”的意思。

最早，“礼数”是作为文言词使用的，按照《古代汉语词典》的解释，其含义有两层，第一层的意思是“按名位而分的礼仪等级制度，亦指官阶品级”，葛洪《抱朴子·讥惑》：“制礼数以异等威之品。”第二层才是礼节的意思，如宋朱熹《与魏元履书》：“一请犹是礼数，若又再请，则无谓矣。”

现今社会，礼数依然是社会道德体系的重要组成部分，是维护社会秩序的重要手段，更是家风创制与传承的必备工具。

2019 年 10 月 30 日

里外发烧大褂子

《红楼梦》第四十九回《琉璃世界白雪红梅　脂粉香娃割腥啖膻》有一段对史湘云穿着的描写：“一时，史湘云来了，穿着贾母与他的一件貂鼠脑袋面子大毛黑灰鼠里子里外发烧大褂子，头上戴着一顶挖云鹅黄片金里大红猩猩毡昭君套，又围着大貂鼠风领。”

这里提到的里外发烧大褂子、昭君套和风领，都是典型的北方冬季穿戴。其中的风领，张家口一带又叫“风领子”，是一种类似围巾的皮领子，不与衣服连在一起，用时另戴。《清稗类钞》将“加于项，覆于肩，形如菱”的围巾一类的东西就叫作风领。用带头、带尾巴整张狐狸皮或貂皮做成的风领最为讲究，如果在狐狸或貂的眼睛里再镶嵌上青金石、翡翠一类的宝石，这样的风领就弥足珍贵了。现在在北方的一些城市里仍有销售，不过都是养殖皮了。

昭君套是一种用动物皮毛做成的围在头上的女式圆形围饰，既可以御寒，又是装饰。电视剧《红楼梦》中王熙凤就经常戴着。张家口、大同、呼市一带的通俗叫法是“围头”，因为这一地区是把围巾叫“围脖”的，这种叫法就把围在脖子上的围巾和围在头上的围巾相区别开来。

在明代是把昭君套称为“卧兔儿”的，用海獭皮做的就称“海獭卧兔儿”，用貂鼠皮做的就称“貂鼠卧兔儿”。20世纪六七十年代前，北方流行一种老年妇女戴的黑色大绒做的平顶棉帽，帽顶还有个黑绒球球，可能就是从“昭君套”演变来的，只不过多了一个顶而已。

特别需要提及的是里外发烧大褂子。在东北、内蒙古、山西和河北北部，由于天气寒冷，皮毛衣服就成了冬季的首选，在长期与自然斗争的实践中以及贫富差距需求的差异中，人们创制出了适合不同群体需要的皮毛衣服。以皮袄为例，单纯用皮毛制作，毛朝里，皮朝外的，叫作“白茬子皮袄”；皮朝里，毛朝外的，叫作“翻毛皮袄”；毛朝里，皮朝外，外挂布面子的，叫作“吊面皮袄”；里外都挂布面的，叫“吊里吊面皮袄”；两层皮毛做成的，一层毛朝里，一层毛朝外的，就叫作“里外发烧皮袄”。

“里外发烧”原意是指两面都是皮毛，里外都暖和，烧就是热。这种衣服是皮衣制品中最高端的产品。但因皮毛的不同，其本身的差异又有天壤之别，比如一件里外发烧老羊皮大氅和一件里外发烧狐皮大氅，就不能同日而语了。

有人说曹雪芹是中国奢侈品的鼻祖，是不无道理的。我们来看看史湘云穿的这件“里外发烧大褂子”。

这件大褂子的面子是“貂鼠脑袋”，里子是“大毛黑灰鼠”。

我们先看貂鼠。明·宋应星《天工开物》介绍说：“貂产辽东朝鲜国。其鼠好食松子，夷人夜伺树下，屏息悄而射取之。一貂之皮，方不盈尺，积六十余貂皮仅成一裘。服貂裘者，立风雪中，更暖于宇下。眯入目中，试之即出，所以贵也。”清·吴振棫《养吉斋丛录》载：“四品以上服貂褂，唯翰詹科道不论。”

四品，相当于现在正局到副部，就今天来看也是高官了，只有这样的人才可以服貂皮，足可见貂皮的珍贵。

再看史湘云穿的貂皮，是貂鼠脑袋皮面子！真叫四品相形见绌！《红楼梦》所描写的荣、宁府真是不可想象的富贵，虽然是貂皮，但却是貂鼠脑袋之皮！宋应星说：“一貂之皮，方不盈尺，积六十余貂皮仅成一裘。”试想，用貂皮脑袋那不方赢寸之微毛来做一件大褂，会需要多少整张貂皮！亏曹雪芹想得出来！

我们再看灰鼠。灰鼠就是松鼠。黑灰鼠，是冬天猎杀的松鼠，相对于春秋的黄灰鼠来说，是极其难得的。就是今天，依然有“春天皮毛如粪土，冬天皮毛赛黄金”的说法。大毛，就是冬天野兽的皮毛。既是今天的皮毛之城张家口，也是把冬天的皮毛叫作大毛的。整体衡量，貂鼠脑袋皮做面子，毛短、轻巧、讲究；大毛黑灰鼠做里子，讲究、毛长、保暖。足可见曹雪芹的见识！就是在今天，这样一件大褂，剔除知识产权价值，也在十万元以上！

2019 年 1 月 17 日

“描赔”“描补”与“赔释”

1982年3月人民文学出版社以庚辰本为底本出版，2015年第8次印刷的《红楼梦》第十四回《林如海捐馆扬州城　贾宝玉路谒北静王》，宁国府中秦可卿死后，贾珍料理不开事圆儿，便请王熙凤来做总管，凤姐来到宁国府，大刀阔斧，不但稳定了宁国府的白事秩序，还触动和规范了宁国府的日常管理秩序。在凤姐初进宁国府的第一次会议上，她讲了这样一段话：“……这四个人单在内茶房收管杯碟茶器，若少一件，便叫他四个描赔。这四个人单管酒饭器皿，少一件，也是他四个描赔……这下剩的按着房屋分开，某人守某处，某处所有桌椅古董起，至于痰盒掸帚，一草一苗，或丢或坏，就和守这处的人算账描赔。”

下面校注者做了个注释：“描赔，照原样或原价赔偿。描，照底样描摹。”

第十六回《贾元春才选凤藻宫　秦鲸卿夭逝黄泉路》有一段凤姐向丈夫贾琏形似诉苦实为表功的话，其中有一句：“你这一来了，明儿你见了他（贾珍），好歹描补描补，就说我年纪小，原没见过世面，谁叫大爷错委他的。”

对这里的描补，校注者也做了个注释：“描补：这里指说话办事有不周到处事后加以解释弥补。”

“描赔”“描补”两个词书中都给出了一个注释，而且注释的非常准确又通俗易懂，这确实很有必要，因为在今天公开发行，大众能够查阅到的辞书中都没有收录这两个词，包括《辞海》《词源》。一些明清的文学作品中也比较少见这两个词的影子。其实这两个词都是北方方言，在北京及其周边的河北以及山西北部至今仍然很流行。以描字打头的方言在这一地区还很多，《红楼梦》中也使用了不少，比如第七回的“描花样子”，第二十三回的“描鸾刺凤，”，第二十八回的“描画”，等等。《红楼梦》中没有出现但在当地普遍流行的还有“描仿”“描红”“描说”“描叙”“描演”“描唱”等。

关于“描补”，书中虽然给出了一个注释，但没有给出校记来，除了庚辰本外，甲辰本和戚蓼生续本《石头记》中也是用的“描补”，人民文学出版社出版的《红楼梦》以庚辰本为底本，大约抄成于1761年即乾隆二十六年以后。《甲辰本红楼梦》是中州古籍出版社2007年1月1日出版的图书，这部抄本是1953年在山西发现的，被称为“脂晋本”，因书前有梦觉主人写于“甲辰岁菊月中浣”的序言，所以学界通常把它称作“甲辰本”。甲辰是1784年，比庚辰晚23年。

但如果在网络上搜索“赔释”一词，都会标明该词出自《红楼梦》第十六回，且就是在“描补”的位置上，但未查到是何版本。但不论何本，“赔释”是一定在《红楼梦》的某个版本中出现过的。“赔释”，也是未收入上述辞书中的一个词，自然是“赔礼解释”甚或是“赔罪解释”的意思，与“描补”一样，都有“解释”的意思，但在语气和语义表达得轻重程度上显然不同，“赔释”似乎更庄重、更严肃，也更少一些方言的味道。

由此来推断，《红楼梦》一书在流行传抄过程中是有过不少变化的，我们很难确定曹雪芹原稿中到底使用的是“描补”，还是使用的“赔释”，只有等待新的考古资料的出现了，除此之外，一切看法甚或“研究成果”都只能是假设。面对如此情况，曹雪芹如果地下有知，也会为自己在书中起了一个“贾赦”的文学人物名字而骄傲的。

2019年10月29日

“目今”引出的联想

《红楼梦》里有很多词汇，在当时是属于文言词汇范畴的。由于明清小说的昌盛，小说家们比如罗贯中、曹雪芹、施耐庵、李百川、蒲松龄等将这些文言词反复使用在小说中，小说通过阅读或评书的形式在民间广泛流传，渐渐的，原来的文言词汇就变成了现代汉语词汇，以至于到了现今，在文言文中看到这些词汇，都不敢相信这词的词意和现今并无二义，甚至连权威辞书也不将其收入囊中。比如“目今”这个词，《古代汉语词典》就不见其影子，倒是《现代汉语词典》给了个“见‘现今’”的小板凳让这个词坐了坐。

“目今”一词应当是“目前和如今”的简称，是一个在文言文中曾经普遍使用的文言词。宋·欧阳修《论史馆日历状》：“至于事在目今可以详于见闻者，又以追修积滞，不暇及之。”宋朝的欧阳修，不仅是文坛领袖，而且也是当时大官僚的代表，官至翰林学士、枢密副使、参知政事，相当于现在的副总理。元·金仁杰《追韩信》：“目今秦失其鹿，天下逐之，不知久后鹿死谁手。”可见宋元时期，“目今”一词仍然是官吏的公文和文人辞赋经常使用的文言词汇。到了明清时期，该词大量出现在词曲杂剧以及小说之中，文言性质迅速被口语化。

《红楼梦》第十三回《秦可卿死封龙禁尉 王熙凤协理宁国府》有一段秦可卿的话：“目今祖茔虽四时祭祀，只是无一定的钱粮；第二，家塾虽立，无一定的供给。依我想来，如今盛时固不缺祭祀供给，但将来败落之时，此二项有何出处？莫若依我定见，趁今日富贵，将祖茔附近多置田庄房舍地亩，以备祭祀供给之费皆出自此处。”

这一段话里出现的“目今”“如今”“今日”都是时间词，就整段话的含义来看，这三个词的意思是相同的，都是“现今”的意思。

但如此间错着使用，便没有了重复用词的单调，整段文学人物的语言也变得生动活泼了起来。另一个角度看，在当时，“目今”和“如今”一样，已经被文人逐渐口语化。“今日”“如今”两个词在《红楼梦》中频繁出现了几百次，已无法统计具体次数了。“目今”一词在《红楼梦》里出现的次数则相对少了许多，只有 22 次，但与其他文言词相比使用次数已经不小了。在《水浒传》里，“目今”出现了 36 次，在《绿野仙踪》里出现了 27 次。这些小说都是清朝乾隆年之前的，可见当时这个词在文人笔下使用的频率有多高。正是由于这样的使用和传播，到今天，“目今”被彻底排除在了文言范围之外，终于从“贵族”跌落成了“平民”。

2019 年 10 月 25 日

“湃”与“拔”——《红楼梦》方言追踪

“湃”字在《红楼梦》里出现过三次：第一次出现在第三十一回《撕扇子作千金一笑　因麒麟伏白首双星》：“才刚鸳鸯送了好些果子来，都湃在那水晶缸里呢。”第二次出现在第六十四回《幽淑女悲题五美吟　浪荡子情遗九龙佩》：“芳官早托了一杯凉水内新湃的茶来。”

另一次出现在第六十二回《憨湘云醉眠芍药裀　呆香菱情解石榴裙》湘云便说道：“奔腾而澎湃，江间波浪兼天涌，须要铁锁缆孤舟，既遇着一江风，不宜出行。”显而易见，这一回的中的湃，和前两回不论是读音还是含义都不是一回事。

湃，《现代汉语词典》和《新华词典》标注的读音都是 pài，常用的组词是澎湃。

人民文学出版社 2015 年 1 月第 48 次印刷版的《红楼梦》，在第 421 页做了个注释，原文是：“湃（bá，拔）——用冰或凉水浸泡果品或饮料等使之变冷。”这个注释里标出的读音是 bá。

《辞海》对“湃”的解释是：“2. 用冰或凉水镇物使冷。《红楼梦》第三十一回：才刚鸳鸯送了好些果子来，都湃在那水晶缸里呢。”引用的例句就是《红楼梦》中的句子，但读音仍然是 pài。说明该方言适用范围不大。《辞海》的“拔”字条下却没有与“凉”有关的解释。

《现代汉语词典》对“拔”字的第 7 种解释是：“动〈方〉把东西放在凉水里使变凉：把西瓜放在冰水里拔一拔。”可见，《红楼梦》第三十一回和第六十四回中的“湃”，就是《现代汉语词典》中作为动词方言的拔，二字的读音和含义都是相同的。也就是说，确实有一种方言，将“把东西放在凉水里使变凉”叫作“拔”。

词典里没有指出“拔”是哪里的方言，其实这是一个大同—张家口一带特有的方言，微小的区别是大同—张家口人发的是短而促的入声韵，在《词林正韵》一书中，“拔”被列在入声第十八部中。

在当地，拔，有两层意思：一是作动词用，指把食物泡在冷水里使其变凉，“把那个西瓜放在水里，湃上一会儿再吃。”“买了几个冻柿子，在水里湃出了冰再吃。”目前笔者查到的辞书都作此解。二是作形容词用，指凉或冷，“我们这里天气冷，水湃得很，热热再用。”“等的时间长了，饭都湃了。”

由此演变出来的方言词语还有：

冰拔凉——像冰一样凉：今天没烧火，炕上也是冰拔凉。

极拔——特别凉：坝上的水，多会儿都是极拔极拔的。

拔滢滢的——有点凉：杯里的水拔滢滢的，小心喝坏了肚子。

拔采采的——同拔滢滢的。

有时也把“凉”和“拔”合用，组成一个并列关系的词，如：凉拔水或拔凉水。

有学者研究认为，“拔”是党项族语，意思是寒冷或雪花的意思，后在民族大融合的过程中，留存在了北方，成了北方方言。

《红楼梦》中两次使用该词，不会是偶然的，说明作者曹雪芹对北方方言是非常熟悉的。

2019 年 5 月 15 日

从“设或”一词说开去

“设或”一词，《词源》《辞海》《古代汉语词典》等工具书中没有收录。《现代汉语词典》以“书面上的文言词语”类别收录了该词，即在解释时是加了“〈书〉”这样一个符号的，解释也非常简单，只有“假如”两个字。可见该词不是当代社会普遍使用的一个词语。

首先，“设或”一词是一个古汉语词。查阅一些资料可以发现，至少在宋朝的文献中就开始出现了。宋·李昉《太平广记·卷八十二》中就有“君为相，相天子也，相天子，安宗社保国也。宗社安。万国宁，则天子无事。天子无事，则君之无事。设或天下有一人失所，即罪在天子，罪在天子，焉用君相”的使用。之后，特别是明清的小说中使用的就更频繁了。之后的书面使用就越来越少见了，渐渐地淡出了人们的书面用语范围。

其次，“设或”一词是一个“山西大同—河北张家口—内蒙古乌兰察布”片区的方言词。在淡出书面用语的同时，这一古汉语词便沉淀在了民间，慢慢变成了一个方言词，竟然连《词源》《辞海》这样大型权威的工具书也不再对其关注。

在“山西大同—河北张家口—内蒙古乌兰察布”这一地区，“设或”至今都在民间日常大量普遍使用。读音不是 shè huò，而是 shā hua，其含义除了“假如”外，还有“万一”“有可能”“备不住”等引申或相近的含义，这就在不同句子的语境中，具有了不同的词语表现力。

和曹雪芹同时代的今天河北省张家口市蔚县人李百川创作的《绿野仙踪》，在当时乃至民国时期，都是一部影响很大的长篇小说。在这部一百回的著作中，李百川使用了大量的家乡方言，其中就包括“设或”一词，前后使用了约31次之多。我们摘其几例，可感受到这一方言词的方言特点和词意魅力：

第九回《吐真情结义连城璧　设假局欺骗冷于冰》——“知礼道：‘我不敢，设或绳断，或失手吊了下来，骨头都要粉碎哩。’”

第二十四回《恤贫儿二士趋生路　送贞妇两鬼保平安》——于冰说：“我暗中差两个极妥当人（两个鬼）相送。若遇泥泞道路，上下险坡，少不得下车行走，设或觉得有人搀扶，你们切不可大惊小怪，此即吾差送之人。”

第二十九回《返虞城痛惜亲骨肉　回怀庆欣遇旧知交》——“于冰收了二鬼，心下想道：‘姜氏年青，我儿子亦在少年，异姓男女安可久在一处？设或彼此有一念悖谬，不唯阴功不积，且与子孙留一番淫债。’”

曹雪芹在《红楼梦》中也用过“设或”一词。第十九回《情切切良宵花解语　意绵绵静日玉生香》中有一段袭人回答宝玉的话：“为什么不放？我果然是个最难得的，或者感动了老太太，老太太必不放我出去的，设或多给我们家几两银子，留下我，然或有之。”

这里的“设或”如果解释成“假如”，就会给人以婢女竟敢假设主子的感觉，句子在内含的表现上就显得牵强了许多。如果解释成“有可能”或“备不住”，袭人奴婢身份的自卑，对宝玉的留恋，以及对贾母的期望就活脱脱地展现在了读者的眼前。

需要提及的是，同样或相近的语境条件下，曹雪芹不像李百川那样抱着一个“设或”不放，而是巧妙地使用了另外的词语。如第二十二回黛玉的一段话：“他原是公侯的小姐，我原是贫民的丫头，他和我顽，设如我回了口，岂不他自惹人轻贱呢。”第七十八回有段宝钗的话：“……三则自我在园里，东南上小角门子就常开着，原是为我走的，保不住出入的人就图省路也从那里走，又没人盘查，设若从那里生出一件事来，岂不两碍脸面。”

黛玉口中的“设如”、宝钗口中的“设若”和袭人口中的“设或”其实是一个意思，但让这些字音不同但词义相同的词，从作者规划设计的不同人物的口中说出来，文学人物的地位、学识、修养以及性格便有了不同的展现。我曾经在《〈红楼梦〉中“袭人”名字的寓意》中分析过，“袭人”一词本身就是“山西大同—河北张家口—内蒙古乌兰察布”方言区的一个方言词，意思是漂亮，再让一个具有这样方言意味名字的人物，说上几个方言词，这当需作者何等的心力啊！

2019 年 1 月 22 日

“爽利”新解

在人民文学出版社1982年版的《红楼梦》中，至少在第二、第六十一、第六十二、第七十三、第七十五、第七十七、第七十八、第一〇八和第一一〇等回目中都使用过“爽利”一词，有的章回中还不止使用过一次，使用次数有11次之多，但唯有在第六十一回对这个词做了个注。

《红楼梦》第六十一回《投鼠忌器宝玉瞒赃　判冤决狱平儿行权》一章中，有一段林之孝家的回答平儿的话：“他是园里南角子上夜的，白日里没什么事，所以姑娘不大相识。高高的孤拐，大大的眼睛，最干净爽利的。”

第840页的注是：“爽利——读作shuà li，后一字轻声。亦作刷利、刹利，意为麻利快捷。”

《词源》《辞海》《康熙字典》《新华字典》《古代汉语词典》等辞书中都没有收录“爽利”一词。《现代汉语词典》收有“爽利”一词，注释的读音为shuǎng lì，词义为：“爽快、利落”。

可见这第六十一回中所使用的“爽利”和其他章回中的“爽利”不仅读音不同，词义上也是有区别的。“麻利快捷”和“爽快利落”，前者更多地强调了人的行为，后者则突出的是人的性格。这一回的“爽利”是与“干净”并列使用的，如果解释为“麻利快捷”或“爽快利落”虽为不可，但结合书中选择侍女的标准来看，就显得有点牵强。似乎“爽利”一词还应该有另外一种解释。

在《蔚县县志》里找到了“爽利”一词的新解。《蔚县县志·民情习俗·方言词汇》载：“爽利——手巧。”（《蔚县县志》第679页）其实不仅仅是蔚县，北京门头沟以西直到内蒙古包头一带，都把心灵手巧叫作“爽利”。

此处的爽，既不读 shuǎng，也不读 shuà，而是读 shàng，在张家口一大同一带，“上”与“爽”读音基本相同，个别地区在声调上略有差异。“爽利”指的是什么都会做，当地人夸奖女孩子：“他们家的那个二女子可爽利的了，什么针线都会做。”

从《红楼梦》这句话的整体意思看，是说秦显家的长得好看（高高的孤拐，大大的眼睛），又讲究卫生（干净），而且还心灵手巧，什么都会干（爽利），是非常适合做佣人的。

2019 年 1 月 3 日

“顺领”与“顺溜”

《红楼梦》第四十回《史太君两宴大观园　金鸳鸯三宣牙牌令》中，在描写鸳鸯主持酒令时，鸳鸯说了一段话：“如今我说骨牌副儿，从老太太起，顺领说下去，至刘老老止。比如我说一副儿，将这三张牌拆开，先说头一张，次说第二张，再说第三张，说完了，合成这一副儿的名字。无论诗词歌赋，成语俗话，比上一句，都要叶韵。错了的罚一杯。”众人笑道：“这个令好，就说出来。”

这里出现的“顺领”一词，古今文章中都很少见到，在《汉语词典》《现代汉语词典》《词源》《辞海》等辞书中也没有收录。从鸳鸯的言意中可以看出，在这里“顺领”一词的意思是“顺着开始的……”如果换成现在的普通话，这句话可以说成“从老太太起，依次说下去”，所以，“顺领”又有“依次”的意思，可以说，这两个词是同义词。

其实，“顺领”一词是一个北方方言，使用比较集中的地区在山西大同、北京延庆、河北张家口以及内蒙古乌兰察布地区，至今都是当地的常用词语。

顺领，又作顺领领，顺顺领领。在方言中，除了当作“依次”讲外，还有以下几层含义：

一指顺当，“结婚可是一件大事，一定要办得顺顺领领的，千万不能出了差错。”

二指按顺序来办事，“报数的时候一定要一顺领子，千万不能间隔开。”

三指整齐好看，“这些东西摆放的乱七八糟的，看着一点也不顺领，摆得顺领领的才好。”

第三十六回《绣鸳鸯梦兆绛芸轩　识分定情悟梨香院》中还有一

个“顺顺溜溜”，是王熙凤在回答王夫人询问月钱发放情况时提到的：“这个事我不过是接手儿，怎么来，怎么去，由不得我做主。我倒说了两三回，仍旧添上这两分的。他们说只有这个项数，叫我也难再说了。如今我手里每月连日子都不错给他们呢。先时在外头关，那个月不打饥荒，何曾顺顺溜溜的得过一遭儿。”

《汉语词典》对“顺顺溜溜”的注释是“顺从之貌”；《现代汉语词典》对“顺溜”的注释是：1. 有次序，不参差：她解开辫子，把头发梳顺溜了。这篇小文章写得很顺溜。2. 通畅顺当；没有阻拦：日子过得很顺溜。3. 顺从听话：这几个人中间就数他脾气好，比谁都顺溜。王熙凤话中的“顺顺溜溜”显然是这第二层意思了。由此可见，“顺领”和“顺溜”都在《红楼梦》中出现过，意思也有相近的地方，但差别还是很大的。

“外另”与“另外”

《红楼梦》中“另外”一词使用了大约14次之多，都用的是其本意，没有引申义，即指“所说范围之外的人或事”，或者表示“在所说的范围之外”，以及与“此外”相同。如第13回：“另设一坛于天香楼，是九十九位全真道士，打十九日解冤洗业醮。然后停灵于会芳园中，灵前另外五十众高僧、五十位高道对坛，按七作好事。”第14回“贾珍也另外吩咐每日送上等菜到抱厦内，单预备凤姐”。

有意思的是，《红楼梦》除了使用“另外”一词外，还在第53回《宁国府除夕祭宗祠　荣国府元宵开夜宴》中，两次使用了“外另”一词。一处是：“正面炕上铺新猩红毡，设着大红彩绣云龙捧寿的靠背引枕，外另有黑狐皮的袱子搭在上面。”另一处是：“榻下并不摆席面，只一张高几，设着高架璎珞、花瓶、香炉等物，外另设一小高桌，摆着杯箸。”

从语义上来看，这里的“外另”和“另外”的意思是完全一样的，只是把字序颠倒了一下。那么，作者为什么会将该词的字序颠倒了呢？

查阅《现代汉语词典》，“外”字项下列出了168个词，没有“外另”。《古代汉语词典》“外”字项下列出了38个词，也没有“外另”一词。《三国演义》《水浒传》《西游记》《红楼梦》四部名著中，也只有《红楼梦》一书中出现了两次。这说明，“外另”一词不论是在当时还是在现在，其使用范围都很小，不是一个普遍使用和社会公知的词汇。

“外另”一词在晋冀北的大同、张家口地区，特别是张家口万全、怀安、蔚县、阳原等坝下县区，却是一个普遍使用的词汇。我的父亲是万全人，一口标准的万全话，他就经常使用“外另”，但也使用“另外”。某种意义上说，“外另”就是晋冀北地区的方言。

这一地区还有“别另”一词，与“另外”“外另”是相同的，也是乡民们经常使用的一个词。由此推及，曹雪芹是很熟悉这一带的方言土语的。

在北方地区，特别是晋冀北方言片区，颠倒字序是一种语言常态，如挪腾叫腾挪、均匀叫匀均、挂记叫记挂、借支叫支借、承望叫望承、保管（意即一定）叫管保、承望叫望承、磕撞叫撞客、戏耍叫耍戏、衣包叫包衣、停妥叫妥停等，而这些词，几乎都在《红楼梦》中交替出现过，这大概不会是偶然的了，应该说，这种颠倒和作者的语言经历是密切相关的。

学者文豪评《红楼梦》

《红楼梦》巨大的适应性，既让专家学者乐此不疲，又让平头百姓津津乐道，只此一点，冠以“瑰宝”二字乃是当之无愧的。

著名红学家周汝昌先生说的就更详细具体了，他在《红楼十二层·第一层〈红楼文化〉》中写道：“中国的文化历史非常悠久，少说已有七千年了，这样一个民族，积其至丰至厚，积到旧时代最末一个盛世，产生了一个特别特别伟大的小说家曹雪芹。这位小说家，自然早已不同于‘说书人’，不同于一般小说作者，他是一个惊人的天才，在他身上，仪态万方地体现了我们中华文化的光彩和境界。他是古今罕见的一个奇妙的‘复合构成体’——大思想家、大诗人、大词曲家、大文豪、大美学家、大社会学家、大心理学家、大民俗学家、大典章制度学家、大园林建筑学家、大服装陈设专家、大音乐家、大医药学家……他的学识极广博，他的素养极高深。这端的是一个奇才、绝才。这样一个人写出来的小说，无怪乎有人将它比作‘百科全书’，比作‘万花筒’，比作‘天仙宝镜’——在此镜中，我中华之男女老幼一切众生的真实相，毫芒毕现，巨细无遗。这，是何慧眼，是何神力！真令人不可想象，不可思议！我的意思是借此说明：虽然雪芹像是只写了一个家庭，一个家族的兴衰荣辱、离合悲欢，却实际是写了中华民族文化的万紫千红的大观与奇境。”

周先生一口气说了曹雪芹有十三个“大”，这评判估计在文学界是前无古人，后无来者了。

鲁迅对《红楼梦》也有过独到的见解。他在《中国小说史略》一书中的《清之人情小说（上）》中写道：“盖叙述皆存本真，闻见悉所亲历，正因写实，转成新鲜。而世人忽略此言，每欲必求深意，揣测之说，久而遂多，今汰去悠谬不足辩，所谓是刺和珅（《谭瀛室笔记》）藏谶纬（《寄蜗残赘》）明易象（《金玉缘》评语）之类，而著其世广传者于下：……” 之后他列举了“纳兰成德家事说”“清世祖与董鄂妃故事说”“康熙朝政治状态说”等说法，并一一作了否定，最后他又旁征博引，肯定了曹雪芹创作《红楼梦》的历史地位和不朽功绩。

在《清小说之四派及其末流》一文中，鲁迅先生又说“其要点在敢于如实描写，并不讳饰，和从前的小说叙好人完全是好，坏人完全是坏的，大不相同。所以其中所叙的人物，都是真的人物。总之，自有《红楼梦》出来以后，传统的思想和写法都打破了”。这无疑是对《红楼梦》艺术成就的高度评价。

著名红学家吴世昌先生则用一句诗来概括《红楼梦》：“红楼一世界，世界一红楼。”可谓言简深邃、高屋建瓴了。

也谈“下作黄子”

《红楼梦》第四十回有一段关于刘姥姥和其孙子板儿的描写：“刘姥姥忙打了他（板儿）一巴掌，骂道：‘下作黄子！没干没净的乱闹。倒叫你进来瞧瞧，就上脸了。’”

“下作黄子”一词曾经是红学家们研究过的一个词语，有过很多见解。研究这个词汇时，多把“下作”和“黄子”分开解释，然后将两个词的释义结合在一起，便得出了“下作黄子”的含义。

关于“下作黄子”解释，大概有“南腔说”“北调说”和“南腔北调说”三种。

“南腔说”，以江浙方言为依据，认为《红楼梦》中的“下作”就是“下流”，“黄子”就是“东西”，合起来就是“下流东西”。

“北调说”，以北京方言为依据，认为《红楼梦》中的“下作”是“无耻的贪得”，“黄子”指的是“人”，也可以是“南腔说”中的“东西”，合起来就是“无耻贪得的人”或“无耻贪得的东西”。

“南腔北调说”则认为“下作”在《红楼梦》中出现过至少6次，黄子至少出现过4次，与不同的语境相适应，有时候表现为“南腔说”，有时候表现为“北调说”，南北皆而有之。

细读《红楼梦》，以上说法都是正确的，只不过阐述的角度不同而已。

其实，《红楼梦》中的“下作黄子”恐怕还有另外一种解释，就是“下作行子”。

“行子”是一个北方方言词汇，在京、津、冀、晋广泛使用，意即“东西”“家伙”，是对人或物的蔑称。比如曹禺《北京人》第一幕：“你瞅，他们拦着门口，就把这些行子塞在我手里，非叫我拿进来不可。”

《红楼梦》中“行子”一词至少出现过6次，第二十八回袭人说道：“我不希罕这行子，趁早儿拿了去。”第五十七回紫鹃便说道：“打紧的那起混账行子们背地里说你。”第八十一回宝玉道：“我昨儿夜里倒想了一个主意……把二姐姐接回来……省得受孙家那混账行子的气。”第八十三回，金桂说：“……别修的像我嫁个糊涂行子守活寡，那就是活活儿的现了眼了！”第一百零三回，宝蟾也怕见官受苦，便说：“我们奶奶天天抱怨说：‘我这样人，为什么碰着这个瞎眼的娘，不配给二爷，偏给了这么个混账糊涂行子。”第一百一十四回，贾琏道：“什么身子！现在日用的钱都没有，这件事怎么办！偏有个糊涂行子又在这里蛮缠，你想有什么法儿！”

也就是说，曹雪芹对“行子”这个词是非常熟稔的，也是驾轻就熟的，这六处可以看出，一次“这行子”，一次“混账糊涂行子”，两次“混账行子”，两次“糊涂行子”，其中的行子都是“东西”或“家伙”的意思。

之所以说第四十回的“下作黄子”就是“下作行子”，是因为曹雪芹非常熟悉“大同—张家口”一带的地方语言。

普通话里，“黄”读 huáng，“行”读 háng，发音的差别是很大的，但在晋北大同、冀北张家口一带，这两字发音完全相同，都读 hàng，例如当地有一句骂人的话叫作“毬黄子”，即“毬东西”“毬家伙”的意思，如“他可是个毬黄子，不要搭理他”。这里的“黄子”其实就是“行子”。

“下作”也是一个张家口地区民间普遍使用的一个词语，有几层意思，一是与“没有出息”的意思差不多，“他家的那个孩子可下作的了，没少带点儿。”“没少带点儿”指傻得很。第二层意思是指不顾周围环境，自己尽量取得更多的物品，多用于取得食品方面，“小闺女家家的，吃饭不能那么下作，会叫人笑话的。”第三层意思是厉害霸道，也被称作“黑”，“那人可下作的了，着急了连人也敢杀。”

第四层意思是“下流”，是南北语义中共有的含义。

《红楼梦》里“下作黄子”出现在乡下老妪刘姥姥之口，语义上看就是“没有出息的东西”，是农村老太太在有身份的大户人家面前教训板儿，自贬身价的特有语言。

晋冀北地区在发音上，没有与u相配合的双元音，如“妆、张”发音相同，“黄、航”发音相同，“狂、康”发音相同。《红楼梦》中多处出现同音字互代的情况，如第四回“一坨”写作“一托”，第二十九回“唱顿戏”写作“唱动戏”；第四十二回“撞磕”写作“撞客”；第四十五回“忖度”写作“忖夺”等。在普通话和北京话中，这些相对应的字，读音差别是很大的，但在张家口—大同一带，读音是完全一样或基本一样的。

按照曹雪芹的用字习惯，只要发音相同，能够精准表达词义，并不刻意追求去使用某一个字，这也是《红楼梦》用字的一大特点。

隐喻之名的艺术

《红楼梦》第一回开卷写道：“此开卷第一回也。作者自云：因曾历过一番梦幻之后，故将真事隐去，而借‘通灵’之说，撰此《石头记》一书也，故曰‘甄士隐’云云……虽我未学，下笔无文，又何妨用假语村言，敷演出一段故事来，亦可使闺阁昭传，复可悦世之目，破人愁闷，不亦宜乎？故曰‘贾雨村’云云。”

“这士隐正在痴想，忽见隔壁葫芦庙内寄居的一个穷儒，姓贾名化（话）、表字时飞（是非）、别号雨村的走来。”

一开头，《红楼梦》就把书中得几个文学人物（现在有不少的所谓红学家，脱离作者思想，把文学人物当作现实人物去研究是违背文学规律的）的名字设计交代清楚了，一个是甄士隐，意思是“真事隐去”；一个是贾雨村，意思是“假语村言”；另一个是“敷演”，即书中的贾敷（假敷）和贾演（假演）。

《红楼梦》中类似的隐喻性的名字很多，比如：贾赦（谐假设）、贾政（假正）、元春迎春探春惜春（原因探析）、甄英莲（真应怜）、贾宝玉（假宝玉）、甄宝玉（真宝玉）、詹光（沾光）、单聘仁（善骗人）、程日兴（成日兴头）、乌进孝（无尽孝）、焦大（骄傲自大）、冯渊（逢冤）、卜世仁（不是人）、卜固修（不顾羞）、秦钟（情种），等等。有的干脆就没用谐音，而是直指其意，如赖大（赖在贾府中长大的），袭人（长得漂亮），等等。

这些隐喻的名字，有的是作者精心谋划的，是整部小说结构体系的重要组成部分，如贾雨村、甄士隐、贾宝玉、甄宝玉、元迎探惜、袭人等，这些名字中都被作者赋予了紧密联系主题的深刻含义，本身饱含着重要的文学信息，有的甚至就是小说情节的一部分。“贾敷”

之“敷”，即“铺开、展开”的意思；“贾演”之“演”，即“发挥、演绎、演说”的意思。“敷演”，就是“陈述而加以发挥”，需要注意的是，曹雪芹用的是“敷演”，而不是“敷衍”。可见曹雪芹对《红楼梦》这部小说的定位，他要对社会现象加以陈述和发挥，而不仅仅是文人骚客对社会现象的敷衍和无病呻吟。贾雨村、甄士隐以及贾宝玉、甄宝玉，都是真假相对，其所要表达的意境和情感，不同的读者会有不同的感受和认识，但不论是真假，都是曹雪芹无奈、愤懑和有苦难言而还需假话真说或者真话假说的内心独白。也是在第一回，具有序言地位和意义的这一回，作者把甄士隐和一僧一道放在了一起，去历经太虚幻境，这无疑是一次真与假的艺术结合，也是对整部文学作品的思想铺垫。在“太虚幻境”的大门上，作者设计了一副对联：“假作真时真亦假，无为有处有还无”。这副对联将《红楼梦》中这几个文学人物名字的设计作了一个交代，依据这副对联，我们就可以做出“假宝玉是真宝玉，真宝玉是假宝玉；假语村言是真语村言，真事隐去是假事隐去”的结论。

《红楼梦》中另外一些隐喻性的文学人物的名字，一看就是曹雪芹信手拈来的，如詹光、单聘仁、冯渊、卜世仁、卜固修等等，这一类的文学人物名字在很多小说中都可以见到，一般都是辅助性人物，有的可能在全书只出现过一次，与小说的主题思想的关联性不大，只是根据小说情节的发展而临时设计的。

没"足厌"的王熙凤

"足厌"一词在《红楼梦》中出现过两次，而且两次都是用在王熙凤的身上。第三十九回《村老老是信口开河 情哥哥偏寻根究底》，"袭人笑道：'他难道还短钱使？还没个足厌？何苦还操这心？'平儿笑道：'何曾不是呢。他这几年，只拿着这一项银子翻出有几百来了。他的公费月例又使不着，十两八两零碎攒了，又放出去，单他这体己利钱，一年不到，上千的银子呢。'"第四十三回《闲取乐偶攒金庆寿 不了情暂撮土为香》，"尤氏因悄悄地骂凤姐道：'我把你这没足厌的小蹄子儿！这么些婆婆婶子凑银子给你做生日，你还不够，又拉上两个苦瓠子。'"

在辞书上没有找到"足厌"一词，能搜到的近义词有一个"餍足"。《现代汉语词典》"餍足"条："〈书〉［动］满足（多指私欲）"。

"餍足"一词最早见于《孟子·离娄下》，原文是："齐人有一妻一妾而处室者，其良人出，则必餍酒肉而后反。其妻问所与饮食者，则尽富贵也。其妻告其妾曰：'良人出，则必餍酒肉而后反，问其与饮食者，尽富贵也，而未尝有显者来，吾将瞷良人之所之也。'蚤起，施从良人之所之，遍国中无与立谈者。卒之东郭墦间，之祭者乞其余。不足，又顾而之他。此其为餍足之道也。"

大意是说：齐国有个人和一妻一妾共同生活。这个人每次出去，都是酒足饭饱才回家。妻子问谁跟他一起吃饭，他说都是有钱有地位的人。妻子对妾说："丈夫每次出去，都是酒醉饭饱才回家，问他跟谁在一起吃喝，他说都是有钱有地位的人。可是，没有见过有显贵的人到家里来。我要暗中看看丈夫到底去什么地方。"

第二天早上，妻子便跟踪丈夫。走遍整个都城，没有一个与他打交谈的。走到东城门外的坟地，见他向那些祭奠先人的人乞讨祭品。不够，又寻找另一个扫墓的人。这就是他天天酒足饭饱的方法。

后来，餍足便成为一个独立词汇而流行使用。如王安石《枣》："况余秋盘中，快啾取餍足。"《元典章·户部十》："所在官吏不时下乡，言要打量军户地亩，以此为名，胁敛钱物，所取各皆餍足，方才释免。"《明史·万国钦传》："使心骄意大，岂有餍足时。"何其芳《岩》："我这故事是完了，但谁也不会餍足。"

而"足厌"就很难见其踪迹了。唐朝的羊士谔《在郡三年，今秋见白发，聊以书事》诗："二毛非骑省，朝镜忽秋风。丝缕寒衣上，霜华旧简中。承明那足厌，车服愧无功。日日山城守，淹留岩桂丛。"其中使用了"足厌"一词，但之后该词并没有流行起来，似乎消失了一般。

其实这个词并没有消失，而是由书语沦落成了晋语方言，在山西、河北北部、内蒙古中部地区落了户。发音也因地域和人不同而发生了一些差异，其含义和餍足基本相同，其实就是餍足的倒装，只是后来在漫长的语言发展变化的历程中产生了一些微妙的变化，其表达的含义更加丰富了一些：

一是满足的意思。"一天锄了二亩多地了，还没个足厌，快回去歇一歇吧。"这种语义里的足厌含褒义。

二是贪婪的意思。"今年这一年，新衣服就你的多，你还闹腾，就不懂的一点足厌。"这句话中的足厌含贬义。

三是当"出息"讲。"老李家的那个孩子越来越没足厌了。"此意现在已经很少使用了。

关于“撞客”

季羡林先生在《我的母亲》一文中写道：

“有一天夜里，我正睡在里间的土炕上，一叔陪着我。中间隔一片枣树林的对门的宁大叔，径直走进屋内，绕过母亲的棺材，走到里屋炕前，把我叫醒，说他的老婆宁大婶‘撞客’了——我们那里把鬼附人体叫作‘撞客’——，撞的客就是我母亲。我大吃一惊，一骨碌爬起来，跌跌撞撞，跟着宁大叔，穿过枣林，来到他家。宁大婶坐在炕上，闭着眼睛，嘴里却不停地说着话，不是她说话，而是我母亲。一见我（毋宁说是一‘听到我’，因为她没有睁眼），就抓住我的手，说：‘儿啊！你让娘想得好苦呀！离家八年，也不回来看看我。你知道，娘心里是什么滋味呀！’如此刺刺不休，说个不停。我仿佛当头挨了一棒，懵懵懂懂，不知所措。按理说，听到母亲的声音，我应当号啕大哭。然而，我没有，我似乎又清醒过来。我在潜意识中，连声问着自己：这是可能的吗？这是真事吗？我心里酸甜苦辣，搅成了一锅酱。我对‘母亲’说：‘娘啊！你不该来找宁大婶呀！你不该麻烦宁大婶呀！’我自己的声音传到我自己的耳朵里，一片空虚，一片淡漠。然而，我又不能不这样，我的那一点‘科学’起了支配的作用。‘母亲’连声说：‘是啊！是啊！我要走了。’于是宁大婶睁开了眼睛，木然、愕然坐在土炕上。我回到自己家里，看到母亲的棺材，伏在土炕上，一直哭到天明。”

这段记述，正是季老先生对“撞客”一词的详细解释。季老先生是山东临清人，可见这“撞客”是山东方言。

老舍先生在《柳家大院》中叙述王家小媳妇的时候写道：“她连说话都忘了怎么说了。也有痛快的时候见神见鬼的闹‘撞客’。”老舍先生是北京人，又是旗人，可见“撞客”又是北京方言。

不仅是山东和北京，“撞客”也是河北、山西方言，沧州、张家口、大同等地都这么说。不过在张家口、大同“撞”字读 chuàng，“撞客”也叫作“磕碰”。

曹雪芹也是旗人（在曾祖曹振彦时代抬入旗籍），并从小就来到北京，熟悉北京方言和满洲文化，特别是从满语继承过来的北京方言便是顺理成章之事。

《红楼梦》前八十回“撞客”一词出现了三次，第一次是第二十五回《魇魔法叔嫂逢五鬼　红楼梦通灵遇双真》。宝玉生病后，其寄名干娘马道婆对贾母说：“若有善男子善女人虔心供奉者，可以永佑儿孙康宁安静，再无惊恐邪祟撞客之灾。”

第二次是第三十五回《白玉钏亲尝莲叶羹　黄金莺巧结梅花络》，薛蟠在外听见了母亲和妹妹的谈话后对宝钗说：“好妹妹，恕我这一次罢。原是我昨儿吃了酒，回来的晚了，路上撞客着了。”

第三次是第四十二回《蘅芜君兰言解疑癖　潇湘子雅谑补余香》，刘姥姥对王熙凤说：“依我说，给他瞧瞧祟书本子，仔细撞客着了。”

《红楼梦》在涉及神怪鬼祟情节时，基本上都会使用“撞客”一词，说明曹雪芹对北方方言以及北方民间习俗体味尤深，更耳熟于心。

2019 年 11 月 25 日

《红楼梦》语言的民间口语特性

《红楼梦》前80回，从文法上看，多有病句之嫌，按语法要求来细考，又很难指出病在何处。细细推敲，《红楼梦》的前80回，定语、状语、补语的使用与其他文学作品不同，用词多，句式长，多并列，多修饰，我个人称之为“语法的定状补复杂化”。按照语文老师的初级要求，确有病句之嫌，但放在北方民间语境中去衡量，不但不是病句，而且是一种方言土语的艺术再造，因为北方人讲话就有这样一些特点，啰唆，但主次分明、条理清楚。曹雪芹的伟大，就在于他把口语经过提炼，上升成了特有的一种艺术语言。

第十九回《情切切良宵花解语　意绵绵静日玉生香》有这样一句话:

贾宝玉来到袭人家里，袭人母兄对女儿的未来有了全新的认识，感到贾府这个归宿对袭人来说确实不错，不错的原因之一是：“……二则贾府中从不曾作践下人，只有恩多威少的，且凡老少房中所有亲侍的女孩子们，更比待家下众人不同……”这“且凡老少房中所有亲侍的女孩子们，更比待家下众人不同”一句，如果将其作为一道高考题，要求考生划分句子成分，恐怕能答对的比例不会太大。但按照“定状补复杂化”的格式来分析，就清楚多了，主语“女孩子”和谓语“同”的前面，定状非常复杂，如且凡，就成了定语的定语，初读很生涩，细品则很亲切。

如果我们细读京味大师老舍的作品，即便是使用方言土语，但语法也非常齐整讲究，没有如此复杂的句式组合。原因之一，就是两位语言大师所依赖的语境时代和文风、文法有所不同。

再看一下“丢下”这个词。

北方人把扔下、放下、落（读 lào，大同—张家口人读 là）下、留下、剩下、撇下等统称为丢下，普遍而常用的一个词。“老汉死了，丢下(扔下)个老婆子，一个人过的真恓惶。”“他丢下(放下)钢笔去找字典。”“我来看看舅舅，也没买什么东西，给您老儿丢下（留下）几个钱，喜欢吃点什么自己买吧。”“给你一百块钱，去买点酒菜，丢下（剩下）的就都归你了。”这些话都是北方人的日常用语。第三十四回《情中情因情感妹妹 错里错以错劝哥哥》，王夫人见袭人撇下宝玉来见她，便责备袭人:“不管叫个谁来也罢了，你又丢下他来了，谁服侍他呢？”这句话中的“丢下”是撇下的意思，前半句“叫谁”中间有一“个”字，普通话语境下这个“个”字是没有意义的，而在北方口语的此种语境下，“个”读轻声，是一个不可或缺的字。

第六回《贾宝玉初试云雨情　刘姥姥一进荣国府》，“这长安城中，遍地都是钱，只可惜没人会去拿去罢了，在家跳蹋会子也不中用。”“没人会去拿去罢了”中的第二个去字明显多余，“跳蹋会子也不中用”中的“会子”应为“一会子”，普通话应该写作“一顿”或“一会儿”，这也正是口语所特有的文法。

第九回《恋风流情友入家塾　起嫌疑顽童闹学堂》，中的“打发了人送了信”，打发后加了个“了”字，同“没人会去拿去罢了”一样，好端端的一句话似乎增加了个赘字，其实这都是民间口语的艺术运用。

再如第六十八回《苦尤娘赚入大观园 酸凤姐大闹宁国府》，凤姐责问尤氏的一段话：“你发昏了？你的嘴里难道有茄子塞着？不然他们给你嚼子衔上，为什么不告诉我去？你若告诉了我，这会子平安不了？怎得经官动府闹到这步田地？你这会子还怨他们。自古说：‘妻贤夫祸少，表壮不如里壮。’你但凡是个好的，他们怎得闹出这些事来？你又没才干，又没口齿，‘锯了嘴子的葫芦’，就只会一味瞎小心，图贤良的名儿。”这段话中，“你的嘴里难道有茄子塞着？”应为“你的嘴里难道塞了茄子？”“不然他们给你嚼子衔上”，应为“不然他们给你衔上了嚼子？”“这会子平安不了？”

应为“这会子不就平安了。”“你但凡是个好的，”应为“你但凡好点”等，都是这种情况。所以说，《红楼梦》民间口语的艺术化，也是曹雪芹对文学的重大贡献。

2019 年 11 月 2 日

“缓缓”与“款款”

笔者能够查阅到的字词工具书中，只有《汉语词典》（原名《国语词典》1936年）收录了“缓缓”一词，注释只有四字“犹言徐徐”。

对“缓”字的解释各辞书也有差别，主要体现在词义种类的不同。如《汉语词典》只有“舒迟、宽”两种解释。《现代汉语词典》则有“迟、慢；延缓、推迟；缓和、不紧张；恢复正常的生理状态”四种。《古代汉语词典》则多达七种，“松软；松弛、宽松；柔弱、无力；宽宏；慢；怠慢；迟缓、延缓”。

“缓缓”一词，在《红楼梦》中，至少使用了8次。其中前八十回出现了7次，后四十回出现了1次。前八十回的7次中，一次是借尤氏之口说出的，属于文学人物语言，6次是在作者叙述或描写中出现的。也就是说，《红楼梦》中的“缓缓”一词，主要是作者在描写和叙述中直接使用的，这反映了作者和这个词的关系，作者是非常熟悉这个词的，在适当时候，总会是信手拈来。

尤氏说出的“缓缓”出自第十一回《庆寿辰宁府排家宴　见熙凤贾瑞起淫心》。王熙凤探望完秦可卿要回去向贾母禀报病情时，尤氏对她说：“你可缓缓说，别吓着老太太。”这里的“缓缓”显然包含着“慢”的意思，但仔细体味，不仅是慢，更多的是“轻轻”和“小心谨慎”的意思。

作者在直接叙述描写中使用的，如第十四回《林如海捐馆扬州城　贾宝玉路谒北静王》中有“凤姐缓缓走入会芳园中登仙阁灵前，一见了棺材，那眼泪恰似断线之珠，滚将下来”的叙述。这里的“缓缓”有“慢慢”的意思，但不再有“小心谨慎”的意思，另外包含的则有一种雍容做作的姿态。

第十八回《隔珠帘父女勉忠勤　搦湘管姊弟裁题咏》有“忽见一对红衣太监骑马缓缓地走来，至西街门下了马，将马赶出围幙之外，便垂手面西站住”，这里的“缓缓”也有“慢慢”的意思，但另有一种威严的成分。

第一百一十五回《惑偏私惜春矢素志　证同类宝玉失相知》那甄宝玉素来也知贾宝玉的为人，今日一见果然不差，心里便想到“只是可与我共学，不可与你适道。他既和我同名同貌，也是三生石上的旧精魂了。既我略知了些道理，怎么不和他讲讲。但是初见，尚不知他的心与我同不同，只好缓缓地来”。这里的“缓缓”则纯粹是“慢慢”的意思了。

由此也可见，《红楼梦》后四十回中的“缓缓”和前八十回的“缓缓”含义上是有很大差别的，其包含的情感大不相同，这也是后四十回是他人续写的一个小小例证。

“缓缓”是一个北方方言词，同“款款”意思相同，两个词都是从古汉语中逐渐沉淀在了北方，成了当地的方言。主要使用范围在山西、北京、河北和内蒙古中部地区。当地群众在使用时一般说成“缓缓儿的”或“款款儿的”。意思复杂，一般情况下表示“慢慢”“轻轻”“小心谨慎”，有时含有“庄重”“严肃”的成分。“款款”一词在《红楼梦》中使用过4次，如第四十二回《蘅芜君兰言解疑癖　子雅谑补余香》“宝钗见他（黛玉）羞得满脸飞红，满口央告，便不肯再往下追，因拉他坐下吃茶，款款的告诉他道……”其意思与“缓缓”可以说是完全相同的。

2019年11月23日

难辩的“可”字

《红楼梦》中的“可”字用的很多，但其所表达的词意却各不相同，有些句子里的“可”字，如果用普通话读，就不能全面准确地表达词义，但用北方方言发出入声来，特别是用大同和张家口一带的方言读出来，词义就十分清楚了。

《现代汉语词典》对“可”的注释是个双音字，一读 kè，是古代鲜卑、突厥、回纥、蒙古等族君主称号的专用字。二读 kě，其意有：1. 许可：认可；2. 能够：牢不可破；3. 值得：可爱；4. 连词。却；可是。表示转折：他年纪不大，力气可不小；5. 副词。①表示强调：在抗旱斗争中群众的劲头可大啦！②用在疑问句中加强疑问语气：你可知道？都说这办法好，可谁敢担保不出问题呢？ 6. 适合：可人意。可口：可心。7. 文言副词。大约：年可二十。

北方方言在“可”字的读音上却又增加了一种读法，读 ka（入声）。在《现代汉语词典》的上述释义中，1、2、3、5②、6、7 这六种情况下读 kě，称呼君主时依然读 kè。但在 4、5①两种情况下，也就是作连词和副词的情况下，就读 ka 音了。

《红楼梦》第五十九回《柳叶渚边嗔莺叱燕　绛云轩里召将飞符》：“平姑娘来了，可就不好了”，第六十三回《寿怡红群芳开夜宴　死金丹独艳理亲丧》：“及至天明，袭人睁眼一看，只见天色晶明，忙说：‘可迟了。’”这两句中的“可”就都读 ka（入声），不但表示转折，而且还有强调、加重语气的作用。

第六十七回：“那老婆子见了袭人，便笑嘻嘻的迎了上来，说道：‘姑娘怎么今日得工夫出来逛逛？’袭人道：‘可不是。我要到琏二奶奶家瞧瞧去。’”这句中的“可”也读 ka（入声），是袭人对“有工夫逛逛”的否定，如果读成 kě，就变成了肯定，所要表达的整个语义都会被颠倒。

第七十二回：“今凤姐问贾琏，可说了没有，贾琏因说‘我原要说的，打听得他小儿子不大成人，故还不曾说。’”这里的：“可”就读 kě，是 5 ②释义中“用在疑问句中加强疑问语气”的。

第十五回《王凤姐弄权铁槛寺 秦鲸卿得趣馒头庵》：凤姐对静虚说道：“你们师徒怎么这些日子也不往我们那里去？”静虚道：“可是这几天没工夫，因胡老爷府里产了公子，太太送了十两银子来这里，叫请几位师父念三日《血盆经》，忙的没个空儿，就没来请奶奶的安。”

编者在这里做了个注释：“可是——此处承接上文，表示附和，意为‘可不是’。”我个人认为这个注释是错误的。这是一句北方方言语式，“可”读 ka（入声），这里的“可是”是一个起强调作用的副词，本义是对他人问话的否定，对自己回答的肯定，是一个具有双面语义的方言词，并非单纯的“意为‘可不是’”。在北方方言语境中，这句话应该是“可——是没工夫”，发音时，可字后面有一个拖腔音，但在文字中，特别是当时标点符号还没有规范普遍使用的时候，这个拖腔音是没有办法体现出来的，只有全凭读者去体味把握了。如果要找一个词来代替一下这个“可是”，当地方言中恐怕“真的是”“确实是”更近义一点。曹雪芹又在“没工夫”前加了状语“这几天都”，使得这个句式有了时间范围，并且更加复杂化。

2019 年 11 月 19 日

第七十三回思疑

《红楼梦》中的方言十分丰富，囊括了南北东西的特色词汇，这在中国的小说史上是极为罕见的。一个文学家能够使用多地方言这并不奇怪，比如李百川的《绿野仙踪》，其中大量使用了北方方言，因为他是北方人，但也使用了不少江浙方言，如“汉仗”“蹶劣”等。再如金庸先生，他在其小说中可以成段成段地用苏州吴语状物摹人，因为这本就是他的母语，但他也能熟练使用北京甚或北方方言，因为北京话沾了官话的光，新中国成立后搞文字的都不能跨越。但像曹雪芹这样熟练掌握各地方言，且能够拿捏到位，运用精准的并不多见。因此，一旦《红楼梦》中出现了方言使用特别的章节，就会显出异常来。

曹雪芹在南北方都生活过，又身居帝辇之下，交了一帮官友和文人，他有掌握多地方言的条件，在小说中能够使用各种方言就是情理之中的事。

《红楼梦》中的方言以北方方言为主，这是毋庸置疑的，但按照方言出现的频率来看，其中有一回则以南方方言使用为多，这是全书绝无仅有的一回，就其文法看，也与前八十回的其他回目有很大区别，语言和句式相对死板而不灵活，官腔文气太重，这回就是第七十三回《痴丫头误拾绣春囊　懦小姐不问累金凤》。

我们先看这一回有关晴雯的一段描写：

“此话正中宝玉心怀，因而遂传起上夜人等来，打着灯笼，各处搜寻，并无踪迹，都说：‘小姑娘们想是睡花了眼出去，风摇的树枝儿，错认作人了。’晴雯便道：‘别放诌屁！你们查的不严，怕担不是，还拿这话来支吾。才刚并不是一人见的，宝玉和我们出去有事，大家亲见的。如今宝玉唬的颜色都变了，满身发热，我如今还要上房里取安魂丸药去。太太问起来，是要回明白的。难道依你说就罢了不成！’”其中夹杂着晴雯的骂言骂语，但总体上语法规范，官话文气色彩非常浓厚，丝毫没有曹雪芹骂人描写的灵动笔色。

同样是关于晴雯的描写，并夹杂着晴雯的骂言骂语，第三十一回《撕扇子作千金一笑　因麒麟伏白首双星》是这样写的：

“偏生晴雯上来换衣服，不防又把扇子失了手跌在地下，将股子跌折。宝玉因叹道：‘蠢才，蠢才！将来怎么样？明日你自己当家立事，难道也是这么顾前不顾后的？’晴雯冷笑着：‘二爷近来气大得很，行动就给脸子瞧。前儿连袭人都打了，今儿又来寻我们的不是。要踢要打凭爷去。就是跌了扇子，也是平常的事。先时连那么样的玻璃缸、玛瑙碗，不知弄坏了多少，也没见个大气儿，这会子一把扇子就这么着了。何苦来！要嫌我们就打发我们，再挑好的使。好离好散的，倒不好？’宝玉听了这些话，气的浑身乱战，因说道：‘你不用忙，将来有散的日子。’袭人在那边早已听见，忙赶过来向宝玉道：‘好好的，又怎么了？可是我说的，一时我不到，就有事故儿。’晴雯听了冷笑道：‘姐姐既会说，就该早来，也省了爷生气。自古以来，就是你一个人伏侍爷的，我们原没伏侍过。因为你伏侍的好，昨日才挨窝心脚；我们不会伏侍的，明儿还不知是个什么罪呢！’袭人听了这话，又是恼，又是愧，待要说几句话，又见宝玉已经气的黄了脸，少不得自己忍了性子，推晴雯道：‘好妹妹，你出去逛逛，原是我们的不是。’晴雯听他说‘我们’两个字，自然是他和宝玉了，不觉又添了醋意，冷笑几声，道：‘我倒不知道你们是谁，别叫我替你们害臊了。便是你们鬼鬼祟祟干的那事儿，也瞒不过我去，那里就称起“我们”来了。明公正道，连个姑娘还没挣上去呢，也不过和我似的，那里就称上“我们”了。’”

对比之下可以看到，第七十三回，晴雯所骂的对象是下人，而第三十一回所骂的对象是宝玉和袭人，但明显的第七十三回的骂还没有

第三十一回辛辣刻薄和诛心，可以推及第七十三回不像是骂人高手曹雪芹的笔法。

再从第七十三回的用词看，南方方言有“屈戌了吊”“精阐”“润舌”“谄屁”“罕异”（前80回作纳罕、稀罕）、“周接”（前80回作周济、接济）、“放头儿”“填了限”（前80回作填还）、“借一肩”“促织儿”“捞梢”“较口”等，这些词如没有注释，大多数不为北方人所熟悉，有的甚至很少听见过并难以理解其含义，如“屈戌了吊”“精阐”“放头儿”“填了限”（前80回作填还）、“借一肩”“捞梢”等。可见语言风格完全与曹雪芹的风格不同。看其他回目时，就像听一个北方老人在倒习家常，看这一回，却像听一个幼儿园老师在讲述南方童话。由此可以做出一个大胆的推测，第七十三回虽在前80回范围内，但不是曹雪芹所著。或者说是后人在曹雪芹残缺了的原稿上，经过大量补充而形成的。

曹雪芹的释缘

从整部书的情节以及所反映的主题，不难看出《红楼梦》是以释道思想为全书的指导思想的，全书比较系统且故事性地表达了佛教的“色空观念”和道教的“无为意识”。这种表达，除了塑造的各个人物的一系列的“梦”外，还具体细致地描写和记述了不少的寺院道观和庙宇。

第一回即写到了葫芦庙，第四回又有“葫芦僧乱判葫芦案”之题目，毛泽东主席曾说，“第四回是《红楼梦》的一个总纲”，看来是很有见地的。

在第二回中，贾雨村偶至郭外，意欲赏鉴那村野风光。忽信步至一山环水旋、茂林深竹之处，隐隐的有座庙宇，门巷倾颓，墙垣朽败，门前有额，题着“智通寺”三字。门傍又有一副旧破的对联曰：“身后有余忘缩手，眼前无路想回头。”这寺是《红楼梦》正笔写到的第一个寺，寺已破败，只有一个又聋又哑的老僧在煮粥。虽然着笔不多，但“颓败”之像已是淋漓尽致。

记述最多的是铁槛寺，从第十二回开始便屡屡提及，因为这铁槛寺是贾府的家庙，贾家只要死人，必会提及铁槛寺，这也是书情表达的应有之义了。王熙凤弄权，就是在这个寺里。

铁槛寺旁边有个水月寺，第一次出现在第十五回中，因这个庙里做的馒头好，因而又有了馒头庵的诨号，主持叫静虚，行贿王熙凤买法求生的那个老尼。

和庙宇渊源深厚的莫过于妙玉了，这妙玉曾在蟠香寺居住（第四十一回），后来又搬到了西门外的牟尼院，之后被贾府请进了大观园，入住栊翠庵（第十七回）。

之后，书中还陆续出现了玉皇庙、达摩庵（第二十三回）、清虚观（第二十九回）、水仙庵（第四十三回）、玄真观（第六十三回）、天齐庙（第八十回）、散花寺（一百〇一回）等。

第一百〇三回里还描写了一座无名“小庙”：只见村傍有一座小庙，墙壁坍颓，露出几株古松，倒也苍老。雨村下轿，闲步进庙，但见庙内神像金身脱落，殿宇歪斜，傍有断碣，字迹模糊，也看不明白……这个庙虽然没有名字，但这是照应第一回中的葫芦庙和第二回中的智通寺的一个重要庙宇，由出现在葫芦庙中的贾雨村出面，在这庙里与随了一僧一道而去的甄士隐见面，意味隽永悠长。

在第五十一回，还虚写了一个蒲东寺，薛宝琴作的《蒲东寺怀古·其九》

小红骨贱最身轻，私掖偷携强撮成。

虽被夫人时吊起，已经勾引彼同行。

看来作者曹雪芹不仅是当时的名儒，而且还是释道大家。纵观有清一朝，都极重释道文化，甚至于闹出了顺治帝出家的历史谜案。因此，顺、康、雍、乾几代，修葺重建了大量的庙宇寺观。最有名的是怡亲王允祥重修十方普觉寺（今北京植物园内的卧佛寺）。明末清初，社会动荡，十方普觉寺也被严重损坏。“乱后寺废，香灯久断矣”（《天府广记）卷三十五）；“饥僧二三人，踏落叶、守败椽”（《北游录）），惨状可见一斑。直到清雍正时期，怡亲王允祥舍资葺治，十方普觉寺才重新复兴起来。

据《北京市志稿·宗教志·释教一》记载，当时北京有寺观庙宇385座，其兴旺程度可谓“迎门逢僧侣，歇步入寺来”。曹雪芹生活在这样一个统治者为维护统治地位，广兴释道的时代，自然会对释道文化有很深的认识，更何况曹雪芹本来就是一个“翻过筋斗来的”人（第二回）。

曹雪芹与释道的关系，还体现在他的朋友张宜泉的诗中，张宜泉的《和曹雪芹〈西郊信步憩废寺〉原韵》写道：

群诗帝未等闲吟，破刹今游寄兴深。

碑暗定知含雨色，墙墳可见补云阴。

蝉鸣荒径遥相唤，蛩唱空厨近自寻。

寂寞西郊人到罕，有谁曳杖过烟林。

可惜，曹雪芹的原诗看不到了，但可以想见，原诗中一定也有《红楼梦》中“智通寺”那样的描写。

2019 年 12 月 18 日

方言不论错别字

方言，望文可以生义，就是地方语言，再白一点也就是“土话”。我的老家，把说外地口音的人叫作“侉子”，有的地方把“侉子”当作贬义词来用，我们那里侉子没有丝毫的贬义，还多少含有尊重的意思，小时候公社供销社就有一个保定口音的售货员，我们都喊他“侉子叔叔”。把当地人不说当地话的叫“谝侉子”，这就有了嘲笑的意味，多少就含有了贬义。

有学者研究后得出结论，方言形成的条件之一是“缺少适当的书面语，语言未达到准确描述的程度”，缺少书面语，又不准确，这样就有了随意性。有了随意性，在用字的时候就有了“可以这个字，也可以那个字”的说不清正误的方言书写特性。

比如说北京方言，在用书面表达的时候，往往同义同（近）音而字不同：

欢实——又作欢势、欢式；唧咕——又作叽咕；勾眼——又作钩眼；更竟——又作耿竟、梗竟；鼓攮——又作轱攮等。（见《老北京方言俗语趣味词典》）

其实，《红楼梦》中，类似的情况就很多，比较典型地反映了“方言不论错别字”的特性。比如：

第一回“忽见那边来了一个跛足道人，疯癫落脱”，下面的注脚是“落脱——即‘落拓’‘落托’。这里是行为狂放的意思”。第二十三回宝玉听说父亲叫他，“好似打了个焦雷，登时扫去兴头，脸上转了颜色，便拉着贾母扭的好似扭股儿糖，杀死不敢去。”下面给“杀死”做了个注脚“也作煞死，拼命、抵死之意”；第二十五回马道婆对贾母说“也不当家花花的。要舍，大则七斤，小则五斤，也就是了”，下面的脚注是“不当家，也作不当价”；第十三回“贾珍一面扶拐，拃挣着要蹲身跪下请安道乏。邢夫人等忙叫宝玉搀住，命人挪椅子来与他坐”。下面的注脚是：“拃挣——又作‘扎挣’‘挫挣’‘挣扎’。意为勉强支持”。我们不能说曹雪芹写错了字，因为方言本身就没有一个大家公认的字符。

这里的“脱”与“托”，“杀”与“煞”，“家”与“价”，“扎”与“拃”以及“便宜”和“便易”（第三十七回），“出挑”和“出条”（七十二回），“顿”和“动”（第二十九回），“坨”和“拖”（第四回）等，都属于方言用字范畴，重在标音，而不求义，随便换一个同音字，这个方言的意义都不会变，因此相对方言中的一个单字来说，也就无所谓错对了。

2019 年 12 月 23 日

“扎挣”与“挣扎”小辨

在《红楼梦》里，“扎挣”一词大约使用了25次，是一个使用频率很高的词。如第十一回《庆寿辰宁府排家宴 见熙凤贾瑞起淫心》中：“凤姐儿道：‘我说他不是十分支持不住，今日这样日子，再也不肯不挣扎着上来。’尤氏道：‘你是初三日在这里见他的。他强扎挣了半天，也是因你们娘儿两个好的上头，还恋恋地舍不得去。’”这段话里连着用了两个“扎挣”。

与“扎挣”同义或近义的词还有“挣挫”“拃挣”和“挣扎”。第一回《甄士隐梦幻识通灵 贾雨村风尘怀闺秀》中“可巧这日拄了拐杖挣挫到街前散散心时，忽见那边来了一个跛足道人，疯癫落脱，麻鞋鹑衣”，第十五回《王凤姐弄权铁槛寺 秦鲸卿得趣馒头庵》“那智能百般的挣挫不起，又不好叫的，少不得依他了”。这两回里用的都是“挣挫”。

第十三回《秦可卿死封龙禁尉 王熙凤协理宁国府》写道：“贾珍一面扶拐，拃挣着要蹲身跪下请安道乏。邢夫人等忙叫宝玉搀住，命人挪椅子来与他坐。”第十九回《情切切良宵花解语 意绵绵静日玉生香》“第一个凤姐事多任重，别人或可偷安躲静，独他是不能脱得的；二则本性要强，不肯落人褒贬，只拃挣着与无事的人一样”。这两回用的是“拃挣”。

第九十八回《苦绛珠魂归离恨天 病神瑛泪洒相思地》“贾母有了年纪的人，打从宝玉病起，日夜不宁，今又大痛一阵，已觉头晕身热。虽是不放心惦着宝玉，却也挣扎不住，回到自己房中睡下”。这一回用的是“挣扎”。

第十三回有一个脚注：“拃挣——又作‘扎挣’‘挫挣’‘挣扎’。

意为勉强支持”。这个脚注将“拃挣、扎挣、挫挣、挣扎”放到了一起。但细读人民文学出版社1982年3月出版2015年第48次印刷的《红楼梦》，其中没有发现“挫挣”一词，倒有两处是“挣挫”，还有一个有意思的现象，前八十回中没有使用过“挣扎”一词，该词只在后四十回的第九十八回出现了一次。说明曹雪芹没有用过“挣扎”。“挣扎”具有反抗的意思，《现代汉语词典》的解释是“用力支撑”，也经常见于书刊文章，人们最熟悉的就是“垂死挣扎”一词了。

“扎挣”在《现代汉语词典》里的解释是“勉强支持”，特意标了个方言符号，其解释也和《红楼梦》里的脚注是一样的。“扎挣”确是一个北方方言，范围大概在北京及其周边地区，特别是北京西部直到陕北、河套一带都有使用。扎的读音更准确一点说是个入声字，与“八杀札瞎帕捺”等字一起排在“八黠”部。北方也作“拃挣”或“圪挣”。

在北方语境中，“扎挣”是以自身主观努力为前提的一个动词，强调的是主体的主观能动性。而“挣扎”是以外部的强制力为前提的一个动词，两词的差别还是非常明显的。因此，《红楼梦》第十三回的脚注，把“挣扎”和“拃挣、扎挣”相提并论显然是不恰当的。就上述使用的具体情况来看，两个词也是近义，而非同义。

和曹雪芹同时期的清朝河北蔚县人李百川所著的《绿野仙踪》第四十二回《买棺木那移烦契友　卖衣服竭力葬慈亲》也使用过“扎挣”一词，洪氏在叙述如玉母亲的病情时说道：“连今日就是三天。前几日还扎挣着坐净桶；这几日通是身底下铺垫草纸。浑身纯留下一把骨头。”在第九十七回《淫羽士翠黛遭鞭笞　战魔王四友失丹炉》中，还用过“拃挣”，“翠黛悔恨不过，两手用力一推，羽士随手倒去，再低头下视，羽士才拃挣着欲起。”其实在当地方言中，“拃挣”和“扎挣”音义完全相同，李百川和曹雪芹能在各自的小说中，使用相同的方言，可以推知，二人有着某种相同的语言经历。

2019年12月20日

少见的“挺折腰”

《红楼梦》第二十四回《醉金刚轻财尚义侠 痴女儿遗帕惹相思》贾芸给凤姐送礼时对凤姐说了一段话：“只因我有个朋友，家里有几个钱，现开香铺。只因他身上捐着个通判，前儿选了云南不知哪一处，连家眷一齐去，把这香铺也不在这里开了。便把账物攒了一攒，该给人的给人，该贱发的贱发了。像这细贵的货，都分着送与亲朋。他就一共送了我些冰片麝香。我就和我母亲商量：若要转卖，不但卖不出原价来，而且谁家拿这些银子买这个做什么，便是很有钱的大家子，也不过使个几分就挺折腰了；若说送人，也没个人配使这些，倒叫他一文不值半文的转卖了。因此我就想起婶婶来。”

其中有一个词叫“挺折腰”。

一谈起“折腰”，自然就会想起陶渊明的故事，《晋书·陶潜传》记载了陶渊明的一句话“吾不能为五斗米折腰，拳拳事乡里小人邪！”意思是说我怎能为了县令的五斗薪俸，就低声下气地去贿赂小人，向他们献殷勤呢？“折腰”原意是弯腰鞠躬的意思，这里指的是阿谀奉承、低三下四的意思。和李白“安能摧眉折腰事权贵，使我不得开心颜”句子中的“折腰”含义是完全相同的。

《红楼梦》里还用过一词叫“挺腰子”，是一个方言。第七回《送宫花贾琏戏熙凤 宴宁府宝玉会秦钟》，焦大喝醉酒耍酒疯：“别说你这样的，就是你爹、你爷爷，也不敢和焦大挺腰子。”这里的“挺腰子”是“拿架子、耍威风”的意思。

“挺折腰”则和“折腰”“挺腰子”没有一点字义或词义的联系，且读音也不同。“挺折腰”读 tǐng shé yāo，字面意思是一个人的身高是一定的，把腰杆儿挺直了，虽然能增加一点高度，但也有限，就是把腰挺断了，也还是有限。“折”，断的意思。由此而引申为“顶多”“最多”“大不过”或者“了不起”的意思，《红楼梦》里的注释是“到顶”。比如说：“这幅画能卖到一千元就挺折腰了”，即“这幅画能卖到一千元就到顶了”；“你父亲这次对你也咋不了，挺折腰骂你一顿”，即“你父亲这次对你也咋不了，顶多骂你一顿”。

笔者能够查到的辞书里都没有收录“挺折腰”一词，可见这个词也是一个方言词汇，很少出现在书籍和报刊中。“挺折腰”和“挺腰子”其方言区域大约都在河北张家口、山西大同以及内蒙古一带，当地也叫作“挺断腰”“顶折腰”或“顶断腰”，不过在这一带，这一个方言土得掉渣，没有哪个当地的作家好意思用在自己的作品中。

《红楼梦》中将其解释为“到顶”是非常准确的。张家口一带不好意思用在文章中的方言，竟早被曹雪芹运用在了《红楼梦》中，也算是文坛趣事了。

2019 年 12 月 16 日

小议第一回的语言特色

第一回《甄士隐梦幻识通灵 贾雨村风尘怀闺秀》，是曹雪芹自序式的一篇提纲总括，文法和语言与之后的第二回到第八十回截然不同，这一回语法规范，用词以书面语为主，整篇显得庄重严谨。如果说后面的79个回目，是曹雪芹作的一篇口头报告的话，那么第一回则是他的书面报告。这一回没有一句村言俚语，更多的则是文言古语，语法也遵循严格的文言文语法。比如：

“原来女娲氏炼石补天之时，于大荒山无稽崖炼成高经十二丈，方经二十四丈顽石三万六千五百零一块。娲皇氏只用了三万六千五百块，只单单剩了一块未用，便弃在此山青埂峰下。谁知此石自经煅炼之后，灵性已通，因见众石俱得补天，独自己无材不堪入选，遂自怨自叹，日夜悲号惭愧。

“一日，正当嗟悼之际，俄见一僧一道远远而来，生得骨格不凡，丰神迥异，说说笑笑来至峰下，坐于石边高谈快论。先是说些云山雾海神仙玄幻之事，后便说到红尘中荣华富贵；此石听了，不觉打动凡心，也想要到人间去享一享这荣华富贵，但自恨粗蠢，不得已，便口吐人言，向那僧道说道：‘大师，弟子蠢物，不能见礼了。适闻二位谈那人世间荣耀繁华，心切慕之。弟子质虽粗蠢，性却稍通；况见二师仙形道体，定非凡品，必有补天济世之材，利物济人之德。如蒙发一点慈心，携带弟子得入红尘，在那富贵场中，温柔乡里受享几年，自当永佩洪恩，万劫不忘也。’二仙师听毕，齐憨笑道：‘善哉，善哉！那红尘中有却有些乐事，但不能永远依恃，况又有‘美中不足，好事多魔’八个字紧相连属，瞬息间则又乐极悲生，人非物换，究竟是到头一梦，万境归空，倒不如不去的好。’”

这里的“高经、方经、煅炼、自怨自叹、悲号惭愧、嗟悼、俄见、骨格不凡、丰神迥异、高谈快论、心切慕之、仙形道体、补天济世、利物济人、永佩洪恩、万劫不忘、依恃、乐极悲生、人非物换、万境归空”等,都是标准的书面语言,在之后的章回中也基本上没再出现过,更不像第二回到第八十回里,有大量的方言出现。另外,“之”字出现了四次,分别是“之事”“慕之”“之材”“之德”,这是典型的“之乎者也”文言句式,在第二回到第八十回中的叙述中也很少使用过。

由此可见,曹雪芹使用语言时,是根据结构、内容、布局安排以及人物的地位、阅历以及地域性来统一安排的,这是《红楼梦》重要的语言特点之一。不像我们现在的一些作品,种地的农民、炼钢的工人和省长部长、专家教授说话的语法、用词都是一样的,作者的叙述也和文学人物的语言一样,可谓千篇一律式,这正是缺失生活的表现,也是创作不出精品的原因。

关于“语录”

《红楼梦》中有两回提到了“语录”。第二十二回《听曲文宝玉悟禅机　制灯谜贾政悲谶语》“宝玉自己以为觉悟，不想忽被黛玉一问，便不能答；宝钗又比出‘语录’来：此皆素不见他们能者”。此处的“语录”指的是宝钗引用的禅宗北派创始人上座神秀说的“身是菩提树，心如明镜台，时时勤拂拭，莫使有尘埃”和禅宗六祖惠能大师的“菩提本非树，明镜也非台，本来无一物，何处染尘埃”的偈语，在中国，神秀和惠能都是至尊的禅宗大师，他们的话才被其弟子们尊奉为“语录”，可见“语录”是不可以轻易加于人的，也就是说，不是有那么一点名头的人，说了几句有点咸淡味的话，就可以称为“语录”。

第一一八回《记微嫌舅兄欺弱女　警谜语妻妾谏痴人》“宝玉便命麝月、秋纹等收拾一间静室，把那些语录名稿及应制诗之类都找出来搁在静室中，自己却当真静静地用起功来”。这里的“语录”不是高僧的言论，而是儒家大师们的言行辑录，实际上指的就是儒家的经书。

提起“语录”，年龄大一点的马上就会想起《毛主席语录》，20世纪六七十年代，学习《毛主席语录》是社会生活的重要组成部分，老百姓对于《毛主席语录》都虔诚有加，家家户户都有几本《毛主席语录》，至今我还保存着十几本，只可惜当时没有收藏意识，品相都有了瑕疵。

现在看来，“语录”是中华文化的一种重要载体，不是“文革”时期的独创，“文革”时期只不过继续使用了这种文体，并使“语录”这种文体更加社会化、群众化。

《辞海》对语录的解释是：“1. 文体名。记录传教、讲学、论证及交际等的问答口语，不重文字修饰，故名。起始于禅宗僧徒记录其禅师的言谈。后来理学家门人也用来记录其师论学之语。如宋时程颢、程颐门人把二程有关哲学、政治等言论编为“语录”，又由朱熹辑入《二程遗书》。又，古代凡奉使、伴使，例进语录于朝，如宋·倪思即有《重明节馆伴语录一卷》。2. 今多指某人言论的记录或摘录。”

《现代汉语词典》对“语录”的解释是“某人言论的记录或摘录”。可以看出，这是辑录的《辞海》的第二种解释。这种辑录正好把“文体名”这一“语录”的主要含义给辑录掉了，实在可惜。

“百度百科”的解释是“指一个人的说话记录，一般用于正式文体，通常为了说明一段时间内某人的所说句子和语言特征等。现指能引起共鸣的、发人深省的，有一定传播力的名人之言、网民言论、社会事件所产生的新词条”。这种解释是对《现代汉语词典》解释的延续和发挥，彻底抛弃了“语录”的文体特性，“一般用于正式文体”更是把《辞海》中“问答口语，不重文字修饰”的解释作了彻底否定，虽然有了更多的时代气息，但少了传统的内涵，是不足以为据的。从“语录”的起源和发展过程来看，这个解释是不够准确的，不是随便一个人的说话记录就可以称作“语录”的，“文革”时期语录文化如此盛行，也只有毛主席一人的话可称作语录。宋朝理学达到了一个高峰，也只有朱程等寥寥几人的话可称作“语录”。

《红楼梦》在第二十二回对“语录”有一个注脚：“古代一种语体文。起源于唐代，僧徒用当时通俗口语记载其师的传授，叫‘语录’。到了宋代，儒家讲学风起，门生弟子仿照佛家语录体将其师言论直录成书，语录体遂大行于世。”这是很精到的注释了。

2019 年 12 月 23 日

“表礼”是一种什么礼?

“表礼”，是一个常见于古典小说中的方言词汇，《红楼梦》《水浒传》《金瓶梅》《儒林外史》等小说中都曾使用过。但在常见的辞书中，包括小说词语专著《小说词语汇释》，也见不到其影子。《汉语词典》（原《国语词典》1947 年版）是少有收录“表礼”一词的辞书，对表礼的解释也只有四个字：“即见面礼”。现在的“百度百科”对“表礼”的解释是“用于赠送或送礼的布料”。这两种解释其实都有失偏颇。

“百度百科”的“赠送或送礼”重复不说，其“布料”解，依据的是表字的字义。衣服的外层，即外衣就叫“表”。《楚辞·九叹·愍命》“今反表以为里兮，颠裳以为衣”中的“表”就是外衣的意思，由此将“表礼”引申为了“布料”。但在小说中我们可以看到，大多数情况下，“表礼”和“布料”是不大相干的。

《汉语词典》中的“见面礼”一解，虽然切中了“礼”这个主体，但在现实中，不仅见面，分别的时候，各种情形随礼的时候，也叫“表礼”，可见仅“见面礼”是不够全面的。

《红楼梦》第七回《送宫花贾琏戏熙凤　宴宁府宝玉会秦钟》有一段关于王熙凤见秦钟的描写，凤姐见到了秦钟，“喜的先推宝玉，笑道：‘比下去了！’便探身一把携了这孩子的手，就命他身傍坐了，慢慢地问他：几岁了，读什么书，弟兄几个，学名唤什么。秦钟一一答应了。早有凤姐的丫鬟媳妇们见凤姐初会秦钟，并未备得表礼来，遂忙过那边去告诉平儿。平儿素知凤姐与秦氏厚密，虽是小后生家，亦不可太俭，遂自作主意，拿了一匹尺头，两个‘状元及第’的小金锞子，交付与来人送过去。”下边对表礼的注释是：“表礼——旧日赠送或赏赐的礼物。”

看来《红楼梦》的注释确实比上边的两种解释准确全面。在这里，王熙凤与秦钟第一次见面，“见面礼”的含义自然是有的，送给秦钟的东西是“一匹尺头”和两个“状元及第”的小金锞子。“尺头”就是衣料，这也是《红楼梦》的注释，可见，表礼绝不是单指的布料，“表礼”也可以是“状元及第的小金锞子”。

第八回《比通灵金莺微露意　探宝钗黛玉半含酸》，贾府送别秦钟，“众人因素爱秦氏，今见了秦钟是这般人品，也都欢喜，临去时都有表礼。贾母又与了一个荷包并一个金魁星，取‘文星和合’之意。”这就不是见面礼了，而是送别礼了。“都有表礼”，自然包括了王熙凤，已经由见面礼上升到了赠送和赏赐的礼仪规格。

《水浒传》第三回，赵员外送鲁达到五台山剃度，上山时带了不少财物，在方丈剃度鲁达的仪式上，“赵员外取出银锭、表礼、信香，向法座前礼拜了。”可见这里的表礼既不是见面礼也不是布料，而是礼品的统称。

“表礼”是一个北方方言，通俗地讲，就是“表示心意的礼物”。在民间经常和“花红”并列，称作“花红表里”，都是赠送或赏赐的财物，但花红只能用于喜庆场合，所以，“花红”不像“表礼”的语境范围大，即便是二者并列使用的时候，也必须排斥民间白事的范畴。

2019 年 12 月 25 日

“明路”是条什么路？

“明路”，主要辞书中都未收录的一个词，但在小说和民间口语中却是经常见到、听到。如《绿野仙踪》第六十四回《传题目私惠林公子　求富贵独步南西门》：如玉道：“我与诸公俱系知己，说也不妨。小弟年来否败之至，今无可如何，寻访冷先生，指一条明路，做下半世地步，倒不是专来朱大人府上的。”城璧笑道：“我们都是几个穷道士，有什么明路指人？”

这里的“明路”指的是正确的人生之路，也或叫作光明之路。是以遵守道德和法律为前提的生存之路。

《儿女英雄传》第三十一回，安老爷一家夜里抓到了入室盗窃的霍士道，霍士道供述说，是他哥哥霍士端指引他来安家盗窃的，他哥哥还说“指了小的这条明路，得了手，他要分半成账”。这里的“明路”也指的是光明之道，只不过出自盗贼之口，被反其意而用之了。

《红楼梦》中有四回出现过“明路”二字，但细究其意我们会发现，《红楼梦》里的“明路”是不能独立成词的，他只是“过了明路”或“过明路”这个动宾词组的宾部分，其意思也不是指的“光明之路”，而是把“事经有关部门、人员知晓、同意或批准，经过一定程序，已经公开，无须躲闪，谓之过了明路”。

第八十回《美香菱屈受贪夫棒 王道士胡诌妒妇方》薛蟠调戏宝蟾时的一段描写：“那薛蟠自为是过了明路的，除了金桂，无人可怕，所以连门也不掩。今见香菱撞来，故也略有些惭愧，还不十分在意。”这里指的是薛蟠与宝蟾的事是事先经过金桂允许的，是过了金桂这条“路”的。

第九十一回《纵淫心宝蟾工设计 布疑阵宝玉妄谈禅》金桂见婆婆

去了，便向夏三道："你坐着。今日可是过了明路的了，省得我们二爷查考你。我今日还叫你买些东西，只别叫众人看见。"这里指的是夏三和金桂偷情，本来怕人撞见，现在被薛姨妈碰上了，并成功地瞒过了老太太，也算是公开了夏三的"伪弟弟"身份，对夏三和金桂来说，算是过了薛家这条"路"了。

第九十二回《评女传巧姐慕贤良 顽母珠贾政参聚散》："袭人正要骂他，只见老太太那里打发人来说道：'老太太说了，叫二爷明儿不用上学去呢。明儿请了姨太太来给他解闷。只怕姑娘们都来，家里的史姑娘、邢姑娘、李姑娘们都请了，明儿来赴什么消寒会呢。'宝玉没有听完便喜欢道：'可不是，老太太最高兴的，明日不上学是过了明路的了。'"这里的"过了明路"指的是宝玉不上学，是经过贾母批准的，是过了贾母这条"路"的。

第一百二十回《甄士隐详说太虚情 贾雨村归结红楼梦》："薛姨妈倒又劝了一会子，因又提起袭人来，说：'我见袭人近来瘦的了不得，他是一心想着宝哥儿。但是正配呢理应守的，屋里人愿守也是有的。唯有这袭人，虽说是算个屋里人，到底他和宝哥儿并没有过明路儿的。'"也就是袭人为宝玉之妾是有实无名，还没有经过一定的程序，是不合于礼的，这就是没有"过了明路"。

"过了明路"是山西大同、河北张家口一代的方言，至今在民间还普遍使用。

2019 年 12 月 26 日

“沉心”是种什么心?

《红楼梦》第三十四回《情中情因情感妹妹　错里错以错劝哥哥》中，先后两次提到一个词，叫作“沉心”，下面的脚注是：“多指言者无意，听者有心，陡生不快。也叫‘吃心’或‘嗔心’”。原文是这样的：

“宝玉原来还不知道贾环的话，见袭人说出，方才知道。因又拉上薛蟠，唯恐宝钗沉心，忙又止住袭人道：‘薛大哥哥从来不这样的，你们别混猜度。’”紧接着后面又叙述道：“宝钗暗想道：‘打的这个形象，疼还顾不过来，还是这样细心，怕得罪了人，可见在我们身上也算是用心了。你既这样用心，何不在外头大事上做功夫，老爷也欢喜了，也不能吃这样亏。但你固然怕我沉心，所以拦袭人的话。’”

从情节来看,后一个“沉心”实际上是前一个“沉心”的重复和强调，说明在这一段叙述中，作者是想重点强调“沉心”这个词的。

常见的汉语辞书里都没有收录“沉心”一词。《小说词语汇释》里是收录了《红楼梦》里的这个词的,注释是“心里不愉快”。可见《红楼梦》里所使用的“沉心”一词，其他著作中虽然不常见，但在学界还是有不小影响的。

在《红楼梦》的注脚里标明，“沉心”也叫“吃心”或“嗔心”，说明这三个词是一回事。

“吃心”是一个北京方言《新编北京方言词典》中就有收录，注释是“疑心别人的言论是针对自己”，老舍先生的作品里经常使用，如《骆驼祥子》里就有“我说，为这点事不必那么吃心”的对话。

“嗔心”原本是一个佛教用语，佛教“嗔、贪、痴”三毒之一。嗔恚之心也，三毒中此为最恶。《华严经》说：“一念嗔心起，百万障门开”，又说：“一念起嗔，殃堕无间”，这就是所谓的能造恶业而生苦果的忿恚之心。简单说，嗔心就是一切意识到的不舒服的感觉。

不管“沉心”与“吃心”“嗔心”有多少血缘关系，“沉心”的方言身份是舍却不了的。“沉心”是一个张家口方言，有以下几种解释：

一是当作“故意”讲，又作“成心”。在张家口，沉和成发音是没有区别的，这和《红楼梦》里把“唱顿戏”说成“唱动戏”是一个发音习惯。“沉心”就是“故意”的意思。比如说：“你是沉心跟我捣蛋呀！”

二是当作“存心”讲。将别人的言语或行动放在了心上，并且有了不满的萌芽。把事情沉在心里和存在心里，沉和存就有了相同的释义，比如，“你觉得没事，他可是沉心了”就是这个意思。

三是“不愉快的意思”。《红楼梦》里的“沉心”就是这个意思。

《红楼梦》里之所以把“沉心”和“嗔心”并列，就是二者都有“不舒服”的内在含义。总之，汉语里一旦涉及了“心”字，那必定和情感有了瓜葛，一涉及了情感，便就会和“七情六欲”牵扯一起，至于字形、字义，倒是无足轻重了。

2019 年 12 月 28 日

“花胡哨”小辨

《红楼梦》第三十五回《白玉钏亲尝莲叶羹　黄金莺巧结梅花络》林黛玉：“心里自己盘算道：‘如何他（王熙凤）不来瞧宝玉？便是有事缠住了，他必定也是要来打个花胡哨，讨老太太和太太的好儿才是。今儿这早晚不来，必有原故。’”下面有个脚注“花胡哨——虚情假意地敷演一下”。

胡哨，也作唿哨，陆澹安所著《小说词语汇释》中的解释是“撮口出声”。举的例子是《水浒传》第十八回“等候唿哨响为号，你等向前门只顾打入来见一个，捉一个，见两个，捉一双”。其他小说中也经常见到，胡哨，就是尖锐的口哨声。

花胡哨，其实和胡哨的关系不太大。“花胡哨”是一个塞外草原的方言，至今在内蒙古草原以及周边地区如河北张家口、承德一带的民间还普遍使用。

有专家认为“花胡哨”应该是从蒙语或满语转化来的，是由“忽嗾”一词衍生出来的，不过在古代，“嗾”发的是入声音，快而短促，和“木”“鹿”等字是同一个韵，《词林正韵》将其列在入声部“一屋”韵中。“忽嗾”，表示速度很快。在草原上带着猎狗打猎，看到猎物后，对狗发出“嗾！”或“忽嗾！”的指示音，猎狗就会像箭一样窜出，扑向猎物。贺铸《六州歌头·少年侠气》里有“闲呼鹰嗾犬，白羽摘雕弓”的词句，苏轼在《石鼓歌》中也有“东征徐虏阚虓虎，北伏犬戎随指嗾”的诗句。闲暇时候，“呼鹰嗾犬”，多么形象逼真的打猎场景！“指嗾”，将犬戎比喻为一条狗，正在等待主人指向猎物，发出“嗾”的声音。看来在古代，嗾狗是一个众所周知的事情，“忽嗾”也是一个人人皆知的词语，大概和今天的“堵车”“限号”差不多。

就是在今天的北方地区，甚至在华北平原，还保留着用“嗾”来驯狗的习惯。

在“花胡哨”方言区内，该词有两层含义：

一是指的好看而不实用的花架子，我们说街头卖艺的，花拳绣腿，动作快，“胡嗾一下就是一个动作，胡嗾一下就是一个动作”，让人有目不暇接的感觉，但终归是不实用，当地人也叫作“花里胡哨”。明朝沈璟《桃符记》中有句唱词：“咱两个显妖邪，索使些花胡哨，他那里气昂昂仗剑提刀”，其中的“花胡哨”，就是“花架子”的意思。

二是保留了“胡哨”词意中“快”的含义，形容时间短，速度快，引申为匆匆忙忙，与“点了个卯”意思相近。虽然其中有敷演差事的意思，但不尽都是“虚情假意”，即便不是虚情假意，因其他不能克服的原因导致的时间短暂，匆匆忙忙，也可以叫作“花胡哨”。

在《红楼梦》第三十五回里，就情节来看，林黛玉先是给王熙凤假设了一个“便是有事缠住了”的忙不过来的前提，然后推断王熙凤“也是要来”的，因为她要讨贾母的欢心。当然因为很忙，没有时间，会是“打个花胡哨”，也就是“匆匆来，匆匆去”。再者，从《红楼梦》全书来看，王熙凤对贾宝玉的关心程度仅次于贾母和王夫人，她还负有照顾这个小叔子的责任。第十五回《王凤姐弄权铁槛寺 秦鲸卿得趣馒头庵》：“凤姐儿因记挂着宝玉，怕他在郊外纵性逞强，不服家人的话，贾政管不着这些小事，唯恐有个失闪，难见贾母。因此便命小厮来唤他。宝玉只得来到他车前。凤姐笑道：‘好兄弟，你是个尊贵人，女孩儿一样的人品，别学他们猴在马上。下来，咱们姐儿两个坐车，岂不好。’宝玉听说，忙下了马，爬入凤姐车上。二人说笑前来。”由此也可以看出作者所构思的二者的关系，是一种责任和亲情并存的关系，如果说王熙凤对贾宝玉是“虚情假意地敷演一下”，实在是很勉强的。

2019 年 12 月 27 日

《红楼梦》中的“对联儿”

中国的文学名著，一般都少不了对联，因为对联是中国最精致的文学语言艺术形式之一，在鸿篇巨制中，对联就如同大席面上的一碟精美小凉菜一样，虽然不能顶饱，但看着舒心、闻着沁心、吃着可心，并能给席面增加饮食文化底蕴。

对联又叫作春联、楹联、对子、桃符等，有很多别名，虽然是一种古老的艺术形式，但一直没有一个公认的概念，有的人叫作对偶语句，有的人叫作联语，总之是按照一定的约定俗成的格式，由对应的上下两组句式相组成的语言艺术形式。至于字数，则长短不等，最短的一个字，长的有几十字甚至上百字。重庆江津区的藏联阁收藏着一副《拟题江津县临江城楼联》的对联，共计1612字，上、下联各806字，算得上名副其实的长联了。

创制对联又叫对对子，清代李渔的《笠翁对韵》，虽然是为写诗词做准备的启蒙书，但实际讲的就是对对子：“天对地，雨对风，大陆对长空。山花对海树，赤日对苍穹。”

对联除了形式上的文学性要求外，更讲究内容的哲理性和人文意识，什么地方挂什么内容的对联，反映着当事人的文化水平和道德情操。在《红楼梦》中，正正规规的对联前后大约有23副之多，不仅从不同角度体现了楹联文化的形式和特征，而且非常巧妙地衬托了小说的主题思想，渲染了贾府的家风和文化底蕴，为读者展现了一副官僚贵胄家族栩栩如生的生活场景。

在第一回虚拟的“太虚幻境”，两边有一副对联：“假作真时真亦假，无为有处有还无”，《金刚经》说“一切有为法，如梦幻泡影，如露亦如电，应作如是观”；《心经》说“空即是色，色即是空”，这一副对联便包含了这些深刻的佛理，也是对全书故事文学性与现实性关系的总判。

第二回智通寺门傍一副旧破对联："身后有余忘缩手，眼前无路想回头"，不仅贴合寺庙场合，而且是通过贾雨村对读者的一种劝诫和警示。

第五回秦可卿住处的上房内间"燃藜图"旁的对联是："世事洞明皆学问，人情练达即文章"；卧室"海棠春睡图"两边的对联是"嫩寒锁梦因春冷，芳气笼人是酒香"，细细品味确实非常讲究。

更讲究的是大观园中的对联，第十七回《大观园试才题对额 荣国府归省庆元宵》，作者以贾政带领宝玉及一帮清客相公拟题匾额对联为故事，详细阐述了每个匾额和每副对联的含义和生成修改过程，不仅将对联的形式和内容融为了一体，而且还将小说的故事性、思想性和艺术性融为了一体，作者驾驭小说的艺术水平凸显在了读者的眼前。比如蘅芜苑的对联就从"麝兰芳霭斜阳院，杜若香飘明月洲"改成了"三径香风飘玉蕙，一庭明月照金兰"，最后再借贾宝玉之口改成了"吟成豆蔻才犹艳。睡足酴醾梦也香"。针对对联的这种叙述和描写方法，在中国的小说史上恐怕都是先河之举了。

2019 年 12 月 30 日

《红楼梦》中的“理论”

说到“理论”一词，我们都非常熟悉，《现代汉语词典》的注释是：“①人们由实践概括出来的关于自然界和社会的知识的有系统的结论。②辩论是非；争论；讲理。”

其实“理论”一词远没有如此简单，《古代汉语词典》就多了一条“料理、照管”的解释，给这个解释所选择的例句是《红楼梦》第二十三回“贾政原不大理论这些小事，听贾琏如此说，便依允了”。

由这条例句我们进入《红楼梦》中，发现“理论”一词在《红楼梦》中至少出现过30次，是一个出现频率很大的词汇。比如：

第二十一回《贤袭人娇嗔箴宝玉 俏平儿软语救贾琏》“不想荣国府内有一个极不成器破烂酒头厨子，名唤多官，人见他懦弱无能，都唤他作‘多浑虫’。因他自小父母替他在外娶了个媳妇，今年芳二十来往年纪，生得有几分人才，见者无不羡爱。他生性轻浮，最喜拈花惹草，多浑虫又不理论，只是有酒有肉有钱，便诸事不管了，所以宁、荣二府之人都得入手”。

第二十五回《魇魔法姊弟逢五鬼 红楼梦通灵遇双真》：“一句话提醒了王夫人。那王夫人不骂贾环，便叫过赵姨娘来骂道：‘养出这样黑心不知道理下流种子来，也不管管。几番几次我都不理论，你们得了意了，越发上来了。’”

第二十七回《滴翠亭杨妃戏彩蝶 埋香冢飞燕泣残红》红玉：“因见司棋从山洞里出来，站着系裙子，便赶上来问道：‘姐姐，不知道二奶奶往哪里去了？’司棋道：‘没理论。’”

第四十回《史太君两宴大观园 金鸳鸯三宣牙牌令》贾母叹道：“这孩子太老实了。你没有陈设，何妨和你姨娘要些。我也不理论，也没想到，你们的东西自然在家里没带了来。”

就故事情节来看，第二十一回中“多浑虫又不理论”中的“理论”是“干涉和约束”的意思；第二十五回“几番几次我都不理论”中的“理论”是“计较和理睬”的意思；第二十七回中的“没理论”中的“理论”是“注意和理会”的意思；第四十回中的“我也不理论”中的“理论”是“操心和过问”的意思。

《水浒传》里也多次用过“理论”一词，仅举两例：第十七回《花和尚单打二龙山 青面兽双夺宝珠寺》“且说济州府尹自从受了北京大名府留守司梁中书札付，每日理论不下”。这里的“理论”是“计划和决策”的意思。

第一百十一回《张顺夜伏金山寺 宋江智取润州城》吴用劝宋江：“生死人之分定。虽折了三个兄弟，且喜得了江南第一个险隘州郡，何故烦恼，有伤玉体？要与国家干功，且请理论大事。”这里的“理论”则是“管理和研究”的意思。

其实在北方，“理论”一词还有“议论且重新挑起事端”的意思，比如：“这是早就过去了的事，你又来理论他干什么？”

由此可以看出“理论”一词原本有丰富的内涵。

有趣的是，在当今社会环境下，“理论”一词的语义越来越趋于单一，有的含义已经或正在消失，《现代汉语词典》的解释少于《古代汉语词典》也从一个侧面证明了这种趋势。

2019 年 12 月 22 日

“倒辨儿”“倒扁儿”还是“倒辦儿”？

作家出版社出版的邓遂夫校订的《脂砚斋重评石头记庚辰校本》第二十四回《醉金刚轻财尚义侠　痴女儿遗帕惹相思》，贾芸找他舅舅卜世仁赊销麝香，卜世仁冷笑道：“再休提赊欠一事。前儿也是我们铺子里一个伙计，替他的亲戚赊几两银子的货，至今总未还上。因此我们大家赔上，立了合同，再不许替亲友赊欠。谁要赊欠，就要罚他二十两银子的东道。况且如今这个货也短。你说拿现银子到我们这不三不四的铺子里来买，也还没有这些，只好倒辨儿去。”

沈阳出版社影印的《甲辰本红楼梦》这一段是这样的：“再休提赊欠一事。前日也是我们铺子里一个伙计，替他的亲戚赊了几两银子的货，至今总未还上。因此我们大家赔上，立了合同，再不许替亲友赊欠。谁要犯了，就罚他二十两银子的东道。况且如今这个货也短。你就拿现银子到我们这小铺子里来买，也还没有这些，只好倒扁儿去。”明显地和庚辰本有所不同，“前儿”变成了“前日”；“赊几两银子”变成了“赊了几两银子”；“你说”变成了“你就”；“不三不四的铺子”变成了“小铺子”；“倒辨儿”变成了“倒扁儿”。可见《红楼梦》在传抄过程中的变化实在是太大了。

人民文学出版社 1982 年版 2015 年第 8 次印刷的《红楼梦》，是依据乾隆二十五年庚辰本校注的，和庚辰本相比，除了“赊了几两银子”变成了“赊几两银子”，少了一个“了”字，其他完全相同。

值得注意的是人民文学出版社的版本下面有个脚注：“倒扁儿——即倒揣。这里指无货可卖，须到别家铺子去套购货物来应付门面。”章末还有一个校记〔二〕：“‘倒扁儿’，原作‘倒辩儿’，从梦稿、甲辰本改。”也就是说，原本是“倒辨儿”后来疑“辨”和“扁”读音相近，因此将“倒辨儿”改成了“倒扁儿”，而这种修改的依据是梦稿和甲辰本。经查，梦稿和甲辰本确实使用的是“倒扁儿”。

关于“倒扁儿”，常见的《词源》《辞海》《汉语词典》等辞书都没有收录，李希凡、冯其庸主编《〈红楼梦〉大辞典》的注释是：“即倒揣，意谓货品不足，须向别家铺子挪借或套购以应门市。”这也是人民文学出版社1982年版的注释依据。王希廉、姚燮合评本《增评补图石头记》的注释是：“无货可买，把银子倒揣出去。又，临时借贷钱物也叫‘倒扁儿’。”岳国钧《元明清文学方言俗语辞典》：“倒扁儿，向他人通融挪借财物。”周汝昌校订批点本《石头记》：“犹言拆兑、挪借、想曲折办法。今京东如宝坻等地口语尚常用。”意思这是一个京东方言。陈刚《北京方言词典》的解释是：“钱财周转，钱财转手。另一种是表示委婉语气的词，借债。”而董树人的《新编北京方言词典》和刘延武《老北京方言俗语趣味词典》则都没有收录。可见“倒扁儿”即便是一个北京方言，适用范围也非常小，或者其本来就不是一个北京方言。

笔者认为，这个词曹雪芹使用的是“倒辧儿”，也就是“倒办儿”，由于辧是办的繁体字，当时人们在传抄的时候，错把“辧”抄成了“辨”，而在学者们的校注点评过程中，又把“辨”意会成了“扁”并和北京方言“倒扁儿”扯上了关系。

“倒办”，是一个大同—张家口方言，又作“倒换”“淘换”，就是周汝昌先生所解释的“犹言拆兑、挪借、想曲折办法”的意思。

曹雪芹与大同、张家口关系十分密切，其比他只大四十多岁的曾祖以及外曾祖都曾在大同长期工作和生活过，其祖父祖母以及其家仆佣人大多有大同背景，传说他在张家口的蔚县大蔡庄还坐馆教过书，因此，他是非常熟悉大同—张家口方言的，在这样一种小说叙述背景下，他使用“倒办儿”这样一个方言是十分可能的。

2020年2月2日

药方趣谈

《红楼梦》里涉及药的情节很多，不论是叙述还是描写，都达到了文学和医学的双重专业水准。周汝昌先生称曹雪芹是一个“大医学家”应该是很有道理的。曹雪芹时代，医学科学还不发达，中医中药是治病健体的主要手段，再加之大户官宦人家，有足够的重视健康的经济和医疗条件，所以，这样的社会背景条件下的小说，涉药情节多就不难理解了。同时，这也是这部书的创作宗旨所决定的。贾府从辉煌到萧条到消亡，犹如秦可卿、林黛玉的身体一样，一直是病病怏怏，有时病虽然看准了，比如秦可卿临终时托梦于王熙凤“盛筵必散”“月满则亏，水满则溢”的一番忠告，其实就是对贾府“病”的诊断，但也没有什么好药医治，只能开点“将祖茔附近多置田庄房舍地亩，以备祭祀、供给之费”的营养药，得了无药可治疾病的家庭，走向死亡就成了必然。

谈到《红楼梦》里的药，少不了要提到西药。第五十一回《薛小妹新编怀古诗　胡庸医乱用虎狼药》就提到了“汪恰”洋烟和“依弗哪”头疼膏，“汪恰”洋烟就是鼻烟，还不能算作真正的西药，而这“依弗哪”头疼膏子可是真正的西药了，这是《红楼梦》中唯一一处对西药的具体描写。可见当时西药在中国还很少见，曹雪芹对西药也是了解甚少，所以描写的力道显见的非常一般。但说明，西药开始进入中国了。

但对于中医中药，在《红楼梦》中就详细得多了，对中医理论的细论，对脉象的详解，都可以看出曹雪芹具有扎实深厚的中医药理论和实践功底。比如第十回《金寡妇贪利权受辱　张太医论病细穷源》中，曹雪芹借太医张士友的口谈到的秦可卿的脉象：“看得尊夫人这脉息：左寸沉数，左关沉伏，右寸细而无力，右关需而无神。其左寸沉数者，乃心气虚而生火；左关沉伏者，乃肝家气滞血亏；右寸细而无力者，乃肺经气分太虚；右关需而无神者，乃脾土被肝木克制。心气虚而生火者，应现经期不调，夜间不寐；肝家血亏气滞者，必然胁下疼胀，月信过期，心中发热；肺经气分太虚者，头目不时眩晕，寅卯间必然自汗，如坐舟中；脾土被肝木克制者，必然不思饮食，精神倦怠，四肢酸软。据我看这脉息，应当有这些症候才对。或以这个脉为喜脉，则小弟不敢从其教也。”从本回题目到这段论述，不难看出作者对医道的精深和自信。

在第七回，杜撰了一个“海上方”来给宝钗治病，这方子与《济公传》中“五月初五日生，五十二岁男子和八月初五日生，十九岁女子二人的眼泪合药”的药方有异曲同工之妙，读来令人忍俊不禁。其方如下：

一包末药作引，春天开的白牡丹花蕊十二两，夏天开的白荷花蕊十二两，秋天的白芙蓉花蕊十二两，冬天的白梅花蕊十二两。将这四样花蕊，于次年春分这日晒干，和在末药一处，一齐研好。又要雨水这日的雨水十二钱，白露这日的露水十二钱，霜降这日的霜十二钱，小雪这日的雪十二钱。把这等水调匀，和了药，再加十二钱蜂蜜、十二钱白糖，丸成龙眼大的丸子，盛在旧磁坛内，埋在花根底下。若发了病时，拿出来吃一丸，用十二分黄柏煎汤送下。这方子其实是一种反映贵族奢侈生活的文学调侃了，即使有疗效现实中也是不可能配制出来的。

能够显示专业水平的药方还是张太医开给秦可卿的“益气养荣补脾和肝汤”：人参二钱，白术二钱土炒，云苓三钱，熟地四钱，归身二钱酒洗，白芍二钱炒，川芎钱半，黄芪三钱，香附米二钱制，醋柴胡八分，怀山药二钱炒，真阿胶二钱蛤粉炒，延胡索钱半酒炒，炙甘草八分。用建莲子七粒去心，红枣二枚作引子。据说今天的老中医看了都非常佩服。

2020 年 1 月 2 日

“宾服”与“宾住”

《红楼梦》第六十三回《寿怡红群芳开夜宴　死金丹独艳理亲丧》：“宝玉笑道：‘所以你不明白。如今四海宾服，八方宁静，千载百载不用武备。咱们虽一戏一笑，也该称颂，方不负坐享升平了。’芳官听了有理。”

《汉语词典》对“宾服”的解释只有两个字：“服从”。

《古代汉语词典》对“宾服”的解释是：“1.诸侯按时进贡朝见天子。《荀子·正论》‘侯卫宾服，蛮夷要服’。2.归顺。《汉书·霍光传》‘百姓充实，四夷宾服’。《后汉书·卢芳转》：‘陛下圣德高明，躬率众贤，海内宾服，惠及殊俗。’”从文义上我们可以看出，“诸侯按时进贡朝见天子”实质上还是“归顺、归附”的意思，只不过鉴于诸侯的地位，归顺服从天子后，自然是要朝见进贡的，因此可以说，这是“归顺”的引申义。

《现代汉语词典》对“宾服”的两种解释则相去甚远，且读音也不相同。读 bīn fú 的时候，标注了〈书〉符号，说明是一个书面用语，当作“服从、归附”讲；读 bīn fu 的时候，标有〈方〉符号，说明是一个方言，当作“佩服”讲，举例为：“你说的那个理，俺不宾服。”至于是哪里的方言则没有注明。

由以上三种辞书的解释看，“宾服”主要是“归顺、归附、服从”的意思。

《红楼梦》第七十回《林黛玉重建桃花社　史湘云偶填柳絮词》：“碧月道：‘我们奶奶不顽，把两个姨娘和琴姑娘也宾住了。如今琴姑娘又跟了老太太前头去了，更寂寞了。’”这里提到了一个“宾住”，在笔者能够查阅的辞书中都没有收录这个词。不过《红楼梦》给这个词作了个脚注：“宾住——拘束住的意思。”

再来看《现代汉语词典》里的“宾服”bīn fu，这是一个方言，作“佩服”讲。文雅的解释是“佩服”，乡土一点的解释，其实就是“服气”，和“宾住”的意思是很相近的。换一种说法，“宾住”就是“宾服住”的简称。一方把另一方“宾住”了，就是让另一方“服气”了，当然，这种“服气”还可以另一个词代替，那就是方言里的“拿住”。“拿住”不是“捉住”，而是“镇住”“吓住”的意思。

“宾住”一词就是“宾服住”，现在仍然是山西、河北北部，内蒙古中部地区民间的日常用语，当需要否定语气时，就叫作“宾不住”，或“宾服不住”。蒙古族人在放羊或放马的时候，驾驭马群和羊群的最好办法，就是先要把头马或头羊“宾住”或叫“宾服住”，这样牧马牧羊的劳动就会事半功倍。

就《红楼梦》中的“宾住”一词，其脚注的解释是非常准确的，这是“宾住”一词针对不同对象而产生的不同引申含义。在不同语境下，可以“宾服住”客人，也可以“宾服住”家人，可以“宾服住”四海，当然也可以“宾服住”牲畜。

2020 年 2 月 8 日

曹雪芹是真够“兴的”

《红楼梦》中有两次出现了“兴的”一词，并且都在前八十回。一次是第二十七回《滴翠亭杨妃戏彩蝶　埋香冢飞燕泣残红》：“红玉道：‘你们再问问我逛了没逛，二奶奶使唤我说话取东西的。’说着，将荷包举给他们看，方没言语了。大家分路走开。晴雯冷笑道：‘怪道呢，原来爬上高枝儿去了，把我们不放在眼里。不知说了一句话半句话，名儿姓儿知道了不曾呢，就把他兴的这样。’”

第二次是第四十三回《闲取乐偶攒金庆寿　不了情暂撮土为香》：“凤姐笑道：‘你别扯臊，我又没叫你来，谢你什么！你怕操心？你这会子就回老太太去，再派一个就是了。’尤氏笑道：‘你瞧他兴的这样儿！我劝你收着些儿好。太满了就泼出来的。’”

第一次出现的时候没有注释，第二次出现的时候加了个脚注：“兴的——喜欢得、高兴得。”

在《词源》《辞海》《现代汉语词典》《古代汉语词典》《新华词典》《国语词典》等辞书中都没有这个词，古典小说中也极少能够见到这个词，就是在《红楼梦》中也只有前八十回中使用了两次，并且还加了脚注，可见这个词是一个比较生僻的词，适用范围也不是太大。

“兴的”一词是一个张家口方言。因为在当地“兴”和“信”发音完全相同，在书写时，人们常常把“兴的”写作“信的”，有时也作“兴头”或叫“兴成”。在当地，“兴的”大概有两层意思：

一是指自以为有了本事或有了靠山后的一种傲慢形态，含有贬义。比如“还没考上大学，就把他兴成了这样”。“看看那家伙兴的，天天背抄着个手，凡人说不上话。”

二是指骄傲和自信，和今天普通话中的“美的”意思基本相同。“别看他是个农民，那可兴的了，就是县委书记见了他也得恭恭敬敬。”这种语境前提下，包含了一种羡慕的情感，“看看人家兴的，天南海北没有没去过的地方儿。”

从方言的角度看，“兴的”虽然包含着“欢喜、高兴”的意思，但在情感上比“欢喜、高兴”还要丰富，还要深刻。

回头再看《红楼梦》中的这两处“兴的”：晴雯排揎红玉的“兴的”，是讥嘲红玉有了靠山，也就是 “攀上了高枝儿”后的一种傲慢和对他人的轻视。尤氏调侃凤姐的“兴的”则是一种带有酸意的友爱表示，表达的是对凤姐自信和骄傲的羡慕。

用这个方言口气，来造一个和曹雪芹有关的句子，作为本篇的结尾，以表达对曹雪芹的仰慕和钦佩：

“曹雪芹是真够兴的了，天南海北的方言没有他不知道的！连张家口这个偏僻地方儿的‘兴的’都能熟练运用。”

2020 年 2 月 26 日

曹雪芹笔下的“耳刮子”

“耳刮子”，也就是“耳光子”“耳光”，也有写作“耳括子”“耳聒子”或“耳掴子”的。指的是用手掌打在脸上。可能是因为脸和耳朵挨着的缘故，打脸的时候一般都会伤及耳朵，加之耳朵的听力感受，往往比脸对耳光的感受更敏感，所以，人们把打在脸上的巴掌，不叫“脸光子”，而叫“耳光子”。这样的说法是否有一定的道理，不好断言，但在山西大同、河北张家口一带，是把“耳光子”叫作“鼻窦”的，“打耳光”叫“打鼻窦”，如“两个鼻窦就打得满脸都是血了”。在北京周边，“打耳光”则叫“掌嘴”或“扇嘴巴子”，由此可见，这嘴、鼻子、耳朵在打脸的时候都很难幸免，这一动作涉及的词汇，与嘴、鼻子、耳朵紧密相关就不难理解了。至于“光”“掴”“括”“聒”等字的差异，则是文言与白话以及方言地域的不同形成的。比如《荡寇志》第七十九回用的是“耳光子”：“鸨儿上前一个耳光子打了个蹦踵，啼哭起来。”《官场现形记》第二十回用的是“耳括子”：“管家来了，他就伸手上去，给他个耳括子。”《醒世恒言》第十七回则用的是“耳聒子”：“这是哪个说？快叫来，打他几个耳聒子，戒他下次不许说谎。”

《红楼梦》里用的是“耳刮子”，且最少使用过三次。第五十九回《柳叶渚边嗔莺咤燕　绛芸轩里召将飞符》：“（春燕）娘也正为芳官之气未平，又恨春燕不遂他的心，便走上来打耳刮子。”第六十回《茉莉粉替去蔷薇硝　玫瑰露引来茯苓霜》：“赵姨娘气的便上来打了（芳官）两个耳刮子。”第七十一回《嫌隙人有心生嫌隙　鸳鸯女无意遇鸳鸯》，周家的“一面飞走，一面口内说：‘气坏了奶奶了，可了不得！我们家里，如今惯的太不堪了。偏生我不在跟前，若在跟前，且打给他们几个耳刮子，再等过了这几日算账。’”

这是一个典型的北方方言，有的地方也写作“耳瓜子”。在动词语境下，“刮”与“打”“扇”“搂”“兜”等字的意思是相同的。在北方，这些字都可以和“耳光”“鼻窦”相组合，表示出打脸的意思。

笔者阅读过的一些小说里，唯有《红楼梦》里使用的是“耳刮子”。能够查阅到的辞书包括《词源》《辞海》，都没有收录“耳刮子”一词，可见这个词的方言范围并不太大。

《金瓶梅》第二回《西门庆帘下遇金莲　王婆子贪贿说风情》使用过“刮子”一词，西门庆央委王婆拉皮条于潘金莲时，王婆为了获得更多的中间费，对西门庆夸大风险时说道：“看这大官人作戏，你宅上大娘子得知，老婆子这脸上，怎吃的那等刮子”，这里的“刮子”，也是针对脸，打耳光的意思，虽然比“耳刮子”仅仅少了一个字，词意也基本相近，但所表达的语义、方言的地域特点以及作者的用词习惯的差异还是非常明显的。

2020 年 1 月 30 日

再说“款款”

“款款”一词是一个极普通、极常见的汉语词汇，在中国古典小说中使用得非常广泛，几乎所有小说中都使用过，比如《水浒传》第五十六回《吴用使时迁盗甲　汤隆赚徐宁上山》中，就有“悄悄地开了楼门，款款地背着皮匣，下得楼梯”的描写。

《红楼梦》也不例外，多次使用过“款款”一词，如第五回《游幻境指迷十二钗　饮仙醪曲演红楼梦》，“于是众奶母伏侍宝玉卧好，款款散去”；第十三回《秦可卿死封龙禁尉　王熙凤协理宁国府》，“吓的众婆娘忽的一声，往后藏之不迭，独凤姐款款站了起来”；第十四回《林如海捐馆扬州城　贾宝玉路谒北静王》，凤姐“款款来至宁国府”；第四十二回《蘅芜君兰言解疑癖 潇湘子雅谑补余香》，宝钗“因拉他坐下吃茶，款款的告诉他道”等。

按照《现代汉语词典》的解释，“款款”有三层意思：1. 忠实、诚恳。《楚辞·卜居》：“吾宁悃悃款款朴以忠乎，将往送劳来斯无穷乎？”2. 缓缓、慢慢。杜甫《曲江》之二：“穿花蛱蝶深深见，点水蜻蜓款款飞。”3. 和乐的样子。扬雄《太玄经·乐》：“独乐款款，淫其内也。”不难看出，《红楼梦》里的“款款”都是“缓缓、慢慢”的语义范围，没有涉及“忠实、诚恳”和“和乐的样子”。

仅就“缓缓、慢慢”的意思来说，细细推究，“款款”一词在曹雪芹的笔下有着一种出神入化的意境。从表意上看，虽然都有“缓缓、慢慢”的意思，但每次出现后所表达的语境氛围是各个不同的。

“款款散去”中的“款款”形象一点看，应该是“蹑手蹑脚、轻手轻脚”的意思，强调的是动静；“款款站了起来”则是“不慌不忙”的意思，强调的是形态和气度；“款款来至宁国府”是“不徐不疾”

的意思，强调的是大家风范。只有“款款地告诉”中的这个“款款”是侧重于“慢慢”含义的，但其中还有“轻言细语”的意思。

由此我们可以看到，这个词在不同语境条件下的细微差别，而这种细微差别则体现着不同文学人物的性格特性，细细品味确实是一种语言享受。

不仅如此，曹雪芹还在《红楼梦》中创制了一些涉“款”的新词语。如第一回，贾雨村和甄士隐喝酒叫“款斟慢饮”，第二回，贾雨村前往村肆的路上叫“款步行来”，第五回，舞女奏乐叫“款按银筝”，第二十回，宝玉安慰黛玉叫“款语温言”，第二十一回，贾琏见了“多姑娘儿”没有“情谈款叙”等，不论哪一个，当作成语使用都毫不逊色，《红楼梦》有如此魅力，精湛的语言艺术恐怕也是原因之一吧。

2020 年 1 月 5 日

曹雪芹的“安心”

“安心”一词是古今小说中经常见到的词汇，并且不论是明清话本，还是当代长篇、短篇，使用频率都很高，特别是长篇小说，就连半文半白的《三国演义》也多次使用该词。

“安心”是一个正宗的文言词汇，早在春秋战国时期就开始出现在了政论文章之中了，《墨子·亲士》就有“吾闻之曰：‘非无安居也，我无安心也’”的记载。《后汉书·梁节王畅传》也有“王其安心静意，茂率休德”的评论。到了唐朝，“安心”开始出现在了诗中，许大《西山吟》：“自从明府归仙后，出入尘寰直至今。不是藏名混时俗，卖药沽酒要安心。”

“安心”的词意在《现代汉语词典》里有两解，一是动词，作“存心、居心”讲，如“安心不善”；二是形容词，作“心情安定”讲，如“安心工作”。

但在《汉语词典》（原《国语词典》）中的解释就详细多了：心安而不外求，如“安心恬淡”；佛理，谓“守心不使外惊”，如“与汝安心竟”；犹放心，如明清小说“你我安心，好做长久夫妻”；犹言诚意，如《红楼梦》“但你要安心留我，不在这上头”；犹存心，如“安心不善”。但仔细推敲，除了佛理释义之外，其他的“心安”“放心”“诚意”以及“存心”似乎都在《现代汉语词典》的形容词和动词范围之内，只不过细化了一下罢了。

“安心”一词在《红楼梦》中最少使用了 26 次，前八十回使用了约 14 次，后四十回使用了约 12 次。说这个词在小说中使用频率高，这也算是是一个例证了。

如前八十回中的第十七至第十八回《大观园试才题对额　荣国府

归省庆元宵》“原来林黛玉安心今夜大展奇才”；第二十九回《享福人福深还祷福　痴情女情重愈斟情》：“宝玉听了，便向前来直问到脸上：‘你这么说，是安心咒我天诛地灭。’……林黛玉一闻此言，……便战战兢兢地说道：‘我要安心咒你，我也天诛地灭。’”

后四十回中的第八十三回《省宫闱贾元妃染恙　闹闺阃薛宝钗吞声》，探春又（对黛玉）道：“只要你安心肯吃药，心上把喜欢事儿想想，能够一天一天地硬朗起来，大家依旧结社做诗，岂不好呢。”第八十六回《受私贿老官翻案牍　寄闲情淑女解琴书》，薛蝌“一时料着不得闲，住在这里无益，不如到监告诉哥哥安心等着”。

即使是全国通用的一般普通型词汇，某种地域范围内都有可能承载着当地特有的语义，比如“褶子”，一般情况下都是作“皱纹”讲的，布上、纸上或者皮肤上的“皱纹”都叫“褶子”，但在北京，“褶子”还作“傻眼”讲。“安心”也是一样，在北方，“安心”具有方言特色，除了各词典里收录的语义外，还有一种解释，那就是“故意”或“有意”。例如上面例子中的“黛玉安心今夜大展奇才”和“安心咒我天诛地灭”的“安心”就属于北方方言范畴。

仔细分析《红楼梦》中的26处“安心”，有一个很有意思的现象，那就是在前八十回中的14个“安心”，其中有13个是“存心”“故意”或“有意”的意思，也就是说，前八十回中的“安心”基本上是作为动词以方言特色使用的。而后四十回中的12个“安心”都是“心安”“踏实”“放心”的意思，如“只要你安心肯吃药”“告诉哥哥安心等着”等，也就是说，后四十回中的“安心”是作为形容词以通用词语使用的。这种细微的差别，也反映了曹雪芹和补续作者二人不同的驾驭文字能力以及作者所熟悉的语境特点。

2020年2月4日

“恶赖”有别于“恶劣”

《汉语词典》（原《国语词典》）对恶赖的解释是：“犹恶劣”，引用《儒林外史》第四回“其风俗恶赖如此”为例，其他辞书则没有收录。但仔细推敲《红楼梦》中的“恶赖”，似乎与“恶劣”之意相去甚远。

“恶赖”一词在《红楼梦》中出现过两次，第一次是在第十七回《大观园试才题对额　荣国府归省庆元宵》，贾政听了宝玉的解释，斥责宝玉道：“无知的蠢物。你只知朱楼画栋，恶赖富丽为佳，哪里知道这清幽气象。终是不读书之过。”贾政是曹雪芹着意刻画的一个宗法家族代表，书香门第出身，虽未中过举，但也读了不少书，因袭入仕后，更是极尽书墨熏陶，所以常常是行为持重、言语威严，使得贾宝玉一听其名就会两腿发战、面色发白。看他斥责贾宝玉的这几句话，文法严谨，用词讲究，具有儒士的专业水准。其中的“朱楼画栋，恶赖富丽”是两组并列词组，具有鲜明的骈体特色。“朱楼画栋”是两个同义名词并列，“恶赖富丽”是两个反义形容词并列，这个用词都非常讲究。这里的“恶赖”显然是“不好”“不佳”的意思。

第二次是第八十回《美香菱屈受贪夫棒　王道士胡诌妒妇方》，“薛姨妈听见金桂句句挟制着儿子，百般恶赖的样子，十分可恨”。这句话不是文学人物的语言，而是作者的叙述，这里的“恶赖”其实就是“无赖”的意思。

“恶赖”是一个山西、河北北部，内蒙古中部地区的方言，“恶”就是“恶毒”，“赖”就是“不好”，“恶毒且又不好”就是“恶赖”的方言本意，与“无赖”“无耻”“恶棍”“流氓”是同义词，在民间至今仍然普遍使用。

明朝郎瑛的《七修类稿·辨证七·贾母》里曾经使用过“恶赖”一词，

所表达的就是“不好、不正派”的意思。全文是：

“贾似道之母，诸家小说言之不一，或云逃婢，夜宿贾门，收而奸生似道；或云贾涉在凤口遇洗衣妇人，挑而从之，因别买于其夫；或云涉为万安丞时，至爨婢通，生似道；至言嫡不容其母，卖为石匠之妻，诸书所同也。然其形容恶赖，甚为惭惶。予意其母为人家之婢，必然；恶赖之事，因似道而故加之也。是以君子恶居下流，不然，何其纷纷耶？”

由此我们不难看出，《儒林外史》中的“恶赖”，与《红楼梦》中两处所用的“恶赖”，是有着明显的区别的。《汉语词典》对“恶赖”的解释，也是不能适用于《红楼梦》的。

2020 年 2 月 5 日

关于“回九”

《红楼梦》第九十八回《苦绛珠魂归离恨天　病神瑛泪洒相思地》“一连闹了几天，那日恰是回九之期，若不过去，薛姨妈脸上过不去；若说去呢，宝玉这般光景。贾母明知是为黛玉而起，欲要告诉明白，又恐气急生变。宝钗是新媳妇，又难劝慰，必得姨妈过来才好。若不回九，姨妈嗔怪。便与王夫人凤姐商议道：‘我看宝玉竟是魂不守舍，起动是不怕的。用两乘小轿叫人扶着从园里过去，应了回九的吉期，以后请姨妈过来安慰宝钗，咱们一心一计地调治宝玉，可不两全？’”

这其中提到了“回九”习俗。从叙述的内容来看，这“回九”是一个很重要的日子，也是一个必不或缺的结婚礼仪，而且是“吉期”。宝玉已经生病，病得还不轻，即使是“叫人扶着”，也要完成回门礼仪，足可见这回门礼的重要。如果不回门，姨妈就会“嗔怪”，可见这回门礼又主要是针对娘家的。

上海古籍出版社 1988 年版《〈红楼梦〉鉴赏辞典》说：“回九，又称‘住九’‘回门’。旧俗，新娘在婚后第九天，由新郎陪同回娘家，娘家需设宴款待，一般当天即返。回九之期，如新郎不陪新娘去岳家，便是对岳父母的不敬。”《汉语词典》没有“回九”条，其“回门”条释是：“旧俗，新妇于入夫家三日后偕婿归母家拜见父母，谓之回门；亦有当日行之者。”

不知道《〈红楼梦〉鉴赏词典》这一解释依据的是什么地方的风俗，在山西、河北北部地区，也有“回九”习俗，就是全国普遍所称的“回门”礼仪。指的是女儿结婚后的第三天，要在女婿的陪同下回到父母家中住九天，所以也叫“住九”。现在只注重第三天要回娘家，至于回去住几天已无人考究，也没有人去固守这种礼制。至于《〈红楼梦〉

鉴赏词典》中所说的第九天返回娘家，则没有这一习俗。到了娘家之后是否当天返回，则视路途、车辆、家庭习惯等情况而定，也非定例。乡下人娶妻，一般都是外村，在过去交通条件下，大多数是不可能当天返回的，因此也不会形成这种约定习俗。《汉语词典》中“亦有当日行之者”，倒是中肯的。

在河北中部，也保留着“回门”礼仪，但不论何月何日结婚，回门都是在正月初二，不仅回门在初二，之后女儿女婿外孙拜年也一般安排在初二，几乎一生不改。

因为女儿是在第三天回到父母门上，所以有人把“回九”称作“回三”，实际上民间很少有“回三”之说。

2020 年 2 月 8 日

关于“熥”字

《红楼梦》第二十七回《滴翠亭杨妃戏彩蝶　埋香冢飞燕泣残红》：“晴雯一见了红玉，便说道：‘你只是疯罢。院子里花儿也不浇，雀儿也不喂，茶炉子也不熥（原文为火字旁加一个龙），就在外头逛。’”这里的“熥”字，甲戌、梦稿、列藏本都作“笼”，甲辰本作“弄”。其余版本作“熥”。20 世纪 50 年代文字改革的时候，将“熥”字规范为了“笼”，所以，《辞海》《现代汉语词典》等辞书中也不再收录“熥”这个字了。不过在《汉语词典》（原《国语词典》）中是保留了这个字的，使我们还能够探索到这个字的字义，其对“熥”字的解释是：“火貌”。对“熥火”的解释是：“烧柴炉中，置煤使燃，谓之熥火。”

“熥火”，是一个北方方言，使用范围比较大，但在各地的使用中又小有区别。其含义也不仅是“炉中置煤使燃”，比如山东直接就叫作“熥炉子”，这和“炉中置煤使燃”的解释是很接近的了，《红楼梦》中晴雯说的“茶炉子也不熥”就更贴近这一解释。但在东北和河北北部以及内蒙古草原上，“熥火”和“生火”是有分工的，“生火”又作“烧火”，指的是炉中或灶中点火，再具体一点就叫“生炉子”“烧锅”。而“熥火”则专指野外或就地生火。我们到内蒙古参加篝火晚会时，你会经常听到工作人员说：“天黑定了，该熥火了。”意思就是天完全黑了，该点燃篝火了。张家口一带的小孩子在野外点火玩耍，就叫“熥火火”。

最为典型的是过春节，这一地区的人有“熥旺火”的风俗，叫作“起五更，熥旺火”，作为迎接财神的仪式。初一早晨，星空闪烁，万籁俱寂，鸡叫声过后，一家老小穿戴整齐，来到院子中央，点燃起头一天就准备好的柴火，同时放起鞭炮和爆竹，这就是“熥旺火”。最早还要上供，新中国成立后上供就很少见了。现在人们陆续在县城买了楼房，没有了自己的院子，但依然不能扼杀春节“熥旺火”的热情，他们会集中在小区里，架起木柈子和煤垒起的旺火垛，集体熥起燃时更长，火焰更加壮观的旺火。

从这个“熥茶炉子”的描写，我们可以从一个小小的侧面看到，为什么会有多个地区的人来认领《红楼梦》中的方言土语。因为有些方言使用范围很大，多个地方都在使用，虽然其中也有地域间的差异，但其字形不会改变，其含义又会被《红楼梦》的内容所限制，这就增添了《红楼梦》方言的广泛性。就“熥火”来说，山东、河北、山西、东北和内蒙古甚至河南，都可以说是本地的方言。

2020 年 2 月 26 日

贾府礼仪与“装假”

《红楼梦》第七十五回《开夜宴异兆发悲音　赏中秋新词得佳谶》，有一段关于日常晚饭，但包含着详细的清朝贵族家庭日常生活礼仪的描写：

说话之间，早有媳妇丫鬟们抬过饭桌来，王夫人、尤氏等忙上来放箸捧饭。贾母见自己的几色菜已摆完，另有两大捧盒内捧了几色菜来，便知是各房另外孝敬的旧规矩。贾母因问：“都是些什么？上几次我就吩咐，如今可以把这些蠲了罢，你们还不听。如今比不得在先辐辏的时光了。”鸳鸯忙道：“我说过几次，都不听，也只罢了。”王夫人笑道：“不过都是家常东西。今日我吃斋，没有别的。那些面筋豆腐老太太又不大甚爱吃，只拣了一样椒油莼齑酱来。”贾母笑道：“这样正好，正想这个吃。”鸳鸯听说，便将碟子挪在跟前。宝琴一一地让了方归坐。贾母便命探春来同吃。探春也都让过了，便和宝琴对面坐下。待书忙去取了碗来。

鸳鸯又指那几样菜道：“这两样看不出是什么东西来，是大老爷送来的。这一碗是鸡髓笋，是外头老爷送上来的。”一面说，一面就只将这碗笋送至桌上，贾母略尝了两点，便命：“将那两样着人送回去，就说我吃了。以后不必天天送，我想吃自然来要。”媳妇们答应着，仍送过去，不在话下。

贾母因问：“有稀饭吃些罢。”尤氏早捧过一碗来，说是红稻米粥。贾母接来吃了半碗，便吩咐：“将这粥送给凤哥儿吃去。”又指着，“这一碗笋和这一盘风腌果子狸给颦儿、宝玉两个吃去，那一碗肉给兰小子吃去。”又向尤氏道：“我吃了，你就来吃了罢。”尤氏答应着，待贾母漱口洗手毕，贾母便下地和王夫人说闲话行食。尤氏告坐。

探春、宝琴二人也起来了，笑道："失陪，失陪。"尤氏笑道："剩我一个人，大排桌的不惯。"贾母笑道："鸳鸯、琥珀来趁势也吃些，又作了陪客。"尤氏笑道："好，好，好，我正要说呢。"贾母笑道："看着多多的人吃饭，最有趣的。"又指银蝶道："这孩子也好，也来同你主子一块来吃，等你们离了我，再立规矩去。"尤氏道："快过来，不必装假。"贾母负手看着取乐。

从这些详细的描写中我们可以看到，在贾府吃饭的时候，先要由贾政的妻子王夫人和贾珍的妻子尤氏这婆媳二人来为贾母放箸捧饭布菜。这是儿媳妇和孙媳妇的责任和义务，即便是女儿、侄女在场，这活也是媳妇的，连丫鬟侍女也只能打下手。

住在一个院子里已经成家娶妻的子侄辈，每顿饭都要做菜送往直系长辈处，这是孝礼的要求，就是贾母说的"孝敬规矩"，不论这个长辈吃还是不吃。据当过"中华民国"大总统冯国璋的故乡河间、任丘一带的民间传说，冯国璋开府建衙之后，每顿饭都要给母亲上一盘饺子，只要他在场，都是亲自端送。

宝琴和探春是小字辈，没有长辈的指示不能入座，长辈安排入座时，先要"一一让过"才能归坐。不论吃饱与否，长辈离座，晚辈也必须离座，离座时还要告偏，一般是说一句"偏饭了"以表示对长辈的尊重，这里二人用的是双叠谦辞"失陪，失陪"。宝琴相对于探春来说是姨家客人，因此可以比探春先行入座，这是待客之礼。

尤氏是伺候到最后的孙媳妇，贾母等人吃完了，她才有上座的资格，但仅仅是有了资格，正式吃饭还必须有贾母的指令，因此有了贾母"我吃了，你就来吃了罢"的招呼，尤氏才能上桌。如果没有贾母的招呼，尤氏这顿饭就吃不上，只能饿肚子了。

曹雪芹把贾母塑造成了一个慈祥可爱的老人，对子子孙孙都关爱有加，不会做出不让儿孙媳妇吃饭的事，但在新中国成立前，不仅豪门贵族，即便是普通的民间小户，当媳妇的大多有不能正常进餐的经历，这才有了“儿媳妇终于熬成了婆”的民谚。

尤氏最后只剩下一个人，从她的“剩我一个人，大排桌的不惯”这句话中，可以看到她平时很少这种待遇，当着长辈的面一个人吃饭，既有越礼的紧张又有对贾母关爱的感激，还有一种对平辈甚至客人的尴尬。贾母深知这样安排下尤氏的心情，因为贾母本身也经历过如此历程，为了不让尤氏过分尴尬，她安排了鸳鸯、琥珀、银蝶三个丫鬟来陪同尤氏进餐，尤氏立即说道：“快过来，不必装假”，丫鬟都安排上桌了，她坐着吃饭的地位就发生了变化，尤氏总算有了一点如释重负的感觉。

“快过来，不必装假”，其中的“装假”，是一个在古典小说中很少见到的词，四大名著中也只有《红楼梦》使用了这一次。《现代汉语词典》的解释是：“装假——实际不是那样而装作那样：这孩子很老实不会装假。”其他辞书中很少收录该词，说明该词的使用范围很小。就《红楼梦》里这句话的语境看，也不是“实际不是那样而装作那样”的意思。

其实“装假”是今天山西、河北北部，内蒙古中部地区，民国时期察哈尔省的一个方言，“装”读 zhāng，与“张”发音完全相同，也叫“作假”，指的是为遵守礼制规矩而表现出来的谦让，尤同普通话的“客气”。“大家千万不要装假，东家的席面不赖，一定要吃好喝好。”“甭给我搛菜了，我也不是外人，不会装假的。”

尤氏生怕三个丫鬟在礼制的约束下闹客气，使她不能摆脱越礼尴尬的局面，才赶快说出了“快过来，不必装假”这句话，当时尤氏的心情和情态，这么一句话，就被表达得淋漓尽致了。

2020 年 1 月 20 日

可亲的秦可卿

在《红楼梦》中，曹雪芹苦心孤诣，构思了一个可亲可爱的文学人物秦可卿。秦可卿是太虚幻境之主警幻仙子的妹妹，乳名兼美，表字可卿，金陵十二钗之一，可见神界的社会地位不算低。降生人间后便成了孤儿，由基层小官吏秦业领养后抚养长大，可谓生来坎坷。可卿“生得袅娜纤巧，行事又温柔和平”（第五回），知书达理，深谙世事。临死的前一刻，围绕“盛筵必散”“月满则亏，水满则溢”“登高必跌重”（第十三回）这个重点，以托梦的方式向王熙凤提出了加强贾府战略性管理的建议，可谓是曹雪芹向各个家庭乃至全社会提出的行世忠告，至今仍然是每个读者最为深思和首肯的章节之一。长大后可卿嫁与贾蓉为妻，成了少奶奶，脂砚斋评她是“贫女得居富室”，算是在人间恢复了其神界的地位。秦可卿是曹雪芹浓墨重彩刻画的人物之一，在作者心里“是个极妥当的人”，被赋予了“乃重孙媳中第一个得意之人”（第五回）的地位。

贾蓉是贾珍之子，贾敬之孙，贾演之曾孙，贾母的曾侄孙。他原来只是个监生，可卿死后，为了在丧礼上风光些，父亲贾珍花了一千二百两银子才给他买了个五品龙禁尉的虚衔。贾府的已婚子弟中，辈分是最低的了。

就是这样一个小字辈，曹雪芹却给他安排了一个全书独一无二的极其奢侈豪华，“大约连神仙也可以住得了”（第五回）的卧室，足可见作者对这个文学人物的喜爱程度。

第五回《游幻境指迷十二钗　饮仙醪曲演红楼梦》“说着，大家来至秦氏房中。刚至房门，便有一股细细的甜香袭人而来。宝玉觉得眼饧骨软，连说‘好香！’入房向壁上看时，有唐伯虎画的《海棠春睡图》；两边有宋学士秦太虚写的一副对联，其联云：‘嫩寒锁梦因春冷，芳气笼人是酒香。’案上设着武则天当日镜室中设的宝镜，一边摆着飞燕立着舞过的金盘，盘内盛着安禄山掷过伤了太真乳的木瓜。上面设着寿阳公主于含章殿下卧的榻，悬的是同昌公主制的连珠帐。宝玉含笑连说‘这里好’。秦氏笑道：‘我这屋子大约神仙也可以住得了。’说着亲自展开了西子浣过的纱衾，移了红娘抱过的鸳枕。于是众奶母伏侍宝玉卧好，款款散了，只留袭人、媚人、晴雯、麝月四个丫鬟为伴。秦氏便吩咐小丫鬟们，好生在廊檐下看着猫儿狗儿打架。”

明代绘画大师唐伯虎的画，北宋词宗秦少游的字，大周皇帝武则天用过的镜子，汉朝皇后赵飞燕在上面跳过舞的金盘，打过唐朝贵妃杨玉环（太真）乳房的木瓜，南朝宋武帝刘裕女儿寿阳公主睡过的榻，唐懿宗女儿同昌公主制作的连珠帐（珍珠缀成的帐子）。还有西施洗过的被子，红娘抱过的枕头。想想看，这都是一些何等档次的东西！且不说在今天，就是在清朝的时候，可卿屋里的这些陈设换成银子，也足够再建一座大观园的了！

可卿屋里的摆设自然都是虚构，有学者专门进行过研究，所有陈设都是从历史故事中演绎而来的，就现在的发现，秦观没有“嫩寒锁梦因春冷，芳气笼人是酒香”的词句和字画，唐伯虎也没有《海棠春睡图》，倒是有一幅《海棠美人图》。

作者如此夸张地构思可卿的卧室，并且列举了一系列与古代香艳和风流故事有关的器物，我想一是要表现贾府的豪华富有和奢侈，为可卿死时留言王熙凤埋下伏笔；其次，是要营造一种仙境氛围，为贾宝玉“游幻境指迷十二钗”作铺垫；再次是在情节上照应“假作真时真亦假，无为有处有还无”的作书要旨。

2019 年 12 月 31 日

“克啬”与“啬刻”

《红楼梦》中有不少词，是常见的辞书中没有收录的。第四十六回《尴尬人难免尴尬事 鸳鸯女誓绝鸳鸯偶》“凤姐知道邢夫人秉性愚犟（书中此字为傓），只知承顺贾赦以自保，次则婪聚财货为自得。家下一应大小事务，俱由贾赦摆布。凡出入银钱事务，一经他手，便克啬异常。以贾赦浪费为名‘须得我就中俭省，方可偿补’，儿女奴仆，一人不靠，一言不听的”。这里的“克啬”就是一个辞书中没有收录的词。有人说这是一个甘肃甘谷方言，意味给人穿小鞋，从《红楼梦》所用的语境看，这个词就是“吝啬”的意思。《红楼梦》中这个词也只出现过一次，其他古典小说中也很少见到，说明这个词是一个方言，但还没有发现有哪个地区认领过。

第一百〇一回《大观园月夜警幽魂 散花寺神签占异兆》有一个“啬刻”，原文是：凤姐想了一想道：“哎哟，可是啊，我还忘了问你。二叔不是冬天的生日吗？我记得年年都是宝玉去。前者老爷升了，二叔那边送过戏来，我还偷偷儿地说，二叔为人最是啬刻的，比不得大舅太爷。”《现代汉语词典》中收录了这个词，对其的解释是一个方言形容词，即“吝啬”。

可以推定，“克啬”和“啬刻”本就是一个词，只不过字序颠倒了一下，且使用了都是入声韵，都在同一韵部，音同字不同的两个字。颠倒字序的词在《红楼梦》里确实很多，比如第 20 回的“要戏”，第 34 回的“管保”，第 42 回的“脱滑”，第 45 回的“忖夺”，第 53 回的“外另”，第 57 回的“损阴”，第 58 回的“记挂”，第 68 回的“承应”，第 72 回“支借”，等等。

《儒林外史》第五十二回：有一个“啬细”：在叙述毛二胡子的

为人时写道："此人有个毛病，啬细非常，一文如命。近来又同陈正公合火贩丝。陈正公也是一文如命的人，因此志同道合。"常见的辞书中也没有收录"啬细"一词，同"克啬"一样，同样是一个生僻词。从内容上看，这个"啬细"也是吝啬的意思。《儒林外史》的作者是安徽全椒人，但在十几岁的时候就离开全椒到了江苏赣榆，后又定居南京，从《儒林外史》的用词风格可以推定，"啬细"很有可能是一个江苏方言，但在山西大同和河北张家口一带，也有"啬细"这样一个方言，是吝啬，有东西舍不得使用或小气的意思，不过"啬"的读音作"识"，《词林正韵》中可以查到，"啬"和"识"都是入声韵，在同一个韵部且声母相同，也就是说，古代这两个字发音是相同的，同一个词，在历史的演变过程中，在不同的地区出现了适应当地语音特点的发音变化，但所包含的词意却固定了下来，分别成了南北方特有的方言。

回过来再看"克啬"和"啬刻"，在《红楼梦》的语境下，其含义同"啬细"是很相同的了，也可以说，这三个词的方言特性和词意基本上是相同的。

2020 年 2 月 16 日

“浪汉”与“浪小妇”

《红楼梦》第五十九回《柳叶渚边嗔莺咤燕 绛芸轩里召将飞符》有一段关于春燕的亲娘，芳官的干娘何婆骂自己亲生闺女春燕的叙述：“他（春燕）娘也正为芳官之气未平，又恨春燕不遂他的心，便走上来打耳刮子，骂道：‘小娼妇，你能上去了几年？你也跟那起轻狂浪小妇学，怎么就管不得你们了？干的（指芳官）我管不得，你是我屄里掉出来的，难道也不敢管你不成！既是你们这起蹄子到的去的地方我到不去，你就该死在那里伺候，又跑出来浪汉。’”

曹雪芹设计的春燕娘何婆是一个没有文化的下层佣人，在贾府地位比做丫鬟的女儿春燕还要低，又是新进入贾府做粗工的，她嘴里骂出来的话便充满了乡村野味，比如像“屄里掉出来的”“浪小妇”“浪汉”“死（死死的意思）在那里伺候”，等等。

这里需要探讨的是“浪小妇”和“浪汉”两个词，字面上看似乎词性是相同的，实际上是截然不同的。

“浪小妇”其实就是“浪妇”，是个名词，指的是言行不够检点、生活作风比较随意的女性。这里之所以加了个“小”字，是因为何婆这里的骂，针对的是和春燕经常在一起的其他丫鬟侍女，这些丫鬟侍女年龄都不大，还属于小孩行列。严格一些说应该叫“小浪妇”，但作者为了刻画人物的地域特性和身份属性，把“小”字放在了中间，使得人物更加活灵活现，更具有了生活的真实性，也非常符合方言语法特性。

一般情况下，“浪汉”同“浪妇”一样是作名词的，指的是不务正业、到处游荡的人，和“流浪汉”词意相近。《红楼梦》里的这个“浪汉”与“浪妇”却大不相同，不作名词，而是一个动宾词组。指的是女人吸引男人，挑逗男人，卖弄风情，以博得男人喜欢的行为过程。可以说，“浪妇”的具体浪荡行为就是“浪汉”。

“浪汉”是张家口—大同一带的方言，现在依然广泛使用。比如当地的人在调侃外出的女人时就经常说：“你又去哪里浪汉子去了？”“汉”在当地是男人的俗称，一般情况下，人们把丈夫叫作“汉子”，“嫁汉嫁汉，穿衣吃饭”就是当地的谚语，“找汉子”就是指女人找对象，“养汉子”就是指女人找情人。

“浪”在当地也是一个有着特殊语义的单字词，除了《现代汉语词典》给出的释义外，在当地，“浪”还有显摆、轻浮、勾引以及没事乱串的意思，比如母亲急着找自己的女儿，但又找不见，当女儿忽然回到了家里，母亲便会呵斥“你又去哪里浪去了”或者“你又浪了哪里了？”到外面溜达溜达叫“浪达浪达”；出去显摆显摆叫“浪一浪”；男人献媚于女人叫“浪媳妇儿”等等。将“浪”与“汉”的这种意思组合起来，再来理解《红楼梦》中“浪汉”的方言语义就容易了。

2020 年 1 月 31 日

“巧宗儿”小析

“巧宗儿”是一个北方方言，有两层意思：一是作“巧合”讲，例如：“今儿可真是个巧宗儿，一天碰上了他两次。”二是指的“取巧的好事”，例如：“今天也去买个彩票，没准儿就得个巧宗儿呢。”

一般辞书里在注释“巧宗儿”一词时都以《金瓶梅》第六十八回为例，这一回是《郑月儿卖俏透密意　玳安殷勤寻文嫂》。郑月儿引诱西门庆去嫖宿王三官娘子，在向西门庆介绍王三官娘子的情况后，又补充说道：“又一个巧宗儿：王三官儿娘子儿今才十九岁，是东京六黄太尉侄女儿，上画般标致，双陆棋子都会。”这里的“巧宗儿”相当于“更巧合的是”。

其实“巧宗儿”一词在《红楼梦》里出现的次数比《金瓶梅》要多，《红楼梦》里至少出现过5次。

第二十四回《醉金刚轻财尚义侠　痴女儿遗帕惹相思》，秋纹骂小红：“兜脸啐了一口，骂道：‘没脸的下流东西！正经叫你催水去，你说有事，倒叫我们去。你可等着做这个巧宗儿。一里一里的，这不上来了。难道我们倒跟不上你了？你也拿镜子照照，配递茶递水不配！’”这里把小红等待给宝玉倒茶的机会以接近宝玉叫作“巧宗儿”。

第三十回《宝钗借扇机带双敲　龄官划蔷痴及局外》，金钏儿睁开眼，将宝玉一推，笑道：“你忙什么！‘金簪子掉在井里头，有你的只是有你的’，连这句话语难道也不明白？我倒告诉你个巧宗儿，你往东小院子里拿环哥儿同彩云去。”这里把贾环和彩云的私会叫作“巧宗儿”。

第三十六回《绣鸳鸯梦兆绛芸轩　识分定情悟梨香院》平儿冷笑道：“奶奶连这个都想不起来了？我猜他们的女儿都必是太太房里的

丫头，如今太太房里有四个大的，一个月一两银子的分例，下剩的都是一个月几百钱。如今金钏儿死了，必定他们要弄这一两银子的巧宗儿呢。”这里把金钏腾出来的位置叫“巧宗儿”，因为金钏的位子每月有一两银子的份例，是个肥缺，就是“好事”的意思。

第三十七回《秋爽斋偶结海棠社　蘅芜苑夜拟菊花题》晴雯笑道：“我偏取一遭儿去。是巧宗儿你们都得了，难道不许我得一遭儿？”麝月笑道：“通共秋丫头得了一遭儿衣裳，那里今儿又巧，你也遇见找衣裳不成。”以及第六十四回《幽淑女悲题五美吟　浪荡子情遗九龙佩》：“贾珍又给了（贾琏）一房家人，名叫鲍二，夫妻两口，以备二姐过来时服侍。那鲍二两口子听见这个巧宗儿，如何不来呢？”这两回里是把“好处”“好事”叫作“巧宗儿”的。

由此可见，“巧宗”就是一个口语，曹雪芹将其屡屡放在自己的小说中，肯定有其创作时遣词造句的“随意性”，而这种创作用词“随意性”的本源，就是作者对该词的熟悉和理解的透彻，而这种透彻主要是学习的结果。结合《红楼梦》中方言的广阔性，可以推断，曹雪芹在北京混生活的时候，掌握了大量的不同地区的方言土语，其把控语言的能力，一点不次于相声语言大师侯宝林，这才有了如今天南海北的读者认领曹雪芹为“老乡”的红学现象。我想，如果排除今天科学的发展程度，再过一百年，就会有上海人依据侯宝林先生的相声，断定他是上海人了。

2019 年 12 月 29 日

“雀儿”的方言属性

小字下面一个隹字就是雀字。在甲骨文中，长尾鸟写作鸟，短尾鸟就写作隹，隹是短尾鸟的象形字。《说文解字》解释为：“鸟之短尾之总名也。”可见小隹的雀，就是小短尾鸟，并且指的是所有的小短尾雀，不是某一种短尾雀的专指。所以《现代汉语词典》给雀的解释就是“小鸟的泛称”。有的辞书把雀直接解释为“麻雀”，根据此意，显然不够严谨。我国的雀科鸟类有 21 属 86 种 123 个亚种，麻雀只是其中的一种罢了。

“雀儿”是一个儿化音的词，是不能读成雀儿的。在河北中部有人将其读成“巧儿”，读音虽有差异，但表达的意思是一样的。“雀儿”就是“雀”的口语音。

《红楼梦》反映的是贵族世家的生活，因此免不了的声色犬马、鸟语花香。《红楼梦》中描写叙述鸟的章节很多，但有一个令人深思的文字现象，就是基本上都把鸟称为“雀儿”，是一种完全口语式的描写叙述。前八十回中“雀儿”至少出现过 24 次，独立称作鸟，或称鸟的学名的几乎没有，如果有，也是围绕“雀儿”出现的。比如第六十三回《绣鸳鸯梦兆绛芸轩　识分定情悟梨香院》：“宝玉问他（贾蔷）：‘是个什么雀儿，会衔旗串戏台？’贾蔷笑道：‘是个玉顶金豆。’”

《红楼梦》中所使用的“雀儿”语境范围很广，除了作者叙事，文学人物语言叫作“雀儿”以外，连养鸟的工具鸟笼子的鸟也换作了“雀儿”，第六十三回：“宝玉听了，以为奇特。少站片时，果见贾蔷从外头来了，手里提着个雀儿笼子，上面扎着个小戏台，并一个雀儿，兴兴头头地往里走着找龄官。”更有甚者曹雪芹竟然把谚语里的鸟也改作了“雀儿”。第六十七回薛姨妈说：“咱们家没人，俗语说的‘夯雀儿先飞'，省的临时丢三落四的不齐全，令人笑话。"可见这个"雀儿"在作者心中存有多深的烙印。

"百度百科""雀儿"条："在晋语等方言中泛指各种小鸟（燕子习惯与普通话相同），如麻雀、山雀、黄鹂、树雀等"。可见，"雀儿"为晋语方言已有普遍的共识。至今在山西大同、河北张家口、内蒙古集宁和锡林浩特一带，依然把小鸟统称为"雀儿"，但这一地区的"雀儿"中不但不包括燕子，还不包括麻雀和百灵，这一地区麻雀的专称叫"甲巴子"，百灵的专称叫"白灵子"。

"雀儿"既然是小鸟的泛称，在这个方言区域内，也就有了"大雀儿""小雀儿""老雀儿"以及对"雀儿"的昵称"小雀雀儿"。《红楼梦》第二十四回"还有引泉、扫花、挑云、伴鹤四五个，又在房檐上掏小雀儿玩"。房檐上掏"小雀儿"玩，这是当地当年儿童们的喜爱，这里的"小雀儿"指的是刚孵化出来，还不能展翅的小鸟。第三十六回龄官对贾蔷说："那雀儿虽不如人，他也有个老雀儿在窝里，你拿了他来弄这个劳什子也忍得！"这是说贾蔷用一两八千银子买来的玉顶金豆，是一只还没有离巢的小鸟，在龄官的眼里，贾蔷干了一件母子分离的缺德事。

由"雀儿"一词我们可以从一个小小的侧面看到曹雪芹对晋方言的熟悉程度，也可以推想，像"雀儿"这样的晋方言，一定也是曹雪芹日常生活的常用词汇。

2020 年 2 月 28 日

“失迷”是种什么迷?

《红楼梦》第十四回《林如海捐馆扬州城 贾宝玉路谒北静王》,凤姐被贾珍请到宁国府做总管,凤姐一上手就使出了“凤辣子”雷厉风行的手段,“一面交发,一面提笔登记,某人管某处,某人领某物,开得十分清楚。众人领了去,也都有了投奔,不似先时只拣便宜的做,剩下的苦差没个招揽。各房中也不能趁乱失迷东西。”

这里提到了“失迷”一词。《现代汉语词典》将“失迷”作动词解释,与“迷失”同义,举例为“失迷道路,失迷本性”。《汉语词典》(原《国语词典》)将“失迷”解释为“迷惑不复得,如言失迷道路”。其他大型辞书如《辞海》《词源》等都没有收录该词。从《现代汉语词典》和《汉语词典》的解释来看,二者释义没有太大的区别,举例也是相同的,都把“失迷”作“迷失”讲。

但仔细品味《红楼梦》中的“失迷”似乎没有“迷失”的意思,至少和“迷失”是没有太大关系的。方向、本性都可以迷失,东西怎么会迷失呢? “趁乱失迷东西”,不论从故事情节来看,还是从当时的语境来看,这里的“失迷”都是“东西丢失或隐藏起来找寻不到”的意思。

古今不少作家都把“失迷”当作“迷失”来使用,比如:元代关汉卿《哭存孝》的第二折:“李存孝,阿妈将令,为你多有功劳,怕失迷了你本姓,着你出姓,还叫作安敬思”;《儿女英雄传》第二十二回:“将出得门,却喜那匹马还在当院里,他便跨上,一辔头跑回来,却是失迷了路径。”孔厥、袁静《新儿女英雄传》第六回:大水吼着:“杨小梅!快跟紧啊!一掉队就失迷了”等都是当作“迷失”讲的。

但在小说中，也有把“失迷”作“丢失”讲的，比如梁斌的《播火记》第一卷十五：“他们缺钱找我，缺枪找我，失迷了东西找我，把我当成了什么了？”

由此可见，“失迷”当有“丢失”的意思，但在《现代汉语词典》和《汉语词典》中都没有收录这一释义。

其实“失迷”是一个北方方言，又作“失觅”或“拾迷”，范围大约在山西、河北中北部和内蒙古中部地区，除了“迷失”之意外，确实有“丢失、丢落”“收藏”以及“把东西藏起来”的意思。比如当地人讲：“家中失迷了东西，一定要报案。”“前两天还看着了呢，今儿怎么就寻不见了，也不知失迷了哪儿了？”“赶快失迷起来，不要叫人看见了。”

2020 年 1 月 7 日

说说“兴头”这个方言

“兴头”是元、明、清时代的小说、话本、戏曲中使用非常普遍的一个词，比如在《儒林外史》《绿野仙踪》《西游记》《拍案惊奇》《凤求凰》《东堂老》等作品中都曾使用，有的使用次数还很多，像《儒林外史》。

《红楼梦》中也多次使用“兴头”一词，如第七回《送宫花贾琏戏熙凤 宴宁府宝玉会秦钟》：“（焦大）正骂的兴头上，贾蓉送凤姐的车出去，众人喝他不听，贾蓉忍不得，便骂了两句……”第八回“贾母虽年老，却极有兴头……”第十五回“凤姐听了这话，便发了兴头”。第十六回“宝玉便扫了兴头”；贾琏笑道：“你（贾蔷）别兴头。才学着办事，倒先学会了这把戏”等。

在《红楼梦》中，还以叠词的形式多次出现，这是其他小说中不常见的，反映了曹雪芹用词的技巧和变化。如第三十六回《绣鸳鸯梦兆绛芸轩 识分定情悟梨香院》：“宝玉听了，以为奇特。少站片时，果见贾蔷从外头来了，手里又提着个雀儿笼子，上面扎着个小戏台，并一个雀儿，兴兴头头地往里走着找龄官。”第三十九回《村姥姥是信口开河 情哥哥偏寻根究底》：“好容易等到日落，方见茗烟兴兴头头地回来。”“兴兴头头”，将“兴头”改作叠字形容词，贾蔷纨绔子弟的少年形象，茗烟完成任务后的喜悦形态，便都跃然纸上，比只用“兴头”要形象了许多。

但“兴头”这个词在文言文中却很少见到，《阅微草堂笔记》《聊斋志异》中没有发现这个词，就连半文半白的《三国演义》中也几乎见不到其踪影，古诗词中就更不用说了。根据这样一种情况，可以做出一个假设，很有可能“兴头”一词是在元代通过话本和剧本进入到作品中，之后又在明清的小说中被使用了起来，由此扩大了该词的使用范围，也极大地提高了该词的知名度。

《古代汉语词典》“兴头”条下只有“高兴”一解。1978 年 8 月版的《现代汉语词典》对“兴头”的解释是：“1. 名词，因为高兴或感兴趣而产生的劲头：兴头十足。2. 方言，形容词，高兴；得意：前呼后拥，好不兴头。”按此解释，“兴头”在作形容词时是一个方言，《红楼梦》中第三十六、第三十九两回里的“兴兴头头”是形容词，就应该是方言了。

1982 年 3 月人民文学出版社出版的《红楼梦》在第十五回做了个脚注：“兴头——因兴奋所表现出来的劲头。作形容词用时，意为得意扬扬。”可见这个注释来自《现代汉语词典》，而且注释者之所以作注，也是因为这个词具有方言血统，怕读者不易理解。

词典中没有注明这个词的方言籍贯，按照这个词在明清小说中使用的范围看，“兴头”一词在清朝康乾年间已被文人们所熟知，因此才会被广泛地运用在小说中。按照曾经熟练使用过该词的南方作家——《儒林外史》作者吴敬梓、《凰求凤》作者李渔、《西游记》作者吴承恩等的情况看，这个词是一个南方江浙方言的可能性极大。

有趣的是，在今天北方的山西、河北北部以及内蒙古中部，“兴头”依然是民间常用的口头语，也就是说，“兴头”也是这一地区的方言土语。这个词是如何从南方跑到北方落了户，也或其本身就是北方方言，如同明初山西洪洞大槐树下的北方人南迁一样，随着一起从北方迁徙到了南方，这需要有兴趣者进一步研究了。

2020 年 2 月 27 日

“我且”“好且”还是“呢且”？

第六十回《茉莉粉替去蔷薇硝　玫瑰露引来茯苓霜》写道：“春燕笑道：‘妈，你若安分守己，在这屋里长久了，自有许多的好处。我且告诉你句话：宝玉常说，将来这屋里的人，无论家里外头的，一应我们这些人，他都要回太太全放出去，与本人父母自便呢。你只说这一件，可好不好？’”

这里提到了“我且”二字。人民文学出版社1982年版2015年第48次印刷的《红楼梦》给这两个字加了个“校注”：“‘我且’，原作‘好且’，点改为‘呢且’（‘呢’属上读）。从各本改。”

作家出版社邓遂夫校订的《脂砚斋重评石头记庚辰校本》，对这个“我且”也有个注释：“‘我’，据各本改。原另笔点改原误之‘好’字作‘呢’，非是。”

这两个版本都确认了一点，脂砚斋在点评的时候，曾经把“好且”改成了“呢且”，而且这两个版本都认为“好且”是错误的，把“好且”改成“呢且”更是错误的，邓遂夫先生更是明确到了“非是”。至于为什么有这样的“原本”和“点改”都没有交代。

查阅人民文学出版社2006年10月影印出版的《脂砚斋重评石头记（庚辰本）》很清楚地墨笔点掉了“好”字，在右边改作了“呢”字。也没有再注为何把“好”改成了“呢”。

“好且”原本是一个晋语方言，在大同、张家口一带使用比较普遍，意思与“好赖”“好歹”“好坏”相近。这个词在晋方言中应该属于“方言中的文言”，或者叫“方言谦辞”。如同把“你姓什么”称作“您贵姓”一样。在20世纪50年代以前，在官场和商界为了避免“赖、歹、坏”这些不吉利的字眼儿，就把这些字改作了“且”，比如“这件事好且先知会您一声，别以后闹出误会来。”之后也传到了百姓之间，成了一个普遍的方言词汇。这个方言现在已经开始渐渐淡出了人们的口语，使用的人已经不太多了，在山西和张家口坝下地区还偶尔有人使用一下。也反映了方言的变化趋势，很多方言正在逐渐消失。

曹雪芹时代，这个词是很流行的，曹雪芹将其使用在《红楼梦》中是自然而然的事情，并不是错字或错误。

具体体味这个“好且”，其实是“我好且”的无主句式。春燕母亲闹了一阵找了没趣，忽然认识到了自己的错误，极尽道歉之能，春燕也是长出一口气，并且对母亲的转变非常感激，因此在和母亲说话时，便饱含着一腔母女温情，不管好赖，也要把贾府一家的许诺恩惠告诉母亲，以安母亲之心，防止母亲再来丢人现眼，因此说“好且告诉你句话……”

有意思的是脂砚斋却将这个“好”字点改成了“呢”，这就令人有点费解了。

其实，这个点改也是方言之间的一种修改和选择，某种程度上有点贾岛“推敲”典故的意味。“呢且”也是一个晋方言词汇，至今还在大同、张家口一带普遍流行着。不过“呢”字不读 ne 也不读 ní，而是读 niá，在当地就是“我”的意思，但相对于“我”则更多了一些娇嗔或撒娇的感情成分，比如“呢今天去了趟县城”；“呢今天见到了明星”。这个 niá 读音的字各种辞书中都没有，因此在这一地区就用最接近的呢 ní 代替了。

再看脂砚斋的点改就不难理解这两个文学家对文字的虔诚和尽量使用好方言的苦衷了。就我自己看来，“好且”“呢且”和“我且”，最传神的应该是“呢且”，可惜这个替代字非方言区有过文字基础的人不能明其意，更不用说方言区以外的人了。其次是“好且”，但相对于“呢且”来看，文气太重，不能更好地表现春燕在母亲面前的娇态，但文气虽重，总比写出来大多数人读不出正确音的替代字好些，所以，曹雪芹的“好且”可以说是比较好的无奈的选择了。至于后来将其改成“我且”，倒是大众化了，但味道却淡了些许，也有违作者择字遣词的良苦用心。

2020 年 2 月 27 日

“下流”原本很高贵

《古代汉语词典》有四种解释：“河流的下游；比喻众恶所归的地位；地位低微；魏晋时人称子孙后代。”《现代汉语词典》有三种解释：“下游；指卑下的地位；卑鄙龌龊”与《古代汉语词典》相比减少了“比喻众恶所归的地位”和“子孙后代”，增加了“卑鄙龌龊”，这反映了该词的一种变化趋向。《现代汉语词典》的解释基本上是现在的常用了，在现在，不会再有人把自己的子孙后代叫作“下流”了，但在魏晋时期，这是极正常文雅高贵的称呼，如西晋陈寿《三国志·乐陵王茂传》就有“今封茂为聊城王，以慰太皇太后下流之念”的记载。

在这两部词典的解释中，都没有提到“下流”一词“与性和色情相关的言语和行动”这样一层含义，其实这也是“下流”的一种应有含义，只不过是作为北方，特别是张家口—大同一带的方言存在于民间罢了。当地民间对性文化隐晦莫深，谁要敢公开提及，那就是下流龌龊，因此也就把正当不正当的，只要把与“性”有关的言行，都会被冠以“下流”的帽子。

据不完全统计，“下流”一词在《红楼梦》里大约出现了 20 次，在第二十九回《享福人福深还祷福　痴情女情重愈斟情》里是这样使用的：“原来那宝玉自幼生成有一种下流痴病，况从幼时和黛玉耳鬓厮磨，心情相对；及如今稍明时事，又看了那些邪书僻传，凡远亲近友之家所见的那些闺英闱秀，皆未有稍及林黛玉者，所以早存了一段心事，只不好说出来，故每每或喜或怒，变尽法子暗中试探。”下面还加了个脚注，专门对这个“下流”做了个解释：“下流——下品，不入流。与今说卑鄙下流有别。”其实曹雪芹这里的“下流”虽然和“卑鄙下流有别”，但也不是指的“下品，不入流”，而是指的“与性和色情相关的言语和行动”，他是按方言语义使用该词的。在当地，这种情况不叫“下流痴病”而是直接叫作“下流病”，比如：“那个小子得了下流病了，见了小闺女就走不动路。”

《红楼梦》中的20处“下流”都是“卑鄙龌龊”或“与性和色情相关的言语和行动”的意思，比如第九回谈到私塾里上学的这一帮贾氏宗族子弟时写道“未免人多了，就有龙蛇混杂，下流人物在内”。宗学里都是贾氏后代，不存在上流下流问题，这里的下流显然是“卑鄙龌龊”的意思；第二十回赵姨娘骂自己的儿子贾环“谁叫你上高台盘去了！下流没脸的东西”；第六十回还是赵姨娘骂儿子“呸！你这下流没刚性的，也只好受这些毛崽子的气”，这里虽然有地位低下的意思，但更多的是赵姨娘对自己不争气儿子“卑鄙龌龊”的一种发泄。

第七十四回，王夫人与儿媳妇王熙凤判断绣春囊的来路时说道：“你想，一家子除了你们小夫小妻，馀者老婆子们，要这个何用？……自然是那琏儿不长进下流种子哪里弄来……外人知道，这性命脸面要也不要？”王夫人当着儿媳妇的面骂自己的儿子贾琏为“下流种子”，并且把今天人们根本不当回事的春囊提升到了“性命脸面”的高度，足可见人们对性与色情的隐晦。

更有意思的是，《红楼梦》中的20次“下流”都出现在前八十回。也就是说，曹雪芹对这个词情有独钟，反复使用，使用的语境范围也很广，有的是自己叙述中使用，有的是通过文学人物之口说出，还有一个竟然出现在了第五回的一首《喜冤家》词中：“中山狼，无情兽，全不念当日根由。一味地骄奢淫荡贪顽够，觑着那侯门艳质同蒲柳，作践的公府千金似下流。叹芳魂艳魄，一载荡悠悠。”不论何种语境，曹雪芹使用的熟练和准确都是游刃有余。后四十回一次也没有使用，一是和后续作者高鹗不熟悉该词的北方方言特性有关，二是作者对“下流”一词的含义把握可能还不到位，也就是说高鹗不敢轻易使用这个词。

2020年2月7日

“现成话”的口语特性

《红楼梦》第一回《甄士隐梦幻识灵通　贾雨村风尘怀闺秀》写甄士隐投靠岳丈的经历：

“他岳丈名唤封肃，本贯大如州人氏，虽是务农，家中都还殷实。今见女婿这等狼狈而来，心中便有些不乐。幸而士隐还有折变田地的银子未曾用完，拿出来托他随分就价薄置些须房地，为后日衣食之计。那封肃便半哄半赚的，些须与他些薄田朽屋。士隐乃读书之人，不惯生理稼穑等事，勉强支持了一二年，越觉穷了下去。封肃每见面时，便说些现成话，且人前人后又怨他们不善过活，只一味好吃懒作等语。”

这里提到的“现成话”不少学者专家都有过研究，周汝昌主编的《〈红楼梦〉辞典》，周定一主编的《〈红楼梦〉语言词典》以及《汉语大词典》《现代汉语词典》等辞书都有过解释。李艳琴《“现成话”是什么话？———读红零札》一文是专门研究这个词的，也给出了一个结论：“现成话为：1. 已有之话；2. 套话、空话；3. 事后的聪明话。最后归纳的结论是：“综上所述，‘现成话’之意本为‘已有之话’，可指老话、旧话；也可指已成而可即刻使用的话，此义本无褒贬。在语言的运用中，如果总说一些‘已有之话’而不切实用，就变成‘空话、套话’。如果根据事情的形势，说一些大家都知道的明摆着的话，就成为‘现成话’的第三个义项———事后的聪明话、漂亮话，用者往往含着一种否定的反语意味，即言这样的‘聪明话’不切实用、不讲实际。《红》中封肃对甄士隐所说的‘现成话’，就是这样一种‘事后的聪明话’，表现了封肃置身事外、不负责任的虚伪和狡诈。”

专家学者的研究自然是中肯、深刻的，但专家学者们的考证侧重的是历史书面资料，忽视了“现成话”的民间口语特性。“现成话”

是一个以北京—张家口—大同一代为主要流行地区的方言。和曹雪芹同时代的张家口人李百川在《绿野仙踪》的第二十七回《埋骨骸巧遇金不换 设重险聊试道中人》中也曾使用："妇人微笑道：'你只用将道衣道冠脱去，便就不是道士了！'不换道：'好现成话儿！我与其今日做世俗人，昔日做道上怎么？况我四海为家，也没安放老婆处。'"在当地，"现成话"又叫作"现成话儿""便（biàn）宜话""现成的"，和南方方言"太平话""好看话"意相同，有如下三层意思：

一指不冷不热的风凉话。"你一不出工，二不出力，就会站在干岸儿上说现成话。"北京和张家口在使用该词时，字与义都相同，但发音有差别，北京人多作"现成话儿"，发儿音，张家口人则很少发儿音。

二指常识性的语言，"那么多的现成话，你咋就一句也说不上来！"

三指早已准备好了的话，在当地也叫作"便宜话""便宜的"，"他敢来问我，我有的是现成话等他！"

《红楼梦》中封肃说给甄士隐的"现成话"就是指的不冷不热的风凉话，既不是"空话、套话"，也不是"事后的聪明话"。说这些"现成话"的目的，是要逼迫甄士隐主动离开他家。因为小说语言和历史文献语言是有很大区别的，就是在今天，小说语言也和公文语言有着本质的不同，无论如何，给上级的请示报告中也不能出现"请领导批准为盼，否则社会上会有'现成话儿'的"。所以，研究小说语言是不能脱离词语的民间口语特性的。

不过这个词鲁迅先生在他的小说《风波》中也用过，七斤受到了赵七爷的威吓，又被自己的妻子埋怨责怪，便慢慢地对他妻子说了一句："你今天说现成话，那时你……"《风波》发表于1920年8月的《新青年》，以鲁迅的故乡鲁镇为背景，其中的人物语言也一定是当地语言，因此可以推断，这个词不应该是鲁迅先生到北京后学来的北京方言，其家乡绍兴的乡间也是把"现成话"作方言的。

2020年1月6日

“养活”的精彩

《现代汉语词典》对“养活”一词的解释是：“1.〈口〉供给生活资料或生活费用：他还要养活老母亲。2.〈口〉饲养（动物）：农场今年养活了上千头猪、上万只鸡。3.〈方〉生育。”

可见“养活”一词主要是一个口语词。口语词，自然是用于日常口语对话中的，不是或很少用于书面语的词汇。

其实这个词渊源很深，出身还是挺高贵的。编写过《汉书》的东汉史学家班固，还与他人一起编写过《东观汉记》，这也是一部历史悠久的史作，后收入了《隋书》。其中的《魏谭传》就用过“养活”：“谭时有一女，生裁数月，念无谷食，终不能两全，弃其女，养活兄子。”宋朝苏轼在与王安石作对时，写过一篇《论纲梢欠折利害状》的向皇上的告状信，其中有：“须有馀剩衣食，养活众人”的句子，也用了“养活”一词。可见这“养活”一词曾经上达过天庭，其“地位”和“资望”可见一斑。

“养活”一词在《红楼梦》里至少出现过8次，虽不是一个高频率词汇，但也不算少。

第十六回《贾元春才选凤藻宫　秦鲸卿夭逝黄泉路》，凤姐忙接道：“我们王府也预备过一次。那时我爷爷单管各国进贡朝贺的事，凡有的外国人来，都是我们家养活。粤、闽、滇、浙所有的洋船货物都是我们家的。”这是曹雪芹在书中第一次使用“养活”一词。

第四十九回《琉璃世界白雪红梅　脂粉香娃割腥啖膻》中，探春道：“老太太一见了（薛宝琴），喜欢的无可不可，已经逼着太太认了干女儿了，老太太要养活，才刚已经定了。”

第五十二回《俏平儿情掩虾须镯　勇晴雯病补雀金裘》麝月忙道：

“你们也知道的，(宝玉小的时候)恐怕难养活，巴巴的写了他的小名儿，各处贴着叫万人叫去，为的是好养活。连挑水、挑粪、花子都叫得，何况我们！”

第六十八回《苦尤娘赚入大观园　酸凤姐大闹宁国府》“凤姐都一一尽知原委，便封了二十两银子与旺儿，悄悄命他将张华勾来养活，着他写一张状子，只管往有司衙门中告去”。

细细品味这几处的“养活”，其实意味并不相同，第十六回中的“养活”解释成“接待”更为恰当；第四十九回中的“养活”书中有个脚注“养活——此处指抚养培育之意”；第五十二回中的“养活”意思与四十九回的脚注相近，但似乎不包含培育之意；第六十八回中的“养活”在民间也叫“收留”，要表达的是藏匿的意思。

“养活”是一个口语，但也是一个张家口—大同方言，除了以上的解释外，在这个方言区里，在过去，民间把拥有枪炮、车辆，雇用长工等都叫作“养活”。比如“他家养活了两套大皮车”；“他家原来是大地主，家里养活着十几条长短枪”；“他家光长工就养活了二十多个”。在这里，这个词没有一点的“抚养培育”的意思。

“养活”在当地还指情妇情夫关系，“他养活着一个女人”或“她养活着一个汉子”，都是当地的日常用语。

很普通的一个口语词，让曹雪芹使用的笔下生花，精彩纷呈，不能不慨叹曹雪芹遣词造句的大胆和对方言的精准把握。这份脚踏实地，取之于民，用之于书的功底，实堪为后世楷模！

2020 年 1 月 3 日

“思忖”与“思存”

“思忖”一词，在《红楼梦》一书中约使用了六次，第一回“空空道人听如此说，思忖半晌，将《石头记》再检阅一遍”。第十九回：“宝玉听了，思忖半晌，乃说道：‘依你说，你是去定了。’”第二十五回“贾母听了，点头思忖”。第三十三回：“贾政听了，心下疑惑，暗暗思忖道：‘素日并不与忠顺府来往，为什么今日打发人来？’”第三十四回：“林黛玉听见，越发闷住，着实细心搜求，思忖一时，方大悟过来。”第四十八回：“薛姨妈听了，思忖半晌，说道：‘倒是你说的是。花两个钱，叫他学些乖来也值了。’”

第二十回，贾宝玉“更有个呆意思存在心里——你道是何呆意？因他自幼姊妹丛中长大，亲姊妹有元春、探春，伯叔的有迎春、惜春，亲戚中又有史湘云、林黛玉、薛宝钗等诸人”。这里用了一次“思存”。有人说这句话用的不是“思存”这个词，其本意是“更有个呆意思——存在心里”，强调的是“意思”而非“思存”，字面初看，似乎有道理，但结合后面的“你道有何呆意”一句，就不难看出，前后“呆意”是一个词，而非“呆意思”。

《辞海》和《古代汉语词典》没有收录“思忖”，只有“思存”。《辞海》对“思存”的解释是：“留意、铭记、爱慕。《诗经·郑风·出其东门》：‘出其东门，有女如云，虽则如云，匪我思存。’”《古代汉语词典》对“思存”的解释是：“存想，思念。《诗经·郑风·出其东门》：‘出其东门，有女如云，虽则如云，匪我思存。’”

《现代汉语词典》中则是没有收录“思存”而只收录了“思忖”，对“思忖”的解释是：“〈书〉动词，思量：暗自思忖、思忖再三。”对“思量”的解释是：“动词：1.考虑：这件事你还得好好儿思量。2.〈方〉

想念、记挂：大家正思量你呢！”

仔细咀嚼“思忖”在《红楼梦》中的语义，六处都是“思考、考虑”之义；而“思存”则是“铭记、存留”之义。

“思忖”一词，至少在唐朝就已经开始使用了，元稹的五言排律《旱灾自咎，贻七县宰同州时》诗中就有“归来重思忖，愿告诸邑君”的句子。元朝萧德祥的杂剧《贤达妇杀狗劝夫》中有句唱词：“也不是我特故的把哥哥来恨，他他他，不思忖一爷娘骨肉，却和我做日月参辰。”其中的“思忖”都是作“考虑”来使用的。

“思存”则要早得多，诗经中就出现的词语，可谓汉语词汇的化石了。

明清时期，这两个词使用频率都是很高的，据不完全统计，除了《红楼梦》外，《水浒传》有三次使用“思忖”一词，如第九十五回：“乔道清心中思忖道：‘此人一定会些法术，我且试他一试。’便对樊瑞喝道：‘无知败将，敢出秽言！你敢与我比武艺吗？’”

《绿野仙踪》两次使用“思忖”，一次使用“思存”。如第三回：“于冰心内思忖道：‘我自到他家一月有余，从未见他亲自陪我吃个饭，张口就是秀才长短。今日如此盛设，又叫先生不绝，这必定有个缘故。’”第九十八回：“锦屏大笑道：‘你们真是糊涂！师尊本领，不难颠倒造化。此刻着你四人去见十殿阎君，问了话，并讨回信，只用他心上一思存，便教你四个顷刻是鬼，须臾是人，实弹指之易也。还分辨什么？’”

新中国成立后，这两个词使用频率逐渐降低，“思忖”还偶见使用，“思存”已基本退出了语言舞台。

也说“唱动戏”

第二十九回《享福人福深还祷福　痴情女情重愈斟情》有一段凤姐的话，其中有一句“……家里唱动戏，我又不得舒舒服服的看。”这里“唱动戏”的“动”字是以量词的形式出现的，罕见有这种用法。动字有：1.（事物）改变原来位置或脱离静止状态（跟“静”相对）；2.改变（事物）原来的位置或样子；3.使用，使起作用；4.触动（思想感情）5.感动；6.吃、喝（多用于否定式）；7.动不动；常常七种解释，唯独没有作量词一说。显然这个字应当是量词“顿”的错用。“顿”《现代汉语词典》给出的一种解释就是“用于吃饭、斥责、劝说、打骂等行为的次数：一天三顿饭。被他说了一顿”。

第五十七回《慧紫鹃情辞试忙玉　慈姨妈爱语慰痴颦》，薛姨妈道：“我的儿，你们女孩家，那里知道。自古道：‘千里姻缘一线牵’，管姻缘的有一位月下老人，预先注定，暗里只用一根红线，把这两个人的脚绊住；凭你两家隔着海，隔着国，有世仇的，也终久有机会作了夫妇。这一件事，都是出人意料之外。凭父母本人都愿意了，或是年年在一处的，以为是定了的亲事，若月下老人不用红线拴的，再不能到一处。比如你姐妹两个的婚姻，此刻也不知在眼前，也不知在山南海北呢。”宝钗道：“唯有妈，说动话就拉上我们。”这里的“动”也是量词，也是“顿”的错用。

这两处都把“顿”写成了“动”，且经多次点评校注都没有改动，显然是作者的原意了。

红学界也多有人研究这个“动”字，比如，人民文学出版社1974年出版的《红楼梦》第343页的注释是“唱动戏——唱一次戏，在指不是轻易的、比较繁重的行动次数时常用动（音tòng）”。北师大程甲本校本的注释是：“唱动戏——指唱一次场面较大、较热闹的戏。”可见这些版本的注释都把“动”读作 tòng，也就是靠向了普通话的“通”意，诸如“说了一通”，“打了一通”，等等。

还有学者认为这是河南济源方言语式，“从以上字典的解释再对照河南省济源市的方言，我觉得在这里“动”字的意思应该是‘……的时候’。该句子的意思就是‘在家里唱戏的时候，我又不能舒舒服服地看（所以到了清虚观，可以好好地看场戏了）’。”（李会芳《现代交际》2012 年第 05 期）

笔者认为，《红楼梦》中将“动”作为量词来使用，是山西大同、河北张家口一带的方言口音和用字习惯，“唱动戏”其实就是“唱顿戏”，“说动话”就是“说顿话”，“动”就是“顿”，因为在这一地区，发音时，声母 z、c、s 和 zh、ch、sh 不分，韵母 ong 和 un 不分，en 和 eng 不分，“动”和“顿”发音是完全相同的，当用作量词时，两个字的意思也是完全一样的。在书写时，民间至今还习惯把“顿”写作“动”。

2020 年 2 月 12 日

“则声”到哪里去了？

“则声”，《现代汉语词典》和陆澹安《小说词语汇释》的注释都是“作声”，是一个古典小说中常见的词汇，《儒林外史》《警世通言》《金瓶梅》《醒世恒言》《照世杯》《水浒传》等小说中都使用过，《红楼梦》中至少使用了11次。如第二十回《王熙凤正言弹妒意 林黛玉俏语谑娇音》，“莺儿满心委屈，见宝钗说，不敢则声，只得放下钱来，口内嘟囔说：‘一个作爷的，还赖我们这几个钱，连我也不在眼里。前儿我和宝二爷顽，他输了那些，也没着急，下剩的钱，还是几个小丫头子们一抢，他一笑就罢了。’宝钗不等说完，连忙断喝。”同一回还有“正值宝玉走来，见了这般形况，问：‘是怎么了？’贾环不敢则声”。

《红楼梦》中的这11处“则声”，前面都有一个否定副词“不”或“不敢”加以修饰和限定。不受副词限定的“则声”在《红楼梦》中很少见到。

其他小说中也基本上是这样，甚至连宋代徐似道《一剪梅》词中的“则声”都有“不”的限定：“道学从来不则声。行也东铭，坐也西铭。爷娘死后更伶仃。也不看经，也不斋僧。却言渊子太狂生。行也轻轻，坐也轻轻。他年青史总无名。你也能亨，我也能亨。”因此，在“百度百科”和“百度汉语”中，干脆就把“不则声”作为一个独立的词汇加以解释了。更有甚者，如“国学大师”网站，更是把“不敢则声”当作成语来解释和使用了，虽然有牵强附会之嫌。

但也有没有副词修饰限定的，如元代无名氏的《朱砂担》第二折，孛老说道：“我拽上这门，插上这锁，你但则声，我就杀了你”，就没有副词限定，但有一个表示假设的连词“但”的限定。

比较典型的是《水浒传》，基本上都没有副词限定，比如第二十四回："郓哥叫道：'做甚么便打我！'婆子骂道：'贼猢狲，高则声，大耳刮子打出你去！'"第三十九回"朱贵看罢，惊得呆了，半晌则声不得"。《水浒传》中"则声"的使用特点显然和《红楼梦》有着明显的不同。

"则声"一词，在中国的文学史上是一个很特别的词汇，其特别之处还在于：

一是这个词出现的比较晚，宋朝以前很少见其影子，宋朝之后才开始大量集中出现在话本和小说中。

二是很少出现在文言文中。政论文、散文以及诗词中很少见到。说明这个词是从民间走进文学作品之中的。

三是民国后期，该词使用频率转低，新中国成立后，该词逐渐退出了作家的视野，文学作品中很少再见到这个词。这个词成了文学史上的一个短命的词汇。

四是《三国演义》是罗贯中创作的，《水浒传》是罗贯中和施耐庵合著的，《水浒传》中至少使用过 14 次，但《三国演义》中却没有使用过。同一个作家在不同作品中对同一个词的差别性待遇如此明显，也是很有意思的。

"则声"一词现在在文学作品中虽然已经少见了，但在民间并没有消失，他从民间走上了文坛，之后又从文坛回到了民间，现在江苏以北地区直到内蒙古中部，"则声"仍然是一个口语化程度很高的词汇。只不过在发音上有些区别罢了。

2020 年 1 月 10 日

“展眼”就是“眨眼”

“展眼”一词在《红楼梦》里出现了约18次左右，是一个使用频率很高的词，这个词使用的语境范围也非常广泛，有的是文学人物的语言，有的是作者的叙述语言，还有的直接使用在了诗词里。这说明曹雪芹不但对这个词很熟悉，而且还赋予了这个词登上大雅之堂的资格，更说明曹雪芹不是偶尔使用，也不是使用失误或不当。而在《红楼梦》后四十回里，这个词一次都没有出现过，可见曹雪芹就是曹雪芹，高鹗就是高鹗，这种不经意间的词语使用习惯不是随意可以模仿的，可以肯定，所有补续的《红楼梦》都不会有这样的用词手法。

第一回《甄士隐梦幻识灵通　贾雨村风尘怀闺秀》，甄士隐在解注《好了歌》时说道：“陋室空堂，当年笏满床。衰草枯杨，曾为歌舞场。蛛丝儿结满雕梁，绿纱今又糊在蓬窗上。说什么脂正浓，粉正香，如何两鬓又成霜。昨日黄土陇头送白骨，今宵红灯帐底卧鸳鸯。金满箱，银满箱，展眼乞丐人皆谤。”这是第一次使用该词。第五回《游幻境指迷十二钗　饮仙醪曲演红楼梦》，贾宝玉在游幻境指迷十二钗的时候，看到了史湘云的判词，其中也使用了“展眼”一词：“富贵又何为，襁褓之间父母违。展眼吊斜晖，湘江水逝楚云飞。”

出自文学人物之口的，如第五十六回《敏探春兴利除宿弊　时宝钗小惠全大体》：“贾母因说：‘这甄家又不与别家相同，上等赏封赏男人，只怕展眼又打发女人来请安，预备下尺头。’”

最多的是作者叙述中出现的，比如第十五回《王凤姐弄权铁槛寺　秦鲸卿得趣馒头庵》：“宝玉恨不得下车跟了他（二丫头）去，料是众人不依的，少不得以目相送。争奈车轻马快，一时展眼无踪。”第十七至第十八回“展眼元宵在迩”；第十九回“展眼已到门前”等。

“展眼”一词在一般的辞书中都没有收录，古典小说中也未见独立使用过，在《红楼梦》中如此高频率出现实属罕见。

现在我们经常见到的“展眼”，一是作为成语“舒眉展眼”或“开眉展眼”出现，比如《水浒传》第三十九回《浔阳楼宋江吟反诗　梁山泊戴宗传假信》“当时火家把水调了解药，扶起来，灌将下去。须臾之间，只见戴宗舒眉展眼，便爬起来”。贾大山的《取经》：“数千名农村干部，早早赶到披红结彩的会场上，一个个舒眉展眼，喜气洋洋。”这里的“展眼”和《红楼梦》中的“展眼”显然不是一回事。二是“放眼”“展望”的意思，如峻青《马石山上》：“宫班长没有回答，默默地抬起了头，展眼向四处望去。”可以看出，《红楼梦》里的“展眼”也不是“放眼”“展望”的意思。

《红楼梦》里的“展眼”指的是时间过得很快，或用的时间很短，和“一瞬间”“倏忽”“转眼”意思相同。“展眼”是一个典型的张家口—大同方言，就是“眨眼”的另一种写法。在这一地区，民间没有“眨眼”一说，“眨眼”和“展眼”读音和词意是完全相同的。比如“那车开得真快，一百多里路，展眼就到了”。有时和工夫合用，作“展眼工夫”。这一地区的人把“闭眼”叫“圪挤眼”，“把眼圪挤上，甚也不要看”；把“眨眼”叫“展眼”“圪展眼”或“忽展眼”，“他从小就有个圪展眼的毛病”。

至今在张家口的乡村里，还有“大圪展眼”“二圪展眼”等绰号流行，意思是指该人办事不牢靠，忽东忽西，变化像展眼一样快。

2020 年 2 月 25 日

“不卯”与“脱卯”

《红楼梦》第二十一回《贤袭人娇嗔箴宝玉　俏平儿软语救贾琏》中，贾琏说凤姐和平儿不卯，原文是：“贾琏听了，已绝倒在炕上，拍手笑道：‘我竟不知平儿这么利害，从此倒伏他了。’凤姐道：‘都是你惯的他，我只和你说。’贾琏听说忙道：‘你两个不卯，又拿我来作人。我躲开你们。’”脚注：“不卯——不投合的意思。卯：即卯眼，器物上安榫头的孔眼。”

“不卯”是一个晋方言，特别在张家口—大同一带，有着广泛的口语市场，当地人又称“不合卯”“不合卯窍”。卯，本义是接榫凹入的部分，引申为没意见，合得来，人际间的关系好。不卯，就是有意见，合不来，人际间的关系不好，“他俩本来就不卯，喝了点酒一呛呛，打不起来才怪呢！”

《水浒传》里有一个“脱卯”，和《红楼梦》中的这个“不卯”有异曲同工之妙。第三十九回《浔阳楼宋江吟反诗 梁山泊戴宗传假信》：“吴学究道：‘是我一时只顾其前，不顾其后，书中有个老大脱卯。’萧让便道：‘小生写的字体和蔡太师字体一般，语句又不曾差了。请问军师，不知哪一处脱卯？’金大坚又道：‘小生雕的图书，亦无纤毫差错，怎地见得有脱卯处？’吴学究迭两个指头，说出这个差错脱卯处。”下面也有个脚注：“脱卯——漏洞、破绽。卯：木器的榫头，脱卯即脱榫。”凡事，都应该遵循一定的逻辑，顺应一定的规律，此谓之“合卯合窍”，榫头一旦不合卯窍或者相互脱落，就必然破坏其连接作用，就会形成事故。将木工术语直接转化为社会用语，其形象和深刻不得不使人折服。

2020 年 4 月 4 日

"浸浸"和"津津"

《红楼梦》第四十三回《闲取乐偶攒金庆寿　不了情暂撮土为香》提到了一个"咸浸浸"："贾母点头笑道：'难为他想着。若是还有生的，再炸上两块，咸浸浸的，吃粥有味儿。那汤虽好，就只不对稀饭。'"周汝昌《〈红楼梦〉词典》的解释是："即咸津津。形容略微有点咸的味道。"

《汉语词典》对"咸津""咸浸浸"和"咸津津"都做了解释："咸津：味咸"；"咸津津儿：谓微咸之味"。"咸浸浸的：微咸之味，如'咸浸浸的，喝粥有味'，见红楼梦。"看来这个"咸浸浸"或"咸津津"都是指的味道比较咸。从《红楼梦》中贾母所表达的意思来看，"咸浸浸"也应该是"微咸"的意思。第五十四回《史太君破陈腐旧套　王熙凤效戏彩斑衣》"贾母因问：'天有几更了？'众婆子忙回：'三更了。'贾母道：'怪道寒浸浸的起来。'早有众丫鬟拿了添换的衣裳送来"。这里有个"寒浸浸"，也是"微寒"的意思。看来这个"浸浸"如同其字义一样，把东西泡在水里谓之浸，浸的过程就是个逐渐的过程，因此《现代汉语词典》对"浸"的解释之一就是："〈书〉副词，逐渐：友情浸厚。"

至于"咸浸浸"是不是就是"咸津津"，似乎还不能完全等同，有的语境下意思相同，有的时候还是有所区别的。"津津"在《红楼梦》里也曾出现过，第十二回《王熙凤毒设相思局　贾天祥正照风月鉴》"贾瑞自觉汗津津的"，一般情况下，"津津"和液体有更多的关联，而"浸浸"则更多的是强调"逐渐"和"微微"。

"咸浸浸"是一个晋冀北部、内蒙古中部的方言，其含义指的却是咸味比较浓。当地人也叫作"咸圪浸浸""咸不菜菜"，书写时多写成“咸劲劲”，因为在这个方言区片，发音时“in”“ing”是没有区分的，浸和劲的发音完全相同。当地人经常说：“他就喜欢吃那个干咸菜，咸浸浸的有甚吃头？”有时还把干咸菜直接就叫作咸浸浸。“今天没菜了，就着咸津津吃个馒头算了。”

“浸浸”表示程度深，不是这个方言区人民的独创，其实是对古汉语词语的民间保留。“浸浸”在古文的很多情况下都是当作“程度深”来使用，比如：宋·无名氏的《异闻总录》卷一：“（萧注）得疾甚危殆，浸浸昏塞，不闻喘息声。”明·袁宏道《过吴戏东江进之》诗：“少年作客时，浸浸慕官长。”就连当代的瞿秋白烈士的《饿乡纪程》中也是将“浸浸”当作“严重”“程度深”来使用的：“领略一回天然的美，可是寒意浸浸，鼻息都将冻绝”。

2020 年 4 月 26 日

“生像”是什么“像”

《红楼梦》第三十九回《村姥姥是信口开河 情哥哥偏寻根究底》：平儿见到“上回来打抽丰的那刘姥姥和板儿又来了”，心中便有些不快，带搭不理地和周瑞家的说些闲话。周瑞家的见天晚了，平儿达不到刘姥姥来打抽丰的目的，又怕他这个亲戚白跑一趟，便出去请示凤姐怎么办。可巧凤姐正在贾母处，听得周瑞家的禀告，不但凤姐让刘姥姥住上一夜，贾母也“正想个积古的老人家说话儿，请了来我见一见”。刘姥姥听到留住，并且贾母也要接见，心里暗暗窃喜，但嘴里却说道：“我这生像儿怎好见的。好嫂子，你就说我去了罢。”

“生像”在《〈红楼梦〉词典》里的解释是：“长相、面貌、模样。”《现代汉语词典》里作“生相”，解释是“相貌、长相”。

可以肯定的是，《红楼梦》里的“生像儿”就是《现代汉语词典》里的“生相”。在《红楼梦》里，这种同音异字的使用很多，如“便宜”与“便易”，“出挑”与“出条”，“唱动戏”与“唱顿戏”，等等。

“生像儿”是一个北方方言。其原意指的是活人的雕像、塑像或画像。古代人们有建造“生祠”的习俗，据说生祠起始于西汉的栾布，栾布为燕相，燕齐之间为其立社，号栾公社。流传最广的是明朝魏忠贤的生祠，数量多，规模大，并多次出现在史书中，《明熹宗实录》就有天启七年四月“蓟辽总督阎鸣泰、巡抚袁崇焕疏，颂魏忠贤功德，请于宁前建祠，赐名懋德”。生祠里供奉的塑像就被称为“生像”。如明·范濂《云间据目钞》卷五：“邑人为陆宗伯建见贤堂，供生像，以寓瞻仰之意。”清·洪昇《长生殿·哭像》：“又选高手匠人，将旃檀香雕成妃子生像。”

后来“生像”一词通过小说、唱本，逐渐流落到民间，演变成了方言。但在民间的口语中，其含义还要丰富一些，不仅有“长相、面貌、模样”的意思，还有“性格”的意思。周立波《张闰生夫妇》：“其实，接近他的人都晓得他心情舒畅，也没有架子，至于不爱笑，据他自己说，生相是这样，一时还难改。”另外在张家口、大同一带，“生像”还有“德性”的意思，当地人常说：“看他那副生像，还能做出一点人事儿来？”

曹雪芹塑造的刘姥姥，是一个“久经世代的老寡妇”，乡下妇女，没有文化，满嘴方言土语，因此，曹雪芹把诸如“生像”“样范”“体面”“老风流”“时常”“打了嘴”“糊窗子”“伏手”“下作黄子”等一系列北方方言，都安排到了刘姥姥口中，使得这个人物越发真实可爱。

2020 年 3 月 23 日

“熟烂”溯源

“熟烂”是一个常见辞书没有收录，文学作品中又很少见到的词汇。但这个词有着不短的历史，原本是一个文言词汇，有可能是从“烂熟”变化而来，其意思也和“烂熟”非常相近。“烂熟”在文言文中经常见到，比如唐朝沉彬的诗：“玉殿大开从容入，金桃烂熟没人偷。”宋朝苏轼的诗：“杨柳长齐低户暗，樱桃烂熟滴堦红。”，等等。

“熟烂”在明·李时珍《本草纲目·果二·银杏》中出现过：“一枝结子百十，状如楝子，经霜乃熟烂，去肉取核为果。”清·方苞《周官集注序》也有这个词：“朱子既称《周官》遍布周密，乃周公运用天理熟烂之书。”由此可见，文言文中“熟烂”一词大概有两层意思：一是指果实熟透，根据“去肉取核为果”的意思，应该是专指银杏、核桃、栗子一类的树生坚果的成熟，如果是苹果、橘子之类恐怕就不能用“熟烂”来界定生熟了。二是指对某事、某文、某物十分熟悉，也就是“烂熟于心”；或者知道的人很多，即“众所周知”，当然，这其中包含着平庸的意思。

但在《红楼梦》里出现的“熟烂”却不含有这两层意思。第七十九回《薛文龙悔娶河东狮 贾迎春误嫁中山狼》：“（夏金桂）见薛蟠气质刚硬，举止骄奢，若不趁热灶一气炮制熟烂，将来必不能自竖旗帜矣”；这里的“熟烂”是一种从“把食物烹煮的十分熟”的原意引申出来的新意，是说夏金桂要趁着新婚宴尔之际（趁热灶），通过施威，把薛蟠完全制服，并彻底控制。所以，《红楼梦》里的这个“熟烂”是“制服、降服、控制”的意思。

至于“烂熟于心”“众所周知”这层意思，《红楼梦》中也曾出现过，但使用的是“熟滥”。还是在第七十九回，“宝玉听了，不觉红了脸，笑答道：‘我想着世上这些祭文都蹈于熟滥了，所以改个新样’……黛玉道：‘……这一联意思却好，只是“红绡帐里”未免熟滥些。’”曹雪芹经常把同音字互换着使用，其实“熟滥”就是“熟烂”。

就其“把食物烹煮的十分熟”这一意而言，“熟烂”是一个北方方言，有着浓郁的草原文化意味。当地的民间最多的是指煮肉，肉和蔬菜不一样，在煮肉的时候，特别是家中有老幼病残的情况下，不仅要“煮熟”，而且还要“煮烂”，这样才便于咀嚼，肉才有味道，这样“熟烂”就成了当地的日常用语。这一地区的人们虽然天天在使用“熟烂”一词，但压根儿就不知道这个词还是个文言词，古人早就使用过。很多南方人到锡林郭勒大草原、张家口坝上草原吃手把肉，总是嫌肉煮得硬，主人就会告诉他：“手把肉不能煮熟烂了，熟烂了就不好吃了。”在张家口一带，还有方言作“生嚼熟烂”，和“熟烂”的意思正好相反，意思是煮的肉还“欠火”，即火候不够，还没有煮熟，即便是熟了，但还不够烂忽，咀嚼不动。由此也可见“熟烂”这个方言在当地的丰富含义。

曹雪芹“趁热灶一气炮制熟烂”，显然是和煮肉息息相关的，我想，曹雪芹年纪虽不大，但贫困潦倒，一家多灾多病，有机会吃肉的时候，一定会炮制的熟烂一些，这样病人的胃口才能克化得动。至于这个“炮制”，本是一个中药术语，曹雪芹精通医理，熟悉中药材的炮制，将“炮制”和“熟烂”结合到一起，将“趁热灶一气炮制熟烂”引申为“制服、降服、控制”，真可谓巧夺天工了。

2020年2月29日

“大板箱”是种什么箱子？

《红楼梦》第四十回《史太君两宴大观园　金鸳鸯三宣牙牌令》中提到了一个“大板箱”，原文是：“凤姐儿忙道：‘昨儿我开库房，看见大板箱里还有好些匹银红蝉翼纱。’”

有人按照字义将“大板箱”解释为“用大板做成的箱子”，民间曾经也确有这样的说法，但这种解释似乎还不能反映“大板箱”的全部内涵。这个名词中的“大”和“箱”，含义很清楚，一般不会发生歧义，关键是这个“板”字。

“板”不仅指木板，铁的、铜的、钢的以及玻璃的，都可以称作板，所以辞书中一般都把“片状的较硬的物体”作为“板”字的第一解（《现代汉语词典》）。由此推及，“大板箱”有可能是木头做的，也有可能是其他材料做的，比如工厂里手工制作的铁皮工具箱，体积稍大一些的，也会被称作“大板箱”。

“大板箱”也不是用“大板”做成的箱子就叫“大板箱”，用小板，甚至碎板拼合起来做成的大箱子，也可以叫作“大板箱”。

所以，“大板箱”指的是“体积较大的箱子”，不以材质及材质大小为名称的标准。这是一个方言口语词汇，很少能在文件、标准以及正规的各种文书中见到，我们很难想象在合同中会出现“大板箱”这种标的，而不是“木板箱”“铁皮柜”。

在北方的张家口、大同一带，“板”字还有一层辞书中没有涉及的含义，那就是作“扁平”讲。在这一带，凡是扁平一类的事物都可以以“板”来命名。比如他们把用石块垒起来的墙叫“石板墙”，干打垒打出来的墙就叫“土板墙”；小孩子睡出的扁平头叫“大板头”；低矮破旧的土房子叫“烂板房”；圆而扁平的水壶叫“铁板壶”；高而大的柜子叫“大板柜”；被压扁了的物体叫“大板片”。

这一地区也把大一点的箱子叫“大板箱”，也叫“扣箱”，是一种上翻盖子的箱子。网上流传着一则笑话：“有个老婆婆，要给儿子娶媳妇儿，高兴地请来木匠，做了满满一屋子时兴家具：大立柜、半截柜、高低柜、床头柜、沙发、写字台，气派极了。但媳妇儿仍然不肯结婚，非要个大板柜不可。老婆婆不解地问：‘要那老古董家具做啥？’媳妇儿身子一扭说：‘嗯——没个大板柜，日后分家我把粮食往哪里搁呀？’”这在20世纪五六十年代一点都不好笑，就是当时真实生活的写照。这个“大板箱”是种“老古董”，王熙凤提到的应该就是这种大体积而且可以存放粮食的箱子，只不过在贾府是用来存放绫罗绸缎的。

2020年3月21日

“大伯子”与“小婶子”

《红楼梦》第四十六回《尴尬人难免尴尬事　鸳鸯女誓绝鸳鸯偶》中，贾赦要收鸳鸯做小，鸳鸯不同意，便跪到贾母跟前哭诉，贾母在排揎贾赦的同时，又迁怒于贾政的妻子王夫人。贾赦和王夫人的关系，用今天的普通话来说，王夫人是贾赦的弟妹，贾赦是王夫人的大伯哥，贾母因贾赦贪图鸳鸯美色的事情迁怒于王夫人，确实有点不近情理，之后便引出了探春为王夫人向贾母开脱的一段话：探春在窗外听了一听，便走进来赔笑向贾母道：“这事与太太（王夫人）什么相干？老太太想一想，也有大伯子要收屋里的人，小婶子如何知道？便知道也推不知道。”探春这里说的“大伯子”指的是贾赦，“小婶子”指的就是王夫人。

“婶子”的原意是侄子、侄女儿对叔叔的妻子的称呼，如果作“小婶子”，应当指的是年龄较小或者在家排行最小的叔叔的妻子。

《红楼梦》里的这个“大伯子”和“小婶子”则是一个以北京地区为主的北方方言，“大伯子”指的是丈夫的哥哥，“小婶子”则指的是弟弟的妻子。今天的普通话里更多的称作“大伯哥”和“弟妹”。在晋冀北也广泛使用“大伯子”“小婶子”这样的称谓，不过在发音的时候“子”字读轻音，属于“子化音”的一类。

可见，在这里曹雪芹是把“大伯子”“小婶子”当作北方方言使用的。

在第五十四回《史太君破陈腐旧套　王熙凤效戏彩斑衣》中，也使用了一个“小婶子”，但这里的“小婶子”不是指的弟妹。贾母说笑话，妯娌十个，唯有最小的那个伶牙俐齿，在婆婆面前占尽便宜，其余九个不服，便到庙里烧香一问究竟，睡着后九个人的灵魂碰到了孙行者，孙悟空便告诉她们，那个最小的为何伶牙俐齿的原因：“这却不难。那日你们妯娌十个托生时，可巧我到阎王那里去的，因为撒了泡尿在地下，你那小婶子便吃了。你们如今要伶俐嘴乖，有的是尿，再撒泡你们吃了就是了。”可见这里的“小婶子”指的是妯娌十个中年龄最小的那个。

同一个称谓，称呼的是不同的身份，反映了“小婶子”一词的变化。后一个“小婶子”应该是“他小婶子”的简称，“他”指的是那九个妯娌的孩子。因为九个妯娌的孩子，都得称呼最小这个为“婶子”，因为最小，又须叫“小婶子”。

在北方有一种方言式的尊称，长辈往往降辈分称呼非血亲晚辈。比如天津，嫂子对小叔子就直呼二叔、三叔，甚至嫂子的父母亲也这样称呼。到北京、张家口一带，也有这样的称呼习惯，但多在二叔、三叔的前面挂一个“他”，变成“他二叔”“他三叔”。

曹雪芹在这里直接使用“小婶子”，省略掉了他字，是因为前面有个“你那”的定语，再加上个“他”字，不仅语法上有了问题，连含义都会含糊不清，因此必须省略。

2020 年 3 月 12 日

“待东”就是“代东”

《红楼梦》第四十四回《变生不测凤姐泼醋　喜出望外平儿理妆》使用了“待东”一词：“贾母不时吩咐尤氏等：‘让凤丫头坐在上面，你们好生给我待东，难为他一年到头辛苦。’”下面给出的脚注是：“待东：款待东家，指凤姐。”周汝昌《〈红楼梦〉词典》的解释是：“待东：以东道主的身份来招待人。”

这两个解释显然是矛盾的。《红楼梦》脚注的意思是王熙凤是东家，这时需要尤氏去款待她。“待”是尤氏的行为，“东”指的是凤姐。《〈红楼梦〉词典》的意思则是贾母是“东”，尤氏代替贾母招待客人谓之“待东”，这时王熙凤便居于客人的地位。

如果从字面来看，这两种解释都有其道理，特别是脚注的解释，更符合字面的意思。但是，小说所叙述的情节，其内容应当是确定的，不会模棱两可，因此，这两种解释中至少有一种肯定是错误的。

《红楼梦》语言的方言特性非常突出，其中的一些词仅从字义是不能够准确解释出来的，必须从方言的角度去探求。

张家口—大同—呼和浩特一线，在方言上属于一个片区，就是晋方言的张呼片区，这一带就有一个方言叫“代东”。“代东”的本义指的是当地在操办红白事的时候，聘请的那个能说会道的总管，也就是总管的俗称就叫“代东”。从字面看就是“东家”（操办婚宴的主人）的全权代理人，总理一切事务，操办一切事宜，诸如接待客人、铺排席面、主持礼仪等，红白事办理的水平高低、亲朋好友是否满意、有无意见、都和主人没有关系，都是“代东”的责任。比如“什么都安排好了，就缺一个代东了”。意思是总管还没有找好。

久而久之，“代东”不仅仅局限于对总管的俗称，而是具有了新的含义，变成了当地在礼仪场合主人对帮忙人员或者劳作人员的一种礼仪谦辞，也就是把所有来帮忙的人员都谦虚地称为“代东”。比如“到了那天，他二大爷甚也不用干，给待待东就行了”。意思就是二大爷专门陪客就行了，这样，把陪客人员也就上升到了“代东”的高度。

和曹雪芹同时代的张家口人李百川在《绿野仙踪》中就使用过这个词：第一百回《八景宫师徒参教主　鸣鹤洞歌舞宴群仙》：“东华道：‘我以师祖因众仙光顾冷于冰尚且早至，火龙理该与普惠代东才是，怎么你反倒在诸仙之后？’”这是东华帝君开玩笑地责怪火龙和普惠二神，不但没有帮着冷于冰接待客人，而且比他这个主要客人还来得晚。这里的“代东”就已经超出了“总管”的范畴，扩展到了一般接待人员的范围。

在这个方言区，有的地方，有的人也常常把“代东”写作“待东”，方言俚语，不在乎字怎么写，关键是发音。

曹雪芹在使用方言时经常将同音字混着使，我已经为此专门写过一篇小文，不再赘述。将“代东”写作“待东”也是非常正常的事情。周汝昌先生的《〈红楼梦〉词典》的解释应该是中肯的。

2020 年 4 月 1 日

“战敠”就是“掂掇”

《现代汉语词典》对“战敠”的解释是：“掂对 diān duì：〈方〉[动]①斟酌：大家掂对，看怎么办好。②调换、对调：我这儿有玉米，想和你掂对一点儿麦子。”“掂掇 diān duo [动]①掂：你掂掇这块石头有多重。②斟酌：你掂掇着办吧。③估计：我点对着这么办能行。”看来这个词不但是个动词，而且还是个方言，至于是哪个地方的方言，词典中并没有指出。

周汝昌《〈红楼梦〉词典》对“战敠”的解释是：“斟酌、估计；盘算、思量。现多作‘掂掇’。”《红楼梦》第四十回的“战敠”下面有一个脚注：“战敠（diān duō，颠多）——也写作‘掂掇’，估量、盘算、斟酌的意思。”可见这个脚注是在《〈红楼梦〉词典》注释的基础上，综合了《现代汉语词典》中“掂对”和“掂掇”两个词的释义做出的。

其实“战敠”和“掂掇”本来就是一个词，因为在过去，掂的繁体字就是战，掇的繁体字就是敠。

《红楼梦》中一共使用了四次“战敠（diān duō）”，第四十回《史太君两宴大观园　金鸳鸯三宣牙牌令》：“凤姐手里拿着西洋布手巾，裹着一把乌木三镶银箸，战敠人位，按席摆下。”这里的“战敠”是“清点布置和安排”的意思，这就是北方方言中的“安席”，按照主客、辈分、年龄、地位等的不同，安排入席人员的座位。在这里使用“战敠”一词，其中含有凤姐办事认真，谨守礼仪的态度，对席位的安排是经过仔细考虑的。

第四十一回《贾宝玉品茶栊翠庵　刘姥姥醉卧怡红院》：“刘姥姥听了心下战敠道：‘我方才不过是趣话取笑儿，谁知他果真竟有。

我时常在村庄乡绅大家也赴过席，金杯银杯倒都也见过，从来没见有木头杯之说。”这个“战敠”是“暗自琢磨”的意思，和《现代汉语词典》中“斟酌、估计”的解释是有差别的。

第四十四回《变生不测凤姐泼醋　喜出望外平儿理妆》：“平儿今见他这般，心中也暗暗的战敠：果然话不虚传，色色想的周到。”和第四十九回《琉璃世界白雪红梅　脂粉香娃割腥啖膻》“凤姐冷眼战敠岫烟心性为人，竟不像邢夫人及他的父母一样，却是温厚可疼的人”中的两个“战敠”都是“思考、思量”的意思，但在方言语义下，则含有了“翻来覆去”也就是“仔细”的意思。

《儿女英雄传》第四回《伤天害理预泄机谋　末路穷途幸逢侠女》中也使用了“战敠”一词：“安公子当下便有些狐疑起来，心里战敠道：‘这女子好生作怪。’”这个“战敠”的含义和《红楼梦》第四十四回中的“战敠”是一样的，《儿女英雄传》的作者文康号称“燕北闲人”，是满族正红旗人，和曹雪芹的经历有点相仿，对北方方言，特别是北京和原察哈尔的张家口—大同一带的方言是比较熟悉的。

这是一个北方方言，在北京、晋北、冀北和内蒙古中部广泛使用于民间口语。更多的被写作或读作“掂夺”“掂对”，在北京也写作“掂兑”。含义和《〈红楼梦〉词典》中的含义基本相同，就是估量、盘算、斟酌的意思。比如当地人经常说：“你也不掂敠掂敠自己几斤几两，甚的事你也想干。”“这事我得好好掂敠掂敠。”“他把东西拿在手里，掂敠了掂敠，说道：‘不是太沉，顶多五六斤。’”

不过在张家口—大同一带，战敠还有“搭理”的意思。民间骂人，常说：“就你那个德行，懒的战敠你！”

2020 年 4 月 11 日

“勾当”不纯是坏事

“勾当”是一个古汉语、现代汉语中都比较常见的一个词语。《古代汉语词典》的解释是“勾当”：“1. 主管，办理。颜真卿《与郭仆射书》：‘又一昨裴仆射误欲令左右勾当尚书，当时辄有酬对。’苏轼《答秦太虚书》：“儿子每蒙批问，适会葬老乳母，今勾当作坟，未暇拜书。’”2. 事情。“《水浒传》第十六回：‘夫人处分咐的勾当，你三人自理会。’《红楼梦》十八回：‘他如何背做这等勾当。’”这和其他辞书的解释差别不大，只不过在《现代汉语词典》中，“勾当”在“事情”的释义下，增加了一个特指：“今多指坏事情：罪恶勾当、从事走私勾当”，从而使这个词由古汉语的中性词，变成了一个贬义词。

明清小说中这个词使用的比较多，《水浒传》《绿野仙踪》等都曾多次使用，特别是《水浒传》，不仅使用频率高，而且词意也比辞书中解释的丰富，增加了“谋生、工作”的含义，比如第二回《王教头私走延安府 九纹龙大闹史家村》王进对史太公说：“只得子母二人逃上延安府，去投托老种经略相公处勾当。”书中还给“勾当”做了个脚注：“做事、谋生”。

《红楼梦》也多次使用“勾当”一词，如第二十四回《醉金刚轻财尚义侠 痴女儿遗帕惹相思》：“宝玉笑道：‘是了，是了。我怎么就忘了。’因问他母亲好，这会子什么勾当。”这里的“勾当”是“事情”的意思，只不过在口语中省略了一个“做”字。第三十三回《手足眈眈小动唇舌 不肖种种大承笞挞》：“贾政哪里肯听，说道：‘你们问问他干的勾当可饶不可饶！’”第六十五回《贾二舍偷娶尤二姨 尤三姐思嫁柳二郎》：“贾珍便和三姐挨肩擦脸，百般轻薄起来。小丫头子们看不过，也都躲了出去，凭他两个自在取乐，不知做些什么勾当。”这两回里的“勾当”虽然也是“事情”的意思，但含有了贬义味道。

“勾当”一词是个北方方言，主要意思是“事情”“做事情”，但在北方的不同地域却有着不同的方言特性。如在北京，乞丐们把红白喜事称作“勾当”，“有勾当”就是有了红白喜事了；“上勾当”就是去到红白喜事的地方讨要钱财食物；“赶勾当”就是“赶上红白喜事这个机会”（董树人《新编北京方言词典》）。

而在张家口，“勾当”一般作名词，当事情讲，并且多含贬义：“看看你，整天不务正业，尽干些甚的勾当。”这和《红楼梦》第三十三回和第六十五回里的使用意思完全相同。但有时也作动词讲，与“开销、盘费、嚼裹”意思相近，“我们已经出来一个多月了，再不回去，我们也勾当不起呀！”

2020 年 3 月 29 日

关于“压派”

《红楼梦》第三十一回《撕扇子作千金一笑　因麒麟伏白首双星》中，晴雯嫉妒袭人和宝玉的关系，和宝玉、袭人发生了争执，宝玉一生气，就要去禀告母亲，将晴雯打发出去，意思是将她解雇。晴雯感到非常委屈，便哭着说道：“我多早晚闹着要去了？饶生了气，还拿话压派我。只管去回，我一头碰死了也不出这门儿。”晴雯的这几句话在语法上保留了浓重的方言特色，用词上也选择了方言口味。如果用普通话来说，这段话应该是：“我什么时候闹着要离开这里离开你了？尽管你生了气，也不该用‘我自己闹着离开’这种话来压制和打击我。你只管禀告太太去吧，我一头碰死在这里，也不出这个门儿。”

这段话里至少有四个方言和一个方言句式：“多早晚”是“什么时候”的意思；“饶”是“虽然或尽管”的意思；“压派”是“压制、打击”的意思；“回”是“禀告”的意思。“还”是一个表示转折的连词，这里的意思是“也不应该”，是一种方言语法。这些都带有明显的张家口—大同方言特色。

“压派”在张家口—大同一带也写作“压迫”或“压拍”。“派”“迫”“拍”在当地读音相同，都读（pie），发入声音（在《正韵》中，迫是入声，派是去声）。其含义有两个：一是“压制、打击”的意思：“我这几年运气不好，一直受人压派。”“你连个他都压派不住，还想当村主任？”二是“用一种物体将另一种物体压盖住”，也叫“压盖”：“天要刮大风，把院子里的柴火垛压派压派吧。”“坝上天凉，虽然是夏天，晚上睡觉的时候也得压派好了。”

周汝昌《〈红楼梦〉词典》的解释是“以威势迫人服输”，有可能是参考了《现代汉语词典》“压迫”的解释，“用权势强制别人服从”，显然和方言的含义还是有一点区别的。

2020 年 3 月 25 日

棺材也叫“板”

在《红楼梦》里，秦可卿去世、尤二姐去世都提到了“板”这个物件，那么，《红楼梦》里这两处“板”到底指的是什么呢?

“板”在《现代汉语词典》里给出的释义是：“1.（板儿）片状的较硬的物体。2.（板儿）专指店铺的门板。3. 黑板。4.（板儿）形状像板子的。5. 演奏民族音乐或戏曲时用来打拍子的乐器。6.（板儿）音乐或戏曲中的节拍。7. 呆板。8. 硬的像板子似的。9. 露出严肃或不高兴的表情。10. 纠正、约束。”

实际上除了这些解释外还有一种解释，那就是指的“棺材或棺材板”。《红楼梦》第十三回《秦可卿死封龙禁尉　王熙凤协理宁国府》，秦可卿死后操办丧事，贾珍见父亲不管，一发恣意奢华。看板时，几副杉木板皆不中用。可巧薛蟠来吊问，因见贾珍寻好板，便说道：“我们木店里有一副板，叫作什么樯木，出在潢海铁网山上，做了棺材，万年不坏。这还是当年先父带来，原系义忠亲王老千岁要的，因他坏了事，就不曾拿去。现在还封在店内，也没有人出价敢买。你若要，就抬来使罢。”从“抬来使吧”一句，我们可以看出，这里的板其实就是指的棺材，如果指的是棺材板，那一定要补叙一笔加工制作的经过，不用加工制作，抬来就可以使，可见已经是成品了。

第六十九回《弄小巧用借剑杀人　觉大限吞生金自逝》，“贾琏拿了银子与衣服，走来命人先去买板。好的又贵，中的又不要，贾琏骑马自去要瞧，至晚间，果抬了一副好板进来，价银五百两赊着，连夜赶造。”这里指的就是棺材板了，是棺材的半成品。因为要“连夜赶造”出来才能使用。

把棺材或棺材板叫作“板”，可能是明清时期普遍的叫法。比《红楼梦》早的明末清初的西周生所著的《醒世姻缘传》里就曾经使用过。第九回："计大官问道：'家里有板没有？'晁大舍道：'家里虽有收下的几副，祇怕用不着的。'"比《红楼梦》晚的清朝咸丰年间文康所著的《儿女英雄传》中也有过使用，第三十二回："到了我庆八十的这年，又有位四川的木商朋友，送了我副上好的建昌板。"

后来在文学作品中就很少见了，但现在的张家口、大同一带，民间口语仍然将棺材或棺材板叫作"板"。

2020 年 3 月 17 日

“过于”还是“蹈于”

《红楼梦》第七十九回《薛文龙悔娶河东狮　贾迎春误嫁中山狼》写道：“（宝玉）笑答道：‘我想着世上这些祭文都蹈于熟滥了，所以改个新样。’”大概意思是说宝玉在写祭文的时候，不想陷于熟滥的泥坑，很想有所创新，以别于他文。

这里的“蹈”字，脂本原无此字，直接是“都于熟滥了”。甲辰、列藏本作“过于熟滥了”。戚本作“蹈于熟滥了”。邓遂夫校订的庚辰本和人民文学出版社的82版延戚本，均作“蹈于熟滥”。

不同版本出现了不同的用词，是一件很有意味的事。那么，究竟应该是“蹈于”还是“过于”？曹雪芹的一个小疏忽，给后人留下了一个想象的大空间。

先来看《红楼梦》前八十回有多少“过于”，有多少“蹈于”。

前八十回中，“过于”一词至少使用过21次，如第八回“今若按其体画，恐字迹过于微细”；第七十九回“王夫人心中自悔不合因晴雯过于逼责了他”。可见，在《红楼梦》里，这是一个高频率出现的词。既然曹雪芹对“过于”如此熟悉和青睐，在“蹈于”与“过于”的抉择中，他选择“过于”的可能性就很大。

最为典型的是第三十七回《秋爽斋偶结海棠社　蘅芜苑夜拟菊花题》中宝钗对湘云论诗的一段：“诗题也不要过于新巧了。你看古人诗中那些刁钻古怪的题目和那极险的韵了，若题过于新巧，韵过于险，再不得有好诗，终是小家气。诗固然怕说熟话，更不可过于求生。只要头一件立意清新，自然措词就不俗了。”短短一段话中使用了四个“过于”，看来曹雪芹并不在乎词语的重复，他在于的是人物形象如何刻画才能逼真。宝玉和黛玉谈的是如何写祭文，宝钗和湘云谈的是如何写诗，都是针对诗词文赋的，有着共同的语境特点。这里可以一口气使用四个“过于”，到了宝玉嘴里忽然改成了“蹈于”，其可能性委实不大。

“蹈于”在人民文学出版社 82 版中出现了两次，除了这一次外，另一次在第六十三回，岫烟对宝玉介绍妙玉的情况时说：“如今他自称‘槛外之人’，是自谓蹈于铁槛之外了。”这里的“蹈于”是“踏在”的意思，是动词，和作副词的“蹈于”显然是两回事。所以说，如果这个作副词的“蹈于”本应该是“过于”的话，那么，作为副词的“蹈于”在《红楼梦》中没有使用过一词。

“过于”义同“过分”，一是用在形容词或表示心理状态的动词前面，表示程度或数量超过了限度。《宋书·隐逸传·周续之》：“续之年八岁丧母，哀戚过于成人。”二是当作副词使用的时候和“太”字义同，表示程度或数量过分。宋·沈作喆《寓简》卷十：“抑又蕃舶之征过于侵刻，遂不复至中华耶？”老舍《四世同堂》：“祁老人颇想说出他对北平的信仰，而劝告钱先生不必过于忧虑。”

“蹈于”是“陷入”“陷于”“踏入”“跳入”的意思，唐代韩愈《昌黎先生集·后十九日复上宰相书》：“愚不唯道之险夷，行且不息，以蹈于穷饿之水火，其既危且亟矣，大其声而疾呼矣。”其中的“蹈于”就是“陷入”。

另外，不论是曹雪芹时代还是现代，“蹈于”和“过于”相比，缺少了更多的北方方言特性，“蹈于”的书面语言味道更重，而“过于”则是一个地地道道的北方方言，用在方言迭出的《红楼梦》人物口中，更合乎《红楼梦》的语言风格。

由此可见，曹雪芹缺失的这个字，如要补充，“过于”比“蹈于”更能反映作者的本意，也更能体现人物的特性和所处的语境特点。

2020 年 3 月 4 日

“京口地界”小考

《红楼梦》里涉及“地界”的有两处，第一处是第二回《贾夫人仙逝扬州城　冷子兴演说荣国府》，雨村对冷子兴说道：“去岁我到金陵地界，因欲游览六朝遗迹，那日进了石头城，从他老宅门前经过。”《红楼梦》的注释说“石头城，故址在今南京市，三国时孙权所建，后用以代指金陵或南京”。刘禹锡《西塞山怀古》“王濬楼船下益州，金陵王气黯然收。千寻铁锁沉江底，一片降幡出石头”中的“石头”就是指的石头城。爷爷孙权历经艰辛建起的石头城，不过五十多年，就被孙子孙皓葬送了，实在是“官不过三朝，富不抵三代”。曹雪芹的高祖曹振彦就是在1656年升任两浙转运盐使到这里上任的。曹雪芹的童年在这里度过，印象不可谓不深，所以，才把荣宁二府“建造”在了这里。按照书中的描写，贾雨村到了“金陵地界”后，又到石头城去游览，可见，作者这里的“金陵地界”不是指的石头城，而是指得一个包括石头城在内的地区区域，不具有“边界”“域界”的含义。

第二处是第六十九回《弄小巧用借剑杀人　觉大限吞生金自逝》，王熙凤悄命旺儿遣人寻找张华，务将张华治死，方剪草除根，保住自己的名誉。旺儿领命出来，回家细想：人已走了完事，何必如此大作，人命关天，非同儿戏。于是，旺儿有了糊弄凤姐的想法，他在外躲了几日，回来欺骗凤姐说：“张华是有了几两银子在身上，逃去第三日在京口地界，五更天已被截路人打闷棍打死了。”

显然，这个“京口地界”和“金陵地界”一样，也是指的一个地区区域，是和清朝李渔《意中缘·返棹》中“一路行来，已到杭州地界”所表达的含义是一样的。

《红楼梦》里的“京口”指的是哪里，首先要弄明白《红楼梦》

的故事到底是以南京为背景，还是以北京为背景，这是一个一直争执不休的红学问题。如果像第二回写的荣、宁二府居于石头城内，显然是以南京为背景了，但书中很多故事都是发生在北京的，比如第五十三回《宁国府除夕祭宗祠　荣国府元宵开夜宴》：“贾珍道：‘你走了几日？’乌进孝道：‘回爷的话：今年雪大，外头都是四五尺深的雪，前日忽然一暖一化，路上竟难走得很，耽搁了几日。虽走了一个月零两日。’”

赶着马车，走了一个月零两天，如果在南京，就应当是摇着船走了一个月零两天。即便是六朝及后来的明朝前期在南京的时候，皇亲国戚的庄子也没有封分在“一个月零两天”路程外的。江南人口稠密，历来是朝廷的税收重地，雍正的“摊丁入亩”就是从这里开始的，如果到处都是皇亲国戚的庄子，还去哪里征税。倒是北京周边，特别是关外，基本上都是庄子或封地。康熙的纯悫公主22岁出嫁的时候，康熙一下子就将现在张家口市康保县的80万亩草场和土地作为“胭脂地”封给了她，这一块地就成了纯悫的庄子。从史书记载来看，南京周围也没有如此大规模设立京官庄子的历史。

再说这平地四五尺深的雪，并且是“忽然一暖一化”，而不是随下随化，想来这一片北国风光也是和江南水乡的景象无关的。

再看穿的，贾宝玉上学要穿“大毛衣服”，这是相对于小毛衣服说的，指的是长毛或厚毛；史湘云玩的时候穿着“里外发烧大褂子”，指里外都是皮毛的大褂；林黛玉穿着“白狐皮里”的鹤氅；贾母在炕上穿着“羊皮褂子”。很难想象一个南京贵族老太太，不穿当地的锦绣丝绵的褂子，而是穿着羊皮袄坐在炕上过冬。

还有大观园中各屋子都是炕，这也不是南京的室内建筑。所以，至少这些回目的描写，曹雪芹是以北京为背景的。

周汝昌先生潜心研究的结果，也认为是北京。我则认为《红楼梦》既然以梦为名，曹雪芹就可能一会儿“梦见”南京，一会儿“梦见”

北京，这也和小说是虚拟的写作规则贴切。“金陵地界”是他“梦见”回到了南京，“京口地界”则是他“梦见”又流落到了北京。

曹雪芹说的“京口地界”，应该是北京到张家口的交界地方，现在的海淀至张家口一带。当时，这一带经常有强人出没，也经常被文人们写进文艺作品，比如京剧《八大拿》中的《宣化府拿九花娘》中的九花娘，就是一个活动在“京张地界”的强人。曹雪芹在写这段旺儿编造的谎言时，顺手拈来一个“京口地界”，并且深知这里是强人出没的地界，可见曹雪芹对这一带的熟稔，民间对曹雪芹在张家口蔚县坐过馆教过书的传说也不仅仅是空穴来风。

之所以这样说，还有两个理由：

其一，晚年，曹雪芹就居住在“京口地界”，据不少专家的考证，以及曹雪芹朋友以北京西山为背景的诗词，晚年的曹雪芹就住在海淀到西山这一带，《红楼梦》也是他在这一带居住时写下的。曹雪芹的朋友张宜泉在《和曹雪芹〈西郊信步憩废寺〉》写道：“君诗曾未等闲吟，破刹今游寄兴深。碑暗定知含雨色，墙열可见补云阴。蝉鸣荒径遥相唤，蛩唱空厨近自寻。寂寞西郊人到罕，有谁曳杖过烟林。”其中确实提到了西郊，并且是山里。据说，今天北京植物园内的黄叶村就是曹雪芹的故居。

其二，曹雪芹时代，中国近代的“丝绸之路”已经开通多年，并且贸易兴隆，物商流量很大。这条路起始于北京外馆斜街，经张家口、乌兰巴托，终于俄罗斯恰克图。其中张家口至乌兰巴托一段史称“张库大道”。为了促进对外贸易的发展，顺治帝时，就曾将在张家口做买卖的山西人范永斗任命为主持中蒙、中俄贸易事务的官员，并“赐产张家口为世业”，同时受封的还有其他七人，这就是所谓张家口“八大皇商”的由来。在那时，“京口”已在北京成了一个常用名词。《红楼梦》中描写的不少“洋玩意儿”如：洋缎窄裉袄、洋绉裙、猩红洋罽、洋漆小几、带机栝的西洋镜子、西洋珐琅盒、西洋鼻烟、西洋“依弗哪”

头疼膏等，绝大部分是通过这条路由俄罗斯运到北京，在外馆斜街集散，销往北京及南方各地的。看看《红楼梦》里的这些东西，就是今天到外蒙古和俄罗斯旅游的人，回来带的纪念品是不是也是这些玩意儿？

所以可以认为，“京口地界”就是北京到张家口这一带。

2020 年 3 月 14 日

《红楼梦》里的脏话

一部被称为文学瑰宝的世界名著，其中的脏话也是任何一部名著所不能比拟的。相比之下，《红楼梦》里的脏话用“不堪入耳”来形容一点也不过分，其生活真实和艺术真实的结合也令人深思。如果一般的小说里出现了这么多如此露骨的脏话，早已被口诛笔伐，甚至被那些道貌岸然的正人君子们打入了冷宫，永无出头之日了。但《红楼梦》里的脏话，不但丝毫没有影响这部书的文学地位，而且还很少有人给与批判，不能不说是文学史上的奇迹。

仔细体味《红楼梦》里的脏话，似乎没有什么特别的规律，完全是根据情节的发展需要，随心所欲，信口道来，每一次使用都能使读者身临其境，一点感觉不到作者创作的影子，而是会全身心地融入文学人物喜怒哀乐的情感之中。

第九回《恋风流情友入家塾　起嫌疑顽童闹学堂》是描写学童打架斗殴的，打架的前奏必然是骂，所以这一回不同的人物就骂出了不同的脏话，话虽然脏，但显得很真实，每一句都给人以合情合理的感觉，有的还会感到精彩。精彩，就有了艺术的意思，也就有了生活真实和艺术真实的铰接。

这一回中的金荣是只会给凤姐打旋磨儿的璜大奶奶的侄儿，在贾府的地位属于下人，说起话来没前没后，也就免不了的牲口八道：“金荣只一口咬定说：‘方才明明的撞见他两个在后院子里亲嘴摸屁股。一对一肏，撅草棍儿抽长短，谁长谁先干。’”

茗烟是宝玉最得力的小厮，自然少不了为虎作伥式的霸气，他骂出来的与金荣叙述的语气又不相同：“这里茗烟先一把揪住金荣，问道：‘我们肏屁股不肏屁股，管你鸡巴相干。横竖没肏你爹去罢了。你是好小子，出来动一动你茗大爷。’吓的满屋中子弟都怔怔地痴望。”

贾菌系荣府近派的重孙，是贾府的金枝玉叶，“年纪虽小，志气最大，极是淘气不怕人的”。他见金荣一伙欺负贾氏子孙，自然不干，他的骂便充满了仗义：“好囚攮的们，这不都动了手了么！”骂到打到，砚砖随着骂声便打了回去。

李贵是宝玉乳妈的儿子，又是贾政派来跟随宝玉的，地位和责任都不同，因此他不像茗烟冲动，而是怕把事情闹大，不好和贾政交差，他担心茗烟火上浇油的言行，情急之下，便骂起了茗烟：“偏你这小狗肏的知道，有这些蛆嚼。”狗字前加了个小字，显然是给茗烟留了面子。

《红楼梦》里的脏话涉及的人物还是比较广泛的，你不会知道，什么情况下，会从什么人口中就会冒出一句来，但仔细品味，又觉得有道理。

贾赦是贾母的长子，贾琏的父亲，在贾府的地位与贾政不分伯仲，是一个家长式的人物，但就是这么一个正人君子，也有骂脏话的时候。第四十六回《尴尬人难免尴尬事　鸳鸯女誓绝鸳鸯偶》贾赦就把脏话摔到了自己儿子的脸上：“下流囚攮的，偏你这么知道。还不离了我这里！”细一思量，贾赦欲纳鸳鸯为妾，本是一件不礼、不耻、不孝之事，不但遭到了贾母和鸳鸯的共同反对，还闹得鸡飞狗跳，上下皆知，老脸荡然无存。本来就偷鸡不成蚀了米，偏偏儿子还来说三道四，其恼怒羞愤之情可想而知，骂儿子是“下流囚攮的”实在是情理之中。

王熙凤是《红楼梦》里的主要人物，外号“凤辣子”，他要是骂出几句脏话可能就不显得意外了，但作为大户人家女眷，虽不意外，但脏话骂到了极致，也会令人慨叹。第二十九回《享福人福深还祷福　痴情女情重愈斟情》：“凤姐便一扬手，照脸一下，把那小孩子打了一个筋斗，骂道：‘野牛肏的，胡朝哪里跑！’”王熙凤打的是一个挑灯花的小和尚，打了不算，还要骂，并且骂出了一般人想不到，也骂不出口的词儿“野牛肏的”！

像贾环的母亲赵姨娘骂街就更不在话下了，她地位低下，心存怨恨，不学无识，尖酸刻薄，刻意塑造出的这样一个人物，如果嘴里不安排几句脏话，人物还真不能活灵活现。第六十回《茉莉粉替去蔷薇硝 玫瑰露引来茯苓霜》赵姨娘便这样骂自己的儿子：“呸！你这下流没刚性的……这会子被那起屄崽子耍弄也罢了。你明儿还想这些家里人怕你呢。你没有屄本事，我也替你羞。”

丫鬟中要数鸳鸯骂他嫂子了，第四十六回鸳鸯的嫂子来到贾府，希图以家长的身份同意贾赦纳鸳鸯为妾，以此也好占些便宜，不想她的行为正戳到了鸳鸯的痛处，鸳鸯见到她之后，先是“照她脸上下死劲啐了一口”，然后骂道：“你快夹着屄嘴离了这里，好多着呢！”虽也是一句不堪入耳的脏话，但听起来却有凛凛不可侵犯的正气感，鸳鸯的贞烈形象跃然纸上。

至于宝玉骂焙茗“反叛肏的，还跪着做什么”（第二十六回）；薛蟠骂众人：“谁这样赃派我？我把那囚攮的牙敲了才罢”（第三十四回），这都算是比较文雅的了。

最文雅的，出自邢夫人之口，第四十六回邢夫人对鸳鸯说：“你知道，你老爷跟前竟没有个可靠的人。心里再要买一个，又怕那些人牙子家出来的，不干不净，也不知道毛病儿，买了来家，三日两日，又肏鬼吊猴的。”“肏鬼吊猴”，成语词典如果收入，也不会降低身份吧。

难能可贵的是，曹雪芹为了使这些脏话更形象，更贴近生活，还刻意创制了几个文字。可惜这几个字在现在的辞书里都没有，计算机上也打不出来，不过提一下还是必要的。一处是第九回中茗烟骂出的“鸡巴”二字，原文是毛字勾里一个“几”和毛字勾一个“巴”，另一处是第四十六回鸳鸯骂的“屄”字，原文是毛字勾里一个“必”字，显然，这几个自创的字都源于“毬”字，以毛为部首，以“求”“几”“巴”“必”为读音，曹雪芹可谓用心良苦。

无论如何，这些赤裸裸的脏话都不应该是以后一般文学作品的提倡，更不可去效仿和推崇，因为我们达不到曹雪芹驾驭脏话的文字水平，我们惊叹曹雪芹的伟大，也正在他化腐朽为神奇的本领。

2020 年 3 月 2 日

“胡羼”的方言语义

《红楼梦》有两回使用了“胡羼”一词。第二回《贾夫人仙逝扬州城　冷子兴演说荣国府》：“幸而早年留下一子，名唤贾珍，因他父亲一心想做神仙，把官倒让他袭了。他父亲又不肯回原籍来，只在都中城外，和那些道士们胡羼。”下面有个脚注：“胡羼——犹言鬼混。《说文》：羼，羊相厕也。引申为掺杂。”第二十八回《蒋玉菡情赠茜香罗　薛宝钗羞笼红麝串》，宝钗笑道：“你叫他快吃了，瞧黛玉妹妹去罢。叫他在这里胡羼些什么。”

“胡羼”一词在字典和汉语词典等辞书中没有收录，但在一些专业辞书中是有注释的。周汝昌《〈红楼梦〉词典》的注释是“胡羼：胡闹，胡乱搅在一起”。陆澹安《小说词语汇释》的注释是：“胡羼：胡搅，‘羼’音‘铲’。”可见《红楼梦》脚注读音和《小说词语汇释》中的读音是不相同的，一个读“铲”，一个读“忏”，但其含义基本相同。裴效维《〈红楼梦〉鉴赏词典》的解释是：“胡羼：胡闹。羼：本以为群羊杂居。引申为杂乱不纯，乱七八糟。”

这些词书的解释都是围绕着《说文》中“羼”字的本意“羊相厕也”而来，又从古人“羼”字的引申义做出的。比如《新唐书·李峤传》“今道人私度者几数十万，其中高户多丁，黠商大贾，诡作台符，羼名伪度”就是把“羼”引申为“胡乱”的。

其实这是一个北京方言，但使用范围不限于北京，京西的张家口、大同直到内蒙古包头一带都有使用，只不过使用人数有多有少罢了。

董树人《新编北京方言词典》收录了一个“胡铲”一词：“胡铲：〔动〕胡说（多指说污言秽语）：这几个娘们儿呀，到一块儿就胡铲。”《小说词语汇释》注音为“铲”可能也是受了北京方言的影响。

在不同的语境下，这个方言可以表达不同的意思，可以为“胡咧咧”“胡说”，也可以引申为“没有正事，天南海北地神侃”，总之是不能离开“说”这个意思的。

在回头看《红楼梦》中的“胡羼”。曹雪芹塑造的贾敬是宁国公贾演的孙子，京营节度使世袭一等神威将军贾代化的次子。乙卯科进士，他抛却荣华富贵于不顾，在玄真观一心崇道，后因吃秘制的丹砂烧胀而死，死后还被追赐为五品之职。可见这是一个有背景、有文化、有信仰的士大夫，不是一般的老百姓。把他说成和道士们“胡搅鬼混”是有悖于当时社会环境和贾敬这个文学人物形象的。所以这里的“胡羼”还是“说”的意思，但不是“胡说”，而是指的“谈神论道”。用这样一个方言，还为了刻画冷子兴、贾雨村这些人的世俗心态，表现了这些人对贾敬人生观和价值观的不解。

再看宝钗嘴里的“胡羼”，是针对宝玉的，在贾府，宝钗是客，处处都不失礼数，拿捏到位，她敢说宝玉“胡羼些什么”，说明这个词的善意性，是一种兄妹间的玩笑，相当于“胡咧咧”。

至于“羼”与“铲”，并不在于字形字义，而是要看其读音。这也是方言的一个用字特点。不少方言很难说清楚是哪个字，更多追求的是发音的准确。其次，曹雪芹笔下的方言本来就有同音易字的习惯，已有很多例子，不再赘述。

2020 年 3 月 25 日

“空儿”的丰富多彩

“空儿”这个词在《红楼梦》中出现了30多次，是一个使用频率很高的北方方言。这个方言的使用范围很大，京、津、晋、冀、鲁、豫以及内蒙古中部地区都在使用。适用范围虽大，但包括周汝昌先生的《〈红楼梦〉词典》都没有收录。只在《汉语词典》（原《国语词典》）“空”字项下的最后给了一席之地，其释义是：“1. 闲暇时间；2. 间隙；3. 机会。”

曹雪芹在使用这一词语时，则比《汉语词典》的解释更加丰富，也反映了这一方言在不同地区所表达含义的差异。

第四十五回《金兰契互剖金兰语　风雨夕闷制风雨词》，凤姐忙笑道：“好嫂子，赏我一点空儿。你是最疼我的，怎么今儿为平儿就不疼我了？往常你还劝我说，事情虽多，也该保养身子，检点着偷空儿歇歇。你今儿反倒逼我的命了。”和第五十五回《辱亲女愚妾争闲气　欺幼主刁奴蓄险心》，王夫人对宝钗说：“老婆子们不中用，得空儿吃酒斗牌。”这里的“空儿”都是“时间”的意思，像“得空儿”“偷空儿”，说明时间不但不是“空闲时间”，反而是时间很紧，需要“偷”和“得”才能有。《汉语词典》中的“空闲时间”只解释了时间的一种，改成“时间”可能更合适一点。

第四十二回《蘅芜君兰言解疑癖　潇湘子雅谑补余香》：“你这空儿把送姥姥的东西打点了，他明儿一早就好走的便宜了。”这是王熙凤吩咐平儿的话，这里的“空儿”与“会儿”意思相同，“这空儿”就是“这会儿”的意思，河北蔚县，山西灵丘、天镇一带都这么说。其中的“打点”和“便宜”也都是这一带的方言，三个方言集中在一起使用，使王熙凤的语言风格更加突出。

第五十八回《杏子阴假凤泣虚凰　茜纱窗真情揆痴理》晴雯忙喊："出去！你让他砸了碗，也轮不到你吹。你什么空儿跑到这里槅子来了，还不出去。"第六十二回《憨湘云醉眠芍药裀　呆香菱情解石榴裙》，"晴雯用手指戳在芳官额上说道：'你就是个狐媚子，什么空儿跑了去吃饭。两个人怎么就约下了，也不告诉我们一声儿。'"这两处的"空儿"如果解释为"时间"也说得通，但在方言语义里，解释为"时候"更加准确。

第七十四回《惑奸谗抄检大观园　矢孤介杜绝宁国府》，凤姐道："如今唯有趁着赌钱的因由革了许多的人这空儿，把周瑞媳妇旺儿媳妇等四五个贴近不能走话的人安插在园里"，这里的"空儿"显然是"机会"的意思。

第七十六回《凸碧堂品笛感凄清　凹晶馆联诗悲寂寞》，贾母因笑道："偏又把凤丫头病了。有他一人来说说笑笑，还抵得十个人的空儿。可见天下事总难十全。"这里的"空儿"就是"空缺"的意思了。

综合起来看，曹雪芹笔下的"空儿"既有《汉语词典》所注释的三种意思，另外还有"空缺""时候""会儿"等几层意思，将一个方言词的多重意思表达在一部小说中，且又适应不同文学人物的语言特性，没有深厚的方言功底和驾驭语言的能力，是无论如何也做不到的。

2020 年 3 月 20 日

“空着头”溯源

《红楼梦》第二十八回《蒋玉菡情赠茜香罗 薛宝钗羞笼红麝串》：“宝玉进来，只见地下一个丫头吹熨斗，炕上两个丫头打粉线，黛玉弯着腰拿着剪子裁什么呢。宝玉走进来笑道：‘哦，这是做什么呢？才吃了饭，这么空着头，一会子又头疼了。’”下面有个脚注“空着头——俯身低头。空即‘控’”。

《现代汉语词典》关于“控”的解释是：1.告发、控告；2.控制；3.使身体或身体的一部分悬空或处于失去支撑的状态；4.使容器口儿（或人的头）朝下，让里边的液体慢慢流出。由此可见，《红楼梦》里的“空着头”，也就是“使头的重心处于悬空状态”。但在《说文解字》《古代汉语词典》《康熙字典》等早于《现代汉语词典》的辞书中，“控”字都没有“使身体或身体的一部分悬空或处于失去支撑的状态；使容器口儿（或人的头）朝下”这两种解释。

1915年出版的《中华大字典》对“控”字的解释相对最为全面，给出了三种读音和十种解释：一是读kòng，有七解：引也；告也；操制也；投也；顿也；控所（日语）；旧谓诉讼曰控。二是读kōng，有两种解释：除也、引也。三是读kāng，有一种解释：打也。但是也没有“使身体或身体的一部分悬空或处于失去支撑的状态；使容器口儿（或人的头）朝下”这两种解释。

这就说明，《现代汉语词典》给出的这两种解释是新收录进去的，是对原有辞书的丰富和发展补充。也说明这两种含义不是源于文言文，古人在作文章的时候是基本不用，甚至是根本不用的。《现代汉语词典》是依据方言口语新增的“控”字含义。

“使身体或身体的一部分悬空或处于失去支撑的状态”就叫作

“空”，是比较典型的大同—张家口方言。这一带的人把低着头叫空着头，把耷拉着胳膊，叫空着胳膊，坐着的时候脚不着地叫空着脚。“空”除了是一种动作，还是一种感觉，如手臂酸痛叫“空不啦啦的”，脖子酸痛叫“空疼空疼的”，手脚累了叫“空酸空酸的”，等等。

《红楼梦》里有很多词出自晋方言，是原有辞书中没有收录，文言文中很少使用或根本没用过的词，这既是曹雪芹对汉语言的贡献，也是对晋方言的贡献。

2020 年 3 月 16 日

“抠”与“垛”

《红楼梦》第二十七回《滴翠亭杨妃戏彩蝶 埋香冢飞燕泣残红》，探春道：“谁要这些。怎么像你上回买的那柳枝儿编的小篮子，整竹子根抠的香盒儿，胶泥垛的风炉儿，这就好了。我喜欢的什么似的，谁知他们都爱上了，都当宝贝似的抢了去了。”

这里使用了“垛”和“抠”两个词。

《现代汉语词典》对“抠”的解释有四种：“1.（动）用手指或细小的东西从里往外挖。2.（动）雕刻（花纹）：在镜框边上抠出花儿来。3.（动）不必要地深究；向一个狭窄的方面深求。4.（形）吝啬。”《红楼梦》这里的“抠”就是第二种“雕刻”的意思，但不仅是雕刻花纹，而是指的一种镂空的雕刻方法。这是北京及以西地区的民间口语，在这一地区，“抠”的“雕刻”含义远比《现代汉语词典》里的解释要大得多。这一带把雕刻、镂刻通称为抠。“在那块大石头上抠上一条标语。”“在棺材的大头上抠上个寿字。”“找个印章店抠个手戳。”

关于“垛”字，《现代汉语词典》的解释是“垛”（duò）：“1.（动）整齐地堆：把晒干的稻草捆好垛起来。2.（名）垛子：麦垛、砖垛、柴火垛。3.（量）用于成垛的东西：一垛砖、两垛秫秸。”这三种解释都没有准确包含“胶泥垛的”这句话中“垛”的含义。

这里的“垛”指的是雕塑中的“塑”，“胶泥垛的”，就是用“胶泥雕塑的”。风炉儿指的是一种小型的炉子，古代多用于煮茶烫酒等。唐·陆羽《茶经·器》：“风炉，以铜铁铸之，如古鼎形。”“胶泥垛的”其实指的就是“胶泥塑的”，但在张家口—大同一带的民间，没有“泥塑”这样文雅的概念，一律以“垛”而代之。

京西的张家口—大同人把黏性好的泥巴叫胶泥，颜色偏红的叫红胶泥，偏黑的叫黑胶泥。张家口南，宣化境内有个胶泥湾，其名就来自这种胶泥。用胶泥做泥塑叫垛。“他用红胶泥垛了一挂车，和真的一样。”“在院子的西面再垛上几个脑圪包用来存粮食。”“在院里垛个锅台，专门用来炖肉。”

2020 年 3 月 26 日

"款留"与"款待"

"款留"一词是个北方方言，使用范围比较大，《汉语词典》对"款留"的解释是："款留：款待宾客，殷勤留止。"《现代汉语词典》的解释是："款留：（动）诚恳地挽留（宾客）。"其含义比较单一。

该词应该是一个从民间口语到文言词汇，又从文言词汇沉到民间，成为方言的。唐朝唐彦谦是太原人，后来又在晋州（今山西临汾市）和绛州（山西新绛县）做过刺史，不仅出生在山西，而且在40岁以前，基本生活在山西。他喜欢吃虾，特别喜欢吃姑苏的虾，为此，他曾作过一首《索虾》诗：

"姑孰多紫虾，独有湖阳优。出产在四时，极美宜于秋。双箝鼓繁须，当顶抽长矛。鞠躬见汤王，封作朱衣侯。所以供盘餐，罗列同珍羞。蒜友日相亲，瓜朋时与俦。既名钓诗钓，又作钩诗钩。于时同相访，数日承款留。厌饮多美味，独此心相投。别来岁云久，驰想空悠悠。衔杯动遐思，啰口涎空流。封缄托双鲤，于焉来远求。慷慨胡隐君，果肯分惠否。"

我们可以看到这是一首质朴自然、清新脱俗而又饱含感情的叙事诗，明显可见，诗中都是日常用语，就是在今天，一般阅读能力的人都能看懂，可以推断一下，这是唐彦谦的由衷之言，其中的"款留"一词，没有一点雕琢的感觉，可见唐朝时，"款留"应该就是一个山西方言。到宋朝的时候，"款留"出现在了国史中，《宋史·宋汝为传》："杨企道者遇之溪上，企道曰：'必奇士也。'款留之。"再到后来明清小说中普遍使用，如《三国演义》第三十二回《夺冀州袁尚争锋　决漳河许攸献计》："今曹军压境，且款留逄纪在此，以安尚心，待破曹之后，却来争冀州不迟。"与曹雪芹同时代的李百川在《绿野仙踪》中更是多次使用。

《红楼梦》是在第十三回和第二十一回中使用的。第十三回《秦可卿死封龙禁尉　王熙凤协理宁国府》：“贾珍十分款留不住，只得送出府门。”第二十一回《贤袭人娇嗔箴宝玉　俏平儿软语救贾琏》：“外面打扫净室，款留两位医生，轮流斟酌诊脉下药。”从两处的叙述来看，“款留”都有很浓的民间口语特点。

《红楼梦》中还多次使用过“款待”一词，如第十五回《王凤姐弄权铁槛寺　秦鲸卿得趣馒头庵》：“外面贾珍款待一应亲友，也有扰饭的，也有不吃饭而辞的。”《现代汉语词典》对“款待”的解释是：“（动）亲切优厚地招待。”这个词和“款留”意思相近，但有着明显的不同，一个侧重于“待”，是针对已经留下的客人，一个侧重于“留”，是针对欲离开的客人。

2020 年 3 月 30 日

“虑后”虑得是什么“后”？

虑就是思考、担忧；后就是之后、结果。思考和担忧以后的结果就是“虑后”。

常见辞书中没有这个词，古今小说中也很少见到，所以说“虑后”是一个文辞中比较少见的词。文言中有个“虑久”，是深思熟虑的意思，出自《战国策·魏策四》：“虑久以为天下为可一者，是不治天下者也。”“虑久”和“虑后”有着很近的血亲关系，不仅都姓“虑”，而且词意也非常相近，也算词中的叔伯兄弟了。我们经常说的“思前虑后”，“瞻前顾后”，其中也包含了“虑后”的意思。

《红楼梦》第七十九回《薛文龙悔娶河东狮　贾迎春误嫁中山狼》中提到了“虑后”，当宝玉听香菱说到夏金桂的出生和为人，又说薛蟠要娶夏金桂为妻时，宝玉从香菱的话语中感觉到了潜在于夏金桂身上的乖戾、任性和自私，也感觉到将来香菱有可能要被夏金桂欺侮蹂躏，对这种有可能发生的事情十分担忧，因此婉转地警告香菱：“虽如此说，但只我听这话不知怎么倒替你耽心虑后呢。”可惜香菱不但没有听出宝玉的真心思，而且还抢白了宝玉几句，使得宝玉懊恼不已。

从这段描写可以体会到，这里所“虑后”的结果是一种对当事人不利的结果，不是有利于当事人的结果。“虑后”本身就包含着“担忧”“耽心”的意思。如果这句话中没有“耽心”一词，所表达的意思一点也没有变化，有了“耽心”一词的并列，只不过起到了一个强调的作用。

《红楼梦》中还提到了“后虑”一词。第十三回在梦中，秦可卿对王熙凤说：“此时若不早为后虑，临期只恐后悔无益了。”这个“后虑”浅显的意思就是“为以后考虑”，也有担忧未来的语义成分，可以说“后虑”与“虑后”其含义是相同的，只不过是把一个词颠倒了一下字序。这种颠倒字序的用词方法，在《红楼梦》中是非常常见的。

《红楼梦》中还有另一种表达“虑后”含义的方法。第七十一回尤氏说宝玉：“谁都像你，真是一心无挂碍，只知道和姊妹们顽笑，饿了吃，困了睡，再过几年，不过还是这样，一点后事也不虑。”“一点后事也不虑”实际上是把“虑后”二字拆开了之后，更加口语化的一种表达。

“虑后”一词是一个晋方言，在张家口—大同一带使用尤为普遍。在当地，“虑后”一词不仅仅可以作动词，有时还作形容词来使用。当地有“虑后人”的说法，其中的“虑后”就是当作形容词来使用的，指的是“勤俭仔细，常常能够为以后的生活考虑问题的人”，比如：“老王家的媳妇儿可是一个虑后人，什么东西都收留着不扔。”

从《红楼梦》中的“虑后”到晋北方言中的“虑后”，一个潜在的词语特点就是所考虑的后事，都是为了防范未来出现的不测或生活不济，很少见到有对未来的光明前景“虑后”的，如果有人说：“你现在一定要虑后，否则考上了大学怎么办？”你一定会感到很费解的。

2020 年 3 月 5 日

“没意思”的意思

“没意思”是一个北方方言，在不同的语境条件下，具有不同的内涵。在张家口—大同一带有着多重和细腻复杂的语义。

一指没有意义，“这事已经说合明白了，再撕罗出来就没意思了。”

二指尴尬，也叫作“没辙啦”，“老爷爷一进门，看见儿媳妇正在换衣服，裤子还没提起来，可把老爷爷闹了个没意思。”老爷爷，指公公。

三指失落感，含有后悔的意思，“这事儿可没有办地道，太没意思了。”

四指讨人嫌，“乃可是个没意思的人。”

五指难为情，“他知道自己说错话了，顿时觉得没意思起来。”

六指无聊，“闷在屋里没意思，出去走走吧。”

七指没有趣味，“这部电视剧拍得挺长，但是一点意思也没有。”

八指没有道理，“你说这种话就没意思了，这事就不必再谈了！”

《红楼梦》里多次使用“没意思”一词，其所表达的含义也十分细腻多样。

第十七回至十八回《大观园试才题对额 荣国府归省庆元宵》，贾政笑道：“你们不知。我自幼于花鸟山水题咏上就平平，如今上了年纪，且案牍劳烦，于这怡情悦性文章上更生疏了。纵拟了出来，不免迂腐古板，反不能使花柳园亭生色，似不妥协，反没意思。”这是指的“没有情趣”。

第二十回《王熙凤正言弹妒意 林黛玉俏语谑娇音》宝玉笑道：“咱两个作什么呢？怪没意思的。也罢了，早上你说头痒，这会子没什么事，我替你篦头罢。”这是“无聊”“无所事事”的意思；“如今宝钗恐怕宝玉教训他，倒没意思，便连忙替贾环掩饰。”这是“尴尬”“难看”的意思；赵姨娘啐道：“谁叫你上高台盘去了？下流没脸的东西！那里顽不得？谁叫你跑了去讨没意思。”这是“讨人嫌”的意思；林黛玉道：“好没意思的话！去不去管我什么事，我又没叫你替我解闷儿。可许你从此不理我呢！”这是“没有道理”的意思。

第二十八回《蒋玉菡情赠茜香罗 薛宝钗羞笼红麝串》“薛宝钗因往日母亲对王夫人等曾提过‘金锁是个和尚给的，等日后有玉的方可结为婚姻’等语，所以总远着宝玉。昨儿见元春所赐的东西，独他与宝玉一样，心里越发没意思起来。”这是“不好意思”“难为情”的意思。

由此我们可以见识到曹雪芹驾驭方言俗语的能力，他能够把一个方言的大部分语义功能激活，并且自然随意又恰如其分，没有深厚的方言功底和方言情感，是无论如何也做不到的。

2020 年 4 月 5 日

暖壶、铫子及手炉

《红楼梦》里描写和叙述了很多的生活用具，暖壶、铫子和手炉就是其中的三种。

“暖壶”是在第七十七回《俏丫鬟抱屈夭风流　美优伶斩情归水月》中首先提到的：“宝玉因要吃茶，袭人忙下去向盆内蘸过手，从暖壶内倒了半盏茶来吃过。”第四十一回《贾宝玉品茶栊翠庵　刘姥姥醉卧怡红院》再次提到了“暖壶”：“王夫人提了暖壶下席来。众人皆出了席，薛姨妈也立起来。”

这里的暖壶，并非现在的暖水瓶或热水瓶。一般认为暖水瓶是1892年英格兰的科学家杜瓦发明的，德国玻璃制造工人赖因霍尔德·伯格在1903年获得了保温瓶的专利。曹雪芹是1715—1763年人，要比杜瓦早一百多年，那个时代是不会有暖水瓶的。据说中国在宋朝之前确实有过一种双层金属制成的保温壶，但至今没有发现实物，也没有见到使用过的史料记载，当然也就不会出现在曹雪芹的小说里了。

这里的暖壶指的是用毡套、棉套或其他方法保暖的水壶。20世纪五六十年代，张家口地区特别是农村还普遍使用。一般情况下，屋里使用的是专门针对瓷茶壶的大小而制作的圆锥形大毡帽或大棉帽，用这个东西把瓷茶壶盖起来，这个帽子一样的东西叫暖盖子或暖帽子，被盖起来的茶壶就叫暖壶。还有一种，就是给瓷茶壶或金属水壶穿上棉衣或毡衣，不但屋里使用方便，更适合来回移动使用，这种穿了保温衣的瓷水壶或金属水壶也叫暖壶。

“铫子”是在第四十五回《金兰契互剖金兰语　风雨夕闷制风雨词》中提到的：“每日早起，拿上等燕窝一两，冰糖五千，用银铫子熬出粥来。”这是一种专门用在火炉上烧煮食物的器皿。形状像罐子，但有手柄和出水嘴儿或出水口。材质有陶土的，也有金属的，这里用银子制作的，当然就十分名贵了。在张家口一带，“铫子”也写作“吊子”，《红楼梦》里也这样写过，第七十七回《俏丫鬟抱屈夭风流　美优伶斩情归水月》：“宝玉听说，忙拭泪问：‘茶在哪里？’晴雯道：‘那炉台上就是。’宝玉看时，虽有个黑沙吊子，却不像个茶壶。只得桌上去拿了一个碗，也甚大甚粗，不像个茶碗，未到手内，先就闻得油膻之气。宝玉只得拿了来，先拿些水洗了两次，复又用水汕过，方提起沙壶斟了半碗。”这里的“吊子”和前面的“铫子”写法虽然不同，但实际上是一个东西，只不过这里描写得更细。黑色的，陶土（沙）制成的，不像茶壶样子，但可以叫作“沙壶”。铫子的种类随着使用功能的不同而不同，张家口一带，煎药的就叫“药铫子”，烧水的叫“水铫子”，还有用材质命名的，诸如“砂铫子”“铜铫子”等。

“手炉”，张家口人也叫“袖炉”，是北方人冬季常用的物件，前几年的张家口坝上人家，老一点的还有使用的，现在逐渐被电热“暖手宝”取代了。第八回《比通灵金莺微露意　探宝钗黛玉半含酸》黛玉笑道：“姨妈不知道。幸亏是这里，倘或在别人家，人家岂不恼。好说就看的人家连个手炉也没有，巴巴的从家里送个来。”这里的“手炉”就是冬天拿在手上的一种取暖物件。一般用铜镂刻打制而成，里边燃上木炭一类的东西，用以冬季取暖。

2020 年 4 月 2 日

“排揎”的方言属性

“排揎”是一个知名度很高的方言。说其知名度高，至少有两个证据：一是常见的辞书中都有收录；二是在明清小说中有着比较普遍的使用。说其是方言，也有两个证据：一是《现代汉语词典》的注释；二是董树人先生《新编北京方言词典》的收录。

“排揎”一词在常见的各种版本的汉语辞书中基本都有收录，其释义也都基本相同，《现代汉语词典》的解释：“排揎，〈方〉动词，数说责备；训斥。他已经认错了，你别排揎他了”，可以概括其他辞书对这个词的解释。

需要探讨的是这个方言词的地域范围。

《现代汉语词典》只标明这是一个方言，但未标明是哪个地区的方言。《新编北京方言词典》收录这个词，可见这个词是一个北京方言，至少可以说，这个方言词，在北京也广泛使用。

明清小说中已经开始普遍使用“排揎”一词，这也许是各语言类辞书都在收录这一词的原因之一吧。咸丰年间文康的《儿女英雄传》中使用了这个词，第五回“若论安公子长了这么大，大约除了受父母的教训，还没受过这等大马金刀的排揎呢”。再之后的清朝末期到民国初期，李宝嘉的《官场现形记》也多次使用，如第五回“如今受他这一番排揎，以为被他看出隐情，听他容身天地，不禁一时火起”。更晚的张春帆的《九尾龟》也有使用，也是在第五回：“幼恽被他排揎了这一阵，觉得不好意思。”

最能代表这个词使用地位的还是《红楼梦》。《红楼梦》是小说中比较早使用“排揎”一词的。各辞书中的举例大都引用《红楼梦》中的例子，足可见《红楼梦》对这一词在推广上的贡献。

《红楼梦》分别在第二十回和第五十九回中三次使用“排揎”一词，一次是作者的叙述，另外两次分别出自宝玉和婆子（春燕姨妈）之口。出自作者叙述这一点很重要，说明这个词是作者自己经常使用，而非刻意为文学人物而选择。

作者的叙述在第二十回《王熙凤正言弹妒意　林黛玉俏语谑娇音》中：“可巧凤姐正在上房算完输赢账，听得后面高声嚷动，便知是李嬷嬷老病发了，排揎宝玉的人。”

也是这一回，有“宝玉点头叹道：‘这又不知是哪里的账，只拣软的排揎’”的描写。

第五十九回：“那婆子便接声儿道：‘你来瞧瞧，你的女儿连我也不服了，在那里排揎我呢。’”曹雪芹把这个词既使用在宝玉这个公子哥口里，又使用在一个仆人婆子口中，可见这个词在方言区的普遍适用性。

其实这个词不仅仅是北京方言，应该扩大为北方方言。这个词在晋冀北和内蒙古中部地区也广泛使用，在当地，也属于方言范畴。特别是在张家口、大同和集宁一带，民间至今仍在使用。不过在这个地方，其词义中不仅仅是“数说、责备、训斥”，还含有埋怨的意思，比如说：“你不要怪我排揎你，提前跟我说一声，也不会出了这种事。”

2020 年 3 月 11 日

“盘堆”“堆垛”还是“堆垛儿”?

“刘姥姥原不曾吃过这些东西，且都做的小巧，不显盘堆的。”这句话出自《红楼梦》第四十一回《贾宝玉品茶栊翠庵　刘姥姥醉卧怡红院》中。但其中的“盘堆”一词，在不同的版本中则有着不同的文辞形式：

人民文学出版社2010年1月影印出版的《乾隆抄本百廿回〈红楼梦〉稿》（梦稿本）作“堆垛”；

《红楼梦》（人民文学出版社1959年11月版），也就是庚辰本旧本，则用的是“堆垛儿”，加了个“儿”字。

到1982年3月人民文学出版社再次依据庚辰本校注出版《红楼梦》时，该词改作了“盘堆”。如此校改的原因，可能是因为其他版本如甲辰本、蒙府藏本、己卯本等都是写作“盘堆”的。

但查阅庚辰本原本，人民文学出版社2006年10月影印出版的《脂砚斋重评石头记（庚辰本）》，这段话是这样写的：“刘姥姥原不曾吃过这些东西，且都做的小巧，不显盘堆的。”之后又将“不显”二字圈掉，改成了“堆满了”，把“堆的”圈掉，改成了“子”字。于是这句话就变成了“刘姥姥原不曾吃过这些东西，且都做的小巧，堆满了盘子”。

“不显盘堆”有可能是抄写者在抄写时出现的错误，因此才作了修改，改成了“堆满了盘子”。如果抄写正确，是绝不会做出修改的，这是抄书者的基本心态。但在之后的校注中又沿用了被圈掉的“盘堆”二字。

梦稿本中的“堆垛”没有做任何修改，有可能正是曹雪芹最初的用意。至于“堆垛儿”，明显是从梦稿本中的“堆垛”转化来的，把“堆垛”作儿话音处理，更有北京方言味道。

“堆垛”肯定是个方言，在各种辞书中都没有收录。周汝昌《〈红楼梦〉词典》收录的是“堆垛儿”，注释是：“北京一带方言。指体积。[例]且都做的小巧，不显堆垛儿。”后面还以比较的形式，指出新旧本的差别，“例中‘堆垛’新校本作‘盘堆’”。

“堆垛”“堆垛儿”不仅仅是北京一带的方言，天津、河北、山西中北部，内蒙古中部地区都在使用。特别是张家口—大同一带，更是民间的常用口语。在这一带，“堆垛儿”又叫“堆堆”“圪堆堆”，虽然指的是体积，但一般指的是圆锥形的物堆，比如“草堆垛儿”“土堆垛儿”“粪堆垛儿”“坟堆垛儿”，等等。《红楼梦》里的“不显堆垛儿”，指的是端上来的食品都很精致小巧，摆盘也很有讲究，一盘子平铺上几个，放在盘子里不显得多，所以刘姥姥尝了两块儿，就去掉了半盘子。“不显堆垛”，也是当地人经常使用的话：“几千斤麦子堆在大场面里就不显堆垛儿了。”“这堆煤看着不显堆垛儿，倒腾起来至少也得四五天。”

这一带，“堆垛”有时还作动词使用，相当于普通话中的“堆叠”，指的是把物体堆积码放起来，如：“天要下雨了，把外面晒的草堆垛起来吧。”

2020年3月19日

“山药糕”小考

《红楼梦》第十一回《庆寿辰宁府排家宴　见熙凤贾瑞起淫心》，王熙凤来探望病重的秦氏，问及病人的饮食情况，秦氏对王熙凤说道：“好不好，春天就知道了。如今现过了冬至，又没怎么样，或者好的了也未可知。婶子回老太太，太太放心罢。昨日老太太赏的那枣泥馅的山药糕，我倒吃了两块，倒像克化的动似的。”

这里提到了一种食品，叫作“山药糕”。包括《小说词语汇释》以及《〈红楼梦〉词典》等常见和专业的辞书中都没有收录这个词，可见这个词比较生僻。现在的网络上倒是有这个词，比如《百度百科》就有：“山药糕属于中国美味糕点类食品，制作原料有山药、面粉、澄沙馅儿等。是一种传统糕类药膳，味道香甜。有健脾益肾的功效。”并且还列有做法，是一种蒸制而成的食品。大约是因为使用了“怀山药”这种中药的缘故吧，所以把它说成了是一种“传统糕类药膳”。

其实“山药糕”是一种流行于张家口、大同、呼和浩特市一带的地方食品，《康保县志》在《社会·风俗》篇中，就专门列有“山药糕”条：“用白面与去皮的熟山药置于锅内搓成糕状，分成小剂，内包糖，捏成圆形或扁圆形放入烧滚的油锅中，炸成金黄色捞出即食，吃时具有粳甜的特点。”这里的“山药”不是指的“怀山药”，而是指的当地的特产土豆，学名叫“马铃薯”。《现代汉语词典》“山药”条下就有这样的解释：“山药，名①薯蓣的统称。②〈方〉甘薯。③〈方〉马铃薯。”在当地，土豆煮熟，剥皮后捣碎成晶状，称山药晶晶，凉拌即成一道菜。山药晶晶掺白面或掺莜面制皮，包馅儿后油炸便是山药糕。药，在张家口一带读 yī。在 20 世纪 70 年代以前，山药糕属于上等食品，只有逢年过节或招待重要客人时才见得到。

《红楼梦》中的“山药糕”，应该指的是以土豆、白面为原料，包馅儿后油炸而成的食品。至于其中的馅儿，当地百姓一般用红糖，像大户官宦人家就很讲究了，《红楼梦》里便用的是枣泥馅儿。另外，曹雪芹借秦氏之口还提到了“克化”一词，这也是当地的方言，指的是“消化食物”。在当地，“克化”一词一般针对老弱病残使用，比如“现在老了，连软东西都克化不动了”。

2020 年 5 月 26 日

少见的“耽险”

《红楼梦》第五十四回《史太君破陈腐旧套　王熙凤效戏彩斑衣》中提到了“耽险”一词：“凤姐回道：‘今儿晚上他便没孝，那园子也须他看着，灯烛花炮最是耽险的。’”这个词在《红楼梦》的传抄过程中没有什么变化，各个版本都作“耽险”，这就是说“耽险”一词是曹雪芹直接使用未经他人变动的一个词。（《红楼梦》中的有些词语是在传抄过程中发生错误或被有意改变的。如第四十四回《变生不测凤姐泼醋　喜出望外平儿理妆》有一句“平儿哭的哽咽难止”的“止”，就是后人从曹雪芹原文的“抬”有意识地修改过来的。）

周汝昌《〈红楼梦〉词典》对“耽险”的解释是：“冒险；担风险”。其他辞书中都没有收录这个词，文学作品中也很少见到，甚至在今天的网络平台上也不容易找到这个词的影子。

“耽险”是一个张家口—大同一带的方言，当地人有时候也作“耽险险”。意思有两层，一指危险，“那个地方可耽险着了，少去为好。”“打山药窖那可是个耽险活儿，千万小心，别塌下来砸了人。”二是指“差一点就出了危险”，含有紧张的意思。“要不是他拉了我一把，耽险险掉了沟里去。”“那天耽险出了事！”

有人认为“耽险”就是“担险”，因为“担险”其中的一种含义就是“担风险”，或者说是“担风险”的简称，这是需要探讨的。如有人说：“我不能给你担这个险”，但不能说成“我不能为你耽这个险”。同样，可以说“我不能为你去担险”，但不能说“我不能为你去耽险”。在张家口—大同一带的方言中，“耽险”中不包含“担风险”的意思。

2020 年 3 月 24 日

说说“咬舌子”

《红楼梦》第二十回《王熙凤正言弹妒意　林黛玉俏语谑娇音》有一段写道：“黛玉笑道：‘偏是咬舌子爱说话，连这“二”哥哥也叫不出来，只是“爱”哥哥“爱”哥哥的。回来赶围棋儿，又该你闹“幺爱三四五”了。’”这是林黛玉调侃史湘云时说的，说史湘云说话吐字不清，本是个“咬舌子”，还总爱说话。

俗话说“说话不揭短，打人不打脸”，林黛玉心胸狭小、尖酸刻薄，就是和姐妹们开玩笑也带着揭短打脸的味道，不过，“众人都体谅他病中，且素日形体娇弱，禁不得一些委屈，所以他接待不周，礼数粗忽，也都不苛责。”（第四十五回）

“咬舌子”，严格意义上来说，是人的一种生理疾病；再严格点说，是人的一种缺陷，林黛玉用这种缺陷来开湘云的玩笑，兄弟姐妹之间也只有黛玉敢开，也只有黛玉能开。由此也可见作者赋予此人的品性，这也是贾母、王熙凤看不上她，不让她做宝玉妻子，作者安排他早死的伏笔。

这一段话里其实包含着两层意思，第一层是使用了“咬舌子爱说话”这样一句谚语，是说湘云多嘴，不该说话的时候也说话；第二层意思是笑话湘云是个“咬舌子”，常常把“二”说成“爱”。所以才引出了湘云的激烈反应：“‘他再不放人一点儿，专挑人的不好。你自己便比世人好，也不犯着见一个打趣一个。我指出一个人来，你敢挑他，我就服你。’黛玉忙问是谁。湘云道：‘你敢挑宝姐姐的短处，就算你是好的。我算不如你，他怎么不及你呢。’黛玉听了，冷笑道：‘我当是谁，原来是他！我哪里敢挑他呢。’”果然湘云一击就击中了黛玉的痛处，令林黛玉只有冷笑的份儿了。

“咬舌子爱说话”中的“咬舌子”都是北方方言，在北京叫“咬舌儿”，儿化读音，《现代汉语词典》就收录的是“咬舌儿”而不是“咬舌子”，其解释是：“一作动词，说话时舌尖常接触牙齿，因而发音不清。二作名词，说话咬舌儿的人。也叫咬舌子。”刘延武的《老北京方言俗语趣味词典》收录的也是“咬舌儿”，解释基本相同。

在晋北和冀北，就叫作“咬舌子”，是一种子字后缀的读音，子发轻声音 ze 而不是 zi，虽是轻声，但短促有力。“咬舌子”在当地又称“秃舌子”或“大舌头”，曹雪芹在这里使用的就是这种晋冀北方言。晋冀北方言和北京方言有很多都是相同的，但在读音上有所差异。特别是在儿化音的使用上，区别非常明显，不少情况下，北京的儿化音在晋冀北就变成了子话音，“咬舌儿”和“咬舌子”的变化就是这个道理。

笔者幼年家居冀北的张家口，亲身经历过人们对“咬舌子”的打趣和挖苦笑话，对史湘云的激烈反应深有感慨，并常常为湘云的有力反击叫好！

2020 年 3 月 10 日

“脱滑”与“脱滑儿”

“脱滑”一词在《红楼梦》中前后约出现过三次，其中一次出现在前八十回，两次出现在后四十回。

第四十二回《蘅芜君兰言解疑癖　潇湘子雅谑补余香》：黛玉：“说着，便和宝钗往稻香村来，果见众人都在那里。李纨见了他两个，笑道：‘社还没起，就有脱滑的了。四丫头要告一年的假呢。’”这里的“脱滑”有两点值得注意，一是人民文学出版社82版，下面有个注脚：“脱滑——溜走、躲懒的意思。”二是《小说词语汇释》是把“脱滑”写作“脱滑儿”，其注释只有“溜走”两个字，所举的例子也是《红楼梦》第四十二回。经查，甲辰本原本就是“脱滑”，《脂砚斋重评石头记》原本也作“脱滑”，后在评注的时候，右侧增加了一个“儿”字，使得“脱滑”变成了“脱滑儿”。人民文学出版社82版沿用了“脱滑”。但在后四十回里，一处使用的是“脱滑”，第九十六回《瞒消息凤姐设奇谋　泄机关颦儿迷本性》：“因贾母在屋里歇中觉，丫头们也有脱滑顽去的，也有打盹儿的，也有在那里伺候老太太的”；一处使用的是“脱滑儿”，第九十二回《评女传巧姐慕贤良　顽母珠贾政参聚散》：“麝月道：‘这样冷天，已经告了假又去，倒叫学房里说：既这么着就不该告假呀。显见的是告谎假脱滑儿。’”

“脱滑儿”是一个儿化音词，显然具有浓郁的北京方言口语特点，将“脱滑”点改为“脱滑儿”，以及后四十回直接使用“脱滑儿”，可能一是受脂砚斋点改的影响，另一个是受北京方言的影响。

在常见的辞书中都没有收录这个词，《百度词典》将“脱滑”解释为“耍滑头，逃避责任、工作等”，并具体指出，这个词是一个方言，意思是“溜走；躲懒”所举的例子也是《红楼梦》中的这两处。

“脱滑”应该是一个北方方言，使用的主要范围在北京以及河北、山西北部和内蒙古中部，当地人也称作“脱溜”“突溜”“出溜”或“突滑”。其含义是“有意逃避已经参与的行动”或“没有参与已同意事项的勇气”，含有藏奸耍滑的贬义，比如“咱们几个一起去，谁要耍脱滑谁就不是人”。

需要说明的是，在河北、山西北部和内蒙古中部地区，这个词很少发儿化音。因为在当地，如果把“脱滑”用当地口音发成儿化音，“脱滑”就会变成“脱环儿”“脱花儿”或“脱欢儿”，含义就会发生质的变化。“滑”字是一个入声字，《词林正韵》将其排在十八部“八黠”中，入声字的发音特点是“读音短促，一发即收”，普通话中入声已经没有了，但在北京西部的张家口、大同一带，至今还较好地保留着入声的音调，是全国仍然保留入声音的地域之一。因为入声字有“读音短促，一发即收”的特点，因此所有的入声字都很难发出儿化音，因为这种短促的发音，不会给儿化音留下发音的时间和空间，即便发出来，语义也会发生很大的变化。比如《词林正韵》入声部的第一个字是“屋”，如果把这个字儿化了，就会变成“玩儿”。所以，《红楼梦》中将曹雪芹原本的“脱滑”点改或者直接用作“脱滑儿”，都不合入声字的发音特点，也是有悖曹雪芹的用词初衷的。

2020 年 3 月 1 日

“文风”辨析

《红楼梦》里，“文风”出现过三次。都与现代的“文风”含义不同。一次是第十七回至第十八回《大观园试才题对额　荣国府归省庆元宵》，出现在薛宝钗写给元妃的诗中：“文风已著宸游夕，孝道应隆归省时”，其意思是“宸游之夕朝廷倡导诗礼之风已经彰著，归省之时以孝教育感化万民之德更加隆盛”。这里的“文风”指的是诗书礼乐的文化氛围，无论是从字义的组合、词义指向，还是诗句的结构，“文风”二字都可谓恰如其分，凝练得非常到位。

另外两次分别出现在第二十九回《享福人福深还祷福　痴情女情重愈斟情》：“偏生那玉坚硬非常，摔了一下，竟文风没动。”和第三十六回《绣鸳鸯梦兆绛芸轩　识分定情悟梨香院》：“宝玉忙至他房内，只见龄官独自倒在枕上，见他进来，文风不动。”这两处的意思是相同的，都是“形容一点都没动”（《周汝昌·红楼梦词典》）。其实原本都是一个词，之后在传抄的过程中才发生了变化，比如第二十九回中的“文风没动”，在甲辰本中就抄成了“文风不动”。

不论是“文风没动”还是“文风不动”，当我们看到这个词的时候，其含义不用查阅资料，一下子就可以明白，就是“一点都没有动”的意思。但仔细推敲这个词，就会感到困惑了，如果再查阅一些资料，那就更加困惑了，我们很难将“文风”和“不动”联系起来，也查不到相关可以联系的资料，这个词恐怕只有在《红楼梦》里是这样使用的。

不仅是我们现在困惑，有可能很早以前就有人困惑过，并在传抄本中还作过修改。《甲辰本〈红楼梦〉》第三十六回中“宝玉忙至他房内，只见龄官独自倒在枕上，见他进来，文风不动”，就抄成了“闻风不动”。将“文”改成“闻”，这样一来，就通俗易懂了，文字上也有了因果成因，顺顺当当的就可以解释为“听到了风声（动静）也没有动一下”。

但各种抄本都没有改，即便是甲辰本，也只改了这一处，第二十九回的那处依然是“文风没动”。

打开这把困惑之锁，钥匙还在方言。“文风没动”是一个大同—张家口方言，也作“纹丝没动”，就是“一丝一毫都没有动”的意思。“文风没动”本来是“纹分没动”，但这一带人的发音不仅“文”和“纹”相同，“风”和“分”也完全相同，在书写时，便不分彼此，“文与纹、闻”，“分与风”都可以和“不动”“没动”组合成词，但不论怎么组合，其固有的含义不会改变。

2020 年 3 月 11 日

“香甜”是个动词

“香甜”是一个大家都非常熟悉的词汇，一般的情况下表达两种意思，一是形容睡得踏实、舒服。瞿秋白《饿乡纪程》四：“中国香甜安逸的春梦渐渐惊醒过来。”二是指食物又香又甜，“这瓜真好，越吃越香甜。”刘大白《金钱》诗：“吃得香甜，而且油腻肥鲜。”《红楼梦》第六十二回：“又命小燕也拨了半碗饭，泡汤一吃，十分香甜可口。”《红楼梦》中“香甜”一词多次出现，大多是食物香甜可口的意思。

但在《红楼梦》里有两处，表象上看是“吃的香甜”的意思，细细推究，其中似又有潜在的含义。第三十四回《情中情因情感妹妹 错里错以错劝哥哥》，宝玉挨打之后，袭人照顾起居，她向王夫人介绍宝玉的情况时说道：“只拿那糖腌的玫瑰卤子和了吃。吃了半碗，又嫌吃絮了，不香甜。”糖腌的玫瑰卤子搅和均匀给宝玉吃，宝玉应该是感觉到香甜的，所以吃了半碗。之后就嫌不香甜了，原因是吃絮了，“吃絮了”，再说白一点，就是“吃烦了”，表述上应该是不想再吃了，但不能说东西不香甜了。

第三十八回《林潇湘魁夺菊花诗 薛蘅芜讽和螃蟹咏》，凤姐：“一面又要水洗了手，站在贾母跟前剥蟹肉，头次让薛姨妈。薛姨妈道：‘我自己掰着吃香甜，不用人让。’”这里更为明显，同样的东西，自己掰着吃就香甜，不是自己掰着吃就不香甜了，显然逻辑上是有些问题的。

在晋方言区域内，从古汉语中保留着一种形容词动用的口语习惯。形容词作为动词用，本来是古代汉语语法，如《鸿门宴》中“楚左尹项伯者，项羽季父也，素善留侯张良”，这个“善”字就是形容词动用；《论语》中“唯女子与小人难养也，近之则不逊，远之则怨”，这里的“近”和“远”都是形容词动用。现代汉语中一般情况下比较少用了，但在一些方言区还有不少保留在民间口语中，“香甜”就是在晋方言中保留下来的一个形容词动用的词汇，本意是说因觉得某种食物又香又甜而特别喜欢吃，实际上表示的是对事物或行为的喜爱，意思就是“喜爱、喜欢”。在具体使用时，随着语境的不同其含义也略有差异，比如：“你别拿着个苹果香甜俺们家的孩儿了。”这个“香甜”含有“引诱”的意思；“你家的房子再大，车子再好我也不香甜！”这里的“香甜”则含有恨意。

宝玉吃的“不香甜”中的“香甜”其实是“喜欢”的意思；薛姨妈“掰着吃香甜”是对王熙凤要给她掰螃蟹这一行为的谦辞，意思是“不用麻烦您了，我喜欢自己掰着吃”。

2020 年 3 月 26 日

小叙“莲花落”

莲花落是一个家喻户晓的曲艺形式，在中国具有独特的文学地位。

《红楼梦》第五十四回《史太君破陈腐旧套　王熙凤效戏彩斑衣》描写的是荣国府正月十五唱戏的场景，在放罢烟火后，正戏开场前，“又命小戏子打了一回莲花落，撒了满台钱，命那孩子们满台抢钱取乐。”这里提到了一个曲艺名——莲花落。

宋理宗淳祐十二年（1252年）编集的中国佛教禅宗史书《五灯会元·卷一》中有一段关于金陵俞道婆的记载：“俞道婆，金陵人也。市油餈为业。一日，闻丐者唱莲华乐云：‘不因柳毅传书信，何缘得到洞庭湖？’忽大悟。”

这里提到的“莲华乐”指的就是“莲花落”，这一点已在国内学界和民间达成了共识。由此可见，这种曲艺形式至少在宋理宗之前就存在了。

宋朝的释道济和尚有一首《与张提点共饮席间作》的诗，其中也提到了“莲花落”：“杜康曾唱莲花落，刘伶好饮舞啰哩”，这是宋朝前就有莲花落的又一证据。同时也说明，莲花落当时主要是在乞丐间流行的。再之后，元朝关汉卿的《救风尘》有：“我嫁了安秀才呵，一对儿好打莲花落。”明末凌濛初编著的《二刻拍案惊奇》卷二二有“只得作一长歌，当作似莲花落满市唱着乞食”的叙述，这些描写和叙述，进一步说明，莲花落是一种民间曲艺，以乞丐为主要演唱主体。

随着这种曲艺形式的不断发展和改进，到清朝康乾时期，逐渐出现了专业的莲花落演唱艺人，到清朝末期，这种民间曲艺开始入室登堂，逐渐受到了上层的喜爱，甚至引起了最高统治者的关注。比如在北京就有抓髻赵（本名赵星恒），专攻莲花落艺种，还曾被慈禧太后召入宫中献艺，得到慈禧的欣赏，并赐名专业艺人演唱的小口莲花落为太平歌词。现在被相声界奉为四门功夫“说学逗唱”中的唱，就是指的太平歌词。

莲花落是一种说唱并存的曲艺形式，《红楼梦》是在乾隆年间成书的，其中的描写是“打了一回莲花落”，而不是“唱了一回莲花落”，“打”和“唱”一字之差，说明当时的莲花落还是以说为主的，其实就是快板书（竹板书），是在不断发展的过程中才进入了说唱并重的境界。

中国的任何一个艺种都没有莲花落这样的生命力和繁殖能力。不少学者都想探究莲花落的起源，但至今都没有头绪。就今天看，几乎每一个地区都有以本地方言为说唱形式的莲花落，比如北京莲花落、奉天莲花落、河南莲花落、天津莲花落、山东莲花落、甘肃莲花落等。绍兴莲花落和太原莲花落更是直接申请了非物质文化遗产。太原的申遗申请写道：

“莲花落约在清代中叶传入山西。通行的表演形式为一人自击竹板（两大五小，俗称‘七件子’）伴奏韵诵，唱诵为主，间有夹白。也有双人对口和多人演出的方式。唱词基本以七言四句为一段，讲求合辙押韵。

“已知山西较早的莲花落艺人是20世纪上半叶的李连根，擅演节目为《大八义》和《小八义》等。抗日战争时期，交城县米家庄的莲花落盲艺人任五儿编演了大量新节目，如《收复孝义、文水》等。中华人民共和国成立后，交城县的吕著在县文化馆的指导下，改编演出了长篇新节目《吕梁英雄传》，影响很大。20世纪60年代初期，太原曲艺联合会青年相声演员曹强师从李连根学习莲花落表演，并致力于挖掘和整理莲花落的艺术资料。他本人的莲花落编演以现实生活题材为主，讲求幽默风趣，自成一派。

“进入21世纪以来，原有的老艺人年事已高，中青年表演人才少之又少，技艺无法传承，面临生存危机，急需予以保护。”

不仅仅是地区级别，就连县级行政区域也多有自己特色的莲花落。张家口市康保县的《康保县志》“曲艺”项下就有这样的记载：

“新中国成立前还有流传乡村的莲花落子（快板），大都是贫困人为糊口度日演唱，贬称‘讨吃调’。内容多是逗人发笑或稀奇古怪的轶案。新中国成立后，经过多年的沿革，称为90年代的‘康保大鼓’（快板）。内容以歌颂英雄模范及好人好事为主，很受群众欢迎。”

莲花落不叫莲花落了，直接改称“康保大鼓”，这不仅仅是对莲花落的发扬光大，更是对莲花落的款款深情。河北女作家李淑珍（笔名书真）是康保人，她更是以《莲花落子》为名，倾其心血，历时两年，数易其稿，完成了长达30万字的长篇小说，为莲花落新开了一片传承的福地。书中所描写的莲花落艺人的艰辛生活，艺人对莲花落艺种的热爱和传承，更是催人泪下，展现了一幅活生生的莲花落以及莲花落艺人生存与发展的历史画卷。

2020年6月23日

“小子”不仅指男孩子

关于“小子”的释义，现在已经简略了很多，《现代汉语词典》的解释是：“小子〈口〉1. 男孩子：大小子、二小子、小小子、胖小子。2. 人（用于男性，含轻蔑意）：这小子真坏！小子，你敢骂人！”

其实不论在文言文中，还是白话文中，“小子”一词的含义远比《现代汉语词典》的注释要丰富得多，比如：汉朝扬雄《太玄·将》：“小子在渊，丈人播船。”范望的注释是：“小子，谓百姓也”；清朝刘大櫆《赠大夫闵公传》：“其于后生小子，直言训诲之无隐。”这里指的是学生、晚辈；《礼记·檀弓下》所说的“小子识之，苛政猛于虎也”又是老师对学生的称呼。还有自称谦辞的，如韩愈《芍药歌》：“花前醉倒歌者谁？楚狂小子韩退之”，直接就把自己称为“小子”了。此外还有“少许”“小人”以及官名等意思。至于白话文，老舍、矛盾、巴金等文学泰斗们，都曾使用过。

从古代汉语到现代汉语，“小子”一词的变化很大，类似自称、晚辈、官名、少许等意思早已淡出了文人的视线，保留下来的基本只有《现代汉语词典》所收录的意思了。

在曹雪芹时代，“小子”一词的词意基本上已经简化到了现在的程度。不过依然比《现代汉语词典》收录的意思要丰富。《红楼梦》中“小子”一词使用非常普遍，其含义至少有四种之多：

一是指男性仆人。不论老少，对这些人都称“小子”“小子们”，例如第七回《送宫花贾琏戏熙凤　宴宁府宝玉会秦钟》，吃毕晚饭，因天黑了，尤氏说：“先派两个小子送了这秦相公家去。”第九回《恋风流情友入家塾　起嫌疑顽童闹学堂》，袭人又道：“大毛衣服我也包好了，交出给小子们去了。”

二是指儿子。也是第九回，金荣气黄了脸，说："反了！奴才小子都敢如此，我只和你主子说。"这是说宝玉的小厮茗烟是贾府奴才的儿子。第四十五回《金兰契互剖金兰语　风雨夕闷制风雨词》，王熙凤说李纨："你一个月十两银子的月钱，比我们多两倍银子，老太太、太太还说你寡妇失业的，可怜，不够用，又有个小子，足的又添了十两。"这是说李纨有个儿子。

三是指男孩子。第三十一回《撕扇子作千金一笑　因麒麟伏白首双星》，宝钗叙述湘云装扮宝玉，受到了贾母的称赞："老太太才笑了，说：'倒扮上小子好看了。"

四是长辈对晚辈的昵称。第四十五回，赖嬷嬷的孙子，赖大的儿子外放做了官，赖嬷嬷去请贾府的人喝喜酒，她对王熙凤说道："因为我们小子选了出来，众亲友要给他贺喜，少不得家里摆个酒。"这是奶奶对孙子的亲昵称呼。

这些含义综合起来，我们可以发现其中的北京方言味道，《新编北京方言词典》就把"小子"作为北京方言收录了。北京和张家口为近邻，不仅地域上犬牙交错，你中有我，我中有你，方言上也有很多共同之处。就"小子"这个词看，两地的方言特性基本上是一致的，诸如"小小子""半大小子""老小子"等都在民间普遍流行使用，连"半大小子，吃死老子"这样的谚语也有着相同的口语市场。

2020 年 3 月 13 日

“笑话”的本义与引申义

《红楼梦》中“笑话”一词是使用最多的词汇之一，前八十回，大约出现了65次之多。《汉语词典》的解释是：“笑话：1.能引人发笑之语言。2.轻视人之意。”这两种解释，可谓“笑话”一词的基本含义。第一种解释是属于普通语言的范畴，第二种解释则是一个北方方言了。另外该词典还把“笑话儿”单独列为一条：“笑话儿：北方俗为故事神话为笑话儿。”这更是直接指明该词是一个北方俗语。

《红楼梦》里的“笑话”一词，绝大多数都是表达的这种基本含义。如第十二回《王熙凤毒设相思局 贾天祥正照风月鉴》：“凤姐悄悄道：‘放尊重着，别叫丫头们看了笑话。’贾瑞如听纶音佛语一般，忙往后退。”这就是“轻视人之意”，是个动词，词中含有讥讽的意味。第五十四回《史太君破陈腐旧套 王熙凤效戏彩斑衣》，凤姐笑道：“依我说，谁像老祖宗要什么有什么呢。我们这不会的，岂不没意思。依我说也要雅俗共赏。不如谁输了谁说个笑话儿罢。”这便指的是“能引人发笑之语言”了，是个名词。

除了这两种意思外，曹雪芹笔下的“笑话”还有一些其他的含义，可谓是对“笑话”一词含义的扩展和引申，而这种引申又以该词的基本含义为本源，显示了曹雪芹驾驭文字的创新能力。

第二十七回《滴翠亭杨妃戏彩蝶 埋香冢飞燕泣残红》，探春（对宝玉）说道：“还有笑话呢：就是上回我给你那钱，替我带那顽的东西。过了两天，他见了我，也是说没钱使，怎么难，我也不理论。谁知后来丫头们出去了，他就抱怨起来，说我攒的钱为什么给你使，倒不给环儿使呢。我听见这话，又好笑又好气，我就出来往太太跟前去了。”从整个情节来看，这里探春说的“笑话”，既不是“能引人发笑之语言”，也不是“轻视人之意”，而是一种“不可理喻的行为”。

第二十八回《蒋玉菡情赠茜香罗　薛宝钗羞笼红麝串》：“宝钗笑道：‘我告诉你个笑话儿，才刚为那个药，我说了个不知道，宝兄弟心里不受用了。’林黛玉道：‘理他呢，过会子就好了。’”这里宝钗说的“笑话”则指的是一种“无奈的事情”。

第四十二回《蘅芜君兰言解疑癖　潇湘子雅谑补余香》宝钗道:“第二件：这些楼台房舍，是必要用界划的。一点不留神，栏杆也歪了，柱子也塌了，门窗也倒竖过来，阶矶也离了缝，甚至于桌子挤到墙里去，花盆放在帘子上来，岂不倒成了一张笑‘话’儿了。”这里给“话”字加了个引号。邓遂夫校订的《脂砚斋重评石头记》是给“笑话儿”三个字加了引号，可见，专家们对这个“笑话”的理解也不尽相同，但有一点是相同的，那就是专家们都认为这个“笑话儿”不是基本意义上的“笑话”。不论是否上引号，也不论给一个字上引号，还是给三个字上引号，这里的笑话应该指的是“被人笑话的画（作品）”，也是从“轻视人之意”中引申出来的一种含义。

2020 年 3 月 24 日

“蝎蝎螫螫”的方言语义

《红楼梦》里约有三处使用了“蝎蝎螫螫”一词。第五十一回《薛小妹新编怀古诗　胡庸医乱用虎狼药》“（晴雯）正要唬麝月，只听宝玉高声在内道：‘晴雯出去了！’晴雯忙回身进来，笑道：‘那里就唬死了他？偏你惯会这蝎蝎螫螫，老婆汉像的！’”下面有个脚注：“蝎蝎螫螫老婆汉像——形容大惊小怪、为一点小事就咋呼起来。虽是汉子却婆婆妈妈过分小心。”

第五十二回《俏平儿情掩虾须镯　勇晴雯病补雀金裘》：“麝月笑道：‘孔雀线现成的，但这里除了你，还有谁会界线？’晴雯道：‘说不得，我挣命罢了。’宝玉忙道：‘这如何使得！才好了些，如何做得活。’晴雯道：‘不用你蝎蝎螫螫的，我自知道。’”

第六十七回《见土仪颦卿思故里　闻秘事凤姐讯家童》（赵姨娘）“忽然想到宝钗系王夫人的亲戚，为何不到王夫人跟前卖个好儿呢？自己便蝎蝎螫螫地拿着东西，走至王夫人房中……”

针对这个词，不少辞书都以《红楼梦》第五十一回晴雯所说的话为例给出了注释，如：

《古代汉语词典》：“蝎蝎螫螫：在小事情上过分地表示关心、怜惜。例《红楼梦》五十一回……”

《辞海》：“蝎蝎螫螫：谓做事婆婆妈妈，不干净利索。例《红楼梦》第五十一回……”

《〈红楼梦〉鉴赏词典》（裴效维）：“蝎蝎螫螫老婆子样儿，形容像老婆婆一般大惊小怪，装模作样。例第五十一回……”

看来对这个词在《红楼梦》中的释义，各位专家因所持的角度不同，加之该词极少出现在文言文中，没有词汇的历史传承性，因此，在一般的意思趋于近似的情况下，具体看法并不太一致，细细推敲各辞书的解释，区别还是比较明显的。“过分关心、怜惜”“不干净利索”“装模作样”如果单独拿出来摆在一起，谁也不会把这些解释的意思指向《红楼梦》中的同一个词“蝎蝎螫螫”。

如果不仅看《红楼梦》第五十一回，而是把《红楼梦》里的三处“蝎蝎螫螫”拿到一起来分析，且不去涉及该词在其他书文中的含义，仅就在《红楼梦》里的意思，应该就是“大惊小怪”，《红楼梦》所做的脚注是很准确的。

“蝎蝎螫螫”一词是个北京方言。董树人先生的《新编北京方言词典》作“蝎蝎螫螫”，其解释就是“大惊小怪”四个字，举例为：“他妈有点事儿就蝎蝎螫螫的。”刘延武《老北京方言俗语趣味词典》也作“蝎蝎螫螫”，但给出了三种解释：1. 惊怪，小题大做。2. 做事多疑、多畏。3. 缩手缩脚，犹豫不定。这本出版于2015年的书的这三种解释，正是上述各辞书解释的归纳和总结。也就是说，“蝎蝎螫螫”不仅有一种含义。《官场现形记》第五十回“这班狐狸，为什么不赶掉了干净？偏蝎蝎螫螫的，又像留住他们，却又叫他们分出去住”。这里的“蝎蝎螫螫”便和《红楼梦》里的有所不同，《小说词语汇释》就将其注释为“缩手缩脚，犹疑不定”。

这个方言在张家口—大同一带也广泛使用。当地人把“蝎蝎螫螫”读成入声音，《词林正韵》中，“蝎”列在入声“六月”部，“螫”列在入声“十一陌”部，发音就成了“息息扎扎”。有时也单作“蝎螫”，但读音略有变化，接近 xiān zā。不论怎么读，其含义就是“大惊小怪”或“惊慌失措”的意思。在使用该词时，往往其中包含有声音在内，比如和喊叫、大声呼喝等紧密相连。与另一个当地方言“失惊打怪”和“螫螫喃喃”的意思基本相同。“看看你蝎蝎螫螫的，火上了房了，还是孩子掉了井里了？”如是而已。

2020 年 3 月 5 日

“样范”的方言属性

《红楼梦》第四十一回《贾宝玉品茶栊翠庵 刘姥姥醉卧怡红院》中，刘姥姥对黄杨木根整抠的套杯把玩不够，爱不释手，凤姐见她不放杯，以为她还想吃酒，就劝她再吃一杯，刘姥姥忙道：“了不得，那就醉死了！我因为爱这样范，亏他怎么做来着。”这套杯子是什么“样范”呢？书中写道：“雕镂奇绝，一色山水树木人物，并有草字图记。”用今天的话来说，是一套上乘的工艺品。刘姥姥口中的“样范”，就是这套杯子的样子。

周汝昌《〈红楼梦〉词典》对“样范”的解释是：“北方方言。样子、式样。”

这个词在元、明、清时期的杂剧、话本以及小说中经常看到，比如早在元朝时期，太原人乔吉的《斗鹌鹑·歌姬》套曲中，就有“宫妆样范，肤若凝脂”的唱词。明朝的吴承恩在《西游记》第八十九回中也使用过：“捻着诀，念个咒，摇身一变……果然变得有样范。”到清朝的时候，吴敬梓《儒林外史》第五十五回：“当年迟先生买了多少的家伙，都是古老样范的，收在这楼底下几张大柜里，而今连柜也不见了。”可以见得，这个词虽是一个北方方言，但在明清时已在文人中开始普遍使用了。曹雪芹非常熟悉北方方言，特别对是晋方言和北京方言，以专家称之一点也不为过，所以，《红楼梦》里出现“样范”一词是在情理之中的，如果不出现，反而才是不正常的现象。

在北方的晋冀北地区，“样范”也作“样范儿”，民间有时也写作“样份儿”，因为这一地区“样份儿”和“样范儿”读音是完全一致的。

在当地，“样范”一词，因针对人和针对物的不同使用语境，其含义也不尽相同。在针对物时，就是“样子”“式样”的本意，上面所列举的几个例句都是针对物的，是个中性词，没有感情色彩。如果是针对人使用时，不同语境条件下会有着褒贬不同的感情色彩，比如，“瞧那副德行，什么样范儿！”这就带上了浓厚的贬义色彩。2010年，湖南卫视提出了“青春样范儿”这样一个概念，有的人认为“青春样范儿”表达的是一种积极向上的、阳光的生活态度。也有人认为“青春样范儿”就是“有想法、有个性”。但对于北方人来讲，“青春样范儿”所包含的“活力、阳光、向上”的样子虽然尽在其中，但还是能够感到这个北方方言在针对人使用时的淡淡的贬义情愫，这是南方人无论如何所感觉不到的。

2020年3月21日

“这会子”与“一会子”

周汝昌先生在他的《〈红楼梦〉词典》的《序》中写道：“由于历史时代的推迁，以及社会条件（地区、民族、阶层、家族、职业等）各异，古代作家使用语言往往有他自己的特点和规律。例如曹雪芹指称某些人时多用‘一起’，而不常用‘一伙’‘一群’。他写下的口语，如从语言学角度去看，已属近现代范围了，可是你在《红》书中找不到‘现在’，而总是用‘这会子’……这些未必都能在词典中获得显示，但是研究《红》书语言的人，却不能置而不论。”可见，像《红楼梦》中“这会子”一类的语言词汇，不文不白，又太方言味，是一定要受到语言专家关注的。但又因为“这会子”太通俗，除了“现在”这一层意思外，基本再没有其他含义，所以周先生说“未必都能在词典中获得显示”，并且在他的《〈红楼梦〉词典》中也没有收录。

“这会子”一词在《红楼梦》中用得实在是太多了，仅前八十回，大约就有210次，几乎每回都在使用，可以说是《红楼梦》一书中的基本词汇。仅第二十四回《醉金刚轻财尚义侠　痴女儿遗帕惹相思》一回就使用了7次：林黛玉道：“你这个傻丫头，唬我一跳。你这会子打哪里来”；（宝玉）因问他母亲好，这会子什么勾当；宝玉笑道：“这会子我不得闲儿”；（卜世仁）娘子说道：“这会子还装胖呢。留下外甥挨饿不成”；（倪二）笑道：“原来是贾二爷，我该死！这会子往哪里去”；贾芸笑道：“早知这样，我竟一起头求婶婶，这会子也早完了”；凤姐冷笑道：“多大点子事，耽误到这会子。”

除了“这会子”，《红楼梦》里还有个“一会子”，其词性和“这会子”相同，都是缀在“会”字的后面，其词意就是我们现在说的“一会儿”。

“一会子”在《红楼梦》中也属于“基本词汇一类”，虽然没有“这会子”使用次数多，但也有44次之多。我们只以第二十回《王熙凤正言弹妒意　林黛玉俏语谑娇音》中的几个为例：

袭人道：“你吃饭不吃饭，到底老太太、太太跟前坐一会子，和姑娘们顽一会子再回来”；宝玉道：“难道你守着这个东西哭一会子就好了不成！……哭一会子，难道算取乐玩了不成”；宝玉忙跟了来，问道：“好好的又生气了？就是我说错了，你到底也还坐在那里，和别人说笑一会子。”

“一会子”“这会子”，是一种比较典型的晋方言中张家口—大同方言语式，和北京方言中的儿化音词性基本相同，可以叫作“子化音”，也可以叫作“子字缀”。从曹雪芹时代到现在，“子化音”一直都是当地的基本口语形式之一。比如“老婆子”“老汉子”“阴凉半子”“河渠湾子”“旮旯子”“房顶子”“圪垄子”“圪梁子”“小孩子”“锅饼子”“山药鱼子”“粉条子”“牛犊子”“小狗子”“村子”“圪台子”……

在发音上，一般紧随前字低而短促，发出ze的声音。当然，和儿化音一样，有很多变化。但无论怎么变，都是一个子化音，如果用拼音标注，完全可以借助儿化音的标音方法，把“这会子”标作zhè huì zi，“一会子”标作yī huì zi。当然晋方言中也不是所有带子的词都是子化音，当子字具有独立含义的时候就不能读成子化音，比如“长子”“公子”“佛门弟子”“莘莘学子”等。

在北京方言甚至普通话中，也有读轻声表示语气的后缀助词，如“胖子”“乱子”等，但没有“一会子”“这会子”一类的词，这一类词中的“子”，更多的被“儿”字替代，形成了具有京味的特有方言，变成了“这会儿”“一会儿”。比如第三回有一个“命根子”，北京话里则更多的叫作“命根儿”，这也是北京方言和晋方言的细微差别。

曹雪芹能够在书中反反复复地使用这种子化音的词，可见他对这种句式是非常熟悉的，并且也是他日常生活中不离口的常用语，我们真不可想象，一个一会儿“这会子”，一会儿“一会子”的人，他能和晋方言有多深的渊源？

2020 年 3 月 8 日

“针线”与“针黹”

“针线”一词是一个非常普通的词，《现代汉语词典》对“针线”的解释是“缝纫、刺绣等工作的总称。” 白居易《秋霁》诗：“独对多病妻，不能理针线。”宋朝姚进道《青玉案》词：“春衫犹是，小蛮针线，曾湿西湖雨。”都是指的缝纫、刺绣等工作。就这个解释，在今天不论是民间口语还是文学作品，依然还经常能够见到。

《现代汉语词典》给出的这个解释是不够太全面的，“针线”一词不仅仅指“缝纫、刺绣等工作的总称”，更原本的含义就是指的针和线，唐朝段成式的《酉阳杂俎续集·寺塔记下》：“太宗常赐三藏衲，约直百余金，其工无针綖之迹。”其中的“针綖”就是“针线”，其含义是很明显的了。再如现代的林斤澜的《母女》：“你撕了衣服？这里有针线，借来使一使吧。”也是指的“针”和“线”。

在民间，“针线”还指“缝纫、刺绣的成品”，比如说“你的这几件针线比上次的要好”。

《红楼梦》中“针线”一词使用频率很高，前八十回中，至少在40次左右，其含义也是多样的。第一回《甄士隐梦幻识灵通　贾雨村风尘怀闺秀》，甄士隐的妻子封氏“主仆三人，日夜做些针线发卖，帮着父亲用度”。这里指的是缝纫、刺绣的成品；第三回《托内兄如海酬训教　接外孙贾母惜孤女》王夫人说：“你三个姊妹倒都极好，以后一处念书认字学针线，或是偶一顽笑，都有尽让的。”这个“针线”显然指的是缝纫、刺绣的工作。第三十回《宝钗借扇机带双敲　龄官划蔷痴及局外》，“只见几个丫头子手里拿着针线，却打盹儿呢。”这里是指的“针”和“线”了。

有意思的是曹雪芹在《红楼梦》里使用了含义完全相同的另外一

个词“针黹”，且使用次数也不少，约有13次。《红楼梦》给出的脚注是:“针黹(zhǐ,旨)——旧时妇女针线活的统称。也叫女红(gōng,工)。黹:缝纫、刺绣。”按照《现代汉语词典》和周汝昌《〈红楼梦〉词典》的解释，“针黹”就是“针线”，区别是“针黹”属于书面用语，“针线”属于口头用语，如同“母亲”和“妈妈”的关系。但“针黹”在《红楼梦》中没有书面用语的意思，和“针线”完全是一种互换使用的关系，比如第四回《薄命女偏逢薄命郎　葫芦僧乱判葫芦案》，这李纨“唯知侍亲养子，外则陪侍小姑等针黹诵读而已”；(宝钗)“只留心针黹家计等事，好为母亲分忧解劳”；“宝钗日与黛玉迎春姊妹等一处，或看书下棋，或做针黹，倒也十分乐业。”第二十回《王熙凤正言弹妒意　林黛玉俏语谑娇音》“彼时正月内，学房中放年学，闺阁中忌针黹，却都是闲时”。

《红楼梦》中词意相同的方言口语经常交替出现，比如第五十八回“那婆子便说：‘一日叫娘，终身是母。’他排场我，我就打得”。“这婆子便接声儿道：‘你来瞧瞧你的女儿，连我也不服了，在那里排揎我呢。’”这婆子嘴里的“排场”和“排揎”就是词意相同的口语。但把词意相同的书面语和口语交相使用，在《红楼梦》中是比较少见的。

2020年3月27日

“作起反”就是“作反”

“作反”简称为“反了”，大概有三层意思：一是政治层面的，犹言“造反”“叛乱”“起义”“举事”等，多指政治集团的行为。《水浒传》第一百十回《燕青秋林渡射雁　宋江东京城献俘》：“正说江南方腊作耗，占据八州二十五县，改年建号，如此作反，自霸称尊，目今早晚兵犯扬州。”二是社会层面的，犹言“作乱”“起反”，多指社会群体或人员扰乱社会的行为，如土匪对社会的袭扰。在今天的山西、河北北部地区，把土匪闹事就叫作“起反”。当年这一地区把土匪叫作“杆子”，匪首招纳人员叫“拉杆子”，土匪抢劫叫“杆子作反”，群众躲避抢劫叫“跑反”或“躲反”。三是生活层面，犹言“打闹”“打架”“淘气”，如打群架，小孩子淘气的行为等。《红楼梦》里的作反就属于这层意思。

《红楼梦》中有两处“作起反”，一次是第九回《恋风流情友入家塾　起嫌疑顽童闹学堂》“外边李贵等几个大仆人听见里边作起反来，忙都进来一齐喝住”。一次是第五十九回《柳叶渚边嗔莺咤燕　绛芸轩里召将飞符》，平儿对袭人笑道：“‘得饶人处且饶人’，得省的将就省些事也罢了。能去了几日，只听各处大小人儿都作起反来了。”袭人笑道：“我只说我们这里反了，原来还有几处。”这是“作反”更加符合人物口语化的表现形式，实质上就是“作反”的变用。第五十九回更是把平儿的“作起反”和袭人的“反了”放到了一起，更使得这个词在用法和口语上的灵动和变化，给人以重复而不显得重复的感觉。

2020 年 3 月 9 日

《红楼梦》中的“努”

《红楼梦》第七十五回《开夜宴异兆发悲音 赏中秋新词得佳谶》，贾母对宝玉说道：“这也够了，且别贪力，仔细努伤。”

《现代汉语词典》对“努”字做出了四种解释：1.竭力使出：努力。2.突出：努目、努嘴。3.〈方〉由于用力过度而身体受内伤。4.书法用语。指汉字笔画的竖，参见“永字八法”。其中的第三种解释指明是个方言。从贾母的嘱咐来看，这里的意思就是第三种解释的含义，也就是说，贾母说的是她熟悉的一种方言。

古典小说中将“努”用作“由于用力过度而身体受内伤”来使用确实很少，像《水浒传》《三国演义》《西游记》等都没有这样使用过，这三部书中最多的是当作“努力”来使用的，个别也有作“突出”来用的，比如《水浒传》第二十一回《虔婆醉打唐牛儿 宋江怒杀阎婆惜》就有“宋江寻思道：‘这厮来的最好。’把嘴往下一努”的描写，指的就是宋江把嘴噘起来，用嘴代替手指头来指向一个目标。

在《红楼梦》中，《现代汉语词典》的四种解释，除了“永字八法”一解外都使用了，其中最多的是“努嘴”的使用，大约有9次之多，“努力”和“努伤”各出现了一次。

周汝昌的《〈红楼梦〉词典》的解释是“因勉强或过于用力而受伤”；冯其庸的《〈红楼梦〉大辞典》解释是“因过于用力而受伤”，后者虽不如前者的解释全面，但就《红楼梦》的语境条件下，两者的解释是基本相同的。

“努”应当是一个晋方言，山西、北京、河北大部、内蒙古中部是主要使用地区。是这一地区人常用的一个口语动词，指憋住气用最大力来完成一项工作，即用力、用劲。生孩子时，接生婆会说“再努一努，孩子就出来了”。骂人时会说“看你那副德性，该你说话了，半天也没努出一个屁来”。小孩儿便秘，家长会说：“用劲儿努！”

在《红楼梦》中，贾母说“努伤”时，是和“仔细”一词相连的，“仔细”也是这一带地区人的一个方言，其含义不是小心的意思，而是表示节俭和吝啬，“那人可是个仔细人，熬粥的米也得数清楚才下锅。”“仔细努伤”，不但有“小心伤着身体”的意思，还包含贾母吝啬宝玉费劲使力的意思，整句话放在晋语方言语境下去把握理解，就更加丰富饱满了。

2020 年 7 月 7 日

后记

我很热爱生活，总想把生活中的点滴与片段留住，哪怕是日常俗习甚或不屑的琐碎。

生活不外乎天理和人欲。古曰“存天理，去人欲”，作为草根，说说容易，做起来却不易。把“人欲”去掉的正果，一般人修不到，修成就升华到了圣人。中华文化，上下五千，修成的圣人实在寥寥，占五千年来人口总量的比例就更小的几乎可以忽略不计。但，修不成“去人欲”，可向“克人欲”努力，因为人活着，除了自己外，还需要顾及他人、社会，需要克制占有的欲望，需要向“己所不欲，勿施于人”“公而忘私”的君子们看齐，我们需要明白，文明正是这些“克人欲”的君子们推动的。

天理和人欲是必存在于生活之中的，存在于历史中，存在于现实中，当然也存在于未来。那么，书中的看见、现实中的撞见以及未来的预见，就都成了生活的组成部分，也就是生活“留住”的对象和内容，虽然修不到位，但对这“组成部分”的所思、所记，也算修为情怀，也算修行了一场。

《国语》中说：“民性于三，事之如一。父生之，师教之，君食之。非父不生，非食不长，非教不知生之族也，故壹事之。”《荀子·礼论》中也说：“天地者，生之本也；先祖者，类之本也；君师者，治之本也。无天地恶生，无先祖恶出，无君师恶治，三者偏亡，则无安人。故礼，上事天，下事地，尊先祖而隆君师，是礼之三本也”，这就是中华的“天地君亲师”理念了。这是一面旗帜，是一面敬天继祖、孝亲顺长、齐家爱国、尊师重教的旗帜，几千年来，华夏儿孙正是在这面旗帜的引导下，辨其优劣，去其糟粕，摒其落后，承其精华，一步步走向了世界。

对于平民来说，这旗帜的意义首先则在于孝顺父母、尊重师长、和睦配偶。即人生三大快事“生下来有个好父母、上学有个好老师、结婚有个好配偶”。对我而言，以上三大快事我皆有，可谓天眷。

我的第一本散文集《阅读故土》，就写过我的父母、老师和妻子，时隔十多年了，这种看法越来越趋于成熟，不论是天理还是人欲，父母、老师和妻子是永远的情结。守住他们，就守住了幸福，就留住了生活，也就留存了一份天理，克制了一份人欲。

所以，这本书还是要献给他们，特别是要献给这一生陪伴我时间最长并且还将继续陪伴我的妻子——沧州肃宁城关镇东泽城村的李之领。一个比我学历高、比我职称高、比我懂技术，但为了我，为了这个家，甘愿成为一个贤妻良母好儿媳的人。这本集子里，除了两首诗词外，好像没有再专门写她，但细读起来，每篇文章中都含有对她的情愫。

懂得感谢，就是懂得了天理所包含的基本意义，这是天理修为的第一步。回首60年的往事，该感谢的实在太多了，亲与师自然是必须感谢的，但天与地更须感谢，这个天与地的化身就是今天这个社会。这就是旗帜对于我的第二层重大意义。

能够生在这样一个历史阶段，这样一个社会时代，是我的大幸，也是我的大福和大运。翻开《三坟》《五典》《八索》《九丘》乃至《二十五史》，在中国的历史上，一辈子没经历过战乱的人实在是太少了，特别是从我开始，上推五代的人，没有一个不是在水深火热的战乱年代中度过的。以我的父母为例，他们在40岁前，“跑反”是他们的主要生活方式。现在还清晰地记着父母一次次叙述他们躲避战乱的惊心动魄的经历。即便是少有的没有经过战乱的人，也绝没有今天的生活水平。杨贵妃吃个荔枝，就被后人代代诟骂，因为她吃荔枝的行为太奢侈了。慈禧的龙椅旁夏天放上一桶冰块也被后人诟病，因为这也是奢侈。而现在，我和我的亲朋们，只要愿意吃，随时都可以吃，而慈禧做梦也不敢想的空调则是每家都有，甚至每屋都有！这可是平头百姓胜于皇亲国戚的生活，不要说是唐朝的杨贵妃、清朝的慈禧太后，就是民国时代的大亨们也是不敢想象的。

1961 年农历六月初四，我出生在河北省康保县照阳河公社闫连山村的一个贫农家庭里，出生的时候正是新中国最艰难的年月，就是在这样的贫困环境下，我家除了姐姐被封建余孽观念剥夺了上学权利外，哥儿四个基本没花什么钱，一口气都从小学读完了高中，大哥还完成了大学的学业，成为一名光荣的飞行员。如果不是在新中国，像我家的这种情况，四个孩子都能够完成学业几乎是不可能的，在我祖辈的代代口传家承过程中，我家的族谱上没有一个上学读书人的记载。

1981 年，我技校毕业后，入职于华北石油油田机修厂做了一名划线钳工，成了一名光荣的石油工人，当时这个厂的年生产总值是 120 万元。现在这个厂已经改名为河北华北石油荣盛机械制造有限公司，是中国最大的钻井用防喷器制造厂，一个中国唯一可以在防喷器领域和美国抗衡的民族企业，年销售收入一度突破了 12 亿！产品销售到了包括美国在内的世界各地，哪里有石油，哪里就有中国荣盛，这份业绩足以让我为这个厂子骄傲，也为自己曾为之奋斗了 40 年而荣幸！这个厂子虽然小，由于过于专业，在国人中的知名度不高，但在业界，其在国际竞争中的地位，一点也不亚于华为在 ICT 行业的名头。中国的第一台高压防喷器、第一台高压橡胶胶芯、第一台水下防喷器……可以这样说，近 30 年来，防喷器领域所涉及的中国第一都出自这个企业，南海开发可燃冰所使用的防喷器就出自这个厂子。一直到 2021 年，我从这个厂子退休，整整 40 年，一辈子没有离开。我是在这个厂娶妻生子，在这个厂实现劳动力价值的，回首这 40 年，两个字可以概括：“安定”。家中女子静坐曰“安”，征战士兵回家曰“定”，没有战乱，家居静谧，生活富足，这生活就连今天的别有用心的所谓民主国家的政客，和血管里流淌着反人民血液的国内精英们，都是难于公开否定的，更甭说唐宗宋祖这些历史人物了！一个人能在一个单位终其一生的工作，这不是大幸、大福、大运又是什么呢！

所以我要感谢这个社会，给了我如此安定幸福的生活，以至于感觉到幸福的生活没怎么过，自己就老了，父辈以前的生活是度日如年，现在的生活是甜蜜到度年如日，这颗感谢的心如果不留存下来，确实于心不安了。

这些生活，给我留下了无限的记忆，我想让这些记忆一直留下来，永远留下来。这，便是我写作的源泉和动力。

留住生活，就要真实。今天的真实可分为生活真实、艺术真实和金钱真实。但生活真实，甚至艺术真实已经让一些人轻视甚至蔑视，只有赚钱才是唯一的真实。看看现在一些五花八门的欺骗广告，笑贫不笑娼的丑陋言行，臭婆娘裹脚布似的肮脏的电视剧，一些不懂礼义廉耻的所谓明星，更有无良的教授专家，口无遮拦满嘴喷粪大师大咖，以及吮吸民脂民膏中饱私囊的贪腐硕鼠等，我们就会知道以金钱为信仰的倒行逆施，是多么的可怕。更可怕的是，有些国人不是坚守，而是随波逐流；不是抵制，而是同流合污；不是惊醒，而是麻木不仁。当人们都在抢人血馒头的时候，作为有良知的我们，怎忍袖手呢？

应当相信，这种文化现象一定不能持久，因为这违背“存天理，去人欲”的中国人的基本道德规范。东晋末年、民国末年都有过这种要钱不要德、要钱不要脸的文化现象，但没有多长时间就都被当时的文化先锋战士扔进了历史的垃圾堆。就看现在的文化圈里，不是还有大量的默默无闻的、不为金钱所动、甘守清贫、为真理耕耘的人吗？我的周围就有一大批这样的人在影响着我、激励着我，这些人，才是文化传承的主流和主力，以“金钱真实”为核心的乌七八糟的文化现象，总有一天会被风清气正的君子荡涤得干干净净，最终让真、善、美屹立于文化主峰。

所以，普通百姓也要写干干净净、真真实实的东西，虽然只是给自己看，也不能玷污了自己的心灵，这也是对社会的感谢！

“性非敏速”曰“迟”，“不加修饰”曰“朴”，“迟钝朴质”

就是“迟朴”，所以我55岁之后作成的这几篇文辞，就命作《迟朴集》了，这不论于文还是于人，都是很贴切的。这套《迟朴集》，集“散文”、“小说”、“诗词”、“读史随笔”和“红楼梦文辞小释”五卷，分为上、下两册。第一、第二卷散文和小说，是对我的故乡张家口的历史、风情和风景的文字反映，是我对故乡的一腔热爱，也是上次出版的《阅读故土》的姊妹集。其中大部分篇章是对历史的记录和留存，我想，若干年之后，如果有人看到这些文章，一定会加深对我的故乡的认知，甚至会改变他对这段历史的认知偏见。

第三卷是诗词，是我退休之后心声的寄托，这些诗词中，承载了我太多的对自然、父母、亲人以及朋友和社会的感情，特别是对我的故乡康保和第二故乡任丘，当然饱含我所终生服务过的荣盛公司的感情。我自己不敢去作详细的注释，如果将来有人有兴趣，一定会在其中发现属于我的情与景。我也不敢回忆当时的创作情境，有不少篇，现在读起来，依旧会以泪洗面。当然，词注定有生涩和虚幻之感，需要进入每一个字中，才能体味作者的情感。另外，后面附了每一个词牌的简介和词谱，这样就又有了教科书的意味。

第四卷是读史随笔，结构和文笔上很容易看到《梦溪笔谈》《容斋随笔》《智囊》《世说新语》《阅微草堂笔记》《徐霞客游记》等一批古人笔记体著作的影子。我很欣慰，自己退休后阅读了一批文化名著，并且有所心得，才写出了这样的一些文字来，是一种以正史为基础，有自己的思考，有一般阅读意义的文字。也是对草根阅读历史意义的一种注释，证明了普通人读书的境界升华作用，不仅仅获得知识，更能获取力量——获取慈心对社会，淡然处自己的精神力量。

第五卷《红楼梦》文辞小释，是我这些年对《红楼梦》的研究成果，虽然粗糙，但其中不乏新意，有的词语如“抬不住”“袭人”“凤哥儿”“潮”“努”“出条”等，都给予前人没有给出的方言语义。

这些东西的写作，得到了很多老师和朋友们的鼓励和支持，特别是《环球人物》《中国散文》《长城文艺》《华北石油报》《张家口晚报》《沧州晚报》的编辑老师们的青睐，加持了我的修写能力，真挚地向老师们道声谢谢了！

最后要感谢韩咏华女士、张子敬先生、胡建国先生和段海明先生的序，以及徐文贤老师的编辑。按照惯例，我把这四篇文章叫作了序，其实叫作朋友间的感情交流更合适一点。书稿完成后，我的长兄给我打来电话，他约了两位全国著名的作家给我写序，这两位作家的作品我都读过，是我心中偶像级别的，我也很感谢他们能够答应长兄的邀请。但我考虑他们年龄也不小了，没有精力去看我这个草根的近70万字的东西。关键还是不熟悉，我没有去惊动他们的勇气。对我的婉言谢绝，长兄还很是遗憾，这里我也只能说声："哥哥，对不起了。"

咏华不仅是作家、诗人、地方文化专家，还是家乡张家口泥河湾文化的形象大使，兼任着张家口采风学会的会长。建国和海明，一个康保人，一个张北人，我们一起到华北油田工作，是一辈子的陪伴，又都在文学的天地里耕耘，一度同为华北油田作协副主席，相互间不用说活，只用眼神就可以读出对方的心灵。共同的乡土情怀把我们联系在了一起，这样的交流是一种心灵的交流，更能让读者产生同频共振的感受。子敬先生则是一位历史学家，从事过考古工作，后专心于党史研究，是一位很有造诣的历史文化学者，是我的挚友，也是一位诤友。这本集子因有了咏华、子敬、建国和海明的序而增色，有了文贤老师的编辑而得以面世。序，彰显了我的思想，书，固化了我的灵魂，我为此而自豪和欣慰！

李旭

2022 年 2 月 16 日于北京